i Meridiani

I MERIDIANI

ANDREA CAMILLERI

STORIE DI MONTALBANO

a cura e con un saggio di Mauro Novelli
Introduzione di Nino Borsellino
Cronologia di Antonio Franchini

Arnoldo Mondadori
Editore

ISBN 978-88-04-50427-6

SOMMARIO

CAMILLERI GRAN TRAGEDIATORE

di Nino Borsellino

I richiami alle opere di Camilleri si effettuano mediante le sigle sotto elencate. Per le citazioni complete si rimanda alla Bibliografia. Nel caso delle storie di Montalbano qui accolte, i numeri di pagina corrispondono al presente volume.

Nella primavera del '95 – ma non saprei dire esattamente in che mese e in che giorno, mentre ricordo che era di buon mattino –, un amico, col quale continuo a scambiare il piacere delle buone letture, mi telefonò con timbro euforico per comunicarmi che aveva tra le mani un romanzo meravigliosamente divertente e di sorprendente tessitura linguistica. Non esagero, disse proprio così, e a conferma me ne recitò con giusta cadenza teatrale alcune pagine. Erano tolte dal capitolo del Birraio di Preston che inscena un furioso dibattito sull'opera lirica tra i soci del circolo cittadino di Vigàta «Famiglia e progresso». Il nome dell'autore me lo feci ripetere più volte. Mi sentivo mortificato. Eravamo stati, Andrea Camilleri e io, colleghi di redazione dell'Enciclopedia dello spettacolo, avevo assistito a sue regie di teatro e insieme avevamo partecipato a convegni pirandelliani ad Agrigento, dove, in uno di quegli incontri, avevo avuto in dono da lui il suo primo romanzo, del 1978, Il corso delle cose, con dedica affettuosa. Come mai non avevo subito dato a quell'esordio l'importanza che pure meritava? Gli avevo, credo, attribuito un valore narrativo transitorio, quasi si trattasse di una messa in forma romanzesca di una sua sceneggiatura televisiva, il genere che allora professionalmente più lo impegnava, mettendo a frutto la qualità fabulatoria che gli conoscevo in lingua mista, italiana e dialettale. Eppure con regolare cadenza erano apparsi dopo il '78 altri romanzi e libri di memoria storica che sarebbe stato un dovere mettere sul conto di un'intelligenza creativa e critica eccezionale: nel 1980 Un filo di fumo, che mi sembrò poi un capolavoro, nel 1984 La strage dimenticata, nel

1992 La stagione della caccia, *nel* 1993 La bolla di componenda, *nel* 1994 La forma dell'acqua, *che apre il ciclo del commissario Montalbano.*

Non cerco ora di giustificarmi della disattenzione e neppure di ostentare un mea culpa. *Il lettore di professione, insomma il critico, finisce per essere più distratto del lettore comune. È più chiuso nei suoi settori di competenza oppure è condizionato da ragioni di poetica personale, se non di militanza ideologica più che culturale. Teoricamente dovrebbe rispondere a tutte le offerte letterarie che invece seleziona prima di riceverle, mentre lo scrittore adempie sempre al suo compito nel momento in cui consegna al pubblico la sua opera, e il pubblico diventa il suo primo adempiente interlocutore poiché asseconda il principio del piacere ovvero il suo istinto, dal quale la critica tende a difendersi. Il pubblico è insomma la società edonistica, prima che estetica, e del consumo; i critici, senza essere una comunità solidale, sono i depositari del valore, che però spesso essi devono modificare per pressione esterna, modificando i parametri del giudizio. E c'è anche un altro fattore: la diffidenza nei confronti del comico, che Vitaliano Brancati interpretava come paura della libertà, del suo esercizio civile, la paura tipica delle società repressive. Camilleri non ha remore come scrittore comico. Rischia perfino di provocare quei sentimenti di pudore che il riso, come il pianto, genera quando non gli diamo sfogo in segreto, tra le pareti di casa.*

Risento ancora, quando ci ripenso, l'imbarazzo di una mia singolare situazione di lettura. Come sa chi li pratica, i libri di Camilleri erano tutti fino a qualche anno fa in formato pocket e per questo di agevole lettura in tram, autobus, metropolitane e ovviamente treni interurbani, meglio stando seduti, ma perfino in piedi. Leggevo in una delle tante traversate cittadine underground *un romanzo appena uscito,* La concessione del telefono *(1998), e quell'alternarsi di parlato e scritto su registri diversi, ipo e iper grammaticali, mi provocava un effetto esilarante che tentavo, per pudore appunto, di reprimere. Ma se è tanto difficile nascondere un sorriso (anche Dante e le sue guide in purgatorio e in paradiso non riescono a celarlo), tanto più è impossibile mascherare le contrazioni facciali del riso e ancora di più qualche eventuale scoppio d'ilarità. Una giovane donna fu allora pietosa. Appassionata anche lei di Camilleri, mi confessò che le capitava frequentemente di abbandonarsi all'effetto comico che i suoi libri le producevano e perciò capiva la paradossale sofferenza di chi non vuole dare spettacolo del suo solitario godimento. Io preferii scendere a una fermata che non era ancora la mia e mi accostai a un muro per ridere senza freno, a un muro del riso, non del pianto, dove nascondere quell'appagato senso di felicità.*

Qui non si narra, qui non si narra, griderebbe a questo punto una Figliastra dei Sei personaggi, *cosciente che la critica è anch'essa, come il dramma, rappresentazione. Ma il caso Camilleri si può capire anche per le vie traverse, le scorciatoie, delle implicazioni personali. Ed è diverso dagli altri. Quelli che portano in testa il nome di Svevo, di Pirandello narratore, di Tozzi, dei grandi scrittori del primo Novecento, sono l'opposto. Prendono origine dall'incomprensione della critica che ostacola il successo pieno del pubblico. Quello di Camilleri si inaugura con il sempre crescente successo di pubblico che blocca o ritarda l'interesse dei critici.*

Quando Pirandello aveva pubblicato quasi tutti i suoi romanzi e consistenti racconti di novelle un critico come Renato Serra, già in vita giustamente celebrato e poi elevato, dopo il suo sacrificio nella guerra del '15, a oggetto di culto letterario, non esitò a catalogare l'opera dello scrittore siciliano negli scaffali della letteratura di consumo insieme a nomi e titoli allora popolari e ora appena menzionati. Croce, si sa, irrise la teoria e la pratica dell'umorismo pirandelliano, anche quando la fama internazionale del drammaturgo aveva pienamente rivalutato l'opera del saggista e del narratore. Eppure, a dispetto di tante stroncature più o meno condizionanti, fu irrefrenabile da allora in poi l'interesse della critica. Come per Svevo, miracolato da Joyce, e Federico Tozzi, al quale Pirandello stesso e Giuseppe Antonio Borgese diedero immediato sostegno con giudizi che più tardi la critica poté confermare e sviluppare. Il caso Camilleri è più controverso rispetto ai precedenti. Nel 1995 lo scrittore con Il birraio di Preston stava raccogliendo i frutti di diverse stagioni narrative, la sua popolarità aumentava e i premi letterari cominciavano a tener conto delle sue candidature. Era quasi «settantino», direbbe lui stesso, e più in là dei sessanta, ma di poco, erano Gesualdo Bufalino quando apparve La diceria dell'untore tenuta a lungo in serbo con varie stesure, Tomasi di Lampedusa quando Il Gattopardo cominciava a essere letto e rifiutato da consulenti editoriali fino alla clamorosa pubblicazione del 1957, un anno dopo la morte, infine Antonio Pizzuto titolare con la Signorina Rosina del 1956 di un procedimento narrativo tanto inusuale da impegnare a riscontro procedimenti esegetici altrettanto inconsueti. Del resto, anche per Stefano D'Arrigo con Horcynus Orca la vita non cominciava a quarant'anni ma a quasi sessanta, nel '75, da anziano narratore comunque. Sembrerebbe un carattere isolano ma è forse solo un dato fortuito, che nella varia genia degli scrittori nazionali i meno impazienti a rivelarsi siano i siciliani. Ovvero, anche quando sono stati precoci, hanno rinnegato di buon o malanimo un'imprudente gioventù letteraria e perfino i successi. Così fece Verga, così, per altre ragioni non proprio letterarie, fece Brancati. Gli altri hanno preferito aspettare l'incipiente autunno, stagione di foglie morte ma anche di colme vendemmie.

In definitiva, fatti salvi Sciascia, Consolo e Bonaviri, l'anagrafe della letteratura siciliana del dopoguerra ha continuato a iscrivere nascite molto singolari di scrittori in età subito sinodale eppure senza segni di senilità. Si potrebbe considerarla una antianagrafe non contemplando prove d'apprendistato che valgano per istruire i dossier della criti-

ca, a partire, per esempio, da un "ritratto dell'artista da giovane". Camilleri offre meno degli altri testimonianze in
questo senso utili, a parte un mannello di poesie che non ha
più riesumato, se non come ricordo. In compenso, ha parlato e parla molto di se stesso bambino adolescente adulto, in
dialogo con quanti, i tanti, che lo intervistano (e anche lo
strumentalizzano) e in dialogo per suo conto, da solo, con
parole e modi di dire della sua città natale, di Porto Empedocle, evocando espressioni di un lessico familiare e locale
che fanno a loro modo storia e racconto: microstorie, precisa lo stesso vocabolarista.

Il gioco della mosca (1995) è un alfabeto di ricordi territoriali più personalizzato di Occhio di capra, il calepino
siciliano di Sciascia da considerare il modello più vicino. E
funge da proiettore di diapositive infantili, di immagini
saltuarie commentate a futura memoria. Così, sta a commento di un gioco piuttosto insulso di «picciliddri» sfac-
cendati, il gioco che intitola il libretto, una gara per attrarre prima degli altri concorrenti una mosca in testa: strana
gara che imponeva silenzio e immobilità stando a pancia
sotto, nella sabbia. In quella posizione «troppo tempo im-
pegnavamo» scrive Camilleri «nella pura meditazione su
noi stessi e il mondo [...] Per parte mia, a forza di raccontarmi storie vere o inventate in attesa della mosca, diven-
tai regista e scrittore» (GM 85). La conclusione è forse
abusiva. Attribuisce al gioco un valore metafisico piuttosto che fisico e bizzarramente edonistico. «Abbandonati
dal senso del comico, i siciliani si fanno grevi e metafisi-
ci», nota Brancati osservando i mutamenti d'umore dei
suoi «amici di Nissa», vale a dire di Caltanissetta. Anche i
ragazzini di Porto Empedocle? Certo è che Andrea sa di
essere fin dall'infanzia depositario di storie vere o inventate che avrebbero deciso nel tempo la sua esistenza duplice di "tragediatore", in teatro e in letteratura.

«Tragediaturi» è un lemma siciliano che nello stesso libretto è oggetto di illustrazione linguistica e di esemplifi-

*cazione narrativa. Il significato che se ne dà in area empe-
doclina è diverso da quello che trascriverebbe in dialetto il
termine tragediografo o drammaturgo, ma anche diverso
dai significati registrati da Sciascia in* Kermesse *come varianti palermitana e racalmutese pertinenti a soggetti in-
clini a turbare per un nonnulla la propria e l'altrui tranquillità. «Non campa e non lassa campari», ci si lamenta
ancora di qualche familiare o amico «camurriusu», noioso
a se stesso e agli altri. «Tragediaturi» indica invece, secondo Camilleri, «chi organizza beffe e burle, spesso pesanti,
a rischio di ritorsioni ancora più grevi» (GM 83), e richiama un modello "sublime" di quella pratica, il grande Filippo Brunelleschi, architetto di una celebre beffa oltre che di
una cupola di geniale e rischiosa curvatura. Forse si potrebbe estenderne il significato adattandolo allo stesso
scrittore. Camilleri è per natura tragediatore, e lo è anche
in arte.* Il gioco della mosca *rivela la commedia dell'infanzia e il piacere di rievocarla, tanto quanto, al contrario,
ne traeva dispiacere uno scrittore a lui consanguineo, come Alberto Savinio che preferiva cancellare la sua «tragedia dell'infanzia».*

    Nel DNA *di Camilleri è iscritto il comico allo stato puro
senza le contaminazioni col tragico che determina il
pathos dell'umorismo pirandelliano. Diversa, però, la sua
coscienza del comico, che è invece fermamente pirandelliana. Nel libro di cui parliamo c'è posto, anzi un posto
privilegiato, per un Pirandello a sua volta tragediatore.
Compaiono nomi di suoi personaggi decifrabili entro il
campo onomastico e toponomastico della sua terra: Bac-
chi-Bacchi, Chiarchiaro, Tararà, Crocco, Currao ecc. È ricordata per testimonianze postume la sua tacita intesa con
gli amici (vedi alla voce «taliari» = guardare, dedicata al-
l'amicizia Pirandello-Martoglio, tuttavia alterata al primo
minimo sospetto di slealtà). È rievocata – ed è qui la commedia – l'apparizione al piccolo Andrea in un soporifero
pomeriggio paesano di un Pirandello «scantusu», che fa*

spavento («scantu»), in divisa di accademico d'Italia. Fu una commedia che un autore mondiale si prese il gusto di recitare in provincia, a Porto Empedocle, Marina di Girgenti, paese di traffici portuali intensi ancora al suo tempo e del commercio zolfifero del padre e del suocero; in ogni caso borgo non proprio natio preferito, nei suoi periodici ritorni in Sicilia, al capoluogo natio, a Girgenti. Nel romanzo della sua delusione storica, politica e sociale, I vecchi e i giovani, *l'avversione nei confronti della sua città è perfino impietosa, senza indulgenze. A Camilleri è particolarmente caro quel libro che istruisce il primo generale processo all'Italia postrisorgimentale; e infatti ne toglie una lunga citazione che suona condanna dell'antimeridionalismo governativo, e la incide in capo a* La concessione del telefono *lasciandola nella sua cruda imprecazione. Ma per le chiacchiere di circolo e caffè, sulle quali influisce, come egli stesso dichiara, un suo inveterato gogolismo, è piuttosto la stranezza dell'arte pirandelliana a suscitare la litigiosità paesana:*

«Pirandello scriveva come scriveva perché aveva una moglie pazza» dichiarò categoricamente l'avvocato Sileci «e come poeta non valeva niente. Che vogliamo paragonare *La Pasqua di Gea* con il *Lucifero* o con il *Giobbe*? Pirandello non è manco degno di legargli le scarpe, a Mario Rapisardi!»

«Ma se prima di sposarsi, e dopo, quando la sua signora stava bene, Pirandello scriveva e come!» controbatté il maestro Contino.

«Sì, ma che cose, egregio amico? Cose che si capivano, naturali, prendeva fatti successi da noi e li metteva sulla carta che erano una stampa e una figura con le storie nostre, macari un poco trasformate dalla sua fantasia, che in quanto a fantasia poteva mettersi a farne limosina.» (CC 75-6)

È una scena, la prima di una serie ambientata nei circoli cittadini, luoghi deputati del suo teatro narrativo, che leggiamo con gusto nel Corso delle cose, *dove Pirandello rende conto ai suoi compaesani della sua "stramberia". Per Ca-*

milleri, però, quel maestro e autore è molto di più; è per se stesso e per la sua opera la figurazione dello «scangiu», dello scambio di persona. In figura di scambio si era presentato a casa sua con quella ridicola montura accademica, portata anche in foto di gruppo con un sorridente ammicco che lo mostra consapevole della carnevalata alla quale partecipa. In funzione di uno scambio, Camilleri interpreta la vita del grande conterraneo nella Biografia del figlio cambiato, *anno 2000. A cominciare dalla nascita, dal luogo e dal tempo della nascita. Per la paura di un'epidemia di colera, la madre quando era incinta lasciò la casa di Porto Empedocle, per una casa di campagna in territorio appena dentro Girgenti, il Caos della mitologia pirandelliana delle origini. Qui Luigino nacque settimino anticipando i tempi della gestazione, qui per disposizione testamentaria è il suo cimitero cinerario. È vero, Pirandello non riconobbe mai la sua appartenenza alla città, ma piuttosto a quell'altipiano d'argilla proiettato verso la marina e il mar d'Africa. Per questo Camilleri gli può attribuire una sorta di paternità naturale come Sciascia gli attribuiva una paternità intellettuale, essendo radicato nell'opposto versante della provincia, a Racalmuto. Ma poi è vero che quella duplice paternità è comune a entrambi, ed è rivelata da oggetti di culto, reliquie, icone, di valore affettivo più che funzionale, ritrovati o esibiti per devozione alla memoria di quel* genius loci. *Una storia semplice, ultimo romanzo di Sciascia, si chiude col casuale ritrovamento di una lettera di Pirandello. Nel romanzo* La gita a Tindari, *la soluzione investigativa il commissario Montalbano la intuisce riposando «a cavacecio» su un ramo di «un enorme ulivo saraceno che la sua para di centinara d'anni sicuramente li teneva» (GT 907). Quella ramatura intricata, volta in avanti e indietro, senza una direzione, lo attraeva. Quando poteva vi si soffermava a pensare; e un giorno guardandolo con più interesse del solito:*

Gli vennero a mente alcune parole. «C'è un olivo saraceno, grande... con cui ho risolto tutto.» Chi le aveva dette? E che aveva risolto l'albero? Poi la memoria gli si mise a foco. Quelle parole le aveva dette Pirandello al figlio, poche ore prima di morire. E si riferivano ai *Giganti della montagna*, l'opera rimasta incompiuta. (GT 994)

Ed è l'opera alla quale mette capo la Biografia del figlio cambiato *e dove il tema filiale fa i conti con una paternità diversa da quella legittima, incarnata da un uomo di temperamento forte e sanguigno inconciliabile con l'umore fantasioso e riflessivo piuttosto che attivo del giovane Luigi. Quella paternità putativa era stata vagheggiata da Pirandello che con la memoria di quel vagheggiamento elabora* La favola del figlio cambiato, *novella e poi fiaba teatrale, infine testo poetico per un'ultima incompiuta recita del suo mito testamentario* I giganti della montagna. *Da qui si sviluppa il tema pirandelliano dello scambio che non ha però per Camilleri, a quel che viene fuori dalle sue esternazioni, implicazioni di natura biografica. Verte piuttosto sulle situazioni di contenuto e di linguaggio, fino a intercettare – e solo, semmai, a livello di biografia intellettuale e di poetica – il problema dell'identità. Anzitutto dell'identità storica siciliana. Quella antropologica, di costume sociale, di comportamento può apparire meno definibile oggi, in tempi di omologazione, rispetto agli anni in cui Vitaliano Brancati ne faceva uno schermo in difesa di una peculiarità perfino provinciale ma sottratta a un'italianità di parata, imposta dal fascismo. Questa Sicilia è un ritratto dell'isola che Sebastiano Aglianò nell'immediato dopoguerra disegna in positivo più che in negativo, sperando in un mutamento di ordine civile. Ma poi il quadro si allargò e incluse tutta quella fenomenologia dell'essere siciliano che porta il nome di* sicilitudine, *variante dialettica e di significato contraddittorio della* sicilianità, *ovvero di una sicilianità di secondo grado che mette a confronto un'identità isolana stratificata nel tempo e un destino di modernità sempre rinviata. «Soffre, la Sicilia, di un eccesso di identità, né so se sia un bene o un male», scriveva Gesualdo Bufalino nella* Luce e il lutto, *una raccolta di saggi e scritti d'occasione pubblicata nel 1988. «Certo» aggiungeva «per chi ci è nato dura poco l'allegria di sentirsi seduto sull'ombelico del mondo, subentra presto la sofferenza di non sapere distribuire fra mille curve e intrecci di sangue il filo del proprio destino.»*[1]

La matassa della storia siciliana è fin troppo aggrovigliata per poter essere annodata in forza di plebisciti, leggi, decreti a quella della storia nazionale. Per questo, lo stato repubblicano vi ha provveduto concedendo all'isola uno statuto autonomo regionale che forse non ha giovato alla sua governabilità. È lecito credere che anche questo atto legislativo abbia contribuito a esasperare il problema dell'identità siciliana lasciato irrisolto come altri problemi di natura economica sociale politica della Sicilia. Tomasi di Lampedusa ne ha tratto nel Gattopardo *motivo per una sua identificazione psicologica e di classe con la malinconia ironica di un aristocratico in declino che maschera il rifiuto del nuovo ostentando una superiorità fatalistica a risarcimento, paradossale, di una lunga vicenda di dominazione. Sciascia va in traccia nei suoi romanzi storici,* Il Consiglio d'Egitto, Recitazione della controversia liparitana, *di un modello di modernità europea sperimentato da una intellighenzia siciliana laica per vocazione illuministica. Contemporaneamente in forma epica e in forma di "mistero", dal* Giorno della civetta *al* Contesto *e* Todo modo, *ha rappresentato l'attualità anzi l'emergenza, della malattia mortale della Sicilia, il tumore mafioso esteso con le sue metastasi dentro e fuori del Palazzo.*

Bufalino aveva aggiunto nella Luce e il lutto *che l'isola nella sua separazione dal continente è come un istrice che «continua ad arricciarsi sul mare» e per questo è indotta a inventarsi «i giorni come momento di perpetuo teatro, farsa, tragedia o Grand-Guignol», registrando anche per*

quel repertorio «quella variante perversa della liturgia scenica che è la mafia, la quale fra le sue mille maschere possiede anche questa: di alleanza simbolica e fraternità rituale, nutrita di tenebra e nello stesso tempo inetta a
sopravvivere senza le luci del palcoscenico».[2] Infatti, sulla
mafia, sui delitti, le stragi della criminalità organizzata si
sono accese tutte le luci della cronaca, delle voracissime,
truculente e fortunatissime Piovre televisive, della grande
industria del cinema con le riduzioni italiane dei soggetti
sciasciani e quelle hollywoodiane a celebrazione dei Pa-
drini I, II e III... Alla tragedia registrata come notizia in
diretta ha fatto e continua a fare concorrenza l'immagine
cinematografica ed elettronica rielaborata ed esaltata dalla
caratterizzazione fisionomica dei personaggi e dal ritmo di
un racconto visivo spesso in frenetico movimento. La letteratura ha altre risorse, tempi e spazi diversi; e quelle risorse può metterle a disposizione dello spettacolo, teatro o
cinema in atto. Non è questione di grammatica dei mezzi
espressivi, di tecnica, in altri termini. Semmai di quella
drammaturgia che la letteratura contiene in sé, come
realtà spazio-temporale: mentale alla lettura, teatrale nella pronuncia.

Andrea Camilleri è, tra tutti gli scrittori di oggi, non solo siciliani, quello che ha più valorizzato il teatralismo in-
trinseco della scrittura. E il Grand-Guignol della mafia ha
aggiunto alla sua arte spunti nuovi, non accessori, di ma-
terializzazione scenica. Ma non è solo una risoluzione formale, di linguaggio, alla quale la stessa liturgia del terrore
mafioso, l'arroganza spesso motteggiatrice e allusiva del-
l'uomo di rispetto (o «di panza»), del boss e del killer, offre motivi di risa e di trastullo del resto sfruttatissimi nel-
l'avanspettacolo televisivo e cinematografico e nel cinema
stesso, ma anche di caratterizzazione verbale. La comicità
siciliana è diversa da quella che investe altre identità regionali. Nella quotidianità i siciliani fanno spesso il pia-
gnisteo, ma quando scrivono ridono o sorridono volentieri

*di se stessi. Il loro humour è per certi versi simile allo hu-
mour degli ebrei, all'umorismo yiddish che nasce da una
separatezza tuttavia carica di storia e dallo sguardo assi-
duo dell'ebreo su di sé. Lo humour è anche per i siciliani
uno strumento di conoscenza e di sopravvivenza. Ma è anche uno strumento di critica generale, non solo locale. Ed
è proprio la letteratura moderna siciliana, a partire da Verga e a preferenza di ogni altra forma di cultura, a interpretare tra il comico e il serio questa storica vocazione.*

   *Camilleri non ha esercitato nei confronti delle vicende
italiane la stessa funzione di coscienza critica permanente-
mente attiva che ha esercitato Leonardo Sciascia con interventi immediati sugli avvenimenti a integrazione delle
notizie che hanno perfino turbato i suoi fedeli lettori e data corda ai suoi detrattori. Soltanto da poco Camilleri è ricercato dalla stampa italiana e straniera per fare opinione
o presenziare a manifestazioni che ora si suole ribattezzare
come "eventi", contribuendo così a esaltare suo malgrado
un culturalismo stagionale argutamente etichettato come
eventismo. Eppure la sua spregiudicata intelligenza dei
fatti e delle opinioni, come quella di Sciascia, avrebbe giovato per capire quanto stava avvenendo nel nostro paese
nei decenni trascorsi.*

   *Dalla metà degli anni Sessanta, l'Italia è stata il teatro
di un'eversione armata di origine criminale e politica che
ha messo in forse l'autorità dello Stato e delle pubbliche
istituzioni. Al culmine dell'azione brigatista il delitto Moro; al culmine dell'azione mafiosa la serie di attentati a
magistrati e politici e le stragi di Capaci e via D'Amelio
con l'uccisione di Giovanni Falcone, di Paolo Borsellino e
delle scorte. Fuori dal coro delle deprecazioni o della polemica ideologica e di partito restava la voce di Leonardo
Sciascia (quella di Pier Paolo Pasolini era stata soffocata
in un raptus di violenza incontrollata e si direbbe adole-
scenziale). Non che tacessero altre autorevoli testimonianze di scrittori, a cominciare da Moravia. Ma l'opinione di*

Sciascia sembrava fondarsi su una riflessione autonoma, senza condizionamenti di parte, certo d'opposizione, però nei confronti di tutti i poteri, di maggioranza e di minoranza. Tanto più, perciò, destò scalpore la sua dichiarazione di equidistanza: né con lo Stato né con le Brigate Rosse, che suonava come una chiamata di correità del sistema costituzionale e quasi una sua criminalizzazione. Figlio anche in questo del radicalismo di Pirandello, insofferente di compromessi e cedimenti, Sciascia doveva da se stesso fare i conti con la sua ricerca di legalità svolta controcorrente. Perché di questo si trattava, anche quando egli indicava nell'antimafia il pericolo di una lobby giudiziaria indirizzata a precostituire carriere e potere. Accusa ingiusta, mortificante per chi metteva a rischio la propria vita per sconfiggere la criminalità. Ma Sciascia era, dopo il delitto Moro, assillato dal timore che le garanzie democratiche del cittadino venissero corrose dalla formazione di poteri separati: pool di magistrati, corpi speciali di polizia, soprattutto servizi segreti. Da buon investigatore romanzesco vi scorgeva trame cospirative anche soltanto per mantenere e potenziare privilegi acquisiti con assunzioni progressive di immunità. E richiamava nelle sue ultime esternazioni pubbliche al primato della legge, alla difesa dello stato di diritto. Il corso delle idee come quello delle cose, potremmo dire con Camilleri, non è rettilineo ma tortuoso. Il rigore costituzionale di Sciascia era passato per le scorciatoie della contestazione e anche delle sue passioni e dei suoi rifiuti umorali.

A Sciascia anche Camilleri ha riconosciuto un'attitudine maggiore della sua nell'interpretazione della contemporaneità. Nel libro a due voci di Marcello Sorgi, La testa ci fa dire. Dialogo con Andrea Camilleri, *datato 2000, lo scrittore fa un'ammissione solo parzialmente rivelatrice:*

Io sono uno scrittore, il mio universo non sempre e non tutto è contemporaneo. Per esempio, pur essendo stato coinvolto nella strage di Porto Empedocle qualche anno fa, ho scelto di non parlare della mafia di oggi perché non credo di capirci, e poi c'è gente che ne sa e ne capisce molto più di me. Per me è interessante una certa mentalità mafiosa, e se rientra in un personaggio di uno dei miei racconti mi diverto a descriverla.[3]

La strage che lo coinvolse in un caffè della sua città lasciandolo per fortuna indenne, benché ovviamente terrorizzato, fu una specie di San Valentino nostrano, un regolamento di conti per il dominio del territorio. E non avrebbe potuto, proprio perché tanto coinvolgente e frastornante, aggiungere elementi di comprensione del fenomeno, ridotto da Camilleri stesso a manifestazione di mentalità ridicolmente esibita. Avrebbe forse potuto dire di più. Perché la mafia è sempre nei gialli di Montalbano, e non solo in quelli, un condizionamento della vita civile siciliana, una remora sociale che genera il sospetto reciproco e inquina i rapporti privati e pubblici. Più che operare come una società parallela e ferocemente attiva quale si manifesta nell'opera di Sciascia, la mafia produce nell'opera di Camilleri effetti criminosi per suggestione, genera un'isteria comica anche quando le conseguenze sono tragiche. La presenza della mafia induce la mentalità del sospetto, mette fuori strada e copre anche per convenienza la verità di altri crimini nascosti nella criminalità esistenziale e passionale. Ma senza quella forma mentis, quella cultura del sospetto, la trama si restringerebbe nel circuito tipico del genere poliziesco che ha reso onore agli eroi dell'investigazione, e la tipicità delle inchieste del commissario Montalbano si dissolverebbe. La mafia è un elemento costitutivo dell'opera di Camilleri anche se è una falsa pista, collabora alla messa in scena del tragediatore e alla commedia dell'identità e dello scambio.

Quanto all'identificazione, si tratta di un'altra messa in scena allestita dalla parte dell'autore, non dei personaggi e delle situazioni. Qualcuno ha recentemente ricordato, sempre a proposito di mafia, che la strategia investigativa del sostituto procuratore Giovanni Falcone consisteva, a quanto egli stesso affermava, in un esercizio mimetico di riproduzione e insieme di controllo dell'essere mafioso e dell'entità mafiosa che ha preso il nome di Cosa nostra: nella mimesi di quel comportamento, ma soprattutto del pensare e del parlare criminosi. È la mossa vincente, "la mossa del cavallo" che dà il titolo al romanzo del '99. Si potrebbe dire che il processo è simile alla costituzione di un'ipotesi di decodificazione linguistica, di una linguistica generale che assimili contenuto e forme di una linguistica parziale, propria di un sistema sociale parallelo quale è di fatto la mafia. Anche la strategia narrativa di Camilleri si origina da questa esperienza mimetica della realtà rievocata o immaginata. In ogni caso acquisita. Insomma, Camilleri come Falcone.

E non è un'esperienza di contastorie, di un Andrea da Porto Empedocle emulo dell'Andrea da Barberino dei Reali di Francia, tanto di casa in Sicilia nel repertorio non ancora esaurito dei pupari. Bufalino era più disposto di Camilleri a fare il verso ai conti popolari, e certo in questo genere avrebbe lasciato di più del Guerrin Meschino in prosa e di quel Congedo del vecchio puparo in versi, che è quasi un congedo dalla vita. È stato lo stesso Camilleri ai tempi della Bolla di componenda (1993) ad avallare un giudizio un po' troppo corrivo del suo stile: «È un mio difetto questo di considerare la scrittura allo stesso modo del parlare» (BC 31). In seguito si è dichiarato, più letterariamente, uno «sperimentatore», inducendo comunque, anche in questo caso, a una verifica d'inventario. Il suo, stando ai testi fin qui prodotti che non sono pochi e neppure uniformi, è un meticciato linguistico che contamina italiano e siciliano in un unico idioma che a sua volta caratterizza il parlato, il pensato e lo scritto, ovvero il narrato, il dialogato e il recitato. Ma acquisisce a misura del personaggio altre lingue e altri dialetti e sul registro dell'italiano dà forma a stili diversi di tipo burocratico, cancelleresco, pedantesco, o soltanto individuale, con relativa messa in atto di vezzi lessicali, circonlocuzioni, enfatizzazioni sintattiche e timbriche che valgono per lo più come blasoni caricaturali. E non è una lingua franca, come tante oggi adottate per soluzioni narrative di pronto consumo. Ma non va neppure allegata alle prove di laboratorio joyciano esperite con vario e anche notevole risultato dallo sperimentalismo degli anni Sessanta. Semmai va ricondotta nell'alveo sempre fertile, anche quando è al fondo fangoso, del plurilinguismo italiano fecondato dalle riserve dialettali della penisola, dal parodismo maccheronico che rigenera il latino e da una costante espressionistica che da Dante e Boccaccio defluisce nella tradizione del comico con tutte le sue derivazioni, trasmettendo nel tempo una funzione, vale a dire una peculiarità istituzionale della nostra letteratura, per la modernità novecentesca eminentemente attribuibile all'opera di Carlo Emilio Gadda, come da autorevole sentenza di Gianfranco Contini.

È evidente che una scrittura lievitata con tante tonalità non può essere appiattita sulla sua linearità grafica, su una lettura solo per l'occhio e svolta solo sulla pagina, da sinistra a destra. L'orecchio vuole la sua parte, e qui è molta. Non si contenta di una affabulazione dimessa propria del parlato, impone una recita che esalti il teatro della scrittura e la presenza quanto si voglia occulta dell'autore come tragediatore. Si prenda Il birraio di Preston, tra i romanzi storici della prima serie il più teatralmente strutturato, proprio sul tema di un incendio che distrugge la sera dell'inaugurazione il teatro Re d'Italia di Vigàta, toponimo sostitutivo solo in questo libro di Caltanissetta, dove in realtà nel 1874 fu inaugurato il nuovo teatro con un'opera imposta, non si sapeva per quale ragione, dal prefetto fiorentino Fortuzzi, appunto il melodramma Il birraio di Preston di Luigi Ricci, subissato dai fischi degli esasperati spettatori. Camilleri trae sempre spunto da un documento storico anche minimo, e vi allestisce sopra il suo teatro narrativo. La storia è riassunta in una memoria di qua-

rant'anni dopo redatta ad usum delphini, *cioè dell'autorità, dal figlio di un ingegnere tedesco residente a Montelusa, che per primo si adopera con un marchingegno di sua invenzione a spegnere l'incendio. Ed è il capitolo primo, però posto alla fine. Tutti gli altri capitoli inquadrano una scena e hanno per titolo un incipit ogni volta riecheggiante altri incipit più o meno celebri, compreso un calco di* Se una notte d'inverno un viaggiatore *di Italo Calvino, che aveva introdotto la formula del romanzo sempre incipiente per disguidi di impaginazione.*

Camilleri ama il gioco dell'intertestualità senza soffrire l'«angoscia dell'influenza» diagnosticata da Harold Bloom come morbo letterario. Ma lo occulta. In Un filo di fumo *un giovane mutolo di buona vena sessuale per tacita soddisfazione di una sposa trascurata*, richiama alla memoria la novella decameroniana di Masetto di Lamporecchio, zappatore a giornata e nottata di un orto di più monache. E la parabola del patto di reciproco aiuto tra un asino e un leone, esplicitamente tolta da uno scherzo impudico del catanese Domenico (vulgo *Micio*) Tempio, va riportata alla sua sede teatrale, alla commedia Il candelaio *di Giordano Bruno. Non solo con gli incipit Camilleri fa il tragediatore. Nel* Birraio, *il capitolo* C'è un fantasma che fa tremare *è una tromba che annuncia, nel suo piccolo, una rivoluzione come quella che squilla in apertura del* Manifesto *di Marx e Engels: «Uno spettro s'aggira per l'Europa»; è un preludio a tempo agitato che introduce nel vivo della narrazione distribuendo le diverse voci per intonare gli argomenti della storica battaglia tra i banditori della musica nuova – «musica da Dio!» inneggia il Cavalier Mistretta, che ha ascoltato al pianoforte brani di Richard Wagner (pronuncia «Uogner») – e il preside Antonio Cozzo, capo della tifoseria verdiana:*

«Mi permettono una parola?» spiò da una poltrona dove stava a leggersi il giornale il preside Antonio Cozzo, che fino a quel momento nella discussione non c'era entrato né con ai né con bai.

«Lei è padronissimo» disse Bonmartino.

«Non sto parlando con lei» precisò il preside «ma con il cavaliere Mistretta.»

«S'accomodi» disse Mistretta, taliandolo a guerra.

«Voglio solo parlare del *Trovatore*, l'opera somma del cigno di Busseto. È chiaro?»

«Chiarissimo.»

«E dunque, cavaliere, mi stia bene a sentire. Io piglio *Abbietta zingara* e gliela infilo nell'orecchia destra, afferro *Tacea la notte placida* e gliela sistemo nell'orecchia mancina, così non potrà più sentire il suo amato Uogner, come dice lei. Poi agguanto *Chi del gitano* e gliela inzicco nel pirtuso di mancina del naso, impugno *Stride la vampa* e gliela metto nel pirtuso di dritta, così manco può pigliare aria. Poi faccio un bel mazzo di *Il balen del tuo sorriso*, *Di quella pira* e del *Miserere* e glieli alloco tutti quanti nel buco del culo che, mi riferiscono, lei ha abbastanza capiente.» (BP 21-2)

Volano sedie a questa dichiarazione di guerra e si mette mano a un revolver Smith & Wesson come nel saloon di un western, tuttavia senza cruente conseguenze. Una guerra è stata invece dichiarata e con esiti mortali da un prefetto fiorentino che si limita a conoscere la Sicilia sulle carte dell'isola e vuole far celebrare da una cittadinanza giustamente riottosa le sue manie artistiche, come un piccolo Nerone. Il birraio è il romanzo di Camilleri più esplicitamente improntato da sentimenti meridionalisti. La fisima di un rappresentante governativo, dell'Italia della destra storica, compromesso col potere locale dei mafiosi, impone la pratica della mala giustizia e provoca una serie di disastri e di sacrifici: carcerazioni di innocenti, la morte di due amanti bruciati col rogo del teatro e nel pieno del loro rogo d'amore, di congiurati velleitari e incuranti del bene altrui, come tutti i sovversivi addestrati in centrali del continente, demoni meschini di un becero settarismo senza radici popolari. Potere statale e contropotere rivoluzionario appaiono ugualmente entità sopraffat-

trici. Con tutto ciò la Sicilia del Birraio *resta una provincia brancatiana* ante litteram. *Ricorda anche* Il turno, *il secondo breve romanzo di Pirandello con la sua maniacale, perfino parossistica, inerzia che alimenta passioni intellettuali ed erotiche quanto meno stravaganti, agitate e quietate entro un circuito di vita sociale comunque autentico, spontaneamente incline alle risoluzioni farsesche dei contrasti anche quando esse sono delegate a mediatori prepotenti che però conservano memoria di una dignità da rivendicare per sé e per gli altri. I continentali sono nel confronto maschere di un ordine scioccamente arrogante e senza effettiva autorità. Eppure il romanzo aveva preso spunto da un'importante iniziativa del nuovo stato nazionale, dall'*Inchiesta sulle condizioni sociali ed economiche della Sicilia (1875-1876). *Da qui è tratta l'allusione alla insipienza del prefetto fiorentino di Caltanissetta, così come da altre pagine di quel dossier erano nate* La stagione della caccia *e* La bolla di componenda.

Più che un romanzo, La bolla *è a sua volta un'inchiesta mista di storia e d'invenzione che denuncia l'impossibilità di introdurre nell'isola quel sistema di garanzie che stanno a fondamento di un giusto rapporto tra i diritti e i doveri del cittadino e l'autorità dello stato, e perciò sia capace di escludere ogni patto (la* componenda*) che sancisca accordi segreti con i poteri illegali. È dunque la condanna di un costume siciliano non ancora estirpato. Come tutti i veri meridionalisti, da De Sanctis a Fortunato a Gramsci, Camilleri istruisce un processo duplice, allo stato unitario e alla società siciliana alla quale non concede assoluzioni. Ma lo fa senza risentimento, anzi senza nascondere la complicità in cui fatalmente trascina la performance del comico ma anche il vagheggiamento di un'etica singolare e perfino eroica.* La stagione della caccia, *per esempio, è un racconto a suo modo epico; è la storia di un vendicatore solitario che torna in figura di straniero nel paese da dove è scomparso da bambino e dove le sue vittime, già stremate dalla deca-*

denza nobiliare, quasi collaborano alla sua vendetta che si sublima alla fine con la confessione dei delitti freddamente programmati e una inevitabile condanna capitale. A raccontarla, si direbbe il romanzo di un Edmondo Dantès conte di Montecristo volto a tragedia; ma nel repertorio di Vigàta non c'è che la commedia, compreso il genere noir, o della black comedy, *privo di lieto fine. Al contrario* Un filo di fumo *si direbbe la cronaca di un'imprevedibile ritorsione, di una controbeffa. Una ricca e spregiudicata azienda commerciale è destinata a fallire per la mancata consegna di un carico di zolfo a una nave russa in arrivo nel porto di Vigàta, e la sua rovina è favorita e pregustata da tutto un ceto mercantile concorrente. Ma un'improvvisa provvidenzialità naturale, il naufragio della nave sulla secca dell'isola detta Ferdinandea, ritorce la vendetta su una città che torna a mascherare con aggressiva petulanza le sue frustrazioni sociali e familiari.*

I romanzi fin qui ricordati sono iscrivibili anch'essi, come la serie Montalbano, nel genere detto in Italia giallo; sono gialli storici, e dunque non andrebbero raccontati. Ma vanno almeno illustrati, che è poi quanto fanno sempre felicemente i risvolti editoriali. Le trame sono a sorpresa, ma sorprendenti sono anche le soluzioni formali. Se si prende Il birraio di Preston *come cartina di tornasole dello stile di Camilleri, non si esagera l'importanza di quella felice affabulazione romanzesca. La trama si espande imprevedibilmente nel vissuto quotidiano esasperando il rapporto tra pubblico e privato, obbligando anche le storie più nascoste a venire allo scoperto: amori praticati con tanto maggior gusto di erotiche variazioni quanto più sono segreti. Camilleri allestisce con cura il teatrino delle cose «vastasi», dei piaceri ritenuti indecenti, assegnando spesso alle donne siciliane il privilegio dell'iniziativa sessuale. Concetta Lo Russo, vedova di un marinaio annegato nelle acque di Gibilterra, non riesce a pensare con altre parole che non siano quelle marine insegnatele dal mari-*

to. *Anche la sua improvvisa passione per uno sconosciuto,
apparsole una domenica in chiesa, le si rivela con quelle
metafore: di mare in tempesta, navigazione turbolenta e
poi di soddisfatto placato ancoraggio in terraferma:*

Lui non era più né barca né mare, ma solo un omo tanticchia stanco, col respiro pesante. Concetta gli leccò il petto senza manco un pilo, che pareva un picciliddro: sapeva di sale, come quello della bonarma. Lui serrò gli occhi, la strinse
tanticchia più forte.

«Ma tu lo sai come mi chiamo io?» gli spiò Concetta che
magari lei aveva le palpebre pesanti, a pampineddra, la navigazione era stata lunga assai e stanchevole. Non ebbe risposta,
Gaspàno si era già addrummisciuto. (BP 35-6)

*Concetta esce di scena lasciando memoria, più che di se
stessa, della sua carnalità. Del resto, i romanzi storici di
Camilleri non mettono a fuoco un personaggio-protagoni-
sta che sia figurazione di un destino carico di un significato non solo temporaneo. Credo che Camilleri le sue* dra-
matis personae *se le trovi davanti nel momento in cui
cominciano a parlare. Lo dice lui stesso: prendono il corpo
del loro linguaggio; a sorpresa dunque anche per lui. Più
che somigliare ai personaggi della grande narrativa moderna costruiti dapprima nel pensiero poi nell'azione,
sembrano uscire da una tela romanzesca inesauribile come
eroi ed eroine del romanzo cavalleresco classico. Sono a
modo loro ariosteschi, caratteri creati dalla situazione, dal
momento privilegiato da cui prendono rilievo. Ma è poi
vero che tra quelli antichi spicca l'eroe eponimo del grande poema, il serio e tragico Orlando, irriducibile alle circostanze e per questo sconvolto dalla perdita di Angelica, fino alla follia. Ed è vero che il farmacista della* Stagione
della caccia, *Alfonso La Matina sedicente Santo Alfonso
Maria de' Liguori, è a sua volta un'eccezione, un personaggio che interpreta il suo destino di giustiziere e lo sconta impavidamente.*

Con Camilleri il critico rischia sempre di pronunciare giudizi e poi di confutarli. Anche il corso dei suoi pensieri come il corso delle cose è spesso tortuoso. Se dice, con l'avallo dello stesso autore, che in lui prevale il contastorie, cioè la spontaneità incontrollata del narratore, contraddice il primato dello sperimentatore, cioè dell'artista da laboratorio. Se indugia a osservare l'habitat tanto affollato delle sue storie e ne traccia una descrizione solo caratteriale, ecco che emerge il tratto distintivo del personaggio, per non dire dell'eroe. Se infine, come lo scrittore stesso induce a credere, consente con la genesi documentaria e localistica dei suoi romanzi, trascura tutte le altre memorie coltivate dalla lettura e dovunque presenti come in una biblioteca portatile.

Camilleri è stato ed è un lettore vorace e di vorace assimilazione. È stata, suppongo, la sua pratica di uomo di teatro che ha reso percepibili visibilmente le sue letture, come se le dovesse di volta in volta inscenare o meglio adattare alla sua drammaturgia narrativa. E forse si potrebbe sempre cogliere nella gestazione dei suoi libri un lampo, un flash improvvisamente acceso da un ricordo letterario, più vivo di un ricordo reale: da una frase d'avvio che suggerisce lo svolgimento del tema come gli incipit del Birraio, *e anche dalla percezione fotografica e cinematografica di quello stesso ricordo presente come un'inquadratura. L'ultimo capitolo della* Mossa del cavallo, *il Catalogo dei sogni, «è composto» avverte l'autore «da immagini, frasi, parole rubate al* Libro di Geremia *(18.3),* Kafka *(Dinanzi alla legge),* Faulkner *(L'urlo e il furore),* Firpo *('O grillo cantadò),* Sciascia *(Il giorno della civetta),* Hemingway *(Per chi suona la campana), ancora* Kafka *(La metamorfosi),* Hammett *(Corkscrew),* Joyce *(Ulisse),* Proust *(La prigioniera)». I due ultimi sogni in catalogo sono variazioni sessuali su incubi (maschili) e soporifere beatitudini (femminili), come il sonno beato di Trisìna (Teresina) dopo essersi goduta con il cognato «una gran ficcata»:*

Ora donna Trisìna Cìcero dormi sola, e respira a lèggio a lèggio e il sciàto tra le so' labbra diventa una specie di musica duci duci, un canto d'àngilu. Durmennu, Trisìna torna a essiri 'nnuccenti. Il sonno accomencia a carizzarla come una mano di màscolo, prima in mezzo alle minne, doppo sulla panza, sulle natiche, in mezzo alle gammi. Appresso, prima di pigliarsela tutta, u sonnu le mette dilicatamente una benda rosa davanti agli occhi. E Trisìna, per tutta la notte, solo quella vede. (MC 245)

Il sesso, «u piaciri», si risolve spesso in estasi, come se proprio quel piccolo circuito sociale di Vigàta ne potenziasse la dedizione per soddisfare inclinazioni e voglie represse. Delle donne soprattutto, delle quali lo scrittore comico cerca la complicità (come, forse per primo, Boccaccio, quando le descrive nel "piccolo circuito" appunto delle loro camere e a loro dedica il Decameron*).*

Tutte le storie, dal Corso delle cose *alla* Mossa del cavallo *– per fermarci ai romanzi d'epoca fin qui pubblicati –, sono localizzate in quel circuito, nella piccola città, che è nella geografia reale provincia ma in quella letteraria capitale. Come sono province e capitali, nella letteratura siciliana, Aci Trezza, il villaggio di Verga, Catania, la Natàca di Brancati, Girgenti di Pirandello e Sciascia e nella letteratura americana Winesburg, Ohio, di Sherwood Anderson e la contea dell'impronunciabile Yoknapatawpha di William Faulkner. Vigàta (Porto Empedocle) ha ormai un blasone toponomastico altrettanto proverbiale. E un blasone editoriale, se non altro, potrebbe figurare in un sopratitolo di quei romanzi, "Il romanzo di Vigàta", così come "Il romanzo di Ferrara" incornicia i romanzi di Giorgio Bassani.*

Camilleri sarà vissuto, come tanti suoi coetanei e già prima del luglio del '43 e dello sbarco degli alleati in Sicilia, nello spazio di Americana, *l'antologia-continente di Elio Vittorini, e vi avrà viaggiato da una provincia all'altra tra bianchi e neri di metropoli e campagne, entrando e uscendo da sale parimenti fumose di cinema e jazz, vivendo di quel mito. Credo che la dilatazione creativa dello*

*spazio di Vigàta, stretto nel retroterra ma largo sul mare,
abbia tratto aria, respiro, dalla spazialità della provincia
letteraria americana. Ma solo respiro. Il resto, il tanto che
gli dà forma, viene da una intelligenza del reale che è tutta italiana, ed è intelligenza parodistica che valorizza tutte
le risorse del linguaggio, fino a un culmine di istrionismo
espressivo, barocco o manierato. Camilleri si fa volentieri
attrarre dalla vertigine del* gioco, *che in letteratura può fare prove particolarmente audaci. Eppure è una vertigine
controllata da uno scrittore che Starobinski potrebbe definire saltimbanco, come del resto si autodefiniva Aldo Pa-
lazzeschi; un* burlador, *quale ci appare in quello scherzo,
in quell'opera buffa che è* La scomparsa di Patò, *il ro-
manzo-dossier del 2000 che ritaglia da* La concessione del
telefono, *di due anni prima, la tecnica dei* relata refero,
*del racconto affidato a un montaggio e a un collage di rap-
porti investigativi, ordinanze, lettere private, articoli di
giornali.* La concessione *è una narrazione più articolata.
Porta a un punto estremo di inconciliabilità il motivo
principale del* Birraio, *quello dell'arroganza burocratico-
amministrativa, figurata da un gemellaggio di potere tra
un prefetto (ancora) e un questore. Ed è un delirio di ti-
ranniche persecuzioni attestate con le formule dell'impo-
stura ufficiale evidenziate come "cose scritte" e il linguaggio intimidatorio con effetti di panico altrettanto delirante
determinato dalle "cose dette". Una richiesta inaudita per
quei tempi (il 1891), l'allaccio di una linea telefonica privata, apre il sipario su un «ospitale di pazzi», in cui si intrecciano sospetti di trame delittuose e minacce di vendette mafiose, per poi svelare solo l'inganno di un adulterio
che provoca una duplice morte.*

    Più calcolata La mossa del cavallo. *Qui ritorna a farsi
valere il principio investigativo di Falcone: per sconfiggere
la criminalità (o tentare di sconfiggerla) bisogna capirne e
usarne il linguaggio, le sue simulazioni, i suoi nascosti av-
vertimenti. Un investigatore, genovese di nascita ma di*

origine siciliana, è accusato di crimini e tenuto in carcere. Ma nel carcere intuisce la mossa che spiazza gli avversari, che gli consente sulla scacchiera del dialetto pronunciato con parole a doppio significato di dare scacco matto.

Anche Camilleri ha voluto muovere da ultimo «l'unico pezzo del gioco che può scavalcare gli altri», come assicura Il manuale degli scacchi *di A. Karpov posto in epigrafe alla* Mossa. *La sua produzione narrativa distinta in una serie storica (quella di cui fin qui stiamo parlando) e in una serie poliziesca (di cui parleremo) ha creato il fenomeno negli ultimi decenni in Italia inavvertito di un pubblico* in attesa. *Lo scrittore lo ha assecondato modulando e moltiplicando le variazioni dello stesso tema e incrementando la serie Montalbano. E intanto fantasticava su un episodio di cronaca antica datato 1718 e accaduto a Girgenti durante il breve dominio regale dei Savoia. Lo lesse in un libretto intitolato* Agrigento sfogliato in libreria *e rimase subito «strammato». I due autori avevano ricavato dalle* Memorie storiche agrigentine *di Giuseppe Picone la notizia di una rivolta di popolo che aveva sopraffatta la guarnigione sabauda e assunto il potere della città facendo giustizia sommaria di civili e militari e proclamando re un contadino di nome Zosimo. Il nuovo regno durò poco e il re contadino fu presto detronizzato e impiccato. Nasce da questo scarno referto sulla svolta del nuovo millennio,* 2001, Il re di Girgenti, *l'opera che più ha «strammata» l'attesa dei lettori, ma che è, scrive Salvatore Silvano Nigro, siglando la sua fermentante bandella editoriale, «il gran romanzo di Camilleri, che tutti aspettavamo». Infatti, non è romanzo di Vigàta ma di Montelusa ossia Girgenti e della sua campagna; non è un giallo storico ma la leggenda di un eroe; non è opera mista di storia e invenzione ma di invenzione cresciuta su un frammento di storia dimenticata; ed è una storia inverosimile perché la sua verità è poetica. Però c'è la regia del tragediatore, la forma del teatro-romanzo che allesti-*

*sce più in grande che altrove il teatro barocco delle mera-
viglie. Per questo, passata la sorpresa, riconosciamo con
tutta la sua arte il nostro scrittore.*

*Il libro è distinto in cinque parti più un Intermezzo e
scandito con intitolazioni dimesse, a mo' di cronaca. Nella
prima si narra (e stavo per dire si contempla, quasi fosse
un mistero gaudioso di rosario)* Come fu che Zosimo
venne concepito, *e prende le mosse da lontano, dalla vita
grama dei suoi poveri genitori lavoranti a giornata, e ha
un avvio da* cunto *popolare, questo sì, senza remore:*

Ora comu ora, i Zosimo se la passavano bona. Ma sidici anni
avanti, quanno erano di frisco maritati, Gisuè e Filònia la fame
nìvura avevano patito, quella che ti fa agliuttiri macari il fumo di
la lampa. Erano figli e niputi di giornatanti e giornatanti essi
stessi, braccianti agricoli stascionali che caminavano campagne
campagne a la cerca di travaglio a sicondo del tempo dei raccolti e quanno lo trovavano, il travaglio, potevano aviri la fortuna di
mangiare per qualiche simanata, pre sempio una scanata di pane
con la calatina, il companaticu ca poteva essere un pezzo di cacio, una sarduzza salata, una caponatina di milanciani. La notte,
se si era di stati, dormivano a sireno, a celu stiddrato; se si era di
'nvernu, s'arriparavano in quattro o cinco dintra a un pagliaro e
si quadiavano a vicenda con il sciato. (RG 13)

*Per Erich Auerbach questo esordio sarebbe stato un
buon campione d'analisi. Realismo basso creaturale, intanto, e in attesa di intercettare campioni di altro stile nello stesso libro: basso comico, comico grottesco, comico fi-
gurale ma anche parodistico e parodistico sublime e
sublime-sublime: mescidanze di stili che Bachtin avrebbe
riportato al denominatore comune del carnevale. Piacevano a quei due geniali interpreti della letteratura antica e
moderna «ces beauls livres de haulte gresse», cari al loro
beniamino Rabelais: quei libri ben pasciuti ispirati dalle
muse grasse invocate per la* Macaronea *di Folengo, che si
nutrono di buffoneria socratica, di vitalità carnale e spirituale e che accolgono nella loro cucina, a buon diritto, an-*

che Il re di Girgenti. *Ma vi si aggiunga la dimensione favolosa indotta dall'erranza dei braccianti, quel camminare «campagne campagne», replicazione evocativa di maggiore risonanza degli analoghi doppioni ricorrenti nella parlata siciliana: «casa casa», «strata strata», «muru muru». Nigro richiama per lo spettacolo del* Re di Girgenti *un repertorio figurativo e letterario che va dai capricci di Callot e Goya ai mistici febbrili del «siglo de oro» e, per la scansione del racconto, cadenza il ritmo dei «come fu» su quello della* Cronica *trecentesca di Anonimo romano, resoconto epico e drammatico del sogno repubblicano di Cola di Rienzo. Ma i richiami sono tanti e possono essere incrementati nella memoria del lettore per la reazione osmotica prodotta da una scrittura tanto onnivora, fagocitante, come quella, va ribadito, di Rabelais e di Folengo.*

Al Baldus, *al gran poema eroicomico di Merlin Cocai, al secolo Teofilo Folengo, è tentato di risalire chi ne ha fatto esperienza di lettura replicata e di commento. La sua poetica anzitutto, che mette l'arte al servizio della natura, ovvero la elabora mimandone la realtà fisiologica e fantastica, mischiando in pentola, si direbbe, realtà e magia. Cibo e sesso sono istanze ineludibili di tutti i romanzi di Camilleri, e lo scrittore le soddisfa senza risparmio finché la fame e l'astinenza non determinano, come in questa storia di Zosimo, condizioni esasperate. Ed è anche una testimonianza di assoggettamento dell'arte alla natura la compresenza di più lingue, che però nel maccheronico folenghiano è una contaminazione da laboratorio umanistico di lessico dialettale e sintassi e prosodia latine, mentre nel maccheronico camilleriano è variazione sul metro di un dialetto presuntivamente d'epoca di altre lingue, dall'italiano allo spagnolo. Colpisce in secondo luogo una coincidenza. Letta a misura del protagonista, la storia di Zosimo è, come mi sembrò di poter dire, in altri tempi, di quella di Baldo, un racconto agiografico piuttosto che epico: vita di un martire concepito per realizzare l'utopia di una so-*

cietà giusta eliminando gli abusi e i soprusi dei ricchi e potenti e affrontando in solidarietà le sciagure naturali, prima di tutte, in quelle aride campagne: la siccità, la carestia. Dalla nascita questi eroi sono destinati a una missione. Quella di Baldo è da punitore ed esorcista: «purgare la terra da' mostri, dagli assassini e dalle streghe» scriveva De Sanctis; quella di Zosimo è il riscatto dalla povertà e dall'ingiustizia. Ma sono missioni preparate da antefatti e digressioni, da eventi sorprendenti e romanzeschi, apparizioni e pratiche magiche e miracolose. I loro natali sono umili: è un topos _questo della vita degli eroi e dei profeti venuti alla luce in grotta, sulla paglia o «tra feltro e feltro», prediceva Dante. Poi cominciano, molto presto, i prodigi. Gisuè aveva avuto una strana avventura. Aveva aiutato a risalire da un burrone, dove era aggrappato a una radice sporgente, il principe don Filippo Pensabene di Baucina. Vi si era volontariamente precipitato dopo aver ceduto al tavolo da gioco tutti i suoi feudi e la villa al duca don Sebastiano Vanasco Pes y Pes, sposo di Isabella, figlia del viceré spagnolo di Sicilia. Ora Gisuè deve aiutarlo a trovare il coraggio di impiccarsi, ma quando lo fa è incriminato per assassinio; condannato a morte, è salvato per un patto stretto col duca (che è pronto però a non mantenerlo): dovrà ingravidare la duchessa non avendo lui capacità generativa (stratagemma bassamente machiavellico, da_ Mandragola_). Lo farà, e con la complicità dello smunto monaco-prete Uhù, nemico del demonio in tutte le sue incarnazioni, e del campiere Aneto Purpigno, al quale Filonia concede a pagamento l'estasi dei suoi afrori carnali, uscirà indenne dalla prigionia mentre il duca invecchierà di colpo respinto da una sposa che ha conosciuto in una sola notte una gioia divina dei sensi, celebrata con i versi più infiammati del_ Cantico spirituale _di san Juan de la Cruz: «A onde te ascondiste, / Amado, y me dexaste con gemido?» (RG 105)._

Da questo trionfo dello scambio, da questo teatro baroc-

co delle metamorfosi, è preparata la biografia o agiografia di Michele Zosimo detto Zò, futuro re di Girgenti. *I Cenni sull'infanzia e la giovinezza di Zosimo della parte seconda sono il romanzo di una prodigiosa educazione. Meraviglia la sua rapida crescita e la sua capacità di far fronte alla realtà naturale e sovrannaturale; agli incontri col mago Apparenzio, col mendicante poeta Gregorio, con Fara serparo, con il brigante Salamone e col suo maestro del leggere e scrivere, Uhù. Calamità ed eventi storici aiutano la sua maturazione: la carestia, la peste, le rivolte dei contadini esasperati, infine l'esplosione della sua virilità dopo una verginità troppo a lungo protratta.* Quello che capitò negli anni appresso, *come recita il titolo della parte terza, è materia di storia politica e sociale più che privata. Zò si sposa e ha un figlio maschio, il viceregno di Sicilia passa dalla casa di Spagna a quella dei Savoia. Lo scambio delle teste regnanti è quasi la ridicolizzazione delle metamorfosi naturali, dei miracoli che i poveri sognano, svegliandosi con furia di rivolta dalle loro elementari* rêveries.

I capitoli che narrano, nella parte quarta, Come fu che Zosimo diventò re, *sono farciti di cronache delle cose occorrenti nel quinquennio 1713-1718 in tutta la Sicilia occidentale, da Palermo, capitale del viceregno, a Enna (una volta Castrogiovanni), Trapani e Agrigento dove Zosimo è incoronato. Andrea Camilleri ha tutte le doti dello storico; esplora gli archivi, legge sopra e sotto le righe, raccoglie, come Manzoni, pareri giudizi ricostruzioni dell'evento e ne trae personali conclusioni. Ricuce trame di lunghe controversie civili e religiose, come la controversia sulle prerogative dello stato contro i privilegi ecclesiastici rivendicati dalle diocesi siciliane, riemersa nella* Recitazione della controversia liparitana *di Sciascia. Ma non si contenta. Come la vita, la storia è evento teatrabile, mantenendo finché è possibile i vincoli della verità o della verosimiglianza. Finché è possibile. Ma l'incoronazione di un giovane contadino oltrepassa i confini della verosimiglian-*

za, pur essendo verità. Perché è una verità storica in miniatura, una microstoria che si rivive nell'immaginazione, come una rêverie o sogno di poveri, ci suggerirebbe la poétique di Gaston Bachelard. Che il regno di Zosimo sia stato una dichiarazione di investitura monarchica dal basso lo dicono le scarne e forse reticenti notizie raccolte dallo scrittore; e se non fosse derivata da una rivolta popolare esasperata e fatalmente feroce, quella incoronazione farebbe pensare a una follia carnevalesca, a una parodia delle regalità trasmesse di testa in testa. Non fu però un carnevale. Il re contadino di Camilleri è alla fine un Cristo coronato di spine portato alla forca. Senza tragedie e compianti, tuttavia. Zosimo nel suo breve regno elabora un grande progetto di giustizia universale che incide sulla corteccia di un sorbo elencando giorno dopo giorno una serie di leggi. È l'utopia arborea che il Don Chisciotti del grande poema di Giovanni Meli, Don Chisciotti e Sanciu Panza, *fattosi al contrario di Zosimo da* hidalgo zappatore, *ha intagliato a futura memoria contrastando il buon senso di Sanciu consapevole dell'impossibilità di raddrizzare l'albero storto dell'umanità. Quell'eroe di desiderio, come lo commemora lo scudiero, è però un utopista ostinato. Zosimo invece ha capito il gioco. Muore sorridente immaginando di uscire dal suo corpo sollevato dal filo di un aquilone e guardare dall'alto la scena del suo piccolo mondo. Come fa svelando il gioco lo stesso scrittore. Come fa restando in basso e spesso con amarezza il suo eroe più popolare, il commissario Salvo Montalbano.*

Il primo romanzo in cui Montalbano entra in scena è La forma dell'acqua, *del 1994. All'anagrafe è siciliano, ma di Catania, della provincia una volta detta «babba», stupida ovvero ingenua, perché la criminalità che pure in città non mancava anzi fioriva era piuttosto criminalità comune, non quella organizzata che infestava le province occidentali. Questo ancora prima che Salvo nascesse; poi cosche e famiglie si sono insediate su tutta l'isola, contendendosi il primato del traffico della droga e del pizzo, degli affari e della politica. Il catanese ha, di suo, fama di essere "sperto", intelligente, che vuol dire anche furbo; e Montalbano si capisce che lo è, ma da tragediatore dissimula, nasconde anche a superiori e colleghi la sua intelligenza professionale, il suo eccezionale fiuto di segugio. Appartiene alla categoria degli indagatori d'ordinanza statale, costretti dalla loro passione investigativa a non aspirare e anche a rifiutare la promozione. Come i suoi più noti confratelli – per primo il commissario Pepe Carvalho del quasi omonimo Montalbán e poi Maigret Colombo Derrick, ai quali lo apparenta ormai da qualche tempo una sua fortunata controfigura televisiva – deve rendere conto a magistrati e questori e anche ai suoi collaboratori di fiducia, con i quali alterna la parte del «nirbuso» e del flemmatico. Tutti i distretti di polizia che lo schermo ci rappresenta in cinema o tv hanno squadre e coppie che si muovono in sintonia. Ma spesso Montalbano si muove per suo conto, come i cavalieri erranti a cui era imposto di andare da soli in cerca di avventure o come un Philip Marlowe o un Sam Spade, i duri e romantici poliziotti privati di Chandler e Hammett spesso compromessi col destino degli indagati e soprattutto delle indagate. Nelle sue indagini non c'è niente di personale, non c'è neppure la volontà di catturare il criminale quanto di arrivare a cogliere il mistero del crimine, una realtà coperta dalle circostanze più apparenti oppure cancellata dal tempo. La sua compromissione è semmai di natura intellettuale e psicologica. Ha molte letture, ma non regole e saldi princìpi. Non pensa che le sue indagini debbano dare ordine al caos, come, a parere del polacco Gombrowicz, tenterebbe di fare il romanzo giallo.*

I princìpi ci portano a Gadda. Al molisano Francesco Ingravallo detto don Ciccio, in servizio nella questura di

Roma e alle prese con «quer pasticciaccio brutto de via
Merulana», Gadda attribuisce una filosofia che supera il
circuito intellettuale dell'investigazione. Leggeva «libri
strani», si appassionava a «questioni un po' di manicomio» ostentando una terminologia «da medici dei matti»,
che i colleghi non approvavano. «"Riformare in noi il senso della categoria di causa" quale avevamo dai filosofi, da
Aristotele a Emanuele Kant, e sostituire alla causa le cause era in lui un'opinione centrale e persistente: una fissazione, quasi.» E poi coltivava una sua idea della morte, vista come «una decombinazione dei possibili, uno sfasarsi
di idee interdipendenti, armonizzate già nella persona». Il
linguaggio che lo scrittore gli presta è raffreddato da calchi
cancellereschi, da perizia giudiziaria. A proposito della
mania di far regali alle sue protette, della prodigalità della
vittima, Liliana Balducci, frustrata nel suo desiderio di
maternità, dichiara che i reperti accettano l'ipotesi che
quel comportamento può aver dato adito a forme di «sfor-
zata sympatia *sororale nei confronti delle consessuate*».[4]
Bell'esempio di terminologia medico-legale. Montalbano
può sorridere come tutti i lettori di Gadda di queste caratterizzazioni idiomatiche del personaggio. Ma se egli stesso
fosse un lettore, non il protagonista dei gialli di Camilleri,
sorriderebbe anche della sua idiomaticità semidialettale
che contamina siciliano e italiano, come Ingravallo napoletano, molisano e italiano, e insieme un'espressività
umorale brusca e cordiale. Quanto ai princìpi generali, la
concordanza con Ingravallo è piena nel rifiuto della logica
più lineare, di causa-effetto; ma di fronte alla morte, a
quella naturale non violenta, Montalbano si rivela piuttosto incline alla rimozione anziché al ragionamento.

   La paternità di Ingravallo è putativa, stando al confronto dei due personaggi, ma Montalbano non sembra rive-
larla, e forse Camilleri preferisce non passare per nipotino
dell'Ingegnere. Il commissario di Vigàta fa più volentieri
ricorso ai suoi padri o fratelli maggiori siciliani. Da sini-

stra (è la sua parte politica), fa propria una famosa sentenza gattopardesca: «*la frase saliniana del cangiar tutto per
non cangiare niente*», adattata all'immobilità locale: «*zara zabara per dirla in dialetto*, o mutatis mutandis *per dirla in latino, le cose nell'isola, e nella provincia di Montelusa in particolare, non si cataminavano mai, magari se il
barometro segnava tempesta*» (FA 67-8). Da buon ragio-
natore, poi, commenta insieme al suo questore, buon lettore anche lui, alcune conclusioni del Candido *di Sciascia.*
Una, in particolare, che il questore ricorda al suo collaboratore: «*il protagonista a un certo punto afferma che è
possibile che le cose sono quasi sempre semplici*», ma il
commissario aggiunge che quella limitazione, «*quasi sempre*», fa capire che possono essere anche complicate (FA
139). Il sottotitolo del libro di Sciascia, Un sogno fatto in
Sicilia, *si tradurrebbe nel loro caso in un incubo siciliano.*
Montalbano l'ha vissuto in proprio e se ne è liberato tacendo la verità privata, dolorosa, del delitto e lasciando
che si creda al movente del crimine di mafia e politica, il
più ovvio e il più generalmente accreditato dalla polizia,
dalla magistratura, dall'opinione pubblica.

Come primo romanzo della serie, La forma dell'acqua
*(titolo ossimorico per un elemento informe che però pren-
de forma dal contenitore) doveva darci un identikit morale
del protagonista, che fisicamente ha tratti incerti benché di
provata seduzione. E incerti, ovvero problematici, per quel
che riguarda la deontologia del poliziotto. Un servitore dello stato addetto alla cattura del colpevole non dovrebbe
mai coprire un delitto, anche quando lo considera un provvidenziale dente per dente. Livia, che vive lontana in Liguria e ha con lui saltuari incontri, è l'unica persona alla quale Montalbano può confessare alla fine il suo reato. Ha
eliminato le prove, ha taciuto ai suoi colleghi la verità. La
confessione la lascia perplessa. «"Ti sei autopromosso,
eh?" domandò Livia dopo essere rimasta a lungo in silenzio. "Da commissario a dio, un dio di quart'ordine, ma*

sempre dio."» (FA 150-1). Con un'altra donna, una giovane compagna di lavoro alla quale per fedeltà a Livia il commissario si rifiuta, ammetterà di non essere un uomo onesto: «"No, non lo sono" disse. "Ma non per quello che pensi tu."» (FA 152). Lei pensava a una più banale disonestà dongiovannesca per averlo intravisto in compagnia di una bella e discinta svedese. Ma lui era capace di resistere alle sirene; sapeva sacrificare al suo dovere di investigatore e alla sua fedeltà di amante periodico le sue pulsioni erotiche peraltro frequenti. Anche in questo – ma Livia non l'avrebbe detto – si comportava come un dio minore.

Ingravallo, il don Ciccio di Gadda, cogitando sempre «sui casi degli uomini e delle donne» ed esprimendosi «per rapidi enunciati» sosteneva che «le inopinate catastrofi» (e tra queste doveva includere le vicende delittuose) «sono come un vortice, un punto di depressione ciclonica nella coscienza del mondo, verso cui hanno cospirato tutta una molteplicità di causali convergenti. Diceva anche nodo o groviglio, o garbuglio, o gnommero, che alla romana vuol dire gomitolo. Ma il termine giuridico "le causali, la causale" gli sfuggiva preferentemente di bocca: quasi contro sua voglia».[5] Forse per questa ragione Gadda, alter ego del commissario, quel gomitolo di umanità quanto si voglia feroce non arriva a scioglierlo. Montalbano invece i suoi gomitoli li scioglie tutti, ma poi li riannoda togliendo al giudice il suo compito di valutare il reato, di assolvere o punire il colpevole caricando la bilancia col peso delle aggravanti o alleggerendola con le attenuanti. Nei romanzi e racconti di Montalbano non c'è posto per il giudice, neppure per il magistrato che dovrebbe avere la responsabilità delle indagini e condurre gli interrogatori. Nella Mossa del cavallo la solidarietà tra un giudice istruttore e un procuratore favorisce la liberazione dell'innocente protagonista. I due garanti della legge sanno che per tutta quella vicenda possono arrivare, «al massimo, a una verità parziale», concludendo malinconicamente che

«è sempre meglio che nessuna verità» (MC 233). *Quel ro-*
manzo è un giallo della serie storica, dell'altro ieri, ma la
filosofia che contiene è di ieri e forse di oggi. Il riferimen-
to alla condizione dei giudici antimafia è evidente. Nei
gialli di Montalbano non c'è traccia di magistrati altret-
tanto efficaci o destinati al martirio. Eppure Camilleri tro-
va il pretesto per contrapporre alla tangentopoli degli anni
Novanta l'azione di "Mani pulite". Nel Cane di terracotta, *secondo della serie poliziesca, c'è una tipica sequenza*
del commissario gourmet *solitario, nella circostanza,*
però, distratto durante il pasto dalle notizie di un telegior-
nale nazionale:

Pigliò le pietanze, una bottiglia di vino, il pane, addrumò il
televisore, s'assistimò a tavola. Gli piaceva mangiare da solo, godersi i bocconi in silenzio, fra i tanti legami che lo tenevano a Livia c'era magari questo, che quando mangiava non rapriva bocca. Pensò che in fatto di gusti egli era più vicino a Maigret che a
Pepe Carvalho, il protagonista dei romanzi di Montalbán, il
quale s'abbuffava di piatti che avrebbero dato foco alla panza di
uno squalo.

Tirava, a sentire le televisioni nazionali, una laida aria di malessere, la maggioranza governativa stessa si era venuta a trovare spaccata su una legge che negava la carcerazione preventiva
a gente che s'era mangiato mezzo paese, i magistrati che avevano scoperto gli altarini della corruzione politica annunziavano
dimissioni di protesta, una leggera brezza di rivolta animava le
interviste della gente comune. (CT 189-90)

Viene in mente una celebre invettiva che Pirandello nei
Vecchi e i giovani – *quasi un breviario del meridionalista*
Camilleri – filtra attraverso il monologo di un personag-
gio che «aveva assunto la parte dell'indignato»: «Ma sì,
ma sì: dai cieli d'Italia, in quei giorni pioveva fango, ecco,
e a palle di fango si giocava». Lì un'insostenibile pesantez-
za della politica, qui un tocco di rapida caratterizzazione
civile aggiunto con sostenibilissima leggerezza. Ma a quale
fine?

Il sospetto che il commissario Montalbano professi una fede comunista neppure incrinata dal crollo del socialismo reale, che sia un «comunista arraggiato», circola nelle stanze della questura, ma senza conseguenze per la sua libertà di movimento. Era stato sessantottino e poi critico severo di quei giovani leader del movimento che avevano voltato gabbana e ora ricoprivano cariche vistose e lucrose di manager di industrie e finanze. Lui a quel tempo aveva compreso le ragioni della difesa di Pasolini dei proletari poliziotti contro gli studenti contestatori, i figli di borghesi romani di Valle Giulia. La gita a Tindari si apre con questa sua invettiva lasciata nel romanzo senza seguito, ma chiaramente dettata da una volontà di testimoniare la singolarità dello sbirro Montalbano, reclutato dal poema di Pasolini e proprio per questo estraneo alle conversioni dei voltagabbana. I suoi compagni di squadra gli sono devoti e anche consapevoli, quando non divertiti, della sua stravaganza. Il segreto della sua simpatia sta in una tranquilla convivenza di semplicità – di vita, di affetti, di gusti – e di stravaganza di pensiero. Una stravaganza del resto provvidenziale quanto può essere nefasta una logica troppo consequenziale. Tutti i bravi detective ne sono affetti, non solo l'antiaristotelico Ingravallo. Il brigadiere Fazio, gli agenti del "pollaio", Gallo, Galluzzo e Tortorella, sono contenti di lavorare con il commissario; anche il vice Mimì Augello, un po' farfallone amoroso, e più d'ogni altro il telefonista Catarella che raccoglie con i suoi quiproquo iperbolicamente affatturati la tradizione dello zanni, della maschera più popolare dell'Arte rinverdita dai Pappagone televisivi. Con Il cane di terracotta la squadra appare al completo. Opera col suo capo la cattura, preventivamente concordata, di un mafioso disposto a collaborare con la giustizia. Ma poi la giustizia resterà impersonata dal solo Montalbano, che raccoglierà in punto di morte la rivelazione del pentito al quale polizia e magistratura dell'antimafia non hanno saputo assicurare l'incolumità. E

sarà una rivelazione che consentirà di requisire un gran
carico di armi destinato alla criminalità, nascosto in cavità
rocciose della campagna montelusana. È un successo del
quale però il commissario non trarrà vanto perché la sua
investigazione è ora attratta da un mistero anteriore che
l'esplorazione di una grotta conserva e un cane di terracotta, a guardia dei cadaveri nudi di un uomo e una donna,
enigmaticamente esibisce. Montalbano, il dio minore, conosce le trame tanto poco misteriose per lui di Cosa nostra
o altre famiglie. È l'oltre del crimine che lo tenta, l'oltre
che ossessiona il *Serafino Gubbio* pirandelliano: e quando
giunge a coglierne l'origine e le ragioni, che sono poi passioni segrete, sa che a quel punto giustizia è fatta, il tempo
ha lavato le colpe: la storia che la casualità fa riemergere,
tutta ricostruita dal di dentro, è rivissuta con i soggetti che
ne hanno fatto esperienza, non è giudicata.

Forse accompagnando Montalbano da un romanzo al-
l'altro, da un racconto all'altro, bisognerà riconsiderare
anche la funzione del comico nel corso tortuoso (come
sappiamo dal primo libro) delle cose. Comica è la lingua
pasticciata di dialetto e italiano, comiche le altre lingue di
altre aree nazionali che entrano in coabitazione. Comiche
sono le figure che prendono forma soprattutto dal parlato
(ma non solo), e le situazioni che, a differenza di quelle
tragiche, sono imprevedibili; meno comica la soluzione,
che comporta perfino una catarsi, se è vero che catarsi è
uno stato d'animo motivato dalla pietà. Lui, il commissario, non è un personaggio connotato interamente dalla comicità. Non è Javert ma neppure un soddisfatto investigatore di routine. Tra tutti i sette vizi capitali cede solo al
peccato di gola, un peccato che si presta a una maggiore in-
dulgenza rispetto agli altri, e sarebbe sbagliato attribuirgli
anche quello di superbia per la fiducia che pone solo in se
stesso, nella sua pratica di cacciatore solitario e perfino di
piccolo dio. Verso la fine del *Ladro di merendine* (uno dei
suoi capolavori, giustamente prestato all'audience televisi-

va con molto successo) e a conclusione di una vicenda contaminata di vizi pubblici e privati, Montalbano ricorda a Livia per lettera un rimprovero che lei gli aveva fatto (vedi La forma dell'acqua):

Tu una volta mi rimproverasti una certa mia tendenza a sostituirmi a Dio, mutando, con piccole o grandi omissioni e magari con falsificazioni più o meno colpevoli, il corso delle cose (degli altri). Forse è vero, anzi certamente lo è, però non credi che questo rientri *anche* nel mestiere che faccio? (LM 633)

Rientra anche nella caratterizzazione comica che Camilleri, come Gadda, dà alle sue vicende, sapendo che il comico può contenere il tragico, mentre il tragico è indisponibile al comico.

Il ladro di merendine *è un intreccio di falsificazioni. Ma quelle dei servizi segreti di stato – di uno stato dei segreti che il commissario non riconosce – restano, a dispetto della sicurezza che dovrebbero garantire, falsificazioni immorali, anzi disgustose. Per coprire l'uccisione apparentemente accidentale di un tunisino imbarcato su un peschereccio di Mazara del Vallo, i servizi eliminano una giovane donna, tunisina pure lei, testimone scomoda e stanno per uccidere anche il suo bambino. Un'anziana moglie gelosa ammazza il marito che gode dei favori dell'extracomunitaria uccisa. C'è di mezzo il commercio della droga e c'è di mezzo il duello coniugale. Montalbano viene a capo dei due intrighi. Quel che è fatto è fatto, e non sarà lui a denunciare l'illegalità criminosa dei servizi segreti, come fa talvolta qualche solitario cacciatore anti-CIA o anti-FBI della cinematografia americana. La sua furia si sfoga una volta tanto col pestaggio di un cinico agente pronto a servire col più orrendo dei delitti la ragione di stato; ma poi si serve del ricatto di una denuncia alla televisione e sulla stampa per ottenere la salvezza del piccolo ladro di merendine e l'assicurazione di un salvataggio anche per lui, dalla minaccia di una sua promozione.*

Il ladro di merendine *introduce il tema dell'orfano. Duplice e a specchio. François, il bambino del titolo, è rimasto senza madre, e Livia nascostamente lo adotta. Salvo riceve la notizia della morte imminente del padre, e non fa in tempo a vederlo ancora vivo, anzi, senza scomodare la psicopatologia del lapsus, non vuole fare in tempo a vederlo. Si sente un orfano forse da sempre, e da sempre forzato, da se stesso ovviamente, a rinviare il matrimonio, a fare famiglia. Un professore di filosofia, suo commensale durante un breve soggiorno di riposo in una locanda di Mazara, analizza la sua paura per l'approssimarsi della morte del padre e gli ricorda la passione che aveva messa nell'inchiesta detta del cane di terracotta su un delitto avvenuto cinquant'anni prima:*

«Lo sa perché l'ha fatto?»

«Per curiosità?» azzardò Montalbano.

«No, carissimo. Il suo è stato un modo finissimo e intelligente di continuare a fare il suo non piacevole mestiere scappando però dalla realtà di tutti i giorni. Evidentemente questa realtà quotidiana a un certo momento le pesa troppo. E lei se ne scappa. Come faccio io quando mi rifugio qua. Ma appena torno a casa, perdo subito la metà del beneficio. Che suo padre muoia è un fatto reale, ma lei si rifiuta di avallarlo constatandolo di persona. Fa come i bambini che, chiudendo gli occhi, pensano d'avere annullato il mondo.»

Il professore Liborio Pintacuda a questo punto taliò dritto il commissario.

«Quando si deciderà a crescere, Montalbano?» (LM 626)

Senti chi parla! avrebbe potuto replicare il commissario-bambino; uno che scappa da casa, dalla sua realtà che con tutta la sua filosofia non riesce a dominare. A Marinella, nella casa a pochi metri dal mare in cui abita lontano dall'abitato cittadino, Montalbano ha deposto sul tavolo senza aprirlo un volumone di settecento pagine che aveva acquistato su una bancarella attratto dal titolo: Metafisica dell'essere parziale. *L'autore non è nominato; ma se il com-*

missario avesse studiato filosofia nella facoltà di Lettere della sua città, a Catania, l'avrebbe incontrato, quel filosofo dimenticato che si chiamava Carmelo Ottaviano e che una conoscenza almeno parziale *di quel suo trattato dai suoi studenti la pretendeva. A Montalbano bastava evidentemente il rilievo dato a quella parzialità dell'essere che riconosceva come sua, dal momento che alla totalità sapeva di non poter aspirare. Ma quel poco che egli riusciva a manifestare di sé tacendo falsificando scambiando realtà e verità era già tanto. Del resto, non era sempre necessario. A volte i fatti si aprono alla conoscenza in uno stato di estasi, un segreto terribile si rivela abbandonandosi «completamente al suono, all'onda del suono». La voce del violino è il suono di un magico Guarneri che sembra contenere il lamento di una bella donna trovata cadavere, nuda e violentata. Montalbano non s'è lasciato ingannare dalle motivazioni sessuali più apparenti che spingono un ragazzo guardone innamorato della vittima al suicidio. Ascoltando in compagnia di una vecchia intelligentissima signora un concerto che un solista esegue per sua unica soddisfazione, nel suo appartamento, intuisce la verità:*

Gli parse che a un tratto il suono del violino diventasse una voce, una voce di fìmmina, che domandava d'essere ascoltata e capita. Lentamente ma sicuramente le note si stracangiavano in sillabe, anzi no, in fonemi, e tuttavia esprimevano una specie di lamento, un canto di pena antica che a tratti toccava punte di un'ardente e misteriosa tragicità. (VV 804)

Aveva già ascoltato quella musica, ma ora, eseguita su un altro violino, su un Guarneri, sembrava completamente cambiare di timbro e cambiare i risultati dell'indagine. Un altro suicidio, quello del vero assassino, chiude l'inchiesta. Anche questa volta uno scambio c'è stato, uno scambio soltanto materiale del prezioso strumento che ha causato la morte della sua proprietaria. Montalbano intercala qualche riflessione di natura filosofica, ma qui sembra

piuttosto accontentarsi di registrare il destino dei perso-
naggi vittime di un feticcio, come nel Falcone maltese, *in-*
dimenticabile libro di Hammett e film di Huston.

Non hanno in comune se non la coabitazione in un
affollato condominio il destino di morte di un giovane
playboy irretito letteralmente in una rete elettronica, nelle trame di internet, dove si trasmettono affari criminali, e
quello di una coppia di anziani sposi, troppo schivi per suscitare la simpatia dei vicini di casa, i quali decidono un
giorno di partecipare a un breve viaggio turistico, alla Gita a Tindari, *titolo del giallo con cui Camilleri inaugura il*
nuovo millennio. Montalbano ama salire e scendere le
scale degli anonimi condomini e togliere dall'anonimato
chi vi abita entrando negli appartamenti e perfino accet-
tando un improvvisato invito a pranzo. Nei romanzi poli-
zieschi – Simenon insegni – il condominio con tanto di
portineria di solito a gestione femminile è un luogo depu-
tato di esplorazione esistenziale oltre che indiziaria. Il
giallo, si collochi l'indagine in un albergo di lusso, preferi-
bilmente di vacanze, in una villa con tanti ospiti e più an-
cora in un palazzone popolare, continua a svolgere una
funzione sociologica che altri generi narrativi non possono
vantare e perpetua con i suoi siparietti sollevati da interno
a interno la grande tradizione del realismo che il cinema,
e soprattutto il cinema neorealista, aveva valorizzato. Nel-
la Gita a Tindari *ci sono anche collocazioni molto diverse*
della vicenda: la villa inaccessibile di un vecchio padrino
che simula un'intesa con la polizia, uno squallido rifugio
di un suo nipote ammazzato prima che si allei con una "fa-
miglia" concorrente, una stalla ristrutturata dalla mafia,
una clinica per illeciti trapianti d'organi. Questa volta
Montalbano opera proprio da sbirro, con l'intuito che gli
consente di collegare alle trasgressioni apparentemente in-
nocue delle più scialbe esistenze piccolo-borghesi i delitti
della grande criminalità. E certo avrebbe preferito dimen-
ticare il suo dovere di sbirro quando il mistero della scom-

*parsa di un giovane finanziere d'assalto si svela con tutto
il suo straziante retroscena di follia. È la situazione che lo
coinvolge come un* doppio, *un detective che rivive, non
scopre, la verità nell'*Odore della notte. *A questa data
(che è la nostra, del nostro provvisorio rendiconto) l'immagine di Montalbano risulta meno ferma per un di più
di interiorizzazione dei fatti più ancora che del personaggio. C'è un indugio della memoria all'inizio che prende
forma da uno schianto di persiana spalancata all'improvviso nel gelido mattino di un'estate «in agonia», anziché
dal sapore di una* madeleine *messa in infuso:*

Rimettendosi corcato, Montalbano si concesse un'elegia alle
scomparse mezze stagioni. Dove erano andate a finire? Travolte anch'esse dal ritmo sempre più veloce dell'esistenza dell'o-
mo, si erano macari loro adeguate: avevano capito di rappresentare una pausa ed erano scomparse, perché oggi come oggi
nisciuna pausa può essere concessa in questa sempre più delirante corsa che si nutre di verbi all'infinito: nascere, mangiare,
studiare, scopare, produrre, zappingare, accattare, vendere, cacare e morire. Verbi all'infinito però della durata di un nanosecondo, un vìdiri e svìdiri. Ma non c'era stato un tempo nel quale esistevano altri verbi? Pensare, meditare, ascoltare e, perché
no?, bighellonare, sonnecchiare, divagare? Quasi con le lagrime agli occhi, Montalbano s'arricordò degli abiti di mezza stagione e dello spolverino di suo padre. (ON 1069-70)

*Uno sguardo dentro l'*armuar, *ovvero nell'armadio, e
l'incantesimo del primo risveglio è finito: «il feto di un
quintale o quasi di naftalina l'assugliò alla sprovista». Al
suo eroe Camilleri non concede il premio di una lunga pausa sentimentale dopo un* a parte *d'intonazione lirica, quasi
da ballata di Villon invocante* les neiges d'antan. *Costretto
nel suo ruolo, il commissario indaga, accoglie testimonianze, formula ipotesi e con i suoi collaboratori si addentra in
una plausibile ricomposizione dei fatti, quasi costruendo
un romanzo nel romanzo. Da solo però ha soprassalti e fu-
ghe dal senso comune che lo avviano oltre la verosimiglian-*

za. *Accidentalmente, riflettendo su un suo sfogo distruttivo compiuto su un indumento donatogli da Livia, su un pullover, intuisce che la verità del delitto è nascosta in un processo di* rimozione, *in atti di ordinaria follia. Da quel momento seguire la donna che nasconde il segreto di tutta la vicenda significa entrare nel* déjà vu *della letteratura, mettere tutta la storia* en abîme *e se stesso lì dentro come la voce narrante di un allucinato racconto del grande Faulkner,* Omaggio a Emily *o anche, come lo si leggeva in* Americana *di Vittorini,* Una rosa per Emily.

Montalbano avrebbe voluto che quello straziante finale restasse il finale di quel racconto, per scambio tra letteratura e realtà. Ma doveva uscirne da sbirro col suo ruolo, respirando per sollievo l'odore della notte, che aveva sentito prima acido e marcio, ma che alla fine di un'avventura «era un odore leggero, fresco, era odore d'erba giovane, di citronella, di mentuccia. Ripartì esausto, ma confortato» (ON 1241).

Era uscito anche da un racconto che aveva irrorato in altri tempi la sua fantasia e ora irrorava la sua memoria. Non si creda che fosse un personaggio alla mercé degli scrittori e tanto meno del suo autore, di Andrea Camilleri. Inversamente da quel che accade con Pirandello, nei gialli di Montalbano è il personaggio che si rifiuta all'autore, non l'autore al personaggio. Un racconto della seconda raccolta, Gli arancini di Montalbano, *si intitola esplicitamente* Montalbano si rifiuta. *L'autore lo sta cacciando in una vicenda* hard-boiled, horror, pulp, *o come altro chiamare quell'orrenda* fiction *cannibalesca da cui il commissario evade ingiungendo allo scrittore di non continuare, ché «non è cosa». Autore sei avvertito, non provarci con le tue paterne invocazioni:*

Figlio mio, cerca di capirmi. Certuni scrivono che io sono un buonista, uno che conta storie mielate e rassicuranti; certaltri dicono invece che il successo che ho grazie a te non mi ha fatto bene, che sono diventato ripetitivo, con l'occhio solo ai

diritti d'autore… Sostengono che sono uno scrittore facile,
macari se poi s'addannano a capire come scrivo. Sto cercando
d'aggiornarmi, Salvo. (AM 1548)

*Lettore, anche tu sei avvertito. Se vuoi trascorrere un
mese col commissario (e sono trenta i racconti di* Un mese
con Montalbano), *non pensare che le sue storie vogliano
sorprenderti con intrecci più sconvolgenti di quelli dei
suoi romanzi e con giochi di prestigio narrativi. La misura
più breve del narrare impone anzi di non annodare più capi allo stesso gomitolo, di isolare la classica* tranche de
vie. *Quanto a Montalbano, si vede che egli rimane lo stesso anche quando entra ed esce più rapidamente nel continente del delitto. Solo che sembra richiamare più spesso
che altrove e per ogni situazione il suo edipo, e si ripete
inquieto: conosci te stesso. Come il suo autore, ha sempre
successo. Ma da giocatore vincente, come il suo autore, teme per la sua buona ventura. Da dio minore, di quart'ordine, il commissario può assumere tanto la funzione di
giustiziere quanto – l'abbiamo visto – il potere di infran-
gere la regola. Un uomo mite vive da barbone e si rivela
un intellettuale, lettore di Goethe, come si vanta di essere
il commissario, pronto a far scambio con lui di buone traduzioni dell'Urfaust, nientemeno. Sconta con quella esistenza declassata, e dopo tanti anni con la morte per mano
del colpevole che si sente ricattato, il rimorso di un lontano assassinio di collegio che non aveva avuto il coraggio di
denunciare; ma consegna a Montalbano la prova che farà
arrestare il vecchio omicida (La sigla). Altrove il commissario non fa la parte del giustiziere. Non può che aggiungere uno stupore attonito alla rivelazione di un sacrificio,
il suicidio offerto dalla donna al suo uomo come compenso alla sua gelosia del passato (Amore). Oppure lascia andare incontro al suo destino un disperato uxoricida che in-
dividua sul suo stesso treno (Il compagno di viaggio).
Nei racconti la motivazione delittuosa è di solito pas-*

sionale; induce sentimenti di pietà ovviamente per la vittima e, per il carnefice, spesso di perplessità morale più che di esultanza punitiva. Come negli Arancini di Montalbano *(la seconda raccolta) l'uccisione di un'anziana puttana (*La pòvira Maria Castellino*) da parte di un preside indebitato che la deruba, o il delitto di un vecchio poeta compiuto sul figlio divenuto killer della mafia (*Sostiene Pessoa*); o ancora l'omicidio da parte di un uomo che ormai giace, a delitto eseguito, accanto alla tomba dell'ucciso (*L'uomo che andava appresso ai funerali*).*

Non so se la circostanza vada segnalata, ma colpiscono nei racconti le trasferte fuori sede di Montalbano, per ragioni personali o d'ufficio. In alcuni casi sembrano favorire occasioni di autoanalisi, perfino freudiane. Il titolo dato a un pezzo breve dell'ultima raccolta (2002), che è anche dell'intero volume, La paura di Montalbano, *è un titolo parlante. È la storia di un marito infedele che salva con l'aiuto del commissario escursionista involontario a Courmayeur la moglie sospesa nel vuoto di un precipizio. Una volta evitata la catastrofe, Montalbano riceve dal marito la confessione di una sua iniziale esitazione nel salvataggio. Come emersione* post factum *di una volontà delittuosa nascosta, la situazione in letteratura non è nuova. Basta ricordare le tentazioni omicide del protagonista della* Coscienza di Zeno. *Ma in quella confessione è il commissario stesso che si specchia:*

Era vero, Livia aveva ragione. Lui aveva paura, si scantava di calarsi negli «abissi dell'animo umano», come diceva quell'imbecille di Matteo Castellini. Aveva scanto perché sapeva benissimo che, raggiunto il fondo di uno qualsiasi di questi strapiombi, ci avrebbe immancabilmente trovato uno specchio. Che rifletteva la sua faccia. (PM 1644)

Il tema dello specchio è ricorrente in questo volume, che alterna a tre racconti tre romanzi brevi. Nel secondo, Ferito a morte, *Montalbano lo mette in evidenza, con la*

riserva del dubbio espresso da una Livia divertita della
sua stramberia:

In bagno si taliò allo specchio e si fece subitanea 'ntipatia.
Ma come facevano le pirsone a reggerlo e alcune a volergli macari bene? Lui non si voleva bene, questo era certo. Un giorno
aveva pinsato a se stesso con spietata lucidità.

«Io sono come una fotografia» aveva detto a Livia.

Livia l'aveva taliato strammata.

«Non capisco.»

«Vedi, io esisto in quanto c'è un negativo.»

«Continuo a non capire.»

«Mi spiego meglio: io esisto perché c'è un negativo fatto di
delitti, di assassini, di violenze. Se non esistesse questo negativo, il mio positivo, cioè io, non potrebbe esistere.»

Livia, curiosamente, si era messa a ridere.

«Non m'incanti, Salvo. Il negativo di un assassino, sviluppa-
to, non rappresenta un poliziotto, ma lo stesso assassino.»

«Era una metafora.»

«Sbagliata.»

Sì, la metafora era sbagliata, ma c'era qualcosa di vero. (PM
52-3)

Meglio lo scuro si intitola l'ultimo racconto dell'ultima
raccolta. Se non allo scuro, è in penombra anche l'ultima
immagine dell'eroe, del piccolo dio. L'autore ormai ultra-
settantino gli ha dato un'anagrafe: cinquant'anni, perché
abbia l'età di un figlio su cui è impresso qualcosa del suo
DNA. C'è tempo per scrutarlo fuori, nell'azione, e dentro,
nell'animo, prima di mandarlo in pensione. E c'è tempo
anche per la sua pensione, se è vero, come è vero, che è in
contromarcia, l'anagrafe dello scrittore Camilleri.

Giugno 2002   Nino Borsellino

Note

[1] G. Bufalino, *L'isola plurale*, in Id., *La luce e il lutto*, in *Opere 1981-1988*, introduzione di M. Corti, a cura di M. Corti e F. Caputo, Bompiani, Milano 1992, pp. 1140-1.

[2] Ivi, p. 1142.

[3] M. Sorgi, *La testa ci fa dire. Dialogo con Andrea Camilleri*, Sellerio, Palermo 2000, p. 109.

[4] C.E. Gadda, *Quer pasticciaccio brutto de via Merulana*, in Id., *Romanzi e Racconti*, II, a cura di G. Pinotti, D. Isella, R. Rodondi, Garzanti, Milano 1989, pp. 16-7.

[5] Ivi, p. 16.

L'ISOLA DELLE VOCI

di Mauro Novelli

I richiami alle opere di Camilleri si effettuano mediante le sigle sotto elencate. Per le citazioni complete si rimanda alla Bibliografia. Nel caso delle storie di Montalbano qui accolte, i numeri di pagina corrispondono al presente volume.

... perché da noi avvenne ciò che in nessun altro paese è avvenuto, che ogni regione, o anche solo una città, fu piccola e pure spesso grandissima nazione, e Roma anche il mondo; il che non è difetto, ma anzi ricchezza, ricchezza di storia, ricchezza di vita, ricchezza di forme e di costumi, ricchezza di caratteri; e stolido è per l'arte volervi rinunziare invidiando alla Francia quei piallati caratteri comuni della sua generalità.

L. PIRANDELLO, *Dialettalità*

Mi pare che il problema sia questo: come creare un corpo di letterati che artisticamente stia alla letteratura d'appendice come Dostojevskij stava a Sue e a Soulié o come Chesterton, nel romanzo poliziesco, sta a Conan Doyle e a Wallace.

A. GRAMSCI, *Quaderno XV*

Un prodigioso paradosso

«Chissà che cosa ne direbbe Sciascia, se fosse vivo», della lingua ibrida di Camilleri. Alla domanda, che si poneva qualche anno fa Adriano Sofri in calce a un articolo assai cordiale,[1] in realtà è possibile rispondere grazie allo stesso Camilleri, che più volte ha rievocato il perplesso stupore col quale il maestro di Racalmuto reagì alla lettura di Un filo di fumo, *colpito – lui infaticabile incisore di un italiano nitido e tagliente – dallo scialo di sicilianismi: «Andrea, ma così chi ti legge?». Milioni e milioni di persone, com'è arcinoto,*

col supporto di decine di traduzioni, dall'estone al gaelico, dal giapponese al catalano, tanto che viene da chiedersi che cosa ne direbbe Sciascia, se fosse vivo, di un tale successo planetario. Con ciò non si vuole tuttavia suggerire l'idea di una sua grave miopia: a lungo l'energica caratterizzazione locale impressa alla pagina negò a Camilleri persino la primissima tappa per una valorizzazione letteraria, ossia il mero giudizio di pubblicabilità. Vale infatti la pena di ricordare che Il corso delle cose, *opera d'esordio stesa tra il 1967 e il 1968, fu rifiutata da uno stuolo di editori, per poi essere stampata alla macchia una decina d'anni più tardi.*

D'altra parte, col senno di poi, parecchi hanno scorto la matrice essenziale dei trionfi attuali proprio nell'inconfondibile linguaggio, ora criticandone una scaltra e prevedibile coloritura, ora valorizzando la genialità di una maniera grazie alla quale si realizzerebbe finalmente il sogno di un incontro tra l'avanguardia e le masse. Questa pista, che ha riscosso molti entusiasmi al convegno di Palermo del 2002, pare nondimeno muovere da un presupposto discutibile: e cioè che la scrittura di Camilleri si possa assimilare tout court *a un plurilinguismo di matrice espressionista, quale delineato in notissime pagine gaddiane da Gianfranco Contini. Al proposito, una prima perplessità riguarda la natura stessa del vigatese, il cui impianto pare obbedire a un inflessibile* primum *realista, teso a guidare un organismo unitario e vorace, in grado cioè di trasfigurare i materiali di cui si vale, scorrendo su un amplissimo spettro di registri. In quest'ottica, soccorrono alcune osservazioni del diretto interessato,[2] a detta del quale oggi è evidente*

il calo (o addirittura la mancanza) di quel furore, di quella passione, a tratti di quel delirio di Gadda nella restituzione (o meglio nella rifondazione) della realtà, per la quale era indispensabile quel particolare, insostituibile e irriproducibile plurilinguismo. Senza quel fuoco bianco, l'uso di un linguaggio "alla" Gadda riduce la scrittura a un liso e a tratti insensato cerimoniale.

Non c'è luogo, nella narrativa di Camilleri, in cui non si levino alte le vampe di «quel fuoco bianco». Se Gadda si definiva «minimo Zoluzzo di Lombardia», non sarà l'autore del Birraio di Preston *un "Gogolino" in sedicesimo di Trinacria? E si dice Gogol' per additare subito una stella polare, e insieme evitare un equivoco: poiché il ricorso di Camilleri al dialetto non conosce velleità populistiche e linguaiole, né va confuso con gli appassionati scavi filologici, virgolettati, di un Meneghello. Quanto agli espressionisti, per marcarne la distanza basterà appellarsi all'introduzione continiana a* La cognizione del dolore,[3] *secondo la quale il loro dialetto, «se di dialetto si può parlare, non è veicolo di mimesi, è un idioma privato», in centrifuga con mille altre verzure. Troppo spesso si scorda come Gadda sia il «capoluogo di un paese dai versanti accidentati e divergenti», per convertire il suo «espressionismo naturalistico» in uno smisurato ombrello, sotto il quale trovano ricovero operazioni molto diverse. Ne è risultata, alla lunga, una sostanziale sovrapposizione tra plurilinguismo ed espressionismo, che appare forzosa e immotivata, specie qualora si mantenga per l'ultima categoria un nesso con il tragico, o almeno con la violenza deformante. In questo senso, l'etichetta si dimostra del tutto inadeguata non solo per Camilleri, ma anche per molti scrittori corregionali a cui viene rifilata all'impronta, riuscendo a far rimpiangere un'altra dicitura a fisarmonica, "barocco".*

In effetti, se c'è qualcosa che ha accomunato gran parte dei migliori narratori siciliani del secondo Novecento, è la ricerca di una prosa umorale, nella quale la componente indigena non teme lo scontro con arcaismi, residui aulici e neologismi, disposti in una sintassi artificiosa o comunque di forte sapore letterario. Le scelte stilistiche di Antonio Pizzuto, Gesualdo Bufalino, Stefano D'Arrigo, Vincenzo Consolo, per quanto tra loro distanti, paiono tutte condividere e prendere le mosse dall'orrore per quella che Paso-

lini[4] *negli anni Sessanta definiva «l'omologazione linguistica» dovuta al dilagare dal Nord di uno sciatto italiano
«tecnologico» (eppure, chi ha vissuto in un qualsiasi paese
sa bene quale forza normativa e livellante abbia piuttosto
la varietà locale, una forza capace di suscitare riso o diffidenza non appena si adoperi una parola per un'altra, o alla minima difformità di pronuncia; poco più in là, non altrimenti potrebbe dirsi dell'"eterno presente" che si vuole
proprio dell'odierna società di massa: quando per millenni
sono stati i contadini a vivere il medesimo giorno, a sudare nel medesimo solco). Oggi, cinque minuti a occhi chiusi
su un tram o una corriera valgono a comprendere come la
realtà dell'italiano non stia in una asettica* exaequatio
*modernistica, quanto nelle più spregiudicate contamina-
zioni, con le regioni da un lato e i cinque continenti dall-
l'altro. L'italiano* parlato *a Vigàta è appunto la cava da cui
Camilleri estrae instancabilmente le materie prime per
raccontare, con particolare cura alle pietre più scheggiate;
puntando con decisione, in altre parole, verso gli effetti re-
ferenziali garantiti da una colloquialità feriale intrisa a
fondo del sostrato isolano, secondo una scelta che sembra
recuperare una condotta tipica della narrativa neorealista.
Il corpo a corpo con la lingua d'uso vivo e "basso" ne valorizza le fragranze regionali, arricchite da idiotismi e ricordi lessicali di gioventù, ma senza alcuna attrazione per
edonismi esibizionistici o necrofilie vidimate dal vocabolario. La densa, spesso densissima tintura siciliana di rado
fa velo alla lettera del testo, ragion per cui appare in sostanza un gustoso* bonus *il glossario d'autore inserito per
volere di Livio Garzanti in coda a* Un filo di fumo, *glossario che causò – aneddoto sintomatico – lo sdegno di D'Arrigo, implacabile cavaliere dell'asperrimo. Il prodigioso
paradosso dello stile di Camilleri vive tutto nella dialettica tra un altissimo grado di scorrevolezza e un inaudito
sfruttamento del* patois *natio. Si tratta di rendere il vigatese accessibile a tutti, all'idraulico astigiano quanto alla*

cassiera di Ancona, come già aveva fatto Eduardo col suo napoletano. *Il vero mistero, che si cercherà di chiarire, è come persino la prova più audace,* Il re di Girgenti, *felicemente riesca nell'intento di «arrivare al massimo di comprensione, però senza tradire il suono di una lingua remota»* (PR 137): *inverando in definitiva un afflato ben visibile sin dalle poesie edite negli anni Quaranta e Cinquanta, pervase da un'ansiosa volontà di farsi ascoltare.*

Mezzo secolo più tardi, si è volentieri attribuita senza troppi distinguo la clamorosa riuscita di quest'aspirazione a eccessive concessioni alla "facilità", quasi fosse sinonimo di mediocrità, tradendo con ciò il persistere di un habitus mentale prettamente novecentesco, incline a identificare complessità (se non proprio difficoltà) e valore. «Sostengono che sono uno scrittore facile, macari se poi s'addannano a capire come scrivo» (AM 1548), sbotta Camilleri in un racconto. Sarebbe arduo negargli il merito di aver demolito alcuni pregiudizi, prima tra essi l'idea per cui presupposto imprescindibile del successo letterario debba essere una trasparenza linguistica al limite del trasandato o dell'anonimo: viceversa, anche la più svelta impresa di Montalbano è lontana le mille miglia da simili orizzonti. Fino a pochi decenni or sono, d'altronde, storici della lingua e sociologi della letteratura hanno condiviso un chiaro disinteresse per le tattiche stilistiche della narrativa d'intrattenimento, a cui lo stesso Camilleri non teme di ricondurre parte della propria opera. «Una cosa che ho sempre detestato è che in Italia se tu non fai una cattedrale non sei un architetto. Invece ci sono delle cattedrali orrende, delle chiese orrende, e delle chiese di campagna meravigliose».[5] Balena qui il legittimo orgoglio di chi ha offerto un contributo decisivo per ammodernare un settore da sempre sguarnito in Italia, quell'artigianato di qualità su cui si appuntavano le preoccupazioni democratizzanti del Gramsci richiamato in esergo. Anche nel campo della lingua letteraria, la storia non la fanno soltanto i generali.

La peculiarità che di primo acchito salta agli occhi, a un confronto sommario con le scelte formali degli autori di maggior presa degli scorsi vent'anni, è naturalmente il massiccio apporto del fattore dialettale, assente o trascurabile in Eco come nella Tamaro, in De Carlo come in Baricco. Un po' più indietro, qualche traccia meglio documentabile si riscontra in Piero Chiara, che per molti versi rappresenta l'unico vero precedente di Camilleri, ove almeno si guardi alla comune predilezione per le commedie di costume appoggiate a spalliere giallistiche, in locations *paesane trattate senza nostalgia, rovistando sotto la cenere per infilzare il conformismo filisteo sullo spiedo di una comicità grassa, generosamente pepata con erotismo boccaccesco. Il dialetto cui lo scrittore di Luino alle volte dà spazio, tuttavia, è citato e distanziato, più o meno come accade nell'ultimo best seller* ante Montalbano *giunto dalla Sicilia,* Volevo i pantaloni, *in cui Lara Cardella vi ricorre solo nei dialoghi, facendone l'ostaggio di una cultura arcaica, gretta, opprimente.*

Di tutt'altra fattura – oltre che di ben altra portata – si rivela la manovra di Camilleri, con il quale il marchio dialettale e le promiscuità del discorso quotidiano entrano a forza sin dentro l'italiano del narratore, conquistando alla lingua del romanzo di vasto consumo una robusta dimensione regionale, da tempo confinata nelle riserve del paraletterario o sprigionata nelle arditezze dell'avanguardia. Una così vistosa convalida trova solide fondamenta in ambito sociolinguistico. La valorizzazione di un dialetto accolto in pagina per scopi che sormontano il gioco o la denuncia, non poteva che venire a valle del vistoso processo che ha segnato gli anni Novanta, durante i quali le parlate locali si sono liberate della risoluta discriminazione di prestigio di cui le masse popolari (con molte ragioni) le facevano oggetto. Ognuno vede come man mano che ci si allontana dal mondo di cui il dialetto era espressione, al rifiuto di quell'odore di miseria vanno spesso sostituendo-

si curiosità e nostalgie pungenti. Su questa via, non è troppo azzardato istituire un paragone tra la nostra preda e il
«composto indigesto di frasi un po' lombarde, un po' to-
scane, un po' francesi, un po' anche latine»[6] approntato da
Manzoni per il Fermo e Lucia, con lo scalpello del "parlar
finito" ad arrotondare le sporgenze milanesi per mezzo di
desinenze italiane. L'Introduzione rifatta da ultimo *alla
prima redazione del romanzo definisce una ricetta adotta-
ta controvoglia e presto ripudiata, anche perché sarebbe
apparsa fuori dei domini austriaci troppo esotica e impura,
non meno delle pozioni siciliane oggi serenamente offerte
da Camilleri ai continentali:*

Se noi avessimo conosciute frasi dello stesso valore, le quali
fossero non solo intelligibili, ma adoperate negli scritti e nei discorsi per tutta Italia, certamente le avremmo preferite a quelle
nostre, sagrificando di buona voglia l'imitazione d'una verità
locale alla purezza della lingua; persuasi come siamo che quel
primo vantaggio sia da trascurarsi, anzi non sia vantaggio
quando non si possa conciliare col secondo.

Agli esiti opposti di quest'istruttivo déjà vu *è sotteso appunto il rovesciamento della situazione linguistica rispetto
all'Italia preunitaria, o meglio l'inversione dei codici d'uso
del lettore (del cittadino) comune. Di modo che se per lungo tempo l'approdo all'italiano ha rappresentato un'eman-
cipazione essenziale, viceversa ora, a trapasso pressoché
compiuto, i vernacoli si presentano agli occhi di molti come
un accogliente riscatto dalle frustrazioni della modernità
avanzata: un vero e proprio baluardo identitario con cui
difendersi dallo* spaesamento. *Non è questo, s'intende, il
luogo per discutere dei rischi di un simile* trend, *a cominciare dai velleitari folclorismi che la cronaca anche politica
ci ha reso familiari. Piuttosto, è il caso di rimarcare come il
dialetto, sebbene sia sempre meno la lingua dei vinti – quale in fin dei conti è stato per non più di un secolo – resti l'ingrediente fondamentale per chi si voglia misurare col varie-*

gato fiorire delle parlate della penisola. A ben vedere, l'operazione "creolizzante" di Camilleri, che più avanti si analizzerà nel dettaglio, sfrutta a fondo la sostanziale diglossia che perdura in molte regioni, nelle quali è tuttora ovvia una competenza almeno passiva di italiano e dialetto, mentre va vie più diffondendosi il ricorso a stili della conversazione fluttuanti, con ripetuti compromessi e avvicendamenti. Spiccano al proposito i dati dell'ultima inchiesta Istat, aggiornati al dicembre 2000, che hanno messo in luce un netto aumento dell'uso misto dei due sistemi in famiglia e con gli amici, praticato ormai da circa un terzo della popolazione (era il 24,9% nel 1988). Se poi si stringe l'obiettivo sul Mezzogiorno, si scopre come a fronte di una regressione tanto del dialetto quanto dell'italiano, in soli cinque anni (tra il 1995 e il 2000) l'uso misto è salito vertiginosamente, sino a diventare il comportamento linguistico di gran lunga più frequente in contesti informali, praticato in famiglia dal 46% degli abitanti; nelle Isole, l'incremento è stato addirittura di dieci punti percentuali (dal 31,6% al 41,4%). Proiettata su questo sfondo, la scrittura di Camilleri mostra quante scintille possano tuttora scaturire da un urto tra italiano e patois che non ha alcuna intenzione di abdicare alla verosimiglianza. Né si tratta di un caso isolato: ibridi variopinti movimentano le storie di molti autori che hanno puntato la torcia sul passato o sugli enigmi dei bassifondi sociali, magari allacciando le due opzioni. La declinazione italiana del giallo e noir mediterraneo, da Ferrandino a Fois, prova come il profondo rinnovamento del genere passi in primo luogo attraverso lo stile, che nel perdere il consueto nitore si inquadra chiaramente in un panorama a grandangolo che comprende – a parte Vigàta – per lo più metropoli: la Marsiglia di Jean-Claude Izzo, l'Atene di Petros Markaris, la Casablanca di Driss Chraïbi, la Barcellona di Manuel Vázquez Montalbán, l'Algeri di Yasmina Khadra, la Istanbul di Orhan Pamuk.

A conti fatti, Camilleri è forse il campione più appari-

scente del ritorno di una stagione in cui – nonostante le ricorrenti profezie avverse – la letteratura può ancora affidare alla lingua potenti connotazioni geografiche e sociali,
ricavando successi impensati dalla rinuncia a un paesaggio
verbale familiare alla maggioranza dei lettori. Lasciata
perdere la categoria di espressionismo, non pare davvero il
caso di contestare al vigatese una notevole credibilità mimetica, riducendolo a un particolarissimo idioletto d'autore. Il punto è che la componente sicula – sia pure assunta a
dosi cavalline – non osta all'annessione dei romanzi di
Camilleri al dominio dello "stile semplice", per rifarsi al
filone delineato da Enrico Testa.[7] Ciò in quanto la de-
strezza e l'impegno nella ricreazione di un'aura orale fanno di quest'ultima il vettore di una leggibilità straordinaria, secondo modalità che sarà bene indagare a fondo.

L'oralità a monte

*Non l'aculeo intagliatore di crude xilografie, né una salsa
versata per risvegliare pietanze scipite: ma l'olio che dona
una sciolta naturalezza al meccanismo di precisione costruito grazie a un orecchio portentoso. Il dialetto in Camilleri è al servizio di un ubiquo, insopprimibile gusto per
la resa su carta dell'immediatezza orale. «È un mio difetto
questo di considerare la scrittura allo stesso modo del parlare. [...] ho bisogno d'immaginarmi attorno quei quattro
o cinque amici che mi restano» (BC 31), in modo da stabilire un* feedback *redditizio. I* CD *acclusi a* Montalbano a
viva voce *non fanno che riproporre l'esperienza che l'autore si autoimpone a compimento del lavoro:*

Scrivo una pagina, la correggo, la rifaccio, a un certo punto
la considero definitiva. In quel momento me la leggo a voce alta. Chiudo bene la porta, per evitare di essere ritenuto pazzo, e
me la rileggo, ma non una volta sola: due volte, tre. Cerco di
sentire – e in questo la lunga esperienza di regista teatrale evidentemente mi aiuta – soprattutto il ritmo. (MV 33-4)

Tuttavia, per quanto ami definirsi «contastorie», all'interno delle sue narrazioni Camilleri non tratteggia cornici di scambio orale. L'attenzione al coinvolgimento del fruitore non si traduce in una diretta chiamata in causa nel testo, sotto forma di controparte fisionomizzata. La stessa voce narrante non ha rilievo personale né ruolo alcuno negli avvenimenti: anzi, in molteplici circostanze si assiste a una tendenziale caduta della sua mediazione, stante il dilagare di documenti "già scritti" e di dialogati schietti. Il caso limite, che permette di verificare gli esiti ultimi di questa strategia, è rappresentato dalla Concessione del telefono, *in cui si alternano «cose scritte» e «cose dette», inscenando un pirandelliano gioco di specchi, per cui a ogni personaggio tocca una verità. La diserzione del narratore è però solo apparente: sotto ogni parola il lettore intuisce la sfida lanciatagli, a trasformarsi in un segugio teso sulle orme della sarabanda di intenzioni e desideri che si incrociano febbrilmente e in cui si rifrange l'ombra del puparo che, dietro le quinte, corre su e giù per il ponte, dove lo si immagina sovrintendere con un sorriso affabile alle vicende delle sue creature.*

Vicende che, almeno in nuce, *calano dritte dalla realtà: Camilleri in genere lavora di fantasia sui materiali che essa gentilmente fornisce. È lungo questa sponda, propriamente, che si accosta a un attributo della narrativa orale, come ha notato Simona Demontis,[8] che gli assegna l'atteggiamento dell'«agricoltore sedentario»: uno dei due modelli arcaici, sosteneva Walter Benjamin ragionando su Leskov,[9] dell'arte del racconto. Ma se non sfoderano storie d'altrove lontani, come dovrebbe fare l'altro prototipo, quello del «mercante navigatore», è pur vero che i narratori camilleriani comprendono le peculiarità della terra d'origine proprio per aver viaggiato il mondo e le arti. Da questa angolatura, ricordano la figura di sintesi postulata da Benjamin, che la individuava nell'artigiano maestro di bottega, già garzone errante. Beninteso, non sono gli epi-*

*sodi del passato rurale, appresi subito dopo la guerra da
un vecchio contadino in cambio di sigarette Milit, a essere
restituiti ai lettori: «le storie sono cadute, mi sono rimaste
le parole che la piccola borghesia non sa usare, ma che Pirandello conosceva bene quando traduceva i classici in siciliano».*[10] *Con ogni probabilità Camilleri allude qui a un
lavoro che mise in scena in più occasioni (la prima nel
1969 al teatro Greco di Tindari) e di cui scrisse in vari saggi:* 'U Ciclopu, *un dramma satiresco di Euripide volto in
dialetto da Pirandello nel 1918. Scavalcato l'uniforme girgentano campestre di* Liolà, *a caratterizzare l'opera è la
pluralità di registri, in specie tramite l'opposizione fra la
sapidità rustica del Ciclope-«massaru» e la* vis *italianiz-
zante sfoggiata da Ulisse, l'uomo di mondo, viaggiatore*
spertu, *in grado di trascendere il vernacolo. Questa lezione puntualmente rivivrà, attualizzata e articolata, nella tastiera linguistica percorsa da Camilleri nella propria narrativa. Il debito con* 'U Ciclopu *oltrepassa di gran lunga
l'ambito lessicale, nel quale si riverberano le ambivalenti
predilezioni attribuite a Montalbano, non a caso quintes-
senza della sicilianità. Mare e campagna, di nuovo: affezionato per le sue riflessioni tanto a uno scoglio quanto a
un ulivo centenario, innamorato delle* timpe più aspre e
insieme domiciliato accanto alle onde. Per mostrare quanto Camilleri alla bisogna possa trarre dal campo marina-
resco, è sufficiente un rinvio al pezzo di bravura del Birraio
di Preston (BP 27-36), laddove drappeggia l'incontro erotico di una vedova evocando cavi d'ormeggio, bitte, sartie,
bompressi e molto, molto altro.*

Ciò che più colpisce, in questo tour de force *metaforico
che si dirama in un intero capitolo, è nuovamente l'abilità
nel detergere il sudore dell'inchiostro, approdando – nonostante coefficienti di difficoltà altissimi – a un'esemplare disinvoltura. Non c'è dubbio che uno dei segreti dell'effetto* friendly *camilleriano stia nella mimesi del repertorio
orale della lingua, nelle qualità di un mobilissimo "parla-*

to-scritto". Se si astrae per un attimo dalle vigorose pennellate geografizzanti, è facile vedere come – senza rovistare tra le battute dei personaggi – nella diegesi si realizzi uno sbarco pieno e completo, in dominanza assoluta, dei contrassegni della colloquialità la più dimessa, ben al di là di quelli che si è soliti riunire sotto il cappello dell'italiano neostandard, dai quali pure è bene avviarsi alla volta di un'indagine esaustiva. Intanto, però, preme rimarcare come da questa prospettiva (e dunque non solo per la mancata rinuncia al colore regionale) le scelte dello scrittore empedoclino si oppongano sia alla lingua senza slanci eccessivi della narrativa pirandelliana sia all'italiano "iperscritto" dell'ultimo Sciascia. Un nesso andrà piuttosto rintracciato con le schiettezze di Regalpetra, e più indietro col magistero verghiano, tappa cruciale nella riduzione delle distanze linguistiche tra narrazione e dialogato. Su questo versante, lasciando per il momento tra parentesi locuzioni, proverbi e affini, si impone la spiccata presenza – con picchi nei gialli di Montalbano – di un lessico generico (coso, fatto, roba, eccetera), opposto a concretissimi sbocchi dialettali, in virtù del convergere di due principi di fondo, semplificazione e verve, *che trova coronamento nei territori della sintassi.*

Rilevata la diffusione dell'andamento paratattico, va subito precisato che non si fonda sulle ondate di frasi in accumulo, convocate specie dai calligrafi a bilanciare la staticità dell'azione, ma su una spina dorsale dinamica ed essenziale, assistita di frequente da stile coupé *e frasi nominali. Qui e là, germoglia una tenace semina di segnali discorsivi, volti a istituire sul momento connessioni labili, con improvvisi cambi di progetto. Del resto le false partenze, le metamorfosi delle costruzioni e gli anacoluti non sono che il capo estremo di una onnipervasiva tendenza agli ordini marcati nella* dispositio *degli elementi frasali: un'edera che infesta quasi ogni riga. Il fatto che si tratti di un espediente da tempo accasato nella nostra narrativa non toglie*

*nulla all'importanza dell'uso intenso, martellante che fa
Camilleri delle tematizzazioni, con strutture scisse («Fu
proprio in quel momento che sentì una voce stanca», FT
42), c'è presentativi («c'è uno che si trova dintra un ascensori», LM 418), dislocazioni a destra («me la vuoi spiegare
meglio 'sta storia?» AM 65; «non lo facevo, lo spiritoso»,
ON 1131) e soprattutto a sinistra: «La sua casa certi giorni
la trasformava in un luna-park» (GS 38), «La risposta l'ebbe appena girata una curva» (GT 944), «Le bombole non le
ho mai usate» (ON 1184). L'anomalo peso attribuito alla
sequenza* topic-comment *è accresciuto dal libero accesso
consentito alla collocazione tipicamente siciliana del verbo,
che agli occhi della platea italiana accresce i suoi poteri di
messa a fuoco: «Qua sono» (SC 65), «lei comunista è» (FA
146), «male cascò» (CT 303), «Fiducia devi avere» (CTL
90). Inutile accanirsi: nessuna esemplificazione, solo il*
continuum *della lettura può restituire l'efficacia vivaciz-
zante di un tale tappeto sintattico "affettivo", cosparso di ri-
dondanze pronominali, concordanze a senso, frasi foderate.
Tra questi tasselli, così malavoglieschi, non potrebbe mancare il famigerato* che *polivalente. Montalbano* dixit: «Lui
è un pupo che la mafia gli tira i fili» (VV 756). L'indiretto
libero con cui si chiude* La gita a Tindari, *rimotivando il titolo, riassume e sigilla perfettamente l'atteggiamento stilistico in questione: «Se Livia si tratteneva qualche giorno,
una gita a Tindari era una cosa che ci poteva pensare». Accanto alla mancata flessione del* che *e al lessico andante
(«una cosa»), l'ipotetica dell'eventualità col doppio imperfetto è un indizio lampante della spregiudicatezza di Camilleri, che non ha paura di travasare in luoghi esposti costrutti sentiti come trasandati anche nella conversazione.
L'attitudine alla riduzione del sistema della morfologia
verbale – viva nelle prime prove («come se ci vedeva per
davvero», FF 19; «uno che era meglio che scantonavi se lo
incontravi da solo», SD 65) come nelle ultime («ammesso
che non aveva scrupoli morali», GT 1012; «pareva che sta-*

va facendosi dei gargarismi», ON 1077) – premia chiaramente l'indicativo, e in particolare l'imperfetto, cui si accolla l'intera gamma di valori modali. È opportuno sottolineare con forza che il fenomeno, benché si accordi con un orientamento peculiare dell'italiano meridionale, non ha avuto significativi riscontri nella narrativa contemporanea, dove congiuntivo e condizionale sembrano tenere meglio di quanto abitualmente si suppone.

Camilleri, per parte sua, impone i tratti esaminati ai narratori non meno che ai personaggi. Ne sortisce una tonalità di discorso assai confortevole per il lettore poco addestrato, impostata su una quota diafasica bassa, segnata da cospicue interrelazioni con la falda locale, a volte appena un filo sotto la norma: «Lei a questo suo parente l'ha informato del fatto?» (VV 671), può domandare Montalbano in tutta serietà. In effetti, se non si possono certo negarne le potenzialità comiche, va comunque chiarito che tra gli obiettivi primari di questa strategia non c'è quello di ostentare compiaciute scorrettezze o gergalismi di riporto. A riprova si consideri l'uso dell'interpunzione, nella quale non hanno alcun posto le ricercatezze emotive o i ghiribizzi naïf di questi tempi chiamati spesso a mimare un'oralità di cartapesta. Ben sapendo quanto basilare sia la punteggiatura per rendere gli intenti focalizzanti che la voce affida all'intonazione, Camilleri si accontenta anche solo di una virgola ben piantata, tuttavia bastante a suggerire un accento di frase dall'inconfondibile striatura sicula: «E che indovino, la ventura?» (CC 34). Uno dei pochi luoghi eccentrici è il travolgente attacco di Un filo di fumo, un unico periodo in climax *senza punti fermi*, lungo quattro facciate e ritmato dalle voci incontrate da Nenè Barbabianca nella sua *via crucis*: voci virgolettate, s'intende. Camilleri mai prescinde dalle virgolette di citazione, come nondimeno si è fatto a più riprese nel secondo Novecento.

Gli enormi spazi destinati al dialogato, peraltro, impongono un preciso esame di quello che appare come un lascito *delle molteplici esperienze di sceneggiatura, percepibile in alcune considerazioni in margine al convegno palermitano:* «io dico questo al mio personaggio: "Vieni avanti, parla: ti fabbrico secondo come mi hai parlato, secondo le cadenze e il tono, le inflessioni e la voce"». *È rimarchevole come le trasposizioni per il teatro, la televisione e la radiofonia non abbiano richiesto soverchi aggiustamenti sui lavori narrativi, già predisposti per sequenze, spartite dai colloqui. A essere sciorinata in mille fogge è un'abilità tanto più rilevante in quanto insiste su un reparto nel quale il romanzo nostrano storicamente è solito esibire gravi limiti, ora non più imputabili alla realtà semiplatonica dell'italiano. Continui botta e risposta, non di rado serratissimi, costituiscono la cifra più evidente di una scrittura che ama procedere per sticomitie, anzi vere e proprie sticomachie, in grado di tener testa al conte Vittorio Alfieri (il quale riusciva a stipare cinque battute in un endecasillabo):* «"Pronto?" / "Pronti?" / "Catarè!" / "Dottori." / "Che fu?" / "Spararono." / "A chi?" / "A uno." / "Morì?" / "Morse"» (PM 24). *Nei suoi "processi verbali", Camilleri sorpassa di slancio in immediatezza De Roberto, rinunciando spesso a qualsivoglia didascalia,* verba dicendi *inclusi. Al riguardo campeggiano le numerosissime e magistrali telefonate di Montalbano: nel quarto capitolo della* Forma dell'acqua, *per esempio, sfilano privi di commento, separati da una linea bianca, addirittura undici dialoghi, ciascuno con un interlocutore differente: e senza alcun danno alla fluidità di lettura. Altrove, naturalmente, il narratore punteggia i confronti con chiose sagaci; inoltre insiste ed eccelle nella resa del linguaggio non verbale, ottenendo dalla cinesica e prossemica della conversazione esiti assai divertenti: si veda nel* Birraio di Preston *la muta intesa tra due giovani (BP 32-3). Chi legge Camilleri non impiega molto a comprendere, come l'ingegner Lemonnier in* Un filo di fumo, *che la chiave* «Non erano le parole che dicevano, non erano i gesti che facevano [...]: bisognava invece stare attenti a come dicevano quelle parole, a come facevano* *quei gesti»* (FF 20). *Contrariamente all'ottuso prefetto Bortuzzi, incapace di cogliere i sottintesi di don Memè Ferraguto* (BP 42), *il lettore ideale sarà lesto a puntare ogni fruscio, tenderà nari e orecchie dinanzi alle sfumature di ogni silenzio, di ogni mossa, di ogni sguardo, per esserne invariabilmente ripagato. Sicché tutta* La stagione della caccia *può discendere dal patto racchiuso in una* taliata da picciliddri *tra la marchesina e Fofò* (SC 146).

Allusioni e doppi fondi si possono celare anche tra le righe degli scritti attribuiti a personaggi, di cui Camilleri è contraffattore abilissimo. La concessione del telefono, come detto, non fa che estremizzare la contrapposizione tra verba e scripta presente un po' dappertutto, rafforzata dall'allergia per la varietà letteraria istituzionale, il "medio-alto" per così dire, emarginato con pochi pentimenti. In missive e documenti si comprime invece l'ultima riserva consentita all'italiano aulico, esasperato nei suoi contorni più lunari e cancettereschi, quasi che ufficialità e menzogna giochino a darsi la mano. Com'è prevedibile, sono le opere ambientate a fine Ottocento a spingere maggiormente in questa direzione. Si va, in crescendo, da qualche episodio di Un filo di fumo *(la cui vicenda d'altronde sboccia da una lettera ritardata, così come nel* Corso delle cose *tutto dipende da una cartolina) al capitolo che affastella lettere di ogni risma nel* Birraio di Preston (BP 132 sgg.), *ai due faldoni riprodotti nella* Mossa del cavallo, *al ping-pong della* Concessione *(che si apre con tre lettere di preghiera, via via più lambiccate, a un prefetto), sino alla* Scomparsa di Patò, *sorta di romanzo in forma di* dossier, *nel quale l'ossessione mimetica imperversa in un turbine di rapporti ufficiali, scritte sui muri, lettere anonime, ritagli di giornale, piantine in allegato. Di passaggio, andrà pur detto che non è tra i meriti minori di Camilleri una simile rifondazione del romanzo epistolare, in Italia da sempre egemonizzato dalle confessioni per voce sola (esemplarmente,* La storia di una capinera). *Il che non significa non vi sia una notevole quantità di lettere e messaggi "intimi" tra le sue pagine, al contrario:*

> Pippo amori mio adoratto,
> gioia di chisto cori Pipuzzo adoratto ca ti penzo che è notti o che è iorno e ti penzo macari che è il iorno ca viene appresso e doppo quelo ca viene appresso ancora tu manco lo puoi capiscire quando mi manchi... (CTL 95)

Questo biglietto, vergato da Lillina Lo Re nel 1891, si iscrive in una lunghissima teoria, da cui non vanno escluse comunicazioni di genere professionale: il rinvio obbligato, nella stessa sede, è alla disdetta forniture della ditta di legnami Sparapiano Salvatore (CTL 133-5). Il fatto è che Camilleri ama molto sbizzarrirsi con le incertezze scrittorie dei semicolti, riplasmandone le stravaganze ortografiche e i compromessi col dialetto, per il passato ben attestati ad esempio su tavolette ex voto, fiancate di carretti o anche sulle pareti di celle dismesse: da dove Vincenzo Consolo, nel Sorriso dell'ignoto marinaio, *immaginava trascrivesse Enrico Pirajno, barone di Mandralisca.*

Tu quoque siculus

La vena dialettale, dunque, non conosce tregua, spesso dilagando persino quando si finge di registrare uno scritto. Più in generale, in Camilleri sembra rivivere, adeguata ai tempi, un'osservazione di Pirandello a cui sovente si è appellato, cavata da Prosa moderna, *un saggio di data piuttosto alta (1890), steso a margine della lettura del* Mastro-don Gesualdo:[11]

Mettete ora un siciliano e un piemontese, non del tutto illetterati, a parlare insieme [...], non faranno altro che arrotondare alla meglio i loro dialetti, lasciando a ciascuno il proprio stampo sintattico, e fiorettando qua e là questa che vuol essere la lingua italiana *parlata* in Italia delle reminiscenze di questo o di quel libro letto.

Da un pezzo, molti tra i novellieri e i romanzieri moderni, in cerca d'una prosa viva e spontanea, non scrivono diversamente l'italiano.

*Era stato ancora Pirandello, nell'*Avvertenza *alla prima edizione di* Liolà, *a lodare tra tutte le parlate siciliane l'agrigentina, «incontestabilmente la più pura, la più dolce, la più ricca di suoni, per certe sue particolarità fonetiche, che forse più di ogni altra la avvicinano alla lingua italiana».[12] E sia pure: tuttavia, per capire come Camilleri riesca a creare un impasto linguistico inedito tenendo nel contempo la bussola ferma sulla comprensibilità, non si può prescindere da un'analisi minuziosa, a più livelli. Nelle avventure di Montalbano va preliminarmente ravvisata la maestria nello sfruttare le opportunità offerte dalla struttura seriale, agendo sulla riconoscibilità sia delle situazioni sia dei personaggi, con studiate correlazioni tra attesa e sorpresa. Esemplare, in quest'ottica, è il rito officiato dal commissario dell'apertura del frigorifero, caricato a dovere e in modo sempre diverso da Adelina. Ma numerosi sono i frangenti in cui il lettore è lieto di tramutarsi nel cane di Pavlov, reagendo a segnali convenuti (la* passiata *sul molo, il lampo nel* ciriveddro, *la porta dell'ufficio che sbatte...). Altrettanto appetitosi sono i rimandi per così dire "esterni", imbanditi in special modo all'appassionato di gialli, con ironiche strizzate d'occhio, evocanti autori, situazioni, eroi, o battute notissime: «la svinturata arrispose» (BP 148); «e l'infame sorrise» (PM 1271). Addirittura, nel* Birraio di Preston, *l'inizio di ogni capitolo, promosso a titolo, concia al modo dello* chef *un ipotesto d'eccezione, dalle notti buie e tempestose di* Snoopy *al* Manifesto del Partito Comunista, *passando per la conradiana* Linea d'ombra. *Anche la disposizione al* patchwork, *va detto, non dimentica mai di somministrare gratifiche: nel caso, svelando puntualmente nell'indice i debiti. Non sarebbe troppo difficile ricono-*

scere nei paraggi saldi nessi con le strategie di casa nei maggiori successi della narrativa postmoderna, in Italia rappresentate appieno nel Nome della rosa. *Ciò che fa l'originalità di Camilleri è però l'aver scommesso sullo stile in quanto fulcro di una singolarità fidelizzante e insieme perno di un'ulteriore sfida. È precisamente sul terreno linguistico che giace l'unica competenza specifica richiesta all'uditorio non siciliano, il quale per il resto può contare sulla conoscenza del repertorio tematico e finanche paesaggistico cui l'autore attinge, che da tempo seduce non l'Italia, ma il mondo intero. Rilanciata in questi termini, la sfida rinnova l'usuale patto narrativo della* detection: *il che si può dire anche con un occhio all'assetto a rebus di alcuni romanzi (in primis il* Birraio di Preston*) e di fronte alla manodopera inferenziale spesso richiesta dal "ritiro" del narratore.*

Il rifiuto della nitidezza di stampo hard-boiled *non significa che il vigatese possa essere confuso – poniamo – con le vernici gergali lionesi rullate in lungo e in largo dall'impagabile Sanantonio di Frédéric Dard. Il punto è che l'impronta territoriale non si erge a premio in sé, ma risulta funzionale alla comprensione delle vicende. Il congegno innescato trova slancio grazie alla ricompensa allettante, ovvero maneggiare con proprietà i codici semantici in vigore nel mondo rappresentato: non restare alla* mezza messa, *cogliere al volo il segreto di una* taliata. *Nel mentre finge un'estromissione, in realtà «La forma dell'opera di Camilleri [...] lancia un inclusivo messaggio di ambigua complicità a ogni lettore: "anche tu sei (o diventerai) siciliano e mi capisci"».*[13] *Una parte della critica, peraltro, ha considerato questo processo viziato alla base, scorgendovi nulla più d'una mistificazione semplificante e caricaturale dell'interazione tra siciliano e lingua italiana, a cui il pubblico assisterebbe nel consueto ruolo di gregge ingenuo, stordito e ingannato da una spolverata di spezie scadute. Simili sbrigative liquidazioni non trovano appigli nella realtà concre-*

ta dei testi. Il che, beninteso, non esime dal discernere tra densità ineguali: le miscele di Camilleri, infatti, variano diacronicamente e in base a princìpi di genere. In linea di massima si può sostenere che il tasso di dialettalità sia maggiore – e si capisce – nei romanzi storici rispetto ai gialli di Montalbano; inoltre, fermo restando il distinguo, che in ambedue i filoni aumenti libro dopo libro e insieme vada complicandosi, con viavai tra più strati.

Per sorprendere le prime tracce locali consistenti, non è il caso di risalire sino ai pochi elzeviri narrativi pubblicati nel biennio 1948-1949, nei quali comunque si riconoscono premere sottopelle istanze destinate a venire alla luce. Nella prima prova in assoluto, Davide e Golia, si legge: «il gigante teneva sguainato nella destra uno spadone enorme, di quelli che a farli vibrare il colpo smuovono l'aria provocando un leggero venticello», espansione senza mordente di un verso di Nino Martoglio che verrà citato nel glossario di Un filo di fumo: «Orlando, chi aveva sintito la friscanzana» (al mulinare della spada di Rinaldo). Ci vorrà molto tempo perché friscanzana possa tranquillamente essere impresso. La sterzata data alla fine degli anni Sessanta, con Il corso delle cose, nel quale appaiono molteplici marche qualificanti della maniera attuale di Camilleri, tuttavia con significative incertezze, dovute per lo più a una ancora malsicura compenetrazione tra italiano e dialetto. Così, se da un lato non è infrequente la perplessità dinanzi ad hapax dialettali gettati sul palcoscenico senza spiegazioni, dall'altro le tinte siciliane nella diegesi sono assai più tenui che nei lavori a venire. Lo provano motti e sentenze trasposti in lingua, che in futuro torneranno alla lezione originaria: «gente dell'interno con la quale è meglio impastare il pane a parte» (CC 46) versus «unn'è cosa di spartiricci u pani 'nzemmula» (spiegato in GM 86-7); e ancor meglio i "rinforzi" in direzione locale[14] nella revisione dell'episodio di San Calogero (CC 115-21) per l'«Almanacco dell'Altana 1998» (GS 43-52), ad attenuare la polarizzazione tra i due codici (patente, nell'«Almanacco» successivo, al confronto tra Il primo voto, *GS 53-68*, e il suo incunabolo, Un fatto memorabile, *comparso cinquant'anni prima*). Il dialogato concede all'italiano spazi sostanziosi, tant'è che ci si può imbattere in un contadino dall'eloquio "neutro" (*CC 41-3*), eventualità in seguito scartata. Ciò nondimeno, spesse macchie sicule segnano il discorso riportato, come sarà anche negli anni Settanta nelle due Interviste impossibili con "siciliani" *d'antan del calibro di Stesicoro e Federico II*. Il respiro sintattico, infine, si distende in moduli ampi e ancora vicini alla letterarietà tradizionale. Non di rado si indovina, nel gusto per le larghe volute ragionative con picchiate fulminee, l'influenza della prosa sciasciana matura, che resta visibile ben oltre la seconda prova, Un filo di fumo (*dove si veda la contesa tra i Cavatorta e i Ciaramiddaro, FF 47 sgg.*), per giungere all'esordio della Forma dell'acqua, *trapuntato di stilemi-civetta*, come l'estrazione "a tenaglia", coi due punti in ripresa esplicativa: «si era prontamente rivolto alla benevolenza di chi di dovere onde ottenere tutti gli innumerevoli e complicati permessi indispensabili. A chi di dovere: a chi cioè il territorio realmente controllava» (*FA 7*). In effetti, la prima indagine di Montalbano appare stilisticamente più timida delle omologhe, a loro volta moderate a paragone degli altri romanzi (*sebbene in ultimo il temerario* mélange *del* Re di Girgenti *grondi senza troppi riguardi*). A ogni modo anche in esse le scelte di fondo si palesano con chiarezza sin dagli incipit. *Vale a modello l'avvio del* Cane di terracotta:

A stimare da come l'alba stava apprensentandosi, la iurnata s'annunziava certamente smèusa, fatta cioè ora di botte di sole incaniato, ora di gelidi stizzichii di pioggia, il tutto condito da alzate improvvise di vento.

Alla correttezza tradizionalmente intesa restano margini residuali. Anche la lingua del narratore è propensa alle intrecciature, da cui prende forma un «italiano sporco»,[15] «approssimativo ma espressivo, per niente manieristico (come in altri scrittori siciliani), anzi veristico e verosimile ad un tempo, e molto gustoso».[16] Non il puro ma l'ibrido, il meticcio, il bastardo è l'asse di rotazione dell'intero pianeta stilistico. A ragione Spinazzola ha insistito sulla siderale lontananza dalle rarefazioni liriche perseguite dai molti letterati "esuli" che, come Pierro, nel Novecento hanno cercato nel dialetto la lingua vergine di un paese innocente e perduto.[17] Camilleri fa invece della sua stessa pagina una "componenda", giocando accortamente su una prerogativa della propria regione, nella quale «Fin dal Cinquecento, la differenza tra siciliano (progressivamente sempre più parlato e meno scritto) e italiano (più scritto che parlato) fu possibile viverla come differenza di grado e di varietà all'interno di un medesimo idioma».[18] Da questa screziata matassa, percorsa in lungo e in largo, consegue un tessuto linguistico condiviso coi personaggi, «quasicché a propria volta l'autore si tuffi nella bagnarola e nell'acqua medesime ove poco prima erano a diguazzare i suoi colombi», avrebbe chiosato il Gadda dell'Adalgisa.[19]

Punto di riferimento essenziale, in tali mobilissime escursioni, resta – per tornare all'Avvertenza a Liolà – quell'«ibrido linguaggio» della piccola borghesia agrigentina, «che, con qualche goffaggine, appena appena arrotondato, diventa lingua italiana parlata comunemente, e forse non soltanto dagli incolti, in Italia». Un secolo dopo, in questo monstrum *instabile* Camilleri distingue ciò che Pirandello vedeva piuttosto nel dialetto tout court, almeno a stare a quanto ne scrive lo stesso regista marinisi, ovvero un «linguaggio emozionale, prismaticamente rilucente di toni variazioni sottintesi onomatopee richiami tanto propri e legati alle più profonde radici del sangue di chi l'usa sì da farne un unico insostituibile», in quanto la parola, «al momento della sua vulturazione dialettale, si carica d'umori e riflessi che rimandano ai toni e alle sfumature del linguaggio della *tribù».*[20] *La svolta del* Corso delle cose *scaturisce proprio dalla riscoperta del lessico familiare, e tramite esso di una comunità, come dimostrano le reiterate apparizioni nei romanzi di vocaboli e modi di dire appresi in casa e immortalati nel* Gioco della mosca*. La naturalezza del vigatese, in primo luogo, zampilla dal ricordo delle conversazioni domestiche della giovinezza, che riecheggiano nelle parole messe in bocca al padre in un articolo: «[i libri] te li scendo io dal tettomorto o te ne accatto di nuovi» (RQ 67-8); o nelle raccomandazioni materne:*[21]

Una frase dei miei diciassette anni, di mia madre, si poteva articolare, si articolava in questo modo: «Nenè, figliu miu, cerca di nun turnari a tarda notti pirchì si nun sentu sbatteri la porta ca si turnatu, 'un mi rinisci di pigliari sonnu, e, se questa storia dura ancora, un giorno o l'altro ti faccio vedere io». La prima parte [...] petizione di affetti, sentimenti; poi interviene l'italiano, notifica, regia questura, avvocatura dello Stato.

*Nel riemergere di quel codice della quotidianità che la scuola e le istituzioni lasciavano fuori dalla porta con severi divieti, si concreta per certi versi anche un ritorno del represso sociale. Da questo punto di vista, la vicenda dell'*àccipe *(cfr.* Cronologia, *1936), con cui nel collegio di Agrigento era punito chi si lasciasse sfuggire una parola in siciliano, è istruttiva, al pari della reazione del piccolo Camilleri, che si dà alla ricerca di termini appartenenti a entrambi i domini, secondo un'inclinazione che da adulto gli tornerà utile dinanzi al foglio bianco.*

Sic stantibus rebus, *la rilettura del* Pasticciaccio *spazzò via le residue esitazioni (*Le mani avanti, *CC 142), senza però aprire un varco alle bizze del narratore gaddiano, che non si perita di toscaneggiare in contesti lombardissimi, o di prodursi in sequenze di neologismi spettacolari. Al di là di qualche invenzione per assonanza, ciò che spicca sul piano lessicale è innanzitutto un centinaio di lemmi pansiciliani ad altissima frequenza,* taliata, camurrìa, darrè, traz-

zera, gana, macari, tanticchia, acchianari *e così via, quasi a
sfregio della sentenza pronunciata nel 1876 da un tal Bot-
tari in un'udienza della Commissione parlamentare sulle
condizioni dell'isola: «La Sicilia non ha altro vantaggio che
di aver dato una parola (maffia) alla lingua italiana» (BC
74). Ben acclimatati nell'italiano regionale, questi gettoni,
insieme a diverse locuzioni idiomatiche («pigliato dai turchi», «avere il carbone bagnato», «per il sì e per il no» eccetera), rappresentano il primo e imprescindibile gradino che
il lettore deve salire per poter poi procedere senza soste, as-
secondando il rapido fluire del racconto. Gli apporti locali
agiscono in ultima analisi come inviti, e non come barriere;
eppure tracimano regolarmente dall'alveo iniziale. Malgrado il dizionario vigatese-italiano accluso ai* CD-rom *editi da
Sellerio giunga a raccogliere oltre seicento voci, lo sconcerto non trova posto tra gli effetti principali perseguiti da Camilleri, che ricorre meticolosamente alle più varie modalità
di chiarimento e facilitazione, a partire dalla grafia: tanto
che per suggerire la pronuncia cacuminale inserisce regolarmente una erre, scrivendo ad esempio* viddrano *e non* vid-
dano, *beddra* e non *bedda, sulla falsariga dell'*Occhio di
capra *sciasciano. Ma è principalmente al contesto che affida con sottigliezza l'incarico di aggirare gli ostacoli più ar-
dui. Solo saltuariamente il narratore si sporge apertamente
per ammaestrare; di principio si limita all'accostamento
immediato del corrispettivo italiano a un termine alla prima apparizione («Quando c'è scarmazzo, movimento d'acqua, il pesce scappa», CT 175), nel prosieguo ripreso senza
precauzioni. Altrimenti le spiegazioni vengono delegate a
dei «dialoghi linguistici».*[22] *«"Cos'è la scòncica?" / "Sfottimento, presa in giro"» (PM 1260). Assai utile, in questa
prospettiva, è la presenza di personaggi forestieri, nella
maggior parte dei casi dipendenti dello Stato piovuti dalla
penisola.*

*L'aspirante "camillerista" dovrà poi schivare le insidie
di* faux amis *a prima vista innocui, capitanati dall'ormai*

notissimo macari/magari. *Peraltro i fraintendimenti possono alle volte garantire risultati fruttuosi: valga il caso dei suffissi* -ina, *che si appoggiano ai participi passati per comporre deverbali senza valore di alterato, mentre* sparatina *per sparatoria,* ammazzatina *per omicidio o* abbruciatina *per incendio, nel resto d'Italia sono percepiti come attenuativi di un'azione abituale, in connessione a pregiudizi diffusi. È però nella fonetica, come sapeva Pirandello, che va individuato un alleato prezioso del lettore nato al di là dello Stretto, il quale può tra l'altro contare sulla concordanza tra l'italiano e il vigatese (ispirato dal girgentano) negli esiti palatali del nesso* -lj-, *che nella maggior parte dell'isola dà luogo a gutturali:* travagliu *e non* travagghiu, «me' figliu nicu» *(ON 1109), non* figghiu. *A un'identica intesa conduce un'accortezza basilare, cioè il metodico accoppiamento di lessemi dialettali a morfemi grammaticali italiani, ottenuti grazie a minimi aggiustamenti fonetici:* svacantato *e non* svacantatu, inzertare *e non* inzertari, cannòli *e non* cannòla; *in campo fraseologico,* fece voci *e non* fici vuci. *Risulta così arginata la cateratta di* i *e* u *caratteristica del vocalismo siciliano, e nel contempo raggiunto l'obiettivo di far percepire come dialettale una piattaforma a rigore italiana. La lucida consapevolezza con cui Camilleri maneggia il procedimento è attestata dalla conclusione della* Mossa del cavallo, *decisa da una desinenza* -ulo, *e non* -ulu, *rantolata in punto di morte da padre Carnazza (MC 214). Ferma restando questa chiave di volta, il vigatese rappresenta un sistema linguistico di compromesso, instabile, dagli spessori differenti. Il tentativo più intrepido è senz'altro quello del* Re di Girgenti, *dove – a prescindere dai molti passi in dialetto puro – il siciliano intacca pesantemente anche la fonomorfologia desinenziale:* libra, favi, èssiri, silenziu, facivanu fari, fetu, linzòla... *L'impressione d'insieme è quella di un «idialetto»,[23] o di una «singlossia»[24] nella quale non si danno errori né storpiature, poiché i tre codici principali*

*(italiano, siciliano e spagnolo) posseggono la medesima
dignità. In questa pacifica coesistenza, che la realtà nega
in qualsiasi organismo sociale complesso, riposa secondo
Jana Vizmuller-Zocco il sogno regalatoci dallo stile di Camilleri.*

Per quanto il suo marsala possa essere altrove parecchio diluito,[25] un ulteriore sopralluogo sulla sintassi dimostra come sia un miraggio l'ipotesi di una normale correttezza, su cui andrebbe a conficcarsi a muzzu qualche
vocabolo siciliano. L'impeto incessante verso la viva voce,
che sappiamo sostenere un'impalcatura lineare, agli anti-
podi delle attorcigliate ramificazioni gaddiane, ha vistose
conseguenze, inspiegabilmente negate con accanimento
da quanti vorrebbero relegare l'influenza del siciliano al
livello lessicale e in ciò rapprendere uno status ancillare
rispetto alla pratica verghiana. Tutto questo, quando marche distintive come il passato remoto sistematico o il verbo "a destra" compaiono a ritmi eccezionali, lasciando sovente alla fonetica l'unico scarto dal dialetto: «Bene
facesti, Catarè» (e non «bini facisti»; VV 681). In Camilleri, vale la pena di ripeterlo, la topologia regionale non si
ferma certo al proverbiale «Montalbano sono», penetran-
do assiduamente sin nella diegesi, e suggerendo con astuzia la cantilena e i focus frasali. Paradigmatico in questo
senso l'insistito ricorso all'animazione con a dei comple-
menti oggetti, congiunta volentieri a ordini marcati: «Io a
voscenza l'aio sempre rispettato» (SC 72), «Tu, a Vito,
l'hai visto?» (CC 96), «a Carlo Memmi lo conosceva»
(MM 1360). In effetti, senza rastrellare tutte le strutture
ricalcate dal siciliano – come le duplicazioni del gerundio,
durative, o del sostantivo, di moto per luogo («accompagnare campagna campagna il nonno», FT 49; «li vendo
mercati mercati», AM 1559) – è determinante integrare
l'analisi rilevando il proliferare di sgargianti solecismi
dell'italiano parlato in meridione: vedi gli usi impropri
degli intransitivi («io la sparo», CTL 154), o dei congiun-

tivi imperfetti («*Badasse a come parla, diligato*», MC 225), e più in generale la ricordata supremazia del modo indicativo. Spazi tutto sommato minori sembrano guadagnarsi le combinazioni esleghe di congiuntivi e condizionali nel periodo ipotetico, nonché i causativi del tipo «*esci le chiavi*», forse in quanto troppo ovvi e connotati in chiave comica, così come i metaplasmi di genere o numero («*lo scatolo*», «*mangiai la lenticchia*»). Andrà invece attribuita alla scarsa perspicuità la latitanza di alcuni costrutti siculi, quali «*il pesce vuole cotto bene*», «*letto senza fatto*», «*è privo di passare*», eccetera.

Ad assicurare al lettore l'immersione nella *couche* isolana, lo si è accennato, provvede inoltre il capace bagaglio di espressioni col quale Camilleri risemantizza sintagmi cristallizzati e immagini consunte, scrivendo ad esempio non *lupus in fabula*, ma «*pirsona trista, nominata e vista*» (GT 855), in sintonia con l'orrore di Montalbano per le frasi fatte, del tipo «*non dire quattro se non l'hai nel sacco*» (ON 1136). Il riferimento al commissario giova anche per avvertire che lo sterminato campionario di proverbi, imprescindibile per comprendere le dinamiche dell'universo vigatese, viene d'altra parte discusso e respinto nei suoi risvolti passatisti o reazionari: come quelli che lampeggiano nei discorsi della vecchia mafia, usa a piegare ai propri fini la sapienza rurale. Guarda caso Montalbano, introdotto al cospetto del vecchio padrino Balduccio Sinagra, si affretta a storpiare bruscamente un adagio: non più il letto, ma «*La fede è una gran cosa / se non t'addorme, ti riposa*» (GT 923). L'originalità di questo stile *ethnic* è corroborata dal comparto dei tropi, nel quale si realizza una palese renitenza all'astratto, per privilegiare nettamente le metafore legate alla sfera sensoriale e corporea («*sanno come il denaro ha pisciato, come ha cacato, come ha mangiato, dormito*», ON 1209). Uno sguardo d'assieme rintraccia nella profusione di specialità gastronomiche l'episodio più vistoso di una complessiva vocazione a una

saporosa concretezza: salsa corallina, brusciuluni, pasta 'ncasciata, sarde a beccafico, tinnirume, purpiteddri, caponatina, pappanozza, macco, attupateddri al suco, tabisca, panelle, cubàita, petrafèrnula, càlia e simenza...
Per essa ogni tanto Camilleri ama indulgere ad accumuli virtuosistici di lemmi individuatissimi, siano frutti («sbergie, piriazzola, zorbi, persiche, aranci, limoni, racina, mennuli dolci e mennuli amare, fastuche e poi ciciri verdi», SC 68), chiocciole («vignarole, attuppateddri, vavaluci, scataddrizzi, crastuna», CT 271), vasi («bummola, bummoliddri, quartare, quartareddre, cocò, giarre, giarriteddre, graste, tannùra, canala», BP 178) o bruegheliani giochi di ragazzi («il firrialòro, la mareddra, lo scupittuni, il mataccino, i caseddri, la trottula, i palìsi, le baddruzze, la fiunna», RG 142-3). E poi ancora suoni, profumi, colori, a volte talmente avviluppati tra loro da far credere che il narratore patisca della medesima singolarità assegnata al delegato Puglisi, che si intestava a dare una tinta agli odori, per cui sentiva stagnare una sfumatura «testa di moro» in una mattina nuvolosa, o durante un appostamento l'«odore giallo di frumento mietuto» (BP 89). Tutta governata dall'olfatto è l'unica descrizione d'insieme di Vigàta:

... ogni loco di mare aveva un sciàuro diverso. Quello di Vigàta era un dosaggio perfetto tra cordame bagnato, reti asciucate al sole, iodio, pesce putrefatto, alghe vive e alghe morte, catrame. E proprio in fondo in fondo un retrodore di nafta. (GT 842)

Per lo più, gli sporadici campi lunghi sono destinati ai brulli panorami dell'interno amati da Montalbano, il più diffuso e suggestivo dei quali si incontra nel Cane di terracotta: *«Aride colline, quasi tumoli giganteschi, coperte solo di stoppie gialle d'erba secca, abbandonate dalla mano dell'uomo»...* (CT 218; cfr. anche VV 727-8, MM 206). *In genere il tratteggio dei fondali non si discosta dalla nuda e*

*precisa completezza di una didascalia: un destino condiviso
da gesti e fattezze degli attori in scena, scorciati in poche righe, al servizio di un'attitudine al visivo fondata sulla pre-
minenza dello* showing *sul* telling. *Camilleri non scorda
mai che il racconto per immagini negli ultimi decenni ha
sempre più soddisfatto il bisogno di* fiction *della civiltà occidentale, e perciò infiora i suoi ritratti correlandoli alle
icone più celebri delle arti visive, pescate dalla pittura
quanto dai fumetti, dai fumetti meno che dal cinema. Rimandi e paragoni riguarderanno allora – trascegliendo qua
e là – gli alberi di Doré (GT 907) e la Gioconda (GT 978),
l'Olivia di E.C. Segar (GT 870) e Betty Boop (MM 1389), e
soprattutto una pletora di attori, Marlene Dietrich in testa
(ON 1119), e di monumenti filmici, da* Fronte del porto
(CC 45) a Star Trek *(AM 232). Né mancano protagonisti
della storia, come il tale che si presenta nell'ufficio di Montalbano, «una stampa e una figura» con Harry Truman
(MM 1369). Altrettanto numerosi sono i personaggi di fantasia ai quali Camilleri affibbia nomi illustri, con divertite
anacronie, che fanno ad esempio comparire ai giorni nostri
un giudice Niccolò Tommaseo (VV 651) e a fine Ottocento
un questore Everardo Colombo (BP 141), in compagnia dei
più celebri letterati siciliani del Ventesimo secolo (BP 64-9;
ma già in FF 29); per converso, al «Mortorio» vigatese del
1890 possono recitare insieme tali Filippo Mancuso, Guido
Lo Forte, Bernardo Provenzano, Leoluca Gabarella (SP
33). L'onomastica d'altronde è un terreno di caccia sconfinato, nel quale si vede perpetuata l'insistenza di Pirandello
a battezzare sempre con una qualche sottile ragione, attin-
gendo di regola a un bacino girgentano o quantomeno siculo. Ecco dunque che «Salvo Montalbano», omaggio a
Montalbán, associa però due appellativi tra i più comuni
sull'isola, mentre nel commissariato sembra darsi convegno un bestiario: Augello, Tortorella, Gallo e Galluzzo.
Anche i grevi doppi sensi non mancano, guidati dal prefetto Marascianno / Parascianno ("grosso membro", in napo-*

letano) della Concessione del telefono *e da molte* 'ngiurie,
*come quella di Tano inteso «u grecu» (CT 162), con allu-
sione ai suoi gusti sessuali. Spesso, in verità, si fanno avanti
riferimenti osceni di pretta marca plautina, insieme a una
sulfurea inclinazione al turpiloquio, nella quale si distingue il solito Montalbano, al suo miglior peggio nei batti-
becchi con l'amico Gegè (CT 159-60). A detta del commissario, le parole «vastase» e «lorde» avrebbero più «peso»
(PM 223) – il che non gli impedisce, in caso di necessità, di
padroneggiare con ironia sprezzante i formalismi professionali:*

> «La mia richiesta, signor prefetto, come ho già detto al dot-
> tor Lo Bianco e ribadisco a lei, è dettata da una volontà di tra-
> sparenza, allo scopo di troncare sul nascere ogni malevola illa-
> zione su una possibile intenzione della Polizia di non acclarare
> i risvolti del fatto e archiviare senza i dovuti accertamenti. Tut-
> to qui.» (FA 33)

Ciò che disse Proteo

*Al pari del narratore, anche il capo della polizia di Vigàta
dispone della facoltà di muoversi in ogni direzione linguistica, padrone all'occorrenza di tutti i codici e di tutti i toni. Può perciò adattarsi alle scempiaggini di Catarella (VV
641-2) e persino spiegarsi a meraviglia in siciliano con un
ragazzino arabo (LM 551-2), al quale Livia, la fidanzata
ligure, si rivolge in francese. Montalbano è invece pressoché digiuno di lingue straniere, ma straordinariamente
abile ed esperto nel decifrare la foresta di alfabeti della
Trinacria, via per la quale passa la soluzione dei casi più
intricati, come gli chiarisce – in un incontro sin troppo di-
dascalico – lo strambo semiologo Alcide Maraventano
(CT 301-7). «Quando voleva capire una cosa, la capiva»
(FA 12), orientandosi a meraviglia nell'eloquenza dei silenzi e degli sguardi, all'inseguimento della verità in «una*

fiammella brillante in fondo a un occhio» (MM 1331).
Una mosca acchiappata a volo in tribunale da un imputa-
to, senza un motto, gli basta per un'illuminazione decisiva
*(AM 246-63). Lui stesso distillato dell'*animus *siciliano,*
Montalbano ne afferra al volo mentalità e storture, ingag-
giando con mafiosi (GT 927-8), avvocati corrotti (VV
765-6) o chiunque altro sfide dialettiche a colpi di messag-
gi ora direttissimi ora trasversali, che il lettore è invitato a
riconoscere. La lanterna principale del commissario è una
lingua colloquiale e stazzonata, che ai superiori pare un
«*italiano bastardo*» *(CT 201); tuttavia, fuori dalle poche*
*volte in cui gli difetta un corrispondente (come per «*far-*
lacche», *CT 237) e dai disturbi di «aggettivazione imperf-*
fetta» in campo culinario (per cui definisce «leggiadro»
del tinnirume, *CT 292; o «*vivaci*» dei* kebab, *LM 475),*
non c'è occasione in cui non sappia scegliere dal suo col-
laudato mazzo il grimaldello adatto a espugnare qualsiasi
cuore gli si pari di fronte. Proprio dal confronto tra questo
cosmo a combinazione e la realtà che ci assedia e travolge
con codici di ogni tipo derivano effetti rassicuranti. Certo,
la contemporaneità hi-tech *fa breccia anche in provincia*
di Montelusa, ma le passioni degli uomini non mutano.
Significativamente, è Catarella a inoltrarsi tra i misteri di
«*intronet*» *(ON 1172). Montalbano invecchia a denti*
stretti tra le novità, con crescente estraneità e diffidenza,
eppure in fin dei conti raccapezzandosi, come sempre, nel
turbine di lingue che evolvono attorno a lui.

Sennonché occorre puntualizzare, a scanso di malintesi,
che il turbine non si compone mai in un coro, espressione
dell'ottica di una comunità: Vigàta non è Aci Trezza. Il
commissario in persona è di Catania, e non ha legami forti
con il paese, dal quale vive discosto, in una villetta a mari-
na, ignorando bellamente chi gestisca il pizzo nel centro
(MM 111). Le filame, *le dicerie, entrano quindi in campo*
indirettamente, per il tramite di un sottoposto, Fazio: è lui
a recarsi dal fatidico barbiere (MM 8), per poi riferire al suo

scontroso superiore e ai lettori. Diversamente, nei romanzi storici i luoghi di conversazione abbondano, spesso sotto forma di circoli ricreativi, nei quali i signori si confrontano sugli argomenti del giorno: se ne incontrano in Un filo di fumo, *nella* Stagione della caccia, *nel* Birraio di Preston. *Tanto l'assenza di un'orchestrazione popolare, quanto la disparità di tecniche narrative, allontanano dunque dai* Malavoglia. *In Camilleri la regressione del narratore è soltanto linguistica, non ne coinvolge il sistema di valori, stante inoltre la rinuncia all'indiretto libero corale, che conosce eccezioni solo estemporanee, come nel ritratto di donna Trisìna all'inizio della* Mossa del cavallo, *o in alcuni passaggi del* Re di Girgenti:

E comu si faciva a campare senza una cruci fina fina d'oglio sopra la minestra di cìciri e favi? Comu si faciva a mangiari senza tanticchia d'oglio per la cicoria, per la lattuca, per il tinnirùmi?
E che erano addivintati, capri? Pecori? (RG 299)

Non che il discorso in comproprietà nel complesso latiti: nel Corso delle cose *è in indiretto libero la risolutiva presa di coscienza di Vito (CC 126-7), nelle inchieste di Montalbano serve a penetrare tra gli ingranaggi mentali del commissario (cfr. per esempio PM 82-4); analogamente, è possibile ragionare insieme ai protagonisti dei lavori di ambientazione ottocentesca. Con tutto ciò, resta innegabilmente la verbalità riportata senza intermediari a forgiare i personaggi, a congegnare le scene, a costituire la mossa fondante della scrittura camilleriana. È qui che prospera l'unica coralità possibile, sprizzata dalla somma delle parole che si intrecciano e lasciano senza requie, a comporre e disfare la sagoma del Proteo che le racchiude, non altri che la Sicilia stessa: immensa, vibrante isola delle voci. Poiché davvero dagli incontri verbali scocca un'inesauribile polifonia, davvero ogni idioletto, stilizzato con precisione maniacale, trasuda ideologemi e insomma ogni parola – come voleva Bachtin – «ha l'aroma del contesto e dei contesti nei quali essa ha vissuto la sua vita piena di tensione sociale».*[26] *In vista di una pluridiscorsività attendibile, il pendolo linguistico non potrà che saggiare di volta in volta soste differenti, stazionando sovente nelle posizioni intermedie e non tralasciando di registrare finanche la presenza di inflessioni dialettali in una frase in lingua* (FA 89).

All'estremo della corsa, ovviamente, il polo italiano si configura per eccellenza come il regno dell'ufficialità, sicché a parecchi capita di emulare il delegato Catalanotti, al quale «nelle occasioni solenni gli pigliava di parlare in quello che riteneva essere italiano» (BP 130). *Zosimo, che pure conosce perfettamente la lingua, sceglie di rinunciarvi, salvo che in occasione del martirio, «pirchì il mumentu era quello che era»* (RG 436). *Tipicamente, però, è il potere a valersi dell'italiano, chiamato a far da* latinorum *per gabbare la poveraglia, a voce e per iscritto. Quando nella* Mossa del cavallo *l'ispettore ai mulini Giovanni Bovara vi ricorre per stendere un rapporto onesto, finisce col rischiare la pelle. Ancor più sintomatico* Il birraio di Preston, *che si chiude con la versione della storia palesemente distorta messa a punto in un dettato senza errori da Gerd Hoffer. Anche nei gialli contemporanei, a scrostare la neutra correttezza dell'eloquio di molti servitori dello Stato, si intravede il nulla sotto vuoto spinto di avvocati, questori e funzionari inetti, o addirittura il cinismo disinvolto dei servizi segreti, nella persona del nano malefico Lohengrin Pera del* Ladro di merendine. *Loro avversario e paladino della legalità "giusta" è notoriamente Montalbano, con il quale si rovescia, in buona sostanza, il* cliché *dell'opera dei pupi, in cui l'italiano appartiene agli eroi, il siciliano a figure malvagie o farsesche; ora è la lingua delle istituzioni lo strumento del negativo e dell'inautentico, in concordanza con uno stereotipo secolare della letteratura dialettale o mescidata. Il commissario, oltre a deridere con acrimonia il burocratese, non tollera eufemismi e convenzionalità, in cui legge i segni del perbenismo borghese, che rigetta quanto e più di Maigret; può inalberarsi nell'udire il verbo «giustiziare» usato a sproposito (AM 1501), ovvero restare nauseato dalle tracce di banalità mediatiche sorprese sulla bocca dei suoi interlocutori. Deve però acconsentire al volere di Livia, che gli vieta l'uso del siciliano: un'imposizione alla quale fatica parecchio ad adeguarsi, non solo perché è l'unica lingua, come Manzoni diceva del milanese, in cui potrebbe parlare per ore senza improprietà, ma anche perché di qui vede profilarsi una distanza ineludibile dalla donna, nel riaffiorare dell'ammonimento di Zeno Cosini: «con ogni nostra parola toscana noi mentiamo» – non meno che con ogni parola del dialetto natale, se chi ascolta non è in grado di riconoscerne i doppi fondi.*

La fenomenologia linguistica dei forestieri comprende anche personaggi che si esprimono non in italiano ma nel proprio dialetto, in modo più o meno genuino. La disponibilità di Camilleri a riscoprire le favelle delle molte Italie passa attraverso il ricorso ad alcuni contrassegni vulgati, quasi parodistici, ma che comunque concorrono a un solido effetto di realtà, visto che ciascuno parla come ci si aspetta che faccia. Lo si verifica, in particolare, nella commedia delle lingue imbastita nel Birraio di Preston: *tedesco, milanese, fiorentino, piemontese e romanesco, i primi resi in modo approssimativo, e tutti tonificati da uscite fluorescenti. Entrano infatti in gioco rimandi a frasi celebri o a grandi autori: come nel* Cane di terracotta, *dove l'agente Balassone fa il verso a Delio Tessa (CT 250); o nella* Concessione del telefono, *col generale Saint-Pierre che riprende le ultime parole famose di Pietro Micca («pi lông che n'dì sensa pan!», CTL 127). Birraio a parte, sono sortite estemporanee: nulla a che vedere col genovese della* Mossa del cavallo, *adoperato dal narratore ogniqualvolta assuma il punto di vista o anche solo discorra dell'ispettore Bovara, siciliano di stirpe ma cresciuto in Liguria. Il romanzo tematizza il recupero per tappe di un'identità linguistica, mettendo a fuoco l'estraneità del pubblico ufficiale all'idioma isolano, la stessa che si trova ad affrontare il lettore, stranito dinanzi alle asprezze del* zeneise stretto, *cui risponde in ultimo l'approdo obbligato a un vernacolo avito altrettanto chiuso, «per scansare il piricolo che una parola venga pigliata pi un'àutra» (MC 213). Che è poi nel volume la sorte del latino: frainteso, storpiato e mischiato col dialetto, in creazioni degne dello sterminato repertorio popolare allestito da Gian Luigi Beccaria in* Sicuterat[27] *(«Etticummi spiri totò», MC 11; «quali fructum habuisti / del piccatu ca facisti?», MC 94; eccetera). Inappuntabile è invece la lunga formula recitata da padre Uhù nel* Re di Girgenti *(RG 123), seguita da uno scongiuro misterioso.*

*Nell'*opus maximum, *a dire il vero, si inseguono gli accenti più svariati, dal greco orfico (RG 311) al provenzale di Arnaut Daniel, nei versi immortali che gli prestò Dante (*Purg. *XXVI, 145-7), risillabati da Zosimo all'ultimo gradino prima della morte: «Ara vos prec, per aquella valor / que vos guida al som de l'escalina, / sovenha vos a temps de ma dolor!» (RG 442). Non va assimilato a questi avventi singolari lo spagnolo di nobili e inquisitori, che nella* Parte prima *si mescola continuamente all'italiano, a volte componendosi con l'ausilio del siciliano in curiose triadi («Si sporse a taliare, mittendo solo la cabeza nello studio», RG 109). Il castigliano schietto non risuona neppure quando il duca Pes y Pes si rivolge ai suoi due sgherri, connazionali: «Voglio che todos, dico todos, después de comer, dormano» (RG 98); «basteranno poche gotas, el frasquito dopo me lo ridai» (ivi). Fa eccezione il* Cantico spirituale *di San Juan de la Cruz, che ritma in un crescendo irresistibile l'amplesso di Gisuè con la duchessa Isabella (RG 105 sgg.). La vena giocosa, tutt'altro che compressa («scassa cojones», RG 131), si sospetta presieda alle copiose apparizioni della formula «mañana por la mañana», incalzante ritornello intonato nel 1949 da Nilla Pizzi* *col* Duo Fasano: *un po' come l'italiano a spanne di una prostituta tunisina («io a lui piacere, domenica detto me sposare», FA 50) richiama il coevo* Bongo bongo, *fonte di un "italo-africano" di fantasia tuttora ben vivo. Il fatto è che, come i dialetti, le lingue estere in bocca nostrana non si sottraggono a un processo tipizzante: basti vedere, nella* Scomparsa di Patò (SP 154-7), *la lettera zeppa di strafalcioni anglicizzanti di Sir Enscher (si incappa però anche in stranieri affatto italofoni, cfr. AM 244).*

La mossa del cavallo *anticipa* Il re di Girgenti *non solo nelle larghe aperture a un* tertium *linguistico, ma anche con riguardo allo spazio concesso al fantastico rurale, per il quale Camilleri possiede una mano assai felice, come dimostrano le splendide pagine sulla vita alle Zubbie nella* Stagione della caccia. *Accanto a un estro leggero e sorridente, tra Ariosto, Nievo e il Calvino "rampante", aggalla in questi lavori una cupa vena onirica, che percorre carsicamente tutta l'opera narrativa, dal sogno di Vito nel* Corso delle cose (CC 105-6) *agli incubi di Montalbano, sino a traboccare nella storia di Zosimo, al tempo stesso "cunto", récitpoème e biografia fantastica, sospesa «tra le "miserie" guittesche di Callot e i "capricci" di Goya», per riprendere il risvolto di copertina firmato da Salvatore Silvano Nigro. L'attitudine al grottesco corporeo, anch'essa sparpagliata un po' dappertutto (dai molti profili lombrosiani dei gialli su su sino allo schizzo del principe Gonzaga di Sommatino in* Un filo di fumo), *assume nel* Re *tinte francamente rabelaisiane, con ripetute aperture all'iperbolico, specie in episodi dell'infanzia di Zosimo, quasi a farne un Gargantua girgentano (RG 138-9). Ad assicurare l'aggancio con la cultura popolare coopera il linguaggio di piazza, che esplode nell'allegra ferocia carnevalesca delle rivolte contadine, in cui abolite le gerarchie il Capitano di Giustizia di Montelusa viene fatto ballare ubriaco, travestito da donna (RG 186-7). Già nel* Corso delle cose *Camilleri aveva lasciato che alcune scintille di acceso colorismo incendiassero la mi-*

*rabolante cronaca della processione di san Calò (CC 115-
21), un po' sull'onda del D'Annunzio "pescarese": ma il finale in crescendo del* Re di Girgenti, *in cui tragico e fiabesco si danno appuntamento, spinge a cercare un precedente
a questa maniera, come ha proposto ancora Nigro,*[28] *nel napoletano seicentesco reinventato da Eduardo per tradurre*
La Tempesta *shakespeariana.*

Nel Re *uno scarto ulteriore, rispetto alle altre narrazioni, si deve alla datazione degli avvenimenti a cavallo tra
XVII e XVIII secolo, che – a prescindere dallo spagnolo –
obbliga a una modifica nell'impiego dell'ingrediente siciliano. Le puntuali caratterizzazioni devono stavolta insistere su una comunità integralmente dialettofona, ecclesiastici, borghesi e nobili compresi (escluso il principe di
Baucina, che parla in buon italiano), fornendo tempestiva-
mente le opportune, vigorose rifiniture. Il considerevole
aumento di spessore della patina locale si valuta anche
dalla lingua del narratore, e dalla diffusa presenza di canti
popolari, poesie, filastrocche, proverbi, esorcismi, riportati
tal quali. «Daticci pani! Daticci mangiari! / O vi facemu
tutti abbrusciari!» (RG 180), minaccia il rimatore girova-
go Grigoriu, dando voce – la loro stessa voce – a una
schiera di villani affamati. Fuori dalla parabola di Zosimo
il dialetto puro, tolte le macchie occasionali, è riservato ad
alcuni discorsi diretti di personaggi di estrazione popolare:
mafiosi, contadini, muratori o anche la* cammarera *Adelina. L'impossibilità di ridurne le funzioni al minimo comune denominatore della comicità risalta in più circostanze:
gli interrogatori di Bovara e Ciaramiddaro (MC 209-17 e
SP 90-6), il mesto incontro di Montalbano, dopo l'assassinio di Gegè, con la sorella dell'amico (CT 326-8). La dice
lunga, in fin dei conti, la risolutezza con cui Fazio, dovendo parlare «da omu a omu» al suo commissario, passa re-
pentinamente al siciliano pretto (PM 152-3).*

*Quanto appena sostenuto, naturalmente, intende sgom-
brare il campo da riduzionismi indebiti, e non già negare*

che Camilleri tuffi nella medesima vasca dialetto, delitti e diletto, facendo della lingua un veicolo formidabile di frizzi e arguzie. Non tanto il «diavoletto maligno dell'ironia» (MM 145), che sempre sta a lato del narratore e di Montalbano, quanto l'imperativo cui mai e poi mai deroga, scrivere libri innanzitutto divertenti, lo distacca dal mainstream *narrativo siciliano del secolo scorso. Proprio le iniezioni di ilarità anche grassa nel poliziesco (una miscela di questi tempi sempre più frequente) hanno attirato gli strali di chi ha ritenuto ne resti tradito il tentativo sciasciano di trasferirvi una forte componente d'impegno: sul doppio e fallace presupposto che* engagement *e sorrisi si elidano a vicenda* naturaliter, *e che l'approccio ludico alla letteratura si debba consentire solo a chi strabili per finissime giapponeserie ed eruditi ghirigori. Semmai, è alle soluzioni aperte e inquietanti che Camilleri rinuncia. La sua missione lo chiama altrove, per esempio a gettare alle ortiche l'abito quaresimale di molta scrittura italiana, anche di genere, salando con uno stile personalissimo la propensione all'ironia e al ridicolo: quantunque spesso, come diceva lo stesso Sciascia dei don Giovanni brancatiani, le sue figurine non siano caricature «più di quanto il ritratto di un gobbo sia caricatura di un gobbo».[29] Appunto di Brancati Camilleri sembra riprendere il versante gogoliano, nel cui segno è interamente inciso quel lampante capolavoro che è* La concessione del telefono. *La dotta fatuità e l'assurdo burocratico sono tematizzati e restituiti all'innaturale ovunque, su una scala che dagli odierni deliri anagrafici dell'agente Fazio porta alle fioriture epistolari del sottosegretario Artidoro Pecoraro, elucubrate in data 25 marzo 1890:*

Eccellenza chiarissima,
petente a lei vengo, dismessa qualsivoglia infula, perché voglia accivire a molcere l'ansia di un vegliardo, qual io sono, per l'improvvisa e improvvida sparizione del dilettissimo mio, infra tutti il più adeso, nepote Antonio Patò. (SP 69)

*Altri giacimenti di allegria si trovano nelle conversazioni, che danno fondo a tutte le varianti immaginabili dell'equivoco, sfruttando a piene mani le ambiguità che derivano dalle sovrapposizioni di codici, con intarsi e giochi di parole: «"Lei dovrà solamente supportare". / "E che sto facendo? Non la sto suppurtannu con santa pazienza?"» (GT 841). «"Kaltes wasser! Kalt! Kalt!" ruggì l'ingegnere. / "Calda! Vuole quella calda!"» (BP 69). Si avverte nettamente, in simili cozzi, l'*allure dei sonetti di Nino Martoglio*, inarrivabile maestro del genere, e delle* Tragedie in due battute di Achille Campanile:* non per nulla il Camilleri teatrante trasse con successo un* collage *dai folgoranti drammi* express *dell'umorista romano. Il principe indiscusso dello* scangio *verbale, come si sa, risponde al nome di Agatino Catarella, aggiornamento della macchietta del brigadiere ignorante e rintronato, divulgata da giornalini e pellicole caserecce: il suo «taliàno» (CT 173) consiste in un farneticante frullato di concretezze dialettali e mal comprese astrazioni burocratiche, apprezzatissimo sin dai tempi dell'Oronzo E. Marginati di Luigi Lucatelli. I dialoghi di Catarella col commissario prospettano un'infinita sequenza di malapropismi madornali, per cui domanda «compressione» e non comprensione (VV 642), segnala una «finzione funerea» (ivi), confonde una colica renale per un «[o]rinale» (PM 46), e via di questo passo, senza misericordia nemmeno per iscritto, dove gareggia con Adelina nel comporre sconcertanti* pizzini. *Una volta ancora sarebbe sbrigativo, tuttavia, ritenere che l'unico intento sia muovere al sorriso, come provano tra l'altro il patetico «GIUSTIZZIA» lasciato scritto da Dindò (PM 84), la lettera dignitosa e sgrammaticata in cui Arcangelo Prestifilippo annuncia a Montalbano la prossima morte del padre (LM 595-6), o lo stampatello di un avvertimento anonimo al commissario:*

GIORNO 13 MATINA IL MURRATORI ARBANISI PASERÀ A MIGHLIORE VITTA CATENTO DALLA IMBALCATURA. MACARI QUESTO SARRÀ INCITENTI SUL LAVORO? (PM 128)

*Macari queste saranno esagerazioni, pitture compiaciute di una Sicilia posticcia, come taluno ha insinuato? Iperrealismo, al più. Allo stile di Camilleri è toccato il medesimo destino delle avventure di Mattia Pascal, allorché Pirandello – tacciato d'inverosimiglianza – appose al romanzo un'*Avvertenza *sugli scrupoli della fantasia, riportandovi una cronaca del «Corriere della Sera» che dava conto di una vicenda in tutto analoga a quella di Mattia. Allo stesso modo, qualche tempo fa la stampa ha reso noto il rinvenimento di un manipolo di lettere dell'inafferrabile capomafia Bernardo Provenzano, scritte in un italiano rappezzato da fare invidia a Catarella: «sono ha tua completa addisposizione», «non fatimi fari brutti figuri», «bacietti ai bampini», «è un pò inesperiende della malvagia vita di fra noi»... Che ridere.*

Mauro Novelli

Note

[1] A. Sofri, *La lingua mista di Camilleri*, «Panorama», XXXVIII, n. 12, 23 marzo 2000.
[2] A. Camilleri, *L'uso strumentale del dialetto per una scrittura oltre Gadda*, in *Il concetto di popolare tra scrittura, musica e immagine* (Atti del Convegno di Sesto Fiorentino, 30-31 maggio 1997), «Il De Martino», n. 9, 1999, pp. 93-5: 94.
[3] Ora in G. Contini, *Quarant'anni d'amicizia. Scritti su Carlo Emilio Gadda*, Einaudi, Torino 1989, pp. 15-35.
[4] Cfr. la sezione *Lingua* di *Empirismo eretico*, in P.P. Pasolini, *Saggi sulla letteratura e sull'arte*, a cura di W. Siti e S. De Laude, I, Mondadori, Milano 1999, pp. 1243-342.
[5] M. Sorgi, *La testa ci fa dire. Dialogo con Andrea Camilleri*, Sellerio, Palermo 2000, p. 79.
[6] Questa e la seguente citazione provengono appunto dalla *Secon-*

da stesura rifatta da ultimo dell'*Introduzione* al *Fermo e Lucia*, ed. a cura di S.S. Nigro con la collaborazione di E. Paccagnini, Mondadori, Milano 2002, pp. 11-20.

[7] Cfr. E. Testa, *Lo stile semplice. Discorso e romanzo*, Einaudi, Torino 1997.

[8] S. Demontis, *I colori della letteratura. Un'indagine sul caso Camilleri*, Rizzoli, Milano 2001, p. 68.

[9] Cfr. W. Benjamin, *Il narratore. Considerazioni sull'opera di Nicola Leskov*, in Id., *Angelus novus. Saggi e frammenti*, a cura di R. Solmi, Einaudi, Torino 1962 [1955].

[10] Il brano è tolto a un'intervista di Mario Baudino, *Camilleri in gita tra i fan di Montalbano*, «La Stampa», 12 maggio 2000.

[11] Si legge in L. Pirandello, *Saggi, poesie, scritti vari*, a cura di M. Lo Vecchio-Musti, Mondadori, Milano 1960, pp. 852-5.

[12] L. Pirandello, *Maschere nude*, II, Mondadori, Milano 1962[2], pp. 641-2.

[13] N. La Fauci, *L'italiano perenne e Andrea Camilleri*, «Prometeo», XIX, n. 75, settembre 2001, p. 33.

[14] Analizzati da S. Demontis, *I colori della letteratura*, cit., pp. 44-5.

[15] P. Mauri, *Montalbano, un commissario con la lingua molto sporca*, «la Repubblica», 14 luglio 1998.

[16] R. La Capria, *Camilleri: la Sicilia così è, se vi pare*, «Corriere della Sera», 5 maggio 1998.

[17] V. Spinazzola, *Caso Camilleri e caso Montalbano*, in Id. (a cura di), *Tirature 2001*, Il Saggiatore-Fondazione Mondadori, Milano 2001, pp. 120-1.

[18] F. Lo Piparo, *Sicilia linguistica*, in M. Aymard e G. Giarrizzo (a cura di), *Storia d'Italia. Le Regioni dall'Unità ad oggi. La Sicilia*, Einaudi, Torino 1987, pp. 733-807: 806.

[19] Poscritto a *Quattro figlie ebbe e ciascuna regina*, in C.E. Gadda, *L'Adalgisa. Disegni milanesi*, confluiti nel primo volume dell'edizione delle *Opere* diretta da Dante Isella, *Romanzi e racconti*, I, a cura di R. Rodondi, G. Lucchini e E. Manzotti, Garzanti, Milano 1988, pp. 353-77.

[20] A. Camilleri, *«Glaucu» o della ritorsione*, in Aa.Vv., *Pirandello dialettale*, Palumbo, Palermo 1983, pp. 242-62: 252 (parzialmente rifuso in *Pirandello: la lingua, il dialetto*, «Annali della Scuola Normale Superiore di Pisa. Classe di Lettere e Filosofia», vol. IV, tomo 2, Pisa 1999, pp. 439-50).

[21] A. Camilleri, *Identità e linguaggio*, in A. Dolfi (a cura di), *Identità alterità doppio nella letteratura moderna*, Bulzoni, Roma 2001, pp. 33-48: 40.

[22] G. Capecchi, *Andrea Camilleri*, Cadmo, Fiesole 2000, p. 97.

23 V. Coletti, *Arrigalannu un sognu*, «l'Indice dei libri del mese», XVIII, n. 12, dicembre 2001.

24 J. Vizmuller-Zocco, *Le varietà linguistiche nel «Re di Girgenti»*, in Aa.Vv., *Letteratura e storia. Il caso Camilleri* (Atti del Convegno di Palermo, 8-9 marzo 2002), Sellerio, Palermo, in c.s.

25 L'immagine è di Massimo Onofri, *L'esplosione di Camilleri*, «Panorama», XXXVI, n. 43, 29 ottobre 1998.

26 M. Bachtin, *La parola nel romanzo*, in Id., *Estetica e romanzo*, Einaudi, Torino 1979 [1975], pp. 67-230: 101.

27 G.L. Beccaria, *Sicuterat. Il latino di chi non lo sa: Bibbia e liturgia nell'italiano e nei dialetti*, Garzanti, Milano 2001 (nuova ed. ampliata).

28 S.S. Nigro, *Le parità di Zosimo*, in Aa.Vv., *Letteratura e storia,* cit.

29 *Don Giovanni a Catania* [1970], in L. Sciascia, *La corda pazza*, ora in *Opere 1956-1971*, a cura di C. Ambroise, Bompiani, Milano 2000, pp. 1121-8: 1123.

CRONOLOGIA

di Antonio Franchini

I richiami alle opere di Camilleri e ai due libri di conversazioni si effettuano mediante le sigle sotto elencate. Per le citazioni complete si rimanda alla Bibliografia. Le testimonianze senza indicazione della fonte provengono da conversazioni private con Andrea Camilleri.

BC	*La bolla di componenda*
BF	*Biografia del figlio cambiato*
CC	*Il corso delle cose*
FF	*Un filo di fumo*
GM	*Il gioco della mosca*
MV	*Montalbano a viva voce*
RQ	*Racconti quotidiani*
LP	*La linea della palma*
TD	*La testa ci fa dire*

UNO SCRITTORE ITALIANO NATO IN SICILIA

1891

Questi matrimoni combinati erano detti «matrimoni di sùrfaro», matrimoni di zolfo, ed erano frequentissimi all'epoca, anche come sistema di difesa dei commercianti apparentati contro le grosse compagnie straniere che intanto si andavano creando e che da lì a qualche anno li avrebbero mandati in rovina. Malgrado ci entrasse lo zolfo col suo odore luciferino, spesso questi matrimoni riuscivano quanto, e certe volte meglio, dei matrimoni d'amore. Tra le carte di casa, ho trovato numerosi fogli di «abbasso zolfi», vale a dire una sorta di certificato di deposito degli zolfi rilasciato dai magazzinieri ai proprietari delle miniere. Ebbene, su uno di questi fogli ci sono, siamo nel maggio 1891, le firme di Stefano Pirandello, Calogero Portolano, Carmelo Camilleri e Giuseppe Fragapane. Il figlio di Stefano Pirandello (è Luigi) sposerà la figlia di Calogero Portolano (Antonietta), il nipote di Carmelo Camilleri sposerà la nipote di Giuseppe Fragapane. Posso garantire che il matrimonio tra mio padre e mia madre riuscì splendidamente, si amarono davvero. (BF)

1925

Andrea Calogero Camilleri nasce a Porto Empedocle, la futura Vigàta dei suoi romanzi. A differenza del vicino capoluogo Agrigento, la Girgenti che Pirandello definì «moribonda cittaduzza», Porto Empedocle è un centro attivo e vivace. Conosciuto come Molo di Girgenti e Borgata Molo, è già il porto più importante della costa meridionale dell'isola prima del 1852, quando diventa comune autonomo prendendo il nome del filosofo presocratico. Per dare un'idea della differenza di spirito tra "girgentani" e "marinisi" (gli abitanti della marina), basta pensare che a metà del diciannovesimo secolo a Girgenti ci sono 237 preti, 211 frati e 203 monache, mentre a Borgata Molo i preti sono solo due, e nessun frate, nessuna suora. Fino all'epoca dei Borboni Porto Empedocle è ad-

dirittura sede di consolati e la traccia di quell'antico cosmopoliti-
smo rimane nell'onomastica di molte famiglie locali:

> Gli Attard, i Bouhagiar, i Cassar, gli Hamel, gli Oates, i Peir-
> ce, gli Sciaino, gli Xerri arabi o maltesi che fossero, piedi in-
> cretati, attaccati all'osso, che sparagnavano magari l'olio ai
> morti; gli Ayala, i Contreras, i Fernandez, i Lopez, i Martí-
> nez, i Vanasco, i Villaroel, i Villasevaglios spagnoli tutti scoc-
> chi e maniglie, ma sostanza niente, sempre col naso arriccia-
> to come se sentissero feto; i Gotheil, gli Hoefer, i Jacobs
> mangiapatate, scecchi tedeschi col paraocchi capaci di sdir-
> ruparsi dentro un fosso pure di non spostarsi di un centime-
> tro sulla strada segnata, teste di chiummo... (FF)

> Il fatto che, nello spazio di una trentina di chilometri, siano
> nati due grandissimi scrittori come Pirandello e Sciascia e un
> "caso" come Camilleri è, per l'appunto, un caso. (Intervento
> di Andrea Camilleri al convegno *Letteratura e storia. Il caso
> Camilleri*, Palermo, 8-9 marzo 2002)

La famiglia è di origine maltese; a Malta i Camilleri si trovano «a
due a un soldo» e in un documento settecentesco si dà conto del
cosiddetto «catanonno», l'avo Joseph Camilleri, proprietario e capitano della speronara *Maria Immacolata*, nave con la quale viaggia
tra Malta e Porto Empedocle.
Fatto abbastanza insolito per quegli anni e quelle famiglie (la nonna materna Elvira aveva avuto dodici figli, di cui solo sei sopravvis-
suti), Andrea, che porta il nome di uno zio paterno caduto nella
Grande Guerra, è figlio unico.
In realtà, fatto invece assolutamente normale per quei tempi di ele-
vata mortalità infantile, è stato preceduto da un fratello morto a sei
mesi e da una bambina, Elvira, deceduta a due anni in un modo
che sconvolge tutta la famiglia: la piccola ha un angioma, assolutamente innocuo, che però le dà fastidio. Lo zio, che è chirurgo, glielo asporta, ma l'infermiera non ha sterilizzato il bisturi e la bambina muore di setticemia. Di questo zio medico, Alfredo, fratello
della nonna, «medico poliomielitico che non credeva nella medicina e uomo con una naturale predisposizione al teatro», Camilleri
ha lasciato un ritratto memorabile:

> Semiparalitico, ma per nulla rassegnato all'immobilità. Gran
> lettore, tendenzialmente filosofo, passava lunghe ore nel suo
> studio. Una stanza biblioteca, piena di libri di medicina e di
> mare – fu lui che per primo mi fece leggere Conrad e Melvil-
> le –, e l'intera collezione della rivista «Il Dramma»: una vera

rarità. Al centro di questo teatrino troneggiava uno scheletro intero, uno di quegli scheletri usati solitamente nelle aule universitarie o nei gabinetti scientifici. Uno scheletro polveroso a cui zio Alfredo aveva dato nome Yorick. Ecco, Yorick era una delle persone con cui mio zio parlava più a lungo. Così che, chi si avvicinava allo studio – e io spesso lo facevo di soppiatto – poteva ascoltarlo: un discorso vero, un'autentica discussione in cui fiotti di parole velocissime si alternavano a silenzi rispettosi, come se davvero zio Alfredo stesse ascoltando Yorick rispondergli. (TD)

Forse in seguito a questa tragedia si diffonde la leggenda familiare che Carmelina Fragapane sia sofferente di cuore e non possa affrontare una terza gravidanza. Ma la donna vuole un figlio a tutti i costi e Andrea nasce, con un mese d'anticipo, alle ore tredici del 6 settembre, quando la statua di san Calogero esce di chiesa per essere portata in processione. Subito esposto al santo davanti al quale si dice che non sia possibile rimangiarsi le promesse fatte, il neonato diventerà un adulto ateo ma devoto a un culto unico: «Nel mio paradiso, completamente deserto di santi e di dei, c'è posto solo per san Calogero».

La famiglia era dunque di commercianti di zolfo. Era, perché la miniera del nonno paterno brucia e quella del nonno materno "viene" allagata. Così Giuseppe Camilleri, il padre di Andrea, deve cercarsi un altro lavoro e s'impiega come ispettore delle compagnie portuali, un'attività faticosa che lo costringe a girare per tutti i porti della Sicilia. Della ricchezza di un tempo resta solo la villa del nonno materno Fragapane:

La nonna amministrava con sovrana indifferenza la dignitosa miseria di casa sua. Una casa che aveva avuto in pugno, una bella casa di campagna, le carrozze, i cavalli, una vecchia automobile, una delle prime, ormai abbandonata nella rimessa. Tra i rari segni di lusso – lusso dei tempi andati, lusso per quell'epoca – mi ricordo un grande bagno con un cesso di marmo. Una cosa monumentale, costruita su misura, un trono. Un sedile gelido che mio nonno, prima dell'uso, soleva far riscaldare, con una seduta preventiva, senza diritto di uso, a una vecchia e fedele cameriera. (TD)

Nel giardino di quella casa, protetto da alte mura, Di Rudinì sfidò a duello un altro deputato siciliano; nel salone stava appeso un enorme lampadario, dono di un personaggio di Pirandello:

Il protagonista dell'atto unico *Cecè* esisteva veramente, si chiamava Pepè Malato e fu per trent'anni il sindaco di Porto Empedocle. Imbroglione, femminaro, ce le aveva tutte, ma era talmente simpatico che era amatissimo e lo rieleggevano sempre. Che in casa nostra ci fosse il regalo di un personaggio di Pirandello mi divertiva da matti.

1935

Nel 1911 Luigi Pirandello dettò una lapide per l'inaugurazione delle scuole elementari del mio paese, lapide che in una decina di righe condensa il tema dei *Vecchi e i giovani*. Nel 1935 venne costruito sempre per le scuole un nuovo e più grande edificio, ma questa volta si vede che Pirandello non aveva nessuna voglia di dettare una nuova lapide: propose che il marmo inciso venisse staccato dalla parete vecchia e murato su quella nuova. Forse, a vent'anni e passa dalla dettatura della lapide, non aveva niente di nuovo da dire in proposito. Assicurò la sua presenza, e fu di parola. E quindi un pomeriggio, verso le tre di dopopranzo, mentre me ne stavo in mutande a leggere un libro della collana Mondadori che si chiamava «Il romanzo dei ragazzi», e i miei saporitamente dormivano – faceva caldo – sentii bussare alla porta e andai ad aprire. Il cuore mi fece un balzo. Davanti a me c'era un vecchio che mi sembrò gigantesco, con la barba a pizzo, vestito con una divisa che pareva d'ammiraglio, feluca, mantello, spadino, alamari, oro a non finire ricamato dovunque. Non sapevo allora che quella era la divisa di accademico d'Italia. Mi guardò, mi domandò con un accento delle nostre parti:

«Tu sei nipote di Carolina Camilleri?»

«Sì» risposi tremando, quell'uomo era veramente scantusu.

«Me la puoi chiamare? Digli che c'è Luigino Pirandello che la vuole vedere.»

Entrai nella camera della nonna, la svegliai scuotendola.

«Nonna, di là c'è uno che si chiama Luigino Pirandello.»

La nonna saltò dal letto, buttò stralunata i piedi per terra, ebbi l'impressione che si fosse messa a lamentarsi mentre affannosamente si rivestiva. La sua reazione mi spaventò di più. Corsi in camera da letto dei miei genitori, li svegliai, dissi che di là c'era un uomo scantusu che si chiamava Pirandello e che voleva vedere nonna Carolina. La reazione di mamma e papà letteralmente mi atterrì. Scappai verso un rifugio che sapevo sicuro ma prima ebbi modo di vedere lo scantusu e mia nonna abbracciati, lei piangeva, lui la teneva stretta, le batteva una mano dietro le spalle e diceva che pareva si lamentasse: «Ah, la nostra giovinezza! La nostra giovinezza!» (GM)

1936

Andrea, che a proposito dei suoi primi anni parlerà di «un'infanzia senza limiti», cresce circondato di affetto e premure ma non viziato. La madre è una donna dolce, colta e lo inizia, assieme alla nonna, alle letture, però all'occorrenza sa essere dura e non esita a rinchiuderlo, lui figlio unico, per tre anni in collegio.

La nonna gli fa leggere *Alice nel paese delle meraviglie*, che negli anni Trenta non era una lettura comune, e ne sviluppa la creatività invitandolo a considerare gli aspetti più immediati della natura: piante, animali, dettagli d'insetti, per poi incitarlo a costruire su ognuno di essi una storia. Ma il comprensibile desiderio del bambino è quello di primeggiare fisicamente e di ottenere il rispetto di quei figli di pescatori e di carrettieri che sono i suoi compagni di scuola. Quando riesce a salire nella gerarchia dei monelli fino a costituire una banda propria e ad avere numerose guerre in corso, smette di studiare. Falsifica i voti e viene scoperto; la famiglia inscena sotto i suoi occhi una sorta di pirandelliana "favola del figlio cambiato" («Ah, questo non è figlio nostro...») e lo spedisce al collegio vescovile di Agrigento.

Della vita in collegio, oltre alla disciplina cui non riesce a piegarsi (gli viene tuttavia concessa una specie di dispensa, per cui può leggere libri come *Via col vento*, *Passaggio a nord-ovest*, *La saga dei Forsythe* e gli «Omnibus» Mondadori), c'è un'usanza che suscita la sua indignazione. Nell'istituto è vietatissimo parlare in dialetto e per invitare i ragazzi alla delazione i preti hanno ideato un piccolo totem di legno, che chiamano *àccipe*. Se un alunno sente un compagno pronunciare una parola in siciliano è obbligato a intimargli l'àccipe e a consegnargli il totem. La sera, l'ultimo che si trova l'àccipe in mano viene punito con l'obbligo di restare per un'ora in ginocchio mentre gli altri si addormentano. Per protesta Camilleri si mette a studiare attentamente il vocabolario per cercarvi parole che possano suonare siciliane pur essendo riconosciute come italiane. Verso le otto di sera pronuncia quella parola, il compagno gli dice àccipe, lui si prende il totem e non lo passa a nessuno. Poi al controllo proclama: protesto, io ho detto questa parola, è sul vocabolario italiano, andate a controllare.

La classe riceve l'ordine di non passare più l'àccipe a Camilleri.

Lui spera con questo e altri atteggiamenti provocatori di farsi cacciare, ma ottiene solo un incremento delle punizioni. Allora decide

che l'unica soluzione è commettere un sacrilegio e lancia contro il
crocifisso una delle uova che la madre gli manda da casa per integrare il vitto del collegio.

Quel gesto, che gli provoca l'espulsione immediata e le botte dei
suoi stessi compagni, lo turberà per tutta la vita.

Il primo libro che legge è *La follia di Almayer* di Conrad, pubblicato da Sonzogno in una collana economica. Subito dopo *Moby
Dick*, in una versione condensata, ma i libri veri per ragazzi, Jules
Verne, Salgari, li comincia a leggere a quindici anni, perché prima
si avventura alla cieca sui libri che girano per casa:

> Per esempio Simenon: la Mondadori lo pubblicava nella col-
> lana «Libri Neri Mondadori». La "prima serie" dei Libri
> Neri era del 1932 e, pur essendo il protagonista, Maigret non
> veniva mai nominato nel titolo, perché la fama del commis-
> sario cominciò solo nel dopoguerra. E io quei libri li leggevo
> che avevo sette otto anni.

Il padre è infatti un grande lettore di gialli. Possiede quasi tutti i titoli della collana popolare mondadoriana:

> quei volumi di grande formato, stampati a due colonne per pa-
> gina, che allora si vendevano a due lire e cinquanta centesimi.
> In casa nostra c'erano anche altri libri. Da bambino, tra un raf-
> freddore e l'altro, ho letto Lucio D'Ambra, Luciano Zuccoli e
> Salvator Gotta. Mi sconvolse *Manalive* di Chesterton. E poi i
> numeri del «Dramma», la rivista, mia coetanea (venne fondata
> nel '25), che lo zio Alfredo teneva in un cassetto dietro allo
> scheletro. Apro questa rivista e vedo che è scritta in un modo
> diverso, in un modo che accendeva subito la mia fantasia.
> Un giorno, a tavola, mio zio mi disse: «Yorick mi ha detto
> che anche oggi qualcuno dei nipoti è entrato nello studio».
> «Sono stato io.»
> «E che fai nello studio?»
> «Leggo.»
> «Va bene, Yorick ti dà il permesso.»
> Ero ancora in collegio quando il padre Angelo Ginex mi dis-
> se: i salesiani stanno provando un'operina musicale, a te pia-
> ce il teatro, perché non vai a vedere le prove? Io andai e su-
> bito mi misi a dare consigli, suggerimenti "tecnici" del tipo,
> perché uscite tutti quanti dallo stesso lato? Due escono a si-
> nistra, due a destra...
> Quest'operina, poi, naturalmente cantata tutta da uomini an-
> che nei ruoli femminili, si intitolava *Crispino e la comare* ed
> era, guarda il destino, di Luigi Ricci, l'autore del *Birraio di*

Preston e, guarda ancora il caso, nella prima scena c'era una venditrice di libri, con la gerla sulle spalle, che cantava: «Istorie belle a leggere / da me chi vuol comprar. / Ahi che gridare è inutile / non c'è da guadagnar...».
Tutto questo ovviamente senza però dimenticare i fumetti dell'«Avventuroso», con Jim della Giungla, Gordon Flash, Mandrake, Cino e Franco, e l'agente segreto X 9, che mi piaceva più di tutti. Questi fumetti prima li leggevamo e poi li sceneggiavamo dividendoci in due bande ispirate alle storie di Cino e Franco. I fumetti che stavano nell'«Audace» e nel «Balilla» (dove non c'erano veri fumetti, ma riquadri con la rima baciata, tipo il signor Bonaventura), di produzione autarchica (quelli dell'«Avventuroso», invece, erano tutti di disegnatori americani), mi piacevano di meno, ma non era per precoce antifascismo.

Anzi, intorno ai dieci anni comincia a scrivere poesie dedicate alla mamma e a Mussolini. La sua fede lo spinge a spedire una lettera al duce in cui chiede di partire volontario per l'Africa. Qualche tempo dopo lo manda a chiamare Innocenzo Pirandello, insegnante, presidente locale dell'Opera Nazionale Balilla e fratello di Luigi. Come tutti i Pirandello, anche Innocenzo porta lo sciolletto sulle spalle estate e inverno e ha un'aria non propriamente guerriera. Gli mostra la lettera in cui Mussolini risponde al balilla Camilleri che per il momento non è possibile accontentarlo, ma gli promette che, se vorrà dimostrare il suo valore in futuro, «non mancherà l'occasione». Con rincrescimento di Camilleri, la lettera, siglata dalla M di Mussolini, se la intasca Innocenzo Pirandello.

1939
Si iscrive al ginnasio-liceo Empedocle ad Agrigento, sito in piazza San Francesco. In questa piazza convengono gli studenti che arrivano con la littorina o con la *pintaiota* (così si chiamava la corriera, perché il primo modello di autobus doveva essere una Lancia Penta Iota) da tutti i centri del circondario e ognuno, nella folla, racconta che cosa è successo il giorno prima al proprio paese. Quella piazza San Francesco costituiva una sorta di paese unico fatto della somma di tutti gli altri e a quella piazza Camilleri si ispira, tanti anni dopo, quando immagina «le mura a geometria variabile» di Vigàta, «il paese più inventato della Sicilia più tipica».
Tra i suoi compagni di classe c'è Gaspare Giudice, il futuro studioso di Pirandello; Gaspare ha una sorella maggiore, Lia, che insegna nella stessa scuola. Siccome Camilleri scrive poesie, è Lia Giudice

che un giorno gli dice: guarda che non esistono soltanto Carducci e
D'Annunzio, e gli fa leggere Montale, Saba, Alvaro e gli scrittori
contemporanei.

Questo primo contatto con la modernità accende la sua passione
per la letteratura, ma il libro che più di tutti lo appassiona e lo turba fino all'ossessione è la *Storia della colonna infame* di Alessandro
Manzoni, un'opera che si porterà dentro per sempre. Non gli piacciono i russi: la loro «profondità abissale» la trova pesante. Non li
ama, tranne uno:

> L'unico autore russo – a parte il teatro di Čechov, che è
> un'altra storia – per me si chiama Gogol'. Da Gogol' ho ru-
> bato parecchio: persino questi difficili rapporti con la buro-
> crazia mi sono rimasti dentro da Gogol'. Per esempio, pensa
> alle tre lettere che all'inizio de *La concessione del telefono* Fi-
> lippo Genuardi scrive al prefetto, umiliandosi sempre di più:
> questo è Gogol'. (LP)

Il professore di religione, il già citato padre Angelo Ginex, è un
prete illuminato, riceve i ragazzi in sacrestia, offre marsala e biscotti ed è capace di far leggere passi dell'enciclica *Rerum Novarum* al-
ternandoli a brani di Marx. Finché queste riunioni non vengono
scoperte. «Qualche cornuto ha parlato» dice un giorno don Angelo. Così finiscono gli incontri.

> Il mio professore di italiano al liceo si chiamava Cassesa. Al
> primo giorno si presentò così: sentite, ho fatto i conti, per
> quello che io valgo, e per quello che mi passa lo Stato, io non
> vi posso fare più di sei lezioni l'anno. Quindi io vi faccio sei
> lezioni e poi basta. Siccome gioco molto – era un giocatore
> di grandissima razza – ho bisogno di recuperare sonno, fac-
> ciamo patti chiari e amicizia lunga: io arrivo in classe, voi
> chiudete le finestre e io dormo. Voi fate quel casino medio,
> sopportabile, in maniera che si capisca che io sono in classe.
> Fece le prime sei lezioni spettacolari, straordinarie, capii tan-
> te cose della nostra lingua e della nostra letteratura. Così
> metà della classe rimase in sospeso quando annunciò: con
> ciò finiscono le mie lezioni. E no, professore, si ribellarono i
> miei compagni, lei non può fare in questo modo. Lui disse:
> ci possiamo mettere d'accordo, mi pagate. Professore, ma
> noi non abbiamo soldi. Vi tassate e mi fate trovare sulla cat-
> tedra un pacchetto di Milit, erano le sigarette di allora, le
> peggiori; e noi gli facevamo trovare le Milit...
> Un altro personaggio era il professore di filosofia, Carlo Gre-
> ca. Strano uomo, di intelligente severità. Andavamo tutti d'ac-

cordo, perché, per esempio, lui instaurò una cosa: via il libro, tanto spiego io e pigliate gli appunti. Poi non era pressante sulle interrogazioni. E allora se tu non studiavi filosofia, e quel giorno il professore ti interrogava, potevi dire di no. Non t'interrogava, ti lasciava in pace. Dopo un mese ti diceva: guarda che hai troppi no. Quand'è che mi dici sì? (TD)

1941-1942

Vince i Ludi Juveniles, una sorta di prelittoriali, con un tema di cultura fascista ispiratogli da un gioco letterario che fa col suo amico Gaspare Giudice e che consiste nel costruire una frase a partire da una parola insolita che l'uno propone all'altro. Gaspare gli passa un verbo montaliano: «s'infutura», che però è anche talmente adatto alla mistica fascista da ispirare a Camilleri un componimento da primo premio.

Il fascismo di Camilleri, come quello dei tanti giovani littori che, allevati sulle pagine della rivista «Primato» di Giuseppe Bottai, andranno a costituire la prima generazione degli antifascisti nati sotto il fascismo, è di natura tutta intellettuale (ha già trovato il modo di farsi esonerare dai grotteschi riti del sabato) e privilegia, del fascismo, gli elementi rivoluzionari antiborghesi o perlomeno innovativi:

> Il fascismo era una coperta elastica sotto cui ciascuno, specialmente in Sicilia, coltivava le proprie idee senza grandi costrizioni. Io ero sicuramente fascista, ma mi sentivo intimamente di sinistra. Leggevo scritti di giovani intellettuali fascisti come Berto Ricci o Dino Garrone, trovavo sulle collezioni del «Popolo d'Italia», l'organo ufficiale del PNF, reportage sulle grandi opere e infrastrutture realizzate in URSS, non ostili al regime bolscevico. Ricordo in particolare un libriccino omaggio per gli abbonati; erano le *Novelle bolsceviche* raccolte da Duilio Susmel. È lì che lessi per la prima volta Bulgakov. La mia base culturale erano gli scritti di quei ragazzi che sarebbero andati a morire volontari sul fronte russo, in quello che perfino Bottai definì «suicidio». (TD)

> Proprio sulle pagine di quella rivista («Primato») che fortunosamente arrivava nell'unica edicola del mio perso paese siciliano, io mi ero in certo modo formato, spendendo vista e nottate a leggere saggi, racconti e poesie. Ricordo che la recensione di Giaime Pintor a un libro di Ernst Jünger, *Sulle scogliere di marmo*, mi fece firriare intontonuto per le vie del paese sotto un bombardamento aereo con la gente che mi fa-

ceva voci di correre al rifugio e ricordo magari che il dibattito sull'esistenzialismo, al quale partecipavano Abbagnano,
Paci, Della Volpe e altri ebbe su di me come conseguenza
una leggera febbre accompagnata da eruzioni cutanee. (BC)

L'anno successivo vince ancora i Ludi, ma questa volta il concorso è
suddiviso per sezioni e Camilleri partecipa per il teatro con un ela-
borato in cui presenta, motivandolo, il cartellone di un'ideale stagione teatrale fatta con autori italiani contemporanei. I vincitori
vanno a Firenze, dove è in corso un convegno mondiale della gioventù fascista. Al teatro Comunale sono presenti von Schirach, Kal-
tenbrunner e Pavolini. Sul palco incombe una grande bandiera con
la svastica. Camilleri protesta, ad alta voce, una prima volta per l'assenza della bandiera italiana e una seconda volta quando, invece di
unirsi al consueto "saluto al duce", grida «saluto al re». Individuato-
lo nella folla, al termine della manifestazione Pavolini gli fa cenno di
seguirlo. Giunti nella hall, si gira e gli sferra un calcio nei testicoli.
Gli amici siciliani che lo accompagnano in ospedale non solo gli
consigliano di non sporgere denuncia ma, grazie all'intervento del
prefetto Gaetani, lo fanno letteralmente sparire dalla circolazione.
Poco tempo dopo, da Porto Empedocle Camilleri contatta Gaetani
perché vorrebbe studiare a Firenze dove insegnano Giorgio Pa-
squali, Giuseppe De Robertis e Rodolfo Morandi, che lui idealmen-
te considera suoi maestri. Gaetani incarica Fernando Mezzasoma, il
futuro ministro della Cultura popolare della RSI destinato a essere
fucilato a Salò, di prendersi a cuore la cosa e Mezzasoma gli promette un posto di giornalista alla «Nazione» per consentirgli di mantenersi agli studi mentre frequenterà l'università.

1943
L'inasprirsi della guerra fa sì che, come tutti i suoi coetanei, Camilleri ottenga la licenza liceale evitando il fatidico esame («Io appartengo a una generazione che non ha fatto l'esame di maturità. Noi siamo stati promossi senza maturità, l'ho scritto sulla "Stampa"
quando mi chiedevano "Dottor Camilleri, i temi di maturità..." e io
discettavo su questi titoli felice di non aver mai fatto quest'esame
terribile»), ma gli fa naturalmente naufragare il progetto fiorentino.
Per giunta, come tutti i giovani iscritti alle liste di leva della Marina,
viene chiamato prima degli altri e il 4 giugno deve presentarsi alla
base navale di Augusta. I coscritti non hanno neppure le divise. Ricevono una fascia da mettersi al braccio con la scritta CREM (Corpo
Reale Equipaggi Marittimi). Dormono in un ricovero e il loro unico
compito è spalare tra le macerie per vedere se ci sono morti.

La notte del 9 luglio un compagno lo sveglia dicendo: «sono sbarcati tra Licata e Gela».
Il giorno successivo si dà disertore.

Durante lo sbarco in Sicilia degli alleati mi trovai con la famiglia a Serradifalco, dove i tedeschi avevano approntato una linea di resistenza. Nelle solide cantine della villa di una mia zia, ci riducemmo a vivere una trentina di persone, senza avere nulla da mangiare, se non fave secche. Con me c'era anche un mio cugino di qualche anno più giovane, lì casualmente capitato. Ogni tanto uscivamo tra bombardamenti aerei e terrestri e barattavamo del vino per qualche scatoletta di cibo. Da una radio che miracolosamente funzionava apprendemmo la caduta del fascismo.
Alle prime ore del 29 luglio tutto tacque, cannonate, bombe, mitragliatrici, con stupore sentimmo gli uccelli tornare a cantare. Uscimmo, gli altri dormivano. Dal fondo della strada vedemmo avanzare un carro armato mostruoso, gigantesco, lentissimo. A un tratto si fece di lato per lasciar passare una macchina (non sapevamo ancora che si chiamava jeep) con a bordo un militare in piedi, uno seduto al suo fianco e un negro in divisa che la guidava.
Alla nostra altezza, l'uomo in piedi fece cenno all'autista di fermare. Guardava una rozza croce di legno che stava al suo livello (la strada era leggermente incassata). Indicava la sepoltura di un soldato tedesco che era rimasto ucciso in un bombardamento. Dopo un attimo l'ufficiale sporse il braccio, sradicò la croce, la spezzò su un ginocchio, disse all'autista di proseguire. Rimanemmo allibiti, terrorizzati. Intanto il carro armato stava sorpassandoci. Dietro c'erano una dozzina di uomini in divisa americana, il mitra fra le mani, le bombe a mano legate l'una all'altra intorno al collo. Eravamo sconvolti, temevamo che quegli uomini ci sparassero da un momento all'altro. Invece l'ultimo dei soldati si fermò, tornò indietro, ci salutò:
«Vasamulimani» (Baciamolemani).
Non eravamo in condizione di rispondere, e lui continuò:
«Ntra n'urata nuatri turnamu narrè. M'avissivu a fari u piaciri di farimi truvari nanticchia d'acìtu bonu, quannu ci priparu na 'nzalata o me tinenti.» (Fra un'ora torniamo indietro. Dovreste farmi il piacere di farmi trovare un poco di aceto buono per preparare un'insalatina al mio tenente.)
Mentre si allontanava per tornare dietro al carro armato, io e mio cugino Alfredo ci scoprimmo con gli occhi pieni di lacri-

me. Troppe sensazioni contrastanti si erano abbattute su di noi in pochi minuti. Gli americani tornarono, gli facemmo trovare l'aceto, ricambiarono con le loro razioni militari, si misero a mangiare. Allora mi avvicinai al soldato siculo americano (in quel plotone lo erano quasi tutti) e gli domandai chi era quel tale in divisa che li aveva preceduti e che stava in piedi dentro la macchina.

«Quello è un generale bravissimo, il migliore che abbiamo» mi rispose, «come soldato non ce ne sono altri, ma come uomo è un fitusu. Si chiama Patton.» (GM)

Poi ci fu un'altra volta che andai ai Templi per vedere se erano stati bombardati e ci trovai un soldato americano che tentava di fotografarli e non ci riusciva, era chiaro che non ci riusciva, provava e riprovava e non era mai contento, e a un tratto in cielo si scatenò uno scontro aereo tra tedeschi e americani, un duello, e questo fotografo si trasformò sotto i miei occhi, gettato a terra a pancia all'aria, usava la macchina fotografica come una mitragliatrice, pareva fosse impegnato anche lui nel duello... Poi mi scrisse il suo nome e cognome su un pezzo di carta. Allora non mi dissero niente. Si chiamava Robert Capa. (TD)

1944

Fonda, a Porto Empedocle, un falso partito comunista. Gli americani incoraggiano la ripresa dell'attività politica e auspicano la rinascita dei partiti. Di tutti, tranne che del partito comunista.

Il vescovo mi accolse così: «Figlio mio, te l'avevo detto che eri comunista». Poi cercò di rassicurarmi: «Comunque, non preoccuparti: parlerò io con gli americani. In fondo se proprio deve nascere un partito comunista nel nostro paese, per noi è meglio che lo fai tu, che non un vero comunista». Ebbi appena il tempo di aprire la sezione, di raccogliere le prime tessere. Ma a due mesi dalla nascita del "mio" partito comunista, il PCI, quello vero, mandò i suoi dirigenti da Roma... In breve, fu insediato un nuovo segretario locale, Turidduzzu. (TD)

Si iscrive all'Università di Palermo, corso di laurea in Lettere moderne. Il titolare della cattedra di Letteratura italiana è Mario Sansone, ma quell'anno è ammalato e viene sostituito dal collega di filologia romanza. Quando interroga, questo professore ha l'abitudine di far precedere ogni domanda dalla frase «lei non sa che». Dopo un po' che la martella anche nelle orecchie di Camilleri, avendo sotto gli occhi la sua tesina sulle *Sacre Rappresentazioni* di Feo Belcari, gli chiede: «Lei non sa che un regista contemporaneo ha messo in scena una Sacra Rappresentazione...». «Sì, professore, lo so. Copeau, a Firenze.» «Come mai uno come lei non lo vedo mai alle mie lezioni?» «Non ho i soldi per venire a Palermo alle sue lezioni.» «Le do diciotto.» «Va bene, mi ritiro.» «Non le permetto di ritirarsi.»

Quel diciotto che gli guasta per sempre la media fa svanire il suo sogno di andare a fare il lettore di italiano all'estero e gli toglie la voglia di studiare.

1945

Si tiene a Taormina il congresso del PLI e Camilleri ci va come osservatore del PCI. Vi conosce Manlio Brosio, che diventerà segretario generale della NATO e presenzia ai lavori in qualità di osservatore repubblicano. Ma soprattutto rimane impressionato da un signore dall'aria molto distinta, molto inglese, l'unico che, in quanto liberale, a quel congresso ha veramente il diritto di starci. È Vitaliano Brancati. Un "dio" per il giovane Camilleri, che ha letto tutti i suoi libri. Liberale è anche lo zio di Andrea, l'Alto commissario per i rifugiati politici Carmelo Camilleri, il quale, terminati i lavori, lo invita a Roma, dove Andrea si trattiene per un intero mese.

Passando davanti a un'edicola di via Veneto vede esposta una copia dell'ultimo numero di «Mercurio», il mensile diretto da Alba De Céspedes. Sulla copertina, accanto ad Alvaro, Silone, Moravia e a una Ginzburg allora anche lei giovanissima, legge il proprio nome. Legge e subito va a sedersi a un tavolino del Café de Paris dove rimane per un bel po', con le gambe stroncate dall'emozione, prima di risolversi a comprare la rivista. Teme che possa trattarsi di un articolo di suo zio, anche se lui ha letto inviato spedito a «Mercurio», molti mesi prima, una poesia: *Solo per noi*. E a pagina 77 infatti la trova, preceduta dalla nota «Andrea Camilleri è nato a Porto Empedocle il 6 settembre 1925»: «Un giorno si alzeranno / neri morti / dalle case bruciate che il vento / ancora sgretola / e avranno occhi per noi. / Nessuno parlerà: / mute labbra daranno la condanna / ai nostri volti / e intorno sarà notte. / Dove arse la terra ai nostri passi / e fu fango di lacrime e sangue / ancora lutto e grida / ancora spine e sassi / solo per noi». È la sua prima pubblicazione e nessun'altra, nessun futuro successo gli daranno mai più un'emozione simile.

In stato di esaltazione prende il treno del ritorno a casa. Ha letto sull'ultimo «Les nouvelles litteraires» un articolo di Raymond Aron che continua sul numero successivo, numero che a Roma non ha fatto in tempo a comprare. Prima di arrivare ad Agrigento, dove sicuramente non lo troverà, l'ultima sua speranza è la stazione di Napoli, dove il treno è costretto a una lunga sosta. Arrivati, però, nessuno osa scendere, perché il treno è stracarico e chi ha la fortuna di star seduto ha paura di perdere il posto. Zoppicando, perché a Roma si è fatto male e deve procedere col bastone, Camilleri osa. È l'unico sceso a terra, sulla banchina. Dai finestrini la gente assiepata lo guarda. In lontananza, lui vede un'esposizione di fogli bianchi, verso la quale si dirige, ma non è un'edicola; è un vecchio seduto su una sedia di paglia, che sul muro ha affisso, con le puntine da disegno, una serie di quotidiani e un'altra pila la tiene ai suoi piedi. Il vecchio lo scruta, immobile. Camilleri non si scoraggia. Con affanno, domanda: «Avete "Les nouvelles litteraires?"». Il vecchio non si muove, poi atteggia le labbra, e solo le labbra (impassibile il resto del volto) a forma di pernacchia e fa: «Prrrr!».

> In quel momento, e solo in quel momento, davanti a quella pernacchia mi accorsi delle macerie, della rovina della stazione, di quei poveri quotidiani appuntati al muro, di tutto.

1946

> Ho cominciato a scrivere e a pubblicare che ero molto giovane. Scrivevo poesie e racconti, racconti brevissimi, da terza pagina. Stavo a Porto Empedocle, non c'era il telefono, non c'era niente, mi sentivo come dentro un sommergibile affondato, senza comunicazione col mondo esterno se non un tubo lancia siluri nel quale immettere messaggi nella speranza che arrivassero a qualcuno. A qualcuno arrivarono. (*Identità e linguaggio*, in Aa.Vv., *Identità alterità doppio nella letteratura moderna*, a cura di Anna Dolfi, Bulzoni, Roma 2001)

A Enna, dove si è trasferito con la famiglia, scrive il primo racconto della sua vita. Si chiama *Sweet Georgia Brown* ed è ispirato dall'ascolto e riascolto del disco omonimo, suonato dall'Hot Club de France con Django Reinhardt alla chitarra e Stéphane Grappelly al violino:

> L'ossessione per questa musica mi suggerì l'idea di un racconto che ruotasse attorno a un disco. E lo scrissi, anche se non è che mi piacque poi tanto.

Il periodo di Enna è in effetti all'insegna di grandi sperimentazioni letterarie. Scrive tanto perché è giovane, perché è malinconico e perché a Enna c'è la nebbia. Frequenta un giovane che scrive anche lui, si chiama Francesco Cannarozzo e diventerà famoso come autore di gialli e di fantascienza. Ma con uno pseudonimo. Si chiamerà, guarda caso, Franco Enna.

Dopo averlo fallito più volte, inopinatamente supera l'esame di latino scritto. Nell'euforia del momento spedisce a casa un telegramma che rimane nelle cronache famigliari: «Promosso latino proseguo Milano».

A Milano va a stare da un altro fratello della madre che fa il direttore di banca. Vede il *Don Giovanni* di Molière messo in scena al Piccolo da Orazio Costa, che lo incanta, e alla Scala il *Billy Budd* di Melville ridotto a libretto da Quasimodo, ma il suo progetto vero è conoscere Vittorini, al quale ha spedito delle poesie:

> Era una bellissima mattinata di giugno, mi ricordo, e io mi presentai verso le dieci, senza appuntamento e col cuore in gola, alla Casa della Cultura. Mi accolsero un giovane col quale dopo diventai molto amico, Stefano Terra, e un altro che mi disse: Vittorini non c'è, se intanto vuoi dire a me... mi chiamo Franco Fortini.
>
> Poi arrivò Vittorini. Mi disse: «Ah, tu sei quello che scrive poesie?», ma aveva un tono di voce strano. E aggiunse: «Senti, tu hai impegni per stamattina? Ti va di fare un giro con me?». Io, figuriamoci. Mi portò in giro per tutta Milano fino alle cinque del pomeriggio, pranzammo insieme e mi chiedeva: «Così tu vieni da Enna. A Enna c'è il Castello di Lombardia e davanti a Enna c'è Calascibetta e nella piazza di Calascibetta c'era la statua del generale Cascino. C'è ancora quella statua? E al lago di Pergusa, che dicevano che era nato dalle lacrime di Cerere, ci sei mai stato?». E andò avanti così, a farmi domande a raffica su tutti i luoghi dei dintorni. Allora mi chiesi perché mi faceva tutte quelle domande, in seguito capii che stava rielaborando una sua personale geografia, quella che avrebbe riversato nelle *Città del mondo*, ma un'altra cosa capii e quella la capii subito, quando nel congedarmi mi chiese così, a bruciapelo: «Hai letto "Rinascita"? Leggila, c'è scritta la fine della nostra rivista».
>
> Era l'articolo di Alicata. Allora capii che, facendo quella lunga passeggiata per Milano con un ragazzo siciliano che non conosceva, aveva voluto esorcizzare il dolore per la fine del «Politecnico». Dopo quel giorno non lo vidi più.

1947

Nel numero di marzo-maggio di «Mercurio» gli viene pubblicata un'altra poesia, *Mito*, importante tappa del suo percorso perché testimonia il passaggio dal modello montaliano e ungarettiano a una poesia di tipo narrativo, elaborata sull'esempio dei poeti che adesso più lo impressionano: T.S. Eliot e, soprattutto, Majakovskij.

Legge la rivista «Sud», diretta da Pasquale Prunas, al quale invia il poemetto *Tempo*. Prunas gli risponde entusiasta promettendogli la pubblicazione sul numero successivo, che non uscirà mai. Ma, poco tempo dopo, «Inventario», la rivista diretta da Luigi Berti aperta alle grandi voci della letteratura straniera (è sulle sue pagine che Camilleri scopre Majakovskij e Dylan Thomas) e con un comitato internazionale di enorme prestigio (Jean Paulhan da Parigi, T.S. Eliot da Londra, Nabokov per la letteratura russa e Ungaretti per quella italiana), include due sue poesie (*Davide* e *Uomo*) nella sezione «Piccola antologia di poeti nuovi» che comprende proprio quel gruppo di giovani letterati raccolti attorno a «Sud». Gli altri sono Luigi Compagnone, Gianni Scognamiglio, Domenico Porzio e Raffaele La Capria.

Manda al premio Libera Stampa di Lugano, presieduto da Gianfranco Contini, Carlo Bo e Giansiro Ferrata, il poemetto *Due voci per un addio*, che viene segnalato, su oltre trecento partecipanti, assieme alle poesie di Pasolini, Zanzotto, Maria Corti, Danilo Dolci e David Maria Turoldo.

Scrive la commedia *Giudizio a mezzanotte* con la quale vince, a Firenze, un concorso teatrale indetto dal Fronte della Gioventù (che allora era un'organizzazione comunista), ma con una giuria abbastanza al di sopra delle parti, considerando che è presieduta da Silvio d'Amico.

Per trovare i soldi che gli permetteranno di andare a Firenze, suo zio Massimo, fratello della madre, deve fare un gesto "alla Malavoglia": vende il suo raccolto di ceci.

Alla premiazione Camilleri conosce Niccolò Gallo e Vasco Pratolini: «Conobbi Niccolò Gallo che mi portò alle "Giubbe Rosse"... sognavo. Poi conobbi De Robertis, conobbi Cassola, e un altro col quale andava in tandem, Cancogni. Ecco, giornate meravigliose!».

Resta a Firenze per una settimana. Al ritorno, in treno, rilegge la commedia e la butta dal finestrino: «Era un'oscena scopiazzatura di *A porte chiuse* di Sartre».

Nonostante lo aspetti una vita dedicata al teatro come alla scrittura, un testo per il teatro non lo scriverà mai più.

Arriva il 1° maggio:

> Io, quel primo maggio, avevo 22 anni e stavo al mio paese. Da noi la celebrazione della festa del lavoro consisteva essenzialmente in una sfilata per le vie del paese dietro le bandiere rosse cantando l'*Internazionale* o, appunto, *Bandiera rossa*.

Quando la manifestazione si sciolse, andai a bere un bicchiere di vino con un amico e me ne tornai a casa. Dopo un'oretta, bussarono alla porta, era un compagno, bianco in faccia, tremava, mi accennò confusamente che qualcosa era successo a Portella della Ginestra. Come aveva fatto la notizia ad arrivare così presto? Allora i telefoni erano scarsi, la televisione non esisteva, la radio non aveva ancora detto niente. Scendemmo in piazza, c'era una folla enorme, ricordo le persone commosse che si abbracciavano, un mio coetaneo democristiano mi corse incontro, mi strinse. Poco dopo sapemmo tutta la verità. Era una bella giornata, ma il sole mi si oscurò, ebbi l'impressione che si fosse levato un vento freddo, una morsa mi stringeva il petto e lo stomaco, tornai a casa, andai in bagno e diedi di stomaco. Avevo un insopportabile amaro in bocca. E da quel primo maggio 1947 non sono più riuscito a bere un bicchiere di vino. (*Primo maggio. Portella e l'offesa di Scelba*, in RQ)

Alla fine dell'anno Silvio d'Amico si ricorda di Camilleri e gli scrive per invitarlo a sostenere l'esame di ammissione come regista all'Accademia Nazionale d'Arte Drammatica.

1948
Partecipa al concorso per l'Accademia e lo supera vincendo una borsa di studio di trentamila lire.
Per il corso di regia è l'unico allievo. Studia con Orazio Costa,

> uno dei più grandi registi italiani, maestro di tanti di noi, registi e attori, e così rimasi preso dal fascino intellettuale di quest'uomo che mi insegnò a leggere teatralmente un testo, a scoprirlo, a metterlo in scena. (TD)

Questo avviene pur avendo Costa e il giovane Camilleri due modi radicalmente diversi di intendere il teatro:

> Orazio era essenzialmente un mistico, i suoi allievi migliori appartenevano all'ordine Grotowsky, io no, quello è proprio il genere di teatro che non m'interessa. A me interessava assai di più il gioco, il peso della parola all'interno della scena, la situazione. Il teatro è un grandissimo gioco, un gioco di vita o di morte, ma un gioco, come la roulette russa. Io avrei poi fatto molto Beckett, Orazio Beckett non lo fece mai. Mi resterà sempre impresso, nel corso dell'esame di ammissione all'Accademia, il disgusto di Orazio quando Silvio d'Amico mi chie-

se: «Se lei avesse tanti soldi, quale opera metterebbe in scena?». E io dissi: «*La vedova allegra*. Ci vogliono un sacco di soldi». Non dissi l'*Edipo re*, non dissi l'*Amleto*, cosa che mandò in sollucchero Silvio d'Amico, ma scandalizzò Orazio Costa. Tanto è vero che, uscendo, ebbi l'impressione che non mi avrebbero mai preso. Così me ne ero andato a Ostia, dove c'era un amico che mi avrebbe ospitato, e solo quando passai in albergo, il giorno prima di tornarmene in Sicilia, trovai una pila di telegrammi disperati di mio padre che mi comunicava di presentarmi in Accademia perché avevo preso la borsa. Dissi a Costa che non pensavo di ottenere il posto.
«Perché non pensavi?»
«Perché non abbiamo le stesse idee.»
«E questo che significa?»
«Non lo so, secondo me significa che...»
«Ti sei sbagliato.»
Tutte le mattine che dio mandava in terra, dalle ore 8 alle ore 12 ero chiuso dentro una stanza con Orazio Costa, lui dietro il tavolo e io davanti. Un incubo. Avevo tutti maestri personali, Virgilio Marchi, l'architetto, grande scenografo di Pirandello, era mio unico professore. Era una situazione a dir poco imbarazzante. Se io decidevo di andare con una ragazza a ballare e fare tardi, dovevo avvertire i miei insegnanti che andavo a ballare, e lo stesso capitava con loro, se avevano un impegno dicevano «domani non venire», salvo Virgilio Marchi che a un bel momento decise di portarmi con sé. Stava costruendo questo meraviglioso teatro a Livorno, I quattro mori, e lì vidi come lavorava sull'acustica, un'esperienza indimenticabile. Però l'incontro con Costa plagiò il mio cervello, lo girò verso il teatro, tanto che io non fui più in grado di scrivere un rigo né in prosa né in versi, niente. (citato in Paolo Bolla, *Nuclei drammaturgici nella narrativa di Andrea Camilleri*, tesi di laurea discussa presso l'Università Cattolica del Sacro Cuore, Milano, a.a. 1997-1998)

Non potei più scrivere perché mi ero messo a fare teatro. È assolutamente una menzogna che ripeto volentieri, ma non è assolutamente vero, era successo tutt'altro. Perché non sono più riuscito a scrivere un verso, o un racconto minimo, o un aneddoto, o tre righe, nulla, era qualche cosa che c'era dentro di me. Era che via via che maturavo, via via che crescevo, via via che avevo più cose da dire, le parole, le parole per dirlo, per parafrasare – per citare la nostra Marie Cardinal – non mi bastavano. Il mio italiano, le mie parole italiane si disponevano ordinatamente in fila come dei bravi soldati, ma erano dei soldati pigri, svogliati, molto spesso inerti e con nessuna volontà di ingaggiare la battaglia della scrittura, nessuna. La cosa mi metteva in crisi. Il mio italiano me l'ero fatto. Da noi, in Sicilia, esiste un proverbio popolare, mi dovete scusare c'è una parola volgare, ma rende l'idea in un modo strepitoso: non abbiamo la fortuna dei maledetti toscani, in Sicilia, quindi «la littra s'impara cu lu culu», la "littra" che è il leggere e lo scrivere in italiano, s'impara con il "culo", a forza di sculacciate sul sedere riesci ad imparare questa lingua altra, che è l'italiano. Quindi ero diventato con il sedere come certe scimmie, un'autoflagellazione per imparare l'italiano. (*Identità e linguaggio*, cit.)

Poiché come regista è l'unico allievo, gli amici se li fa tra gli attori: Franco Graziosi, Glauco Mauri e, soprattutto, Luigi Vannucchi. Mondadori pubblica l'antologia nella quale Giuseppe Ungaretti e Davide Lajolo hanno raccolto i migliori giovani che hanno partecipato al premio Saint Vincent. La vittoria tocca ex aequo ad Alfonso Gatto e Sergio Solmi, ma nella raccolta figurano Parronchi, Pasolini, la Spaziani. Camilleri è presente con tre poesie, due delle quali fanno parte del citato poemetto *Due voci per un addio*.
Il 14 dicembre, sull'«Italia socialista», il quotidiano diretto da Aldo Garosci, compare il primo racconto di Andrea Camilleri. S'intitola *Davide e Golia* ed è una rivisitazione ironica dell'episodio biblico, con Davide che ammazza Golia per sbaglio, colpendolo in fronte dopo aver mirato con la fionda a un uccello.

1949
Il magistero di Orazio Costa, che gli insegna a leggere il mondo *sub specie theatri*, gli fa prendere anche qualche divertente abbaglio:

Quando ero giovane, al primo anno d'Accademia, nel '49, credevo d'aver capito Kafka, o poco ci mancava; avevo delle zone d'ombra, però trascurabili. Andai a vedere al teatro Ateneo un grosso attore dell'epoca, Sandro Ruffini, che faceva *Il processo* di Kafka nella versione teatrale di Jean Louis Barrault. Porca miseria, rimasi inchiodato. Capii veramente quello che c'era da capire. Allora alla fine feci una cosa che ho fatto solo due o tre volte. Andai nel camerino e mi presentai con la tuta dell'Accademia. Dissi: «Signor Ruffini, senta, lei questa sera mi ha fatto capire Kafka come studi e saggi non mi avevano fatto capire». Allora lui mi disse: «Lei viene

dall'Accademia. Che cosa fa?». «L'allievo regista.» «Ah... e stasera che fa?» «Niente.» «Viene a cena?»
Si mangiava pochissimo allora, per cui un invito di Sandro Ruffini era un'occasione: mi offrì una cena luculliana, io e lui da soli. Parlammo di teatro, di molte cose. Infine mi disse: «Dunque lei attraverso la mia interpretazione avrebbe capito Kafka. Ora lei mi dice che cosa ha capito, non avendo io capito niente di quello che dico.» (citato in P. Bolla, *Nuclei drammaturgici*, cit.)

Su «Pesci rossi», la rivista letteraria di Valentino Bompiani, esce la poesia *Un uomo che spacca le pietre* e su «Pattuglia», il giornale della gioventù comunista diretto da Gillo Pontecorvo, i versi *Preghiera di Natale per una bimba povera*.
L'11 maggio pubblica sull'«Ora del popolo» di Palermo il racconto *La barca*, che rappresenta il suo esordio letterario nell'isola. E il 29 maggio, sempre sull'«Ora» esce *Un fatto memorabile*, che tra i racconti dell'infanzia letteraria di Camilleri è senza dubbio il più divertente e il più vicino alla sua vena futura: di che colore è la bandiera che il Cristo risorto tiene in mano? Rossa, dicono i comunisti di un piccolo paese siciliano. Bianca, sostengono i democristiani. La conclusione fa presagire il futuro autore del *Birraio di Preston*:

> Il prete, per non scontentare nessuno, aveva del tutto tolto la bandiera dal braccio levato in alto della statua. E Cristo, salendo in cielo con la mano destra chiusa a pugno e alzata al di sopra della sua testa, rivelava agli uomini, col ben noto saluto, la sua vera e profonda convinzione politica.

1950
Viene espulso dall'Accademia.
I ragazzi del primo, secondo e terzo anno, insieme ad alcuni attori giovani e già famosi, Nino Manfredi, Tino Buazzelli, Rossella Falk, Enrico Maria Salerno, Paolo Panelli e Bice Valori, partecipano a uno spettacolo estivo organizzato da Orazio Costa. Sono quasi tutti poco più che ragazzi e provano dalle dieci del mattino all'una, dalle due alle otto e dalle nove a mezzanotte. Camilleri e Luigi Vannucchi sono fidanzati con due delle attrici, ma ragazzi e ragazze, come vuole il clima austero di quegli anni, sono rigidamente divisi, i maschi alloggiati in un convento di francescani, le femmine dalle clarisse. Come è prevedibile, i giovani ci mettono poco a organizzarsi passandosi le chiavi e ricomponendo le coppie, almeno per parte della notte: prima dell'alba i ragazzi si alzano e raggiun-

gono le loro stanze. Lo stratagemma funziona per un paio di settimane, finché la stanchezza non ha il sopravvento e, a giorno fatto,
come nella peggiore delle pochade, Camilleri non viene scoperto
da una suora a letto con la fidanzata.
Privato della borsa di studio, si ritrova a Roma senza mezzi.

> Allora una gentile signora di Agrigento, il cui marito era un
> importante uomo politico della DC, che mi voleva un bene
> dell'anima, saputa la storia, scrisse una bellissima lettera a
> Giulio Andreotti, sottosegretario allora alla presidenza e
> quindi con competenza sullo spettacolo. Andreotti rispose
> con una lettera che conservo nella quale mi dice: «Caro Ca-
> milleri, certo che io l'aiuterò nel limite del possibile, ma sap-
> pia che lei fa il regista, che ogni regista ha il suo aiuto regista,
> ma insomma in qualche modo mi occuperò della sua faccen-
> da». Infatti dopo circa una ventina di giorni mi telefonarono
> dalla Minerva Film che aveva due grandi produttori: Mosco
> e Potios. Erano due greci. Mi diedero da leggere le sceneg-
> giature: «Quelle che ti interessano segnalacele». Mi pagava-
> no con cinque stecche di sigarette di contrabbando alla setti-
> mana. Che io rivendevo, che altro potevo fare? Fumarmele
> tutte?... Poi lo stesso Andreotti mi mandò a lavorare nella
> produzione di *Processo alla città* di Zampa. Il mio compito
> era quello di andare a comprare le sigarette a Zampa. (TD)

Vince, a Genova, il concorso di poesia delle Olimpiadi culturali della
gioventù («il partito comunista ci teneva a organizzare questi incontri tra intellettuali e operai, i quali se ne stracatafottevano nella maniera più assoluta») con la lirica *Morte di Garcia Lorca* («fu certo una
cosa assai semplice / trafiggere contro un muro / la tua azzurra d'un
gitano / e rompergli l'ultimo grido tra i denti»), che viene tradotta e
fatta circolare clandestinamente in Spagna, come riferisce Dario
Puccini nel *Romancero della resistenza spagnola* pubblicato da Feltrinelli. Ad ogni modo, in questo periodo smette di scrivere poesie,
anche se continuerà a pubblicarne per altri dieci anni.
Verso la fine dell'anno ritorna a Genova per aiutare il regista Mario
Landi a mettere in scena, all'Augustus, una novità italiana. Si tratta
di *Semicori*, un'opera in versi di un promettente poeta che si chiama Roberto Morsucci.

> In realtà Mario Landi non si vide quasi mai, perché andava agli
> allenamenti della squadra di calcio della quale era tifoso, così il
> lavoro lo misi in scena io. Il che diede poi origine a una polemi-
> ca tra noi, non si può dire divertente ma comunque grottesca.
> Lo spettacolo ebbe molto successo, Morsucci venne più vol-

te chiamato alla ribalta senonché, per ragioni assolutamente inspiegabili, tornato a Roma, si sparò. Landi disse che la responsabilità di questo suicidio era mia, visto come gli avevo rappresentato il lavoro. Io dicevo che la responsabilità era sua perché, visto che lui era un grande regista, il poeta non aveva potuto sopportare il suo disinteresse.

Genova gli piace. Ci ritornerà ogni volta che potrà. Ha una ragazza, che vive a Boccadasse e lavora nell'organizzazione delle Olimpiadi della gioventù.
Quel luogo, Boccadasse, gli rimane impresso.

1951
Incontra per la prima volta Eduardo De Filippo a una conferenza. Una delle sue affermazioni lo colpisce profondamente: «La poesia non è sacra, figuriamoci il teatro».
Sandro d'Amico, il figlio di Silvio, lo chiama all'Enciclopedia dello Spettacolo, dove lavora come redattore e cura le voci di teatro francese e italiano contemporaneo.
I redattori sono tutti giovanissimi, stanno in due per stanza: Camilleri si trova insieme ad Angelo Maria Ripellino.
Guido Neri cura il teatro francese, Giorgio Brunacci quello inglese, Luciana Stegagno Picchio il portoghese, Vittorio Ottolenghi cura la danza, Fedele d'Amico la musica, Tullio De Mauro è il revisore generale. Tutti questi ragazzi sono accomunati da una caratteristica: quasi nessuno sa niente della materia di cui dovrebbe essere esperto. Nino Borsellino, per esempio, chiamato anche lui come teorico di danza, non ha mai visto ballare nessuno in vita sua. Però ognuno, convinto com'è che il suo collega di stanza sappia tutto, la competenza se la fa leggendo forsennatamente, di notte, per non fare brutta figura.
Il supervisore dell'opera era il filosofo Ugo Spirito, che ogni tanto indiceva riunioni per contenere il numero delle voci che i collaboratori tendevano a espandere. Spirito arrivava e diceva: «Datemi l'elenco delle voci», e poi si faceva la riunione nel corso della quale l'elenco veniva drasticamente tagliato. Allora Ripellino, l'unico che fosse veramente esperto della sua materia, il teatro russo, prese l'abitudine di presentarsi con elenchi zeppi di voci fasulle. Per esempio scriveva: «Levintov Samuel, drammaturgo di fine Ottocento, nato a Kiev» e inventava la voce. E di voci del genere ne faceva sempre cinque o sei. Poi quando Spirito gli diceva di tagliare, lui tagliava quelle, ma solo dopo aver fatto un sacco di rimostranze.
Nello stesso periodo, stando rigorosamente a Roma, Camilleri fa il

corrispondente da Parigi per la rivista teatrale «Scenario», diretta da Giovanni Calendoli:

> Giovanni Calendoli, che ha insegnato a lungo storia del teatro a Padova, era un siciliano geniale. Era stato il capo ufficio stampa del partito nazionale fascista. Dopo la guerra era stato epurato, e aveva fatto tutti i mestieri, compreso l'amministratore, ma non il magnaccia, di una puttana di via del Babbuino che aveva una gamba tagliata e che incontrava moltissimo; era stato il finto pianista francese in un night; insomma per un po' si era arrangiato. (TD)

Una sera di fine estate Vannucchi lo chiama e gli dice: andiamo a una festa a Fregene, la organizza uno che conosco di vista; è pieno di donne, poi se ci annoiamo ce ne andiamo.
Partono, e Vannucchi all'improvviso cade in una di quelle gravissime crisi depressive che lo affliggeranno tutta la vita e lo porteranno al suicidio. Di socializzare non se ne parla, così si mettono a girare per la ricca biblioteca del padrone di casa e si soffermano su una rivista, «L'Arbalète», nella quale trovano il testo delle *Bonnes* di Jean Genet. Si mettono a leggere in giardino ed entusiasti se ne tornano a Roma col libro. L'indomani scrivono a Genet chiedendogli che cosa devono fare per avere i diritti delle *Bonnes*. Genet risponde che non ci sono problemi: «Fatevi dare più soldi possibile così poi, quando passo da Roma, dividiamo».
Ma nessun editore vuol pubblicare e nessuna compagnia vuole rappresentare *Les bonnes*. Scrivono a Genet la loro sconfitta e ricevono in risposta una cartolina da Algeri: «Peccato... Jean».

> Una mattina – gli avevamo scritto anche il numero di telefono – una voce sconosciuta mi sveglia e in romanesco mi fa: aòh, so' Decimo, te passo Gianni!
> Io non conosco nessun Decimo, non mi viene in mente nessun Gianni e sto per riattaccare, quando sento un'altra voce: «Aspetta, sono Jean Genet, vi vorrei conoscere».
> Ci dà appuntamento al Grand Hotel. Ci presentiamo emozionatissimi e vediamo arrivare quest'uomo di un fascino incredibile, perché non era alto, ma elegantissimo, il naso rotto da pugile e due occhi azzurri che ti ci perdevi dentro, strepitosamente innocenti...
> La prima domanda che ci fa è: «Siete pederasti?».
> «No.»
> «E allora perché vi occupate di me?»
> «Perché lei è un grande poeta.»
> «Ma davvero?» si meravigliò, ci abbracciò, fu un giorno in-

dimenticabile. L'ho incontrato poi altre due volte. Una volta gli telefonai in Grecia per conto di Gerardo Guerrieri, il grande regista e storico del teatro, per invitarlo a una serata. Ma lui disse che stava là con un ragazzo greco. Che gliene fregava di venire in Italia?

1952

L'amico Gaspare Giudice viene incaricato dal PCI di scrivere una serie di articoli sul canale Volga-Don, ma dall'ambasciata sovietica non gli offrono nessuna collaborazione. Il risultato finale è che l'articolo se lo inventa. Qualche tempo dopo, lo stesso articolo compare su «Per una pace stabile e duratura», organo ufficiale del movimento comunista internazionale tradotto in tutte le lingue:

> Lì per lì io e Gaspare restammo interdetti: se perfino sull'organo del movimento internazionale poteva uscire un pezzo come quello che Gaspare aveva scritto quasi per scherzo, chi poteva garantirci che le stesse minchiate non fossero contenute nell'articolo pubblicato a fianco, a firma Mao Tse Tung?... ero già da ragazzo un comunista pieno di dubbi: avevo letto Gide, Koestler, Silone. Ma dell'episodio dell'articolo falso di Giudice, pubblicato senza accorgersene, mi rimase impressa la mancanza di ironia, di diffidenza. Forse, si può dire che sono uscito dal PCI sicilianamente, come ci ero entrato. (TD)

1953

Dopo l'espulsione dall'Accademia, Orazio Costa non si è dimenticato di lui e ogni tanto lo manda a chiamare come secondo o terzo aiuto, per consentirgli di tenere un piede nell'Accademia.
Con i soldi di una signora milanese, Anna Maria Moneta Caglio, che ha velleità di attrice, Giovanni Calendoli allestisce una compagnia teatrale con il progetto di costruire un cartellone di novità italiane. Una delle opere previste è *Abbiamo fatto un viaggio* di Raul Maria De Angelis, autore di un certo nome, all'epoca. Pubblicò da Mondadori un romanzo intitolato *La peste a Urana*, che fu al centro di un caso, perché De Angelis sostenne che Camus si era ispirato a lui per *La peste* e lo citò per plagio. Nella polemica intervenne anche Emilio Cecchi per sentenziare che avevano copiato tutti e due dalla *Peste di Londra* di Defoe.
La messa in scena di De Angelis è la prima regia ufficiale di Camilleri. Non esente da contrattempi, perché la Moneta è l'amante del

marchese Montagna, l'organizzatore dei festini a Capocotta, dove viene ritrovato il corpo di Wilma Montesi. Quando scoppia il "caso Montesi", la Caglio scompare e la compagnia viene salvata in extremis dai risparmi della cameriera di Giovanni Calendoli: «Questi soldi della cameriera furono una salvezza, anche perché la Caglio avrebbe dovuto recitare e non era capace...».

La sera della prima, quando vede entrare Silvio d'Amico, Camilleri è terrorizzato:

> A d'Amico non ero mai stato simpatico, anche prima del fatto che mi costò l'Accademia. Mi ricordo che un giorno, mentre mi stava facendo un liscebusso, concluse: «E poi tu sei siciliano». Io gli domandai: «Perché, come sono i siciliani? Ne ha conosciuti tanti?». E lui: «M'è bastato conoscere Pirandello»...
> La prima critica che lessi fu quella stupenda di Silvio d'Amico che diceva: «Andrea Camilleri paga alla grande il suo biglietto d'ingresso nel mondo del teatro» (TD).

Mentre è impegnato nelle prove, si presenta una sua amica accompagnata da una ragazza che si chiama Rosetta. Rosetta è molto appassionata di teatro e vorrebbe tanto dare una mano. Ma, nelle vesti dell'assistente, la signorina Rosetta Dello Siesto è un disastro. Combina un guaio dietro l'altro, come quando, per aprire un armadio in teatro, si porta via tutto il mazzo di chiavi di Camilleri, comprese quelle di casa, e costringe il regista a dormire sulle tavole del palcoscenico. Poi pretende di lavorare in teatro tornando a casa alle otto e mezza di sera. A parte questi incidenti lavorativi, tra i due giovani non succede altro.

Dopo lo spettacolo Camilleri parte per la Sicilia e ci resta tre mesi. Prima di tornare a Roma, dice alla madre: «Credo di aver incontrato la ragazza che sposerò».

Sposerà Rosetta Dello Siesto nel 1957.

1954

La sua amica Monica Vitti gli chiede di riscrivere i dialoghi in siciliano del film *L'avventura*. In seguito, la Vitti cerca di mettere insieme Antonioni e Camilleri perché scrivano a quattro mani un soggetto comico per lei:

> Lo facemmo con qualche fatica, Antonioni e io siamo "tanticchia" diversi. Venne bene: s'intitolava *A donna che t'ama proibisci il pigiama*. Produttore era Ergas. A questo punto,

Antonioni e Monica mi offrirono di dirigere il film, insistet-
tero molto, ma io mi tirai indietro, non me la sentivo. (TD)

La RAI indice un concorso per funzionari a tempo indeterminato,
che diventerà famoso perché non ce ne saranno altri. Superato lo
scritto e dopo un brillante orale sostenuto con il presidente della
commissione Mario Apollonio, Camilleri è convinto di avercela
fatta. In attesa della chiamata, declina l'invito di Orazio Costa, che
lo vorrebbe a Milano, al Piccolo, come aiuto nell'allestimento del
Processo a Gesù di Diego Fabbri. Ma la chiamata non arriva e, proprio attraverso Diego Fabbri, Camilleri viene a sapere di non essere stato preso perché comunista.

A quell'epoca, il direttore generale della RAI si chiamava Filiberto Guala ed era uno che poi avrebbe dato le dimissioni
per farsi monaco trappista, tanto per dire il clima.

La verità viene a galla nel corso di una cena a cui Diego Fabbri ha invitato Pier Emilio Gennarini, vicepresidente della commissione RAI.
Orazio Costa si gira verso Camilleri e gli dice: «Ma perché, tu sei
comunista?».

1956
In *Caratteri e figure della poesia italiana contemporanea* (Vallecchi,
Firenze 1956), Oreste Macrì riprende i temi di una dura polemica
che lo aveva opposto ai giovani poeti pubblicati dalla rivista *Momenti*. Si trattava di un gruppo di ragazzi che intendevano superare il «provincialismo degli ungarettismi, montalismi e quasimodi-
smi» richiamandosi agli esempi di Lorca, Neruda, Eluard, Eliot e
Pasternak. In sintesi, era uno dei nuovi, numerosi fronti che in
quegli anni ribadivano il rifiuto dell'ermetismo in nome di una
poesia realistica e d'impegno sociale. Scrive Macrì:

Non abbiamo forse varcato la quarantina e questi giovani cercano di affossarci. Questi giovinetti sono padronissimi di eli-
minarci da una valida tradizione della poesia e della critica italiana, ma resta loro da capire che la nostra generazione ha
macerato e assimilato, pronta per essere rimessa alla loro generazione, quella planetaria esperienza poetica che essi confusamente ed empiricamente si sforzano di scimmiottare... Se
quelli che voi chiamate «gli ultimi ermetici» hanno isolato la
parte insoluta del soggettivo, dell'arbitrario, del surreale, del-
l'estraneità, voi siete peggiori degli «ultimi ermetici», in quanto derivate la parte ancora più grezza e caduca dell'involuzio-

ne naturalistica, veristica, pragmatistica. Cercate, invece, la linea nodale, il senso di una tradizione che sta più in su, e soprattutto studiate molto, il lessico italiano, la metrica...

Continuando nella sua requisitoria Macrì cita una serie di versi (senza però nominare gli autori) nei quali riconosce «cieca e assurda ispirazione, casuale e gratuita tessitura strofica». Ben tre esempi su dodici («i savi hanno i perché / hanno le labbra rosse / conoscono le mosse / per dare matto al re», «il gallo ha cantato tre volte ma noi non abbiamo tradito», «il letto è nero e duro / la donna è sfatta e molle, / dovrà cadere un muro») sono i refrain del poemetto *Tempo* del giovane Andrea Camilleri.

1957
Rosetta Dello Siesto vince un concorso come dattilografa all'Istituto Nazionale Assistenza. Con quarantamila lire di stipendio a testa la coppia si può sposare.
Camilleri si trova, insieme a Bonaviri, Bevilacqua, Crovi, Paolini, Pomilio e la Merini, nell'antologia *Il secondo 900. Panorama dei poeti italiani dell'ultima generazione*, che Casimiro Bettelli pubblica con l'editore Amicucci di Padova.
Rappresenta, per la prima volta in Italia, Arthur Adamov (il creatore, con Beckett e Ionesco, del teatro dell'assurdo), del quale mette in scena *Come siamo stati* al teatro dei Satiri, a Roma:

Stavamo provando, quando arriva il custode e dice: «C'è uno che te vo parlà». Era Adamov. Adamov camminava vestito da straccione e portava dei sandali che erano la sua casa, perché erano di due tre misure più larghi del suo piede. Disse: «Passavo di qua, ho visto il mio nome... posso assistere alle prove?». Doveva restare due ore, si fermò cinque giorni. Gli ho voluto bene. Arturo era un pazzo notevole, si drogava, beveva, non aveva fissa dimora e stava con una donna molto bella che lui chiamava, va' un po' a capire perché, «il bisonte». Molti dei suoi libri pubblicati da Gallimard sono dedicati *au bison*. A quell'epoca io avevo solo sentito parlare di Antonin Artaud, ma lui di Artaud era stato amico e fu proprio grazie ad Arturo che potei leggere *Le théâtre et son double*, che non era stato ancora tradotto in italiano. Poi cominciammo a scriverci e lui mi mandava queste lettere in cui il secondo rigo già calava a destra e così tutti gli altri finché l'ultimo non diventava circolare. Come era assurdo lui, era assurda anche la sua scrittura...

1958
Ancora una volta è il primo in Italia a mettere in scena un testo d'avanguardia, si tratta, questa volta, di *Finale di partita* di Beckett. La rappresentazione genovese di Aldo Trionfo con Paolo Poli, che in molte storie del teatro italiano passa per essere la prima, è in realtà successiva.

Alla prima si presenta anche Arthur Adamov, insieme al maggior critico teatrale francese di allora, Bernard Dort:

> Poi andammo a mangiare una pizza e Bernard telefonò a Beckett a Parigi e gli disse che la prima romana era andata benissimo. Dopo gli passò Adamov e Arthur gli disse: «Guarda che l'edizione italiana è meglio di quella francese, ti passo il regista» e mi passò Beckett, il quale più o meno mi disse la ringrazio del lavoro che ha fatto per me, tanti auguri, buon lavoro, arrivederci e figli maschi, ma io ero stravolto all'idea di parlare con Beckett. E però devo dire che, molti anni dopo, quando ormai era diventato un classico, la televisione italiana scrisse a Beckett dicendo vorremmo fare *Finale di partita* in televisione. Lui rispose che non amava che in televisione si facessero due lavori suoi, *Aspettando Godot* e *Finale di partita*. Quei due testi si potevano sì e no riprendere in teatro, ma dentro uno studio televisivo non si potevano proprio fare, a meno che a fare *Finale di partita* non fosse un certo signor Camilleri, che lo aveva già messo in scena in teatro. Non ero io il regista che loro avevano in mente, gli fecero il nome dell'altro regista e Beckett disse no.

Viene chiamato in RAI da Cesare Lupo, direttore del terzo programma radiofonico, per sostituire la signora Lidia Motta, responsabile dei programmi di prosa, in congedo per maternità. La sostituzione è di sei mesi. Ci resta trent'anni.

> Intanto il frate trappista se n'era andato, era andato a fare il frate trappista, ed erano cominciati tempi più tolleranti.

Preso possesso della scrivania, in uno dei cassetti trova cartelle, documenti, copioni, e in un momento di pausa se li sfoglia. Sono i testi di un programma intitolato *Conversazioni culturali del terzo programma* e a margine, a matita, portano una serie di chiose divertentissime. Alcune sono parole singole: «scimunito!», «macaco!», «a-mente!» (nel senso di "peggio che demente", "del tutto decerebrato"). «Ma chi c'era a questa scrivania?» domanda. È la scrivania di Gadda.

Nell'antologia *Nuovi Poeti*, raccolta e presentata da Ugo Fasolo

(Vallecchi), esce, con il titolo *Figura d'uomo*, la silloge più ampia delle sue poesie. C'è anche *Tema: il fiume*, un componimento che Camilleri non riuscirà mai a pubblicare senza un errore di stampa nell'ultimo verso:

> Diceva così: «Ed è tutto sul fiume. Bellissimo a vedersi, / regala versi ai poeti e trote ai pescatori» ma così è sbagliato, il verso diventa prevedibile. Doveva essere: «regala trote ai poeti e versi ai pescatori», ma non mi riuscì mai di farlo comporre come volevo io. Non mi hanno mai capito.

Nasce la primogenita Andreina, mentre il padre è a Bari con la compagnia di Salvo Randone.

1959

I tempi sono veramente cambiati, tanto che in RAI Camilleri viene nominato vicepresidente della commissione di assunzione di nuovi elementi. Il presidente è sempre Mario Apollonio e l'altro membro della commissione, che Camilleri conosce per l'occasione, è il poeta Attilio Bertolucci.

Sul notiziario Einaudi, Angelo Maria Ripellino gli fa recensire il suo saggio su Majakovskij e il teatro russo d'avanguardia, poi lo ringrazia regalandogli la prima edizione sovietica della *Cimice* di Majakovskij.

Dal 3 novembre, ogni martedì alle 21, va in onda, con enorme successo, il programma televisivo *Giallo Club. Invito al poliziesco*, a cura di Mario Casacci e Giuseppe Ciambricco, nel quale l'episodio giallo a un certo punto s'interrompe e i concorrenti in studio e gli spettatori a casa sono invitati a ipotizzare un colpevole che poi verrà svelato nella continuazione dello sceneggiato. Dopo il successo di *Giallo Club*, sempre sul soggetto di Casacci e Ciambricco, cominciano le famose puntate televisive del tenente Sheridan, con Ubaldo Lay nel ruolo di Ezechiele Sheridan. Camilleri vi collabora per la serie intitolata *La dama di fiori*.

> Di tutto il lavoro su Sheridan mi ricordo soprattutto quest'episodio, e me lo ricordo perché secondo me definisce alla perfezione, con crudeltà, che cos'era, a quei tempi, o forse che cos'è sempre stata, Roma. A Ubaldo Lay diedero il premio Maschera d'argento e durante la serata di gala, nell'attimo di silenzio che si crea sempre dopo la lettura della motivazione, si levò un pernacchione impressionante, fortissimo, e subito dopo una voce: «'A Sheridan! E mò scopri chi è stato!».

A parte gli episodi di questo genere, i miei inizi del lavoro in

RAI corrisposero a un periodo eccezionale, meraviglioso, perché quelli furono anni di enorme fermento, di immensa creatività. Inventavamo, immaginavamo, traducevamo tutto il possibile, ex novo. C'erano ancora territori immensi da dissodare: il siglo de oro, il grand siècle, ma anche, con tutte le cautele del caso, l'avanguardia; facemmo delle prime importantissime e, nonostante il sospetto degli intellettuali verso la televisione, avevamo collaboratori che si chiamavano Montale, Luzi, Bigongiari...

Pubblica, nella collana «Documenti di teatro» dell'editore Cappelli, diretta da Paolo Grassi e Giorgio Guazzotti, il volume *I teatri stabili in Italia 1898-1918*.

Viene chiamato a insegnare Direzione dell'attore al Centro Sperimentale di Cinematografia. È una materia nuova, che si rende necessaria perché i registi cinematografici di quegli anni tendevano a considerare gli attori come materia bruta, col risultato che gli attori recitavano per i fatti loro. Tra i suoi allievi il regista televisivo Pino Passalacqua, Marco Bellocchio e Luigi Perelli, uno dei registi della *Piovra*. Nel frattempo comincia anche a sostituire all'Accademia Orazio Costa, che in quegli anni trascorre lunghi periodi all'estero, in India e Giappone, soprattutto, a studiare le tradizioni teatrali dell'Oriente.

Inizia a collaborare con il «Radiocorriere TV», per il quale scrive brevi schede di presentazione dei programmi di prosa radiofonica e televisiva. È una collaborazione che durerà per decenni, fino alla chiusura del giornale, e gli farà scrivere oltre mille articoli.

1960-1961

Nasce la seconda figlia, Elisabetta.

Passa dal terzo canale radiofonico al secondo canale televisivo, che viene costituito nel 1961 ed è diretto da Angelo Romanò, con Fabio Borrelli e Pier Emilio Gennarini come vice. Accetta però l'invito di Lidia Motta, rientrata in servizio, a continuare una collaborazione con il terzo canale come regista radiofonico.

Immediatamente partono due grosse produzioni, una è la riduzione del racconto di Giuseppe Dessì *La trincea*, diretto da Vittorio Cottafavi, l'altra è il ciclo delle prime otto commedie di Eduardo, che vengono registrate dal 16 agosto al 31 novembre 1961 per andare in onda dal 1° gennaio al 19 febbraio 1962 e poi in replica, sempre con enorme successo, nel mese di agosto, in seconda serata, questa volta sul canale nazionale.

Eduardo, come molti degli intellettuali di sinistra dell'epoca, non aveva nessuna simpatia per la televisione e, proprio per questo, riuscire ad averlo dalla nostra parte rappresentava la rottura di un fronte contrario. Mi ricordo che il direttore generale Bernabei mi aveva chiamato per dirmi «Mi raccomando, che non succedano casini».

Non successe nessun casino. Maurizio Ferrara, funzionario RAI che era grande amico personale di Eduardo, si preoccupò di condurre la trattativa e di fare in modo che lui non avesse a che fare con funzionari generici ma con uno come me, appunto, uno che capiva di teatro. E quindi, fare la produzione che cosa significava? Significava innanzitutto fare la proposta all'autore – anche se io, nel caso di Eduardo, non ebbi nulla da fare perché fece tutto Ferrara –, ma significava anche avere un budget e doversi muovere all'interno di quel budget, cioè a dire: non potevi impiegare più di tante ore per la scenografia, dovevi sapere quali erano i costi degli attori e degli studi e quindi per quanto tempo li potevi occupare... combattevo perciò su diversi fronti: l'adattamento dei testi e la scelta degli attori insieme a Eduardo (la regia, formalmente, era di Stefano De Stefani, un tecnico), ma poi, alla fine, tutto il bel discorso artistico si tramutava, per me, in ore di lavoro da gestire, e questo mi divertiva. È quello che oggi viene chiesto al direttore artistico di un teatro stabile quando gli si chiede anche la responsabilità amministrativa.

Nel suo ruolo di produttore va a trovare Leonardo Sciascia, per proporgli la sceneggiatura del *Delitto Notarbartolo*, ma Sciascia risponde che non ha il tempo di fare una ricerca d'archivio seria e che non si sente portato a scrivere sceneggiature, e rifiuta.
È l'inizio di una conoscenza importantissima per il futuro di Camilleri, anche se si tratterà sempre di un'amicizia "di secondo grado":

> Io comunque non feci mai parte della cerchia dei suoi intimi, quelli, per capirsi, che non lo chiamavano Leonardo ma Nanà. Io l'ho sempre chiamato Leonardo.

Uno dei problemi, per la RAI di quegli anni, è ottenere l'appoggio degli intellettuali. Bernabei chiama Camilleri e Angelo Guglielmi e gli dice: andate dagli scrittori, dai poeti e pagategli quello che vogliono per scrivere progetti di originali televisivi, noi magari non li manderemo mai in onda, ma è un modo per avvicinarli alla televisione.
In veste di "corruttori" Camilleri e Guglielmi partono per Milano. Incontrano Umberto Eco che, avendo lavorato per un periodo in RAI, risponde: ho già dato. Poi vanno da Bianciardi, che li invita a

Cronologia

casa sua, una casa piena di fogli volanti, in un grattacielo orrendo al Gallaratese. La cena è allegra. Alla fine, Guglielmi dice: «E adesso vogliamo parlare di lavoro?». Evidentemente, come corruttori non valgono molto, perché Bianciardi dice no, un no secco, e poi aggiunge che, se sono venuti per mangiare e bere va benissimo, ma se vogliono proporgli la televisione, gli indica, bestemmiando in livornese, dove si possono accomodare.

Non tutti i contatti vanno a finire così. Rigoni Stern, per esempio, scrive un bellissimo originale televisivo su un italiano che durante la ritirata di Russia ripara in un'isba e scopre che il capofamiglia è un italiano che vive in quel villaggio dal 1918. Naturalmente il progetto non viene realizzato.

Gli viene ancora di scrivere qualche poesia di tipo narrativo, che prelude ai romanzi:

> Orazio Costa ne lesse qualcuna alla radio facendole sembrare più belle di quel che erano, perché a quel punto erano solamente una prova, la ricerca di qualcosa che doveva ancora venire.

Pubblica il volumetto *Teatro di Eduardo* come supplemento al numero 52 (dicembre 1961) del «Radiocorriere TV».

Mette in scena, presso il teatro Eliseo di Roma, con la musica di Aldo Clementi e le scene di Achille Perilli, *Collage*, un balletto senza ballerini:

> Non c'era nessun ballerino nel senso che non c'era nessun uomo in carne e ossa. Era la scenografia che ballava, ballava sui tempi musicali, quindi c'era una sorta di struttura gigantesca di sei metri che poi si rompeva e in un attimo diventava come un "mobile" di Calder. Era una cosa visivamente stupefacente. Io avevo visto a Venezia *Intolleranza* di Nono, con la regia di Svoboda, uno spettacolo che utilizzava dei proiettori assolutamente introvabili in Italia, i fondografi, e allora, tramite il mio fraterno amico Angelo Maria Ripellino, gli feci telefonare, e questi mi mandò quattro fondografi da Praga, che mi servirono moltissimo.

Lo spettacolo viene inserito da Franco Quadri tra i «Punti di riferimento» nel volume *L'avanguardia teatrale in Italia. Materiali 1960-1976*, II, Einaudi, Torino 1977.

1962-1963

Collabora con Giancarlo Sbragia per l'adattamento teatrale del *Giorno della civetta* di Sciascia presso lo Stabile di Catania:

> Sbragia avrebbe dovuto fare la parte del capitano Bellodi e se lo stava praticamente ritagliando addosso questo copione, anche se tutto l'adattamento era bellissimo, ma la mia presenza, essendo Sbragia un uomo assai intelligente e di raffinata cultura, diventava quasi superflua. Per giunta succedeva che ogni tanto alle sedute di lavorazione intervenisse anche Sciascia. E Sciascia, allora, era ancora nell'epoca in cui non parlava. Cominciò a parlare in tarda età, Leonardo... allora si limitava a mugugnare, a scrollare le spalle, a quella mimica facciale, la "taliata degli sguardi", che io da siciliano capivo, ma che poteva essere imbarazzante. Gli chiedevamo allora che ne pensi? E lui diceva mah...
>
> Proprio in quei giorni mi chiama Sandro Bolchi, il regista, e mi dice Andrea, tu mi devi levare dai guai, devi venire allo Stabile di Palermo, a dirigere *La favola del figlio cambiato*. Io intanto lavoravo alla RAI, e allora Catania da una parte, Palermo dall'altra, la RAI a Roma in mezzo, e scappa di qua e torna di là, facevo delle acrobazie mostruose... Ma a un certo punto capitò una disgrazia, cioè le scenografie del *Figlio cambiato*, che erano molte e complesse, non mi vennero consegnate. Quindi io non potei andare in scena. Allora mi precipitai al teatro Massimo, dove c'era il laboratorio di scenografia, e mi trovai di fronte all'omertà più assoluta, nessuno sapeva niente. I responsabili dello Stabile di Palermo si erano dati alla latitanza, io non riuscivo a parlare con nessuno, non ci capivo più nulla. Un giorno, del tutto casualmente, incontro per strada il maestro Franco Mannino, col quale io avevo fatto un'opera lirica a Bergamo e: «che ci fai qui a Palermo?» mi domanda e io: «sto facendo la *Favola del figlio cambiato*, e tu?».
>
> «Io sono qui al Massimo con Luchino, che sta mettendo in scena un'opera mia, *Il diavolo in giardino*. Adesso stavo appunto andando al Massimo...»
>
> «Vengo anch'io, perché voglio chiarire una cosa...»
>
> E così vengo a sapere che le maestranze del Massimo avevano dato la precedenza a Visconti, e quando Visconti seppe 'sta cosa si arrabbiò anche lui, giustamente... Ma il risultato fu che l'andata in scena del *Figlio cambiato* slittò di quindici giorni e *Il giorno della civetta*, a Catania, chissà di quanto sarebbe slittato... E una sera di pioggia, a Palermo, come in un

film americano, con i baveri dell'impermeabile alzati, arrivarono i due killer Turi Ferro e Mario Giusti, che era il direttore dello Stabile di Catania, e mi dissero: «Abbiamo preso informazioni, tu questa regia non la puoi fare, quindi il contratto resta valido per l'anno prossimo per un'altra regia, ma tu adesso ci trovi un altro regista che si prenda la tua distribuzione, la tua scenografia, e che faccia la regia senza rompere le scatole». Io telefonai a Mario Landi e lui venne giù e fece uno spettacolo bellissimo.

L'unico rimpianto che ho della mia vita teatrale è di non aver fatto *Il giorno della civetta* di Sciascia e niente di Shakespeare. A Catania ci tornai l'anno successivo e feci uno spettacolo che si chiamava *L'uomo e la sua morte*, l'unico testo teatrale di Giuseppe Berto. Raccontava l'ultima notte del bandito Giuliano. Telefonai a Sciascia e gli dissi: «Leonardo, veni a Catania...».

Lui mi rispose: «'U sacciu che preferisci Berto a me».

Ma poi feci una sceneggiatura dal racconto *Western di cose nostre*, compreso nel *Mare colore del vino*: il testo era lungo quattro pagine e io ne ricavai tre puntate per la televisione di un'ora e mezza ciascuno. A lui piacque molto e mi chiese come avessi fatto a tirar fuori uno spettacolo così lungo da un racconto così breve.

«Leona', sai che cos'è questo tuo racconto?» gli dissi. «È un dado Liebig, si fa il brodo per quattro persone.»

«Eh» rispose lui, «ma bisogna saperlo fare, il brodo. Tu ci sei riuscito.»

Ho trovato un taccuino dell'epoca, leggevo due libri al giorno e prendevo appunti. Va bene, quindi il mio italiano c'era, ma perché non mi bastava più? Non mi bastava più. Forse era meglio farsi l'alibi del teatro, dire: «Non cercare l'identità, cerca l'alterità», e così mi sono, come posso dire, frammentato nel mio lavoro di regista. Il fiabesco di Gozzi, la desolata scrittura di Beckett, il mondo onirico di Arthur Adamov, e Pirandello che avevo temuto di fare fino a quasi quarant'anni. (*Identità e linguaggio*, cit.)

Nel 1963 nasce l'ultima figlia, Mariolina.

1964

Ciò che mi affascina in Simenon è la tranquillità borghese, la calma dell'eroe borghese. Questo mi ha affascinato sempre...

A me è sempre piaciuto l'individuo normale, assolutamente privo di tratti di eccezionalità, un individuo in grado di connettere i fatti tra loro e di ragionarci sopra. Questo era il mio ideale. E quest'ideale aveva un nome: Simenon.

Simenon ricorre a un'astuzia che è tutta sua, muove da un punto di vista assolutamente inedito per la letteratura poliziesca: si mette dalla parte del morto, ciò che nessuno faceva prima di Maigret.

È chiaro che il morto è in grado di spiegarti le ragioni per le quali è stato ammazzato e quindi il tentativo, bellissimo, di Simenon, non è tanto scoprire chi è l'assassino ma chi era il morto. Risalire da dove il morto viveva, dalle atmosfere familiari, dal suo ambiente, fino all'assassino. Ma in queste cose è bravo solo lui. (MV)

Un giorno Diego Fabbri mi chiama e mi chiede: «Tu le conosci le avventure del commissario Maigret? Che ne diresti se io facessi una proposta a Pier Emilio Gennarini?».

«Mi sembra una proposta eccellente» dissi.

Io per Simenon avevo una predilezione particolare, per lui e per Van Dine. Ma pur avendo letto nella mia vita, da sempre, tantissimi romanzi gialli, non avrei mai immaginato che un giorno mi sarei occupato di una produzione televisiva di romanzi gialli e, tanto meno, che ne avrei addirittura scritti. Io sono una persona anziana... cioè a me è toccato un destino bizzarro essendo diventato famoso in tarda età, ma io... io, ecco, sono stato educato all'elzeviro, alla prosa d'arte; i miei idoli, da ragazzo, erano Emilio Cecchi, Nino Savarese... Già un libro come *L'uomo è forte* di Alvaro lo digerii malamente. Negli anni Quaranta io ero entusiasta della linea Vittorini più che di quella Pavese, perché Vittorini dentro *Uomini e no* aveva la prosa lirica, mentre il povero Pavese se ne strafotteva della prosa lirica... Voglio dire che la mia educazione era, nonostante tutto, quella della prosa d'arte, non quella del romanzo. Io stavo proprio tutto all'interno di una tradizione così tipicamente italiana... ed ecco che mi metto a produrre Maigret e qualcosa cambia, perché comunque Maigret è il romanzo, ma io di romanzi di Maigret ne avevo letti in quantità industriale e anche l'altro Simenon, anche gli altri grandi romanzi di Simenon avevo letto, perciò il cambiamento vero, quella che per me è stata la scuola fondamentale e ha veramente cambiato il mio approccio, è nato non tanto dalla scrittura di Simenon quanto dal modo di sceneggiare che aveva Diego Fabbri. Ecco. Diego Fabbri prendeva dieci copie di uno stesso romanzo di Simenon, mettiamo *La chiusa numero 1*, poi ogni copia la smontava, letteralmente, ne scollava le pagine e identificava i filoni narrativi principali, poi cominciava a disporre queste pagine diversamente, per sequenze diverse, in funzione della suspence televisiva e non più in funzione della logica narrativa. Agiva come un orologiaio che ha smontato l'orologio e si tiene tutti i pezzi davanti. Poi naturalmente, dovendo rimontare diversamente i pezzi, riscriveva dialoghi e situazioni in modo diverso.

Avendo io seguito questo lavoro di sceneggiatura fin dall'inizio, a un certo punto capii qual era il meccanismo di Simenon. Lo capii proprio dall'interno, e fu un imparare l'arte e metterla da parte. Perché questa acquisizione non ebbe immediatamente una conseguenza, niente, rimase là, però avevo imparato alcuni trucchi del mestiere. E soprattutto avevo imparato come funzionava il giallo, diciamo, "europeo", perché verso la scuola americana io ho sempre avuto ammirazione e diffidenza. Non è che mi siano mai piaciuti tanto, tranne Hammett, che è un grandissimo narratore, e, in linea subordinata, Chandler. Non ho mai nascosto che gli investigatori dell'hard boiled americano, quei detective che si scolavano litri di bourbon, prendevano un sacco di botte e poi invece di trascorrere la notte in ospedale la passavano tra le braccia di una bionda, non mi convincevano neppure da giovane.

Fabbri, Landi e io ci trovammo subito d'accordo che Gino Cervi facesse la parte di Maigret. Cervi si dichiarò disponibile, ma ci fece chiaramente capire che per la parte della signora Maigret avrebbe voluto al suo fianco Andreina Pagnani che con lui aveva lungamente fatto compagnia. Portammo le foto dei due a Simenon, il quale si disse subito d'accordo per Cervi, esitò davanti alla foto della Pagnani. «C'è qualcosa che non va?» gli domandò Fabbri. «Maigret si è sposato giovane» rispose Simenon. Non capimmo. Simenon spiegò con una domanda: «Voi pensate che Maigret avrebbe potuto sposare una ragazza bellissima, se la signora Pagnani, oggi, è ancora tanto bella?». Promettemmo di lavorare molto di trucco sulla povera Andreina e tornammo a Roma.

L'incontro con Simenon non mi emozionò, lo conoscevo troppo bene attraverso i suoi libri, era per me uno di famiglia, una specie di zio, anche se, ma questo lo seppi dopo, la sua vita familiare non era stata del tutto piacevole. (*Il mio debito con Simenon*, in RQ)

1966

Il lavoro assume ritmi tanto intensi da portarlo perennemente in giro e da renderlo assolutamente latitante in famiglia:

> Non sono stato un buon padre, affettuoso sì, ma questo non significa essere un buon padre. Mi ricordo a memoria il tema *Mio padre* che fece mia figlia Andreina, uno di quei temi che oggi l'authority per la privacy vieterebbe, e me lo ricordo anche perché era brevissimo: «Mio padre quando torna a casa si chiude nello studio e legge copioni. La sera esce e non torna più. Quando mi sveglio, certe volte non c'è, questo è mio padre. Qualche volta fa andare la lavatrice».

Non riuscendo più a seguire tutto, abbandona la cattedra al Centro Sperimentale di Cinematografia.

Riceve una telefonata di Vittorio Sereni che gli dice di volergli parlare e gli fissa un appuntamento all'hotel Plaza. La cosa lo emoziona perché la prima edizione di *Frontiera* e il *Diario di Algeria* sono stati libri fondamentali per la formazione sua e di molti giovani della sua generazione.

Sereni gli dice che Eduardo De Filippo possiede tre casse di corrispondenza di ammiratori che nel corso del tempo gli hanno scritto lettere alle quali lui non ha mai risposto. Lo farebbe adesso: a Eduardo è venuta voglia di rispondere a cento lettere scelte e la Mondadori ha stipulato un contratto con lui per ricavarne un libro che raccolga le lettere e le risposte. Ma occorre sceglierle, queste lettere, ed Eduardo ha indicato Camilleri come la sola persona di cui si fidi per fare la cernita.

> Alla fine del '66 comincio a lavorare e mi arriva il contratto della Mondadori. Io lo tengo sul tavolo, e mi riservo di firmarlo, ma non per altro, solo perché mi piaceva la cosa, tenerlo lì... Poi però succede una cosa molto grave...

1967

> Nel '67 ebbi una crisi. La crisi era che mi ero stufato, mi era venuto un senso di rigetto verso il raccontare storie d'altri con parole d'altri.
> Pensai: "Ora scrivo una cosa mia".
> E qui voglio dire una cosa. Che queste storie in realtà io non le avevo ancora scritte, ma le avevo già raccontate, come un vero cantastorie, ai bambini della mia famiglia, ai miei parenti.
> Allora decisi di scrivere una storia il cui protagonista era un mio zio. Cominciai a scriverla, se non che non mi tornava,

non mi tornava per niente, perché non riuscivo a dire quello che volevo dire adoperando l'italiano che avevo adoperato per i miei raccontini precedenti, quello era il fiato che mi serviva per fare i cento metri. Se dovevo fare cinquecento metri mi mancava il fiato, per non parlare della maratona. E poi mi succedeva un'altra cosa molto strana. Che naturalmente dovendo interrompere la scrittura per vivere, mangiare, fare altre cose, quando la riprendevo non collimava con quello che scrivevo dopo. Stilisticamente non collimava. Era come con quegli appalti della mala Italia, che si danno a due ditte diverse, per cui, al momento della congiunzione del ponte, ci sono ottanta centimetri tra una campata e l'altra, la stessa cosa. Magari nel frattempo avevo letto un libro e me lo portavo dentro la mia scrittura. Ero in balìa di chiunque. Pensai che forse non era il caso di proseguire. Era disperante, ma mi ci misi lo stesso. E così scrissi le prime pagine del *Corso delle cose*. Non tornavano. Un giorno mio padre stava molto male, era in clinica, non ne sarebbe più uscito. Lo andai a trovare.
«Ti vedo nirbuso. Che hai?»
«Papà, sto circannu di scrivere un romanzo, ma nun mi veni.»
«Un romanzo? Cuntammillo.»
Glielo raccontai. Tornando a casa riflettei su questo episodio. Come l'avevo raccontato a mio padre? Gliel'avevo raccontato in parte in siciliano e in parte in italiano. Perché avevo fatto istintivamente questa operazione? Questo non era un mio peculiare modo di raccontare, era semplicemente il modo di parlare della piccola borghesia siciliana; noi, a casa nostra, parlavamo in quel modo.

E così, a 42 anni, il 1° aprile (lo feci apposta, è il giorno degli scherzi) del 1967 cominciai a scrivere il mio primo romanzo. Lo terminai il 27 dicembre del 1968: un anno e nove mesi per poco più di un centinaio di pagine ognuna delle quali riscritta non meno di quattro-cinque volte. (*Le mani avanti*, postfazione a CC)

È strano, vivevamo in una stagione rovente dal punto di vista politico e sociale, ma da quel libro nulla traspare.
Invece, la cosa molto grave che mi succede è questa, la malattia di mio padre. Dopo quattro giorni che l'avevo accompagnato in clinica, mi chiama il primario e con una brutalità degna di miglior causa mi dice «guardi che suo padre muore, avrà tre o quattro mesi di vita».
Allora me ne fottei di tutto, compreso il lavoro con Eduardo,

e mio padre non lo mollai più, perché dovevo recuperare il rapporto con lui, tutte le nostre incomprensioni affettive e politiche. Non diedi spiegazioni a nessuno di quello che mi stava accadendo, sarebbe stato difficile spiegare.

Dopo l'esperienza al porto, mio padre era andato a dirigere l'azienda siciliana trasporti. Nel dopoguerra il settore delle ferrovie era disastrato e i trasporti avvenivano soprattutto via camion. Gli americani fornivano le gomme.

Adesso mi accorgo che più vado avanti con Montalbano, più disegno il ritratto di mio padre. Come un ritratto in progress.

Un giorno ero andato da lui per chiedergli dei soldi e il suo assistente – si chiamava Kunic, era uno slavo – mi ferma sulla porta e mi dice di non entrare. Io sentii un rumore di sedie smosse e poi un autista uscì, tenendosi un fazzoletto sul naso. Entrai, mio padre disse: l'ho menato. Che vergogna, menare un operaio che non si può difendere, dissi io. Senti, rispose lui, quell'uomo aveva caricato una puttana ed è uscito di strada perché guidava mentre s'intratteneva con lei. Davanti agli altri io non potevo fare finta di niente. Che facevo? Lo menavo o lo licenziavo? Ha tre figli, che cosa dice la tua CGIL? Ecco, Montalbano avrebbe fatto così.

Qualche notte prima della sua morte, si rivolse a me e attaccò a gridare: «Tenente Camilleri si levi da lì che è sotto tiro, si levi dalla linea di fuoco!» perché vedeva me come il se stesso di allora e se stesso nei panni di Emilio Lussu che era il suo comandante. Io allora mi allontanai dalla stanza e quando tornai gli dissi: «Maggiore» (Lussu era maggiore), «a rapporto!».

Lui sgranò tanto d'occhi e mi fece: «Non ti senti bene, ti vedo strano, vai a dormire».

Intanto, Sereni si era fatto vivo ma non mi aveva mai trovato. Eduardo non mi telefonò mai. Anni dopo che era morto mio padre, incontrai Eduardo al foyer della Pergola, a Firenze. Mi disse solo: «Perché?». Io glielo spiegai e lui mi abbracciò.

1968

Gli studenti cacciano gli insegnanti, chiudono i cancelli, si barricano dentro e occupano il Centro Sperimentale di Cinematografia. Dopo una settimana di occupazione, Gian Maria Volonté, che è già un attore importante ed è abituato a trovarsi coinvolto in situazioni del genere, chiama Camilleri e lo invita a tornare al Centro come insegnante unico:

Per un anno – cosa di cui minimamente mi vanto – più che regia o recitazione, insegnai comportamento. Nell'atrio c'era un grande orologio che scandiva le ore di lezione. La prima cosa che fecero gli studenti fu romperlo. Su una lavagna dove si segnavano gli ordini di servizio scrissi «domani, alle ore 9, Andrea Camilleri farà lezione». Il giorno dopo, alle nove, non c'era nessuno. Cominciarono a venire alle nove e mezza, nove e tre quarti, assonnati... Allora scrissi «alle 9 precise». Stessa storia. Il terzo giorno convocai un'assemblea e dissi: ora vi spiego la differenza tra il rivoluzionario e il cialtrone. Il rivoluzionario piglia l'orologio che segna il tempo degli obblighi e lo rompe. Dopodiché, siccome sa che suonava alle nove, si presenta alle nove meno cinque. Questo è il rivoluzionario. Il cialtrone è quello che rompe l'orologio, sa che alle nove avrebbe suonato e si presenta alle nove e tre quarti. E andavo avanti in questo modo. Un giorno mi arrivò la soffiata che volevano bruciare i film della cineteca. Nel Centro c'era una cineteca storica, ricca di copie uniche, preziose. Nel corso di un'assemblea durissima minacciai di denunciarli. Fu un anno così, molto difficile e molto bello. Poi finalmente cominciarono a tornare alcuni dei vecchi professori e io me ne potei andare.

1969

Nel gennaio del 1969 diedi da leggere il dattiloscritto del *Corso delle cose* al mio amico Dante Troisi, magistrato e scrittore (meglio: scrittore e magistrato). Gli piacque molto e mi consigliò di passarlo a Niccolò Gallo, altro mio amico. Niccolò era un critico di straordinaria intelligenza e di alto rigore morale: se il mio romanzo non l'avevo fatto leggere a lui per primo è perché temevo il suo giudizio. Confortato, sospinto da Troisi trovai il coraggio di telefonargli. Affettuosamente interessato, volle che gli portassi il dattiloscritto nella stessa giornata. E quindi sparì, letteralmente, per tre mesi. Inquieto, gli telefonai, gli dissi che non intendevo perdere la sua amicizia per un romanzo che non gli era piaciuto, facesse finta di non averlo mai ricevuto. Volle vedermi subito. Sulla sua scrivania c'era il mio dattiloscritto con allato una piccola pila di fogli fitti di appunti. Mi spiegò che aveva letto il mio romanzo tre volte: voleva essere certo che non facessero velo al suo giudizio l'amicizia e l'affetto. L'aveva molto apprezzato, mi fece alcune osservazioni (che appena tornato a casa appuntai) e quindi mi disse, lasciandomi basito di gioia, che l'avrebbe proposto alla Mondadori per la pubblicazione. Niccolò, oltre ad essere consulente di quella casa editrice, ne dirigeva, con Vittorio Sereni, una collana di narratori, poeti e saggisti italiani. Mi fece noto che il libro non sarebbe stato edito prima di due anni. Nell'estate del 1971 Niccolò morì improvvisamente. (*Le mani avanti*, cit.)

Il secondo canale decise, su proposta mia, di fare un po' di teatro d'avanguardia in televisione. Ci misi dentro *Il guardiano* di Harold Pinter, *Le ricomparse* di Adamov, *Dattilografi* di Murray Schisgal, *Gli emigranti* di Mrozek e naturalmente *Finale di partita* di Beckett. Per gli altri spettacoli facevo il produttore ma per Beckett questa volta feci il mafioso e mi attribuii la regia. Allora l'ufficio diritti mi disse guarda che per Beckett non ci sono i diritti. Dissi: scrivetegli che il regista sono io. La liberatoria arrivò dopo pochi giorni. Lo feci con Renato Rascel, che allora era il numero uno del teatro leggero e comico italiano, nel ruolo di Clov, e con Adolfo Celi, il cattivo dei film di 007, attore intelligentissimo e regista tutt'altro che di secondo piano, in quello di Hamm. Quando la gente leggeva il nome di Rascel pensava che fosse tutta un'altra cosa, ma poi restava affascinata da Beckett. Certo, avevo giocato sporco, ma questo non significava lasciar fare le cose "alla Rascel", come lui in seguito fece. Perché lo rifece *Finale di partita*, lo rifece con Walter Chiari e mi disse: «Senti, non ti ho chiamato perché volevo rifarmi, mi avevi tenuto come un mulo».

1970
Fa la regia della serie televisiva *La carretta dei comici* di Vittorio Ottolenghi e Peppino De Filippo, con Peppino De Filippo.
Un giorno, uscendo dagli studi della RAI, si sente chiamare a voce alta e si vede, contro ogni abitudine del grande drammaturgo, celebre anche per la sua flemma, quasi inseguito da un ansimante Eduardo. «So che, dopo di me, avete lavorato con mio fratello Peppino...» dice. Poi gli batte una mano sulle spalle e dopo una lunghissima, imbarazzante pausa occupata a fissarsi la punta delle scarpe, aggiunge con voce costernata: «Che ci volete fare, Camilleri... la vita!».

1972
Intanto io non ero stato più capace di scrivere altro, mi sentivo bloccato: era indispensabile che quel mio romanzo vedesse

in qualche modo la luce... Franco Scaglia si offrì di segnalarlo a Marsilio: anche in quest'occasione il silenzio durò mesi e venne rotto da un rifiuto netto. Da Bompiani ebbi pure un bel no, un altro no da Garzanti, un terzo no da Feltrinelli. E da altri. Gli Editori Riuniti si mostrarono di diverso avviso: mi scrissero che avrebbero pubblicato il romanzo. Poi, dopo quasi un anno, la direzione editoriale cangiò e il nuovo direttore, Ferretti, che andai a trovare a Milano, mi comunicò a voce che il mio romanzo non s'accordava con la linea che aveva deciso d'imprimere alla casa editrice. Avevo toccato il limite della mia resistenza e decisi di non importunare più nessuno. Evidentemente scrivere non era cosa mia, meglio continuare a fare il regista. (*Le mani avanti*, cit.)

1973

Nel 1973 la RAI rivolgeva ad alcuni scrittori – inizialmente una ventina – un singolare invito: fingere di incontrarsi davanti al microfono con personaggi celebri vissuti cento o mille o duemila anni fa, rivolgere loro una serie di domande e (ovviamente) immaginare le risposte. La scelta del personaggio era libera, purché fosse realmente esistito. Nacque così la serie radiofonica intitolata *Le interviste impossibili*, trasmessa sul Secondo Programma durante l'estate 1974. Nella registrazione radiofonica la voce dell'intervistatore era quella autentica dell'autore, che dunque recitava nella parte di se stesso. I personaggi storici erano interpretati da attori come Giorgio Albertazzi, Carmelo Bene, Pino Caruso e Carlo Cecchi. L'allestimento era curato dai registi Andrea Camilleri, Mario Missiroli, Marco Parodi, Nelo Risi, Sandro Sequi, Vittorio Sermonti e Luigi Squarzina. (*Nota ai testi* di *Le interviste impossibili*, Bompiani, Milano 1975)

Questa serie delle "interviste impossibili" – l'idea nacque durante una riunione tra Adriano Magli, Siro Angeli, Lidia Motta, Alessandro d'Amico e Roberta Carlotto – diede effettivamente vita a un esperimento assai interessante, perché i numerosi scrittori che aderirono scrissero spesso delle pièces notevoli e in se stesse e per i cortocircuiti che creavano con i personaggi scelti: Calvino intervistò l'uomo di Neanderthal e Montezuma; Arbasino fece Ludwig II di Baviera, Pascoli e Puccini; Umberto Eco si produsse nel maggior numero di personaggi: Pitagora, Muzio Scevola, Attilio Regolo, Diderot e Pietro Micca; Ceronetti si misurava con Attila, Artusi e Jack lo Squartatore; Malerba rimaneva nell'antichità con Plinio il

Vecchio, Eliogabalo ed Epicuro; Manganelli incontrò De Amicis; Maria Bellonci, Lucrezia Borgia; La Capria, Tacito; Sciascia, Maria Sofia di Napoli.

I testi furono pubblicati in due volumi, nel 1975 e nel 1976 (*Le interviste impossibili* e *Nuove interviste impossibili*) da Bompiani, dove erano stati portati da Umberto Eco, collaboratore della casa editrice.

Lo schema che prevedeva l'autore nelle vesti dell'intervistatore e l'attore in quelle del personaggio intervistato venne rispettato in tutti i casi tranne per Calvino, che essendo troppo timido si fece sostituire, e, come vedremo, per Sciascia.

Camilleri intervistò Stesicoro per la prima serie e Federico II per la successiva, ma l'intervista a Federico di Svevia non andò in onda perché i dipendenti RAI non potevano fare gli autori di testi se non dopo aver avuto una sorta di dispensa dall'ufficio del personale: si trattava di una norma molto severa, concepita soprattutto per gli autori di canzoni, perché non capitasse che un funzionario RAI guadagnasse un occhio della testa scrivendo una canzone di successo. L'ufficio del personale concede a Camilleri l'autorizzazione per un testo solo. Del resto, i pezzi pubblicati da Bompiani non sempre coincidono con quelli effettivamente mandati in onda perché, per esempio, anche Sciascia, timido quanto e più di Calvino, si rifiuta di interpretare se stesso e l'intervista a Maria Sofia allora non fu trasmessa. Viene registrata più di vent'anni più tardi, nel 1999, con Camilleri nel ruolo di Sciascia e Adriana Asti in quello della regina, per la regia di Mario Martone.

Alla luce di ciò che diventerà "il fenomeno Camilleri", il pezzo che segue, tratto dall'intervista a Stesicoro e scritto da un Camilleri cinquantenne ma ancora, come narratore, sostanzialmente inedito e probabilmente amareggiato dai rifiuti (come si potrebbe dedurre dalla laconica nota biografica: «scrittore cinquantenne, siciliano, si occupa prevalentemente di poesia e di spettacolo»), suona come una curiosa controprofezia:

> Ogni poeta vero dovrebbe passare la sua vita a pregare il caso perché faccia in modo che tutti i versi che ha scritto spariscano dalla faccia della terra e ne resti solo ed esclusivamente il ricordo. Allora non ci sarà più nessuna possibilità né dell'equivoco che ogni poesia ha in sé né dell'equivoco aggiunto dagli studiosi, dai critici, dai chiosatori e dai lettori stessi. Per quanto riguarda il mio nome, sono stato abbastanza fortunato. Quanti sanno più che di nascita facevo Tisia e non Stesicoro? Tutti mi conoscono come Stesicoro: spero che fra qualche migliaio d'anni tutti mi ricordino solo come poeta e

non siano più in grado di citare un solo verso. Una cosa simile a «Ignoto: ritratto di ignoto» che deve essere l'ideale per un pittore.

Ad ogni modo, è la stesura di queste due interviste immaginarie che gli fa tornare la voglia di scrivere: «Mi accorsi che la mia scrittura era migliorata, più propria, più calibrata. Ma a chi poteva importare?».

1974

Sostituisce Orazio Costa alla cattedra di regia dell'Accademia: «Volle che a sostituirlo fossi io, che come teatro ero il più infedele dei suoi allievi. Benissimo» (*Identità e linguaggio*, cit.).

1976

Trascorre la Pasqua con Orazio Costa, Stefano D'Arrigo e sua moglie Jutta nella casa di campagna sul monte Amiata:

> Furono giorni felici fino al momento in cui D'Arrigo seppe che un mio amico, che abitava a due passi, aveva un ospite, un noto pittore. S'abbuiò, proclamò con violenza che per nessuna ragione al mondo l'avrebbe incontrato, non volle più uscire da casa. Il mio amico, opportunamente avvertito, venne a farci gli auguri di Pasqua nottetempo. Parlammo a bassa voce come congiurati per non svegliare Stefano che dormiva al piano di sopra. (*Quel giorno rubò mia madre*, «la Repubblica», ed. siciliana, 3 novembre 2000)

1977

Sono sempre la figura e la presenza di Stefano D'Arrigo a caratterizzare questo periodo della vita di Camilleri. Stavolta D'Arrigo gli ruba la madre:

> A Messina avevano deciso di dare la cittadinanza onoraria a D'Arrigo e Stefano volle che Orazio Costa e io fossimo con lui in quell'occasione. Io mi portai appresso mia madre che poi avrebbe proseguito verso il nostro paese in provincia di Agrigento. Mia madre era avanti negli anni, un pochino sorda e certe volte non ci stava con la testa. Tra lei e Stefano nacque, a prima vista, una specie di innamoramento, non saprei come altrimenti chiamarlo. Una mattina doveva esserci una solenne cerimonia all'Università in onore di Stefano,

l'appuntamento era nella hall dell'albergo per le nove e mezzo. Scesi, non vidi mia madre, dissi al portiere di chiamarla nella sua camera.

«La signora è già uscita.»

Mi spaventai, mamma non conosceva Messina, dove diavolo poteva essere andata? Il portiere però mi tranquillizzò: «Guardi che la signora è uscita col signor D'Arrigo». La prima persona che vidi arrivando all'Università fu proprio mia madre. Era molto contenta, mi raccontò che Stefano l'aveva fatta svegliare presto, che l'aveva portata a vedere il porto e che poi, all'Università dove l'aspettavano i giornalisti per intervistarlo, si era fatto fotografare con lei tenendola abbracciata.

Qualche tempo dopo vidi una di queste foto stampata su un giornale. La didascalia diceva: «Lo scrittore Stefano D'Arrigo con sua madre». (*Quel giorno rubò mia madre*, cit.)

1978

Dante Troisi propose *Il corso delle cose* come soggetto cinematografico a Sergio Amidei che lo giudicò inadatto perché poco violento (testuale). Tornò alla carica in televisione e la sua proposta fu accettata. Cominciò a sceneggiarlo con Ninì Suriano, in arte Antonio Saguera, pure lui magistrato. Qualche giornale ne diede notizia e si fece avanti un editore a pagamento, Lalli, facendomi la proposta di pubblicare il libro senza che io sborsassi una lira purché nei titoli di coda apparisse il nome della sua casa editrice. La riduzione televisiva in tre puntate, diretta da Pino Passalacqua, venne intitolata *La mano sugli occhi*: parve più accattivante dell'originale. Il romanzo, col suo vero titolo, *Il corso delle cose*, venne stampato da Lalli nel settembre 1978, dopo quasi dieci anni che avevo finito di scriverlo. Anni nei quali, a parte le due interviste impossibili, ero stato nell'impossibilità di scrivere altro. (*Le mani avanti*, cit.)

Parentesi su Antonio Saguera. Era uno sceneggiatore di grandissimo livello, sceneggiò in Unione Sovietica *I dieci giorni che sconvolsero il mondo* di Bondarciuk. Solo che non esisteva Antonio Saguera. Il suo vero nome era Gaetano, detto Ninì, Suriano, ed era un alto magistrato. Morì – straziandomi, perché eravamo fratelli – in un incidente automobilistico. E morì che era procuratore generale di Roma. Al suo funerale ci fu da scompisciarsi dalle risate, perché da una

parte c'erano le toghe e dall'altra la gente del cinema e quelli
che amava frequentare lui: giocatori, bari, piccoli delinquenti... Il mondo di Ninì, che io ho potuto frequentare attraverso di lui. La sera diventava un lupo mannaro, si trasformava,
andava a giocare a biliardo con gente maledetta appena uscita di galera e nessuno sapeva chi era lui. Un uomo dal fascino
strepitoso...

1980

Anche quando gli editori, ostinatamente, non solo i grossi
ma anche i piccoli, per dieci anni si rifiutarono di pubblicare
il libro, io non ne feci un dramma, un poco dispiaciuto lo
ero, ma non più di tanto. Continuai a fare teatro; però non
potevo scrivere nient'altro se quel libro in qualche modo
non l'avessi avuto tra le mani come oggetto. Uscì, non ebbe
nessuna circolazione, ma avere tra le mani l'oggetto libro
"stimpagnò", come si dice in siciliano quando salta "stang" il
tappo della botte, e scrissi il secondo romanzo.

Lo scrive in quattro mesi:

Da cinque anni cercavo un certo documento sul quale *Un filo di fumo* si doveva basare. Era un volantino anonimo del
1919 rivolto ai commercianti di zolfo, nel quale si invitava a
non dare alcuna forma di sostegno ai Barbabianca (ma il loro
nome vero era Verderame), imprenditori notoriamente disonesti (e che, come molti disonesti, alla fine la fanno franca).
Questo documento, che avevo trovato tra le carte di mio
nonno, io lo sapevo a memoria, ma mi ero convinto che se
non ne fossi ritornato in possesso non sarei stato in grado di
scrivere il romanzo. Evidentemente l'importante era posse-
derlo, questo documento, toccarlo.
Un giorno spostai dalla scrivania il pacco con le cinquecento
copie del *Corso delle cose*, che l'editore mi aveva mandato a
casa perché era un'edizione non distribuita, e sotto al pacco
c'era il volantino che cercavo da anni. Lo misi da parte senza
neppure leggerlo e scrissi il romanzo in un lampo.

Pubblica da Garzanti *Un filo di fumo*, questa volta senza farsi le
tappe del solito calvario,

perché appena finito di scriverlo lo diedi al mio grande amico Ruggero Jacobbi, il quale lo prese e lo portò a Milano a
Gina Lagorio. Gina Lagorio lo diede al suo compagno, non

ancora marito, Livio Garzanti, il quale me lo pubblicò immediatamente.

Garzanti venne a Roma per conoscermi, mi diede appuntamento in un albergo, io mi vestii e prima di uscire mi prepa-
rai un caffè, ma ero nervoso e mi rovesciai addosso la tazzina. Dovevo cambiarmi, avevo solo un distinto completo blu,
me lo misi. Arrivato in albergo, domandai di Garzanti. C'era
un tipo scamiciato, in jeans mi pare, appoggiato al banco.
Che disse: «Ecco l'editore milanese che incontra il pirla di
scrittore siciliano vestito come si deve». E io risposi: «Ecco il
miliardario snob che finge d'essere trasgressivo».

Diventammo amici... amici nei limiti in cui è possibile esserlo
con uno dal carattere di Livio Garzanti. Lui pubblicò questo
libro, gli fece una pubblicità mostruosa. Mi recensirono in
tanti, e tutti molto bene. E alla ristretta festa romana per la
presentazione, a sorpresa, per uno schivo come lui, arrivò
Leonardo Sciascia. (TD)

La pubblicazione di *Un filo di fumo* suscita un interesse critico vivace in aree decentrate, marginali. Un'assoluta stranezza che, inter-
pretata con quel senno di poi che è sempre d'obbligo in casi del genere, può essere letta come un precedente profetico:

Le prime manifestazioni di interesse le ho avute da ambienti
culturali periferici: Pola, Trieste, Bolzano, la Val d'Aosta.
Tutto il resto dell'Italia mi ignorava. Ora, dovendo escludere
che io fossi uno scrittore mitteleuropeo, non sapevo spiegarmi il perché di tali risposte. Molti anni dopo l'ho capito. Perché questi lettori erano quelli più abituati alla doppia lingua,
cioè il loro cervello era allenato, mentre il nostro solitamente
non lo è, a meno che uno non si imbatta in Gadda, ma allora
lo sai che devi giocare quel gioco ed è un altro discorso. Ecco, quelli lo capivano perché erano abituati. Io credo che in
dieci, quindici anni non sia cambiato il mio modo di scrivere.
È cambiato l'approccio del lettore alla mia scrittura.

1981

Da un'opera pubblicata in due volumi nel 1968 dall'editore Cappelli: *Inchiesta sulle condizioni sociali ed economiche della Sicilia
1875-1876* (a cura di Salvatore Carbone e Renato Grispo), Camilleri trae lo spunto per *La strage dimenticata*.
Questa inchiesta, partita alcuni mesi prima di quella assai più celebre di Franchetti e Sonnino (che è in realtà una sorta di controin-

chiesta elaborata dall'opposizione di sinistra dell'epoca), è quella parlamentare del Senato. Si fonda su testimonianze sempre "ufficiali", rilasciate da istituzioni, sindaci, prefetti, funzionari di polizia, mentre l'inchiesta di Franchetti e Sonnino è fatta chiedendo in giro alla gente, al popolo minuto. Solo che, mentre dell'inchiesta parlamentare vengono pubblicati – nell'antologia di Cappelli, per l'appunto – le varie testimonianze, i dialoghi, le interrogazioni, dell'inchiesta Franchetti-Sonnino sono accessibili solo le conclusioni, con il risultato che per la vicenda creativa dello scrittore Camilleri l'inchiesta più ufficiale risulta, alla fine, assai più interessante. Al punto che da essa sono ispirate ben quattro opere: oltre alla *Strage dimenticata*, anche *La stagione della caccia*, *La bolla di componenda* e *Il birraio di Preston*.

La storia della *Strage dimenticata*, a dire il vero, gliel'ha già raccontata sua nonna. Su questa vicenda, ancora viva nella memoria della gente di Porto Empedocle, Camilleri vuole costruire la propria *Storia della Colonna infame*, il libro che l'ha ossessionato per tutta la vita:

> Si trattò di una strage con centoquattordici vittime avvenuta nel 1848, a ridosso dei moti di quell'anno, al mio paese. Apparentemente, una strage senza vere ragioni: 114 galeotti, «servi di pena», come li chiamavano allora, erano stati uccisi dalla polizia borbonica solo per timore che potessero prendere parte alle insurrezioni. Ora, appunto, magari per responsabilità congiunte delle autorità borboniche e di quelle unitarie, questa strage era stata occultata. E questo a me, una volta venuto in possesso dei documenti, pareva ingiusto. A un certo punto credevo di aver trovato la soluzione. Diedi i documenti a Sciascia perché scrivesse lui un libro. Leonardo non volle. (TD)

> «Disse: "Scrivilo tu".»
> E io: «Sì, va be', lo scrivo, ma io non so scrivere queste cose come le sai scrivere tu».
> «Scrivile a modo tuo.»
> «Ma poi chi me lo stampa un librettino di sessanta pagine?»
> «Ti presento a Elvira Sellerio.»

1984-1991
La strage dimenticata esce nel 1984 nella collana verde di Sellerio, dedicata a documenti di storia e letteratura siciliana.

Benché Camilleri l'abbia scritta assai rapidamente, sono passati alcuni anni prima della pubblicazione:

> La scrissi in sei mesi, ma ero in una sorta di crisi. Pregai Elvira di ritardare la pubblicazione. Ho avuto un momento molto brutto come scrittore, cioè proprio non me la sentivo più di scrivere; c'era qualcosa che non funzionava. O forse per poter continuare a scrivere senza problemi dovevo prima chiudere un capitolo della mia vita. (TD)

Il capitolo che deve chiudere è quello dell'esperienza teatrale. Per questo motivo passano dodici anni dal concepimento della *Strage dimenticata* alla pubblicazione, nel 1992, della *Stagione della caccia*. Un periodo più lungo del decennio che era durato l'ostracismo degli editori.
Il problema, per lui, non è più a questo punto la pubblicazione, una volta appurato di possedere una voce propria come scrittore, ma vedere qual è il miglior risultato che può raggiungere come regista teatrale. Vuole chiudere in bellezza con il teatro. Quest'idea di "chiudere bene" le esperienze è sempre stata una preoccupazione, una sorta di ossessione della sua vita. Dopo un lungo periodo di preparazione, comincia nel 1986 e finisce nel 1990 una specie di "lungo addio" al teatro. Come primo tempo di questo ideale congedo, nel giugno del 1986, mette in scena al romano teatro delle Arti, con il titolo *Pena di vivere così*, undici novelle di Pirandello più un atto unico intitolato *Perché?*, praticamente inedito:

> In un matrimonio d'amore le possibilità di una moltiplicazione di ambiguità, malintesi, gelosie retrospettive si presentano a ogni sorgere di sole. Proprio nel giugno del 1892 Pirandello pubblica su un giornale-opuscolo settimanale, «L'O di Giotto», allegato al quotidiano «La Tribuna», un atto unico, o meglio un dialogo intitolato *Perché?*. E tratta appunto del pericolo, nel matrimonio, della gelosia retrospettiva. I personaggi sono Giulia e Enrico, sposati da poco e l'azione si svolge nel salotto della loro casa. (BF)

Mette in scena al teatro dell'Accademia di danza, a Roma, la realizzazione più importante della sua vita: *I giganti della montagna* e *La favola del figlio cambiato* in un solo spettacolo, progetto che lo stesso Pirandello aveva dichiarato irrealizzabile:

> Quaranta attori, all'aperto, una specie di summa delle mie idee, dei miei studi su Pirandello. C'è una critica di Giorgio Prosperi che iniziava così: «Andrea Camilleri è l'unico in Italia che può dare del "tu" a Pirandello». Io per ringraziarlo gli scrissi una lettera: «Caro Prosperi, la ringrazio veramente

tanto di quello che ha scritto, però sappia che dovunque dovessi incontrare Pirandello gli darei del "voscenza"». (TD)

È lo spettacolo che porta all'università di Copenaghen dove una
studentessa, al termine della conferenza, gli dice davanti a tutti che
le piacerebbe andare a letto con lui. La rilevanza biografica dell'e-
pisodio sta nel fatto che la ragazza gli ispira il personaggio di Ingrid Sjostrom, la spregiudicata svedese che compare nella *Forma
dell'acqua*, primo romanzo di Montalbano, e ritorna ad aiutare il
commissario nel *Cane di terracotta*.
Successivamente, con un titolo, *Il trucco e l'anima*, rubato al famoso
libro del suo amico Ripellino, rappresenta tre poemi di Majakovskij:
Il flauto di vertebre, *La nuvola in pantaloni* e una parte del *Lenin*:

> Era uno spettacolo senza scenografia che celebrava una sorta
> di inno alla fisicità, al corpo. Trenta giovani attori scatenati,
> incredibili, e governati, più che da me, dal ritmo dei versi di
> Majakovskij. Mi ricordo che, mentre provavo, mia madre,
> che ormai non ci stava più con la testa, un giorno ebbe un
> brevissimo ritorno di lucidità. Mi chiamò: «Ti vedo poco,
> che stai facendo?». Le risposi: «Scusami mamma, ma sono
> impegnatissimo nella regia di alcuni poemi di Majakovskij».
> Lei fece un sorriso: «Ah, Majakovskij! Mi fa venire in mente
> che quando eri ragazzo passavi molto tempo a leggere questo
> poeta». Era vero, se ne era ricordata. In quello spettacolo ci
> misi dentro anche il mio distacco, la mia disillusione politi-
> ca... Io ci avevo creduto al comunismo. (TD)

Lo spettacolo fa un tour sudamericano a Buenos Aires e a Rio de
Janeiro. La delegazione italiana composta dal senatore Mario Pedi-
ni, presidente dell'Accademia, dal direttore Musati e da Andrea
Camilleri, viene ricevuta alla Casa Rosada dal presidente Alfonsin.
Alfonsin e Camilleri si stringono la mano, si guardano negli occhi e
poi si abbracciano, come due che si ritrovano o che siano presi da
un improvviso amore. Per tutto il tempo Alfonsin vuole Camilleri
vicino a sé.
La prima domanda dei giornalisti argentini a Camilleri è: «Da
quanto tempo conosce il presidente Alfonsin?». La risposta è: «Da
pochi minuti».
Non si rivedranno mai più.
Tiene lezioni di Tecnica di regia alle università di Rio e di Buenos
Aires.
Il 21 settembre del 1986, in un bar di Porto Empedocle, si trova
coinvolto in una strage di mafia, una terribile sparatoria in mezzo
alla gente che lascia sei persone sul selciato:

Sono stato al centro di quella terribile cosa che è stata la strage di Porto Empedocle. Ne murero sei e sei arrestaru feriti. Ero là, in quel bar quella sera. Devo fare una piccola premessa: ormai da anni io vado a Porto Empedocle solo per brevi periodi, e così non so più chi è mafioso e chi no. Siccome a quei tempi mi piaceva molto bere whisky, quando andavo in paese non perdevo l'occasione di farmi un giro per i bar. Ora non potevo andare al bar Castiglione, perché il mio amico Carmelo Castiglione mi voleva davvero bene. Gli dicevo: «Carmè, dammi un whisky». E lui: «No. Perché ne avrai già bevuti tanti e ti fa male. E quindi non te lo vendo. Se vuoi un'aranciata te la regalo». Quindi, questo bar lo scansavo. Quando andavo al bar Kennedy, al porto, incontravo sempre un signore che mi diceva: «Il primo giro è mio, dutturé». E allora mi offriva da bere e dopo cinque minuti lo ripagavo. Questo signore si chiamava Grassonelli: era un mafioso, ma non lo sapevo. La sera della strage mi diressi al bar del porto, ma lo trovai con la saracinesca abbassata e la luce spenta. Pazienza. Da Castiglione non ci potevo andare, perché non mi avrebbe dato da bere. Mi diressi al bar intermedio, dove non andavo quasi mai, e presi i due whisky che avrei dovuto bere al bar del porto. Dentro c'è uno che mi volta le spalle e che non riconosco. Il signore che mi dava le spalle, si volta, e mi fa: «Stasera vossia mi ha tradito». In quel contesto non lo riconosco. Un attimo dopo capisco che è Grassonelli.

«Eh no, è lei che ha tradito se stesso venendo qua.» E lui: «Dottore, le voglio far conoscere mio padre e un amico. Sono seduti a quel tavolo laggiù». Mi volto, entro nel bar, e, come in un film, vedo saltare tutte le bottiglie davanti a me. Non mi rendo conto di che cazzo sta succedendo. Capisco che stanno sparando. La paura è venuta, terribile, da battere i denti. Ma è venuta dopo, è venuta a freddo. So che i killer si sono scusati telefonicamente per due persone che non c'entravano niente. Grassonelli, quel signore che mi offriva il whisky, era l'obiettivo dei killer. Quindi anche io, se mi assettavo dove voleva lui, avrei fatto la stessa fine. Quando torno a Porto Empedocle, ogni volta che capito in quel bar, quel ricordo me lo porto sempre dietro. Porto Empedocle era cambiata. E non mi ero accorto di nulla.

Dopo la strage, per mesi e mesi, non ho più potuto vedere film americani con sparatorie. Mi veniva una specie di vomito, avevo vistu chiddi veri... Che poi le mitragliette hanno un suono sgradevole in sé, sembrano un cane pechinese quando abbaia... (LP)

Nel 1988 muore la madre Carmelina.

L'ultima nota del suo canto del cigno teatrale è *Il cerchio e il triangolo*, il matrimonio e l'adulterio borghesi visti da Pirandello e da Svevo.

Va in pensione dalla RAI.

A conti fatti, l'attività di Camilleri come uomo di spettacolo dà le seguenti cifre: 1300 regie radiofoniche, 120 teatrali, 80 televisive.

1992

Da quella miniera di documenti che è l'inchiesta parlamentare del 1875 sulle condizioni della Sicilia prende spunto anche *La stagione della caccia*:

> Il libro mi venne suggerito da due battute contenute nell'inchiesta. Il presidente della commissione domanda al sindaco di un piccolo paese dell'interno: «Signor Sindaco, recentemente ci sono stati fatti di sangue nel suo paese?». E quello: «No, Eccellenza, assolutamente no. Fatta eccezione di un farmacista che per amore ha ammazzato sette persone». Era straordinario e mi bastò. Lo scrissi e lo riscrissi senza prendere appunti, sempre come di getto... Elvira Sellerio a leggere il libro ha qualche perplessità per come è scritto. Forse avrà pesato anche il fatto che Leonardo Sciascia, scomparso nel 1989, pur apprezzandomi, non è che fosse felice che io scrivessi come scrivo. Criticava soprattutto l'uso che io faccio di termini dialettali. E mi aveva anche suggerito di rinunciarci. Quindi Elvira un po' si preoccupa, anzi forse si spaventa, e pubblica anche *La stagione della caccia* nella collana verde. (TD)

Nella *Stagione della caccia*, comunque, forse anche per effetto dei dodici anni di pausa, si nota un progetto narrativo diverso. *Un filo di fumo* era un romanzo corale, un po' teatrale, e con un'unità di tempo, di luogo e d'azione assolutamente aristotelica. *La stagione della caccia*, invece, pur affollando attorno al protagonista un intero paese, è un romanzo di personaggi ben individuati e con un protagonista solo, colui che all'inizio si presenta dicendo di chiamarsi Alfonso de' Liguori. Il tentativo di Camilleri è quello di vedere se è in grado di tornare, dopo *Il corso delle cose*, al romanzo con un solo eroe principale, anche se, a differenza del *Corso delle cose*, dove comunque c'è un delitto, nella *Stagione della caccia* i delitti sono una serie. In questo senso, Camilleri considera il romanzo una specie di opera, con tutte le differenze del caso, «alla Agatha Christie».

È il mio libro più amaro. Tanto è vero che alla fine ho fatto una dedica a mia moglie dicendo: so che questo libro non ti piace, non per come è scritto ma per quello che intende dire. Se è così, accetta questa dedica come ulteriore prova della tua più che trentennale pazienza nei miei riguardi. Esce il libro e si vende molto bene. Si fa la prima edizione, si fa la seconda edizione... (TD)

La pubblicazione della *Stagione della caccia* nel 1992 è però solo la parte emersa di un rovello creativo attorcigliato soprattutto intorno a due altri progetti, che già da qualche tempo scorrono sotterranei nella mente di Camilleri, con la differenza che adesso esigono un'attenzione più esclusiva del solito "tambasiare" creativo dell'autore. Il primo è un progetto di vecchia data:

Molti allievi miei dell'Accademia si ricordavano di aver già sentito la storia del *Birraio di Preston*. Glielo avevo raccontato già un sacco di volte. Cioè... lo andavo elaborando come racconto orale ai miei allievi. Ci divertivamo...

Ma anche il secondo progetto è antico; risale alla nota affermazione di Sciascia (sulla quale Camilleri medita da tempo) secondo cui solo nella "gabbia" del giallo il romanziere si costringe a usare regole certe, a «non barare» con il lettore.
Quell'anno Camilleri legge *Il pianista* dello scrittore catalano Manuel Vázquez Montalbán.
In una maniera abbastanza imprevedibile, le due ossessioni finiranno con l'incrociarsi. Ma questo, alcuni anni dopo.

1993

È l'anno della *Bolla di componenda*. In questo saggio narrativo sul tipico malvezzo italico della "componenda", ovvero l'accordo, il compromesso fondato sul modello dell'assoluzione impartita dalla Chiesa in cambio di denaro, Camilleri esprime una delle sue più interessanti dichiarazioni di poetica:

Mi accorgo di star divagando. È un mio difetto questo di considerare la scrittura allo stesso modo del parlare. Da solo, e col foglio bianco davanti, non ce la faccio, ho bisogno d'immaginarmi attorno quei quattro o cinque amici che mi restano stare a sentirmi, e seguirmi, mentre lascio il filo del discorso principale, ne agguanto un altro capo, lo tengo tanticchia, me lo perdo, torno all'argomento... E così, a forza di portare esempi, sto correndo il pericolo di sostenere che tutto il mondo è una componenda.

Anche *La bolla di componenda* viene pubblicato nella collana verde di Sellerio.

1994

Che si potesse scrivere il giallo italiano io l'ho pensato dal primo momento. Non ho mai creduto che il rischio, che la condanna del giallo italiano, come si continuava a dire allora, fosse l'implausibilità.
Augusto De Angelis l'aveva già dimostrato con il suo commissario De Vincenzi, che l'ambientazione italiana poteva essere plausibilissima per un giallo. Non parliamo di Scerbanenco, che è stato un grande anticipatore della realtà. Quando noi leggevamo romanzi crudelissimi come *I milanesi ammazzano al sabato*, pensavamo "va be'", ha una fantasia volta al male, poveraccio". Invece non era così, lui sapeva come sarebbero andate a finire le cose. Prevedeva. Quando lessi la Milano di Scerbanenco, così viva, così al di fuori di ogni tipo di convenzione e di luogo comune, mi sentii autorizzato anch'io a dare nomi italiani, ambientazioni italiane ai miei personaggi, alle mie storie.
Questo adesso può apparire scontato, ma per gli scrittori della mia generazione non lo era. (MV)

Il pianista di Vázquez Montalbán, che non ha un intreccio giallo e quindi non mette in scena l'investigatore privato Pepe Carvalho, è un romanzo dalla singolare architettura in cui le varie scene non si susseguono in ordine cronologico.
Camilleri vi trova la soluzione al problema della struttura del *Birraio di Preston*, una questione che tiene in sospeso ormai da troppo tempo. È questo debito di riconoscenza che sente di avere nei confronti dello scrittore catalano a suggerirgli di battezzare Montalbano il commissario di Pubblica Sicurezza protagonista del giallo che ha appena scritto e che pubblica, con il titolo *La forma dell'acqua*, nella collana «La memoria» di Sellerio:

Nel momento in cui dovetti dare un nome al mio commissario fecero concorso due cose: il fatto che il nome Montalbano è uno dei più diffusi della Sicilia e un ringraziamento a Vázquez Montalbán per avermi dato una soffiata per la soluzione della struttura temporale del *Birraio di Preston*. Non sono debitore di niente a Pepe Carvalho per ciò che riguarda

Montalbano, sono due personaggi diversi i nostri, poi ogni tanto gli editori ci dicono: «Perché non scrivete un romanzo insieme?». Ma il fatto stesso che Vázquez Montalbán ed io nel ristorante, meraviglioso ristorante di Barcellona dove lui mi aveva portato, abbiamo ordinato due cose completamente diverse sta a dimostrare che non si può scrivere un romanzo avendo come protagonisti Pepe Carvalho e il mio Montalbano. Questo è. (*Identità e linguaggio*, cit.)

C'è infine un aspetto che riguarda soprattutto il mio modo di lavorare. Quando scrivo un romanzo che non sia un giallo, l'inizio per me non coincide mai con il capitolo primo. Ciò che io scrivo per primo può diventare, in corso d'opera, il capitolo settimo o l'ottavo. Siccome si tratta di romanzi storici, la cosa che comincio a scrivere per prima è la frase, l'aneddoto, il nucleo del fatto che più mi ha colpito. Può darsi che nel corso della scrittura la parte con cui ho cominciato venga a sistemarsi poco dopo l'inizio o al centro o addirittura verso la fine; è una sorta di ellisse con una pupilla mobile, che si sposta di continuo insieme alla scrittura. Nel giallo non è mai così, in tutti i gialli il capitolo primo è il capitolo primo e l'ultimo è l'ultimo.
Allora, mi dissi quando incominciai, vediamo se sono capace. Mi sono dato un compito. Il primo Montalbano, *La forma dell'acqua*, è nato così, è partito come un'esercitazione, come una forma di autodisciplina di scrittura... Il giallo è l'onestà. Al punto che, quando scrivo un Montalbano, io controllo anche il linguaggio, non lo estremizzo mai, mi astengo dalle sperimentazioni linguistiche alle quali indulgo volentieri nei romanzi storici; e questo lo faccio per non sovraccaricare il lettore di altre difficoltà oltre quelle della trama. (MV)

La stagione della caccia viene ristampato nella collana di Sellerio «La memoria».

1995
Un giorno Livio Garzanti gli aveva detto: «Lei non deve scrivere un romanzo, deve scrivere una sinfonia».
Esce, sempre da Sellerio, *Il birraio di Preston* e viene recensito positivamente sul «Times Literary Supplement» da Masolino d'Amico in un articolo dal titolo *A Sicilian Brew*. La singolarità dell'avvenimento suscita una serie di interventi sulla stampa italiana.
Parallelamente, attraverso il cosiddetto "passaparola", cioè il libero

scambio di informazioni tra i lettori, comincia a costituirsi un seguito ancora piccolo ma compatto di ammiratori che considerano
Camilleri un autore "di culto". Camilleri è uno di quegli autori
che, in gergo editoriale, vengono definiti "di nicchia". Per il momento.

Esce *Il gioco della mosca*, un piccolo testo che raccoglie, in ordine
alfabetico, proverbi e modi di dire girgentani, raccontati ed esem-
plificati attraverso ricordi, aneddoti, storie. Apparentemente mar-
ginale, è in realtà una specie di repertorio, di summa minima di atmosfere e di temi ai quali lo scrittore è molto legato.

Il birraio di Preston entra in cinquina al premio Viareggio, dove
viene battuto di misura dal *Coraggio del pettirosso* di Maggiani, ma
si rifà vincendo il premio Vittorini.

Scrive la prima stesura del *Re di Girgenti*.

1996

> Ho passato la settantina ma non me ne manca una: mi piace
> la birra, senza sigarette non ci so stare, me la scialo col cioc-
> colato. In quanto al gelato, poi, ma meglio è di non metterci
> parola: arrivo a fare sciarriate col mio nipotino di tre anni
> che sa raprìre il freezer. (*A noi, poveri anziani, lasciate alme-
> no i vizi*, in RQ)

Il 1996 è l'anno di Montalbano. A distanza di pochi mesi, sempre
nella collana «La memoria», escono la seconda e la terza avventura
del commissario di Vigàta: *Il cane di terracotta* (ad aprile) e *Il ladro
di merendine* (a dicembre).

> Quando scrissi il secondo romanzo mi ero ringalluzzito. Nel
> *Cane di terracotta* mi lascio andare di più. C'è qui una presa
> di posizione che per me è come un manifesto vero e proprio:
> io non vi parlerò mai della mafia dei giorni nostri, è un feno-
> meno assai complesso di cui non ho conoscenza diretta, pre-
> ferisco dunque che il mio personaggio indaghi su un delitto
> commesso cinquant'anni prima.
> Il romanzo è diviso nettamente in due parti. Comincia con
> una storia di mafia ai giorni nostri, ma il nucleo della vicenda
> si riferisce a un delitto di cinquant'anni prima. A quel punto,
> quando terminai *Il cane di terracotta*, dove c'è già un certo
> gusto per un'indagine di tipo anche letterario, pensavo che la
> mia esperienza potesse, o addirittura dovesse, finire. (MV)

E infatti, dopo *Il cane di terracotta*, Camilleri è convinto che la parabola di Montalbano si sia già chiusa.

Così cominciai un altro libro. Questo libro che stavo scrivendo però non riusciva ad andare avanti – si trattava di un romanzo storico – e non progrediva perché mi veniva continuamente una frase per la testa, e devo dire che provavo una certa emozione. La frase era: «racconta quella del peschereccio», e a pronunciarla era Montalbano. Cioè a dire: il personaggio cominciò a perseguitarmi, lo dico seriamente. Si verificò il fenomeno, che io credevo potesse essere di natura soltanto letteraria, del personaggio che passa dall'immaginazione alla realtà. Non potei fare altro che promettere, va bene, te la scrivo questa storia, e cominciai a lavorare a due romanzi contemporaneamente, quello di Montalbano, e cioè *Il ladro di merendine*, e l'altro, che era *La mossa del cavallo*. Li portai avanti contemporaneamente perché sapevo che, se non avessi nel frattempo placato Montalbano con la storia del peschereccio, non mi sarebbe stato possibile andare avanti con *La mossa del cavallo*...

Una volta, da bambino, lessi un romanzo intitolato *Come divenni Calmucco*, nella collana per ragazzi Mondadori. Inseguiti dai lupi, i protagonisti del romanzo buttano pezzi di carne dalla slitta perché così, mentre i lupi si fermano a mangiare, la slitta guadagna terreno.

È quello che è successo tra me e Montalbano. A un certo punto ho cominciato a scrivere anche dei racconti con il commissario come protagonista, e questi racconti erano nient'altro che pezzetti di carne per il lupo Montalbano. Come per dirgli: stattene buono, per carità, mentre io faccio altre cose...

In un'altra occasione ho detto che per me Montalbano è diventato una specie di serial killer, il serial killer degli altri miei personaggi. Nonostante i pezzi di carne che ogni tanto gli allungo e nonostante tutte le soddisfazioni che gli ho dato. O, dovrei dire, che mi ha dato. (MV)

È un funzionario della RAI, Carlo Romeo, che in quegli anni lavora a TeleRoma e, sostenitore dell'opera di Camilleri, lo ha intervistato un paio di volte, a chiedergli: ma ti sei accorto che questo è un personaggio seriale? Ti sei reso conto che questo personaggio può avere successo? Le osservazioni di Romeo, alcune lettere di ammiratori che cominciano ad arrivare e gli incoraggiamenti di Elvira Sellerio, che gli comunica come le vendite dei suoi libri stiano crescendo di giorno in giorno, lo convincono a continuare.

Nella settimana dal 9 al 15 maggio, *Il cane di terracotta* compare, per la prima volta, anche se in una posizione ancora defilata (è trentaduesimo), nella classifica dei libri più venduti della narrativa italiana:

«Ma quanto è bello Montalbano, Montalbano di qua, Montalbano di là...» e Montalbano si tirò dietro gli altri libri, e così *Il birraio di Preston* e *La stagione della caccia*, che erano già passati, boom, rientrarono nelle classifiche, se ne fecero edizioni su edizioni... Montalbano faceva da apripista a tutti gli altri. (MV)

Viene invitato a partecipare al convegno *Giuseppe Tomasi di Lampedusa. Cento anni dalla nascita, quaranta dal Gattopardo* che si tiene a Palermo nel mese di dicembre e presenta una relazione intitolata *Quando Garibaldi sbarcò* in cui, con una tecnica di collage tipica del suo stile, inquadra il Principe di Salina all'interno di una galleria composta dai coevi grandi personaggi del "risorgimento tradito" creati da Verga, De Roberto, Pirandello e Sciascia.

A Catania, all'uscita della libreria dove ha appena presentato Montalbano, Camilleri viene circondato da tre anziane signore che, con un'abile manovra a tenaglia, se lo mettono in mezzo isolandolo dalla moglie. «Dutturi, 'na preghiera...» comincia morbidamente quella delle tre che è stata delegata a parlare, per passare poi subito a intimargli: «Chistu matrimoniu nun s'ha a fari!». La frase gli ricorda qualcosa, ma intimidito balbetta: «Quale matrimonio? E perché?». «Chistu di Montalbano con 'sta genuvisa! Ma che ci accucchia 'na genuvisa co' Montalbano? Non lo capisce! Dutturiddru, si taliasse attorno! Non ce ne stanno beddere picciotte ne' nostri paisi? Una siciliana deve essere la moglie di Montalbano, non una forestiera!»

1997

Sono le segretarie di Maurizio Costanzo, che si passano l'una con l'altra i romanzi di Montalbano, a convincere il presentatore a invitare Camilleri in trasmissione.

Per la verità, Andrea Camilleri era già passato per il *Maurizio Costanzo Show* dieci anni prima, nel 1987, per presentare la propria regia teatrale di *Quiz* di Turi Vasile.

Nella puntata del 17 aprile, alzando davanti alle telecamere una copia del *Ladro di merendine*, Costanzo dichiara di essere disposto a rimborsare di tasca propria il prezzo di copertina a quel lettore che si dovesse dichiarare deluso dal libro. E contestualmente invita Pietro Calabrese, direttore del «Messaggero», presente in trasmissione, a far collaborare Camilleri con il suo giornale. È così che Camilleri comincia a scrivere sui quotidiani, prima sul «Messaggero», poi sulla «Repubblica» e sulla «Stampa».

Il successo di vendita comincia ad assumere proporzioni vistose.

Esce *La voce del violino*, quarta avventura di Montalbano. Il romanzo vince il premio Flaiano.

Lawrence Ferlinghetti, che ha vinto la sezione internazionale, gli regala una propria plaquette di versi intitolati *Il suono del violino*. In questa occasione Ferlinghetti confessa a Camilleri che né lui né alcun altro della sua generazione hanno mai fatto uso di sostanze stupefacenti. Confessione che induce Camilleri a credere che Ferlinghetti si sia appena, e pesantemente, "fatto".

Scrive i primi racconti di Montalbano: *Il compagno di viaggio* (per il «Noir in festival» di Courmayeur), *Miracoli di Trieste* (per la manifestazione «Raccontare Trieste») e *Il patto* (per la rivista «La grotta della vipera»). Tutti e tre confluiranno in *Un mese con Montalbano*.

> A una cosa mi servirono, a dimostrarmi che ero capace di scriverli. La misura del racconto, fino a quel momento, mi era sempre stata estranea, non mi persuadeva, non mi sembrava fosse la misura giusta per me, mi pareva troppo limitativa per quello che volevo dire; con Montalbano, però, di cui già conoscevo tutti i dati, di cui sapevo tutto, che per me era un terreno conosciuto, mi muovevo con maggiore naturalezza. Ecco perché ho potuto cominciare con i racconti di Montalbano. Se dovessi fare un esperimento di ricerca narrativa ancora più azzardato, più, diciamo, sperimentale, lo farei senz'altro con Montalbano. (MV)

Entra in finale al premio Bancarella, vinto da Paco Ignacio Taibo II. Alla serata finale a Pontremoli, dove Camilleri non va, lo scrittore uruguaiano Daniel Chavarría si spaccia per Camilleri allo scopo di prendersi la statuetta riservata ai finalisti. Viene riconosciuto e fermato.

1998

Escono *Un mese con Montalbano* da Mondadori e *La concessione del telefono* da Sellerio.

Comincia a formarsi una pattuglia di critici e di scrittori che apprezzano l'opera di Camilleri: Giuseppe Petronio, Carlo Bo, Raffaele La Capria, Antonio D'Orrico.

Con il primo libro, che è anche la sua prima raccolta di racconti, Camilleri guida la classifica dei libri più venduti, ma comincia a delinearsi adesso un altro fenomeno, ancora più singolare e assolutamente nuovo per la storia dell'editoria italiana: non uno solo, ma tutti, uno dopo l'altro, i titoli di Camilleri entrano nelle classifiche, occupando, di settimana in settimana, posizioni sempre più alte.

Insieme al successo arrivano le prime traduzioni: Francia, Germania, Portogallo, Brasile, Spagna, Olanda.

In estate pubblica sulla «Stampa» una serie di racconti con un nuovo investigatore, il commissario di bordo Cecè Collura. In realtà, Cecè Collura era l'altro possibile nome di Montalbano. Gli era rimasto appeso. Perciò Camilleri lo tira fuori per l'occasione. Poi gli piace l'idea di un investigatore in crociera perché gli permette di inscrivere il tema classico del delitto in uno spazio chiuso, la nave, nella vastità del mare.

Succede al cantautore Franco Battiato nella direzione dell'Estate Catanese, per la quale fa anche mettere in scena, sulla via Etnea, tra la gente che cammina e i vari personaggi che si spostano su e giù per la strada seguiti dal pubblico, il *Don Giovanni in Sicilia* di Vitaliano Brancati.

Al festival dell'Unità di Bologna incontra Vázquez Montalbán in un dibattito moderato da Massimo D'Alema. Mentre si avvia all'uscita un capitano dei carabinieri incaricato di scortarli, lo affianca e gli intima: «Quando si decide a scrivere qualcosa su di noi?».

1999

Pubblica da Rizzoli *La mossa del cavallo*, con il quale nel mese di settembre vince il premio Elsa Morante, e da Mondadori *Gli arancini di Montalbano*.

Nel mese di luglio arriva ad avere sei titoli su sei nella classifica dei libri più venduti della narrativa italiana: una classifica fatta solo di libri di Camilleri.

A settembre, come l'anno precedente, partecipa al Festival della Letteratura di Mantova:

> Mentre ero a Mantova con mia moglie, al Festival della Letteratura, proprio lì, finalmente, dopo tre settimane che avevo sei libri su sei nella classifica di «Repubblica», i libri diventarono cinque su sei.
>
> Mia moglie dormiva. Mi dice: «Come va?».
>
> «Cinque su sei.»
>
> «Ah, che bello!» E si è addormentata più contenta di prima.

Sull'isola di Ouessant, in Bretagna, da una giuria riunita a bordo di un peschereccio, viene conferito al *Birraio di Preston* il premio per la "letteratura insulare". La motivazione del riconoscimento lo entusiasma: «Bon livre».

In collaborazione con Giuseppe Di Pasquale (che ha già ridotto e messo in scena *Il birraio di Preston* a Catania) traduce e rappresenta, sempre a Catania, *Molto rumore per nulla* di Shakespeare con il titolo *Troppu trafficu pi nenti*.

A dicembre, con la sceneggiatura di Francesco Bruni e Andrea Camilleri e la regia di Alberto Sironi, esce la prima puntata dello sceneggiato televisivo su Montalbano, con Luca Zingaretti nel ruolo del commissario:

> Molti mi hanno chiesto se la sceneggiatura del Montalbano televisivo abbia influenzato la scrittura del Montalbano narrativo, visto che a volte i due lavori hanno proceduto in parallelo. La risposta è no. I conti con la televisione io li avevo già fatti – e chiusi – molto tempo fa. L'influenza che il mezzo televisivo poteva avere sul mio modo di scrivere era ormai un fatto concluso. Tra me e Francesco Bruni, lo sceneggiatore, a un certo punto, si sono invertiti i ruoli, nel senso che sembravo io lo sceneggiatore e lui l'autore. Bruni è uno sceneggiatore esperto, eppure ero io a dirgli: cerca di scostarti un po' di più dal romanzo, così sei troppo attaccato al romanzo. Il Montalbano televisivo non poteva influenzare quello letterario perché sono di fatto due personaggi diversi. Quello dei romanzi e dei racconti continua a essere un personaggio che invecchia di avventura in avventura, mentre l'altro è più giovane. Zingaretti è bravissimo, ma incarna un uomo di trentacinque anni e quindi tante cose che Montalbano fa o farebbe, lui non le fa, ne fa altre. Nelle sceneggiature noi abbiamo dovuto tenere molto presente l'età di Zingaretti...

2000

Comincia a riscrivere daccapo *Il re di Girgenti* buttando via l'ennesima stesura:

> Quando scrivo una cosa, io di solito la faccio leggere a mia moglie. Se c'è qualcosa che non va, lei se ne accorge. Me ne accorgo anch'io, ma non riesco a dirmelo. Lei invece se ne accorge e me lo dice. A questo punto normalmente succede che io mi arrabbio. Lei allora mi fa: perché te la prendi? Se non vuoi ascoltare non darmi da leggere niente. In questo modo mi aveva condannato due terzi del *Re di Girgenti*, sul quale io comunque continuavo ad avere problemi di tutti i generi, compositivi e linguistici. Come per *La mossa del cavallo* avevo messo a frutto anni passati a leggere il vocabolario italiano-genovese edito da Vallardi e i grandi poeti dialettali come Firpo, così per *Il re di Girgenti* leggevo in spagnolo, ma doveva esse-

re la lingua del Seicento, e allora era il *Chisciotte* e i poeti del Siglo de oro. Dopo un po' che andavo avanti, ma il mio obiettivo, il mio intento era solo quello di riprodurne la sonorità, l'ispanista Angelo Morino mi disse che ormai lo spagnolo del Seicento lo orecchiavo bene.

Il liceo di Ispica, in provincia di Ragusa, sostituisce la lettura obbligatoria dei *Promessi sposi* con *Il birraio di Preston* e Camilleri, l'8 ottobre, pubblica sulla «Stampa» una lettera di scuse ad Alessandro Manzoni.

> Ma io... con la scuola... Una volta mi domandarono se *La stagione della caccia* poteva essere fatto leggere a dei ragazzi. Certo, perché no? dissi io... Poi un preside lo lesse e disse: ma c'è un personaggio che si accoppia con una capra! Io non ci avevo pensato, ero innocente.

Pubblica, per le Edizioni dell'Altana, il volume *Favole del tramonto*, che contiene alcuni brevi pezzi satirici nei quali Camilleri prende posizione contro la politica di Silvio Berlusconi.

Escono da Sellerio *La gita a Tindari*, che in pochissimo tempo raggiunge le 250.000 copie, da Mondadori *La scomparsa di Patò* e da Rizzoli la *Biografia del figlio cambiato*, sorta di narrazione-interpretazione della vita e dei temi di Pirandello.

A Napoli, viene "pezzottato". Ovvero, si recuperano sul mercato numerosi esemplari della *Gita a Tindari* contraffatti. Stessa sorte era toccata a molti autori italiani e stranieri di grande successo. Per alcuni bibliofili il "Camilleri pezzotto" è un oggetto da collezione.

2001

Con *La gita a Tindari* vince il premio Bancarella e, anche questa volta come quando l'aveva perso, non riesce ad andare a Pontremoli per ritirarlo. Il giorno dopo legge sui giornali i passi salienti del discorso che avrebbe pronunciato per l'occasione.

Pubblica da Rizzoli *Le parole raccontate*, un dizionario ironico sull'universo drammaturgico.

L'uscita del *Re di Girgenti*, preannunciata da Sellerio per l'estate, è rimandata all'autunno. In libreria, sempre per Sellerio, va *L'odore della notte*.

A novembre esce *Il re di Girgenti* con un risvolto firmato da Salvatore Silvano Nigro. La critica lo accoglie tiepidamente:

Veramente *Il re di Girgenti* è l'opera della mia vita, anche se capita spesso che il libro considerato dal suo autore come la pietra miliare risulti il meno gradito agli studiosi e ai recensori.
Viene da pensare al povero Petrarca e alla sua Africa.
Non lo volevo dire, per evitare accostamenti blasfemi. Ma visto che lei l'ha tirato fuori, ammetto che anch'io avevo pensato all'autore del *Canzoniere*. (*Io e Montalbano facciamo teatro*, intervista di Salvatore Ferlita, «La Sicilia – Stilos», 28 maggio 2002)

Sul «Tempo» del 12 novembre compare, a pagina piena, il titolo: *Camilleri logico favorito*. Ma l'occhiello recita: «Vanno seguiti con attenzione anche Unfair Bi e Top The Gun». È la pagina delle corse di trotto e Camilleri è un cavallo.
L'altro Camilleri si appende la pagina nello studio.

2002
Escono *La paura di Montalbano* (Mondadori) e *L'ombrello di Noè* (Rizzoli), un libro di lezioni e conversazioni sul teatro che può essere considerato il consuntivo di trent'anni di attività teatrale, *La linea della palma* – libro intervista con Saverio Lodato (Rizzoli) – e *Montalbano a viva voce* (Mondadori), un libro più CD che raccoglie sette racconti di Montalbano letti dall'autore.
La forma dell'acqua esce negli Stati Uniti, mentre opere di Camilleri vengono tradotte anche in Giappone, Finlandia, Ungheria, Polonia e Turchia.
Nella *Paura di Montalbano*, raccolta di racconti che porta alle sue conseguenze più estreme il processo di interiorizzazione del commissario, strategia peraltro già avvertibile in un'epopea tutta fondata sull'evoluzione, sulle trasformazioni dell'eroe nel tempo, la critica più attenta nota, anche a livello linguistico, l'accentuarsi di una certa patina arcaizzante e la attribuisce all'influenza del *Re di Girgenti*:

> *Il re di Girgenti* rappresenta una vera e propria svolta nel mio processo di invenzione linguistica. Devo fare una certa fatica per non tornare a determinati moduli di scrittura messi in atto nell'ultimo romanzo. C'è ora nella mia testa, quando mi metto a scrivere, "qualcosa che stinge" come si dice a proposito della biancheria messa in lavatrice; me ne accorgo continuamente, ma non posso farci nulla. (*Io e Montalbano facciamo teatro*, cit.)

In un racconto apparso sul numero 3 di «MicroMega» il commissario Montalbano, rivolgendosi direttamente al suo autore, gli notifica la propria impossibilità di sentirsi protagonista di un romanzo dopo i fatti di Genova e di Napoli:

> ma che vuole ancora da me Camilleri? Gli ho detto, sul finire dell'anno passato che, per ragioni del tutto personali, avrei potuto contargli storie brevi, bastevoli sì e no per un racconto macari lungo ma non una storia, diciamo così, da romanzo... Io non sto a polemizzare con lui sui dettagli, perché ad esempio mi fa più licco cannaruto ossia goloso di quanto io non sia oppure perché descrive sempre i miei rapporti con Livia in equilibrio instabile tra l'amplesso appassionato e il farla finire a schifio, no, queste sono cose senza nessuna importanza e lui è liberissimo di scrivere, da romanziere, tutto quello che vuole, basta che non metta in discussione quelle tre o quattro cose nelle quali credo.
>
> Tra queste, c'è la convinzione che una polizia democratica, che può in ogni momento rispondere limpidamente delle sue azioni, sia veramente al servizio dei cittadini. Detta così, la cosa suona di una banalità agghiacciante, ma in una certa occasione, non so se lo ricordate, davanti al colonnello Lohengrin Pera, nel corso di quella storia che Camilleri chiamò *Il ladro di merendine*, fui veramente orgoglioso di poter affermare che io nella Polizia e lui nei servizi servivamo due Stati diversi anche se in apparenza era lo stesso. Inoltre, e questo Camilleri lo sa benissimo, a differenza di Jules Maigret sul quale la storia scivola come acqua fresca, sono assai sensibile e attento ai fatti del mio Paese e vivo attivamente il mio tempo... Allora io mi domando e dico: con quale faccia Camilleri che non era manco passato un mese dai fatti del G8 a Genova, è venuto a domandarmi materiali per un nuovo romanzo? Non potevo che rispondergli come gli ho risposto, e cioè che di romanzi manco a parlarne, ma se voleva la traccia di qualche racconto la cosa si poteva fare.

E così, partita da una forma esclusivamente romanzesca che solo a un certo punto riesce a variarsi anche nella misura del racconto, sulla spinta sia di tensioni sperimentali sia della voracità del personaggio, la parabola di Montalbano si conclude fuori dal romanzo, nel racconto come unica possibilità, come obbligo imposto dalla Storia.

L'8 e il 9 marzo, organizzato dall'Università degli Studi di Palermo e dalla casa editrice Sellerio, si tiene a Palermo il convegno *Letteratura e storia. Il caso Camilleri*.

Disciplinatamente seduto, Camilleri ascolta tutte le venti relazioni che sviscerano la sua opera dal punto di vista storico, stilistico, linguistico e psicanalitico. Mostra di apprezzare in particolar modo l'esordio della relazione di Gioacchino Lanza Tomasi che, dichiarando il proprio imbarazzo, racconta come soltanto un'altra volta gli sia capitato di parlare, in qualche modo, «in presenza della salma», quando intervenne a un convegno su Toscanini e in prima fila ci trovò seduta la figlia.

Questo accenno alla «salma» diverte molto Camilleri, che lo prende come spunto di partenza del suo discorso conclusivo:

> Oggi, dopo un esame autoptico di tale intensità, orrore, la salma parla. E vorrebbe dire alcune cose... Di solito chi viene commemorato, essendo già nell'Aldilà, non se la può gustare tutta. Io, in quanto "salma vivente", devo dire che me la sono goduta... Io non so se sono uno scrittore grande, medio o piccolo, a questo un convegno di solito non risponde. Soprattutto se è ancora presente "la salma", ma vi dirò, non m'importa molto saperlo... Ma, amici miei, è dal '48 che io stampo e pubblico. E prima ancora del '48 c'è il premio Libera Stampa di Lugano: 370 giovani autori mandano da tutta Italia le loro produzioni e ne vengono scelti dodici. Ci sono anch'io. Mai visto una giuria così profetica: premia tutti i nomi della letteratura a venire. Non sbaglia un colpo: Pier Paolo Pasolini, Andrea Zanzotto, uno che diventerà prete, David Maria Turoldo. L'unico traditore sono io che arrivo quarant'anni dopo, ma gli altri si sistemano subito... Gli allievi dell'Accademia dove insegnavo regia mi dicevano sempre: «Ma quante volte ce le ha raccontate queste storie, professore?». Perché io le storie che ho scritto le ho sempre raccontate, me le lavoravo di classe in classe. Ho tenuto saldo un filo che non si è mai rotto e che è arrivato a queste due giornate che sono state fondamentali per me, benché siano arrivate tardi, come tutto nella mia vita, e senza nessun rimpianto.

NOTA ALL'EDIZIONE

Il presente volume raccoglie i sei romanzi di Andrea Camilleri incentrati sulle indagini del commissario della polizia di Vigàta Salvo Montalbano, vale a dire *La forma dell'acqua*, Sellerio, Palermo 1994; *Il cane di terracotta*, ivi 1996; *Il ladro di merendine*, ivi 1996; *La voce del violino*, ivi 1997; *La gita a Tindari*, ivi 2000; *L'odore della notte*, ivi 2001. Offre inoltre una cospicua antologia d'autore dei tre libri nei quali è radunata la produzione di racconti sul commissario – *Un mese con Montalbano*, Mondadori, Milano 1998; *Gli arancini di Montalbano*, ivi 1999; *La paura di Montalbano*, ivi 2002 –, dando conto sia della tipologia breve sia di quella lunga, documentata da *Meglio lo scuro* (collocato subito dopo i romanzi, in funzione di "cerniera").

I testi non presentano novità di sorta rispetto alle ultime edizioni licenziate dall'autore, fatta salva la correzione di eventuali refusi. Per quanto riguarda virgolette, punteggiatura e maiuscole si sono applicati i criteri invalsi nella collana dei «Meridiani». Restano naturalmente inalterate le varianti fonetiche e morfologiche, al pari delle doppie scrizioni: *arrispunnèro* e *arrispunnettero*; *s'apprisintò* e *s'appresentò*; *linzòla* e *linzoli*; *quando*, *quanno* e *quannu*; *macari* e *magari*; *caffè* e *cafè*; *ittò* e *jttò*, per limitarsi ad alcuni campioni. Diverse grafie sono state invece uniformate secondo la volontà dell'autore, sottraendo l'accento a forme piane, come *agliuttiri*, *garruso*, *firriava*, *Mazara*, *taliata*, *funnuto*; meno spesso sdrucciole: *cavudo*, *mascolo*, *nesciri*. Viceversa, l'accento rimane sempre ad esempio su *farfanterìa*, *putiàru*, *virrìna*, così come su *càvucio*, *intìfico*, *'nzèmmula*, *vìdiri*, *pòviro*, *scònciaca*. Due toponimi di fantasia, Raccadali (*La forma dell'acqua*, *Meglio lo scuro*) e Comisini (*La gita a Tindari*), adoperati in alternanza coi reali Raffadali e Comitini, hanno ceduto il posto a questi ultimi.

M. N.

Tra le tante persone che mi sono state vicine con affetto e consigli preziosi desidero ricordare almeno il mio maestro, Vittorio Spinazzola. Devo moltissimo alla competenza e alle premure con cui Renata Colorni, Elisabetta Risari, Antonio Franchini e Nicoletta Reboa hanno seguito il lavoro. Infine grazie assai ad Andrea Camilleri, per la paziente e gentile disponibilità offerta nel corso delle ricerche bibliografiche.

ANDREA CAMILLERI
STORIE DI MONTALBANO

LA FORMA DELL'ACQUA

UNO

Lume d'alba non filtrava nel cortiglio della Splendor, la società che aveva in appalto la nettezza urbana di Vigàta, una nuvolaglia bassa e densa cummigliava completamente il cielo come se fosse stato tirato un telone grigio da cornicione a cornicione, foglia non si cataminava, il vento di scirocco tardava ad arrisbigliarsi dal suo sonno piombigno, già si faticava a scangiare parole. Il caposquadra, prima di assegnare i posti, comunicò che per quel giorno, e altri a venire, Peppe Schèmmari e Caluzzo Brucculeri sarebbero stati assenti giustificati. Più che giustificata infatti l'assenza: i due erano stati arrestati la sera avanti mentre tentavano di rapinare il supermercato, armi alla mano. A Pino Catalano e a Saro Montaperto, giovani geometri debitamente disoccupati come geometri, ma assunti in qualità di «operatori ecologici» avventizi in seguito al generoso intervento dell'onorevole Cusumano, per la cui campagna elettorale i due si erano battuti corpo e anima (esattamente nell'ordine: il corpo facendo assai più di quanto l'anima fosse disposta a fare), il caposquadra assegnò il posto lasciato vacante da Peppe e Caluzzo, e precisamente il settore detto la mànnara, perché in tempi immemorabili pare che un pastore avesse usato tenervi le sue capre. Era un largo tratto di macchia mediterranea alla periferia del paese che si spingeva quasi fin sulla pilaia, con alle spalle i resti di un grande stabilimento chimico, inaugurato dall'onnipresente onorevole Cusumano quando pareva che forte tirasse il vento delle magnifiche sorti e progressive, poi quel venticello rapidamente si era cangiato in un filo di brezza e quindi si era abbacato del

tutto: era stato capace però di fare più danno di un torna-
do, lasciandosi alle spalle una scia di cassintegrati e disoccupati. Per evitare che le torme vaganti in paese di nivuri e
meno nivuri, senegalesi e algerini, tunisini e libici, in quella fabbrica facessero nido, torno torno vi era stato alzato
un alto muro, al di sopra del quale le strutture corrose da
malottempo, incuria e sale marino, ancora svettavano,
sempre più simili all'architettura di un Gaudí in preda ad
allucinogeni.

   La mànnara, fino a qualche tempo prima, aveva rappresentato per quelli che allora poco nobilmente si chiamavano munnizzari, un travaglio di tutto riposo: in mezzo a fogli di carta, buste di plastica, lattine di birra o di
cocacola, cacate mal ricoperte o lasciate al vento, ogni
tanto spuntava uno sperso preservativo, che uno poteva
farci pensiero, se ne aveva gana e fantasia, e immaginarsi i
particolari di quell'incontro. Da un anno a questa parte
però i preservativi erano un mare, un tappeto, da quando
un ministro dal volto buio e chiuso, degno di una tavola
lombrosiana, aveva estratto, da pensieri ancora più bui e
chiusi del suo volto, un'idea che subito gli era parsa risolutiva per i problemi dell'ordine pubblico nel Sud. Di
quest'idea aveva fatto partecipe il suo collega che dell'e-
sercito si occupava e che pareva nesciri paro paro da
un'illustrazione di *Pinocchio*, quindi i due avevano risolto d'inviare in Sicilia alcuni reparti militari a scopo di
«controllo del territorio», in modo d'alleggerire carabinieri, poliziotti, servizi d'informazione, nuclei speciali
operativi, guardie di Finanza, della stradale, della ferroviaria, della portuale, membri della Superprocura, gruppi antimafia, antiterrorismo, antidroga, antirapina, anti-
sequestro, e altri per brevità omessi, in ben altre faccende
affaccendati. In seguito a questa bella pensata dei due
eminenti statisti, figli di mamma piemontesi, imberbi
friulani di leva che fino al giorno avanti si erano arricreati
a respirare l'aria fresca e pungente delle loro montagne, si

erano venuti a trovare di colpo ad ansimare penosamente, ad arrisaccare nei loro provvisori alloggi, in paesi che stavano sì e no a un metro d'altezza sul livello del mare, tra gente che parlava un dialetto incomprensibile, fatto più di silenzi che di parole, d'indecifrabili movimenti delle sopracciglia, d'impercettibili increspature delle rughe. Si erano adattati come meglio potevano, grazie alla loro giovane età, e una mano consistente gli era stata data dai vigatesi stessi, inteneriti da quell'aria sprovveduta e spaesata che i picciotti forasteri avevano. A rendere però meno duro il loro esilio ci aveva pensato Gegè Gullotta, uomo di fervido ingegno, fino a quel momento costretto a soffocare le sue naturali doti di ruffiano nelle vesti di piccolo spacciatore di roba leggera. Venuto per vie tanto traverse quanto ministeriali a conoscenza dell'imminente arrivo dei soldati, Gegè aveva avuto un lampo di genio e per rendere operativo e concreto quel lampo si era prontamente rivolto alla benevolenza di chi di dovere onde ottenere tutti gli innumerevoli e complicati permessi indispensabili. A chi di dovere: a chi cioè il territorio realmente controllava e non si sognava nemmeno lontanamente di rilasciare concessioni su carta bollata. In breve, Gegè poté inaugurare alla mànnara il suo mercato specializzato in carne fresca e ricca varietà di droghe sempre leggere. La carne fresca in maggioranza proveniva dai paesi dell'Est, finalmente liberati dal giogo comunista che, come ognun sa, negava ogni dignità alla persona umana: tra i cespugli e l'arenile della mànnara, nottetempo, quella riconquistata dignità tornava a risplendere. Non mancavano però femmine del terzo mondo, travestiti, transessuali, femminelli napoletani e viados brasiliani, ce n'erano per tutti i gusti, uno scialo, una festa. E il commercio fiorì, con grande soddisfazione dei militari, di Gegè, e di chi a Gegè aveva accordato i permessi ricavandone giuste percentuali.

Pino e Saro si avviarono verso il posto di lavoro ammuttando ognuno il proprio carrello. Per arrivare alla mànnara ci voleva una mezzorata di strada se fatta a pedi lento come loro stavano facendo. Il primo quarto d'ora se lo passarono mutàngheri, già sudati e impicciccaticci. Poi fu Saro a rompere il silenzio.

«Questo Pecorilla è un cornuto» proclamò.

«Un grandissimo cornuto» rinforzò Pino.

Pecorilla era il caposquadra addetto all'assegnazione dei luoghi da pulire e chiaramente pasceva odio profondo verso chi aveva studiato, lui che era riuscito a guadagnarsi la terza, a quarant'anni, perché Cusumano aveva parlato chiaro col maestro. E così strumentiàva in modo che il travaglio più avvilente e gravoso cadesse sempre sulle spalle dei tre diplomati che aveva in forza. Quella stessa mattina infatti a Ciccu Loreto aveva assegnato il tratto di banchina da dove salpava il postale per l'isola di Lampedusa. Veniva a significare che Ciccu, ragioniere, sarebbe stato costretto a ragionare con quintali di rifiuti che vocianti frotte di turisti, multilingue sì ma accomunati dal totale disprezzo verso la pulizia personale e pubblica, avevano lasciato dietro di loro in attesa dell'imbarco nelle giornate di sabato e domenica. E magari Pino e Saro, alla mànnara, avrebbero trovato il virivirì dopo due giorni di libera uscita dei militari.

Arrivati all'incrocio di via Lincoln con viale Kennedy (a Vigàta esistevano anche un cortile Eisenhower e un vicolo Roosevelt), Saro si fermò.

«Faccio un salto a casa a sentire come sta u picciliddru» disse all'amico. «Aspettami, questione d'un minuto.»

Non attese la risposta di Pino e s'infilò nel portone di uno di quei grattacieli nani, arrivavano al massimo a dodici piani, nati all'incirca nello stesso periodo della fabbrica chimica e ben presto disastrati, se non abbandonati, al pari di questa. Per chi giungeva per via di mare,

Vigàta s'apprisintava come la parodia di Manhattan su scala ridotta: ed ecco, forse, spiegata la toponomastica.

Nenè, il picciliddro, se ne stava vigliante, dormiva sì e no due ore a notte, il resto lo passava a occhi sgriddrati, senza mai piangere, e quando mai s'era visto un nicareddro che non lacrimava? Lo consumava giorno appresso giorno un male scògnito di cagione e cura, i medici di Vigàta non se ne facevano capaci, sarebbe stato necessario portarlo fuori, da qualche grosso specialista, ma i soldi fagliavano. Nenè, appena incrociò gli occhi del padre s'abbuiò, una ruga gli si formò sulla fronte. Non sapeva parlare, ma assai chiaramente si era espresso con quel muto rimprovero su chi l'aveva messo in quei lacci.

«Sta tanticchia meglio, la febbre gli sta calando» gli disse Tana, la moglie, tanto per farlo contento.

Il cielo si era aperto, ora avvampava un sole da spaccare le pietre. Saro il suo trabiccolo l'aveva già svacantato una decina di volte nella discarica ch'era sorta, a iniziativa privata, dove un tempo c'era l'uscita posteriore della fabbrica, e si sentiva la schina rotta. Arrivato a tiro di un viottolo che costeggiava il muro di protezione e che immetteva nella strada provinciale, vide che a terra c'era qualcosa che violentemente sparluccicava. Si chinò a taliare meglio. Era un ciondolo a forma di cuore, enorme, tempestato di brillanti e con al centro un diamante grosso assai. C'era ancora infilata la catena per tenerlo al collo, d'oro massiccio, rotta in un punto. La destra di Saro scattò, s'impadronì della collana, gliela mise nella sacchetta. La mano destra: che a Saro parse avesse agito di testa sua, senza che il ciriveddro le avesse detto niente, ancora ammammaloccuto per la sorpresa. Si rialzò, vagnato di sudore, taliandosi attorno, ma non si vedeva anima creata.

Pino, che s'era scelto il tratto di mànnara più vicino all'arenile, a un tratto s'addunò del muso di un'automobile che, a una ventina di metri di distanza, spuntava da una macchia più spessa delle altre. Si fermò imparpagliato, non era possibile che qualcuno si fosse attardato fino a quell'ora, le sette di mattina, a ficcare con una buttana. Principiò ad avvicinarsi cautamente, un piede leva e l'altro metti, quasi piegato in due, e quando fu all'altezza dei fari anteriori si susì di colpo. Non successe niente, nessuno gli gridò di farsi i cazzi suoi, la macchina pareva vacante. Si avvicinò ancora e finalmente vide la sagoma confusa di un uomo, immobile allato al posto di guida, la testa appoggiata all'indietro. Pareva calato in un sonno profondo. Ma a pelle, a fiato, Pino capì che c'era qualcosa che non quatrava. Si voltò e cominciò a fare voci, chiamando Saro. Il quale arrivò col fiato grosso e gli occhi strammati.

«Che c'è? Che minchia vuoi? Che ti piglia?»

Pino sentì una sorta d'aggressione nelle domande dell'amico, ma l'attribuì alla corsa che quello s'era fatta per raggiungerlo.

«Talìa ccà.»

Facendosi coraggio, Pino si avvicinò dal lato di guida, cercò di aprire la portiera, non ci arriniscì, era chiusa con la sicura. Aiutato da Saro, che ora pareva essersi calmato, tentò di raggiungere l'altro sportello, sul quale poggiava in parte il corpo dell'uomo, ma non ce la fece perché l'auto, una grossa BMW verde, era così accostata alla siepe da impedire che da quella parte qualcuno potesse farsi vicino. Ma sporgendosi e graffiandosi sui rovi riuscirono a vedere meglio la faccia dell'uomo. Non dormiva, aveva gli occhi aperti e fissi. Nello stesso momento in cui s'accorsero che l'uomo era astutato, Pino e Saro aggelarono di scanto, di spavento: non per la vista della morte, ma perché avevano riconosciuto il morto.

«Mi pare di starmi facendo una sauna» disse Saro mentre correva sulla provinciale verso una cabina telefonica. «Ora una botta fridda, ora una botta cavuda.»

Si erano messi d'accordo appena liberati dalla paralisi provocata dal riconoscimento dell'identità del morto: prima ancora d'avvertire la liggi, era necessario fare un'altra telefonata. Il numero dell'onorevole Cusumano lo sapevano a memoria e Saro lo compose, ma Pino non fece fare manco uno squillo.

«Riattacca subito» disse.

Saro eseguì di riflesso.

«Non vuoi che l'avvisiamo?»

«Pensiamoci sopra un momento, pensiamoci bene, l'occasione è importante. Dunque, tanto tu quanto io sappiamo che l'onorevole è un pupo.»

«Che viene a dire?»

«Che è un pupo nelle mani dell'ingegnere Luparello, che è, anzi era, tutto. Morto Luparello, Cusumano non è nessuno, una pezza di piedi.»

«Allura?»

«Allura nenti.»

Si avviarono verso Vigàta, ma dopo pochi passi Pino fermò Saro.

«Rizzo» disse.

«Io a quello non gli telefono, mi scanto, non lo conosco.»

«Manco io, però gli telefono lo stesso.»

Il numero Pino se lo fece dare dal servizio informazioni. Erano quasi le otto meno un quarto, però Rizzo rispose al primo squillo.

«L'avvocato Rizzo?»

«Sono io.»

«Mi scusassi avvocato se la disturbo all'ora che è... abbiamo trovato l'ingegnere Luparello... ci pare morto.»

Ci fu una pausa. Poi Rizzo parlò.

«E perché lo viene a contare a me?»

Pino stunò, tutto s'aspettava meno quella risposta, gli parse stramma.

«Ma come?! Lei non è... il suo migliore amico? Ci è
parso doveroso...»

«Vi ringrazio. Ma prima di tutto è necessario che facciate il dovere vostro. Buongiorno.»

Saro era stato a sentire la telefonata, con la guancia
appoggiata a quella di Pino. Si taliarono, perplessi. A
Rizzo era come se gli avessero contato di avere trovato
un tale catàfero, di cui non sapevano il nome.

«E che minchia, era amico suo, no?» sbottò Saro.

«E che ne sappiamo? Capace che negli ultimi tempi si
erano sciarriati» si consolò Pino.

«E ora che facciamo?»

«Andiamo a fare il dovere nostro, come dice l'avvocato» concluse Pino.

Si avviarono verso il paese, diretti al commissariato.
Di andare dai carabinieri manco gli era passato per l'an-
ticamera del cervello, li comandava un tenente milanese.
Il commissario invece era di Catania, di nome faceva
Salvo Montalbano, e quando voleva capire una cosa, la
capiva.

DUE

«Ancora.»

«No» disse Livia e continuò a fissarlo con occhi fatti più luminosi dalla tensione amorosa.

«Ti prego.»

«No, ho detto di no.»

«Mi piace essere sempre un pochino forzata» si ricordò che lei una volta gli aveva sussurrato all'orecchio e allora, eccitato, tentò d'infilare il ginocchio tra le cosce serrate, mentre le agguantava con violenza i polsi e le allargava le braccia fino a farla parere crocefissa.

Si taliarono un attimo, ansanti, poi lei cedette di colpo.

«Sì» disse. «Sì. Ora.»

E proprio in quel momento il telefono squillò. Senza manco aprire gli occhi Montalbano tese un braccio ad afferrare non tanto la cornetta quanto i lembi fluttuanti del sogno che inesorabilmente svaniva.

«Pronto!» Era rabbioso verso l'importuno.

«Commissario, abbiamo un cliente.» Riconobbe la voce del brigadiere Fazio; l'altro pari grado, Tortorella, se ne stava ancora all'ospedale per una brutta pallottola alla pancia sparatagli da uno che voleva passare per mafioso ed era invece un miserabile cornuto da mezza lira. Nel loro gergo, cliente significava un morto di cui loro dovevano occuparsi.

«Chi è?»

«Ancora non lo sappiamo.»

«Come l'hanno ammazzato?»

«Non lo sappiamo. Anzi, non sappiamo manco se è stato ammazzato.»

«Brigadiè, non ho capito. Tu m'arrisbigli senza sapere una minchia?»

Respirò a fondo per farsi passare l'arrabbiatura che non aveva senso e che l'altro sopportava con santa pacienza.

«Chi l'ha trovato?»

«Due munnizzari alla mànnara, dentro un'automobile.»

«Arrivo subito. Tu intanto telefona a Montelusa, fai venire giù la Scientifica e avverti il giudice Lo Bianco.»

Mentre stava sotto la doccia, arrivò alla conclusione che il morto non poteva che essere un appartenente alla cosca Cuffaro di Vigàta. Otto mesi prima, probabilmente per motivi di delimitazioni territoriali, si era accesa una feroce guerra tra i Cuffaro e i Sinagra di Fela; un morto al mese, alternativamente e con bell'ordine: uno a Vigàta e uno a Fela. L'ultimo, tale Mario Salino, era stato sparato a Fela dai vigatesi, dunque questa volta era toccato evidentemente a uno dei Cuffaro.

Prima di uscire di casa, abitava da solo una villetta proprio sulla spiaggia dalla parte opposta alla mànnara, gli venne desiderio di telefonare a Livia a Genova. Lei rispose subito, assonnata.

«Scusami, ma avevo voglia di sentirti.»

«Stavo sognandoti» fece lei. E aggiunse: «Eri con me».

Montalbano stava per dirle che magari lui l'aveva sognata, ma venne trattenuto da un assurdo pudore. Domandò invece:

«E che facevamo?»

«Quello che non facciamo da troppo tempo» rispose lei.

Al commissariato, a parte il brigadiere, trovò solo tre agenti. Gli altri erano appresso al proprietario di un negozio di vestiti che aveva sparato alla sorella per una questione d'eredità e poi era scappato. Aprì la porta della camera di sicurezza. I due munnizzari erano seduti sulla panca, stretti l'uno all'altro, pallidi malgrado la calura.

«Aspettatemi che poi torno» disse loro Montalbano e i due manco arrispunnèro, rassegnati. Era cosa cògnita che quando uno incappava, per qualsiasi scascione, nella liggi, la facenna si faceva sempre longa.

«Qualcuno di voi ha avvertito i giornalisti?» spiò il commissario ai suoi. Fecero cenno di no.

«Badate: non li voglio tra i coglioni.»

Timidamente, Galluzzo si fece avanti, alzò due dita come per spiare di andare al cesso.

«Manco mio cognato?»

Il cognato di Galluzzo era il giornalista di Televigàta che si occupava di cronaca nera e Montalbano s'immaginò la lite in famiglia se Galluzzo non gli avesse detto niente. Difatti Galluzzo stava facendo occhi piatosi e canini.

«Va bene. Che venga solo dopo la rimozione del cadavere. E niente fotografi.»

Partirono con la macchina di servizio, lasciando Giallombardo di guardia. Al volante ci stava Gallo, oggetto, con Galluzzo, di facili battute tipo «Commissario, che si dice nel pollaio?», e Montalbano, conoscendolo bene, l'ammonì:

«Non ti mettere a correre, non ce n'è bisogno.»

Alla curva della chiesa del Carmine, Peppe Gallo non si tenne più e sgommò, accelerando. Si sentì un colpo secco, come una pistolettata, la macchina sbandò. Scesero: il copertone destro posteriore pendeva scoppiato, a lungo era stato lavorato da una lama affilata, i tagli erano evidenti.

«Cornuti e figli di buttana!» esplose il brigadiere.

Montalbano s'arrabbiò sul serio.

«Ma se lo sapete tutti che una volta ogni quindici giorni ci tagliano le gomme! Cristo! E io ogni mattina

v'avverto: taliatele prima di partire! E voi invece ve ne
fottete, stronzi! Fino a quando qualcuno non ci rimet-
terà l'osso del collo!»

Per una cosa o per l'altra, ci vollero dieci minuti buoni per cangiare la ruota e quando arrivarono alla mànnara, la Scientifica di Montelusa era già sul posto. Era in
fase meditativa, come la chiamava Montalbano: vale a
dire che cinque o sei agenti firriavano torno torno al posto dove c'era l'auto, la testa china, le mani generalmente in tasca o darrè la schiena. Parevano filosofi assorti in
profondi pensieri, invece camminavano con gli occhi
sgriddrati a cercare per terra un indizio, una traccia,
un'orma. Appena lo vide, Jacomuzzi, il capo della Scientifica, gli corse incontro.

«Come mai non ci sono i giornalisti?»

«Non li ho voluti io.»

«Questa volta ti sparano che gli hai fatto bucare una
notizia così.» Era chiaramente agitato. «Lo sai chi è il
morto?»

«No. Dimmelo tu.»

«È l'ingegnere Silvio Luparello.»

«Cazzo!» fece per tutto commento Montalbano.

«E lo sai com'è morto?»

«No. E manco lo voglio sapere. Lo vedrò da me.»

Jacomuzzi tornò tra i suoi, offeso. Il fotografo della
Scientifica aveva finito, ora toccava al dottor Pasquano.
Montalbano vide che il medico era costretto a travagliare in una posizione scomoda, stava col corpo mezzo infilato dentro l'automobile e trafficava verso il posto allato
a quello di guida, dove s'intravedeva una sagoma scura.
Fazio e gli agenti di Vigàta davano una mano ai colleghi
di Montelusa. Il commissario si accese una sigaretta, si
voltò a taliare verso la fabbrica chimica. L'affascinava,
quella rovina. Decise che un giorno sarebbe tornato a
scattare delle fotografie che avrebbe mandato a Livia,

spiegandole, con quelle immagini, cose di sé e della sua terra che la donna ancora non riusciva a capire.

Vide arrivare la macchina del giudice Lo Bianco che scese agitato.

«Ma è proprio vero che il morto è l'ingegnere Luparello?»

Si vede che Jacomuzzi non aveva perduto tempo.

«Pare proprio di sì.»

Il giudice raggiunse il gruppo della Scientifica, cominciò a parlare concitatamente con Jacomuzzi e col dottor Pasquano che aveva estratto dalla borsa una bottiglia di alcool e si disinfettava le mani. Dopo un pezzo bastevole a far sì che Montalbano venisse cotto dal sole, quelli della Scientifica salirono in macchina, partirono. Passandogli allato, Jacomuzzi non lo salutò. Montalbano sentì astutarsi alle sue spalle la sirena di un'ambulanza. Ora toccava a lui, doveva dire e fare, non c'erano santi. Si scosse dal torpore in cui stava crogiolandosi, si diresse verso l'automobile col morto. A metà strada lo bloccò il giudice.

«Il corpo può essere rimosso. E data la notorietà del povero ingegnere, prima ci sbrighiamo e meglio è. Ad ogni modo lei mi tenga giornalmente informato dello sviluppo delle indagini.»

Fece una pausa e poi, a mitigare la perentorietà di quelle parole appena dette:

«Mi telefoni quando lo ritiene opportuno.»

Altra pausa. E quindi:

«Sempre nelle ore d'ufficio, sia chiaro.»

Si allontanò. Nelle ore d'ufficio, e non a casa. A casa, era notorio, il giudice Lo Bianco si dedicava alla stesura di una ponderosa e poderosa opera: *Vita e imprese di Rinaldo e Antonio Lo Bianco, maestri giurati dell'Università di Girgenti, al tempo di re Martino il giovane (1402-1409),* che egli riteneva suoi, per quanto nebulosi, antenati.

«Com'è morto?» spiò al dottore.

«Guardi lei» rispose Pasquano facendosi di lato.

Montalbano infilò la testa dentro l'automobile che pareva un forno (nel caso specifico crematorio), taliò per la prima volta il cadavere e subito pensò al questore.

Pensò al questore non perché fosse sua abitudine elevare il pensiero al superiore gerarchico al principio di ogni indagine, ma solo perché col vecchio questore Burlando, che gli era amico, una decina di giorni prima avevano parlato di un libro di Ariès, *Storia della morte in Occidente*, che avevano entrambi letto. Il questore aveva sostenuto che ogni morte, anche la più abietta, conservava sempre una sua sacralità. Montalbano aveva ribattuto, ed era sincero, che in ogni morte, magari in quella di un papa, non arrinisciva a vederci niente di sacro.

Avrebbe voluto averlo ora al fianco, il signor questore, a taliare quello che lui stava taliando. L'ingegnere era sempre stato un tipo elegante, estremamente curato in ogni dettaglio del corpo, ora però era senza cravatta, la camicia stazzonata, gli occhiali per traverso, la giacchetta col bavero incongruamente alzato a mezzo, i calzini tanto calati e laschi da coprire i mocassini. Ma quello che più colpì il commissario fu la vista dei pantaloni abbassati fino alle ginocchia, le mutande che mostravano il loro bianco all'interno dei pantaloni stessi, la camicia arrotolata assieme alla canottiera fino a metà del petto.

E il sesso oscenamente, sconciamente, esposto, grosso, villoso, in completo contrasto con le minute fattezze del resto del corpo.

«Ma com'è morto?» ripeté la domanda al dottore uscendo dalla macchina.

«Mi pare evidente, no?» rispose Pasquano sgarbato. E continuò: «Lei lo sapeva che il povero ingegnere era stato operato al cuore da un grosso cardiochirurgo di Londra?».

«Veramente non lo sapevo. L'ho visto mercoledì scorso in televisione e m'è parso in perfetta salute.»

«Pareva, ma non era così. Sa, in politica sono tutti come cani. Appena sanno che non puoi difenderti, ti azzannano. Sembra che a Londra gli abbiano messo due bypass, è stata, dicono, una cosa difficile.»

«A Montelusa chi l'aveva in cura?»

«Il mio collega Capuano. Si faceva controllare ogni settimana, ci teneva alla salute, voleva sempre comparire in forma.»

«Che dice, parlo con Capuano?»

«Perfettamente inutile. Quello che è successo qua è di una evidenza palmare. Al povero ingegnere è venuto il capriccio di farsi una bella scopata da queste parti, magari con una troia esotica, se l'è fatta e c'è rimasto.»

Si addunò che lo sguardo di Montalbano era perso.

«Non la convinco?»

«No.»

«E perché?»

«Sinceramente non lo so nemmeno io. Domani mi fa avere i risultati dell'autopsia?»

«Domani?! Ma lei è un pazzo! Prima dell'ingegnere ho quella picciotta di una ventina d'anni stuprata in un casolare e ritrovata mangiata dai cani dieci giorni dopo, poi tocca a Fofò Greco che gli hanno tagliato la lingua e le palle e l'hanno appeso a morire a un albero, poi viene...»

Montalbano troncò il macabro elenco.

«Pasquano, parliamoci chiaro, quando mi fa avere i risultati?»

«Dopodomani, se intanto non mi fanno correre a dritta e a mancina a taliare altri morti.»

Si salutarono. Montalbano chiamò il brigadiere e i suoi uomini, disse loro quello che dovevano fare e quando far caricare il corpo sull'ambulanza. Si fece riaccompagnare al commissariato da Gallo.

«Poi torni indietro a pigliare gli altri. E se ti metti a correre, ti spacco le corna.»

Pino e Saro firmarono il verbale. Nel quale era minutamente descritto ogni loro movimento, prima e dopo la scoperta del cadavere. Dal verbale mancavano due fatti importanti perché i munnizzari si erano ben guardati dal contarli alla liggi. Il primo era che loro avevano riconosciuto quasi subito il morto, il secondo che si erano affrettati ad avvisare della scoperta l'avvocato Rizzo. Se ne tornarono a casa, Pino che pareva lontano di testa e Saro che si toccava di tanto in tanto la sacchetta dentro la quale teneva la collana.

Per ventiquattr'ore almeno non sarebbe capitato niente. Montalbano se ne andò nel pomeriggio alla villetta, si gettò sul letto, calò in un sonno di tre ore. Poi si alzò, e siccome il mare a metà settembre era una tavola, si fece un lungo bagno. Tornato alla villetta, si preparò un piatto di spaghetti con la polpa di ricci di mare, accese la televisione. Tutti i telegiornali locali parlavano naturalmente della morte dell'ingegnere, ne tessevano gli elogi, ogni tanto faceva la sua comparsa qualche politico con la faccia di circostanza a ricordare i meriti del defunto e i problemi che la scomparsa comportava, ma uno che fosse uno, manco l'unico telegiornale d'opposizione, s'azzardò a dire dove e in che modo il compianto Luparello fosse morto.

TRE

Saro e Tana ebbero la mala nottata. Dubbio non c'era che Saro avesse scoperto una trovatura, simile a quella che si contava nei cunti, dove pastori pezzenti s'imbattevano in giarre piene di monete d'oro o in agniddruzza ricoperti di brillanti. Ma qui la quistione era diversa assà dall'antico: la collana, di fattura moderna, era stata persa il giorno avanti, su questo la piniòne era certa, e a stimarla a occhio e croce una fortuna valeva: possibile che nessuno si era apprisintato a dire che era sua? Assittati al tavolino di cucina, la televisione addrumata e la finestra spalancata come ogni sera, per evitare che i vicini, da un minimo mutamento, principiassero a sparlare facendosi occhiuti, Tana ribatté prontamente all'intenzione manifestata dal marito di andarsela a vendere quel giorno stesso, appena rapriva il negozio dei fratelli Siracusa, gioiellieri.

«Prima di tutto» disse, «tu e io siamo persone oneste. E perciò non possiamo andarci a vendere una cosa che non è nostra.»

«Ma che vuoi che facciamo? Che vado dal caposquadra, gli dico che ho trovato la collana, che gliela consegno e che lui la faccia riavere a chi appartiene quando verrà a reclamarla? Tempo dieci minuti quel gran cornuto di Pecorilla se la va a vendere per conto suo.»

«Possiamo fare diversamente. Ci teniamo in casa la collana e intanto avvertiamo Pecorilla. Se qualcuno viene a ripigliarsela, gliela diamo.»

«E che ci guadagniamo?»

«La percentuale, dice che ce n'è una per chi trova cose così. Quanto vale secondo te?»

«Una ventina di milioni» rispose Saro e gli parse di avere sparato una cifra troppo grossa. «Mettiamo perciò che a noi vengono a toccare due milioni. Mi spieghi come facciamo con due milioni a pagare tutte le cure per Nenè?»

Discussero fino all'alba e ci posero fine solo perché Saro doveva andare a travagliare. Ma avevano raggiunto un accordo provvisorio che in parte salvava la loro onestà: la collana se la sarebbero tenuta senza dire una parola a nuddru, avrebbero lasciato passare una simana e poi, se nessuno si fosse apprisentato a dire che era sua, sarebbero andati a impegnarla. Quando Saro, bello e pronto, andò a baciare il figlio, ebbe una sorpresa: Nenè profondamente dormiva, sereno, come se fosse venuto a conoscere che suo padre aveva trovato il modo di farlo addiventare sano.

Magari a Pino quella notte non ci poté sonno. Testa speculativa, gli piaceva il teatro e da attore aveva recitato nelle volenterose, ma sempre più rare, filodrammatiche di Vigàta e dintorni. Di teatro leggeva; appena lo scarso guadagno glielo permetteva, correva nell'unica libreria di Montelusa ad accattarsi commedie e drammi. Viveva con la madre che aveva una piccola pensione, veri e propri problemi di mangiare non ne pativano. Sua madre s'era fatta contare tre volte la scoperta del morto, costringendolo a illustrare meglio un dettaglio, un particolare. Lo faceva per poterlo ricontare il giorno appresso alle sue amiche di chiesa e di mercato, gloriandosi di sé che era venuta a canuscenza di tutte quelle cose e del figlio che era stato tanto bravo da andarsi ad infilare dentro una storia come quella. Verso mezzanotte finalmente se ne era andata a curcarsi e dopo picca pure Pino aveva toccato letto. Ma in quanto a dormire non c'era stato verso, c'era qualcosa che lo faceva votare e rivotare sotto il lenzuolo. Testa speculativa, si è detto, e perciò, dopo due ore

passate invano a tentare di chiudere gli occhi, razional-
mente s'era fatto persuaso che non era cosa, quella era
proprio notte di Natale. Si era alzato, si era fatto una lava-
tina, ed era andato ad assittarsi nello scrittoietto che aveva nella cammara di letto. Ripeté a se stesso il racconto
che aveva fatto alla madre, e tutto andò bene, ogni cosa
tornava, lo zirlìo che aveva in testa si teneva in sottofondo. Era come il gioco di «acqua acqua, foco foco»: fino a
quando ripassava tutto quello che aveva detto, lo zirlìo
pareva dire: acqua, acqua. E quindi il disturbo doveva
per forza nascere da qualche cosa che alla madre non aveva contato. E infatti non le aveva detto le stesse cose che,
d'accordo con Saro, a Montalbano aveva taciute: il pronto riconoscimento del cadavere e la telefonata all'avvocato Rizzo. E qui lo zirlìo si fece fortissimo, vociava: foco,
foco! Allora pigliò carta e penna e trascrisse il dialogo
avuto con l'avvocato parola per parola. Lo rilesse e fece
delle correzioni, sforzandosi la memoria fino a scrivere,
come in un copione di teatro, magari le pause. Quando
l'ebbe davanti, lo rilesse nella versione definitiva. C'era
qualcosa che non funzionava in quel dialogo. Ma oramai
era troppo tardi, doveva andare alla Splendor.

La lettura dei due quotidiani siciliani, uno che si
stampava a Palermo e l'altro a Catania, venne a Montalbano interrotta, verso le dieci del mattino, da una telefonata del questore che gli arrivò in ufficio.

«Devo trasmetterle dei ringraziamenti» esordì il questore.

«Ah, sì? E da parte di chi?»

«Da parte del vescovo e del nostro ministro. Monsi-
gnor Teruzzi si è compiaciuto della carità cristiana, ha
detto proprio così, da lei, come dire, messa in atto nel-
l'evitare che giornalisti e fotografi, privi di scrupoli e di
decenza, potessero ritrarre e diffondere sconce immagini del cadavere.»

«Ma io quell'ordine l'ho dato che ancora non sapevo chi fosse il morto! L'avrei fatto per chiunque.»

«Ne sono al corrente, m'ha riferito tutto Jacomuzzi. Ma perché avrei dovuto rivelare questo trascurabile particolare al santo prelato? Per disilluderlo sulla sua, sua di lei, carità cristiana? È una carità, carissimo, che acquista tanto maggior valore quanto alta è la posizione dell'oggetto della carità stessa, mi spiego? Pensi che il vescovo ha citato persino Pirandello.»

«Ma no!»

«Sì, invece. Ha citato i *Sei personaggi*, quella battuta in cui il padre dice che uno non può restare agganciato per sempre a un gesto poco onorevole, dopo una vita integerrima, a causa di un momentaneo sfaglio. Come a dire: non si può tramandare ai posteri l'immagine dell'ingegnere con i pantaloni momentaneamente calati.»

«E il ministro?»

«Quello Pirandello non l'ha citato perché manco sa dove sta di casa, ma il concetto, tortuoso e bofonchiato, era lo stesso. E dato che appartiene allo stesso partito di Luparello, si è permesso d'aggiungere una parola in più.»

«Quale?»

«Prudenza.»

«Che c'entra la prudenza con questa storia?»

«Non lo so, io la parola gliela passo para para.»

«Dell'autopsia si hanno notizie?»

«Non ancora. Pasquano voleva tenerselo in frigorifero fino a domani, invece l'ho persuaso a esaminarlo o nella tarda mattinata di oggi o nel primo pomeriggio. Ma non credo che da quel lato possano venirci novità.»

«Lo penso anch'io» concluse il commissario.

Ripigliata la lettura dei giornali, Montalbano apprese da essi assai meno di quanto già sapesse su vita, miracoli e recente morte dell'ingegnere Luparello, servirono solo a rinfrescargli la memoria. Erede di una dinastia di costruttori di Montelusa (il nonno aveva progettato la vecchia stazione, il padre il palazzo di giustizia), il giovane Silvio, dopo aver conseguito una brillantissima laurea al Politecnico di Milano, era tornato al paese per continuare e potenziare l'attività della famiglia. Cattolico praticante, aveva in politica seguito le idee del nonno che era stato acceso sturziano (sulle idee del padre, che era stato squadrista e marcia su Roma, si stendeva doveroso silenzio) e si era fatto le ossa alla FUCI, l'organizzazione che raggruppava i giovani cattolici universitari, creandosi una solida rete di amicizie. Da allora, in ogni manifestazione, celebrazione o comizio che fosse, Silvio Luparello compariva a fianco dei maggiorenti del partito, ma sempre un passo indietro, con un sorriso a mezza bocca, a significare che lui stava là per scelta e non per collocazione gerarchica. Officiato più volte a candidarsi alle elezioni politiche o amministrative che fossero, si era tutte le volte sottratto con nobilissime motivazioni, puntualmente portate a pubblica conoscenza, nelle quali si richiamava a quell'umiltà, a quel servire in ombra e in silenzio che erano qualità proprie del cattolico. E in ombra e in silenzio per quasi vent'anni aveva servito, finché un giorno, forte di tutto ciò che nell'ombra aveva visto con occhi acutissimi, si era fatto a sua volta dei servi, primo fra tutti l'onorevole Cusumano. Quindi la livrea l'aveva fatta mettere al senatore Portolano e al deputato Tricomi (ma i giornali li chiamavano «fraterni amici», «devoti seguaci»). In breve tutto il partito, a Montelusa e provincia, era passato nelle sue mani, così come l'ottanta per cento di tutti gli appalti pubblici e privati. Nemmeno il terremoto scatenato da alcuni giudici milanesi, che aveva sconvolto la classe politica al potere da cinquant'anni, l'aveva sfiorato: anzi, essendo sempre stato in secondo piano, ora poteva uscire allo scoperto, mettersi in luce, tuonare contro la corruzione dei suoi compagni di partito. Nel giro di un anno o poco meno era diventato, come alfiere del rinnovamento,

e a furor d'iscritti, segretario provinciale: purtroppo, tra
la trionfale nomina e la morte erano passati solo tre giorni. E un giornale si rammaricava che a un personaggio di
così alta e specchiata statura la sorte maligna non avesse
concesso il tempo di far ritornare il partito agli antichi
splendori. Nel commemorarlo, tutti e due i giornali ne ricordavano concordi la grande generosità e gentilezza d'a-
nimo, la disponibilità a porgere la mano, in ogni dolorosa
occasione, ad amici e nemici senza distinzione di parte.
Con un brivido, Montalbano si ricordò di un filmato che
aveva visto, l'anno prima, trasmesso da una TV locale.
L'ingegnere inaugurava un piccolo orfanotrofio a Belfi, il
paese in cui suo nonno era nato, e al nonno stesso intestato: una ventina di picciliddri, tutti vestiti allo stesso modo, cantavano una canzoncina di ringraziamento all'ingegnere che li ascoltava commosso. Le parole di quella
canzoncina indelebilmente si erano incise nella memoria
del commissario: «Quant'è buono, quant'è bello / l'ingegnere Luparello».

   I giornali, oltre a sorvolare sulle circostanze della
morte, tacevano magari le voci che da anni incontrollate
giravano su affari assai meno pubblici che coinvolgevano l'ingegnere. Si parlava di gare d'appalto truccate, di
tangenti miliardarie, di pressioni spinte fino al ricatto. E
sempre, in questi casi, spuntava il nome dell'avvocato
Rizzo, prima portaborse, poi uomo di fiducia, poi ancora alter ego di Luparello. Ma si trattava sempre di voci,
cose d'aria e di vento. Si diceva magari che Rizzo fosse il
ponte tra l'ingegnere e la mafia e proprio su questo argomento il commissario aveva avuto modo di vedere di
straforo un rapporto riservato che parlava di traffico di
valuta e riciclaggio di denaro sporco. Sospetti, certo, e
niente di più, perché quei sospetti mai avevano avuto
modo di farsi concreti: ogni richiesta di autorizzazione
alle indagini si era persa nei meandri di quello stesso pa-

lazzo di giustizia che il padre dell'ingegnere aveva progettato e costruito.

All'ora di pranzo telefonò alla Squadra Mobile di Montelusa, domandò di parlare con l'ispettrice Ferrara. Era la figlia di un suo compagno di scuola che si era maritato picciotto, una ragazza gradevole e spiritosa che, va' a sapere perché, ogni tanto con lui ci provava.

«Anna? Ho bisogno di te.»

«Ma non mi dire!»

«Hai qualche ora libera nel pomeriggio?»

«Me la procuro, commissario. Sempre a tua disposizione, di giorno e di notte. Ai tuoi ordini o, se vuoi, ai tuoi voleri.»

«Allora passo a prenderti a Montelusa, a casa tua, verso le tre.»

«Mi riempi di gioia.»

«Ah, senti, Anna: vestiti da femmina.»

«Tacchi altissimi, spacco sulla coscia?»

«Volevo semplicemente dire di non presentarti in divisa.»

Al secondo colpo di clacson Anna uscì dal portone puntualissima, gonna e camicetta. Non fece domande, si limitò a baciare Montalbano sulla guancia. Quando la macchina imboccò il primo dei tre viottoli che dalla provinciale portavano alla mànnara, solo allora parlò.

«Se vuoi scoparmi, portami a casa tua, qui non mi piace.»

Nella mànnara c'erano solo due o tre automobili, ma le persone che le occupavano chiaramente non appartenevano al giro notturno di Gegè Gullotta, erano studenti e studentesse, borghesi coppie che non trovavano altro loco. Montalbano percorse il viottolo sino alla fine, frenò che già le ruote anteriori affondavano nella rena. Il grosso cespuglio allato al quale era stata ritrovata la BMW dell'ingegnere restava sulla sinistra, irraggiungibile per quella via.

«È quello il posto dove l'hanno trovato?» spiò Anna.

«Sì.»

«Che stai cercando?»

«Non lo so manco io. Scendiamo.»

Si avviarono verso la battigia, Montalbano la prese per la vita, la strinse e lei appoggiò la testa alla spalla di lui, con un sorriso. Ora capiva perché il commissario l'aveva invitata, era tutto un teatro, in due erano solo una coppia d'innamorati o di amanti che nella mànnara trovavano modo d'isolarsi. Anonimi, non avrebbero destato curiosità.

"Che figlio di buona madre!" pensò. "Se ne fotte di quello che io provo per lui."

A un certo momento Montalbano si fermò, spalle al mare. La macchia era davanti a loro, distava in linea d'aria un centinaio di metri. Non c'era possibilità di dubbio: la BMW era venuta non dai viottoli ma dal lato della spiaggia e si era fermata, dopo aver girato verso la macchia, con il muso rivolto alla vecchia fabbrica, vale a dire nella posizione esattamente inversa a quella che tutte le automobili che provenivano dalla provinciale dovevano di necessità assumere, non essendoci spazio alcuno di manovra. Chi voleva tornare sulla provinciale, non aveva altra possibilità che rifare i viottoli a marcia indietro. Camminò per un altro tratto, sempre tenendo abbracciata Anna, a testa bassa: non trovò traccia di pneumatici, il mare aveva cancellato tutto.

«E ora che facciamo?»

«Prima telefono a Fazio e poi ti riaccompagno a casa.»

«Commissario, mi permetti di dirti una cosa in tutta sincerità?»

«Certo.»

«Sei uno stronzo.»

QUATTRO

«Commissario? Sono Pasquano. Mi vuole per favore spiegare dove cavolo si è andato a cacciare? È da tre ore che la cerco, al commissariato non sapevano niente.»

«Ce l'ha con me, dottore?»

«Con lei? Con l'universo creato!»

«Che le hanno fatto?»

«Mi hanno costretto a dare la precedenza a Luparello, esattamente come avveniva quando era in vita. Anche dopo morto quest'uomo deve stare avanti agli altri? Avrà un posto in prima fila magari al cimitero?»

«Voleva dirmi qualcosa?»

«Le anticipo quello che le manderò per iscritto. Niente di niente, la bonarma è morta per cause naturali.»

«E cioè?»

«Gli è, parlando in termini non scientifici, scoppiato il cuore, letteralmente. Per il resto stava bene, sa? Non gli funzionava solo la pompa, ed è quella che l'ha fottuto, anche se avevano tentato egregiamente di ripararla.»

«Sul corpo c'erano altri segni?»

«Di che?»

«Mah, non so, ecchimosi, iniezioni.»

«Gliel'ho detto: niente. Non sono nato oggi, sa? E per di più ho chiesto e ottenuto che all'autopsia assistesse il mio collega Capuano, suo medico curante.»

«S'è guardato le spalle eh, dottore?»

«Che ha detto?!»

«Una stronzata, mi scusi. Aveva altre malattie?»

«Perché torna daccapo a dodici? Non aveva niente, solo la pressione un pochino alta. Si curava con un diu-

retico, pigliava una pastiglia al giovedì e alla domenica
di prima mattina.»

«Quindi domenica, quand'è morto, l'aveva presa.»

«E con ciò? Che cavolo vuole significare? Che gli
hanno avvelenato la pastiglia di diuretico? Crede di essere ancora ai tempi dei Borgia? O si è messo a leggere
libri gialli di scarto? Se fosse stato avvelenato me ne sarei accorto, no?»

«Aveva cenato?»

«Non aveva cenato.»

«Può dirmi a che ora è morto?»

«Mi ci fate uscire pazzo, con questa domanda. Vi lasciate suggestionare dalle pellicole americane dove appena il poliziotto domanda a che ora è avvenuto il delitto, il medico legale risponde che l'assassino ha
terminato la sua opera alle diciotto e trentadue, secondo più secondo meno, di trentasei giorni prima. L'ha visto anche lei che il cadavere non era ancora rigido, no?
L'ha sentita anche lei la calura che c'era dentro quella
macchina, no?»

«E allora?»

«E allora la bonarma se ne è andata tra le diciannove
e le ventidue del giorno prima che venisse trovata.»

«Nient'altro?»

«Nient'altro. Ah, mi scordavo: l'ingegnere è morto sì,
ma è riuscito a farsela, la scopatina. C'erano residui di
sperma verso le parti basse.»

«Signor questore? Sono Montalbano. Desidero dirle
che mi ha appena telefonato il dottor Pasquano. Ha fatto l'autopsia.»

«Montalbano, si risparmi il fiato. So tutto, verso le
quattordici mi ha chiamato Jacomuzzi ch'era presente e
m'ha informato. Che bello!»

«Non capisco, mi scusi.»

«Mi pare bello che qualcuno, in questa nostra splendida provincia, si decida a morire di morte naturale, dando il buon esempio. Non trova? Altre due o tre morti come questa dell'ingegnere e ci rimettiamo in carreggiata col resto dell'Italia. Ha parlato con Lo Bianco?»

«Non ancora.»

«Lo faccia subito. Gli dica che da parte nostra non ci sono più problemi. Possono fare il funerale quando vogliono, se il giudice ritiene di dare il nulla osta. Ma quello non aspetta altro. Senta, Montalbano, stamattina mi sono scordato di dirglielo, mia moglie si è inventata una strepitosa ricetta per i polipetti. Le andrebbe bene questo venerdì sera?»

«Montalbano? Sono Lo Bianco. Voglio metterla al corrente. Nel primo pomeriggio ho ricevuto una telefonata del dottor Jacomuzzi.»

"Che carriera sprecata!" pensò fulmineo Montalbano. "In altri tempi Jacomuzzi sarebbe stato un meraviglioso banditore di piazza, di quelli che se ne andavano in giro col tamburo."

«Mi ha comunicato che l'autopsia non ha rilevato nulla d'anormale» proseguì il giudice. «E quindi ho autorizzato l'inumazione. Lei non ha nulla in contrario?»

«Nulla.»

«Posso allora ritenere il caso chiuso?»

«Può darmi ancora due giorni di tempo?»

Sentì, materialmente sentì, scattare i campanelli d'allarme nella testa dell'interlocutore.

«Perché, Montalbano, che c'è?»

«Niente, giudice, proprio niente.»

«E allora, santo Iddio? Glielo confesso, commissario, non ho nessuna difficoltà, tanto io quanto il procuratore capo, quanto il prefetto e il questore, abbiamo ricevuto pressanti sollecitazioni perché la storia venga chiusa nel più breve tempo possibile. Niente d'illegale, s'intende. Doverose preghiere da parte di chi, famigliari e amici di partito, questa brutta storia vuole al più presto dimenticare e far dimenticare. E con ragione, a mio avviso.»

«Capisco, giudice. Ma a me occorrono non più di due giorni.»

«Ma perché? Mi dia una ragione!»

Trovò una risposta, una scappatoia. Non poteva certo contargli che la sua richiesta si basava sul nulla, o meglio, sulla sensazione di sentirsi, e non sapeva né come né perché, fatto fesso da qualcuno che al momento si dimostrava più sperto di lui.

«Se proprio vuole saperlo, lo faccio per l'occhio della gente. Non voglio che qualcuno metta in giro la voce che abbiamo archiviato di prescia solo perché non avevamo intenzione di andare a fondo della cosa. Sa, ci vuole niente a far nascere quest'idea.»

«Se è così, sono d'accordo. Le concedo queste quarantotto ore. Ma non un minuto di più. Cerchi di capire la situazione.»

«Gegè? Come stai bello? Scusami se ti sveglio alle sei e mezza di dopopranzo.»

«Minchia d'una minchia!»

«Gegè, ti pare modo di parlare a un rappresentante della liggi, tu che davanti alla liggi non puoi fare altro che metterti a cacare dentro i càvusi? A proposito di minchia, è vero che te la fai con un negro di quaranta?»

«Di quaranta cosa?»

«Lunghezza della canna.»

«Non fare lo stronzo. Che vuoi?»

«Voglio parlarti.»

«Quando?»

«Stasera alla tarda. Dimmi tu l'ora.»

«Facciamo a mezzanotte.»

«Dove?»

«Al solito posto, a Puntasecca.»

«Ti bacio sulla boccuccia bella, Gegè.»

«Dottor Montalbano? Sono il prefetto Squatrìto. Il giudice Lo Bianco mi ha testé comunicato che lei ha chiesto altre ventiquattr'ore, o quarantotto, non ricordo bene, per chiudere il caso del povero ingegnere. Il dottor Jacomuzzi, che sempre cortesemente ha voluto tenermi informato degli sviluppi, mi ha fatto sapere che l'autopsia ha stabilito, inequivocabilmente, che Luparello è deceduto per cause naturali. Lungi da me l'idea, che dico l'idea, meno ancora, di una qualsiasi interferenza, che poi non ci sarebbe ragione alcuna, ma sono a domandarle: perché questa richiesta?»

«La mia richiesta, signor prefetto, come ho già detto al dottor Lo Bianco e ribadisco a lei, è dettata da una volontà di trasparenza, allo scopo di troncare sul nascere ogni malevola illazione su una possibile intenzione della Polizia di non acclarare i risvolti del fatto e archiviare senza i dovuti accertamenti. Tutto qui.»

Il prefetto si dichiarò soddisfatto della risposta, e del resto Montalbano aveva accuratamente scelto due verbi (acclarare e ribadire) e un sostantivo (trasparenza) che da sempre rientravano nel vocabolario del prefetto.

«Sono Anna, scusami se ti disturbo.»

«Perché parli così? Sei raffreddata?»

«No, sono in ufficio, alla Mobile, e non voglio che mi sentano.»

«Dimmi.»

«Jacomuzzi ha telefonato al mio capo, dicendo che tu ancora non vuoi chiudere con Luparello. Il mio capo ha detto che tu sei il solito stronzo, opinione che io condivido e che, del resto, ho avuto modo di esprimerti qualche ora fa.»

«Mi telefoni per questo? Grazie della conferma.»

«Commissario, devo dirti un'altra cosa che ho saputo appena ti ho lasciato, quando sono tornata qua.»

«Sono nella merda fino al collo, Anna. Domani.»

«Non è cosa da perderci tempo. Ti può interessare.»

«Guarda che io fino all'una, l'una e mezza di stanotte sono impegnato. Se puoi fare un salto ora, va bene.»

«Ora non ce la faccio. Vengo a casa tua alle due.»

«Stanotte?!»

«Sì, e se non ci sei, aspetto.»

«Pronto, amore? Sono Livia. Mi dispiace telefonarti in ufficio, ma...»

«Tu puoi telefonarmi quando e dove ti pare. Che c'è?»

«Niente d'importante. Ho letto or ora su di un giornale della morte di un uomo politico delle tue parti. È appena un trafiletto, dice che il commissario Salvo Montalbano sta svolgendo accurati accertamenti sulle cause della morte.»

«E beh?»

«Questa morte ti porta rogne?»

«Non tantissime.»

«Quindi non cambia nulla? Sabato prossimo mi vieni a trovare? Non mi farai avere qualche brutta sorpresa?»

«Quale?»

«L'impacciata telefonatina che mi comunica che l'indagine ha avuto una svolta e che quindi io dovrò aspettare, ma non sai fino a quando e che magari è meglio rimandare di una settimana. L'hai già fatto, e più di una volta.»

«Stai tranquilla, questa volta ce la farò.»

«Dottor Montalbano? Sono padre Arcangelo Baldovino, il segretario di Sua Eccellenza il vescovo.»

«Piacere. Mi dica, padre.»

«Il vescovo ha appreso, e con un certo stupore, lo confessiamo, la notizia che lei ritiene opportuno un prolungamento d'indagini sulla dolorosa e sventurata scomparsa dell'ingegnere Luparello. La notizia risponde al vero?»

Rispondeva al vero, gli confermò Montalbano e per la terza volta spiegò le ragioni di quel suo modo d'agire. Padre Baldovino parse convincersi, ma supplicò il commissario di fare presto, «al fine d'impedire ignobili speculazioni e risparmiare alla già addolorata famiglia un ulteriore strazio».

«Commissario Montalbano? Parla l'ingegnere Luparello.»

"Oh cazzo, ma non eri morto?"

La battutaccia stava per scappare a Montalbano che però si fermò appena in tempo.

«Sono il figlio» continuò l'altro, voce educata, civilissima, nessuna inflessione dialettale. «Mi chiamo Stefano. Ho da rivolgere alla sua cortesia una richiesta che forse le parrà insolita. Sto telefonandole per conto di mamma.»

«Se posso, s'immagini.»

«La mamma vorrebbe incontrarla.»

«Perché insolita, ingegnere? Mi ripromettevo io stesso, uno di questi giorni, di chiedere alla signora di ricevermi.»

«Il fatto è, commissario, che la mamma desidererebbe incontrarla entro domani al più tardi.»

«Dio mio, ingegnere, in questi giorni non ho un minuto, mi creda. E anche voi, penso.»

«Dieci minuti si trovano, non si preoccupi. Le va bene domani pomeriggio alle diciassette in punto?»

«Montalbano, lo so che ti ho fatto aspettare, ma mi trovavo...»

«... nel cesso, nel tuo regno.»

«Dai, che vuoi?»

«Ti volevo informare di una cosa grave. Mi ha appena telefonato il papa, dal Vaticano, incazzatissimo con te.»

«Ma che dici?!»

«Eh sì, è furente perché è l'unica persona al mondo a non aver ricevuto il tuo rapporto sui risultati dell'autopsia di Luparello. Si è sentito trascurato, ha l'intenzione, me l'ha fatto capire, di scomunicarti. Sei fottuto.»

«Montalbà, tu sei completamente fuori di testa.»

«Mi levi una curiosità?»

«Certo.»

«Tu lecchi il culo alla gente per ambizione o per natura?»

La sincerità della risposta dell'altro lo stupì.

«Per natura, credo.»

«Senti, avete finito d'esaminare gli abiti che indossava l'ingegnere? Avete trovato niente?»

«Abbiamo trovato quello che era in un certo senso prevedibile. Tracce di sperma sulle mutande e sui pantaloni.»

«E nella macchina?»

«Stiamo ancora esaminandola.»

«Grazie. Tornatene a cacare.»

«Commissario? Sto telefonando da una cabina sulla provinciale, vicino alla vecchia fabbrica. Ho fatto quello che lei mi aveva domandato.»

«Dimmi, Fazio.»

«Lei aveva perfettamente ragione. La BMW di Luparello è venuta da Montelusa e non da Vigàta.»

«Ne sei certo?»

«Dalla parte di Vigàta la spiaggia è interrotta da blocchi di cemento, non si passa, avrebbe dovuto volare.»

«Hai scoperto il percorso che può avere fatto?»

«Sì, ma è una pazzia.»

«Spiegati meglio. Perché?»

«Perché mentre da Montelusa verso Vigàta ci sono decine e decine di strade e straduzze che uno può pigliare per non farsi notare, a un certo punto, per arrivare alla mànnara, la macchina dell'ingegnere ha dovuto farsi il letto asciutto del Canneto.»

«Il Canneto? Se è impraticabile!»

«Ma io l'ho fatto, e quindi può avercela fatta qualche altro. È completamente a secco. Solo che la mia automobile s'è scassata le sospensioni. E dato che lei non ha voluto che pigliassi la macchina di servizio, mi toccherà...»

«Te la pago io, la riparazione. C'è altro?»

«Sì. Proprio uscendo dal letto del Canneto e avviandosi sulla rena, le ruote della BMW hanno lasciato il segno. Se avvertiamo il dottor Jacomuzzi subito, possiamo far prelevare il calco.»

«Lascialo fottere, Jacomuzzi.»

«Come comanda lei. Le occorre altro?»

«No, Fazio, torna. Grazie.»

CINQUE

La spiaggetta di Puntasecca, una striscia di sabbia compatta a ridosso di una collina di marna bianca, era a quell'ora deserta. Quando il commissario arrivò, Gegè era già ad aspettarlo, fumava una sigaretta appoggiato alla sua automobile.

«Scendi, Salvù» disse a Montalbano, «godiamoci tanticchia di quest'aria buona.»

Stettero un poco in silenzio, a fumare. Poi Gegè, astutata la sigaretta, parlò.

«Salvù, io lo so quello che vuoi spiarmi. E mi sono preparato bene, puoi interrogarmi magari a saltare.»

Sorrisero al comune ricordo. Si erano conosciuti alla primina, la scuoletta privata che precedeva le elementari, e la maestra era la signorina Marianna, sorella di Gegè, più grande di lui di quindici anni. Salvo e Gegè erano scolari svogliati, imparavano le lezioni a pappagallo e pappagallescamente le ripetevano. C'erano giorni però in cui la maestra Marianna non si contentava di quelle litanie e allora principiava l'interrogazione a saltare, vale a dire senza seguire l'ordinata fila dei dati: qui erano dolori, perché bisognava avere capito, avere istituito nessi logici.

«Come sta to' soro?» spiò il commissario.

«L'ho portata a Barcellona, che c'è una clinica specializzata pi l'occhi. Pare che fanno miracoli. M'hanno detto che almeno l'occhio destro ce la faranno a farglielo recuperare in parte.»

«Quando la vedi, falle i miei auguri.»

«Non mancherò. Ti stavo dicendo che mi sono preparato. Attacca con le domande.»

«Quante persone amministri alla mànnara?»

«Ventotto fra troie e garrusi di vario genere. Più Filippo di Cosmo e Manuele Lo Pìparo che stanno lì a badare che non succedano bordelli, tu capisci che basta un minimo e mi trovo fottuto.»

«Occhi aperti, perciò.»

«Certo. Tu lo capisci il danno che me ne può venire, che ne so, da un'azzuffatina, una coltellata, un'overdose?»

«Ti tieni sempre alle droghe leggere?»

«Sempre. Erba, e al massimo cocaina. Domanda agli spazzini se alla matina trovano una siringa che sia una, domanda.»

«Ti credo.»

«E poi Giambalvo, il capo della Buoncostume, mi sta proprio di sopra. Mi sopporta – dice – solo se non faccio nascere complicazioni, se non gli rompo i coglioni con qualcosa di grosso.»

«Lo capisco, Giambalvo: si preoccupa di non essere costretto a chiuderti la mànnara. Verrebbe a perdere quello che gli passi sottobanco. Che gli dai, un mensile, una percentuale fissa? Quanto gli dai?»

Gegè sorrise.

«Fatti trasferire alla Buoncostume e lo vieni a scoprire. A me farebbe piacere, così aiuto un miserabile come a tia che campa di solo stipendio e se ne va in giro con le pezze al culo.»

«Grazie del complimento. Ora parlami di quella notte.»

«Dunque, potevano essere le dieci, le dieci e mezza, quando Milly, che stava travagliando, ha visto i fari di un'automobile che, venendo dalla latata di Montelusa ranto il mare, si dirigeva, correndo, alla mànnara. Si scantò.»

«Chi è questa Milly?»

«Si chiama Giuseppina La Volpe, è nata a Mistretta e ha trent'anni. È una femmina sveglia.»

Tirò fuori dalla sacchetta un foglio ripiegato, lo porse a Montalbano.

«Qua ci ho scritto i nomi e i cognomi veri. E magari l'indirizzo, nel caso volessi parlarci di persona.»

«Perché dici che Milly si spaventò?»

«Perché un'automobile da quella parte non sarebbe potuta arrivare, a meno di scendere per il Canneto, che uno capace che si rompe macchina e corna. Prima pensò a un'alzata d'ingegno di Giambalvo, una retata senza preavviso. Poi rifletté che non poteva essere la Buoncostume, una retata non si fa con una macchina sola. Si scantò allora chiù assà, perché gli venne in mente che potevano essere quelli di Monterosso, che mi stanno facendo la guerra per levarmi la mànnara. E magari ci scappava una sparatoria: per essere pronta in ogni momento a fùire, si mise a taliare fissa la macchina, e il suo cliente protestò. Fece in tempo però a vedere che l'automobile girava, si dirigeva sparata verso la macchia vicina, quasi vi entrava dentro, si fermava.»

«Non mi stai portando novità, Gegè.»

«L'uomo che aveva scopato con Milly, la scaricò e a marcia indietro si fece il viottolo verso la provinciale. Milly si mise ad aspettare un altro travaglio, camminando avanti e indietro. Allo stesso posto dove prima ci stava lei, arrivò Carmen con uno affezionato che la viene a trovare ogni sabato e ogni domenica, sempre allo stesso orario e ci passa le ore. Il nome vero di Carmen è nel foglio che ti ho dato.»

«C'è magari l'indirizzo?»

«Sì. Prima che il cliente spegnesse i fari, Carmen vide che i due nella BMW già ficcavano.»

«Ti ha detto cosa esattamente ha visto?»

«Sì, questione di pochi secondi, ma ha visto. Magari perché era rimasta impressionata, automobili di quel tipo alla mànnara non se ne vedono. Dunque, la femmina che era al posto di guida – già, me l'ero scordato, Milly ha detto che era lei che guidava – si è rigirata, è salita sulle gambe dell'uomo che le stava allato, ha armeggiato tanticchia con le mani in basso, che non si vedevano, e poi ha pigliato ad andare su e giù. O te lo sei scordato come si fa a fottere?»

«Non credo. Ma facciamo la prova. Quando hai finito di contare quello che mi devi, ti cali i pantaloni, appoggi le belle manine al cofano, ti metti culo a ponte. Se mi sono scordato qualche cosa, me l'arricordi. Vai avanti, non mi fare perdere tempo.»

«Quando hanno finito, la femmina ha aperto lo sportello ed è scesa, si è aggiustata la gonna, ha richiuso. L'uomo, invece di rimettere in moto e partire, se n'è rimasto al suo posto, la testa appoggiata all'indietro. La femmina è passata rasente la macchina di Carmen e proprio in quel momento è stata pigliata in pieno dai fari di un'automobile. Era una bella fìmmina, bionda, elegante. Teneva nella sinistra una borsa a sacco. Si è diretta verso la vecchia fabbrica.»

«C'è altro?»

«Sì. Manuele, che stava facendo un giro di controllo, l'ha vista che usciva dalla mànnara e si dirigeva verso la provinciale. Siccome non gli parse, da com'era vestita, cosa di mànnara, girò per seguirla ma una macchina le diede un passaggio.»

«Fermati un attimo, Gegè. Manuele la vide che se ne stava ferma, col pollice alzato, ad aspettare che qualcuno la pigliasse a bordo?»

«Salvù, ma come fai? Sei proprio uno sbirro nato.»

«Perché?»

«Perché è proprio su questo punto che Manuele non è persuaso. Vale a dire che lui non vide la fìmmina fare segnale, eppure una macchina si fermò. Non solo, Manuele ebbe l'impressione che l'auto, che marciava a velocità, avesse addirittura già lo sportello aperto quando frenò per farla acchianare. Manuele non ci pensò manco a pigliare il numero di targa, non c'era ragione.»

«Già. E dell'uomo della BMW, di Luparello, sai dirmi niente?»

«Poco, aveva gli occhiali, una giacca che non si è levato mai, malgrado la scopata e la gran calura. C'è un punto però in cui il racconto di Milly non appatta con quello di Carmen. Milly dice che quando l'automobile arrivò, gli parve che l'uomo aveva una cravatta o un fazzoletto nero attorno al collo, Carmen sostiene che quando lo vide lei l'uomo aveva la camicia aperta e basta. Mi pare cosa di poco, però, l'ingegnere la cravatta può essersela levata mentre scopava, magari gli dava fastidio.»

«La cravatta sì e la giacca no? Non è cosa di poco conto, Gegè, perché dentro la macchina non è stata trovata nessuna cravatta e nessun fazzoletto.»

«Questo non significa, può essere caduta sulla rena quando la fimmina è scesa.»

«Gli uomini di Jacomuzzi hanno rastrellato, non hanno trovato niente.»

Stettero in silenzio, pensierosi.

«Forse c'è una spiegazione per quello che ha visto Milly» disse a un tratto Gegè. «Non si trattava né di cravatta né di fazzoletto. L'uomo aveva ancora la cintura di sicurezza – capirai, si erano fatti il letto del Canneto, pieno di pietre com'è – e se l'è sganciata quando la fimmina gli è acchianata sopra le gambe, la cintura sì che gli avrebbe dato fastidio grosso.»

«Può darsi.»

«Salvù, ti ho detto tutto quello che sono riuscito a sapere su questa facenna. E te lo sto dicendo nel mio stesso interesse. Perché a me non mi ha fatto comodo che un pezzo grosso come Luparello se ne venisse a crepare alla mànnara. Ora gli occhi di tutti sono appuntati lì, e tu prima la finisci con l'indagine, meglio è. Dopo due giorni la gente se ne scorda e tutti torniamo a travagliare tranquilli. Me ne posso andare? A quest'ora, alla mànnara, siamo in pieno traffico.»

«Aspetta. Tu che opinione ti sei fatta?»

«Io? Lo sbirro sei tu. Ad ogni modo, per farti piacere,

ti dico che la cosa mi feti, mi puzza. Facciamo conto che la fimmina sia una buttana d'alto bordo, forastera. Che mi vuoi venire a contare che Luparello non sa dove portarsela?»

«Gegè, tu lo sai cos'è una perversione?»

«A me lo vieni a spiare? Io te ne posso contare certe che tu ti metti a vomitare sulle mie scarpe. Lo so quello che vuoi dirmi, che i due se ne sono venuti alla mànnara perché il posto li avrebbe eccitati di più. E qualche volta è successo. Lo sai che una notte s'apprisintò un giudice con la scorta?»

«Davvero? E chi era?»

«Il giudice Cosentino, il nome te lo posso fare. La sera prima che lo mandassero a casa a pedate nel culo, arrivò alla mànnara con una macchina di scorta, pigliò un travestito e se lo fotté.»

«E la scorta?»

«Si fece una lunga passiata a ripa di mare. Però, tornando al discorso: Cosentino sapeva d'essere segnato e s'è passato lo sfizio. Ma l'ingegnere che interesse aveva? Non era un uomo di queste cose. Le fimmine gli piacevano, lo sanno tutti, ma con prudenza, senza farsi vedere. E chi è la fimmina capace di fargli mettere in pericolo tutto quello che era e che rappresentava solo per una scopata? Non mi persuade, Salvù.»

«Prosegui.»

«Se invece facciamo conto che la fimmina non era buttana, peggio mi sento. Meno che mai si sarebbero fatti vedere alla mànnara. E poi: la macchina era guidata dalla fimmina, questo è sicuro. A parte il fatto che nessuno affida una macchina che vale quello che vale a una buttana, quella fimmina doveva essere una da fare spavento. Prima non ha problemi a farsi la discesa del Canneto, poi, quando l'ingegnere le muore tra le cosce, si alza tranquilla, scende, s'aggiusta, chiude lo sportello e via. Ti pare normale?»

«Non mi pare normale.»

A questo punto Gegè si mise a ridere, accese l'accendino.

«Che ti piglia?»

«Vieni qua, garruso. Avvicina la faccia.»

Il commissario eseguì e Gegè gli illuminò gli occhi. Poi spense.

«Ho capito. I pensieri che sono venuti a te, omu di liggi, sono precisi intìfichi a quelli che sono venuti a mia, omu di delinquenza. E tu volevi solo vedere se appattavano, eh, Salvù?»

«Sì, c'inzertasti.»

«Difficile che mi sbaglio, cu tia. Ti saluto, va'.»

«Grazie» disse Montalbano.

Il commissario partì per primo, ma dopo poco venne affiancato dall'amico che gli fece cenno di rallentare.

«Che vuoi?»

«Non so dove ho la testa, te lo volevo dire prima. Ma lo sai che eri veramente grazioso, oggi dopopranzo, alla mànnara, mano nella mano con l'ispettrice Ferrara?»

E accelerò, mettendo una distanza di sicurezza tra lui e il commissario, poi alzò un braccio a salutarlo.

Tornato a casa, appuntò qualche dettaglio che Gegè gli aveva fornito, ma gli calò presto sonno. Taliò l'orologio, vide che l'una era passata da poco e se ne andò a dormire. Lo svegliò l'insistente suono del campanello alla porta d'entrata, gli occhi gli corsero alla sveglia, erano le due e un quarto. Si alzò faticosamente, sul primo sonno aveva sempre riflessi lenti.

«Chi cazzo è, a quest'ora?»

In mutande come si trovava, andò ad aprire.

«Ciao» gli disse Anna.

Se n'era completamente scordato, la ragazza gli aveva detto che sarebbe venuta a trovarlo verso quell'ora. Anna lo stava squadrando.

«Vedo che sei in tenuta giusta» disse, ed entrò.

«Dimmi quello che mi devi dire e poi fila a casa, sono stanco morto.»

Montalbano era veramente seccato per l'intrusione, andò nella camera da letto, infilò un paio di pantaloni e una camicia, tornò nella sala da pranzo. Anna non c'era, stava in cucina, aveva aperto il frigorifero e già addentava un panino al prosciutto.

«Ho una fame che non ci vedo.»

«Parla mentre mangi.»

Montalbano mise sul gas la napoletana.

«Ti fai un caffè? A quest'ora? Ma poi ce la fai a riaddormentarti?»

«Anna, per favore.» Non riusciva a essere cortese.

«Va bene. Oggi pomeriggio, dopo che ci siamo lasciati, ho saputo da un collega, il quale a sua volta era stato informato da un confidente, che da ieri, martedì, a matina, un tale s'è firriato tutti i gioiellieri, i ricettatori e i monti di pegno clandestini e no, per dare un avvertimento: se qualcuno si presentava per vendere o impegnare un certo gioiello, lo dovevano avvertire. Si tratta di una collana, la catena di oro massiccio, il pendaglio a forma di cuore coperto di brillanti. Una cosa che trovi alla Standa a diecimila lire, solo che questa è vera.»

«E come lo devono avvertire, con una telefonata?»

«Non scherzare. A ognuno ha detto di fare un segnale diverso, che so, mettere alla finestra un panno verde o impicciare al portone un pezzo di giornale e cose simili. Furbo, così lui vede senza essere visto.»

«D'accordo, ma a me...»

«Lasciami finire. Da come parlava e da come si muoveva, la gente interpellata ha capito che era meglio fare quello che lui diceva. Poi abbiamo saputo che altre persone, contemporaneamente, facevano lo stesso giro delle sette chiese in tutti i paesi della provincia, Vigàta compresa. Quindi chi l'ha persa, la collana la rivuole.»

«Non ci vedo niente di male. Ma perché secondo la tua testa la cosa dovrebbe interessarmi?»

«Perché a un ricettatore di Montelusa l'uomo ha detto che la collana era stata forse persa alla mànnara nella nottata tra domenica e lunedì. Ora la cosa t'interessa?»

«Fino a un certo punto.»

«Lo so, può essere una coincidenza e non entrarci per niente con la morte di Luparello.»

«Comunque ti ringrazio. Ora tornatene a casa che è tardi.»

Il caffè era pronto, Montalbano se ne versò una tazza e naturalmente Anna s'approfittò dell'occasione.

«E a me niente?»

Con santa pacienza, il commissario riempì un'altra tazza e gliela porse. Anna gli piaceva, ma possibile che non capisse che lui era preso da un'altra donna?

«No» disse a un tratto Anna smettendo di bere.

«No cosa?»

«Non voglio tornare a casa. Ti dispiace proprio tanto se stanotte rimango qua con te?»

«Sì, mi dispiace.»

«Ma perché?!»

«Sono troppo amico di tuo padre, mi parrebbe di fargli torto.»

«Che stronzata!»

«Sarà una stronzata, ma è così. E poi ti stai scordando che io sono innamorato, e sul serio, di un'altra donna.»

«Che non c'è.»

«Non c'è ma è come se ci fosse. Non essere stupida e non dire cose stupide. Sei stata sfortunata, Anna, hai a che fare con un uomo onesto. Mi dispiace. Scusami.»

Non riusciva a pigliare sonno. Anna aveva avuto ragione d'avvertirlo, il caffè l'avrebbe tenuto sveglio. Ma c'era altro che lo faceva innervosire: se quella collana era stata persa alla mànnara, sicuramente magari Gegè ne era stato messo al corrente. Ma Gegè si era guardato dal parlargliene, e sicuramente non perché si trattava di un fatto insignificante.

SEI

Alle cinque e mezzo del mattino, dopo aver trascorso la nottata continuamente alzandosi e rimettendosi a letto, Montalbano decise un piano per Gegè, facendogli indirettamente pagare il silenzio sulla collana perduta e lo sfottò che gli aveva fatto per la visita alla mànnara. Fece una lunga doccia, bevve tre caffè di fila, si mise in macchina. Arrivato al Rabàto, il quartiere più antico di Montelusa, andato distrutto trent'anni prima per una frana e ora abitato nei ruderi riaggiustati alla meglio, nelle casupole lesionate e cadenti, da tunisini e marocchini arrivati clandestinamente, si diresse per vicoli stretti e tortuosi a piazza Santa Croce: la chiesa era rimasta intatta tra le rovine. Cavò fuori dalla sacchetta il foglietto che gli aveva dato Gegè: Carmen, al secolo Fatma ben Gallud, tunisina, abitava al numero 48. Era un catojo miserabile, una stanzetta a piano terra, con una finestrella aperta nel legno della porta d'ingresso per far circolare l'aria. Bussò e nessuno rispose. Bussò ancora più forte e questa volta una voce assonnata domandò:

«Chi?»

«Polizia» sparò Montalbano. Aveva deciso di giocare pesante cogliendola nel torpore del risveglio improvviso. Oltretutto Fatma, per il suo lavoro alla mànnara, doveva aver dormito assai meno di lui. La porta venne aperta, la donna si copriva con un grande asciugamano da spiaggia che teneva con una mano all'altezza del petto.

«Che vuoi?»

«Parlarti.»

Si fece di lato. Nel catojo c'era un letto matrimoniale

disfatto a metà, un tavolo piccolo con due sedie, un fornelletto a gas; una tenda di plastica divideva il lavabo e la tazza del cesso dal resto della stanza. Tutto sparluccicava in un ordine perfetto. Ma nel catojo l'odore di lei e del profumo dozzinale che usava toglievano quasi il respiro.

«Fammi vedere il permesso di soggiorno.»

Come per un moto di paura, la donna lasciò cadere l'asciugamano, portando le mani a coprirsi gli occhi. Gambe lunghe, vita stretta, pancia piatta, seni alti e sodi, una vera femmina, come quelle che si vedevano in televisione per la pubblicità. Dopo un attimo, dall'immobile attesa di Fatma, Montalbano si rese conto che non di paura si trattava, ma del tentativo di raggiungere il più ovvio e praticato degli accomodamenti tra uomo e donna.

«Vestiti.»

C'era un filo di ferro teso da un angolo all'altro del catojo, Fatma vi si diresse, spalle larghe, schiena perfetta, natiche piccole e tonde.

"Con quel corpo" pensò Montalbano, "deve averne passate."

S'immaginò la cauta fila, in certi uffici, dietro la porta chiusa oltre la quale Fatma si guadagnava la «tolleranza delle Autorità», come talvolta gli era capitato di leggere, una tolleranza appunto da casa di tolleranza. Fatma indossò un vestito di cotonina leggera sul corpo nudo, rimase in piedi davanti a Montalbano.

«Allora, questi documenti?»

La donna fece segno di no con la testa. E si mise silenziosamente a piangere.

«Non ti spaventare» disse il commissario.

«Io non spavento. Io molta sfortuna.»

«E perché?»

«Perché si tu aspettare qualche giorno, io non era più qua.»

«E dove volevi andare?»

«C'è signore di Fela, me affezionato, a lui io piacere, domenica detto me sposare. Io credo lui.»

«Quello che ti viene a trovare ogni sabato e domenica?»

Fatma sgranò gli occhi.

«Come tu sapere?»

Ripigliò a piangere.

«Ma ora tutto finito.»

«Dimmi una cosa. Gegè ti lascia andare con questo signore di Fela?»

«Signore parlato con signor Gegè, signore paga.»

«Senti, Fatma, fai conto che io non sono venuto qua. Voglio chiederti solo una cosa e se tu mi rispondi sinceramente volto le spalle e me ne vado e tu puoi rimetterti a dormire.»

«Cosa vuoi sapere?»

«Ti hanno domandato, alla mànnara, se avevi trovato qualcosa?»

Gli occhi della donna s'illuminarono.

«Oh sì! Venuto signor Filippo, che lui uomo signor Gegè, detto a tutti noi se troviamo collana d'oro con cuore di brillanti dare subito a lui. Se non trovata, cercare.»

«E sai se è stata ritrovata?»

«No. Anche stanotte tutte cercare.»

«Grazie» disse Montalbano dirigendosi verso la porta. Sulla soglia si fermò, si voltò a taliare Fatma.

«Auguri.»

E così Gegè era servito di barba e capelli, quello che l'altro gli aveva accuratamente taciuto, Montalbano era riuscito a saperlo lo stesso. E da quello che Fatma gli aveva appena detto, trasse una logica conseguenza.

Arrivò al commissariato alle sett'albe, tanto che l'agente di piantone lo taliò preoccupato.

«Dottore, c'è cosa?»

«Niente» lo rassicurò. «Mi sono solo svegliato presto.»

Aveva comprato i due giornali dell'isola, si mise a leggerli. Con ricchezza di particolari, il primo annunziava i solenni funerali di Luparello per il giorno dopo. Si sarebbero svolti in cattedrale, il vescovo in persona avrebbe officiato. Sarebbero state attuate misure di sicurezza straordinarie, data la prevedibile affluenza di personalità venute per condolersi e per porgere l'estremo saluto. A voler tirare sul conto, due ministri, quattro sottosegretari, diciotto tra onorevoli e senatori, una caterva di deputati regionali. E quindi sarebbero stati impegnati poliziotti, carabinieri, guardie di Finanza, vigili urbani, a non tener conto delle scorte personali e di altre, ancora più personali, e delle quali il giornale taceva, formate da gente che con l'ordine pubblico certamente aveva a che fare, ma dall'altra parte della barricata nella quale stava «la liggi». Il secondo giornale ripeteva all'incirca le stesse cose, aggiungendo che il catafalco era stato allestito nell'atrio di palazzo Luparello e che una fila interminabile aspettava per porgere il suo ringraziamento per tutto quello che il morto, naturalmente mentre era ancora in vita, aveva fatto, operosamente e imparzialmente.

Intanto era arrivato il brigadiere Fazio e con lui Montalbano parlò a lungo di alcune indagini che erano in corso. Da Montelusa non arrivarono telefonate. Si fece mezzogiorno e il commissario aprì una cartella, quella che conteneva la deposizione dei munnizzari sul ritrovamento del cadavere, copiò il loro indirizzo, salutò brigadiere e agenti, disse che si sarebbe fatto vivo nel pomeriggio.

Se gli uomini di Gegè avevano parlato con le buttane per la collana, sicuramente ne avevano fatto parola con i munnizzari.

Discesa Gravet 28, una casa a tre piani, col citofono. Rispose una voce di donna matura.

«Sono un amico di Pino.»

«Mio figlio non c'è.»

«Ma non ha finito alla Splendor?»

«Ha finito, ma se n'è iuto da un'altra parte.»

«Può aprirmi, signora? Gli devo solo lasciare una busta. Che piano?»

«Ultimo.»

Una dignitosa povertà, due stanze, cucina che ci si poteva stare, il cesso. Si coglieva la cubatura appena entrati. La signora, una cinquantenne modestamente vestita, lo guidò.

«Da questa parte, nella cammara di Pino.»

Una stanzetta piena di libri e riviste, un tavolinetto coperto di carte sotto la finestra.

«Pino dov'è andato?»

«A Raffadali, sta provando un travaglio di Martoglio, quello che parla di san Giuvanni dicullatu. Ci piaci, a me' figliu, fari u triatru.»

Montalbano s'accostò al tavolinetto, Pino stava evidentemente scrivendo una commedia, su un foglio di carta aveva allineato una serie di battute. Ma a un nome che lesse, il commissario sentì come una scossa.

«Signora, potrebbe favorirmi un bicchiere d'acqua?»

Appena la donna si allontanò, piegò il foglio e se lo mise nella sacchetta.

«La busta» gli ricordò la signora tornando e porgendogli il bicchiere.

Montalbano eseguì una perfetta pantomima, che Pino, se fosse stato presente, avrebbe molto ammirato: cercò nelle tasche dei pantaloni, poi, più frettolosamente, in quelle della giacca, fece una faccia sorpresa e in fine si diede una gran botta sulla fronte.

«Che cretino! La busta me la sono scordata in ufficio! Questione di cinque minuti, signora, vado a pigliarla e torno subito.»

S'infilò in macchina, pigliò il foglio che aveva appena rubato e quello che vi lesse l'abbuiò. Rimise in moto, partì. Via Lincoln 102. Nella sua deposizione, Saro aveva magari specificato l'interno. Facendo paro e sparo, il commissario calcolò che il munnizzaro geometra doveva abitare al sesto piano. Il portone era aperto, ma l'ascensore era rotto. Si fece a piedi i sei piani, ebbe però la soddisfazione di averci inzertato sul conteggio: una targhetta tirata a lucido recitava MONTAPERTO BALDASSARE. Venne ad aprirgli una donna giovane e minuta, un bambino in braccio, gli occhi squieti.

«C'è Saro?»

«È andato in farmacia ad accattare i medicinali per nostro figlio, ma torna subito.»

«Perché, è malato?»

Senza rispondere, la donna allungò tanticchia il braccio per farglielo vedere. Il picciliddro malato lo era, e come: il colorito giallo, le guancette scavate, i grandi occhi già adulti che lo taliavano corrucciati. Montalbano provò pena, non sopportava la sofferenza nei nicareddri senza colpa.

«Che ha?»

«I medici non se lo sanno spiegare. Lei chi è?»

«Mi chiamo Virduzzo, faccio il ragioniere alla Splendor.»

«Trasissi.»

La donna si era sentita rassicurata. L'appartamento era in disordine, fin troppo evidente che la moglie di Saro era necessitata a stare sempre appresso al picciliddro per abbadare alla casa.

«Che vuole da Saro?»

«Credo di avere sbagliato, in difetto, il conteggio dell'ultima paga, vorrei vedere la sua busta.»

«Se è per questo» disse la donna, «non c'è bisogno d'aspettare Saro. La busta gliela posso far vedere io. Venga.»

Montalbano la seguì, aveva pronta un'altra scusa per trattenersi fino all'arrivo del marito. In camera da letto c'era cattivo odore, come di latte rancido. La donna tentò d'aprire il cassetto più alto di un settimanile, ma non ce la fece, doveva usare una mano sola, nell'altro braccio teneva il picciliddro.

«Se mi permette, faccio io» disse Montalbano.

La donna si arrassò, il commissario aprì il cassetto, vide che era pieno di carte, conti, ricette mediche, ricevute.

«Dove stanno le buste paga?»

Fu allora che Saro entrò nella cammara da letto, non l'avevano sentito arrivare, la porta dell'appartamento era rimasta aperta. In un attimo, alla vista di Montalbano che cercava nel cassetto, si fece persuaso che il commissario stesse perquisendo la casa alla ricerca della collana. Sbiancò, cominciò a tremare, s'appoggiò allo stipite.

«Che vuole?» articolò a fatica.

Atterrita dal visibile spavento del marito, la donna parlò prima che Montalbano riuscisse a rispondere.

«Ma è il ragionier Virduzzo!» quasi gridò.

«Virduzzo? Questo è il commissario Montalbano!»

La donna vacillò, e Montalbano si precipitò a sorreggerla nel timore che il picciliddro finisse per terra con la madre, l'aiutò a sedersi sul letto. Poi il commissario parlò, e le parole gli uscirono dalla bocca senza che il cervello fosse intervenuto, un fenomeno che altre volte gli era capitato e che una volta un giornalista fantasioso aveva chiamato «il lampo dell'intuizione che di tanto in tanto folgora il nostro poliziotto».

«Dove l'avete messa, la collana?»

Saro si mosse, rigido per contrastare le gambe che aveva di ricotta, andò verso il suo comodino, aprì il cassetto, ne tirò fuori un pacchetto fatto di carta di giornale che buttò sul letto. Montalbano lo raccolse, andò in cucina, si sedette, disfece il pacchetto. Era un gioiello a un tempo grossolano e finissimo: grossolano nel disegno della concezione, finissimo per la fattura e per il taglio dei diamanti che vi erano incastonati. Intanto Saro l'aveva seguito in cucina.

«Quando l'hai trovato?»

«Lunidia a matinu prestu, alla mànnara.»

«L'hai detto a qualcuno?»

«Nonsi, sulu a me' mugliere.»

«E qualcuno è venuto a spiarti se avevi trovato una collana così e così?»

«Sissi. Filippo di Cosmo, che è omu di Gegè Gullotta.»

«E tu che gli hai detto?»

«Che non l'avevo trovata.»

«Ti cridì?»

«Sissi, mi pare di sì. E lui ha detto che se per caso la trovavo, dovevo dargliela senza fare lo stronzo, perché la cosa era delicata assai.»

«Ti ha promesso qualcosa?»

«Sissi. Legnate a morte se l'avevo trovata e me la tenevo, cinquantamila lire se invece la trovavo e gliela consegnavo.»

«Che volevi farne della collana?»

«La volevo impegnare. Avevamo deciso così io e Tana.»

«Non volevate venderla?»

«Nonsi, non era nostra, l'abbiamo pensata come se ce l'avessero prestata, non volevamo approfittare.»

«Siamo persone perbene, noi» intervenne la moglie, appena entrata, asciugandosi gli occhi.

«Che ne volevate fare dei soldi?»

«Ci dovevano servire per curare nostro figlio. L'avremmo potuto portare lontano da qua, a Roma, a Milano, in un posto qualsiasi basta che ci sono medici che capiscono.»

Per un pezzo nessuno parlò. Poi Montalbano domandò alla donna due fogli di carta e quella li staccò da un quaderno che serviva per i conti della spesa. Uno dei due fogli il commissario l'allungò a Saro.

«Fammi un disegno, indicami il punto preciso dove hai trovato la collana. Sei geometra, no?»

Mentre Saro eseguiva, nell'altro foglio Montalbano scrisse:

Io sottoscritto Montalbano Salvo, Commissario presso l'ufficio di Pubblica Sicurezza di Vigàta (provincia di Montelusa) dichiaro di ricevere in data odierna dalle mani del signor Montaperto Baldassare detto Saro, una collana di oro massiccio, con pendaglio a forma di cuore, pur esso d'oro massiccio ma tempestato di diamanti, da lui stesso rinvenuto nei pressi della contrada detta «la mànnara» nel corso del suo lavoro di operatore ecologico. In fede.

Firmò, ma stette a pensarci sopra prima di mettere la data in calce. Poi si decise e scrisse: «Vigàta, 9 settembre 1993». Intanto magari Saro aveva finito. Si scambiarono i foglietti.

«Perfetto» disse il commissario osservando il disegno dettagliato.

«Qui invece c'è la data sbagliata» osservò Saro. «Il nove era lunedì passato. Oggi ne abbiamo undici.»

«Non c'è niente di sbagliato. Tu la collana me l'hai portata in ufficio il giorno stesso in cui l'hai trovata. Ce l'avevi in tasca quando sei venuto al commissariato per dirmi che avevate trovato Luparello morto, ma me l'hai data dopo perché non volevi farti vedere dal tuo compagno di lavoro. Chiaro?»

«Se lo dice vossia.»

«Tienila cara, questa ricevuta.»

«Che fa ora, me l'arresta?» intervenne la donna.

«Perché, che ha fatto?» spiò Montalbano alzandosi.

SETTE

All'osteria San Calogero lo rispettavano, non tanto perché fosse il commissario quanto perché era un buon cliente, di quelli che sanno apprezzare. Gli fecero mangiare triglie di scoglio freschissime, fritte croccanti e lasciate un pezzo a sgocciolare sulla carta da pane. Dopo il caffè e una lunga passeggiata al molo di levante, tornò in ufficio e appena lo vide, Fazio si alzò dalla scrivania.

«Dottore, c'è uno che l'aspetta.»

«Chi è?»

«Pino Catalano, se lo ricorda? Uno di quei due munnizzari che hanno trovato il corpo di Luparello.»

«Fallo venire subito da me.»

Capì immediatamente che il giovane era nervoso, teso. «Assèttati.»

Pino posò il sedere proprio in pizzo alla seggia.

«Posso sapere perché è venuto in casa mia a fare il teatro che ha fatto? Non ho niente da ammucciare, io.»

«L'ho fatto per non spaventare tua madre, semplice. Se le dicevo che sono un commissario, capace che a quella gli veniva un colpo.»

«Se le cose stanno così, grazie.»

«Come hai fatto a capire che ero io che ti cercavo?»

«Ho telefonato a mia madre per sapere come si sentiva, l'avevo lasciata che aveva mali di testa, e lei mi ha detto che era venuto un uomo per darmi una busta, però se l'era scordata. Era uscito dicendo che andava a pigliarla, ma non si era fatto più vedere. Io mi sono fatto curioso e ho spiato a me' matri di farmi la descrizione della persona. Quando lei vuole farsi credere un altro, dovrebbe cancellare il neo che tiene sotto l'occhio sinistro. Che vuole da me?»

«Una domanda. È venuto qualcuno alla mànnara a spiarti se avevi per caso trovata una collana?»

«Sissi, uno che lei conosce, Filippo di Cosmo.»

«E tu?»

«Io gli ho detto che non l'avevo trovata, come del resto è la verità.»

«E lui?»

«E lui mi ha detto che se la trovavo tanto meglio, mi regalava cinquantamila lire; se imbeci l'avevo trovata e non gliela consegnavo, tanto peggio. Le stesse cose precise che ha detto a Saro. Manco Saro però l'ha trovata.»

«Sei passato da casa tua prima di venire qua?»

«Nonsi, sono venuto direttamente.»

«Tu scrivi cose di teatro?»

«Nonsi, però mi piace recitarle di tanto in tanto.»

«Questa, allora, che è?»

E gli porse il foglio che aveva sottratto dal tavolinetto. Pino lo taliò per niente impressionato, sorrise.

«No, questa non è una scena di teatro, questa è...»

Ammutolì, smarrito. Si era reso conto che se quelle non erano le battute di una commedia, avrebbe dovuto dire cos'erano in realtà, e la cosa non era facile.

«Ti vengo incontro» disse Montalbano. «Questa è la trascrizione di una telefonata che uno di voi due ha fatto all'avvocato Rizzo appena scoperto il corpo di Luparello, e prima ancora di venire da me al commissariato per denunziare il ritrovamento. È così?»

«Sissi.»

«Chi ha telefonato?»

«Io. Ma Saro era allato a mia e sentiva.»

«Perché l'avete fatto?»

«Perché l'ingegnere era una persona importante, una potenza. E allora abbiamo pensato di avvertire l'avvocato. Anzi no, prima volevamo telefonare all'onorevole Cusumano.»

«Perché non l'avete fatto?»

«Perché Cusumano, morto Luparello, è come uno che in un terremoto non solo perde la casa, ma magari i soldi che teneva sotto il mattone.»

«Spiegami meglio perché avete avvertito Rizzo.»

«Perché capace che ancora si poteva fare qualche cosa.»

«Che cosa?»

Pino non rispose, sudava, si passava la lingua sulle labbra.

«Ti vengo ancora incontro. Capace che si poteva fare ancora qualche cosa, hai detto. Qualcosa come spostare la macchina dalla mànnara, fare trovare il morto da qualche altra parte? Questo pensavate che Rizzo vi avrebbe domandato di fare?»

«Sissi.»

«E sareste stati disposti a farlo?»

«Certo! Abbiamo telefonato apposta!»

«Cosa speravate in cambio?»

«Che quello magari ci cangiava di travaglio, ci faceva vincere un concorso per geometri, ci trovava un posto giusto, ci levava da questo mestiere di munnizzari fitusi. Commissario, lei u sapi megliu di mia, se uno non trova ventu a favuri, nun naviga.»

«Spiegami la cosa più importante: perché hai trascritto quel dialogo? Te ne volevi servire per ricattarlo?»

«E come? Per le parole? Le parole cose d'aria, sono.»

«Allora a che scopo?»

«Se mi vuole credere mi crede, masannò pacienza. Io quella telefonata l'ho scritta perché me la volevo studiare, non mi suonava, parlandone da omu di teatro.»

«Non ti capisco.»

«Facciamo conto che quello che c'è scritto qua deve essere recitato, d'accordo? Allora io, personaggio Pino, telefono di prima matina al personaggio Rizzo per dirgli che ho trovato morta la persona di cui lui è segretario, amico devoto, compagno di politica. Più di un fratello. E il personaggio Rizzo se ne rimane fresco come un quarto di pollo, non si agita, non domanda dove l'abbiamo trovato, com'è morto, se l'hanno sparato, se è stato un incidente di macchina. Niente di niente, domanda solo perché siamo andati a contarglielo proprio a lui, il fatto. Le pare una cosa che suona giusta?»

«No. Continua.»

«Non si fa meraviglia, ecco. Anzi, tenta di mettere largo tra il morto e lui, come se si trattasse di una canuscenza di passaggio. E subito ci dice di andare a fare il dovere nostro, cioè di avvertire la polizia. E riattacca. No, commissario, è tutta sbagliata come commedia, il pubblico si metterebbe a ridere, non funziona.»

Montalbano congedò Pino, trattenendo il foglio. Quando il munnizzaro andò via, se lo rilesse.

Funzionava, altro che. Funzionava a meraviglia se nell'ipotetica commedia che poi tanto ipotetica non era, Rizzo, prima di ricevere la telefonata, sapeva già dove e come Luparello era morto e aveva prescia che il cadavere venisse scoperto al più presto.

Jacomuzzi taliò Montalbano sbalordito, il commissario gli stava davanti tutto acchittato, completo blu scuro, camicia bianca, cravatta bordò, scarpe nere sparluccicanti.

«Gesù! Ti vai a maritare?»

«Avete finito con la macchina di Luparello? Che avete trovato?»

«Dentro, niente di rilevante. Ma...»

«... aveva le sospensioni scassate.»

«Come fai a saperlo?»

«Me l'ha detto il mio uccello. Senti, Jacomuzzi.»

Cavò dalla sacchetta la collana, gliela gettò sul tavolo.

Jacomuzzi la pigliò, la taliò attentamente, ebbe un gesto di meraviglia.

«Ma questa è vera! Vale decine e decine di milioni! L'avevano rubata?»

«No, l'ha trovata per terra uno alla mànnara e me l'ha portata.»

«Alla mànnara? E qual è la buttana che può permettersi un gioiello simile? Vuoi scherzare?»

«Dovresti esaminarlo, fotografarlo, insomma farci i lavoretti tuoi. Dammi i risultati prima che puoi.»

Squillò il telefono, Jacomuzzi rispose e quindi passò la cornetta al collega.

«Chi è?»

«Sono Fazio, dottore, torni subito in paese, sta succedendo un bordello.»

«Dimmi.»

«Il maestro Contino s'è messo a sparare alle persone.»

«Che significa sparare?»

«Sparare, sparare. Ha tirato due colpi dalla terrazza di casa sua alle persone che erano assittate nel bar di sotto, facendo voci che non si sono capite. Un terzo l'ha sparato a me mentre stavo entrando nel portone di casa sua per vedere che stava succedendo.»

«Ha ammazzato nessuno?»

«Nessuno. Ha pigliato di striscio a un braccio un tale De Francesco.»

«Va bene, arrivo subito.»

Mentre faceva a rotta di collo i dieci chilometri che lo separavano da Vigàta, Montalbano pensò al maestro Contino, non solo lo conosceva, ma fra loro c'era un segreto. Sei mesi avanti il commissario stava facendo la passeggiata che, due o tre volte la settimana, era solito concedersi lungo il molo di levante, sino al faro. Prima però passava dalla putìa di Anselmo Greco, una stamberga che stonava sul corso fra negozi d'abbigliamento e bar lu-

centi di specchi. Greco, fra altre cose desuete come pupi
di terracotta o arrugginiti pesi per bilance ottocentesche,
vendeva càlia e simenza, ceci atturrati e semi di zucca salati. Se ne faceva riempire un cartoccio e si avviava. Quel
giorno era arrivato alla punta, proprio sotto il faro, e se ne
stava tornando indietro, quando vide sotto di lui, seduto
su di un masso di cemento frangiflutti, incurante degli
spruzzi di mare forte che l'assuppavano, un uomo di una
certa età che se ne stava immobile a testa bassa. Montalbano taliò meglio, per vedere se per caso quell'uomo tenesse una lenza fra le mani, ma non stava pescando, non
faceva niente. A un tratto si levò in piedi, si fece un rapido segno di croce, si bilanciò sulle punte.

«Fermo!» gridò Montalbano.

L'uomo rimase imparpagliato, pensava di essere solo.
Con due balzi Montalbano lo raggiunse, l'afferrò per i
risvolti della giacca, lo sollevò di peso, lo portò al sicuro.

«Ma che voleva fare? Ammazzarsi?»

«Sì.»

«Ma perché?»

«Perché mia moglie mi mette le corna.»

Tutto poteva aspettarsi Montalbano meno quella motivazione, l'uomo aveva sicuramente passato l'ottantina.

«Sua moglie che età ha?»

«Facciamo ottanta. Io ne ho ottantadue.»

Un dialogo assurdo in una situazione assurda, e il
commissario non se la sentì di continuarlo, prese l'uomo
sottobraccio, lo forzò a incamminarsi verso il paese. A
questo punto, tanto per rendere il tutto più folle, l'uomo
si presentò.

«Permette? Sono Giosuè Contino, facevo il maestro
elementare. E lei chi è? Naturalmente se vuole dirmelo.»

«Mi chiamo Salvo Montalbano, sono il commissario
di pubblica sicurezza di Vigàta.»

«Ah, sì? Càpita a proposito: glielo dica lei a quella
gran buttana di mia moglie che non deve mettermi le

corna con Agatino De Francesco perché altrimenti io un giorno o l'altro faccio uno sproposito.»

«Chi è questo De Francesco?»

«Una volta faceva il postino. È più giovane di me, ha settantasei anni e ha una pensione una volta e mezza la mia.»

«Lei è certo di quello che dice o ha solo dei sospetti?»

«Certezze. Vangelo. Ogni dopopranzo che Dio manda in terra, acqua o sole, questo De Francesco viene a pigliarsi un caffè al bar che c'è proprio sotto casa mia.»

«E beh?»

«Lei quanto ci mette a bersi un caffè?»

Per un attimo, Montalbano si lasciò prendere dalla pacata pazzia del vecchio maestro.

«Dipende. Se sono in piedi...»

«Che c'entra in piedi? Seduto!»

«Beh, a secondo se ho un appuntamento e devo aspettare oppure se voglio solo passare tempo.»

«No, carissimo, quello s'assetta lì solo per taliare a mia moglie che lo talìa, e non perdono occasione per farlo.»

Erano intanto arrivati in paese.

«Maestro, dove abita?»

«In fondo al corso, su piazza Dante.»

«Pigliamo la strada di dietro, è meglio.» Montalbano non voleva che il vecchio inzuppato e tremante di freddo accendesse curiosità e domande tra i vigatesi.

«Lei sale con me? Gradisce un caffè?» aveva spiato il maestro mentre estraeva le chiavi del portone dalla sacchetta.

«No, grazie. Si cambi d'abito, maestro, e s'asciughi.»

La sera stessa aveva convocato De Francesco, l'ex postino, un vecchietto minuscolo, antipatico, che ai consigli del commissario aveva reagito duramente, con voce stridula.

«Io il caffè me lo vado a pigliare dove mi pare e piace! Che è, proibito andare nel bar sotto casa di questo arteriosclerotico di Contino? Mi meraviglio di lei, che dovrebbe rappresentare la legge e invece mi viene a tenere questi discorsi!»

«È tutto finito» gli disse il vigile urbano che teneva lontano i curiosi dal portone di piazza Dante. Davanti all'ingresso dell'appartamento c'era il brigadiere Fazio che allargò sconsolato le braccia. Le stanze erano in perfetto ordine, specchiavano. Il maestro Contino giaceva su una poltrona, una piccola macchia di sangue all'altezza del cuore. Il revolver stava per terra, allato alla poltrona, una vecchissima Smith and Wesson a cinque colpi che doveva perlomeno risalire ai tempi di Buffalo Bill e che sfortunatamente aveva continuato a funzionare. La moglie invece era distesa sul letto, anche lei con del sangue all'altezza del cuore, le mani serrate attorno a un rosario. Doveva avere pregato, prima di consentire che il marito l'ammazzasse. E ancora una volta Montalbano pensò al questore, che questa volta aveva ragione: qui, la morte, aveva trovato la sua dignità.

Nervoso, scorbutico, diede le disposizioni al brigadiere e lo lasciò ad aspettare il giudice. Sentiva, oltre a un'improvvisa malinconia, un sottile rimorso: e se fosse intervenuto con maggiore saggezza sul maestro? Se avesse avvertito a tempo debito gli amici di Contino, il suo medico?

Passeggiò a lungo sulla banchina e sul preferito molo di levante, poi, sentendosi un poco rasserenato, tornò in ufficio. Trovò Fazio fuori dalla grazia di Dio.

«Che c'è, che è successo? Il giudice non è ancora arrivato?»

«No, è venuto, hanno già portato via i corpi.»

«E allora che ti piglia?»

«Mi piglia che mentre mezzo paese stava a vedere il

maestro Contino che sparava, alcuni cornuti ne hanno approfittato e hanno puliziato due appartamenti, da cima a fondo. Ci ho già mandato quattro dei nostri. Aspettavo lei per andarci magari io.»

«Va bene, vai. Qua rimango io.»

Decise che era venuto il momento di mettere il carico da undici, il trainello che aveva in testa doveva assolutamente funzionare.

«Jacomuzzi?»

«Eh, cazzo! Che è tutta questa premura? Ancora non mi hanno detto niente della tua collana. È troppo presto.»

«Lo so benissimo che ancora non puoi essere in grado di dirmi niente, me ne rendo benissimo conto.»

«E allora che vuoi?»

«Raccomandarti la massima discrezione. La storia della collana non è così semplice come appare, può portare a sviluppi imprevedibili.»

«Ma tu mi stai offendendo! Se mi dici che non devo parlare di una cosa, non ne parlo manco se cala Dio!»

«Ingegnere Luparello? Sono veramente mortificato di non essere venuto oggi. Ma mi creda, mi sono trovato assolutamente impossibilitato. La prego di porgere le mie scuse a sua madre.»

«Aspetti un attimo, commissario.»

Pazientemente Montalbano attese.

«Commissario? La mamma dice se a lei va bene domani alla stessa ora.»

Andava bene, e confermò.

OTTO

Se ne tornò a casa stanco, con l'intenzione di andarsene subito a dormire, ma quasi meccanicamente, era una specie di tic, accese la televisione. Il giornalista di Televigàta, finito di parlare del fatto del giorno, una sparatoria tra piccoli mafiosi avvenuta alla periferia di Miletta poche ore prima, annunziò che a Montelusa si era riunita la segreteria provinciale del partito al quale apparteneva (o meglio, era appartenuto) l'ingegnere Luparello. Riunione straordinaria e che in tempi meno procellosi degli attuali, per doveroso rispetto al defunto, si sarebbe dovuta convocare almeno dopo il trigesimo della scomparsa, ma ora come ora le turbolenze della situazione politica imponevano scelte lucide e rapide. Sicché: segretario provinciale era stato eletto, all'unanimità, il dottor Angelo Cardamone, primario osteologo all'ospedale di Montelusa, uomo che aveva sempre combattuto Luparello dall'interno del partito, ma lealmente, coraggiosamente, a viso aperto. Questo contrasto d'idee – continuava il cronista – si poteva semplificare in questi termini: l'ingegnere era per il mantenimento del quadripartito con l'immissione però di forze vergini e non logorate dalla politica (leggi: non ancora raggiunte da avvisi di garanzia), mentre l'osteologo inclinava per un dialogo con la sinistra, sia pure accorto e cauteloso. Al neo eletto erano pervenuti telegrammi e telefonate d'augurio, anche dall'opposizione. Cardamone, intervistato, appariva commosso ma deciso, dichiarò che ci avrebbe messo tutto l'impegno possibile per non sfigurare davanti alla sacra memoria del suo predecessore, concluse affermando che al partito rinnovato donava «il suo operoso lavoro e la sua scienza».

«E meno male che la dà al partito» non poté esimersi dal commentare Montalbano, dato che la scienza di Cardamone, chirurgicamente parlando, aveva prodotto in provincia più sciancati di quanto generalmente ne lasci dietro di sé un violento terremoto.

Le parole che il giornalista subito dopo aggiunse fecero attisare le orecchie al commissario. Per far sì che il dottor Cardamone linearmente potesse seguire la propria strada senza rinnegare quei princìpi e quegli uomini che rappresentavano il meglio dell'attività politica dell'ingegnere, i membri della segreteria avevano pregato l'avvocato Pietro Rizzo, erede spirituale di Luparello, d'affiancare il neo segretario. Dopo qualche comprensibile resistenza per i gravosi compiti che l'inatteso incarico comportava, Rizzo si era lasciato convincere ad accettare. Nell'intervista che Televigàta gli dedicava, l'avvocato dichiarava, pure lui commosso, di aver dovuto sobbarcarsi al grave pondo per restare fedele alla memoria del suo maestro e amico, la cui parola d'ordine era sempre stata una ed una sola: servire. Montalbano ebbe un moto di sorpresa: ma come, il nuovo eletto si agliuttiva la presenza, ufficiale, di chi era stato, del suo principale avversario, il più fedele collaboratore? Durò poco, la sorpresa, ché il commissario, minimamente ragionandoci, quella sorpresa definì ingenua: da sempre quel partito si era distinto per l'innata vocazione al compromesso, alla via di mezzo. Era possibile che Cardamone ancora non avesse le spalle abbastanza larghe da poter fare da solo e sentisse quindi la necessità di un puntello.

Cangiò canale. Su Retelibera, la voce dell'opposizione di sinistra, c'era Nicolò Zito, l'opinionista più seguito, che spiegava come qualmente, zara zabara per dirla in dialetto o *mutatis mutandis* per dirla in latino, le cose nell'isola, e nella provincia di Montelusa in particolare, non si cataminavano mai, magari se il barometro segnava tempesta. Citò, ed ebbe gioco facile, la frase saliniana del cangiar tutto per non cangiare niente e concluse che tanto Luparello quanto Cardamone erano le due facce d'una stessa medaglia e che la lega di quella medaglia non era altri che l'avvocato Rizzo.

Montalbano corse al telefono, fece il numero di Retelibera, spiò di Zito: tra lui e il giornalista c'era una certa simpatia, una quasi amicizia.

«Che vuoi, commissario?»

«Vederti.»

«Amico caro, domani mattina parto per Palermo, starò via almeno una settimana. Ci stai se vengo a trovarti fra mezz'ora? Preparami qualcosa da mangiare, ho fame.»

Un piatto di pasta ad aglio e oglio si poteva fare senza problema. Aprì il frigorifero, Adelina gli aveva preparato un piatto di gamberetti bolliti, abbondante, bastava per quattro. Adelina era la madre di due pregiudicati, il minore dei due fratelli l'aveva arrestato lo stesso Montalbano, tre anni avanti, e ancora se ne stava in carcere.

A luglio passato, quando era venuta a Vigàta a trascorrere due settimane con lui, Livia, sentendo quella storia, si era terrorizzata.

«Ma sei matto? Quella un giorno o l'altro decide di vendicarsi e ti avvelena la minestrina!»

«Ma di cosa deve vendicarsi?»

«Gli hai arrestato il figlio!»

«E che è colpa mia? Adelina lo sa benissimo che non è colpa mia ma di suo figlio che è stato così fesso da farsi pigliare. Io ho agito lealmente per arrestarlo, non ho fatto ricorso né a trainelli né a saltafossi. È stato tutto regolare.»

«Non me ne frega niente del vostro contorto modo di ragionare. La devi mandare via.»

«Ma se la mando via, chi mi tiene la casa, mi lava, mi stira, mi prepara da mangiare?»

«Ce ne sarà un'altra!»

«E qui ti sbagli: buona come Adelina non c'è nessuno.»

Stava per mettere l'acqua sul fuoco, quando squillò il telefono.

«Vorrei sprofondare sottoterra per essere stato costretto a svegliarla a quest'ora» fu l'esordio.

«Non dormivo. Chi parla?»

«Pietro Rizzo, sono. L'avvocato.»

«Ah, avvocato. Le mie congratulazioni.»

«E perché? Se è per l'onore che il mio partito testé m'ha fatto, dovrebbe piuttosto farmi le condoglianze, ho accettato, mi creda, solo per la fedeltà che sempre mi legherà agli ideali del povero ingegnere. Ma torno al motivo della telefonata: ho bisogno di vederla, commissario.»

«Ora?!»

«Ora no, certo, ma creda all'improcrastinabilità della questione.»

«Potremmo fare domattina, ma domattina non ci sono i funerali? Lei sarà impegnatissimo, suppongo.»

«Eccome! Anche tutto il pomeriggio. Sa, qualche ospite eccellente si tratterrà, sicuramente.»

«Allora quando?»

«Guardi, a ripensarci bene, potremmo fare lo stesso domani mattina, ma presto. Lei a che ora di solito si reca in ufficio?»

«Verso le otto.»

«Alle otto per me andrebbe benissimo. Tanto si tratta di cosa di pochi minuti.»

«Senta, avvocato, proprio perché lei domattina avrà poco tempo a disposizione, può anticiparmi di che si tratta?»

«Per telefono?»

«Un accenno.»

«Bene. Mi è giunto all'orecchio, ma non so quanto la voce risponda a verità, che le sarebbe stato consegnato un oggetto trovato a terra per caso. E io sono incaricato di recuperarlo.»

Montalbano coprì il ricevitore con una mano e letteralmente esplose in un cavallino nitrito, un poderoso sghignazzo. Aveva messo l'esca della collana nell'amo Jacomuzzi e il trainello aveva funzionato benissimo, facendo abboccare il pesce più grosso che avesse mai sperato. Ma come faceva Jacomuzzi a far sapere a tutti quello che non tutti dovevano sapere? Ricorreva al raggio laser, alla telepatia, a sciamaniche pratiche magiche? Sentì che l'avvocato stava gridando.

«Pronto? Pronto? Non la sento più! Che è caduta, la linea?»

«No, mi scusi, m'è cascata la matita per terra e la stavo raccogliendo. A domani alle otto.»

Appena sentì squillare il campanello dell'ingresso, calò la pasta e andò ad aprire.

«Che mi hai preparato?» spiò Zito, entrando.

«Pasta all'aglio e oglio, gamberetti a oglio e limone.»

«Ottimo.»

«Vieni in cucina, dammi una mano d'aiuto. E intanto ti faccio la prima domanda: sai dire improcrastinabilità?»

«Ma ti sei rincoglionito? Mi fai fare da Montelusa a Vigàta a scapicollo per domandarmi se so dire una parola? Comunque, che ci vuole? È facilissimo.»

Ci provò, tre o quattro volte, sempre più ostinandosi, ma non ci riuscì, ogni volta s'impappinava peggio.

«Bisogna essere abili, molto abili» disse il commissario pensando a Rizzo, e non si riferiva solo all'abilità dell'avvocato nel dire disinvoltamente degli scioglilingua.

Mangiarono parlando di mangiare, come sempre succede. Zito, dopo avere ricordato dei gamberetti da sogno che aveva gustato dieci anni prima a Fiacca, criticò il grado di cottura e deprecò che mancasse del tutto un sospetto di prezzemolo.

«Com'è che a Retelibera siete diventati tutti inglesi?» attaccò senza preavviso Montalbano mentre bevevano un bianco ch'era una billizza e che suo padre aveva trovato dalle parti di Randazzo. Una settimana avanti gliene aveva portato sei bottiglie, ma era una scusa per stare tanticchia assieme.

«In che senso, inglesi?»

«Nel senso che vi siete guardati dallo sputtanare Luparello come in altre occasioni avete sicuramente fatto. Capirai, l'ingegnere muore d'infarto in una specie di bordello all'aperto, tra buttane, ruffiani, piglianculo, ha i pantaloni calati, è francamente osceno e voi, invece di cogliere a volo l'occasione, vi allineate e stendete un velo pietoso su com'è morto.»

«Non è nostro costume approfittare» disse Zito.

Montalbano si mise a ridere.

«Mi fai un piacere, Nicolò? Te ne vai a cacare tu e tutta Retelibera?»

Zito si mise a ridere a sua volta.

«Va bene, le cose sono andate così. A poche ore dal ritrovamento del cadavere, l'avvocato Rizzo si è precipitato dal barone Filò di Baucina, il barone rosso, miliardario ma comunista, e l'ha pregato, a mani giunte, che Retelibera non parlasse delle circostanze della morte. Ha fatto appello al senso di cavalleria che gli antenati del barone pare abbiano, nell'antichità, posseduto. Come tu sai, il barone ha in mano l'ottanta per cento della proprietà della nostra emittente. Tutto qua.»

«Tutto qua un cazzo. E tu, Nicolò Zito, che s'è guadagnata la stima degli avversari perché dice sempre quello che deve dire, rispondi signorsì al barone e t'accucci?»

«Di che colore sono i miei capelli?» spiò Zito in risposta.

«Sono rossi.»

«Montalbano, io sono rosso di dentro e di fuori, appartengo ai comunisti cattivi e rancorosi, una specie in via d'estinzione. Ho accettato, convinto che chi diceva di sorvolare sulle circostanze della morte per non infangare la memoria del poveraccio, gli voleva male e non bene come tentava di fare apparire.»

«Non ho capito.»

«E io te lo spiego, innocente. Se tu vuoi fare scordare alla lesta uno scandalo, non devi fare altro che parlarne più che puoi, alla televisione, sui giornali. Dai e ridai, pesta e ripesta; dopo un poco la gente comincia a rompersi le palle: ma quanto la stanno facendo lunga! Ma perché non la finiscono? Tempo quindici giorni, quest'effetto di saturazione fa sì che nessuno voglia più sentire parlare di quello scandalo. Capito?»

«Credo di sì.»

«Se invece metti tutto in silenzio, il silenzio comincia a parlare, moltiplica le voci incontrollate, non la finisce più di farle crescere. Vuoi un esempio? Sai quante telefonate abbiamo ricevuto in redazione, proprio a motivo del nostro silenzio? Centinaia. Ma è vero che l'ingegnere femmine in macchina se ne faceva due a volta? Ma è vero che all'ingegnere piaceva fare il sandwich, e mentre lui scopava una buttana un negro se lo lavorava di dietro? E l'ultima, di stasera: ma è vero che Luparello regalava alle sue troie gioielli favolosi? Pare ne abbiano trovato uno alla mànnara. A proposito, tu sai niente di questa storia?»

«Io? No, sicuramente è una minchiata» mentì tranquillamente il commissario.

«Lo vedi? Sono sicuro che tra qualche mese ci sarà uno stronzo che verrà a domandarmi se era vero che l'ingegnere s'inchiappettava bambini di quattro anni e poi se li mangiava farciti di castagne. Il suo sputtanamento sarà eterno, diventerà leggendario. E adesso spero che hai capito perché ho risposto di sì a chi mi chiedeva l'insabbiamento.»

«E la posizione di Cardamone qual è?»

«Boh. La sua elezione è stata stranissima. Vedi, alla segreteria provinciale erano tutti uomini di Luparello, tranne due di Cardamone tenuti lì per facciata, per far vedere che erano democratici. Non c'era dubbio che il nuovo segretario poteva e doveva essere un seguace dell'ingegnere. Invece, colpo di scena: si alza Rizzo e propone Cardamone. Gli altri del clan allibiscono, ma non osano opporsi, se Rizzo parla così vuol dire che sotto c'è qualcosa di pericoloso che può succedere, conviene seguire l'avvocato su quella strada. E votano a favore. Viene chiamato Cardamone il quale, accettato l'incarico, propone lui stesso d'essere affiancato da Rizzo, con grande scorno dei due suoi rappresentanti in segreteria. Ma Cardamone io lo capisco: meglio imbarcarlo – avrà pensato – che lasciarlo in giro come una mina vagante.»

Poi Zito attaccò a contargli un romanzo che aveva in mente di scrivere e fecero le quattro.

Mentre controllava lo stato di salute di una pianta grassa che gli aveva regalato Livia e che teneva sul davanzale della finestra in ufficio, Montalbano vide arrivare una macchina blu ministeriale munita di telefono, autista e guardaspalle il quale ultimo scese per primo ad aprire lo sportello a un uomo di bassa statura, calvo, con un vestito dello stesso colore dell'auto.

«C'è uno qua fuori che deve parlarmi, fallo passare subito» disse al piantone.

Quando Rizzo entrò, il commissario notò che la parte alta della manica sinistra era coperta da una fascia nera larga un palmo: l'avvocato si era già parato a lutto per recarsi al rito funebre.

«Cosa devo fare per essere perdonato da lei?»

«Per cosa?»

«Per averla disturbata a casa sua e a notte inoltrata.»

«Ma la questione, lei mi ha detto, era impro...»

«Improcrastinabile, certo.»

Ma quant'era bravo, l'avvocato Pietro Rizzo!

«Vengo al dunque. Una giovane coppia di persone peraltro rispettabilissime, nella tarda serata di domenica scorsa, avendo un pochino bevuto, si lascia andare a una sconsiderata mattana. La moglie convince il marito a portarla alla mànnara, è curiosa del luogo e di ciò che in quel luogo accade. Riprovevole curiosità, d'accordo, ma niente di più. La coppia arriva ai margini della mànnara, la donna scende. Ma quasi subito, infastidita dalle proffferte volgari che le vengono fatte, risale in macchina, vanno via. Arrivata a casa, si accorge di aver perduto un oggetto prezioso che portava al collo.»

«Che strana combinazione» disse quasi a se stesso Montalbano.

«Prego?»

«Riflettevo sul fatto che quasi alla stessa ora e nello stesso posto moriva l'ingegnere Luparello.»

L'avvocato Rizzo non si scompose, assunse un'aria grave.

«Ci ho fatto caso anch'io, sa? Scherzi del destino.»

«L'oggetto di cui lei mi parla è una collana d'oro massiccio con un cuore coperto da pietre preziose?»

«È quello. Ora io vengo a domandarle di restituirlo ai legittimi proprietari, usando la stessa discrezione che usò in occasione del ritrovamento del mio povero ingegnere.»

«Mi voglia scusare» disse il commissario. «Ma io non ho nemmeno la più lontana idea su come bisogna procedere in un caso come questo. Ad ogni modo penso che tutto sarebbe stato diverso se si fosse presentata la proprietaria.»

«Ma io ho una regolare delega!»

«Ah, sì? Me la faccia vedere.»

«Nessun problema, commissario. Lei capirà: prima di mettere in piazza i nomi dei miei clienti volevo essere ben sicuro che si trattava dello stesso oggetto che stavano cercando.»

Mise una mano in sacchetta, ne estrasse un foglio, lo porse a Montalbano. Il commissario lo lesse attentamente.

«Chi è Giacomo Cardamone che firma la delega?»

«È il figlio del professor Cardamone, il nostro nuovo segretario provinciale.»

Montalbano decise che era il momento di ripetere il teatro.

«Ma è proprio strano!» commentò a bassissima voce e assumendo un'aria di profonda meditazione.

«Che ha detto, scusi?»

Montalbano non gli rispose subito, lasciò l'altro a cuocersi tanticchia nel suo brodo.

«Pensavo che il destino, come dice lei, su questa storia ci sta scherzando un poco troppo.»

«In che senso, scusi?»

«Nel senso che il figlio del nuovo segretario politico si trova alla stessa ora e allo stesso punto in cui muore il vecchio segretario. Non le pare curioso?»

«Ora che me lo fa notare, sì. Ma escludo che tra le due vicende ci sia un minimo rapporto, nel modo più assoluto.»

«Lo escludo anch'io» disse Montalbano e proseguì: «Non capisco la firma che è accanto a quella di Giacomo Cardamone».

«È la firma della moglie, una svedese. Una donna francamente un poco scapestrata, che non sa adeguarsi ai nostri costumi.»

«Secondo lei quanto può valere questo gioiello?»

«Non me ne intendo, i proprietari mi hanno detto sugli ottanta milioni.»

«Allora facciamo così. Più tardi telefono al collega Jacomuzzi, attualmente ce l'ha lui, e me lo faccio rimandare indietro. Domani mattina, con un mio agente, glielo faccio avere allo studio.»

«Io non so veramente come ringraziarla...»

Montalbano l'interruppe.

«Lei, al mio agente, consegnerà una regolare ricevuta.»

«Ma certamente!»

«E un assegno di dieci milioni, mi sono permesso di arrotondare il valore della collana, che sarebbe la percentuale dovuta a chi ritrova preziosi o denari.»

Rizzo incassò il colpo quasi con eleganza.

«Lo trovo giustissimo. A chi devo intestarlo?»

«A Baldassare Montaperto, uno dei due spazzini che hanno trovato il corpo dell'ingegnere.»

Accuratamente, l'avvocato prese nota del nome.

NOVE

Rizzo non aveva finito di chiudere la porta che già Montalbano stava componendo il numero di casa di Nicolò Zito. Quello che gli aveva appena detto l'avvocato aveva messo in moto in lui un meccanismo mentale che si concretava esternamente in una smaniosa voglia d'agire. Gli rispose la moglie di Zito.

«Mio marito è uscito ora, sta partendo per Palermo.»

E poi, di colpo sospettosa:

«Ma stanotte non rimase con lei?»

«Certo che è stato con me, signora, ma mi è venuto in mente un fatto importante per me solo stamattina.»

«Attenda, forse ce la faccio a fermarlo, lo chiamo col citofono.»

Dopo poco, sentì prima l'affanno poi la voce dell'amico.

«Ma che vuoi? Non ti è bastato stanotte?»

«Ho bisogno d'una informazione.»

«Se è cosa breve.»

«Voglio sapere tutto, ma proprio tutto, magari le voci più stramme, su Giacomo Cardamone e sua moglie, che pare sia una svedese.»

«Come, pare? Uno stocco di un metro e ottanta, bionda, certe gambe e certe minne! Se vuoi sapere proprio tutto, ci vuole il tempo che io non ho. Senti, facciamo così: io parto, nel viaggio ci penso sopra e appena arrivo giuro che ti mando un fax.»

«Dove lo mandi? Al commissariato? Ma qui siamo ancora al tam tam, ai segnali di fumo.»

«Vuol dire che il fax lo mando alla mia redazione di Montelusa. Passa stamattina stessa, all'ora di pranzo.»

Doveva muoversi in qualche modo e allora uscì dal suo ufficio e andò nella stanza dei brigadieri.

«Come sta Tortorella?»

Fazio taliò verso la scrivania vuota del collega.

«Aieri sono andato a trovarlo. Pare che hanno deciso che lunedì lo fanno nesciri dall'ospedale.»

«Tu lo sai come si fa ad entrare nella vecchia fabbrica?»

«Quando hanno fatto il muro di recinzione, dopo la chiusura, ci hanno messo una porta nica nica, che uno deve calarsi per trasiri, una porta di ferro.»

«Chi ce l'ha, la chiave?»

«Non lo so, posso informarmi.»

«Non solo t'informi, ma me la procuri in mattinata.»

Tornò nel suo ufficio e telefonò a Jacomuzzi. Quello, dopo averlo fatto aspettare, si decise finalmente a rispondere.

«Cos'hai, la dissenteria?»

«Dai, Montalbano, che vuoi?»

«Che hai trovato sulla collana?»

«Cosa volevi che trovassi? Niente. O meglio, impronte digitali, sì, ma così tante e confuse da essere indecifrabili. Che ne devo fare?»

«Me la rimandi in giornata. In giornata, intesi?»

Dalla stanza allato gli arrivò la voce alterata di Fazio.

«Ma insomma, nessuno sa a chi apparteneva questa Sicilchim? Ci sarà un curatore fallimentare, un custode!»

E appena vide entrare Montalbano:

«Pare che sia più facile avere le chiavi di San Pietro.»

Il commissario gli disse che usciva e che sarebbe tornato al massimo entro due ore. Al ritorno voleva trovare sul suo tavolo la chiave.

Appena lo vide sulla soglia, la moglie di Montaperto impallidì e portò una mano al cuore.

«Oh, Signuri! Chi fu? Chi successi?»

«Niente che debba preoccuparla. Anzi, porto buone notizie, mi creda. Suo marito è in casa?»

«Sissi, oggi smontò presto.»

La donna lo fece accomodare in cucina e andò a chiamare Saro che si era coricato in cammara da letto allato al picciliddro e tentava di fargli chiudere gli occhi magari per tanticchia.

«Sedetevi» disse il commissario «e statemi a sentire con attenzione. Dove avevate pensato di portare vostro figlio coi soldi ottenuti dal pegno della collana?»

«In Belgio» rispose prontamente Saro, «che lì ci sta me' frati e ha detto che è disposto a pigliarci in casa per qualche tempo.»

«I soldi per il viaggio li avete?»

«Sparagnando all'osso, qualche cosa abbiamo messo da parte» disse la donna, e non ammucciò una nota d'orgoglio.

«Ma bastano solo per il viaggio» precisò Saro.

«Benissimo. Allora tu, oggi stesso, vai alla stazione e ti fai il biglietto. Anzi, pigli l'autobus e vai a Raffadali, lì c'è un'agenzia?»

«Sissi. Ma perché andare fino a Raffadali?»

«Non voglio che qui a Vigàta sappiano quello che avete in mente di fare. Intanto la signora prepara le cose da portarsi. Non dite a nessuno, manco a persone di famiglia, dove state andando. Sono chiaro?»

«Chiarissimo, se è per questo. Ma scusassi, commissario, che c'è di male ad andare in Belgio a curare nostro figlio? Lei mi dice cose da fare ammucciuni, come se si trattasse di un fatto contro la liggi.»

«Saro, non stai facendo niente contro la liggi, è chiaro. Ma io voglio essere sicuro di tante cose, perciò tu devi avere fiducia e fare solo quello che ti dico io.»

«Va beni, forse vossia se lo scordò, che ci andiamo a fare in Belgio se i soldi che abbiamo sono bastevoli sì e no per tornare? Una gita?»

«I soldi bastevoli li avrete. Domani a matina un mio agente vi porterà un assegno di dieci milioni.»

«Dieci milioni? E perché?» spiò Saro senza fiato.

«Ti spettano di diritto, è la percentuale per la collana che hai trovato e che mi hai consegnato. Questi soldi ve li potete spendere a faccia aperta, senza problemi. Appena ricevuto l'assegno, corri di corsa a cambiarlo e partite.»

«Di chi è l'assegno?»

«Dell'avvocato Rizzo.»

«Ah» fece Saro, e aggiarniò.

«Non ti devi scantare, la cosa è regolare ed è in mano a mia. Però è meglio pigliare tutte le precauzioni, non vorrei che Rizzo facesse come i cornuti che ci ripensano dopo, alla scordatina. Dieci milioni sono sempre dieci milioni.»

Giallombardo gli fece sapere che il brigadiere era andato a pigliare la chiave della vecchia fabbrica, ma che sarebbero passate almeno due ore prima del suo ritorno: il custode, che non stava bene in salute, era ospite di un figlio a Montedoro. L'agente l'informò anche che il giudice Lo Bianco aveva telefonato cercandolo, voleva essere richiamato entro le dieci.

«Ah, commissario, meno male, sto uscendo, sto andando in cattedrale per il funerale. So che verrò assalito, letteralmente assalito, da autorevoli personaggi che mi porranno tutti la stessa domanda. Lei sa qual è?»

«Perché non è ancora chiuso il caso Luparello?»

«Ha indovinato, commissario, e non c'è da scherzarci. Non vorrei adoperare parole grosse, non vorrei minimamente essere frainteso... ma insomma, se ha qualcosa di concreto in mano, vada avanti, altrimenti chiuda. Del resto, mi consenta, io non riesco a farmi capace: cosa vuole scoprire? L'ingegnere è morto di morte naturale. E lei s'impunta, m'è parso di capire, solo perché l'ingegnere se ne è andato a morire alla mànnara. Mi levi una curiosità:

se Luparello fosse stato trovato sul bordo di una strada, lei avrebbe trovato niente da ridire? Risponda.»

«No.»

«E allora dove vuole arrivare? Il caso dev'essere chiuso entro domani. Ha capito?»

«Non si arrabbi, giudice.»

«E mi arrabbio sì, ma con me stesso. Lei mi sta facendo usare una parola, caso, che non è proprio il caso d'usare. Entro domani, intesi?»

«Possiamo fare fino a sabato compreso?»

«E che siamo, al mercato a patteggiare? Va bene. Ma se tarda sia pure di un'ora io esporrò la sua personale situazione ai suoi superiori.»

Zito mantenne la parola, la segretaria di redazione di Retelibera gli consegnò il fax da Palermo che Montalbano lesse mentre si dirigeva verso la mànnara.

Il signorino Giacomo è il classico esempio di figlio di papà, aderentissimo al modello, senza uno scarto di fantasia. Il padre è notoriamente un galantuomo, fatta eccezione di una pecca di cui dirò in seguito, l'opposto della bonarma Luparello. Giacomino abita con la seconda moglie, Ingrid Sjostrom, le cui qualità ti ho già a voce illustrate, al primo piano del palazzo paterno. Ti faccio l'elenco delle sue benemerenze, almeno quelle che io ricordo. Ignorante come una cucuzza, non ha mai voluto né studiare né applicarsi ad altro che non fosse la precoce analisi dello sticchio, eppure è sempre stato promosso a pieni voti per intervento del Padreterno (o del padre, più semplicemente). Non ha mai frequentato l'università, pur essendo iscritto a medicina (e meno male per la salute pubblica). A sedici anni, guidando senza patente la potente macchina del padre, travolge e uccide un bambino di otto anni. Praticamente Giacomino non paga, paga invece il padre, e assai profumatamente, alla famiglia del bambino. In età adulta costituisce una società che si occupa di servizi. La società fallisce due anni dopo, Cardamone non ci rimette una lira, il suo socio a momenti si spara e un ufficiale della Guardia di Finanza che vuole vederci chiaro si

trova di colpo trasferito a Bolzano. Attualmente si occupa di
prodotti farmaceutici (figurati! Ha il padre che gli fa da basista!) e spende e spande in misura di gran lunga superiore ai
probabili introiti.

Appassionato di macchine da corsa e di cavalli, ha fondato
(a Montelusa!) un Polo-club dove non si è mai vista una partita
di questo nobile sport, ma in compenso si sniffa che è una meraviglia.

Se dovessi esprimere il mio sincero giudizio sul personaggio, direi che trattasi di uno splendido esemplare di coglione,
di quelli che allignano dove ci sia un padre potente e ricco. All'età di anni ventidue contrasse matrimonio (non si dice così?)
con Albamarina (per gli amici, Baba) Collatino, alta borghesia
commercializia di Palermo. Due anni dopo Baba presenta
istanza di annullamento del vincolo alla Sacra Rota, motivandola con la manifesta impotentia generandi del coniuge. M'ero
scordato: a diciotto anni, vale a dire quattro anni prima del matrimonio, Giacomino aveva messa incinta la figlia di una delle
cameriere e l'increscioso incidente era stato al solito tacitato
dall'Onnipotente. Quindi i casi erano due: o mentiva Baba o
aveva mentito la figlia della cameriera. A parere insindacabile
degli alti prelati romani, aveva mentito la cameriera (e come ti
sbagli?), Giacomo non era in grado di procreare (e di questo si
sarebbe dovuto ringraziare l'Altissimo). Ottenuto l'annullamento, Baba si fidanza con un cugino col quale aveva già avuto
una relazione, mentre Giacomo si dirige verso i brumosi paesi
del Nord per dimenticare.

In Svezia gli càpita di assistere a una specie di auto-cross
massacrante, un percorso tra laghi, dirupi e montagne: la vincitrice è una stanga bionda, di professione meccanico e che di
nome fa appunto Ingrid Sjostrom. Che dirti, mio caro, per evitare la telenovela? Colpo di fulmine e matrimonio. Ormai vivono assieme da cinque anni, ogni tanto Ingrid torna in patria e si
fa le sue corsettine automobilistiche. Cornifica il marito con
svedese semplicità e disinvoltura. L'altro giorno, cinque gentiluomini (si fa per dire) facevano un gioco di società al Poloclub. Fra le altre, venne posta la domanda: chi non s'è fatto Ingrid, si alzi. Rimasero tutti e cinque seduti. Risero molto,
soprattutto Giacomo che era presente, ma non partecipava al

gioco. Corre voce, assolutamente non controllabile, che magari l'austero professor Cardamone padre ci abbia inzuppato il pane con la nuora. E questa sarebbe la pecca di cui ti ho accennato all'inizio. Altro non mi viene a mente. Spero d'essere stato pettegolo come desideravi. Vale.

NICOLA

Arrivò alla mànnara verso le due, non si vedeva anima criata. La porticina di ferro aveva la toppa incrostata di sale e ruggine. L'aveva previsto, apposta si era portato appresso l'olio spray che serviva a lubrificare le armi. Tornò in macchina, aspettando che l'olio facesse effetto e aprì la radio.

Il funerale – stava raccontando lo speaker della stazione locale – aveva toccato punte emotive altissime, tanto che a un certo momento la vedova si era sentita venir meno e avevano dovuto portarla fuori a braccia. I discorsi funebri li avevano tenuti, nell'ordine: il vescovo, il vicesegretario nazionale del partito, il segretario regionale, il ministro Pellicano a titolo personale, dato che gli era sempre stato amico. Una folla di almeno duemila persone aspettava sul sagrato che uscisse la bara per scoppiare in un caldo e commosso applauso.

"Caldo va bene, ma com'è che un applauso si commuove?" si chiese Montalbano. Spense la radio e andò a provare la chiave. Girava, ma il portone era come ancorato a terra. Lo spinse con una spalla e finalmente ottenne uno spiraglio attraverso il quale passò a stento. La porticina era ostruita da calcinacci, pezzi di ferro, sabbia, era evidente che il custode non si faceva vivo da anni. Si rese conto che i muri perimetrali erano due: quello di protezione con la porticina d'entrata e un vecchio muro di recinzione semidiroccato che attorniava la fabbrica quando era in funzione. Attraverso i varchi di questo secondo muro si vedevano macchinari arrugginiti, grossi tubi ora dritti ora a tortiglione, giganteschi alambicchi, impalcature di ferro con larghi squarci, intelaiature sospese in assurdi equilibri, torrette d'acciaio che svettavano con illogiche inclinazioni. E dovunque pavimentazioni sconnesse, soffitti sventrati, larghi spazi una volta coperti da travature di ferro ora a tratti spezzate, pronte a cadere di sotto dove non c'era più niente, salvo uno strato di cemento malandato, dalle cui fenditure spuntavano stocchi d'erba ingiallita. Fermo nell'intercapedine che i due muri formavano, Montalbano rimase incantato a taliare, se la fabbrica gli piaceva vista da fuori, da dentro addirittura l'estasiava, rimpianse di non avere portato una macchina fotografica. Lo distolse la percezione di un suono sommesso e continuo, una sorta di vibrazione sonora che pareva nascere proprio dall'interno della fabbrica.

"Cos'è che sta funzionando qua dentro?" si domandò insospettito.

Pensò bene di uscire, andare all'auto, aprire il cassetto del cruscotto e armarsi. La pistola non la portava quasi mai, gli dava fastidio il peso dell'arma che gli sformava pantaloni e giacche. Rientrò nella fabbrica, il suono continuava, e cautamente cominciò a dirigersi verso il lato opposto a quello da cui era entrato. Il disegno che Saro gli aveva fatto era estremamente preciso e gli serviva da guida. Il suono era come il ronzìo che certe volte emettono i fili dell'alta tensione colpiti dall'umidità, solo che questo era più variato e musicale e a momenti s'interrompeva per riprendere poco dopo con altra modulazione. Procedeva teso, attento a non inciampare sulle pietre e i rottami che facevano da pavimento allo stretto corridoio fra i due muri, quando con la coda dell'occhio vide, attraverso un varco, un uomo che in parallelo a lui si muoveva dentro la fabbrica. Si tirò indietro, certo che l'altro l'avesse già visto. Non c'era tempo da perdere, sicuramente l'uomo aveva dei complici, fece un balzo in avanti, l'arma impugnata, gridando:

«Fermo! Polizia!»

Capì, in una frazione di secondo, che l'altro quella sua

mossa stava aspettando, era infatti semipiegato in avanti, pistola in pugno. Montalbano sparò mentre si gettava a terra e prima di toccare il suolo aveva esploso altri due colpi. Invece di sentire ciò che si aspettava, uno sparo in risposta, un lamento, uno scalpiccìo di passi in fuga, udì il fragoroso esplodere e poi il tintinnìo di una vetrata che andava in pezzi. Di colpo capì e venne assugliato da una risata così violenta da impedirgli di alzarsi in piedi. Aveva sparato a se stesso, all'immagine che una grande vetrata superstite, appannata e sporca, gli aveva rimandata.

"Questa non posso contarla a nessuno" si disse, "mi chiederebbero le dimissioni e mi butterebbero fuori dalla Polizia a calci nel culo."

L'arma che teneva in mano gli parse subito ridicola, se l'infilò nella cintura dei pantaloni. Gli spari, la loro eco prolungata, lo schianto e il frantumarsi della vetrata avevano completamente coperto il suono che ora aveva ripreso, più variato. Allora capì. Era il vento che ogni giorno, magari d'estate, quel tratto di spiaggia batteva e che la sera invece abbacava, quasi a non voler dare disturbo agli affari di Gegè. Il vento, infilandosi tra le intelaiature metalliche, i fili ora spezzati ora ancora ben tesi, le ciminiere a tratti sfondate come i buchi di uno zufolo, suonava una sua nenia nella fabbrica morta, e il commissario sostò, incantato, ad ascoltare.

Per arrivare al punto che Saro aveva segnato ci mise quasi mezz'ora, dovette in certi punti arrampicarsi su cumuli di detriti. Finalmente capì che era esattamente all'altezza del posto dove Saro aveva trovato la collana, al di là del muro. Cominciò a taliarsi attorno con calma. Giornali e pezzi di carta ingialliti dal sole, erbacce, bottigliette di cocacola (le lattine erano troppo leggere per oltrepassare il muro in altezza), bottiglie di vino, una carriola metallica sfondata, alcuni copertoni, pezzi di ferro, un oggetto indefinibile, una trave marcita. E allato alla trave una borsa di pelle a sacco, elegante, nuovissima, firmata. Stonava, così incongrua nello sfascio che la circondava. Montalbano l'aprì. Dentro c'erano due sassi piuttosto grossi, evidentemente erano stati messi come zavorra per far compiere alla borsa la parabola giusta dall'esterno all'interno del muro, e nient'altro. Taliò meglio la borsa. Le iniziali in metallo della proprietaria erano state strappate via, ma il cuoio ne recava ancor l'impronta, una *i* e una *s*: Ingrid Sjostrom.

"Me la stanno servendo su un piatto d'argento" pensò Montalbano.

DIECI

L'idea di accettare il piatto gentilmente offerto, con tutto quello che dentro ci poteva essere, gli venne mentre si arricriava a mangiare una generosa porzione di peperoni arrosto che Adelina aveva lasciato in frigorifero. Cercò sull'elenco il numero di Giacomo Cardamone, l'ora era giusta per trovare la svedese in casa.

«Ghi è tu ghe palla?»

«Sono Giovanni, c'è Ingrid?»

«Ga ora io guarda, tu aspetta.»

Tentò di capire da quale parte del mondo quella cameriera fosse piombata a casa Cardamone, ma non ne venne a capo.

«Ciao, cazzuto, come stai?»

La voce era bassa e roca, come si conveniva alla descrizione che gli aveva fatto Zito, le parole però non ebbero alcun effetto erotico sul commissario, anzi lo fecero squietare: fra tutti i nomi dell'universo, era andato a scegliere proprio quello appartenente a un uomo di cui Ingrid conosceva perfino le misure anatomiche.

«Ci sei ancora? Ti sei addormentato in piedi? Quanto hai scopato stanotte, porcone?»

«Senta, signora...»

La reazione di Ingrid fu prontissima, una constatazione senza stupore o indignazione.

«Non sei Giovanni.»

«No.»

«Allora chi sei?»

«Sono un commissario di pubblica sicurezza, mi chiamo Montalbano.»

Si aspettava una domanda allarmata e venne prontamente deluso.

«Uh, che bello! Un poliziotto! Che vuoi da me?»

Aveva mantenuto il tu, magari se sapeva che stava parlando con una persona che non conosceva. Montalbano decise di restare al lei.

«Vorrei scambiare qualche parola con lei.»

«Oggi pomeriggio proprio non posso, ma stasera sono libera.»

«D'accordo, stasera va bene.»

«Dove? Vengo nel tuo ufficio? Dimmi dov'è.»

«Meglio di no, preferisco un posto più discreto.»

Ingrid fece una pausa.

«La tua stanza da letto?» la voce della donna si era fatta irritata; evidentemente cominciava a sospettare che all'altro capo del filo c'era un imbecille che tentava un approccio.

«Senta, signora, capisco che lei, a ragione, diffida. Facciamo così: fra un'ora sono al commissariato di Vigàta, lei può telefonarmi lì e chiedere di me. Va bene?»

La donna non rispose subito, ci stava pensando, poi si decise.

«Ti credo, poliziotto. Dove e a che ora?»

Si misero d'accordo sul posto, il bar di Marinella, che all'ora stabilita, le dieci di sera, era sicuramente deserto. Montalbano le raccomandò di non dire niente a nessuno, manco al marito.

La villa dei Luparello sorgeva all'entrata di Montelusa venendo dalla parte di mare, un edificio ottocentesco, massiccio, protetto da un muro di cinta alto, al centro del quale si apriva un cancello in ferro battuto, ora spalancato. Montalbano percorse il viale alberato che tagliava una parte del parco, arrivò al portone d'ingresso semichiuso, un grande fiocco nero su uno dei battenti. Si sporse a mezzo per taliare dentro; nell'atrio, piuttosto vasto, c'erano una ventina di persone, uomini e donne: facce di circostanza, parlottare a bassa voce. Non gli parse opportuno passare in mezzo alla gente, qualcuno poteva riconoscerlo e principiare a domandarsi il perché della sua presenza. Prese a camminare torno torno alla villa e finalmente trovò un'entrata posteriore, chiusa. Suonò il campanello e dovette farlo diverse volte prima che qualcuno venisse ad aprirgli.

«Ha sbagliato. Per le visite di condoglianza, dalla porta principale» disse la cameriera picciotta e sveglia, grembiule nero e crestina, che l'aveva di colpo qualificato come non appartenente alla categoria dei fornitori.

«Sono il commissario Montalbano. Vuol dire a qualcuno della famiglia che sono arrivato?»

«L'aspettavano, signor commissario.»

Lo guidò per un lungo corridoio, gli aprì una porta, gli fece cenno di entrare. Montalbano si trovò in una grande biblioteca, i libri a migliaia erano ben tenuti, allineati in enormi scaffali. Una vasta scrivania a un angolo e in quello opposto un salotto di raffinata eleganza, un tavolinetto, due poltrone. Alle pareti solo cinque quadri e Montalbano a colpo d'occhio ne riconobbe gli autori, emozionandosi. Un contadino di Guttuso degli anni Quaranta, un paesaggio laziale di Melli, una demolizione di Mafai, due rematori sul Tevere di Donghi, una bagnante di Fausto Pirandello. Un gusto squisito, una scelta di rara competenza. La porta si aprì, apparve un uomo di una trentina d'anni, cravatta nera, viso molto aperto, elegante.

«Sono quello che le ha telefonato. Grazie di essere venuto, la mamma ci teneva proprio tanto a vederla. Mi scusi per tutto il disturbo che le ho arrecato.» Parlava senza inflessione dialettale.

«Per carità, nessun disturbo. Solo che io non vedo in che modo possa essere utile a sua madre.»

«Questo io l'ho già detto a mamma, ma lei ha insistito. E non ha voluto dirmi niente circa le ragioni per cui ha voluto che l'incomodassimo.»

Si guardò, come se li vedesse per la prima volta, i polpastrelli della mano destra, discretamente si schiarì la voce.

«Abbia comprensione, commissario.»

«Non capisco.»

«Abbia comprensione per mamma, è stata molto provata.»

Si avviò per uscire, ma si fermò di colpo.

«Ah, commissario, la voglio informare perché lei non venga a trovarsi in una posizione imbarazzante. La mamma sa com'è morto papà e dove è morto. Come abbia fatto, non riesco a capirlo. Già ne era a conoscenza due ore dopo il ritrovamento. Con permesso.»

Montalbano si sentì sollevato, se la vedova sapeva tutto, non sarebbe stato obbligato a raccontarle contorte farfantarìe per nasconderle l'indecenza della morte del marito. Tornò a godersi i quadri. A casa sua, a Vigàta, aveva solo disegni e incisioni di Carmassi, Attardi, Guida, Cordio, e Angelo Canevari: se li era permessi duramente decurtando il suo povero stipendio, oltre non poteva andare, una tela di quel livello mai sarebbe riuscito ad accattarsela.

«Le piacciono?»

Si voltò di scatto, non aveva sentito entrare la signora, una donna non alta, ultracinquantenne, dall'aria decisa, le minute rughe che le ragnavano la faccia ancora non riuscivano a distruggere la bellezza dei lineamenti, mettevano anzi in risalto lo splendore degli occhi verdi, acutissimi.

«Si accomodi» e andò a sedersi sul divano mentre il commissario prendeva posto su una poltrona. «Quadri belli, io non ne capisco di pittura, ma mi piacciono, ce ne sono una trentina sparsi per la casa. Li ha comprati mio marito, la pittura era un suo vizio segreto, amava dire. Purtroppo non era il solo.»

"Cominciamo bene" pensò Montalbano e spiò:

«Si sente meglio, signora?»

«Meglio rispetto a quando?»

Il commissario s'imparpagliò, gli parse d'essere davanti a una maestra che gli stava facendo un'interrogazione difficile.

«Mah, non so, rispetto a stamattina... Ho sentito che in cattedrale ha avuto un malore.»

«Malore? Stavo bene, compatibilmente alla situazione. No, caro amico, ho fatto finta di svenire, sono brava. Il fatto è che m'era venuto un pensiero, se un terrorista, mi sono detta, facesse saltare in aria la chiesa con tutti noi dentro, almeno un buon decimo dell'ipocrisia diffusa nel mondo svanirebbe con noi. E allora mi sono fatta portare fuori.»

Montalbano non seppe che dire, impressionato dalla schiettezza della donna, aspettò che fosse lei a riprendere la parola.

«Quando una persona mi ha spiegato dov'era stato trovato mio marito, ho telefonato al questore e gli ho domandato chi si occupava delle indagini, e se indagini c'erano. Il questore m'ha fatto il suo nome, aggiungendo che lei è persona perbene. Sono rimasta incredula, esistono ancora persone perbene? E perciò le ho fatto telefonare.»

«Non posso che ringraziarla, signora.»

«Non siamo qui a farci complimenti. Non voglio farle perdere tempo. Lei è proprio sicuro che non si tratti di omicidio?»

«Sicurissimo.»

«E allora quali sono le sue perplessità?»

«Perplessità?»

«Eh sì, mio caro, lei deve averne. Non si giustifica altrimenti la sua riluttanza a chiudere le indagini.»

«Signora, sarò franco. Si tratta solo d'impressioni, impressioni che non dovrei e non potrei permettermi, nel senso che, trattandosi di morte naturale, il mio dovere sarebbe stato altro. Se lei non ha niente di nuovo da dirmi, io stasera stessa comunico al magistrato...»

«Ma io qualcosa di nuovo ce l'ho.»

Montalbano ammutolì.

«Non so quali siano le sue impressioni» continuò la signora, «le dirò le mie. Silvio era certamente un uomo accorto e ambizioso, se era rimasto in ombra per tanti anni l'aveva fatto per un preciso disegno: venire alla luce al momento giusto e restarci. Ora lei può credere che quest'uomo, dopo tutto il tempo impiegato in pazienti manovre per arrivare dove è arrivato, una bella sera decide di andare con una donna sicuramente di malaffare in un posto equivoco dove chiunque può riconoscerlo e magari ricattarlo?»

«Questo, signora, è uno dei punti che più degli altri mi ha lasciato perplesso.»

«Vuole esserlo di più? Io ho detto donna di malaffare e vorrei chiarire che non mi riferivo né a una prostituta né a una donna comunque da pagare. Non riesco a spiegarmi bene. Le dico una cosa: appena sposati Silvio mi confidò che in vita sua non era mai stato con una prostituta e nemmeno era mai andato in una casa di tolleranza quando erano ancora aperte. Qualcosa lo bloccava. E allora viene da chiedersi che tipo era la donna che oltretutto l'ha convinto ad avere un rapporto con lei in quel posto tremendo.»

Magari Montalbano non era mai andato con una buttana, e sperò che nuove rivelazioni su Luparello non svelassero altri punti di contatto tra lui e un uomo con il quale non avrebbe voluto spartirci il pane.

«Vede, mio marito si è bellamente concesso ai suoi vizi, ma non ha mai avuto tentazioni di annichilimento, di estasi verso il basso come diceva uno scrittore francese. I suoi amori li consumava discretamente in una casetta che si era fatta costruire, non a nome suo, proprio sul ciglio di Capo Massaria. L'ho saputo dalla solita caritatevole amica.»

Si alzò, andò allo scrittoio, armeggiò con un cassetto, tornò a sedersi con in mano una grande busta gialla, un cerchietto di metallo con due chiavi, una lente d'ingrandimento. Porse le chiavi al commissario.

«A proposito. Riguardo alle chiavi, era un maniaco. Ne aveva due copie di tutte, una la teneva in quel cassetto, l'altra la portava sempre con sé. Bene, quest'ultima serie di chiavi non è stata ritrovata.»

«Non erano nelle tasche dell'ingegnere?»

«No. E non erano nemmeno nello studio d'ingegneria. E non sono state trovate nemmeno nell'altro ufficio, quello, come dire, politico. Sparite, volatilizzate.»

«Può averle perdute per strada. Non è detto che siano state sottratte.»

«Non è possibile. Vede, mio marito aveva sei mazzi di chiavi. Uno per questa casa, uno per la casa di campagna, uno per la casa al mare, uno per l'ufficio, uno per lo studio, uno per la casetta. Li teneva tutti nel cassetto del cruscotto della macchina. Di volta in volta prendeva il mazzo che gli serviva.»

«E nella macchina non sono state ritrovate?»

«No. Ho dato disposizione di cambiare tutte le serrature. Fatta eccezione per la casetta di cui io ignoro ufficialmente l'esistenza. Se ne ha voglia, ci faccia un salto, vi troverà sicuramente qualche traccia rivelatrice circa i suoi amori.»

Aveva ripetuto due volte «i suoi amori» e Montalbano volle in qualche modo consolarla.

«A parte il fatto che gli amori dell'ingegnere non rientrano nella mia indagine, io ho raccolto qualche informazione e le dirò, con tutta sincerità, che ho avuto risposte generiche, valide per qualsiasi persona.»

La signora lo taliò con un sorriso appena accennato.

«Io non gliene ho mai fatto una colpa, sa? Praticamente, due anni dopo la nascita di nostro figlio, io e mio marito non siamo stati più una coppia. E così ho avuto modo d'osservarlo, quietamente, pacatamente, per trent'anni, senza che il mio sguardo venisse offuscato dal turbamento dei sensi. Lei non ha capito, mi scusi: parlando dei suoi amori, io intendevo non specificarne il sesso.»

Montalbano s'incassò nelle spalle, sprofondando di più nella poltrona. Gli parse che in testa gli fosse stata data una sprangata di ferro.

«Io invece» continuò la signora, «tornando al discorso che più m'interessa, sono convinta che si tratta di un atto criminale, mi lasci finire, non di un omicidio, di un'eliminazione fisica, ma di un crimine politico. C'è stata una violenza estrema, quella che l'ha portato alla morte.»

«Si spieghi meglio, signora.»

«Sono convinta che mio marito sia stato costretto con la forza oppure obbligato col ricatto ad andare dove poi l'hanno trovato, in quel posto infame. Avevano un piano, ma non hanno fatto in tempo a portarlo compiutamente a termine perché il cuore non gli ha retto per la tensione o, perché no, per la paura. Era molto malato, sa? Aveva subìto un'operazione difficile.»

«Ma come avrebbero fatto a costringerlo?»

«Non lo so. Forse potrebbe aiutarmi lei. Probabilmente l'hanno attirato in un agguato. Non ha potuto fare resistenza. In quel posto infame l'avrebbero, che so, fotografato, fatto riconoscere. Da quel momento in poi avrebbero avuto mio marito in pugno, un burattino nelle loro mani.»

«Loro chi?»

«I suoi avversari politici, credo, o qualche suo socio d'affari.»

«Vede, signora, il suo ragionamento, anzi, la sua supposizione ha un grave difetto: non può essere suffragata da prove.»

La donna aprì la busta gialla che aveva sempre tenuto in mano, ne estrasse delle foto. Erano quelle che la Scientifica aveva fatto al cadavere nella mànnara.

«Oh Cristo» mormorò Montalbano rabbrividendo. La donna invece, mentre le taliava, non mostrava turbamento.

«Come le ha avute?»

«Ho buoni amici. Lei le ha viste?»

«No.»

«E ha fatto male.» Scelse una foto, la porse a Montalbano assieme alla lente d'ingrandimento. «Ecco, questa, la guardi bene. I pantaloni sono abbassati e s'intravede il bianco delle mutande.»

Montalbano era tutto un sudore, il disagio che provava l'irritava ma non poteva farci niente.

«Non ci vedo nulla di strano.»

«Ah, no? E la marca delle mutande?»

«Sì, la vedo. E allora?»

«Non dovrebbe vederla. Questo tipo di mutande, e se viene in camera di mio marito gliene mostro altre, ha la marca di fabbrica sul retro e nella parte interna. Se lei la vede, come la sta vedendo, vuol dire che le mutande sono state indossate a rovescio. E non mi venga a dire che Silvio se l'era messe così alla mattina, vestendosi, e non se n'era accorto. Prendeva un diuretico, era costretto ad andare al bagno diverse volte al giorno, le mutande avrebbe potuto rimettersele per dritto in qualsiasi momento della giornata. E questo sta a significare una sola cosa.»

«Quale?» spiò il commissario sconvolto dal lucido e spietato esame, fatto senza una lacrima, come se il morto fosse un tale vagamente conosciuto.

«Che era nudo, quando l'hanno sorpreso e l'hanno costretto a rivestirsi in fretta. E nudo non poteva che essersi messo nella casetta di Capo Massaria. Ecco perché le ho dato le chiavi. Torno a ripeterle: è un atto criminale contro l'immagine di mio marito, riuscito a metà. Volevano farne un porco da poter dare in pasto ai porci in qualsiasi momento. Se non moriva, sarebbe stato meglio, con la sua copertura obbligata avrebbero potuto fare quello che volevano. In parte il piano è però riuscito: tutti gli uomini di mio marito sono stati esclusi dal nuovo direttivo. Solo Rizzo si è salvato, anzi ci ha guadagnato.»

«Come mai?»

«Questo sta a lei scoprirlo, se ne ha voglia. Oppure può fermarsi alla forma che hanno fatto prendere all'acqua.»

«Non ho capito, mi scusi.»

«Io non sono siciliana, sono nata a Grosseto, sono venuta a Montelusa quando mio padre ne era prefetto. Possedevamo un pezzetto di terra e una casa alle pendici dell'Amiata, ci passavamo le vacanze. Avevo un amichetto, figlio di contadini, più piccolo di me. Io avevo una decina d'anni. Un giorno vidi che il mio amico aveva messo sull'orlo di un pozzo una ciotola, una tazza, una teiera, una scatola di latta quadrata, tutte colme d'acqua, e le osservava attentamente.

"Che fai?" gli domandai. E lui, a sua volta, mi fece una domanda.

"Qual è la forma dell'acqua?"

"Ma l'acqua non ha forma!" dissi ridendo: "Piglia la forma che le viene data".»

In quel momento la porta dello studio si aprì ed apparve un angelo.

UNDICI

L'angelo, altrimenti sul momento Montalbano non seppe come definirlo, era un giovane di circa vent'anni, alto, biondo, abbronzatissimo, perfetto di corpo, di efebica aura. Un raggio di sole ruffiano si era premurato d'inondarlo di luce sulla soglia, ne metteva in evidenza gli apollinei tratti del viso.

«Posso entrare, zia?»

«Entra, Giorgio, entra.»

Mentre il giovane muoveva verso il divano, senza peso, come se i suoi piedi non toccassero terra ma scivolassero sul pavimento, percorrendo un cammino tortuoso, quasi a spirale, sfiorando gli oggetti che a tiro di mano gli venivano, anzi, più che sfiorando, lievemente carezzando, Montalbano colse l'occhiata della signora che gl'intimava di mettersi in tasca la fotografia che teneva tra le mani. Obbedì, anche la vedova rimise lestamente le altre foto nella busta gialla che posò allato a sé, sul divano. Quando il giovane gli fu vicino, il commissario notò che aveva gli occhi azzurri striati di rosso, gonfi di pianto, segnati dalle occhiaie.

«Come ti senti, zia?» spiò con voce quasi cantante, e accanto alla donna con eleganza s'inginocchiò, posandole la testa in grembo. Alla memoria di Montalbano balzò illuminatissimo, come sotto la luce di un riflettore, un dipinto che aveva una volta visto, e non ricordava dove, il ritratto di una dama inglese con un levriero nella stessa identica posizione che aveva assunto il giovane.

«Questo è Giorgio» disse la signora. «Giorgio Zìcari,

figlio di mia sorella Elisa che ha sposato Ernesto Zìcari, il penalista, forse lei lo conosce.»

Mentre parlava, la signora gli carezzava i capelli. Giorgio non diede cenno d'aver capito le parole, con evidenza assorto nel suo devastante dolore, non si volse nemmeno in direzione del commissario. Del resto la signora si era ben guardata di dire al nipote chi era Montalbano e cosa faceva in quella casa.

«Sei riuscito a dormire stanotte?»

Per tutta risposta Giorgio scosse la testa.

«Allora fai così. Hai visto che di là c'è il dottor Capuano? Vai da lui, fatti prescrivere un forte sonnifero e mettiti a letto.»

Senza aprire bocca Giorgio fluidamente si alzò, levitò sul pavimento nel suo singolare moto a spirale, sparì oltre la porta.

«Lo deve scusare» disse la signora. «Giorgio è senza dubbio la persona che più ha sofferto e soffre per la scomparsa di mio marito. Vede, io ho voluto che mio figlio studiasse e si facesse una posizione indipendentemente dal padre, lontano dalla Sicilia. E le ragioni lei può, forse, intuirle. Di conseguenza, al posto di Stefano, mio marito ha riversato il suo affetto sul nipote e ne è stato ricambiato sino all'idolatria, è venuto addirittura a vivere con noi, con grande dispiacere di mia sorella e di suo marito che si sono sentiti abbandonati.»

Si alzò, Montalbano fece lo stesso.

«Le ho detto, commissario, tutto quello che ritenevo doverle dire. So di essere in mani oneste. Se lo stima opportuno mi faccia sapere, a qualsiasi ora del giorno e della notte. Non si faccia scrupolo di risparmiarmi, sono quello che si dice una donna forte. Ad ogni modo, agisca secondo coscienza.»

«Una domanda, signora, che mi assilla da qualche tempo. Perché non si preoccupò d'avvertire che suo marito non era tornato... mi spiego meglio: non era preoccupante il fatto che suo marito non fosse rientrato quella notte? Gli era capitato altre volte?»

«Sì, gli era capitato. Però, vede, domenica sera mi telefonò.»

«Da dove?»

«Non glielo so dire. Mi disse che avrebbe fatto molto tardi. Aveva una riunione importante, possibile addirittura che fosse costretto a trascorrere la notte fuori.»

Gli porse la mano, e il commissario, senza sapere perché, quella mano strinse tra le sue e baciò.

Appena uscito sempre dalla parte posteriore della villa, scorse Giorgio seduto su di una panchina di pietra poco distante, piegato in due, scosso da brividi convulsi. Montalbano si avvicinò, preoccupato, e vide le mani del giovane aprirsi, lasciar cadere la busta gialla e le foto che si sparpagliarono per terra. Evidentemente, mosso da una curiosità gattesca, se n'era impadronito mentre stava accoccolato vicino alla zia.

«Si sente male?»

«Non così, oh Dio, non così!»

Giorgio parlava con voce impastata, gli occhi vitrei, non aveva manco notato la presenza del commissario. Fu un attimo, e subito s'irrigidì, cadendo all'indietro dalla panchina senza spalliera. Montalbano gli si inginocchiò accanto, tentò in qualche modo d'immobilizzare quel corpo squassato da spasimi, una bava bianca gli si stava formando ai lati della bocca.

Stefano Luparello apparve sulla porta della villa, si taliò attorno, vide la scena, si precipitò.

«La rincorrevo per salutarla. Che succede?»

«Un attacco epilettico, credo.»

Si ingegnarono a far sì che al culmine della crisi Giorgio non si troncasse la lingua coi denti e non sbattesse violentemente il capo. Poi il giovane si calmò, rabbrividiva senza violenza.

«Mi aiuti a portarlo dentro» disse l'ingegnere.

La cameriera, quella stessa che aveva aperto al commissario, accorse alla prima chiamata dell'ingegnere.

«Non vorrei che mamma lo vedesse in questo stato.»

«Da me» disse la ragazza.

Camminarono con difficoltà per un corridoio diverso da quello che il commissario aveva prima percorso, Montalbano teneva Giorgio sotto le ascelle, Stefano lo reggeva per i piedi. Arrivati a quella che era l'ala della servitù, la cameriera aprì una porta. Deposero il giovane sul letto, ansanti. Giorgio pareva sprofondato in un sonno piombigno.

«Aiutatemi a spogliarlo» disse Stefano.

Solo quando il giovane rimase in boxer e canottiera, Montalbano notò che, dalla base del collo fino a sotto il mento, la pelle era bianchissima, diafana, e faceva acuto contrasto con la faccia e il petto cotti dal sole.

«Lo sa perché qui non è abbronzato?» spiò all'ingegnere.

«Non lo so» disse l'ingegnere, «sono tornato a Montelusa solo lunedì pomeriggio, dopo mesi di assenza.»

«Io sì» intervenne la cameriera. «Il signorino si era fatto male, aveva avuto un incidente di macchina. Il collare se l'è levato manco una settimana fa.»

«Quando si riprende ed è in grado di capire» disse Montalbano a Stefano, «gli dica che domattina, verso le dieci, faccia un salto nel mio ufficio, a Vigàta.»

Tornò alla panchina, raccolse da terra la busta e le foto di cui Stefano non si era accorto, le intascò.

Dalla curva Sanfilippo, Capo Massaria distava un centinaio di metri, ma il commissario non riuscì a vedere la casetta che doveva sorgere proprio sulla punta, almeno stando a quello che gli aveva detto la signora Luparello. Rimise in moto, procedendo molto lentamente. Quando fu proprio all'altezza del capo, notò tra gli alberi folti e bassi un viottolo che si dipartiva dalla strada provinciale. L'imboccò e dopo poco si vide la straducola sbarrata da un cancello, unica apertura su un lungo muro a secco che completamente isolava la parte del capo che strapiombava sul mare. Le chiavi erano giuste. Montalbano lasciò la macchina fuori dal cancello e si avviò per un sentierino da giardino, fatto di blocchi di tufo incassati a terra. Al termine, scese per una piccola scalinata, sempre di tufo, che immetteva su una specie di pianerottolo nel quale si apriva la porta di casa, invisibile dalla parte di terra perché costruita a nido d'aquila, come certi rifugi di montagna incastonati nella roccia.

Si trovò in un vasto salone affacciato sul mare, anzi sospeso sul mare, e l'impressione d'essere sul ponte di una nave era rinforzata da una vetrata a parete intera. L'ordine era perfetto. C'erano un tavolo da pranzo e quattro sedie in un angolo, un divano e due poltrone erano invece rivolte verso la vetrata, una credenza ottocentesca piena di bicchieri, piatti, bottiglie di vino e liquori, un televisore con videoregistratore. Allineate su un basso tavolinetto, cassette di film porno e no. Sul salone si aprivano tre porte, la prima dava su una cucinetta pulitissima, i pensili stracolmi di cibarie, il frigorifero era invece semivuoto, fatta eccezione per alcune bottiglie di champagne e di vodka. Il bagno, piuttosto spazioso, odorava di lysoform. Nel ripiano sotto lo specchio, un rasoio elettrico, deodoranti, un flacone d'acqua di colonia. Nella stanza da letto, dove una larga finestra dava anch'essa sul mare, il letto matrimoniale ricoperto da lenzuola di bucato, due comodini su uno dei quali un telefono, un armadio a tre ante. Sul muro a capo del letto, un disegno di Emilio Greco, un nudo sensualissimo. Montalbano aprì il tiretto del comodino sul quale stava il telefono, quello era sicuramente il lato che l'ingegnere di solito occupava. Tre preservativi, una biro, un blocco d'appunti dai fogli bianchi. Lo fece sussultare la pistola, una sette e sessantacinque, proprio in fondo al cassetto, carica. Il tiretto dell'altro comodino era vuoto. Aprì l'anta di sinistra dell'armadio, c'erano due vestiti maschili. Nel cassetto più in alto, una camicia, tre mutande, dei fazzoletti, una canottiera. Controllò le mutande, la signora aveva ragione, la marca era interna e posteriore. In quello più basso, un paio di mocassini e uno di scendiletto. Uno specchio copriva interamente l'anta centrale e rifletteva il letto. Quella sezione dell'armadio era divisa in tre ripiani, il più alto e quello mediano contenevano, alla rinfusa, cappelli, riviste italiane e straniere unite dal comune denominatore della pornografia, un vibratore, lenzuola e federe di ricambio. Sul ripiano inferiore tre parrucche da donna messe sugli appositi sostegni, una bruna, una bionda, una rossa. Forse facevano parte dei giochi erotici dell'ingegnere. La sorpresa grossa l'ebbe invece all'apertura dell'anta di destra: due vestiti da donna, molto eleganti, pendevano dalle grucce. C'erano anche due jeans e alcune camicette. In un cassetto, mutandine minuscole, nessun reggiseno. L'altro era vuoto. E mentre si chinava a ispezionare meglio quel cassetto, Montalbano capì cos'era che l'aveva tanto sorpreso, non la vista degli abiti femminili, quanto il profumo che da essi emanava: lo stesso che aveva percepito, solo più vagamente, alla vecchia fabbrica, appena aperta la borsa a sacco.

Altro non c'era da vedere, fu solo per scrupolo che si chinò a taliare sotto i mobili. Una cravatta si era arrotolata ad uno dei piedi posteriori del letto. La raccolse, ricordandosi che l'ingegnere era stato ritrovato col collo della camicia aperto. Estrasse dalla sacchetta le fotografie e si persuase che, per il colore, sarebbe andata benissimo con il vestito che l'ingegnere indossava al momento della morte.

Al commissariato, trovò Germanà e Galluzzo in agitazione.

«E il brigadiere?»

«Fazio è con gli altri al distributore di benzina, quello verso Marinella, c'è stata una sparatoria.»

«Ci vado subito. Hanno mandato qualcosa per me?»

«Sì, un pacchetto, da parte del dottor Jacomuzzi.»

L'aprì, era il gioiello, lo rimpacchettò.

«Germanà, tu vieni con me, andiamo a questo distributore. Mi lasci là e prosegui per Montelusa con la mia macchina. Ti dirò per strada cosa devi fare.»

Entrò nella sua stanza, telefonò all'avvocato Rizzo, gli fece sapere che la collana era in viaggio, aggiunse di consegnare allo stesso agente l'assegno di dieci milioni. Mentre si dirigevano verso il luogo della sparatoria, il commissario spiegò a Germanà che non doveva lasciare il pacchetto a Rizzo se prima non aveva in tasca l'assegno, e che quest'assegno lo doveva portare, e gli diede l'indirizzo, a Saro Montaperto, raccomandandogli di esigerlo appena sarebbe stata aperta la banca, alle otto del mattino del giorno dopo. Non sapeva spiegarsene il motivo, e la cosa gli dava un enorme fastidio, ma sentiva che la faccenda Luparello volgeva rapidamente alla conclusione.

«Poi torno a prenderla al distributore?»

«No, fermati al commissariato. Io me ne vengo con l'auto di servizio.»

La macchina della polizia e un'auto privata sbarravano gli accessi al distributore. Appena sceso, mentre Germanà pigliava la strada per Montelusa, il commissario venne investito da un acuto odore di benzina.

«Stia attento a dove mette i piedi!» gli gridò Fazio.

La benzina aveva formato un pantano, le esalazioni diedero a Montalbano un senso di nausea e un leggero stordimento. Ferma al distributore c'era un'auto targata Palermo, il parabrezza spaccato.

«C'è stato un ferito, quello ch'era al volante» disse il brigadiere. «È stato portato via dall'ambulanza.»

«Grave?»

«No, una fesseria. Ma s'è preso uno scanto grande.»

«Cos'è successo, precisamente?»

«Se vuole parlare lei stesso col benzinaio...»

Alle domande del commissario, l'uomo rispose con una voce dal registro così acuto che fece su Montalbano lo stesso effetto di un'unghia sul vetro. I fatti erano all'incirca andati in questo modo: si era fermata una macchina, l'unica persona a bordo aveva chiesto il pieno, il benzinaio aveva infilato la pompa nel serbatoio e lì l'aveva lasciata in azione, annullando lo stop all'erogazione, perché intanto era sopraggiunta un'altra macchina il cui conducente aveva domandato trentamila di carburante e una guardatina all'olio. Mentre il benzinaio stava per servire anche il secondo cliente, un'auto, dalla strada, aveva sparato una raffica di mitra e aveva accelerato, scomparendo nel traffico. L'uomo che era alla guida della prima macchina era subito partito all'inseguimento, la pompa si era sfilata e aveva continuato a erogare carburante. Il conducente della seconda vettura gridava come un pazzo, era stato ferito di striscio a una spalla. Passato il primo momento di panico e resosi conto che non c'era più alcun pericolo, il benzinaio aveva soccorso il ferito, e intanto la pompa continuava a spargere benzina per terra.

«Hai visto in faccia l'uomo della prima macchina, quello che si è messo all'inseguimento?»

«Nonsi.»

«Ne sei proprio sicuro?»

«Quant'è vero Dio.»

Intanto erano arrivati i vigili del fuoco chiamati da Fazio.

«Facciamo così» disse Montalbano al brigadiere, «appena i pompieri hanno finito, pigli il benzinaio che non mi persuade per niente e te lo porti al commissariato. Mettilo sotto torchio, quello sa benissimo chi era l'uomo che volevano sparare.»

«Lo penso magari io.»

«Quanto ci scommetti che è uno della latata dei Cuffaro? Questo mese mi pare che tocca a uno di loro.»

«Che mi vuole levare i soldi dalla sacchetta?» spiò ridendo il brigadiere. «Lei la scommessa l'ha già vinta.»

«Arrivederci.»

«E dove va? Vuole che l'accompagni con l'auto di servizio?»

«Vado a casa a cambiarmi. Da qui, a piedi, ci vorranno una ventina di minuti. Tanticchia d'aria mi farà bene.»

Si avviò, non gli andava di presentarsi a Ingrid Sjostrom vestito come un figurino.

DODICI

Si piazzò davanti alla televisione appena uscito dalla doccia, ancora nudo e gocciolante. Le immagini erano quelle del funerale di Luparello che si era svolto nella mattinata, il cameraman si era reso conto che le uniche persone in grado di conferire una certa drammaticità alla cerimonia, altrimenti assai simile a una delle tante, noiose, manifestazioni ufficiali, erano quelle che componevano il trio vedova, figlio Stefano, nipote Giorgio. La signora, senza rendersene conto, di tanto in tanto aveva uno scatto nervoso della testa, all'indietro, come a dire ripetutamente no. Quel no il commentatore, voce bassa e compunta, interpretava come il gesto evidente di una creatura che alla concretezza della morte illogicamente si rifiutava, ma mentre il cameraman su di lei zoomava fino a coglierne lo sguardo, Montalbano trovò conferma di quanto già la vedova gli aveva confessato: in quegli occhi c'erano solo disprezzo e noia. Allato sedeva il figlio, «impietrito dal dolore» diceva lo speaker, e lo definiva impietrito solo perché il giovane ingegnere mostrava una compostezza che rasentava l'indifferenza. Giorgio invece cimiava come un albero sotto vento, oscillava livido, fra le mani un fazzoletto continuamente turciuniato, assuppato di lacrime.

Squillò il telefono, andò a rispondere senza staccare lo sguardo dal televisore.

«Commissario, sono Germanà. Tutto a posto. L'avvocato Rizzo la ringrazia, dice che troverà modo di sdebitarsi.»

Di qualcuno di questi modi di sdebitarsi dell'avvocato, si sussurrava, i creditori ne avrebbero volentieri fatto a meno.

«Poi sono andato da Saro e gli ho dato l'assegno. Li ho dovuti persuadere, non si convincevano, pensavano a una babbiata, poi si sono messi a baciarmi le mani. Le sparagno tutto quello che il Signore, a loro parere, dovrebbe fare nei suoi confronti. La macchina è al commissariato. Che faccio, gliela porto a casa?»

Il commissario taliò l'orologio, all'incontro con Ingrid mancava poco più di un'ora.

«Va bene, ma con comodo. Diciamo che per le nove e mezza sei qua. Poi ti riaccompagno io in paese.»

Non voleva mancare il momento del finto svenimento, si sentiva come uno spettatore al quale un prestigiatore avesse rivelato il trucco e uno allora si gode non più la sorpresa, ma l'abilità. A mancare invece fu il cameraman, che quel momento non fece a tempo a cogliere sia pure velocemente panoramicando dal primo piano del ministro al gruppo dei famigliari: già Stefano e due volenterosi stavano portando fuori la signora, mentre Giorgio restava al suo posto, e continuava a cimiare.

Invece di lasciare Germanà davanti al commissariato e proseguire, Montalbano scese con lui. Trovò Fazio di ritorno da Montelusa, aveva parlato col ferito che si era finalmente calmato. Si trattava, gli raccontò il brigadiere, di un rappresentante di elettrodomestici, milanese, che una volta ogni tre mesi pigliava l'aereo, sbarcava a Palermo, affittava una macchina e si faceva il giro. Quando si era fermato al distributore, si era messo a taliare un foglio per controllare l'indirizzo del prossimo negozio da visitare e poi aveva sentito dei colpi e un dolore acuto alla spalla. Fazio ci credeva, al racconto.

«Dottò, quello quando se ne torna a Milano, si mette con quelli che vogliono staccare la Sicilia dal Nord.»

«E il benzinaio?»

«Il benzinaro è cosa diversa. Ci sta parlando Giallombardo, sa com'è fatto, uno sta due ore con lui, chiacchiera come se lo conoscesse da cent'anni e dopo s'adduna d'avergli detto segreti che non direbbe manco al parrino in confessione.»

Le luci erano spente, la porta a vetri d'accesso sbarrata, Montalbano aveva scelto proprio il giorno di chiusura settimanale del bar Marinella. Parcheggiò la macchina e attese. Pochi minuti dopo arrivò una biposto, rossa, piatta come una sogliola. Ingrid aprì lo sportello, scese. Sia pure alla scarsa luce di un lampione, il commissario vide che era meglio di come se l'era immaginata, jeans attillati fasciavano le gambe lunghissime, camicia bianca scollata con le maniche arrotolate, sandali, capelli raccolti a crocchia: una vera femmina da copertina. Ingrid si taliò attorno, notò le luci spente, indolentemente ma a colpo sicuro si diresse verso la macchina del commissario, si chinò a parlargli dal finestrino aperto.

«Hai visto che avevo ragione? Ora dove si va, a casa tua?»

«No» fece rabbioso Montalbano. «Salga.»

La donna obbedì e subito l'automobile si riempì del profumo che al commissario era già noto.

«Dove si va?» ripeté la donna. Ora non babbiava, non scherzava più, da femmina di gran razza, aveva avvertito il nervosismo dell'uomo.

«Ha tempo?»

«Tutto quello che voglio.»

«Andiamo in un posto dove lei si sentirà a suo agio, perché c'è già stata, vedrà.»

«E la mia auto?»

«Poi passeremo a riprenderla.»

Partirono, e dopo qualche minuto di silenzio, Ingrid fece la domanda che avrebbe dovuto fare per prima.

«Perché hai voluto vedermi?»

Il commissario stava considerando l'idea che gli era venuta dicendole di salire in macchina con lui, era una pensata proprio da sbirro, ma lui sempre sbirro era.

«Volevo vederla perché ho da farle alcune domande.»

«Senti, commissario, io do del tu a tutti, se tu mi dai del lei mi metti in imbarazzo. Come ti chiami di nome?»

«Salvo. L'avvocato Rizzo ti ha detto che abbiamo ritrovato la collana?»

«Quale?»

«Come, quale? Quella col cuore di diamanti.»

«No, non me l'ha detto. E poi io non ho rapporti con lui. L'avrà sicuramente detto a mio marito.»

«Levami una curiosità, ma tu i gioielli sei abituata a perderli e a ritrovarli?»

«Perché?»

«Ma come, ti dico che abbiamo trovato la tua collana che vale un centinaio di milioni e non batti ciglio?»

Ingrid rise di gola, sommessamente.

«Il fatto è che non mi piacciono. Vedi?»

Gli mostrò le mani.

«Non porto anelli, nemmeno quello di matrimonio.»

«Dov'è che l'avevi persa?»

Ingrid non rispose subito.

"Si sta ripassando la lezione" pensò Montalbano.

Poi la donna attaccò a parlare, meccanicamente, il fatto d'essere straniera non l'aiutava a mentire.

«Avevo curiosità di vedere questa mannàra...»

«Mànnara» corresse Montalbano.

«... di cui avevo sentito parlare. Ho persuaso mio marito a portarmici. Lì sono scesa, ho fatto qualche passo, sono stata quasi aggredita, mi sono spaventata, temevo che mio marito si mettesse a litigare. Siamo ripartiti. A casa mi sono accorta che non avevo più la collana.»

«E com'è che quella sera te l'eri messa, dato che non

ti piacciono i gioielli? Non mi sembra proprio adatta per
andare alla mànnara.»

Ingrid esitò.

«L'avevo messa perché nel pomeriggio ero stata con
un'amica che voleva vederla.»

«Senti» disse Montalbano, «devo farti una premessa.
Io sto parlando con te sempre come commissario, ma in
forma ufficiosa, mi spiego?»

«No. Che cosa vuole dire ufficiosa? Non conosco la
parola.»

«Significa che quello che mi dirai resterà tra te e me.
Come mai tuo marito ha scelto proprio Rizzo come avvocato?»

«Non doveva?»

«No, almeno a rigore di logica. Rizzo era il braccio
destro dell'ingegnere Luparello, vale a dire il più grosso
avversario politico di tuo suocero. A proposito, lo conoscevi Luparello?»

«Di vista. Rizzo è da sempre l'avvocato di Giacomo.
E io non capisco un cazzo di politica.»

Si stirò, le braccia arcuate all'indietro.

«Mi sto annoiando. Peccato. Pensavo che l'incontro
con un poliziotto sarebbe stato più eccitante. Posso sapere dove stiamo andando? C'è ancora molta strada?»

«Siamo quasi arrivati» disse Montalbano.

Appena passata la curva Sanfilippo, la donna si fece
nervosa, taliò due o tre volte con la coda dell'occhio il
commissario, mormorò:

«Guarda che non ci sono bar, da queste parti.»

«Lo so» disse Montalbano e, rallentando l'andatura,
prese la borsa a sacco che aveva messa dietro il sedile dove ora stava seduta Ingrid. «Voglio che tu veda una cosa.»

Gliela posò sulle ginocchia. La donna la guardò e parve veramente sorpresa.

«Com'è che ce l'hai tu?»

«È tua?»

«Certo che è mia, guarda, ci sono le mie iniziali.»

Vedendo che le due lettere dell'alfabeto mancavano, restò ancora più interdetta.

«Saranno cadute» disse a bassa voce, ma non era persuasa. Si stava perdendo in un labirinto di domande senza risposta, ora qualcosa cominciava a preoccuparla, era evidente.

«Le tue iniziali ci sono ancora, non le puoi vedere perché siamo al buio. Le hanno strappate, ma è rimasta la loro impronta sul cuoio.»

«Ma perché le hanno tolte? E chi?»

Adesso nella sua voce suonava una nota d'angoscia. Il commissario non le rispose, però sapeva benissimo perché l'avevano fatto, proprio per fargli credere che Ingrid avesse tentato di rendere anonima la borsa. Erano arrivati all'altezza del viottolo che immetteva a Capo Massaria e Montalbano, che aveva accelerato come se volesse proseguire dritto, violentemente sterzò, imboccandolo. In un attimo, e senza una parola, Ingrid spalancò lo sportello, agilmente scese dalla macchina in corsa, si diede alla fuga tra gli alberi. Bestemmiando, il commissario frenò, saltò fuori, iniziò l'inseguimento. Dopo pochi secondi si rese conto che mai avrebbe potuto raggiungerla e si fermò, indeciso: proprio allora la vide cadere. Quando le fu accanto, Ingrid, che non si era potuta rialzare, interruppe un suo monologo svedese che però chiaramente esprimeva paura e rabbia.

«Vaffanculo!» e continuò a massaggiarsi la caviglia destra.

«Alzati e non fare più stronzate.»

Obbedì con fatica, si appoggiò a Montalbano che era rimasto immobile, senza aiutarla.

Il cancello si aprì con facilità, fu invece la porta d'ingresso a opporre resistenza.

«Faccio io» disse Ingrid. L'aveva seguito senza fare un

gesto, come rassegnata. Ma aveva organizzato un suo piano di difesa.

«Tanto, dentro, non ci troverai niente» disse sulla soglia con tono di sfida.

Accese la luce, sicura di sé, ma alla vista dei mobili, delle videocassette, della stanza perfettamente arredata, ebbe uno scoperto moto di sorpresa, una ruga le si disegnò sulla fronte.

«Mi avevano detto...»

Si controllò subito, interrompendosi. Alzò le spalle, taliò Montalbano aspettando che facesse un'altra mossa.

«In camera da letto» disse il commissario.

Ingrid aprì la bocca, stava per dire una battuta facile, ma si scoraggiò, volse le spalle, zoppicando si recò nell'altra stanza, accese la luce, questa volta non mostrando nessuna sorpresa, se l'aspettava che tutto fosse in ordine. Sedette ai piedi del letto. Montalbano aprì l'anta di sinistra dell'armadio.

«Sai di chi sono questi vestiti?»

«Devo pensare che siano di Silvio, l'ingegnere Luparello.»

Aprì l'anta centrale.

«Queste parrucche sono tue?»

«Mai portata una parrucca.»

Quando aprì l'anta di destra, Ingrid chiuse gli occhi.

«Guarda, tanto non risolvi niente. Sono tuoi?»

«Sì. Ma...»

«... ma non avrebbero dovuto più esserci» concluse per lei Montalbano.

Ingrid trasalì.

«Come lo sai? Chi te l'ha detto?»

«Non me l'ha detto nessuno, l'ho capito da solo. Faccio il poliziotto, te lo ricordi? Anche la borsa a sacco stava nell'armadio?»

Ingrid fece cenno di sì con la testa.

«E la collana che hai detto d'aver perduta dov'era?»

«Dentro la borsa. Una volta ho dovuto metterla, poi sono venuta qua e l'ho lasciata.»

Fece una pausa, taliò a lungo il commissario negli occhi.

«Cosa significa tutto questo?»

«Torniamo di là.»

Ingrid prese un bicchiere dalla credenza, lo riempì a metà di whisky liscio, lo bevve praticamente in un sorso solo, lo riempì di nuovo.

«Tu ne vuoi?»

Montalbano disse di no, si era seduto sul divano, taliava il mare, la luce era abbastanza bassa per farlo intravedere al di là della vetrata. Ingrid venne a sedersi accanto a lui.

«Sono stata qua a guardare il mare in occasioni migliori.»

Scivolò tanticchia sul divano, appoggiò la testa sulla spalla del commissario che non si mosse, aveva subito capito che quel gesto non era un tentativo di seduzione.

«Ingrid, ti ricordi quello che ti ho detto in macchina? Che il nostro era un discorso ufficioso?»

«Sì.»

«Rispondimi sinceramente. I vestiti nell'armadio li hai portati tu o ci sono stati messi?»

«Li ho portati io. Mi potevano servire.»

«Eri l'amante di Luparello?»

«No.»

«Come no? Qui mi pare che sei di casa.»

«Con Luparello sono stata a letto una sola volta, sei mesi dopo che ero arrivata a Montelusa. Dopo mai più. Mi ha portata qui. Ma è successo che siamo diventati amici, amici veri, come mai, nemmeno al mio paese, m'era accaduto con un uomo. Potevo dirgli tutto, proprio tutto, se mi capitava un guaio riusciva a tirarmene fuori, senza fare domande.»

«Vuoi farmi credere che in quell'unica volta che sei stata qui ti sei portata appresso vestiti, jeans, mutandine, borsa e collana?»

Ingrid si scostò, irritata.

«Non voglio farti credere nulla. Ti stavo raccontando. Dopo qualche tempo ho chiesto a Silvio se potevo di tanto in tanto usare questa casa e lui mi ha detto di sì. Mi ha pregato di una sola cosa, di essere molto discreta e di non dire mai a chi apparteneva.»

«Se decidevi di venirci, come facevi a sapere che l'appartamento era libero e a tua disposizione?»

«Avevamo concordato una serie di squilli telefonici. Io con Silvio sono stata di parola. Qui ci portavo un solo uomo, sempre lo stesso.»

Bevve un lungo sorso, si era come incurvata nelle spalle.

«Un uomo che da due anni è voluto entrare a forza nella mia vita. Perché io, dopo, non volevo più.»

«Dopo che?»

«Dopo la prima volta. Mi faceva paura la situazione. Ma lui era... è come accecato, ha per me, come si dice, un'ossessione. Solo fisica. Ogni giorno mi domanda di vederci. Poi, quando lo porto qui, mi si butta addosso, diventa violento, mi strappa i vestiti. Ecco perché ho i ricambi nell'armadio.»

«Quest'uomo lo sa a chi appartiene la casa?»

«Non gliel'ho mai detto e del resto lui non me l'ha mai chiesto. Vedi, non è geloso, è solo che mi vuole, non si stancherebbe mai di starmi dentro, in qualsiasi momento è pronto a prendermi.»

«Capisco. E Luparello a sua volta sapeva chi portavi qua?»

«Vale lo stesso, non me l'ha chiesto e non gliel'ho detto.»

Ingrid si alzò.

«Non possiamo andare a parlare altrove? Questo posto adesso mi deprime. Sei sposato?»

«No» rispose Montalbano sorpreso.

«Andiamo a casa tua» e sorrise senza allegria. «Te l'avevo detto che sarebbe finita così, no?»

TREDICI

Nessuno dei due aveva voglia di parlare, se ne stettero per un quarto d'ora in silenzio. Ma il commissario ancora una volta stava cedendo alla sua natura di sbirro. E difatti, giunto all'imbocco del ponte che sovrastava il Canneto, accostò, frenò, scese e disse a Ingrid di fare altrettanto. Dall'alto del ponte, il commissario mostrò alla donna il greto asciutto che s'indovinava al chiaro di luna.

«Vedi» le disse, «questo letto di fiume porta dritto alla spiaggia. Ha molta pendenza. È pieno di pietre e di massi. Saresti capace di andare giù con l'auto?»

Ingrid esaminò il percorso, il primo tratto, quello che riusciva a vedere, anzi a indovinare.

«Non te lo so dire. Se fosse giorno sarebbe diverso. Ad ogni modo potrei provare, se lo vuoi.»

Taliò il commissario sorridendo, con gli occhi socchiusi.

«Ti sei informato bene su di me, eh? Allora, che devo fare?»

«Farlo» disse Montalbano.

«Va bene. Tu aspetti qua.»

Salì in macchina, partì. Bastarono pochi secondi perché Montalbano perdesse di vista la luce dei fari.

«E buonanotte. M'ha pigliato per il culo» si rassegnò il commissario.

E mentre si disponeva alla lunga camminata verso Vigàta, la udì tornare, il motore che urlava.

«Forse ce la faccio. Hai una pila?»

«È nel cassetto.»

La donna s'inginocchiò, illuminò il di sotto dell'automobile, si rialzò.

«Hai un fazzoletto?»

Montalbano glielo diede, con esso Ingrid si legò strettamente la caviglia che le doleva.

«Monta.»

A marcia indietro, arrivò all'inizio di una strada sterrata che si dipartiva dalla provinciale e portava fin sotto il ponte.

«Ci provo, commissario. Ma tieni presente che ho un piede fuori uso. Allacciati la cintura. Devo correre?»

«Sì, ma l'importante è che arriviamo sani e salvi alla spiaggia.»

Ingrid ingranò la marcia e partì sparata. Furono dieci minuti di sballottamento continuo e feroce, Montalbano a un certo punto ebbe l'impressione che la testa ardentemente desiderasse staccarsi dal resto del corpo e volare via dal finestrino. Ingrid invece era tranquilla, decisa, guidava tenendo la punta della lingua fuori dalle labbra e al commissario venne l'impulso di dirle di non tenerla così, poteva staccarsela con un morso involontario. Quando furono arrivati alla spiaggia:

«Ho superato l'esame?» spiò Ingrid.

Nel buio, gli occhi di lei sparluccicavano. Era eccitata e contenta.

«Sì.»

«Facciamolo di nuovo, in salita.»

«Ma tu sei pazza! Basta così.»

Aveva detto giusto, chiamandolo esame. Solo che era stato un esame che non aveva risolto nulla. Ingrid quella strada sapeva tranquillamente percorrerla, e questo era un punto a suo sfavore, alla richiesta del commissario però non aveva mostrato nervosismo, solo sorpresa, e questo era un punto a suo favore. Il fatto che non avesse scassato niente dell'auto, com'era da considerarsi? Di segno positivo o negativo?

«Allora? Lo rifacciamo? Dai, questo è stato l'unico momento della serata in cui mi sono divertita.»

«No, ho detto di no.»

«Allora guida tu, io ho troppo male.»

Il commissario guidò lungo la ripa di mare, ebbe conferma che la macchina era in ordine, niente di rotto.

«Sei proprio brava.»

«Vedi» disse Ingrid diventata professionale e seria, «chiunque può scendere per quel tratto. L'abilità consiste nel fare arrivare alla fine la macchina nelle stesse precise condizioni in cui era partita. Perché dopo, magari, ti trovi davanti a una strada asfaltata, non una spiaggia come questa, e devi recuperare correndo. Non mi spiego bene.»

«Ti spieghi benissimo. Chi per esempio dopo la discesa arriva sulla spiaggia con le sospensioni rotte, è uno che non ci sa fare.»

Erano giunti alla mànnara, Montalbano sterzò a destra.

«Vedi quel grosso cespuglio? Li è stato trovato Luparello.»

Ingrid non disse niente, non mostrò nemmeno molta curiosità. Fecero il viottolo, quella sera c'era scarso movimento, e sotto il muro della vecchia fabbrica:

«Qui la donna che era con Luparello ha perso la collana e ha gettato la borsa a sacco al di là del muro.»

«La mia borsa?»

«Sì.»

«Non sono stata io» mormorò Ingrid «e ti giuro che di questa storia non ci capisco niente.»

Quando arrivarono alla casa di Montalbano, Ingrid non ce la fece a scendere dalla vettura, il commissario dovette circondarla con un braccio alla vita mentre lei si appoggiava alla sua spalla. Appena dentro, la donna si abbandonò sulla prima sedia che le venne a tiro.

«Cristo! Ora mi fa veramente male.»

«Vai di là e levati i pantaloni, così posso farti una fasciatura.»

Ingrid si alzò con un lamento, s'incamminò zoppicando, sorreggendosi ai mobili e alle pareti.

Montalbano chiamò il commissariato. Fazio l'informò
che il benzinaio si era ricordato di tutto, aveva identificato perfettamente l'uomo al volante, quello che volevano ammazzare. Turi Gambardella, uno dei Cuffaro, come volevasi dimostrare.

«Galluzzo» continuò Fazio «è andato a casa di Gambardella, la moglie dice che non lo vede da due giorni.»

«Avrei vinto la scommessa con te» disse il commissario.

«Perché, secondo lei io sarei stato tanto stronzo da
abboccare?»

Sentì in bagno l'acqua scrosciare, Ingrid doveva appartenere a quella categoria di donne che non sanno resistere alla vista di una doccia. Formò il numero di
Gegè, quello del telefonino.

«Sei solo? Puoi parlare?»

«Per essere solo, sono solo. Per parlare, dipende.»

«Ti devo chiedere solo un nome. È un'informazione
che non ti compromette, chiaro? Ma voglio una risposta
precisa.»

«Il nome di chi?»

Montalbano glielo spiegò e Gegè non ebbe difficoltà
a farlo, quel nome, e per buon peso aggiunse anche un
soprannome.

Ingrid si era distesa sul letto, aveva addosso un grande asciugamano che la copriva assai poco.

«Scusami, ma non riesco a stare in piedi.»

Montalbano da un pensile del bagno pigliò un tubet-
to di pomata e un rotolo di garza.

«Dammi la gamba.»

Nel movimento, i minuscoli slip di lei fecero capolino
e anche un seno, che pareva pittato da un pittore che di
femmine ne capiva, mostrò un capezzolo che pareva taliarsi attorno, incuriosito dell'ambiente sconosciuto. An-

che questa volta Montalbano capì che in Ingrid non c'era nessuna volontà di seduzione, e gliene fu grato.

«Vedrai che fra un poco ti sentirai meglio» le disse dopo averle spalmato la pomata sulla caviglia e averla strettamente avvolta nella garza. Per tutto il tempo, Ingrid non aveva staccato lo sguardo da lui.

«Ne hai whisky? Portamene mezzo bicchiere senza ghiaccio.»

Era come se si conoscessero da una vita. Montalbano pigliò una sedia, dopo averle dato il bicchiere, e si sedette allato al letto.

«Sai una cosa, commissario?» disse Ingrid, taliandolo, aveva gli occhi verdi, e splendevano. «Tu sei il primo, vero uomo che incontro da cinque anni a questa parte.»

«Meglio di Luparello?»

«Sì.»

«Grazie. Ora senti le mie domande.»

«Falle.»

Montalbano stava per aprire bocca, quando sentì suonare il campanello della porta. Non aspettava nessuno, andò ad aprire perplesso. Sulla soglia c'era Anna, in borghese, che gli sorrideva.

«Sorpresa!»

Lo scostò, entrò in casa.

«Grazie dell'entusiasmo. Dove sei stato, tutta la sera? Al commissariato mi hanno detto che eri qua, sono venuta, era tutto buio, ho telefonato almeno cinque volte, niente, poi finalmente ho visto la luce.»

Taliò attentamente Montalbano che non aveva aperto bocca.

«Che hai? Sei diventato muto? Allora senti...»

S'interruppe, dalla porta della stanza da letto lasciata aperta aveva visto Ingrid, seminuda, un bicchiere in mano. Prima divenne pallida, poi violentemente arrossì.

«Scusatemi» mormorò e si precipitò fuori di corsa.

«Valle dietro!» gli gridò Ingrid. «Spiegale tutto! Io vado via.»

Rabbiosamente Montalbano diede un calcio alla porta d'entrata che fece vibrare la parete, mentre sentiva l'auto di Anna che ripartiva, sgommando con la stessa rabbia con la quale lui aveva chiuso la porta.

«Non ho il dovere di spiegarle niente, cazzo!»

«Vado via?» Ingrid si era alzata a mezzo sul letto, aveva i seni trionfanti fuori dall'asciugamano.

«No. Però copriti.»

«Scusami.»

Montalbano si levò la giacca e la camicia, tenne per un poco la testa sotto l'acqua del rubinetto del bagno, tornò a sedersi allato al letto.

«Voglio sapere per bene la storia della collana.»

«Dunque, lunedì passato Giacomo, mio marito, è stato svegliato da una telefonata che non ho capito, avevo troppo sonno. Si è vestito in fretta ed è uscito. È tornato dopo due ore e mi ha domandato dove era andata a finire la collana, dato che da qualche tempo non la vedeva per casa. Io non potevo rispondergli che era dentro la borsa in casa di Silvio, se lui mi domandava di vederla, non avrei saputo cosa rispondere. Così gli dissi che l'avevo perduta da almeno un anno e che non gliel'avevo detto prima perché avevo paura che s'arrabbiasse, quella collana valeva un sacco di soldi, oltretutto me l'aveva regalata lui in Svezia. Allora Giacomo mi ha fatto mettere la firma in fondo a un foglio bianco, serviva per l'assicurazione, mi ha detto.»

«E la storia della mànnara com'è venuta fuori?»

«Ah, quello è successo dopo, quando è tornato per il pranzo. Mi ha spiegato che il suo avvocato, Rizzo, gli aveva detto che per l'assicurazione occorreva una spiegazione più convincente sullo smarrimento e gli aveva suggerito la storia della mannàra.»

«Mànnara» corresse pazientemente Montalbano, quell'accento spostato gli dava fastidio.

«Mànnara, mànnara» ripeté Ingrid. «A me, sinceramente, la storia non mi convinse, mi pareva storta, troppo inventata. Allora Giacomo mi fece notare che agli occhi di tutti io passavo per una puttana e quindi era da pensare che mi fosse venuta un'idea come quella di farmi portare alla mànnara.»

«Capisco.»

«Ma non capisco io!»

«Avevano in mente d'incastrarti.»

«Non so la parola.»

«Guarda: Luparello muore alla mànnara mentre sta con una donna che l'ha convinto ad andare là, d'accordo?»

«D'accordo.»

«Bene, vogliono far credere che quella donna sei tu. Tua è la borsa, tua la collana, tuoi i vestiti in casa di Luparello, tu sai fare la discesa del Canneto... Io dovrei arrivare ad una sola conclusione: quella donna si chiama Ingrid Sjostrom.»

«Ho capito» disse lei e rimase in silenzio, gli occhi fissi sul bicchiere che aveva in mano. Poi si scosse.

«Non è possibile.»

«Cosa?»

«Che Giacomo sia d'accordo con la gente che vuole incastrarmi, come dici tu.»

«Può darsi che l'abbiano costretto ad essere d'accordo. La situazione economica di tuo marito non è felice, lo sai?»

«Lui non me ne parla, ma l'ho capito. Sono sicura però che se l'ha fatto, non è stato per soldi.»

«Di questo ne sono quasi convinto anch'io.»

«E perché, allora?»

«Ci sarebbe un'altra spiegazione, e cioè che tuo marito sia stato costretto a coinvolgerti per salvare una persona che gli sta a cuore più di te. Aspetta.»

Andò nell'altra stanza, dove c'era una piccola scrivania sommersa di carte, pigliò il fax che gli aveva spedito Nicolò Zito.

«Ma salvare un'altra persona da che?» gli spiò Ingrid appena lo vide tornare. «Se Silvio è morto mentre faceva l'amore, non c'è colpa di nessuno, non è stato ammazzato.»

«Proteggere non dalla legge, Ingrid, ma da uno scandalo.»

La donna cominciò a leggere il fax prima sorpresa poi sempre più divertita, rise apertamente all'episodio del Polo-club. Subito dopo si abbuiò, lasciò cadere il foglio sul letto, piegò la testa da un lato.

«È lui, tuo suocero, l'uomo che portavi nel pied-à-terre di Luparello?»

Per rispondere, Ingrid fece uno sforzo evidente.

«Sì. E a Montelusa vedo che ne parlano, malgrado io abbia fatto di tutto perché non succedesse. È la cosa più sgradevole che mi sia capitata in Sicilia, in tutto il tempo che ci sto.»

«Non c'è bisogno che mi racconti i particolari.»

«Voglio spiegarti che non sono stata io a cominciare. Due anni fa mio suocero doveva partecipare a un congresso, a Roma. Invitò me e Giacomo, ma all'ultimo momento mio marito non poté venire, insistette perché io partissi, a Roma ancora non ero mai stata. Tutto andò bene, però proprio l'ultima notte lui entrò nella mia stanza. Mi sembrò pazzo, andai con lui per farlo stare tranquillo, gridava, mi minacciava. In aereo, durante il viaggio di ritorno, a momenti piangeva, disse che non sarebbe successo mai più. Tu lo sai che abitiamo nello stesso palazzo? Bene, un pomeriggio che mio marito era fuori e io stavo a letto, si presentò, come quella notte, tremava tutto. Anche questa volta ebbi paura, la cameriera era in cucina... Il giorno dopo dissi a Giacomo che volevo cambiare casa, lui cadde dalle nuvole, io insistetti, litigammo. Tornai qualche altra volta sull'argomento e lui ogni volta mi rispose di no. Aveva ragione lui, dal suo punto di vista. Intanto mio suocero insisteva, mi baciava, mi toccava appena poteva, rischiando di farsi vedere da sua moglie, da Giacomo. Per questo ho pregato Silvio di prestarmi di tanto in tanto la sua casa.»

«Tuo marito ha qualche sospetto?»

«Non lo so, ci ho pensato. Certe volte mi pare di sì, altre volte mi convinco di no.»

«Ancora una domanda, Ingrid. Quando siamo arrivati a Capo Massaria, mentre stavi aprendo la porta, mi hai detto che tanto dentro non ci avrei trovato niente. E quando invece hai visto che dentro c'era tutto e tutto era come sempre, sei rimasta molto sorpresa. Qualcuno ti aveva assicurato che dalla casa di Luparello era stata portata via ogni cosa?»

«Sì, me l'aveva detto Giacomo.»

«Ma allora tuo marito sapeva?»

«Aspetta, non mi fare confondere. Quando Giacomo mi ha detto quello che dovevo dire se mi avessero interrogato quelli dell'assicurazione, e cioè che ero stata con lui alla mànnara, io mi preoccupai di un'altra cosa, il fatto che prima o poi, morto Silvio, qualcuno avrebbe potuto scoprire la sua casetta e dentro c'erano i miei vestiti, la mia borsa e le altre cose.»

«Chi li avrebbe dovuti trovare, secondo te?»

«Mah, non so, la polizia, i suoi famigliari... Dissi tutto a Giacomo, però, gli raccontai una bugia, non gli dissi niente di suo padre, gli feci capire che lì ci andavo con Silvio. La sera mi disse che tutto era a posto, ci avrebbe pensato un amico, se qualcuno ritrovava il villino avrebbe visto solo pareti imbiancate. E io ci ho creduto. Che hai?»

Montalbano venne preso in contropiede dalla domanda.

«Come, che ho?»

«Ti tocchi continuamente la nuca.»

«Ah, sì. Mi fa male. Dev'essere stato quando siamo scesi per il Canneto. E la caviglia come va?»

«Meglio, grazie.»

Ingrid si mise a ridere, passava da uno stato d'animo all'altro, come càpita ai bambini.

«Che hai da ridere?»

«La tua nuca, la mia caviglia... Sembriamo due ricoverati in ospedale.»

«Te la senti di alzarti?»

«Se fosse per me, resterei qua fino a domani mattina.»

«Abbiamo ancora da fare. Vestiti. Ce la fai a guidare?»

QUATTORDICI

L'auto rossa a sogliola di Ingrid era ancora ferma al posteggio del bar Marinella, si vede che l'avevano stimata troppo impegnativa per rubarla, non ce n'erano tante in giro a Montelusa e provincia.

«Piglia la tua macchina e seguimi» disse Montalbano. «Torniamo a Capo Massaria.»

«Oddio! A che fare?» Ingrid s'imbronciò, non ne aveva nessuna voglia e il commissario la capiva benissimo.

«Nel tuo stesso interesse.»

Alla luce dei fari, subito astutati, il commissario s'accorse che il cancello della villa era aperto. Scese, si avvicinò all'auto di Ingrid.

«Aspettami qua. Spegni i fari. Ti ricordi se quando siamo andati via abbiamo chiuso il cancello?»

«Non lo ricordo bene, ma mi pare proprio di sì.»

«Gira la macchina, fai meno rumore possibile.»

La donna eseguì, il muso dell'auto ora puntava verso la strada provinciale.

«Stammi a sentire bene. Io vado giù, e tu stai con le orecchie tese, se mi senti gridare o avverti che qualcosa non ti convince, non starci a pensare, parti, tornatene a casa.»

«Pensi che dentro ci sia qualcuno?»

«Non lo so. Tu fai come ti ho detto.»

Dalla sua macchina pigliò la borsa a sacco ma anche la pistola. Si avviò cercando di non mettere peso nei passi, scese la scala, la porta d'ingresso questa volta s'aprì senza fare resistenza né rumore. Oltrepassò la soglia, pistola in

pugno. Il salone era in qualche modo debolmente illuminato dal riflesso del mare. Con un calcio spalancò la porta del bagno e via via le altre, sentendosi, in chiave comica, un eroe di certi telefilm americani. In casa non c'era
nessuno, né c'erano tracce che qualcun altro ci fosse stato, ci volle poco a farsi persuaso che il cancello era stato
lui stesso a scordarselo aperto. Aprì la vetrata del salone,
guardò sotto. In quel punto Capo Massaria si sporgeva
sul mare come la prua di una nave, lì sotto l'acqua doveva
essere funnuta. Zavorrò la borsa a sacco di posate d'argento e di un pesante posacenere di cristallo, la fece roteare sopra la testa, la scagliò fuori, non l'avrebbero ritrovata tanto facilmente. Poi dall'armadio della stanza da
letto pigliò tutto quello che apparteneva a Ingrid, uscì, si
preoccupò di controllare che la porta d'ingresso fosse
ben chiusa. Appena apparve in cima alla scala, venne investito dalla luce dei fari dell'auto di Ingrid.

«Ti avevo detto di tenere spenti i fari. E perché hai ri-
girato la macchina?»

«Se c'erano guai, non mi piaceva lasciarti solo.»

«Ecco i tuoi vestiti.»

Lei li prese, li mise nel posto allato.

«E la borsa?»

«L'ho gettata in mare. Ora tornatene a casa. Non hanno più in mano niente per incastrarti.»

Ingrid scese, si avvicinò a Montalbano, l'abbracciò.
Stette un poco così, la testa appoggiata al suo petto. Poi,
senza più taliarlo, risalì, ingranò la marcia, partì.

Proprio all'imbocco del ponte sul Canneto, c'era
un'automobile ferma che quasi ostruiva la strada e un
uomo in piedi, i gomiti appoggiati sul tetto, le mani a coprirsi il volto, si dondolava leggermente.

«C'è cosa?» spiò Montalbano frenando.

L'uomo si voltò, aveva la faccia insanguinata, gli colava da una vasta ferita proprio in mezzo alla fronte.

«Un cornuto» rispose.

«Non ho capito, si spieghi meglio.» Montalbano scese dall'auto, gli si avvicinò.

«Camminavo frisco frisco e un figlio di buttana mi sorpassa, a momenti gettandomi fuori dalla strada. Allora io mi sono incazzato e ho pigliato a corrergli darrè, suonando e con gli abbaglianti addrumati. Quello a un certo momento ha frenato, mettendosi di traverso. È sceso, aveva una cosa in mano che non ho capito, e mi sono scantato pensando a un'arma, è venuto verso di me, io avevo il finestrino abbassato, e senza dire ai né bai m'ha dato una gran botta con quella cosa che ho capito ch'era una chiave inglese.»

«Ha bisogno d'aiuto?»

«No, il sangue si sta attagnando.»

«Vuole sporgere denuncia?»

«Non mi faccia ridere, mi fa male la testa.»

«Desidera che l'accompagni all'ospedale?»

«Si vuole, per favore, fare i cazzi suoi?»

Da quand'era che non passava una nottata di sonno come Dio comanda? Ora c'era questa minchia di dolore, darrè nel cozzo, che non gli dava requie, continuava magari se stava fermo a panza sotto o a panza all'aria, non faceva differenza, il dolore seguitava, surdigno, cardascioso, senza fitte acute, che forse era peggio. Accese la luce, erano le quattro. Sul comodino c'erano ancora la pomata e il rotolo di garza che gli erano serviti per Ingrid. Li pigliò, davanti allo specchio del bagno si spalmò sulla nuca tanticchia di pomata, capace che gli portava sollievo, e poi con la garza si fasciò il collo, la fissò con un pezzo di sparatrappo adesivo. La fasciatura l'aveva fatta forse troppo stretta, gli veniva di fatica firriare la testa. Si taliò allo specchio. E fu allora che un flash accecante gli esplose nel cervello, oscurò persino la luce del bagno, gli parse d'essere diventato un personaggio dei fumetti che aveva il potere degli occhi a raggi x, che riuscivano persino a vedere dentro le cose.

Al ginnasio, aveva avuto un vecchio parrino insegnante di religione. «La verità è luce» aveva detto un giorno.

Montalbano era uno scolaro murritiuso, scarso di studio, stava sempre all'ultimo banco.

«E allora viene a dire che se in una famiglia tutti dicono la verità, sparagnano sulla bolletta.»

Questo era stato il suo commento ad alta voce, ed era stato cacciato fuori dalla classe.

Ora, a trent'anni e passa dal fatto, domandò mentalmente scusa al vecchio parrino.

«Che faccia laida che ha!» esclamò Fazio appena lo vide arrivare al commissariato. «Non si sente bene?»

«Lasciami perdere» fu la risposta di Montalbano. «Notizie di Gambardella? L'avete trovato?»

«Niente. Sparito. Io mi sono fatto il concetto che lo ritroviamo campagna campagna mangiato dai cani.»

C'era però qualcosa nel tono di voce del brigadiere che non lo persuadeva, lo conosceva da troppi anni.

«Che c'è?»

«C'è che Gallo è andato al pronto soccorso, s'è fatto male a un braccio, niente di serio.»

«Com'è stato?»

«Con la macchina di servizio.»

«Correva? È andato a sbattere?»

«Sì.»

«Hai bisogno della mammana per tirarti fuori le parole?»

«Beh, l'ho mandato d'urgenza al mercato del paese, c'era un'azzuffatina, lui è partito di corsa, lo sa com'è, ha sbandato ed è andato a finire contro un palo. La macchina l'hanno trainata all'autoparco nostro di Montelusa, ce ne hanno data un'altra.»

«Dimmi la verità, Fazio: ci avevano tagliato le gomme?»

«Sì.»

«E Gallo non ha taliato prima, come ho raccomandato cento volte di fare? Non lo volete capire che tagliarci le gomme è lo sport nazionale di questo minchia di paese? Digli che non si presenti oggi in ufficio perché se lo vedo gli spacco il culo.»

Sbatté la porta della sua stanza, era veramente arrabbiato, cercò dentro una scatola di latta dove teneva di tutto, da francobolli a bottoni caduti, trovò la chiave della vecchia fabbrica, andò via senza salutare.

Seduto sulla trave fradicia accanto alla quale aveva trovato la borsa di Ingrid, taliava quello che l'altra volta gli era parso un oggetto indefinibile, una specie di manicotto di raccordo per tubi, e che ora chiaramente individuava: un collare anatomico, come nuovo, anche se si capiva che era stato usato. Per una forma di suggestione, la nuca tornò a fargli male. Si alzò, pigliò il collare, uscì dalla vecchia fabbrica, tornò al commissariato.

«Commissario? Sono Stefano Luparello.»

«Mi dica, ingegnere.»

«Io l'altro giorno ho avvertito mio cugino Giorgio che lei voleva vederlo stamattina alle dieci. Però, proprio cinque minuti fa, mi ha telefonato mia zia, sua madre. Non credo che Giorgio potrà venire a trovarla, come era nelle sue intenzioni.»

«Che è successo?»

«Non so di preciso, ma pare che stanotte sia stato sempre fuori di casa, così ha detto la zia. È tornato poco fa, verso le nove, ed era in condizioni da fare pietà.»

«Mi scusi, ingegnere, ma mi pare che sua madre m'avesse detto che dormiva a casa vostra.»

«È vero, ma fino alla morte di mio padre, poi si è trasferito a casa sua. Da noi, senza papà, si sentiva a disagio. Comunque, zia ha chiamato il dottore che gli ha fatto un'iniezione sedativa. Ora dorme profondamente. A me fa molta pena, sa. Lui era forse troppo attaccato a papà.»

«L'ho capito. Gli dica, se vede suo cugino, che avrei veramente bisogno di parlargli. Ma senza fretta, niente d'importante, quando può.»

«Senz'altro. Ah, la mamma, che è vicino a me, mi dice di salutarla.»

«Ricambi. Le dica che io... Sua madre è una donna straordinaria, ingegnere. Le dica che ho molto rispetto per lei.»

«Glielo dirò, grazie.»

Montalbano passò ancora un'ora a firmare carte e altre a scriverne. Erano complessi, quanto inutili, questionari del ministero. Galluzzo, molto agitato, non solo non bussò, ma spalancò la porta tanto da farla ribattere contro la parete.

«E che minchia! Che c'è?»

«L'ho saputo ora ora da un collega di Montelusa. Hanno ammazzato l'avvocato Rizzo. Sparato. L'hanno trovato vicino alla sua automobile, in contrada San Giusippuzzu. Se vuole, m'informo meglio.»

«Lascia perdere, ci vado io.»

Montalbano taliò l'orologio, erano le undici, uscì di corsa.

In casa di Saro non rispondeva nessuno. Montalbano tuppiò alla porta accanto, venne ad aprire una vecchietta dall'aria guerriera.

«Che c'è? Che modo è di disturbare?»

«Mi perdoni, signora, cercavo i signori Montaperto.»

«Signuri Montaperto? Ca quali signuri! Chiddri munnizzari vastasi sunnu!»

Non doveva correre buon sangue fra le due famiglie.

«Lei cu è?»

«Sono un commissario di pubblica sicurezza.»

La donna s'illuminò in volto, pigliò a fare voci con note acute di contentezza.

«Turiddru! Turiddru! Veni di cursa ccà!»

«Chi fu?» spiò apparendo un vecchio magrissimo.

«Chistu signuri un commissariu è! Vidi ch'aviva raggiuni!? Vidi ca i guardii i cercanu? U vidi ca eranu genti tinta? U vidi ca sinni scapparu pi nun finiri in galera?»

«Quando se ne sono scappati, signora?»

«Mancu mezz'ura, havi. Cu u piccilidddru. Si ci curri appressu, capaci ca li trova strata strata.»

«Grazie, signora. Corro all'inseguimento.»

Saro, sua moglie e il piccilidddro ce l'avevano fatta.

Lungo la strada per Montelusa venne fermato due volte, prima da una pattuglia di alpini e poi da un'altra di carabinieri. Il peggio venne sulla via per San Giusippuzzu, praticamente tra sbarramenti e controlli impiegò tre quarti d'ora per fare manco cinque chilometri. Sul posto c'erano il questore, il colonnello dei carabinieri, tutta la questura di Montelusa al completo. C'era magari Anna, che fece finta di non vederlo. Jacomuzzi si taliava attorno, cercava qualcuno per raccontargli ogni cosa per filo e per segno. Appena si addunò di Montalbano gli corse incontro.

«Un'esecuzione in piena regola, spietata.»

«In quanti erano?»

«Uno solo, almeno a sparare è stato uno solo. Il povero avvocato è uscito dal suo studio alle sei e mezza di stamattina, ha preso alcune carte e si è diretto verso Tabbìta, aveva un appuntamento con un cliente. Dallo studio è andato via da solo, questo è certo, ma strada facendo ha caricato in macchina qualcuno che conosceva.»

«Magari si tratta di uno che gli ha domandato un passaggio.»

Jacomuzzi scoppiò in una risata di cuore, tanto che ci furono persone che si voltarono a taliarlo.

«E tu te lo vedi Rizzo, con tutti i carichi che porta, da-

re tranquillamente passaggio a uno sconosciuto? Ma se
doveva guardarsi persino dall'ombra sua! Tu lo sai meglio di me che alle spalle di Luparello c'era Rizzo. No,
no, sicuramente è stato qualcuno che lui certamente conosceva, un mafioso.»

«Un mafioso, dici?»

«La mano sul fuoco. La mafia ha alzato il prezzo, domanda sempre di più, e non sempre i politici sono in
condizione di soddisfare le richieste. Ma c'è anche un'altra ipotesi. Avrà fatto qualche sgarro, ora che si sentiva
più forte dopo la nomina dell'altro giorno. E non glielo
hanno perdonato.»

«Jacomuzzi, mi congratulo, stamattina sei particolarmente lucido, si vede che hai cacato bene. Come fai a essere tanto sicuro di quello che stai dicendo?»

«Per come quello l'ha ammazzato. Prima gli ha spaccato i coglioni a calci, poi l'ha fatto inginocchiare, gli ha
poggiato l'arma alla nuca e ha sparato.»

Istantanea, tornò una fitta di dolore darrè il cozzo di
Montalbano.

«Cos'era l'arma?»

«Pasquano dice che ad occhio e croce, considerato il
foro d'entrata e quello d'uscita e il fatto che la canna era
praticamente premuta sulla pelle, deve trattarsi di una
sette e sessantacinque.»

«Dottor Montalbano!»

«C'è il questore che ti chiama» disse Jacomuzzi e si
eclissò. Il questore porse la mano a Montalbano, si sorrisero.

«Come mai anche lei si trova qua?»

«Veramente, signor questore, me ne sto andando. Ero
a Montelusa, ho sentito la notizia e sono venuto per pura e semplice curiosità.»

«A stasera, allora. Mi raccomando, non manchi, mia
moglie l'aspetta.»

Era una supposizione, solo una supposizione, ma così labile che se si fosse fermato un attimo a ben considerarla si sarebbe lestamente vanificata. Eppure teneva l'acceleratore al massimo e a un posto di blocco rischiò di farsi sparare addosso. Giunto a Capo Massaria manco spense il motore, schizzò dall'auto lasciando spalancato lo sportello, aprì con facilità il cancello e la porta d'ingresso, corse nella stanza da letto. Nel cassetto del comodino la pistola non c'era più. S'insultò violentemente, era stato uno stronzo, dopo la prima volta, quando aveva scoperto l'arma, era tornato altre due volte in quella casa con Ingrid e non si era mai preoccupato di controllare se l'arma era sempre al suo posto, mai, nemmeno quando aveva trovato il cancello aperto e si era messo l'animo in pace facendosi convinto che era stato lui stesso a scordarsi di chiuderlo.

"Ora mi metto a tambasiare" pensò appena arrivato a casa. Tambasiare era un verbo che gli piaceva, significava mettersi a girellare di stanza in stanza senza uno scopo preciso, anzi occupandosi di cose futili. E così fece, dispose meglio i libri, mise in ordine la scrivania, raddrizzò un disegno alla parete, pulì i fornelli del gas. Tambasiava. Non aveva appetito, non era andato al ristorante e non aveva manco aperto il frigorifero per vedere quello che Adelina gli aveva preparato.

Aveva come al solito, entrando, acceso la televisione. La prima notizia che lo speaker di Televigàta diede fu quella dei particolari dell'ammazzatina dell'avvocato Rizzo. I particolari, perché la novità di quella morte era stata già data in edizione straordinaria. Il giornalista non nutriva dubbio alcuno, l'avvocato era stato crudelmente assassinato dalla mafia, spaventata dal fatto che l'ucciso era appena assurto a un posto di alta responsabilità politica, posto dal quale meglio avrebbe potuto sviluppare la lotta alla criminalità organizzata. Perché questa era la parola d'ordine del rinnovamento: guerra senza quartiere alla mafia. Magari Nicolò Zito, rientrato precipitosamente da Palermo, parlava di mafia su Retelibera, ma lo faceva in modo così contorto che non si capiva niente di quello che andava dicendo. Tra le righe, anzi tra le parole, Montalbano intuì che Zito pensava a un brutale regolamento di conti, ma non lo diceva apertamente, temeva che una nuova querela si aggiungesse alle centinaia che già aveva. Poi Montalbano si stufò di quel chiacchierare a vuoto, spense il televisore, chiuse le persiane per lasciar fuori la luce del giorno, si gettò sul letto vestito com'era, rannicchiandosi. Si voleva accuttufare. Altro verbo che gli piaceva, significava tanto essere preso a legnate quanto allontanarsi dal consorzio civile. In quel momento, per Montalbano erano più che validi tutti e due i significati.

QUINDICI

Più che una nuova ricetta per cucinare i polipetti, l'invenzione della signora Elisa, la moglie del questore, sembrò al palato di Montalbano una vera ispirazione divina. Se ne pigliò una seconda abbondante porzione e quando vide che anche questa stava per finire, rallentò il ritmo della masticazione, a prolungare, sia pure per poco, il piacere che il piatto gli procurava. La signora Elisa lo taliava felice: come ogni buona cuoca, godeva dell'estatica espressione che si formava sulla faccia dei commensali mentre gustavano una sua portata. E Montalbano, per l'espressività del volto, era fra gli invitati preferiti.

«Grazie, veramente grazie» le disse il commissario alla fine, e sospirò. I purpiteddri avevano in parte operato una sorta di miracolo; in parte, perché se era vero che Montalbano adesso si sentiva in pace con gli uomini e con Dio, era pur vero che continuava ad essere assai poco pacificato con se stesso.

Alla fine della cena la signora sparecchiò, saggiamente mettendo sul tavolo una bottiglia di Chivas per il commissario e una di amaro per il marito.

«Voi ora mettetevi a parlare dei vostri morti ammazzati veri, io me ne vado di là a guardare in televisione i morti finti, li preferisco.»

Era un rito che si ripeteva almeno una volta ogni quindici giorni, a Montalbano il questore e sua moglie erano simpatici e quella simpatia, da parte dei coniugi, era ampiamente ricambiata. Il questore era un uomo fine, colto e riservato, quasi una figura d'altri tempi.

Parlarono della disastrosa situazione politica, delle

pericolose incognite che la crescente disoccupazione riservava al paese, della terremotata situazione dell'ordine pubblico. Poi il questore passò a una domanda diretta.

«Mi vuole spiegare perché ancora non ha chiuso con Luparello? Oggi ho ricevuto una telefonata preoccupata da Lo Bianco.»

«Era arrabbiato?»

«No, glielo ho detto, solo preoccupato. Perplesso, anzi. Non riesce a spiegarsi la ragione del suo tirarla per le lunghe. E nemmeno io, a dire la verità. Guardi, Montalbano, lei mi conosce e sa che mai io mi permetterei di fare la minima pressione su un mio funzionario perché decida in un modo o in un altro.»

«Lo so benissimo.»

«E allora, se sono qui a domandarle, è per una mia personale curiosità, mi spiego? Sto parlando all'amico Montalbano, badi bene. A un amico di cui conosco l'intelligenza, l'acume, e soprattutto una civiltà nei rapporti umani assai rara al giorno d'oggi.»

«Io la ringrazio, signor questore, e sarò sincero come lei merita. Quello che subito non mi ha persuaso di tutta la faccenda è stato il posto di ritrovamento del cadavere. Stonava, ma proprio tanto, in modo stridente, con la personalità e il comportarsi di Luparello, uomo accorto, prudente, ambizioso. Mi sono chiesto: perché l'ha fatto? Perché si è recato fino alla mànnara per un rapporto sessuale che diventava pericolosissimo in quell'ambiente, e tale da mettere a repentaglio la sua immagine? Non ho trovato una risposta. Vede, signor questore, era come se, fatte le debite proporzioni, il presidente della Repubblica fosse morto d'infarto mentre ballava il rock in una discoteca d'infimo ordine.»

Il questore alzò una mano a fermarlo.

«Il suo paragone non è calzante» osservò con un sorriso che non era un sorriso. «Abbiamo avuto recentemente qualche ministro che si è scatenato a ballare in nights d'ordine più o meno infimo e non è morto.»

Il «purtroppo» che chiaramente stava per aggiungere gli si perse tra le labbra.

«Ma il fatto resta» proseguì puntigliosamente Montalbano. «E questa prima impressione mi è stata ampiamente confermata dalla vedova dell'ingegnere.»

«L'ha conosciuta? Una signora che è tutta una testa pensante.»

«È stata la signora a domandare di me, dietro sua segnalazione. In un colloquio avuto ieri mi ha detto che suo marito aveva un suo pied-à-terre a Capo Massaria e me ne ha fornito le chiavi. Quindi che ragione aveva di andare ad esporsi in un posto come la mànnara?»

«Me lo sono domandato anch'io.»

«Ammettiamo, per un momento, per amore di discussione, che ci sia andato, che si sia lasciato convincere da una donna con un potere straordinario di persuasione. Una donna che non era del posto, che l'ha portato lì facendo un percorso assolutamente impervio per arrivarci. Tenga presente che era la donna alla guida.»

«Una strada impervia, dice?»

«Sì, non solo ho precise testimonianze in proposito, ma quella strada l'ho fatta fare al mio brigadiere e l'ho fatta io stesso. La macchina ha addirittura percorso il greto asciutto del fiume Canneto, scassando le sospensioni. Appena fermata la macchina quasi dentro un grosso cespuglio della mànnara, la donna monta sull'uomo che le sta a fianco, comincia a fare all'amore. Ed è durante quest'atto che l'ingegnere ha il malessere che lo porta alla morte. La donna però non grida, non domanda soccorso: con agghiacciante freddezza scende dall'auto, percorre lentamente il viottolo che porta alla strada provinciale, monta su una automobile che sopravviene e sparisce.»

«Certo che tutto è molto strano. La donna ha chiesto un passaggio?»

«Non parrebbe, lei ha colto nel segno. Ho in proposito un'altra testimonianza. L'auto che la prese a bordo arrivò di corsa, addirittura con la portiera aperta, sapeva chi doveva incontrare e far salire senza perdere un minuto di tempo.»

«Mi perdoni, commissario, ma lei queste testimonianze le ha fatte tutte mettere a verbale?»

«No. Non ce n'era motivo. Vede, un dato è certo: l'ingegnere è morto per cause naturali. Ufficialmente, non ho nessun motivo per fare indagini.»

«Beh, se le cose stanno come dice lei, ci sarebbe per esempio l'omissione di soccorso.»

«Conviene con me che è una fesseria?»

«Sì.»

«Bene, ero a questo punto, quando la signora Luparello mi ha fatto notare una cosa fondamentale e cioè che suo marito, da morto, aveva addosso le mutande a rovescio.»

«Aspetti» disse il questore, «stiamo un attimo calmi. Come faceva la signora a sapere che il marito aveva le mutande a rovescio, se a rovescio erano veramente? Che io sappia la signora non è stata sul posto e non era presente ai rilievi della Scientifica.»

Montalbano si preoccupò, aveva parlato di slancio, non aveva tenuto conto che doveva tenere fuori Jacomuzzi per il fatto che il collega aveva dato le foto alla signora. Ma non aveva vie d'uscita.

«La signora aveva le foto scattate dalla Scientifica, non so come le aveva ottenute.»

«Forse lo so io» disse il questore abbuiandosi.

«Le aveva esaminate accuratamente con una lente d'ingrandimento, me le ha fatte vedere, aveva ragione.»

«E da questa circostanza, la signora s'è fatta una sua opinione?»

«Certo. Lei parte dalla premessa che se suo marito per caso, vestendosi, si fosse messo le mutande dalla parte sbagliata, inevitabilmente nel corso della giornata avrebbe dovuto accorgersene. Era costretto ad orinare diverse volte al giorno, prendeva dei diuretici. Quindi, partendo da questa ipotesi, la signora pensa che l'ingegnere, sorpreso in una circostanza a dir poco imbarazzante, sia stato costretto a rivestirsi in fretta e a recarsi alla mànnara, dove, sempre secondo la signora, sarebbe stato compromesso in modo irreparabile, tale almeno da farlo ritirare dalla politica. In questo senso, c'è di più.»

«Non mi risparmi nulla.»

«I due spazzini che hanno trovato il corpo, prima di avvertire la polizia, si sono sentiti in dovere di chiamare l'avvocato Rizzo, che sapevano essere l'alter ego di Luparello. Ebbene, Rizzo non solo non mostra sorpresa, stupore, meraviglia, preoccupazione, allarme, niente, invita i due a denunciare subito il fatto.»

«E questo come lo sa? Ha un'intercettazione telefonica?» spiò esterrefatto il questore.

«Nessuna intercettazione, è la trascrizione fedele del breve colloquio ad opera di uno dei due spazzini. L'ha fatto per ragioni che qui sarebbe lungo spiegare.»

«Meditava un ricatto?»

«No, meditava sulla scrittura di un'opera teatrale. Mi creda, non aveva alcuna intenzione di commettere un reato. E qui entriamo nel vivo della questione, e cioè Rizzo.»

«Aspetti. Mi ero riproposto, stasera, di trovare il modo di rimproverarla. Del suo volere spesso complicare le cose semplici. Lei ha letto sicuramente *Candido* di Sciascia. Si ricorda che il protagonista a un certo punto afferma che è possibile che le cose sono quasi sempre semplici? Io questo volevo ricordarle.»

«Sì, ma vede, Candido dice quasi sempre, non dice sempre. Ammette delle eccezioni. E questo di Luparello è un caso dove le cose vengono disposte in modo d'apparire semplici.»

«E invece sono complicate?»

«Lo sono assai. A proposito di *Candido*, ne ricorda il sottotitolo?»

«Certo, *Un sogno fatto in Sicilia.*»

«Ecco, qui invece siamo a una sorta d'incubo. Azzardo un'ipotesi che difficilmente troverà conferma ora che Rizzo è stato ammazzato. Dunque, nel tardo pomeriggio di domenica, verso le sette, l'ingegnere avverte telefonicamente la moglie che farà molto tardi, ha una riunione politica importante. Invece si reca nella sua casetta di Capo Massaria per un convegno amoroso. Le dico subito che un'eventuale indagine sulla persona che era con l'ingegnere presenterebbe molte difficoltà, perché Luparello era ambidestro.»

«Che significa, mi scusi? Ambidestro, al mio paese viene a dire che uno sa usare indifferentemente tanto l'arto destro quanto il sinistro, mano o piede che sia.»

«Impropriamente si dice anche di chi usa andare indifferentemente tanto con un uomo quanto con una donna.»

Serissimi, parevano due professori che stessero compilando un nuovo vocabolario.

«Ma che mi racconta!?» sbalordì il questore.

«Me l'ha fatto capire, fin troppo chiaramente, la signora Luparello. E la signora non aveva nessun interesse a contarmi una cosa per un'altra, soprattutto in questo campo.»

«Lei è andato alla casetta?»

«Sì. Tutto ripulito alla perfezione. Ci sono dentro cose che appartenevano all'ingegnere e nient'altro.»

«Vada avanti nella sua ipotesi.»

«Durante l'atto sessuale, o subito dopo com'è probabile date le tracce di sperma rinvenute, Luparello muore. La donna che è con lui...»

«Alt» intimò il questore. «Come fa a dire con tanta sicurezza che si trattava di una donna? Lei stesso ha appena finito d'illustrarmi l'orizzonte sessuale, piuttosto vasto, dell'ingegnere.»

«Le dirò perché ne sono certo. La donna dunque, appena capisce che il suo amante è morto, perde la testa, non sa che fare, si agita scompostamente, smarrisce perfino la collana che aveva addosso e non se ne accorge. Poi si calma e capisce che l'unica cosa che possa fare è telefonare a Rizzo, l'uomo ombra di Luparello, chiedendo aiuto. Rizzo le dice di abbandonare subito la casa, le suggerisce di nascondere la chiave in qualche posto in modo che lui possa entrare nella casetta e la rassicura, penserà a tutto lui, nessuno saprà di quel convegno concluso così tragicamente. Rasserenata, la donna esce di scena.»

«Come, esce di scena? Non è stata una donna a portare Luparello alla mànnara?»

«Sì e no. Vado avanti. Rizzo si precipita a Capo Massaria, riveste in tutta fretta il cadavere, ha l'intenzione di portarlo fuori di lì e farlo ritrovare in qualche posto meno compromettente. Però, a questo punto, vede per terra la collana e scopre dentro l'armadio i vestiti della donna che gli ha telefonato. Allora capisce che quello può essere il suo giorno fortunato.»

«In che senso?»

«Nel senso che è in grado di mettere spalle a muro tutti, amici e nemici politici, diventando il numero uno del partito. La donna che gli ha telefonato è Ingrid Sjostrom, una svedese, moglie del figlio del dottor Cardamone, il naturale successore di Luparello, un uomo che certamente non vorrà avere niente da spartire con Rizzo. Ora, lei capisce, una cosa è una telefonata e un'altra è la prova provata che la Sjostrom era l'amante di Luparello. Però c'è da fare ancora di più. Rizzo capisce che a buttarsi sull'eredità politica di Luparello saranno gli amici della corrente, quindi, per eliminarli, occorre metterli in condizione di vergognarsi ad agitare la bandiera di Luparello. È necessario che l'ingegnere venga totalmente sputtanato, infangato. Gli viene la bella pensata di farlo trovare alla mànnara. E dato che c'è, perché non far credere che la donna che ha voluto andare alla mànnara con Luparello sia proprio Ingrid Sjostrom, straniera, di costumi non certo monacali, in cerca di sensazioni stimolanti? Se la messinscena funziona, Cardamone è nelle sue mani. Telefona a due suoi uomini, che sappiamo, senza riuscire a provarlo, essere gli addetti alla bassa macelleria. Uno di questi si chiama Angelo Nicotra, un omosessuale, meglio noto negli ambienti loro come Marilyn.»

«Come ha fatto a conoscerne persino il nome?»

«Me l'ha detto un mio informatore, verso il quale nutro assoluta fiducia. Siamo, in un certo senso, amici.»

«Gegè? Il suo vecchio compagno di scuola?»

Montalbano rimase con la bocca aperta a taliare il questore.

«Perché mi guarda così? Anche io sono uno sbirro. Continui.»

«Quando i suoi uomini arrivano, Rizzo fa vestire Marilyn da donna, gli fa indossare la collana, gli dice di portare il corpo alla mànnara attraverso una strada impraticabile, addirittura il greto asciutto di un fiume.»

«Cosa voleva ottenere?»

«Una prova in più contro la Sjostrom, che è una campionessa automobilistica e quella strada sa come farla.»

«Ne è sicuro?»

«Sì. Ero in macchina con lei quando le ho fatto percorrere il greto.»

«Oddio» gemette il questore. «L'ha costretta?»

«Neanche per sogno! Era completamente d'accordo.»

«Mi vuol dire quante persone ha tirato in ballo? Si rende conto che sta giocando con un materiale esplosivo?»

«La cosa finisce in una bolla di sapone, mi creda. Dunque, mentre i due se ne vanno via col morto, Rizzo, che si è impadronito delle chiavi che aveva Luparello, torna a Montelusa ed ha facile gioco a entrare in possesso delle carte riservate dell'ingegnere che più lo interessano. Intanto Marilyn esegue perfettamente quello che gli è stato ordinato, esce dalla macchina dopo avere mimato l'amplesso, si allontana e all'altezza di una vecchia fabbrica abbandonata, nasconde la collana vicino a un cespuglio e getta la borsa al di là del muro di cinta.»

«Di quale borsa sta parlando?»

«È della Sjostrom, ci sono persino le iniziali, l'ha casualmente trovata nella casetta e ha pensato di servirsene.»

«Mi spieghi come è arrivato a queste conclusioni»

«Vede, Rizzo sta giocando con una carta scoperta, la collana, e una coperta, la borsa. Il ritrovamento della collana, in qualunque modo avvenga, sta a dimostrare che Ingrid era alla mànnara nello stesso momento in cui Luparello moriva. Se per caso qualcuno si mette in tasca la collana e non dice niente, gli rimane da giocare la carta della borsa. Invece è fortunato, dal suo punto di vista, la collana viene ritrovata da uno dei due spazzini che me l'ha consegnata. Lui giustifica il ritrovamento con una scusa in fondo plausibile, ma intanto ha stabilito il triangolo Sjostrom-Luparello-mànnara. La borsa invece l'ho trovata io, in base alla discrepanza di due testimonianze e cioè che la donna, quando uscì dalla macchina dell'ingegnere, aveva in mano una borsa che invece non aveva più quando sulla provinciale un'auto la fece salire a bordo. A farla breve, i suoi due uomini tornano alla casetta, mettono tutto in ordine, gli ridanno le chiavi. Alle prime luci dell'alba Rizzo telefona a Cardamone e comincia a giocare bene le sue carte.»

«Sì, certo, ma comincia anche a giocarsi la vita.»

«Questo è un altro discorso, se lo è» disse Montalbano.

Il questore lo taliò allarmato.

«Che intende dire? Che cavolo sta pensando?»

«Semplicemente che di tutta questa storia chi ne esce sano e salvo è Cardamone. Non trova che l'ammazzatina di Rizzo sia stata per lui assolutamente provvidenziale?»

Il questore scattò, e non si capiva se diceva sul serio o babbiava.

«Senta, Montalbano, non si faccia venire altre idee geniali! Lasci in pace Cardamone che è un galantuomo incapace di fare male a una mosca!»

«Stavo solo scherzando, signor questore. Se mi posso permettere: ci sono novità nell'indagine?»

«Che novità vuole che ci siano? Lei sa che tipo era Rizzo, su dieci persone che conosceva, perbene e no, otto, tra perbene e no, avrebbero voluto vederlo morto. Una giungla, una foresta di possibili assassini, mio caro, in prima o per interposta persona. Le dirò che il suo racconto ha una certa plausibilità solo per chi conosce di quale pasta fosse fatto l'avvocato Rizzo.»

Bevve un bicchierino di amaro centellinandolo.

«Lei mi ha affascinato. Il suo è un alto esercizio d'intelligenza, a tratti mi è parso un equilibrista sul filo, e senza rete. Perché, a dirla brutalmente, sotto il suo ragionamento c'è il vuoto. Lei non ha nessuna prova di quello che mi ha raccontato, tutto potrebbe essere letto in un altro modo, e un bravo avvocato saprebbe smontare le sue illazioni senza stare troppo a sudare.»

«Lo so.»

«Cosa conta di fare?»

«Domattina dirò a Lo Bianco che se vuole archiviare, non ci sono difficoltà.»

SEDICI

«Pronto, Montalbano? Sono Mimì Augello. Ti ho svegliato? Scusami, ma era per rassicurarti. Sono tornato alla base. Tu quando parti?»

«L'aereo da Palermo è alle tre, quindi da Vigàta mi dovrò muovere verso le dodici e mezza, subito dopo mangiato.»

«Allora non ci vedremo, perché io penso di essere in ufficio un poco più tardi. Ci sono novità?»

«Te le dirà Fazio.»

«Tu quanto pensi di stare fuori?»

«Fino a giovedì compreso.»

«Divertiti e riposati. Fazio ha il tuo numero di Genova, vero? Se ci sono cose grosse, ti chiamo.»

Il suo vice, Mimì Augello, era tornato puntuale dalle ferie, quindi poteva partirsene senza problemi, Augello era persona capace. Telefonò a Livia, dicendole a che ora sarebbe arrivato, e Livia, felice, gli fece sapere che sarebbe stata ad aspettarlo all'aeroporto.

Appena in ufficio, Fazio gli comunicò che gli operai della fabbrica del sale, che erano stati tutti messi in mobilità, pietoso eufemismo per dire che erano stati tutti licenziati, avevano occupato la stazione ferroviaria. Le loro femmine, stese sui binari, impedivano il transito dei treni. L'Arma era già sul posto. Sarebbero dovuti andare anche loro?

«A fare che?»

«Mah, non so, a dare una mano.»

«A chi?»

«Come a chi, dottò? Ai carabinieri, alle forze dell'ordine, che poi siamo noi, sino a prova contraria.»

«Se proprio ti scappa di dare una mano a qualcuno, dalla a quelli che occupano la stazione.»

«Dottò, io l'ho sempre pensato: lei comunista è.»

«Commissario? Sono Stefano Luparello. Mi perdoni. Mio cugino Giorgio si è fatto vedere da lei?»

«No, non ho notizie.»

«In casa siamo molto preoccupati. Appena si è ripreso dal sedativo, è uscito ed è sparito di nuovo. Mamma vorrebbe un consiglio, non sarebbe il caso di rivolgerci alla Questura per fare delle ricerche?»

«No. Dica a sua madre che non mi pare il caso. Giorgio tornerà a farsi vivo, le dica di stare tranquilla.»

«Ad ogni modo, se lei ha notizie, la prego di farcelo sapere.»

«Sarà molto difficile, ingegnere, perché io sto partendo per un periodo di ferie, tornerò venerdì.»

I primi tre giorni trascorsi con Livia nella sua villetta di Boccadasse gli fecero quasi del tutto scordare la Sicilia, grazie a certi sonni piombigni che si faceva, a recupero, tenendosi Livia abbracciata. Quasi del tutto, però, perché due o tre volte, a tradimento, l'odore, la parlata, le cose della sua terra lo pigliarono, lo sollevarono in aria senza peso, lo riportarono, per pochi attimi, a Vigàta. E ogni volta, ne era sicuro, Livia si era accorta di quel momentaneo sfagliamento, di quell'assenza, e l'aveva taliato senza dire niente.

La sera del giovedì ricevette una telefonata del tutto inattesa di Fazio.

«Niente d'importante, dottore, era solo per sentire la sua voce e avere la conferma che lei domani torna.»

Montalbano sapeva benissimo che i rapporti del brigadiere con Augello non erano dei più facili.

«Hai bisogno di conforto? Quel cattivo di Augello ti ha per caso fatto totò sul culetto?»

«Non gli va mai bene quello che faccio.»

«Porta pazienza, ti ho detto che domani torno. Ci sono novità?»

«Aieri hanno arrestato il sindaco e tre della giunta. Concussione e ricettazione. Per i lavori d'ampliamento del porto.»

«Finalmente ci sono arrivati.»

«Sì, dottò, ma non si faccia illusioni. Qui vogliono copiare i giudici di Milano, ma Milano è assai distante.»

«C'è altro?»

«Abbiamo ritrovato Gambardella, se lo ricorda? Quello che hanno cercato d'ammazzare mentre faceva benzina? Non era steso campagna campagna, ma stava incaprettato nel bagagliaio della sua stessa automobile, alla quale poi hanno dato fuoco, bruciandola completamente.»

«Se l'hanno bruciata completamente, come avete fatto a capire che Gambardella era stato incaprettato?»

«Hanno usato il filo di ferro, dottò.»

«Ci vediamo domani, Fazio.»

E questa volta non furono solo l'odore e la parlata della sua terra a risucchiarlo, ma l'imbecillità, la ferocia, l'orrore.

Dopo aver fatto l'amore, Livia se ne stette un pezzo silenziosa, poi gli prese una mano.

«Che c'è? Che ti ha detto il tuo brigadiere?»

«Niente d'importante, credimi.»

«E allora perché ti sei incupito?»

Montalbano si confermò nella sua convinzione: se c'era al mondo una persona alla quale avrebbe potuto cantare la messa intera e solenne, quella era Livia. Al questore aveva solo cantata la mezza messa, e magari saltando. Si alzò a metà sul letto, si sistemò il cuscino.

«Ascoltami.»

Le disse della mànnara, dell'ingegnere Luparello, dell'affetto che un suo nipote, Giorgio, nutriva per lui, di come a un certo punto quest'affetto si fosse (stravolto? corrotto?) cangiato in amore, passione, dell'ultimo convegno nella garçonnière di Capo Massaria, della morte di Luparello, di Giorgio come impazzito dalla paura dello scandalo, non per sé, ma per l'immagine, la memoria dello zio, di come il giovane l'avesse rivestito alla meglio, trascinato in macchina per portarlo via e farlo ritrovare altrove, disse della disperazione di Giorgio nel rendersi conto che quella finzione non reggeva, che tutti si sarebbero accorti che trasportava un morto, dell'idea di mettergli il collare anatomico che fino a qualche giorno prima lui stesso aveva dovuto portare e che aveva ancora in macchina, di come avesse tentato di celare il collare con uno straccio nero, di come a un tratto avesse temuto di cadere in preda all'epilessia di cui soffriva, di come avesse telefonato a Rizzo, le spiegò chi era l'avvocato, di come questi avesse capito che quella morte, aggiustata, poteva essere la sua fortuna.

Le parlò di Ingrid, di suo marito Giacomo, del dottor Cardamone, della violenza, non trovò altra parola, che questi usava alla nuora («che squallore» commentò Livia), di come Rizzo sospettasse di quella relazione, di come avesse cercato di coinvolgere Ingrid, riuscendoci con Cardamone ma non con lui, le raccontò di Marilyn e del suo complice, dell'allucinante viaggio in automobile, dell'orrenda pantomima dentro la macchina ferma alla mànnara («scusami un attimo, devo bere qualcosa di forte»). E quando fu tornata le raccontò ancora gli altri sordidi dettagli, la collana, la borsa, i vestiti, le disse della straziante disperazione di Giorgio alla vista delle foto, nel capire il doppio tradimento di Rizzo verso la memoria di Luparello e verso di lui, che quella memoria voleva a tutti i costi salvare.

«Aspetta un attimo» disse Livia, «è bella questa Ingrid?»

«Bellissima. E siccome capisco benissimo quello che stai pensando, ti dirò di più: ho distrutto tutte le finte prove a suo carico.»

«Questo non è da te» fece Livia, risentita.

«Ho fatto anche di peggio, stammi a sentire. Rizzo, che ha in pugno Cardamone, raggiunge il suo obiettivo politico, ma commette un errore, sottovaluta la reazione di Giorgio. È un giovane di straordinaria bellezza.»

«E dai! Anche lui!» tentò di scherzare Livia.

«Ma è di carattere assai fragile» proseguì il commissario. «Sull'onda dell'emozione, sconvolto, corre alla casetta di Capo Massaria, s'impadronisce della pistola di Luparello, s'incontra con Rizzo, lo massacra e poi gli spara alla nuca.»

«L'hai arrestato?»

«No, ti ho detto che avevo fatto di peggio che eliminare prove. Vedi, i miei colleghi di Montelusa pensano, e non sarebbe ipotesi campata in aria, che ad ammazzare Rizzo sia stata la mafia. E io ho loro taciuto quella che credo sia la verità.»

«Ma perché?!»

Montalbano non rispose, allargò le braccia. Livia andò nel bagno, il commissario sentì l'acqua scrosciare nella vasca. Quando più tardi le chiese il permesso d'entrare, la trovò ancora nella vasca piena, il mento appoggiato alle ginocchia alzate.

«Tu lo sapevi che in quella casa c'era una pistola?»

«Sì.»

«E l'hai lasciata là?»

«Sì.»

«Ti sei autopromosso, eh?» domandò Livia dopo essere rimasta a lungo in silenzio. «Da commissario a dio, un dio di quart'ordine, ma sempre dio.»

Sceso dall'aereo, si precipitò al bar dell'aeroporto, aveva bisogno di un caffè vero dopo l'ignobile sciacquatura scura che gli avevano ammannita in volo. Si sentì chiamare, era Stefano Luparello.

«Che fa, ingegnere, se ne torna a Milano?»

«Sì, riprendo il lavoro, sono stato troppo tempo assente. E vado anche a cercarmi una casa più grande, appena l'ho trovata, mia madre mi raggiungerà. Non voglio lasciarla sola.»

«Fa benissimo, per quanto a Montelusa abbia la sorella, il nipote...»

L'ingegnere s'irrigidì.

«Ma allora lei non sa?»

«Cosa?»

«Giorgio è morto.»

Montalbano posò la tazzina, la scossa gli aveva fatto traboccare il caffè.

«Com'è stato?»

«Si ricorda che il giorno della sua partenza le telefonai per sapere se con lei si era fatto vivo?»

«Ricordo benissimo.»

«La mattina dopo non era ancora rientrato. Allora mi sono sentito in dovere d'avvertire polizia e carabinieri. Hanno fatto ricerche assolutamente superficiali, mi scusi, forse erano troppo impegnati a indagare sull'assassinio dell'avvocato Rizzo. Nel pomeriggio di domenica un pescatore, da una barca, ha visto un'auto precipitata sulla scogliera proprio sotto la curva Sanfilippo. Conosce la zona? È poco prima di Capo Massaria.»

«Sì, conosco il posto.»

«Bene, il pescatore ha remato in direzione della macchina, ha visto che al posto di guida c'era un corpo ed è corso ad avvertire.»

«Sono riusciti a stabilire le cause dell'incidente?»

«Sì. Mio cugino, lei lo sa, dal momento della morte di papà viveva praticamente in stato confusionale, troppi tranquillanti, troppi sedativi. Invece di seguire la curva, ha tirato dritto, e in quel momento correva molto, sfondando il muretto. Non si era più ripreso, aveva un'autentica passione per mio padre, l'amava.»

Disse quelle due parole, passione e amore, in tono fermo, preciso, quasi ad eliminare con la nettezza del contorno ogni possibile sbavatura di senso. Dall'altoparlante chiamarono i passeggeri del volo per Milano.

Appena fuori dal parcheggio dell'aeroporto, dove aveva lasciato l'auto, Montalbano spinse l'acceleratore a tavoletta, non voleva pensare a nulla, solo concentrarsi nella guida. Dopo un centinaio di chilometri si fermò sulla sponda di un laghetto artificiale, scese, aprì il bagagliaio, prese il collare anatomico, lo gettò in acqua, aspettò che affondasse. Solo allora sorrise. Aveva voluto agire come un dio, aveva ragione Livia, ma quel dio di quart'ordine alla sua prima, e sperava, ultima esperienza, ci aveva indovinato in pieno.

Per raggiungere Vigàta doveva per forza passare davanti la Questura di Montelusa. E fu proprio lì che la sua auto decise di rendersi di colpo defunta. Montalbano provò e riprovò a farla ripartire senza risultato. Scese e stava per andare in Questura a chiedere aiuto, quando gli si avvicinò un agente che lo conosceva e aveva visto le sue inutili manovre. L'agente sollevò il cofano, armeggiò un poco, richiuse.

«Tutto a posto. Però gli faccia dare un'occhiata.»

Montalbano rientrò in macchina, accese il motore, si chinò a raccogliere dei giornali che erano caduti. Quando si rialzò, vide Anna appoggiata al finestrino aperto.

«Come stai, Anna?»

La ragazza non rispose, lo taliava, semplicemente.

«E allora?»

«E tu saresti un uomo onesto?» sibilò.

Montalbano capì che si riferiva alla notte in cui aveva visto Ingrid seminuda, distesa sul suo letto.

«No, non lo sono» disse. «Ma non per quello che pensi tu.»

NOTA DELL'AUTORE

Ritengo indispensabile dichiarare che questo racconto non nasce dalla cronaca e non assembla fatti realmente accaduti: esso è, insomma, da addebitarsi interamente alla mia fantasia. Poiché però in questi ultimi tempi la realtà pare voglia superare la fantasia, anzi abolirla, può essermi capitata qualche spiacevole coincidenza di nomi o di situazioni. Ma dei giochi del caso, si sa, non si può essere responsabili.

IL CANE DI TERRACOTTA

UNO

A stimare da come l'alba stava appresentandosi, la jurnata s'annunziava certamente smèusa, fatta cioè ora di botte di sole incaniato, ora di gelidi stizzichii di pioggia, il tutto condito da alzate improvvise di vento. Una di quelle jurnate in cui chi è soggetto al brusco cangiamento di tempo, e nel sangue e nel ciriveddro lo patisce, capace che si mette a svariare continuamente di opinione e di direzione, come fanno quei pezzi di lattone, tagliati a forma di bannèra o di gallo, che sui tetti ruotano in ogni senso ad ogni minima passata di vento.

Il commissario Salvo Montalbano apparteneva da sempre a quest'infelice categoria umana e la cosa gli era stata trasmessa per parte di matre, che era cagionevole assai e spesso si serrava nella cammara di letto, allo scuro, per il malo di testa e allora non bisognava fare rumorata casa casa, camminare a pedi lèggio. Suo patre invece, timpesta o bonazza, sempre la stessa salute manteneva, sempre del medesimo intifico pinsero se ne restava, pioggia o sole che fosse.

Magari questa volta il commissario non smentì la natura della sua nascita: aveva appena fermato l'auto al decimo chilometro della provinciale Vigàta-Fela, come gli era stato detto di fare, che subito gli venne gana di rimettere in moto e tornarsene in paese, mandando a patrasso l'operazione. Arrinisci a controllarsi, accostò meglio la macchina al ciglio della strata, raprì il cassetto del cruscotto per pigliare la pistola che abitualmente non portava addosso. Però la mano gli restò a mezz'aria: immobile, affatato, continuò a taliare l'arma.

"Madonna santa! È vero!" pensò.

La sera avanti, qualche ora prima che arrivasse la telefonata di Gegè Gullotta ad armare tutto il mutuperio –
Gegè era un piccolo spacciatore di roba leggera e organizzatore di un bordello all'aperto conosciuto come la
mànnara – il commissario stava leggendo un romanzo
giallo di uno scrittore barcellonese che l'intricava assai e
che portava lo stesso cognome suo, ma spagnolizzato
Montalbán. Una frase l'aveva particolarmente colpito:
«la pistola dormiva con il suo aspetto di lucertola fredda». Ritirò la mano tanticchia schifato, richiuse il cassetto
lasciando la lucertola al suo sonno. Tanto, se tutta la storia che stava per cominciare si fosse rivelata un trainello,
un'imboscata, aveva voglia a portarsi appresso la pistola,
quelli l'avrebbero spirtusato come e quando volevano a
colpi di kalashnikov, e tanti saluti e sono. C'era solo da
sperare che Gegè, in ricordo degli anni trascorsi l'uno allato all'altro sullo stesso banco delle elementari, amicizia
continuata poi magari quando s'erano fatti grandi, non si
fosse risolto, per interesse suo, a venderlo come carne da
porco, contandogli una minchiata qualisisiasi per farlo
cadere nella rete. No, qualisisiasi proprio no: la facenna,
se vera, sarebbe arrisultata cosa grossa e rumorosa.

Tirò un profondo sospiro e pigliò ad acchianare lento, un pedi leva e l'altro metti, lungo uno stretto viottolo
sassoso tra ampie distese di viti. Era uva da tavola, di
chicco rotondo e sodo, detta, va' a sapere pirchì, «uva
Italia», l'unica che pigliasse su quei terreni, perché
quanto ad altra racìna per fare vino, sempre su quei terreni era meglio sparagnarsi la spesata e il travaglio.

La casuzza a un piano, una cammara sotto e una sopra, stava proprio in pizzo alla collinetta, seminascosta
da quattro enormi ulivi saraceni che la circondavano
quasi per intero. Era come Gegè gliel'aveva descritta.
Porta e finestre inserrate e scolorite, nello spiazzo da-

vanti c'era una gigantesca troffa di capperi e poi c'erano troffe più piccole di cocomerelli serbatici, di quelli che appena si toccano con la punta d'un bastone schizzano in aria spandendo simenza, una seggia di paglia sfondata e messa a gambe all'aria, un vecchio cato di zinco per pigliare l'acqua reso inservibile dalla ruggine che se l'era mangiato a pezzi. L'erba aveva coperto il resto. Tutto concorreva a dare l'impressione che da anni il loco fosse disabitato, ma era apparenza ingannevole e Montalbano per spirenzia s'era fatto troppo sperto per lasciarsi persuadere, anzi era convinto che quarcheduno se ne stesse a taliarlo dall'interno della casuzza, giudicando le sue intenzioni dai gesti che avrebbe fatto. Si fermò a tre passi dalla porta, si levò la giacchetta, l'appese a un ramo d'ulivo, in modo che potessero vedere che non portava arma, chiamò senza isare troppo la voce, come un amico che va a trovare un altro amico.

«Ohè! Di casa!»

Nessuna risposta, nessuna rumorata. Dalla sacchetta dei pantaloni il commissario tirò fora un accendino e un pacchetto di sigarette, se ne mise una in bocca e l'addrumò, sistemandosi controvento con un mezzo giro su se stesso. Così chi c'era dintra la casa ora avrebbe potuto comodamente taliarlo di spalle, come prima l'aveva taliato di petto. Tirò due boccate, poi andò deciso alla porta e tuppiò forte col pugno, tanto da farsi male alle nocche per le scrostature indurite della vernice sul legno.

«C'è quarcuno?» spiò di nuovo.

Tutto poteva aspettarsi, meno la voce ironica e calma che lo pigliò a tradimento alle spalle.

«C'è, c'è. Sono qua.»

«Pronto? Pronto? Montalbano? Salvuzzo! Io sono, Gegè sono.»

«L'avevo capito, calmati. Come stai, occhiuzzi di miele e zàgara?»

«Bene sto.»

«Hai travagliato di bocca in queste jurnate? Ti perfezioni sempre di più nel pompino?»

«Salvù, non metterti a garrusiare al solito tuo. Io semmai, e tu lo sai, non travaglio ma faccio travagliare di bocca.»

«Ma tu non sei il maestro? Non sei tu che insegni alle tue variopinte buttane come devono mettere le labbra, quanto dev'essere forte la sucatina?»

«Salvù, magari se fosse come dici tu, sarebbero loro a darmi lezione. A dieci anni arrivano imparate, a quindici sono tutte maestre d'opera fina. C'è un'albanese di quattordici anni che...»

«Ti stai mettendo a fare la reclami alla merce?»

«Senti, tempo ne ho picca per stare a babbiare. Ti devo consegnare una cosa, un pacco.»

«A quest'ora? Non puoi farmelo avere domani a matino?»

«Domani non ci sono in paese.»

«Lo sai che c'è nel pacco?»

«Certo che lo saccio. Ci sono mostazzoli di vino cotto, quelli che ti piàcino. Me' soro Mariannina li ha fatti apposta per te.»

«Come sta Mariannina con gli occhi?»

«Meglio assai. A Barcellona di Spagna hanno fatto miracoli.»

«A Barcellona di Spagna scrivono magari libri belli.»

«Che dicisti?»

«Nenti. Cose mie, non ci fare caso. Dov'è che ci vediamo?»

«Al posto solito, tra un'ora.»

Il posto solito era la spiaggetta di Puntasecca, una corta lingua di sabbia sotto una collina di marna bianca, quasi inaccessibile via terra, o meglio accessibile solo per Montalbano e per Gegè che fin dalle elementari avevano scoperto un sentiero già difficoltoso a farselo a piedi, addirittura temerario a percorrerlo in macchina. Puntasecca distava pochi chilometri dalla villetta sul mare, appena fora Vigàta, dove abitava Montalbano e questi perciò se la pigliò comoda. Ma proprio quando aveva aperto la porta per andare all'appuntamento, squillò il telefono.

«Ciao, amore. Eccomi puntuale. Come ti è andata oggi?»

«Normale amministrazione. E tu?»

«Idem. Senti, Salvo, ho pensato a lungo a quello che...»

«Livia, scusami se t'interrompo. Ho poco tempo, anzi non ne ho per niente. Mi hai pigliato che già ero sulla porta, stavo uscendo.»

«Allora esci e buonanotte.»

Livia riattaccò e Montalbano rimase col microfono in mano. Poi gli tornò a mente che la sera avanti aveva detto a Livia di chiamarlo a mezzanotte precisa perché avrebbero avuto certamente tempo per parlare a lungo. Restò indeciso se richiamare subito la sua donna a Boccadasse o farlo al rientro, dopo l'incontro con Gegè. Con una punta di rimorso rimise a posto il ricevitore, niscì.

Quando arrivò, con qualche minuto di ritardo, Gegè era ad aspettarlo, passiava nirbuso avanti e narrè lungo la sua auto. S'abbracciarono e si baciarono, era da tempo che non si praticavano.

«Andiamo ad assittarci nella mia macchina, stanotti fa friscoliddro» disse il commissario.

«Mi hanno messo in mezzo» attaccò Gegè appena assittato.

«Chi?»

«Persone alle quali non posso negarmi. Tu sai che io, come ogni commerciante, pago il pizzo per travagliare in santa pace e per non fare succedere burdello, fatto ad arte, nel burdello che ho. Ogni mese che u Signuri Iddio manda in terra, c'è uno che passa e incassa.»

«Per conto di chi? Me lo puoi dire?»

«Passa per conto di Tano u grecu.»

Montalbano strammò, magari se non lo lo lo diede a vedere all'amico. Gaetano Bennici, inteso «u grecu», non aveva visto la Grecia manco col cannocchiale e delle cose dell'Ellade ne poteva sapere quanto un tubo di ghisa, ma era detto così per un certo vizio che la voce popolare diceva sommamente gradito nei paraggi dell'acropoli. Aveva sicuramente tre omicidi sulle spalle, nel giro occupava un posto un gradino più sotto ai capi capi, ma non si sapeva che operasse nella zona di Vigàta e dintorni, qui erano le famiglie Cuffaro e Sinagra a contendersi il territorio. Tano apparteneva a un'altra parrocchia.

«Ma Tano u grecu che ci accucchia da queste parti?»

«Che minchia di domande mi fai? Che minchia di sbirro sei? Non lo sai che è stato stabilito che per Tano u grecu non ci sono parti, non ci sono zone quando si tratta di fìmmine? Gli è stato dato il controllo e la pribenna su tutto il buttaname dell'isola.»

«Non lo sapevo. Vai avanti.»

«Verso le otto di stasira stessa passò il solito omo per l'incasso, era la jurnata stabilita per pagare il pizzo. Si pigliò li sordi che io gli desi, ma, invece di ripartirsene, questa vota raprì lo sportello della machina e mi disse d'acchianare.»

«E tu?»

«Mi scantai, mi vennero i sudori freddi. Ma che potevo fare? Acchianai, e lui partì. Per fartela breve, piglia la strata per Fela, si ferma dopo manco mezz'ora di camìno...»

«Ci domandasti dove stavate andando?»

«Certo.»

«E che ti disse?»

«Muto, come se non avessi parlato. Dopo una mezzorata mi fa scìnniri in un posto che non c'era anima criata, mi fa signo di pigliare una trazzera. Non passava manco un cane. A un certo momento, e nun saccio da dove minchia sbucò, mi si para davanti Tano u grecu. Mi pigliò un colpo, le gambe fatte di ricotta. Capiscimi, non è vigliaccaggine, ma quello tiene cinco micidii.»

«Come cinque?»

«Perché, a voi quanti ve ne arrisultano?»

«Tre.»

«Nossignore, sono cinco, garantito al limone.»

«Va bene, continua.»

«Io mi tirai subito il paro e il disparo. Dato che avevo sempre pagato regolarmente, mi feci persuaso che Tano volesse isare il prezzo. Degli affari non mi posso lamentare, e loro lo sanno. Mi sbagliavo, non era cosa di soldi.»

«Che voleva?»

«Senza manco salutàrimi, mi spiò se ti conoscevo.»

Montalbano credette di non avere inteso bene.

«Se conoscevi a chi?»

«A tia, Salvù, a tia.»

«E tu che gli dicesti?»

«Io, cacandomi nei cazùna, gli arrisposi che ti conoscevo, certo, ma così, di vista, bongiorno e bonasira. Mi taliò, mi devi accrìdiri, con un paro d'occhi che parevano quelli delle statue, fissi e morti, poi tirò la testa narrè, si fece una risateddra lèggia lèggia, e mi addomandò se volevo sapere quanti peli avevo nel culo, a sbagliare di un massimo di due. Voleva significare che di mia accanosceva vita, miracoli e morte, speriamo il chiù tardo possibile. Perciò calai gli occhi a terra e non raprii bocca. Allora mi disse di dirti che ti voli vìdiri.»

«Quando e dove?»

«Stanotte stissa, all'arba. Dove, te lo spiego subito.»

«Lo sai che vuole da me?»

«Questo non lo saccio e non lo voglio sapìri. Ha detto di farti convinto che ti puoi fidare di lui come con un fratello.»

Come con un fratello: queste parole, anziché rassicu-
rare Montalbano, gli procurarono uno spiacevole brivido nella schiena, era risaputo che al primo posto dei tre
– o cinque – omicidi di Tano c'era quello di suo fratello
maggiore Nicolino, prima strangolato e poi, per una misteriosa regola semiologica, accuratamente scuoiato.
Cadde in pensieri neri, che divennero ancora se possibile più neri alle parole che Gegè gli sussurrò, mettendogli
una mano sulla spalla.

«Statti accorto, Salvù, quello è una vestia mala.»

Se ne stava tornando a casa guidando piano quando i
fari della macchina di Gegè che lo seguiva lampeggiaro-
no ripetutamente. Si fece di lato, Gegè s'accostò e piegandosi tutto verso il finestrino dalla parte di Montalbano, gli porse un pacchetto.

«Mi scordavo i mostazzoli.»

«Grazie. Credevo fosse stata una tua scusa, una copertura.»

«E io che sono? Uno che dice una cosa per un'altra?»
Accelerò, offeso.

Il commissario passò una nottata da contarla al medico. Il primo pinsero che gli venne fu quello di telefonare
al questore, arrisbigliarlo e informarlo, cautelandosi su
tutti gli sviluppi che la facenna poteva avere. Però Tano
u grecu in proposito era stato esplicito, come gli aveva
riferito Gegè: Montalbano non doveva far sapere niente
a nessuno e all'appuntamento doveva andarci da solo.
Qui però non era quistione di giocare a guardie e ladri,
il dovere suo era di fare il dovere suo, vale a dire avvertire i superiori, con loro predisporre fin nei minimi dettagli le operazioni d'appostamento e di cattura, magari
con l'aiuto di sostanziosi rinforzi. Tano era latitante da
quasi dieci anni e lui, tranquillo e sireno, andava a trovarlo come se quello fosse un amico tornato dalla Meri-

ca? Manco a parlarne, non era cosa, il questore doveva assolutamente essere messo al corrente. Compose il numero dell'abitazione del suo superiore a Montelusa, il capoluogo.

«Sei tu, amore?» fece la voce di Livia da Boccadasse, Genova.

Montalbano restò per un momento senza fiato, si vede che il suo istinto lo stava portando a non parlare col questore, facendogli sbagliare numero.

«Scusami per poco fa, ho ricevuto una telefonata imprevista che mi ha costretto a uscire.»

«Lascia perdere, Salvo, lo so il mestiere che fai. Scusami tu piuttosto per lo scatto, ero rimasta delusa.»

Montalbano taliò il ralogio, aveva almeno tre ore prima di andare a incontrarsi con Tano.

«Se vuoi, possiamo parlare ora.»

«Ora? Scusami, Salvo, non è per ripicca ma preferirei di no. Ho preso il sonnifero, tengo a fatica gli occhi aperti.»

«D'accordo, d'accordo. A domani. Ti amo, Livia.»

La voce di Livia cangiò di colpo, si fece sveglia e agitata.

«Eh? Che c'è? Che c'è, Salvo?»

«Niente c'è, che ci deve essere?»

«Eh no, caro, tu non me la conti giusta. Devi fare qualcosa di pericoloso? Non mi fare stare in pensiero, Salvo.»

«Ma come fanno a venirti certe idee in testa?»

«Dimmi la verità, Salvo.»

«Non sto facendo nulla di pericoloso.»

«Non ci credo.»

«Ma perché, Cristo santo?»

«Perché m'hai detto ti amo, tu da quando ci conosciamo me l'hai detto solo tre volte, le ho contate, e ogni volta è stato per qualcosa d'insolito.»

L'unica era troncare, con Livia si poteva arrivare a matino.

«Ciao, amore, dormi bene. Non essere stupida. Ciao, devo uscire di nuovo.»

E ora come fare a passare tempo? Fece la doccia, lesse qualche pagina del libro di Montalbán capendoci poco, tambasiò da una stanza all'altra ora raddrizzando un quadro ora rileggendo una lettera, una fattura, un appunto, toccando tutto quello che gli veniva a tiro di mano. Rifece la doccia, si sbarbò, procurandosi un taglio proprio sul mento. Addrumò il televisore e l'astutò subito, gli diede un senso di nausea. Finalmente si fece l'ora. Già pronto per uscire, volle mettersi in bocca un mostazzolo di vino cotto. Con autentico stupore s'accorse che il pacco sulla tavola era stato aperto, che dentro la guantiera di cartone non c'era più manco un dolce. Se li era mangiati tutti senza farci caso per il nervoso. E, quel ch'era peggio, non se li era nemmeno goduti.

DUE

Montalbano si voltò adascio, quasi a bilanciare la sorda, improvvisa raggia per essersi lasciato pigliare di spalle alla sprovvista come un principiante. Per quanto fosse stato sull'allarme, non aveva avuto modo di sentire la minima rumorata.

"Uno a zero a favore tuo, cornuto!" pensò.

Benché non l'avesse mai veduto di prisenza, lo riconobbe subito: rispetto alle segnaletiche di qualche anno avanti, Tano s'era fatto crescere barba e baffi, ma gli occhi erano sempre quelli, mancanti d'ogni espressione, «di statua» come aveva efficacemente detto Gegè.

Tano u grecu s'inchinò leggermente e non c'era nel suo gesto manco il più lontano sospetto di scòncica, di presa in giro. Automaticamente Montalbano ricambiò il mezzo inchino. Tano buttò la testa indietro e rise.

«Paremo due giapponisi, quelli guerrieri con la spada e la corazza. Come si chiamano?»

«Samurai.»

Tano allargò le braccia, quasi volesse stringere a sé l'omo che gli stava davanti.

«Al piacere d'accanuscìri pirsonalmente di pirsona il famoso commissario Montalbano.»

Montalbano decise di togliere di mezzo le cerimonie e d'attaccare subito, tanto per mettere l'incontro nel suo giusto terreno.

«Non so quanto piacere potrà avere dalla mia conoscenza.»

«Uno, intanto, di piaciri me lo sta facendo provare.»

«Si spieghi.»

«Mi sta dando del lei, poco le pare? Non c'è stato uno sbirro che sia uno, e ne ho incontrati tanti, che m'abbia dato del lei.»

«Lei si renderà conto, lo spero, che io rappresento la legge, mentre lei è un latitante pericoloso e pluriomicida? E ci troviamo faccia a faccia.»

«Io sono disarmato. E lei?»

«Magari io.»

Tano buttò nuovamente la testa all'indietro, rise a gola piena.

«Mai mi sono sbagliato sulle pirsune, mai!»

«Armato o no, io devo arrestarla lo stesso.»

«E io qua sono, commissario, per farmi arrestare da lei. Ho voluto vederla apposta.»

Era sincero, non c'era dubbio, ma fu proprio quella scoperta sincerità a far sì che Montalbano s'inquartasse a difesa, non riuscendo a capire dove Tano volesse arrivare.

«Poteva venire al commissariato e costituirsi. Qui o a Vigàta è la stessa cosa.»

«Eh no, duttureddru, non è la stessa cosa, mi meraviglio di lei che sapi leggiri e scriviri, le parole non sono uguali. Io mi faccio arrestare, non mi costituisco. Si pigliassi la giacchetta che ne parliamo dintra, io intanto rapro la porta.»

Montalbano staccò la giacca dal ramo d'ulivo, se la mise sul braccio, entrò in casa seguendo Tano. Dintra era completamente scuro, u grecu addrumò un lume a pitrolio, fece cenno al commissario d'assittàrisi su una delle due seggie che erano allato a un piccolo tavolo. Nella cammara c'erano una branda col solo matarazzo, senza cuscino o linzola, uno scaffaletto a vetri con dintra bottiglie, bicchieri, gallette, piatti, pacchi di pasta, buatte di salsa, scatolame. C'era una cucina a legna con sopra pignate e pentole. Una scala di legno malandata portava al piano di sopra. Ma gli occhi del commissario si soffermarono su un animale assai più pericoloso della lucertola che dormiva nel cassetto del cruscotto della sua macchina, questo era un vero e proprio serpente velenoso, un mitra che sonnecchiava in piedi, appoggiato al muro, allato alla branda.

«Haiu del vino buono» fece Tano come un vero padrone di casa.

«Grazie sì» disse Montalbano.

Tra il freddo, la nuttata, la tensione, il chilo e passa di mostazzoli che s'era sbafato, del vino ne sentiva veramente il bisogno.

U grecu versò, alzò il bicchiere.

«Alla saluti.»

Il commissario alzò il suo, ricambiò l'augurio.

«Alla sua.»

Il vino era cosa di considerazione, se ne calava ch'era una billizza, passando dava conforto e calore.

«È veramente bono» si complimentò Montalbano.

«Un altro?»

Il commissario, per non cadere in tentazione, allontanò con un gesto brusco il bicchiere.

«Vogliamo parlare?»

«Parliamo. Dunque, io le ho detto che ho deciso di farmi arrestare...»

«Perché?»

La domanda di Montalbano, a pistolettata, lasciò l'altro imparpagliato. Fu un attimo, si ripigliò.

«Ho bisogno di farmi curare, sono malato.»

«Mi permette? Dato che lei pensa di conoscermi bene, saprà magari che io sono pirsuna che non si fa pigliare per il culo.»

«Ne sono persuaso.»

«Allora perché non mi rispetta e la finisce di contarmi minchiate?»

«Lei non ci crede che sono malato?»

«Ci credo. Ma la minchiata che lei vuole farmi ammuccare è che per essere curato lei ha necessità di farsi arrestare. Se vuole, mi spiego. Lei è stato ricoverato per un mese e mezzo alla clinica Madonna di Lourdes di Palermo, e poi per tre mesi alla clinica Getsemani di Trapani dove il professor Amerigo Guarnera l'ha magari operato. Se lei lo vuole, oggi stesso, malgrado le cose stiano in modo leggermente diverso di qualche anno fa, trova più di una clinica disposta a chiudere un occhio e a non segnalare la sua presenza alla Polizia. Quindi la ragione per la quale lei vuole farsi arrestare non è quella della malattia.»

«Se le dicessi che i tempi cangiano e che la rota gira di corsa?»

«Questo mi convince di più.»

«Vede, la bonarma di me' patre, che era omo d'onore ai tempi in cui la parola onore significava, spiegava a mia picciliddro che il carretto sul quale viaggiavano gli uomini d'onore aveva bisogno di molto grasso per fare girare le rote, per farle caminare spedite. Poi, passata la generazioni di me' patre, quando fui io ad acchianare sul carretto, quarcheduno dei nostri disse: ma perché dobbiamo continuare ad accattare il grasso che ci serve dai politici, dai sìnnaci, da quelli che hanno le banche e compagnia bella? Fabbrichiamolo nuatri, il grasso che ci serve! Bene! Bravo! Tutti d'accordo. Certu, c'era sempre chi arrubbava il cavallo del compagno, chi impediva una certa strata al suo socio, chi si metteva a sparare all'urbigna su carretto, cavallo e cavaliere di un'altra congrega... Tutte cose però che si potevano mèttiri a posto tra noi. I carretti si moltiplicarono, ci furono più strate da caminare. A un certo momento un grandi ingegnu fece na bella pinsata, si addumandò che cosa significasse continuare a caminare col carretto. Siamo troppo lenti – spiegò –, ci fottono in velocità, tutto il mondo ora camina con la machina, non si può ammucciare il progresso! Bene! Bravo! E tutti a correre a cangiare il carretto per l'automobile, a pigliàrisi la patente. Quarcheduno però non ce la fici a passare l'esame alla scola di guida e se ne niscì, o lo fecero nesciri, fora. Non ci fu manco u tempu di pigliare confidenza con la machina nova che i più picciotti di noi, che in automobile ci andavano da quando erano nasciuti e che avevano studiato liggi o economia negli Stati o in Germania, ci fecero sapìri che le nostre machine erano troppo lente, che ora come ora abbisognava satare sopra una machina da corsa, una Ferrari, una Maserati, addubbata di radiotelefono e fàcchisi, ed essere capaci di partire come un furgarone. Questi picciotti sono nuovi nuovi, parlano con gli apparecchi e non con le persone, manco ti canuscino, non sanno chi sei stato, e se lo sanno se ne fottono allegramente, manco fra loro capace che s'accanuscino, si parlano col computer. A farla breve, questi picciotti non talìano in faccia a nisciuno, appena ti vedono in difficortà con una machina lenta, ti jettano fora strata senza pinsarci due volte e tu ti ritrovi dintra un fosso con l'ossa del collo rotte.»

«E lei la Ferrari non la sa portare.»

«Esatto. Perciò, prima di morire in un fosso, è meglio che mi tiro sparte.»

«Lei però non mi pare il tipo che si tira sparte di testa sua.»

«Di testa mia, commissario, glielo assicuro, di testa mia. Certo, c'è modo e modo di convincere una pirsuna ad agire liberamenti di testa sua. Una volta un amico che leggeva assà e che era struìto, mi contò una storia che io riporto a lei para para. L'aveva liggiuta in un libro tedesco. C'è un omo che dice a un suo amico: scommessa che il mio gatto si mangia la senape ardosa, di quella tanto ardosa che ti fa un pirtuso nella panza? Ai gatti non ci piace la senape – dice l'amico. E invece al mio gatto ci la faccio mangiari – fa l'omo. Ci la fai mangiari a botte e a lignate? – addomanda l'amico. Nossignore, senza violenza, se la mangia liberamente, di testa so' – risponde l'omo. Scommissa fatta, l'omo piglia un bello cucchiaro di senape, di quella che a solo taliarla uno si senti àrdiri la vucca, agguanta il gatto e, zaff!, gli schiaffa la senape in culo. Il pòvro gatto, a sentirsi abbrusciare in quel modo il culo, si mette a leccarselo. Licca che ti licca si mangia, liberamente, tutta la senape. E questo è quanto, egregio.»

«Ho capito benissimo. Ora ripigliamo il discorso dal principio.»

«Stavo dicendo che io mi faccio arristari, ma mi necessita tanticchia di triatro per salvare la faccia.»

«Non capisco.»

«Ora vegnu e mi spiego.»

Si spiegò a lungo, bevendo ogni tanto un bicchiere di vino. Finalmente Montalbano si fece persuaso delle ragioni dell'altro. Ma c'era da fidarsi di Tano? Questo era il vero busillisi. A Montalbano, in gioventù, andava a genio giocare a carte, poi fortunatamente gli era passata: sentiva perciò che l'altro stava giocando con carte non segnate, senza trucco. Doveva per forza affidarsi a questa sensazione, sperando che non avrebbe fallato. Minuziosamente, picinosamente misero a punto i dettagli dell'arresto per evitare che qualche cosa si mettesse di traverso. Quando finirono di parlare, il sole era già alto. Prima di nesciri dalla casuzza e dare principio alla recita, il commissario taliò a lungo Tano occhi negli occhi.

«Mi dica la virità.»

«Agli ordini, dutturi Montalbano.»

«Perché ha scelto proprio a mia?»

«Perché lei, e me lo sta dimostrando, è uno che le cose le capisce.»

Mentre se ne scendeva a rotta di collo lungo il viottolo tra i vigneti, Montalbano si ricordò che al commissariato doveva esserci di guardia Agatino Catarella e che quindi la conversazione telefonica che s'apprestava a intraprendere sarebbe stata al minimo difficoltosa, se non fonte di disgraziati e pericolosi equivoci. Questo Catarella non era sinceramente cosa. Lento a capire, lento ad agire, era stato pigliato nella Polizia certamente perché lontano parente dell'ex onnipotente onorevole Cusumano che, dopo un'estate passata al fresco del carcere dell'Ucciardone, aveva saputo riannodare legami coi nuovi potenti tanto da guadagnarsi una larga fetta di torta, di quella torta che miracolosamente di volta in volta si rinnovava, bastava cangiare qualche candito o mettere nuove candeline al posto di quelle già consumate. Le cose con Catarella s'imbrogliavano di più se gli saltava il firtìcchio, cosa che gli capitava spesso, di mettersi a parlare in quello che lui chiamava taliàno.

Un giorno gli si era appresentato con la faccia di circostanzia.

«Dottori, lei putacaso mi saprebbi fare la nominata di un medico di quelli che sono specialisti?»

«Specialista di cosa, Catarè?»

«Di malatia venerea.»

Montalbano aveva spalancato la bocca per lo stupore.

«Tu?! Una malattia venerea? E quando te la pigliasti?»

«Io m'arricordo che questa malatia mi venne quando ero ancora nico, non avevo manco sei o sette anni.»

«Ma che minchia mi vai contando, Catarè? Sei sicuro che si tratta di una malattia venerea?»

«Sicurissimo, dottori. Va e viene, va e viene. Venerea.»

In macchina, alla volta di una cabina telefonica che avrebbe dovuto esserci verso il bivio di Torresanta (avrebbe dovuto esserci fatti salvi il taglio e l'asporto della cornetta, il furto dell'apparecchio intero, la sparizione della cabina stessa), Montalbano decise di non telefonare nemmeno al suo vice, Mimì Augello, perché era il tipo che, non c'erano santi, per prima cosa avrebbe avvertito i giornalisti, fingendo poi di stupirsi per la loro

prisenza. Non restavano che Fazio e Tortorella, i due
brigadieri o come diavolo si chiamavano adesso. Scelse
Fazio, Tortorella qualche tempo prima era stato sparato
alla panza e ancora non si era ripigliato, di tanto in tanto
la ferita gli doleva.

La cabina miracolosamente c'era ancora, il telefono
miracolosamente funzionava e Fazio arrispunnì che il
secondo squillo non era ancora finito.

«Fazio, sei già vigliante a quest'ora?»

«Sissi, duttù. Manco mezzo minuto fa m'ha telefonato Catarella.»

«Che voleva?»

«Poco ci capii, s'era messo a parlare taliàno. A occhio
e croce pare che stanotte hanno sbaligiato il supermercato di Carmelo Ingrassia, quello grosso che sta tanticchia fora di paese. Ci sono andati almeno con un tir o un
camion grosso.»

«Non c'era il guardiano notturno?»

«C'era, ma non si trova.»

«Ci stavi andando tu?»

«Sissi.»

«Lascia perdere. Telefona subito a Tortorella, digli
che avverta Augello. Ci vadano loro due. Dicci che tu
non ci puoi andare, contagli una minchiata qualsiasi,
che sei caduto dalla culla e hai battuto la testa. Anzi, no:
digli che i carabinieri sono venuti ad arrestarti. Meglio,
telefona e digli d'avvertire l'Arma, tanto il fatto è cosa
da niente, una cazzata di furto, e l'Arma diventa contenta perché l'abbiamo chiamata a collaborare. Ora stammi
a sentire: avvertiti Tortorella, Augello e l'Arma, tu chiami Gallo, Galluzzo, Madonna santa mi pare d'essere in
un pollaio, e Germanà e venite dove ora vi dico io. Ar-
matevi tutti di mitra.»

«Cazzo!»

«Cazzo, sissignore. È cosa grossa che dev'essere fatta
con prudenza, nessuno si deve lasciare scappare mezza

parola, soprattutto Galluzzo cu so' cognato il giornalista. Raccomanda a quella testa di Gallo di non mettersi a guidare come a Indianapolis. Nenti sirene, nenti lampeggianti. Quando c'è scarmazzo, movimento d'acqua, il pesce scappa. E ora stai attento che ti spiego dove devi vinìri.»

Arrivarono silenziosi, dopo manco mezz'ora dalla telefonata, parevano di normale pattugliamento. Scesero dall'auto e si diressero verso Montalbano che fece loro signo di seguirlo. Si radunarono darrè una casa mezzo distrutta, così dalla provinciale non era possibile vederli.

«In macchina haiu un mitra per lei» disse Fazio.

«Mettitelo in culo. Statemi a sentire: se ci sappiamo giocare bene la partita, capace che ci portiamo a casa Tano u grecu.»

Materialmente Montalbano percepì che i suoi uomini avevano smesso per un attimo di respirare.

«Tano u grecu da queste parti?» si meravigliò Fazio che si era ripigliato per primo.

«L'ho visto bene, è iddru, s'è lasciato crisciri barba e baffi ma s'arraccanusci lo stesso.»

«E lei come l'ha incontrato?»

«Fazio, non rompere, ti spiego tutto dopo. Tano è in una casuzza in cima a quella montagnola, da qua non si vede. Torno torno ci sono ulivi saraceni. La casa è fatta di due cammare, una sopra e una sotto. Sul davanti ci sono una porta e una finestra, un'altra finestra è nella cammara di sopra, ma dà sul retro. Mi spiegai? Avete capito tutto? Tano non ha altre strate per nesciri se non quelle davanti, oppure deve buttarsi alla disperata dalla finestra della cammara di sopra, capace però che si stocca una gamba. Facciamo accussì. Fazio e Gallo vanno nella parte di darrè; io, Germanà e Galluzzo sfondiamo la porta e trasèmo.»

Fazio si fece dubitoso.

«Che c'è? Non sei d'accordo?»

«Non è meglio circondari la casa e dirgli d'arrendersi? Semo cinco contro uno, non ce la può fare.»

«Sei certo che dintra la casa non ci sia nessuno 'nzèmmula a Tano?»

Fazio ammutolì.

«Sentite a mia» fece Montalbano concludendo il breve consiglio di guerra, «meglio che gli facciamo trovare l'ovo di Pasqua con la sorpresa.»

TRE

Montalbano calcolò che da cinque minuti almeno Fazio e Gallo si dovevano essere appostati darrè la casuzza; in quanto a lui, stinnicchiato a panza per terra in mezzo all'erba, pistola in pugno, con una pietra che gli premeva fastidiosamente proprio sulla bocca dello stomaco, si sentiva profondamente ridicolo, gli pareva d'essere diventato un personaggio da film di gangster e non vedeva perciò l'ora di dare il segnale d'isare il sipario. Taliò Galluzzo che gli stava allato – Germanà era più lontano, verso destra – e gli spiò sussurrando:

«Sei pronto?»

«Sissi» rispose l'agente che, si vedeva, era tutto un fascio di nervi e sudava. Montalbano ne ebbe pena, ma non poteva certo andargli a contare che si trattava di una messinscena, dall'esito dubbio, è vero, però sempre di cartone.

«Vai!» gli ordinò.

Come lanciato da una molla compressa allo stremo, quasi non toccando terra, Galluzzo con tre salti arrivò alla casuzza, s'appiattì contro il muro a manca della porta. Parse non avere fatto faticata, però il commissario gli vide il petto che s'alzava e s'abbassava per il respiro affannato. Galluzzo impugnò bene il mitra e fece signo al commissario ch'era pronto per la seconda parte. Montalbano allora taliò verso Germanà che appariva non solo sireno, ma addirittura rilassato.

«Io vado» gli disse senza suono, muovendo esageratamente la bocca e sillabando.

«La copro io» arrispose Germanà allo stesso modo,

indicando con un movimento della testa il mitra che teneva fra le mani.

Il primo balzo in avanti del commissario fu, se non da antologia, minimo da manuale: uno stacco da terra deciso ed equilibrato, degno di uno specialista di salto in alto, una sospensione d'aerea lievità, un atterraggio netto e composto che avrebbe meravigliato un ballerino. Galluzzo e Germanà che stavano a taliarlo da diversi punti di vista, ugualmente si compiacquero per la prestanza del loro capo. La partenza del secondo balzo fu calibrata meglio della prima, nella sospensione però successe qualcosa per cui di colpo Montalbano, da dritto che era, s'inclinò di lato come la torre di Pisa, mentre la ricaduta fu un vero e proprio numero da clown. Dopo avere oscillato spalancando le braccia alla ricerca di un appiglio impossibile, crollò pesantemente di fianco. Istintivamente Galluzzo si mosse per portargli adenzia, si fermò a tempo, si rimpiccicò contro il muro. Magari Germanà si susì di scatto, poi si riabbassò. Meno male che la cosa era finta, pensò il commissario, altrimenti Tano avrebbe potuto in quel momento abbatterli come birilli. Sparando i più sostanziosi santioni del suo vasto repertorio, Montalbano carponi si mise a cercare la pistola che nella caduta gli era scappata di mano. Finalmente la vide sotto una troffa di cocomerelli serbatici e appena ci calò in mezzo il vrazzo per pigliarla, tutti i cocomerelli scoppiarono e gli inondarono la faccia di simenza. Con una certa rabbiosa tristezza il commissario si rese conto di essere stato degradato da eroe di film di gangster a personaggio di una pellicola di Gianni e Pinotto. Oramai non se la sentiva più né di fare l'atleta né di fare il ballerino, percorse perciò i pochi metri che lo separavano dalla casuzza a passo svelto, stando solo tanticchia aggomitolato.

Taliandosi negli occhi, Montalbano e Galluzzo si parlarono senza parole e si misero d'accordo. Si piazzarono a tre passi dalla porta, che non pareva particolarmente resistente, tirarono il fiato e vi si scagliarono contro con tutto il peso dei loro corpi. La porta si rivelò essere fatta di carta velina o quasi, sarebbe bastata una manata a farla cedere, perciò i due si trovarono a essere proiettati all'interno. Il commissario arrinisciò a fermarsi miracolosamente, invece Galluzzo, portato dalla violenza della sua stessa spinta, traversò la cammara intera e andò a sbattere con la faccia contro il muro, scugnandosi il naso e restando mezzo assuffocato dal sangue che aveva pigliato a sgorgare violento. Alla scarsa luce del lume a pitrolio che Tano aveva lasciato addrumato, il commissario ebbe modo d'ammirare l'arte di attore consumato del grecu. Fingendosi sorpreso nel sonno, balzò in piedi gridando bestemmie e si precipitò verso il kalashnikov che ora stava appuiato al tavolo e perciò lontano dalla branda. Montalbano fu pronto a recitare la sua parte di spalla, come viene chiamata in triatro.

«Fermo! In nome della liggi, fermo o sparo!» gridò con tutta la voce che aveva e sparò quattro colpi verso il soffitto. Tano s'immobilizzò, le vrazza alzate. Persuaso che nella cammara di sopra ci fosse ammucciato quarcheduno, Galluzzo sparò una raffica di mitra verso la scala di legno. Da fuori, Fazio e Gallo, a sentire tutta quella sparatina, aprirono un fuoco di scoraggiamento contro la finestrina. Tutti dentro la casuzza erano rimasti intronati dai botti quando arrivò Germanà a metterci il carico di undici:

«Fermi tutti o sparo.»

Non ebbe manco il tempo di finire la minacciosa intimazione che si trovò spinto alle spalle da Fazio e Gallo, costretto a intrupparsi tra Montalbano e Galluzzo che, posato il mitra, aveva tirato fora dalla sacchetta un fazzoletto col quale cercava d'attagnarsi il naso, il sangue gli aveva allordato la cammisa, la cravatta, la giacchetta. Gallo, a vederlo, s'innervosì.

«Ti ha sparato? Ti ha sparato, eh, quel cornuto?» fece

arraggiato voltandosi verso Tano che se ne stava sempre, con santa pacienza, con le vrazza isate in attesa che le forze dell'ordine facessero ordine nel casino che stavano combinando.

«No, non mi sparò. Sbattii contro il muro» articolò malamente Galluzzo. Tano non taliava a nessuno, considerava la punta delle sue scarpe.

"Gli viene da ridere" pensò Montalbano e diede un ordine secco a Galluzzo: «Ammanettalo».

«È lui?» spiò a bassa voce Fazio.

«È lui, non lo riconosci?» disse Montalbano.

«Che facciamo ora?»

«Mettetelo in macchina e portatelo alla Questura, a Montelusa. Strata facendo, chiami il questore, gli spieghi tutto e ti fai dire cosa dovete fare. Cercate che nessuno lo veda e lo riconosca. L'arresto deve per ora restare assolutamente segreto. Andate.»

«E lei?»

«Io do una taliata alla casa, la perquisisco, non si sa mai.»

Fazio e gli agenti, tenendo in mezzo Tano ammanettato, si mossero per uscire, Germanà teneva in mano il kalashnikov del prigioniero. Solo allora Tano u grecu isò la testa e taliò per un attimo Montalbano. Il commissario s'addunò che lo sguardo «di statua» era scomparso, ora quelli occhi erano animati, quasi ridenti.

Quando il gruppo dei cinque, al termine del viottolo, scomparve alla vista, Montalbano rientrò nella casuzza per cominciare la perquisizione. Infatti raprì la credenza, pigliò la bottiglia di vino che era ancora china a metà e se la portò all'ombra d'un ulivo, per scolarsela tutta in santa pace. La cattura del pericoloso latitante era stata felicemente portata a termine.

Mimì Augello, che pareva pigliato dal diavolo, appena vide comparire Montalbano in ufficio, se l'abbatté davanti per porco.

«Ma dove sei stato? Dove ti sei andato ad ammucciare? Che fine hanno fatto gli altri òmini? Ma ti pare modo di fare, buttana d'una buttana?»

Doveva essere veramente arraggiato per mettersi a parlare spartano: da tre anni che travagliavano assieme mai il commissario aveva sentito il suo vice dire parolazze. Anzi no: quella volta che uno stronzo sparò nella panza di Tortorella aveva reagito allo stesso modo.

«Mimì, che ti piglia?»

«Come, che mi piglia? Mi sono scantato, mi sono!»

«Ti sei spaventato? E di che?»

«Qua hanno telefonato almeno sei persone. Contavano sempre cose diverse nei dettagli, però tutte concordavano nella sostanza, un conflitto a foco con morti e feriti. Uno parlava di carneficina. Tu non c'eri a casa, Fazio e gli altri erano nisciuti con la macchina senza dire nenti a nisciuno... Ho pensato che due e due facessero quattro. Avevo torto?»

«No, non avevi torto. Però non te la devi pigliare con me, ma col telefono, è sua la corpa.»

«Che ci trasi, il telefono?»

«C'entra, eccome! Perché oggi il telefono si trova magari nel più perso pagliaro di campagna. E allora che fa la genti che ha il telefono a portata di mano? Telefona. Conta cose vere, cose immaginate, cose possibili, cose impossibili, cose insugnate come nella comedia d'Eduardo, come si chiama, ah, *Le voci di dentro*, gonfia, sgonfia e sempre senza mai dire nome e cognome di chi sta parlando. Fanno i numeri verdi dove uno può dire le peggiori minchiate di questo mondo senza assumersene la responsabilità! E intanto gli esperti di mafia s'entusiasmano: in Sicilia cala l'omertà, cala la complicità, cala la paura! Non cala un cazzo, aumenta solo la bolletta della SIP.»

«Montalbà, non m'intronare con le tue chiacchiere! È vero che ci sono stati morti e feriti?»

«Non è vero nenti. Non c'è stato conflitto, abbiamo

sparato solo colpi in aria, Galluzzo s'è scugnato da solo il naso e quello si è arreso.»

«Quello chi?»

«Un latitante.»

«Sì, ma chi?»

L'arrivo di Catarella affannato lo levò dall'imbarazzo della risposta.

«Dottori, ci sarebbi al tilifono il signor quistore.»

«Poi ti dico» fece Montalbano tuffandosi nel suo ufficio.

«Carissimo amico sono qui a porgerle le più vive felicitazioni!»

«Grazie.»

«Ha messo a segno un bel colpo, sa!»

«Siamo stati fortunati.»

«Pare che il personaggio in questione sia assai più importante di quanto egli stesso abbia sempre voluto far apparire.»

«Dov'è attualmente?»

«In viaggio per Palermo. All'Antimafia hanno voluto così, non ci sono stati santi. I suoi uomini non si sono potuti nemmeno fermare a Montelusa, hanno dovuto proseguire. Io ci ho aggiunto una macchina di scorta con quattro dei miei.»

«Quindi lei non ha parlato con Fazio?»

«Non ne ho avuto né tempo né modo. Della faccenda ignoro quasi tutto. Perciò le sarei grato se potesse oggi pomeriggio passare da me in ufficio e raccontarmi anche i dettagli.»

"Questo è l'intoppo" pensò Montalbano ricordandosi di una traduzione ottocentesca del monologo di Amleto. Ma si limitò a spiare:

«A che ora?»

«Diciamo verso le cinque. Ah, da Palermo raccomandano l'assoluto silenzio sull'operazione, almeno per ora.»

«Se dipendesse solo da me...»

«Non dicevo per lei, io la conosco benissimo, posso assicurare che al suo confronto i pesci sono una razza loquace. Senta, a proposito...»

Ci fu una pausa, il questore si era interrotto e Montalbano non aveva gana di sentirlo parlare, un campanello fastidioso aveva pigliato a suonargli nella testa a quell'elogiativo: «io la conosco benissimo».

«Senta, Montalbano» riattaccò esitante il questore, mentre a quell'esitazione il campanello suonava più forte.

«Mi dica.»

«Penso che questa volta non riuscirò a evitarle la promozione a vicequestore.»

«Madunnuzza biniditta! Ma pirchì?»

«Non sia ridicolo, Montalbano.»

«Mi scusi, ma perché devo essere promosso?»

«Che domanda! Per quello che lei ha fatto stamattina.»

Montalbano provò friddo e cavudo nello stesso momento, aveva la fronte sudata e la schina aggelata, la prospettiva l'atterra.

«Signor questore, io non ho fatto niente di diverso da quello che fanno ogni giorno i miei colleghi.»

«Non lo metto in dubbio. Però questo arresto in particolare, quando sarà conosciuto, farà molto rumore.»

«Non c'è speranza?»

«Via, non faccia il bambino.»

Il commissario si sentì come un tonno nella cammara della morte, l'aria principiò a mancargli, raprì e chiuse la bocca a vacante, poi tentò una sortita alla disperata.

«Non potremmo dire che è colpa di Fazio?»

«Come, colpa?»

«Scusi, mi sono sbagliato, volevo dire merito.»

«A più tardi, Montalbano.»

Augello, che lo postiava darrè la porta, fece una faccia interrogante.

«Che t'ha detto il questore?»

«Abbiamo parlato della situazione.»

«Mah! Hai una faccia!»

«Come ce l'ho?»

«Sbattuta.»

«Non ho digerito quello che ho mangiato aieri a sira.»

«Che hai mangiato di bello?»

«Una chilata e mezza di mostazzoli di vino cotto.»

Augello lo taliò sbalordito e Montalbano, che sentiva arrivare la domanda sul nome del latitante arrestato, ne approfittò per cangiare discorso e mettere l'altro su una rotta diversa.

«L'avete trovato poi il guardiano notturno?»

«Quello del supermercato? Sì, l'ho trovato io. I ladri gli hanno dato una gran botta in testa, l'hanno imbavagliato, legato mani e pedi, l'hanno catafottuto dintra un grande congelatore.»

«È morto?»

«No, però credo che lui non si senta manco vivo. Quando l'abbiamo tirato fora pareva uno stoccafisso gigante.»

«Hai pinsato a una strata?»

«Io un mezzo pinsero ce l'ho, il tenente dell'Arma ce n'ha uno diverso, ma una cosa è sicura: per portarsi via tutto quel materiale hanno usato un camion grosso. A caricare, deve averci badato una squatra di almeno sei pirsune comandate da qualche professionista.»

«Senti, Mimì, io faccio un salto a casa, mi cangio d'abito e poi torno.»

Verso Marinella s'addunò che la spia del serbatoio aveva pigliato a lampeggiare. S'arrestò al distributore dove qualche tempo prima era successa una sparatoria e lui aveva dovuto fermare il benzinaro per fargli dire tutto quello che aveva visto. Il benzinaro, che non gli portava rancore, appena lo vide lo salutò con quella sua voce dal registro acuto che lo faceva rabbrividire. Fatto il pieno, il benzinaro contò il denaro e poi taliò il commissario.

«Che c'è? Ti ho dato di meno?»

«Nonsi, i sordi giusti sono. Le volevo dire una cosa.»

«E dilla» fece impaziente Montalbano, se quello parlava ancora tanticchia gli saltavano i nervi.

«Taliassi chiddru camion.»

E gl'indicò un grosso automezzo col rimorchio fermo nello spiazzo darrè il distributore, i teloni ben tirati ad ammucciare il carico.

«Stamattina prestu» continuò, «quanno ho aperto, il camion stava già qua. Sono passate quattro ore e non è ancora venuto nuddru a pigliarselo.»

«Hai visto se qualcuno dorme nella cabina?»

«Sissi, nun c'è nuddru. E c'è n'autra cosa stramma, le chiavi stanno appizzate al loro posto, il primo che passa può mèttiri in moto e arrubbarselo.»

«Fammi vedere» disse Montalbano di colpo interessato.

QUATTRO

Minuto, baffetti a coda di sorcio, sorrisino 'ntipatico, occhiali con montatura d'oro, scarpe marrò, quasette marrò, completo marrò, cammisa marrò, cravatta marrò, più che altro un incubo in marrò, Carmelo Ingrassia, il proprietario del supermercato, si stirò con le dita la piega del cazùne destro che teneva accavallato sul sinistro e ripeté per la terza volta la sua sintetica interpretazione dei fatti.

«È stato uno sgherzo, commissario, mi hanno voluto fare una babbiata.»

Montalbano si perse a fissare la penna a sfera che teneva in mano, si concentrò sul cappuccio, l'estrasse, l'esaminò dintra e fora come se non avesse mai visto prima un aggeggio simile, soffiò nella parte interna del cappuccio per puliziarlo da qualche invisibile granello di polvere, lo taliò nuovamente, non rimase assoddisfatto, vi soffiò ancora, lo posò sulla scrivania, svitò la punta di metallo, ci pinsò sopra tanticchia, la sistemò allato al cappuccio, considerò attentamente la parte centrale che gli restava in mano, l'allineò vicino agli altri due pezzi, sospirò profondamente. Era così arrinisciuto a darsi una calmata, a dominare l'impulso, che per un attimo l'aveva quasi sopraffatto, di susìrisi, accostarsi a Ingrassia, spaccargli la faccia con un pugno e poi spiargli:

«Mi dica sinceramente: a suo parere, sto sgherzando o facendo sul serio?»

Tortorella, che era presente all'incontro e conosceva certe reazioni del suo capo, visibilmente si rilassò.

«Mi lasci capire» fece Montalbano nel pieno possesso del suo controllo.

«E che c'è da capire, commissario? Tutto è chiaro lampanti come il sole. La merce arrubbata c'era tutta nel camion ritrovato, non mancava manco un palìco, uno stuzzicadenti, un lecca lecca. Allora: se non l'hanno fatto per arrubbare, l'hanno fatto per sgherzo, per garrusiare.»

«Io sono tanticchia lento di testa, porti pacienza signor Ingrassia. Dunque, otto giorni fa da un autoparco di Catania, vale a dire dalla parte diametralmente opposta alla nostra, due persone s'appropriano di un camion con rimorchio della ditta Sferlazza. Il camion è in quel momento vacante. Per sette giorni questo camion se lo tengono ammucciato, nascosto da qualche parte nel tratto Catania-Vigàta, dato che non è stato visto in giro. Dunque, a rigore di logica, l'unico motivo per cui quel camion è stato arrubbato e ammucciato era quello di tirarlo fora al momento giusto per fare uno sgherzo a lei. Vado avanti. Aieri notte il camion si materializza e verso l'una, quando strata strata c'è pochissima gente, si ferma davanti al suo supermercato. Il guardiano notturno pensa che si tratta di un rifornimento di merce, sia pure fatto ad ora stramma. Non sappiamo come sia andata esattamente la cosa, il guardiano ancora non arrinesci a parlare, il fatto certo è che lo mettono fora combattimento, gli pigliano le chiavi, tràsino. Uno dei ladri spoglia il guardiano e ne indossa la divisa: questa è, sinceramente, una mossa geniale. Seconda mossa geniale, gli altri addrumano le luci e cominciano a travagliare alla sfacciata, senza pricauzioni, alla luce del sole si potrebbe dire se non fosse notte. Ingegnoso, non c'è dubbio. Perché a uno straneo che viene a trovarsi nei paraggi e vede il guardiano in divisa che sorveglia alcune pirsune che travagliano per carricare un camion, non ci può passare manco per l'anticamera del cirivedddru che si tratta di un'arrubbatina. Questa è la ricostruzione fatta dal mio collega Augello che viene confermata dalla testimonianza del cavaliere Misuraca che stava tornandosene a casa.»

Ingrassia, che pareva perdere interesse via via che il commissario parlava, a quel nome satò come pungiuto da una vespa.

«Misuraca?!»

«Sì, quello ch'era impiegato all'anagrafe.»

«Ma è un fascista!»

«Non vedo cosa c'entrino le idee politiche del cavaliere con la facenna di cui stiamo parlando.»

«E c'entrano sì! Perché quando io facevo politica, lui era mio nemico.»

«Adesso non fa più politica?»

«Ma cosa vuole fare! Con questi quattro giudici di Milano che hanno deciso di distruggere la politica, il commercio e l'industria!»

«Senta, quello che ha detto il cavaliere non è altro che una pura e semplice testimonianza che avvalora il *modus operandi* dei ladri.»

«Io me ne fotto di quello che avvalora il cavaliere. Dico solo che si tratta di un pòviro vecchio stòlito che ha passato da un pezzo l'ottantina. Quello capace che vede un gatto e dice che è un elefante. E poi che ci faceva a quell'ora di notti?»

«Non lo so, glielo domanderò. Vogliamo tornare al nostro discorso?»

«Torniamoci.»

«Terminato di fare il carrico al suo supermercato dopo almeno due ore di travaglio, il camion se ne riparte. Percorre cinque o sei chilometri, torna indietro, si va a posteggiare al distributore di benzina e lì resta fino a quando non arrivo io. E secondo lei hanno messo in piedi tutto questo mutuperio, commesso mezza dozzina di reati, rischiato anni di galera solo per farsi o farle fare quattro risate?»

«Commissario, possiamo magari fare notti, ma io ci giuro che non arrinescio a pensare altro diverso dallo sgherzo.»

Nel frigorifero trovò pasta fredda con pomodoro, vasalicò e passuluna, olive nere, che mandava un profumo d'arrisbigliare un morto, e un secondo piatto d'alici con cipolla e aceto: Montalbano usava affidarsi interamente alla fantasia culinaria ma gustosamente popolare d'Adelina, la cammarera, la fimmina di casa che una volta al giorno veniva a dargli adenzia, madre di due figli irrimediabilmente delinquenti, uno dei quali stava ancora in galera per merito suo. Magari questo giorno Adelina dunque non l'aveva deluso, ogni volta che stava per raprire il forno o il frigo gli si riformava dintra la stessa trepidazione di quando, picciliddro, alla matina presto del due novembre cercava il canestro di vimini nel quale durante la notte i morti avevano deposto i loro regali. Festa ormai persa, cancellata dalla banalità dei doni sotto l'albero di Natale, così come facilmente adesso si cancellava la memoria dei morti. Gli unici a non scordarseli, i morti, anzi a tenacemente tenerne acceso il ricordo, restavano i mafiosi, ma i doni che inviavano in loro memoria non erano certo trenini di latta o frutti di martorana. La sorpresa insomma era un pimento indispensabile ai piatti d'Adelina.

Pigliò le pietanze, una bottiglia di vino, il pane, addrumò il televisore, s'assistimò a tavola. Gli piaceva mangiare da solo, godersi i bocconi in silenzio, fra i tanti legami che lo tenevano a Livia c'era magari questo, che quando mangiava non rapriva bocca. Pensò che in fatto di gusti egli era più vicino a Maigret che a Pepe Carvalho, il protagonista dei romanzi di Montalbán, il quale s'abbuffava di piatti che avrebbero dato foco alla panza di uno squalo.

Tirava, a sentire le televisioni nazionali, una laida aria di malessere, la maggioranza governativa stessa si era venuta a trovare spaccata su una legge che negava la carcerazione preventiva a gente che s'era mangiato mezzo paese, i magistrati che avevano scoperto gli altarini della corruzione politica annunziavano dimissioni di protesta, una leggera brezza di rivolta animava le interviste alla gente comune.

Passò alla prima delle due televisioni locali. Televigàta era governativa per fede congenita, quale che fosse il governo, rosso, nero o cilestrino. Lo speaker non faceva cenno alla cattura di Tano u grecu, diceva solo che alcuni solerti cittadini avevano segnalato al commissariato di Vigàta una tanto vivace quanto misteriosa sparatoria alle prime luci del mattino in una campagna detta «la noce», ma che gli investigatori, giunti immediatamente sul posto, non avevano riscontrato nulla d'anormale. Dell'arresto di Tano non fece cenno manco il giornalista di Retelibera, Nicolò Zito, che non ammucciava d'essere comunista. Segno che la notizia fortunatamente non era riuscita a filtrare. Invece, del tutto inaspettatamente, Zito parlò dell'anomalo furto al supermercato d'Ingrassia e dell'inspiegabile ritrovamento del camion con tutta la merce che era stata portata via. Era opinione comune, riferì Zito, che l'automezzo fosse stato abbandonato in seguito a una lite fra i complici per la spartizione della refurtiva. Zito però non era d'accordo, secondo lui le cose dovevano essere andate diversamente, la questione era certamente assai più complessa.

«Commissario Montalbano, mi rivolgo direttamente a lei. Non è vero che la storia è più intricata di quanto appare?» domandò, concludendo, il giornalista.

A sentirsi chiamare di persona, a vedere gli occhi di Zito che lo taliavano dall'apparecchio mentre stava mangiando, a Montalbano andò di traverso il vino che stava bevendo, assufficò, tossì, santiò.

Finito di mangiare, indossò il costume da bagno e trasì in acqua. Era gelata, ma la nuotata lo rimise a vita.

«Mi racconti esattamente com'è andata» fece il questore.

Fatto trasìri il commissario nel suo ufficio, si era susùto, gli era andato incontro, l'aveva abbrazzato di slancio.

Ora Montalbano aveva questo, che era assolutamente incapace di mentire, di contare una farfantarìa a persone che sapeva oneste o che stimava. Davanti a delinquenti, a gente che non lo quatrava, era invece capace di sparare smàfari a faccia stagnata, poteva sostenere d'avere visto la luna pizzi pizzi, merlettata. Il fatto che non solo stimasse il suo superiore, ma che certe volte gli avesse parlato come a un patre, lo mise, a quella richiesta, in agitazione, diventò rosso, sudò, cangiò più volte posizione sulla seggia come se fosse quella del malo stare. Il questore notò il disagio del commissario, ma l'attribuì alla sofferenza autentica che Montalbano provava ogni volta che doveva parlare di una sua azione ben riuscita. Il questore non dimenticava che all'ultima conferenza stampa, davanti alle telecamere, il commissario si era espresso, si fa per dire, con un lungo e penoso balbettìo, a tratti destituito da ogni senso comune, con gli occhi sbarrati e le pupille che ballavano 'mbriache.

«Vorrei un consiglio, prima di mettermi a contare le cose.»

«A disposizione.»

«Che devo scrivere nel rapporto?»

«Che domanda è, mi scusi? Non ha mai scritto rapporti? Nei rapporti si scrivono i fatti accaduti» rispose secco e tanticchia strammato il questore. E visto che l'altro ancora non si decideva a parlare, proseguì. «A proposito. Lei ha saputo abilmente e coraggiosamente trarre profitto da un incontro casuale e mutarlo in una riuscita operazione di polizia, d'accordo, ma...»

«Ecco, volevo dirle...»

«Mi lasci finire. Ma sono costretto a rilevare che lei ha rischiato molto e fatto rischiare molto ai suoi uomini, avrebbe dovuto chiedere rinforzi consistenti, prendere doverose precauzioni. Fortunatamente tutto è andato bene, ma è stata una scommessa, questo glielo voglio dire in tutta sincerità. E ora mi dica.»

Montalbano si taliò le dita della mano mancina come se gli fossero spuntate improvvisamente e lui non sapesse a cosa dovevano servire.

«Che c'è?» spiò paziente il questore.

«C'è che è tutto fàvuso» esplose Montalbano. «Non c'è stato nessun incontro casuale, sono andato a trovare Tano perché lui aveva domandato di vedermi. E in quell'incontro ci siamo messi d'accordo.»

Il questore si passò una mano sugli occhi.

«Vi siete messi d'accordo?»

«Al cento per cento.»

E dato che c'era, gli contò tutto, dalla telefonata di Gegè fino alla messinscena della cattura.

«C'è altro?» spiò alla fine il questore.

«Sì. C'è che stando così le cose, io non mi merito nessuna promozione a vicequestore. Se fossi promosso, sarebbe per una falsità, un inganno.»

«Questo lo lasci decidere a me» disse brusco l'altro.

Si susì, si mise le mani darrè la schina, rimase un pezzo a pensare. Poi s'arrisolvette e si voltò.

«Facciamo così. Rapporti me ne scriva due.»

«Due?!» fece Montalbano pensando alla fatica che gli faceva in genere mettere nero su bianco.

«Non stia a discutere. Il finto me lo tengo in bella evidenza per l'immancabile talpa che si preoccuperà di trasmetterlo alla stampa o alla mafia. Quello vero me lo metto in cassaforte.»

Fece un sorriso.

«E per la faccenda della promozione, che mi pare essere la cosa che la terrorizza di più, venga venerdì sera a casa mia, ne riparleremo con calma. Lo sa? Mia moglie s'è inventata uno strepitoso sughetto speciale per le àiole.»

Il cavaliere Gerlando Misuraca, anni ottantaquattro bellicosamente portati, non si smentì, attaccò turilla appena il commissario ebbe detto: «Pronto?».

«Chi è quel fesso di centralinista che m'ha passato lei?»

«Perché, che ha fatto?»

«Non capiva il mio cognome! Non riusciva a trasìricci in quella tistazza ferrigna! Bisurata mi chiamava, come la magnesia!»

Fece una pausa sospettosa, cangiò tono di voce.

«Lei mi garantisce, sul suo onore, che si tratta solo di una povera testa di cazzo?»

Pensando che a rispondere era stato Catarella, Montalbano risultò convincente.

«Glielo posso garantire. Ma perché vuole la garanzia, mi scusi?»

«Perché se aveva invece intenzione di sfottermi, o sfottere ciò che io rappresento, fra cinque minuti arrivo in commissariato e gli spacco il culo, quant'è vero Dio!»

"Ma cosa rappresenta il cavaliere Misuraca?" si spiò Montalbano mentre l'altro continuava a minacciare cose terribili. Niente, assolutamente niente dal punto di vista, come dire, ufficiale. Impiegato comunale da gran tempo in pensione, non ricopriva né aveva ricoperto cariche pubbliche, nel suo partito era un semplice tesserato. Omo d'onestà inattaccabile, campava dignitosamente da quasi povero, manco ai tempi di Mussolini aveva voluto approfittarsi, era sempre stato fedele gregario, come si diceva allora. In compenso, dal '35 in poi, si era fatto tutte le guerre ed era venuto a trovarsi in mezzo alle peggio battaglie, non se n'era persa una, pareva dotato d'ubiquità, da Guadalajara in Spagna a Bir el Gobi in Africa settentrionale, passando per Axum in Etiopia. Poi la prigionia in Texas, il rifiuto a collaborare, una prigionia più dura come conseguenza, a pane e acqua. Rappresentava quindi – conclude Montalbano – la memoria storica di errori storici, certo, ma da lui vissuti con ingenua fede e pagando di persona: tra ferite piuttosto serie, una lo faceva zoppicare dalla gamba mancina.

«Ma lei, se fosse stato in grado di farlo, sarebbe andato a combattere a Salò, coi tedeschi e i repubblichini?» gli aveva un giorno spiato a tradimento Montalbano che a modo suo gli voleva bene. Già, perché in quel gran cinematografo di corruttori, corrotti, concussori, mazzettisti, tangentari, mentitori, ladri, spergiuri, a cui ogni giorno s'aggiungevano nuove sequenze, il commissario, verso le persone che sapeva inguaribilmente oneste, da qualche tempo principiava a nutrire un senso d'affetto.

Alla domanda, aveva visto il vecchio come svacantarsi dall'interno, le rughe sulla faccia gli si erano moltiplicate mentre lo sguardo si faceva nebbioso. Aveva allora capito che quello stesso interrogativo Misuraca se l'era posto migliaia di volte e mai aveva saputo darsi una risposta. Non insistette.

«Pronto? C'è ancora?» spiò la voce stizzosa di Misuraca.

«Mi dica, cavaliere.»

«M'è tornata a mente una cosa, per questo non la dissi quando venni a testimoniare.»

«Cavaliere, non ho motivo di dubitare. L'ascolto.»

«Una cosa stramma che mi successe quand'ero quasi arrivato all'altezza del supermercato, ma io in quel momento non ci diedi importanza, ero nirbuso e agitato perché ci sono in giro dei cornuti che...»

«Me la vuole dire?»

A lasciarlo parlare, il cavaliere capace che la pigliava dalla fondazione dei fasci di combattimento.

«Per telefono, no. Di prisenza. È cosa grossa assai, se ho visto giusto.»

Il vecchio passava per uno che diceva sempre quello che c'era da dire, senza metterci carrico o levare peso.

«Riguarda il furto al supermercato?»

«Certo.»

«Ne ha già parlato con qualcuno?»

«Con nisciuno.»

«Mi raccomando. Bocca serrata.»

«Vuole offendermi? Io una tomba sono. Domani a matino presto vengo nel suo ufficio.»

«Cavaleri, una curiosità. Che ci faceva lei a quell'ora di notti, in machina, solo e nirbuso? Lo sa che a una certa età ci voli prudenza?»

«Venivo da Montelusa. C'era stata una riunione del direttivo provinciale e io, sebbene non ne faccia parte, ho voluto essere presente. Nessuno è capace di chiudere una porta in faccia a Gerlando Misuraca. Bisogna impedire che il nostro partito perda la faccia e l'onore. Non può stare al governo con questi figli bastardi di politici bastardi ed essere d'accordo con loro a fare un decreto che permette d'uscire dalla galera a quei figli di buttana che si sono mangiata la nostra patria! Lei deve capire, commissario, che...»

«Durò fino a tardi, la riunione?»

«Fino all'una di notte. Io volevo continuare, ma gli altri si sono opposti, cadevano di sonno. Gente senza palle.»

«E quanto tempo c'impiegò per arrivare a Vigàta?»

«Una mezz'ora. Vado piano. Dunque come le stavo dicendo...»

«Mi scusi, cavaliere, mi chiamano all'altro telefono. A domani» tagliò Montalbano.

CINQUE

«Peju dei delinquenti! Peju degli asasini ci hanno trattato quei figli di lorda buttana! E chi si credono d'essiri?
Strunzi!»

Non c'era verso di calmare Fazio, appena tornato da
Palermo. Germanà, Gallo e Galluzzo gli facevano da coro salmodiante, agitando a ruota il braccio destro per significare avvenimento inaudito.

«Cosi di pazzi! Cosi di pazzi!»

«Calma e gesso, ragazzi. Procediamo con ordine» intimò Montalbano mettendosi d'autorità. Poi, notando
che Galluzzo aveva giacchetta e cammisa pulite dal sangue che gli era colato dal naso scugnato, gli spiò:

«Sei passato da casa a cangiarti prima di venire qua?»

La domanda fu un passo falso, perché Galluzzo diventò paonazzo, il naso gonfio per la botta si colorò di
venature viola.

«Ca quali casa e casa! Non ce lo sta dicendo Fazio?
Da Palermo veniamo, direttamente. Quando siamo arrivati dove ci sta l'Antimafia e abbiamo consegnato Tano
u grecu, ci hanno pigliato e ci hanno messo ognuno in
una cammara diversa. Siccome che il naso mi faceva ancora male, ci volevo mèttiri sopra un fazzoletto vagnato.
Dopo una mezzorata ca non si vedeva nisciuno, ho aperto la porta. E mi sono trovato davanti un collega. Dove
vai? Vado a cercarmi tanticchia d'acqua, mi vagno il naso. Non puoi nesciri, torna dintra. Capito, commissà?
Piantonato ero! Come se fossi stato io Tano u grecu!»

«Non dire quel nome e abbassa la voce!» lo rimproverò Montalbano. «Nessuno deve sapere che l'abbiamo

pigliato! Il primo che parla lo spedisco all'Asinara a calci in culo.»

«Tutti noi eravamo piantonati» ripigliò Fazio con la faccia sdignata.

Galluzzo continuò il suo racconto.

«Dopo un'orata trasì nella cammara uno che canuscio, un suo collega che ora è passato all'Antimafia, Sciacchitano mi pare che si chiama.»

"Bello stronzo" pensò fulmineo il commissario, ma non disse niente.

«Mi taliò come se fossi uno che faceva feto, un povirazzo che addimannava l'elemosina. Mi continuò a taliare per un pezzo e poi fece: lo sai che così conciato non puoi presentarti al signor prefetto?»

Ferito era rimasto dall'assurdo trattamento, a stento teneva bassa la voce.

«E il bello è che fece l'occhi incazzati, come se fosse stata corpa mia! Sinni niscì mormoriandosi. Poi arrivò un collega con una giacchetta e una cammisa pulite.»

«Ora parlo io» intervenne Fazio avvalendosi del grado. «A farla breve, dalle tre di dopopranzo fino alla mezzanotti d'aieri a sira, ognuno di noi è stato interrogato otto volte da otto persone diverse.»

«Che volevano sapere?»

«Com'era successo il fatto.»

«Io per la verità sono stato interrogato dieci volte» disse con un certo orgoglio Germanà. «Si vede che le cose le so contare meglio e a loro gli pare di stare al cinematò.»

«Verso l'una di notte ci hanno messo 'nzèmmula» proseguì Fazio, «ci hanno portato in un cammarone, una specie di ufficio granni, dove c'erano due divani, otto seggie e quattro tavoli. Hanno staccato i telefoni e se li sono portati via. Poi ci hanno mandato quattro panini fitusi e quattro birre cavude che parevano pisciazza. Ci siamo accomidati alla meglio e alle otto di stamatina è venuto uno che ha detto che ce ne potevamo tornare a

Vigàta. Manco bongiorno, manco scù o passiddrà come si dice ai cani che si vonno alluntanari. Nenti.»

«Va bene» fece Montalbano. «Che ci volete fare? Andate a casa, arriposatevi e tornate qua dopopranzo tardo. V'assicuro che questa storia gliela dico al questore.»

«Pronto? Sono il commissario Salvo Montalbano di Vigàta. Vorrei parlare col commissario Arturo Sciacchitano.»

«Rimanga in linea, per favore.»

Montalbano pigliò un foglio di carta e una penna. Fece un disegno senza pensarci e solo dopo s'addunò che aveva disegnato un culo assittato sopra una tazza di retrè.

«Mi dispiace, il commissario è in riunione.»

«Senta, gli dica che magari io sono in riunione, così siamo pari e patta. Lui interrompe la sua per cinque minuti, io faccio lo stesso con la mia e siamo tutti e due felici e contenti.»

Aggiunse alcuni stronzi al culo che cacava.

«Montalbano? Che c'è? Scusami, ho poco tempo.»

«Pure io. Senti, Sciacchitanov...»

«Come Sciacchitanov? Che cazzate dici?»

«Ah, non ti chiami così? Non fai parte del kappagibì?»

«Non ho voglia di scherzare.»

«E io non sto scherzando. Ti telefono dall'ufficio del questore che è indignato per il modo, proprio da KGB, col quale hai trattato i miei uomini. Mi ha promesso che oggi stesso scriverà al ministro.»

Il fenomeno era inspiegabile, eppure gli capitò: vide, attraverso il filo del telefono, impallidire Sciacchitano, universalmente noto per essere un pavido leccaculo. La menzogna di Montalbano aveva colpito l'altro come una sprangata in testa.

«Ma che stai dicendo? Tu devi capire che io, come responsabile della sicurezza...»

Montalbano l'interruppe.

«Sicurezza non esclude cortesia» fece lapidario, sentendosi come un cartello stradale del tipo «precedenza non esclude prudenza».

«Ma sono stato cortesissimo! Ho offerto loro birra e panini!»

«Mi dispiace dirti che malgrado la birra e i panini la cosa avrà un seguito in alto loco. Del resto, consolati, Sciacchitano, non è colpa tua. Chi nasce tondo non può morire quadrato.»

«Che vuol dire?»

«Vuol dire che tu, essendo nato stronzo, non puoi morire intelligente. Esigo una lettera, a me indirizzata, nella quale elogi ampiamente i miei uomini. La voglio entro domani. Ti saluto.»

«Pensi che se io ti scrivo la lettera il questore non proceda?»

«Sarò onesto: io non so se il questore procederà o non procederà. Ma se fossi in te, io la lettera la scriverei. Per guardarmi le spalle. E magari ci metterei la data di ieri. Mi sono spiegato?»

S'era sfogato e si sentì meglio. Chiamò Catarella.

«È in ufficio il dottor Augello?»

«Nonsi, ma ora ora tilifonò. Disse così che calcolata una distanzia di una decina di minuti, fra una decina di minuti in ufficio viene.»

Ne approfittò per mettere mano al rapporto finto, quello vero invece l'aveva scritto a casa sua la notte avanti. A un certo punto Augello tuppiò e trasì.

«M'hai cercato?»

«Ti costa proprio tanto venire in ufficio tanticchia prima?»

«Scusami, ma il fatto è che sono stato impegnato fino alle cinque di stamatina, poi sono tornato a casa, mi sono appinnicato e buonanotte.»

«Sei stato impegnato con qualche buttana di quelle

che ti piacciono? Di quelle che stazzano non meno di centoventi chili di carne?»

«Ma Catarella non t'ha detto niente?»

«M'ha detto che arrivavi in ritardo.»

«Stanotte, verso le due, c'è stato un incidente mortale. Sono andato sul posto e ho pensato di lasciarti dormire, visto che la cosa per noi non aveva rilevanza.»

«Per i morti forse la rilevanza c'è.»

«Il morto, uno solo. S'è fatto la discesa della Catena a rotta di collo, evidentemente non gli funzionavano i freni, ed è andato a incastrarsi sotto a un camion che, in senso inverso, principiava la salita. Povirazzo, è morto sul colpo.»

«Lo conoscevi?»

«Certo che lo conoscevo. E magari tu. Il cavaliere Misuraca.»

«Montalbano? M'hanno appena telefonato da Palermo. Non solo è necessario fare la conferenza stampa, ma è importante che abbia una certa risonanza. Serve alle loro strategie. Verranno giornalisti da altre città, ne daranno notizia i telegiornali nazionali. Una cosa grossa insomma.»

«Vorranno dimostrare che il nuovo governo non allenta la lotta alla mafia, che anzi essa sarà più serrata, senza tregua...»

«Montalbano, che le è preso?»

«Niente, sto leggendo i titoli di dopodomani.»

«La conferenza è stabilita per domattina alle dodici. Volevo avvertirla per tempo.»

«La ringrazio, signor questore, ma io che c'entro?»

«Montalbano, io sono buono e caro ma fino a un certo punto. Lei c'entra, eccome se c'entra! Non faccia il bambino!»

«E che devo dire?»

«Ma benedetto Iddio! Dirà quello che ha scritto sul rapporto.»

«Quale?»

«Non ho sentito bene. Che ha detto?»

«Niente.»

«Cerchi di parlare in modo chiaro, senza smozzicare le parole, senza starsene a testa bassa. Ah, le mani. Stabilisca una volta e per tutte dove metterle e lì le tenga. Non faccia come l'ultima volta che il giornalista del "Corriere" suggerì a voce alta di tagliargliele per farlo stare a suo agio.»

«E se mi domandano?»

«Certo che la domandano, tanto per usare il suo italiano bastardo. Giornalisti sono, no? Buongiorno.»

Troppo nirbuso per le cose che stavano succedendo e per quelle che sarebbero successe il giorno appresso, non ce la fece a restarsene in ufficio. Niscì, passò dalla solita putìa, s'accattò un sacchetto consistente di càlia e simenza e s'avviò verso il molo. Quando arrivò ai piedi del faro e si voltò per tornare narrè, si venne a trovare faccia a faccia con Ernesto Bonfiglio, proprietario di un'agenzia di viaggi e grande amico dell'appena defunto cavaliere Misuraca.

«C'è nenti che si possa fare?» quasi l'aggredì Bonfiglio.

Montalbano, che stava cercando di levarsi un pezzetto di nocciolina americana rimasto incastrato fra due denti, lo taliò ammammaloccuto.

«Sto spiando se c'è nenti da fare» ripeté terrigno Bonfiglio, taliandolo a sua volta di traverso.

«Da fare in che senso?»

«Nel senso del mio povero e compianto.»

«Vuole favorire?» fece il commissario porgendogli il sacchetto.

«Grazie sì» fece l'altro pigliandosi un pugno di càlia e simenza.

La pausa servì a Montalbano per inquadrare meglio il suo interlocutore: oltre ad essere amico fraterno del cavaliere, era uomo che professava idee d'estremissima destra e non ci stava tanto con la testa.

«Lei sta parlando di Misuraca?»

«No, di mio nonno.»

«E cosa dovrei fare io?»

«Arrestare gli asasini. È dovere suo.»

«E chi sarebbero questi assassini?»

«Non sarebbero, sono. Mi riferisco al direttivo provinciale del partito che non era degno di averlo tra le sue file. Loro l'hanno ammazzato.»

«Scusi, ma non si è trattato di un incidente?»

«Ah, perché lei crede che gl'incidenti càpitano incidentalmente?»

«Direi di sì.»

«E sbaglia. Uno se li chiama gl'incidenti e c'è sempre un altro pronto a mandarglieli. Faccio un esempio tanto per essere chiaro. Mimì Crapanzano è morto annegato a frivàro di quest'anno mentre si faceva una nuotata. Morte accidentale. Ma ora vengo io e domando: quanti anni aveva Mimì quando è morto? Cinquantacinque. Perché ha voluto fare a quell'età questa spirtizza di farsi il bagno col gelo, cosa che faceva da picciotto? La risposta è la siquenti: perché s'era maritato da meno di quattro mesi con una giuvane milanisi di ventiquattro anni e la giuvane ci spiò, mentre passiavano a ripa di mare: caro, è vero che tu a febbraio ti facevi il bagno in questo mare? Certo, arrispose Crapanzano. La giuvane, che evidentemente s'era stuffata del vecchio, sospirò. Che hai? spiò come uno strunzo Crapanzano. Mi dispiace che ormai io non possa vedertelo più fare, disse la buttana. Senza dire né ai né bai, Crapanzano si spogliò e si gettò in acqua. Sono stato chiaro?»

«Chiarissimo.»

«Ora veniamo ai signori del direttivo provinciale di Montelusa. Dopo una prima riunione finita a male parole, aieri a sira se n'è tenuta un'altra. Il cavaliere, e qualche altro con lui, voleva che il direttivo facesse un comunicato da mandare ai giornali contro il decreto del governo che risparmia la galera ai ladri. Altri erano invece di pensiero diverso. A un certo punto un tale disse a Misuraca che era un rottame, un secondo affermò che gli ricordava l'opera dei pupi, un terzo lo chiamò vecchio stòlito. Sono tutte cose che ho saputo da un amico che era presente. Alla fine il segretario, un fìtuso che manco è siciliano e di cognome fa Biraghìn, gli disse se per favore voleva accomodarsi alla porta, dato che non aveva nessun diritto di partecipare alla riunione. Cosa vera, ma nisciuno s'era mai permesso prima. Il mio amico pigliò la Cinquecento e fece per tornarsene a Vigàta. Sicuramente il sangue gli stava bollendo, ma quelli l'avevano fatto apposta a fargli perdere la testa. E lei mi viene a contare che è stato un incidente?»

L'unico modo per ragionare con Bonfiglio era quello di mettersi esattamente al suo livello, il commissario lo sapeva per precedenti spirenzie.

«Lei ha un personaggio televisivo che le sta particolarmente 'ntipatico?»

«Centomila, ma Mike Bongiorno è il peggio di tutti. Quando lo vedo, lo stomaco mi si fa una pesta, mi veni di scassare l'apparecchio.»

«Bene. E se lei, dopo aver sentito questo presentatore, si mette in macchina, va a sbattere contro un muro e s'ammazza, io che dovrei fare, secondo lei?»

«Arrestare Mike Bongiorno» fece deciso l'altro.

Tornò in ufficio sentendosi più tranquillo, l'incontro con la logica d'Ernesto Bonfiglio l'aveva divertito e svagato.

«Novità?» spiò entrando.

«C'è una littra pirsonale per lei che ora ora portò la posta» disse Catarella e sottolineò sillabando: «Pir-so-na-le».

Sul suo tavolo c'erano una cartolina di suo padre e alcune comunicazioni di servizio.

«Catarè, dove l'hai messa la lettera?»

«Se le dissi che era pirsonale!» si risentì l'agente.

«Che significa?»

«Significa che essendo che era pirsonale, abbisognava farla aviri alla pirsona.»

«Va bene, la pirsona è qui, davanti a te, ma la lettera dov'è?»

«È dovi doviva andare. Dovi la pirsona pirsonalmente abìta. Dissi al postino di portarla a casa so' di lei, signor dottori, a Marinella.»

Davanti alla trattoria San Calogero c'era, a pigliare un attimo di fresco, il cuoco proprietario.

«Commissario, che fa, tira di longo?»

«Vado a mangiare a casa.»

«Mah, faccia come cridi. Ma io ho certi gamberoni da fare arrosto che non pare di mangiarseli, ma di sognarseli.»

Montalbano trasì, vinto dall'immagine più che dal desiderio. Poi, finito di mangiare, allontanò i piatti, incrociò le braccia sul tavolo, vi poggiò la testa, s'addrummiscì. Mangiava quasi sempre in una saletta con tre tavoli, fu facile perciò al cameriere Serafino dirottare i clienti verso il salone e lasciare in pace il commissario. Verso le quattro, a locale già chiuso, visto che Montalbano non dava segno di vita, il proprietario gli preparò una tazza di caffè forte e lo svegliò delicatamente.

SEI

Della lettera pirsonalmente pirsonale preannunciata da Catarella se n'era completamente scordato, gli venne a mente solo quando ci posò il piede sopra entrando in casa, il postino l'aveva infilata sotto la porta. L'indirizzo pareva da lettera anonima: MONTALBANO - COMMISSARIATO - CITTÀ. E, in alto a sinistra, l'avvertimento: *personale*. Quello che aveva purtroppo messo in moto le terremotate meningi di Catarella.

Anonima però non era, anzi. La firma che Montalbano andò subito a cercare gli esplose nel ciriveddro come un botto.

Egregio Commissario, ho pensato che molto probabilmente non sarò in grado di venire da lei domani mattina come convenuto. Se per caso, e come pare molto probabile, la riunione del direttivo provinciale di Montelusa, dove mi recherò appena finito di scrivere questa mia, dovesse risolversi in un insuccesso per le mie tesi, credo che il mio dovere sia quello di andare a Palermo a cercare di scuotere gli animi e le coscienze di quei camerati che occupano incarichi veramente decisionali all'interno del Partito. Disposto magari a volare a Roma e a chiedere udienza al Segretario Nazionale. Questi miei propositi, se realizzati, allontanerebbero alquanto il nostro incontro e perciò voglia tenermi per scusato se metto per iscritto quello che avrei voluto dirle a voce, di presenza.

Come lei certamente ricorderà, il giorno appresso allo strano furto-non furto al supermercato, spontaneamente venni in Commissariato a raccontare quello che avevo casualmente visto e cioè un gruppo di uomini tranquillamente al lavoro, sia pure ad ora insolita, a luci accese e sorvegliati da un individuo in divisa che mi sembrò essere quella del guardiano notturno.

Nessuno, passando, avrebbe potuto scorgere qualcosa d'anormale in quella scena: se avessi notato alcunché d'insolito io stesso mi sarei premurato d'avvertire le forze dell'ordine.

La notte seguente la mia testimonianza, non mi riuscì di chiudere occhio per il nervosismo cagionatomi dalle discussioni con alcuni camerati e così mi venne di riandare con la memoria alla scena del furto. E mi ricordai, solo allora, di un fatto che forse può essere assai importante. Di ritorno da Montelusa, agitato com'ero, sbagliai la strada d'accesso per Vigàta, resa recentemente difficoltosa da una serie d'insensati sensi unici. Così, invece di prendere via Granet, imboccai la vecchia strada Lincoln, per cui mi venni a trovare contromano. Accortomi dopo qualche cinquantina di metri dell'errore, decisi allora di fare marcia indietro, manovra che portai a termine fino all'altezza del vicolo Trupìa, dentro il quale sarei dovuto entrare rinculando per poi rimettermi nella giusta direzione. Mi fu però impossibile entrare nel vicolo perché trovai il medesimo letteralmente sbarrato da una grossa macchina tipo «Ulisse», largamente propagandata in questi giorni ma non ancora in vendita se non in rari esemplari, targata Montelusa 328280. A questo punto non mi restava altro che continuare nell'infrazione. Dopo pochi metri sono sbucato nella piazza Chiesa Vecchia, dove sorge il supermercato.

Le risparmio ulteriori indagini: quella macchina, del resto unica in paese, appartiene al signor Carmelo Ingrassia. Ora, dato che Ingrassia abita a Monte Ducale, che ci faceva la sua macchina a due passi dal supermercato, sempre di proprietà dell'Ingrassia, che intanto veniva apparentemente svaligiato? A lei la risposta.

Mi creda suo devot.mo

CAV. GERLANDO MISURACA

«M'hai inculato con tutti i sacramenti, cavaliere!» fece per tutto commento Montalbano taliando malamente la lettera che aveva posato sul tavolo della cammara da mangiare. E di mangiare, appunto, ora non se ne parlava più. Raprì il frigorifero solo per rendere un mesto omaggio alla sapienza culinaria della cammarera, omaggio meritato, perché sentì subito l'avvolgente sciàuro dei polipetti affogati. Richiuse il frigorifero, non ce la faceva, un pugno gli serrava lo stomaco. Si spogliò e, nudo com'era, si mise a passiare a ripa di mare, tanto a quell'ora non c'era anima viva. Niente fame e niente sonno. Verso le quattro del matino si gettò nell'acqua ghiacciata, nuotò a lungo, poi tornò a casa. Si addunò, e rise, che gli era venuto duro. Decise di parlargli, di persuaderlo alla ragione.

«È inutile che ti fai venire fantasie.»

Il duro gli suggerì che forse una telefonata a Livia ci sarebbe stata bene, a Livia nuda e cavuda di sonno nel suo letto.

«Tu sei una testa di minchia che mi dice minchiate. Queste sono cose di picciotti segaioli.»

Offeso, il duro si ritirò. Montalbano si mise un paio di mutande, un asciugamano asciutto sulle spalle, pigliò una seggia e s'assittò nella veranda che dava sulla spiaggia.

Se ne stette a taliare il mare che lentissimo si schiariva, poi pigliava colore, si venava di striature gialle di sole. Si prospettava una bella giornata e il commissario si sentì racconsolato, pronto ad agire. Le idee, dopo la lettura della lettera del cavaliere, gli erano venute, il bagno era servito per metterle in ordine.

«Combinato così lei alla conferenza non si può apprisintare» sentenziò Fazio squatrandolo severamente.

«Che pigliasti lezione da quelli dell'Antimafia?»

Montalbano raprì il sacchetto di nailon rigonfio che aveva in mano.

«Qua ci ho pantaloni, giacchetta, cammisa e cravatta. Mi cangio prima di andare a Montelusa. Anzi, fai una cosa: tirali fora e mettili sopra una seggia, vasannò pigliano pieghe.»

«Quelle le hanno già pigliate. Ma non dicevo per il vestito, dicevo per la faccia. Lei per forza deve andare dal varbèri.»

Per forza aveva detto Fazio che lo conosceva bene e sapeva quanto costasse al commissario recarsi dal barbiere. Passandosi una mano darrè il cozzo, Montalbano convenne che i suoi capelli avevano bisogno di una sforbiciata. S'abbuiò.

«Oggi non andrà bene un cazzo!» predisse.

Prima di nesciri, stabilì che mentre lui si faceva bello, qualcuno andasse a cercare Carmelo Ingrassia e l'accompagnasse in ufficio.

«Se mi spia perché, cosa devo rispondere?» domandò Fazio.

«Tu non rispondi.»

«E se insiste?»

«Se insiste gli dici che voglio sapere da quanto tempo non si fa un clistere. Ti va bene così?»

«C'è bisogno d'arrabbiarsi?»

Il varbèri, il suo garzone e un cliente che stava assittato ad una delle due seggie girevoli che il salone, in realtà un sottoscala, a malapena conteneva, stavano animatamente discutendo, ma appena videro profilarsi il commissario ammutolirono. Montalbano era trasuto con quella che lui stesso definiva «faccia di varbèri», vale a dire bocca ridotta a fessura, occhi socchiusi sospettosamente, sopracciglia corrugate, espressione a un tempo sprezzante e severa.

«Bongiorno, c'è d'aspittari?»

Magari la voce gli veniva bassa e rauca.

«Nonsi, commissario, s'assittassi.»

Mentre Montalbano prendeva posto sulla seggia vacante, il varbèri, a tempi accelerati come in una comica di Charlot, faceva ammirare il travaglio compiuto al cliente mettendogli uno specchio darrè la nuca, lo liberava dall'asciugamano, lo gettava in un contenitore, ne pigliava uno pulito, lo posava sulle spalle del commissario. Il cliente, rifiutata la consueta spazzolata da parte del garzone, pigliò letteralmente il fujuto dopo un «bongiorno» borbottato.

Il rito del taglio di barba e capelli, svoltosi in rigoroso

silenzio, fu veloce e funereo. Un nuovo cliente fece per trasiri scostando la tenda di perline, ma, fiutata l'ariata e riconosciuto il commissario:

«Passo dopo» disse. E sparì.

Sulla strata del ritorno verso l'ufficio, Montalbano sentì aleggiare attorno un odore indefinibile ma disgustoso, a mezzo fra la trementina e un certo tipo di cipria che usavano le buttane una trentina d'anni prima. Erano i suoi capelli a fètere in quel modo.

«Nel suo ufficio c'è Ingrassia» disse Tortorella a bassa voce, come se si trattasse di cosa di congiura.

«Fazio dov'è andato?»

«A casa a cangiarsi d'abito. C'è stata una telefonata dalla Questura. Dice che magari Fazio, Gallo, Galluzzo e Germanà devono partecipare alla conferenza.»

"Si vede che la mia telefonata a quello stronzo di Sciacchitano ha fatto effetto" pensò Montalbano.

Ingrassia, che questa volta era tutto vestito di verde pallido, accennò a susìrisi.

«Comodo, comodo» disse il commissario assittandosi a sua volta darrè la scrivania. Si passò, distrattamente, una mano sui capelli e subito l'odore di trementina e cipria s'avvertì più forte. Allarmato, si portò le dita al naso, le sciaurò ed ebbe conferma del suo sospetto. Ma non c'era niente da fare, nel bagno dell'ufficio non teneva sciampo. Di colpo, gli tornò la «faccia di varbèri». A vederlo così stracangiare, Ingrassia si squietò, s'agitò sulla seggia.

«C'è cosa?» spiò.

«In che senso, scusi?»

«Mah... in tutti i sensi» s'imparpagliò Ingrassia.

«Boh» fece evasivamente Montalbano.

Tornò a sciaurarsi le dita e il dialogo stagnò.

«Ha sentito del povero cavaliere?» spiò il commissario come se stessero a parlare tra amici, in un salotto.

«Eh! La vita!» sospirò l'altro compunto.

«Pensi, signor Ingrassia: gli avevo domandato se poteva tornare a darmi altri particolari su quello che aveva visto la notte del furto, ci eravamo messi d'accordo per incontrarci, e invece...»

Ingrassia allargò le braccia in un gesto che invitava Montalbano alla rassegnazione davanti al destino. Lasciata passare una doverosa pausa di meditazione:

«Mi scusi» disse, «ma quali altri particolari poteva contargli il povero cavaliere? Tutto quello che aveva visto, l'aveva detto.»

Montalbano con l'indice gli fece 'nzinga di no.

«Lei pensa che non abbia detto tutto quello che ha visto?» fece Ingrassia intrigato.

Nuovamente Montalbano col dito fece 'nzinga di no.

"Cuoci nel tuo brodo, cornuto" pensava intanto.

Il ramo verde ch'era Ingrassia s'agitò come scosso da un venticello.

«Ma allora che voleva sapere da lui?»

«Quello che credeva di non avere veduto.»

Il venticello si cangiò in vento forte, il ramoscello oscillò.

«Non ho capito.»

«Glielo spiego. Lei sicuramente avrà visto quel dipinto di Pieter Bruegel che s'intitola *Giochi di fanciulli*?»

«Chi? Io? No» fece preoccupato Ingrassia.

«Fa niente. Avrà allora sicuramente visto qualcosa di Hieronymus Bosch.»

«Nonsi» disse Ingrassia e principiò a sudare. Stavolta si stava scantando pi davero mentre la faccia gli si andava intonando al colore dell'abbigliamento, verde.

«Non ha importanza, lasciamo perdere» disse magnanimo Montalbano. «Volevo dire che uno, vedendo una scena, ricorda di quella scena la prima generica impressione che ne ha ricevuto. D'accordo?»

«D'accordo» fece Ingrassia ormai preparato al peggio.

«Poi, picca a picca, gli può tornare a mente qualche

dettaglio che ha visto, registrato nella memoria, ma messo da parte come cosa che non è importante. Faccio qualche esempio: una finestra aperta o chiusa, una rumorata, che so, un fischio, una canzona, una seggia spostata, un'automobile ch'era dove non doveva essere, una luce che s'astutava... Cose così, dettagli, particolari che finiscono con l'avere importanza estrema.»

Ingrassia tirò fora dalla sacchetta un fazzoletto bianco con l'orlo verde e s'asciucò il sudore.

«Mi ha fatto venire qua solo per dirmi questo?»

«No. L'avrei scomodata ammàtula, non me lo sarei permesso. Voglio sapere se ha ricevuto notizie da quelli che, secondo lei, le hanno organizzato lo sgherzo del finto furto.»

«Nisciuno s'è fatto vivo.»

«Strano.»

«Perché?»

«Perché il bello di uno sgherzo è di goderselo poi con la persona che è stata la vittima. Ad ogni modo, se per caso si fanno vivi me lo faccia sapere. Buongiorno.»

«Buongiorno» rispose Ingrassia susendosi. Grondava, i pantaloni gli si erano appiccicati sul sedere.

Fazio si fece vedere tutto acchittato con una divisa fiammante.

«Io sono qua» disse.

«E il papa a Roma.»

«Va bene, commissario, ho capito, oggi non è cosa.»

Fece per ritirarsi ma si fermò sulla soglia.

«Ha telefonato il dottore Augello, dice così che ha un malo di denti grandissimo. Viene solo se ce n'è di bisogno.»

«Senti, lo sai dove sono andati a finire i rottami della Cinquecento del cavaliere Misuraca?»

«Sissi, è ancora qua, nel nostro garaggi. Sintissi a mia: questa è tutta invidia.»

«Ma di che cosa stai parlando?»

«Del malo di denti del dottore Augello. Quella botta d'invidia è.»

«E chi invidia?»

«A lei, perché lei fa la conferenza e lui invece no. Ed è magari incazzato pirchì lei non gli ha voluto dire il nome di quello che abbiamo arrestato.»

«Mi fai un favore?»

«Sissi, ho capito, me ne vado.»

Quando Fazio ebbe ben chiuso la porta, formò un numero. Gli rispose una voce di donna che pareva la parodia del doppiaggio di una negra.

«Bronto? Chi balli? Chi balli tu?»

"Ma dove le vanno a raccattare le cameriere in casa Cardamone?" si domandò Montalbano.

«C'è la signora Ingrid?»

«Zì, ma chi balli?»

«Sono Salvo Montalbano.»

«Tu speta.»

Invece la voce di Ingrid era identica a quella che la doppiatrice italiana aveva prestato a Greta Garbo, che del resto era magari lei svedese.

«Ciao, Salvo, come stai? È da tempo che non ci vediamo.»

«Ingrid, ho bisogno del tuo aiuto. Sei libera stasera?»

«Veramente non lo sarei. Ma se è una cosa importante per te, mando tutto all'aria.»

«È importante.»

«Allora dove e a che ora.»

«Stasera alle nove, al bar di Marinella.»

La conferenza stampa si risolvette per Montalbano, come del resto già lui stesso sapeva, in una lunga, patita vrigogna. Da Palermo era venuto il vicequestore De Dominicis dell'Antimafia, che pigliò posto alla destra del questore. Gesti imperiosi e occhiatazze costrinsero

Montalbano, che voleva restarsene in mezzo alla gente, ad assittàrisi a mancina del suo capo. Darrè, in piedi, Fazio, Germanà, Gallo e Galluzzo. Cominciò a parlare il questore e per prima cosa fece il nome dell'arrestato, il numero uno dei numeri due: Gaetano Bennici inteso Tano u grecu, pluriassassino da anni latitante. Fu letteralmente un botto. I giornalisti, che erano tanti e c'erano magari quattro telecamere, satarono sulle seggie e si misero a parlare tra di loro, tanto che il questore faticò a ottenere il silenzio. Disse che il merito dell'arresto era del commissario Montalbano il quale, coadiuvato dai suoi uomini, e ne fece i nomi presentandoli, aveva saputo abilmente e coraggiosamente sfruttare un'occasione propizia. Poi parlò De Dominicis che spiegò il ruolo di Tano u grecu in seno all'organizzazione, ruolo se non di primissimo, certamente di primo piano. Si risedette e Montalbano capì che veniva abbandonato ai cani.

Le domande partirono a raffica, peggio di un kalashnikov. C'era stato conflitto a fuoco? Tano u grecu era solo? C'erano stati feriti tra le forze dell'ordine? Che aveva detto Tano quando l'avevano ammanettato? Tano dormiva o era sveglio? Aveva con sé una femmina? Un cane? Era vero che si drogava? Quanti omicidi aveva sulle spalle? Com'era vestito? Era nudo? Era vero che Tano era un tifoso del Milan? Che aveva addosso una foto di Ornella Muti? Voleva spiegare quale era stata l'occasione propizia di cui aveva parlato il questore?

Montalbano s'affannava a rispondere e sempre meno capiva quello che andava dicendo.

"Meno male che c'è la televisione" pensò. "Così poi mi rivedo e capisco le minchiate che ho detto."

E poi, a fare più difficili le cose, c'erano gli occhi adoranti dell'ispettrice Anna Ferrara, fissi su di lui.

A cercare di tirarlo fora dalle sabbie mobili in cui stava annegando ci provò il giornalista Nicolò Zito di Retelibera, che gli era veramente amico.

«Commissario, mi permetta. Lei ha detto che ha incontrato Tano tornando da Fiacca dove era stato invitato da amici a mangiare una tabisca. Ho inteso bene?»

«Sì.»

«Cos'è una tabisca?»

Se l'erano mangiata tante volte insieme, quindi Zito gli stava tirando un salvagente. Montalbano l'agguantò. Tornato di colpo sicuro e preciso, il commissario s'addentrò in una dettagliata descrizione di quella straordinaria pizza multisapore.

SETTE

Nell'omo di volta in volta pigliato dai turchi, balbuziente, esitante, strammato, stunato, perso, ma sempre con gli occhi spiritati, che la telecamera di Retelibera impietosamente inquadrava in primo piano, a stento Montalbano riconobbe se stesso sotto l'imperversare delle domande dei giornalisti garrusi e figli di buttana. La parte della spiegazione di com'era fatta la tabisca, quella che gli era venuta meglio, non venne trasmessa, forse non era perfettamente in linea con l'argomento principale, la cattura di Tano.

Le milanzane alla parmigiana che la cammarera gli aveva lasciate nel forno gli parsero di colpo scipite, ma non poteva essere, non era così, si trattava di un effetto psicologico nel vedersi tanto testa di minchia dintra la televisione.

Improvvisa, gli venne la voglia di chiàngiri, di stinnicchiarsi sul letto incuponandosi tutto con un linzolo come una mummia.

«Commissario Montalbano? Sono Luciano Acquasanta del giornale "Il Mezzogiorno". Vorrebbe essere tanto cortese da concedermi un'intervista?»

«No.»

«Non le farò perdere tempo, lo giuro.»

«No.»

«Parla il commissario Montalbano? Sono Spingardi, Attilio Spingardi della RAI di Palermo. Stiamo allestendo una tavola rotonda sul tema...»

«No.»

«Ma mi lasci finire!»

«No.»

«Amore? Sono Livia. Come ti senti?»

«Bene. Perché?»

«Ti ho appena visto in televisione.»

«Oh Gesù! M'hanno visto in tutta Italia?»

«Credo di sì. Ma è stata una cosa breve, sai?»

«Si è sentito quello che dicevo?»

«No, parlava solo lo speaker. Di te si vedeva però la faccia ed è per questo che mi sono preoccupata. Eri giallo come un limone.»

«C'erano magari i colori?!»

«Certo. Ogni tanto ti mettevi la mano sugli occhi, sulla fronte.»

«Avevo mal di testa e le luci mi davano fastidio.»

«T'è passato?»

«Sì.»

«Commissario Montalbano? Sono Stefania Quattrini di "Essere donna". Vorremmo farle un'intervista telefonica, può restare in linea?»

«No.»

«È roba di pochi secondi.»

«No.»

«Ho l'onore di parlare proprio con il celebre commissario Montalbano che tiene conferenze stampa?»

«Non rompetemi i coglioni.»

«No, i coglioni, stai tranquillo, non vogliamo romperteli. Ma il culo sì.»

«Chi parla?»

«La to' morti, parla. Ti voglio dire che non te la passerai liscia, cornuto d'un tragediatore! A chi credevi di pigliare per fissa con tutto quel triatro che hai fatto col tuo amico Tano? E per questo pagherai, pi aviri circato di pigliàrinni po culu.»

«Pronto? Pronto?»

La comunicazione era stata interrotta. Montalbano non ebbe il tempo di capacitarsi di quelle minacciose parole, di ragionarci sopra, perché capì che il suono insistente che da un pezzo sentiva nel tananai di quelle telefonate era quello del campanello della porta. Chissà perché si fece persuaso che si trattava di un qualche giornalista più sperto degli altri che aveva deciso d'apprisintarsi direttamente. Corse esasperato all'ingresso e, senza raprire, gridò:

«Chi cazzo è?»

«Sono il questore.»

E che voleva da lui, a casa sua, a quell'ora e senza manco avvertirlo prima? Diede una manata allo scoppo, spalancò la porta.

«Buongiorno, s'accomodi» e si fece di lato.

Il questore non si cataminò.

«Non abbiamo tempo. Si metta in ordine e mi raggiunga in macchina.»

Gli voltò le spalle, s'allontanò. Passando davanti allo specchio grande dell'armuar, Montalbano capì cosa volesse assignificare il questore con quel «si metta in ordine». Era infatti completamente nudo.

La macchina non portava la scritta della polizia, aveva invece il contrassegno delle auto da noleggio, al posto di guida c'era, in borghese, un agente della Questura di Montelusa che lui conosceva. Appena si fu assittato, il questore parlò.

«Mi scusi se non ho avuto modo d'avvertirla, ma il suo telefono risultava sempre occupato.»

«Già.»

Avrebbe potuto interrompere, certo, però questo non rientrava nel suo modo di fare, da persona gentile e discreta. Montalbano non gli spiegò perché il suo telefono non gli avesse concesso tregua, non era cosa, il suo capo era nivuru come mai l'aveva visto prima, la faccia tirata, la bocca storciuta a mezzo in una specie di smorfia.

Dopo un tre quarti d'ora che avevano pigliato la strata che da Montelusa portava a Palermo, e l'autista cacciava forte, il commissario principiò a taliare quella parte di paesaggio della sua isola che più gli faceva garbo.

«Ti piace davvero?» aveva domandato sbalordita Livia quando, qualche anno avanti, l'aveva portata in quei paraggi.

Aride colline, quasi tumoli giganteschi, coperte solo di stoppie gialle d'erba secca, abbandonate dalla mano dell'uomo per sopravvenute sconfitte dovute alla siccità, all'arsura o più semplicemente alla stanchezza di un combattimento perso in partenza, di tanto in tanto interrotte dal grigio di rocce a pinnacolo, assurdamente nate dal nulla o forse piovute dall'alto, stalattiti o stalagmiti di quella fonda grotta a cielo aperto ch'era la Sicilia. Le rare case, tutte di solo pianoterra, dammùsi, cubi di pietre a secco, erano messe di sghembo, quasi che avessero fortunosamente resistito a una violenta sgroppata della terra che non voleva sentirsele sopra. C'era sì qualche rara macchia di verde, ma non d'alberi o di colture, bensì d'agavi, di spinasanta, di saggina, d'erbaspada, stenta, impolverata, prossima anch'essa alla resa.

Come se avesse aspettato la scenografia adatta, il questore si decise a parlare, il commissario però capì che non a lui si rivolgeva, ma a se stesso, in una sorta di dolorante e rabbioso monologo.

«Perché l'hanno fatto? Chi ha deciso di decidere? Se si facesse un'inchiesta, ipotesi impossibile, risulterebbe o che nessuno ha preso l'iniziativa o che hanno dovuto agire per ordini superiori. Allora vediamo chi sono questi superiori che hanno dato l'ordine. Il capo dell'Antimafia negherebbe e così anche il ministro dell'Interno, il presidente del Consiglio, il capo dello Stato. Restano, nell'ordine: il papa, Gesù, la Madonna, il Padreterno. Griderebbero allo scandalo: come si può pensare che siano stati loro a dare l'ordine? Non resta che il Maligno, quello che si è fatto la fama d'essere la causa di ogni male. Ecco chi è il colpevole: il diavolo! Insomma, in poche parole, hanno stabilito di trasferirlo in un altro carcere.»

«Tano?» osò spiare Montalbano. Il questore manco gli rispose.

«Perché? Non lo sapremo mai, questo è certo. E mentre noi stavamo a fare la conferenza stampa, quelli lo mettevano dentro una macchina qualsiasi con due agenti in borghese di scorta – Dio! quanto sono furbi! – per non dare nell'occhio, certo, e così, quando dalle parti di Trabia da un viottolo è arrivata la classica potente motocicletta con due sopra, assolutamente anonimi per via del casco... Morti i due agenti, lui sta agonizzando in ospedale. Questo è quanto.»

Montalbano incassò, cinicamente pensando solo che se l'ammazzavano qualche ora prima, si sarebbe risparmiata la tortura della conferenza stampa. Pigliò a fare domande solo perché intuì che il questore si era tanticchia calmato con quello sfogo.

«Ma come hanno fatto a sapere che...»

Il questore diede una gran botta al sedile che stava davanti, l'autista sobbalzò e la macchina sbandò leggermente.

«Ma che domande mi fa, Montalbano? Una talpa, no? È questo che mi manda in bestia.»

Il commissario lasciò passare qualche minuto prima di spiare ancora.

«Ma noi che c'entriamo?»

«Le vuole parlare. Ha capito che sta morendo, le vuole dire una cosa.»

«Ah. E lei perché si è disturbato? Potevo andarci solo.»

«L'accompagno per evitarle ritardi, contrattempi. Quelli, nella loro sublime intelligenza, sono magari capaci d'impedirle il colloquio.»

Davanti al cancello dell'ospedale c'era un autoblindo, una decina di guardie stavano sparpagliate nel giardinetto coi mitra spianati.

«Coglioni» disse il questore.

Superarono, con crescente nervosismo, almeno cinque controlli, poi finalmente arrivarono nel corridoio dove c'era la stanza di Tano. Tutti i ricoverati erano stati fatti sgombrare, portati altrove tra maledizioni e bestemmie. Alle due estremità del corridoio, quattro poliziotti armati, altri due davanti la porta dove evidentemente ci stava Tano. Il questore mostrò loro il lasciapassare.

«Mi congratulo» disse al graduato.

«Di che, signor questore?»

«Del servizio d'ordine.»

«Grazie» fece il graduato illuminandosi, non aveva capito un cazzo dell'ironia del questore.

«Entri solo lei, io l'aspetto fuori.»

Solo allora il questore s'addunò che Montalbano era livido, il sudore gli bagnava la fronte.

«Oddio, Montalbano che ha? Si sente male?»

«Sto benissimo» gli rispose il commissario tra i denti.

E invece gli stava contando una farfantarìa, stava malissimo. Dei morti se ne fotteva altamente, poteva dormirci 'nzèmmula, fingere di spartirci il pane o di giocarci a tressette e briscola, non gli facevano nessuna impressione, ma quelli che stavano per morire invece gli provocavano la sudarella, le mani principiavano a tremargli, si sentiva agghiacciare tutto, un pirtuso gli si scavava dintra lo stomaco.

Sotto il linzolo che lo ricopriva, il corpo di Tano gli parse accorciato, più piccolo di come se lo ricordava. Le braccia stavano stese lungo i fianchi, il destro era avvolto in spesse fasciature. Dal naso, ora quasi trasparente, si partivano i tubicini dell'ossigeno, la faccia pareva finta, di un pupo di cera. Controllando la voglia che aveva di scapparsene, il commissario pigliò una seggia di metallo, s'assittò allato al moribondo che teneva gli occhi inserrati, come se stesse dormendo.

«Tano? Tano? Sono il commissario Montalbano.»

La reazione dell'altro fu immediata, sgriddrò gli occhi, fece come per susìrisi a mezzo sul letto, uno scatto violento sicuramente dettato dall'istinto d'animale da lungo tempo braccato. Poi i suoi occhi misero a fuoco il commissario, la tensione di quel corpo visibilmente s'allentò.

«Mi voleva parlare?»

Tano fece 'nzinga con la testa di sì e accennò a un sorriso. Parlò con molta lentezza, molta fatica.

«Mi hanno ittato lo stesso fora dalla strata.»

Si riferiva al colloquio che avevano avuto nella casuzza e Montalbano non seppe cosa dire.

«S'avvicinassi.»

Montalbano si susì dalla seggia, si calò verso di lui.

«Ancora.»

Il commissario si chinò fino a toccare con l'orecchio la bocca di Tano, il fiato bruciante dell'altro gli provocò una sensazione di disgusto. E Tano allora gli disse quello che aveva da dirgli, con lucidità, con precisione. Ma il parlare l'aveva stancato, inserrò nuovamente gli occhi e Montalbano non seppe che fare, se andarsene o restare lì ancora tanticchia. Scelse d'assittarsi e di nuovo Tano disse una cosa con la voce impastata. Il commissario si risusì, si piegò sul moribondo.

«Che ha detto?»

«Mi scanto.»

Aveva paura, e al punto in cui si trovava non aveva ritegno a dirlo. Era questa la pietà, quest'ondata improvvisa di calore, questo moto del cuore, questo sentimento struggente? Montalbano posò una mano sulla fronte di Tano, gli venne questa volta spontaneo dargli del tu.

«Non t'affruntari, non ti vergognare a dirlo. Magari

per questo tu sei un omo. Tutti ci scanteremo a questo passo. Addio, Tano.»

Uscì a passo rapido, chiuse la porta alle sue spalle. Ora nel corridoio, oltre al questore e agli agenti, c'erano De Dominicis e Sciacchitano. Gli corsero incontro.

«Che ha detto?» spiò ansioso De Dominicis.

«Niente, non è riuscito a dirmi niente. Voleva, evidentemente, ma non ce la faceva. Sta morendo.»

«Mah!» fece dubbioso Sciacchitano.

Con calma, Montalbano gli poggiò la mano aperta sul petto e gli diede una spinta violenta. L'altro arretrò, sbalordito, di tre passi.

«Resta lì, non t'avvicinare» disse tra i denti il commissario.

«Basta così, Montalbano» intervenne il questore.

De Dominicis non parse dare peso alla quistione tra i due.

«Chissà cosa aveva da dirle» insistette taliandolo con occhio inquisitivo e con un'espressione che voleva significare: tu non me la conti giusta.

«Se le fa piacere, tiro a indovinare» ribatté sgarbato Montalbano.

Prima di lasciare l'ospedale, al bar Montalbano si scolò un doppio J&B liscio. Partirono alla volta di Montelusa, il commissario calcolò che per le sette e mezzo di sera sarebbe stato di nuovo a Vigàta, poteva perciò rispettare l'appuntamento con Ingrid.

«Ha parlato, vero?» spiò quietamente il questore.

«Sì.»

«Una cosa importante?»

«A mio parere, sì.»

«Perché ha scelto proprio lei?»

«Ha promesso che voleva farmi un regalo personale, per la lealtà che ho dimostrato verso di lui in tutta la faccenda.»

«L'ascolto.»

Montalbano gli riferì tutto e alla fine il questore rimase pensieroso. Poi tirò un sospiro.

«Risolva tutto lei, con i suoi uomini. È meglio che nessuno sappia niente. Non lo devono sapere nemmeno in Questura: l'ha appena visto, le talpe possono trovarsi dovunque.»

Visibilmente ripiombò in quel malumore che l'aveva pigliato durante il viaggio d'andata.

«A questo siamo ridotti!» disse rabbioso.

A metà strata, squillò il telefonino.

«Sì?» fece il questore.

Dall'altro capo parlarono brevemente.

«Grazie» disse il questore. Poi si rivolse al commissario.

«Era De Dominicis. Gentilmente m'informava che Tano è morto praticamente mentre noi uscivamo dall'ospedale.»

«Bisognerà che stiano attenti» disse Montalbano.

«A che?»

«A non farsi rubare il cadavere» fece con pesante ironia il commissario.

Proseguirono per un poco in silenzio.

«Perché De Dominicis si è premurato di fargli sapere che Tano è morto?»

«Ma caro, la telefonata era praticamente diretta a lei. È chiaro che De Dominicis, che fesso non è, pensa giustamente che Tano sia riuscito a dirle qualcosa. E vorrebbe o spartirsi la torta con lei o fregargliela del tutto.»

In ufficio trovò Catarella e Fazio. Meglio così, preferiva parlare con Fazio senza persone attorno. Per dovere, più che per curiosità, spiò:

«Ma gli altri dove sono?»

«Sono appresso a quattro picciotti su due motociclette che fanno una gara di velocità.»

«Gesù! Tutto il commissariato se ne va appresso a una gara?»

«È una gara speciale» spiegò Fazio. «Una motocicletta è verde, l'altra gialla. Prima parte la gialla e fa di corsa tutta una strata, scippando lo scippabile. Dopo una o due ore, quando la gente s'è calmata, parte la verde e si fotte il fottibile. Poi cangiano strata e quartiere, però questa volta a partire per prima è la verde. È una gara a chi arrinesci a scippare di più.»

«Ho capito. Senti, Fazio, dovresti passare in serata dalla ditta Vinti. A nome mio, prega il ragioniere di prestarci una decina tra pale, picuna, zappuna, vanghe. Domani matina alle sei ci troviamo tutti qua. In ufficio restino il dottor Augello e Catarella. Voglio due macchine, anzi una perché dalla ditta Vinti ti fai dare magari una Jeep. A proposito, chi ce l'ha la chiave del nostro garage?»

«La tiene sempre chi è di guardia. Adesso ce l'ha Catarella.»

«Fattela dare e dammela.»

«Subito. Scusassi, commissario, ma perché ci servono pale e zappuna?»

«Perché cangiamo di mestiere. Da domani ci dedichiamo all'agricoltura, alla sana vita dei campi. Ti va bene?»

«Con lei, commissario, da qualche giorno non si può ragionare. Si può sapere che le pigliò? È addiventato grèvio e 'ntipatico.»

OTTO

Da quando l'aveva conosciuta, nel corso d'una indagine nella quale Ingrid, del tutto innocente, gli era stata offerta, attraverso false piste, come capro espiatorio, fra il commissario e quella splendida donna era nata una curiosa amicizia. Di tanto in tanto Ingrid si faceva viva con una telefonata e passavano una serata a chiacchierare. A Montalbano la giovane rimetteva le sue confidenze, i suoi problemi, e lui fraternamente e saggiamente la consigliava: era una sorta di padre spirituale – ruolo che aveva dovuto imporsi a forza, Ingrid suscitando pensieri non precisamente spirituali – del quale la donna accuratamente disattendeva i consigli. In tutti gli appuntamenti avuti, sei o sette, mai che Montalbano fosse arrivato in anticipo su di lei, Ingrid aveva un culto addirittura maniacale per la puntualità.

Magari questa volta, fermata l'auto al posteggio del bar di Marinella, vide che già c'era la macchina della donna, accanto a una Porsche cabriolet, una sorta di bolide, pittata di un giallo offensivo per il gusto e per la vista.

Quando entrò nel bar, Ingrid era in piedi al bancone, stava bevendo un whisky e allato a lei, che confidenzialmente le parlava, un quarantenne vestito di giallo canarino, elegantissimo, Rolex e codino.

"Quando deve cangiarsi d'abito, cangerà magari macchina?" si spiò il commissario.

Appena lo vide, Ingrid gli corse incontro, l'abbracciò, lo baciò leggermente sulle labbra, era chiaramente contenta d'incontrarlo. Magari Montalbano era contento: Ingrid era una vera grazia di Dio, coi jeans pittati sulle

gambe lunghissime, i sandali, la camicetta celeste trasparente che lasciava intravedere la forma del seno, i capelli
biondi sciolti sulle spalle.

«Scusami» disse al canarino ch'era con lei. «Ci vediamo presto.»

Andarono ad assittarsi a un tavolo, Montalbano non
volle bere niente, l'uomo col Rolex e codino andò a finire
il suo whisky sulla terrazza a mare. Si taliarono sorridenti.

«Ti trovo bene» fece Ingrid. «Oggi invece in televisione mi eri parso sofferente.»

«Già» disse il commissario e sviò il discorso. «Anche
tu stai bene.»

«Volevi vedermi per scambiarci complimenti?»

«Ti devo chiedere un favore.»

«Sono qua.»

Dalla terrazza, l'uomo col codino occhieggiava verso
di loro.

«Chi è quello?»

«Uno che conosco. Ci siamo incrociati per strada mentre venivo qua, m'ha seguita, m'ha offerto da bere.»

«In che senso dici di conoscerlo?»

Ingrid diventò seria, una ruga le increspò la fronte.

«Sei geloso?»

«No, lo sai benissimo e d'altra parte non c'è motivo.
È che appena l'ho visto m'è stato sullo stomaco. Come si
chiama?»

«Ma dai, Salvo, che te ne frega?»

«Dimmi come si chiama.»

«Beppe... Beppe De Vito.»

«E che fa per guadagnarsi il Rolex, la Porsche e tutto
il resto?»

«Commercia in pellami.»

«Ci sei stata a letto?»

«Sì, l'anno scorso mi pare. E mi stava proponendo di
fare il bis. Però io di quell'unico incontro non ho un ricordo piacevole.»

«Un degenerato?»

Ingrid lo taliò per un attimo, poi scoppiò in una risata che fece sobbalzare il barista.

«Che c'è da ridere?»

«Per la faccia che hai fatto, di bravo poliziotto scandalizzato. No, Salvo, al contrario. È privo totalmente di fantasia. Il ricordo che ho di lui è di un'asfissiante inutilità.»

Montalbano fece 'nzinga all'uomo col codino d'avvicinarsi al loro tavolo e mentre quello avanzava sorridente, Ingrid taliò il commissario con aria preoccupata.

«Buonasera. Io la conosco, sa? Lei è il commissario Montalbano.»

«Temo, purtroppo per lei, che dovrà conoscermi meglio.»

L'altro s'imparpagliò, il whisky tremolò nel bicchiere, i cubetti di ghiaccio fecero tin tin.

«Perché ha detto purtroppo?»

«Lei si chiama Giuseppe De Vito e commercia in pellami?»

«Sì... ma non capisco.»

«Capirà a tempo debito. Uno di questi giorni sarà convocato dalla Questura di Montelusa. Ci sarò anch'io. Avremo modo di parlare a lungo.»

L'uomo col codino, di subito diventato giarno di faccia, posò il bicchiere sul tavolino, non ce la faceva a tenerlo fermo in mano.

«Non potrebbe cortesemente anticiparmi... spiegarmi...»

Montalbano fece la faccia di uno che viene travolto da un incontenibile slancio di generosità.

«Guardi, solo perché lei è amico della signora qui presente. Lei conosce un tedesco, un certo Kurt Suckert?»

«Glielo giuro: mai sentito» fece l'altro cavando dalla sacchetta un fazzoletto color canarino e asciugandosi il sudore dalla fronte.

«Se lei mi risponde così, allora non ho altro da aggiungere» fece gelido il commissario. Lo squatrò, gli fece 'nzinga di farsi più vicino.

«Le do un consiglio: non faccia il furbo. Buonasera.»

«Buonasera» rispose meccanicamente De Vito e, senza manco rivolgere una taliata a Ingrid, se ne niscì di corsa.

«Tu sei uno stronzo» disse calma Ingrid, «e anche una carogna.»

«Sì, è vero, ogni tanto mi piglia e addivento accussì.»

«Questo Suckert esiste davvero?»

«È esistito. Ma lui si faceva chiamare Malaparte. Era uno scrittore.»

Sentirono il rombo della Porsche, la sgommata.

«Ora ti sei sfogato?» domandò Ingrid.

«Abbastanza.»

«L'ho capito appena sei entrato, sai, ch'eri di cattivo umore. Che t'è successo, puoi dirmelo?»

«Potrei, ma non ne vale la pena. Rogne di lavoro.»

Montalbano aveva suggerito a Ingrid di lasciare la sua macchina al posteggio del bar, sarebbero ripassati dopo a prenderla. Ingrid non gli aveva domandato né dove erano diretti né cosa andavano a fare. A un tratto Montalbano le spiò:

«Come va con tuo suocero?»

La voce d'Ingrid si fece allegra.

«Bene! Avrei dovuto dirtelo prima, scusami. Con mio suocero va bene. Da due mesi mi lascia in pace, non mi cerca più.»

«Cos'è successo?»

«Non lo so, lui non me l'ha detto. L'ultima volta è stata al ritorno da Fela, eravamo andati a un matrimonio, mio marito non è potuto venire, mia suocera non si sentiva bene. Insomma, eravamo noi due soli. A un certo punto ha imboccato una strada secondaria, è andato avanti per qualche chilometro, s'è fermato in mezzo a degli alberi, m'ha fatto scendere, m'ha spogliata, m'ha gettata a terra e m'ha scopata con la solita violenza. Il giorno dopo sono partita per Palermo con mio marito, quando sono tornata, dopo una settimana, mio suocero era come invecchiato, tremante. Da allora quasi mi evita. Perciò ora posso trovarmi faccia a faccia con lui in un corridoio di casa senza timore d'essere sbattuta contro un muro con le sue due mani una sulle tette e l'altra sulla fica.»

«Meglio così, no?»

La storia che Ingrid gli aveva appena contata, Montalbano la conosceva meglio di lei. Il commissario aveva saputo della facenna fra Ingrid e suo suocero fin dal primo incontro con la donna. Poi una notte, mentre discorrevano, improvvisamente Ingrid era scoppiata in un pianto convulso, non reggeva più la situazione con il padre di suo marito: lei, che era una donna assolutamente libera, si sentiva come sporcata, immiserita da quel quasi incesto che le veniva imposto, meditava d'abbandonare il marito e tornarsene in Svezia, il pane avrebbe trovato modo di guadagnarselo, era un ottimo meccanico.

Era stato allora che Montalbano aveva pigliato la risoluzione d'aiutarla, di cavarla fuori dall'impiccio. Il giorno appresso invitò a pranzo Anna Ferrara, l'ispettrice di Polizia che lo amava e che era convinta che Ingrid fosse la sua amante.

«Sono disperato» esordì sistemandosi una faccia da grande attore tragico.

«Oh Dio, che succede?» disse Anna stringendogli una mano tra le sue.

«Succede che Ingrid mi tradisce.»

Calò la testa sul petto, miracolosamente riuscì a farsi inumidire gli occhi.

Anna soffocò un'esclamazione di trionfo. Aveva sempre visto giusto, lei! Intanto il commissario nascondeva il volto tra le mani e la ragazza si sentì sconvolgere davanti a quella manifestazione di disperazione.

«Sai, non te l'ho mai voluto dire per non addolorarti. Ma ho fatto qualche indagine su Ingrid. Tu non sei il solo uomo.»

«Ma questo lo sapevo!» fece il commissario sempre con le mani sulla faccia.

«E allora?»

«Questa volta è diverso! Non è un'avventura come le tante, che io posso magari perdonare! Si è innamorata ed è ricambiata!»

«Lo sai di chi è innamorata?»

«Sì, di suo suocero.»

«Oh Gesù!» fece Anna sobbalzando. «Te l'ha detto lei?»

«No. L'ho capito io. Lei, anzi, nega. Nega tutto. Ma io ho bisogno di una prova che sia sicura, da sbattergliela in faccia. Mi capisci?»

Anna si era offerta di fornirgliela quella prova sicura. E tanto aveva fatto che con una macchina fotografica era riuscita a fissare le immagini della scena agreste nel boschetto. Le aveva fatte ingrandire da una sua amica fidata della Scientifica e le aveva consegnate al commissario. Il suocero di Ingrid, oltre ad essere il primario dell'ospedale di Montelusa, era magari un uomo politico di primo piano: alla sede provinciale del partito, all'ospedale e a casa Montalbano gli aveva spedito una prima, eloquente documentazione. Dietro ad ognuna delle tre foto c'era scritto soltanto: ti abbiamo in pugno. La raffica l'aveva evidentemente scantato a morte, in un attimo aveva visto in pericolo carriera e famiglia. Per ogni evenienza, il commissario di foto ne aveva un'altra ventina. A Ingrid non aveva detto niente, quella era capace d'attaccare turilla perché la sua svedese privacy era stata violata.

Montalbano accelerò, era soddisfatto, ora sapeva che la complessa strumentazione che aveva messo in atto aveva raggiunto lo scopo prefisso.

«La macchina portala dentro tu» disse Montalbano scendendo e principiando ad armeggiare con la saracinesca del garage della polizia. Quando l'auto fu entrata, accese le luci e abbassò nuovamente la saracinesca.

«Che devo fare?» spiò Ingrid.

«Li vedi i rottami di quella Cinquecento? Voglio sapere se i freni sono stati manomessi.»

«Non so se riuscirò a capirlo.»

«Provaci.»

«Addio camicetta.»

«Ah no, fermati. Ho portato qualcosa.»

Dai sedili posteriori della sua auto pigliò un sacchetto di plastica, ne tirò fuori una camicia e un paio di jeans suoi.

«Mettiti questi.»

Mentre Ingrid si cambiava, andò in cerca di una lampada portatile, quelle da officina, la trovò sul bancone, inserì la spina. Senza dire niente Ingrid pigliò la lampada, una chiave inglese, un cacciavite e strusciò sotto il telaio distorto della Cinquecento. Le bastarono una decina di minuti. Uscì da sotto la macchina sporca di polvere e di grasso.

«Sono stata fortunata. La cordicella dei freni è stata in parte troncata, ne sono sicura.»

«Che vuol dire in parte?»

«Vuol dire che non è stata tagliata tutta, hanno lasciato quel tanto che bastava per non mandarlo a sbattere subito. Ma alla prima forte trazione la cordicella si sarebbe sicuramente spezzata.»

«Sei certa che non si sia rotta da sola? Era una macchina vecchia.»

«Il taglio è troppo netto. Non c'è sfilacciamento, o almeno c'è solo in minima parte.»

«Ora stammi bene a sentire» disse Montalbano. «L'uomo che era al volante è partito da Vigàta per Montelusa, è stato un pezzo fermo lì, poi ha fatto ritorno a Vigàta. L'incidente è successo nella discesa ripida che

c'è per entrare in paese, la discesa della Catena. È andato a fottersi contro un camion, restandoci. Chiaro?»

«Chiaro.»

«Allora io ti domando: questo bel lavoretto, secondo
te, glielo hanno fatto a Vigàta o a Montelusa?»

«A Montelusa» disse Ingrid. «Se glielo avessero fatto
a Vigàta sarebbe andato a sbattere assai prima, sicuramente. Vuoi sapere altro?»

«No. Grazie.»

Ingrid non si cambiò, non si lavò nemmeno le mani.

«Lo faccio a casa tua.»

Al posteggio del bar Ingrid scese, pigliò la sua macchina, seguì quella del commissario. Non era ancora
mezzanotte, la serata era tiepida.

«Vuoi farti una doccia?»

«No, preferisco fare un bagno a mare, semmai dopo.»

Si levò gli abiti allordati di Montalbano, si sfilò le mutandine: e il commissario dovette fare un qualche sforzo
nel contemporaneo rivestirsi dei sofferti panni del consigliere spirituale.

«Dai, spogliati, vieni anche tu.»

«No. Mi piace starti a taliare dalla veranda.»

La luna piena faceva magari troppa luce. Montalbano
restò sulla sdraia a godersi la sagoma d'Ingrid che arrivava a ripa di mare e dintra l'acqua fridda principiava
una sua danza di saltelli a braccia allargate. La vide tuffarsi, seguì per un tratto il puntolino nero ch'era la sua
testa e poi, di botto, s'addrummiscì.

Si svegliò che già faceva la prima luce. Si susì, tanticchia infreddolito, si preparò il caffè, ne bevve tre tazze
di seguito. Prima d'andare via, Ingrid aveva puliziato la
casa, non c'era traccia del suo passaggio. Ingrid valeva
oro a peso: aveva fatto quello che lui le aveva chiesto e
non gli aveva domandato nessuna spiegazione. Dal pun-

to di vista della curiosità, fimmina certamente non era. Ma solo da quello. Sentendo una punta d'appetito, raprì il frigorifero: le milanzane alla parmigiana che a mezzogiorno non aveva mangiate non c'erano più, se l'era fatte fuori Ingrid. Dovette contentarsi di un pezzo di pane e di un formaggino, meglio addubbare così che niente. Si fece la doccia e indossò gli stessi vestiti che aveva prestato a Ingrid, sottilmente ancora odoravano di lei.

Com'era d'abitudine, arrivò al commissariato con una decina di minuti di ritardo: i suoi uomini erano pronti, con una macchina di servizio e la Jeep prestata dalla ditta Vinti piena di pale, zappuna, picuna, vanghe, parevano braccianti che si andavano a guadagnare la jurnata, travagliando la terra.

La montagna del Crasto, che da parte sua montagna non si era mai sognata d'essere, era una collina piuttosto spelacchiata, sorgeva a ovest di Vigàta e distava dal mare manco cinquecento metri. Era stata accuratamente bucata da una galleria, ora chiusa con assi di legno, che doveva essere parte integrante di una strada che partiva dal nulla per portare al nulla, utilissima per la fabbricazione di tangenti non geometriche. Si chiamava infatti la tangenziale. Una leggenda contava che dintra le viscere della montagna c'era nascosto un crasto, un ariete, tutto d'oro massiccio: gli scavatori della galleria non l'avevano trovato, quelli che avevano bandito l'appalto invece sì. Attaccato alla montagna c'era, dalla parte che non taliava il mare, una specie di fortilizio roccioso, detto «u crasticeddru»: lì le ruspe e i camion non erano arrivati, la zona aveva una sua bellezza selvaggia. Fu proprio verso il crasticeddru che le due auto si diressero dopo aver percorso strade impervie per non dare nell'occhio. Era difficile proseguire senza una trazzera, un sentiero, ma il commissario volle che le macchine arrivassero proprio fino alla base dello sperone di roccia. Montalbano ordinò a tutti di scendere.

L'aria era frisca, la matinata sirena.

«Che dobbiamo fare?» spiò Fazio.

«Taliate tutti u crasticeddru. Attentamente. Girateci torno torno. Datevi da fare. Da qualche parte deve esserci l'entrata d'una grotta. L'avranno ammucciata, mimetizzata con pietre o frasche. Occhio. Dovete scoprirla. Vi assicuro che c'è.»

Si sparpagliarono.

Due ore dopo, scoraggiati, si ritrovarono vicino alle macchine. Il sole batteva, erano sudati, il previdente Fazio aveva portato dei thermos di caffè e tè.

«Riproviamo» disse Montalbano. «Ma non guardate solo verso la roccia, taliate magari per terra, capace che c'è qualcosa che non quatra.»

Ricominciarono a cercare e dopo una mezzorata Montalbano sentì la voce lontana di Galluzzo.

«Commissario! Commissario! Venga qua!»

Il commissario raggiunse l'agente che per la ricerca si era assegnato a quel lato dello sperone più vicino alla provinciale per Fela.

«Guardi.»

Avevano tentato di far sparire le tracce, ma in un certo punto erano evidenti le impronte lasciate sul terreno da un grosso camion.

«Vanno da quella parte» disse Galluzzo e indicò la roccia.

Mentre diceva quelle parole, si fermò, a bocca aperta.

«Cristo di Dio!» disse Montalbano.

Come avevano fatto a non addunarisìnni prima? C'era un grosso masso situato in una posizione strana, da dietro sbucavano stocchi d'erba inaridita. Mentre Galluzzo chiamava i suoi compagni, il commissario corse verso il masso, afferrò una troffa d'erbaspada, la tirò con forza. A momenti cadde all'indietro: il cespuglio non aveva radici, era stato infilato lì, assieme a mazzi di saggina, per mimetizzare l'entrata della grotta.

NOVE

Il masso era un lastrone di pietra di forma approssimativamente rettangolare che pareva fare corpo unico con la roccia che aveva attorno e poggiava su una specie di gradone anch'esso di roccia. Montalbano a occhio stabilì che doveva essere un due metri d'altezza per uno e mezzo di larghezza, spostarlo a mano manco a pensarci. Eppure un modo doveva esserci. Al centro del lato destro, distanziato una decina di centimetri dall'orlo, c'era un pirtuso che pareva cosa assolutamente naturale.

"Se fosse stata una vera porta di ligno" ragionò il commissario, "quel buco sarebbe stato all'altezza giusta per metterci la maniglia."

Tirò fora dal taschino della giacchetta una biro e l'infilò nel pirtuso. La penna ci trasì tutta, ma quando Montalbano stava per rimettersela in sacchetta, sentì che la biro gli aveva allordato la mano. Se la taliò, se la sciaurò.

«Questo è grasso» disse a Fazio, l'unico che gli era restato allato.

Gli altri agenti s'erano assistimati all'ùmmira, Gallo aveva trovato una troffa d'acetosella, ne offriva ai compagni:

«Sucàtene il gambo, è una meraviglia e fa passari la siti.»

Montalbano pensò che c'era solo una soluzione possibile.

«Ce l'abbiamo un cavo d'acciaio?»

«Certo, quello del gippone.»

«Allora fallo avvicinare qua più che puoi.»

Mentre Fazio s'allontanava, il commissario, adesso ch'era persuaso d'avere trovato il marchingegno per spostare il lastrone, taliò il paesaggio attorno con occhi cangiati. Se quello era il loco giusto che gli aveva rivelato Tano u grecu in punto di morte, un posto per tenerlo sotto sorveglianza doveva esserci da qualche parte. La zona pareva deserta e solitaria, niente lasciava immaginare che, girato il costone, a poche centinaia di metri passasse la provinciale con tutto il suo traffico. Poco distante, sopra un rialzo di terreno pietroso ed arso, c'era una casuzza minuscola, un dado, fatta di una sola cammara. Si fece portare il binocolo. La porta di ligno, chiusa, pareva sana; allato alla porta, ad altezza d'uomo, c'era una finestrina senza imposte, protetta da due sbarre di ferro a croce. Pareva disabitata, ma era l'unico possibile posto d'osservazione nei paraggi, le altre abitazioni erano troppo lontane. Per il sì o per il no, chiamò Galluzzo.

«Vai a dare un'occhiata a quella casuzza, rapri in qualche modo la porta, ma non la sfunnàri, attento, può esserci di comodo. Talìa se dintra c'è signo di vita recente, se quarcheduno ci abbia in queste jurnate abitato. Ma lascia tutto com'era, come se tu non ci fossi mai passato.»

Il gippone era intanto arrivato quasi a livello del basamento del masso. Il commissario si fece dare il capo del cavo d'acciaio, l'infilò facilmente nel pirtuso, pigliò a spingerlo dintra. Non fece molta fatica, la corda scorreva all'interno del masso come seguendo una guida molto ben coperta di grasso, senza intoppo, e infatti dopo tanticchia la punta del cavo spuntò alla vista da darrè il lastrone come la testa di un sirpintello.

«Prendi questo capo» disse Montalbano a Fazio, «attaccalo al gippone, metti in moto e tira, ma adasciu adasciu.»

Lentamente la macchina principiò a muoversi e con essa il masso, dalla latata destra, cominciò a staccarsi dalla parete, come ruotando su invisibili cardini.

«Ràpriti pìpiti e chiuditi pòpiti» mormorò stupefatto Germanà, ricordandosi della formula magica di un gioco di bambini che serviva a far schiudere, per virtù di magarìa appunto, tutte le porte.

«Le assicuro, signor questore, che quel lastrone di pietra era stato trasformato in porta da un mastro d'opera fina, pensi che i cardini di ferro erano assolutamente invisibili dall'esterno. Richiudere quella porta è stato altrettanto facile che aprirla. Siamo entrati con le torce elettriche. Dentro, la caverna è attrezzata con molta cura e intelligenza. Il pavimento è stato ricavato con una decina di farlacche inchiodate l'una all'altra e posate sulla terra nuda.»

«Cosa sono queste farlacche?» spiò il questore.

«Non mi viene la parola italiana. Diciamo che sono assi di legno molto spesse. Il pavimento è stato fatto per evitare che i contenitori delle armi stessero troppo a lungo a contatto diretto con l'umidità del terreno. Le pareti sono coperte da assi più leggere. Insomma, dentro la grotta c'è come una grande scatola di legno senza coperchio. Ci hanno travagliato a lungo.»

«E le armi?»

«Un vero e proprio arsenale. Una trentina tra mitragliatori e mitragliette, un centinaio tra pistole e revolver, due bazooka, migliaia di munizioni, casse d'esplosivo di tutti i tipi, dal tritolo al semtex. E poi una quantità di divise dell'Arma, della Polizia, giubbotti antiproiettile e svariate altre cose. Il tutto in perfetto ordine, ogni cosa avvolta nel cellophan.»

«Gli abbiamo dato un bel colpo, eh?»

«Certo. Tano s'è vendicato bene, quel tanto che bastava per non passare per un traditore o per un pentito. Le comunico che non ho sequestrato le armi, le ho lasciate nella grotta. Ho organizzato due turni di guardia al giorno con i miei uomini. Stanno in una casetta disabitata a qualche centinaia di metri dal deposito.»

«Spera che venga qualcuno a rifornirsi?»

«Me lo auguro.»

«Va bene, sono d'accordo con lei. Aspettiamo una settimana, teniamo tutto sotto controllo e se non accade nulla operiamo il sequestro. Ah, senta, Montalbano, si ricorda del mio invito a cena per dopodomani?»

«Come vuole che me ne dimentichi?»

«Mi dispiace, bisognerà rimandare di qualche giorno, mia moglie ha l'influenza.»

Non ci fu bisogno d'aspettare una simana. Il terzo giorno appresso la scoperta delle armi, terminata la sua guardia che correva da mezzanotte a mezzogiorno, Catarella, morto di sonno, s'apprisintò a rapporto dal commissario: Montalbano voleva che tutti così facessero appena smontati dal turno.

«Novità?»

«Nisciuna, dottori. Tutto calmezza e placitità.»

«Va bene, anzi va male. Vattene a dormire.»

«Ah, ora ora che ci faccio mente, una cosa ci fu, ma cosa da nenti, gliela riverisco più per scrupolo che per dovìri, una cosa passeggera.»

«Cos'è questa cosa da nenti?»

«Che un turista passò.»

«Spiegati meglio, Catarè.»

«Il ralogio poteva assignare le ventuno del maitino.»

«Se era maitino, erano le nove, Catarè.»

«Come vuole lei. E fu propio che allora allora sentii il rompo d'una potente motogigletta. Pigliato il binoccolo che portavo a tracollo, caustamente m'affacciai e confermato ne fui. Trattavasi di motogigletta roscia.»

«Non ha importanza il colore. E poi?»

«Dal di sopra della medesima discendette un turista di sesso maschile.»

«Perché hai pensato che si trattasse di un turista?»

«Per via della machina fotorafica che si portava d'incollo, grande, così grande che un cannone pareva.»

«Sarà stato un teleobiettivo.»

«Quello, sissignori. E si mise a fotorafare.»

«Che fotografava?»

«Tutto, dottori mio, fotorafò. Il paisaggio, il crasti-ceddru, il loco istesso da dentro del cui mi trovavo.»

«S'avvicinò al crasticeddru?»

«Maisignuri. Al momento di ricavarcare la motogi-gletta e partirsene, mi salutò con le mani.»

«T'ha visto?»

«No. Sempre di dentro arrimasi. Peroni, come le dissi, una volta che mise in moto fece ciao inverso la casuzza.»

«Signor questore? C'è una novità non bella, secondo me hanno in qualche modo saputo della nostra scoperta e hanno mandato uno in ricognizione per averne con-ferma.»

«E lei come fa a saperlo?»

«Stamattina l'agente ch'era di guardia nella casupola ha visto un tale, arrivato in motocicletta, che fotografava la zona con un potente teleobiettivo. Certamente attor-no al masso che nascondeva l'entrata avevano sistemato un qualcosa di particolare, che so, un rametto orientato in un certo modo, un sasso poggiato a una certa distan-za... Era inevitabile che non riuscissimo a rimettere tutto a posto come stava prima.»

«Mi scusi, aveva dato particolari istruzioni all'agente di guardia?»

«Certamente. L'agente di guardia avrebbe dovuto, nell'ordine, fermare il motociclista, identificarlo, seque-strare la macchina fotografica, portare in ufficio il moto-ciclista stesso...»

«E perché non l'ha fatto?»

«Per una ragione semplicissima: era l'agente Catarel-la, ben noto a lei e a me.»

«Ah» fu il sobrio commento del questore.

«Allora che facciamo?»

«Procediamo subito, in giornata, al sequestro delle armi. Da Palermo m'hanno ordinato di dare il massimo rilievo alla cosa.»

Montalbano sentì che le ascelle gli si bagnavano di sudore.

«Un'altra conferenza stampa?!»

«Temo di sì, mi dispiace.»

Al momento di partire con due macchine e un camioncino verso il crasticeddru, Montalbano s'addunò che Galluzzo lo taliava con occhi piatosi, di cane vastuniato. Lo chiamò in disparte.

«Che hai?»

«Posso avere il primisso d'avvisare della cosa mio cognato, u giornalista?»

«No» rispose Montalbano di slancio, ma ci ripensò immediatamente, gli era venuta un'idea della quale si congratulò.

«Senti, proprio per farti un piacere personale, fallo venire, telefonagli.»

L'idea che gli era venuta era che se il cognato di Galluzzo si fosse trovato sul posto e avesse dato ampia pubblicità alla scoperta, forse la necessità della conferenza stampa andava a farsi fottere.

Al cognato di Galluzzo e al suo operatore di Televigàta Montalbano non solo lasciò mano libera, ma li aiutò a fare lo scoop improvvisandosi regista, facendo montare un bazooka che Fazio impugnò mettendosi in posizione di tiro, illuminando la caverna a giorno perché venisse fotografato o registrato ogni caricatore, ogni cartuccia.

Dopo due ore di travaglio serio, lo svuotamento della caverna venne portato a termine. Il giornalista e il suo operatore se ne corsero a Montelusa per montare il servizio, Montalbano col telefonino chiamò il questore.

«Il carico è fatto.»

«Bene. Me lo mandi qui, a Montelusa. Ah, senta. Lasci un uomo di guardia. Tra poco viene Jacomuzzi con la squadra della Scientifica. Congratulazioni.»

A seppellire definitivamente l'idea della conferenza stampa provvide Jacomuzzi. Del tutto involontariamente, certo, perché nelle conferenze stampa, nelle interviste, Jacomuzzi ci sguazzava beato. Il capo della Scientifica, prima di recarsi alla grotta per i rilievi, s'era premurato infatti d'avvertire una ventina di giornalisti, sia della stampa che della televisione. Se il servizio approntato dal cognato di Galluzzo rimbalzò nei telegiornali regionali, lo scarmazzo, il rumore che fecero i servizi dedicati a Jacomuzzi e ai suoi uomini ebbero risonanza nazionale. Il questore, come Montalbano aveva previsto, decise di non fare più la conferenza stampa, tanto già tutti sapevano tutto, e si limitò a un circostanziato comunicato.

In mutande, con una bottiglia grande di birra in mano, Montalbano si godette in televisione da casa sua la faccia di Jacomuzzi, sempre in primo piano, che spiegava come i suoi uomini stessero smontando pezzo a pezzo la costruzione in legno all'interno della caverna alla ricerca di un minimo indizio, dell'accenno di un'impronta digitale, della traccia di un'orma. Quando la grotta rimase nuda, restituita al suo aspetto originario, l'operatore di Retelibera fece una lenta e lunga panoramica dell'interno. E proprio nel corso di questa panoramica il commissario vide qualcosa che non gli quatrò, un'impressione era e niente di più. Ma tanto valeva controllare. Telefonò a Retelibera, domandò se c'era Nicolò Zito, il giornalista comunista suo amico.

«Non c'è problema, te lo faccio riversare.»

«Ma io non ho il coso, quello lì, come cazzo si chiama.»

«Allora vieni a vedertelo qui.»

«Andrebbe bene domani a matino verso le undici?»

«Va bene. Io non ci sarò, ma lascio detto.»

Alle nove della matinata del giorno appresso, Montalbano si recò a Montelusa, alla sede del partito nel quale aveva militato il cavaliere Misuraca. La targhetta allato al portone indicava che bisognava acchianare al quinto piano. Tradimentosa, la targhetta non specificava che l'unica era d'arrivarci a piedi, dato che il palazzo non era munito d'ascensore. Dopo essersi fatto almeno dieci rampe, col fiato tanticchia grosso, Montalbano tuppiò e rituppiò a una porta che restò caparbiamente chiusa. Ridiscese le scale, uscì dal portone. Proprio a fianco c'era un negozio di frutta e verdura, un uomo anziano stava servendo un cliente. Il commissario aspettò che il fruttivendolo fosse solo.

«Lei conosceva il cavaliere Misuraca?»

«Delle persone che io conosco o che non conosco a lei mi spiega che gliene fotte?»

«Me ne fotte. Sono della Polizia.»

«D'accordo. Sono Lenin.»

«Vuole babbiare?»

«Per niente. Mi chiamo veramente Lenin. Il nome me lo mise mio padre e io ne sono orgoglioso. Oppure magari lei appartiene alla stessa categoria di quelli del portone allato?»

«No. E comunque io sono qua solo per servizio. Ripeto: lei conosceva il cavaliere Misuraca?»

«Certo che lo conoscevo. Passava l'esistenza a trasiri e a nesciri da quel portone e a rompermi i cabasisi con la sua scassata Cinquecento.»

«Che fastidio le dava, la macchina?»

«Che fastidio? La posteggiava sempre davanti al negozio, lo fece magari il giorno stesso che poi andò a sfracellarsi contro il camion.»

«L'aveva posteggiata proprio qua?»

«E che parlo, turco? Proprio qua. Io lo pregai di spostarla, ma lui attaccò turilla, si mise a fare voci, disse che non aveva tempo da perdere con me. Allora io m'arrabbiai supra u seriu e gli arrisposi malamente. Insomma, a farla breve, a momenti ci attaccavamo. Per fortuna passò un picciotto, disse alla bonarma del cavaleri che la Cinquecento l'avrebbe spostata lui, si fece dare le chiavi.»

«Sa dove l'ha posteggiata?»

«Nonsi.»

«Sarebbe in grado di riconoscere questo picciotto? L'aveva visto qualchi autra volta?»

«Di tanto in tanto l'ho visto che trasiva nel portone allato. Dev'essere uno della bella comarca.»

«Il segretario politico si chiama Biraghìn, vero?»

«Mi pare di sì. Travaglia all'Istituto case popolari. È uno delle parti di Venezia, a quest'ora è in ufficio. Qua aprono verso le sei del dopopranzo, ora è troppo presto.»

«Dottor Biraghìn? Sono il commissario Montalbano di Vigàta, mi scusi se la disturbo in ufficio.»

«S'immagini, dica pure.»

«Ho bisogno dell'aiuto della sua memoria. L'ultima riunione di partito alla quale partecipò il povero cavaliere Misuraca, che tipo di riunione era?»

«Non capisco la domanda.»

«Mi scusi, non s'inalberi, è solo un'indagine di routine, per chiarire le circostanze della morte del cavaliere.»

«Perché, c'è qualcosa di poco chiaro?»

Un vero scassacazzo, il dottor Ferdinando Biraghìn.

«Tutto lampante, mi creda.»

«E allora?»

«Io devo chiudere la pratica, capisce? Non posso lasciare un iter sospeso.»

Alle parole iter e pratica l'atteggiamento di Biraghìn, burocrate dell'Istituto case popolari, cangiò di colpo.

«Eh, sono cose che capisco benissimo. Si trattava di una riunione del direttivo, alla quale il cavaliere non aveva titoli per partecipare, facemmo però uno strappo.»

«Quindi una riunione ristretta?»

«Una decina di persone.»

«Qualcuno venne a cercare il cavaliere?»

«Nessuno, avevamo chiuso la porta a chiave. Me ne ricorderei. Lo chiamarono al telefono, questo sì.»

«Mi perdoni, certamente lei ignora il tenore della telefonata.»

«Non solo non ignoro il tenore, ma conosco anche il baritono, il basso e la soprano!»

E rise. Quant'era spiritoso Ferdinando Biraghìn!

«Lei sa come parlava il cavaliere, come se tutti gli altri fossero sordi. Era difficile non sentirlo, quando parlava. Si figuri che una volta...»

«Mi scusi, dottore, ho poco tempo. Riuscì a capire il...»

Si fermò, scartò la parola «tenore» per non incappare nel tragico umorismo di Biraghìn.

«... succo della telefonata?»

«Certo. Era uno che aveva fatto al cavaliere il favore di posteggiargli la macchina. E il cavaliere, per tutto ringraziamento, lo rimproverò per averla parcheggiata troppo distante.»

«Lei è riuscito a capire chi telefonava?»

«No. Perché?»

«Perché due non fa tre» disse Montalbano. E riattaccò.

E dunque il picciotto, dopo avere allestito il servizietto mortale nel chiuso di qualche garage complice, s'era pigliato pure lo sfizio di far fare una passeggiatina al cavaliere.

A una cortese impiegata di Retelibera, Montalbano spiegò come qualmente lui fosse un incapace totale davanti a tutto quello che sapeva d'elettronico. Era in grado d'accendere il televisore, questo sì, di cercare i programmi e di spegnere l'apparecchio: per il resto, notte funnuta. Con pacienza e grazia, la ragazza mise la cassetta, fece tornare indietro e stoppare le immagini tutte le volte che Montalbano glielo domandò. Quando se ne niscì da Retelibera, il commissario era convinto d'avere visto proprio quello che l'interessava, ma quello che l'interessava pareva non avere senso comune.

DIECI

Davanti all'osteria San Calogero restò indeciso: s'era fatta l'ora di mangiare, certo, e lo stimolo se lo sentiva, d'altra parte l'idea che gli era venuta vedendo il filmato e che doveva essere verificata, lo spingeva a proseguire verso il crasticeddru. Il sciàuro di triglie fritte che veniva dall'osteria vinse il duello. Mangiò un antipasto speciale di frutti di mare, poi si fece portare due spigole così fresche che pareva stessero ancora in acqua a nuotare.

«Vossia sta mangiando senza intinzioni.»

«Vero è, il fatto è che ho un pinsero.»

«I pinseri bisogna scordarseli davanti alla grazia che u Signuri le sta facendo con queste spigole» disse solenne Calogero allontanandosi.

Passò dall'ufficio per vedere se c'erano novità.

«Ha telefonato diverse volte il dottor Jacomuzzi» gli comunicò Germanà.

«Se richiama, digli che più tardi lo cerco io. Abbiamo una torcia elettrica potente?»

Quando dalla provinciale arrivò nelle vicinanze del crasticeddru, abbandonò la macchina e decise di proseguire a piedi, la giornata era bella, appena un filo di vento che rinfrescava e sollevava l'umore di Montalbano. Il terreno torno torno al costone ora appariva segnato dalle auto dei curiosi che vi erano passate sopra, il masso che era servito da porta era stato spostato a qualche metro di distanza, l'entrata della caverna era allo scoperto. Proprio mentre stava per trasiri si fermò, appizzò l'orecchio. Dall'interno veniva un mormorìo sommesso ogni tanto interrotto da gemiti soffocati. Appagnò: vuoi vedere che c'era qualcuno che stavano torturando? Non aveva tempo di correre all'auto e pigliare la pistola. Balzò dintra, contemporaneamente addrumando la potente torcia.

«Fermi tutti! Polizia!»

I due ch'erano nella grotta s'immobilizzarono, aggelati, ma ad aggelare ancora di più fu proprio Montalbano. Erano due giovanissimi, nudi, che stavano facendo all'amore: lei con le mani appoggiate alla parete e le braccia tese, lui incollato a lei da dietro. Alla luce della torcia parsero statue, bellissime. Il commissario si sentì avvampare per la vrigogna, e goffamente, mentre principiava a ritirarsi dopo avere astutato la torcia, mormorò:

«Scusatemi... mi sono sbagliato... fate con comodo.»

Vennero fuori dopo manco un minuto, a rivestirsi coi jeans e con una maglietta ci si mette niente. Montalbano era sinceramente dispiaciuto per averli interrotti, quei giovani stavano a modo loro riconsacrando la caverna ora che non era più un deposito di morte. Il picciotto gli passò davanti con la testa vascia e le mani in sacchetta, lei invece lo taliò per un attimo, un sorriso leggero, una luce divertita nello sguardo.

Al commissario bastò una semplice ricognizione superficiale per avere la conferma che quello che aveva notato nella registrazione corrispondeva a quello che stava vedendo nella realtà: mentre le pareti laterali erano relativamente lisce e compatte, la parte più bassa della parete di fondo, vale a dire quella opposta all'entrata, mostrava asperità, sporgenze, rientranze, a prima vista poteva apparire malamente scalpellata. Però non di scalpello si trattava, ma di pietre messe ora una sull'altra ora una allato all'altra: il tempo aveva poi provveduto a saldarle, cementarle, mimetizzarle con polvere, terriccio, filature d'acqua, salnitro, fino a trasformare il rozzo muro in una parete quasi naturale. Continuò a taliare bene, a esplorare centimetro per centimetro, e alla fine non ebbe più dubbio: in fondo alla caverna doveva trovarsi un'apertura di almeno un metro per un metro, che era stata occultata certo non in anni recenti.

«Jacomuzzi? Montalbano sono. Ho bisogno assoluto che tu...»

«Ma si può sapere dove sei andato a rasparti i coglioni? Tutta la mattina ho passato a cercarti!»

«Beh, ora sono qua.»

«Ho trovato un pezzo di cartone, di quello da pacchi, o meglio, di scatole grosse da spedizione.»

«Confidenza per confidenza: io una volta ho trovato un bottone rosso.»

«Ma quanto sei stronzo! Non parlo più.»

«E dai, cocchetto bello di papà, non t'offendere.»

«Su questo pezzo di cartone ci sono stampate delle lettere. L'ho trovato sotto il piancito che c'era nella grotta, si deve essere infilato in un interstizio tra le tavole.»

«Qual è la parola che hai detto?»

«Piancito?»

«No, quella appresso.»

«Interstizio?»

«Quella. Gesù come sei struìto, come parli bene! E non avete trovato altro sotto questa cosa che dici tu?»

«Sì. Chiodi arrugginiti, un bottone appunto ma nero, un mozzicone di matita e dei pezzi di carta, ma, vedi, l'umidità li aveva fatti diventare poltiglia. Quel pezzo di cartone è ancora in buone condizioni perché stava lì evidentemente da pochi giorni.»

«Fammelo avere. Senti, ce l'avete un ecoscandaglio e qualcuno che lo sappia usare?»

«Sì, l'abbiamo adoperato a Misilmesi, una settimana fa, per cercare tre morti che abbiamo poi trovato.»

«Puoi farmelo avere qua a Vigàta verso le cinque?»

«Ma sei pazzo? Sono le quattro e mezza! Facciamo

tra due ore. Vengo pure io e ti porto il cartone. Ma perché ti serve?»

«Per scandagliarti il sederino.»

«C'è di là il preside Burgio. Dice se lo può ricevere, le deve dire una cosa, questione di cinque minuti.»

«Fallo passare.»

Il preside Burgio era andato in pensione da una decina d'anni, ma tutti in paese continuavano a chiamarlo così perché per oltre un trentennio era stato preside della scuola d'avviamento commerciale di Vigàta. Con Montalbano si conoscevano bene, il preside era un uomo di vasta e viva cultura, interessato acutamente alla vita malgrado l'età: con lui il commissario aveva qualche volta condiviso le passeggiate distensive lungo il molo. Gli andò incontro.

«Che piacere! S'accomodi.»

«Siccome passavo da queste parti, ho pensato di domandare di lei. Se non l'avessi trovata in ufficio, le avrei telefonato.»

«Mi dica.»

«Vorrei farle sapere alcune cose sulla grotta dove avete trovato le armi. Non so se sono interessanti, ma...»

«Vuole scherzare? Mi dica tutto quello che sa.»

«Ecco, vorrei premettere che io parlo in base a quanto ho sentito dalle televisioni locali e ho letto dai giornali. Può darsi che invece le cose non stiano in realtà in quei termini. Ad ogni modo, qualcuno ha detto che quel masso che copriva l'entrata era stato adattato a porta dai mafiosi o da chi faceva commercio d'armi. Non è vero. Quel, diciamo, adattamento lo fece il nonno di un mio amico carissimo, Lillo Rizzitano.»

«In che epoca, lo sa?»

«Certo che lo so. Verso il '41, quando olio, farina, frumento cominciarono a scarseggiare per colpa della guerra. In quel tempo tutte le terre attorno al Crasto e al cra-

sticeddru appartenevano a Giacomo Rizzitano, il nonno
di Lillo, che s'era fatto i soldi in America con sistemi poco leciti, almeno così dicevano in paese. Giacomo Rizzitano ebbe l'idea di chiudere la grotta con quel masso
adattato a porta. Dentro la grotta ci teneva ogni ben di
Dio e ne faceva mercato nero coll'aiuto di suo figlio Pietro, il padre di Lillo. Erano uomini di pochi scrupoli,
implicati in altre vicende di cui allora le persone per bene non parlavano, pare magari fatti di sangue. Lillo invece era venuto fuori diverso. Era una specie di letterato,
scriveva belle poesie, leggeva tanto. Fu lui a farmi conoscere *Paesi tuoi* di Pavese, *Conversazione in Sicilia* di
Vittorini... L'andavo a trovare, in genere quando i suoi
non c'erano, in una villetta proprio ai piedi della montagna del Crasto, dalla parte che guarda il mare.»

«È stata abbattuta per costruire la galleria?»

«Sì. O meglio: le ruspe per la galleria hanno fatto
scomparire i ruderi e le fondamenta, la villetta era stata
letteralmente polverizzata nel corso dei bombardamenti
che precedettero lo sbarco alleato del '43.»

«Potrei rintracciare questo suo amico Lillo?»

«Non so neppure se è vivo o morto, nemmeno dove
ha abitato. Dico così perché deve tener presente che Lillo era, o è, di quattro anni più grande di me.»

«Senta, preside, lei è mai stato in quella grotta?»

«No. Una volta glielo domandai a Lillo. Ma lui me lo
negò, aveva avuto ordini tassativi dal nonno e dal padre.
Lui di loro ne aveva veramente timore, era già tanto se
m'aveva raccontato il segreto della grotta.»

L'agente Balassone, malgrado il cognome piemontese,
parlava milanese e di suo aveva una faccia stremata da
due novembre.

"L'è el dì di mort, alegher!" aveva pensato Montalbano: vedendolo, gli era balzato alla memoria il titolo di un
poemetto di Delio Tessa.

Dopo una mezzorata di mutuperii nel fondo della grotta col suo apparecchio, Balassone si levò dalle grecchie la cuffia, taliò il commissario con una faccia, se possibile, ancora più sconsolata.

"Mi sono sbagliato" pensò Montalbano, "e ora faccio una figura di merda davanti a Jacomuzzi."

Il quale Jacomuzzi aveva rivelato, dopo dieci minuti che se ne stava dentro la caverna, di soffrire di claustrofobia e se n'era nisciuto fora.

"Forse perché adesso non ci sono telecamere che ti riprendono" fu il pinsero maligno di Montalbano.

«Allora?» si decise a spiare il commissario per avere conferma del fallimento.

«De là del mur, c'è» disse sibillinamente Balassone che oltre ad essere malinconico era magari mutànghero.

«Mi vuoi dire per cortesia, se non ti è troppo di peso, che c'è oltre la parete?» spiò Montalbano diventando di una pericolosa gentilezza.

«On sit voeuij.»

«Vuoi usarmi la cortesia di parlare italiano?»

All'apparenza e al tono pareva un gentiluomo di corte del Settecento: Balassone ignorava che da lì a un momento, se andava avanti di quel passo, gli sarebbe arrivato un papagno da scugnargli il naso. Fortunatamente per lui, obbedì.

«C'è un vuoto» disse, «ed è altrettanto grande che questa caverna qua.»

Il commissario si racconsolò, aveva visto giusto. In quel momento trasì Jacomuzzi.

«Trovato niente?»

Col suo superiore, Balassone si fece loquace, Montalbano lo taliò di traverso.

«Sissignore. Appresso a questa deve esserci un'altra grotta. È come una cosa che ho visto in televisione. C'era una casa d'eschimese, come si chiama, ah ecco, igloo e proprio accanto ce n'era un altro. I due igloo erano in comunicazione per mezzo di una specie di raccordo, un corridoietto piccolo e basso. Qui la situazione è la stessa.»

«A occhio e croce» disse Jacomuzzi, «la chiusura del corridoietto tra le due grotte deve risalire a parecchi anni fa.»

«Sissignore» fece sempre più distrutto Balassone. «Se per caso nell'altra grotta sono state nascoste armi, risaliranno almeno ai tempi della seconda guerra mondiale.»

La prima cosa che Montalbano notò del pezzo di cartone, debitamente dalla Scientifica infilato in un sacchetto di plastica trasparente, era che aveva la forma della Sicilia. Nella parte centrale c'erano delle lettere impresse in nero: ATO-CAT.

«Fazio!»

«Comandi!»

«Fatti ridare dalla ditta Vinti il gippone e poi pale, pichi, zappuna. Domani torniamo al crasticeddru io, tu, Germanà e Galluzzo.»

«Ma allora le pigliò il vizio!» sbottò Fazio.

Si sentiva stanco. Nel frigorifero trovò calamaretti bolliti e una fetta di caciocavallo ben stagionato. Si organizzò sulla veranda. Quando ebbe terminato di mangiare, andò a cercare nel freezer. C'era la granita di limone che la cammarera gli preparava secondo la formula uno, due, quattro: un bicchiere di succo di limone, due di zucchero, quattro d'acqua. Da leccarsi le dita. Decise poi di stendersi sul letto e di finire il romanzo di Montalbán. Non arrinisci a leggerne manco un capitolo: per quanto interessato, il sonno ebbe la meglio. Si svegliò di colpo manco dopo due ore, taliò il ralogio, erano appena le undici di sera. Nel rimettere il ralogio sul comodino, l'occhio gli cadde sul pezzo di cartone che si era portato appresso. Lo pigliò e se ne andò in bagno. Assittato sulla tazza, alla luce fredda del neon, continuò a taliarlo.

E a un tratto un'idea lo folgorò. Gli parse che per un istante la luce del bagno aumentasse progressivamente d'intensità fino ad esplodere nel lampo di un flash. Gli venne da ridere.

"Possibile che le idee mi vengano solamente quando sto nel cesso?"

Taliò e ritaliò il pezzo di cartone.

"Ci ripenso domani matino a mente fridda."

Ma non fu così. Dopo un quarto d'ora che stava nel letto a votàrisi e a rivotàrisi, si susì, cercò nella rubrica il numero di telefono del capitano Aliotta della Guardia di Finanza di Montelusa, che era suo amico.

«Scusami per l'ora, ma ho veramente bisogno di un'informazione urgente. Avete mai fatto controlli al supermercato di tale Ingrassia di Vigàta?»

«Il nome non mi dice niente. E se non lo ricordo vuol dire che magari un controllo ci sarà stato, ma non è venuto fuori niente d'irregolare.»

«Grazie.»

«Aspetta. Di queste operazioni si occupa il maresciallo Laganà. Se vuoi, ti faccio chiamare a casa. Sei a casa, vero?»

«Sì.»

«Dammi dieci minuti.»

Ebbe il tempo di andare in cucina e bersi un bicchiere d'acqua ghiazzata che il telefono squillò.

«Sono Laganà, il capitano m'ha detto. Sì, l'ultimo controllo a quel supermercato risale a due mesi fa, tutto regolare.»

«L'avete fatto di vostra iniziativa?»

«Normale routine. Abbiamo trovato tutto a posto. Le assicuro che è raro imbattersi in un commerciante che abbia i documenti così in regola. A volerlo fregare, non ci sarebbe stato un appiglio.»

«Avete controllato tutto? Libri contabili, fatture, ricevute?»

«Scusi, commissario, come crede lei che si facciano i controlli?» spiò il maresciallo facendosi tanticchia aggelato nella voce.

«Per amor del cielo, non volevo mettere in dubbio... Lo scopo della mia domanda era altro. Io non conosco certi meccanismi e perciò sto domandando il suo aiuto. Questi supermercati come fanno a rifornirsi?»

«Ci sono i grossisti. Cinque, dieci, a secondo di quello che gli abbisogna.»

«Ah. Lei sarebbe in grado di dirmi chi sono i fornitori del supermercato d'Ingrassia?»

«Credo di sì. Devo avere qualche appunto da qualche parte.»

«Le sono veramente grato. Le telefonerò domattina in caserma.»

«Ma io sono in caserma! Resti all'apparecchio.»

Montalbano lo sentì fischiettare.

«Pronto, commissario? Ecco, i grossisti che riforniscono Ingrassia sono tre di Milano, uno di Bergamo, uno di Taranto, uno di Catania. Prenda nota. A Milano...»

«Mi scusi se l'interrompo. Cominci da Catania.»

«La ragione sociale della ditta catanese è Pan, come pane senza *e* finale. Proprietario ne è Salvatore Nicosia, abitante...»

Non quatrava.

«Grazie, basta così» fece deluso Montalbano.

«Aspetti, m'era sfuggito. Il supermercato, sempre a Catania, si rifornisce, solo per i casalinghi, da un'altra ditta, la Brancato.»

ATO-CAT, c'era scritto sul pezzo di cartone. Ditta Brancato-Catania: quatrava, eccome se quatrava! L'urlo di gioia di Montalbano rintronò la grecchia del maresciallo, lo spaventò.

«Dottore? Dottore? Dio mio, che successe? Si sentì male, dottore?»

UNDICI

Fresco, sorridente, giacchetta e cravatta, avvolto in una nube di sciàuro di colonia, Montalbano, alle sette del matino, s'apprisintò a casa del signor Francesco Lacommare, direttore del supermercato d'Ingrassia, che l'accolse, oltre che con legittimo stupore, in mutande e con un bicchiere di latte in mano.

«Che fu?» spiò il direttore riconoscendolo e sbiancando.

«Due domandine facili facili e tolgo il disturbo. Ma devo farle una premessa seria assai: questo incontro deve restare tra lei e me. Se lei ne viene a parlare con qualcuno, magari col suo principale, io, con una scusa o con l'altra, la faccio catafottere in càrzaru, ci può mèttiri la mano sul foco.»

Mentre Lacommare si dibatteva nel tentativo di ripigliare l'aria che gli era venuta a mancare, dall'interno dell'appartamento esplose una voce femminile acuta e urtante.

«Ciccino, ma cu è a chist'ura?»

«Nenti, nenti, Carmilina, dormi» la rassicurò Lacommare accostando la porta alle sue spalle.

«Le dispiace, commissario, se parliamo qua sul pianerottolo? L'ultimo piano, che è quello proprio sopra a chisto, è vacante, non c'è piricolo che quarcuno ci disturba.»

«Voi, a Catania, da chi vi servite?»

«Dalla Pan e dalla Brancato.»

«Ci sono tempi prestabiliti per il rifornimento delle merci?»

«Settimanale per la Pan, mensile per la Brancato. L'abbiamo concordato con gli altri supermercati che si servono da questi stessi grossisti.»

«Benissimo. Quindi, mi pare di capire, la Brancato carica un camion di merce e lo manda a fare il giro dei supermercati. Ora, in questo giro, voi a che punto vi venite a trovare? Mi spiego meglio...»

«Ho capito, commissario. Il camion parte da Catania, si fa la provincia di Caltanissetta, poi quella di Trapani e quindi quella di Montelusa. Noi di Vigàta siamo gli ultimi toccati dal camion che se ne ritorna vacante a Catania.»

«Un'ultima domanda. La merce che i ladri rubarono e poi fecero ritrovare...»

«Lei è molto intelligente, commissario.»

«Magari lei lo è, se riesce a darmi delle risposte prima delle domande.»

«Il fatto è che proprio su questo io non ci dormo la notte. Dunque, la merce della Brancato ci venne consegnata in anticipo. L'aspettavamo per la matinata presto del giorno appresso, invece arrivò la sera avanti, quando stavamo per chiudere. L'autista disse che aveva trovato sbarrato per lutto un supermercato di Trapani e che perciò s'era allestito, aveva fatto presto. Allora il signor Ingrassia, per liberare il camion, fece lo scarico, controllò la lista e contò i colli. Ma non li fece aprire, disse che era troppo tardi, non voleva pagare gli straordinari, si sarebbe fatto tutto il giorno dopo. Dopo qualche ora successe il furto. Ora mi domando e dico: chi aveva avvertito i ladri che la merce era arrivata in anticipo?»

Lacommare si stava appassionando al suo ragionamento. Montalbano decise di vestire l'abito del contraddittore: il direttore non doveva avvicinarsi troppo alla verità, poteva far nascere guai. Oltretutto, era chiaramente all'oscuro dei traffici d'Ingrassia.

«Non è detto che le due cose siano in relazione. I ladri possono essere venuti per rubare quello che già c'era nel magazzino e invece hanno trovato anche merce appena arrivata.»

«Sì, ma perché poi far ritrovare tutto?»

Questo era il busillisi. Montalbano esitò a dare una risposta in grado di soddisfare la curiosità di Lacommare.

«Ma si può sapìri cu minchia è?» spiò, questa volta arraggiatissima, la voce femminile.

Doveva essere donna di squisito sentire, la signora Lacommare. Montalbano ne approfittò per andarsene, aveva saputo quello che voleva.

«I miei ossequi alla sua gentile consorte» fece, principiando a scendere le scale.

Appena arrivato al portone, tornò indietro come una palla allazzata, risuonò il campanello.

«Ancora lei?» Lacommare s'era bevuto il latte ma era sempre in mutande.

«M'ero scordato, mi perdoni. È sicuro che il camion se ne sia ripartito completamente vacante dopo aver scaricato?»

«Eh, io questo non l'ho detto. Aveva ancora sopra una quindicina di grossi colli, appartenevano – così mi disse l'autista – a quel supermercato di Trapani che avevano trovato chiuso.»

«Ma chi è stamatina stu scassamento di minchia?» ululò dall'interno la signora Carmilina e Montalbano se ne fuì senza manco salutare.

«Credo di avere capito, con buona approssimazione, qual era la strada che le armi percorrevano per arrivare fino alla grotta. Mi segua, signor questore. Dunque, in un modo che dobbiamo ancora scoprire, le armi, da qualche parte del mondo, pervengono alla ditta Brancato di Catania che l'immagazzina e le mette in grandi scatoloni col nome stampato sopra, come se contenessero normali elettrodomestici destinati ai supermercati. Quando arriva l'ordine della consegna, quelli della Brancato caricano gli scatoloni con le armi assieme agli altri. Per precauzione, in qualche tratto di strada fra Catania e Caltanissetta, sostituiscono il camion della ditta con uno in precedenza rubato: se qualcuno scopre le armi, la ditta Brancato può sostenere che non c'entra per niente, che non sa nulla di questi traffici, che il camion non è suo e che anzi essa stessa è vittima di un furto. Il camion rubato inizia il suo giro, lascia gli scatoloni, come dire, puliti, nei vari supermarket che deve rifornire, quindi si avvia alla volta di Vigàta. Prima d'arrivare però, a notte fonda, si ferma al crasticeddru e scarica le armi nella grotta. Al mattino presto – così m'ha detto il direttore Lacommare – consegnano gli ultimi colli al supermercato d'Ingrassia e ripartono. Sulla via del ritorno per Catania il camion rubato viene sostituito da quello autentico della ditta, che rientra in sede come se avesse effettuato il viaggio. Magari ogni volta provvedono ad alterare il contachilometri. E questo scherzetto lo fanno da non meno di tre anni, perché Jacomuzzi ci ha detto che appunto a un tre anni risale la sistemazione della grotta.»

«Quello che lei mi sta spiegando» fece il questore «sulla loro procedura standard fila ch'è una bellezza. Però continuo a non capire la messinscena del falso furto.»

«Agirono in stato di necessità. Lei ricorda lo scontro a fuoco tra una pattuglia di carabinieri e tre malviventi nelle campagne di Santa Lucia? Un carabiniere rimase ferito.»

«Lo ricordo sì, ma che c'entra?»

«Le radio locali ne diedero notizia verso le ventuno, proprio mentre il camion era sulla strada per il crasticeddru. Santa Lucia dista non più di due-tre chilometri dalla meta dei contrabbandieri che devono aver sentito la notizia proprio per radio. Non era prudente farsi trovare da qualche pattuglia – e sul luogo dello scontro ne sono accorse molte – in un luogo deserto. Hanno deciso così di proseguire verso Vigàta. Sarebbero certamente incappati in qualche posto di blocco, ma a questo punto era il male minore, avevano buone probabilità di cavarsela. E così è stato. Arrivano quindi con molto anticipo e raccontano la storia del supermercato chiuso a Trapani. Ingrassia, avvertito del contrattempo, fa scaricare e il camion finge di ripartirsene per Catania. Ha ancora le armi a bordo, gli scatoloni che, come raccontano al direttore Lacommare, erano quelli destinati al supermercato di Trapani. Il camion viene nascosto nelle vicinanze di Vigàta nella proprietà d'Ingrassia o di qualche complice.»

«Torno a ridomandarle: perché simulare il furto? Da dove l'avevano nascosto, il camion poteva benissimo raggiungere il crasticeddru senza bisogno di ripassare per Vigàta.»

«E invece questo bisogno c'era. Fermati dai carabinieri, dalla Guardia di Finanza o da chi vuole con quindici colli a bordo senza bolla d'accompagnamento, avrebbero destato sospetti. Costretti ad aprire uno scatolone, sarebbe successo il patatrac. Era assoluta la necessità di riprendersi i colli scaricati da Ingrassia e che questi a ragion veduta non aveva voluto far aprire.»

«Comincio a comprendere.»

«A una certa ora della notte, il camion torna al supermercato. Il guardiano non è in grado di riconoscere né uomini né camion perché la sera avanti non era ancora montato in servizio. Caricano i colli non ancora aperti, partono alla volta del crasticeddru, scaricano gli scatoloni con le armi, tornano indietro, abbandonano il camion nella piazzola del distributore e il gioco è fatto.»

«Mi scusi, ma perché non si sono sbarazzati della merce rubata proseguendo poi per Catania?»

«Questo è il tocco geniale: facendolo ritrovare apparentemente con tutta la merce rubata, depistano l'indagine. Automaticamente noi siamo costretti a ipotizzare uno sgarro, una minaccia, un avvertimento per un pizzo non pagato. Insomma ci costringono a indagare a un livello più basso, quello purtroppo quasi quotidiano dalle parti nostre. E Ingrassia recita benissimo la sua parte raccontandoci l'assurda storia dello sgherzo, come dice lui.»

«Geniale veramente» fece il questore.

«Sì, ma a ben taliare, un errore, una svista si scopre sempre. Non si sono accorti, nel caso nostro, che un pezzo di cartone era scivolato sotto le tavole che facevano da pavimento nella grotta.»

«Già, già» fece pensoso il questore. Poi, quasi a se stesso, spiò:

«Chissà dove sono andati a finire gli scatoloni vuoti.»

Ogni tanto il questore amminchiava su dettagli da niente.

«Li avranno caricati su qualche macchina e saranno andati a bruciarli in campagna. Perché al crasticeddru c'erano almeno due macchine di complici, magari per portare via l'autista del camion una volta abbandonatolo sulla piazzola.»

«Quindi, senza quel pezzo di cartone, non avremmo potuto scoprire niente» concluse il questore.

«Beh, le cose non stanno esattamente così» disse Montalbano. «Io stavo seguendo un'altra strada che inevitabilmente m'avrebbe portato alle stesse conclusioni. Vede, sono stati costretti ad ammazzare un povero vecchio.»

Il questore sobbalzò, s'infuscò.

«Un omicidio? Come mai io non ne ho saputo niente?»

«Perché l'hanno fatto passare per un incidente. Solo l'altra sera ho avuto la certezza che gli avevano manomesso i freni dell'auto.»

«Glielo ha detto Jacomuzzi?»

«Per l'amor di Dio! Jacomuzzi è buono e caro, e molto competente, ma metterlo in mezzo sarebbe stato come fare un comunicato stampa.»

«Bisogna che un giorno o l'altro gli faccia una solenne cazziata, da levargli il pelo, a Jacomuzzi» disse il questore tirando un sospiro. «Mi racconti tutto, ma in ordine e piano.»

Montalbano gli contò la storia di Misuraca e della lettera che gli aveva spedito.

«È stato ammazzato inutilmente» concluse. «I suoi assassini non sapevano che mi aveva già scritto tutto.»

«Senta, mi spieghi che motivo aveva Ingrassia di trovarsi nei pressi del suo supermercato mentre simulavano il furto, a credere a Misuraca.»

«Perché se succedeva qualche altro intoppo, una visita inopportuna, lui usciva fuori pronto a spiegare che tutto era regolare, che stava rimandando indietro la merce perché quelli della Brancato s'erano sbagliati sugli ordinativi.»

«E il guardiano notturno nella ghiacciaia?»

«Quello oramai non era un problema. L'avrebbero fatto sparire.»

«Come procediamo?» spiò il questore dopo una pausa.

«Il regalo che Tano u grecu ci ha fatto, pur senza fare nomi, è stato grosso» principiò Montalbano, «e non dovrebbe essere sprecato. Camminando con giudizio, possiamo mettere le mani su un giro che non sappiamo quanto possa essere grande. Ci vuole cautela. Se arrestiamo subito Ingrassia o qualcuno della ditta Brancato, non abbiamo concluso niente. Bisogna arrivare ai pesci più grossi.»

«Sono d'accordo» fece il questore. «Avverto Catania che tengano sotto stretta sorv...»

S'interruppe, fece una smorfia, dolorosamente gli era tornata in mente la talpa che aveva parlato a Palermo provocando la morte di Tano. Poteva benissimo essercene magari un'altra a Catania.

«Muoviamoci in piccolo» decise. «Teniamo sotto controllo il solo Ingrassia.»

«Allora andrei dal giudice per ottenere le necessarie autorizzazioni» disse il commissario.

Mentre stava per uscire, il questore lo richiamò.

«Ah, senta, mia moglie sta molto meglio. Le andrebbe bene sabato sera? Abbiamo molte cose da discutere.»

Trovò il giudice Lo Bianco insolitamente di buonumore, gli occhi sparlucenti.

«La vedo bene» non poté trattenersi dal dirgli il commissario.

«Eh sì eh sì, sto proprio bene.»

Si taliò torno torno, assunse un'ariata cospirativa, si sporse verso Montalbano, parlò a bassa voce.

«Lo sa che Rinaldo aveva sei dita nella destra?»

Montalbano per un momento ammammalucchì. Poi si ricordò che da anni il giudice si dedicava alla stesura d'una poderosa opera, *Vita e imprese di Rinaldo e Antonio Lo Bianco, maestri giurati dell'Università di Girgenti, al tempo di re Martino il giovane (1402-1409)*, perché s'era fissato che fossero suoi parenti.

«Davvero?» fece Montalbano con gioioso stupore. Era meglio assecondarlo.

«Sissignore. Sei dita nella mano destra.»

"Doveva spararsi delle seghe stupende" stava per dire sacrilegamente Montalbano, ma arrinisci a trattenersi.

Al giudice contò tutto del traffico d'armi e dell'omicidio di Misuraca. Gli spiegò magari la strategia che voleva seguire e gli domandò l'autorizzazione a far mettere sotto controllo i telefoni d'Ingrassia.

«Gliela faccio avere subito» disse Lo Bianco.

In altri momenti avrebbe sollevato dubbi, messo ostacoli, previsto rogne: questa volta, felice della scoperta delle sei dita nella mano destra di Rinaldo, a Montalbano avrebbe concesso l'autorizzazione alla tortura, all'impalamento, al rogo.

Andò a casa, si mise il costume da bagno, fece una nuotata lunghissima, rientrò, s'asciugò, non si rivestì, nel frigorifero non c'era niente, nel forno troneggiava

una teglia con quattro enormi porzioni di pasta 'ncasciata, piatto degno dell'Olimpo, se ne mangiò due porzioni, rimise la teglia nel forno, puntò la sveglia, dormì
piombigno per un'ora, si alzò, fece la doccia, si rivestì
coi jeans e la camicia già allordati, arrivò in ufficio.

Fazio, Germanà e Galluzzo l'aspettavano vestiti da fatica, appena lo videro impugnarono pale, pichi e zappuna e intonarono il vecchio coro dei braccianti agitando
in aria gli attrezzi:

«È ora! È ora! La terra a chi lavora!»

«Ma quanto siete stronzi!» fu il commento di Montalbano.

All'ingresso della grotta del crasticeddru c'erano già
Prestìa, il cognato giornalista di Galluzzo, e un operatore il
quale s'era portato appresso due grandi lampade a batteria.

Montalbano taliò di traverso Galluzzo.

«Sa» disse questi arrossendo, «dato che lei l'altra volta gli ha dato il primisso...»

«Va bene, va bene» tagliò il commissario.

Trasirono nella grotta delle armi e quindi, su indicazione di Montalbano, Fazio, Germanà e Galluzzo si misero al lavoro per levare le pietre che erano come saldate
l'una all'altra. Travagliarono per tre ore buone, magari il
commissario, Prestìa e l'operatore faticarono, dando il
cambio ai tre uomini. Poi, finalmente, la parete venne
abbattuta. Come aveva detto Balassone, videro chiaramente il corridoietto, il resto si perdeva nello scuro.

«Vai tu» disse Montalbano a Fazio.

Questi pigliò una torcia, strisciò panza a terra, sparì.
Pochi secondi dopo ne sentirono la voce stupita:

«Oh Dio, commissario, venga a vedere!»

«Voi entrate quando vi chiamo io» disse Montalbano
a tutti, ma in special modo al giornalista che a sentire
Fazio aveva avuto come uno scatto e stava per buttarsi
panza a terra e strisciare.

La lunghezza del corridoietto equivaleva praticamente a quella del suo corpo. In un attimo si ritrovò dall'altra parte, addrumò la sua torcia. La seconda grotta era più piccola della prima e dava subito l'impressione d'essere perfettamente asciutta. Proprio in centro c'era un tappeto ancora in buono stato. A sinistra in alto del tappeto, una ciotola. A destra, in corrispondenza, un bùmmolo. Faceva vertice di triangolo rovesciato, nel lato inferiore del tappeto, un cane pastore di terracotta, di grandezza naturale. Sopra il tappeto, due corpi incartapecoriti, come nei film dell'orrore, abbracciati.

Montalbano sentì mancargli il respiro, non arriniscì ad aprire bocca. Chissà perché gli tornarono a mente i due giovani che aveva sorpreso nell'altra grotta mentre facevano all'amore. Del suo silenzio ne approfittarono gli altri che, non resistendo, trasirono l'uno appresso all'altro. L'operatore addrumò le lampade, cominciò una ripresa frenetica. Nessuno parlava. Il primo a riprendersi fu Montalbano.

«Avverti la Scientifica, il giudice e il dottor Pasquano» disse.

Non si voltò manco verso Fazio per dargli l'ordine. Se ne stava lì, come affatato, a taliare la scena, scantato che un suo minimo gesto lo potesse svegliare dal sogno che stava vivendo.

DODICI

Arrisbigliatosi dall'incantesimo che l'aveva paralizzato, Montalbano si mise a fare voci a tutti di starsene con le spalle al muro, di non cataminarsi, di non calpestare il suolo della grotta che era cosparso di una rena finissima e rossiccia, filtrata chissà da dove, ce n'era magari sulle pareti. Di questa rena non esisteva traccia nell'altra grotta e forse questa sabbia aveva in qualche modo fermato il disfacimento dei cadaveri. Erano un uomo e una donna, di età impossibile da stabilire a vista: che fossero di sesso diverso il commissario se ne fece persuaso dalla conformazione dei corpi, non certo dagli attributi sessuali che non esistevano più, cancellati da un processo naturale. L'uomo era coricato di fianco, il suo braccio traversava il petto di lei che stava supina. Erano dunque abbracciati, e abbracciati sarebbero rimasti per sempre, difatti quella che era stata la carne del braccio dell'uomo si era come incollata, fusa con la carne del petto di lei. No, divisi lo sarebbero stati da lì a poco, ad opera del dottor Pasquano. Sotto la pelle raggrinzita e incartapecorita spiccava il bianco delle ossa; erano stati prosciugati, ridotti a pura forma. I due parevano stessero ridendo, le labbra, che si erano ritirate e stirate attorno alla bocca, mettevano in mostra i denti. Allato alla testa del morto c'era la ciotola con dentro delle cose rotonde, allato a lei invece c'era il bùmmolo di creta, di quelli che una volta i contadini si portavano appresso per mantenere l'acqua fresca. Ai piedi della coppia, il cane di terracotta. Lungo circa un metro, conservava intatti i colori, grigio e bianco. L'artigiano che l'aveva fatto se l'era

raffigurato con le zampe anteriori distese, le posteriori
raccolte, la bocca semiaperta dalla quale fuoriusciva la
lingua rosa, gli occhi vigili: era insomma accucciato ma
in posizione di guardia. Il tappeto aveva qualche buco
che mostrava la rena del suolo, ma poteva darsi che fossero pirtusa vecchi, che il tappeto fosse già in quelle
condizioni prima di essere posto nella grotta.

«Uscite tutti!» ordinò e rivolto a Prestìa e all'operatore: «Soprattutto spegnete le lampade».

D'un tratto si era reso conto del danno che stavano facendo col calore delle luci per la ripresa e con la loro stessa prisenza. Rimase solo dentro la grotta. Facendosi lume
con la torcia, taliò attentamente il contenuto della ciotola,
le cose rotonde erano monete metalliche, ossidate e rama-
te. Delicatamente, con due dita, ne prese una che gli parse
la meglio conservata, era una moneta da venti centesimi,
coniata nel 1941, da un lato raffigurava il re Vittorio Emanuele III, dall'altro un profilo femminile con il fascio littorio. Quando diresse la luce verso la testa del morto, s'addunò d'un buco che aveva nella tempia. Se ne intendeva
troppo per non capire che si trattava di un colpo d'arma
da fuoco, o si era suicidato o era stato ammazzato. Ma se si
era suicidato, dov'era finita l'arma? Sul corpo di lei invece
nessuna traccia di morte violenta, provocata. Arristò pensoso, i due erano nudi e non si vedevano vestiti nella grotta. Che significava? Senza essersi prima indebolita, ingiallita, la luce della torcia si spense di colpo, s'era consumata
la pila. Montalbano rimase momentaneamente accecato,
non riuscì ad orientarsi. Per evitare danni, s'acculò sulla
rena aspettando che i suoi occhi s'abituassero all'oscurità,
a un certo momento avrebbe sicuramente intravisto il te-
nuissimo chiarore dell'apertura del passaggio. Però gli
bastarono quei pochi secondi di scuro assoluto e di silenzio per fargli percepire un odore non usuale che, ne era
certo, aveva sentito un'altra volta. Si sforzò di ricordarsi
dove, magari se la cosa non aveva importanza. Siccome gli

veniva naturale, sin da quando era nicareddru, di dare un colore a ogni odore che lo colpiva, si disse che questo era di colore verde scuro. Dall'associazione, ricordò dove l'aveva percepito la prima volta: era stato al Cairo, dintra la piramide di Cheope, in un corridoio vietato ai visitatori che la cortesia di un amico egiziano aveva consentito solo a lui di percorrere. E, di colpo, si sentì un quaquaraquà, un uomo da niente, capace di nessun rispetto. Nella matinata, sorprendendo i due picciotti che facevano all'amore, aveva profanato la vita; adesso, davanti ai due corpi che per sempre avrebbero dovuto restare ignorati nel loro abbraccio, aveva profanato la morte.

Fu forse per questo senso di colpa che non volle assistere ai rilevamenti che subito principiarono a fare Jacomuzzi e i suoi della Scientifica e il medico legale, il dottor Pasquano. S'era fumato cinque sigarette, assittato sopra il masso ch'era servito da porta alla grotta delle armi, quando si sentì chiamare da Pasquano, agitatissimo e nirbuso.

«Ma che fa il giudice?»

«Lo domanda a me?»

«Se non arriva presto, qui va tutto a buttane. Ho bisogno di portarmi i cadaveri a Montelusa, metterli in frigorifero. Si decompongono quasi a vista d'occhio. Come faccio?»

«Si fumi una sigaretta con me» tentò di rabbonirlo Montalbano.

Il giudice Lo Bianco arrivò un quarto d'ora dopo, quando di sigarette il commissario se n'era fumate altre due.

Lo Bianco diede un'occhiata distratta e, considerato che i morti non risalivano al tempo del re Martino il giovane, disse sbrigativamente al medico legale:

«Faccia quello che vuole, tanto è storia vecchia.»

Il taglio col quale presentare la notizia, Televigàta l'inzertò subito. Nel telegiornale delle venti e trenta spuntò per prima cosa la faccia emozionata di Prestìa il quale annunziò uno scoop eccezionale, dovuto, disse, «ad una delle intuizioni geniali che fanno, del commissario Salvo Montalbano di Vigàta, una figura forse unica nel panorama degli investigatori dell'isola e, perché no?, dell'Italia tutta». Proseguì ricordando del commissario l'arresto drammatico del latitante Tano u grecu, sanguinario boss della mafia, e la scoperta della grotta del crasticeddru adibita a deposito d'armi. Apparve una sequenza della conferenza stampa in occasione dell'arresto di Tano dove un tipo stralunato e balbuziente, che rispondeva al nome e alla funzione di commissario Montalbano, a fatica riusciva a mettere quattro parole in croce. Prestìa ripigliò a contare come l'eccezionale investigatore si fosse fatto persuaso che appresso alla grotta delle armi dovesse esisterne un'altra collegata alla prima.

«Io» disse Prestìa, «fiducioso delle intuizioni del commissario, lo seguii con l'assistenza del mio operatore Schirirò Gerlando.»

A questo punto Prestìa, con tono misterioso, si pose una poco d'interrogativi: quali segreti poteri paranormali aveva il commissario? Cosa gli aveva fatto pensare che dietro alcune pietre annerite dal tempo si nascondesse un'antica tragedia? Possedeva forse il commissario lo sguardo a raggi x di un Superman?

Montalbano, che stava a taliare la trasmissione dalla sua casa e che da mezz'ora non arrinisciva a trovare un paio di mutande pulite che pure dovevano da qualche parte esserci, a quest'ultima domanda lo mandò a fare in culo.

Mentre pigliavano a scorrere le impressionanti immagini dei corpi nella grotta, Prestìa espose la sua tesi con parole convinte. Ignorava il buco nella tempia dell'uomo, e quindi parlò di una morte per amore. Secondo lui i due amanti, contrastati dalle famiglie nella loro passione, si erano chiusi nella grotta, avevano murato il passaggio e si erano lasciati morire di fame. Avevano adattato il loro estremo rifugio con un vecchio tappeto, un bùmmolo pieno d'acqua e avevano aspettato la morte, abbracciati. Della ciotola piena di monetine non parlò, avrebbe stonato col quadro che andava dipingendo. I due – proseguì Prestìa – non erano stati identificati, la storia era successa almeno una cinquantina d'anni prima. Poi un altro giornalista si mise a parlare dei fatti del giorno: una bambina di sei anni violentata e ammazzata a colpi di pietra da uno zio paterno, un cadavere rinvenuto in un pozzo, una sparatoria a Merfi con tre morti e quattro feriti, la morte sul lavoro di un operaio, la sparizione di un dentista, il suicidio di un commerciante soffocato dagli usurai, l'arresto di un consigliere comunale di Montevergine per concussione e corruzione, il suicidio del presidente della Provincia accusato di ricettazione, il rinvenimento di un cadavere in mare...

Montalbano, davanti al televisore, s'addrummiscì di un sonno profondo.

«Pronto, Salvo? Gegè sono. Lasciami parlare e nun m'interrumpìri dicendo minchiate. Haiu necessità di vidìriti, t'haiu a dire na cosa.»

«Va bene, Gegè, stanoti stissa, se vuoi.»

«Non mi trovo a Vigàta, a Trapani sono.»

«Allora quannu?»

«Oggi che jornu è?»

«Jovedì.»

«Ti va beni sabatu a mezzanotti a u solitu posto?»

«Senti, Gegè, sabatu a sira sono a mangiari con una pirsona, però pozzu vèniri lo stesso. Si ritardo tanticchia, aspettami.»

La telefonata di Gegè, che dalla voce gli era parso preoccupato tanto da non fargli venire gana di scherzo, l'aveva arrisbigliato a tempo. Erano le dieci, si sintonizzò su Retelibera. Nicolò Zito, faccia intelligente, rosso di pelo e di pinsero, raprì il suo notiziario con la morte sul lavoro di un operaio a Fela, arrostito vivo da un'esplosione di gas. Fece una serie di esempi per dimostrare come almeno il novanta per cento degli imprenditori se ne sbattessero allegramente delle norme di sicurezza. Passò quindi all'arresto degli amministratori pubblici accusati di malversazioni varie e ne approfittò per ricordare agli ascoltatori come i vari governi in carica avessero vanamente tentato di varare leggi che impedissero l'opera di pulizia in corso. Il terzo argomento che trattò fu quello del suicidio del commerciante soffocato dai debiti con uno strozzino e giudicò i provvedimenti varati dal governo contro l'usura assolutamente inadeguati. Perché – si chiese – quelli che investigavano su questa piaga tenevano accuratamente separate usura e mafia? Quanti erano i modi di riciclaggio del denaro sporco? E finalmente venne a parlare dei due corpi ritrovati nella grotta, ma lo fece in una prospettiva particolare, indirettamente polemizzando con Prestìa e Televigàta per il taglio con il quale la notizia era stata data. Una volta – disse – qualcuno affermò che la religione era l'oppio dei popoli, ai giorni nostri bisognerebbe invece dire che il vero oppio è la televisione. Per esempio: qual era il motivo per cui quel ritrovamento è stato da parte di qualcuno presentato come il suicidio disperato di due amanti ostacolati nel loro amore? Quali elementi autorizzavano chicchessia a sostenere una tesi simile? I due sono stati trovati nudi: dove sono andati a finire gli abiti? Nella grotta non c'è traccia di qualsiasi arma. Come si sarebbero ammazzati? Lasciandosi morire di fame? Eh, via! Perché l'uomo aveva allato una ciotola con dentro degli spiccioli, oggi fuori corso ma allora validi: per pagare il pedaggio a Caronte? La verità, sostenne, è che si vuole cangiare un probabile delitto in un suicidio certo, un suicidio romantico. E nei

nostri giorni tanto oscuri e grevi di nubi all'orizzonte –
concluse – si monta una storia così per oppiare la gente,
per depistare l'interesse dai problemi gravi a una storia
alla Romeo e Giulietta, scritta però da uno sceneggiatore
di telenovelas.

«Amore, sono Livia. Ti devo dire che ho prenotato i
posti in aereo. Il volo parte da Roma, quindi tu devi farti
il biglietto da Palermo per Fiumicino, lo stesso farò io da
Genova. C'incontriamo all'aeroporto e c'imbarchiamo.»

«Uuhm.»

«Ho prenotato pure l'albergo, una mia amica che c'è
stata m'ha detto che è molto bello senza essere di gran
lusso. Credo ti piacerà.»

«Uuhm.»

«Partiamo fra quindici giorni. Sono felice. Conto i
giorni e le ore.»

«Uuhm.»

«Salvo, che c'è?»

«Niente. Che ci deve essere?»

«Non mi sembri entusiasta.»

«Ma no, ma che dici.»

«Guarda, Salvo, che se all'ultimo momento ti tiri indietro, io parto lo stesso e ci vado da sola.»

«Dai.»

«Ma si può sapere che t'ha preso?»

«Niente. Stavo dormendo.»

«Commissario Montalbano? Buonasera. Sono il preside Burgio.»

«Buonasera, mi dica.»

«Sono mortificatissimo di doverla disturbare a casa.
Ho appena sentito, in televisione, del ritrovamento dei
due morti.»

«Lei è in grado d'identificarli?»

«No. Telefono per una cosa che alla televisione è stata

detta di sfuggita, e che forse per lei invece può essere interessante. Si tratta del cane di terracotta. Se non ha nulla in contrario, verrei domattina in ufficio col ragioniere Burruano, lo conosce?»

«Di vista. Alle dieci le va bene?»

«Qui» disse Livia. «Lo voglio fare qui e senza perdere tempo.»

Si trovavano in una specie di parco, denso d'alberi. Ai loro piedi strisciavano centinaia di chiocciole delle specie più diverse, vignarole, attuppateddri, vavaluci, scataddrizzi, crastuna.

«Ma perché proprio qui? Torniamo in macchina, in cinque minuti siamo a casa, può passare qualcuno da qua.»

«Non discutere, stronzo» disse Livia mentre gli afferrava la cintura dei pantaloni e maldestramente tentava di slacciarla.

«Faccio io» disse lui.

In un attimo Livia si mise nuda, mentre lui ancora inciampava nei pantaloni, nelle mutande.

"C'è abituata a spogliarsi di prescia" pensò in un impeto di sicula gelosia.

Livia si gettò sull'erba umida, a gambe larghe, le mani a carezzarsi i seni, e lui sentì, con disgusto, il rumore di decine di chiocciole che venivano schiacciate dal corpo di lei.

«Dai, fai presto.»

Montalbano finalmente riuscì a mettersi nudo, rabbrividendo per l'aria fridda. Intanto, due o tre vavaluci avevano pigliato a strisciare sul corpo di Livia.

«E che vuoi fare con quello?» spiò con tono critico lei taliandogli l'uccello. Con un'ariata di compatimento, si mise in ginocchio, glielo pigliò in mano, lo carezzò, se l'infilò in bocca. Quando lo sentì pronto, si rimise nella posizione di prima.

«Scopami con tutti i sacramenti» disse.

"Ma come mai è diventata tanto volgare?" si domandò lui sconcertato.

Mentre stava per penetrarla, vide il cane a pochi passi. Un cane bianco, la lingua rosea fuori dalla bocca, che ringhiava minaccioso, i denti scoperti, un filo di bava che colava. Quando era arrivato?

«Che fai? Ti si è ammosciato di nuovo?»

«C'è un cane.»

«Che te ne fotte del cane? Chiavami.»

In quel preciso momento il cane spiccò un balzo e lui s'irrigidì, scantato. Il cane atterrò a pochi centimetri dalla sua testa, s'impietrì, il suo colore sbiadì leggermente, s'accucciò, le zampe davanti distese, quelle di dietro raccolte, divenne finto, di terracotta. Era il cane della grotta, quello che stava di guardia ai morti.

E tutt'inzèmmula scomparsero cielo, àrboli, erba; pareti e tetto di roccia si coagularono attorno a loro e lui con orrore capì che i morti nella grotta non erano due sconosciuti ma lui e Livia.

Dall'incubo s'arrisbigliò ansante, sudato, e subito domandò mentalmente perdono a Livia per essersela immaginata così oscena nel sogno. Che significava quel cane? E le chiocciole repellenti che strisciavano dovunque?

Ma quel cane un senso doveva certamente averlo.

Prima d'andare in ufficio, passò dall'edicola, accattò i due giornali che si pubblicavano nell'isola. Tutti e due davano ampio rilievo alla scoperta dei corpi nella grotta, del ritrovamento delle armi se n'erano invece ampiamente scordati. Il giornale che si stampava a Palermo era certo che si trattava di un suicidio per amore, quello che si stampava a Catania era aperto magari alla tesi dell'omicidio senza trascurare quella del suicidio, tant'è vero che titolava: *Doppio suicidio o duplice omicidio?*, attribuendo misteriose e vaghe distinzioni tra duplice e doppio. D'altra parte, in ogni occasione, il giornale usava non pigliare mai posizione, sia che si trattasse di una guerra o di un terremoto, dava un colpo alla botte e uno al timpagno, e per questo s'era fatto fama di giornale indipendente e liberale. Nessuno dei due si soffermava sul bùmmolo, sulla ciotola e sul cane di terracotta.

Catarella, appena Montalbano varcò la soglia, gli spiò affannato cosa doveva rispondere alle centinaia di telefonate di giornalisti che volevano parlargli.

«Tu dicci che sono andato in missione.»

«E che si fece missionario?» fu la folgorante battuta di spirito dell'agente che si fece una grossa risata solitaria.

Montalbano considerò che aveva fatto bene, la sera avanti, prima d'inserrare gli occhi, a staccare la spina del telefono.

TREDICI

«Dottor Pasquano? Montalbano sono. Volevo sapere se ci sono novità.»

«Sissignore. Mia moglie ha pigliato il raffreddore e a mia nipote ci cascò un dentino.»

«Che è incazzato, dottore?»

«E sissignore!»

«Con chi?»

«E dopo che lei mi viene a spiare se ci sono novità! Io mi domando e dico con quale faccia lei mi domanda alle nove del matino! Che pensa, che ho passato la notte ad aprire le panze di quei due morti come se fossi un avvoltoio, un carcarazzo? Io dormo, la notte! E ora sto travagliando su quell'annegato che hanno trovato a Torre Spaccata. Che poi annegato non è, dato che prima di gettarlo a mare gli hanno dato tre coltellate in petto.»

«Dottore, la facciamo una scommessa?»

«Su che?»

«Sul fatto che lei ha passato la nottata con quei due morti.»

«E va bene, c'inzertò.»

«Che ha trovato?»

«Per ora le posso dire picca, devo taliare altre cose. È certo che sono morti sparati. Lui con un colpo alla tempia, lei con un colpo al cuore. La ferita della femmina non si vedeva perché ci stava sopra la mano di lui. Un'esecuzione in piena regola, mentre dormivano.»

«Dentro la grotta?»

«Non credo, penso che siano stati portati lì già cadaveri e quindi ricomposti, nudi com'erano.»

«È riuscito a stabilirne l'età?»

«Non vorrei sbagliarmi, ma dovevano essere giovani, molto giovani.»

«Secondo lei a quando risale il fatto?»

«Posso azzardare un'ipotesi, la pigli col beneficio d'inventario. Su per giù, a una cinquantina d'anni fa.»

«Non ci sono per nessuno e non passarmi telefonate per un quarto d'ora» disse Montalbano a Catarella. Poi serrò la porta dell'ufficio, tornò alla scrivania, s'assittò. Mimì Augello se ne stava magari lui assittato, ma con la schina rigida, impalato.

«Chi attacca per primo?» spiò Montalbano.

«Attacco io» fece Augello, «dato che sono stato io a domandare di parlarti. Perché credo che sia arrivata l'ora di parlarti.»

«E io sono qua a sentirti.»

«Si può sapere che t'ho fatto?»

«Tu? Tu a me non hai fatto niente. Perché mi fai questa domanda?»

«Perché a me, qua dentro, pare d'essere diventato straneo. Non mi dici niente di quello che stai facendo, mi tieni alla larga. E io mi sento offiso. Per esempio, secondo te, è giusto avermi ammucciata la storia di Tano u grecu? Io non sono Jacomuzzi che parla e sparla, io una cosa me la so tenere. Quello che è successo nel mio commissariato l'ho saputo dalla conferenza stampa. Ti pare cosa fatta bene verso a mia che sono, sino a prova contraria, il tuo vice?»

«Ma tu lo capisci quant'era dilicata la facenna?»

«Appunto perché lo capisco mi ci arraggio chiussà. Perché questo sta a significare che pi tia io non sono la persona giusta per le cose dilicate.»

«Questo non l'ho mai pinsato.»

«Non l'hai mai pinsato ma l'hai sempri fatto. Come la storia delle armi, che l'ho saputa per caso.»

«Sai, Mimì, sono stato pigliato dalla smania, dalla prescia e non ci ho pinsato ad avvertirti.»

«Non mi contare minchiate, Salvo. La storia è un'altra.»

«E quale sarebbe?»

«Te la dico. Tu ti sei formato un commissariato a tua immagine e somiglianza. Da Fazio a Germanà a Galluzzo, piglia chi vuoi pigliare, non si tratta che di obbedienti braccia d'una sola testa: la tua. Perché loro non contraddicono, non mettono dubbi, eseguono e basta. Qua dentro i corpi estranei siamo solo due. Catarella e io. Catarella perché è troppo cretino e io...»

«... perché sei troppo intelligente.»

«Vedi? Io non stavo dicendo questo. Tu mi attribuisci una superbia che non ho e lo fai con malizia.»

Montalbano lo taliò, si susì, si mise le mani in sacchetta, girò attorno alla seggia sulla quale stava assittato Augello, poi si fermò.

«Non c'era malizia, Mimì. Tu sei veramente intelligente.»

«Se lo pensi sul serio, perché mi tagli fuori? Potrei esserti utile almeno quanto gli altri.»

«Questo è il punto, Mimì. Non quanto gli altri, ma più degli altri. Ti sto parlando col cuore in mano perché mi stai facendo ragionare sul mio atteggiamento nei tuoi riguardi. Forse è questo che più mi disturba.»

«Allora, per farti piacere, dovrei rincoglionire leggermente?»

«Se vuoi che ci facciamo una bella sciarra, facciamola. Non è questo che volevo dire. Il fatto è che io mi sono addunato, col tempo, d'essere una specie di cacciatore solitario, perdonami la stronzaggine dell'espressione, che è magari sbagliata, perché mi piace cacciare con gli altri ma voglio essere solo a organizzare la caccia. Questa è la condizione indispensabile perché il mio ciriveddro giri nel verso giusto. Un'osservazione intelligente, fatta da un altro, m'avvilisce, mi smonta magari per una jurnata intera, ed è capace che io non arrinescio più a seguire il filo dei miei ragionamenti.»

«Ho capito» disse Augello. «Anzi, l'avevo già capito ma te lo volevo sentir dire, confermare. Allora t'avverto senza inimicizia e senza rancore: oggi stesso scrivo al questore per domandargli il trasferimento.»

Montalbano lo considerò, gli si avvicinò, si calò in avanti, gli mise le mani sulle spalle.

«Mi credi se ti dico che se fai questo mi dai un vero dolore?»

«E che cazzo!» esplose Augello. «Ma tu pretendi tutto da tutti? Che razza d'uomo sei? Prima mi tratti come una merda e ora mi vieni a fare la mozione degli affetti? Lo sai che sei d'un egoismo mostruoso?»

«Sì, lo so» disse Montalbano.

«Mi permetta di presentarle il ragioniere Burruano che ha gentilmente acconsentito di venire con me» fece, tutto scocchi e maniglie, il preside Burgio.

«S'accomodino» disse Montalbano indicando le due vecchie poltroncine che, in un angolo della cammara, erano destinate agli ospiti di riguardo. Per sé pigliò invece una delle due seggie ch'erano davanti alla scrivania, in genere destinate a gente che di riguardo non era.

«Pare che io in questi giorni abbia il compito di correggere o almeno di precisare quello che dicono in televisione» esordì il preside.

«Corregga e precisi» sorrise Montalbano.

«Io e il ragioniere siamo quasi coetanei, lui è più grande di me di quattro anni, ci ricordiamo delle stesse cose.»

Montalbano sentì un certo orgoglio nella voce del preside. E ne aveva motivo: Burruano, tremante, l'occhio tanticchia appannato, pareva più vecchio dell'amico di almeno dieci anni.

«Vede, subito dopo la trasmissione di Televigàta che

faceva vedere l'interno della grotta dove sono stati trovati i...»

«Scusi se l'interrompo. Lei l'altra volta mi parlò della grotta delle armi, ma di questa seconda non me ne fece cenno. Perché?»

«Semplicemente perché ne ignoravo l'esistenza, Lillo non me ne parlò mai. Dunque, subito dopo la trasmissione ho telefonato al ragioniere Burruano, volevo una conferma, perché io la statua del cane l'avevo già vista in altra occasione.»

Il cane! Ecco perché se l'era sognato nell'incubo, gliene aveva accennato per telefono il preside. Venne pigliato da una specie di gratitudine infantile.

«Vogliono un caffè, eh, un caffè? Al bar qua vicino lo fanno buono.»

Con un movimento simultaneo i due scossero la testa.

«Un'aranciata? Una cocacola? Una birra?»

Se non lo fermavano, sentiva che da lì a poco avrebbe loro offerto diecimila lire a testa.

«No, grazie, non possiamo pigliare niente. L'età» fece il preside.

«Allora mi dicano.»

«È meglio che parli il ragioniere.»

«Dal febbraio 1941 al luglio del 1943» attaccò l'altro, «sono stato, giovanissimo, podestà di Vigàta. Sia perché il fascismo diceva che i giovani gli piacevano, tant'è vero che se li mangiò tutti ora arrosto ora congelati, sia perché in paese erano rimasti solo vecchi, fìmmine e picciliddri, gli altri stavano al fronte. Io non ci potei andare perché ero, e lo ero per davvero, malato di petto.»

«Io ero troppo picciotto per andare al fronte» intervenne il preside a scanso d'equivoci.

«Erano tempi terribili. Gli inglesi e gli americani ci bombardavano ogni giorno. Una volta ho contato dieci bombardamenti in trentasei ore. La gente che era rimasta in paese era poca, la maggioranza era sfollata, vivevamo nei rifugi scavati nella collina di marna che sovrasta il paese. In realtà erano gallerie a doppia uscita, molto sicure. Ci avevamo portato dentro magari i letti. Ora Vigàta s'è ingrandita, non è più come allora, poche case radunate attorno al porto, una striscia di abitazioni tra il piede della collina e il mare. Sulla collina, il Piano Lanterna che ora pare Nuovaiorca coi grattacieli, c'erano quattro costruzioni disposte ai lati dell'unica strada che portava al cimitero e poi si perdeva nella campagna. I bersagli degli aerei nemici erano tre: la centrale elettrica, il porto con le sue navi da guerra e mercantili, le batterie antiaeree e navali che stavano lungo il ciglio della collina. Quando venivano gli inglesi le cose andavano meglio di quando venivano gli americani.»

Montalbano era impaziente, voleva che quello arrivasse al punto, al fatto del cane, ma non aveva gana d'interrompere le sue divagazioni.

«In che senso andavano meglio, ragioniere? Sempre bombe erano.»

Per Burruano che adesso taceva, perso dietro un qualche suo ricordo, parlò il preside.

«Gli inglesi erano, come dire, più leali, sganciavano le bombe sforzandosi di colpire solo gli obiettivi militari, gli americani invece sganciavano alla sanfasò, a come viene viene.»

«Verso la fine del '42» ripigliò Burruano, «la situazione peggiorò ancora. Mancava tutto, dal pane ai medicinali all'acqua ai vestiti. Allora pensai di fare, per Natale, un presepio davanti al quale tutti potessimo metterci a pregare. Non ci restava altro. Volevo però un presepio speciale. Mi proponevo, così, di distrarre, almeno per qualche giorno, la mente dei vigatesi dalle preoccupazioni, che erano tante, e dallo scanto per le bombe. Non c'era famiglia che non avesse almeno un uomo a combattere fuori di casa, al gelo della Russia o all'inferno dell'Africa. Eravamo addiventati tutti nirbusi, sconoscenti, sciarrèri, bastava un niente a fare nascere una lite, avevamo i nervi scossi. La notte non arriniscevamo a chiudere occhio tra le mitragliatrici della contraerea, lo scoppio delle bombe, il rumore degli aeroplani a bassa quota, le cannonate delle navi. E poi tutti venivano da me o dal parrino a domandare ora una cosa ora un'altra e io non sapevo dove sbattere la testa. Non mi pareva d'avere più la gioventù che avevo, sentivo d'essere, allora, come sono ora.»

Si fermò per ripigliare sciato. Né Montalbano né il preside se la sentirono di riempire quella pausa.

«Insomma, a farla breve, ne parlai con Ballassàro Chiarenza, ch'era un vero artista della terracotta, lo faceva per piacere suo, perché di mestiere suo era carrettiere; e fu iddru ad avere l'idea di fare le statue a grandezza naturale. Gesù bambino, la Madonna, san Giuseppe, il bue, l'asinello, un pecoraro con l'agniddruzzo sulle spalle, una pecora, un cane, e il solito spavintato del prisepio, che è un pastore che alza le braccia in gesto di meraviglia. Lo fece, e venne bellissimo. Allora pensammo di non metterlo in chiesa, ma di sistemarlo sotto l'arcata di una casa bombardata, come se Gesù nascesse in mezzo all'affanno della nostra gente.»

Infilò una mano in sacchetta, tirò fora una fotografia, la pruì al commissario. Bellissimo era il presepe, aveva detto giusto il ragioniere. Un senso di fuga, di provvisorietà, e nello stesso tempo un tepore di conforto, di sovrumana serenità.

«È stupendo» lo complimentò Montalbano sentendosi commuovere. Ma fu un attimo, lo sbirro in lui prevalse e si mise a osservare attentamente il cane. Non c'erano dubbi, era proprio quello che stava nella grotta. Il ragioniere si rimise la foto in sacchetta.

«Il presepe fece il miracolo, sa? Per qualche giorno fummo comprensivi gli uni con gli altri.»

«Che fine hanno fatto le statue?»

Era quello che interessava a Montalbano. Il vecchio fece un sorriso.

«Le vendetti all'asta, tutte. Ci ricavai tanto da pagare il travaglio di Chiarenza, che volle solo quello che aveva speso, e da poter fare limosina a chi più ne aveva bisogno. Ed erano tanti.»

«Chi accattò le statue?»

«Qui sta il busillisi. Io non l'arricordo più. Avevo le ricevute e tutto, ma andarono perse quando una parte del municipio pigliò foco durante lo sbarco degli americani.»

«Nel periodo di cui lei mi sta parlando, ebbe notizia della sparizione di una coppia di giovani?»

Il ragioniere sorrise, il preside invece scoppiò in un'aperta risata.

«Ho detto una cretinata?»

«Mi scusi, commissario, l'ha detta proprio» fece il preside.

«Guardi, nel 1939 eravamo a Vigàta quattordicimila persone. Ho i numeri giusti in testa» spiegò Burruano. «Nel 1942 invece eravamo calati a ottomila. La gente che poteva se n'andava, trovava rizzetto provvisorio nei paesi dell'interno, i paesi nichi nichi che agli americani non ci faceva importanza. Nel periodo che va dal maggio al luglio del '43, ci riducemmo, a occhio e croce, sì e no a quattromila, e fuori del conto tengo i militari italiani e tedeschi, i marinai. Gli altri si erano sparpagliati campagna campagna, abitavano nelle grotte, nei fienili, in ogni pirtuso. Come vuole che sapessimo di qualche sparizione? Erano spariti tutti!»

Risero di nuovo. Montalbano li ringraziò per le informazioni.

Bene, qualcosa era riuscito a sapere. Lo slancio di gratitudine che il commissario aveva provato verso il preside e il ragioniere si cangiò, appena i due se ne furono andati, in un irrefrenabile attacco di generosità di cui, era certo, prima o poi si sarebbe pentito. Chiamò nel suo ufficio Mimì Augello, fece ampia ammenda delle sue colpe nei riguardi dell'amico e collaboratore, gli mise un braccio sulle spalle, lo fece passiare torno torno alla cammara, gli espresse «incondizionata fiducia», gli parlò ampiamente dell'indagine che stava svolgendo sul traffico d'armi, gli rivelò l'omicidio di Misuraca, gli comunicò d'avere domandato al giudice il permesso di mettere sotto controllo i telefoni d'Ingrassia.

«E io che vuoi che faccia?» spiò Augello pigliato d'entusiasmo.

«Niente. Tu devi solo starmi a sentire» disse Montalbano tornato di colpo in sé. «Perché se fai una minima cosa di tua iniziativa, io ti spacco il culo, ci puoi giurare.»

Squillò il telefono, Montalbano sollevò il ricevitore e sentì la voce di Catarella che fungeva da centralinista.

«Pronti, dottori? Ci sarebbe, come diri, il dottori Jacomuzzi.»

«Passamelo.»

«Parli col dottori, dottori, per tilifono» sentì che Catarella diceva.

«Montalbano? Siccome passavo da qua al ritorno dal crasticeddru...»

«Ma dove sei?»

«Come dove sono? Nella stanza accanto alla tua.»

Montalbano santiò, si poteva essere più imbecilli di Catarella?

«Vieni da me.»

La porta si raprì, trasì Jacomuzzi, allordato di sabbia rossa e di pruvulazzo, spettinato e in disordine.

«Perché il tuo agente voleva farmi parlare con te solo per telefono?»

«Jacomù, chi è più stronzo, carnevale o chi ci va appresso? Non lo sai com'è fatto Catarella? Gli davi un calcio in culo ed entravi.»

«Ho finito l'esame della grotta. Ho fatto setacciare la rena: guarda, manco i cercatori d'oro delle pellicole americane. Non abbiamo trovato niente di niente. E questo sta a significare una cosa sola, dato che Pasquano m'ha fatto sapere che le ferite avevano un foro d'entrata e uno d'uscita.»

«Che i due sono stati sparati in un altro posto.»

«Giusto. Se fossero stati ammazzati nella grotta avremmo dovuto trovare le pallottole. Ah, una cosa strana. La rena della grotta era frammista a gusci di chiocciole frantumate minutissimamente, devono essercene state a migliaia lì dentro.»

«Gesù!» mormorò Montalbano. Il sogno, l'incubo, il corpo nudo di Livia sul quale scivolavano i vavaluci. Che senso aveva? Portò una mano alla fronte, si trovò in un bagno di sudore.

«Stai male?» spiò preoccupato Jacomuzzi.

«Niente, un giramento di testa, mi sento solo stanco.»

«Chiama Catarella e fatti portare un cordiale dal bar.»

«Catarella? Vuoi babbiare? Quello una volta che gli ho detto di portarmi un espresso, se n'è tornato con un francobollo.»

Jacomuzzi posò sul tavolo tre monete.

«Sono di quelle ch'erano nella ciotola, le altre le ho mandate in laboratorio. Non ti serviranno a niente, tienile come ricordo.»

QUATTORDICI

Con Adelina capace che stavano una stagionata intera senza vedersi. Montalbano ogni settimana lasciava sul tavolo di cucina i soldi per la spisa, ogni trenta giorni la mesata. Però fra di loro si era stabilito uno spontaneo sistema di comunicazione, quando Adelina voleva più denaro per la spisa, gli faceva trovare sul tavolino il caruso, il salvadanaro di creta che lui aveva accattato a una fiera e che teneva per billizza; quando era necessario un rifornimento di calzini o di mutande, gliene metteva un paio sul letto. Naturalmente il sistema non funzionava a senso unico, magari Montalbano le diceva cose coi mezzi più strani che però l'altra capiva. Da qualche tempo il commissario s'era addunato che Adelina, se lui era teso, turbato, nirbuso, in qualche modo l'intuiva da come lui al matino lasciava la casa e allora gli faceva trovare piatti speciali che gli risollevavano il morale. Quel giorno Adelina era entrata in azione, sicché Montalbano trovò pronto in frigo il sugo di seppie, stretto e nero, come piaceva a lui. C'era o no un sospetto d'origano? L'odorò a lungo, prima di metterlo a scaldare, ma magari questa volta l'indagine non ebbe esito. Finito di mangiare, si mise il costume da bagno con l'intenzione di farsi una breve passiata a ripa di mare. Dopo avere solo tanticchia camminato si sentì stanco, gli dolevano i polpacci.

«Fùttiri addritta e caminari na rina / portanu l'omu a la ruvina.»

Una sola volta aveva fottuto stando in piedi e dopo non si era sentito così distrutto come affermava il proverbio, mentre era vero che sulla sabbia, anche quella dura più vicina al mare, ci si stancava a camminare. Taliò il ralogio e si meravigliò: ca quale tanticchia! Aveva passeggiato per due ore! Crollò seduto.

«Commissario! Commissario!»

La voce veniva da lontano. Si susì affaticoso, taliò il mare, persuaso che qualcuno stesse chiamandolo da una barca o da un gommone. Il mare era invece vacante fino al filo d'orizzonte.

«Commissario, sono qua! Commissario!»

Si voltò. Era Tortorella che si sbracciava dalla provinciale che correva per un lungo tratto allato alla spiaggia.

Mentre si lavava e si vestiva di prescia, Tortorella gli disse che al commissariato avevano ricevuto una telefonata anonima.

«Chi la pigliò?» spiò Montalbano.

Se l'aveva pigliata Catarella chissà quali minchiate aveva capito e riferito.

«Nonsi» disse sorridendo Tortorella che aveva inteso il pinsero del suo capo. «Lui era andato un momento al cesso e al centralino lo sostituivo io. La voce aveva un accento palermitano, metteva la *i* al posto della *r*, ma capace che lo faceva apposta. Ha detto che nella mànnara c'era la carogna di un cornuto, dintra una machina verde.»

«Chi c'è andato?»

«Fazio e Galluzzo, io sono venuto di corsa a cercare lei. Non so se feci bene, forsi la telefonata è uno sgherzo, una babbiata.»

«Ma quanto ci piace babbiare a noi siciliani!»

Arrivò alla mànnara alle cinque, ora che Gegè chiamava «cangiu di la guardia», il cambio della guardia consistendo nel fatto che le coppie non mercenarie e cioè amanti, adùlteri, ziti, se ne andavano dal posto, smontavano ("in tutti i sensi" pensò Montalbano) per lasciare largo al gregge di Gegè, buttane bionde dell'Est, travestiti bulgari, nigeriane come l'ebano, viados brasiliani, marchettari marocchini e via processionando, una vera e propria ONU della minchia, del culo e della fica. La macchina verde c'era, col portabagagli aperto, circondata da tre auto dei carabinieri. Quella di Fazio stava un poco discosta. Scese e Galluzzo gli si fece incontro.

«Tardu arrivammu.»

Con quelli dell'Arma c'era un'intesa non scritta. Chi arrivava per primo sul loco di un delitto, gridava «tana!» e si pigliava il caso. Questo evitava interferenze, polemiche, colpi di gomito e facce lunghe. Magari Fazio era infuscato:

«Prima loro arrivarono.»

«Ma che vi piglia? Che avete perso? Non siamo pagati a un tanto il morto, non travagliamo a cottimo.»

Coincidenza curiosa, la macchina verde stava addossata allo stesso cespuglio presso il quale, un anno avanti, era stato trovato un cadavere eccellente, un caso che aveva intrigato assai Montalbano. Col tenente dell'Arma, ch'era di Bergamo e di nome faceva Donizetti, si diedero la mano.

«Siamo stati informati da una telefonata anonima» fece il tenente.

Quindi volevano essere più che sicuri che il cadavere venisse ritrovato. Il commissario osservò il morto rannicchiato nel portabagagli, pareva fosse stato sparato una sola volta, il proiettile gli era entrato dalla bocca, spaccandogli labbra e denti, ed era nisciuto dalla nuca, facendogli un pirtuso grande quanto un pugno. Non gli era di faccia cògnita.

«Mi dicono che lei conosce il tenutario di questo bordello all'aperto» s'informò con un certo disprezzo il tenente.

«Sì, è mio amico» disse Montalbano con chiara intenzione polemica.

«Sa dove posso trovarlo?»

«A casa sua, credo.»

«Non c'è.»

«Scusi, ma perché lo vuole sapere da me dove si trova?»

«Perché lei, l'ha detto lei stesso, è suo amico.»

«Ah, sì? Il che significa che lei è in grado di sapere, in questo preciso momento, dove sono e cosa stanno facendo i suoi amici bergamaschi.»

Dalla provinciale arrivavano continuamente automobili, imboccavano i vialetti della mànnara, vedevano lo scarmazzo delle auto dei carabinieri, innestavano la retromarcia e rapidamente guadagnavano la strada dalla quale erano venute. Le buttane dell'Est, i viados brasiliani, le nigeriane e compagnia bella arrivavano sul posto di lavoro, sentivano feto di bruciato e se ne scappavano. Quella sarebbe stata una serata assai tinta, per gli affari di Gegè.

Il tenente se ne tornò nei pressi dell'auto verde, Montalbano gli girò le spalle e senza salutarlo montò in macchina. Disse a Fazio:

«Tu e Galluzzo restate qua. Vedete che cosa fanno e cosa scoprono. Io vado in ufficio.»

Fermò davanti alla cartolibreria di Sarcuto, l'unica che a Vigàta tenesse fede all'insegna, le altre due non vendevano libri ma zainetti, quaderni, penne. Si era ricordato che aveva finito il romanzo di Montalbán e non aveva altro da leggere.

«C'è un nuovo libro su Falcone e Borsellino!» gli annunziò la signora Sarcuto appena lo vide trasiri.

Non aveva ancora capito che Montalbano detestava leggere libri che parlavano di mafia, di assassinii e vittime della mafia. Non riusciva a capire perché, non si capacitava, ma non li accattava, non leggeva manco i risvolti di copertina. Comprò un libro di Consolo, che aveva vinto tempo addietro un importante premio letterario. Fatti pochi passi sul marciapiede, il volume gli sci-

volò da sotto l'ascella, cadde a terra. Montalbano si
chinò a raccoglierlo, salì in auto.

In ufficio Catarella gli disse che non c'erano novità.
Montalbano aveva la fissazione di mettere subito la firma su ogni libro che comprava. Fece per pigliare una
delle biro che teneva sulla scrivania e l'occhio gli cadde
sulle monete che Jacomuzzi gli aveva lasciato. La prima,
di rame, del 1934, da una parte aveva il profilo del re e
la scritta «Vittorio Emanuele III Re d'Italia», dall'altra
una spiga di grano con la scritta «C. 5», centesimi cinque; la seconda era pure di rame, tanticchia più grande,
da un lato la solita faccia del re con la stessa scritta, dal-
l'altro c'era un'ape posata su un fiore con la lettera «C.»
e il numero «10», centesimi dieci, del 1936; la terza era
di metallo ma di lega leggera, da un lato l'immancabile
faccia del re con la scritta, dall'altro un'aquila ad ali
spiegate dietro la quale s'intravedeva un fascio littorio.
Su questo secondo lato le scritte erano quattro: «L. 1»
che significava lire una, «Italia» che significava Italia,
«1942» che era l'anno di coniazione e «XX» che stava a
dire anno ventesimo dell'era fascista. E fu mentre stava a
taliare quest'ultima moneta che Montalbano s'arricordò
di quello che aveva visto mentre si calava a raccogliere il
libro cadutogli davanti alla cartolibreria. Aveva visto la
vetrina del negozio allato, una vetrina nella quale erano
esposte monete antiche.

Si susì, avvertì Catarella che s'allontanava e che sarebbe tornato al massimo entro mezz'ora, a piedi si diresse
verso il negozio. Si chiamava «Cose» e cose esponeva:
rose del deserto, francobolli, candelieri, anelli, spille,
monete, pietre dure. Trasì e una picciotta pulita e carina
lo ricevette con un sorriso. Spiaciuto di deluderla, il
commissario le spiegò che era venuto per non accattare
niente, ma siccome aveva visto esposte in vetrina delle
monete antiche, voleva sapere se nel negozio, o a Vigàta,
ci fosse qualcuno che s'intendeva di numismatica.

«Certo che c'è» disse la picciotta continuando a sorridere, era una delizia. «C'è mio nonno.»

«Dove lo posso disturbare?»

«Non lo disturberà per niente, anzi sarà contento. È nella cammara di dentro, aspetti che glielo dico.»

Non ebbe manco il tempo di taliare una pistola senza cane di fine dell'Ottocento che la picciotta riapparve.

«Può accomodarsi.»

Il retrobottega era un meraviglioso cafarnao di grammofoni a tromba, macchine da cucire preistoriche, presse da ufficio, quadri, incisioni, vasi da notte, pipe. La camera era tutta una libreria sulla quale stavano alla rinfusa incunaboli, tomi rilegati in cartapecora, paralumi, ombrelli, gibus. In centro c'era una scrivania, un vecchio era seduto dietro di essa, una lampada liberty gli faceva luce. Teneva con una pinzetta un francobollo e l'esaminava con una lente d'ingrandimento.

«Che c'è?» spiò sgarbato senza manco isare gli occhi.

Montalbano gli mise davanti le tre monete. Il vecchio distolse un attimo lo sguardo dal francobollo, le taliò distrattamente.

«Valgono zero.»

Tra i vecchi che andava conoscendo nel corso dell'indagine sui morti del crasticeddru, questo era il più scorbutico.

"Bisognerebbe radunarli tutti in un ospizio" pensò il commissario, "mi verrebbe più facile interrogarli."

«Lo so che non valgono.»

«E allora che vuole sapere?»

«Quando sono andate fuori circolazione.»

«Provi a sforzarsi.»

«Quando è stata proclamata la Repubblica?» azzardò esitante Montalbano.

Si sentiva come uno studente che non si è preparato per l'esame. Il vecchio rise, la sua risata parse il rumore di due scatole di latta vacanti sfregate l'una contro l'altra.

«Sbagliai?»

«Sbagliò, e di grosso. Gli americani qua da noi sbarcarono nella notte tra il nove e il dieci luglio del 1943.
Nell'ottobre dello stesso anno queste monete andarono
fuori corso. Vennero sostituite con le amlire, le monete
di carta che l'AMGOT, l'amministrazione militare alleata
dei territori occupati, fece stampare. E dato che queste
banconote erano come taglio di una, cinque e dieci lire, i
centesimi scomparirono dalla circolazione.»

Fazio e Galluzzo tornarono che era già scuro e il commissario li rimproverò.

«All'anima! Ve la siete pigliata comoda!»

«Noi?!» ribatté Fazio. «Non lo sa com'è fatto il tenente? Prima di mettere mano al morto ha aspettato
l'arrivo del giudice e del dottor Pasquano. Loro sì che se
la pigliarono comoda!»

«Allora?»

«Si tratta di un morto di giornata, fresco fresco. Pasquano ha detto che tra l'ammazzatina e le telefonate
non è passata manco un'ora. Aveva in sacchetta la carta
d'identità. Si chiamava Gullo Pietro, di anni quaranta-
due, occhi azzurri, capelli biondi, colorito roseo, nato a
Merfi, abitante a Fela in via Matteotti 32, coniugato, segni particolari nessuno.»

«Perché non t'impieghi allo stato civile?»

Fazio con dignità non raccolse la provocazione, proseguì.

«Sono andato a Montelusa, ho consultato l'archivio.
Questo Gullo ha avuto una giovinezza niente d'eccezionale, due furti, una rissa. Poi ha messo la testa a posto,
almeno pare. Commerciava in granaglie.»

«Le sono veramente grato d'avermi voluto ricevere
subito» fece Montalbano al preside ch'era venuto ad
aprirgli la porta.

«Ma che dice? Non mi fa che piacere.»

Lo fece trasiri, lo guidò in salotto, l'invitò ad assittar-si, chiamò.

«Angilina!»

Si materializzò una vecchietta minuta, curiosa della visita inattesa, linda, curatissima, occhiali spessi dietro i quali sparluccicavano occhi vivi, attentissimi.

"L'ospizio!" disse a se stesso Montalbano.

«Mi permetta di presentarle Angelina, mia moglie.»

Montalbano le fece un inchino ammirativo, sincera-mente gli piacevano le fimmine anziane che magari in casa tenevano alle apparenze.

«Vorrà perdonarmi se le ho portato scompiglio all'ora di cena.»

«Ma quale scompiglio! Anzi, commissario, ha qual-che impegno?»

«Nessuno.»

«Perché non resta a mangiare con noi? Abbiamo cose da vecchi, dobbiamo tenerci leggeri: tinnirùme e triglie di scoglio a oglio e limone.»

«M'invita a nozze.»

La signora se n'uscì felice.

«Mi dica» disse il preside Burgio.

«Sono riuscito a localizzare il periodo nel quale è av-venuto il doppio delitto del crasticeddru.»

«Ah. E quando è successo?»

«Sicuramente tra l'inizio del 1943 e l'ottobre dello stesso anno.»

«Come ha fatto ad arrivarci?»

«Semplice. Il cane di terracotta, come ci ha detto il ragioniere Burruano, venne venduto dopo il Natale del '42, quindi presumibilmente passata la Befana del '43; le monete trovate nella ciotola andarono fuori corso nel-l'ottobre di quell'anno.»

Fece una pausa.

«E questo significa una sola cosa» aggiunse.

Ma non la disse, la cosa. Aspettò pazientemente che Burgio si raccogliesse in se stesso, si susisse, facesse qualche passo nella cammara, parlasse.

«Ho capito, dottore. Lei mi vuole significare che in quel periodo la grotta del crasticeddru era di proprietà del Rizzitano.»

«Proprio questo. Già da allora, me l'ha detto lei, la grotta era chiusa dal masso, perché i Rizzitano ci tenevano la roba da vendere al mercato nero. I Rizzitano per forza dovevano conoscere l'esistenza dell'altra grotta, quella dove sono stati portati i morti.»

Il preside lo taliò imparpagliato.

«Perché mi dice portati?»

«Perché sono stati ammazzati in un altro posto, questo è sicuro.»

«Ma che senso c'è? Perché metterli lì, composti, come se dormissero, col bùmmolo, la ciotola coi soldi, il cane?»

«È quello che mi domando magari io. L'unica persona che può dirci qualcosa è forse Lillo Rizzitano, il suo amico.»

Trasì la signora Angelina.

«È pronto.»

Il tinnirùme, foglie e cime di cucuzzeddra siciliana, quella lunga, liscia, di un bianco appena allordato di verde, era stato cotto a puntino, era diventato di una tenerezza, di una delicatezza che Montalbano trovò addirittura struggente. Ad ogni boccone sentiva che il suo stomaco si puliziava, diventava specchiato come aveva visto fare a certi fachiri in televisione.

«Come lo trova?» spiò la signora Angelina.

«Leggiadro» disse Montalbano. E alla sorpresa dei due vecchi arrossì, si spiegò. «Mi perdonino, certe volte patisco d'aggettivazione imperfetta.»

Le triglie di scoglio, bollite e condite con oglio, limo-

ne e pitrosino, avevano la stessa leggerezza del tinnirùme. Solo alla frutta il preside ripigliò la questione che gli
aveva posto Montalbano, ma non prima d'avere terminato di parlare del problema della scuola, della riforma
che il ministro del nuovo governo aveva deciso d'attua-
re, abolendo tra l'altro il liceo.

«In Russia» disse il preside, «al tempo degli zar il liceo c'era, magari se si chiamava in modo russo. Liceo da
noi lo chiamò Gentile quando fece la sua riforma che
idealisticamente metteva sopra tutto gli studi umanistici.
Bene, i comunisti di Lenin ch'erano i comunisti ch'erano, il liceo non hanno avuto il coraggio d'abolirlo. Solo
un arrinanzato, un parvenu, un semianalfabeta e mezza
calzetta come questo ministro può pensare una cosa simile. Come si chiama, Guastella?»

«No, Vastella» disse la signora Angelina.

Propriamente si chiamava in un terzo modo, ma il
commissario s'astenne dal precisare.

«Con Lillo eravamo compagni in tutto, non per la
scuola però perché lui era più avanti di me. Quando io facevo il terzo liceo, lui si era appena laureato. Nella notte
dello sbarco la casa di Lillo ch'era ai piedi della montagna
del Crasto, venne distrutta. Da quanto sono riuscito a sapere, una volta passata la bufera, quella notte Lillo era solo nella villa e rimase gravemente ferito. Un contadino lo
vide mentre dei militari italiani lo mettevano su un camion, perdeva molto sangue. Questa è l'ultima cosa che
so di Lillo. Da allora non ne ho avuto più notizie e sì che
ne ho fatto di ricerche!»

«Possibile che non ci sia un superstite di quella famiglia?»

«Non lo so.»

Il preside notò che la moglie s'era persa darrè un suo
pensiero, stava con gli occhi socchiusi, assente.

«Angilina!» fece il preside.

La vecchia signora si scosse, sorrise a Montalbano.

«Mi deve perdonare. Mio marito dice che sono sempre stata una femmina fantastica, ma non vuol essere un elogio, vuole significare che ogni tanto mi lascio pigliare dalla fantasia.»

QUINDICI

Dopo la cena coi Burgio si ritrovò a casa che manco erano le dieci, troppo presto per andare a curcàrisi. In televisione c'erano un dibattito sulla mafia, uno sulla politica estera italiana, un terzo sulla situazione economica, una tavola rotonda sulle condizioni del manicomio di Montelusa, una discussione sulla libertà d'informazione, un documentario sulla delinquenza minorile a Mosca, un documentario sulle foche, un terzo sulla coltivazione del tabacco, un film di gangster ambientato nella Chicago anni Trenta, la rubrica quotidiana dove un ex critico d'arte, ora deputato e opinionista politico, sbavava contro magistrati, politici di sinistra e avversari credendosi un piccolo Saint Just e appartenendo invece di diritto alla schiera di venditori di tappeti, callisti, maghi, spogliarelliste che con sempre maggiore frequenza apparivano sul piccolo schermo. Spento il televisore, andò ad assittarsi sulla panchina della veranda, dopo avere acceso la luce esterna, con una rivista alla quale era abbonato. Stampata bene, con articoli interessanti, era redatta da un gruppo di giovani ambientalisti della provincia. Consultò il sommario e, non trovandovi niente d'interessante, si mise a taliare le foto che ritraevano spesso fatti di cronaca con l'ambizione, talvolta realizzata, d'essere emblematiche.

Lo squillo del campanello della porta lo sorprese, non aspettava nessuno, si disse, e invece un attimo dopo s'arricordò che nel dopopranzo gli aveva telefonato Anna. Alla sua proposta di venirlo a trovare non aveva saputo rispondere di no, con la ragazza si sentiva in debito per averla usata, indegnamente, era disposto ad ammetterlo, nella storia inventata per liberare Ingrid dalla persecuzione del suocero.

Anna lo baciò sulle guance, gli pruì un pacchetto.

«Ti ho portato la petrafèrnula.»

Era un dolce oramai difficile a trovarsi, a Montalbano piaceva molto, ma chissà perché i pasticceri non lo facevano più.

«Sono andata per lavoro a Mìttica, l'ho visto esposto in una vetrina e te l'ho accattato. Attento ai denti.»

Il dolce più duro era più gustoso diventava.

«Che stavi facendo?»

«Niente, leggevo una rivista. Vieni fuori anche tu.»

Si sedettero sulla panchina, Montalbano ripigliò a taliare le fotografie, Anna invece appuiò la testa sulle mani e si mise a contemplare il mare.

«Quant'è bello qua da te!»

«Già.»

«Si sente solo il rumore delle onde.»

«Già.»

«Ti fastidio se parlo?»

«No.»

Anna s'azzittì. Dopo tanticchia parlò di nuovo.

«Io traso dentro, talìo la televisione. Sento tanticchia di freddo.»

«Uuhm.»

Il commissario non voleva incoraggiarla, Anna desiderava chiaramente abbandonarsi a un piacere solitario, quello di fingere d'essere la sua compagna, d'immaginarsi di star vivendo con lui una serata come le altre. Proprio all'ultima pagina della rivista vide una foto che mostrava l'interno di una grotta, la «grotta di Fragapane», che in realtà era una necropoli, un insieme di tombe cristiane scavate all'interno di antiche cisterne. La foto serviva in qualche modo a illustrare la recensione a un libro appena uscito di tale Alcide Maraventano che s'intitolava *Riti funerari nel territorio di Montelusa*. La pub-

blicazione di questo documentatissimo saggio del Maraventano, asseriva il recensore, veniva a colmare una la-
cuna ed acquistava alto valore scientifico per l'acutezza
di un'indagine su un argomento che spaziava dalla prei-
storia fino al periodo cristiano-bizantino.

Stette a lungo a meditare su quanto aveva appena finito di leggere. L'idea che il bùmmolo, la ciotola coi soldi e il cane facessero parte di un rito di seppellimento
non gli era manco passata per l'anticamera del cervello.
Ed era stato forse un errore, probabilmente l'inchiesta
doveva partire proprio da lì. Gli venne un'incontenibile
prescia. Trasì in casa, staccò la spina del telefono, pigliò
in mano l'apparecchio.

«Che fai?» spiò Anna che stava taliando il film di
gangster.

«Vado in cammara da letto a fare telefonate, qui ti di-
sturberei.»

Formò il numero di Retelibera, chiese del suo amico
Nicolò Zito.

«Forza, Montalbà, tra pochi secondi vado in onda.»

«Tu lo conosci un certo Maraventano che ha scritto...»

«Alcide? Sì, lo conosco. Che vuoi da lui?»

«Parlargli. Ce l'hai il numero di telefono?»

«Non ha telefono. Tu sei in casa? Te lo cerco io, ti faccio sapere.»

«Ho bisogno di parlargli entro domani.»

«Tra un'ora al massimo ti richiamo e ti dico come devi fare.»

Astutò la luce del comodino, allo scuro gli veniva meglio a ragionare sul pinsero che gli era venuto. Si rappri-
sintò la grotta del crasticeddru così come gli era apparsa
appena trasuto. Levando dal quadro i due cadaveri, restavano un tappeto, una ciotola, un bùmmolo e un cane
di terracotta. Tirando una linea tra i tre oggetti, ne veniva fora un triangolo perfetto, ma rovesciato rispetto al-
l'entrata. Al centro del triangolo c'erano i due morti.

Aveva un senso? Bisognava magari studiare l'orientamento del triangolo?

Ragionando, divagando, fantasticando, finì con l'appisolarsi. Dopo un tempo che non seppe valutare, lo svegliò
lo squillo del telefono. Rispose con voce impastata.

«Ti sei addrummisciuto?»

«Sì, appisolato.»

«E io invece sto a rompermi per te. Dunque, Alcide
t'aspetta domani dopopranzo alle cinque e mezza. Abita
a Gallotta.»

Gallotta era un paese a pochi chilometri da Montelusa, quattro case di viddrani, una volta famoso per la sua
irraggiungibilità durante l'inverno, quando l'acqua veniva giù forte.

«Dammi l'indirizzo.»

«Ma quale indirizzo e indirizzo! Venendo da Montelusa, è la prima casa a mancina. Una grande villa cadente che farebbe la delizia di un regista di film horror. Non
ti puoi sbagliare.»

Riprecipitò nel sonno appena posata la cornetta. Si
svegliò di soprassalto perché qualcosa gli si muoveva sul
petto. Era Anna, della quale si era completamente scordato, che, distesa allato a lui sul letto, gli andava sbotto-
nando la camicia. Su ogni pezzetto di pelle che scopriva,
posava a lungo le labbra. Quando arrivò all'ombelico, la
ragazza rialzò la testa, infilò una mano sotto la camicia
per carezzargli il petto, e incollò la sua bocca a quella di
Montalbano. Dato che l'uomo non dava segno di reazione al suo bacio appassionato, Anna fece scivolare in basso la mano. Anche lì carezzò.

Montalbano si decise a parlare.

«Vedi, Anna? Non è cosa. Non succede niente.»

Con un balzo Anna scese dal letto, si chiuse nel bagno. Montalbano non si cataminò nemmeno quando la
sentì singhiozzare, un pianto infantile, da picciliddra alla

quale viene negato un dolce o un giocattolo. La vide vestita di tutto punto, nel controluce della porta del bagno lasciata aperta.

«Un armalo sarvaggio ha più cuore di te» disse e se ne andò.

A Montalbano passò il sonno, alle quattro di notte stava ancora addritta facendo un solitario che non c'era verso che gli arrinisciva.

Arrivò in ufficio aggrugnato, trùbbolo, la storia con Anna gli pesava, provava rimorso d'averla trattata così. In più, nella matinata, gli era venuto un dubbio: se al posto di Anna ci fosse stata Ingrid, era certo che si sarebbe comportato allo stesso modo?

«Ti devo parlare d'urgenza.» Mimì Augello stava sulla porta, pareva parecchio agitato.

«Che vuoi?»

«Relazionarti sugli sviluppi dell'indagine.»

«Quale indagine?»

«Vabbè, ho capito, passo più tardi.»

«No, ora tu resti qua e mi conti di quale cazzo d'indagine si tratta.»

«Ma come?! Quella del traffico d'armi!»

«E io, secondo te, ti ho dato l'incarico?»

«Secondo me? Me ne hai parlato, ti ricordi? M'è parso implicito.»

«Mimì, d'implicito c'è solo una cosa e cioè che sei un grandissimo figlio di buttana, salvando tua madre, s'intende.»

«Facciamo così, io ti dico quello che ho fatto e poi decidi tu se devo continuare.»

«Avanti, dimmi quello che hai fatto.»

«Per prima cosa, ho pensato che Ingrassia non dovesse essere lasciato di corto, e così ho messo due dei nostri a sorvegliarlo giorno e notte, non può manco andare a pisciare senza che io lo sappia.»

«Dei nostri? Gli hai messo dei nostri appresso?! Ma non lo sai che quello dei nostri conosce persino i peli del culo?»

«Non sono fesso. Non sono dei nostri, di Vigàta voglio dire. Sono agenti di Ragòna che il questore, al quale mi sono rivolto, ha distaccato.»

Montalbano lo taliò con ammirazione.

«Ti sei rivolto al questore, eh? Bravo Mimì, come sai allargarti bene!»

Augello non rispose a tono, preferì continuare l'esposizione.

«C'è stata magari un'intercettazione telefonica che forse significa qualche cosa. Nella mia stanza ho la trascrizione, la vado a pigliare.»

«Te la ricordi a mente?»

«Sì. Ma tu, sentendola, capace che scopri...»

«Mimì, tu a quest'ora hai scoperto tutto quello che c'era da scoprire. Non farmi perdere tempo. Dimmi.»

«Dunque, dal supermercato Ingrassia telefona a Catania, alla ditta Brancato. Domanda di Brancato in persona che viene all'apparecchio. Ingrassia lamenta allora i disguidi che sarebbero successi durante l'ultima spedizione, dice che non si può fare arrivare il camion con molto anticipo, che la cosa gli ha creato molti problemi. Domanda un incontro per poter studiare un diverso sistema di spedizione, più sicuro. A questo punto la risposta di Brancato è per lo meno stupefacente. Alza la voce, s'incazza, spia a Ingrassia con quale faccia osi telefonargli. Balbettando, Ingrassia domanda spiegazioni. E Brancato gliele fornisce, dice che Ingrassia è insolvente, che le banche gli hanno consigliato di non avere più rapporti con lui.»

«E Ingrassia come ha reagito?»

«Niente. Non ha fatto manco biz. Ha riattaccato il telefono senza nemmeno salutare.»

«Tu hai capito che significa la telefonata?»

«Certo. Che Ingrassia domandava aiuto e quelli l'hanno scaricato.»

«Stai appresso a Ingrassia.»

«L'ho già fatto, te l'ho detto.»

Ci fu una pausa.

«Che faccio? Continuo a occuparmi dell'indagine?»

Montalbano non arrispunnì.

«Ma quanto sei garruso!» commentò Augello.

«Salvo? Sei solo in ufficio? Posso parlare liberamente?»

«Sì. Da dove telefoni?»

«Da casa mia, sono a letto con qualche linea di febbre.»

«Mi dispiace.»

«E invece no, non deve dispiacerti. È una febbre di crescenza.»

«Non ho capito, che vuol dire?»

«È una febbre che viene ai picciliddri, ai nicareddri. Gli dura due o tre giorni, a trentanove, a quaranta, ma non c'è da scantarsi, è naturale, è febbre di crescenza. Quando passa, i nicareddri sono crisciuti di qualche centimetro. Sono sicura che magari io, quando la febbre mi finirà, sarò crisciuta. Nella testa, non nel corpo. Ti voglio dire che mai, come fimmina, sono stata offisa come hai fatto tu.»

«Anna...»

«Lasciami finire. Offisa, proprio. Tu sei tinto, sei cattivo, Salvo. E io non me lo meritavo.»

«Anna, ragiona. Quello che è successo stanotte è servito al tuo bene...»

Anna riattaccò. Magari se glielo aveva fatto capire in cento modi che non era questione, Montalbano, capendo che la ragazza soffriva in quel momento dolori da cane, si sentì meno assai di un porco, perché almeno la carne di porco si mangia.

La villa all'entrata di Gallotta la trovò subito, ma gli parse impossibile che qualcuno potesse vivere in quel rudere. Si vedeva chiaramente mezzo tetto sfondato, al terzo piano doveva per forza pioverci dentro. Il poco vento bastava a far sbattere una persiana che non si capiva come facesse ancora a reggersi. Il muro esterno, nella parte alta della facciata, mostrava crepe grandi quanto un pugno. Più in ordine apparivano il secondo piano, il primo e il pianoterra. L'intonaco era scomparso da anni, le persiane erano tutte rotte e scrostate ma almeno chiudevano, sia pure squilibrate. C'era un cancello di ferro battuto aperto a metà e inclinato verso l'esterno, da tempo immemorabile in questa posizione, erbe selvatiche e terriccio. Il parco era un ammasso informe d'alberi contorti e cespugli densi, un intrico compatto. Avanzò nel vialetto su pietre sconnesse e davanti alla porta che aveva perso colore si fermò. Già scurava, il passaggio dall'ora legale a quella solare accorciava in realtà le jurnate. C'era un campanello, lo suonò. O meglio, lo pigiò, perché non sentì nessun suono, nemmeno lontano. Ci provò un'altra volta prima di capire che il campanello non funzionava già dai tempi della scoperta dell'elettricità. Tuppiò servendosi del batacchio a forma di testa di cavallo e finalmente alla terza tuppiata sentì dei passi strascicati. La porta si raprì, senza rumorata di scoppo o chiavistello, solo con un lungo lamento d'anima del purgatorio.

«Era aperta, bastava spingerla, trasiri e chiamarmi.»

Era uno scheletro a parlare. Mai in vita sua Montalbano aveva visto una persona tanto sicca. O meglio, le aveva viste sul letto di morte, prosciugate, essiccate dalla malattia. Questo invece stava in piedi, per quanto piegato in due, e pareva vivo. Indossava una tonaca da parrino che da nera ch'era stata ora tirava al verde, il colletto duro una volta bianco era d'un grigio spesso. Ai piedi, scarponi chiodati da contadino come non ne vendevano più. Completamente calvo, la faccia era un teschio sul quale come per gioco era stato messo un paio d'occhiali d'oro, dalle lenti spessissime, nelle quali lo sguardo naufragava. Montalbano pensò che i due nella grotta, morti da cinquant'anni, avevano addosso più carne del prete. Manco a dirlo, era vecchissimo.

Cerimoniosamente l'invitò ad entrare, lo guidò in un salone immenso, letteralmente stipato di libri non solo nelle scaffalature, ma per terra a formare pile che a momenti toccavano l'alto soffitto e che si reggevano in un equilibrio impossibile. Dalle finestre non trasiva luce, i libri ammassati sulle balaustre coprivano interamente i vetri. Di mobili c'erano una scrivania, una seggia, una poltrona. A Montalbano parse che il lume sulla scrivania fosse un autentico lume a pitrolio. Il vecchio parrino sbarazzò la poltrona dai libri, vi fece accomodare Montalbano.

«Per quanto io non possa immaginare in che modo possa esserle d'utilità, parli pure.»

«Come le avranno detto, io sono un commissario di polizia che...»

«No, non me lo dissero né io lo domandai. Arrivò aieri a sira tardi uno del paese, mi fece sapere che un tale di Vigàta voleva vedermi e io gli arrisposi che venisse pure alle cinque e mezza. Se lei è un commissario, male cascò, sta perdendo tempo.»

«Perché starei perdendo tempo?»

«Perché io non metto pede fora da questa casa da trent'anni almeno. Che esco a fare? Le facce vecchie sono sparite, quelle nuove non mi persuadono. La spesa me la portano ogni giorno, tanto io bevo solo latte e un brodo di gaddrina una volta la simana.»

«Avrà saputo dalla televisione...»

Aveva appena cominciato la frase che s'interruppe, la parola televisione gli era suonata stonata.

«In questa casa non c'è luce elettrica.»

«Bene, avrà letto sui giornali...»

«Non accatto giornali.»

Perché continuava a partire col piede sbagliato? Pigliò col fiato una specie di rincorsa, e gli raccontò tutto, dal traffico d'armi fino alla scoperta dei morti nel crasticeddru.

«Aspetti che addrumo il lume, così parliamo meglio.»

Frugò tra le carte sul tavolo, trovò una scatola di fiammiferi da cucina, ne accese uno con mano tremante. Montalbano si sentì aggelare.

"Se lo lascia cadere" pensò, "arrostiamo in tre secondi."

Invece l'operazione riuscì e tutto divenne peggio perché il lume mandò una luce fiacca su mezzo tavolo, sprofondando invece il lato dove stava il vecchio nello scuro più fitto. Con stupore Montalbano vide che il parrino allungava una mano, s'impadroniva di una piccola bottiglia con uno strano tappo. Sul tavolo ce n'erano altre tre, due vuote e una piena d'un liquido bianco. Non erano bottiglie, erano biberon, ognuno munito della tettarella. Stupidamente si sentì innervosire, il vecchio aveva cominciato a ciucciare.

«Mi scusi, ma non ho denti.»

«Ma perché il latte non se lo beve da un cicarone, da una tazza, che so, da un bicchiere?»

«Perché così ci provo più gusto. È come se mi fumassi la pipa.»

Montalbano decise di andarsene al più presto, si susì, cavò dalla sacchetta due foto che si era fatto dare da Jacomuzzi, le pruì al parrino.

«Può essere un rituale di sepoltura?»

Il vecchio taliò le foto animandosi e mugolando.

«Che c'era dentro la ciotola?»

«Monete degli anni Quaranta.»

«E nel bùmmolo?»

«Niente... non c'era traccia... deve avere contenuto solo acqua.»

Il vecchio se ne stette un bel pezzo a ciucciare, meditabondo. Montalbano tornò ad assittarsi.

«Non ha senso» disse il parrino posando le foto sul tavolo.

SEDICI

Montalbano era allo stremo, sotto la caterva di domande del parrino si sentiva la testa confusa e per di più, ogni volta che non sapeva arrispunnìri, Alcide Maraventano faceva una specie di lamento e tirava per protesta una ciucciata più rumorosa delle altre. Aveva attaccato il secondo biberon.

In che direzione erano orientate le teste dei cadaveri?

Il bùmmolo era fatto di normalissima creta o d'altro materiale?

Quante erano le monete dentro la ciotola?

Qual era la distanza esatta tra il bùmmolo, la ciotola e il cane di terracotta rispetto ai due corpi?

Finalmente il terzo grado terminò.

«Non ha senso.»

La conclusione dell'interrogatorio ribadì esattamente quello che il parrino aveva di subito anticipato. Il commissario, con un certo e poco celato sollievo, credette di potersi susìre, salutare, andarsene.

«Aspetti, che premura ha?»

Montalbano si riassittò, rassegnato.

«Non è un rito funerario, forse è qualcosa d'altro.»

Di colpo, il commissario si sollevò dalla stanchizza e dallo sprofondo, tornò in possesso di tutta la sua lucidità mentale: Maraventano era una testa che pensava.

«Mi dica, le sarò grato d'un parere.»

«Lei ha letto Umberto Eco?»

Montalbano principiò a sudare.

"Gesù, ora mi fa l'esame di letteratura" pensò e riuscì a dire: «Ho letto il suo primo romanzo e i due diari minimi che mi paiono...».

«Io no, i romanzi non li canuscio. Mi riferivo al *Trattato di semiotica generale*, alcune citazioni del quale ci farebbero comodo.»

«Sono mortificato, non l'ho letto.»

«Non ha letto manco *Semeiotiké* della Kristeva?»

«No, e non ho nessuna gana di leggerlo» fece Montalbano che principiava a incazzarsi, gli era nato il sospetto che il vecchio lo stesse pigliando per il culo.

«E va bene» si rassegnò Alcide Maraventano. «Allora le faccio un esempio terra terra.»

"E quindi al mio livello" disse Montalbano a se stesso.

«Dunque, se lei che è un commissario, trova un morto sparato al quale hanno infilato un sasso in bocca, che pensa?»

«Sa» fece Montalbano deciso a pigliarsi la rivincita, «queste sono cose vecchie, adesso ammazzano senza dare spiegazioni.»

«Ah. Perciò per lei quel sasso messo in bocca significa una spiegazione.»

«Certo.»

«E che vuol dire?»

«Vuol dire che l'ammazzato aveva parlato troppo, aveva detto cose che non doveva dire, aveva fatto la spia.»

«Esatto. Quindi lei ha capito la spiegazione perché era in possesso del codice del linguaggio, in quel caso metaforico. Ma se lei invece era all'oscuro del codice, cosa avrebbe capito? Niente. Per lei quello era un povero morto ammazzato al quale avevano in-spie-ga-bil-men-te infilato un sasso in bocca.»

«Comincio a capire» disse Montalbano.

«Allora, per tornare al nostro discorso: un tale ammazza due giovani per ragioni che non sappiamo. Può far scomparire i cadaveri in tanti modi, in mare, sotto la terra, sotto la sabbia. Invece no, li mette dentro una grotta e non solo, ci dispone allato una ciotola, un bùmmolo e un cane di terracotta. Che ha fatto?»

«Ha mandato una comunicazione, un messaggio» fece a mezza voce Montalbano.

«È un messaggio, giusto, che lei però non sa leggere perché non possiede il codice» concluse il parrino.

«Mi faccia riflettere» disse Montalbano. «Ma il messaggio doveva essere diretto a qualcuno, non certo a noi, cinquant'anni dopo il fatto.»

«E perché no?»

Montalbano ci pensò tanticchia, poi si susì.

«Io vado, non voglio rubarle altro tempo. Quello che mi ha detto mi è stato preziosissimo.»

«Vorrei esserle ancora più utile.»

«Come?»

«Lei poco fa mi ha detto che adesso ammazzano senza fornire spiegazioni. Le spiegazioni ci sono sempre e sempre vengono date, altrimenti lei non farebbe il mestiere che fa. Solo che i codici sono diventati tanti e diversi.»

«Grazie» disse Montalbano.

Avevano mangiato alici all'agretto che la signora Elisa, la moglie del questore, aveva saputo cucinare con arte e perizia, il segreto della riuscita consistendo nell'individuazione della millimetrica quantità di tempo che la teglia doveva stare dentro il forno. Poi, dopo la cena, la signora si era ritirata in salone a taliare la televisione, non senza aver preparato prima sulla scrivania dello studio del marito una bottiglia di Chivas, una d'amaro e due bicchieri.

Mentre mangiavano, Montalbano aveva parlato con entusiasmo di Alcide Maraventano, del suo singolare modo di vita, della sua cultura, della sua intelligenza, il questore però aveva mostrato una splàpita curiosità, dettata più dalla cortesia verso l'ospite che da un reale interesse.

«Senta, Montalbano» attaccò appena furono soli, «io capisco benissimo le sollecitazioni che a lei possono venire dal ritrovamento dei due assassinati nella grotta. Mi

consenta: la conosco da troppo tempo per non prevedere che lei si farà affascinare da questo caso per i risvolti
inspiegabili che presenta e anche perché, in fondo, se lei
trovasse la soluzione questa si rivelerebbe assolutamente
inutile. Inutilità che a lei sarebbe piacevolissima e, mi
scusi, quasi congeniale.»

«Come inutile?»

«Inutile, inutile, si lasci pregare. L'assassino, o gli assassini, a voler essere generosi, dato che sono trascorsi cinquant'anni e passa, o sono morti o sono, nella migliore delle ipotesi, dei vecchietti ultrasettantenni. È d'accordo?»

«D'accordo» ammise di malavoglia Montalbano.

«Allora, mi perdoni perché quello che sto per dire
non rientra nel mio linguaggio, lei non fa un'indagine, si
fa una sega mentale.»

Montalbano incassò, non ebbe né forza né argomenti
per replicare.

«Ora io questo esercizio potrei concederglielo se non
temessi che lei finisca col dedicare ad esso il meglio del
suo cervello, trascurando indagini di ben altra pregnan-
za e portata.»

«Eh no! Questo non è vero!» s'inalberò il commissario.

«E invece sì. Guardi che il mio non vuole essere affatto un richiamo, stiamo parlando a casa mia, tra amici.
Perché ha affidato il caso, delicatissimo, del traffico
d'armi al suo vice, che è funzionario degnissimo ma non
certo alla sua altezza?»

«Io non gli ho affidato niente! È lui che...»

«Non faccia il bambino, Montalbano. Gli sta scaricando addosso una grossa parte dell'indagine. Perché lei
sa benissimo di non potersi interamente dedicare ad essa, avendo i tre quarti del suo cervello impegnati nell'altro caso. Mi dica, onestamente, se sbaglio.»

«Non sbaglia» fece onestamente Montalbano dopo
una pausa.

«E quindi chiudiamo il discorso. Passiamo ad altro. Perché cavolo non vuole che io la proponga per la promozione?»

«Lei vuole continuare a mettermi in croce.»

Niscì contento dalla casa del questore, sia per le alici all'agretto, sia per essere riuscito ad ottenere una dilazione alla proposta d'avanzamento. Le ragioni che aveva portato non stavano né in cielo né in terra, ma gentilmente il suo superiore finse di crederci: poteva dirgli che la sola idea di un trasferimento, di un cangiamento d'abitudini, gli faceva venire qualche linea di febbre?

Era ancora presto, mancavano due ore all'appuntamento con Gegè. Passò da Retelibera, voleva saperne di più su Alcide Maraventano.

«Straordinario, eh?» fece Nicolò Zito. «Si è esibito mentre ciuccia il latte dal biberon?»

«E come no.»

«Guarda che non è vero niente, fa solo teatro.»

«Ma che dici? Non ha denti!»

«Lo sai o no che da tempo hanno inventato la dentiera? Lui ce l'ha e gli funziona benissimo, dicono che certe volte si pappa un quarto di vitello o un capretto al forno, quando non c'è qualcuno a taliarlo.»

«Ma perché lo fa?»

«Perché è un tragediatore nato. Un commediante, se preferisci.»

«Siamo certi che sia un parrino?»

«Si è spretato.»

«Le cose che dice, se l'inventa o no?»

«Puoi andare tranquillo. È di un sapere sconfinato e quando afferma una cosa è meglio del vangelo. Lo sai che una decina d'anni fa ha sparato a uno?»

«Ma va'.»

«Sissignore. Un ladruncolo era trasuto di notte nella casa, al pianoterra. Urtò contro una pila di libri e la fece cadere con una rumorata della madonna. Maraventano, che dormiva di sopra, s'arrisbigliò, scinnì e gli sparò con un fucile ad avancarica, una specie di cannone casalingo. Il botto fece saltare dal letto mezzo paisi. Conclusione: il ladro venne ferito a una gamba, una decina di libri si rovinarono e lui ne ebbe la spalla fratturata dato che il rinculo era stato tremendo. Però il ladro sostenne che non era entrato in quella villa perché aveva intenzione di commettere un furto, ma perché vi era stato invitato dal parrino il quale, a un certo momento, e senza una ragione plausibile, gli aveva sparato. Io ci credo.»

«A chi?»

«Al cosiddetto ladro.»

«Ma perché gli avrebbe sparato?»

«Tu lo sai cosa passa per la testa di Alcide Maraventano? Magari per provare se il fucile funzionava ancora. O per fare scena, che è più probabile.»

«Senti, ora che ci penso, tu ce l'hai il *Trattato di semiotica* di Umberto Eco?»

«Io?! Che sei nisciuto pazzo?»

Per pigliare la macchina che aveva lasciato al parcheggio di Retelibera, s'assuppò. S'era messo a piovere all'improvviso, un'acqua leggera leggera ma fitta. Arrivò a casa che ancora aveva tempo per l'appuntamento. Si cangiò di vestito, poi s'assittò sulla poltrona della televisione, ma si rialzò subito per andare alla scrivania e pigliare una cartolina che gli era arrivata in mattinata.

Era di Livia che, come gli aveva annunziato per telefono, era andata per una decina di giorni da una sua cugina milanese. Sulla parte lucida, che mostrava l'immancabile vista del Duomo, c'era una sbavatura luminescente che traversava a metà l'immagine. Montalbano la sfiorò con la punta dell'indice: era freschissima, leggermente appiccicosa. Taliò meglio sulla scrivania. Lo scataddrizzo, una grossa chiocciola marrone scuro, ora arrancava sopra la copertina del libro di Consolo. Montalbano non ebbe esitazioni, il ribrezzo che provava dopo il sogno che aveva fatto e che continuava a portarsi appresso, era troppo forte: agguantò il romanzo già letto di Montalbán e lo sbatté violentemente su quello di Consolo. Pigliato in mezzo, lo scataddrizzo venne schiacciato con un suono che a Montalbano parse nauseante. Poi andò a gettare i due romanzi nel contenitore della munnizza, se li sarebbe ricomprati il giorno appresso.

Gegè non c'era, ma il commissario sapeva che avrebbe avuto poco da aspettare, il suo amico non sgarrava mai di molto. Aveva scampato, finito di chiòviri, ma doveva esserci stata una forte mareggiata, larghe pozzanghere restavano sulla spiaggia, la sabbia mandava un acuto odore di legna vagnata. S'addrumò una sigaretta. E tutt'inzèmmula vide, allo scarso lume della luna improvvisamente comparsa, la sagoma scura d'una automobile che s'avvicinava lentissima, a fari spenti, dalla direzione opposta a quella dalla quale era venuto lui, la stessa da dove Gegè doveva arrivare. S'allarmò, raprì il cassetto del cruscotto, pigliò la pistola, mise il colpo in canna, socchiuse lo sportello, pronto a balzare fora. Quando l'altra macchina gli venne a tiro, addrumò di colpo gli abbaglianti. Era l'auto di Gegè, non c'era dubbio, ma poteva darsi benissimo che alla guida non ci fosse lui.

«Spegni i fari!» sentì gridare dall'altra macchina.

Era sicuramente la voce di Gegè e il commissario eseguì. Si parlarono affiancati, ognuno dentro la propria auto, attraverso i finestrini abbassati.

«Che minchia fai? A momenti ti sparavo» fece rabbioso Montalbano.

«Volevo vedere se ti sono venuti appresso.»

«Chi mi deve venire appresso?»

«Ora te lo dico. Sono arrivato una mezzorata prima e mi sono ammucciato darrè lo sperone di Punta Rossa.»

«Vieni qua» disse il commissario.

Gegè scese, salì sull'auto di Montalbano, quasi gli si rannicchiò contro.

«Che senti, friddo?»

«No, ma tremo lo stissu.»

Feteva di scanto, di paura. Perché, e Montalbano lo sapeva per spirenzia, la paura aveva un odore speciale, acido, di colore verde-giallo.

«Lo sai chi è quello che hanno ammazzato?»

«Gegè, ne ammazzano tanti. Di chi stai parlando?»

«Di Petru Gullo sto parlando, quello che hanno portato ammazzato alla mànnara.»

«Era tuo cliente?»

«Cliente? Semmai ero io cliente so'. Quello era l'omo di Tano u grecu, il suo esattore. Lo stesso che m'ha detto che Tano ti voleva incontrare.»

«Che meraviglia ti fai, Gegè? È la solita storia: chi vince fa l'asso pigliatutto, è un sistema che ora adoperano magari in politica. C'è un passaggio di mano degli affari ch'erano di Tano e perciò liquidano tutti quelli della sua parte. Tu di Tano non eri né socio né dipendente: di che ti scanti?»

«No» fece deciso Gegè, «le cose non stanno così, m'hanno informato mentre ero a Trapani.»

«E come stanno?»

«Dicono che ci fu accordo.»

«Accordo?»

«Sissignore. Accordo tra te e Tano. Dicono che la sparatoria è stata una sisiàta, una pigliata pi fissa, un triatro. E si sono persuasi che a fabbricare questo tiatrino ci stavamo magari io, Petru Gullo e un'altra pirsuna che è sicuro che ammazzano uno di questi jorna.»

Montalbano si ricordò della telefonata ricevuta dopo la conferenza stampa, quando una voce anonima l'aveva chiamato «cornuto d'un tragediatore».

«Si sono offisi» proseguì Gegè. «Non sopportano che

tu e Tano gli avete messo la sputazza sul naso, gli avete fatto fare la figura di stronzi. Gli fotte più di questo che della truvatina delle armi. Ora tu mi dici che devo fare?»

«Sei sicuro che ce l'hanno magari cu tia?»

«La mano sul foco. Perché a Gullo sono venuti a purtarimìllo proprio alla mànnara che è cosa mia? Più chiaro di così!»

Il commissario pensò ad Alcide Maraventano e al suo discorso sui codici.

Dovette essere un alterarsi della densità dello scuro, o un brillìo di un centesimo di secondo percepito con la coda dell'occhio, fatto sta che un attimo prima che la raffica esplodesse il corpo di Montalbano obbedì a una serie d'impulsi freneticamente trasmessi dal cervello: si chinò a mezzo, con la sinistra raprì lo sportello e si gettò fora mentre attorno a lui rimbombavano colpi, si rompevano vetri, si squarciavano lamiere, lampate brevissime arrossavano lo scuro. Montalbano rimase immobile, incastrato tra la macchina di Gegè e la sua, e solo allora s'accorse d'avere la pistola in pugno. Quando Gegè era entrato in auto, l'aveva appoggiata sul cruscotto: doveva averla pigliata d'istinto. Dopo lo scatàscio, scese un silenzio piombigno, niente si cataminò, c'era solo il rumore del mare mosso. Poi una voce si fece sentire da una ventina di metri di distanza, dalla parte dove finiva la spiaggia e cominciava la collina di marna.

«Tutto bene?»

«Tutto bene» disse un'altra voce, questa vicinissima.

«Vedi se sono astutati tutti e due, accussì ce ne andiamo.» Montalbano si sforzò di rappresentarsi i movimenti che l'altro avrebbe dovuto fare per accertarsi della loro morte: ciaf, ciaf, faceva distintamente la sabbia vagnata. L'uomo ora doveva essere arrivato proprio a ridosso della macchina, tra un istante si sarebbe calato a taliare dentro l'auto.

Scattò in piedi, sparò. Un solo colpo. Nitidamente

sentì il rumore di un corpo che s'abbatteva sulla rena, un ansimare, una sorta di gorgoglìo, più niente.

«Giugiù, tutto a posto?» spiò la voce distante.

Senza risalire in auto Montalbano, attraverso lo sportello aperto, posò la mano sulla levetta d'accensione degli abbaglianti, aspettò. Non sentiva nessuna rumorata. Decise di giocare alla fortuna e si mise mentalmente a contare. Quando arrivò a cinquanta, addrumò gli abbaglianti e si susì dritto in piedi. Scolpito dalla luce, a una decina di metri si materializzò un uomo con un mitra in mano che si fermò, sorpreso. Montalbano sparò, l'uomo reagì pronto con una raffica alla cieca. Il commissario sentì come un gran pugno al fianco sinistro, barcollò, s'appoggiò con la sinistra all'auto, sparò di nuovo, tre colpi in fila. L'uomo, alluciato, fece una specie di salto, voltò le spalle e si mise a scappari, mentre Montalbano principiava a vedere la luce bianca degli abbaglianti diventare gialla, gli occhi gli facevano pupi pupi, gli firriava la testa. S'assittò sulla rena perché capì che le gambe non potevano più reggerlo, s'appuiò con le spalle alla macchina.

S'aspettava il dolore, ma quando venne fu così intenso da farlo lamentiare e chiàngiri come un picciliddro.

DICIASSETTE

Appena s'arrisbigliò, immediatamente capì d'essere dintra una cammara di spitale e si ricordò di ogni cosa, minutamente: l'incontro con Gegè, le parole che si erano dette, la sparatoria. La memoria gli fagliava dal momento in cui si era trovato tra le due macchine, steso sulla rena vagnata e col fianco che gli faceva un dolore insopportabile. Però non fagliava del tutto, si ricordava per esempio della faccia stravolta di Mimì Augello, della sua voce spezzata.

«Come ti senti? Come ti senti? Ora arriva l'ambulanza, non hai niente, stai calmo.»

Come aveva fatto Mimì a trovarlo?

Poi, già dintra lo spitale, uno in càmmisi bianco:

«Ha perso troppo sangue.»

Dopo, nenti. Cercò di taliàrisi attorno: la cammara era bianca e pulita, c'era una grande finestra dalla quale passava la luce del giorno. Non poteva cataminarsi, alle braccia stavano attaccate le flebo, il fianco però non gli doleva, lo sentiva piuttosto come un pezzo morto del suo corpo. Provò a muovere le gambe, ma non ci arriniscì. Lentamente scivolò nel sonno.

S'arrisbigliò di bel nuovo nuovamente verso sira, dato che le luci erano addrumate. Richiuse immediatamente gli occhi perché aveva scorto nella cammara delle persone e lui non aveva gana di parola. Poi, incuriosito, sollevò le palpebre quel tanto che bastava per vederci a malappena. C'erano Livia, assittata vicino al letto sull'unica seggia di metallo; darrè di lei, addritta, Anna. Dall'altra parte del letto, magari lei addritta, Ingrid. Livia aveva gli occhi vagnati di lacrime, Anna chiangiva senza ritegno, Ingrid era pallida e con la faccia tirata.

"Gesù!" si disse Montalbano atterrito.

Serrò gli occhi e se ne scappò nel sonno.

Alle sei e mezzo di quella che gli parse la matinata appresso, due infermiere lo puliziarono, gli cangiarono la medicazione. Alle sette s'apprisintò il primario seguito da cinque assistenti, tutti in càmmisi bianco. Il primario consultò la cartella ch'era appizzata ai pedi del letto, scostò il lenzuolo, principiò a maniarlo sul fianco ferito.

«Mi pare vada tutto benissimo» sentenziò. «L'operazione è perfettamente riuscita.»

Operazione? Di quale operazione parlava? Ah, forse per l'estrazione del proiettile che l'aveva ferito. Ma un proiettile di mitra difficile che resti dentro, che non passi da parte a parte. Avrebbe voluto spiare, domandare spiegazioni, ma le parole non gli niscivano. Però il primario s'addunò del suo sguardo, delle domande che gli occhi del commissario formulavano.

«L'abbiamo dovuta operare d'urgenza. La pallottola ha traversato il colon.»

Il colon? E che minchia ci faceva il colon nel suo fianco? Il colon non aveva a che fare coi fianchi, doveva starsene nella panza. Ma se aveva a che fare con la panza, questo stava a significare che – e sobbalzò tanto forte che i medici se ne accorsero – da quel momento in poi e per tutto il resto della vita sarebbe dovuto andare avanti a pappine?

«... pappine?» fece finalmente la voce di Montalbano, l'orrore di quella prospettiva gli aveva riattivato le corde vocali.

«Che ha detto?» spiò il primario volgendosi ai suoi.

«Mi pare abbia detto scarpine» disse uno.

«No, no, ha detto rapine» intervene un altro.

Uscirono dibattendo la questione.

Alle otto e mezzo la porta si raprì e spuntò Catarella.

«Dottori, come è che lei si senti?»

Se c'era una persona al mondo con la quale Montalbano riteneva inutile il dialogo quello era proprio Catarella. Non rispose, mosse la testa come a dire che andava alla meno peggio.

«Sono qui di guardia a montare la guardia per lei. Questo spitale porto di mare è, chi entra chi esce e chi va che viene. Potrebbe darsi che entrebbe quarcheduno animalato da cattive intinzioni, che voli finire l'òpira cominciata. Mi spiegai?»

Si era spiegato benissimo.

«Lo sape, dottori? Io il mio sangue ci desi per la trasposizione.»

E tornò di guardia a montare la guardia. Montalbano amaramente pensò che l'aspettavano anni bui, sopravvivendo col sangue di Catarella e nutrendosi di pappine di semolino.

I primi della lunga serie di baci che avrebbe ricevuto nel corso della giornata, furono quelli di Fazio.

«U sapi, dutturi, che lei spara come un dio? A uno l'ha pigliato in gola con un colpo solo, all'altro l'ha ferito.»

«Ho ferito magari l'altro?»

«Sissignore, non sappiamo in che parte, ma di ferito l'ha ferito. Se n'è addunato il dottore Jacomuzzi, a una decina di metri dalle auto c'era una pozzanghera arrossata, era sangue.»

«Avete identificato il morto?»

«Certo.»

Tirò un foglietto dalla sacchetta, lesse.

«Munafò Gerlando, nato a Montelusa il sei settembre 1970, celibe, abitante a Montelusa in via Crispi 43, segni particolari nessuno.»

"Il vizio dello stato civile non l'abbandona" pensò Montalbano.

«E con la legge come stava?»

«Niente di niente, dottore. Incensurato.»

Fazio rimise il foglietto nella sacchetta.

«Per fare di queste cose, li pagano al massimo mezzo milione.»

Fece una pausa, doveva evidentemente dire qualcosa che non aveva cuore. Montalbano si decise a dargli una mano d'aiuto.

«Gegè è morto sul colpo?»

«Non ha sofferto. La raffica gli ha portato via mezza testa.»

Trasirono gli altri. E fu un subisso di baci e abbracci.

Da Montelusa arrivarono Jacomuzzi e il dottor Pasquano.

«Tutti i giornali parlano di te» fece Jacomuzzi. Era commosso, ma un poco invidioso.

«M'è sinceramente dispiaciuto di non averle dovuto fare l'autopsia» disse Pasquano. «Sono curioso di sapere com'è fatto dentro.»

«Sono stato io il primo ad arrivare sul posto» disse Mimì Augello, «e quando ti ho visto in quelle condizioni, in quello scenario, m'è pigliato uno spavento che a momenti mi cacavo sotto.»

«Come l'hai saputo?»

«Un anonimo ha telefonato in ufficio dicendo che c'era stata una sparatoria ai piedi della Scala dei Turchi. Di guardia c'era Galluzzo il quale m'ha subito chiamato. E m'ha detto una cosa che non sapevo. E cioè che tu, nel posto dove erano stati segnalati gli spari, t'incontravi abitualmente con Gegè.»

«Lo sapeva?!»

«Ma lo sapevano tutti, a quanto pare! Mezzo paese lo sapeva! Allora non mi sono manco vestito, in pigiama com'ero sono nisciuto...»

Montalbano alzò una stanca mano, l'interruppe.

«Tu dormi col pigiama?»

«Sì» fece imparpagliato Augello. «Perché?»

«Niente. Vai avanti.»

«Mentre correvo in macchina, col telefonino ho chiamato l'ambulanza. Ed è stato un bene, perché perdevi molto sangue.»

«Grazie» disse grato Montalbano.

«Che grazie! Tu non avresti fatto lo stesso per me?»

Montalbano si fece un rapido esame di coscienza, scelse di non rispondere.

«Ah, ti volevo dire un fatto curioso» proseguì Augello. «La prima cosa che mi hai domandato, mentre te ne stavi ancora stinnuto sulla rena e ti lamentavi, è stata quella di levarti le lumache che ti strisciavano sopra. Eri caduto in una specie di delirio e perciò ti ho detto di sì, che te le levavo, ma non c'era nessuna lumaca.»

Livia arrivò, l'abbracciò forte, si mise a piangere, stendendosi per quanto poteva vicino a lui sul letto.

«Resta così» disse Montalbano.

Gli piaceva sentire il sciàuro dei capelli di lei che teneva la testa sul suo petto.

«Come l'hai saputo?»

«Dalla radio. O meglio, è stata mia cugina a sentire la notizia. È stato proprio un bel risveglio.»

«Che hai fatto?»

«Per prima cosa ho telefonato all'Alitalia e ho prenotato per Palermo, poi ho chiamato il tuo ufficio a Vigàta, m'hanno passato Augello che è stato gentilissimo, m'ha rassicurata, s'è offerto di venirmi a prendere all'aeroporto. Durante il viaggio in macchina m'ha raccontato tutto.»

«Livia, come sto?»

«Stai bene, compatibilmente con quello ch'è successo.»

«Sono rovinato per sempre?»

«Ma che dici?!»
«Mangerò in bianco per tutta la vita?»

«Però lei mi lega le mani» disse sorridendo il questore.
«Perché?»
«Perché si mette a fare cose da sceriffo o se preferisce
da vendicatore della notte e va a finire su tutte le televisioni e tutti i giornali.»
«Non è colpa mia.»
«No, non lo è, ma non sarà nemmeno colpa mia se
sarò costretto a promuoverla. Dovrebbe starsene buono
per un pochino. Fortunatamente per una ventina di
giorni non potrà muoversi da qui.»
«Tanto?!»
«A proposito, a Montelusa c'è il sottosegretario Licalzi, è venuto, dice lui, per sensibilizzare l'opinione pubblica nella lotta alla mafia, e ha manifestato l'intenzione
di venirla a visitare nel pomeriggio.»
«Non lo voglio vedere!» gridò Montalbano agitato.
Uno che nella mafia ci aveva inzuppato largamente il pane e che ora si riciclava, sempre col consenso della mafia.
Proprio in quel momento trasì il primario. Nella cammara c'erano sei persone, s'infuscò.
«Non prendetevela a male, ma vi prego di lasciarlo
solo, deve riposare.»
Cominciarono a congedarsi mentre il primario diceva
a voce alta all'infermiera:
«E per oggi niente più visite.»
«Il sottosegretario riparte oggi pomeriggio alle cin-
que» disse a bassa voce il questore a Montalbano. «Purtroppo, dato l'ordine del primario, non potrà passare a
salutarla.»
Si sorrisero.

Dopo qualche giorno gli levarono la flebo dal braccio; gli misero il telefono sul comodino. Quella stessa

mattina venne a trovarlo Nicolò Zito che pareva Babbo-natale.

«Ti ho portato un televisore, un videoregistratore e una cassetta. Ti ho magari portato i giornali che hanno parlato di te.»

«Che c'è nella cassetta?»

«Ho riversato e montato tutte le minchiate che io, quelli di Televigàta e d'altre televisioni abbiamo detto sul fatto.»

«Pronto, Salvo? Sono Mimì. Come ti senti oggi?»

«Meglio, grazie.»

«Ti telefono per dirti che hanno ammazzato il nostro amico Ingrassia.»

«L'avevo previsto. Quand'è stato?»

«Stamattina. L'hanno sparato mentre stava venendo in paese in auto. Due ch'erano su una moto potentissima. L'agente che gli stava appresso non ha potuto fare altro che tentare di soccorrerlo, ma non c'era più niente da fare. Senti, Salvo, domani a matina passo da te. Mi devi contare, ufficialmente, tutti i dettagli della tua sparatoria.»

Disse a Livia di mettere la cassetta, non è che fosse molto curioso, lo fece per passare tempo. Il cognato di Galluzzo su Televigàta si abbandonava a una fantasia degna di un soggettista di film sul tipo *I predatori dell'arca perduta*. Secondo lui, la sparatoria era la conseguenza diretta della scoperta dei due cadaveri mummificati nella grotta. Quale segreto c'era, terribile e indecifrabile, dietro quel lontano delitto? Il giornalista, sia pure di passata, non si vergognò di ricordare la triste fine fatta dagli scopritori delle tombe dei faraoni e la collegò con l'agguato al commissario.

Montalbano rise fino a che gli venne una fitta nel fianco. Poi apparve la faccia di Pippo Ragonese, il notista politico della stessa rete privata, ex comunista, ex democristiano, ora esponente di punta del partito del rinnovamento. Senza mezzi termini, Ragonese si pose una domanda: che ci faceva il commissario Montalbano con un tenutario e spacciatore di droga di cui si vociferava fosse amico? Era consona questa frequentazione al rigore morale al quale ogni pubblico funzionario doveva attenersi? I tempi sono cambiati, concluse severamente il notista, un'aria di rinnovamento scuote il paese grazie al nuovo governo e bisogna stare al passo. I vecchi atteggiamenti, le antiche collusioni devono finire per sempre.

A Montalbano, per la raggia, venne un'altra fitta al fianco, si lamentò. Livia s'alzò di scatto, spense il televisore.

«E tu te la pigli per le parole di quello stronzo?»

Dopo una mezzorata d'insistenze e preghiere, Livia cedette e riaccese il televisore. Il commento di Nicolò Zito era affettuoso, indignato, razionale. Affettuoso per l'amico commissario al quale inviava l'augurio più sincero, indignato perché malgrado tutte le promesse degli uomini di governo la mafia aveva campo libero nell'isola, razionale perché metteva in rapporto l'arresto di Tano u grecu con la scoperta delle armi. Di questi due poderosi colpi alla criminalità organizzata era stato autore Montalbano, venuto, così, a raffigurarsi come un pericoloso avversario da togliere di mezzo ad ogni costo. Irrideva all'ipotesi che l'agguato fosse la vendetta dei morti profanati: con quali denari avevano pagato i sicari, si domandava, forse con gli spiccioli fuori corso che c'erano nella ciotola?

La parola quindi tornava al giornalista di Televigàta che presentava un'intervista ad Alcide Maraventano, definito per l'occasione come «specialista dell'occulto». Il prete spretato indossava una tonaca rammendata con pezze di vari colori e ciucciava dal biberon. Alle insistenti domande che volevano portarlo a fargli ammettere un possibile legame tra l'agguato al commissario e la cosiddetta profanazione, Maraventano, con una maestria d'attore consumato, ammise e non ammise, lasciando tutti in una nebulosa incertezza. Poi, la cassetta curata da Zito si concluse con la sigla della nota politica di Ragonese. Senonché apparve uno sconosciuto giornalista per dire che quella sera il suo collega era impossibilitato a comparire, vittima di una brutale aggressione. Dei malviventi rimasti sconosciuti l'avevano malmenato e derubato la notte precedente, mentre rincasava dopo aver svolto il suo lavoro a Televigàta. Il giornalista si lanciava in una violenta accusa alle forze dell'ordine che non erano più in grado di garantire la sicurezza dei cittadini.

«Perché Zito ti ha voluto far vedere questo pezzo che non riguarda te?» spiò candidamente Livia, ch'era del Nord e certi sottintesi non li capiva.

Augello l'interrogava e Tortorella verbalizzava. Raccontò che di Gegè era stato compagno di scuola e amico e che l'amicizia era durata nel tempo malgrado si fossero venuti a trovare ai lati opposti della barricata. Fece mettere a verbale che quella sera Gegè aveva domandato di vederlo, ma erano riusciti a scambiarsi poche parole, appena qualcosa di più dei saluti.

«Aveva cominciato ad accennare al traffico d'armi, mi ha detto che aveva saputo in giro qualche cosa che poteva interessarmi. Ma non ebbe il tempo di dirmela.»

Augello fece finta di crederci e Montalbano poté contare dettagliatamente le varie fasi dello scontro a fuoco.

«E ora dimmi tu» disse a Mimì.

«Prima firma il verbale» fece Augello.

Montalbano firmò, Tortorella lo salutò e se ne tornò in ufficio. C'era poco da raccontare, disse Augello, l'auto d'Ingrassia era stata sorpassata dalla motocicletta, quello che stava dietro s'era voltato, aveva aperto il fuoco e buonanotte. La macchina d'Ingrassia era andata a finire in un fosso.

«Hanno voluto tagliare il ramo secco» commentò Montalbano. E poi spiò con una certa malinconia perché si sentiva fora del gioco:

«Cosa pensate di fare?»

«Quelli di Catania, che ho avvertito, ci hanno promesso che non molleranno Brancato.»

«Speriamo bene» disse Montalbano.

Augello non lo sapeva, ma forse, avvertendo i colleghi di Catania, aveva firmato la condanna a morte di Brancato.

«Chi è stato?» spiò secco Montalbano dopo una pausa.

«Chi è stato cosa?»

«Talìa ccà.»

Azionò il telecomando, gli fece vedere il brano che dava la notizia dell'aggressione a Ragonese. Mimì recitò benissimo la parte di chi si sente pigliato dai turchi.

«A me lo vieni a spiare? E poi non è cosa che ci riguarda, Ragonese abita a Montelusa.»

«Quanto sei 'nnuccenti, Mimì! Tiè, mozzica il ditino!»

E gli porse il dito mignolo, come si fa coi bambini.

DICIOTTO

Passata una simanata, al posto delle visite, degli abbracci, delle telefonate, delle congratulazioni, subentrarono la solitudine e la noia. Aveva convinto Livia a tornarsene dalla sua cugina milanese, non c'era motivo che sprecasse le sue ferie, del progettato viaggio al Cairo non era per il momento il caso di parlarne. Rimasero d'accordo che Livia sarebbe tornata giù appena il commissario nisciva dallo spitale, solo allora avrebbe stabilito come e dove trascorrere le due settimane di ferie che ancora le restavano.

Magari la rumorata attorno a Montalbano e ai fatti che gli erano successi, picca a picca divenne come un'eco, poi scomparse del tutto. Quotidianamente però Augello o Fazio venivano a tenergli compagnia, si trattenevano poco, il tempo di contargli le novità, lo stato di alcune indagini.

Ogni matina, raprendo gli occhi, Montalbano si faceva proposito di ragionare, di speculare sul fatto dei morti del crasticeddru, si domandava quando gli sarebbe capitata di nuovo la possibilità di starsene in santo silenzio, senza disturbo d'alcun genere, così da poter svolgere un ragionamento filato dal quale ricevere una luce, una sollecitazione. Bisogna che approfitti di questa situazione, si diceva, e partiva a ripassarsi la vicenna con la stessa foga di un cavallo al galoppo, dopo tanticchia si trovava a camminare al piccolo trotto, poi al passo e quindi una specie di torpore adascio adascio s'impadroniva di lui, corpo e cirivéddru.

"Dev'essere la convalescenza" si diceva.

S'assittava sulla poltrona, pigliava un giornale o una rivista, a metà di un articolo un pochino più lungo degli altri si stuffava, gli occhi principiavano a fargli pàmpini pàmpini, scivolava in un sonno sudaticcio.

Il prigattere Fassio mà dito chi ogghi vossia sini torna a la casa. Ci pighlio parti e cunsolazione. Il prigattere mà dito chi lo deve tiniri lèggio. Adellina.

Il biglietto della cammarera stava sul tavolo di cucina e Montalbano s'affrettò a controllare cosa la criata intendesse per tenerlo leggero: c'erano due freschissimi merluzzi da condire con olio e limone. Staccò la spina del telefono, voleva riabituarsi alla casa con calma. C'era molta posta, ma non aprì manco una lettera o taliò una cartolina. Mangiò, si coricò.

Prima d'addrummiscìrisi si pose una domanda: se i medici l'avevano rassicurato sul recupero di tutte le forze, perché si sentiva aggroppare la gola dalla malinconia?

Per i primi dieci minuti guidò con preoccupazione, più attento alle reazioni del suo fianco che non alla strata. Poi, visto che sopportava bene gli scossoni, accelerò, traversò Vigàta, pigliò la via per Montelusa, al bivio di Montaperto girò a mancina, percorse qualche chilometro, imboccò un viottolo sterrato, arrivò a un piccolo spiazzo sul quale sorgeva una casa rustica. Scese dalla macchina. Marianna, la sorella di Gegè che era stata sua maestra di scuola, stava assittata su una seggia di paglia allato alla porta e aggiustava un canistro. Appena vide il commissario, gli andò incontro.

«Salvù, io lo sapiva che saresti venuto a trovarmi.»

«Vossia è la prima visita che faccio dopo lo spitale» disse Montalbano abbracciandola.

Mariannina principiò a chiàngiri adasciu, senza lamenti, solo lacrime, e a Montalbano s'inumidirono gli occhi.

«Pigliati una seggia» disse Mariannina.

Montalbano s'assittò vicino alla donna e lei gli pigliò una mano, gliela carezzò.

«Soffrì?»

«No. L'ho capito mentre ancora stavano a sparare che a Gegè l'avevano astutato sul colpo. Poi me l'hanno confermato. Io credo che manco capì quello che stava succedendo.»

«È vero che ammazzasti quello che ammazzò a Gegè?»

«Sissi.»

«Dove si trova si trova, Gegè ne sarà cuntentu.»

Mariannina sospirò, strinse più forte la mano del commissario.

«Gegè ti voleva un beni di l'arma.»

Meu amigo de alma, un titolo passò per la mente di Montalbano.

«Magari io gli volevo beni assai» disse.

«T'arricordi quanto era tinto?»

Tinto, cattivo bambino, discolo. Perché Mariannina evidentemente non si riferiva agli anni più recenti, ai rapporti problematici di Gegè con la legge, ma al tempo lontano di quando suo fratello minore era piccolo ed era squieto, birbante. Montalbano sorrise.

«Vossia s'arricorda di quella volta che tirò un petardo dintra un calderone di rame che uno stava riparando e quello, per il botto, svenne?»

«E quella volta che svacantò il calamaro d'inchiostro copiativo dintra la borsetta della maestra Longo?»

Per circa due ore parlarono di Gegè e delle sue imprese, fermandosi sempre a episodi che risalivano al massimo all'adolescenza.

«Si fece tardi, me ne vado» disse Montalbano.

«T'avissi dittu di ristare a mangiare cu mia, ma haiu cosi che forsi pi tia sono pesanti.»

«Che preparò?»

«Attuppateddri al suco.»

Attuppateddri, cioè quelle piccole chiocciole marrone chiaro che quando cadevano in letargo secernevano un umore che solidificava diventando una sfoglia bianca che serviva a chiudere, attuppare appunto, l'entrata del guscio. Il primo impulso di Montalbano fu di rifiutare nauseato. Fino a quando sarebbe stato perseguitato da quell'ossessione? Poi, freddamente, decise d'accettare per una doppia sfida alla panza e alla psiche. Davanti al piatto, che mandava un odore finissimo di colore ocra, dovette farsi forza, ma dopo aver estratto il primo attuppateddru con una spilla ed averlo gustato, di colpo si sentì liberato: scomparsa l'ossessione, esorcizzata la malinconia, non c'era dubbio che magari la panza si sarebbe adeguata.

In ufficio venne soffocato dagli abbracci, Tortorella addirittura s'asciugò una lacrima.

«Io lo saccio che significa tornari doppo che si è stati sparati!»

«Dov'è Augello?»

«Nel suo ufficio di lei» disse Catarella.

Raprì la porta senza tuppiare e Mimì balzò dalla seggia darrè la scrivania come se fosse stato sorpreso ad arrubbare, diventò rosso.

«Non ti ho toccato niente. È che da qui telefonate...»

«Mimì, hai fatto benissimo» tagliò corto Montalbano reprimendo la voglia che aveva di pigliare a calci in culo chi aveva osato sedersi sulla sua seggia.

«Sarei venuto oggi stesso a casa tua» disse Augello.

«A fare che?»

«A organizzare la protezione.»

«Di chi?»

«Come, di chi? La tua. Quelli non è detto che non ci riprovino, visto che la prima volta gli è andata a buca.»

«Ti sbagli, non succederà più niente, a me. Perché vedi, Mimì, sei stato tu a farmi sparare.»

Parse che ad Augello gli avessero infilato una spina ad alto voltaggio nel sedere tanto diventò rosso, pigliò a tremare. Poi il suo sangue se ne andò non si sa dove, lasciandolo giarno come un morto.

«Ma che ti passa per la testa?» riuscì ad articolare malamente.

Montalbano valutò di essersi vendicato abbastanza per lo spossessamento della sua scrivania.

«Calmo, Mimì. Mi sono sbagliato di parole. Volevo dire: sei stato tu a mettere in moto il meccanismo per cui m'hanno sparato.»

«Spiegati» disse Augello, crollato sulla seggia, passandosi il fazzoletto torno torno la bocca, la fronte.

«Mio caro, tu, senza consultarmi, senza spiarmi s'ero d'accordo o no, hai messo degli agenti appresso a Ingrassia. Ma che credevi, che quello era così fesso da non accorgersene? Ci avrà impiegato sì e no mezza giornata a scoprirlo, che era pedinato. Ha però giustamente pensato che fossi stato io a dare l'ordine. Sapeva di avere fatto una serie di fesserie per le quali io l'avevo messo sotto tiro e allora, per rifarsi agli occhi di Brancato che intendeva liquidarlo – la telefonata tra loro due me l'hai riferita tu – ha assoldato due stronzi per eliminarmi. Senonché il suo progetto s'è risolto in un fiasco. A questo punto Brancato, o chi per lui, s'è rotto le palle d'Ingrassia e delle sue alzate d'ingegno pericolose, tra l'altro non è da dimenticare l'inutile ammazzatina del povero cavaliere Misuraca, ha provveduto e l'ha fatto scomparire dalla faccia della terra. Se tu non avessi messo sull'avviso Ingrassia, Gegè sarebbe ancora vivo e io non avrei questo dolore al fianco. Tutto qua.»

«Se le cose stanno così, hai ragione tu» disse Mimì annientato.

«Stanno così, ti ci puoi giocare il culo.»

L'aereo atterrò vicinissimo allo scalo, i passeggeri non ebbero bisogno di trasbordare. Montalbano vide Livia scendere dalla scaletta, avviarsi a testa bassa verso l'entrata. Si nascose in mezzo alla folla, taliò Livia che dopo una lunga attesa raccoglieva il suo bagaglio dal nastro trasportatore, lo metteva sopra un carrello, si avviava verso il posteggio dei tassì. La sera avanti, per telefono, erano rimasti d'accordo che lei avrebbe pigliato il treno da Palermo a Montelusa e lui si sarebbe limitato ad andare a prenderla alla stazione. Invece aveva già deciso di farle la sorpresa, presentandosi all'aeroporto di Punta Raisi.

«È sola? Posso darle un passaggio?»

Livia, che stava dirigendosi verso il tassì di testa, s'arrestò di botto, lanciò un grido.

«Salvo!»

S'abbracciarono, felici.

«Ma tu stai da Dio!»

«Pure tu» disse Montalbano. «È da più di mezz'ora che sto a taliarti, da quando stavi sbarcando.»

«Perché non ti sei fatto vedere prima?»

«Mi piace osservarti mentre esisti senza di me.»

Salirono in macchina e subito Montalbano, invece di mettere in moto, l'abbracciò, la baciò, le mise una mano sul seno, calò la testa, le carezzò con la guancia le ginocchia, il ventre.

«Andiamo via da qui» disse Livia col fiato grosso, «altrimenti ci beccano per atti osceni in luogo pubblico.»

Sulla strada verso Palermo, il commissario le fece una proposta che gli era solo allora venuta in testa.

«Ci fermiamo in città? Vorrei farti vedere la Vuccirìa.»

«L'ho già vista. Guttuso.»

«Ma quel quadro è una cacata, credimi. Pigliamo una cammara in albergo, tambasiamo in giro, andiamo alla Vuccirìa, dormiamo, domani mattina partiamo per Vigàta. Tanto non ho niente da fare, mi posso considerare un turista.»

Arrivati in albergo, tradirono il proposito di darsi solo una rilavata e nesciri. Non uscirono, fecero all'amore, s'addormentarono. Si svegliarono dopo qualche ora e lo rifecero. Vennero fora dall'albergo che quasi era sera, andarono alla Vuccirìa. Livia era stordita e travolta dalle voci, dagli inviti, dalle grida delle mercanzie, dalla parlata, dalle contraddizioni, dalle fulminee risse, dai colori così accesi da parere finti, pittati. Il sciàuro del pesce frisco si mescolava a quello dei mandarini, delle interiora d'agnello bollite e cosparse di caciocavallo, la cosiddetta mèusa, delle fritture, e l'insieme era una fusione irripetibile, quasi magica. Montalbano si fermò davanti a un negozietto d'abiti usati.

«Quando frequentavo l'università e venivo qui a mangiarmi il pane con la mèusa, che oggi mi farebbe semplicemente scoppiare il fegato, questo era un negozio unico al mondo. Ora vendono abiti usati, allora gli scaffali, tutti, erano vuoti; il proprietario, don Cesarino, se ne stava assittato darrè il bancone, anche quello accuratamente vacante di tutto e riceveva i clienti.»

«Se gli scaffali erano vuoti! Quali clienti?»

«Non erano esattamente vuoti, erano, come dire, colmi d'intenzioni, di richieste. Quell'uomo vendeva cose rubate su ordinazione. Tu andavi da don Cesarino e gli facevi: m'occorre un ralogio così e così; oppure: m'abbisogna un quadro, che so, una marina dell'Ottocento; oppure: mi necessita un anello di questo tipo. Lui pigliava la commissione, la scriveva su un pezzo di carta da pasta, di quella gialla e ruvida d'una volta, contrattava il prezzo e ti diceva quando dovevi ripassare. Alla data stabilita, senza sgarrare di un giorno, lui tirava da sotto il bancone la merce richiesta e te la consegnava. Non ammetteva reclami.»

«Scusa, ma che bisogno aveva di tenere un negozio? Voglio dire: un mestiere così poteva farlo dovunque, in un caffè, all'angolo della strada...»

«Sai come lo chiamavano i suoi amici della Vuccirìa?

Don Cesarino u putiàru, il bottegaio. Perché don Cesarino non si credeva né un basista, come si dice oggi, né un ricettatore, era un commerciante come tanti altri e il negozio, di cui pagava l'affitto e la luce, stava a testimoniarlo. Non era una facciata, una copertura.»

«Siete tutti pazzi.»

«Come un figlio! Si lasci abbracciare come un figlio!» fece la moglie del preside tenendolo per un poco stretto al petto.

«Lei non ha idea di come ci ha fatto stare in pensiero!» rincarò il marito.

Il preside gli aveva telefonato in mattinata invitandolo a cena, Montalbano aveva rifiutato, proponendo un incontro pomeridiano. Lo fecero accomodare in salotto.

«Veniamo subito al dunque, non le faremo perdere tempo» attaccò il preside Burgio.

«Ho tutto il tempo che volete, sono momentaneamente disoccupato.»

«Mia moglie le ha contato, quando lei è rimasto da noi a cena, che io la chiamo una femmina fantastica. Bene, appena lei ha lasciato la nostra casa, mia moglie si è messa a fantasticare. Le volevamo telefonare prima, ma è successo quello che è successo.»

«Vogliamo far giudicare al signor commissario se sono fantasie?» disse tanticchia piccata la signora, e proseguì polemica: «Parli tu o parlo io?».

«Le fantasie sono cosa tua.»

«Non so se lo rammenta ancora, ma quando lei spiò a mio marito dove poteva trovare Lillo Rizzitano, lui le rispose che non aveva più sue notizie dal luglio del 1943. Allora mi tornò a mente una cosa. Che pure a me sparì un'amica in quello stesso periodo, o meglio, si fece viva magari dopo, ma in un modo strano che...»

Montalbano avvertì un brivido nella schiena, i due del crasticeddru erano stati assassinati giovanissimi.

«Che età aveva questa sua amica?»

«Diciassette anni. Ma era assai più matura di me, che ero ancora una picciliddra. Andavamo a scuola assieme.»

Raprì una busta ch'era sul tavolinetto, tirò fora una fotografia, la fece vedere a Montalbano.

«Ce la siamo fatta l'ultimo giorno di scuola, al terzo liceo. Lei è la prima a sinistra dell'ultima fila, allato sono io.»

Tutte sorridenti, nella divisa fascista delle Giovani Italiane, un professore faceva il saluto romano.

«Data la spaventosa situazione che c'era nell'isola a causa dei bombardamenti, le scuole chiusero l'ultimo giorno d'aprile e noi ci sparagnammo il terribile esame di maturità, venimmo promossi o bocciati a scrutinio. Lisetta, questo era il nome della mia amica, di cognome faceva Moscato, si trasferì con la famiglia in un paesetto dell'interno. Mi scriveva un giorno sì e un giorno no, conservo tutte le sue lettere, almeno quelle che arrivarono. Sa, la posta in quei giorni... Magari la mia famiglia si trasferì, noi addirittura andammo in continente, da un fratello di mio padre. Quando la guerra finì io scrissi alla mia amica, sia all'indirizzo del paesetto sia all'indirizzo di Vigàta. Non ebbi mai risposta, la cosa mi preoccupò. Finalmente alla fine del '46 tornammo a Vigàta. Andai a trovare i genitori di Lisetta. Sua madre era morta, il padre prima cercò di non incontrarmi, poi mi trattò in malo modo, disse che Lisetta si era innamorata di un soldato americano e che l'aveva seguito contro la volontà dei famigliari. Aggiunse che per lui la figlia era come morta.»

«Sinceramente, mi pare una storia plausibile» disse Montalbano.

«Che ti dicevo?» intervenne il preside pigliandosi la rivincita.

«Guardi, dottore, che la cosa era stramma lo stesso, anche a non calcolare quello che venne dopo. In prìmisi, è stramma perché Lisetta, se si fosse innamorata di un soldato americano, me l'avrebbe fatto sapere in qualunque modo. E poi lei, nelle lettere che mi spedì da Serradifalco, così si chiamava il paesetto dove si erano rifugiati, continuò a battere e a ribattere sempre sullo stesso chiodo: il tormento che gli dava la lontananza dal suo travolgente amore misterioso. Un giovane di cui non volle mai dirmi il nome.»

«Sei sicura che questo misterioso amore esistesse veramente? Non poteva trattarsi di una fantasia di gioventù?»

«Lisetta non era tipo che si perdeva nelle fantasie.»

«Sa» disse Montalbano, «a diciassette anni, e purtroppo magari dopo, non si può giurare sulla costanza dei sentimenti.»

«Piglia e porta a casa» disse il preside.

Senza dire una parola, la signora cavò un'altra foto dalla busta. Rappresentava una giovane in abito da sposa che dava il braccio a un bel ragazzo in divisa di soldato statunitense.

«Questa l'ho ricevuta da New York, così diceva il timbro postale, nei primi mesi del '47.»

«E questo leva di mezzo ogni dubbio, mi pare» concluse il preside.

«Eh no, semmai lo fa venire il dubbio.»

«In che senso, signora?»

«Perché c'era solo questa fotografia dentro la busta, questa foto di Lisetta col soldato e basta, non c'era un biglietto, niente. E manco darrè la foto c'è scritto un rigo d'accompagnamento, può controllare. E allora mi vuole spiegare perché un'amica vera, intima, mi manda solamente una foto senza una parola?»

«Ha riconosciuto la calligrafia della sua amica sulla busta?»

«L'indirizzo era scritto a macchina.»

«Ah» fece Montalbano.

«E le voglio dire un'ultima cosa: Elisa Moscato era cugina prima di Lillo Rizzitano. E Lillo le voleva bene assai, come a una sorella minore.»

Montalbano taliò il preside.

«L'adorava» ammise questi.

DICIANNOVE

Più ci maceriava sopra, più ci firriava torno torno, più ci passava ranto ranto, sempre più si faceva convinto che s'era messo sulla strata giusta. Non aveva avuto manco bisogno della solita passiata meditativa fino alla cima del molo, appena nisciuto da casa Burgio con la fotografia nuziale in sacchetta s'era diretto sparato alla volta di Montelusa.

«C'è il dottore?»

«Sì, ma sta travagliando, ora l'avverto» disse il custode.

Pasquano e i suoi due assistenti stavano attorno al piano di marmo sul quale c'era un cadavere, nudo e con gli occhi sgriddrati. E aveva ragione, il morto, a tenere gli occhi spalancati come per stupore dato che i tre stavano brindando con bicchieri di carta. Il dottore aveva una bottiglia di spumante in mano.

«Venga, venga, stiamo festeggiando.»

Montalbano ringraziò un assistente che gli passava un bicchiere, Pasquano gli versò due dita di spumante.

«Alla salute di chi?» spiò il commissario.

«Alla mia. Con questo qua, sono arrivato al millesimo esame autoptico.»

Montalbano bevve, chiamò il dottore in disparte, gli mostrò la foto.

«La morta del crasticeddru poteva avere una faccia come questa picciotta della foto?»

«Perché non va a cacare?» domandò dolcemente Pasquano.

«Mi scusi» fece il commissario.

Girò sui tacchi e uscì. Era uno stronzo, lui, non il dottore. S'era lasciato pigliare dall'entusiasmo ed era andato a fare a Pasquano la domanda più cretina che si potesse concepire.

Non ebbe miglior fortuna alla Scientifica.

«C'è Jacomuzzi?»

«No, è dal signor questore.»

«Chi si occupa del laboratorio fotografico?»

«De Francesco, al piano sotterraneo.»

De Francesco taliò la foto come se ancora non l'avessero informato della possibilità di riprodurre immagini su pellicole sensibili alla luce.

«Che vuole da me?»

«Sapere se si tratta di un fotomontaggio.»

«Ah, non è partita mia. Io ne capisco solo a fotografare e a sviluppare. Le cose più difficili le mandiamo a Palermo.»

Poi la rota firriò nel senso giusto e principiò la serie positiva. Telefonò al fotografo della rivista che aveva pubblicato la recensione al libro di Maraventano e di cui si ricordava il cognome.

«Mi perdoni se la disturbo, è lei il signor Contino?»

«Sì, sono io, chi parla?»

«Sono il commissario Montalbano, avrei bisogno di vederla.»

«Mi fa piacere conoscerla. Venga anche ora, se vuole.»

Il fotografo abitava nella parte vecchia di Montelusa, in una delle poche case superstiti di una frana che aveva fatto scomparire un intero quartiere dal nome arabo.

«Veramente io di professione non faccio il fotografo, insegno storia al liceo, ma mi diletto. Sono a sua disposizione.»

«Lei è in grado di dirmi se questa fotografia è un fotomontaggio?»

«Posso provarci» disse Contino taliando la foto. «Quando è stata scattata, lo sa?»

«M'hanno detto verso il '46.»

«Ripassi dopodomani.»

Montalbano calò la testa e non disse niente.

«È cosa urgente? Allora facciamo così, io, tra due ore, mettiamo, posso darle una prima risposta che però ha bisogno di conferma.»

«D'accordo.»

Le due ore le passò in una galleria d'arte dove c'era una mostra d'un pittore siciliano settantenne, ancora legato a una certa retorica populista ma felice nel colore, intenso, vivissimo. Comunque prestò alle tele un occhio distratto, impaziente com'era per la risposta di Contino, ogni cinque minuti taliava il ralogio.

«Allora mi dica.»

«Ho finito ora ora. A mio giudizio, si tratta proprio di un fotomontaggio. Assai ben fatto.»

«Da che lo capisce?»

«Dalle ombre sullo sfondo. La testa della ragazza è stata montata in sostituzione della testa della vera sposa.»

E questo Montalbano non glielo aveva detto. Contino non era stato messo sull'avviso, non era stato indotto a quella conclusione dallo stesso commissario.

«Le dirò di più: l'immagine della ragazza è stata ritoccata.»

«In che senso?»

«Nel senso che la si è, come dire, un pochino invecchiata.»

«Posso riprendermela?»

«Certo, a me non serve più. La cosa la credevo più difficile, non c'è bisogno di conferma, come le avevo detto.»

«Lei mi è stato straordinariamente utile.»

«Senta, commissario, il mio è un parere del tutto privato, mi spiego? Non ha nessun valore legale.»

Il questore non solo l'accolse subito, ma allargò le braccia con gioia.

«Che bella sorpresa! Ha tempo? Venga con me, andiamo a casa mia, aspetto una telefonata da mio figlio, mia moglie sarà veramente felice di vederla.»

Il figlio del questore, Massimo, era un medico che apparteneva ad una associazione di volontari. Si definivano senza frontiere e andavano nei paesi dilaniati dalla guerra, prestavano la loro opera come meglio potevano.

«Mio figlio è pediatra, lo sa? Attualmente si trova in Ruanda. Sono veramente in pensiero per lui.»

«Ci sono ancora scontri?»

«Non mi riferivo agli scontri. Ogni volta che riesce a telefonarci, lo sento sempre più sopraffatto dall'orrore, dallo strazio.»

Poi il questore tacque. E fu certo per distrarlo dai pinseri in cui si era serrato che Montalbano gli comunicò la notizia.

«Sono al novantanove per cento certo di sapere nome e cognome della ragazza trovata morta al crasticeddru.»

Il questore non parlò, lo taliò a bocca aperta.

«Si chiamava Elisa Moscato, aveva diciassette anni.»

«Come diavolo ha fatto?»

Montalbano gli contò tutto.

La moglie del questore gli tenne la mano come a un picciliddro, se lo fece assittare sul divano. Parlarono tanticchia, poi il commissario si susì, disse che aveva un impegno, che doveva andare via. Non era vero, solo che non voleva esserci quando arrivava la telefonata, il questore e la signora dovevano godersela da soli e in pace la voce lontana del loro figlio, magari se le parole erano carriche d'angoscia, di dolore. Niscì dalla casa che squillava il telefono.

«Sono stato di parola, come vede. Le ho riportato la fotografia.»

«Trasissi, trasissi.»

La signora Burgio si fece di lato per lasciarlo passare.

«Cu è?» spiò a voce alta dalla cammara di mangiare il marito.

«Il commissario è.»

«Ma fallo accomodare!» ruggì il preside come se sua moglie si fosse rifiutata di farlo trasiri.

Stavano cenando.

«Metto un piatto?» spiò invitante la signora. E senza aspettare la risposta, lo mise. Montalbano s'assittò, la signora gli servì brodo di pesce, ristretto a come voleva Dio e rianimato dal prezzemolo.

«È riuscito a capirci qualcosa?» spiò la donna senza rilevare l'occhiataccia del marito che stimava inopportuno quell'assalto.

«Purtroppo sì, signora. Credo che si tratti di un fotomontaggio.»

«Dio mio! Allora chi me l'ha mandata ha voluto farmi credere una cosa per un'altra!»

«Sì, penso che lo scopo sia stato questo. Tentare di mettere un punto fermo alle sue domande su Lisetta.»

«Lo vedi che avevo ragione?» gridò quasi la signora al marito e si mise a chiàngiri.

«Ma perché fai così?» domandò il preside.

«Perché Lisetta è morta e invece m'hanno voluto fare credere che fosse viva, felice e maritata!»

«Sai, può essere stata la stessa Lisetta a...»

«Ma non dire cretinate!» disse la signora buttando il tovagliolo sul tavolo.

Si fece un silenzio imbarazzato. Poi la signora ripigliò.

«È morta, vero, commissario?»

«Temo di sì.»

La signora si susì, niscì dalla cammara di mangiare coprendosi la faccia con le mani, appena fora la sentirono abbandonarsi ad una specie di mugolìo lamentioso.

«Mi dispiace» disse il commissario.

«Se l'è cercata» fece impietoso il preside seguendo una sua logica di dispute coniugali.

«Mi permetta una domanda. Lei è sicuro che tra Lillo e Lisetta c'era solo quel tipo d'affetto di cui lei e la sua signora m'hanno parlato?»

«Si spieghi meglio.»

Montalbano decise di parlare papale papale.

«Lei esclude che Lillo e Lisetta fossero amanti?»

Il preside si mise a ridere, spazzò via l'ipotesi con un gesto della mano.

«Guardi, Lillo era innamorato cotto di una ragazza di Montelusa, la quale non ha più avuto notizie di lui dopo il luglio del '43. E non può essere il morto del crasticeddru per la semplice ragione che il contadino che lo vide ferito, caricato su un camion e trasportato non so dove dai soldati, era una persona quatrata, seria.»

«Allora» disse Montalbano, «il tutto sta a significare una cosa sola, che non è vero che Lisetta se ne sia scappata con un soldato americano. Di conseguenza, il padre di Lisetta ha raccontato una farfantarìa, una menzogna, a sua moglie. Chi era il padre di Lisetta?»

«Mi pare di ricordare che si chiamasse Stefano.»

«È ancora vivo?»

«No, è morto vecchio almeno cinque anni fa.»

«Che faceva?»

«Commerciava in legname, mi pare. Ma in casa nostra non si parlava di Stefano Moscato.»

«Perché?»

«Perché magari lui non era una persona per la quale. Era in combutta con i suoi parenti Rizzitano, mi spiego? Aveva avuto guai con la giustizia, non so di che tipo. In quei tempi, nelle famiglie delle persone civili, perbene, non si discorreva di questa gente. Era come parlare della cacca, mi scusi.»

Tornò la signora Burgio, gli occhi arrossati, una vecchia lettera in mano.

«Questa è l'ultima che ho ricevuto da Lisetta mentre stavo ad Acquapendente, dove mi ero trasferita con i miei.»

Serradifalco, 10 giugno 1943

Angelina mia cara, come stai? Come stanno quelli della tua famiglia? Tu non puoi capire quanto io t'invidii perché la tua vita in un paese del Nord non può essere nemmeno lontanamente paragonabile al carcere in cui passo le mie giornate. Non credere eccessiva la parola carcere. Oltre alla sorveglianza asfissiante di papà, c'è la vita monotona e stupida di un paese fatto di quattro case. Pensa che domenica scorsa, all'uscita di chiesa, un ragazzo di qui che manco conosco m'ha rivolto un saluto. Papà se n'è accorto, l'ha chiamato in disparte e l'ha pigliato a schiaffi. Cose da pazzi! Unico mio svago è la lettura. Ho per amico Andreuccio, un bambino di dieci anni, figlio dei miei cugini. È intelligente. Hai mai pensato che i bambini possano essere più spiritosi di noi?

Da qualche giorno, Angelina mia, vivo nella disperazione. Ho ricevuto, in un modo tanto avventuroso che sarebbe lungo spiegarti, un bigliettino di quattro righe di Lui, di Lui, di Lui, mi dice che è disperato, che non regge più a non vedermi, che hanno ricevuto, dopo tanto tempo che stavano fermi a Vigàta, l'ordine di partire a giorni. Io mi sento morire a non vederlo. Prima che parta, che vada via, devo, devo, devo passare qualche ora con lui, a costo di una pazzia. Ti farò sapere e intanto ti abbraccio forte forte. Tua

LISETTA

«Lei dunque non ha mai saputo chi fosse questo lui» disse il commissario.

«No. Non ha mai voluto dirmelo.»

«Dopo questa lettera non ne ha ricevuto altre?»

«Vuole scherzare? È già un miracolo che l'abbia avuta, in quei giorni lo Stretto di Messina non era attraversabile, lo bombardavano continuamente. Poi il nove luglio sono sbarcati gli americani e le comunicazioni si sono interrotte definitivamente.»

«Mi scusi, signora, ma se lo ricorda l'indirizzo della sua amica a Serradifalco?»

«Certo. Presso famiglia Sorrentino, via Crispi 18.»

Fece per mettere la chiave nella toppa, ma si fermò allarmato. Da dentro la sua casa venivano voci e rumori. Pensò di tornare in macchina e armarsi di pistola, ma non ne fece nulla. Raprì la porta cautamente, senza fare la minima rumorata.

E tutt'inzèmmula si ricordò che s'era completamente scordato di Livia che chissà da quanto l'aspettava.

Ci mise mezza nottata a fare la pace.

Alle sette del mattino si susì a pedi lèggio, fece un numero di telefono, parlò a bassa voce.

«Fazio? Mi devi fare un favore, ti devi dare malato.»

«Non c'è problema.»

«Voglio, entro stasera, vita, morte e miracoli di un tale Stefano Moscato, morto qua a Vigàta un cinque anni fa. Domanda in paese, talìa nello schedario e dove ti pare a te. Mi raccomando.»

«Stia tranquillo.»

Posò il telefono, pigliò carta e penna, scrisse.

Amore, devo scappare per un impegno urgente e non voglio svegliarti. Tornerò a casa sicuramente nel primo pomeriggio. Perché non ti pigli un tassì e te ne vai a rivedere i templi? Sono sempre splendidi. Un bacio.

Se ne niscì come un ladro, se Livia rapriva l'occhio, sarebbe stato un casino serio.

Per arrivare a Serradifalco ci mise un'ora e mezza, la giornata era chiara, gli venne magari di fischiettare, si sentiva contento. Gli tornò a mente Caifas, il cane di suo padre che girava casa casa stuffato e malinconico, ma che si faceva vispo appena vedeva il padrone dedicarsi alla preparazione delle cartucce e poi si tramutava in un ammasso d'energia quando veniva portato sul campo di caccia. Trovò subito via Crispi, al numero 18 corrispondeva un palazzetto ottocentesco a due piani. C'era un campanello con la scritta SORRENTINO. Una ragazza simpatica, d'una ventina d'anni, gli spiò cosa desiderava.

«Vorrei parlare con il signor Andrea Sorrentino.»

«È mio padre, non è in casa, lo può trovare in Comune.»

«Lavora lì?»

«Sì e no. È il sindaco.»

«Certo che mi ricordo di Lisetta» disse Andrea Sorrentino. Portava benissimo i suoi sessanta e passa anni, solo qualche capello bianco, l'aria prestante.

«Ma perché mi domanda di lei?»

«È un'indagine molto riservata. Sono spiacente di non poterle dire nulla. Mi creda però, per me è molto importante avere qualche notizia.»

«E va bene, commissario. Guardi, di Lisetta ho ricordi bellissimi, facevamo lunghe passeggiate in campagna e io allato a lei mi sentivo orgoglioso, un uomo grande. Mi trattava come se io avessi avuto la sua stessa età. Dopo che la sua famiglia lasciò Serradifalco e se ne tornò a Vigàta, non ebbi più sue notizie dirette.»

«Come mai?»

Il sindaco ebbe un momento d'esitazione.

«Beh, glielo dico perché sono storie ormai passate. Credo che mio padre e il padre di Lisetta si siano sciarriati a morte, abbiano litigato. Verso la fine dell'agosto del '43 mio padre tornò una sera a casa stravolto. Era stato a Vigàta, a trovare u zu Stefanu, come lo chiamavo io, per non so quale questione. Era pallido, aveva la febbre, mi rammento che mamma si spaventò molto e anche io, di conseguenza, mi spaventai. Non so cosa sia accaduto fra i due, però il giorno dopo, a tavola, mio padre disse che nella nostra casa il nome dei Moscato non doveva più essere detto. Ubbidii, magari se avevo un grande desiderio di spiargli di Lisetta. Sa, questi tremendi litigi tra parenti...»

«Lei si ricorda del soldato americano che Lisetta conobbe qua?»

«Qua? Un soldato americano?»

«Sì. Almeno così credo d'avere capito. Conobbe a Serradifalco un soldato americano, s'innamorarono, lei lo seguì e qualche tempo dopo si maritarono in America.»

«Di questa storia del matrimonio ne ho sentito vagamente parlare, perché una mia zia, sorella di mio padre, ricevette una foto che ritraeva Lisetta in abito da sposa con un soldato americano.»

«Allora perché si è meravigliato?»

«Mi sono meravigliato del fatto che lei dica che Lisetta l'americano lo conobbe qua. Vede, quando gli americani occuparono Serradifalco, Lisetta era scomparsa da casa nostra da almeno dieci giorni.»

«Ma che dice?»

«Sissignore. Un pomeriggio, saranno state le tre o le quattro, vidi Lisetta che si preparava a uscire di casa. Le spiai quale sarebbe stata quel giorno la meta della nostra passeggiata. Mi rispose che non mi dovevo offendere, ma quel giorno preferiva andare a spasso da sola. Mi offesi profondamente. La sera, all'ora di cena, Lisetta non tornò. Zio Stefano, mio padre, alcuni contadini uscirono a cercarla, ma non la trovarono. Passammo ore terribili, c'erano in giro soldati italiani e tedeschi, i grandi pensarono a una violenza... Il pomeriggio del giorno seguente, u zu Stefanu ci salutò e disse che non sarebbe tornato se prima non trovava sua figlia. A casa nostra rimase la mamma di Lisetta, povera donna, schiantata. Poi successe lo sbarco e noi restammo divisi dal fronte. Il giorno stesso che il fronte passò, tornò Stefano Moscato a ripigliarsi la moglie, ci disse che aveva ritrovato Lisetta a Vigàta, che la fuga era stata una bambinata. Ora, se lei mi ha seguito, avrà capito che Lisetta non può avere conosciuto il suo futuro marito qua a Serradifalco, ma a Vigàta, al suo paese.»

VENTI

I templi lo so che sono splendidi da quando ti conosco sono stata costretta a vederli una cinquantina di volte perciò te li puoi ficcare colonna per colonna nel posto che sai me ne vado per i fatti miei non so quando ritorno.

Il biglietto di Livia trasudava raggia. Montalbano incassò, però siccome di ritorno da Serradifalco gli era smorcata una fame lupigna, raprì il frigorifero: niente. Raprì il forno: niente. Il sadismo di Livia, che non voleva la cammarera mentre si trovava a Vigàta, s'era spinto fino alla pulizia più rigorosa, in giro non si vedeva manco una mollichella di pane. Tornò in macchina, arrivò all'osteria San Calogero che stavano abbassando le saracinesche.

«Per lei siamo sempre aperti, commissario.»

Per fame e per vendetta verso Livia, si fece una mangiata da chiamare il medico.

«C'è una frase che mi fa pensare» disse Montalbano.

«Quando dice che vuole fare una pazzia?»

Stavano seduti in salotto a pigliare il caffè, il commissario, il preside e la signora Angelina.

Montalbano teneva in mano la lettera della picciotta Moscato che aveva appena finito di rileggere a voce alta.

«No, signora, la pazzia sappiamo che poi l'ha fatta, me l'ha detto il signor Sorrentino che non aveva ragione di contarmi una cosa per un'altra. Pochi giorni avanti lo sbarco, dunque, Lisetta ha questa bella alzata d'ingegno di scapparsene da Serradifalco per venire qua, a Vigàta, per incontrarsi con la persona che ama.»

«Ma come avrà fatto?» spiò angosciata la signora.

«Avrà domandato un passaggio a qualche automezzo militare, in quei giorni doveva esserci un via vai continuo d'italiani e tedeschi. Bella ragazza com'era, non avrà dovuto faticare» intervenne il preside che si era deciso a collaborare, arrendendosi di malavoglia al fatto che una volta tanto le fantasie della moglie avessero peso reale.

«E le bombe? E i mitragliamenti? Dio, che coraggio» fece la signora.

«Allora qual è la frase?» spiò impaziente il preside.

«Quando Lisetta scrive alla signora che lui le ha fatto sapere che, dopo tanto tempo che stavano a Vigàta, hanno ricevuto l'ordine di partire.»

«Non capisco.»

«Vede, signora, quella frase sta a dirci che lui si trovava a Vigàta da molto tempo e questo significa, implicitamente, che non era uno del paese. Secondo: fa sapere a Lisetta che stava per essere costretto, obbligato, a lasciare il paese. Terzo: adopera il plurale, e quindi chi deve abbandonare Vigàta non è lui soltanto, ma un gruppo di persone. Tutto questo mi porta a pensare a un militare. Mi sbaglierò, ma mi pare l'indicazione più logica.»

«Logica» fece il preside.

«Mi dica, signora, quando fu che Lisetta le disse, per la prima volta, d'essersi innamorata, lo ricorda?»

«Sì, perché in questi giorni non ho fatto altro che sforzarmi a farmi tornare a mente ogni minuto particolare dei miei incontri con Lisetta. Fu sicuramente verso maggio o giugno del '42. Mi sono rinfrescata la memoria con un vecchio diario che ho ritrovato.»

«Ha buttato all'aria la casa» brontolò il marito.

«Bisognerebbe sapere quali presidii militari fissi c'erano qui tra l'inizio del '42, e forse anche prima, e il luglio del '43.»

«E le pare facile?» fece il preside. «Io, per esempio, me ne ricordo una caterva, c'erano le batterie contraeree, quelle navali, c'era un treno armato di cannone che stava ammucciato dintra una galleria, c'erano i militari del quartiere, poi quelli dei bunker... I marinai no, quelli andavano e venivano. È una ricerca praticamente impossibile.»

Si sconsolarono. Poi il preside si susì.

«Vado a telefonare a Burruano. Lui è rimasto sempre a Vigàta, prima, durante e dopo la guerra. Io, invece, a un certo momento sfollai.»

La signora ripigliò a parlare.

«Sarà magari stata un'infatuazione, a quell'età non si sa distinguere, ma certamente si è trattato di una cosa seria, tanto seria a costo di farla scappare da casa, a costo di andare contro suo padre che era un carceriere, almeno così lei mi contava.»

A Montalbano salì alle labbra una domanda, non voleva farla, ma l'istinto del cacciatore ebbe la meglio.

«Mi scusi se l'interrompo. Potrebbe specifica... insomma, saprebbe dirmi in che senso Lisetta adoperava questa parola, carceriere? Era gelosia sicula verso la figlia femmina? Ossessiva?»

La signora lo taliò per un attimo, abbassò gli occhi.

«Guardi, come le dissi, Lisetta era assai più matura di me, io ero ancora una bambina. Mi era proibito da mio padre di andare in casa dei Moscato, perciò ci vedevamo a scuola o in chiesa. Lì riuscivamo a stare qualche ora in pace. Parlavamo. E io sto adesso a pistiare e ripistiare quello che mi diceva o m'accennava. Credo di non avere capito, allora, parecchie cose...»

«Quali?»

«Per esempio, Lisetta, fino a un certo momento, chiamò suo padre "mio padre", da un certo giorno in poi lo chiamò sempre "quell'uomo". Questo può magari non significare niente. Un'altra volta mi disse: "quell'uomo finirà col farmi male, tanto male". Io allora pensai a un fatto di botte, di legnate, capisce? Ora mi sorge un dubbio terribile sul vero significato di quella frase.»

Si fermò, bevve un sorso di tè, ripigliò.

«Coraggiosa, e assai, lo era. Nel ricovero, quando cadevano le bombe, e tremavamo e piangevamo di scanto, di paura, era lei che ci faceva coraggio, ci consolava. Ma per fare quello che ha fatto, di coraggio ne avrà avuto bisogno il doppio, sfidare il padre e andarsene sotto i mitragliamenti, arrivare qua e fare all'amore con uno che non era manco il suo zito ufficiale. A quel tempo eravamo diverse dalle diciassettenni d'oggi.»

Il monologo della signora venne interrotto dal ritorno del preside, agitatissimo.

«Burruano non l'ho trovato, non era in casa. Venga, commissario, andiamo.»

«A cercare il ragioniere?»

«No, no, m'è venuta un'idea. Se siamo fortunati, se ci ho inzertato, regalerò a san Calogero cinquantamila lire alla prossima festa.»

San Calogero era un santo nero, adorato dalla gente del paese.

«Se lei ci ha inzertato, altre cinquanta ce le metto io» fece, pigliato dall'entusiasmo, Montalbano.

«Ma si può sapere dove andate?»

«Poi te lo dico» fece il preside.

«E mi lasciate in tridici?» insisté la signora.

Il preside era già fuori della porta, frenetico. Montalbano s'inchinò.

«La terrò io al corrente di tutto.»

«Ma come cavolo ho fatto a scordarmi della *Pacinotti*?» murmuriò il preside appena furono in strata.

«Chi è questa signora?» domandò Montalbano. Se l'era raffigurata cinquantenne, tracagnotta. Il preside non arrispunnì. Montalbano fece un'altra domanda.

«Pigliamo la macchina? Dobbiamo andare lontano?»

«Ca quale lontano? Quattro passi.»

«Mi vuole spiegare chi è questa signora Pacinotti?»

«Ma pirchì la chiama signora? Era una nave-appoggio,

serviva a riparare i guasti che si potevano produrre sulle
navi da guerra. Si ancorò al porto verso la fine del '40 e
non si mosse più. Il suo equipaggio era composto da marinai che erano magari motoristi, carpentieri, elettricisti,
idraulici... Erano tutti picciotti. Molti di loro, data la lunga permanenza, divennero di casa, finirono per essere come gente del paese. Si fecero le amicizie, si fecero magari
le zite. Due si sono sposati con ragazze di qua. Uno è
morto, si chiamava Tripcovich, l'altro è Marin, il proprietario dell'autofficina di piazza Garibaldi. Lo conosce?»

«È il mio meccanico» disse il commissario e amaramente pensò che ripigliava il suo viaggio nella memoria
dei vecchi.

Un cinquantino in tuta lordissima, grasso e scorbutico, non salutò il commissario e aggredì il preside.

«Che viene a perdere tempo qua? Non è ancora pronta, glielo ho detto che c'era un lavoro lungo da fare.»

«Non sono venuto per l'auto. C'è suo padre?»

«Certo che c'è! Dove vuole che vada? Sta qua a rompermi, a dire che non so lavorare, che i genii meccanici
della famiglia sono lui e suo nipote.»

Un ventino magari lui in tuta, che stava a taliare dentro un cofano, si sollevò e salutò con un sorriso i due.
Montalbano e il preside traversarono l'officina, che in
origine doveva essere stata un magazzino, e arrivarono a
una specie di tramezzo fatto di tavole.

Dentro, darrè una scrivania, c'era Antonio Marin.

«Ho sentito tutto» disse. «E se l'artrite non m'avesse
fottuto, saprei insegnargli l'arte, a quello lì.»

«Siamo venuti per un'informazione.»

«Mi dica, commissario.»

«È meglio che parli il preside Burgio.»

«Si ricorda quante persone dell'equipaggio della *Pacinotti* sono rimaste uccise o ferite oppure sono state di-
chiarate disperse per cause di guerra?»

«Noi siamo stati fortunati» disse il vecchio animandosi, evidentemente parlare di quel tempo eroico gli faceva piacere, in famiglia probabilmente gli dicevano di smetterla appena attaccava discorso sull'argomento. «Abbiamo avuto un morto per una scheggia di bomba, si chiamava Arturo Rebellato; un ferito, sempre per una scheggia, di nome faceva Silvio Destefano, e un disperso, Mario Cunich. Sa, eravamo molto uniti tra di noi, eravamo in gran maggioranza veneti, triestini...»

«Disperso in mare?» spiò il commissario.

«Mare? Quale mare? Noi siamo rimasti sempre attraccati. Praticamente eravamo un prolungamento della banchina.»

«Perché allora è stato ritenuto disperso?»

«Perché la sera del sette luglio del '43 non tornò a bordo. Nel pomeriggio c'era stato un violento bombardamento, lui era in libera uscita. Era di Monfalcone, Cunich, e aveva un amico del suo stesso paese, che era pure amico mio, Stefano Premuda. Bene, la mattina dopo Premuda costrinse tutto l'equipaggio a cercare Cunich. Per una giornata intera domandammo di lui casa per casa, niente. Andammo all'ospedale militare, a quello civile, andammo nel posto dove raccoglievano i morti trovati sotto le macerie... Niente. Anche gli ufficiali si unirono a noi, perché qualche tempo prima avevamo avuto un preavviso, una specie d'allerta, ci dicevano che nei giorni prossimi saremmo dovuti salpare... Non salpammo mai, arrivarono prima gli americani.»

«Non può avere semplicemente disertato?»

«Cunich? Ma no! Ci credeva, lui, alla guerra. Era fascista. Un bravo ragazzo, ma fascista. E poi era cotto.»

«Che significa?»

«Che era cotto, innamorato. Di una ragazza di qua. Come me, del resto. Diceva che appena finiva la guerra se la sposava.»

«Non ne avete avuto più notizie?»

«Sa, quando sbarcarono gli americani, pensarono che una nave-appoggio come la nostra, che era un gioiello, gli tornava comoda. Ci tennero in servizio, in divisa italiana, ci diedero una fascia che portavamo al braccio a scanso d'equivoci. Cunich, per ripresentarsi, aveva tutto il tempo che voleva, ma non lo fece. Si è volatilizzato. Io sono rimasto in corrispondenza con Premuda, ogni tanto gli domandavo se Cunich s'era fatto vivo, se aveva avuto sue notizie... Niente di niente.»

«Lei ha detto che sapeva che Cunich aveva qua la ragazza. Lei l'ha conosciuta?»

«Mai.»

C'era ancora una cosa da domandare, ma Montalbano si fermò, con una taliata cedette al preside il privilegio.

«Le disse almeno il nome?» spiò il preside accettando la proposta che Montalbano generosamente gli aveva fatto.

«Sa, Cunich era una persona molto riservata. Solo una volta mi disse che si chiamava Lisetta.»

Che fu? Passò l'angelo e fermò il tempo? Montalbano e il preside s'immobilizzarono, poi il commissario portò una mano al fianco, gli era venuta una fitta violenta, il preside si mise una mano sul cuore e s'appoggiò a una vettura per non cadere. Marin si terrorizzò.

«Che ho detto? Dio mio, che ho detto?»

Appena fora dall'officina, il preside si mise a fare voci d'allegria.

«Ci abbiamo inzertato!»

E accennò dei passi di danza. Due persone che lo conoscevano, e lo sapevano severo e pensoso, si fermarono ammammaloccute. Pigliatosi lo sfogo, il preside tornò serio.

«Guardi che abbiamo la promessa a san Calogero di cinquantamila lire a testa. Non se lo scordi.»

«Non me lo scorderò.»

«Lei lo conosce san Calogero?»

«Da quando sono a Vigàta, ogni anno ho visto la festa.»

«Questo non significa conoscerlo. San Calogero è, come dire, uno che non la lascia passare liscia. Glielo dico nel suo interesse.»

«Scherza?»

«Per niente. È un santo vendicativo, facile che gli salta la mosca al naso. Se uno gli promette una cosa, la deve mantenere. Se lei, per esempio, se la scampa da un incidente automobilistico e fa una promissa al santo e poi non la mantiene, può metterci la mano sul foco che le càpita un altro incidente e come minimo ci rimette le gambe. Mi sono spiegato?»

«Perfettamente.»

«Torniamo a casa, così lei racconta tutto a mia moglie.»

«Io?»

«Sì, perché io la soddisfazione di dirle che aveva ragione non gliela voglio dare.»

«Riassumendo» disse Montalbano «le cose possono essere andate così.»

Gli piaceva quest'indagine in pantofole, in una casa d'altri tempi, davanti a una tazza di caffè.

«Il marinaio Mario Cunich, che a Vigàta è diventato quasi un paesano, s'innamora, ricambiato, di Lisetta Moscato. Come avranno fatto a incontrarsi, a parlarsi, lo sa solo Dio.»

«Ci ho riflettuto a lungo» disse la signora. «Ci fu un certo periodo di tempo, mi pare tra il '42 e il marzo, o aprile, del '43 che Lisetta ebbe più libertà, perché il padre, per affari, era dovuto andare lontano da Vigàta. L'innamoramento, gli incontri clandestini dovettero certamente essersi resi possibili in quel periodo.»

«S'innamorarono, questo è un fatto» ripigliò Montalbano. «Poi il ritorno del padre impedì loro di vedersi. Ci si mise magari di mezzo lo sfollamento. Quindi arrivò la notizia della prossima partenza di lui... Lisetta scappa, viene qua, s'incontra, non sappiamo dove, con Cunich. Il marinaio, per stare il più a lungo possibile con Lisetta, non si ripresenta a bordo. A un certo punto, mentre i due dormono, vengono ammazzati. E fin qui tutto regolare.»

«Come regolare?» si stupì la signora.

«Mi scusi, volevo dire che fino a qui la ricostruzione fila. Ad ammazzarli può essere stato un innamorato respinto, lo stesso padre di Lisetta che li avrà sorpresi e si sarà sentito disonorato. Va' a sapere.»

«Come, va' a sapere?» fece la signora. «Non l'interessa scoprire chi ha assassinato quei due poveri picciotti?»

Non se la sentì di risponderle che dell'assassino non gliene importava tanto, quello che l'intrigava era perché qualcuno, l'assassino stesso forse, si fosse dato carico di spostare i cadaveri nella grotta e d'allestire la messinscena della ciotola, del bùmmolo e del cane di terracotta.

Prima di tornarsene a casa passò da un negozio d'alimentari, s'accattò due etti di cacio col pepe e una scanata di pane di grano duro. Aveva fatto la provvista perché era sicuro che non avrebbe trovato Livia. Difatti non c'era, tutto era rimasto come quando era nisciuto per andare dai Burgio.

Non ebbe il tempo di posare il sacchetto sul tavolo, squillò il telefono, era il questore.

«Montalbano, le volevo dire che oggi m'ha telefonato il sottosegretario Licalzi. Voleva sapere perché non ho ancora inoltrato una richiesta di promozione per lei.»

«Ma che cavolo vuole da me, quello?»

«Io mi sono permesso d'inventare una storia d'amore, misteriosa, ho detto, non detto, lasciato intendere... Quello ha abboccato, pare che sia un appassionato lettore di rotocalchi rosa. Però ha risolto la questione. M'ha detto di scrivere a lui per farle ottenere una consistente gratifica. La richiesta l'ho fatta e trasmessa. La vuole sentire?»

«Mi risparmi.»

«Peccato, credo d'aver fatto un piccolo capolavoro.»

Conzò la tavola, tagliò una consistente fetta di pane, risquillò il telefono. Non era Livia, come aveva sperato, ma Fazio.

«Dottore, ho travagliato tutta la santa jurnata per lei. Questo Stefano Moscato non era cosa da spartirci il pane 'nzèmmula.»

«Mafioso?»

«Proprio proprio mafioso non credo. Un violento, questo sì. Diverse condanne per rissa, violenza, aggressione. Non mi paiono cose di mafia, un mafioso non si fa condannare per minchiate.»

«A quando risale l'ultima condanna?»

«All'81, pensi. Aveva un piede nella fossa e pigliò uno a seggiate spaccandogli la testa.»

«Sai dirmi se ha passato in carcere qualche periodo tra il '42 e il '43?»

«E come no. Rissa e ferimento. Dal marzo '42 al ventuno aprile del '43 se n'è stato a Palermo, al carcere dell'Ucciardone.»

Le notizie che gli aveva dato Fazio resero assai più gustoso il cacio con il pepe che già di per sé non scherzava.

VENTUNO

Il cognato di Galluzzo raprì il suo telegiornale con la notizia di un grave attentato, chiaramente di stampo mafioso, avvenuto alla periferia di Catania. Un commerciante noto e stimato in città, tale Corrado Brancato, proprietario di un grande magazzino che riforniva supermercati, aveva deciso di regalarsi un pomeriggio di riposo in una sua villetta appena fuori città. Infilata la chiave nella toppa, aveva spalancato la porta praticamente sul nulla; un'esplosione spaventosa, ottenuta con un ingegnoso marchingegno che collegava l'apertura della porta a una carica d'esplosivo, aveva letteralmente polverizzato la villetta, il commerciante e la di lui moglie, signora Tagliafico Giuseppa. Le indagini – aggiunse il giornalista – si presentavano difficili, dato che il Brancato era incensurato e non risultava in nessun modo implicato in fatti di mafia.

Montalbano spense il televisore, si mise a fischiettare la numero 8 di Schubert, l'*Incompiuta*. Gli venne benissimo, azzeccò tutti i passaggi.

Compose il numero di Mimì Augello, sicuramente il suo vice doveva saperne di più del fatto. Non rispose nessuno.

Finito finalmente di mangiare, Montalbano fece sparire ogni traccia del pasto, lavò accuratamente persino il bicchiere nel quale aveva bevuto tre dita di vino. Si spogliò, pronto per andare a curcàrisi, quando sentì un'auto che si fermava, delle voci, uno sbattere di sportelli, l'automobile che ripartiva. Velocissimo, s'infilò tra le lenzuola, astutò la luce, finse un sonno profondo. Sentì raprirsi e chiudersi la porta di casa, i passi di lei che a un tratto cessarono. Montalbano capì che Livia s'era fermata sulla soglia della cammara di letto e lo taliava.

«Non fare il buffone.»

Montalbano s'arrese, addrumò la luce.

«Come hai fatto a capire che facevo finta?»

«Dal respiro. Tu lo sai come respiri mentre dormi? No. Io invece sì.»

«Dove sei stata?»

«A Eraclea Minoa e a Selinunte.»

«Da sola?»

«Signor commissario, le dirò tutto, confesserò ogni cosa, ma sospenda, per carità, questo terzo grado! M'ha accompagnata Mimì Augello.»

Montalbano si fece laido in faccia, puntò un dito minaccioso.

«T'avverto, Livia: Augello ha già occupato la mia scrivania, non vorrei che occupasse qualche altra cosa di mio.»

Livia s'irrigidì.

«Faccio finta di non capire, è meglio per tutti e due. Io comunque non sono un oggetto di tua proprietà, stronzo d'un siciliano.»

«Va bene, scusami.»

Andarono avanti a discutere, magari dopo che Livia si spogliò e si mise a letto. Ma, a Mimì, Montalbano era deciso a non fargliela passare. Si susì.

«Dove vai, ora?»

«Telefono a Mimì.»

«Ma lascialo in pace, non si è nemmeno sognato di fare qualcosa che potesse offenderti.»

«Pronto, Mimì? Montalbano sono. Ah, sei appena arrivato a casa? Bene. No, no, non ti preoccupare, Livia sta benissimo. Ti ringrazia tanto della bella giornata che le hai fatto godere. E magari io ti ringrazio. Ah, Mimì, lo sapevi che a Catania hanno fatto saltare in aria Corrado

Brancato? No, non scherzo, l'ha detto la televisione.
Non ne sai niente? Come non ne sai niente? Ah, sì, capisco, tu sei stato tutta la giornata fuori. E magari i nostri
colleghi di Catania stavano a cercarti per mare e per terra. E anche il questore si sarà domandato dov'eri andato
a finire. Che ci vuoi fare? Cerca di metterci una pezza.
Dormi bene, Mimì.»

«Dire che sei una vera carogna, è dire poco» fece Livia.

«Va bene» disse Montalbano che già erano le tre del
mattino. «Riconosco che è tutta colpa mia, che se resto
qua io agisco come se tu non esistessi, pigliato dai miei
pinseri. Ci sono troppo abituato a starmene solo. Andiamo via da qua.»

«E la testa dove la lasci?» spiò Livia.

«Che significa?»

«Che tu la tua testa, con tutto quello che c'è dentro,
te la porti appresso. E quindi, inevitabilmente, continui
a pensare ai fatti tuoi anche se ci troviamo a mille chilometri di distanza.»

«Giuro che mi svacanto la testa prima di partire.»

«E dove andiamo?»

Dato che a Livia gli era pigliata la botta turistico-ar-
cheologica, pensò bene d'assecondarla.

«Tu non hai mai visto l'isola di Mozia, vero? Facciamo così, questa mattina stessa, verso le undici, partiamo
per Mazara del Vallo. Ho lì un amico, il vicequestore
Valente che non vedo da tempo. Poi proseguiamo per
Marsala e quindi visitiamo Mozia. Quando ce ne torna-
mo qua a Vigàta, organizziamo un altro giro.»

Fecero la pace.

Giulia, la moglie del vicequestore Valente, non solo
aveva la stessa età di Livia, ma per di più era nata a Sestri. Le due donne simpatizzarono subito. Un poco meno simpatica la signora riuscì a Montalbano per via della

pasta indegnamente scotta, dello stracotto concepito da una mente chiaramente malata, del caffè che manco a bordo degli aerei osavano propinare. Al termine del cosiddetto pranzo, Giulia propose a Livia di restare con lei in casa, sarebbero uscite più tardi. Montalbano invece seguì il suo amico in ufficio. Ad aspettare il vicequestore c'era un omo quarantino, con le basette lunghe e la faccia di siciliano cotta dal sole.

«Ogni giorno, una storia nuova! Mi perdoni, signor questore, ma devo parlarle. È importante.»

«Ti presento il professor Farid Rahman, un amico di Tunisi» fece Valente, e poi, rivolto al professore: «È cosa lunga?».

«Un quarto d'ora al massimo.»

«Io me ne andrei a visitare il quartiere arabo» fece Montalbano.

«Se m'aspetta» intervenne Farid Rahman, «sarei veramente felice di farle da guida.»

«Stammi a sentire» suggerì Valente. «Io lo so che mia moglie non sa fare il caffè. A trecento metri da qui c'è piazza Mokarta, t'assetti al bar e te ne bevi uno buono. Il professore ti verrà a pigliare lì.»

Non ordinò subito il caffè, prima si dedicò a un sostanzioso e profumato piatto di pasta al forno che lo sollevò dalla cupezza in cui l'aveva sprofondato l'arte culinaria della signora Giulia. Quando Rahman arrivò, Montalbano aveva fatto sparire le tracce della pasta e aveva davanti solo un'innocente tazzina di caffè vacante. Si avviarono verso il quartiere.

«In quanti siete a Mazara?»

«Abbiamo superato il terzo della popolazione locale.»

«Ci sono spesso incidenti tra voi e i mazaresi?»

«No, poca cosa, addirittura niente in confronto ad altre città. Sa, credo che noi siamo per i mazaresi come una memoria storica, un fatto quasi genetico. Siamo di casa. Al-Imam al-Mazari, il fondatore della scuola giuridica maghrebina, è nato a Mazara, così come il filologo Ibn al-Birr che venne espulso dalla città nel 1068 perché gli piaceva troppo il vino. Il fatto sostanziale è però che i mazaresi sono gente di mare. E l'uomo di mare ha molto buonsenso, capisce cosa significa tenere i piedi per terra. A proposito di mare: lo sa che i motopescherecci di qua hanno equipaggio misto, siciliani e tunisini?»

«Lei ha un incarico ufficiale?»

«No, Dio ci scampi dall'ufficialità. Qui tutto va nel migliore dei modi perché ogni cosa si svolge in forma ufficiosa. Io sono un maestro elementare, ma faccio da tramite tra la mia gente e le autorità locali. Ecco un altro esempio di buonsenso: un preside ci ha concesso delle aule, noi insegnanti siamo arrivati da Tunisi e abbiamo creato la nostra scuola. Ma il provveditorato, ufficialmente, ignora questa situazione.»

Il quartiere era un pezzo di Tunisi, pigliato e portato paro paro in Sicilia. I negozi erano chiusi perché era venerdì, giornata di riposo, ma la vita, nelle straduzze strette, era lo stesso colorata e vivace. Per prima cosa, Rahman gli fece visitare il grande bagno pubblico, da sempre luogo d'incontri sociali per gli arabi, poi lo guidò a una fumeria, a un caffè coi narghilè. Passarono davanti a una specie di magazzino spoglio, c'era un uomo anziano, l'aria grave, assittato per terra, con le gambe ripiegate, che leggeva e commentava un libro. Davanti a lui, seduti allo stesso modo, una ventina di ragazzi ascoltava attentamente.

«È un nostro religioso che spiega il Corano» disse Rahman e fece per proseguire.

Montalbano lo fermò, posandogli una mano sul braccio. Era colpito da quell'attenzione veramente religiosa in picciotteddri che, una volta fuori del magazzino, si sarebbero scatenati in vociate e zuffe.

«Cosa gli sta leggendo?»

«La sura diciottesima, quella della caverna.»

Montalbano, e non seppe spiegarsene il motivo, avvertì una scossa, leggera, alla spina dorsale.

«Caverna?»

«Sì, *al-kahf*, caverna. La sura dice che Dio, venendo incontro al desiderio di alcuni giovani che non volevano corrompersi, allontanarsi dalla vera religione, li fece cadere in un sonno profondo all'interno di una caverna. E perché nella caverna ci fosse sempre il buio più completo, Dio invertì il corso del sole. Dormirono per circa trecentonove anni. Con loro, a dormire, c'era pure un cane, davanti all'imboccatura, in posizione di guardia, con le zampe anteriori distese...»

S'interruppe, s'era addunato che Montalbano s'era fatto giarno giarno, che rapriva e chiudeva la bocca come se gli mancasse l'aria.

«Signore, che le succede? Si sente male, signore? Vuole che chiami un medico? Signore!»

Montalbano era scantato dalla sua stessa reazione, si sentiva debole, la testa gli firriava, le gambe gli erano diventate di ricotta, evidentemente risentiva ancora della ferita e dell'operazione. Una piccola folla intanto si stava radunando attorno a Rahman e al commissario. Il professore diede alcuni ordini, un arabo scattò e tornò con un bicchiere d'acqua, un altro arrivò con una seggia di paglia sulla quale obbligò Montalbano, che si sentiva ridicolo, ad assittarsi. L'acqua lo rinfrancò.

«Come si dice nella vostra lingua: Dio è grande e misericordioso?»

Rahman glielo disse. Montalbano si sforzò d'imitare il suono delle parole, la piccola folla rise della sua pronunzia, ma le ripeté in coro.

Rahman divideva un appartamento con un suo collega più anziano, El Madani, che in quel momento era in casa. Rahman preparò il tè alla menta mentre Montalbano spiegava le ragioni del suo malessere. Del ritrovamento dei due giovani assassinati al crasticeddru, Rahman ignorava tutto mentre El Madani ne aveva sentito parlare.

«A me interessa sapere dalla vostra cortesia» disse il commissario, «fino a che punto le cose messe nella grotta possano essere ricondotte a quanto dice la sura. Sul cane, non c'è alcun dubbio.»

«Il nome del cane è Kytmyr» fece El Madani, «ma lo chiamano anche Quotmour. Lo sa? Tra i persiani quel cane, quello della caverna, divenne il custode della corrispondenza.»

«C'è nella sura una ciotola piena di denaro?»

«No, non c'è la ciotola per la semplice ragione che i dormienti i soldi ce l'avevano nelle tasche. Quando si risvegliano, danno a uno di loro dei soldi perché acquisti il cibo migliore che c'è. Hanno fame. Ma l'inviato viene tradito dal fatto che quelle monete non solo sono fuori corso, ma adesso valgono una fortuna. E la gente l'insegue fin dentro la caverna proprio alla ricerca di quel tesoro: ecco come i dormienti vengono scoperti.»

«La ciotola però nel caso di cui mi occupo si spiega» disse Montalbano, «perché il ragazzo e la ragazza sono stati deposti nudi nella grotta e quindi da qualche parte il denaro doveva essere messo.»

«D'accordo» fece El Madani, «però nel Corano non è scritto che avessero sete. E quindi il recipiente dell'acqua, rispetto alla sura, è un oggetto completamente estraneo.»

«Io conosco molte leggende sui dormienti» rincarò Rahman, «ma in nessuna si parla d'acqua.»

«Quanti erano nella grotta a dormire?»

«La sura si mantiene sul vago, forse il numero non conta: tre, quattro, cinque, sei, escluso il cane. Ma è diventata convinzione comune che i dormienti fossero sette, e col cane otto.»

«Se le può essere utile, sappia che la sura riprende una leggenda cristiana, quella dei dormienti di Efeso» disse El Madani.

«C'è anche un dramma egiziano moderno, *Ahl al-kahf*, cioè la gente della caverna, dello scrittore Taufik al-Hakim. Lì i giovani cristiani, perseguitati dall'imperatore Decio, cadono in un sonno profondo e si risvegliano ai tempi di Teodosio II. Sono in tre, e con loro c'è il cane.»

«Quindi» concluse Montalbano, «chi ha messo i corpi nella grotta conosceva certamente il Corano e macari il dramma di questo egiziano.»

«Signor preside? Montalbano sono. La chiamo da Mazara del Vallo e sto partendo per Marsala. Mi perdoni la prescia, ho da spiarle una cosa molto importante. Lillo Rizzitano sapeva l'arabo?»

«Lillo? Ma quando mai!»

«Non può darsi che all'università l'abbia studiato?»

«L'escludo.»

«In che cosa si è laureato?»

«In italiano, col professor Aurelio Cotroneo. Forse l'argomento della tesi me lo disse, ma me lo sono scordato.»

«Aveva qualche amico arabo?»

«Ch'io sappia, no.»

«C'erano arabi a Vigàta tra il '42 e il '43?»

«Commissario, gli arabi ci sono stati al tempo della loro dominazione e sono tornati ai nostri giorni, poveracci, non come dominatori. A quell'epoca non ce n'erano. Ma che gli hanno fatto gli arabi?»

Partirono alla volta di Marsala ch'era già scuro. Livia era contenta e animata, l'incontro con la moglie di Valente le aveva fatto piacere. Al primo incrocio, invece di svoltare a destra, Montalbano svoltò a sinistra, Livia se

ne addunò subito e il commissario fu obbligato a una
difficile inversione di marcia. Al secondo incrocio, forse
per simmetria con lo sbaglio precedente, Montalbano
fece tutto l'opposto, invece che andare a sinistra, girò a
destra, senza che Livia, infervorata nei suoi discorsi, se
ne rendesse conto. Stupitissimi, si ritrovarono a Mazara.
Livia esplose.

«Ci vuole una pazienza, con te!»

«Ma magari tu potevi addunaritìnni!»

«Non mi parlare in siciliano! Sei sleale, m'avevi promesso prima di partire da Vigàta che ti saresti svuotato
dei pensieri, invece continui a perderti dietro alle storie
tue.»

«Scusami, scusami.»

Stette attentissimo alla prima mezzorata di strata, poi,
a tradimento, tornò il pinsero: il cane quatrava, la ciotola coi soldi quatrava, il bùmmolo no. Perché?

Non arrinscì manco a principare un'ipotesi, i fari
d'un camion l'abbagliarono, capì che si trovava troppo
spostato rispetto alla sua carreggiata e che l'eventuale
scontro sarebbe stato spaventoso. Sterzò alla disperata,
intronato dall'urlo di Livia e dalla suonata rabbiosa del
camion. Ballarono sulla terra di un campo appena arato,
poi l'auto s'arrestò, affossata. Non parlarono, non avevano niente da dire, Livia respirava pesantemente. Montalbano ebbe scanto di quello che sarebbe successo da lì
a poco, appena la sua donna si fosse tanticchia ripigliata.
Vigliaccamente, mise le mani avanti, sollecitandone la
compassione.

«Sai, non ho voluto dirtelo prima per non spaventarti,
ma il fatto è che dopopranzo mi sono sentito male...»

Poi la facenna si mise tra la tragedia e una pellicola di
Stanlio e Ollio. La macchina non si cataminò manco con
le cannonate, Livia si chiuse in uno sprezzante mutismo,
Montalbano a un certo punto desistette dai suoi sforzi

per nesciri dal fosso per timore di fondere il motore. S'incollò i bagagli, Livia lo seguiva a distanza di alcuni passi. Un automobilista provò pena per i due derelitti sul ciglio della strata, li portò a Marsala. Lasciata Livia in albergo, andò al commissariato, si fece riconoscere, con l'aiuto d'un agente arrisbigliò uno col carro attrezzi. Tra una storia e l'altra, si curcò allato a Livia, che s'agitava nel sonno, ch'erano le quattro del matino.

VENTIDUE

Per farsi perdonare, Montalbano si propose d'essere affettuoso, paziente, sorridente e obbediente. Ci arriniscì, tanto che Livia riacquistò il buonumore, Mozia l'ammaliò, la meravigliò la strada appena sotto il pelo dell'acqua che congiungeva l'isola alla costa di fronte, l'incantò il pavimento a mosaico d'una villa, fatto di ciottoli di fiume bianchi e neri.

«Questo è il *tophet*» disse la guida, «l'area sacra dei fenici. Non c'erano costruzioni, i riti si svolgevano all'aperto.»

«I soliti sacrifici agli dei?» spiò Livia.

«Al dio» corresse la guida, «al dio Baal Hammon. Gli sacrificavano il primogenito, lo strangolavano, lo bruciavano, infilavano i resti in un vaso che conficcavano nella terra e allato ci mettevano una stele. Qui ne sono state trovate oltre settecento.»

«Oddio!» esclamò Livia.

«Signora mia, in questo posto non andava bene ai bambini. Quando l'ammiraglio Leptine, mandato da Dionisio di Siracusa, conquistò l'isola, i moziani, prima d'arrendersi, scannarono i loro figli. E così, di sicco o di sacco, era destino che i picciliddri di Mozia se la vedessero tinta.»

«Andiamo subito via» disse Livia. «Non mi parlate più di questa gente.»

Decisero di partire per Pantelleria e vi restarono sei giorni, finalmente senza discussioni e litigi. Era il posto giusto perché una notte Livia domandasse:

«Perché non ci sposiamo?»

«E perché no?»

Stabilirono saggiamente di pensarci sopra con calma, a rimetterci sarebbe stata Livia che avrebbe dovuto allontanarsi dalla sua casa di Boccadasse, adattarsi a nuovi ritmi di vita.

Appena l'aereo decollò portandosi via Livia, Montalbano si precipitò a un telefono pubblico, telefonò a Montelusa al suo amico Zito, gli spiò un nome, ebbe in risposta un numero telefonico di Palermo che compose subito.

«Il professor Riccardo Lovecchio?»

«Sono io.»

«È stato il comune amico Nicolò Zito a farmi il suo nome.»

«Come sta rosso malpelo? È da tanto che non lo sento.»

L'altoparlante che invitava i passeggeri del volo per Roma a recarsi all'uscita, gli diede un'idea per farsi ricevere subito.

«Nicolò sta bene e la saluta. Senta professore, mi chiamo Montalbano, mi trovo all'aeroporto di Punta Raisi e ho a disposizione sì e no quattro ore prima di pigliare un altro aereo. Ho necessità di parlare con lei.» L'altoparlante ripeté l'invito, come se si fosse appattato col commissario, che aveva bisogno di risposte e subito.

«Senta, lei è il commissario Montalbano di Vigàta, quello che ha trovato i due giovani assassinati nella grotta? Sì? Ma guardi che combinazione! Lo sa che l'avrei cercata uno di questi giorni? Venga a casa mia, l'aspetto, si pigli l'indirizzo.»

«Io, per esempio, ho dormito quattro giorni e quattro notti di fila, senza mangiari né vìviri. Al sonno concorsero una ventina di spinelli, cinque scopate e una botta in testa dalla polizia. Era il '68. Mia madre si preoccupò, voleva chiamare un medico, mi credeva in coma profondo.»

Il professor Lovecchio aveva l'ariata di un impiegato di banca, non dimostrava i suoi quarantacinque anni, una piccolissima luce di pazzia gli brillava negli occhi. Marciava a whisky liscio alle undici del matino.

«Nel mio sonno non c'era niente di miracoloso» proseguì Lovecchio, «per arrivare al miracolo bisogna superare almeno vent'anni di dormitina. Nello stesso Corano, nella sura seconda, mi pare, è scritto che un tale, nel quale i commentatori identificano Ezra, dormì per cent'anni. Il profeta Salih invece si fece vent'anni di sonno, pure lui in una spelonca, che posto comodo per dormire non è. Gli ebrei non sono da meno, vantano, nel *Talmud* gerosolimitano, un tale Hammaagel che, dentro la solita grotta, si fece un sonno di settant'anni. E vogliamo scordarci dei greci? Epimenide, in una caverna, s'arrisbigliò dopo cinquant'anni. Insomma, a quei tempi bastava una grotta e un morto di sonno perché si compisse il miracolo. I due giovani scoperti da lei quanto hanno dormito?»

«Dal '43 al '94, cinquant'anni.»

«Tempo perfetto per essere svegliati. Complicherebbe le sue deduzioni se le dicessi che in arabo si usa un solo verbo per indicare tanto dormire quanto morire? E che sempre uno stesso verbo viene adoperato per risvegliarsi e per risuscitare?»

«Professore, lei m'incanta quando parla, ma io devo prendere un aereo, ho pochissimo tempo. Perché aveva pensato di mettersi in contatto con me?»

«Per dirle di non lasciarsi fottere dal cane. Che il cane pare contraddire il bùmmolo e viceversa. Mi spiego?»

«Per niente.»

«Vede, la leggenda dei dormienti non ha origini orientali, ma cristiane. In Europa l'introdusse Gregorio di Tours. Parla di sette giovani di Efeso che per sfuggire alle persecuzioni anticristiane di Decio, si rifugiarono in una grotta e il Signore li addormentò. La grotta di Efeso esiste, la può trovare riprodotta perfino nell'enciclopedia Treccani. Ci costruirono sopra un santuario che poi venne abbattuto. Ora la leggenda cristiana narra che nella grotta c'era una sorgente d'acqua. Quindi i dormienti, appena si risvegliarono, prima bevvero e poi mandarono uno di loro in cerca di cibo. Ma in nessun momento della leggenda cristiana, e magari nelle sue infinite varianti europee, si parla della presenza di un cane. Il cane, chiamato Kytmyr, è una pura e semplice invenzione poetica di Maometto che amava tanto gli animali al punto di tagliarsi una manica per non svegliare il gatto che vi dormiva sopra.»

«Mi sto perdendo» disse Montalbano.

«Ma non c'è niente da perdersi, commissario! Volevo semplicemente dire che il bùmmolo è stato messo come simbolo della sorgente che c'era nella caverna di Efeso. Concludendo: il bùmmolo, che appartiene quindi alla leggenda cristiana, può convivere col cane, che appartiene all'invenzione poetica del Corano, solo se si ha una visione globale di tutte le varianti che le diverse culture vi hanno apportato... A mio parere l'autore della messinscena nella grotta non può essere altro che un tale che, per ragioni di studio...»

Come nei fumetti, Montalbano vide la lampadina che si era accesa nel suo cervello.

Frenò di colpo davanti agli uffici dell'Antimafia, tanto che il piantone s'allarmò e alzò il mitra.

«Sono il commissario Montalbano!» gridò esibendo la patente di guida, la prima cosa che gli era capitata sottomano. Col fiato grosso passò di corsa davanti a un altro agente che faceva da usciere.

«Avverta il dottor De Dominicis che sta salendo il commissario Montalbano, presto!»

In ascensore, approfittando ch'era solo, Montalbano si scompigliò i capelli, allentò il nodo della cravatta, aprì il bottone del colletto. Voleva tirarsi magari un pochino la camicia fuori dai pantaloni, ma gli parve eccessivo.

«De Dominicis, ci sono!» disse leggermente ansante, chiudendosi la porta alle spalle.

«Dove?» domandò De Dominicis, allarmato dall'aspetto del commissario, susendosi dalla poltrona dorata del suo dorato ufficio.

«Se lei è disposto a darmi una mano, io la faccio partecipare a un'inchiesta che...»

Si fermò. Si portò una mano alla bocca come per impedirsi di continuare.

«Di che si tratta? Almeno un accenno!»

«Non posso, mi creda, non posso.»

«Che dovrei fare?»

«Entro stasera al massimo voglio sapere qual è stato il tema della tesi di laurea in italiano di Calogero Rizzitano. Il suo professore era un tale Cotroneo, mi pare. Si dev'essere laureato verso la fine del '42. L'oggetto di questa tesi è la chiave di tutto, possiamo dare un colpo mortale alla...»

S'interruppe di nuovo, sgriddrò gli occhi, si spiò spaventato:

«Non ho detto niente, eh?»

L'agitazione di Montalbano si comunicò a De Dominicis.

«Come si può fare? Gli studenti, a quell'epoca, dovevano essere a migliaia! Sempre che le carte esistano ancora.»

«Ma che dice? Non migliaia, ma decine. A quell'epoca, appunto, i giovani erano tutti sotto le armi. È una cosa facile.»

«Perché allora non se la sbriga lei?»

«Mi farebbero sicuramente perdere un sacco di tempo con la loro burocrazia, mentre a voi spalancano tutte le porte.»

«Dove la posso trovare?»

«Me ne torno a Vigàta di corsa, non posso perdere di vista certi sviluppi. Appena ha notizie, mi telefoni. A casa, mi raccomando. In ufficio no, potrebbe esserci una talpa.»

Aspettò fino a sera la telefonata di De Dominicis che non arrivò. Però la cosa non lo preoccupò, era certo che De Dominicis avesse abboccato. Evidentemente magari lui non aveva trovato la strada facile.

La matina appresso ebbe il piacere di rivedere Adelina, la cammarera.

«Perché non ti sei fatta viva in questi giorni?»

«Ca pirchì! Ca pirchì a la signurina nun ci piaci di vidìrimi casa casa quannu c'è iddra.»

«Come hai saputo che Livia era partita?»

«Lu seppi in paisi.»

Tutti, a Vigàta, sapevano tutto di tutti.

«Che mi hai accattato?»

«Ci faccio la pasta con le sardi e pi secunnu purpi alla carrettera.»

Squisiti, ma micidiali. Montalbano l'abbracciò.

Verso mezzogiorno squillò il telefono e Adelina, che stava puliziando a fondo l'appartamento certo per cancellare le tracce del passaggio di Livia, andò a rispondere.

«Dutturi, lu voli u dutturi Didumminici.»

Montalbano, ch'era assittato nella veranda a rileggersi per la quinta volta *Oggi si vola* di Faulkner, si precipitò. Prima di pigliare in mano il ricevitore, stabilì rapidamente un piano d'azione per levarsi dalle palle De Dominicis una volta avuta l'informazione.

«Sì? Pronto? Chi è che parla?» fece con voce stanca e delusa.

«Avevi ragione tu, è stato facile. Calogero Rizzitano si è laureato con centodieci il tredici novembre del 1942. Pigliati una penna, il titolo è lungo.»

«Aspetta che trovo qualcosa da scrivere. Tanto, per quello che serve...»

De Dominicis avvertì lo smosciamento nella voce dell'altro.

«Che hai?»

La complicità aveva fatto passare De Dominicis dal lei al tu.

«Come che ho? E me lo domandi!? Ti avevo detto che questa risposta m'occorreva entro ieri sera! Ora non m'interessa più! È andato tutto a puttane per il tuo ritardo!»

«Prima non ce l'ho fatta, credimi.»

«Va bene, detta.»

«Uso del maccheronico nella sacra rappresentazione dei Sette Dormienti di anonimo del Cinquecento. Mi spieghi che c'entra con la mafia un titolo...»

«C'entra! Altro se c'entra! Solo che adesso, per colpa tua, non mi serve più, certo che non posso ringraziarti.»

Riattaccò ed esplose in un nitrito, altissimo, di gioia. Subito, nella cucina, si sentì un rumore di vetri infranti: per lo spavento, ad Adelina doveva essere caduto qualcosa di mano. Pigliò la rincorsa, satò dalla veranda sulla rena, fece un primo cazzicatùmmolo, poi una ruota, un secondo capitombolo, una seconda ruota. Il terzo cazzicatùmmolo non gli arriniscì e crollò senza sciato sulla sabbia. Adelina si precipitò verso di lui dalla veranda facendo voci:

«Madunnuzza beddra! Pazzo niscì! L'osso du coddru si ruppe!»

Montalbano, per scrupolo verso se stesso, si mise in macchina e andò alla biblioteca comunale di Montelusa.

«Cerco una sacra rappresentazione» disse alla direttrice.

La direttrice, che lo conosceva come commissario, rimase leggermente strammata, ma non disse niente.

«Tutto quello che abbiamo» fece «sono i due volumi del D'Ancona e i due del De Bartholomaeis. Questi libri però non possono essere dati in prestito, li dovrà consultare qui.»

La *Rappresentazione dei Sette Dormienti* la rintracciò nel secondo volume dell'antologia di D'Ancona. Era un testo breve, molto ingenuo. La tesi di Lillo doveva essersi sviluppata attorno al dialogo di due dottori eretici che si esprimevano in un divertente latino maccheronico. Ma quello che più interessò il commissario fu la lunga prefazione scritta da D'Ancona. In essa c'era tutto, la citazione della sura del Corano, il cammino della leggenda nei paesi europei e africani con mutazioni e varianti. Il professor Lovecchio aveva avuto ragione: la sura diciotto del Corano, presa a sé stante, avrebbe finito col rappresentare un vero rompicapo. Bisognava completarla con le acquisizioni dovute ad altre culture.

«Voglio fare un'ipotesi e avere il vostro conforto» disse Montalbano che aveva messo Burgio e signora al corrente delle ultime scoperte. «Voi due m'avete detto, con estrema convinzione, che Lillo considerava Lisetta una sorella minore, per la quale stravedeva. Giusto?»

«Sì» fecero i due vecchi in coro.

«Bene. Vi faccio una domanda. Voi pensate che Lillo sia stato capace di ammazzare Lisetta e il suo giovane amante?»

«No» dissero i due vecchi senza pensarci un momento.

«Magari io sono della stessa opinione» disse Montalbano, «proprio perché è stato Lillo a mettere i due morti, come dire, in condizione d'ipotetica resurrezione. Chi ammazza, non vuole che le sue vittime resuscitino.»

«Allora?» spiò il preside.

«Nel caso che Lisetta gli avesse domandato d'ospitar-

la in una situazione d'emergenza assieme al suo fidanzato, nella villa dei Rizzitano, al Crasto, secondo voi Lillo
come si sarebbe comportato?»

La signora non stette a pensarci sopra.

«Avrebbe fatto tutto quello che gli domandava Lisetta.»

«Allora cerchiamo d'immaginarci quello che successe
in quei giorni di luglio. Lisetta scappa da Serradifalco, arriva fortunosamente a Vigàta, s'incontra con Mario Cunich, il fidanzato che diserta, o meglio, s'allontana dalla
sua nave. Ora i due non sanno dove nascondersi, a casa di
Lisetta è come andarsi a infilare nella tana del lupo, è il
primo posto dove andrà a cercare suo padre. Domanda
aiuto a Lillo Rizzitano, sa che non le dirà di no. Questi
ospita la coppia nella villa ai piedi del Crasto, dove vive da
solo perché i suoi famigliari sono tutti sfollati. Chi ammazza i due giovani e perché, non lo sappiamo e forse non
lo sapremo mai. Ma che Lillo sia l'autore del seppellimento nella grotta su questo non può esserci dubbio, perché
segue passo passo tanto la versione cristiana quanto quella coranica. Nei due casi, i dormienti si risveglieranno.
Che vuole significare, che vuole dirci con quella messinscena? Vuol dirci che i due giovani stanno dormendo e
che un giorno si sveglieranno o saranno svegliati? O forse
spera proprio in questo, che ci sia qualcuno in futuro che
li scopra, li svegli. Per un caso, a scoprirli, a svegliarli, sono stato io. Ma, mi credano, avrei tanto desiderato non
addunarmi di quella grotta.»

Era sincero, e i due vecchi lo capirono.

«Io posso fermarmi qua. Le mie personali curiosità
sono riuscito a soddisfarle. Mi mancano certe risposte, è
vero, ma quelle che ho possono bastarmi. Mi potrei fermare, come ho detto.»

«A lei possono bastare» disse la signora Angelina,
«ma io vorrei vedermelo davanti, l'assassino di Lisetta.»

«Se lo vedrai, lo vedrai in fotografia» disse ironicamente il preside, «perché a quest'ora di notte ci sono novantanove probabilità su cento che l'assassino sia morto e sepolto per raggiunti limiti di età.»

«Io mi rimetto a voi» fece Montalbano. «Che faccio? Vado avanti? Mi fermo? Decidete voi, questi omicidi non interessano più niente a nessuno, voi siete forse l'unico legame che i morti hanno con questa terra.»

«Io le dico di andare avanti» disse la signora Burgio sempre attrivìta.

«Magari io» s'allineò il preside dopo una pausa.

Arrivato all'altezza di Marinella, invece di fermare e andarsene a casa, lasciò che la macchina quasi di sua volontà proseguisse lungo la litoranea. C'era scarso traffico, in pochi minuti arrivò ai piedi della montagna del Crasto. Scese, pigliò la salita che portava al crasticeddru. A tiro della grotta delle armi s'assittò sopra l'erba e addrumò una sigaretta. Arristò assittato a taliare il tramonto, mentre la testa gli travagliava: sentiva, oscuramente, che Lillo era ancora vivo, ma come fare a scugnarlo, a stanarlo? Cominciato a scendere lo scuro, s'avviò verso la macchina e allora l'occhio si fermò sul grande buco che spirtusava la montagna, l'ingresso della galleria inutilizzata, da sempre sbarrato con tavole e assi. Proprio vicino alla trasuta c'era un deposito fatto di bandone e allato due pali che reggevano un cartello. Le gambe gli partirono di slancio, prima ancora di ricevere l'ordine dal ciriveddro. Arrivò affannato, col fianco che gli doleva per la corsa. Il cartello diceva: IMPRESA COSTRUZIONI GAETANO NICOLOSI & FIGLIO – PALERMO – VIA LAMARMORA, 33 – APPALTO PER LO SCAVO DI UNA GALLERIA VIABILE – DIRETTORE DEI LAVORI ING. COSIMO ZIRRETTA – ASSISTENTE SALVATORE PERRICONE. Seguivano altre indicazioni che a Montalbano non interessarono.

Si fece un'altra currùta fino alla macchina, partì sparato per Vigàta.

VENTITRÉ

All'impresa costruzioni Gaetano Nicolosi & figlio di Palermo, di cui si era fatto dare il numero dall'ufficio abbonati, non arrispunnì nessuno. Era troppo tardi, i locali dell'impresa dovevano essere deserti. Montalbano ci provò e riprovò, perdendoci via via la spiranza. Dopo essersi sfogato con una sequela di santioni, si fece dare il numero dell'ingegnere Cosimo Zirretta, supponendo che fosse palermitano magari lui. C'inzertò.

«Senta, sono il commissario Montalbano di Vigàta. Come avete fatto per l'esproprio?»

«Quale esproprio?»

«Quello dei terreni sui quali passano la strada e la galleria che stavate facendo dalle nostre parti.»

«Guardi, non è cosa di mia competenza. Io mi occupo solo dei lavori. O meglio, me ne occupavo fino a quando un'ordinanza non ha fermato tutto.»

«Allora con chi dovrei parlare?»

«Con qualcuno dell'impresa.»

«Ho telefonato, non risponde nessuno.»

«Allora con il commendatore Gaetano o con suo figlio Arturo. Quando escono dall'Ucciardone.»

«Ah, sì?»

«Sì. Concussione e corruzione.»

«Non ho proprio spiranza?»

«Nella clemenza dei giudici, che li facciano uscire almeno tra cinque anni. Sto scherzando. Senta, potrebbe tentare con il legale della ditta, l'avvocato Di Bartolomeo.»

«Guardi, commissario, che non è compito dell'impresa occuparsi dell'iter degli espropri. Spetta al Comune nel cui circondario è compreso il terreno da espropriare.»

«E voi allora che ci state a fare?»

«Non sono affari suoi.»

E l'avvocato riattaccò. Era tanticchia irritato, Di Bartolomeo: forse il suo compito era quello di parare il culo ai Nicolosi padre & figlio dagli imbrogli che facevano, ma stavolta non c'era arrinisciuto.

L'ufficio si era rapruto da manco cinque minuti che il geometra Tumminello si vide comparire davanti il commissario Montalbano, il quale non pareva avere un'ariata calma. Per Montalbano difatti era stata una nottata agitata, non era riuscito a pigliare sonno e l'aveva passata a leggere Faulkner. Il geometra, che aveva un figlio squieto, praticante di picciottazzi, di azzuffatine e motociclette, che magari quella notte non era tornato a casa, aggiarniò, le mani gli pigliarono a tremare. Montalbano notò la reazione dell'altro alla sua comparsa e gli venne malo pinsero: sbirro era malgrado le buone letture.

"Questo qui ha quarche fatto d'ammucciare."

«C'è cosa?» spiò Tumminello pronto a sentirsi dire che suo figlio era stato arrestato. Che poi era magari una fortuna o il meno peggio: poteva essere stato scannato dai suoi cumpareddri.

«Mi necessita un'informazione. Su un esproprio.»

La tensione di Tumminello s'allentò visibilmente.

«Le è passato lo scanto?» Montalbano non poté trattenersi dallo spiargli.

«Sì» ammise francamente il geometra. «Sto in pensiero per mio figlio. Stanotte non è rientrato.»

«Lo fa spesso?»

«Sì, vede, lui frequenta...»

«Allora non si preoccupi» tagliò Montalbano che non aveva tempo da perdere col problema dei giovani. «Mi occorre vedere le carte di vendita o d'esproprio dei terreni per la costruzione della galleria del Crasto. È roba vostra, no?»

«Sissignore, nostra. Ma è inutile pigliare le carte, sono cose che conosco. Lei mi dica in particolare che vuole sapere.»

«Voglio sapere delle terre dei Rizzitano.»

«Me l'immaginavo» disse il geometra. «Quando ho saputo prima della trovatina delle armi e poi dei due ammazzati, mi sono spiato: ma questi posti non sono quelli dei Rizzitano? E sono andato a taliare le carte.»

«E che dicono, le carte?»

«Devo fare una premessa. I proprietari dei terreni che sarebbero stati, diciamo così, danneggiati dai lavori della strata e della galleria, erano quarantacinque.»

«Eh, Madonna!»

«Vede, magari c'è un fazzoletto di terreno di duemila metri quadrati che, per lascito ereditario, ha cinque proprietari. La notifica non si può fare in blocco agli eredi, bisogna farla pervenire a ogni singolo. Ottenuto il decreto prefettizio, offrimmo ai proprietari una cifra bassa, trattandosi per la maggior parte di terreno agricolo. Per Calogero Rizzitano, presunto proprietario, perché non c'è un pezzo di carta che stia a dimostrarlo, voglio dire che non c'è l'atto di successione e il padre è morto intestato, dovemmo fare ricorso all'articolo 143 del codice di procedura civile, quello che riguarda l'irreperibilità. Come lei saprà, il 143 prevede...»

«Non m'interessa. Quanto tempo fa avete fatto questa notifica?»

«Dieci anni.»

«Quindi dieci anni fa Calogero Rizzitano risultava irreperibile.»

«Ma magari dopo! Perché dei quarantacinque proprietari, quarantaquattro fecero ricorso per la cifra che offrivamo. E lo vinsero.»

«Il quarantacinquesimo, quello che non aveva fatto ricorso, era Calogero Rizzitano.»

«Certo. Noi abbiamo accantonato i soldi che gli spettano. Perché, a tutti gli effetti, è per noi ancora vivo. Nessuno ha richiesto una dichiarazione di morte presunta. Quando ricompare, si piglia i soldi.»

Quando ricompare, aveva detto il geometra, ma tutto lasciava supporre che Lillo Rizzitano non avesse nessuna gana di ricomparire. O, ipotesi probabile, non fosse più in grado di ricomparire. Il preside Burgio e lui stesso stavano dando per scontato che Lillo, raccolto ferito da un camion militare e portato chissà dove la notte del nove luglio, se la fosse scapolata. Ma se non sapevano manco di che gravità fossero le ferite! Poteva magari essere morto durante il viaggio o all'ospedale, se pure in ospedale l'avevano portato. Perché ostinarsi a voler dar corpo a un'ùmmira? Capace che i due morti del crasticeddru erano, al momento del ritrovamento, in migliori condizioni di quanto da tempo si trovasse Lillo Rizzitano. In cinquanta e passa anni, mai una parola, un rigo. Niente. Niente magari quando gli requisivano la campagna, gli abbattevano i resti della villetta, le cose di sua proprietà. I meandri del labirinto nel quale aveva voluto entrare ora terminavano davanti a un muro, e forse il labirinto gli stava dimostrando generosità, proibendogli di proseguire e arrestandolo davanti alla soluzione più logica, più naturale.

Leggera, la cena, ma tutto cucinato con quel tocco che il Signore rarissimamente concede agli Eletti. Montalbano non ringraziò la moglie del questore, si limitò a taliarla con gli occhi di un cane randagio al quale viene fatta una carezza. Poi i due uomini si ritirarono nello studio a chiacchierare. L'invito del questore gli era parso un salvagente ittato a chi stava per annegare non in un mare in tempesta, ma nella calma piatta della luffia, della noia.

Per prima cosa parlarono di Catania e convennero
che la comunicazione dell'indagine su Brancato alla
Questura catanese aveva ottenuto come primo effetto
l'eliminazione dello stesso Brancato.

«Siamo un colabrodo» disse amaramente il questore,
«non facciamo un passo senza che i nostri avversari lo sappiano. Brancato ha fatto ammazzare Ingrassia che si stava
agitando troppo, ma quando quelli che tirano i fili hanno
saputo che avevamo nel mirino Brancato, hanno provveduto ad eliminarlo e così la traccia che stavamo faticosamente seguendo è stata opportunamente cancellata.»

Era nivuro, questa storia delle talpe disseminate dovunque lo feriva, l'amareggiava più del tradimento fatto
da un suo famigliare.

Poi, dopo una lunga pausa durante la quale Montalbano non raprì bocca, il questore spiò:

«Come vanno le sue indagini per gli ammazzati del
crasticeddru?»

Dal tono della voce del suo superiore il commissario
si rese conto che questi considerava l'indagine come uno
svago, un passatempo concessogli prima di tornare a lavorare su cose più serie.

«Sono riuscito a sapere magari il nome di lui» disse, a
pigliarsi una rivincita sul questore. Il quale sobbalzò,
stupito e interessato.

«Lei è formidabile! Mi racconti.»

Montalbano gli raccontò tutto, persino la tragediata
fatta con De Dominicis, e il questore si divertì assai. Il
commissario concluse con una specie di dichiarazione
fallimentare: la ricerca oramai non aveva più senso, disse, magari perché nessuno poteva avere la certezza che
Lillo Rizzitano non fosse morto.

«Però» disse il questore dopo averci pensato sopra,
«se c'è la volontà di sparire, ci si riesce. Quanti casi ci
sono capitati di gente apparentemente scomparsa nel
nulla e poi, all'improvviso, eccola lì? Non vorrei citare

Pirandello, ma almeno Sciascia. Ha letto il libretto sulla scomparsa del fisico Majorana?»

«Certo.»

«Majorana, io ne sono persuaso così come in fondo ne era persuaso Sciascia, ha voluto sparire e c'è riuscito. Non è stato un suicidio, era troppo credente.»

«Sono d'accordo.»

«E poi non è recentissimo il caso di quel professore universitario romano uscito una mattina da casa e mai più ritrovato? L'hanno cercato tutti, polizia, carabinieri, persino i suoi allievi che l'amavano. Aveva programmato la sua scomparsa e c'è riuscito.»

«È vero» fece Montalbano.

Poi rifletté su quello che stavano dicendo e taliò il suo superiore.

«Mi pare che lei stia invitandomi a continuare, mentre in un'altra occasione m'ha rimproverato d'occuparmi troppo di questo caso.»

«Che c'entra. Oggi lei è in convalescenza, l'altra volta invece era in servizio. C'è una bella differenza, mi pare» rispose il questore.

Tornò a casa, passiò di cammara in cammara. Dopo l'incontro col geometra, s'era quasi deciso a lasciar fottere tutto, fatto persuaso che Rizzitano fosse bello e catàfero. Invece il questore glielo aveva come risuscitato. I primi cristiani non usavano forse *dormitio* per indicare la morte? Poteva darsi benissimo che Rizzitano si fosse messo in sonno, come dicevano i massoni. Sì, ma se le cose stavano così bisognava trovare il modo di farlo riemergere dal pozzo profondo dentro il quale s'era acquattato. Occorreva però qualcosa di grosso, che facesse rumorata granni assai, che ne parlassero i giornali, la televisione di tutt'Italia. Doveva fare un botto. Ma quale? Necessitava lasciar perdere la logica, inventarsi una fantasia.

Era troppo presto, le undici, per andare a curcàrisi. Si stese sul letto vestito, a leggersi *Oggi si vola*.

A mezzanotte della notte scorsa la ricerca del corpo di Ruggero Shumann, il pilota da corsa che affondò nel lago nel pomeriggio di sabato, è stata definitivamente abbandonata da un biplano a tre posti della forza di circa ottanta cavalli che manovrò in modo da volare sull'acqua e ritornare senza incidenti dopo aver lasciato cadere una corona di fiori nell'acqua approssimativamente a tre quarti di miglio di distanza dal luogo dove si suppone sia il corpo di Shumann...

Mancavano pochissime righe alla conclusione del romanzo, ma il commissario si ritrovò susùto a mezzo del letto, gli occhi spiritati.

"È una pazzia" si disse, "ma io la faccio."

«C'è la signora Ingrid? Lo so che è tardi, ma devo parlarle.»

«Non casa signora. Tu dire, io scribare.»

I Cardamone pativano la specialità d'andarsi a cercare le cammarere in posti dove manco Tristan da Cunha aveva avuto il coraggio di mettere piede.

«Manau tupapau» fece il commissario.

«Niente capire.»

Aveva citato il titolo di un quadro di Gauguin, era da escludere che la cammarera fosse polinesiana o di quei paraggi.

«Tu essere pronta scribare? Signora Ingrid telefonare signor Montalbano quando lei tornare casa.»

Ingrid arrivò a Marinella ch'erano le due di notte passate, in abito da sera, lo spacco fino al culo. Non aveva battuto ciglio alla richiesta del commissario di vederla subito.

«Scusami, ma non ho voluto perdere tempo a cambiarmi. Sono stata a un ricevimento noiosissimo.»

«Che hai? Non mi piaci. È solo perché ti sei annoiata al ricevimento?»

«No, hai indovinato. Mio suocero ha ripreso a darmi fastidio. L'altra mattina è piombato in camera mia mentre ero ancora a letto. Voleva farmi subito. Sono riuscita a convincerlo ad andarsene minacciando di mettermi a gridare.»

«Allora bisognerà provvedere» disse sorridendo il commissario .

«E come?»

«Gli facciamo una seconda dose d'urto.»

Sotto la taliata interrogativa d'Ingrid, raprì un cassetto della scrivania chiuso a chiave, pigliò una busta, la pruì alla donna. Ingrid, a vedere le foto che la ritraevano mentre veniva scopata dal suocero, si fece giarna prima e poi rossa.

«Sei stato tu?»

Montalbano si tirò il paro e lo sparo, se le diceva ch'era stata una femmina a scattare, capace che Ingrid l'accoltellava.

«Sì, sono stato io.»

La timpulata violenta della svedese gli fece rintronare la testa ma se l'aspettava.

«Ne ho già mandate tre a tuo suocero, lui s'è scantato e ha smesso per un pezzo d'infastidirti. Ora gliene mando altre tre.»

Ingrid scattò, il suo corpo s'incollò a quello di Montalbano, le sue labbra forzarono quelle dell'uomo, la sua lingua andò a carezzare l'altra. Montalbano sentì che le ginocchia gli diventavano di ricotta, fortunatamente Ingrid si scostò.

«Calmo, calmo» disse, «tutto passato. Era solo un ringraziamento.»

Dietro a tre foto scelte personalmente da Ingrid, Montalbano scrisse: DIMETTITI DA TUTTO O LA PROSSIMA VOLTA COMPARI IN TELEVISIONE.

«Le altre me le tengo qua» fece il commissario. «Fammi sapere quando ti servono.»

«Spero il più tardi possibile.»

«Domani matino gliele spedisco e in più gli faccio una telefonata anonima d'accompagno che gli viene l'infarto. Ora stammi a sentire, ti devo contare una storia lunga. E alla fine ti domanderò di darmi una mano d'aiuto.»

Si susì alle sett'albe, perché, dopo che Ingrid era andata via, non era arrinsciuto a chiudere un occhio. Si taliò allo specchio, aveva la faccia sbattuta, forse peggio di quando l'avevano sparato. Doveva andare allo spitale per una visita di controllo, lo trovarono perfetto, delle cinque medicine che gli avevano dato gliene lasciarono solo una. Poi andò alla Cassa di Risparmio di Montelusa, dove teneva i pochi soldi che riusciva a mettere da parte, domandò un colloquio privato col direttore.

«Ho bisogno di dieci milioni.»

«Ce l'ha in conto o vuole un prestito?»

«Ce l'ho.»

«Allora, scusi, che problema c'è?»

«Il problema è che si tratta di un'operazione di polizia che voglio fare con i soldi miei, senza rischiare soldi dello Stato. Se io adesso vado alla cassa e domando dieci milioni in biglietti da centomila, sarebbe una richiesta strana, perciò deve aiutarmi lei.»

Comprensivo, e orgoglioso di partecipare a un'operazione di polizia, il direttore si fece in quattro.

Ingrid fermò la sua macchina allato a quella del commissario proprio sotto il cartello che, appena fora di Montelusa, indicava la superstrada per Palermo. Montalbano le diede la busta gonfia dei dieci milioni, lei l'infilò in una borsa a sacco.

«Telefonami a casa, appena hai combinato. E non ti fare scippare, mi raccomando.»

Lei sorrise, gli mandò un bacio sulla punta delle dita, mise in moto.

A Vigàta si rifornì di sigarette. Mentre nisciva dal tabaccaio, vide un grande manifesto verde a caratteri neri, fresco di colla. Invitava la cittadinanza ad assistere alla grande gara di motocross che si sarebbe tenuta domenica, a partire dalle ore quindici, nella località detta «piana del crasticeddru».

Su questa coincidenza non ci aveva proprio sperato. Vuoi vedere che il labirinto s'era mosso a compassione e gli stava aprendo un'altra strada?

VENTIQUATTRO

La «piana del crasticeddru», che si estendeva a partire dallo sperone di roccia, piana non se lo sognava manco di essere: avvallamenti, cocuzzoli, pantani, ne facevano il posto ideale per una gara di motociclismo campestre. La giornata era decisamente un anticipo dell'estate e la gente non aspettò le tre del dopopranzo per andare alla piana; anzi arrivò fin dal mattino, con nonne nonni picciliddri picciottedri e tutti con il proposito di godersi, più che la gara, l'occasione di una scampagnata.

In matinata, Montalbano aveva telefonato a Nicolò Zito.

«Ci vieni alla gara di motocross oggi dopopranzo?»

«Io? E perché? Da qui abbiamo mandato un cronista sportivo e un cameraman.»

«No, io dicevo se ci andavamo assieme, tu e io, per divertimento.»

Arrivarono alla piana verso le tre e mezzo, che di cominciare la gara manco se ne parlava, c'era però un frastuono assordante prodotto principalmente dai motori delle motociclette, una cinquantina, che venivano provati e riscaldati e dagli altoparlanti che trasmettevano a tutto volume musica fracassona.

«Ma da quand'è che t'interessi di sport?» spiò Zito meravigliato.

«Ogni tanto mi piglia.»

Per parlarsi, malgrado fossero all'aperto, bisognava alzare la voce. Sicché quando il piccolo aereo da turismo che dispiegava a coda il suo striscione pubblicitario ap-

parve alto sulla cima del crasticeddru, furono in pochi
ad addunarisìnni, il rumore dell'aeroplano, quello che fa
istintivamente isare gli occhi al cielo, non ce la faceva ad
arrivare alle orecchie della gente. Forse il pilota capì che
così non avrebbe mai attirato l'attenzione. Allora, dopo
tre giri stretti attorno alla cima del crasticeddru, puntò
verso la piana, sulla folla, picchiando con eleganza, volò
bassissimo sulla testa delle persone. Praticamente obbligò la gente a leggere lo striscione e poi seguirlo con
gli occhi mentre, dopo una leggera cabrata, risorvolava
la cima altre tre volte, si abbassava fino a quasi toccare
terra davanti all'ingresso spalancato della grotta delle armi, lasciava cadere una pioggia di petali di rosa. La folla
ammutolì, tutti pensarono ai due morti del crasticeddru
mentre l'aereo virava, tornava di nuovo, raso terra, lasciando cadere stavolta una miriade di bigliettini. Poi
puntò verso l'orizzonte e sparì. Se la scritta sullo striscione aveva sollevato grande curiosità, dato che non
pubblicizzava né una bibita né una fabbrica di mobili,
ma portava solo due nomi, Lisetta e Mario, se il lancio
dei petali aveva dato una specie di brivido al pubblico,
la lettura dei bigliettini, tutti eguali, lo fece precipitare in
un intreccio animato di supposizioni, ipotesi, un frenetico tirare a indovinare. Che voleva dire: LISETTA E MARIO
ANNUNZIANO IL LORO RISVEGLIO? Partecipazione di nozze non era e non lo era manco di battesimo. Allora? Nella ridda di domande, di una cosa sola la gente si fece
certa: che l'aereo, i petali, i bigliettini, lo striscione, avevano a che fare coi morti del crasticeddru.

Poi principiarono le gare e la gente si distrasse, si mise a taliarle. Nicolò Zito, quando l'aereo aveva gettato i
petali, aveva detto a Montalbano di non muoversi dal
suo posto ed era sparito in mezzo alla folla.

Ritornò dopo un quarto d'ora, seguito dal cameraman di Retelibera.

«Me la concedi un'intervista?»

«Volentieri.»

Fu proprio questa insperata remissività di Montalbano a confermare al giornalista il sospetto che aveva in
mente e cioè che in questa storia dell'aereo Montalbano
ci fosse dentro fino al collo.

«Abbiamo assistito poco fa, nel corso dei preparativi
della gara di motocross che si sta svolgendo a Vigàta, a
un fatto straordinario. Un piccolo aereo pubblicitario...»

E qui fece seguire la descrizione di quello ch'era successo.

«Poiché, per un caso fortunato, era presente il commissario Salvo Montalbano, vogliamo rivolgergli qualche domanda. Secondo lei, chi sono Lisetta e Mario?»

«Potrei sviare la sua domanda» fece papale papale il
commissario, «dicendo che non ne so niente, che può
trattarsi di una coppia di sposi che hanno voluto festeggiare il loro matrimonio in modo originale. Ma verrei
contraddetto dal contenuto del bigliettino che non parla
di matrimonio ma di risveglio. Rispondo perciò onestamente alla sua domanda: Lisetta e Mario sono i nomi dei
due giovani trovati assassinati dentro la grotta del crasticeddru, lo sperone di roccia che ci sta davanti.»

«Ma che significa tutto questo?»

«Io non glielo so dire, bisognerebbe domandarlo a
chi ha organizzato il volo.»

«Come ha fatto ad arrivare all'identificazione?»

«Per caso.»

«Può dirci i cognomi?»

«No. Li conosco, ma non li dirò. Posso rivelare che
lei era una giovane di queste parti e che lui era un marinaio settentrionale. Aggiungo che chi ha voluto in modo
così plateale ricordare il ritrovamento dei due corpi, che
definisce risveglio, s'è dimenticato del cane che pure lui,
poverino, aveva un nome; si chiamava Kytmyr, era un
cane arabo.»

«Ma perché l'assassino avrebbe fatto questa messinscena?»

«Un momento; chi le dice che l'assassino e chi ha fatto la messinscena siano la stessa persona? Io, per esempio, non lo credo.»

«Vado di corsa a montare il servizio» fece Nicolò Zito dopo avergli lanciato una strana taliata.

Poi arrivarono quelli di Televigàta, del notiziario regionale della RAI, di altre TV private. A tutte le domande Montalbano rispose con cortesia e, dato il personaggio, innaturale scioltezza.

Gli era smorcata una fame violenta, all'osteria San Calogero si spanzò d'antipasti di mare e poi corse a casa, addrumò il televisore, lo sintonizzò su Retelibera. Nicolò Zito, nel dare la notizia del misterioso volo dell'aereo, la pompò a dovere, la gonfiò in tutti i modi possibili. A metterci il carrico da undici non fu la sua intervista, mandata in onda integralmente, quanto l'intervista, inattesa per il commissario, col direttore dell'agenzia Publiduemila di Palermo, che Zito aveva facilmente rintracciato dato che era l'unica, nella Sicilia occidentale, a disporre di un aeroplano per la pubblicità.

Il direttore, ancora chiaramente emozionato, disse che una giovane donna bellissima, Gesù che donna!, pareva finta pareva, una sorta d'indossatrice come quelle che si vedono nei rotocalchi, Gesù quant'era bella!, chiaramente straniera perché parlava un cattivo italiano («Ho detto cattivo? Mi sono sbagliato, sulle sue labbra le nostre parole parevano miele»), no, sulla nazionalità non poteva essere preciso, tedesca o inglese, quattro giorni avanti s'era presentata all'agenzia («Dio! Un'apparizione!») e aveva domandato dell'aereo. Aveva spiegato minutamente cosa doveva esserci scritto sullo striscione e sui bigliettini. Sì, era stata lei a volere i petali di rosa. Ah, in quanto al posto era stata di una minuzia! Precisissima. Il pilota, di suo, disse il direttore, aveva pigliato un'iniziativa: invece di lanciare i bigliettini a casaccio sulla litoranea, aveva preferito lasciarli cadere su un assembramento di folla che seguiva una gara. La signora («Madonna santa, meglio che non ne parlo più, masannò mia moglie m'ammazza!») aveva pagato in anticipo e in contanti, la fattura se l'era fatta intestare al nome di Rosemarie Antwerpen e l'indirizzo era di Bruxelles. Lui non aveva domandato altro alla sconosciuta («Dio!») e poi perché avrebbe dovuto farlo? La donna non stava domandando di lanciare una bomba! Era così bella! E delicata! E gentile! E come sorrideva! Un sogno.

Montalbano se la godé. Glielo aveva raccomandato a Ingrid:

«Ti devi fare ancora più bella. Così le persone, quando ti vedono, non capiscono più niente.»

Sulla misteriosa donna bellissima si lanciò Televigàta, chiamandola «Nefertiti risorta» e costruendo una storia fantastica che intrecciava le piramidi al crasticeddru, ma era chiaro che andava a rimorchio delle notizie date da Nicolò Zito sulla televisione concorrente. Magari l'edizione regionale della RAI s'interessò largamente della facenna.

Lo scarmazzo, la rumorata, il rimbombo che Montalbano aveva cercato, lo stava ottenendo, la pinsata che aveva avuto era risultata giusta.

«Montalbano? Sono il questore. Or ora ho appreso la storia dell'aereo. Mi congratulo, un'idea geniale.»

«Il merito è suo, è stato lei a dirmi d'insistere, ricorda? Sto tentando lo stanamento del nostro uomo. Se non si fa vivo entro un tempo ragionevole, vuol dire che non è più tra noi.»

«Auguri. Mi tenga informato. Ah, naturalmente ha pagato lei l'aereo?»

«Certo. Confido nella gratifica promessa.»

«Commissario? Sono il preside Burgio. Mia moglie e io siamo ammirati per la sua iniziativa.»

«Speriamo bene.»

«Ci raccomandiamo, commissario: se per caso Lillo dovesse farsi vivo, ce lo faccia sapere.»

Nel notiziario di mezzanotte, Nicolò Zito diede più spazio alla notizia facendo vedere le foto dei due morti del crasticeddru, zumando e dettagliando sulle immagini.

"Gentilmente concesse dal solerte Jacomuzzi" pensò Montalbano.

Zito isolò il corpo del giovane che chiamò Mario, poi quello della giovane che chiamò Lisetta, mostrò l'aereo che lasciava cadere i petali di rosa e quindi fece un primo piano dello scritto sui bigliettini. Da qui principiò a tessere una storia tanto misteriosa quanto strappalacrime, che non apparteneva allo stile di Retelibera quanto piuttosto a quello di Televigàta. Perché i due giovani amanti erano stati ammazzati? Quale triste destino li aveva condotti a quella fine? Chi li aveva composti pietosamente nella grotta? Forse la bellissima donna che si era presentata all'agenzia di pubblicità risorgeva dal passato per domandare vendetta in nome degli uccisi? E quali legami c'erano tra la bellissima e i due ragazzi di cinquant'anni prima? Che senso aveva la parola risveglio? Perché il commissario Montalbano era stato in grado persino di dare un nome al cane di terracotta? Cosa sapeva del mistero?

«Salvo? Sono Ingrid. Spero che tu non abbia pensato che io me ne sia scappata con i tuoi soldi.»

«Ma figurati! Perché, te ne sono rimasti?»

«Sì, è costato meno della metà del denaro che m'avevi dato. Il resto ce l'ho io e te lo restituirò appena torno a Montelusa.»

«Da dove telefoni?»

«Da Taormina. Ho incontrato uno. Tornerò tra quattro o cinque giorni. Sono stata brava? È andato tutto come volevi tu?»

«Sei stata bravissima. Divertiti.»

«Montalbano? Sono Nicolò. Ti sono piaciuti i servizi? Ringraziami.»

«Di che?»

«Ho fatto esattamente quello che volevi tu.»

«Io non ti ho domandato niente.»

«È vero, direttamente no. Solo che non sono fesso, ho capito che tu volevi che alla storia venisse dato un massimo di pubblicità, presentandola in modo che appassionasse la gente. Ho detto cose di cui mi vergognerò vita natural durante.»

«Grazie, anche se non so, te lo torno a ripetere, il motivo del ringraziamento che mi domandi.»

«Lo sai? Il nostro centralino è stato subissato di telefonate. Il servizio registrato è stato richiesto dalla RAI, dalla Fininvest, dall'ANSA, da tutti i giornali italiani. Hai fatto un bel botto. Ti posso fare una domanda?»

«Certo.»

«Quanto t'è costato l'affitto dell'aereo?»

Dormì splendidamente, come si dice dormano gli dei soddisfatti del loro operato. Aveva fatto il possibile e magari l'impossibile, ora non c'era che aspettare la risposta, il messaggio era stato lanciato, in modo tale che qualcuno ne decifrasse il codice, per dirla con Alcide Maraventano. La prima telefonata la ricevette alle sette del mattino. Era Luciano Acquasanta del «Mezzogiorno» che voleva essere confortato in una sua opinione. Non era possibile che i due giovani fossero stati sacrificati nel corso di un rito satanico?

«Perché no?» disse cortese e possibilista Montalbano.

La seconda arrivò un quarto d'ora dopo. La teoria di Stefania Quattrini della rivista «Essere donna» era che

Mario, mentre faceva all'amore con Lisetta, era stato sorpreso da un'altra donna gelosa – si sa come sono i marinai, no? – che aveva fatto fuori tutti e due. Poi se n'era scappata all'estero, ma in punto di morte s'era confidata con la figlia la quale, a sua volta, aveva rivelato a sua figlia la colpa della nonna. La ragazza, per riparare in qualche modo, era andata a Palermo – parlava con accento straniero, no? – e aveva combinato la faccenda dell'aereo.

«Perché no?» disse cortese e possibilista Montalbano.

L'ipotesi di Cosimo Zappalà, del settimanale «Vivere!» gli venne comunicata alle sette e venticinque. Lisetta e Mario, ebbri d'amore e di gioventù, usavano, nudi come Adamo ed Eva, passeggiare per la campagna tenendosi per mano. Sorpresi un brutto giorno da un reparto di tedeschi in ritirata, anche loro ebbri di paura e di ferocia, erano stati violentati e uccisi. In punto di morte, uno dei tedeschi... E qui la storia, curiosamente, si riallacciava a quella di Stefania Quattrini.

«Perché no?» disse cortese e possibilista Montalbano.

Alle otto tuppiò Fazio che, come gli era stato ordinato la sera avanti, gli portò tutti i quotidiani che arrivavano a Vigàta. Mentre continuava a rispondere alle telefonate, li sfogliò. Tutti, con maggiore o minore evidenza riportavano la notizia. Il titolo che più lo divertì, era quello del «Corriere». Diceva così: *Commissario identifica cane di terracotta morto cinquant'anni fa.* Tutto faceva brodo, magari l'ironia.

Adelina si meravigliò di non trovarlo fora di casa, come sempre accadeva.

«Adelina, a casa resterò qualche giorno, aspetto una telefonata importante quindi tu cerca di rendermi confortevole l'assedio.»

«Non ci capii niente di quello che disse.»

Montalbano allora le spiegò che aveva il compito di

alleggerirgli la volontaria reclusione con un soprappiù di fantasia nella preparazione di pranzo e cena.

Verso le dieci gli telefonò Livia.

«Ma che succede? Il telefono dà sempre occupato!»

«Scusami, è che sto ricevendo un sacco di telefonate per un fatto che...»

«Lo conosco, il fatto. Ti ho visto in televisione. Eri disinvolto, pronto di parola, non parevi tu. Si vede che quando non ci sono stai meglio.»

Chiamò Fazio in ufficio per pregarlo di portargli a casa la posta e di comprare una prolunga per telefono. La posta, aggiunse, doveva essergli recapitata a casa ogni giorno, appena arrivata. E che passasse parola: a chi spiava di lui, dal centralino dell'ufficio dovevano dargli il suo numero privato senza fare storie.

Non passò un'ora che Fazio arrivò con due cartoline postali senza importanza e la prolunga.

«Che si dice in ufficio?»

«Che vuole che si dice? Niente. È lei che s'attira i fatti grossi, u dutturi Augello invece s'attira minchiate, scippi, piccoli furti, qualche azzuffatina.»

«Che significa che m'attiro i fatti grossi?»

«Significa quello che dissi. Me' mogliere, presempio, si scanta dei sorci. Ebbene, mi deve accrìdiri, se li chiama. Dove va va, arrivano i sorci.»

Stava da quarantotto ore alla catena come un cane, il suo campo d'azione era grande quanto lo consentiva la lunghezza della prolunga, perciò non gli era primisso né di passiare a ripa di mare né di farsi una currùta. Il telefono se lo portava sempre appresso, macari quando andava nel cesso e ogni tanto, manìa che gli principiò passate le ventiquattr'ore, sollevava il ricevitore e lo portava all'orecchio per controllare se funzionava. Alla mattina del terzo giorno gli venne un pinsero:

"Che ti lavi a fare se poi non puoi nesciri?"

Il pinsero successivo, legato strettamente al primo, fu:

"E allora che necessità c'è di radersi?"

Alla matina del quarto giorno, lordo, irsuto, con le ciabatte e la camicia mai cangiata, fece scantare Adelina.

«Maria santissima, dutturi, chi ci succedi? Chi è, malatu?»

«Sì.»

«Pirchì 'un chiama u medicu?»

«La mia malatia unn'è cosa di medicu.»

Era un grandissimo tenore, acclamato in tutto il mondo. Quella sera doveva cantare al teatro dell'Opera del Cairo, quello vecchio ancora non andato a fuoco, sapeva benissimo che da lì a qualche tempo le fiamme se lo sarebbero mangiato. Aveva domandato a un inserviente d'informarlo appena il signor Gegè avesse occupato il suo palco, quinto da destra del secondo ordine. Era in costume, avevano finito di dare un ritocco al trucco. Sentì il «Chi è di scena?». Non si mosse, arrivò trafelato l'inserviente a dirgli che il signor Gegè – che non era morto, questo si sapeva, se n'era scappato al Cairo – ancora non s'era visto. Si precipitò in palcoscenico, taliò in sala attraverso una piccola apertura nel sipario: il teatro era stracolmo, l'unico palco vuoto era il quinto da destra del secondo ordine. Allora pigliò una decisione immediata, tornò in camerino, si spogliò del costume e si rivestì dei suoi abiti, lasciando intatto il trucco, una lunga barba grigia, folte e bianche sopracciglia. Nessuno l'avrebbe più riconosciuto e quindi non avrebbe più cantato. Capiva benissimo che la sua carriera era finita, che avrebbe dovuto arrangiarsi per sopravvivere, ma non sapeva che farci: senza Gegè non poteva cantare. Si svegliò in un bagno di sudore. Aveva combinato a modo suo un classico sogno freudiano, quello del palco vuoto. Che voleva dire? Che l'inutile attesa di Lillo Rizzitano gli avrebbe rovinato l'esistenza?

«Commissario? Sono il preside Burgio. È da un pezzo che non ci sentiamo. Ha notizie del comune amico?»

«No.»

Monosillabico, rapido, a costo d'apparire scortese. Bisognava scoraggiare le lunghe telefonate o quelle inutili, se Rizzitano si decideva, trovando occupato capace che ci ripensava.

«Io penso che ormai l'unico modo che ci resta per parlare con Lillo, mi perdoni la battutaccia, è far ricorso al tavolino a tre gambe.»

Fece una grande sciarra con Adelina. La cammarera era da poco trasuta nella cucina che la sentì fare voci. Poi se la vide comparire in cammara di letto.

«Vossia non mangiò né aieri a mezzujorno né aieri sira!»

«Non avevo pititto, Adelì.»

«Io m'ammazzo di travaglio a fàricci cose 'nguliate e vossia le sdegna!»

«Non le sdegno, ma te l'ho detto: mi faglia il pititto.»

«E po' chista casa diventò un purcile! Vossia 'un voli ca lavo 'n terra, 'un voli ca lavo i robbi! Havi cinco jorna ca si teni la stissa cammisa e li stessi mutanni! Vossia feti!»

«Scusami, Adelina, vedrai ca mi passa.»

«E allura mi lu fa sapìri quannu ci passa, e iu tornu. Iu pedi ccà 'un cinni mettu cchiù. Quannu si senti bonu, mi chiama.»

Se ne niscì sulla verandina, s'assittò sulla panca, si mise il telefono allato, pigliò a taliare il mare. Non poteva fare altro, leggiri, pinsari, scriviri, nenti. Taliare il mare. Stava perdendosi, lo capiva, nel pozzo senza fondo di un'ossessione. Gli tornò a mente una pellicola che aveva visto, tratta forse da un romanzo di Dürrenmatt, dove c'era un commissario che s'ostinava ad aspettare un assassino che doveva passare da un certo posto di montagna e invece quello non ci sarebbe passato mai più, ma il commissario non lo sapeva, l'aspettava, continuava ad aspettarlo e intanto correvano i giorni, i mesi, gli anni...

Verso le undici di quella stessa matinata il telefono squillò. Nessuno aveva ancora chiamato dopo la telefonata matutina del preside. Montalbano non sollevò il ricevitore, era rimasto come paralizzato. Sapeva con assoluta certezza – e non arrinisciva a spiegarsi il perché – chi avrebbe sentito all'altro capo del filo.

Si fece forza, sollevò il ricevitore.

«Pronto? Il commissario Montalbano?»

Una bella voce profonda, magari se da vecchio.

«Sì, sono io» disse il commissario. E non poté trattenersi dall'aggiungere:

«Finalmente!»

«Finalmente» ripeté l'altro.

Rimasero un attimo in silenzio, ad ascutare i loro respiri.

«Sono arrivato adesso a Punta Raisi. Potrò essere da lei a Vigàta per le tredici e trenta al massimo. Se è d'accordo, mi spieghi con precisione dove m'aspetta. È da molto che manco dal paese. Da cinquantuno anni.»

VENTICINQUE

Spolverò, scopò, lavò per terra con la velocità di certe comiche del cinema muto. Dopo andò in bagno e si pulizió come aveva fatto solo un'altra volta nella vita, quando a sedici anni era andato al primo appuntamento amoroso. Si fece una doccia interminabile, sciaurandosi le ascelle, la pelle delle braccia, cospargendosi alla fine, ad ogni buon conto, di colonia. Sapeva d'essere ridicolo, ma scelse il vestito migliore, la cravatta più seria, spazzolò le scarpe sino a farle apparire come se avessero una lampadina incorporata. Poi gli venne l'idea di preparare la tavola, ma con un solo posto, lui era sì adesso assugliato da una fame canina, però era certo di non essere capace d'inghiottire.

Aspettò, interminabilmente aspettò. L'una e mezzo passò e lui si sentì male, ebbe una specie di mancamento. Si versò tre dita di whisky liscio, l'inghiottì di colpo. Poi, la liberazione: il rumore di un'auto lungo il vialetto d'accesso. Si precipitò a spalancare il portoncino. C'era un tassì targato Palermo, ne discese un vecchio molto ben vestito, con un bastone in una mano e nell'altra una valigetta ventiquattrore. Pagò, e mentre il tassì faceva manovra, si taliò attorno. Era dritto, la testa alta, metteva una certa soggezione. Subito a Montalbano gli parse d'averlo visto da qualche parte. Gli si fece incontro.

«Qua è tutto case?» spiò il vecchio.

«Sì.»

«Una volta non c'era niente, solo cespugli e rena e mare.»

Non si erano salutati, non si erano presentati. Si conoscevano.

«Sono quasi cieco, vedo con molta difficoltà» fece il vecchio assittato sulla panchina della veranda, «ma qua mi pare molto bello, fa tranquillità.»

Solo in quel momento il commissario capì dove aveva visto il vecchio, non era lui precisamente ma un suo sosia perfetto, ritratto in fotografia su un risvolto di copertina, Jorge Luis Borges.

«Vuole mangiare qualcosa?»

«Lei è molto gentile» disse il vecchio dopo un'esitazione. «Ma guardi, solo un'insalatina, un pezzetto di formaggio magro e un bicchiere di vino.»

«Venga di là, ho preparato la tavola.»

«Lei mangia con me?»

Montalbano aveva la vucca dello stomaco serrata, oltretutto provava una strana commozione. Mentì.

«Ho già pranzato.»

«Allora, se non le dispiace, può conzarmi qui?»

Conzare, apparecchiare. Rizzitano disse quel verbo siciliano come uno straniero che si sforzasse di parlare la lingua del posto.

«Mi sono reso conto che lei aveva capito quasi tutto» disse Rizzitano mentre mangiava con lentezza «da un articolo del "Corriere". Sa, io non riesco più a guardare la televisione, vedo ombre che mi fanno male alla vista.»

«Magari a me che ci vedo benissimo» disse Montalbano.

«Sapevo però già che Lisetta e Mario erano stati da lei ritrovati. Ho due figli mascoli, uno è ingegnere, l'altro è professore come me, sposati. Ora una delle mie nuore è leghista arrabbiata, una cretina insopportabile, mi vuole molto bene, ma mi considera un'eccezione perché pensa che tutti i meridionali siano dei delinquenti o, nella migliore delle ipotesi, sfaticati. Perciò non manca mai di dirmi: lo sa, papà, dalle parti sue – le parti mie si estendono dalla Sicilia a Roma compresa – hanno ucciso questo, hanno sequestrato quello, arrestato quell'altro, messa una bomba, hanno trovato dentro una grotta, proprio nel suo paese, due giovani assassinati cinquant'anni fa...»

«Ma come?» intervenne Montalbano. «I suoi famigliari sanno che lei è di Vigàta?»

«Certo che lo sanno, però io non ho detto a nessuno, manco alla buonanima di mia moglie che avevo ancora delle proprietà a Vigàta. Ho raccontato che i miei genitori e gran parte dei parenti erano stati sterminati dalle bombe. In nessun modo potevano collegarmi coi morti del crasticeddru, ignoravano che era un pezzo di terra mia. Io però, a quella notizia, m'ammalai, mi venne la febbre alta. Tutto tornava violentemente ad essere presente. Le stavo dicendo dell'articolo del "Corriere". C'era scritto che un commissario di Vigàta, lo stesso che aveva trovato i morti, non solo era riuscito a identificare i due giovani assassinati, ma aveva anche scoperto che il cane di terracotta si chiamava Kytmyr. Allora ebbi la certezza che lei era riuscito a sapere della mia tesi di laurea. Quindi lei mi stava inviando un messaggio. Ho perduto tempo per convincere i miei figli a venire da solo, ho detto che volevo rivedere, prima di morire, i posti dov'ero nato e vissuto in gioventù.»

A Montalbano questa cosa non lo capacitava, ci tornò sopra.

«Quindi tutti, a casa sua, sapevano che lei era di Vigàta?»

«Perché avrei dovuto nasconderlo? E non ho mai cambiato nome, non ho mai avuto carte false.»

«Vuol dire che lei è riuscito a sparire senza mai voler sparire?»

«Esattamente. Uno viene trovato quando gli altri hanno veramente bisogno, o intenzione, di trovarlo... Ad ogni modo, lei mi deve credere se le dico che sono sempre vissuto col mio nome e cognome, ho fatto concorsi, li ho vinti, ho insegnato, mi sono sposato, ho fatto figli, ho nipoti che portano il mio cognome. Sono in pensione e la mia pensione è intestata a Calogero Rizzitano nato a Vigàta.»

«Ma avrà pur dovuto scrivere, che so, al Comune, all'università, per avere i documenti necessari!»

«Certo, ho scritto e me li hanno inviati. Commissario, non commetta un errore di prospettiva storica. Nessuno, a quel tempo, mi cercava.»

«Lei non ha ritirato manco i soldi che il Comune le doveva per l'esproprio delle sue terre.»

«Questo è il punto. Da trent'anni non avevo più contatti con Vigàta. Perché, invecchiando, i documenti del paese natale servono sempre di meno. Ma quelli che occorrevano per ricevere il denaro dell'esproprio, quelli diventavano rischiosi. Poteva darsi che qualcuno si fosse ricordato di me. E io invece con la Sicilia avevo chiuso da gran tempo. Non volevo – e non voglio – più averci a che fare. Se con un apparecchio speciale mi levassero il sangue che mi gira dentro, sarei felice.»

«Vuole farsi una passiata a ripa di mare?» spiò Montalbano dopo che l'altro aveva finito di mangiare.

Passiavano da cinque minuti, il vecchio s'appoggiava al bastone ma l'altro braccio lo teneva sopra quello del commissario, quando Rizzitano spiò:

«Mi vuole dire come ha fatto a identificare Lisetta e Mario? E come ha fatto a capire che io c'ero di mezzo? Mi scusi, ma a me camminare e parlare costa fatica.»

Mentre Montalbano gli contava tutto, ogni tanto il vecchio storceva la bocca, come a significare che le cose non erano andate così.

Poi Montalbano sentì che il peso del braccio di Rizzitano sul suo s'era fatto più forte; pigliato dal discorso, non s'era addunato che il vecchio era stanco della passiata.

«Vuole che rientriamo?»

S'assittarono di nuovo sulla panca della veranda.

«Allora» disse Montalbano. «Vuole dirmi come sono andate esattamente le cose?»

«Certo, sono qui per questo. Ma faccio molta fatica.»

«Cercherò di risparmiargliela. Facciamo così. Io le dirò quello che ho immaginato e lei mi correggerà se sbaglio.»

«D'accordo.»

«Dunque, un giorno dei primi di luglio del '43, Lisetta e Mario vengono a trovarla nella sua villa ai piedi del Crasto, dove abita momentaneamente solo. Lisetta è scappata da Serradifalco per raggiungere il suo fidanzato, Mario Cunich, un marinaio della nave-appoggio *Pacinotti*, che fra qualche giorno dovrà salpare...»

Il vecchio alzò una mano, il commissario s'interruppe.

«Mi perdoni, le cose non stavano così. E io ricordo tutto nei minimi particolari. La memoria dei vecchi, più passa il tempo, più si fa nitida. E impietosa. La sera del sei luglio, verso le nove, sentii bussare disperatamente alla porta. Andai ad aprire e mi trovai davanti Lisetta che era scappata. Era stata violentata.»

«Durante il viaggio da Serradifalco a Vigàta?»

«No. Da suo padre, la sera avanti.»

Montalbano non se la sentì di raprire bocca.

«E questo è solo l'inizio, ancora il peggio deve venire. Lisetta mi aveva confidato che suo padre, zio Stefano come io lo chiamavo, eravamo parenti, ogni tanto si pigliava con lei certe libertà. Un giorno Stefano Moscato, ch'era uscito dal carcere ed era sfollato coi suoi a Serradifalco, scoprì le lettere di Mario indirizzate alla figlia. Le disse che voleva parlarle di una cosa importante, se la portò in campagna, le gettò le lettere in faccia, la picchiò, la violentò. Lisetta era... non era mai stata con un uomo. Non diede scandalo, era di nervi saldissimi. Il giorno appresso se ne scappò, semplicemente, e venne a trovare me che ero per lei più che un fratello. L'indomani mattina andai in paese per avvertire Mario dell'arrivo di Lisetta. Mario arrivò nel primo pomeriggio, li lasciai soli e me ne andai a spasso per la campagna. Rincasai verso le sette di sera, Lisetta era sola, Mario era tornato sulla *Pacinotti*. Cenammo, e poi ci affacciammo a una finestra a guardare i fuochi d'artificio, così parevano, d'una incursione su Vigàta. Lisetta se n'andò a dormire di sopra, nella mia camera da letto. Io rimasi giù, a leggere un libro alla luce di un lume a petrolio. Fu allora che...»

Rizzitano s'interruppe, affaticato, tirò un lungo sospiro.

«Vuole un bicchiere d'acqua?»

Il vecchio parse non averlo sentito.

«... fu allora che sentii qualcuno che da lontano gridava qualcosa. O meglio, prima m'era sembrato un animale che si lamentasse, un cane che ululava. Invece era zio Stefano, chiamava la figlia. Era una voce che mi fece aggricciare la pelle, perché era quella, straziata e straziante, di un amante crudelmente abbandonato che animalescamente pativa e gridava il suo dolore, non era quella di un padre che cercava la figlia. Mi sconvolse. Aprii la porta, c'era buio fitto. Gridai che in casa c'ero solo io, perché veniva a cercare sua figlia da me? Me lo trovai davanti d'improvviso, una catapulta, entrò in casa, un pazzo, tremava, insultava me e Lisetta. Cercai di calmarlo, mi avvicinai. Mi colpì con un pugno in faccia, caddi all'indietro stordito. Vidi che ora aveva in mano un revolver, diceva che m'avrebbe ammazzato. Commisi un errore, gli rinfacciai che voleva sua figlia per violentarla di nuovo. Mi sparò, mancandomi, era troppo sconvolto. Prese meglio la mira, ma in quel momento esplose un altro sparo. Io, in camera mia, vicino al letto, tenevo un fucile da caccia carico. Lisetta l'aveva preso e, dall'alto della scala, aveva sparato al padre. Zio Stefano venne colpito a una spalla, barcollò, l'arma gli cadde di mano. Freddamente, Lisetta gl'intimò d'andarsene o l'avrebbe finito. Fui certo che non avrebbe esitato a farlo. Zio Stefano guardò sua figlia a lungo negli occhi, poi cominciò a mugolare a labbra chiuse, non credo solo per la ferita, girò le spalle, uscì. Sprangai porte e finestre. Ero atterrito e fu Lisetta a rincuorarmi, a darmi forza. Restammo barricati pure la mattina dopo. Verso le tre arrivò Mario, gli raccontammo quello che era successo con zio Stefano e allora lui decise di passare la notte con noi, non voleva lasciarci soli, certamente il padre di Lisetta ci avrebbe ritentato. Verso mezzanotte si scatenò su Vigàta un bombardamento terribile, ma Lisetta rimase tranquilla perché il suo Mario era con lei. La mattina del nove luglio andai a Vigàta per vedere se la casa che avevamo in paese stava ancora in piedi. Raccomandai a Mario di non aprire a nessuno e di tenere il fucile a portata di mano.»

S'interruppe.

«Ho la gola secca.»

Montalbano corse in cucina, tornò con un bicchiere e una caraffa d'acqua fresca. Il vecchio pigliò il bicchiere con le due mani, era scosso da un tremore. Il commissario provò una pena acuta.

«Se vuole smettere per un po', ripigliamo dopo.»

Il vecchio fece 'nzinga di no con la testa.

«Se smetto, non riprendo più. Rimasi a Vigàta fino al tardo pomeriggio. La casa non era stata distrutta, ma c'era un gran disordine, porte e finestre divelte per gli spostamenti d'aria, mobili caduti, vetri rotti. Misi in ordine come meglio potevo, lavorai fin quasi sera. Nel portone non trovai più la bicicletta, me l'avevano rubata. M'avviai a piedi verso il Crasto, un'ora di strada. Dovevo camminare proprio sul ciglio della provinciale perché c'era un gran movimento di mezzi militari, italiani e tedeschi, nei due sensi. Proprio quando ero arrivato all'altezza della trazzera che portava alla villa, sbucarono sei cacciabombardieri americani che iniziarono a mitragliare e a spezzonare. Gli aerei volavano bassissimi, facevano un rumore di tuono. Mi buttai in un fosso e quasi subito venni colpito con gran forza alla schiena da un oggetto che sulle prime credetti una grossa pietra scagliata via dallo scoppio d'una bomba. Era invece uno scarpone militare, con dentro il piede tranciato poco sopra il malleolo. Scattai in piedi, imboccai la trazzera, mi dovetti fermare per dare di stomaco. Le gambe non mi reggevano, caddi due o tre volte, mentre alle mie spalle il rumore degli aerei s'affievoliva, più chiaramente s'udivano urla, lamenti, preghiere, ordini tra i camion che bruciavano. Nell'attimo in cui mettevo piede nell'ingresso di casa mia, al piano di sopra risuonarono due spari, a brevissima distanza l'uno dall'altro. Lo zio Stefano – pensai – è riuscito a entrare in casa e ha portato a termine la sua vendetta. Vicino alla porta c'era una grossa sbarra di ferro che ci serviva per sprangarla. La presi, salii senza far rumore. La porta della mia camera da letto era aperta, un uomo, poco oltre la soglia, teneva ancora in mano il revolver e mi voltava le spalle.»

Il vecchio non aveva mai susùto gli occhi sul commissario, ora invece lo taliò dritto.

«Secondo lei, ho la faccia d'un assassino?»

«No» disse Montalbano. «E se si riferisce a quello che stava dentro la camera con l'arma in pugno, si metta il cuore in pace, lei ha agito in stato di necessità, per legittima difesa.»

«Uno che ammazza un uomo, è sempre uno che ammazza un uomo, queste che lei mi dice sono formule legali per dopo. Quella che conta è la volontà del momento. E io quell'uomo volli ammazzarlo, qualsiasi cosa avesse fatto a Lisetta e a Mario. Alzai la sbarra e gli sferrai un colpo alla nuca, con tutte le forze e con la speranza di sfracellargli la testa. Cadendo, l'uomo scoprì la vista del letto. Sopra c'erano Mario e Lisetta, nudi, avvinghiati, in un mare di sangue. Dovevano essere stati sorpresi dal bombardamento vicinissimo alla casa mentre facevano all'amore, e si erano abbracciati in quel modo per la paura. Per loro non c'era niente da fare. Forse qualcosa c'era da fare per l'uomo ch'era a terra alle mie spalle, rantolava. Con un calcio lo girai a faccia in alto, era un tirapiedi di zio Stefano, un delinquente. Sistematicamente, con la sbarra, gli ridussi la testa in poltiglia. Allora impazzii. Cominciai a passare da una stanza all'altra, cantando. Lei ha mai ammazzato qualcuno?»

«Sì, purtroppo.»

«Dice purtroppo e quindi non ha provato soddisfazione. Io invece più che soddisfazione, gioia. Ero felice, le ho detto che cantavo. Poi caddi su una sedia, travolto dall'orrore, orrore di me. Mi odiai. Erano riusciti a farmi diventare un assassino e io non ero stato capace di resistere, anzi, ne ero stato contento. Il sangue dentro di me era infetto, malgrado io avessi cercato di purificarlo con la ragione, l'educazione, la cultura e tutto quello che vuole lei. Era il sangue dei Rizzitano, di mio nonno, di mio padre, di uomini di cui in paese la gente perbene preferiva non parlare. Come loro e peggio di loro. Poi, nel mio delirio, apparve una possibile soluzione. Se Mario e Lisetta avessero continuato a dormire, tutto quell'orrore non era mai accaduto. Un incubo, un cattivo sogno. Allora...»

Il vecchio non ce la faceva proprio più, Montalbano ebbe scanto che gli veniva un colpo.

«Continuo io. Prese i cadaveri dei due giovani, li portò nella grotta e li ricompose.»

«Sì, ma a dirlo è facile. Dovetti portarli dentro a uno a uno. Ero esausto, letteralmente inzuppato di sangue.»

«La seconda grotta, quella nella quale lei mise i corpi, magari quella era stata utilizzata per tenerci i generi da borsa nera?»

«No. Mio padre ne aveva chiuso l'entrata con dei sassi, a secco. Io li tolsi e alla fine li rimisi al loro posto. Per vederci, usai torce a pila, ne avevamo tante in campagna. Ora dovevo trovare i simboli del sonno, quelli della leggenda. Per il bùmmolo e la ciotola coi soldi fu facile, ma il cane? A Vigàta, nell'ultimo Natale...»

«So tutto» fece Montalbano. «Il cane, quando si fece l'asta, lo comprò qualcuno dei suoi.»

«Mio padre. Ma siccome a mamma non piaceva, venne messo in un ripostiglio in cantina. Me ne ricordai. Quando finii e chiusi la grotta grande con il masso a porta, era notte fonda, e mi sentii quasi sereno. Lisetta e Mario ora dormivano davvero, non era successo niente. Perciò il cadavere che ritrovai al piano di sopra non m'impressionò più, non esisteva, era frutto della mia immaginazione sconvolta dalla guerra. Poi si scatenò la fine del mondo. La casa vibrava sotto i colpi che cadevano a pochi metri, ma non si sentiva rumore di aerei. Erano le navi, sparavano dal mare. Uscii di corsa, temevo di restare sotto le macerie se la casa fosse stata colpita. All'orizzonte, pareva stesse spuntando il giorno. Cos'era tutta quella luce? Alle mie spalle la villa esplose, letteralmente, venni colpito alla testa da una scheggia e svenni. Quando riaprii gli occhi, la luce all'orizzonte era più intensa, si sentiva un rombo continuo e lontano. Riuscii a trascinarmi sulla strada, facevo cenni, gesti, ma nessun automezzo si fermava. Scappavano tutti. Rischiai d'essere investito da un camion. Frenarono, un soldato italiano mi issò a bordo. Da quello che dicevano, capii che gli americani stavano sbarcando. Li supplicai di portarmi con loro, dovunque andassero. Lo fecero. Quello che è accaduto dopo a me non credo le importi. Sono sfinito.»

«Vuole distendersi un poco?»

Montalbano dovette quasi portarlo di peso, l'aiutò a svestirsi.

«Le chiedo perdono» disse «d'aver risvegliato i dormienti, d'avere riportato lei alla realtà.»

«Doveva succedere.»

«Il suo amico Burgio, che m'ha tanto aiutato, sarebbe lieto di vederla.»

«Io no. E se niente lo contrasta, lei dovrebbe fare come se io non fossi mai venuto.»

«Certo, non c'è niente che lo contrasti.»

«Vuole altro da me?»

«Niente. Solo dirle che le sono profondamente grato per aver risposto al mio richiamo.»

Non avevano altro da dirsi. Il vecchio taliò il ralogio che parse infilarselo negli occhi.

«Facciamo così. Io dormo un'oretta, poi mi sveglia, chiama un tassì e vado a Punta Raisi.»

Montalbano accostò gli scuri della finestra, s'avviò alla porta.

«Scusi un momento, commissario.»

Il vecchio, dal portafoglio che aveva messo sul comodino, aveva tirato fuori una foto e la pruìva al commissario.

«Questa è la mia ultima nipote, ha diciassette anni, si chiama Lisetta.»

Montalbano si avvicinò a uno spicchio di luce. Se non fosse stato per i jeans che indossava e il motorino al quale s'appoggiava, questa Lisetta era identica, una stampa e una figura, all'altra Lisetta. Ridiede la foto a Rizzitano.

«Mi perdoni ancora, mi porta un bicchiere d'acqua?»

Assittato nella verandina, Montalbano diede le risposte alle domande che la sua testa di sbirro formulava. Il corpo del sicario, seppure l'avevano ritrovato sotto le macerie, sicuramente non era stato possibile identificarlo. I genitori di Lillo o avevano creduto che quei resti erano quelli del figlio o, secondo la versione del contadino, questi era stato raccolto in fin di vita dai militari. Però non avendo più dato notizie, era sicuramente morto da qualche parte. Per Stefano Moscato quei resti appartenevano al sicario che, dopo aver compiuto l'opera sua, avere cioè ammazzato Lisetta, Mario e Lillo e averne fatto scomparire i corpi, era tornato nella villa per rubare qualcosa ma era stato dilaniato dal bombardamento. Certo della morte di Lisetta, aveva tirato fuori la storia del soldato americano. Ma il suo parente di Serradifalco, quando era venuto a Vigàta, non ci aveva creduto e aveva interrotto i rapporti con lui. Il fotomontaggio gli fece tornare in mente la fotografia che gli aveva mostrato il vecchio. Sorrise. Le affinità elettive erano un gioco rozzo a paro degli insondabili giri del sangue, capace di dare peso, corpo, respiro alla memoria. Taliò il ralogio e sobbalzò. L'ora era ampiamente passata. Trasì nella cammara di letto. Il vecchio si stava godendo un sonno sereno, il respiro lèggio, l'ariata distesa, calma. Viaggiava nel paese del sonno senza più ingombro di bagaglio. Poteva dormire a lungo, tanto sul comodino c'erano il portafoglio coi soldi e un bicchiere d'acqua. Si ricordò del cane di peluche che aveva comprato a Livia a Pantelleria. Lo trovò sopra il comò, nascosto dietro una scatola. Lo pigliò, lo mise a terra, ai piedi del letto. Poi chiuse adascio adascio la porta alle sue spalle.

NOTA DELL'AUTORE

L'idea di scrivere questa storia m'è venuta mentre, per cortesia verso due allievi registi egiziani, studiavamo in classe *La gente della caverna* di Taufik al-Hakim.

Trovo giusto perciò dedicarlo a tutti i miei allievi dell'Accademia nazionale d'arte drammatica Silvio d'Amico, dove insegno regia da oltre ventitré anni.

È noioso ripetere, ad ogni libro che si stampa, che fatti, personaggi e situazioni sono inventati. Ma pare sia necessario farlo. Allora, dato che ci sono, voglio aggiungere che i nomi dei miei personaggi nascono per divertite assonanze, senza nessuna volontà di malizia.

IL LADRO DI MERENDINE

UNO

S'arrisbigliò malamente: i linzola, nel sudatizzo del sonno agitato per via del chilo e mezzo di sarde a beccafico che la sera avanti si era sbafato, gli si erano strettamente arravugliate torno torno il corpo, gli parse d'essere addiventato una mummia. Si susì, andò in cucina, raprì il frigorifero, si scolò mezza bottiglia d'acqua aggilata. Mentre beveva, taliò fora dalla finestra spalancata. La luce dell'alba prometteva giornata bona, il mare una tavola, il cielo chiaro senza nuvole. Montalbano, soggetto com'era al tempo che faceva, si sentì rassicurato circa l'umore che avrebbe avuto nelle ore a venire. Era ancora troppo presto, si ricurcò, si predispose ad altre due ore di dormitina tirandosi il linzolo sopra la testa. Pensò, come sempre faceva prima d'addormentarsi, a Livia nel suo letto di Boccadasse, Genova: era una prisenza propiziatrice a ogni viaggio, lungo o breve che fosse, in «the country sleep», come faceva una poesia di Dylan Thomas che gli era piaciuta assà.

Il viaggio era appena principiato che venne subito interrotto dallo squillo del telefono. Gli parse che quel suono gli trasisse, come una virrìna, dentro un orecchio per nesciri dall'altro, trapanandogli il cervello.

«Pronto!»

«Con chi è che io sto parlando?»

«Dimmi prima chi sei.»

«Catarella sono.»

«Che c'è?»

«Mi scusasse, ma non avevo arraccanosciuta la voce sua di lei, dottori. Capace che lei stava dormendo.»

«Capace di sì, alle cinque di matina! Mi vuoi dire che c'è senza stare ulteriormente a scassarmi la minchia?»

«Ci fu un morto accìso a Mazara del Vallo.»

«E che me ne fotte a me? Io a Vigàta sto.»

«Ma guardi, dottori, che il morto...»

Riagganciò, staccò la spina. Prima di chiudere gli occhi si disse che forse era stato il suo amico Valente, vicequestore di Mazara, a cercarlo. Gli avrebbe telefonato più tardi, dal suo ufficio.

La persiana sbatté con violenza contro il muro e Montalbano di scatto si susì a mezzo del letto, gli occhi sgriddrati dallo spavento, persuaso, nel fumo del sonno che ancora l'avvolgeva, che qualcuno gli avesse sparato. In un vìdiri e svìdiri il tempo era cangiato, un vento freddo e umido faceva onde dalla scumazza gialligna, il cielo era interamente coperto di nuvole che amminazzavano pioggia.

Si susì santiando, andò in bagno, raprì la doccia, s'insaponò. A un tratto l'acqua finì. A Vigàta, e quindi anche a Marinella dove lui abitava, l'acqua la davano probabilmente ogni tre giorni. Probabilmente, perché non era detto che non la dessero il giorno appresso o la settimana seguente. Per questo Montalbano si era premunito facendo installare sul tetto della villetta recipienti capienti, ma si vede che questa volta l'acqua non la stavano dando da più di otto giorni, questa era l'autonomia di cui poteva godere. Corse in cucina, mise una pentola sotto il rubinetto a raccogliere il magro filo che ne usciva, lo stesso fece con il lavabo. Arriniscì, con la poca acqua raccolta, a levarsi in qualche modo il sapone di dosso, ma tutta la facenna non aiutò certo il suo umore.

Mentre guidava verso Vigàta, dicendo parolazze a tutti gli automobilisti che incrociava, i quali, a suo parere, col codice della strada, per un verso o per l'altro, usavano puliziarsene il culo, gli tornarono a mente la telefonata di Catarella e la spiegazione che lui se n'era fatta. Non reggeva, se Valente avesse avuto bisogno di lui per qualche omicidio successo a Mazara, l'avrebbe, alle cinque del matino, cercato a casa e non in ufficio. Quella spiegazione l'aveva confezionata per comodo, per scarricarsi la coscienza e farsi in pace altre due ore di sonno.

«Non c'è nisciuno assoluto!» gli comunicò Catarella appena lo vide, rispettosamente susendosi in piedi dalla seggia del centralino. Aveva con Fazio deciso di tenerlo lì dove, anche se riferiva telefonate stralunate e improbabili, avrebbe sicuramente fatto meno danno che in qualsiasi altro posto.

«E che è, festa?»

«Nonsi, dottori, non è giorno festevoli, ma sono tutti sul porto a scascione di quel morto a Mazara di cui il quale le tilifonai, se s'arricorda, nei paraggi di questa matinata presto.»

«Ma se il morto è a Mazara, che ci fanno sul porto?»

«Nonsi, dottori, il morto qua è.»

«Ma se il morto è qua, Cristo santo, perché mi vieni a dire che è morto a Mazara?»

«Pirchì il morto era di Mazara, lui lì travagliava.»

«Catarè, ragionando, si fa per dire, come usi tu, se ammazzano qua a Vigàta un turista di Bergamo, tu che mi dici? Che c'è un morto a Bergamo?»

«Dottori, la quistione sarebbe che è che questo morto è un morto di passaggio. Dunqui, lui l'hanno sparato ammentre che si trovava imbarcato sopra un piscariggio di Mazara.»

«E chi l'ha sparato?»

«I tunisini, dottori.»

Ci rinunziò a saperne di più, avvilito.

«Macari il dottor Augello è andato al porto?»

«Sissignori.»

Il suo vice, Mimì Augello, sarebbe stato ben felice se lui al porto non si fosse fatto vedere.

«Senti, Catarè, io devo scrivere un rapporto. Non ci sono per nessuno.»

«Pronti, dottori! Ci sarebbe la signorina Livia che sta al tilifono da Genova. Che faccio, dottori? Gliela passo o no?»

«Passamela.»

«Siccome che lei disse, manco deci minuti, che lei non c'era per nisciuno...»

«Catarè, ti ho detto di passarmela.»

«Pronto Livia? Ciao.»

«Ciao un cavolo. È tutta la mattina che cerco di telefonarti. A casa tua il telefono squilla a vuoto.»

«Ah sì? Mi sono dimenticato di riattaccarlo. Vedi, ti faccio ridere, stamattina alle cinque mi hanno telefonato che...»

«Non ho voglia di ridere. Ho provato alle sette e mezzo, alle otto e un quarto, ho riprovato alle...»

«Livia, ti ho già spiegato che avevo dimenticato...»

«Me. Avevi semplicemente dimenticato me. Ieri t'avevo avvertito che avrei chiamato alle sette e mezzo per decidere se...»

«Livia, t'avverto. Sta per piovere e tira vento.»

«E con ciò?»

«Lo sai. Con questo tempo divento di cattivo umore. Non vorrei che parola dietro parola...»

«Ho capito. Non ti chiamo più. Fallo tu, se vuoi.»

«Montalbano? Come sta? Il dottor Augello m'ha riferito tutto. È certamente una faccenda che avrà ripercussioni internazionali. Non crede?»

Si sentì pigliato dai turchi, non capiva di cosa il questore stesse parlandogli. Scelse la strada di un generico consenso.

«Eh già, eh già.»

Ripercussioni internazionali?!

«Comunque, ho disposto che il dottor Augello conferisse col prefetto. La cosa, come dire, esula.»

«Eh già.»

«Montalbano, si sente bene?»

«Benissimo. Perché?»

«No, è che mi pareva...»

«Un po' di mal di testa, tutto qui.»

«Oggi che giorno è?»

«Giovedì, signor questore.»

«Senta, sabato vuol venire a cena da noi? Mia moglie le preparerà spaghetti al nero di seppia. Una squisitezza.»

La pasta al nìvuro di sìccia. Coll'umore che si trovava in quel momento, avrebbe potuto condire un quintale di spaghetti. Ripercussioni internazionali?

Trasì Fazio e se l'abbatté davanti per porco.

«Qualcuno vuole avere la compiacenza di dirmi che cazzo sta succedendo?»

«Duttù, non se la pigliasse con mia solo perché tira vento. Io, stamatina presto, prima d'avvertire il dottor Augello ho fatto cercare lei.»

«Con Catarella? Se tu mi fai cercare da Catarella per una cosa importante vuol dire che sei un fetente. Lo sai benissimo che con quello non ci si capisce una minchia. Che è successo?»

«Un motopeschereccio di Mazara che, a quanto dice il comandante, stava pescando nelle acque internazionali, è stato attaccato da una motovedetta tunisina che gli ha sparato una raffica di mitra. Il peschereccio ha segnalato la posizione a una nostra motovedetta, la *Fulmine*, ed è riuscito a scappare.»

«Bravo» fece Montalbano.

«Chi?» spiò Fazio.

«Il comandante del peschereccio che invece di arrendersi trova il coraggio di scappare. E poi?»

«La mitragliata ha ammazzato uno dell'equipaggio.»

«Di Mazara?»

«Sì e no.»

«Ti vuoi spiegare?»

«Era un tunisino. Dicono che travagliava con le carte in regola. Là quasi tutti gli equipaggi sono misti. Primo perché sono buoni lavoratori e secondo perché, se vengono fermati, loro ci sanno come parlare con quelli.»

«Tu ci credi che il motopeschereccio stava pescando dentro le acque internazionali?»

«Io? E che ho, la faccia dello scimunito?»

«Pronto, dottor Montalbano? Sono Marniti della Capitaneria di Porto.»

«Mi dica, maggiore.»

«È per quella brutta faccenda del tunisino ammazzato sul peschereccio mazarese. Sto interrogando il comandante per stabilire esattamente dove si trovassero al momento dell'aggressione e la dinamica dei fatti. Dopo passerà dal suo ufficio.»

«Perché? Non è stato già interrogato dal mio vice?»

«Sì.»

«Allora non c'è proprio bisogno che venga qua. La ringrazio per la cortesia.»

Volevano tirarcelo dentro per i capelli, in quella storia.

La porta si spalancò con tale violenza che il commissario fece un salto dalla seggia. Apparve Catarella agitatissimo.

«Domando pirdonanza per la botta, ma la porta mi scappò.»

«Se trasi un'altra volta così, ti sparo. Che c'è?»

«C'è che tilifonarono ora ora che c'è uno che si trova dintra un ascensori.»

Il calamaio, in bronzo finemente lavorato, mancò la fronte di Catarella, ma il botto che fece contro il legno della porta parse una cannonata. Catarella si rannicchiò, le braccia a proteggersi la testa. Montalbano principiò a pigliare a calci la scrivania. Dintra la cammara si precipitò Fazio, la mano sulla fondina aperta.

«Che fu? Che successe?»

«Fatti spiegare da questo stronzo cos'è questa storia di uno chiuso in un ascensore. Che si rivolgano ai pompieri. Però portatelo di là, io non lo voglio sentire parlare.»

Fazio tornò in un biz.

«Un morto ammazzato dentro un ascensore» fece rapido, essenziale, a scanso di qualche altra tiratina di calamaio.

«Cosentino Giuseppe, guardia giurata» si presentò l'omo vicino al cancello spalancato dell'ascensore. «Trovai io il pòvero signor Lapecora.»

«Come mai non c'è nessuno a curiosare?» si meravigliò Fazio.

«Ho rimandato tutti a casa loro. A mia qua m'ubbidiscono. Abito al sesto piano» fece orgogliosa la guardia aggiustandosi la giacca della divisa.

Montalbano si spiò cosa ne sarebbe stato del potere di Giuseppe Cosentino se avesse abitato nello scantinato.

Il defunto signor Lapecora era assittato sul pavimento dell'ascensore, le spalle appoggiate alla parete di fondo. Vicino alla mano destra c'era una bottiglia di Corvo bianco, ancora tappata con la stagnola. Allato alla mano mancina, un cappello grigio chiaro. Il fu signor Lapecora, vestito di tutto punto cravatta compresa, era un sessantino distinto, con gli occhi aperti e lo sguardo stupito, forse per il fatto d'essersi pisciato addosso. Montalbano si chinò, con la punta di un dito sfiorò la macchia scura in mezzo alle gambe del morto: non era piscio, ma sangue. L'ascensore era del tipo di quelli incassati che scorrevano dentro il muro, impossibile vedere le spalle del morto per capire se l'avevano ammazzato di lama o d'arma da foco. Aspirò profondamente, non sentì odore di polvere da sparo, capace che era svaporato.

Doveva avvertire il medico legale.

«Secondo te, il dottor Pasquano è ancora al porto o è tornato a Montelusa?» spiò a Fazio.

«Dev'essere ancora al porto.»

«Vallo a chiamare. E se ci sono Jacomuzzi e la banda degli scientifici dillo macari a loro di venire.»

Fazio se ne niscì di corsa. Montalbano si rivolse alla guardia giurata la quale, sentendosi interpellare, si mise rispettosamente sull'attenti.

«Riposo» fece stancamente Montalbano.

Il commissario apprese che il palazzo era di sei piani, che c'erano tre appartamenti per piano, tutti abitati.

«Io abito al sesto piano, che è l'ultimo» ci tenne a ribadire Cosentino Giuseppe.

«Era maritato il signor Lapecora?»

«Sissignore. Con Palmisano Antonietta.»

«Anche la vedova ha rimandato a casa?»

«Nossignore. La vedova ancora non lo sa d'essere vedova. È partita stamattina presto per andare a trovare sua sorella a Fiacca, datosi che questa sorella non sta tanto bene di salute. Pigliò la corriera delle sei e mezzo.»

«Mi scusi, ma lei come le sa tutte queste cose?»

Il sesto piano gli dava macari questo potere, che tutti dovevano dargli conto e ragione di quello che facevano?

«Perché la signora Palmisano Lapecora» spiegò la guardia «lo disse aieri a sira alla mia signora, datosi che le due fimmine si parlano.»

«Hanno figli?»

«Uno. È medico. Ma campa lontano da Vigàta.»

«Che mestiere faceva?»

«Il commerciante. Ha lo scagno in Salita Granet numero 28. Ma negli ultimi anni ci andava solamente tre volte la simana, il lunedì, il mercoledì e il venerdì, datosi che gli era passata la gana di travagliare. Aveva messo qualche soldo da parte, non doveva dipendere da nisciuno.»

«Lei è una miniera d'oro, signor Cosentino.»

La guardia giurata scattò nuovamente nella posizione d'attenti.

In quel momento arrivò una donna sulla cinquantina, le gambe parevano tronchi d'albero. Aveva le mani cariche di sacchetti di plastica stracolmi.

«La spisa feci!» proclamò taliando torva il commissario e la guardia giurata.

«Me ne compiaccio» fece Montalbano.

«E io no, vabbeni? Pirchì ora mi devo fari sei piani di scale a piedi. Quanno ve lo portate il morto?»

E fulminati ancora una volta i due, principiò la faticosa salita. Soffiava dalle nasche come un toro infuriato.

«Quella è una fìmmina terribile, signor commissario. Si chiama Pinna Gaetana. Abita nell'appartamento allato al mio e non passa giorno che non attacca lite con la mia signora la quale, datosi che è una vera signora, non ci dà soddisfazione e quella piglia e si mette a fare più catùnio, soprattutto quando devo rifarmi del sonno perso in servizio.»

Il manico del coltello che sporgeva tra le scapole del signor Lapecora era consunto, un arnese da cucina comunissimo.

«Quando l'hanno ammazzato, secondo lei?» spiò il commissario al dottor Pasquano.

«A occhio e croce, tra le sette e le otto di questa mattina. Ma le saprò essere più preciso.»

Arrivò Jacomuzzi con i suoi della Scientifica, principiarono i loro complessi rilievi.

Montalbano niscì dal portone, tirava vento, ma il cielo restava lo stesso cummigliato dalle nuvole. La strada era cortissima, con due soli negozi che si fronteggiavano. A mano mancina c'era una putìa di frutta e verdura, darrè il bancone ci stava un omo sicco sicco, una delle due spesse lenti degli occhiali era incrinata.

«Buongiorno, sono il commissario Montalbano. Stamattina, per caso, ha visto trasiri o nesciri dal portone il signor Lapecora?»

L'omo sicco sicco si fece una risatina e non arrispunnì.

«Ha sentito la mia domanda?» fece il commissario tanticchia alterato.

«Per sentirla, l'ho sentita» fece il fruttarolo. «Ma in quanto a vedere, è una disgrazia. Manco se fosse nisciuto un carro armato da quel portone sarei stato in condizione di vederlo.»

A mano dritta c'era un pescivendolo con due clienti. Il commissario aspettò che fossero usciti e trasì a sua volta.

«Buongiorno, Lollo.»

«Buongiorno, commissario. Ho àiole freschissime.»

«Lollo, non sono qua per accattare pisci.»

«Venne per il morto.»

«Sì.»

«Come morì Lapecora?»

«Una coltellata alle spalle.»

Lollo lo taliò a bocca aperta.

«Lapecora ammazzato?!»

«Perché ti meravigli tanto?»

«E chi poteva volergli male al signor Lapecora? Un gran galantuomo era. Cose da pazzi.»

«Tu stamattina lo vidisti?»

«Nonsi.»

«A che ora hai aperto?»

«Alle sei e mezzo. Ah, ecco, all'angolo della strada ho incontrato la signora Antonietta, la moglie, che correva.»

«Andava a prendere la corriera per Fiacca.»

C'erano molte probabilità, concluse Montalbano, che Lapecora era stato ammazzato mentre stava pigliando l'ascensore per uscire da casa. Abitava al quarto piano.

Il dottor Pasquano si portò il morto a Montelusa per l'autopsia, Jacomuzzi perse ancora qualche tempo riempiendo tre sacchettini di plastica con un mozzicone di sigaretta, tanticchia di polvere e un minuscolo pezzetto di legno.

«Ti farò sapere.»

Montalbano trasì nell'ascensore, fece 'nzinga d'accomodarsi alla guardia giurata che per tutto il tempo non si era spostata di un centimetro. Cosentino parse esitare.

«Che ha?»

«C'è ancora il sangue sul pavimento.»

«Ebbè? Stia attento a non sporcarsi le suole. Vuole farsi sei piani a piedi?»

DUE

«S'accomodasse, s'accomodasse» fece festosa la signora Cosentino, una palla baffuta d'irresistibile simpatia.

Montalbano trasì in una cammara di mangiare con salottino annesso. La signora si rivolse preoccupata al marito.

«Non ti sei potuto arriposare, Pepè.»

«Il dovìri. Quanno è dovìri è dovìri.»

«Lei è uscita stamattina, signora?»

«Non nescio mai prima che sia tornato Pepè.»

«Conosce la signora Lapecora?»

«Sissi. Quanno ci troviamo che aspettiamo l'ascensori, ci mettiamo tanticchia a chiacchiariàri.»

«Chiacchiariava pure col marito?»

«Nonsi. Non mi era simpatico. Brava pirsuna, non c'è che dire, ma non mi faceva sangue. Se mi permette un momento...»

Niscì. Montalbano si rivolse alla guardia giurata.

«Dov'è che presta servizio?»

«Al deposito del sale. Dalle otto di sira alle otto del matino.»

«È stato lei a scoprire il cadavere, no?»

«Sissignore. Saranno state le otto e dieci al massimo, il deposito è a due passi. Chiamai l'ascensore...»

«Non era al pianoterra?»

«Non c'era. M'arricordo benissimo che lo chiamai.»

«Lei naturalmente non sa a che piano era fermo.»

«Ci ho pinsato, commissario. Per il tempo che ci mise ad arrivare, per me era fermo al quinto piano. Credo d'aver fatto il calcolo giusto.»

Non quatrava. Vestitosi di tutto punto, il signor Lapecora...

«A proposito, come faceva di nome?»

«Aurelio inteso Arelio.»

... invece di scendere, era risalito di un piano. Il cappello grigio stava a dimostrare che doveva uscire per strada e non andare a trovare qualcuno nel palazzo.

«E poi che ha fatto?»

«Niente. Cioè, datosi che l'ascensore era arrivato, ho aperto la porta e ho visto il morto.»

«L'ha toccato?»

«Babbiamo? Ci ho spirenzia, io, di queste cose.»

«Come ha fatto a capire ch'era morto?»

«Ci lo dissi, ci ho spirenzia. Corsi dal fruttarolo e telefonai a voi. Doppo mi misi di guardia davanti all'ascensore.»

Trasì la signora Cosentino con una tazza fumante.

«L'aggradisce tanticchia di cafè?»

Il commissario l'aggradì. Poi si susì per andarsene.

«Aspetti un attimo» fece la guardia giurata raprendo un cassetto e porgendogli un blocchetto e una biro.

«Datosi che deve pigliare appunti» spiegò alla taliata interrogativa del commissario.

«E che siamo a scuola?» reagì Montalbano sgarbato.

Non sopportava i poliziotti che prendevano appunti. Quando ne vedeva uno che faceva accussì in televisione, cangiava canale.

Nell'appartamento allato ci stava la signora Gaetana Pinna, con le gambe a tronco d'albero. Appena la signora vide Montalbano l'aggredì.

«Ve lo portaste finalmente il morto?»

«Sì, signora. Può usare l'ascensore. No, non chiuda. Le devo rivolgere qualche domanda.»

«A mia?! Nenti ho da dire, io.»

Si sentì una voce dall'interno, ma più che una voce una specie di rombo basso.

«Tanina! Non fare la vastasa! Fai trasire il signore!»

Il commissario trasì nella solita cammara pranzo-salotto. Seduto su una poltrona, in canottiera, un linzolo sulle gambe, c'era un elefante, un omo di proporzioni gigantesche. I piedi nudi, fora dal linzolo, parevano zampe; macari il naso, lungo e pinzoliante, assomigliava a una proboscide.

«S'assittasse» fece l'omo, che aveva evidentemente voglia di parlare, indicando una seggia. «A mia, quanno me' mogliere fa la scorbutica, mi viene gana di... di...»

«... barrire?» scappò detto a Montalbano.

L'altro fortunatamente non capì.

«... di spaccarle la testa. Mi dica.»

«Lei conosceva il signor Aurelio Lapecora?»

«Io non accanuscio nisciuno in questo casamento. Ci abito da cinque anni e non accanuscio manco un cane. Da cinque anni non arrivo manco al pianerottolo. Non posso cataminare le gambe, mi costa fatica. Qua sopra, dato che nell'ascensore non ci trasivo, mi ci acchianarono quattro scaricatori di porto. M'imbracarono, come si fa con i pianoforti.»

Rise, una sorta di rotolìo di tuoni.

«Lo conoscevo io, il signor Lapecora» intervenne la mogliere. «Era un omo 'ntipatico. A salutare una pirsuna ci veniva la suffirenzia.»

«Lei, signora, com'ha saputo ch'era morto?»

«Comu lo seppi? Dovevo nesciri per la spisa e chiamai l'ascensore. Nenti, non veniva. Mi feci persuasa che quarchiduno aveva lasciato la porta aperta, come spissu càpita con questi vastasazzi che abitano nel casamento. Scinnii a pedi e vitti la guardia giurata che faceva la guardia al catàfero. E, fatta la spisa, ho dovuto acchianare la scala a pedi, che ancora mi manca lo sciato.»

«E menu mali, accussì parli di meno» fece l'elefante.

FAM. CRISTOFOLETTI c'era scritto sulla porta del terzo appartamento, ma ebbe voglia il commissario a tuppiare, nessuno venne ad aprire. Tornò a bussare a casa Cosentino.

«Mi dica, commissario.»

«Sa se la famiglia Cristofoletti...»

La guardia giurata si diede una gran manata sulla fronte.

«Me lo scordai a dirglielo! Datosi questo fatto del morto, mi scappò di mente. I signori Cristofoletti sono tutti e due a Montelusa. Lei, la signora Romilda, è stata operata, cose di fimmine. Domani dovrebbero essere di ritorno.»

«Grazie.»

«Di niente.»

Fece due passi nel pianerottolo, tornò indietro, rituppiò.

«Mi dica, commissario.»

«Lei, prima, mi ha detto che aveva esperienza di morti. Come mai?»

«Ho fatto l'infirmere per qualche anno.»

«Grazie.»

«Di niente.»

Scese al quinto piano, quello dove, secondo la guardia giurata, stava fermo l'ascensore con Aurelio Lapecora già ammazzato. Era salito per incontrarsi con qualcuno e questo qualcuno l'aveva accoltellato?

«Mi scusi, signora, sono il commissario Montalbano.»

La giovane signora ch'era venuta ad aprire, trentina, molto bella ma trasandata, ariata complice, si mise l'indice sulle labbra a intimare silenzio.

Montalbano si squietò. Che significava quel gesto? Mannaggia alla sua abitudine di andare in giro disarmato! Cautamente la giovane si scostò dalla porta e il commissario trasì, quartiandosi e taliandosi attorno, in un piccolo studio pieno di libri.

«Per favore, parli a voce bassissima, se il bambino si sveglia è la fine, non possiamo discorrere, piange come un disperato.»

Montalbano tirò un sospiro di sollievo.

«Signora, lei sa tutto, vero?»

«Sì, me l'ha detto la signora Gullotta che abita nell'appartamento allato» fece la signora soffiandogli le parole nell'orecchio. Il commissario trovò la situazione molto eccitante.

«Lei quindi non ha visto stamattina il signor Lapecora?»

«Non sono ancora uscita da casa.»

«Suo marito dov'è?»

«A Fela. Insegna al ginnasio. Parte in macchina alle sei e un quarto spaccate.»

Si dispiacque per la brevità dell'incontro: più la taliava e più la signora Gulisano – così faceva il cognome sulla targhetta – gli piaceva. Femminilmente, la giovane l'intuì. Sorrise.

«Le posso offrire una tazza di caffè?»

«L'accetto volentieri» fece Montalbano.

Il bambino che gli venne ad aprire, nell'appartamento accanto, poteva al massimo avere quattro anni ed era torvamente strabico.

«Chi sei, straniero?» spiò.

«Sono un poliziotto» disse Montalbano sorridendo e sforzandosi al gioco.

«Non mi piglierai vivo» fece il bambino. E gli sparò con una pistola ad acqua centrandolo in piena fronte.

La colluttazione che seguì fu breve e, mentre il bambino disarmato principiava a piangere, Montalbano, con la freddezza di un killer, gli sparò in faccia, assuppandolo d'acqua.

«Che successe? Chi è?»

La mamma dell'angioletto, la signora Gullotta, non aveva niente da spartire con la mammina della porta allato.

Come primo provvedimento, la signora schiaffeggiò con forza il figlio, poi pigliò la pistola che il commissario aveva lasciato cadere a terra e la scaraventò fora dalla finestra.

«Accussì finisce sta gran camurrìa!»

Facendo urla strazianti, il bambino se ne scappò in un'altra cammara.

«Colpa di suo padre che gli accatta questi giocattoli! Lui se ne sta fora di casa tutto il giorno, se ne fotte, e a quel diavolo ci devo abbadare io! Lei che vuole?»

«Sono il commissario Montalbano. Per caso stamattina il signor Lapecora è salito da voi?»

«Lapecora? Da noi? E che doveva venirci a fare?»

«Me lo dica lei.»

«Io a Lapecora lo conoscevo sì, ma così, bongiorno e bonasira, mai una parola di più.»

«Forse suo marito...»

«Mio marito non ci parlava con Lapecora. E poi, quando avrebbe potuto farlo? Quello se ne sta fora di casa e se ne fotte.»

«Dov'è suo marito?»

«Come vede, fora di casa.»

«Sì, ma dove travaglia?»

«Al porto. Al mercato del pisci. Si susi alle quattro e mezza di matina e torna alle otto di sira. E beatu chi lo vede.»

Comprensiva, la signora Gullotta.

Sulla porta del terzo e ultimo appartamento del quinto piano c'era scritto PICCIRILLO. La fìmmina che venne ad aprire, una cinquantina distinta, era chiaramente agitata, nirbusa.

«Lei che vuole?»

«Sono il commissario Montalbano.»

La donna distolse lo sguardo.

«Niente sappiamo.»

Di colpo, Montalbano sentì feto d'abbrusciato. Era per questa fìmmina che Lapecora era risalito di un piano?

«Mi faccia entrare. Devo lo stesso rivolgerle qualche domanda.»

La signora Piccirillo gli fece largo con malaccrianza, l'introdusse in un salottino piacevole.

«Suo marito è in casa?»

«Sono vedova. Vivo con mia figlia Luigina che è schetta, non è maritata.»

«Se è in casa, la faccia venire.»

«Luigina!»

Apparve una ragazza poco più che ventenne, in jeans. Carina, ma pallidissima, letteralmente terrorizzata.

Il feto d'abbrusciato si fece ancora più forte e il commissario decise d'attaccare alla brutta.

«Stamattina Lapecora è venuto a trovarvi. Che voleva?»

«No!» fece Luigina quasi gridando.

«Glielo giuro!» proclamò la madre.

«Che rapporti avevate con il signor Lapecora?»

«Lo conoscevamo di vista» disse la signora Piccirillo.

«Non abbiamo fatto niente di male» piagnucolò Luigina.

«Sentitemi bene: se non avete fatto niente di male, non dovete avere scanto o timore. C'è un testimone che afferma che il signor Lapecora era al quinto piano quando...»

«Ma perché se la piglia con noi? In questo pianerottolo ci abitano altre due famiglie che...»

«Basta!» scattò Luigina in preda ad un attacco isterico. «Basta, mamà! Digli tutto! Diglielo!»

«E va bene. Stamattina mia figlia, che doveva andare presto dal parrucchiere, chiamò l'ascensore che arrivò subito. Doveva essere fermo al piano di sotto, al quarto.»

«A che ora?»

«Le otto, le otto e cinque. Raprì la porta, vide il signor Lapecora assittato 'n terra. Io, che l'avevo accompagnata, taliai dentro l'ascensore e quello mi parse 'mbriaco. Aveva una bottiglia di vino ancora da scolarsi e poi... pareva che si fosse fatto il bisogno addosso. Mia figlia ne provò schifo. Richiuse la porta dell'ascensore e fece per scendere a piedi. In quel momento l'ascensore si mise in moto, l'avevano chiamato da giù. Mia figlia è dilicata di stomaco, quella vista ci aveva fatto venire a tutte e due lo sconcerto. Luigina trasì in casa per darsi una rinfrescata e macari io. Non erano passati manco cinque minuti che la signora Gullotta venne a dirci che il pòviro signor Lapecora non era 'mbriaco, ma morto! Questo è quanto.»

«No» fece Montalbano. «Questo non è quanto.»

«Che viene a dire? La verità le dissi!» fece irritata e offisa la signora Piccirillo.

«La verità è leggermente diversa e più sgradevole. Voi due avete immediatamente capito che quell'uomo era morto. Ma non avete detto niente, avete fatto finta di non averlo manco visto. Perché?»

«Non volevamo andare a finire sulla bocca di tutti» ammise disfatta la signora Piccirillo. Di subito però ebbe uno scatto d'energia, gridò istericamente:

«Siamo persone perbene, noi!»

E quelle due persone perbene avevano lasciato che il cadavere venisse scoperto da qualcun altro, magari meno perbene? E se Lapecora agonizzava? Se ne erano fottute di lui per salvare... Che? Che cosa? Uscendo, sbatté la porta e si trovò davanti Fazio che era venuto a tenergli compagnia.

«Sono qua, commissario. Se ha bisogno...»

Gli lampò un'idea.

«Sì, ho bisogno. Tuppìa a quella porta, ci sono due fìmmine, madre e figlia. Omissione di soccorso. Portale in ufficio, facendo il più grosso scarmazzo possibile. Tutti, nel palazzo, devono credere che le abbiamo arrestate. Poi, quando arrivo io, le rimettiamo in libertà.»

Il ragionier Culicchia, che abitava nel primo appartamento del quarto piano, appena ebbe aperto la porta diede una spinta al commissario e l'allontanò.

«Mia mogliere non deve sentirci» fece accostando l'anta.

«Sono il commissario...»

«Lo so, lo so. Mi riportò la bottiglia?»

«Quale bottiglia?» spiò Montalbano strammato, taliando il settantino segaligno che aveva un'aria cospirativa.

«Quella che era vicino al morto, la bottiglia di Corvo bianco.»

«Non era del signor Lapecora?»

«Ca quale! È mia!»

«Scusi, non ho capito bene, si spieghi meglio.»

«Stamattina sono nisciuto per fare la spisa e quanno sono tornato, ho aperto l'ascensore. Dintra c'era Lapecora, morto. L'ho capito subito, io.»

«Lei l'ascensore l'ha chiamato?»

«E pirchì? Era già al pianoterra.»

«E che ha fatto?»

«Che dovevo fare, figlio mio? Io ho la gamba mancina e il braccio destro offisi. Mi spararono gli americani. Avevo quattro pacchi per mano, mi potevo fare tutte quelle scale a piedi?»

«Mi sta dicendo che se n'è salito col morto?»

«E per forza! Senonché, quando l'ascensori si fermò al mio piano, che poi è macari quello del morto, la bottiglia di vino rotolò dal sacchetto. Allora feci accussì: rapii la porta di casa, portai dintra i sacchetti e poi tornai fora per ricuperare la bottiglia. Ma non feci in tempo pirchì l'ascensori venne chiamato al piano superiore.»

«Com'è possibile? Se la porta era aperta!»

«Nossignore! Io l'avevo chiusa, per distrazione! Eh, la testa! Alla mia età non si arragiona più tanto bene. Non sapevo che fare, se mia moglie veniva a sapere che m'ero perso la bottiglia, mi scannava. Mi deve crìdiri, commissario. È una fimmina capace della qualunque.»

«Mi dica cos'è successo dopo.»

«L'ascensori mi passò nuovamenti davanti e se ne calò

al pianoterra. E allora io principiai a farmi le scale. Quando con la mia gamba offisa finalmente arrivai, trovai la guardia giurata che non faceva avvicinare a nisciuno. Io gli dissi della bottiglia e lui mi garantì che l'avrebbe riferito all'autorità. Lei autorità è?»

«In un certo senso.»

«La guardia glielo riferì il fatto della bottiglia?»

«No.»

«E io come faccio, ora? Come faccio? Quella i soldi mi conta!» si lamentò il ragioniere torcendosi le mani.

Al piano di sopra si sentirono le voci disperate delle Piccirillo e quella imperiosa di Fazio:

«Scendete a piedi! Silenzio! A piedi!»

Si raprirono le porte, volarono domande a voce alta, da piano a piano:

«A chi arrestarono? Alle Piccirillo arrestarono? Se le stanno portando? In galera vanno?»

Quando Fazio gli venne a tiro, Montalbano gli allungò diecimila lire:

«Dopo che le hai portate in ufficio, accatta una bottiglia di Corvo bianco e dalla a questo signore qua.»

Dall'interrogatorio degli altri inquilini, Montalbano non apprese niente d'importante. L'unico a dire una cosa di qualche interesse fu il maestro elementare Bonavia, del terzo piano. Spiegò al commissario che suo figlio Matteo, di anni otto, priparandosi per andare a scuola, era caduto scugnandosi il naso. Siccome il sangue non attagnava, l'aveva accompagnato al pronto soccorso. Erano le sette e mezzo e nell'ascensore non c'era traccia del signor Lapecora, né vivo né morto.

A parte i viaggi in ascensore fatti in qualità di cadavere, a Montalbano parse chiaro che: uno, il defunto risultava essere stato una brava persona, ma decisamente antipatica; due, era stato ammazzato in ascensore, tra le sette e trentacinque e le otto.

Se l'assassino aveva corso il rischio di farsi sorprendere da qualche inquilino col morto nell'ascensore, quello veniva a significare che il delitto non era stato premeditato, ma compiuto d'impulso.

Non era molto, e il commissario ci ragionò sopra tanticchia. Poi taliò il ralogio. Erano le due! Ecco perché sentiva tanto pititto. Chiamò Fazio.

«Io vado a mangiare da Calogero. Se intanto arriva Augello, mandamelo. Ah, senti: metti uno di guardia davanti all'appartamento del morto. Non la faccia trasiri prima che sia arrivato io.»

«A chi?»

«Alla vedova, la signora Lapecora. Le due Piccirillo sono ancora qua?»

«Sissi, dottore.»

«Rimandale a casa.»

«E che gli dico?»

«Che l'indagine continua. Accussì si cacano, queste persone perbene.»

TRE

«Che le posso servire oggi?»

«Che hai?»

«Quello che vuole, per primo.»

«Primo niente, ho intenzione di tenermi leggero.»

«Per secondo ho preparato alalonga in agrodolce e nasello in sarsa d'acciughi.»

«Ti sei dato alla grande cucina, Calò?»

«Certe volte mi spercia, mi viene il crapiccio.»

«Portami una porzione abbondante di nasello. Ah, dammi, intanto che aspetto, un bel piatto d'antipasto di mare.»

Ebbe un dubbio. Si trattava di un pasto leggero? Lasciò perdere la risposta e raprì il giornale. La manovrina economica che il governo avrebbe varato non sarebbe stata di quindici ma di ventimila miliardi. Sicuramente ci sarebbero stati rincari, tra i quali benzina e sigarette. La disoccupazione nel Sud aveva raggiunto una cifra ch'era meglio non far conoscere. I leghisti del Nord, dopo lo sciopero fiscale, avevano deciso di sfrattare i prefetti, primo passo verso la secessione. Trenta picciotti di un paese vicino a Napoli avevano violentato una picciotta etiope, il paese li difendeva, la negra non solo era negra ma magari buttana. Un piccilidddro di otto anni si era impiccato. Arrestati tre spacciatori la cui età media era di anni dodici. Un ventenne s'era fatto saltare il ciriveddro giocando alla roulette russa. Un ottantenne geloso...

«Ecco l'antipasto.»

Montalbano gli fu grato, ancora qualche altra notizia e gli sarebbe passato il pititto. Poi arrivarono gli otto pezzi di nasello, porzione chiaramente per quattro pirsune. Gridavano, i pezzi di nasello, la loro gioia per essere stati cucinati come Dio comanda. A nasata, il piatto faceva sentire la sua perfezione, ottenuta con la giusta quantità di pangrattato, col delicato equilibrio tra acciuga e uovo battuto.

Portò alla bocca il primo boccone, non l'ingoiò subito. Lasciò che il gusto si diffondesse dolcemente e uniformemente su lingua e palato, che lingua e palato si rendessero pienamente conto del dono che veniva loro offerto. Ingoiò il boccone e davanti al tavolo si materializzò Mimì Augello.

«Assèttati.»

Mimì Augello s'assittò.

«Mangerei anch'io» disse.

«Fai quello che vuoi. Ma non parlare, te lo dico come un fratello e nel tuo stesso interesse, non parlare per nessuna ragione al mondo. Se m'interrompi mentre sto mangiando questo nasello, sono capace di scannarti.»

«Mi porti spaghetti alle vongole» fece, per niente scantato, Mimì a Calogero che stava passando.

«In bianco o col sugo?»

«In bianco.»

In attesa, Augello s'impadronì del giornale del commissario e si mise a leggere. Gli spaghetti arrivarono quando per fortuna Montalbano aveva finito il nasello, perché Mimì cosparse abbondantemente il suo piatto di parmigiano. Gesù! Persino una jena ch'è una jena e si nutre di carogne avrebbe dato di stomaco all'idea di un piatto di pasta alle vongole col parmigiano sopra!

«Come ti sei comportato col questore?»

«Che significa?»

«Voglio solo sapere se al questore gli hai leccato il culo o le palle.»

«Ma che ti viene in mente?»

«Mimì, ti conosco. Tu hai afferrato a volo la facenna del tunisino mitragliato per metterti in mostra.»

«Ho fatto solo il dovere mio, dato che tu eri introvabile.»

Il parmigiano gli parse picca, ne aggiunse altre due cucchiaiate, ci macinò sopra tanticchia di pepe.

«E nell'ufficio del prefetto come sei entrato, strisciando?»

«Salvo, tu la devi finire.»

«E pirchì? Doppo che tu non manchi occasione per farmi le scarpe!»

«Io?! Io ti farei le scarpe? Salvo, se avessi veramente voluto farti le scarpe, in quattro anni che travagliamo assieme, tu a quest'ora saresti a dirigere il più perso commissariato nel più perso paese della Sardegna mentre io sarei, come minimo, vicequestore. Tu, Salvo, lo sai che sei? Un colabrodo che perde acqua da tanti pirtusa. E io non faccio altro che tapparti quanti più buchi posso.»

Aveva perfettamente ragione e Montalbano, che s'era sfogato, cangiò tono:

«Almeno informami.»

«Ho scritto il rapporto, lì c'è tutto. Un motopeschereccio d'alto mare di Mazara del Vallo, il *Santopadre*, sei persone d'equipaggio con un tunisino ch'era la prima volta che s'imbarcava, povirazzo. Il solito copione, che ti devo dire? Una motovedetta tunisina che intima loro l'alt, il peschereccio non obbedisce, quelli sparano. Stavolta però è andata diverso, c'è scappato il morto e i più dispiaciuti di tutti ne saranno i tunisini. Perché a loro gli fotte solo di sequestrare il peschereccio e farsi pagare una barca di soldi, per il rilascio, dall'armatore che tratta con il governo tunisino.»

«E il nostro?»

«Il nostro che?»

«Il nostro governo non entra nel merito?»

«Per carità di Dio! Farebbe perdere un tempo infinito per risolvere la questione per via diplomatica. E tu capisci che più il peschereccio sta sotto sequestro e meno l'armatore guadagna.»

«Ma che gliene viene in tasca all'equipaggio tunisino?»

«Vanno a percentuale, come i vigili urbani di certe città nostre. Non ufficialmente, però. Il comandante del *Santopadre*, che è magari il proprietario, dice che ad attaccarlo è stato il *Rameh*.»

«E che è?»

«Una motovedetta tunisina che si chiama così ed è comandata da un ufficiale che si comporta come un vero pirata. Siccome questa volta c'è di mezzo un morto, il nostro governo sarà costretto a intervenire. Il prefetto ha voluto un rapporto minuziosissimo.»

«Perché sono venuti a rompere i coglioni a noi, invece di tornarsene a Mazara?»

«Il tunisino non è morto sul colpo, Vigàta era il porto più vicino, però il povirazzo non ce l'ha fatta.»

«Hanno domandato soccorso?»

«Sì. Alla motovedetta *Fulmine*, quella che sta sempre alla fonda nel nostro porto.»

«Come hai detto, Mimì?»

«Che ho detto?»

«Hai detto: "sta alla fonda". E magari l'hai scritto nel rapporto al prefetto. Figurati quello, pitinioso com'è! Ti sei fottuto con le tue stesse mani, Mimì.»

«E come dovevo scrivere?»

«Attraccata, Mimì. Alla fonda significa ancorata in acque aperte. La differenza è fondamentale.»

«Oh, Cristo!»

Era cosa cògnita che il prefetto Dieterich, di Bolzano, non sapeva riconoscere una paranza da un incrociatore, ma Augello c'era cascato e Montalbano se la scialò.

«Coraggio. Com'è andata a finire?»

«La *Fulmine* non ci ha messo manco un quarto d'ora per arrivare sul posto, ma una volta lì non ha visto niente. Ha incrociato nelle vicinanze ma senza risultato. Questo è quello che la Capitaneria ha saputo via radio. Ad ogni modo stanotte la nostra motovedetta rientrerà e si conosceranno meglio i particolari della storia.»

«Bah!» fece il commissario dubitoso.

«Che c'è?»

«Non vedo cosa c'entriamo noi, il nostro governo, se i tunisini ammazzano un tunisino.»

Mimì Augello lo taliò a bocca aperta.

«Salvù, io magari dico qualche minchiata di tanto in tanto, ma quando le spari tu sono peggio delle cannonate.»

«Bah!» ripeté Montalbano, poco convinto d'avere detto una minchiata.

«E del morto di qua, quello dell'ascensore, che mi dici?»

«Niente ti dico. Quel morto è mio. Tu ti sei pigliato l'ammazzato tunisino? E io mi piglio questo di Vigàta.»

"Speriamo che il tempo migliori" pensò Augello. "Altrimenti con questo qui chi ci combatte?"

«Pronto, commissario Montalbano? Sono Marniti.»

«Maggiore, mi dica.»

«La volevo avvertire che il nostro Comando ha deciso – giustamente, a mio avviso – che della faccenda del motopeschereccio se ne occupi la Capitaneria di Porto di Mazara. Il *Santopadre* quindi dovrebbe salpare immediatamente. Voi avete altri rilievi da fare sull'imbarcazione?»

«Non credo. Sto pensando però che anche noi dovremmo uniformarci a quanto saggiamente disposto dal vostro Comando.»

«Non osavo suggerirglielo.»

«Montalbano sono, signor questore. Mi voglia scusare se...»

«Novità?»

«No, niente. Si tratta di uno scrupolo, come dire, procedurale. Ora ora mi ha telefonato il maggiore Marniti della Capitaneria, m'ha informato che il loro Comando ha disposto che l'inchiesta sul tunisino mitragliato venga trasferita a Mazara. Ora io mi chiedo se anche noi...»

«Ho capito, Montalbano. Penso che lei abbia ragione. Telefono immediatamente al mio collega di Trapani per comunicargli che noi ci spogliamo. A Mazara c'è un vicequestore in gamba, mi pare. Si accollino tutto loro. Di questa faccenda si stava occupando lei personalmente?»

«No, il mio vice, il dottor Augello.»

«L'avverta che il referto autoptico e le risultanze balistiche le mandiamo a Mazara. Al dottor Augello ne faremo avere copia per conoscenza.»

Spalancò con un calcio la porta della cammara di Mimì Augello, allungò il braccio destro, chiuse il pugno, appoggiò la mano mancina sull'avambraccio destro.

«Tiè, Mimì.»

«Che significa?»

«Significa che l'indagine sul morto del motopeschereccio passa a Mazara. Tu resti con le mani vacanti e io invece mi tengo il mio ammazzato nell'ascensore. Uno a zero.»

Si sentì d'umore migliore. E difatti il vento era caduto, il cielo stava tornando sireno.

Verso le tre di dopopranzo, l'agente Gallo, mandato a piantonare l'appartamento del defunto Lapecora in attesa dell'arrivo della vedova, vide raprirsi la porta di casa Culicchia. Il ragioniere s'avvicinò all'agente e gli comunicò in un soffio:

«Mia moglie s'appinnicò.»

Gallo, appresa la notizia, non seppe che dire.

«Culicchia sono, il commissario mi conosce. Lei mangiò?»

Gallo, che stava tirando lo stigliòlo, vale a dire sentiva una fame che gli torceva la panza, fece 'nzinga di no con la testa.

Il ragioniere rientrò in casa e dopo un poco tornò con un piatto nel quale c'erano un panino, una fetta consistente di caciocavallo, cinque fettine di salame, un bicchiere di vino.

«Questo è Corvo bianco. Me l'accattò il commissario.»

Tornò dopo una mezzorata.

«Il giornale le portai, accussì passa tempo.»

Alle sette e mezzo di sira, come a un segnale convenuto, non ci fu balcone o finestra della parte del casamento dove c'era il portone d'ingresso che restasse senza gente a taliare il rientro della signora Palmisano Antonietta, ancora ignara d'esser vedova Lapecora. Lo spettacolo si sarebbe diviso in due parti.

Parte prima: la signora Palmisano, scesa dalla corriera da Fiacca, quella delle sette e venticinque, sarebbe apparsa all'inizio della strata cinque minuti dopo, offrendo alla vista di tutti la sua solita, scostante compostezza, senza che le passasse per la mente che da lì a poco una bomba le sarebbe scoppiata sulla testa. Questa prima parte era indispensabile per godersi meglio la seconda (con rapido spostamento degli spettatori da finestre e balconi a pianerottoli): al sentire dall'agente di guardia la ragione per la quale non poteva trasire nel suo appartamento, l'ormai vedova Lapecora avrebbe principiato a fare come una maria, strappandosi i capelli, facendo voci, dandosi manate sul petto, invano trattenuta da condolenti prontamente accorsi.

Lo spettacolo non ebbe luogo.

Non era giusto che la pòvira signora Palmisano, si dissero la guardia giurata e la moglie, sapesse dell'ammazzatina del marito da una bocca stranea. Vestitisi per l'occasione, abito grigio scuro lui, completo nero lei, s'appostarono nei paraggi della fermata della corriera.

Quanno ne discese la signora Antonietta si fecero avanti, intonando la faccia al colore dell'abito: grigia lui, nera lei.

«Che successe?» spiò allarmata la signora Antonietta.

Non c'è fimmina siciliana di qualsiasi ceto, nobile o viddrana, la quale, passata la cinquantina, non si aspetti il peggio. Quale peggio? Uno qualsiasi, ma sempre peggio. La signora Antonietta seguì la regola:

«Capitò qualche cosa a mio marito?»

Visto che stava facendo tutto lei, a Cosentino e signora non restò che farle da spalla. Allargarono le braccia, sconsolati.

E qui la signora Antonietta disse una cosa che, a filo di logica, non avrebbe dovuto dire.

«L'ammazzarono?»

I coniugi Cosentino allargarono di bel nuovo nuovamente le braccia. La vedova barcollò, ma resse.

Gli affacciati quindi assistettero solo a una scena deludente: la signora Lapecora, tra il signore e la signora Cosentino, parlava tranquillamente. Stava spiegando, con dovizia di particolari, l'operazione che la sorella aveva subìto a Fiacca.

Allo scuro di quanto era successo, l'agente Gallo, quando sentì alle sette e trentacinque l'ascensore fermarsi al piano, si susì dal gradino sul quale era seduto ripassandosi quello che avrebbe dovuto dire alla pòvira fimmina, e fece un passo in avanti. La porta dell'ascensore si raprì, ne uscì un signore.

«Cosentino Giuseppe, guardia giurata. Datosi che la signora Lapecora deve aspettare, la faccio accomidare a casa mia. Lei avverta il commissario. Abito al sesto.»

L'appartamento dei Lapecora era in ordine perfetto. Cammara da pranzo-salotto, cammara da dormiri, studio, cucina, bagno: nenti fora di posto. Sul tavolo dello studio c'era il portafoglio del defunto con dintra tutti i documenti e centomila lire. Dunque – si disse Montalbano – Aurelio Lapecora s'era vestito per nesciri e andare in un posto dove non gli servivano né carte né soldi. S'assittò sulla seggia ch'era darrè il tavolo, raprì uno appresso all'altro i cassetti. Nel primo di sinistra c'erano timbri, vecchie buste intestate DITTA LAPECORA AURELIO – IMPORTAZIONI ESPORTAZIONI, matite, penne biro, gomme da cancellare, francobolli fuori corso e due mazzi di chiavi. La vedova spiegò ch'erano le copie delle chiavi di casa e dello scagno. Nel cassetto di sotto solo lettere ingiallite legate con lo spago. Il primo cassetto di destra riservò una sorpresa: c'era una Beretta nuova con due caricatori di riserva e cinque scatole di munizioni. Il signor Lapecora avrebbe potuto, volendo, fare una strage. L'ultimo cassetto conteneva lampadine, lamette da barba, rotoli di spago, elastici.

Il commissario disse a Galluzzo, che aveva sostituito Gallo, di portare in ufficio arma e munizioni.

«Controlla dopo se la pistola è stata denunziata.»

Nello studio stagnava un profumo colore paglia bruciata, aggressivo, malgrado il commissario, appena entrato, avesse spalancato la finestra.

La vedova era andata ad assittàrisi in una poltrona del salotto. Era assolutamente indifferente, pareva si trovasse nella sala d'aspetto d'una stazione in attesa del treno.

Macari Montalbano s'assittò in una poltrona. In quel momento suonarono alla porta, la signora Antonietta fece istintivamente per susìrisi, il commissario la fermò con un gesto.

«Galluzzo, vacci tu.»

La porta venne aperta, si sentì un parlottìo, l'agente tornò.

«C'è uno che ha detto che abita al sesto piano. Le vuole parlare. Dice che è una guardia giurata.»

Cosentino si era messo in divisa, doveva andare a travagliare.

«Mi scusi se ci porto disturbo, ma datosi che mi venne in mente una cosa...»

«Dica pure.»

«Vede, la signora Antonietta, appena scinnùta dalla corriera, quanno capì che il marito era morto, ci spiò se l'avevano ammazzato. Ora, se a mia mi vengono a dire che mia moglie è morta, io a tutto penso su come morì, meno che l'abbiano ammazzata. A meno di non aver considerato, prima, macari questa possibilità. Non so se mi spiegai.»

«Si spiegò benissimo. Grazie» fece Montalbano.

Tornò in salotto, la signora Lapecora pareva imbarsamata.

«Ha figli, signora?»

«Sì.»

«Quanti?»

«Uno.»

«Vive qua?»

«No.»

«Che fa?»

«Il medico.»

«Quanti anni ha?»

«Trentadue.»

«Bisognerà avvertirlo.»

«Lo farò.»

Gong. Fine del primo round. Alla ripresa, fu la vedova a pigliare l'iniziativa.

«Gli spararono?»

«No.»

«Lo strangolarono?»

«No.»

«E come fecero ad ammazzarlo in ascensore?»

«Coltello.»

«Di cucina?»

«Probabile.»

La signora si susì, andò in cucina, il commissario la sentì rapriri e chiudìri un cassetto, tornò, si riassittò.

«Di là non manca niente.»

Il commissario passò al contrattacco.

«Perché ha pensato che quel coltello potesse essere vostro?»

«Un pinsero come l'altro.»

«Che ha fatto suo marito aieri?»

«Quello che faceva ogni mercoledì. Andò allo scagno. Ci andava il lunedì, il mercoledì e il venerdì.»

«Che orario faceva?»

«Dalle dieci all'una della matinata, veniva a mangiare, s'arriposava tanticchia, tornava alle tre e mezzo e ci stava fino alle sei e mezzo.»

«A casa che faceva?»

«Si metteva davanti alla televisione e lì stava.»

«E nei giorni nei quali non andava in ufficio?»

«Stava lo stesso davanti alla televisione.»

«Quindi stamatina, essendo giovedì, suo marito sarebbe dovuto restare a casa.»

«Così è.»

«Invece si vestì per uscire.»

«Così è.»

«Lei ha idea dove dovesse andare?»

«Nenti mi disse.»

«Quando è uscita di casa, suo marito era sveglio o dormiva?»

«Dormiva.»

«Non le sembra strano che suo marito, appena lei è andata via, si è svegliato di colpo, si è preparato in fretta e...»

«Può avere ricevuto una telefonata.»

Un punto netto a favore della vedova.

«Aveva ancora molti rapporti d'affari suo marito?»

«Affari? Erano anni che aveva chiuso l'attività commerciale.»

«Allora perché andava regolarmente in ufficio?»

«Quando glielo spiavo, m'arrispondeva che ci andava per taliare le mosche. Era quello che diceva lui.»

«Dunque, signora, lei afferma che aieri, dopo che suo marito tornò a casa dallo scagno, non successe niente d'anormale?»

«Niente. Almeno fino alle nove di sira.»

«Che capitò dopo le nove di sira?»

«Mi pigliai due pastiglie di Tavor. E dormii accussì profunno che poteva crollare la casa e io non avrei aperto gli occhi.»

«Quindi se il signor Lapecora avesse ricevuto una telefonata o una visita dopo le nove di sera lei non se ne sarebbe accorta.»

«Certo.»

«Aveva nemici suo marito?»

«No.»

«Ne è sicura?»

«Sì.»

«Amici?»

«Uno. Il cavaliere Pandolfo. Si telefonavano il martedì e andavano a chiacchiariàri al cafè Albanese.»

«Signora, lei ha qualche sospetto su chi possa avere...»

Venne interrotto.

«Sospetto, no. Certezza sì.»

Montalbano fece un salto dalla poltrona, Galluzzo disse «minchia!», ma a bassa voce.

«E chi sarebbe stato?»

«Chi è stato, commissario? La sua amante. Si chiama Karima col cappa. Una tunisina. S'incontravano nello scagno, il lunedì, il mercoledì e il venerdì. La buttana ci andava con la scusa di dover fare le pulizie.»

QUATTRO

La prima domenica dell'anno passato cadde di cinque, la vedova disse che quella data fatale lei ce l'aveva stampata in testa.

Bene, alla nisciuta della chiesa dove era andata per la santa Missa di mezzojorno, le si era avvicinata la signora Collura che aveva un negozio di mobilia.

«Signora, dica a suo marito che quella cosa che aspittava, arrivò aieri.»

«Quali cosa?»

«Il divano-letto.»

La signora Antonietta ringraziò e se ne tornò a casa con una virrìna, un trapano, che le spirtusava la testa. Che se ne faceva suo marito di un divano-letto? Malgrado la curiosità se la mangiasse viva, non spiò nenti ad Arelio. A farla brevi, quel mobile non arrivò mai a la casa. Fu due domeniche appresso che la signora Antonietta accostò la venditrice di mobilia.

«Lo sapi? Il colore del divano-letto stona con la tintura della parete.»

Un colpo sparato a casaccio, ma che centrò il bersaglio.

«Signora mia, a mia disse che il colore doveva essere verde cupo, come la tappezzeria.»

La seconda cammara dello scagno era verde cupo; ecco dove aveva fatto portare il divano-letto, quel grandissimo disgraziato!

Il tridici di giugno sempri dell'anno passato, macari questa data ci aveva stampata in testa, le arrivò la prima lettera anonima. In tutto ne mandarono tre, fra giugno e settembre.

«Me le può far vedere?» spiò Montalbano.

«Le abbrusciai. Non conservo fitinzìe.»

Le tre lettere anonime, composte con lettere ritagliate dai giornali secondo la migliore tradizione, dicevano tutte la stessa cosa: so' marito Arelio, tre volte la simana, il lunedì, il mercoledì e il venerdì, riceveva una fimminazza tunisina di nome Karima, canosciuta come buttana. Questa fìmmina ci andava o la matina o il dopopranzo dei giorni spari. Qualche volta accattava le cose che le servivano per le pulizie in un negozio della stessa strata, ma tutti sapevano che quella andava a trovare il signor Arelio per fare cose vastase.

«Ha avuto modo di avere... riscontri?» spiò diplomaticamente il commissario.

«Se m'appostai per vìdiri quanno quella troia trasiva e nisciva dallo scagno di me' marito?»

«Anche.»

«Non m'abbasso a fare sti cosi» disse superbiosa la signora. «Ma ebbi lo stesso modo. Un fazzoletto lordo.»

«Rossetto?»

«No» fece la vedova con un certo sforzo e diventando leggermente rossa in faccia.

«E macari un paio di mutande» aggiunse dopo una pausa, facendosi ancora più rossa.

Montalbano e Galluzzo arrivarono nella Salita Granet che i tre negozi di quella corta strata erano già chiusi. Al numero 28 corrispondeva una minuscola palazzina: pianoterra sollevato di tre scalini rispetto al livello stradale, primo e secondo piano. Allato al portone c'erano tre targhe, una diceva: LAPECORA AURELIO IMPORTAZIONI-ESPORTAZIONI PIANO TERRA; un'altra: CANNATELLO ORAZIO STUDIO NOTARILE; la terza: ANGELO BELLINO COMMERCIALISTA ULTIMO PIANO. Trasirono con le chiavi che il commissario aveva pigliato dal tavolo dello studio. La prima cammara era lo scagno vero e proprio: uno scrit-

toio grande, ottocentesco, di mogano nero; un tavolinetto con sopra una Olivetti anni Quaranta, quattro grandi
scaffalature metalliche stracolme di vecchi fascicoli. Sullo scrittoio c'era un telefono funzionante. Di seggie nello scagno ce n'erano cinque, ma una era rotta e stava ca-
povolta in un angolo. Nella cammara appresso... La
cammara appresso, dalle ormai note pareti verde cupo,
pareva non appartenere allo stesso appartamento: tirata
a lucido, ampio divano-letto, televisione, telefono collegato all'altro, impianto stereo, carrello con bottiglie di
liquori vari, minifrigo, un orrendo nudo di donna chiap-
pe al vento sopra il divano. Allato al divano c'era un mobiletto basso con un lume finto liberty, il cassetto stracolmo di preservativi d'ogni tipo.

«Quanti anni aveva il morto?» spiò Galluzzo.

«Sessantatré.»

«All'anima!» fece l'agente e fischiò ammirativo.

Il bagno era come la stanza verde cupo: splendente,
munito di bidet anatomico, phon a parete, vasca da bagno con doccia a telefono, uno specchio dove ci si poteva taliare intero.

Tornarono nella prima cammara. Rovistarono nei cassetti dello scrittoio, raprirono qualche fascicolo. La corrispondenza più recente risaliva ad almeno tre anni prima.

Sentirono dei passi al piano di sopra, nello studio del
notaio Cannatello. Il notaio non c'era, comunicò loro il
segretario, un allampanato trentino sconsolato. Disse
che il pòviro signor Lapecora raprival'ufficio solo per
passare tempo. Nei giorni in cui apriva, veniva a puliziare l'appartamento una bella tunisina. Ah, se ne stava
scordando: negli ultimi mesi, con una certa frequenza,
veniva a fargli visita un nipote, almeno così l'aveva presentato il pòviro signor Lapecora quella volta che si erano incontrati tutti e tre sul portone. Si trattava di un
trentenne, bruno, alto, vestito bene, guidava una BMW
grigio metallizzata. Doveva essere stato molto all'estero,

il nipote, parlava l'italiano con accento curioso. No, non
sapeva niente della targa della BMW, non ci aveva fatto
caso. Di colpo, assunse l'espressione di chi considera la
propria casa devastata dal terremoto. Disse che su quel
delitto aveva precisa piniòne.

«E cioè?» spiò Montalbano.

Doveva essere stato il solito giovinastro in cerca di
soldi per la droga.

Ridiscesero e dal telefono dello scagno il commissario
chiamò la signora Antonietta.

«Mi scusi, perché non m'ha detto che avete un nipote?»

«Perché non l'abbiamo.»

«Torniamo allo scagno» disse Montalbano quando
erano arrivati a due passi dal commissariato. Galluzzo
non s'azzardò a spiare né il pirchì né il pircomu. Nel bagno della cammara verde cupo, il commissario tuffò il
naso nell'asciugamano, aspirò profondamente, poi si mise a cercare nel mobiletto allato al lavabo. C'era una
bottiglietta di profumo, Volupté, la porse a Galluzzo.

«Profumati.»

«Che mi devo profumare?»

«Il culo» fu l'inevitabile risposta.

Galluzzo si passò tanticchia di Volupté su una guancia. Montalbano gl'impicciccò sopra il naso, aspirò. Com-
baciava, era lo stesso odore color paglia bruciata che
aveva sentito nello studio di casa Lapecora. Volle esserne certo, ripeté il gesto.

Galluzzo sorrise:

«Dottore, se ci vedessero qua, così... chissà cosa pen-
serebbero.»

Il commissario non rispose, andò al telefono.

«Pronto, signora? Mi scusi se la disturbo ancora. Suo
marito usava qualche profumo? No? Grazie.»

Nella cammara dell'ufficio di Montalbano trasì Galluzzo.

«La Beretta di Lapecora è stata denunziata l'otto dicembre dell'anno passato. Siccome non aveva porto d'armi, la poteva tenere solo in casa.»

Qualcosa – pensò il commissario – dovette averlo squietato in quel periodo se si risolvette ad accattare un'arma.

«Che ne facciamo della pistola?»

«Ce la teniamo qua. Gallù, eccoti le chiavi dello scagno. Domani a matina presto ci vai, trasi e aspetti dintra. Cerca di non farti vedere. Se la tunisina non sa niente di quello che è capitato, domani, che è venerdì, s'appresenta regolarmente.»

Galluzzo fece una smorfia.

«Difficile che non sappia nenti.»

«Perché? Chi glielo deve dire?»

Al commissario parse che Galluzzo stesse disperatamente cercando di fare marcia indietro.

«Mah, sa com'è, la voce circola...»

«Non è che per caso ne hai parlato a tuo cognato il giornalista? Guarda che se lo hai fatto...»

«Commissario, ci lo giuro. Non ci dissi nenti.»

Montalbano ci credette. Galluzzo non era omo che contasse farfantarìe.

«Ad ogni modo, allo scagno ci vai lo stesso.»

«Montalbano? Sono Jacomuzzi. Ti volevo ragguagliare sui risultati delle nostre analisi.»

«Oddio, Jacomù, aspetta un attimo, il cuore mi sta battendo all'impazzata. Dio, che emozione! Ecco, sono un pochino più calmo. Ragguagliami, come dici tu nel tuo impareggiabile burocratese.»

«Premesso che sei un inguaribile stronzo, il mozzicone di sigaretta era una comune cicca di Nazionale senza filtro, nella polvere raccolta dal pavimento dell'ascensore non c'era niente d'anormale e in quanto al pezzettino di legno...»

«... era solamente un fiammifero di cucina.»

«Esatto.»

«Sono senza fiato, praticamente mi trovo sotto infarto! M'avete consegnato l'assassino!»

«Montalbà, vai a farti fottere.»

«Sempre meglio che starti a sentire. Che aveva in tasca?»

«Un fazzoletto e un mazzo di chiavi.»

«E del coltello che mi dici?»

«Da cucina, molto usato. Tra la lama e il manico c'era una squama di pesce.»

«E non ti sei spinto oltre? Era una squama di triglia o di merluzzo? Indaga ancora, non lasciarmi nell'ansia.»

«Ma perché te la pigli tanto?»

«Jacomù, cerca di mettere in moto il cervello. Se fossimo putacaso nel deserto del Sahara e tu mi venissi a dire che c'era una squama di pesce nel coltello che ha ammazzato un turista, la cosa potrebbe, dico potrebbe, avere senso. Ma che minchia di significato ha in un paese come Vigàta dove tra ventimila abitanti diciannovemilanovecentosettanta mangiano pesce?»

«E gli altri trenta perché non lo mangiano?» spiò impressionato e incuriosito Jacomuzzi.

«Perché sono lattanti.»

«Pronto? Montalbano sono. Mi chiama per favore il dottor Pasquano?»

«Aspetti all'apparecchio.»

Ebbe il tempo di cominciare a canticchiare: «E te lo vojo dì / che sò stato io...».

«Pronto, commissario? Il dottore si scusa, ma sta facendo l'autopsia a quei due incaprettati di Costabianca. Dice così, che per il morto che la riguarda, quello aveva salute da vendere, se non l'ammazzavano campava cent'anni. Una sola coltellata, data con mano ferma. Il fatto è successo tra le sette e le otto di questa mattina. Serve altro?»

Nel frigo trovò pasta coi broccoli che mise in forno a scaldare, per secondo la cammarera Adelina gli aveva preparato involtini di tonno. Stimando che a mezzogiorno s'era tinuto leggero, si sentì in dovere di mangiarsi tutto. Poi raprì il televisore, lo sintonizzò su Retelibera, una buona televisione provinciale nella quale lavorava il suo amico Nicolò Zito, rosso di pelo e di pinsero. Zito commentava il fatto del tunisino ammazzato sul *Santopadre* mentre l'operatore dettagliava sui pirtusa che sforacchiavano la timoniera e su una macchia scura nel legno che poteva essere sangue. Di colpo, spuntò Jacomuzzi inginocchiato che taliava qualcosa con una lente d'ingrandimento.

«Buffone!» fece Montalbano e passò su Televigàta, quella dove travagliava Prestìa, cognato di Galluzzo. Macari qua apparse Jacomuzzi, solo che non era più sul peschereccio, ora stava facendo finta di pigliare impronte digitali dintra l'ascensore dove era stato assassinato Lapecora. Montalbano santiò, si susì, buttò un libro contro il muro. Ecco perché Galluzzo era stato reticente, sapeva che la notizia si era sparsa e non aveva avuto il coraggio di dirglielo. Sicuramente era stato Jacomuzzi ad avvertire i giornalisti per mettersi in mostra. Non poteva farne a meno, l'esibizionismo in quell'uomo toccava vertici riscontrabili solo in qualche attore mediocre o in qualche scrittore con centocinquanta copie di tiratura.

Ora sul video c'era Pippo Ragonese, notista politico dell'emittente. Voleva parlare, disse, della vigliacca aggressione tunisina contro il nostro motopeschereccio che tranquillamente pescava dentro le nostre acque territoriali, vale a dire nel sacro suolo della patria. Suolo non era certamente, perché si trattava di mare, ma sempre patria era. Un governo meno imbelle di quello attuale, in mano all'estrema sinistra, avrebbe certamente reagito con durezza ad una provocazione che...

Montalbano spense il televisore.

Il nirbuso che gli era venuto per la bella pensata di Jacomuzzi non accennava a passargli. Assittato nella verandina che dava sulla spiaggia, taliando il mare al chiaro di luna, si fumò tre sigarette di fila. Forse la voce di Livia l'avrebbe calmato, tanto da potersi coricare e pigliare sonno.

«Pronto, Livia, come stai?»

«Così così.»

«Io ho avuto una giornata pesante.»

«Ah, sì?»

Che diavolo aveva Livia? Poi s'arricordò che la telefonata della mattina si era conclusa infelicemente.

«Ti ho telefonato per chiederti perdono della mia cafonaggine. E non solo per quello. Se tu sapessi quanto mi manchi...»

Ebbe il sospetto di stare esagerando.

«Ti manco davvero?»

«Sì, tantissimo.»

«Senti, Salvo, sabato mattina prendo l'aereo e poco prima di pranzo sono a Vigàta.»

Si terrorizzò, ci mancava solo Livia.

«Ma no, amore, per te è un tale disturbo...»

Quando s'intestava, Livia era peggio di una calabrese. Sabato mattina aveva detto e sabato mattina sarebbe arrivata. Montalbano si disse che il giorno appresso avrebbe dovuto telefonare al questore. Addio, pasta col nivuro di sìccia!

Verso le undici del matino appresso, visto che in ufficio non capitava nenti, il commissario si diresse pigramente verso la Salita Granet. Il primo negozio della strata era una panetteria, stava lì da sei anni. Il panettiere e il suo garzone avevano sì saputo che un signore che aveva lo scagno al numero 28 era stato ammazzato, ma loro non lo conoscevano, mai visto. Non era possibile e Montalbano insisté con le domande sempre più pigliando un'ariata da sbirro, finché si rese conto che, per andare da casa sua all'ufficio, il signor Lapecora faceva il tratto opposto della strada. E difatti, al negozio d'alimentari ch'era al 26, lo conoscevano, e come!, il pòvìro signor Lapecora. Conoscevano macari la tunisina, come si chiamava, Karima, bella fìmmina, e volò qualche taliatina, qualche sorrisino tra il proprietario e i suoi commessi. Oddio, la mano sul foco non potevano mettercela, ma lei capirà, commissario, una così bella picciotta, sola in casa con un omo come il pòvìro signor Lapecora che la sua età se la portava bene... Sì, aveva un nipote, un arrogante prisuntuoso che spisso lasciava la machina proprio attaccata alla porta del nigozio che una volta la signora Miccichè, che stazza centocinquanta chili, arrimase incastrata tra la machina e la porta del nigozio... No, la targa no. Se fosse stata come quelle d'una volta che PA significava Palermo e MI Milano, il discorso sarebbe stato diverso.

Il terzo e ultimo negozio di Salita Granet vendeva elettrodomestici. Il proprietario, il signor Zircone Angelo, come diceva l'insegna, stava darrè il bancone e leggeva il giornale. Certo che conosceva il pòvìro, il negozio stava lì da dieci anni. Quando il signor Lapecora passava, negli ultimi anni solo il lunedì, il mercoledì e il venerdì, salutava sempre. Una così brava pirsuna. Sì, vedeva macari la tunisina, bella fìmmina. Sì, puro il nipote, qualche volta. Il nipote e l'amico del nipote.

«Quale amico?» spiò Montalbano pigliato alla sprovista.

Risultò che il signor Zircone quest'amico l'aveva visto almeno tre volte: arrivava col nipote e assieme a lui trasiva al 28. Un trentino, bionnizzo, piuttosto grassottello.

Di più non sapeva dire. La targa della macchina? Vogliamo babbiare? Con queste targhe che non si capisce se uno è turco o cristiano? Una BMW grigio metallizzata, una parola di più sarebbe stata inventata.

Il commissario sonò il campanello della porta dello scagno. Nessuno venne ad aprire, Galluzzo, darrè la porta, evidentemente se la stava a pinsari come meglio agire.

«Montalbano sono.»

La porta si raprì mediatamente.

«La tunisina ancora non si vide» fece Galluzzo.

«E manco si vedrà. Avevi ragione tu, Gallù.»

L'agente abbasciò gli occhi, confuso.

«Chi è stato a dare la notizia?»

«Il dottor Jacomuzzi.»

Per passare il tempo della posta, Galluzzo si era organizzato. Impossessatosi di una pila di vecchi numeri del «Venerdì di Repubblica», che il signor Lapecora raccoglieva ordinatamente in un ripiano della scaffalatura, quella con meno carpette, li aveva sparpagliati sullo scrittoio alla ricerca di pagine che rappresentassero fimmine più o meno nude. Poi aveva smesso di taliarli e si era dato a risolvere i cruciverba di una rivista ingiallita.

«Ci devo stare tutto il santo jorno qua?» spiò attristato.

«Penso di sì, fatti coraggio. Senti, io vado di là, approfitto del bagno del signor Lapecora.»

Non gli capitava spesso di farla tanto fuori orario, forse l'arrabbiatura che si era pigliato la sera avanti vedendo Jacomuzzi fare il pupo in televisione gli aveva alterato i ritmi della digestione.

S'assittò sulla tazza, tirò il rituale sospiro di soddisfazione e in quel preciso momento la sua mente mise a fuoco una cosa che aveva visto qualche minuto prima e alla quale non aveva dato nessun valore.

Balzò in piedi, currì nella cammara allato, tenendosi con una mano mutande e pantaloni a mezz'asta.

«Fermo!» intimò a Galluzzo che, per lo scanto, diventò giarno come un morto e istintivamente si mise mani in alto.

Eccola lì, proprio vicino al gomito di Galluzzo una *r* nera, in grassetto, accuratamente ritagliata da qualche pagina di giornale. No, non di giornale: rivista, la carta era patinata.

«Che succede?» riuscì ad articolare Galluzzo.

«Può essere tutto e può essere niente» rispose il commissario come se fosse la sibilla cumana.

Tirò su i pantaloni, allacciò la cintura lasciando la patta aperta, pigliò il telefono.

«Mi perdoni se la disturbo, signora. In che data mi disse d'avere ricevuto la prima lettera anonima?»

«Il tredici di giugno dell'anno passato.»

Ringraziò, riattaccò.

«Dammi una mano, Gallù. Mettiamo in ordine tutti i numeri di questa rivista e vediamo se mancano pagine.»

Quello che cercavano, lo trovarono: era il numero sette giugno, il solo dal quale due pagine fossero state strappate via.

«Andiamo avanti» fece il commissario.

Dal numero del trenta luglio mancavano due pagine; lo stesso dal numero del primo settembre.

Le tre lettere anonime erano state composte lì, nello scagno.

«Con permesso» fece, compìto, Montalbano.

Galluzzo lo sentì che cantava nel cesso.

CINQUE

«Signor questore? Montalbano sono. Le telefono per dirle che sono veramente addolorato, ma domani sera non potrò venire a cena da lei.»

«È addolorato perché non possiamo incontrarci o per la pasta al nero di seppia?»

«Per le due cose.»

«Se si tratta di un impegno di lavoro io non posso...»

«Non è un impegno di lavoro... Il fatto è che per ventiquattr'ore viene a trovarmi la mia...»

Fidanzata? Gli parse cosa dell'Ottocento. Ragazza? Con l'età che si ritrovavano?

«Donna?» suggerì il questore.

«Esattamente.»

«La signorina Livia Burlando deve volerle molto bene per sobbarcarsi a un viaggio così lungo e noioso.»

Mai aveva parlato di Livia al suo superiore, ufficialmente ne avrebbe dovuto ignorare l'esistenza. Manco quand'era in ospedale, perché gli avevano sparato, i due si erano incontrati. «Senta» disse il questore, «perché non ce la fa conoscere? Mia moglie ne avrebbe gran piacere. Faccia venire anche lei, domani sera.»

La mangiata di sabato era salva.

«Parlo con il signor commissario? Con lui personalmente?»

«Sì, signora, sono io.»

«Vorrei dirle qualcosa a proposito del signore che hanno assassinato ieri mattina.»

«Lei lo conosceva?»

«Sì e no. Non ci ho mai parlato. Anzi, ho saputo come si chiamava dal telegiornale di ieri sera.»

«Senta, signora, lei ritiene che quello che ha da dirmi sia veramente importante?»

«Penso di sì.»

«Va bene. Passi nel mio ufficio oggi pomeriggio verso le cinque.»

«Non posso.»

«Beh, allora domani.»

«Manco domani. Sono paralitica.»

«Capisco. Vengo io da lei, anche subito.»

«Io sempre a casa sto.»

«Dove abita, signora?»

«Salita Granet 23. Mi chiamo Clementina Vasile-Cozzo.»

Mentre percorreva il corso diretto all'appuntamento, si sentì chiamare. Era il maggiore Marniti, assittato a un tavolo del caffè Albanese con un ufficiale più picciotto.

«Le presento il tenente Piovesan, comandante della motovedetta *Fulmine*, quella che...»

«Montalbano, piacere» fece il commissario. Ma non ci aveva nessun piacere, quella storia del peschereccio era riuscito a scaricarla, perché continuavano a metterlo di mezzo?

«Prenda un caffè con noi.»

«Veramente ho un impegno.»

«Cinque minuti soltanto.»

«Va bene, ma senza caffè.»

S'assittò.

«Parli lei» disse Marniti a Piovesan.

«Per me, no xe vero gnente.»

«Cosa non è vero?»

«A mi sta storia del peschereccio la me sta proprio sul gobo. Noi abbiamo ricevuto il may day del *Santopadre* all'una di notte, ci ha dato la posizione e ci ha detto che era inseguito dalla motovedetta *Rameh*.»

«Qual era la posizione?» s'informò suo malgrado il commissario.

«Appena fuori dalle nostre acque territoriali.»

«E voi siete corsi.»

«Veramente tocava alla motovedetta *Lampo* ché la xera più vicina.»

«E perché la *Lampo* non ci andò?»

«Perché un'ora avanti era stato lanciato un SOS da un peschereccio che imbarcava acqua da una falla. Alla *Lampo* ghe xe andà drio il *Tuono* e cussì un largo tratto de mare restò sguarnìo.»

"Fulmine, lampo, tuono: sempre malotempo in marina" pinsò Montalbano. E invece disse:

«Naturalmente non trovarono nessun peschereccio in difficoltà."

«Naturalmente. E anca mi, quando arrivai sul posto, non trovai traccia né del *Santopadre* né del *Rameh*, il quale, tra l'altro, sicuramente quella notte non era in servizio. Non so cosa dir ma la me spussa.»

«Di che?» gli spiò Montalbano.

«Di contrabbando» rispose Piovesan.

Il commissario si susì, allargò le braccia stringendo le spalle:

«Ma che possiamo fare? Quelli di Trapani e Mazara hanno avocato l'inchiesta.»

Attore consumato, Montalbano.

«Commissario! Dottore Montalbano!» Lo stavano chiamando un'altra volta. C'era la possibilità che arrivasse prima di notte dalla signora, o signorina, Clementina? Si voltò, era Gallo che lo stava inseguendo.

«Che c'è?»

«Nenti, c'è. Siccome che l'ho vista, l'ho chiamata.»

«Dove stai andando?»

«Mi ha telefonato Galluzzo dallo scagno di Lapecora. Ora vado ad accattare qualche panino e gli tengo compagnia.»

Il numero 23 di Salita Granet era esattamente di fronte al numero 28, le due case erano identiche.

Clementina Vasile-Cozzo era una settantenne molto ben vestita. Stava su una sedia a rotelle. L'appartamento era pulitissimo, specchiato. Seguita da Montalbano, andò a sistemarsi vicinissima a una finestra con le tendine. Fece cenno al commissario di pigliare una seggia e d'assittarsi davanti a lei.

«Sono vedova» esordì, «ma mio figlio Giulio non mi fa mancare niente. Sono pensionata, facevo la maestra elementare. Mio figlio mi paga una cammarera che accudisce a mia e alla casa. Viene tre volte al giorno, la mattina, a mezzogiorno e la sera quando mi metto a letto. Mia nuora, che mi vuole bene come una vera figlia, passa di qua almeno una volta al giorno, lo stesso fa Giulio. A parte questa disgrazia che m'è capitata da sei anni, non mi posso lamentare. Sento la radio, guardo la televisione, ma soprattutto leggo. Vede?»

Indicò due scaffali stracolmi di libri.

La signora, e non signorina, ormai era assodato, quando si sarebbe decisa di venire al dunque?

«Le ho premesso tutto questo per farle capire che io non sono una strucciolèra, una che passa il tempo a taliare quello che fanno gli altri. Però ogni tanto le cose le vedi macari quando non vorresti vederle.»

Squillò il cordless che la signora teneva su un ripiano agganciato al bracciolo.

«Giulio? Sì, c'è da me il commissario. No, non ho bisogno di niente. A più tardi.»

Taliò Montalbano con un sorriso.

«Giulio era contrario al nostro incontro. Non voleva che m'ammiscassi, m'intromettessi in cose che, secondo lui, non mi riguardano. Per decenni la gente perbene di qua non ha fatto altro che ripetere che la mafia non la riguardava, erano cose loro. Ma io, ai miei scolari, insegnavo che il "nenti vitti, nenti sacciu" era il peggiore dei peccati mortali. E ora che tocca a me di contare quello che ho visto, mi tiro indietro?»

Tacque, sospirò. A Montalbano la signora Clementina Vasile-Cozzo andava piacendo sempre più.

«Lei mi deve scusare, sto divagando. Per quarant'anni, come maestra, non ho fatto che parlare e parlare. M'è rimasta l'abitudine. Si alzi.»

Montalbano obbedì, da bravo scolaro.

«Si metta alle mie spalle e si chini fino all'altezza della mia testa.»

Quando il commissario le fu tanto vicino da sembrare che stesse parlandole all'orecchio, la signora scostò la tendina.

Pareva proprio d'esserci dentro, nella prima cammara dello scagno del signor Lapecora, perché la mussola, applicata direttamente ai vetri della finestra, era troppo leggera per fare da schermo. Gallo e Galluzzo stavano mangiando panini che in realtà erano mezze pagnotte. Una bottiglia di vino in mezzo, con due bicchieri di carta. La finestra della signora Clementina era leggermente più in alto dell'altra e, per un curioso effetto di prospettiva, i due agenti e gli oggetti ch'erano nella cammara risultavano leggermente ingranditi.

«D'inverno, quando accendevano la luce, si vedeva meglio» commentò la signora, lasciando ricadere la tendina.

Montalbano tornò ad assittarsi.

«Allora, signora, che ha visto?» spiò.

Clementina Vasile-Cozzo glielo disse.

Finito il racconto, quando già stava pigliando congedo, il commissario sentì raprirsi e chiudersi la porta di casa.

«È arrivata la cammarera» disse la signora Clementina.

Trasì una picciotta ventina, bassa e stacciuta, dall'a-riata severa che severamente taliò l'intruso.

«Tutto a posto?» spiò sospettosa.

«Sì, tutto a posto.»

«Allora io vado in cucina a mettere l'acqua» fece. E niscì per niente rassicurata.

«Beh, signora, io la ringrazio e...» principiò il commissario susendosi.

«Perché non resta a mangiare con me?»

Montalbano si sentì impallidire lo stomaco. La signora Clementina era buona e cara, ma doveva nutrirsi a semolino e a patate bollite.

«Veramente avrei tanto da...»

«Pina, la cammarera, è un'ottima cuoca, mi creda. Oggi ha preparato pasta alla Norma, sa, quella con le milanzane fritte e la ricotta salata.»

«Gesù!» fece Montalbano assittandosi.

«E per secondo uno stracotto.»

«Gesù!» ripeté Montalbano.

«Perché si meraviglia tanto?»

«Non è un mangiare tanticchia pesante per lei?»

«E perché? Io ho uno stomaco che non ce l'ha una picciotta di vent'anni, quelle che vanno serene una giornata intera con mezza mela e una centrifuga di carote. Macari lei è dell'opinione di mio figlio Giulio?»

«Non ho il piacere di conoscerla.»

«Dice che alla mia età non è dignitoso mangiare queste cose. Mi considera un poco svergognata. Secondo lui dovrei andare avanti a pappine. Allora che fa, resta?»

«Resto» fece deciso il commissario.

Traversò la strata, acchianò i tre scalini, tuppiò alla porta dello scagno. Venne ad aprirgli Gallo.

«Ho dato il cambio a Galluzzo» spiegò. E poi:

«Dottore, lei viene dall'ufficio?»

«No. Perché?»

«Fazio ha telefonato qua per sapere se l'avevamo visto. La sta cercando. Ha una cosa importante da dirle.»

Il commissario corse al telefono.

«Commissario, mi sono permesso perché penso che si tratta di una novità seria. Si ricorda che aieri a sira lei mi disse di fare un fonogramma di ricerca per quella Karima? Bene, proprio una mezzorata fa mi ha telefonato da Montelusa il dottor Mancuso della Stranieri. Dice che è riuscito a sapere, per pura combinazione, dove abita la tunisina.»

«Dimmi.»

«Abita a Villaseta, in via Garibaldi 70.»

«Vengo subito e andiamo.»

Sul portone del commissariato venne fermato da un quarantino ben vestito.

«Lei è il dottor Montalbano?»

«Sì, ma non ho tempo.»

«È da due ore che l'aspetto. I suoi collaboratori non sapevano se lei sarebbe venuto o no. Sono Antonino Lapecora.»

«Il figlio? Il medico?»

«Sì.»

«Condoglianze. Venga dentro. Ma solo cinque minuti.»

Fazio gli si fece incontro.

«La macchina è pronta.»

«Partiamo fra cinque minuti. Prima parlo con questo signore.»

Trasirono nella cammara, il commissario fece accomodare il medico, lui s'assittò darrè la scrivania.

«L'ascolto.»

«Vede, commissario, è da circa quindici anni che io vivo a Valledolmo dove esercito la professione. Sono pediatra. A Valledolmo mi sono sposato. Questo per dirle che da tempo i rapporti con i miei genitori si sono inevitabilmente allentati. Del resto da sempre, tra di noi, c'è stata una scarsa confidenza. Passavamo assieme le feste comandate, certo, e ogni quindici giorni una telefonata. Perciò rimasi molto sorpreso quando, ai primi d'ottobre dell'anno scorso, ricevetti una lettera da papà. Questa.»

Si mise una mano in sacchetta, tirò fuori la lettera, la pruì al commissario.

Nino carissimo, lo so che questa mia ti sorprenderà. Ho cercato di non farti sapere niente di una storia nella quale mi sono trovato implicato che ora minaccia di diventare una cosa assai grave per me. Adesso però mi rendo conto che non posso più continuare così. Ho assolutamente bisogno del tuo aiuto. Vieni subito. E di queste righe non parlarne alla mamma. Baci.

PAPÀ

«E lei che fece?»

«Beh, vede, io due giorni dopo dovevo partire per New York... Sono stato fuori per un mese. Quando sono tornato, ho telefonato a papà domandandogli se aveva ancora bisogno di me e lui mi disse di no. Poi ci siamo visti di persona, ma non è tornato sull'argomento.»

«Lei si fece un'idea quale potesse essere la storia pericolosa che suo padre le accennava?»

«Allora pensai che riguardasse la ditta che aveva voluto riaprire malgrado il mio parere decisamente contrario. Litigammo, anzi. In più, mamma m'aveva accennato a una relazione di papà con una donna che lo costringeva a spese eccessive...»

«Si fermi qui. Lei dunque si convinse che l'aiuto che suo padre voleva da lei consisteva principalmente in un prestito o qualcosa di simile?»

«Se devo essere sincero, sì.»

«E non intervenne, malgrado il tono della lettera preoccupato e preoccupante.»

«Beh, vede...»

«Lei guadagna bene, dottore?»

«Non mi posso lamentare.»

«Mi levi una curiosità: perché ha voluto farmi vedere la lettera?»

«Perché, alla luce dell'omicidio, la prospettiva è mutata. Penso che possa essere utile alle indagini.»

«No, non lo è» fece calmo Montalbano. «Se la ripigli e se la tenga cara. Lei ha figli, dottore?»

«Uno. Calogerino, di quattro anni.»

«Le auguro di non avere mai bisogno di suo figlio.»

«Perché?» spiò sbalestrato il dottor Antonino Lapecora.

«Perché se buon sangue non mente, lei sarebbe fottuto.»

«Ma come si permette?»

«Se non sparisce entro dieci secondi la faccio arrestare con un pretesto qualsiasi.»

Il dottore scappò tanto precipitosamente da far cadere la seggia sulla quale era stato assittato.

Aurelio Lapecora aveva disperatamente domandato al figlio d'essere aiutato e quello, tra lui e suo padre, ci aveva messo di mezzo l'Oceano.

Fino a trent'anni avanti, Villaseta consisteva in una ventina di case, o meglio casupole, disposte dieci per lato a metà della provinciale Vigàta-Montelusa. Negli anni del boom economico però, alla frenesia edilizia (sulla quale sembrò basarsi costituzionalmente il nostro paese: «l'Italia è una Repubblica fondata sul lavoro edilizio»), si accompagnò il delirio viario e quindi Villaseta si trovò ad essere il punto d'intersecazione di tre strade a scorrimento veloce, di una superstrada, di una cosiddetta «bretella», di due provinciali e di tre interprovinciali. Alcune di queste strade riservavano all'incauto viaggiatore foresto, dopo qualche chilometro di turistico paesaggio coi guardrail opportunamente dipinti di rosso dove erano stati ammazzati giudici, poliziotti, carabinieri, finanzieri e persino guardie carcerarie, la sorpresa di terminare inspiegabilmente (o troppo spiegabilmente) contro il fianco d'una collina così desolata da far sorgere il sospetto che mai fosse stata calcata da piè umano. Altre invece, di colpo, andavano a finire a ripa di mare, sulla spiaggia dalla rena bionda e fine, senza una casa a vista d'occhio né una nave a filo d'orizzonte, con pronta caduta dell'incauto viaggiatore nella sindrome di Robinson.

Villaseta, che da sempre aveva obbedito al suo istinto primario di collocare case ai lati di una qualsiasi strada, divenne in breve un paesone esteso e labirintico.

«Va' a trovare questa via Garibaldi, ora!» si lamentò Fazio che era alla guida.

«Qual è la parte più periferica di Villaseta?» s'informò il commissario.

«Quella allato alla strata per Butera.»

«Andiamoci.»

«Come lo sa che via Garibaldi è da quelle parti?»

«Lasciati pregare.»

Sapeva di non sbagliarsi. Gli risultava, per osservazione diretta, che negli anni immediatamente precedenti il predetto miracolo economico, la zona centrale d'ogni paese o città aveva le strade intitolate, per doverosa memoria, ai padri della patria (tipo Mazzini, Garibaldi, Cavour), ai vecchi politici (Orlando, Sonnino, Crispi), ai classici (Dante, Petrarca, Carducci; Leopardi incontrava di meno). Dopo il boom la toponomastica era cangiata, i padri della patria, i vecchi politici e i classici erano andati a finire in periferia, mentre al centro ora ci stavano Pasolini, Pirandello, De Filippo, Togliatti, De Gasperi e l'immancabile Kennedy (sottinteso John e non Bob, per quanto Montalbano, in un perso paesino dei Nebrodi, si fosse una volta imbattuto in una piazza F.lli Kennedy).

Invece il commissario da un lato c'inzertò e dall'altro ci sbagliò. C'indovinò perché lungo la strata per Butera

era avvenuto, come previsto, lo spostamento centrifugo dei nomi storici. Ci sbagliò invece perché le vie di quel, si fa per dire, quartiere, erano intestate non ai padri della patria ma, va' a sapere perché, a Verdi, Bellini, Rossini e Donizetti. Scoraggiato, Fazio si decise a domandare informazioni a un vecchio viddrano su uno scecco carrico di rami secchi. Senonché l'asino decise di non fermarsi e Fazio fu costretto ad andargli appresso col motore al minimo.

«Scusi, via Garibaldi?»

Il vecchio parse non avere sentito.

«Via Garibaldi?» ripeté più forte Fazio.

Il vecchio si voltò, taliò il forastero con faccia arraggiata.

«Via Caribardi? Lei mi viene a dire "via" a Caribardi con tutto questo burdello che succede nella nostra terra? Ca quale "via"! Caribardi deve tornare, di prescia, a rompergli il culo a questa maniàta di figli di buttana!»

SEI

La via Garibaldi, finalmente trovata, confinava con la campagna gialla, incolta, interrotta di tanto in tanto da qualche macchia verde d'orticello stento. Il numero 70 era una casuzza d'arenaria non intonacata. Due cammare: a quella di sotto si accedeva da una porta piuttosto bassa con una finestrina allato; a quella di sopra, che godeva di un balconcino, si arrivava da una scala esterna. Fazio tuppiò alla porticina e poco dopo venne ad aprire una vecchia che indossava un camicione, la gallabiya, consunto ma pulito. Vedendo i due, si esibì in un profluvio di parole arabe spesso interrotte da gridolini di testa.

«E buonanotte!» commentò irritato Montalbano perdendosi subito d'animo (il cielo si era fatto leggermente nuvoloso).

«Aspetta, aspetta» fece Fazio alla vecchia, mentre metteva il palmo delle mani in avanti nel gesto internazionale che significa fermarsi. La vecchia capì e tacque di botto.

«Ka-ri-ma?» spiò Fazio e, temendo di non aver pronunziato bene il nome, ancheggiò, lisciandosi una fluente quanto immaginaria capigliatura. La vecchia rise.

«Karima!» disse e col dito indice alzato indicò la cammara di sopra.

Fazio in testa, Montalbano appresso e la vecchia che chiudeva la fila incomprensibilmente gridando, salirono la scala esterna. Fazio tuppiò e non rispose nessuno. Gli strilli della vecchia si fecero più forti. Fazio rituppiò. La vecchia risolutamente scostò il commissario, lo sorpassò, allontanò Fazio, si piazzò spalle alla porta, imitò Fa-

zio lisciandosi i capelli e ancheggiando, fece seguire alla
mimica il gesto di chi è andato via, poi abbassò la mano
destra col palmo teso, la rialzò, allargò le dita, ripeté il
gesto dell'andata via.

«Aveva un figlio?» si stupì il commissario.

«Se n'è andata col figlio di cinque anni, se ho capito
giusto» confermò Fazio.

«Ne voglio sapere di più» fece Montalbano. «Chiama
a Montelusa l'Ufficio Stranieri e fatti mandare uno che
parli l'arabo. Il più presto possibile.»

Fazio si allontanò seguito dalla vecchia che continuava a parlargli. Il commissario s'assittò su un gradino, addrumò una sigaretta e ingaggiò una gara d'immobilità
con una lucertola.

Buscàino, l'agente che sapeva l'arabo perché in Tunisia ci era nato e vissuto fino a quindici anni, arrivò dopo
manco tre quarti d'ora. A sentire che il nuovo arrivato
parlava la sua lingua, la vecchia decise una pronta collaborazione.

«Dice così, che lei vorrebbe raccontare tutto allo zio»
tradusse Buscàino.

Dopo il bambino, veniva fuori macari uno zio?

«E cu minchia è?» spiò Montalbano imparpagliato.

«Lo zio, *'amm*, sarebbe lei, commissario» spiegò l'a-
gente, «è un titolo di rispetto. Dice che Karima aieri a
matina verso le nove è tornata qua, ha preso suo figlio e
se n'è andata via di corsa. Dice che pareva molto agitata,
spaventata.»

«Ce l'ha la chiave della cammara di sopra?»

«Sì» disse l'agente dopo avere spiato.

«Fattela dare e andiamo a vedere.»

Mentre salivano la scala la vecchia parlò ininterrotta-
mente e Buscàino velocemente tradusse. Il figlio di Karima aveva cinque anni; la madre lo lasciava alla vecchia
tutti i giorni quando andava a lavorare; il picciliddro si

chiamava François ed era figlio di un francese di passaggio in Tunisia.

La cammara di Karima, d'esemplare pulizia, aveva un letto a due piazze, un lettino per il picciliddro arriparato da una tenda, un tavolinetto col telefono e il televisore, un tavolo più grande con attorno quattro seggie, una specchiera con quattro cassettini, un armuàr. Due dei cassettini erano pieni di fotografie. In un angolo c'era uno sgabuzzino, chiuso da una porta scorrevole di plastica, nel quale avevano trovato loco la tazza del cesso, il bidè, il lavabo. Qui il profumo che il commissario aveva sentito nello studio dello scagno di Lapecora, Volupté, era molto intenso. Oltre il balconcino, c'era pure una finestra che si apriva sul retro, sopra un orticello ben tenuto.

Montalbano pigliò una fotografia, c'era una bella trentina scura di pelle, dai grandi occhi intensi, che teneva per mano un bambino.

«Chiedile se sono Karima e François.»

«Sì» disse Buscaìno.

«Dove andavano a mangiare? Qui non vedo fornelli.»

La vecchia e l'agente parlottarono animatamente, poi Buscaìno riferì che il bambino mangiava sempre dalla vecchia, anche Karima quand'era in casa, cosa che capitava qualche volta di sera.

Riceveva uomini in casa?

Appena sentita la traduzione, la vecchia chiaramente s'indignò. Karima poco ci mancava che fosse una *ginn*, una santa fìmmina a metà strada tra la razza umana e gli angeli, mai avrebbe fatto *haram*, cose illecite, si guadagnava la vita sudando da serva, puliziando la sporcizia degli uomini. Era buona e generosa; le passava per la spesa, per badare al bambino e per tenere in ordine la casa, assai di più di quanto lei spendesse e non voleva mai indietro il resto. Lo zio, vale a dire Montalbano, era certamente uomo di giusto sentire e di retto operare, quindi come mai poteva pensare una cosa simile di Karima?

«Dille» fece il commissario mentre taliava le fotografie del cassetto «che Allah è grande e misericordioso, ma che se lei mi sta contando minchiate, sicuramente Allah se la prenderà a male perché inganna la giustizia e allora saranno cazzi amari.»

Buscaìno coscienziosamente tradusse e la vecchia s'azzittò, come se le fosse finita la carica a molla. Poi una sua chiavetta interiore la ricaricò e la vecchia si rimise incontenibilmente a parlare. Lo zio, che era molto saggio, aveva ragione, aveva visto giusto. Diverse volte, negli ultimi due anni, era venuto a trovarla un uomo giovane, arrivava con una grande automobile.

«Domandale di che colore.»

Il dialogo tra la vecchia e Buscaìno fu lungo e laborioso.

«Mi pare d'aver capito grigio metallo.»

«Che facevano quel giovane e Karima?»

Quello che fanno un uomo e una donna, zio. La vecchia sentiva sopra la sua testa il letto cigolare.

Dormiva con Karima?

Solo una volta, e fu lui, la mattina dopo, ad accompagnarla al lavoro con la sua automobile.

Ma era un uomo cattivo. Una notte c'era stato un gran rumore.

Karima gridava e piangeva, poi l'uomo cattivo se n'era andato.

Lei era accorsa e aveva trovato Karima che singhiozzava, i segni delle botte sul corpo nudo. François per fortuna non si era svegliato.

L'uomo cattivo era per caso venuto a trovarla mercoledì sera?

Come aveva fatto lo zio a indovinare? Sì, era venuto, ma non aveva fatto niente con Karima, se l'era portata via in macchina.

Che ora era?

Potevano essere le dieci di notte. Karima aveva fatto scendere giù da lei François, aveva detto che avrebbe passato la notte fuori casa. E infatti era tornata la mattina appresso verso le nove per poi scomparire col bambino.

L'aveva accompagnata l'uomo cattivo?

No, era venuta coll'autobus. L'uomo cattivo era invece arrivato dopo che Karima e suo figlio erano andati via da un quarto d'ora. Appena saputo che la donna non c'era, era risalito in macchina e corso a cercarla.

Karima le aveva detto dove intendeva andare?

No, non aveva parlato. Lei li aveva visti che si dirigevano a piedi verso Villaseta vecchia, lì passano le corriere.

Aveva una valigia?

Sì, molto piccola.

Che la vecchia si guardasse attorno. Mancava qualcosa dalla cammara?

La vecchia spalancò l'armuar – esplose nella stanza l'odore di Volupté –, raprì qualche cassetto, rovistò.

Disse alla fine che Karima nella valigetta aveva messo un paio di pantaloni, una camicetta, delle mutandine, non portava reggiseno. Ci aveva infilato dentro anche un ricambio di vestiti e la biancheria del piccolo.

Che taliasse attentamente. Mancava altro?

Sì, il grande libro che teneva allato al telefono.

Risultò che il libro era una specie di agenda-diario. Sicuramente Karima l'aveva portato con sé.

«Non pensa di dover starsene fora a lungo» commentò Fazio.

«Domandale» disse il commissario a Buscaìno «se Karima passava spesso la notte fuori.»

Non spesso, qualche volta. Però avvertiva sempre. Montalbano ringraziò Buscaìno e gli spiò:

«Puoi dare uno strappo a Fazio sino a Vigàta?»

Fazio taliò perplesso il suo superiore.

«Perché, lei che fa?»

«Io resto qua ancora tanticchia.»

Tra le tante fotografie che il commissario principiò a esaminare, c'era una grossa busta gialla con dintra una ventina di foto di Karima nuda, in pose ora provocanti ora decisamente oscene, una sorta di campionario della mercanzia che era decisamente di primissima qualità. Come mai una fìmmina così non era arrinisciuta a trovare un marito, un amante ricco che la mantenesse, senza che lei fosse costretta a prostituirsi? Ce n'era una di Karima avanti nella gravidanza che taliava innamorata l'omo alto e biondo al quale stava letteralmente appesa, probabilmente il padre di François, il francese di passaggio in Tunisia. Altre mostravano Karima bambina con un maschietto di poco più grande di lei, si assomigliavano molto, gli occhi identici, erano senza dubbio fratello e sorella. Di foto col fratello ce n'erano tantissime, scattate nel corso degli anni. L'ultima doveva essere quella in cui Karima, con in braccio il figlio di pochi mesi, stava col fratello che indossava una specie di divisa e aveva un mitra fra le mani. Pigliò quest'ultima fotografia, scese la scala. La vecchia pistiava dentro un mortaro della carne macinata alla quale aggiungeva chicchi di grano cotto. In un piatto c'erano pronti per essere arrostiti spiedini di carne, ogni pezzo avvolto in una pàmpina di vite. Montalbano riunì le punte delle dita in su, a cacòcciola, a carciofo, le mosse dall'alto in basso e viceversa. La vecchia capì la domanda. Indicò prima il mortaro:

«*Kubba.*»

Poi pigliò in mano uno spiedino.

«*Kebab.*»

Il commissario le mostrò la foto, puntò il dito sull'uomo. La vecchia rispose qualcosa d'incomprensibile. Montalbano s'incazzò con se stesso, perché aveva avuto tanta premura di mandare via Buscaìno? Poi s'arricordò che i tunisini ci avevano avuto a che spartire con i francesi per anni e anni. Ci tentò.

«Frère?»

Gli occhi della vecchia s'illuminarono.

«Oui. Son frère Ahmed.»

«Où est-il?»

«Je ne sais pas» fece la vecchia allargando le braccia.

Dopo questo dialogo da manuale di conversazione, Montalbano si rifece la scala, pigliò la foto di Karima gravida con l'uomo biondo.

«Son mari?»

La vecchia fece un gesto di disprezzo.

«Simplement le père de François. Un mauvais homme.»

Troppi ne aveva incontrati e ne stava incontrando di uomini cattivi la bella Karima.

«Je m'appelle Aisha» fece inaspettatamente la vecchia.

«Mon nom est Salvo» disse Montalbano.

Si mise in macchina, trovò la pasticceria che aveva intravisto venendo, accattò dodici cannoli, ritornò. Aisha aveva conzato la tavola sotto una minuscola pergola darrè la casuzza, all'inizio dell'orto. La campagna era deserta. Il commissario, come prima cosa, scartò la guantiera e la vecchia, come antipasto, si mangiò due cannoli. La *kubba* non entusiasmò Montalbano, ma i *kebab* avevano un sapore d'erba asprigna che li faceva vivaci, così almeno li definì secondo la sua aggettivazione imperfetta.

Durante il pasto Aisha probabilmente gli raccontò la sua vita, ma si era persa il francese e parlava solo in arabo. Comunque il commissario attivamente partecipò: se la vecchia arridìva, lui rideva; se la vecchia s'intristiva, lui faceva una faccia da due novembre.

Alla fine della cena Aisha sparecchiò mentre Montalbano, in pace con se stesso e col mondo, fumava una sigaretta. Poi la vecchia tornò, con una ariata misteriosa e cospirativa. Teneva in mano una scatoletta nivura, lunga e piatta, probabilmente aveva contenuto una collana o

qualcosa di simile. Aisha la raprì, dentro c'era un libretto al portatore della Banca Popolare di Montelusa.

«Karima» disse la vecchia e si portò un dito alle labbra per significare che quello era un segreto che tale doveva restare.

Montalbano pigliò il libretto dalla scatola, lo raprì.

Cinquecento milioni tondi.

L'anno passato – gli aveva contato la signora Clementina Vasile-Cozzo – le era venuta una botta tirribili d'insonnia che non ci poteva verso, per fortuna che era durata solo qualche mese. Passava la maggior parte della
nottata a taliare la televisione o a sentire la radio. Leggere no, non ce la faceva così a lungo perché dopo un
certo tempo gli occhi le pigliavano a fare pupi pupi.
Una volta, potevano essere le quattro del matino, o
forse prima, sentì le vociate di due 'mbriachi che si
sciarriavano proprio sotto la sua finestra. Scostò la tendina, così, per curiosità, e vide che nello scagno del signor Lapecora c'era luce. A quell'ora di notte che ci faceva il signor Lapecora? E difatti Lapecora non c'era,
non c'era nisciuno, la cammara dello scagno era vacante. La signora Vasile-Cozzo si fece persuasa che forse
s'erano scordati la luce accesa. Tutt'inzèmmula spuntò,
niscendo dall'altra cammara che lei sapeva che c'era ma
che non arrinisciva a vedere, un giovane il quale ogni
tanto veniva nello scagno, macari quando Lapecora non
ci stava. Quel giovane, completamente nudo, corse al
telefono, sollevò la cornetta, cominciò a parlare. Evidentemente aveva squillato il telefono, ma la signora
non l'aveva sentito. Poco dopo, sempre dall'altra cammara, trasì Karima. Macari lei nuda e stette a sintìri il
picciotto che animatamente discuteva. Poi la telefonata
terminò, il giovane agguantò Karima e se ne tornarono
nell'altra cammara a finire quello che stavano facendo
quando la telefonata li aveva interrotti. Doppo ricom-

parvero vestiti, astutarono la luce, se ne ripartirono col macchinone grigio metallizzato di lui.

Nel corso dell'anno passato la cosa si era ripetuta quattro o cinque volte. Per lo più stavano ore senza fare o dire niente, se lui la pigliava per un braccio e se la portava di là, era solo per passare il tempo. Certe volte lui scriveva o leggeva e lei dormicchiava sulla seggia, la testa appuiata al tavolo in attesa della telefonata. Certe volte, dopo aver ricevuto la telefonata, il picciotto ne faceva a sua volta, una o due.

Quella fìmmina, Karima, il lunedì, il mercoledì e il venerdì puliziava lo scagno – ma che c'era da pulire, Dio santo? – e certe volte rispondeva al telefono, ma le telefonate mai le passava al signor Lapecora, macari se lui era lì, di prisenza, e se la stava a sentire che parlava tenendo la testa vascia, a taliare il pavimento, come se la cosa non lo riguardasse o fosse offiso.

A parere della signora Clementina Vasile-Cozzo, la criata, la serva, la tunisina, era una fìmmina tinta, cattiva.

Non solo faceva quello che faceva col giovane bruno, ma qualche volta andava a smurritiare il povero Lapecora che inevitabilmente finiva per cedere, lasciandosi guidare nell'altra cammara. Una volta, che Lapecora stava assittato al tavolinetto della macchina da scrivere leggendo il giornale, lei gli si era inginocchiata davanti, gli aveva sbottonato i pantaloni e, sempre inginocchiata... A questo punto la signora Vasile-Cozzo aveva smesso di raccontare arrossendo.

Era chiaro che Karima e il giovane possedevano la chiave dello scagno, sia che l'avessero avuta da Lapecora sia che ne avessero fatto fare un duplicato. Ed era pure chiaro, macari se non c'erano testimoni in preda all'insonnia, che Karima, la notte prima che Lapecora venisse ammazzato, aveva passato qualche ora in casa della vittima, il profumo di Volupté stava a dimostrarlo. Possedeva anche le chiavi di casa o era stato lo stesso Lapecora a farla entrare, approfittando del fatto che la moglie aveva pigliato una dose abbondante di sonnifero? Ad ogni modo, la cosa pareva non avere senso. Perché rischiare di farsi sorprendere dalla signora Antonietta quando potevano comodamente incontrarsi nello scagno? Per un capriccio? Per condire col brivido del pericolo un rapporto altrimenti prevedibile?

E poi c'era la facenna delle tre lettere anonime, indubbiamente confezionate nello scagno. Perché Karima e il picciotto bruno l'avevano fatto? Per mettere in una posizione critica Lapecora? Non tornava. Niente avevano da guadagnarci. Anzi, rischiavano che il loro recapito telefonico, o quello che era diventata la ditta, non potesse più essere utilizzato.

Per capirci di più, bisognava aspettare il rientro di Karima che, Fazio aveva ragione, aveva pigliato il largo per non dover rispondere a domande pericolose, sarebbe tornata alla scordatina. Il commissario era certo che Aisha avrebbe mantenuto la parola che gli aveva data. In un improbabile francese le aveva spiegato che Karima si era infilata in un brutto giro, sicuramente quell'uomo cattivo e i suoi compagni avrebbero prima o poi ammazzato non solo lei ma anche François e persino Aisha stessa. Gli parse d'averla abbastanza convinta e spaventata.

Rimasero d'accordo che appena Karima si faceva vedere, la vecchia avrebbe telefonato, bastava semplicemente che domandasse di Salvo e dicesse solamente il suo nome, Aisha. Le lasciò il numero dell'ufficio e quello di casa, raccomandandole di nasconderli bene, così come faceva col libretto al portatore.

Naturalmente il discorso filava a un semplice patto: che Karima non fosse l'assassina. Ma il commissario non ce la vedeva, per quanto ci ragionasse sopra, con un coltello in mano.

Taliò il ralogio alla luce dell'accendino, quasi mezzanotte. Da più di due ore se ne stava assittato nella verandina, allo scuro per evitare che moschitte e pappataci se lo mangiassero vivo, a pinsari e a ripinsari a quello che aveva saputo dalla signora Clementina e da Aisha.

Gli necessitava però ancora una precisazione. Poteva telefonare a quell'ora di notte alla Vasile-Cozzo? La signora gli aveva spiegato che ogni sera la cammarera, dopo averla fatta mangiare, la spogliava e la metteva sulla sedia a rotelle. Però, anche se era pronta per andare a letto, non si curcava, restava fino a tardo a taliare la televisione. Dalla sedia a rotelle al letto e viceversa poteva farcela da sola.

«Signora, sono imperdonabile, lo so.»

«Ma s'immagini, commissario! Ero sveglia, stavo seguendo un film.»

«Ecco, signora. Lei mi ha detto che il giovane bruno certe volte leggeva o scriveva. Che leggeva? Che scriveva? È riuscita in qualche modo a capirlo?»

«Leggeva giornali, lettere. E lettere scriveva. Però non usava la macchina che c'è nello scagno, si portava appresso una portatile. C'è altro?»

«Ciao, amore, dormivi? No? Davvero? Sarò da te domani mattina verso le tredici. Non ti preoccupare in nessun modo per me. Arrivo e se non ci sei t'aspetto. Tanto ho le chiavi.»

SETTE

Nel sonno, evidentemente una parte del suo ciriveddro aveva continuato a travagliare sulla facenna Lapecora, tant'è vero che verso le quattro del matino, a un ricordo che gli era venuto, si era susùto e si era messo affannosamente a cercare tra i libri. A un tratto s'arricordò che quel libro glielo aveva domandato in prestito Augello perché aveva visto in televisione il film che n'era stato tratto. Ce l'aveva da sei mesi e ancora non si era deciso a ridarglielo narrè. Si squietò.

«Pronto, Mimì? Montalbano sono.»

«Oddio, che fu? Che successe?»

«Ce l'hai tu ancora quel romanzo di Le Carré che s'intitola *Chiamata per il morto*? Sicuro che te l'ho prestato.»

«Ma che cazzo?! Sono le quattro del mattino!»

«Embè? Lo voglio restituito.»

«Salvo, da fratello che ti vuole bene, perché non ti fai ricoverare?»

«Lo voglio subito.»

«Ma stavo dormendo! Calmati, domani a matina te lo porto in ufficio. Ora mi dovrei mettere le mutande, cominciare a cercarlo, rivestirmi...»

«Non me ne fotte niente. Lo cerchi, lo trovi, ti metti in macchina macari in mutande e me lo porti.»

Tambasiò casa casa per una mezzorata facendo cose inutili come tentare di capire la bolletta del telefono o leggere l'etichetta di una bottiglia di minerale, poi sentì arrivare una macchina a velocità, un colpo sordo alla porta, l'auto che ripartiva. Raprì, il libro era a terra, le luci dell'auto di Augello già lontane. Gli venne il firtìcchio di fare una telefonata anonima all'Arma.

«Sono un cittadino. C'è un pazzo furioso che gira in mutande...»

Lasciò perdere. Cominciò a sfogliare il romanzo.

La storia era proprio come se la ricordava. Pagina 15:

«Smiley, parla Maston. Lei ha avuto un abboccamento con Samuel Arthur Fennan, al Foreign Office, lunedì, vero?»

«Sì, l'ho avuto.»

«Di che cosa si trattava?»

«Una lettera anonima riguardante la sua appartenenza al Partito, a Oxford...»

Ed ecco, a pagina 187, l'avvio delle conclusioni alle quali arrivava Smiley nel suo rapporto:

Era tuttavia possibile che avesse perduto l'amore per il suo lavoro e che quel suo invito a colazione rivolto a me fosse un primo passo per arrivare alla confessione. Con questo intento egli potrebbe anche aver scritto la lettera anonima che avrebbe potuto essere ideata allo scopo di mettersi in contatto col Dipartimento.

Seguendo la logica di Smiley, era dunque possibile che Lapecora avesse lui stesso scritto le lettere anonime contro di sé. Ma se ne era l'autore, perché, macari con qualche altro pretesto, non si era rivolto alla polizia o ai carabinieri?

Aveva appena formulato la domanda, che gli venne da sorridere per la sua ingenuità. Con la Polizia o con l'Arma, una lettera anonima in grado di far aprire un'indagine avrebbe portato a conseguenze assai più serie per lo stesso Lapecora. Indirizzandole alla moglie, Lapecora sperava di suscitare una reazione, come dire, casalinga, ma bastevole a levarlo da una situazione o pericolosa o che gli pesava perché non era più capace di reggerla. Voleva tirarsene fora e le sue erano state richieste d'aiuto, ma la moglie le aveva pigliate per quello che apparivano, vale a dire lettere anonime qualsiasi che denunziavano una tresca comune e volgare. Offisa, non aveva reagito, si era chiusa in un mutismo sdegnoso. Allora Lapecora, disperato, aveva scritto al figlio senza trincerarsi darrè l'anonimato. Ma quello, annorbato dall'egoismo e dallo scanto di perdere qualche lira, se n'era scappato a Nuovaiorca.

Grazie a Smiley, tutto quatrava. Tornò a dormiri.

Il commendatore Baldassarre Marzachì, direttore dell'ufficio postale di Vigàta, era notoriamente un imbecille presuntuoso. Manco questa volta si smentì.

«Non posso accedere alla sua richiesta.»

«Ma perché, scusi?»

«Perché lei non ha l'autorizzazione di un magistrato.»

«E perché dovrei averla? Qualsiasi impiegato del suo ufficio me l'avrebbe data, l'informazione che chiedo. È una cosa senza importanza.»

«Questo lo sostiene lei. Se le avessero data l'informazione, i miei impiegati avrebbero commesso un'infrazione passibile di richiamo.»

«Commendatore, cerchiamo di ragionare. Le sto solo domandando il nome del postino che serve la zona nella quale si trova Salita Granet. Tutto qua.»

«E io non glielo dico, va bene? Se io, putacaso, glielo dicessi, lei che farebbe?»

«Rivolgerei qualche domanda al postino.»

«Vede?! Lei vuole violare il segreto postale.»

«Ma quando mai?»

Un autentico cretino, difficile a trovarsi in questi tempi in cui i cretini si camuffano da intelligenti. Il commissario decise di fare ricorso a una tragediata che avrebbe annichilito il suo avversario. Di colpo, si abbandonò indietro col corpo, aderì con le spalle alla seggia, si fece venire una specie di trimolizzo alle mani e alle gambe, cercò disperatamente d'aprire il colletto della camicia.

«Oddio» rantolò.

«Oddio!» fece perfetta eco il commendator Marzachì susendosi e correndo allato al commissario. «Si sente male?»

«Mi aiuti» affannò Montalbano.

Quello si calò, tentò d'allargare il colletto e fu allora che il commissario si mise a fare voci.

«Mi lasci! Perdio, mi lasci!»

Nello stesso momento, agguantò con le sue le mani di Marzachì, che aveva istintivamente tentato di sganciarsi, e le tenne all'altezza del suo collo.

«Ma che fa?» balbettò Marzachì completamente perso, non capiva cosa stesse succedendo. Montalbano urlò di nuovo.

«Mi lasci! Come si permette!» si sgolò sempre tenendo afferrate le mani del commendatore.

La porta si spalancò, apparvero due impiegati esterrefatti, un omo e una fìmmina, videro distintamente il loro superiore che tentava di strozzare il commissario.

«Andate via!» gridò Montalbano ai due. «Via! Non è niente! Tutto a posto!»

Gli impiegati si ritirarono chiudendo la porta. Montalbano tranquillamente si rimise il colletto a posto e taliò Marzachì che, appena lasciato libero, si era addossato a una parete.

«Ti ho inculato, Marzachì. Quei due hanno visto. E siccome ti odiano, come del resto tutti i tuoi dipendenti, sono pronti a testimoniare. Aggressione a pubblico ufficiale. Che vogliamo fare? Vuoi essere denunziato o no?»

«Perché mi vuole rovinare?»

«Perché ti ritengo responsabile.»

«E di che, Dio santo?»

«Del peggio. Delle lettere che ci mettono due mesi per andare da Vigàta a Vigàta, dei pacchi che mi arrivano sventrati con metà del contenuto e tu mi vieni a parlare del segreto postale che ti puoi infilare nel culo, dei libri che mi dovrebbero giungere e non giungeranno mai... Tu sei una merda che si paluda di dignità per coprire questa cloaca. Ti basta?»

«Sì» fece distrutto Marzachì.

«Certo che gli arrivava posta. Non tanta, ma gli arrivava. Gli scriveva una ditta di fora Italia, quella sola.»

«Da dove?»

«Non ci ho fatto caso. Ma il francobollo era furastère. Le posso però dire come si chiamava la ditta perché sulla busta c'era stampato il nome. Aslanidis. Me l'arricordo perché mio patre, bonarma, che s'era fatto la guerra di Grecia, aveva conosciuto da quelle parti una fìmmina che si chiamava Galatea Aslanidis. Ce ne parlava sempri.»

«Sulla busta c'era stampato che cosa vendeva questa ditta?»

«Sissi. Dattes, che significa àttuli, datteri.»

«Grazie per essere venuto accussì di prescia» disse la signora Palmisano Antonietta recentissima vedova Lapecora appena gli raprì la porta.

«Perché? Lei voleva vedermi?»

«Sì. Non glielo dissero all'ufficio che telefonai?»

«Non ci sono ancora passato. Sono venuto qua di testa mia.»

«Allora è un caso di cleptomania» concluse la signora.

Per un attimo il commissario strammò, poi capì che quella intendeva dire telepatia.

"Un giorno o l'altro la faccio conoscere a Catarella" pensò Montalbano "e poi ne trascrivo i dialoghi. Altro che Ionesco!"

«Perché voleva vedermi, signora?»

Antonietta Palmisano agitò un ditino malizioso.

«Eh no. Tocca a lei di parlare per prima, è a lei che è venuto il pinsero.»

«Signora, vorrei che lei mi facesse vedere esattamente

quello che ha fatto l'altra mattina quando si preparava per andare a trovare sua sorella.»

La vedova sturdì, aprì e richiuse la bocca.

«Babbìa?»

«No, non babbìo, non scherzo.»

«Ma che pretende, che mi metto in cammisa di notte?» spiò, arrossendo, la signora Antonietta.

«Manco per sogno.»

«Allora. Mi faccia pinsari. Mi sono susùta dal letto appena che la sveglia sonò. Pigliai...»

«No, signora, forse non mi sono spiegato bene. Lei non me lo deve dire quello che fece, me lo deve far vedere. Andiamo di là.»

Passarono nella cammara di letto. L'armuar era spalancato, vestiti di fìmmina riempivano una valigia posata sul letto. Su uno dei comodini, una sveglia rossa.

«Lei dorme da questo lato?» spiò Montalbano.

«Sì. Che faccio, mi devo distendere?»

«Non c'è bisogno, basta che si sieda sulla sponda.»

La vedova obbedì, ebbe però uno scatto:

«Ma che ci accuccchia tutto questo con l'ammazzatina d'Arelio?»

«Si lasci pregare, è importante. Cinque minuti e levo il disturbo. Mi dica: macari suo marito s'arrisbigliò sentendo la sveglia?»

«Di solito aveva il sonno lèggio. Se facevo la minima rumorata, rapriva gli occhi. Però, ora che lei mi ci sta facendo pinsari, l'altra matina non la sentì. Anzi anzi: doveva essere tanticchia arrifriddato, col naso chiuso, perché si mise a russare, non lo faceva quasi mai.»

Pessimo filodrammatico, il pòviro Lapecora. Ma gli era andata bene, una volta tanto.

«Vada avanti.»

«Mi susii, pigliai i vistita che tenevo su quella seggia e andai in bagno.»

«Spostiamoci.»

Impacciata, la signora gli fece strata. Quando furono in bagno, taliando pudicamente a terra, la vedova spiò:

«Devo fare tutto?»

«Ma no. Dal bagno è uscita vestita, vero?»

«Sì, completamente, faccio sempre accussì.»

«E poi che ha fatto?»

«Sono andata nella cammara di mangiare.»

Oramà aveva imparato la lezione e ci andò, seguita dal commissario.

«Pigliai la borsa che avevo preparata su questo divanetto la sera avanti, raprii la porta e niscii sul pianerottolo.»

«È sicura d'aver chiuso la porta uscendo?»

«Sicurissima. Chiamai l'ascensore...»

«Basta così, grazie. Che ora era, lo ricorda?»

«Le sei e venticinque. Avevo fatto tardi, tanto che mi misi a correre.»

«Quale fu l'imprevisto?»

La signora lo taliò interrogativa.

«Quale fu il motivo per cui venne a fare tardi? Mi spiego meglio: se uno sa che la matina appresso deve partire e punta la sveglia, considera il tempo giusto che ci vuole a...»

La signora Antonietta sorrise.

«Mi faceva male un callo» disse. «Ci ho messo la pomata, me lo sono fasciato e ho perso un tempo che non avevo calcolato.»

«Grazie ancora e mi scusi. Buongiorno.»

«Aspetti! Che fa? Se ne va?»

«Ah, già. Lei doveva dirmi qualcosa.»

«S'assittasse un attimo.»

Montalbano eseguì. Tanto, aveva saputo quello che voleva sapere: la vedova Lapecora non era entrata nello studio dove, quasi certamente, stava nascosta Karima.

«Come ha visto» esordì la signora, «sto preparandomi a partire. Appena potrò fare il funerale ad Arelio, me ne vado.»

«Dove va, signora?»

«Da mia sorella. Ha una casa granni ed è malata, come sa. Qua a Vigàta non ci metterò più piede, manco dopo morta.»

«Perché non va a vivere con suo figlio?»

«Non gli voglio dare disturbo. E poi non vado d'accordo con sua mogliere che spende e spande e questo pòviro figlio mio si lamenta sempri che ci mancano novantanove centesimi per fare una lira. Comunque, le volevo dire che, taliando tra le cose che non mi servono più per gettarle via, ho trovato la busta nella quale c'era la prima lettera anonima. Credevo d'averla abbrusciata e invece si vede che ho distrutto solo lo scritto. Siccome che lei m'è parso particolarmente interessato...»

L'indirizzo era scritto a macchina.

«Posso tenerla?»

«Certo. E questo è quanto.»

Si susì, il commissario pure, ma lei andò alla credenza sulla quale c'era una lettera, la pigliò, l'agitò verso Montalbano.

«Taliasse, commissario. Arelio manco due jorna ch'è morto e io comincio a pagare già i debiti dei porci comodazzi suoi. Aieri m'arrivarono qua – si vede che alla posta hanno saputo che l'hanno ammazzato – due bollette dell'ufficio: la luce, duecentoventimila lire e il telefono trecentottantamila lire! Ma non era lui che telefonava, sa? A chi aveva da telefonare? Era quella buttana tunisina che telefonava, sicuro, macari ai parenti suoi in Tunisia. E stamatina m'è arrivata questa. Va' a sapìri che gli aveva messo in testa quella grandissima troia che praticava e quello stronzo di me' marito la stava a sèntiri!»

Elevato, il grado di pietas della signora Antonietta Palmisano vedova Lapecora. La busta non era affrancata, l'avevano recapitata a mano. Montalbano decise di non farsi vedere troppo curioso, solo quel tanto che bastava.

«Quando l'hanno portata?»

«Gliel'ho detto, stamatina. Centosettantasettemila lire, una fattura della tipografia Mulone. A proposito, commissario, mi può ridare le chiavi dello scagno?»

«Ha urgenza?»

«Urgenza vera e propria, no. Però voglio cominciare a farlo vedere a quarchiduno che può accattarselo. Mi voglio vendere macari la casa. Ho calcolato che il solo funerale mi verrà a costare sopra i cinque milioni, tra una cosa e l'altra.»

Tale madre, tale figlio.

«Con il ricavato dello scagno e della casa» fece Montalbano in una botta di malignità, «funerali potrà pagarsene una ventina.»

Empedocle Mulone, proprietario della tipografia, disse che sì, il pòviro Lapecora gli aveva ordinato fogli e buste con l'intestazione tanticchia modificata rispetto a quella vecchia. Erano vent'anni che il signor Arelio si serviva da lui, avevano amicizia.

«Qual è stata la modifica?»

«Export-Import al posto di Esportazione-Importazione. Però io lo sconsigliai.»

«Non avrebbe fatto la modifica?»

«Non mi riferivo all'intestazione, ma all'idea che gli era venuta di ripigliare l'attività. Erano quasi cinque anni che si era ritirato e intanto le cose sono cangiate, le ditte falliscono, un momentaccio. E lo sa che fece, invece di ringraziarmi? S'incazzò. Disse che lui leggeva i giornali e taliava la televisione e perciò sapeva come stavano le cose.»

«Il pacco col materiale stampato l'ha mandato a casa o allo scagno?»

«S'era raccomandato che lo mandassi allo scagno e così feci, in un giorno sparo della simana. Ora non ricordo il giorno preciso, ma se vuole...»

«Non importa.»

«La fattura invece l'ho fatta avere alla signora, dato che è molto difficile che il signor Lapecora trovi ora modo di passare dallo scagno, non le pare?»

Rise.

«Pronto il suo espresso, commissario» fece il banconista del caffè Albanese.

«Totò, sentimi. Il signor Lapecora veniva qua qualche volta con gli amici?»

«E come no? Ogni martedì. Chiacchiariavano, giocavano a carte. Erano sempre gli stessi.»

«Dimmi i nomi.»

«Dunque, c'erano: il ragionier Pandolfo...»

«Aspetta. Dammi l'elenco telefonico.»

«E perché ci voli telefonari? È quel signore anziano assittato al tavolino che si sta mangiando la granita.»

Montalbano pigliò la sua tazza, andò allato al ragioniere.

«Posso sedermi?»

«Padronissimo, commissario.»

«Grazie. Ci conosciamo?»

«Lei a mia no, io a lei sì.»

«Ragioniere, lei giocava abitualmente con la bonarma?»

«Abitualmente! Ci giocavo solo il martedì. Perché, vede, il lunedì, il mercoledì e il...»

«Venerdì stava allo scagno» concluse Montalbano l'ormai consueta litania.

«Che vuole sapere?»

«Perché il signor Lapecora voleva ripigliare l'attività commerciale?»

Il ragioniere parse sinceramente meravigliato.

«Ripigliare? Ma quando mai? A noi non ce ne parlò. Tutti sapevamo che andava allo scagno per abitudine, per passatempo.»

«E le parlò della fìmmina a ore, una certa Karima, che andava allo scagno per le pulizie?»

Un guizzo delle pupille, un'impercettibile esitazione che sarebbero passati inosservati se Montalbano non l'avesse tenuto, con gli occhi, sotto punterìa.

«E che ragione aveva di contarmi cose della so' cammarera?»

«Lei a Lapecora lo conosceva bene?»

«E chi è che si conosce bene? Una trentina d'anni fa stavo di casa a Montelusa e avevo un amico di testa fina, lucido, intelligente, spiritoso, pronto, equilibrato. Tutte le qualità, aveva. E poi era generosissimo, un angelo, il suo era di chi aveva bisogno. Una sira sua sorella gli lasciò a tenere il figlio nico, di manco sei mesi. Si trattava di abbadargli due ore al massimo. Appena la sorella niscì, lui pigliò un coltello, squartò il picciliddro e se lo fece a brodo con tanticchia di prezzemolo e uno spicchio d'aglio. Guardi che non sto babbiando. Io, quello stesso giorno, ero stato con lui e lui era come sempre, lucido e gentile. Per tornare al pòviro Lapecora, sì, lo conoscevo quanto bastava, per esempio, a capire che da un due anni a questa parte era cangiato assai.»

«In che senso?»

«Mah, era diventato nirbuso, non rideva, anzi attaccava lite, faceva catùnio a ogni minima occasione. Prima, no.»

«Ha idea quale ne fosse la causa?»

«Un giorno glielo spiai. Era una quistione di salute, m'arrispose, un principio d'arteriosclerosi, così gli aveva detto il medico.»

La prima cosa che fece, nello scagno di Lapecora, fu d'assittarsi alla macchina da scrivere. Raprì il cassetto del tavolinetto, dintra c'erano buste e fogli intestati alla vecchia maniera, fatti gialli dall'età. Pigliò un foglio, cavò dalla sacchetta la busta che gli aveva dato la signora Antonietta, ricopiò a macchina l'indirizzo. La prova del nove, se mai ce ne fosse stato di bisogno. Le *r* saltavano sopra il rigo, le *a* invece calavano sotto, la *o* era una pallina nivura: l'indirizzo sulla busta della lettera anonima era stato scritto da quella macchina. Taliò fora. La cammarera della signora Vasile-Cozzo, su una piccola scala a forbice, stava puliziando i vetri. Spalancò la finestra, chiamò.

«Senta, c'è la signora?»

«Aspittasse» fece la cammarera Pina taliandolo storto. Evidentemente il commissario non le andava a genio.

Scinnì dalla scaletta, sparì, dopo un poco al suo posto apparve la testa della signora a livello del davanzale. Non c'era bisogno d'alzare tanto la voce, erano distanti meno d'una decina di metri.

«Signora, mi perdoni, ma se non ricordo male lei mi disse che certe volte quel giovanotto, si ricorda...»

«Capisco di chi sta parlando.»

«Quel giovanotto scriveva a macchina. È così?»

«Sì, ma non con quella dello scagno. Con una portatile.»

«Ne è certa? Non poteva essere un computer?»

«No, era una portatile.»

Ma che cavolo di modo era il suo di condurre un'inchiesta? Si rese di colpo conto che lui e la signora parevano due comari che stessero a spettegolare da un balcone all'altro.

Salutata la signora Vasile-Cozzo, per riacquistare dignità davanti a se stesso, si diede a una perquisizione meticolosa, da vero professionista, alla ricerca del pacco mandato dalla tipografia. Non lo trovò, così come non trovò né un foglio né una busta con la nuova intestazione in inglese.

Avevano fatto sparire tutto.

E in quanto alla portatile che lo pseudo nipote di Lapecora si trascinava appresso invece di servirsi della macchina dello scagno, la spiegazione che si diede gli parse plausibile. Al giovanotto non serviva la tastiera della vecchia Olivetti. Gli necessitava, evidentemente, un alfabeto diverso.

OTTO

Uscito dallo scagno, si mise in macchina e andò a Montelusa. Al Comando della Guardia di Finanza, domandò del capitano Aliotta ch'era suo amico. Venne fatto passare subito.

«Da quand'è che non si sta una sera insieme? Non sto accusando solo te. Ma anche me stesso» fece Aliotta abbracciandolo.

«Perdoniamoci a vicenda e cerchiamo di rimediare presto.»

«D'accordo. Ti posso essere utile?»

«Sì. Chi è quel maresciallo che l'anno scorso mi diede preziose informazioni su un supermercato di Vigàta? Il traffico d'armi, ti ricordi?»

«Come no. Si chiama Laganà.»

«Potrei parlargli?»

«Di che si tratta?»

«Dovrebbe venire a Vigàta per mezza giornata al massimo, almeno credo. Si tratta di esaminare gli incartamenti di una ditta di cui era proprietario quel tale ammazzato in ascensore.»

«Te lo chiamo.»

Il maresciallo era un cinquantino robusto, coi capelli all'umberta, gli occhiali d'oro. A Montalbano fece immediata simpatia.

Gli spiegò minuziosamente quello che voleva da lui e gli diede le chiavi dello scagno. Il maresciallo taliò il ralogio.

«Per le tre di dopopranzo posso scendere a Vigàta, se il signor capitano è d'accordo.»

Per scrupolo, finito ch'ebbe di chiacchiariàre con Aliotta, gli spiò il permesso e telefonò al suo ufficio, dove non aveva messo piede dalla sera avanti.

«Dottori, lei è di propio?»

«Catarè, io di propio sono. Ci sono state telefonate?»

«Sissi, dottori. Due per il dottori Augello, una per...»

«Catarè, me ne fotto delle telefonate degli altri!»

«Ma se propio lei me lo spiò ora ora!»

«Catarè, mi sono state fatte telefonate propio per me di me?»

Adeguandosi al linguaggio, forse avrebbe ottenuto qualche risposta sensata.

«Sissi, dottori. Una. Ma non si capì.»

«Che viene a dire che non si capì?»

«Non ci capii niente. Però doviva essere parenti.»

«Di chi?»

«Sua di lei, dottori. La chiamava per nomi, faceva: Salvo, Salvo.»

«E poi?»

«Si lamentiava, pareva avesse dolori, faceva: ahi, ahi, scià, scià.»

«Era omo o fìmmina?»

«Fìmmina vecchia, dottori.»

Aisha! Scappò, si scordò di salutare Aliotta.

Aisha, assittata davanti alla casa, piangeva, sconvolta. No, Karima e François non si erano visti, il motivo per cui l'aveva chiamato era un altro. Si susì, lo fece entrare. La cammara era all'aria, avevano macari sventrato il matarazzo. Vuoi vedere che s'erano pigliati il libretto al portatore? No, quello non l'avevano trovato, fu la rassicurante risposta di Aisha.

Al piano di sopra, dove abitava Karima, peggio ancora: qualche mattone del pavimento era stato staccato; un giocattolo di François, un camioncino di plastica, era a pezzi. Le fotografie non c'erano più, nemmeno quelle che ritraevano la mercanzia di Karima. Meno male, pensò il commissario, che di quelle foto ne aveva portato via alcune. Però dovevano avere fatto un fracasso spaventoso. Aisha dov'era scappata nel frattempo? La vecchia non era scappata, spiegò, ma il giorno prima era andata a trovare un'amica a Montelusa. Avendo fatto tardi, era rimasta lì a dormire. Una fortuna: se la trovavano in casa, l'avrebbero sicuramente scannata. Dovevano essere in possesso delle chiavi, le due porte infatti non erano state forzate. Certamente erano venuti solo per impadronirsi delle foto, di Karima volevano far sparire macari il ricordo di com'era fatta.

Montalbano disse alla vecchia di preparare le sue cose, l'avrebbe accompagnata lui stesso dalla sua amica a Montelusa. Avrebbe dovuto restarci qualche giorno, per prudenza. Malinconicamente Aisha acconsentì. Il commissario le fece capire che, mentre lei si preparava alla partenza, avrebbe fatto un salto dal tabaccaio più vicino, questione di dieci minuti al massimo.

Poco prima del tabaccaio, davanti alla scuola elementare di Villaseta, c'era un vociante assembramento di madri gesticolanti e di bambini piangenti. Due guardie comunali di Vigàta, ma distaccate a Villaseta, che Montalbano conosceva, erano strette d'assedio. Proseguì, accattò le sigarette, ma al ritorno la curiosità fu troppo forte. Si fece largo d'autorità, intronato dalle grida.

«Macari a lei disturbarono per questa minchiata?» gli spiò stupita una delle guardie.

«No, sono qui per caso. Che succede?»

Le madri, che avevano sentita la domanda, risposero in coro, col risultato che il commissario non ci capì niente.

«Silenzio!» urlò.

Le madri tacquero, ma i picciliddri, terrorizzati, si misero a piangere più forte.

«Commissario, è una cosa da ridere» fece la guardia di

prima. «Pare che da aieri matina c'è un picciliddro che assale gli altri picciliddri che vanno a scuola, gli ruba il mangiare e se ne scappa. Macari stamatina fece l'istisso.»

«Taliasse ccà, taliasse ccà» intervenne una madre mostrando a Montalbano un bambino con gli occhi abbottati dai cazzotti. «Me' figlio non ci voleva dari la frittatina e lui botte ci desi. Male ci fici!»

Il commissario si chinò, carezzò la testa del bambino. «Come ti chiami?»

«Ntonio» rispose il picciliddro orgoglioso d'essere il prescelto.

«Tu lo conosci a questo che t'arrubbò la frittatina?»

«Nonsi.»

«C'è qualcuno che l'ha riconosciuto?» spiò il commissario ad alta voce. Ci fu un coro di no.

Montalbano si richinò all'altezza di Ntonio.

«Cosa ti disse per farti capire che voleva la merendina?»

«Parlava straneo. Io non capivo. Allora mi strappò lo zainetto e lo raprì. Io volevo ripigliarmelo, ma lui mi desi due cazzotti, agguantò la frittatina col pane e scappò.»

«Continuate le indagini» ordinò Montalbano ai due vigili, miracolosamente riuscendo a mantenersi serio.

All'èbica dei musulmani in Sicilia, quando Montelusa si chiamava Kerkent, gli arabi avevano fabbricato alla periferia del paisi un quartiere dove stavano tra di loro. Quando i musulmani se n'erano scappati sconfitti, nelle loro case c'erano andati ad abitare i montelusani e il nome del quartiere era stato sicilianizzato in Rabàtu. Nella seconda metà di questo secolo una gigantesca frana l'aveva inghiottito. Le poche case rimaste in piedi erano lesionate, sbilenche, si tenevano in equilibri assurdi. Gli arabi, tornati questa volta in veste di povirazzi, ci avevano ripreso ad abitare, mettendo al posto delle tegole pezzi di lamiera e in luogo delle pareti tramezzi di cartone.

Lì Montalbano accompagnò Aisha col suo misero fagotto. La vecchia, sempre chiamandolo zio, lo volle abbracciare e baciare.

Erano le tre del dopopranzo e a Montalbano, che non aveva ancora avuto tempo di mangiare, la fame, il pititto, gli stava intorcinando le budella. Andò alla trattoria San Calogero, s'assittò.

«C'è ancora qualche cosa da mangiare?»

«Per vossia, sempre.»

E in quel preciso momento s'arricordò di Livia. Gli era completamente passata di mente. Si precipitò al telefono, mentre cercava febbrilmente qualche giustificazione: Livia aveva detto che sarebbe arrivata per l'ora di pranzo. Doveva essere furibonda.

«Livia, amore.»

«Sono appena arrivata, Salvo. L'aereo è partito con un ritardo di due ore, non ci hanno dato nessuna spiegazione. Sei stato in pensiero, amore mio?»

«Certo che sono stato in pensiero» mentì senza alcun pudore Montalbano visto che il vento gli era a favore. «Ho telefonato a casa ogni quarto d'ora e non rispondeva nessuno. Poco fa mi sono deciso a telefonare all'aeroporto di Punta Raisi e mi hanno detto che il volo era arrivato con due ore di ritardo. Così mi sono finalmente tranquillizzato.»

«Perdonami, amore, ma non è stata colpa mia. Quando vieni?»

«Livia, purtroppo non posso subito. Sono in piena riunione a Montelusa, mi ci vorrà sicuramente ancora un'ora. Poi mi precipito da te. Ah, senti: stasera siamo a cena dal questore.»

«Ma io non ho portato niente con me!»

«Ci vieni in jeans. Guarda nel forno o in frigo, sicuramente Adelina avrà preparato qualcosa.»

«Ma no, t'aspetto, mangiamo insieme.»

«Io mi sono già arrangiato con un panino. Non ho appetito. A presto.»

Tornò a sedersi al tavolo, dove già l'aspettava una mezza chilata di triglie fritte croccanti.

Livia si era messa a letto, tanticchia stanca del viaggio. Montalbano si spogliò e si coricò allato a lei. Si baciarono e a un tratto Livia si scostò, cominciò ad annusarlo.

«Odori di fritto.»

«Certamente. Figurati che sono stato a interrogare uno per un'ora dentro a una friggitoria.»

Fecero l'amore quietamente, sapendo che avevano tutto il tempo che volevano. Dopo s'assittarono nel letto coi cuscini darrè le spalle e Montalbano le contò l'ammazzatina di Lapecora. Credendo di farla divertire, le disse che aveva fatto fermare le Piccirillo, madre e figlia, che tanto tenevano alla loro onorabilità. Le raccontò macari come avesse fatto accattare una bottiglia di vino per il ragioniere Culicchia che la sua se l'era persa quando era rotolata vicino al morto. Invece di mettersi a ridere, come s'aspettava, Livia lo taliò freddamente.

«Stronzo.»

«Prego?» spiò Montalbano con un appiombo degno di un lord inglese.

«Stronzo e maschilista. Sputtani quelle due povere disgraziate e invece al ragioniere, che non esita ad andare in ascensore su e giù con un morto, compri una bottiglia di vino. Dimmi tu se non è agire da mentecatti.»

«Dai, Livia, non la pigliare per questo verso.»

Invece Livia continuò a pigliarla da quel verso. Si erano fatte le sei quando riuscì a rabbonirla. Per svariarla, le contò la storia del piciliddro di Villaseta che rubava le merendine ai piciliddri come lui.

Manco stavolta Livia rise. Anzi, parse immalinconirsi.

«Che c'è? Che ho detto? Ho sbagliato di nuovo?»

«No, ma stavo pensando a quel povero bambino.»

«Quello che è stato picchiato?»

«All'altro. Dev'essere veramente affamato e alla disperazione. Non parlava italiano, hai detto? Forse è figlio di extracomunitari che non hanno nemmeno l'aria per respirare. O forse è stato abbandonato.»

«Gesù!» gridò Montalbano folgorato dalla rivelazione e gridò tanto forte che Livia sobbalzò.

«Che ti piglia?»

«Gesù!» ripeté il commissario con gli occhi sbarracati.

«Ma che ho detto?» domandò preoccupata Livia.

Montalbano non arrispose, nudo com'era si precipitò al telefono.

«Catarella, levati dai coglioni e passami immediatamente Fazio. Fazio? Tra un'ora al massimo vi voglio tutti, dico tutti, in ufficio. Non deve mancare nessuno o faccio un casino.»

Riattaccò, compose un altro numero.

«Signor questore? Montalbano sono. Mi vergogno a dirglielo, ma stasera non ce la faccio a venire. No, non si tratta di Livia. È una questione di lavoro, le riferirò. Domani a pranzo? Va benissimo. E mi scusi con la signora.»

Livia s'era alzata, tentava di capire perché le sue parole avessero provocato una reazione così frenetica.

Per tutta risposta, Montalbano si gettò sul letto e la trascinò con sé. Le sue intenzioni erano chiarissime.

«Ma non hai detto che tra un'ora sarai in ufficio?»

«Quarto d'ora più, quarto d'ora meno.»

Dentro la cammara di Montalbano, che certamente capiente non era, si erano stipati Augello, Fazio, Tortorella, Gallo, Germanà, Galluzzo e Grasso, che aveva pigliato servizio in commissariato da manco un mese. Catarella stava appoggiato allo stipite della porta, l'orecchio al centralino. Montalbano si era portato appresso Livia riluttante.

«Ma che vengo a farci, io?»

«Credimi, potresti essere utilissima.»

Ma non aveva voluto dirle una parola di spiegazione.

Nel silenzio più totale, il commissario aveva disegnato una rozza ma abbastanza precisa piantina topografica che mostrò ai presenti.

«Questa è una casetta di via Garibaldi a Villaseta. Momentaneamente non l'abita nessuno. Questo dietro è un orto...»

Proseguì illustrando ogni dettaglio, le case vicine, gli incroci delle strade, le intersecazioni dei viottoli. Si era fissato tutto a mente nel pomeriggio passato da solo nella stanza di Karima. Fatta eccezione di Catarella, che sarebbe rimasto di guardia, tutti erano impegnati nell'operazione: ad ognuno indicò sulla cartina il posto che avrebbe dovuto occupare. Ordinò che raggiungessero il luogo dell'azione alla spicciolata, niente sirene, niente divise, anzi niente macchine della polizia, non dovevano assolutamente farsi notare. Se qualcuno voleva arrivarci con la propria auto, avrebbe dovuto lasciarla ad almeno mezzo chilometro di distanza dalla casa. Che si portassero quello che volevano, panini, caffè, birra, perché probabilmente la cosa sarebbe stata lunga, forse avrebbero dovuto restare appostati tutta la notte e non era manco sicura la riuscita, era molto probabile che chi dovevano pigliare non si facesse vedere nei paraggi. L'accendersi dell'illuminazione stradale avrebbe segnato l'inizio dell'operazione.

«Armi?» spiò Augello.

«Armi? Che armi?» sbalordì per un attimo Montalbano.

«Mah, non so, siccome la cosa mi pare seria, pensavo...»

«Ma chi dobbiamo pigliare?» intervenne Fazio.

«Un ladro di merendine.»

Nella cammara non si sentì più respirare. Ad Augello apparve sulla fronte un velo di sudore.

"È da un anno che gli ripeto di farsi visitare" pensò.

La nottata era serena, illuminata dalla luna, immobile per mancanza di vento. Aveva un solo difetto, agli occhi di Montalbano: pareva non volesse passare mai, ogni minuto, misteriosamente, si spandeva, si dilatava in altri cinque.

Alla fiammella di un accendino, Livia aveva rimesso il materasso sventrato sulla rete, ci si era distesa, aveva a poco a poco pigliato sonno. Ora dormiva della bella.

Il commissario, assittato su una seggia messa allato alla finestra che dava sul retro, poteva distintamente vedere l'orto e la campagna. Da quella parte dovevano trovarsi Fazio e Grasso ma, per quanto si sforzasse la vista, dei due manco l'ùmmira, confusi tra gli alberi di mandorlo. Si compiacque della professionalità dei suoi uomini: ci si erano messi d'impegno, dopo che aveva spiegato che forse il picciliddro era François, il figlio di Karima. Aspirò la quarantesima sigaretta e a quel lucore taliò il ralogio: venti minuti alle quattro. Stabilì d'aspettare ancora una mezzorata, poi avrebbe detto agli uomini di tornarsene a casa. Fu proprio allora che notò un leggerissimo movimento nel punto dove terminava l'orto e principiava la campagna; ma, più che un movimento, una momentanea mancanza di riflesso della luce della luna sulla paglia e gli sterpi gialli. Non poteva essere Fazio e manco Grasso, lui aveva voluto lasciare apposta quella zona non piantonata, quasi a favorire, a suggerire un accesso. Il movimento, o quello che era, si ripeté e stavolta Montalbano distinse una piccola forma scura che avanzava lentamente. Non c'era dubbio, era il picciliddro.

Si mosse adagio verso Livia, guidato dal respiro di lei.

«Svegliati, sta arrivando.»

Tornò alla finestra, Livia gli fu subito allato. Montalbano le parlò all'orecchio.

«Appena lo pigliano, ti precipiti giù. Sarà atterrito, invece con una fìmmina probabilmente si sentirà rassicurato. Carezzalo, bacialo, digli quello che vuoi.»

Il picciliddro era ormai sotto casa, si vedeva distintamente che teneva la testa alzata, taliava verso la finestra. A un tratto si materializzò la figura di un uomo che con due falcate piombò sul bambino, l'agguantò. Era Fazio.

Livia volò per le scale. François scalciava e faceva un grido lungo, straziante, come di armalo pigliato nella tagliola. Montalbano accese la luce, si sporse dalla finestra.

«Portatelo su. Tu, Grasso, vai ad avvertire gli altri, falli venire qua.»

Intanto il grido del bambino si era spento, cangiato in singhiozzi. Livia l'aveva preso in braccio e gli parlava.

Era ancora molto teso, ma non piangeva più. Con le pupille sparluccicanti, la taliata intensa, osservava le facce che gli stavano intorno e via via riacquistava fiducia. Stava assittato al tavolo dove, fino a qualche giorno prima, aveva avuto allato sua madre ed era forse per questo che teneva Livia per mano e non voleva che si scostasse.

Mimì Augello, che si era allontanato, tornò con un pacco tra le mani e tutti capirono ch'era stato l'unico a fare la pinsata giusta. Dintra al pacco c'erano panini al prosciutto, banane, dolci di riposto, due lattine di cocacola. Mimì ebbe in premio un'occhiata commossa di Livia, che naturalmente irritò Montalbano, e balbettò:

«L'ho fatto preparare ieri sera... Ho pensato che se avevamo a che fare con un bambino affamato...»

Mentre mangiava, François si abbandonava alla stanchezza e al sonno. Non arriniscì, infatti, a terminare i dolcetti: di colpo, la testa gli cadde in avanti sul tavolino, spento come se un interruttore gli avesse levato l'energia.

«E ora dove lo portiamo?» spiò Fazio.

«A casa nostra» disse decisa Livia.

Montalbano rimase colpito da quel «nostra». E mentre raccoglieva un paio di jeans e una T-shirt per il bambino, non riuscì a stabilire se doveva esserne scontento o rallegrato.

Il picciliddro non raprì gli occhi né durante il viaggio sino a Marinella né quando Livia lo spogliò dopo avergli preparato un letto improvvisato sul divano della cammara da pranzo.

«E se mentre dormiamo si sveglia e scappa?» domandò il commissario.

«Non credo che lo farà» lo rassicurò Livia.

Ad ogni modo Montalbano pigliò le sue precauzioni, chiudendo la finestra, abbassando gli scuri e dando due giri di chiave alla porta d'ingresso.

Andarono macari loro a dormiri, ma, malgrado la stanchezza, tardarono a pigliare sonno: la presenza di François, che sentivano respirare nell'altra cammara, li metteva inspiegabilmente a disagio.

Verso le nove del matino, ora per lui tardissima, il commissario si svegliò, si susì cautamente per non disturbare Livia e andò a taliare François. Nel divano il picciliddro non c'era, nel bagno manco. Era scappato, come aveva temuto. Ma come diavolo aveva fatto, se la porta era chiusa a chiave e la serranda ancora abbassata? Allora si mise a taliare in tutti i posti dove avrebbe potuto ammucciarsi, nascondersi. Niente, svanito. Doveva svegliare Livia e dirle come stavano le cose, riceverne consiglio. Allungò una mano e in quell'attimo vide la testa del picciliddro all'altezza del petto della sua donna. Dormivano abbracciati.

NOVE

«Commissario? Mi scusi se la disturbo a casa. Possiamo vederci in mattinata così le riferisco?»

«Certo, vengo a Montelusa.»

«No, scendo io a Vigàta. Ci vediamo tra un'oretta allo scagno di Salita Granet?»

«Sì, grazie, Laganà.»

Andò in bagno cercando di fare la minima rumorata possibile. E, sempre per non disturbare Livia e François, si rimise i vestiti del giorno avanti, ancora più stazzonati dalla nottata d'appostamento. Lasciò un biglietto: in frigo c'era tanta roba, sarebbe sicuramente tornato per l'ora di pranzo. Appena finì di scriverlo, s'arricordò che il questore li aveva invitati a pranzo. Non era cosa, con François. Decise di fare subito la telefonata, capace che altrimenti se ne scordava. Sapeva che la domenica matina il questore la passava in famiglia, a meno di situazioni straordinarie.

«Montalbano? Non mi dica che non viene a pranzo!»

«E invece sì, signor questore, purtroppo.»

«Si tratta di una faccenda seria?»

«Abbastanza. Il fatto è che da stamattina presto sono diventato, come dire, quasi padre.»

«Congratulazioni!» fu il commento del questore. «Dunque la signorina Livia... Lo dico a mia moglie, ne sarà contentissima. Ma non capisco come questo possa impedirle di venire lo stesso. Ah, sì: l'evento è imminente.»

Letteralmente sconvolto dall'equivoco nel quale era caduto il suo superiore, Montalbano incautamente s'inoltrò in una lunga, tortuosa e balbettante spiegazione, nella quale s'affastellavano morti ammazzati con merendine, il profumo Volupté con la tipografia Mulone. Il questore si perse d'animo.

«Va bene, va bene, poi mi riferirà meglio. Senta, quando parte la signorina Livia?»

«Stasera.»

«Quindi non avremo il piacere di conoscerla. Pazienza, sarà per un'altra volta. Senta, Montalbano, facciamo così: quando pensa di avere qualche ora libera, mi telefona.»

Prima di nesciri, andò a taliare Livia e François che ancora dormivano. E chi li avrebbe sciolti da quell'abbraccio? S'infuscò, ebbe un oscuro presentimento.

Il commissario si stupì: nello scagno tutto era come lui l'aveva lasciato l'ultima volta, non un foglio spostato, non una graffetta che non fosse dove già l'aveva vista. Laganà capì.

«Non era una perquisizione, dottore. Non c'era bisogno di mandare tutto all'aria.»

«Che mi dice?»

«Dunque. La ditta venne fondata da Aurelio Lapecora nel 1965. Prima aveva lavorato come impiegato. La ditta si occupava d'importazione di frutta tropicale e aveva un magazzino in via Vittorio Emanuele Orlando, vicino al porto, dotato di celle frigorifere. Esportava invece cereali, ceci, fave, macari pistacchi, cose così. Un buon volume d'affari, almeno fino alla seconda metà degli anni Ottanta. Poi principiò un calo progressivo. A farla breve, nel gennaio del 1990 Lapecora fu costretto a liquidare la ditta, facendo tutto legalmente. Vendette macari il magazzino, con un buon guadagno. Tutte le sue carte sono nei raccoglitori, era un uomo ordinato il signor Lapecora, se io avessi fatto un'ispezione non avrei trovato niente da ridire. Quattro anni dopo, sempre a gennaio, ottenne l'autorizzazione per la riapertura della ditta, di cui aveva sempre mantenuto la ragione sociale. Però non ricomprò un deposito o un magazzino, niente di niente. La vuole sapere una cosa?»

«Credo di saperla già. Non ha trovato traccia di un affare qualsiasi dal 1994 ad oggi.»

«Precisamente. Se Lapecora aveva voglia di venire a passare qualche ora nello scagno, e mi riferisco a quello che ho visto nella cammara appresso, che bisogno c'era di ricostituire la ditta?»

«Ha trovato posta recente?»

«Nossignore. Tutta posta vecchia di quattro anni.»

Montalbano pigliò dallo scrittoio una busta ingiallita, la mostrò al maresciallo.

«Ha trovato buste come questa, ma nuove, coll'intestazione in inglese?»

«Manco una.»

«Senta, maresciallo. Da una tipografia di qua, il mese passato, hanno recapitato a Lapecora, in questo scagno, un pacco di carta da lettere. Se lei non ne ha trovato manco l'ùmmira, le sembra possibile che nel giro di quattro settimane si sia esaurita tutta la scorta?»

«Non credo. Nemmeno quando le cose gli andavano bene avrebbe potuto scrivere tanto.»

«Ha trovato lettere di una ditta straniera, Aslanidis, che esporta datteri?»

«Niente.»

«Eppure le riceveva, me l'ha detto il postino.»

«Commissario, ha cercato bene in casa di Lapecora?»

«Sì. Non c'è niente che possa riguardare i suoi nuovi affari. E la vuole sapere un'altra cosa? Qui, secondo una testimonianza più che attendibile, certe notti, assente Lapecora, ferveva l'attività.»

Proseguì, contandogli di Karima, del giovanotto bruno spacciato per nipote che telefonava, riceveva telefonate, scriveva lettere, ma solo con la sua portatile.

«Ho capito» fece Laganà. «Lei no?»

«Io sì, ma mi piacerebbe sentire prima lei.»

«La ditta era una copertura, una facciata, un recapito per non so quali traffici, certamente non serviva per importare datteri.»

«Sono d'accordo» fece Montalbano. «E quando hanno ammazzato Lapecora, o almeno la notte prima, sono venuti qua e hanno fatto scomparire tutto.»

Passò dall'ufficio. C'era Catarella al centralino, stava facendo le parole incrociate.

«Levami una curiosità, Catarè. Quanto ci metti a risolvere un gioco?»

«Sono addifficili, dottori, addifficili assà. A questo ci travaglio da una mesata ma non mi viene.»

«Ci sono novità?»

«Niente da pigliarsi sopra il serio, dottori. Hanno dato foco al garaggi di Sebastiano Lo Monaco, ci sono andati i vigili pompieri del foco che hanno astutato il foco. Cinque macchini automobili che stavano nel garaggi sono state abbrustolite. Poi hanno sparato a uno che di nome suo di propio si chiama Quarantino Filippo, ma l'hanno sbagliato e hanno pigliato la finestra della di cui la quale è abitata dalla signora Pizzuto Saveria la quale che per lo spavento appigliatosi è dovuta andare allo spitali. Doppo c'è stato un altro incendio, assicuramente tolòso, un incendio di foco. Insomma, dottori, minchiate, babbasiate, cose senza importanzia.»

«Chi c'è in ufficio?»

«Nisciuno, dottori. Sono tutti appresso a queste cose.»

Trasì nella sua cammara. Sulla scrivania c'era un pacco avvolto nella carta della pasticceria Pipitone. Lo raprì. Cannola, bignè, torroncini.

«Catarè!»

«Agli ordini, dottori.»

«Chi li ha messi qua questi dolci?»

«Il dottori Augello. Dice così che li accattò per il pampìno piccolo di questa notti.»

Come si era fatto premuroso e attento verso l'infanzia abbandonata, il signor Mimì Augello! Sperava in un'altra occhiata di Livia?

Squillò il telefono.

«Dottori? C'è il signor giudice Lo Bianco che ha detto che le vuole parlare con lei.»

«Passamelo.»

Il giudice Lo Bianco aveva quindici giorni avanti inviato in omaggio al commissario il primo tomo, settecento pagine, dell'opera alla quale si dedicava da anni: *Vita e imprese di Rinaldo e Antonio Lo Bianco, maestri giurati dell'Università di Girgenti, al tempo di re Martino il giovane (1402-1409)*, che si era fissato fossero suoi antenati. Montalbano aveva sfogliato il libro in una nottata d'insonnia.

«Beh, Catarè, me lo passi il giudice?»

«Il fatto è, dottori, che non ce lo posso passare in quanto che lui di pirsona è pirsonalmente qua.»

Santiando, Montalbano si precipitò, fece trasiri il giudice, si scusò. Aveva il carbone bagnato, il commissario, perché al giudice aveva fatto solo una telefonata per l'omicidio Lapecora e poi si era letteralmente scordato della sua esistenza. Certamente veniva per fargli un liscebusso.

«Solo un salutino, caro commissario. Passavo da qui perché sto andando a trovare mia madre ch'è in casa di amici a Durrueli. Mi sono detto: vogliamo provarci? E sono stato fortunato, l'ho trovata.»

"E che cavolo vuoi da me?" si spiò Montalbano. Dallo sguardo speranzoso dell'altro, non ci mise molto a capire.

«Sa, giudice? Sto passando notti insonni.»

«Ah, sì? Perché?»

«Per leggere il suo libro. È affascinante più di un romanzo giallo e poi così ricco di dettagli!»

Una noia mortale: date su date, nomi su nomi. A paragone, l'orario ferroviario era più ricco di trovate e colpi di scena.

Si ricordò un episodio raccontato dal giudice e cioè quando Antonio Lo Bianco, andando a Castrogiovanni per un'ambasceria, era caduto da cavallo rompendosi una gamba. All'insignificante avvenimento, il giudice aveva dedicato ventidue pagine maniacalmente circostanziate. Per far vedere che aveva veramente letto il libro, Montalbano incauto lo citò.

E il giudice Lo Bianco l'intrattenne per due ore, aggiungendo altri dettagli tanto inutili quanto minuziosi. Alla fine si accomiatò, che già al commissario era venuto un principio di mal di testa.

«Ah, senta, carissimo, non si dimentichi di farmi avere notizie sul delitto Lacapra.»

Arrivò a Marinella e non c'erano né Livia né François. Stavano a ripa di mare, Livia in costume e il picciliddro in mutande. Avevano costruito un gigantesco castello di sabbia. Ridevano, parlavano. Certo in francese, che Livia conosceva come l'italiano. Del resto, macari l'inglese. E pure il tedesco, se la vogliamo dire tutta. L'ignorante di casa era lui, che sapeva sì e no quattro parole di francese imparate a scuola. Preparò la tavola, nel frigo trovò la pasta 'ncasciata e il rollè del giorno avanti. Li mise in forno a fuoco lento. Rapidamente si spogliò, indossò il costume da bagno, raggiunse i due. La prima cosa che notò furono secchiello, paletta, crivello, formelle di pesci e stelle. Lui naturalmente in casa non li aveva e Livia certamente non li aveva comprati, era domenica. Sulla spiaggia, a parte loro tre, non c'era anima viva.

«E questi?»

«Questi cosa?»

«La paletta, il secchiello...»

«Ce li ha portati stamattina Augello. Che carino! Sono di un suo nipotino che l'anno scorso...»

Non volle sentire oltre. Si gettò a mare, arraggiato.

Rientrarono in casa e Livia s'accorse della guantiera di cartone piena di dolci.

«Perché li hai comprati? Non lo sai che i dolci possono far male ai bambini?»

«Io lo so, è il tuo amico Augello che non lo sa. Li ha comprati lui. E ora ve li mangiate, tu e François.»

«A proposito, ha telefonato la tua amica Ingrid, la svedese.»

Attacco, parata, contrattacco. E poi perché quell'«a proposito»?

Quei due si facevano simpatia, era chiaro. La cosa era cominciata l'anno prima, quando Mimì aveva scarrozzato Livia per un giorno intero. E continuavano. Che facevano quando lui non c'era? Si scambiavano occhiatine, sorrisini, complimentini?

Principiarono a mangiare con Livia e François che ogni tanto parlottavano, chiusi dentro un'invisibile sfera di complicità, dalla quale Montalbano era completamente escluso. Però la bontà del pasto non arrinisciva a farlo arraggiare come avrebbe voluto.

«Ottimo questo brusciuluni» disse.

Livia sobbalzò, rimase con la forchetta a mezz'aria.

«Che hai detto?»

«Brusciuluni. Il rollè.»

«Mi sono quasi spaventata. Avete certe parole in Sicilia...»

«Magari in Liguria non scherzate. A proposito, a che ora parte il tuo aereo? Penso che potrò accompagnarti in macchina.»

«Ah, me n'ero dimenticata. Ho disdetto la prenotazione e ho telefonato ad Adriana, la mia collega, mi sostituirà lei. Mi tratterrò ancora qualche giorno. Ho pensato che se non ci sono io, tu a chi lo lasceresti François?»

L'oscuro presentimento della mattinata, quando li

aveva visti dormire abbracciati, cominciava a pigliare corpo. Chi li avrebbe scollati quei due?

«Mi sembri dispiaciuto, irritato, non so.»

«Io?! Ma che dici, Livia!»

Immediatamente dopo mangiato, il picciliddro cominciò a fare gli occhi a pampineddra, aveva sonno, doveva essere ancora molto provato. Livia se lo portò nella cammara da letto, lo spogliò, lo coricò.

«Mi ha detto qualcosa» fece, lasciando la porta aperta a metà.

«Raccontami.»

«A un certo momento, mentre facevamo il castello di sabbia, m'ha domandato se pensavo che sua madre sarebbe tornata. Io gli risposi che non sapevo niente di tutta la faccenda, ma che ero certa che un giorno sua madre si sarebbe presentata per riprenderselo. Fece una smorfia, e io non aggiunsi altro. Dopo un poco, tornò sull'argomento, disse che non ci sperava, in questo ritorno. Non continuò il discorso. Quel bambino ha l'oscura coscienza di qualcosa di tremendo. A un tratto riprese a parlare. Mi raccontò che quella mattina sua madre era arrivata di corsa, spaventata. Gli disse che dovevano andare via. Si erano incamminati verso il centro di Villaseta, sua madre aveva detto che dovevano prendere una corriera.»

«Per dove?»

«Non lo sa. Mentre aspettavano, si è accostata una macchina, lui la conosceva bene, era quella di un uomo cattivo che certe volte aveva picchiato la mamma. Fahrid.»

«Come hai detto?»

«Fahrid.»

«Ne sei sicura?»

«Sicurissima.»

E dunque il caro nipotino del signor Lapecora, il proprietario della BMW grigio metallizzata, aveva un nome arabo.

«Vai avanti.»

«Questo Fahrid è sceso, ha preso per un braccio Karima, voleva obbligarla a salire in macchina. La donna ha resistito e ha gridato a François di scappare. Il piccolo ha preso la fuga, Fahrid era troppo impegnato con Karima, ha dovuto scegliere. François si è nascosto, terrorizzato. Non osava tornare da quella che lui chiama la nonna.»

«Aisha.»

«Per sopravvivere, spinto dalla fame, ha rubato le merendine. La notte s'accostava alla casa, ma la vedeva al buio e temeva che ci fosse Fahrid appostato ad aspettarlo. Ha dormito all'aperto, sentendosi braccato. L'altra mattina non ce la faceva più, voleva a tutti i costi tornare a casa. Ecco perché si è avvicinato tanto.»

Montalbano rimase silenzioso.

«Beh, che pensi?»

«Che abbiamo in casa un orfano.»

Livia impallidì, la voce le tremò.

«Perché lo pensi?»

«Ti spiego qual è l'idea che mi sono fatta, anche in base a quello che tu m'hai detto ora, su tutta la faccenda. Dunque. Cinque anni fa all'incirca, questa tunisina, bella, piacente, arriva dalle nostre parti, con un figlio piccolissimo. Cerca lavoro come cameriera e lo trova facilmente anche perché, a richiesta, concede le sue grazie a uomini maturi. Conosce così Lapecora. Ma a un certo momento nella sua vita entra questo Fahrid, forse un magnaccia. A fartela breve, Fahrid concepisce il piano di costringere Lapecora a riaprire una sua vecchia ditta d'importazione e d'esportazione e servirsene come facciata per coprire un losco traffico, non so se di droga o di prostituzione. Lapecora, che è sostanzialmente un uomo onesto, si spaventa perché intuisce qualcosa e tenta di uscire dalla brutta situazione con mezzi alquanto ingenui. Figurati, scrive lettere anonime alla moglie contro se stesso. La cosa va avanti, ma ad un certo momento, e non so per quali motivi, Fahrid è costretto a sbaraccare. Ma, a questo punto, deve eliminare Lapecora. Fa in modo che Karima passi una notte in casa di Lapecora, nascosta nello studio. La moglie di Lapecora il giorno appresso dovrà recarsi a Fiacca dove c'è una sua sorella malata. E magari Karima avrà fatto intravvedere a Lapecora folli amplessi sul letto coniugale in assenza della moglie, va' a sapere. L'indomani mattina presto, quando la signora Lapecora è andata via, Karima apre la porta di casa a Fahrid che entra e uccide il vecchio. Magari Lapecora avrà tentato di scappare, ecco perché è stato trovato in ascensore. Senonché, da quello che mi hai appena detto, Karima non doveva sapere dell'intenzione omicida di Fahrid. Quando vede che il suo complice ha accoltellato Lapecora, se ne scappa. Ma non va lontano, Fahrid la rintraccia e la sequestra. Sicuramente quindi l'avrà ammazzata, per non farla parlare. E la controprova è che è tornato in casa di Karima per far sparire tutte le foto di lei: non vuole che venga identificata.»

Quietamente, Livia si mise a piangere.

Rimase solo, Livia era andata a distendersi allato a François. Montalbano, non sapendo che fare, andò ad assittarsi nella verandina. In cielo si stava svolgendo una specie di duello tra gabbiani; sulla spiaggia una coppietta passeggiava, ogni tanto si scambiavano un bacio, ma stancamente, come per obbedire a un copione. Ritrasì dintra, pigliò l'ultimo romanzo del pòviro Bufalino, quello del fotografo cieco, tornò a sedersi nella verandina. Taliò la copertina, il risvolto, lo richiuse. Non arrinisciva a concentrarsi. Sentiva crescere in lui, lentamente, un acuto disagio. E a un tratto ne capì la ragione.

Ecco, quello era un assaggio, un anticipo dei quieti, familiari, domenicali pomeriggi che l'attendevano, magari non più a Vigàta ma a Boccadasse. Con un bambino che, svegliandosi, l'avrebbe chiamato papà invitandolo a giocare con lui...

La botta di panico lo pigliò alla gola.

DIECI

Scapparsene immediatamente, fuggire da quella casa che preparava agguati famigliari. Mentre montava in macchina, gli venne da sorridere per l'attacco di schizofrenia che stava patendo. La parte razionale di sé gli suggeriva che poteva benissimo controllare la nuova situazione che del resto aveva vita solo nella sua immaginazione; la parte irrazionale lo sospingeva alla fuga, così, senza tanti ragionamenti.

Arrivò a Vigàta, andò nel suo ufficio.

«Ci sono novità?»

Invece di rispondere, Fazio spiò a sua volta:

«Come sta il picciliddro?»

«Benissimo» arrispose leggermente infastidito.

«Allora?»

«Niente di serio. Un disoccupato è entrato nel supermercato, con un bastone s'è messo a spaccare i banconi...»

«Un disoccupato? Ma che dici? Da noi ci sono ancora disoccupati?»

Fazio s'imparpagliò.

«Certo che ci sono, dottore, non lo sa?»

«Sinceramente, no. Pensavo che tutti ormai avessero trovato lavoro.»

Fazio era chiaramente pigliato dai turchi.

«E dove vuole che lo trovino il travaglio?»

«Nel pentitismo, Fazio. Questo disoccupato che spacca i banconi, prima ancora d'essere un disoccupato, è uno stronzo. L'hai fermato?»

«Sissi.»

«Vallo a trovare e digli, da parte mia, che si penta.»

«E di che?»

«S'inventi una cosa qualsiasi. Racconti però d'essersi pentito. Una minchiata qualunque, magari gliela puoi suggerire tu. Appena si pente, è a posto. Lo pagano, gli trovano a gratis una casa, gli mandano i figli a scuola. Diglielo.»

Fazio lo taliò a lungo senza dire niente. Poi parlò.

«Dottore, la giornata è serena eppure a lei girano. Che successe?»

«Cazzi miei.»

Il proprietario della putìa di càlia e simenza, nella quale Montalbano abitualmente si riforniva, aveva strumentiàto un geniale sistema per aggirare l'obbligatoria chiusura domenicale: davanti alla saracinesca abbassata aveva piazzato se stesso e una rifornitissima bancarella.

«Ho nuciddre americane appena abbrustolite, cavude cavude» l'informò il putiàro.

E il commissario ne fece aggiungere una ventina nel coppo, il cartoccio che già conteneva ceci e semi di zucca.

La ruminante passeggiata solitaria fino alla punta del molo di levante questa volta la fece durare più del solito, fin dopo il tramonto.

«Questo bambino è intelligentissimo!» fece eccitata Livia appena vide trasire in casa Montalbano. «Gli ho spiegato appena tre ore fa come si gioca a dama, e guarda: mi ha vinto una partita e questa me la sta vincendo.»

Il commissario rimase addritta allato a loro a taliare le ultime mosse del gioco. Livia sbagliò clamorosamente e François le mangiò le due dame superstiti. Coscientemente o no, Livia aveva voluto che il picciliddro vincesse: se al posto di François ci fosse stato lui, manco morta gli avrebbe dato la soddisfazione della vittoria. Una volta era arrivata alla bassezza di fingere un improvviso mancamento che le aveva permesso di far cadere a terra le pedine.

«Hai appetito?»

«Posso aspettare, se vuoi» rispose il commissario aderendo all'implicita richiesta di tardare la cena.

«Faremmo volentieri una passeggiatina.»

Lei e François, naturalmente, l'ipotesi che lui potesse accodarsi non le era passata manco per l'anticamera del ciriveddro.

Montalbano preparò la tavola, la conzò di tutto punto e quando ebbe finito andò in cucina per vedere cosa Livia avesse approntato. Niente, una desolazione artica, posate e piatti splendevano incontaminati. Persa darrè a François, non ci aveva manco pensato alla cena. Fece un rapido quanto triste inventario: per primo, poteva fare tanticchia di pasta all'aglio e oglio; per secondo, poteva arrangiare con sarde salate, olive, caciocavallo e tonno in scatola. Il peggio, ad ogni modo, sarebbe successo il giorno appresso quando Adelina, arrivando per puliziare la casa e per preparare il mangiare, avrebbe trovato Livia con un bambino. Le due fìmmine non si pigliavano; per certe osservazioni di Livia, Adelina una volta aveva di punto in bianco abbandonato tutto a metà ed era scomparsa, per tornare solo quando era stata certa che la sua rivale era ripartita, a centinaia di chilometri di distanza.

Era l'ora del notiziario, addrumò la televisione sintonizzandola su Televigàta. Sul video comparve la faccia a culo di gallina di Pippo Ragonese, l'opinionista. Stava per cangiare canale quando le prime parole di Ragonese lo paralizzarono.

«Che succede nel commissariato di Vigàta?» spiò l'opinionista a se stesso e all'universo creato con un tono che quello usato da Torquemada nei suoi momenti migliori sarebbe parso come quello di uno che conta una barzelletta.

Proseguì affermando che a suo parere ormai Vigàta

poteva gemellarsi con la Chicago del proibizionismo:
sparatine, furti, incendi dolosi; la vita e la libertà del comune, onesto cittadino messe continuamente a repentaglio. E lo sapevano gli ascoltatori a cosa si dedicava, nel
bel mezzo di questa tragica situazione, il supervalutato
commissario Montalbano? Il punto interrogativo venne
sottolineato con tanta forza che al commissario parse
addirittura di vederlo apparire sovrimpresso sul culo di
gallina. Ragonese, pigliato fiato per poter esprimere debitamente meraviglia e indignazione, sillabò:

«Al-la cac-cia di un la-dro di me-ren-di-ne!»

Non ci era andato da solo, il signor commissario, ma si
era portato appresso i suoi uomini, lasciando in commissariato, per tutto presidio, solo uno sprovveduto centralinista. Com'è che lui, Ragonese, era venuto a conoscenza
di questa vicenda forse comica ma sicuramente tragica?
Dovendo parlare col vicecommissario Augello per avere
un'informazione, l'aveva chiamato al telefono e il centralinista gli aveva dato l'inaudita risposta. Sulle prime, aveva pensato a uno scherzo, disdicevole certo, e aveva insistito, comprendendo alla fine che non si trattava di un tiro
burlone, ma di un'incredibile verità. Si rendevano conto
gli ascoltatori di Vigàta in che mani erano?

"Ma che ho fatto di male per trovarmi Catarella tra i
coglioni?" si domandò amaramente il commissario mentre cangiava canale.

Su Retelibera stavano trasmettendo le immagini, da
Mazara, della cerimonia funebre per il marinaio tunisino
mitragliato a bordo del peschereccio *Santopadre*. Terminato il servizio, lo speaker commentò la sfortuna del tunisino morto tragicamente al suo primo imbarco, in paese
infatti era arrivato da poco e quasi nessuno lo conosceva.
Non aveva famiglia, o almeno non aveva avuto il tempo di
farla venire a Mazara. Era nato trentadue anni avanti, a
Sfax, e si chiamava Ben Dhahab. Apparve una foto del tunisino e in quel momento entrarono nella cammara Livia

e il picciliddro di ritorno dalla passeggiata. François, vedendo il volto sullo schermo, sorrise, tese il ditino.

«Mon oncle.»

Livia stava per dire a Salvo di spegnere il televisore perché le dava fastidio mentre mangiavano; da parte sua Montalbano stava per rimproverarla di non aver preparato niente per cena. Rimasero invece a bocca aperta, gl'indici puntati l'uno contro l'altra, mentre un terzo indice, quello del bambino, indicava ancora lo schermo. Parse fosse passato l'angelo, quello che dice «ammè» e ognuno resta accussì com'è. Il commissario si ripigliò, cercò conferma, dubitando del suo scarso francese.

«Che disse?»

«Ha detto: mio zio» rispose Livia giarna giarna.

Scomparsa l'immagine, François era andato ad assittarsi al suo posto a tavola, impaziente di principiare e per niente impressionato d'aver visto suo zio alla TV.

«Domandagli se quello che ha visto è suo zio zio.»

«Ma che domanda cretina è?»

«Non è cretina. Anche a me mi hanno chiamato zio e non lo sono per niente.»

François spiegò che quello che aveva visto era zio zio, in quanto fratello di sua madre.

«Deve venire subito con me» fece Montalbano.

«Dove lo vuoi portare?»

«In ufficio, gli voglio far vedere una foto.»

«Non se ne parla nemmeno, la foto non te la ruba nessuno. François deve prima mangiare. E poi ci vengo anch'io in ufficio, tu sei capace di perderti il bambino per strada.»

La pasta arriniscì scotta, praticamente immangiabile.

Di guardia c'era Catarella che, a vedere comparire a quell'ora la composita famigliola e a notare la faccia del suo superiore, 'appagnò, s'allarmò.

«Dottori, tutta calmezza, tutta tranquillitate è qua.»

«E in Cecenia no.»

Dal cassetto tirò fora le fotografie che aveva scelto tra quelle di Karima, ne pigliò una, la pruì al bambino. Questi, senza dire niente, la portò alle labbra, baciò l'immagine di sua madre.

Livia trattenne a stento un singhiozzo. Non c'era bisogno di fare la domanda, tanto risultava evidente la rassomiglianza tra l'uomo apparso nel video e quello, in divisa, della foto con Karima. Ma il commissario spiò ugualmente.

«È questo ton oncle?»

«Oui.»

«Comment s'appelle-t-il?»

E si congratulò per il suo francese da turista da Torre Eiffel o da Moulin Rouge.

«Ahmed» disse il picciliddro.

«Seulement Ahmed?»

«Oh, non. Ahmed Moussa.»

«Et ta mère? Comment s'appelle?»

«Karima Moussa» fece François stringendosi nelle spalle e sorridendo per l'ovvietà della domanda.

Montalbano sfogò la sua raggia contro Livia che non s'aspettava la violenza dell'attacco.

«E che cazzo! Stai col bambino giorno e notte, ci giochi, gl'insegni la dama, e non ti fai dire come si chiama! Bastava domandarglielo, no? E quell'altro stronzo di Mimì! Il grande investigatore! Porta il secchiellino, la palettina, le formelline, i dolcetti e invece di parlare col bambino parla solo con te!»

Livia non reagì e Montalbano immediatamente s'affruntò, si vergognò dello scatto.

«Scusami, Livia, ma sono nervoso.»

«Lo vedo.»

«Fatti dire se questo suo zio l'ha mai visto di persona, anche recentemente.»

Parlottarono, poi Livia spiegò che recentemente non

l'aveva visto, ma che quando François aveva tre anni sua madre l'aveva portato in Tunisia e lì aveva incontrato suo zio con altri uomini. Ma ne aveva un ricordo confuso, riferiva la cosa solo perché sua madre gliene aveva parlato.

Quindi, concluse Montalbano, c'era stato una specie di summit due anni avanti nel quale era stato deciso, in qualche modo, il destino del povero Lapecora.

«Senti, porta François al cinema, fate in tempo per l'ultima proiezione, poi tornate qui. Devo lavorare.»

«Pronto, Buscaìno! Montalbano sono. Ho saputo ora ora il nome intero di quella donna tunisina che abita a Villaseta, ti ricordi?»

«Come no. Karima.»

«Si chiama Karima Moussa. Potresti fare qualche ricerca, lì da voi, all'Ufficio Stranieri?»

«Commissario, sta babbiando?»

«No, non scherzo. Perché?»

«Ma come?! Con la sua esperienza, viene a farmi una domanda simile?»

«Spiegati meglio.»

«Taliasse, commissario, manco se mi dice il nome del padre e della madre, quello dei nonni paterni e materni, luogo e data di nascita.»

«Nebbia fitta?»

«E come può essere diverso? A Roma possono fare tutte le leggi che vogliono, ma qua tunisini, marocchini, libici, capoverdini, cingalesi, nigeriani, ruandesi, albanesi, serbi, croati, tràsino e nèscino come gli pare e piace. Questo il Colosseo è, non c'è una porta che chiude. Il fatto che l'altro giorno siamo venuti a sapere l'indirizzo di questa Karima, appartiene alle cose miracolose, non a quelle di tutti i giorni.»

«Però tu prova lo stesso.»

«Montalbano? Cos'è questa storia che lei sarebbe andato a caccia di un ladro di merendine? Un maniaco?»

«Ma no, signor questore, si trattava di un bambino che, per fame, si era messo a rubare le merendine ad altri bambini. Tutto qua.»

«Come, tutto qua? So benissimo che lei ogni tanto, come dire, parte per la tangente, ma questa volta francamente mi pare che...»

«Signor questore, le assicuro che la cosa non si ripeterà più. Era assolutamente necessario catturarlo.»

«L'ha preso?»

«Sì.»

«E che ne ha fatto?»

«L'ho portato a casa mia, ci bada Livia.»

«Montalbano, è impazzito? Lo riconsegni subito ai genitori!»

«Non li ha, forse è orfano.»

«Che significa forse? Faccia delle ricerche, santo Iddio!»

«Le sto facendo, ma François...»

«Oddio, chi è?»

«Il bambino, si chiama così.»

«Non è italiano?»

«No, tunisino.»

«Senta, Montalbano, lasciamo perdere per il momento, sono frastornato. Ma domattina venga da me a Montelusa e mi spieghi tutto.»

«Non posso, devo andare fuori Vigàta. Mi creda, è importantissimo, non è che io voglia sottrarmi.»

«Allora ci vediamo nel pomeriggio. Mi raccomando, non manchi. Mi fornisca una linea di difesa, c'è l'onorevole Pennacchio...»

«Quello accusato d'associazione per delinquere di stampo mafioso?»

«Quello. Sta preparando un'interrogazione al ministro. Vuole la sua testa.»

E ti credo: era stato proprio lui, Montalbano, a svolgere le indagini contro l'onorevole.

«Nicolò? Montalbano sono. Ti devo domandare un favore.»

«E quando mai? Dimmi.»

«Ti trattieni ancora molto a Retelibera?»

«Faccio il notiziario di mezzanotte e poi vado a casa.»

«Sono le dieci. Se entro mezz'ora sono da te e ti porto una foto, fate in tempo a mandarla in onda per l'ultimo notiziario?»

«Certo, t'aspetto.»

Se l'era sentita subito, a pelle, che la storia del motopeschereccio *Santopadre* non era cosa, aveva fatto di tutto per starne alla larga. Ma ora il caso l'aveva agguantato per i capelli e gli aveva fatto sbattere la faccia contro, a forza, come quando si vuole insegnare ai gatti di non fare pipì in un certo posto. Sarebbe bastato che Livia e François fossero tornati tanticchia più tardi, il picciliddro non avrebbe visto l'immagine dello zio, la cena si sarebbe svolta in pace e tutto avrebbe pigliato il verso giusto. E maledisse il suo irrevocabile sangue di sbirro. Un altro al suo posto avrebbe detto:

«Ah, sì? Il bambino ha riconosciuto suo zio? Talè, che caso curioso!»

E avrebbe portato alla bocca la prima forchettata. E invece lui non poteva, doveva andarci per forza a sbattere le corna. L'istinto della caccia, l'aveva chiamato Hammett che di queste facenne ne capiva.

«Dov'è la foto?» gli spiò Zito appena lo vide.

Era quella di Karima col figlio.

«Devo farla inquadrare intera? Vuoi qualche dettaglio?»

«Così com'è.»

Nicolò Zito niscì, tornò poco dopo senza fotografia, s'assittò comodamente.

«Contami tutto. E soprattutto dimmi di questa storia del ladro di merendine che Pippo Ragonese ritiene una minchiata e io invece no.»

«Nicolò, non ho tempo, mi devi credere.»

«No, non ti credo. Una domanda: il bambino che rubava merendine è quello della foto che m'hai data ora?»

Era pericolosamente intelligente, Nicolò. Meglio assecondarlo.

«Sì, è lui.»

«E la madre chi è?»

«È una certamente coinvolta nell'omicidio dell'altro giorno, quello trovato nell'ascensore. E qui ti fermi con le domande. Ti prometto che, appena io stesso ci avrò capito qualche cosa, te ne parlerò per primo.»

«Mi vuoi dire almeno come devo accompagnare la foto?»

«Ah, ecco. Devi fare la voce di chi sta contando una facenna dolorosa e patetica.»

«Ti metti a fare il regista ora?»

«Devi dire che ti si è presentata una vecchia tunisina in lacrime, supplicandoti di mostrare la foto in televisione. La vecchia da tre giorni non ha notizie né della fìmmina né del bambino. Si chiamano Karima e François. Chiunque li avesse visti eccetera anonimato garantito eccetera, telefoni al commissariato eccetera.»

«Vattelo a pigliare nell'eccetera» fece Nicolò Zito.

A casa, Livia andò subito a dormire portandosi appresso il picciliddro, Montalbano invece rimase susùto ad aspettare il telegiornale della mezzanotte. Nicolò fece il dovere suo, tenne la foto in mostra il più a lungo possibile. Quando terminò il notiziario, il commissario lo chiamò per ringraziarlo.

«Mi puoi fare un altro favore?»

«Quasi quasi ti faccio pagare l'abbonamento. Che vuoi?»

«Puoi rimandare il servizio domani col telegiornale dell'una? Sai, penso che a quest'ora l'abbiano visto in pochi.»

«Agli ordini.»

Andò nella cammara da letto, sciolse François dall'abbraccio di Livia, s'accollò il picciliddro, lo portò nella cammara di mangiare, lo mise a dormire sul divano che Livia aveva già preparato. Si fece la doccia, entrò a letto. Livia, pur dormendo, se lo sentì allato e gli s'accostò, di schiena, con tutto il corpo. Le era sempre piaciuto farlo così, nel dormiveglia, in quella gradevole terra di nessuno tra il paese del sonno e la città della coscienza. Ma questa volta, appena Montalbano principiò a carezzarla, si scostò rapida.

«No. François potrebbe svegliarsi.»

Per un attimo Montalbano impietrì, quest'altro aspetto delle gioie della famiglia non l'aveva calcolato.

Si susì, tanto gli era passato il sonno. Aveva avuto in mente, mentre tornavano a Marinella, una cosa da fare. Ora se ne ricordò.

«Valente? Montalbano sono. Scusami l'ora e se ti disturbo a casa. Devo vederti con estrema urgenza. Se domani a matina verso le dieci ti vengo a trovare a Mazara ti sta bene?»

«Certo. Mi puoi anticipare...»

«È una storia intricata, confusa. Sto andando avanti per supposizioni. Riguarda anche quel tunisino mitragliato.»

«Ben Dhahab.»

«Ecco, tanto per cominciare, si chiamava Ahmed Moussa.»

«Minchia.»

«Appunto.»

UNDICI

«Non è detto che ci sia un collegamento» osservò il vice-questore Valente alla fine del racconto di Montalbano.

«Se tu sei di questa opinione, a me mi fai un segnalato favore. Ognuno rimane sul suo: tu indaghi sul perché il tunisino usasse un nome falso, io mi cerco le ragioni dell'ammazzatina di Lapecora e della scomparsa di Karima. Se per caso c'incrociamo per strada, facciamo finta di non conoscerci e manco ci salutiamo. D'accordo?»

«Ih! Come te la pigli subito!»

Il commissario Angelo Tomasino, un trentino dall'a-riata di casciere di banca, di quelli che contano a mano cinquecentomila lire dieci volte prima di dartele, ci mise il carrico da undici in appoggio al suo capo:

«E poi non è detto, sa?»

«Che cosa non è detto?»

«Che Ben Dhahab sia un nome falso. Può darsi che si chiamasse Ben Ahmed Dhahab Moussa. Vacci a capire qualcosa, con questi nomi arabi.»

«Io tolgo il disturbo» fece Montalbano susendosi.

Gli era acchianato il sangue alla testa. Valente, che lo conosceva da tempo, lo capì.

«Che dobbiamo fare, secondo te?» spiò, semplicemente.

Il commissario s'assittò nuovamente.

«Sapere, per esempio, chi lo conosceva qua a Mazara. Come aveva ottenuto l'imbarco sul peschereccio. Se era in regola coi documenti. Andare a fare una perquisizio-ne dove abitava. Sono cose che ti devo dire io?»

«No» fece Valente. «Ma mi faceva piacere sentirtele dire.»

Pigliò un foglio di carta che aveva sulla scrivania e lo pruì a Montalbano. Era un mandato di perquisizione per l'abitazione di Ben Dhahab, con tanto di timbro e firma.

«Stamattina ho svegliato il giudice alle sett'albe» disse sorridendo Valente. «Ti vieni a fare una passeggiata con me?»

La signora Pipìa Ernestina vedova Locicero ci tenne a precisare che non faceva l'affittacammari di professione. Possedeva, lasciatole dalla bonarma, un catojo, una cameretta a piano terra che una volta era stata una putìa di varbèri, come si dice, salone da barba. Si dice accussì, ma salone non era, del resto i signori tra poco l'avrebbero visto e che bisogno c'era del coso, quello lì, il mannato di piricquisizione? Bastava apprisentarsi, dire: signora Pipìa così e così e lei non avrebbe fatto quistione. La quistione la fa chi ha qualichicosa d'ammucciare, da nascondere, ma lei, tutti a Mazara potevano tistimoniarlo, tutti quelli che non erano cornuti o figli di buttana, lei aveva avuto e continuava ad avere una vita trasparenti come l'aria. Com'era il pòviro tunisino? Taliassero, signori, mai e poi mai lei avrebbe affittato la cammara a un africano, tanto a quelli nivuri come l'inca quanto a quelli che di pelli non faceva differenzia con un mazarese. Nenti, l'africano le faceva imprissioni. Perché l'aveva affittata a Ben Dhahab? Distinto, signori miei, un vero omo d'educazione fina, come non se ne trovano più manco tra i mazaresi. Sissignore, parlava taliàno o almeno si faceva accapire bastevolmente. Le aveva fatto vìdiri il passaporto...

«Un attimo» disse Montalbano.

«Un momento» fece contemporaneamente Valente.

Sissignore, passaporto. Regolare. Era scritto come scrivono gli arabi e c'erano macari paroli scritte in una lingua stranea. Ingrisi? Frangisi? Boh. La fotografia corrispondeva. E se propio propio i signori ci tenevano a saperlo, lei aveva fatto regolari addenunzia d'affitto, come voli la liggi.

«Quand'è arrivato, esattamente?» spiò Valente.

«Deci jorna narrè, pricisi pricisi.»

E in dieci giorni aveva avuto il tempo d'ambientarsi, trovare lavoro e farsi ammazzare.

«Le ha detto quanto si sarebbe trattenuto?» domandò Montalbano.

«Ancora una decina di jorna. Però...»

«Però?»

«Ecco, mi volle pagari un misi anticipato.»

«E lei quanto gli chiese?»

«Io gliene cercai subito novecentomila. Ma, sapiti come sono fatti gli arabi che pattìano e pattìano, ero pronta a calare, chissaccio, seicento, cinquecentomila... E inbeci quello non mi lasciò finiri, mise la mano in sacchetta, cavò un rotolo grosso quanto la panza d'una bottiglia, ci levò il lastrico che lo teneva e mi contò nove biglietti da centomila.»

«Ci dia la chiave e ci spieghi dov'è il catojo» tagliò Montalbano. La finezza e la distinzione del tunisino, agli occhi della vedova Pipìa, si erano concentrati su quel rotolo grosso come la panza d'una bottiglia.

«Mi priparo in un momento e v'accompagno.»

«No, signora, lei resta qua. Le riporteremo la chiave.»

Un letto di ferro arrugginito, un tavolo zoppo, un armuar con un foglio di compensato al posto dello specchio, tre seggie di paglia. C'era un cammarino con la tazza e il lavabo, un asciugamani sporco; sulla mensola rasoio, sapone spray, un pettine. Tornarono nell'unica cammara. Sopra una seggia, una valigia di tela blu; la raprirono, era vacante.

Nell'armuar un paio di pantaloni nuovi, una giacca scura molto pulita, due camicie, quattro paia di calze,

quattro slip, sei fazzoletti, due canottiere: tutto appena
accattato, non ancora incignato. In un angolo dell'armuar c'era un paio di sandali in buone condizioni; nella
parte opposta un sacchetto di plastica pieno di biancheria sporca. Lo rovesciarono per terra: niente d'anormale. Stettero un'ora buona a cercare dovunque. Quando
ci avevano perso le speranze, Valente fu fortunato. Non
nascosto, ma certamente caduto e rimasto incastrato
nella spalliera di ferro del letto, un biglietto aereo
Roma-Palermo, rilasciato dieci giorni avanti e intestato
a Mr. Dhahab. Dunque Ahmed era arrivato a Palermo
alle dieci del mattino, da lì in due ore al massimo era
giunto a Mazara. A chi si era rivolto per trovare un'af-
fittacamere?

«Da Montelusa, assieme al cadavere, ti hanno fatto
avere gli effetti personali?»

«Certo» rispose Valente. «Diecimila lire.»

«Il passaporto?»

«No.»

«E tutto il denaro che aveva?»

«Se l'ha lasciato qua, ci avrà pensato la signora Pipìa,
quella dalla vita trasparente come l'aria.»

«Manco la chiave di casa aveva in tasca?»

«Manco. Come te lo devo dire, in musica? Solo diecimila lire e basta.»

Convocato da Valente, il professor Rahman, che svolgeva ufficiose funzioni di collegamento tra la sua gente e
le autorità di Mazara, un maestro elementare quarantino
che pareva un siciliano puro, arrivò in dieci minuti.

Con Montalbano si erano conosciuti l'anno avanti,
quando il commissario era impegnato nel caso che poi
venne detto del «cane di terracotta».

«Stava facendo lezione?» spiò Valente.

In una botta inconsueta di buonsenso, senza far intervenire il provveditorato, un preside di Mazara aveva

concesso delle aule per creare una scuola destinata ai picciliddri tunisini.

«Sì, ma mi sono fatto sostituire. Qualche problema?»

«Forse lei può darci dei chiarimenti.»

«Su cosa?»

«Meglio dire su chi. Ben Dhahab.»

Avevano deciso, Valente e Montalbano, di contare al maestro la mezza messa soltanto e poi, a seconda delle sue reazioni, contargliela tutta o no.

A sentire quel nome, Rahman non fece nulla per nascondere il suo disagio.

«Mi domandino.»

Toccava a Valente portare avanti la partita, Montalbano era solo un ospite.

«Lei lo conosceva?»

«Si è presentato a me una decina di giorni fa. Conosceva il mio nome e quello che rappresento. Vede, all'incirca a gennaio scorso è uscito sul giornale di Tunisi un articolo che parlava della nostra scuola.»

«Cosa le disse?»

«Che era un giornalista.»

Valente e Montalbano si scangiarono una rapidissima taliata.

«Voleva fare un servizio sulla vita dei nostri compatrioti a Mazara. Però si sarebbe presentato a tutti come uno in cerca di lavoro. Desiderava anche imbarcarsi. Lo feci conoscere al mio collega El Madani. E fu lui ad indirizzare Ben Dhahab dalla signora Pipìa che gli affittò una camera.»

«Vi siete rivisti?»

«Certamente, ci siamo qualche volta incontrati per caso. Abbiamo pure partecipato a una festa. Si era, come dire, perfettamente integrato.»

«È stato lei a procurargli l'imbarco?»

«No. E nemmeno El Madani.»

«Chi ha pagato il funerale?»

«Noi. Abbiamo costituito una piccola cassa per ogni evenienza.»

«Chi ha fornito alla televisione la foto e tutte le notizie che riguardavano Ben Dhahab?»

«Io. Vede, in quella festa che le ho detto, arrivò un fotografo, Ben Dhahab protestò, disse che non voleva farsi fotografare. Ma quello ne aveva già scattata una. E così, quando venne quel giornalista della televisione, ricuperai la foto e gliela diedi, assieme alle poche notizie che lui aveva detto di sé.»

Rahman s'asciugò il sudore. Il suo disagio era aumentato. E Valente, ch'era un bravo sbirro, lo lasciò cuocere nel suo brodo.

«Però c'è qualcosa di strano» si decise Rahman.

Montalbano e Valente manco parsero averlo sentito, sembravano pigliati da altri pinseri, e invece erano attentissimi, facevano come i gatti che, quando tengono gli occhi chiusi e mostrano di dormire, stanno invece contando le stelle.

«Ieri ho telefonato a Tunisi al giornale per comunicare la disgrazia e avere disposizioni in merito alla salma. Appena ho detto al direttore che Ben Dhahab era morto, s'è messo a ridere. Ha risposto che lo scherzo era stupido, Ben Dhahab in quel momento era nella stanza accanto, al telefono. Ha riattaccato.»

«Non può essere un caso di omonimìa?» lo provocò Valente.

«Eh no! Con me si espresse chiaramente! Mi precisò che era inviato dal giornale. Quindi mi disse cosa falsa.»

«Sa se aveva parenti in Sicilia?» intervenne per la prima volta Montalbano.

«Non so, non ne parlammo. Se ne avesse avuti a Mazara, non si sarebbe rivolto a me.»

Valente e Montalbano si consultarono sempre taliandosi e Montalbano, senza parlare, diede all'amico il consenso di sparare la fucilata.

«Le dice niente il nome di Ahmed Moussa?»

Non fu una fucilata, ma una vera e propria cannonata. Rahman saltò dalla seggia, vi ricadde, ammollò.

«Che... che... c'entra... Ahmed Moussa?» balbettò il maestro, gli stava mancando il fiato.

«Perdoni l'ignoranza» proseguì implacabile Valente. «Ma chi è questo signore che la spaventa tanto?»

«È un terrorista. Uno che... un assassino. Un uomo feroce. Ma che... che c'entra?»

«Abbiamo motivo di ritenere che Ben Dhahab in realtà fosse Ahmed Moussa.»

«Mi sento male» disse con un filo di voce il professor Rahman.

Dalle terremotate parole del distrutto Rahman, appresero che Ahmed Moussa, il cui vero nome era più sussurrato che detto e il cui volto era praticamente sconosciuto, aveva da tempo costituito un gruppuscolo paramilitare di disperati. Si era presentato alla ribalta, tre anni avanti, con un inequivocabile biglietto da visita: aveva fatto saltare in aria una piccola sala cinematografica dove si stavano proiettando cartoni animati francesi per bambini. I più fortunati tra gli spettatori erano quelli morti: a decine erano rimasti ciechi, monchi o sconciati per tutta la vita. Il nazionalismo del gruppuscolo, almeno nei propositi, era quasi astratto nel suo assolutismo. Moussa e i suoi erano guardati con sospetto persino dagli integralisti più intransigenti. Erano in possesso di una quantità di denaro praticamente illimitata che non si sapeva da che parte provenisse. Sulla testa di Ahmed Moussa c'era una grossa taglia messa dal governo. Questo era tutto quello che sapeva il professor Rahman e l'idea di aver aiutato, in un modo o nell'altro, il terrorista, l'aveva così turbato da farlo tremare e cimiare come per un violento attacco di malaria.

«Ma lei è stato ingannato» tentò di consolarlo Montalbano.

«Se teme per le conseguenze» aggiunse Valente, «noi possiamo testimoniare della sua assoluta buonafede.»

Rahman scosse la testa. Spiegò che non si trattava di paura, ma di orrore. Orrore per il fatto che la sua vita, sia pure per poco, si fosse incrociata con quella di un gelido assassino di bambini, di creature innocenti.

Lo confortarono come meglio poterono, lo licenziarono pregandolo di non far parola a nessuno del loro colloquio, nemmeno al suo collega e amico El Madani. Se avessero avuto ancora bisogno di lui, l'avrebbero chiamato.

«Anche di notte, non complimenti» fece il maestro al quale, ora, veniva difficile parlare italiano.

Prima di cominciare a ragionare su tutto quello che avevano saputo, si fecero portare un caffè e lo bevvero lentamente e in silenzio.

«È chiaro che quello non si era imbarcato per fare esperienza» attaccò Valente.

«E manco per farsi ammazzare.»

«Bisogna vedere come la cosa ce la viene a contare il comandante del peschereccio.»

«Vuoi convocarlo qua?»

«Perché no?»

«Finirebbe col ripeterti quello che ha già detto ad Augello. Forse è meglio prima cercare di sapere come la pensano nell'ambiente. Una parola qua, una parola là, capace che ne veniamo a sapere di più.»

«Incaricherò Tomasino.»

Montalbano storcì la bocca. Il vice di Valente gli stava propio 'ntipatico, ma non era una buona ragione e soprattutto non era una ragione da dire.

«Non ti sta bene?»

«A me? È a te che deve stare bene. Gli uomini sono i tuoi e tu li conosci meglio di mia.»

«Dai, Montalbano, non fare lo stronzo.»

«E va bene. Lo ritengo poco adatto. Uno, quando se lo vede davanti con quell'ariata d'esattore, figurati se si mette a fargli confidenze.»

«Hai ragione. Incaricherò Tripodi, è un picciotto sveglio, attrivìto e suo padre è un pescatore.»

«La quistione poi è di sapere esattamente quello che capitò la notte in cui il peschereccio incappò nella motovedetta. Come la metti metti, c'è sempre qualcosa che non quatra.»

«E cioè?»

«Per ora lasciamo perdere come s'è imbarcato, d'accordo? Ahmed parte con un preciso intento che non conosciamo. Ora io mi domando: questo suo intento l'ha rivelato al comandante e all'equipaggio? E l'ha rivelato prima di salpare o durante la navigazione? Secondo me, pur non sapendo esattamente quando, l'intento è stato detto e tutti sono stati d'accordo, altrimenti, invertita la rotta, l'avrebbero sbarcato.»

«Può averli costretti con le armi.»

«In questo caso, una volta a Vigàta o a Mazara, il capitano e l'equipaggio avrebbero raccontato com'erano andate le cose, non avevano niente da perderci.»

«Giusto.»

«Andiamo avanti. Escluso che l'intento di Ahmed fosse quello di farsi ammazzare mitragliato al largo del suo paese natale, non riesco a pensare che due ipotesi. La prima è quella di farsi sbarcare nottetempo in un posto isolato della costa per rientrare clandestinamente nella sua terra. La seconda è quella di un incontro in alto mare, un abboccamento, che doveva assolutamente essere fatto di persona.»

«Mi persuade di più quest'ultima.»

«Macari a mia. E poi è capitato qualcosa d'imprevisto.»

«L'intercettazione.»

«Giusto. E qui c'è un bel travaglio d'ipotesi. Mettiamo che la motovedetta tunisina non sappia che a bordo del peschereccio c'è Ahmed. Incrocia un'imbarcazione che sta pescando nelle acque territoriali, ordina l'alt, quella scappa, dalla motovedetta parte una raffica che va ad ammazzare del tutto incidentalmente proprio Ahmed Moussa. Questo, almeno, è quello che ci hanno contato.»

Stavolta fu Valente a storcere la bocca.

«Non ti persuade?»

«Mi pare la ricostruzione che il senatore Warren fece per l'omicidio del presidente Kennedy.»

«Te ne dico un'altra. Mettiamo che Ahmed, al posto dell'uomo che deve incontrare ne trova un altro che lo spara.»

«Oppure che era sì l'uomo che doveva incontrare, ma ebbero una divergenza, una discussione e quello gli sparò facendola finire a schifio.»

«Con la mitragliatrice di bordo?» si spiò dubitoso Montalbano.

E immediatamente si rese conto di ciò che aveva detto. Senza manco domandare il permesso a Valente, santiando, agguantò il telefono e si fece chiamare Jacomuzzi a Montelusa. Mentre aspettava la comunicazione, spiò a Valente:

«Nei rapporti che ti hanno mandato c'era specificato di che calibro erano i proiettili?»

«Parlavano genericamente di colpi d'arma da fuoco.»

«Pronto? Chi parla?» spiò Jacomuzzi.

«Senti, Baudo...»

«Che Baudo? Jacomuzzi sono.»

«Ma vorresti essere Pippo Baudo. Mi vuoi dire con che minchia hanno ammazzato quel tunisino del peschereccio?»

«Arma da fuoco.»

«Che strano! Pensavo fosse stato soffocato con un cuscino.»

«Le tue spiritosate mi fanno vomitare.»

«Dimmi esattamente cos'era l'arma.»

«Una mitraglietta, probabilmente una Skorpion. Non l'ho scritto nel rapporto?»

«No. Sei certo che non fosse la mitragliatrice di bordo?»

«Certo che ne sono certo. L'arma in dotazione alla motovedetta è capace d'abbattere un aeroplano, sai?»

«Davvero?! Rimango esterrefatto per la tua precisione scientifica, Jacomù.»

«E come vuoi che parli con un ignorante come te?»

Dopo che Montalbano ebbe riferita la telefonata, rimasero tanticchia in silenzio. Quando Valente parlò, rese il pinsero che in quel momento stava passando pure per la testa del commissario.

«Siamo sicuri che fosse una motovedetta militare tunisina?»

Dato che s'era fatto tardi, Valente invitò il collega a pranzo a casa sua. Montalbano, che aveva già fatto spirenzia della terrificante cucina della moglie del vicequestore, rifiutò, disse che doveva immediatamente ripartirsene per Vigàta.

Si mise in macchina, ma, fatto qualche chilometro, vide una trattoria proprio a ripa di mare. Fermò, scinnì, s'assittò a tavola. Non se ne pentì.

DODICI

Erano ore che non si faceva vivo con Livia e ne provò rimorso, macari si era messa in pinsero per lui. In attesa che gli portassero un anicione digestivo (la doppia porzione di spigole cominciava a pesargli) decise di telefonarle.

«Tutto bene lì?»

«Ci hai svegliati con la tua telefonata.»

Altro che darsi pinsero per lui.

«Dormivate?»

«Sì, abbiamo fatto un bagno lunghissimo e l'acqua era calda.»

Se la scialavano, senza di lui.

«Hai mangiato?» spiò Livia per pura cortesia.

«Un panino. Sono a metà strada, tra un'ora al massimo sarò a Vigàta.»

«Vieni a casa?»

«No, vado in ufficio, ci vediamo stasera.»

Era certamente la sua immaginazione, ma gli parse d'aver sentito quasi un sospiro di sollievo all'altro capo.

Invece c'impiegò più di un'ora per tornare a Vigàta. Proprio alle porte del paisi, a cinque minuti di strata dall'ufficio, la macchina decise uno sciopero improvviso. Non ci fu verso di rimetterla in moto. Montalbano scinnì, raprì il cofano, taliò il motore. Era un gesto puramente simbolico, una sorta di rito esorcistico, dato che non ci capiva assolutamente niente. Se gli avessero detto che il motore era a corda o ad elastico attorcigliato come certi giocattoli, forse ci avrebbe creduto. Passò un'auto dei carabinieri con due a bordo, proseguì, poi si fermò, tornò a marcia indietro, gli era venuto scrupolo. Erano un appuntato e un carabiniere che stava alla guida. Il commissario non li aveva mai visti né loro conoscevano Montalbano.

«Possiamo fare qualcosa?» spiò cortesemente l'appuntato.

«Grazie. Non capisco perché la macchina si sia fermata di colpo.»

Accostarono la loro auto al ciglio della strata, scesero. La corsa pomeridiana del pullman Vigàta-Fiacca si fermò poco distante, a bordo acchianò una coppia anziana.

«Il motore mi pare a posto» diagnosticò il carabiniere. E aggiunse con un sorriso: «Vogliamo guardare la benzina?».

Non ce n'era una goccia a pagarla a peso d'oro.

«Facciamo così, signor...»

«Martinez. Ragionier Martinez» fece Montalbano.

Mai si sarebbe dovuto sapere che il commissario Montalbano era stato soccorso dall'Arma.

«Facciamo così, ragioniere, lei aspetta qua. Noi andiamo al più vicino distributore di benzina e gliene portiamo quanto basta per arrivare a Vigàta.»

«Siete veramente molto gentili.»

Partirono, Montalbano si mise in macchina, addrumò una sigaretta e subito sentì alle sue spalle un clacson che strepitava.

Era il pullman Fiacca-Vigàta che voleva strata. Montalbano scinnì, a gesti spiegò che aveva l'auto in panne. L'autista fece la faticata di sterzare e, sorpassata la macchina del commissario, s'arrestò allo stesso punto in cui s'era fermato il pullman che era passato in senso inverso. Ne scesero quattro persone.

Montalbano restò a taliarlo fisso mentre ripartiva verso Vigàta. Poi vide tornare i carabinieri.

Arrivò in ufficio che erano le quattro del dopopranzo. Augello non c'era, Fazio gli fece sapere che ne aveva perso le tracce dalla mattina, si era affacciato verso le nove e non si era più visto. Montalbano s'arrabbiò.

«Qua ognuno fa quello che gli pare! Chi piglia un turco è so'! Vuoi vedere che ci ha ragione Ragonese?»

Novità, niente. Ah, aveva telefonato la vedova Lapecora per avvertire il commissario che i funerali del marito si sarebbero svolti mercoledì matina. Poi c'era il geometra Finocchiaro che era dalle due che aspettava di parlargli.

«Lo conosci?»

«Di vista. È un pensionato, un omo d'età.»

«Che vuole?»

«Non me l'ha voluto dire. Ma mi pare tanticchia scosso.»

«Fallo passare.»

Aveva ragione Fazio, il geometra appariva molto turbato. Il commissario lo fece assittare.

«Potrei avere tanticchia d'acqua?» fece il geometra e si capiva che aveva la gola secca.

Bevuta l'acqua, disse di chiamarsi Giuseppe Finocchiaro, di anni sessantacinque, scapolo, geometra in pensione, abitante in via Marconi 38. Incensurato, manco una multa per cose d'automobile.

Si fermò, bevve il dito d'acqua che restava nel bicchiere.

«Oggi all'una hanno fatto vedere una fotografia in televisione. Una fìmmina e un bambino. Lo sa che dicevano di rivolgersi a lei se venivano riconosciuti?»

«Sì.»

Sì e basta. Macari una sillaba in più, in quel momento, poteva provocare un dubbio, un ripensamento.

«Io la fìmmina la conosco, si chiama Karima. Il picciliddro non l'ho mai veduto, anzi non sapevo che avesse un figlio.»

«Perché la conosce?»

«Perché, una volta la simana, mi viene a puliziare casa.»

«In che giorno?»

«Il martedì matina. Sta quattro ore.»

«Mi levi una curiosità. Quanto le dava?»

«Cinquantamila. Ma...»

«Ma?»

«Arrivavo a duecentomila quando faceva un extra.»

«Un pompino?»

La calcolata brutalità della domanda fece prima impallidire e poi arrossire il geometra.

«Sì.»

«Dunque, mi faccia capire. Da lei veniva quattro volte in un mese. Quante volte lavorava extra?»

«Una. Massimo due.»

«Come l'ha conosciuta?»

«Me lo disse un amico, pensionato come me. Il professor Mandrino, che vive con la figlia.»

«Quindi niente extra col professor Mandrino?»

«C'erano lo stesso. La figlia insegna, è fuori di casa tutte le mattine.»

«In che giorno andava dal professore?»

«Il sabato.»

«Geometra, se non ha altro da dirmi, può andare.»

«Grazie per la comprensione.»

Si susì, impacciato. Taliò il commissario.

«Domani è martedì.»

«E allora?»

«Pensa che verrà?»

Non ebbe cuore di disilluderlo.

«Forse. E se viene, me lo faccia sapere.»

Da quel momento avanzò la processione. Preceduto dalla madre ululante, apparve Ntonio, il bambino che Montalbano aveva visto a Villaseta, quello che era stato picchiato perché non aveva voluto consegnare la me-

rendina. Nella foto apparsa in televisione, Ntonio aveva
arraccanosciuto il latro, non c'erano dubbi, lui era. La
matre di Ntonio, facendo voci da stordire e scagliando
gastìme e maledizioni, avanzò le sue richieste all'esterrefatto commissario: trent'anni di galera per il ladro ed
ergastolo per la madre; nel caso che la giustizia terrena
non si fosse trovata d'accordo, la sua richiesta alla giustizia divina era tisi galoppante per lei e malatia lunga
ed estenuante per lui.

Suo figlio però, per niente spaventato dalla crisi isterica della madre, faceva 'nzinga di no con la testa.

«Macari tu lo vuoi fare morìri in càrzaro?» gli spiò il
commissario.

«Io no» fece deciso Ntonio. «Ora che lo vitti calmo,
simpatico è.»

L'extra del professor Paolo Guido Mandrino, anni
settanta, docente di storia e geografia in pensione, consisteva nel farsi fare il bagnetto. In uno dei quattro sabati
mattina in cui veniva Karima, il professore si faceva trovare nudo sotto le lenzuola. All'intimazione di Karima
di andare in bagno a lavarsi, Paolo Guido si fingeva decisamente riluttante.

Karima allora, strappati i lenzuoli dal letto, costringeva il professore a pancia in giù e lo sculacciava. Entrato
finalmente nella vasca da bagno, veniva accuratamente
insaponato da Karima e poi lavato. Tutto qui. Costo del-
l'extra, centocinquantamila lire; costo delle prestazioni
di pulizia, cinquantamila.

«Montalbano? Senta, contrariamente a quanto le avevo detto, oggi non possiamo vederci. Ho una riunione
col prefetto.»

«Dica allora quando, signor questore.»

«Mah, non c'è urgenza. Del resto dopo le dichiarazioni alla TV del dottor Augello...»

«Mimì?!» gridò e gli parse di star cantando la *Bohème*.

«Sì. Non lo sapeva?»

«No. Ero a Mazara.»

«È apparso nel corso del telegiornale delle tredici. Ha fatto una ferma e secca smentita. Ha asserito che Ragonese aveva sentito male. Non si trattava di un ladro di merendine ma di radioline. Un tipo pericoloso, un tossicomane che, se sorpreso, minacciava con la siringa. Ha preteso le scuse per tutto il commissariato. Efficacissimo. Quindi credo che l'onorevole Pennacchio se ne starà tranquillo.»

«Noi ci siamo già conosciuti» disse il ragionier Vittorio Pandolfo trasendo nell'ufficio.

«Già» fece Montalbano. «Mi dica.»

Scostante, e non lo faceva per teatro: se il ragioniere veniva a parlargli di Karima, vuol dire che gli aveva detto una farfantarìa, negando di conoscerla.

«Sono venuto perché è apparsa in televisione...»

«La foto di Karima, quella di cui lei non sapeva niente. Perché non me ne ha fatto cenno?»

«Commissario, sono cose delicate e macari uno s'affrunta, si vrigogna. Vede, alla mia età...»

«Lei è il cliente del giovedì mattina?»

«Sì.»

«Quanto la paga per puliziarle la casa?»

«Cinquantamila.»

«E per l'extra?»

«Centocinquanta.»

Tariffa fissa. Solo che con Pandolfo l'extra avveniva due volte al mese. A farsi fare il bagno, questa volta, era Karima. Poi il ragioniere la metteva nuda sul letto e se l'odorava a lungo. Ogni tanto, una leccatina.

«Mi levi una curiosità, ragioniere. Eravate lei, Lapecora, Mandrino e Finocchiaro i compagni abituali di gioco?»

«Sì.»

«E chi parlò per primo di Karima?»

«Il pòviro Lapecora.»

«Senta, come se la passava Lapecora?»

«Molto bene. In BOT aveva quasi un miliardo, poi di sua proprietà erano la casa e lo scagno.»

I tre clienti dei pomeriggi dei giorni pari abitavano a Villaseta. Tutti uomini di una certa età vedovi o scapoli. La tariffa, la stessa di quella praticata a Vigàta. L'extra di Martino Zaccarìa, negoziante di frutta e verdura, consisteva nel farsi baciare la pianta dei piedi; con Luigi Pignataro, preside di scuola media a riposo, Karima giocava a mosca cieca. Il preside la spogliava nuda e la bendava, poi si andava a nascondere. Karima doveva cercarlo e trovarlo, quindi Karima s'assittava su una seggia, pigliava il preside sulle ginocchia e l'allattava. Alla domanda di Montalbano in che cosa consistesse l'extra, Calogero Pipitone, perito agronomo, lo taliò strammato:

«In che cosa doveva consistere, commissario? Lei sutta e iu supra.»

A Montalbano venne voglia d'abbracciarlo.

Dato che il lunedì, il mercoledì e il venerdì Karima era impegnata a tempo pieno con Lapecora, i clienti erano finiti. Stranamente, Karima si riposava la domenica e non il venerdì, s'era evidentemente adeguata agli usi locali. Gli venne curiosità di sapere quanto guadagnava al mese, ma dato che coi numeri ci s'addannava, raprì la porta dell'ufficio e spiò ad alta voce:

«Qualcuno ha una calcolatrice?»

«Io, dottori.»

Catarella trasì, estrasse orgogliosamente dalla sacchetta una calcolatrice poco più grande di un biglietto da visita.

«Che ci calcoli, Catarè?»

«Le giornate» fu l'enigmatica risposta.

«Fra un poco te la vieni a ripigliare.»

«Dottori le devo fare avvertenza che la macchina procede ad ammuttuna.»

«Che significa?»

Catarella equivocò, credette che il superiore non avesse capito la parola. Si spostò verso la porta e spiò ai colleghi:

«Come che è che si dice in taliàno ammuttuna?»

«Spinte» tradusse qualcuno.

«E come la devo spingere la calcolatrice?»

«Come si fa con uno aralogio quanto esso non camina.»

Dunque, calcolando a parte Lapecora, Karima guadagnava come cammarera un milione e duecentomila al mese. Al quale andava aggiunto un altro milione e duecentomila di extra. Minimo minimo, per il servizio a tempo pieno, Lapecora le passava un altro milione. In conclusione, tre milioni e quattrocentomila mensili esentasse. Quarantaquattro milioni e duecentomila l'anno.

Karima, a quanto risultava, operava nel settore da almeno quattro anni, il che faceva centosettantasei milioni e ottocentomila lire.

E gli altri trecentoventitré milioni che c'erano nel libretto da dov'erano venuti?

La calcolatrice aveva funzionato benissimo, senza bisogno d'essere ammuttata.

Dalle altre cammare dell'ufficio gli arrivò uno scroscio d'applausi. Che succedeva? Raprì la porta e scoprì che il festeggiato era Mimì Augello. Gli venne la bava alla bocca.

«Finitela! Buffoni!»

Lo taliarono sorpresi e intimoriti. Solo Fazio tentò di spiegargli la situazione.

«Forse lei non lo sa, ma il dottor Augello...»

«Lo so! Me l'ha telefonato il questore in persona do-mandandomi conto e ragione. Il signor Augello, di sua iniziativa, senza nessuna mia autorizzazione, e questo l'ho sottolineato al questore, si presenta alla TV raccon-tando una serie di minchiate!»

«Ma permettimi» azzardò Augello.

«Non ti permetto! Tu hai detto una serie di farfan-tarìe, di falsità!»

«L'ho fatto per difendere tutti noi che...»

«Non ci si difende mentendo con uno che ha detto la verità!»

E sinni ritrasì nell'ufficio sbattendo la porta. Montal-bano, l'uomo di ferrea dirittura morale, quello che s'era arraggiato a morte nel vedere Augello crogiolarsi tra gli applausi.

«Permesso?» fece Fazio raprendo la porta e introdu-cendo cautamente la testa. «C'è patre Jannuzzo che le vuole parlare.»

«Fallo trasiri.»

Don Alfio Jannuzzo, che non vestiva mai da parrino, era molto conosciuto a Vigàta per le iniziative benefiche. Alto e robusto, aveva una quarantina d'anni.

«Io vado in bicicletta» esordì.

«E io no» disse Montalbano terrorizzato all'idea che il prete volesse farlo partecipare a una corsa di beneficenza.

«Ho visto la foto di quella donna in televisione.»

Le due cose parevano non avere nesso e intanto il commissario s'imbarazzò. Vuoi vedere che Karima tra-vagliava magari la domenica e il cliente era proprio don Jannuzzo?

«Giovedì passato, di matina verso le nove, quarto d'o-ra più quarto d'ora meno, ero vicino a Villaseta, dato che stavo scendendo in bicicletta da Montelusa a Vigàta. Sul-la strata, in senso opposto, c'era ferma una macchina.»

«Ricorda cos'era?»

«Certo. Una BMW grigia, metallizzata.»

Montalbano appizzò le orecchie.

«Dintra la macchina ci stavano un omo e una fìmmina. Mi parse che si stessero baciando. Ma quando fui proprio all'altezza, la fìmmina si sciolse con una certa violenza dall'abbraccio, taliò verso di mia e raprì la bocca come per dirmi qualcosa. Ma l'omo la tirò con forza e l'abbracciò nuovamente. La cosa non mi pirsuase.»

«Perché?»

«Non era un'azzuffatina, un litigio tra amanti. Gli occhi della fìmmina, quando mi taliarono, erano scantati, spaventati. Mi parse che volesse domandarmi aiuto.»

«E lei che fece?»

«Niente, perché la macchina ripartì subito. Oggi ho visto la foto in televisione: la fìmmina era quella dell'automobile. E ci può giurare, perché io sono fisionomista, una faccia me la stampo in testa macari se la vedo per un secondo.»

Fahrid, pseudo nipote di Lapecora, e Karima.

«Io le sono grato, patre...»

Il parrino isò una mano a fermarlo.

«Non ho finito. Pigliai il numero di targa. Quello che avevo visto, gliel'ho detto, non m'aveva pirsuaso.»

«Ce l'ha con sé?»

«Certo.»

Cavò dalla sacchetta un quarto di foglio di quaderno a quadretti ripiegato in quattro e lo pruì al commissario.

«C'è scritto qua.»

Montalbano lo pigliò tra due dita, con delicatezza, come si fa con le ali di una farfalla.

AM 237 GW.

Nei film americani, il poliziotto bastava dicesse il numero di targa e, dopo manco due minuti, riceveva il nome del proprietario, quanti figli aveva, il colore dei capelli e il numero preciso dei peli che aveva nel culo.

In Italia, invece le cose erano diverse. Una volta l'avevano fatto aspettare ventotto giorni nel corso dei quali il proprietario del veicolo (così c'era scritto) era stato incaprettato e abbrusciato. Quando la risposta arrivò, tutto era inutile. L'unica era rivolgersi al questore, capace che a quell'ora aveva finito la riunione col prefetto.

«Montalbano sono, signor questore.»

«Sono appena tornato in ufficio. Mi dica.»

«Le telefono per quella donna sequestrata...»

«Quale donna sequestrata?»

«Karima, no?»

«E chi è?»

Con spavento si rese conto ch'era un discorso tra sordi, al questore non aveva ancora contato niente di tutta la facenna.

«Signor questore, sono veramente mortificato...»

«Lasci perdere. Che vuole?»

«Ho necessità di risalire al più presto, da una targa, al nome e all'indirizzo del proprietario di una vettura.»

«Mi dica questo numero.»

«AM 237 GW.»

«Le farò sapere qualcosa domattina.»

TREDICI

«Ti ho preparato in cucina. Il tavolo da pranzo è occupato. Noi abbiamo già cenato.»

Non era orbo, lo vedeva benissimo che il tavolo era occupato da un puzzle gigantesco che rappresentava la Statua della Libertà praticamente a grandezza naturale.

«Sai, Salvo? Ci ha messo due ore soltanto a risolverlo.»

Il soggetto era omesso, ma era chiaro che si stava parlando di François, ex ladro di merendine e attualmente genio di famiglia.

«Glielo hai regalato tu?»

Livia evitò di rispondere.

«Puoi venire con me in spiaggia?»

«Ora o dopo mangiato?»

«Ora.»

C'era tanticchia di luna che faceva luce. Camminarono in silenzio. Davanti a un mucchietto di sabbia, Livia sospirò rattristata.

«Sapessi che castello aveva fatto! Fantastico! Sembrava Gaudí.»

«Avrà tempo per farne un altro.»

Ma era deciso a non mollare, da sbirro e per di più geloso.

«In quale negozio l'hai trovato quel puzzle?»

«Non l'ho comprato io. Oggi pomeriggio è passato Mimì. Un attimo. Quel puzzle è di un suo nipote che...»

Voltò le spalle a Livia, si mise le mani in sacchetta, s'allontanò, mentre vedeva decine di nipoti di Mimì Augello in lacrime, sistematicamente depredati dallo zio dei loro giocattoli.

«Dai, Salvo, non fare il cretino!» disse Livia raggiungendolo.

Tentò d'infilare un braccio sotto il suo, Montalbano si scansò.

«Vaffanculo» disse piano Livia e se ne tornò a casa.

E ora che faceva? Livia s'era sottratta all'azzuffatina e lui doveva sfogarsi da solo. Passiò nervosamente a ripa, assuppandosi le scarpe e fumando dieci sigarette.

"Quanto sono stronzo!" si disse a un certo momento. "È chiaro che a Mimì Livia piace e che a Livia Mimì sta simpatico. Ma, a parte questo, sto facendo scialare Mimì. È evidente che se la gode a farmi incazzare. Mi fa una guerra di logoramento, come io la faccio a lui. Ora devo pensare alla controffensiva."

Tornò a casa, Livia era davanti al televisore che teneva bassissimo per non svegliare François corcato nel loro letto.

«Scusami, sul serio» le disse passando per andare in cucina.

Nel forno trovò un tortino di triglie e patate, dall'odore coinvolgente. S'assittò, diede la prima forchettata: una delizia. Livia gli venne alle spalle, gli carezzò i capelli.

«Ti piace?»

«Ottimo. Devi dire ad Adelina...»

«Adelina stamattina è venuta, m'ha visto, ha detto "non voglio dari distrubbo", ha voltato le spalle e se n'è andata.»

«Stai dicendomi che questo tortino l'hai fatto tu?»

«Certo.»

Per un attimo, ma solo per un attimo, il tortino gli andò di traverso a causa di un pinsero che gli passò per la testa: l'ha fatto per farsi perdonare della storia di Mimì. Poi la bontà del piatto ebbe il sopravvento.

Prima d'assittarsi allato a Montalbano per taliare la televisione, Livia si fermò a considerare ammirata il puzzle. Ormai, dopo che Salvo s'era sfogato, ne poteva parlare liberamente.

«È stata sbalorditiva la rapidità con la quale l'ha composto. Io o tu ci avremmo messo più tempo.»

«O ci saremmo annoiati prima.»

«Ecco, anche François sostiene che i puzzle sono noiosi perché sono obbligati. Ogni pezzettino, dice, è tagliato in modo che s'incastri con un altro. E invece sarebbe bello un puzzle che contemplasse più soluzioni!»

«Ha detto questo?!»

«Sì. E si è spiegato meglio, dato che io lo sollecitavo.»

«E cioè?»

«Credo d'aver capito quello che intendesse dire. Lui conosceva già la Statua della Libertà, quando ha composto la testa della statua sapeva perciò come proseguire ed era obbligato a farlo perché il costruttore del puzzle aveva tagliato i pezzi in un certo modo e quindi voleva che il giocatore seguisse il suo disegno. Sono stata chiara fino a questo punto?»

«Abbastanza.»

«Sarebbe bello, disse, se il giocatore potesse essere messo in condizioni di creare un suo puzzle alternativo pur con gli stessi pezzi. Non ti pare un ragionamento straordinario per un bambino così piccolo?»

«Oggi sono precoci» disse Montalbano e contemporaneamente santiò per la banalità dell'osservazione. Non aveva mai parlato di bambini, doveva per forza appigliarsi alle frasi fatte.

Nicolò Zito riassunse il comunicato del governo tunisino in merito all'incidente col peschereccio. Fatte le opportune indagini, il governo tunisino non poteva che respingere al mittente la protesta del governo italiano che non impediva ai suoi motopescherecci di invadere le acque territoriali tunisine. Quella notte una motovedetta militare tunisina aveva avvistato un peschereccio a poche miglia da Sfax. Aveva intimato l'alt, il peschereccio si era dato alla fuga. Dalla mitragliatrice di bordo era stata sparata una raffica d'avvertimento che sfortunatamente aveva colpito e ucciso un marinaio tunisino, Ben Dhahab, alla famiglia del quale il governo di Tunisi aveva già fatto pervenire un sostanzioso aiuto. Che il disgraziato incidente servisse come monito.

«Sei riuscito a sapere qualcosa della madre di François?»

«Sì. Ho una traccia. Ma non aspettarti niente di buono» rispose il commissario.

«Se... se Karima non dovesse più ricomparire... che destino... che ne sarà di François?»

«Non lo so, sinceramente.»

«Vado a letto» fece Livia susendosi di scatto.

Montalbano le prese una mano, se la portò alle labbra.

«Non ti ci affezionare troppo.»

Sciolse delicatamente François dall'abbraccio di Livia, lo mise a dormire sul divano già preparato. Quando trasì nel letto, Livia gli s'impiccicò di schiena e non si sottrasse alle carezze, anzi.

«E se il picciliddro si sveglia?» le spiò Montalbano, che sempre carogna era, sul più bello.

«Se si sveglia, lo consolo» fece Livia ansimante.

Erano le sette del matino. Scinnì adascio dal letto, si chiuse in bagno. Come sempre faceva, per prima cosa si taliò allo specchio e storcì la bocca. La sua faccia non gli piaceva, e allora che la taliava a fare?

Sentì un grido acutissimo di Livia, si precipitò, raprì la porta, Livia era nella cammara da pranzo, il divano era vacante.

«È fuggito!» disse tremante.

Con un salto il commissario fu sulla verandina. E lo vide, un puntolino a ripa di mare che si dirigeva verso

Vigàta. In mutande com'era, si lanciò all'inseguimento. François non correva, camminava deciso. Quando sentì alle sue spalle i passi di qualcuno appresso a lui, si fermò senza manco voltarsi. Montalbano, col fiato grosso, gli si accoccolò davanti, ma non gli spiò niente.

Il picciliddro non piangeva, gli occhi erano fermi, taliavano al di là di Montalbano.

«Je veux maman» disse.

Vide arrivare Livia di corsa, s'era infilata una sua camicia, la fermò con un gesto, le fece capire di tornare a casa. Livia obbedì. Il commissario pigliò il picciliddro per mano e principiarono a caminare a lento a lento. Per un quarto d'ora non si dissero una parola. Arrivati a una barca tirata a sicco, Montalbano s'assittò sulla rena, François gli si mise allato e il commissario gli passò un braccio attorno alle spalle.

«Iu persi a me' matri ch'era macari cchiù nicu di tia» esordì.

E iniziarono a parlare, il commissario in siciliano e François in arabo, capendosi perfettamente.

Gli confidò cose che mai aveva detto a nessuno, manco a Livia.

Il pianto sconsolato di certe notti, con la testa sotto il cuscino perché suo padre non lo sentisse; la disperazione mattutina quando sapeva che non c'era sua madre in cucina a preparargli la colazione o, qualche anno dopo, la merendina per la scuola. Ed è una mancanza che non viene mai più colmata, te la porti appresso fino in punto di morte. Il bambino gli spiò se lui aveva il potere di far tornare sua madre. No, rispose Montalbano, quel potere non l'aveva nessuno. Doveva rassegnarsi. Ma tu avevi tuo padre, osservò François che era intelligente davvero e non per vanto di Livia. Già, avevo mio padre. E allora, spiò il picciliddro, lui era inevitabilmente destinato ad andare a finire in uno di quei posti dove mettono i bambini che non hanno né padre né madre?

«Questo no. Te lo prometto» disse il commissario. E gli porse la mano. François gliela strinse, taliandolo negli occhi.

Quando niscì dal bagno, già pronto per andare in ufficio, vide che François aveva smontato il puzzle e, con una forbice, rifilava diversamente i pezzi. Tentava, ingenuamente, di non seguire il disegno obbligato. E tutt'a un tratto Montalbano cimiò, come colpito da una scarica elettrica.

«Gesù!» disse piano.

Livia lo taliò, lo vide come tremare con gli occhi sbarracati, s'allarmò.

«Salvo, Dio mio, che c'è?»

Per tutta risposta il commissario pigliò il picciliddro, lo sollevò in alto, lo taliò da sotto in su, lo riabbassò, lo baciò.

«François, sei un genio!» disse.

Nel trasiri in ufficio, a momenti sbatté contro Mimì Augello che stava niscendo.

«Ah, Mimì, grazie per il puzzle.»

Augello arristò a taliarlo con la bocca aperta.

«Fazio, di corsa!»

«Comandi, dottore.»

Gli spiegò minutamente cosa doveva fare.

«Galluzzo, da me.»

«Agli ordini.»

Gli spiegò minutamente cosa doveva fare.

«C'è primissu?»

Era Tortorella che trasì ammuttando la porta col piede, dato che le mani le aveva impegnate a reggere ottanta centimetri circa di fogli vari.

«Che c'è?»

«Il dottor Didio si lamenta.»

Didio, responsabile dell'ufficio amministrativo della Questura di Montelusa, era soprannominato «Il flagello di Dio» o «L'ira di Dio» per la sua puntigliosità.

«E di che si lamenta?»

«Del suo arretrato, dottore. Delle cose che deve firmare.» Posò sulla scrivania gli ottanta centimetri di carte.

«Cominciasse con santa pacienza.»

Doppo un'orata che già gli faceva male la mano a mettere firme, arrivò Fazio.

«Dottore, ha ragione lei. Appena uscito dal paese, in località Cannatello, il pullman Vigàta-Fiacca fa una fermata. Cinque minuti dopo passa il pullman che viene all'inverso, Fiacca-Vigàta e si ferma pure a Cannatello.»

«Quindi una persona può, teoricamente, pigliare da Vigàta il pullman per Fiacca, scendere a Cannatello e, cinque minuti dopo, salire sul pullman Fiacca-Vigàta e tornarsene in paese.»

«Certo, dottore.»

«Grazie, Fazio. Sei stato bravo.»

«Aspetti, dottore. Ho fatto venire qua il bigliettaio della corsa di stamattina, quella Fiacca-Vigàta. Si chiama Lopipàro. Lo faccio entrare?»

«Come no?»

Lopipàro, un cinquantino segaligno e scorbutico, ci tenne subito a precisare che non era bigliettaio, ma conducente con funzioni di bigliettaio, in quanto i biglietti si vendevano nelle tabaccherie e lui non faceva altro che ritirarli a bordo.

«Signor Lopipàro, quello che verrà detto in questa stanza dovrà restare tra noi tre.»

Il conducente-bigliettaio portò una mano all'altezza del cuore, in segno di giuramento sullenne.

«Tomba sono» disse.

«Signor Lopìparo...»

«Lopipàro.»

«Signor Lopipàro, lei conosce la vedova Lapecora, la signora alla quale hanno ammazzato il marito?»

«E come no? È abbonata alla corsa. Almeno tre volte

la simana fa avanti e narrè con Fiacca, va a trovare so' soro che è malata e in viaggio ne parla sempre.»

«Io la devo pregare di fare uno sforzo di memoria.»

«Se lei mi comanda di sforzarmi, io mi sforzo.»

«Giovedì della simana scorsa, lei la vide la signora Lapecora?»

«Non c'è bisogno di sforzo. Certo che la vitti. Ci feci magari un'azzuffatina.»

«Lei litigò con la signora Lapecora?»

«E sissignore! La signora Lapecora, lo sanno tutti, è tanticchia tirata, avara. Bene, giovedì a matina pigliò il pullman delle sei e mezzo per Fiacca. Ma, arrivata a Cannatello scese, dicendo al mio collega Cannizzaro, il conducente, che doveva tornare narrè perché s'era scordata una cosa che doveva portare alla sorella. Cannizzaro, che questa cosa me la contò la sera istissa, la fece scendere. Doppo cinque minuti passai io, diretto a Vigàta, mi fermai a Cannatello e la signora acchianò sul mio pullman.»

«E perché faceste questione?»

«Perché non voleva darmi il biglietto per la tratta Cannatello-Vigàta. Sosteneva che lei non poteva appizzare, perdere, due biglietti per uno sbaglio. Ma io, tante persone ho a bordo, tanti biglietti devo avere. Non potevo chiudere un occhio come voleva la signora Lapecora.»

«Sacrosanto» fece Montalbano. «Ma mi levi una curiosità. Metta conto che la signora ricupera, in mezz'ora, quello che s'è scordato a casa. Come fa per arrivare a Fiacca in mattinata?»

«Piglia il pullman che fa Montelusa-Trapani e che da Vigàta passa alle sette e mezzo precise. Viene a dire che arriva con solo un'ora di ritardo.»

«Geniale» commentò Fazio quando Lopipàro se ne fu uscito. «Ma come c'è arrivato?»

«Me l'ha fatto capire il picciliddro, François, che giocava con un puzzle.»

«Ma perché l'ha fatto? Era gelosa della cammarera tunisina?»

«No. La signora Lapecora è tirata, come ha detto il conducente. Si scantava che il marito, per quella fimmina, spendesse tutto quello che aveva. E in più c'è stato un elemento scatenante.»

«Quale?»

«Poi te lo dico. Lo sai come dice Catarella? L'avarìa è un brutto vizio. Pensa, per avarizia ha richiamato su di sé l'attenzione di Lopipàro, quando avrebbe dovuto fare tutti gli sforzi per passare inosservata.»

«Ci ho messo prima mezz'ora per trovare dove abitava, un'altra mezz'ora l'ho persa per persuadere la vecchia che non si fidava, era scantata. S'è calmata quando l'ho fatta nesciri di casa e ha visto la macchina con la scritta Polizia. Ha fatto una trusciteddra, un fagottino, e s'è messa a bordo. Non le dico il pianto del picciliddro quando l'ha vista arrivare a sorpresa! Si stringevano forte. Macari la sua signora era commossa.»

«Grazie, Gallù.»

«Quand'è che devo passare da casa per riportarla a Montelusa?»

«Non ti preoccupare, ci penso io.»

La famigliola implacabilmente s'allargava. Ora a Marinella c'era macari la nonna, Aisha.

Fece squillare a lungo il telefono, ma non rispose nessuno, la vedova Lapecora non era in casa. Certamente era fora a fare la spesa. Però poteva esserci un'altra spiegazione. Fece il numero di casa Cosentino. Rispose la simpatica e baffuta moglie della guardia giurata. Parlava a bassa voce.

«Suo marito sta dormendo?»

«Sissi, commissario. Vuole che glielo chiami?»

«Non c'è bisogno. Me lo saluti. Senta, signora: ho telefonato alla signora Lapecora, ma non risponde. Lei sa se per caso...»

«Stamatina non la trova, commissario. È andata dalla sorella, a Fiacca. C'è andata oggi perché domani alle dieci ha il funerale del pòviro...»

«Grazie, signora.»

Riattaccò, forse la cosa da fare diventava meno complessa.

«Fazio!»

«Comandi, dottore.»

«Queste sono le chiavi dello scagno di Lapecora, Salita Granet 28. Trasi e piglia un mazzo di chiavi che è nel cascione centrale della scrivania. C'è attaccato un cartellino sul quale è scritto: casa. Deve essere un mazzo di riserva che teneva in ufficio. Vai dove abita la signora Lapecora e rapri con quelle chiavi.»

«Un attimo. E se la vedova è dintra?»

«Non c'è, è fora paisi.»

«Che devo fare?»

«Nella cammara dove mangiano c'è uno scaffale a vetri. Dintra ci sono piatti, tazzine, vassoi, cose così. Piglia quello che ti pare, che però lei non può negare che sia roba sua, l'ideale sarebbe una tazzina da un servizio intero, e la porti qua. Rimetti le chiavi nel cassetto dello scagno, mi raccomando.»

«E se la vedova, tornando, s'adduna che le manca una tazzina?»

«Ce ne possiamo fottere altamente. Poi fai un'altra cosa. Telefona a Jacomuzzi e digli che voglio in giornata il coltello col quale hanno ammazzato Lapecora. Se non ha uomini per farmelo avere, ci fai un salto tu.»

«Montalbano? Sono Valente. Potresti essere a Mazara verso le quattro di oggi dopopranzo?»

«Se parto subito, sì. Perché?»

«Verrà il comandante del peschereccio. Mi farebbe piacere che tu fossi presente.»

«Ti sono grato. Il tuo uomo è riuscito a sapere qualcosa?»

«Sì, e non ci è voluta molta abilità, m'ha detto. I pescatori ne parlano piuttosto liberamente.»

«Che dicono?»

«Te lo riferisco quando vieni.»

«No, dimmelo ora, così ci penso lungo il viaggio.»

«Guarda, siamo convinti che l'equipaggio della faccenda sapesse poco o niente. Tutti sostengono che l'imbarcazione era di poco fuori delle nostre acque territoriali. Che la notte era di uno scuro fitto e che sul radar videro distintamente un natante sulla loro rotta.»

«E perché continuarono?»

«Perché a nessuno dell'equipaggio venne in mente che potesse trattarsi di una motovedetta tunisina o quello che era. Torno a ripeterti che erano in acque ormai internazionali.»

«E poi?»

«E poi, del tutto inaspettato, venne il segnale di alt. Il nostro peschereccio, o almeno il suo equipaggio, non so il comandante, pensò a un controllo da parte della Finanza. Si fermarono, sentirono parlare arabo. A questo punto il tunisino imbarcato andò a poppa e si accese una sigaretta. E quelli gli spararono. Fu solo allora che il peschereccio scappò.»

«E poi?»

«E poi che, Montalbà? Quanto deve durare sta telefonata?»

QUATTORDICI

Contrariamente alla maggior parte degli uomini di mare, Angelo Prestìa, comandante e proprietario del motopescereccio *Santopadre* era un omo grasso e sudatizzo. Ma sudava per natura sua, non per le domande che gli faceva Valente, ché anzi, sotto questo aspetto, pareva non solo tranquillo, ma anche leggermente infastidito.

«Io non mi faccio pirsuaso perché v'è venuta gana di ripigliare questa storia che oramà è acqua passata.»

«C'interessa chiarire qualche piccolo dettaglio, poi è libero d'andarsene» fece rassicurante Valente.

«E sentiamo, binidittu Diu!»

«Lei ha sempre dichiarato che la motovedetta tunisina ha agito illegalmente, in quanto il suo peschereccio si trovava in acque internazionali. Lo conferma?»

«Certo che lo confermo. A parte che non vedo pirchì vi interessate di quistioni che riguardano la Capitaneria.»

«Lo vedrà dopo.»

«Ma non ho niente da vìdiri, mi scusasse! Il governo tunisino ha fatto un comunicato, sì o no? In questo comunicato c'è detto che il tunisino l'hanno ammazzato loro, sì o no? Allura pirchì volete ripistiare?»

«C'è già una contraddizione» osservò Valente.

«Quale?»

«Lei, per esempio, dice che l'aggressione avvenne nelle acque internazionali, mentre loro affermano che avevate sconfinato. Non le pare contraddittorio, sì o no, tanto per parlare come lei?»

«Nossignore, non c'è contraddizione. C'è errore.»

«Di chi?»

«Loro. Si vede che hanno sbagliato a calcolare il punto, la posizione.»

Montalbano e Valente si scambiarono una taliata velocissima, era il via alla seconda parte dell'interrogatorio che avevano in precedenza concordato.

«Signor Prestìa, lei ha precedenti penali?»

«Nossignore.»

«Però è stato arrestato.»

«Quanto vi piacciono le storie vecchie! Sono stato arrestato, sissignore, perché un garruso, un cornuto, mi volle male e mi denunziò. Ma il giudice capì che questo figlio di buttana aveva detto falsità e mi lasciò libero.»

«Di che cosa l'accusavano?»

«Contrabbando.»

«Di sigarette o di droga?»

«Questa.»

«Anche il suo equipaggio d'allora andò a finire dentro, vero?»

«Sissignore, ma niscirono tutti, innocenti come a mia.»

«Chi era il giudice che sentenziò il non luogo a procedere?»

«Non me l'arricordo.»

«Si chiamava Antonio Bellofiore?»

«Ah sì, mi pare di sì.»

«Lo sa che l'anno appresso l'hanno messo in galera perché aggiustava i processi?»

«No, non lo sapevo. Io passo più tempo a mare che in terra.»

Altra rapidissima occhiata e la palla passò a Montalbano.

«Lasciamo perdere queste storie vecchie» esordì il commissario. «Lei fa parte di una cooperativa?»

«La Copemaz.»

«Che significa?»

«Cooperativa pescatori mazaresi.»

«I marinai tunisini che dovete imbarcare li scegliete di testa vostra o ve li indica la cooperativa?»

«Ce li dice la cooperativa» rispose Prestìa e cominciò a sudare più del solito.

«Noi sappiamo che la cooperativa le aveva fornito un certo nominativo, ma lei invece scelse Ben Dhahab.»

«Sentite, io a questo Dhahab non lo conoscevo, non l'avevo mai visto prima. Quando s'apprisintò a bordo, cinque minuti prima di sarpare, credetti che fosse quello che m'avevano indicato in cooperativa.»

«Cioè Assan Tarif?»

«Mi pare s'acchiamasse accussì.»

«Bene. Come mai la cooperativa non le domandò spiegazioni?»

Il comandante Prestìa fece un sorriso, ma aveva la faccia tirata ed era oramà in un bagno di sudore.

«Ma di queste cose ne succedono ogni giorno! Si scangiano tra loro, l'essenziale è che non ci siano proteste.»

«E perché mai Assan Tarif non protestò? In fondo perdeva una giornata di lavoro.»

«E lo spia a mia? Lo spii a lui.»

«L'ho fatto» disse quieto Montalbano.

Valente lo taliò stupito, questa parte non era stata concordata.

«E che le contò?» domandò quasi a sfida Prestìa.

«Che Ben Dhahab l'avvicinò il giorno avanti, gli spiò se era lui in lista per imbarcarsi sul *Santopadre* e alla risposta affermativa gli disse di non farsi vedere per tre giorni e gli pagò una settimana di lavoro.»

«Di questa cosa non saccio nenti.»

«Mi lasci finire. Stando così le cose, Dhahab non s'imbarcò perché necessitava di travagliare. I soldi li aveva. Quindi la ragione del suo imbarco era un'altra.»

Valente seguiva con estrema attenzione il saltafosso, il tranello che Montalbano stava costruendo. La facenna che il fantomatico Tarif aveva pigliato soldi da Dhahab il commissario se l'era chiaramente inventata, bisognava scoprire dove voleva andare a parare.

«Lei lo sa chi era Ben Dhahab?»

«Un tunisino che cercava travaglio.»

«No, carissimo, era uno dei nomi grossi del traffico di droga.»

Mentre Prestìa impallidiva, Valente capì che ora toccava a lui. Dentro di sé sorrise soddisfatto, con Montalbano formavano un duo irresistibile, tipo Totò e Peppino.

«La vedo messo male, signor Prestìa» esordì Valente compassionevole e quasi paterno.

«Ma pirchì?!»

«Ma come, non le è chiaro? Un trafficante di droga del calibro di Ben Dhahab s'imbarca, a tutti i costi, sul suo peschereccio. E lei ha il precedente che ha. Due domande. Prima: quanto fa uno più uno? Seconda domanda: cosa andò storto quella notte?»

«Voi volete cunzumàrmi! Volete rovinarmi!»

«È lei che lo sta facendo con le sue stesse mani.»

«Eh no! Eh no! Fino a questo punto no!» fece Prestìa nirbusissimo. «M'avevano garantito che...»

S'interruppe, s'asciugò il sudore.

«Cosa le avevano garantito?» spiarono contemporaneamente Montalbano e Valente.

«... che non avrei avuto camurrìe, rotture di coglioni.»

«Chi?»

Il comandante Prestìa mise una mano in sacchetta, cavò il portafoglio, ne tirò fora un biglietto da visita, lo gettò sulla scrivania di Valente.

Liquidato Prestìa, Valente compose il numero che c'era sul biglietto da visita. Era quello della Prefettura di Trapani.

«Pronto? Sono il vicequestore Valente, di Mazara. Vorrei parlare col commendator Mario Spadaccia, il capo di Gabinetto.»

«Un attimo, prego.»

«Buongiorno, dottor Valente. Sono Spadaccia.»

«Commendatore, la disturbo per una questione che riguarda l'uccisione del tunisino sul peschereccio...»

«Ma non è stato chiarito tutto? Il governo di Tunisi...»

«Sì, lo so, commendatore, ma...»

«Perché telefona a me?»

«Perché il comandante del peschereccio...»

«Vi ha fatto il mio nome?»

«Ci ha dato il suo biglietto da visita. Lo teneva come una specie di... di garanzia.»

«E in effetti lo è.»

«Prego?»

«Mi spiego subito. Vede, qualche tempo fa Sua Eccellenza...»

"Ma questo titolo non è stato abolito da mezzo secolo?" si domandò Montalbano che ascoltava su una linea collegata.

«... Sua Eccellenza il prefetto ricevette una sollecitazione. Si trattava di dare il massimo appoggio a un giornalista tunisino che voleva fare una delicata inchiesta tra i suoi connazionali e per questo, tra l'altro, desiderava anche imbarcarsi. Sua Eccellenza mi diede l'incarico d'occuparmene. Mi venne segnalato il nome del comandante Prestìa come quello di persona del tutto affidabile. Però il Prestìa ebbe un certo timore di venirsi a trovare nei pasticci con l'ufficio di collocamento. Per questo gli diedi il mio biglietto da visita. Tutto qua.»

«Commendatore, le sono gratissimo dell'esauriente spiegazione» fece Valente. E chiuse la comunicazione.

Rimasero in silenzio a taliàrisi.

«O è uno stronzo o ci fa» disse Montalbano.

«Questa facenna mi comincia a fètiri, a puzzare» fece pensoso Valente.

«Macari a mia» disse Montalbano.

Stavano ragionando sulla successiva mossa da fare, quando squillò il telefono.

«Avevo detto che non c'ero per nessuno!» disse arraggiato Valente. Ascoltò un poco, poi passò il ricevitore a Montalbano.

Prima di partire per Mazara, il commissario aveva lasciato detto in ufficio dove avrebbero potuto trovarlo in caso di necessità.

«Pronto? Montalbano sono. Chi è? Ah, è lei, signor questore?»

«Sì, sono io. Dove è andato a cacciarsi?»

Era irritato.

«Sono dal mio collega, il vicequestore Valente.»

«Non è suo collega. Valente è vicequestore e lei non lo è.»

Montalbano principiò a preoccuparsi.

«Che succede, signor questore?»

«No, sono io a domandarle che cavolo succede!»

Cavolo? Il questore diceva cavolo?

«Mi faccia capire.»

«Quale cacca è andata a rovistare?»

Cacca? Il questore diceva cacca? Era il principio dell'Apocalisse? Sarebbero da lì a poco squillate le trombe del Giudizio?

«Ma che ho fatto?»

«Lei mi ha dato un numero di targa, se lo ricorda?»

«Sì. AM 237 GW.»

«Quello. Ieri stesso ho incaricato un amico di Roma d'occuparsene, per guadagnare tempo, come lei mi aveva chiesto. Ebbene, m'ha telefonato molto scocciato. Gli hanno risposto che se voleva sapere il nome del proprietario della macchina, facesse richiesta scritta, dettagliatamente specificando i motivi della richiesta stessa.»

«Non c'è problema, signor questore. Io domani le racconto tutto e lei, nella richiesta, può...»

«Montalbano, o non ha capito o non vuol capire. Quello è un numero blindato.»

«E che significa?»

«Significa che quella macchina appartiene ai Servizi. Ci vuole tanto?»

Altro che feto, la puzza che avevano avvertito. Adesso l'aria si stava impestando.

Mentre contava a Valente dell'assassinio di Lapecora, del rapimento di Karima, di Fahrid e della sua automobile che invece era dei Servizi, gli venne un pinsero che lo preoccupò. Telefonò al questore, a Montelusa.

«Mi perdoni. Ma lei, quando ha parlato col suo amico a Roma per la targa, gli ha detto di cosa si trattava?»

«E come potevo? Io non so niente di quello che lei sta facendo.»

Il commissario tirò un sospiro di sollievo.

«Ho detto solo che riguardava un'indagine che lei, Montalbano, sta conducendo» continuò il questore.

Il commissario si rimangiò il sospiro di sollievo.

«Pronto, Galluzzo? Montalbano sono. Ti telefono da Mazara. Penso che qui farò tardi. Perciò, contrariamente a quello che t'avevo detto, vai subito a Marinella, a casa mia, pigli la vecchia tunisina e la riaccompagni a Montelusa. D'accordo? Non devi perdere un minuto di tempo.»

«Pronto? Livia, ascoltami attentamente e fai, senza discutere, quello che ti dirò. Sono a Mazara e penso che il nostro telefono ancora non sia sotto controllo.»

«Oddio, ma che dici?»

«Ho detto di non discutere, parlare, fare domande, devi solo starmi a sentire. Tra poco arriva lì Galluzzo. Si riprende la vecchia e se la riporta a Montelusa. Non fatela lunga con gli addii, a François dirai che la rivedrà presto. Appena Galluzzo è andato via, telefoni al mio ufficio e domandi di Mimì Augello. Trovalo assolutamente, dovunque sia andato. Gli dici che hai bisogno di vederlo subito.»

«Ma se ha da fare?»

«Per te lascerà fottere tutto e si precipiterà. Tu intanto avrai preparato una valigetta con le poche cose di François...»

«Ma che vuoi...»

«Zitta, hai capito? Zitta. Spiega a Mimì che, per ordine mio, il piccolo deve sparire dalla faccia della terra, volatilizzarsi. Lo nasconda in un posto che possa star bene. Tu non domandargli dove intende portarlo. Chiaro? Tu dovrai ignorare dove François è andato a finire. E non piangere che mi dai fastidio. Ascoltami bene. Lascia passare un'oretta, dopo che Mimì se n'è andato col bambino, e chiami Fazio. Digli, piangendo, e non avrai bisogno di fingere dato che lo stai già facendo, che il picciliddro è sparito, forse è scappato per andare appresso alla vecchia, insomma che ti aiuti a cercarlo. Intanto sarò arrivato io. Un'ultima cosa: telefona a Punta Raisi e prenotati un posto per Genova. Un volo verso mezzogiorno, così trovo qualcuno che t'accompagni. A presto.»

Riattaccò, incrociò lo sguardo turbato di Valente.

«Pensi che potrebbero arrivare a tanto?»

«Anche a peggio.»

«Ora ti è chiara la storia?» spiò Montalbano.

«Penso di star principiando a capire» arrispose Valente.

«Ti spiego meglio» fece il commissario. «A grandi linee, la facenna può essere andata così. Ahmed Moussa, per scopi suoi, fa organizzare una base operativa a un suo uomo, Fahrid. Questi ottiene l'aiuto, non so quanto volontariamente offerto, della sorella di Ahmed, Karima, che da qualche anno si trova nell'isola. Ricattando un signore di Vigàta, che si chiamava Lapecora, si servono della sua vecchia ditta d'importazione e d'esportazione per facciata. Mi segui?»

«Perfettamente.»

«Ahmed, che deve avere un incontro importante, armi o appoggi politici per il suo movimento, viene in Italia con la copertura di qualche nostro Servizio. L'incontro avviene in mare, ma è molto probabilmente un tranello. Ahmed non sospettava neanche lontanamente che il nostro Servizio stesse facendo il doppio gioco, che era d'accordo con quelli che, a Tunisi, volevano liquidarlo. Tra l'altro, sono persuaso che magari Fahrid fosse d'accordo a far fuori Ahmed. La sorella, non credo.»

«Perché hai tanto scanto per il bambino?»

«Perché è un testimone. Così come ha riconosciuto suo zio in televisione, potrebbe riconoscere Fahrid. E questi ha già ammazzato Karima, ne sono sicuro. L'ha ammazzata portandosela via su una macchina che risulta appartenere ai nostri Servizi.»

«Che facciamo?»

«Tu per un poco te ne stai buono, Valè. Io provvedo immediatamente a un'azione diversiva.»

«Buona fortuna.»

«A te, amico mio.»

Arrivò in ufficio che già calava la sira. C'era Fazio ad aspettarlo.

«Avete trovato François?»

«È passato da casa sua prima di venire qua?» spiò Fazio invece di rispondere.

«No. Vengo direttamente da Mazara.»

«Dottore, vogliamo andare nel suo ufficio?»

Una volta dentro, Fazio chiuse la porta.

«Dottore, io sbirro sono. Macari meno bravo di lei, ma sempri sbirro. Come fa a sapìri che il picciliddro è scappato?»

«Fazio, che ti piglia? Me lo telefonò Livia a Mazara e io le dissi di rivolgersi a te.»

«Vede, dottore, il fatto è che la signorina mi spiegò che cercava il mio aiuto dato che non sapeva dove lei si trovasse.»

«Toccato» fece Montalbano.

«E poi la signorina chiangiva sinceramente, questo sì. Però non per il fatto che il picciliddro fosse scappato, ma per qualche altra ragione che non saccio. Allora ho capito quello che lei, dottore, voleva da me, e l'ho fatto.»

«E che volevo da te?»

«Che facessi scarmazzo, casino, rumorata. Mi sono fatto tutte le case vicine, ho domandato a ogni persona che incontravo. Avete per caso visto un picciliddro così e così? Nessuno l'aveva visto, ma intanto tutti hanno saputo che era scappato. Non era questo che voleva?»

Montalbano si commosse. Quella era l'amicizia siciliana, la vera, che si basa sul non detto, sull'intuito: uno a un amico non ha bisogno di domandare, è l'altro che autonomamente capisce e agisce di conseguenzia.

«E ora che devo fare?»

«Continuare a fare scarmazzo. Telefona all'Arma, a tutti i Comandi della provincia, ai commissariati, agli ospedali, a chi ti pare. Fallo in forma semiufficiale, solo telefonate, niente di scritto. Descrivi il bambino, mostrati prioccupato.»

«Dottore, siamo certi che poi non lo trovano?»

«Tranquillo, Fazio. È in buone mani.»

Pigliò un foglio intestato e scrisse a macchina:
MINISTERO TRASPORTI-MOTORIZZAZIONE CIVILE.

PER DELICATA INDAGINE CONCERNENTE RAPIMENTO ET PROBABILE OMICIDIO DONNA RISPONDENTE NOME KARIMA MOUSSA MI È NECESSARIO CONOSCERE NOME PROPRIETARIO AUTOVETTURA LA CUI TARGA È AM 237 GW. PREGASI RISPONDERE CORTESE SOLLECITUDINE. IL COMMISSARIO: SALVO MONTALBANO.

Chissà perché, ogni volta che doveva fare un fax lo compilava come se fosse un telegramma. Lo rilesse. Aveva persino scritto il nome della fìmmina per rendere più appetibile l'esca. Sicuramente sarebbero stati costretti a nesciri allo scoperto.

«Gallo!»

«Comandi, dottore.»

«Cerca il numero di fax della Motorizzazione civile di Roma e spediscilo immediatamente.»

«Galluzzo!»

«Agli ordini.»

«Allora?»

«Ho riportato la vecchia a Montelusa. Tutto a posto.»

«Senti, Gallù. Avverti tuo cognato che domani mattina, dopo il funerale di Lapecora, si faccia trovare in questi paraggi. Venga con un operatore.»

«Grazie di cuore, dottò.»

«Fazio!»

«Mi dica.»

«M'è completamente passato di mente. Sei stato a casa della signora Lapecora?»

«Certo. Ho pigliato una tazzina da un servizio da dodici. Ce l'ho di là. La vuole vedere?»

«Che me ne fotte? Domani ti dirò quello che ne devi fare. Mettila dentro una busta di cellophan. Ah, senti, Jacomuzzi ha mandato il coltello?»

«Sissignore.»

Non aveva cuore di lasciare l'ufficio, a casa l'aspettava la parte difficile, il dolore di Livia. A proposito, se Livia partiva... Fece il numero di Adelina.

«Adelì? Montalbano sono. Senti, domani a matino la signorina parte. Mi devo rifare. La sai una cosa? Oggi non ho mangiato niente.»

Bisognava campare, no?

QUINDICI

Livia stava assittata sulla panca della verandina, assolutamente immobile, e pareva taliasse il mare. Non chiangiva, ma gli occhi gonfi e rossi dicevano che s'era spesa tutte le lacrime che aveva in dotazione. Il commissario le si assittò allato, le pigliò una mano, gliela strinse. A Montalbano sembrò d'afferrare una cosa morta, ne ebbe quasi ripugnanza. La lasciò, s'addrumò una sigaretta. Di tutta la facenna voleva mettere a parte Livia il meno possibile, ma fu lei a rivolgergli una domanda precisa, si vede che ci aveva ragionato sopra.

«Gli vogliono fare del male?»

«Proprio del male non credo. Ma farlo scomparire per qualche tempo, questo sì.»

«E come?»

«Che ne so, magari mettendolo in un orfanotrofio sotto falso nome.»

«Perché?»

«Perché ha conosciuto persone che non avrebbe dovuto conoscere.»

Sempre taliando fisso il mare, Livia rifletté sulle ultime parole di Montalbano.

«Non capisco» disse.

«Cosa?»

«Se queste persone che François ha visto sono dei tunisini, magari clandestini, voi, come polizia, non potreste...»

«Non sono solo tunisini.»

Livia lentamente, come se facesse uno sforzo, si voltò a taliarlo.

«No?»

«No. E non ti dico una parola di più.»

«Lo voglio.»

«Chi?»

«François. Lo voglio.»

«Ma, Livia...»

«Zitto. Lo voglio. Nessuno potrà portarmelo via così, e tu meno degli altri. In queste ore ci ho pensato molto, sai? Quanti anni hai, Salvo?»

Pigliato alla sprovvista, il commissario ebbe un attimo d'incertezza.

«Mi pare quarantaquattro.»

«Quarantaquattro e dieci mesi. Tra due mesi ne compi quarantacinque. Io ne ho trentatré compiuti. Ti rendi conto?»

«No. Di cosa?»

«Sono sei anni che stiamo insieme. Ogni tanto parliamo di sposarci, poi lasciamo cadere il discorso. Tutti e due, di comune ma tacito accordo, non pigliamo una decisione. Stiamo bene così come stiamo e la nostra pigrizia, il nostro egoismo ha la meglio, sempre.»

«Pigrizia? Egoismo? Ma che parole adoperi? Ci sono difficoltà oggettive che...»

«... che puoi metterti nel culo» concluse brutalmente Livia.

Montalbano tacque sconcertato. Solo una o due volte in sei anni aveva sentito Livia diventare volgare ed era stato sempre in situazioni preoccupanti, d'estrema tensione.

«Scusami» fece piano Livia. «Ma certe volte non sopporto la tua ipocrisia così camuffata. Il tuo cinismo è più vero.»

Montalbano continuò a incassare in silenzio.

«Non distrarmi da quello che voglio dirti. Sei abile, è il tuo mestiere. Ti faccio una domanda: quando pensi che potremo sposarci? Rispondi chiaramente.»

«Se dipendesse solo da me...»

Livia scattò in piedi.

«Basta! Vado a letto, ho preso due Tavor per dormire, il mio aereo parte da Palermo a mezzogiorno. Prima però concludo il discorso. Se mai ci sposeremo, lo faremo quando tu avrai cinquant'anni e io trentotto. Troppo vecchi per avere figli, diremo. E non ci siamo accorti che qualcuno, Dio o chi ne fa le veci, il figlio ce l'aveva già mandato, al momento giusto.»

Voltò le spalle, niscì. Montalbano rimase sulla verandina a taliare il mare, ma non arrinisciva a metterlo a fuoco.

Un'ora avanti la mezzanotte si assicurò che Livia dormisse profondamente, staccò il telefono, ramazzò tutti gli spiccioli che arrinscì a trovare, astutò le luci, niscì. In macchina, raggiunse la cabina telefonica che c'era al posteggio del bar di Marinella.

«Nicolò? Montalbano sono. Un paio di cose. Domani a matino, verso mezzogiorno, manda qualcuno con un operatore nei pressi del mio ufficio. Ci sono novità.»

«Grazie. E poi?»

«E poi, ce l'avete una telecamera nica, piccola, che non fa rumore? Più nica è, meglio è.»

«Vuoi lasciare ai posteri un documento delle tue prodezze di letto?»

«Tu la sai usare questa telecamera?»

«Certo.»

«Allora me la porti.»

«Quando?»

«Appena hai finito il telegiornale di mezzanotte. Non suonare quando arrivi, Livia dorme.»

«Parlo col signor prefetto di Trapani? Mi scusi l'ora tarda. Sono Corrado Menichelli del "Corriere della Sera". Telefono da Milano. Abbiamo avuto sentore di un fatto di una gravità eccezionale, ma prima di pubblicarlo, dato che direttamente la riguarda, ne volevamo conferma da lei personalmente.»

«Gravità eccezionale?! Mi dica.»

«È vero o no che lei avrebbe avuto pressioni perché un giornalista tunisino fosse agevolato durante un soggiorno a Mazara? Prima di rispondermi, nel suo stesso interesse, ci pensi un momento.»

«Ma io non devo pensare a niente!» esplose il prefetto. «Di cosa sta parlando?»

«Non se ne ricorda? Guardi che è molto strano, perché la cosa è successa non più di una ventina di giorni fa.»

«La cosa che lei dice non è mai successa! Io non ho ricevuto nessuna pressione! Non so nulla di giornalisti tunisini!»

«Signor prefetto, noi invece abbiamo le prove che...»

«Lei non può avere le prove di un fatto mai accaduto! Mi passi immediatamente il direttore!»

Montalbano riattaccò. Il prefetto di Trapani era sincero; il suo capo di Gabinetto, invece, no.

«Valente? Montalbano sono. Fingendomi un giornalista del "Corriere della Sera" ho parlato col prefetto di Trapani. Non sa niente. Il gioco l'ha portato avanti il nostro amico, il commendator Spadaccia.»

«Da dove parli?»

«Tranquillo. Ti chiamo da una cabina telefonica. Ora ti dirò quello che dobbiamo fare, sempre che tu sia d'accordo.»

Per dirglielo, spese tutte le monetine, meno una.

«Mimì? Montalbano sono. Dormivi?»

«No. Ballavo. Che cazzo di domande!»

«Ce l'hai con me?»

«E sissignore! Dopo la parte che mi hai fatto fare!»

«Io? che parte?»

«Mandarmi a pigliare il piccilididdro. Livia m'ha taliato con odio, non riuscivo a levarglielo dalle braccia. M'è venuta una cosa qua, alla bocca dello stomaco.»

«Dove l'hai portato François?»

«A Calapiano, da mia sorella.»

«È un posto sicuro?»

«Sicurissimo. Lei e suo marito hanno una casa enorme a cinque chilometri dal paese, una tenuta agricola isolata. Mia sorella ha due figli, uno è della stessa età di François, si troverà benissimo. Ci ho messo due ore e mezza all'andare e due ore e mezza a tornare.»

«Sei stanco?»

«Stanchissimo. Domattina non vengo in ufficio.»

«D'accordo, non vieni in ufficio, ma alle nove al massimo devi trovarti a casa mia, a Marinella.»

«A fare che?»

«Pigli Livia e l'accompagni a Palermo, all'aeroporto.»

«Senz'altro.»

«Com'è che ti passò la stanchezza, Mimì?»

Livia ora dormiva un sonno agitato, ogni tanto si lamentiava. Montalbano chiuse la porta della cammara da letto, s'assittò in poltrona, addrumò il televisore tenendo il volume molto basso. Su Televigàta il cognato di Galluzzo stava dicendo che c'era stato un comunicato del Ministero degli Esteri di Tunisi in merito ad alcune errate notizie sul disgraziato incidente del marinaio tunisino ucciso su un motopeschereccio italiano che aveva sconfinato. Il comunicato smentiva le fantasiose voci secondo le quali il marinaio non era in effetti un marinaio, ma un giornalista abbastanza noto, Ben Dhahab. Si trattava evidentemente di un caso di omonimìa, in quanto il giornalista Ben Dhahab era vivo e continuava a svolgere il suo lavoro. Nella sola città di Tunisi, proseguiva il comunicato, di Ben Dhahab se ne contavano almeno una ventina. Montalbano spense il televisore. Le acque dunque s'erano mosse e c'era chi principiava a mettere le mani avanti, ad alzare steccati, a fare fumate nere.

Sentì il motore di una macchina che arrivava e si fermava nello spiazzo davanti la porta di casa. Il commissario corse ad aprire, era Nicolò.

«Ho fatto prima che ho potuto» disse trasendo.

«Ti ringrazio.»

«Livia dorme?» spiò il giornalista taliando attorno.

«Sì. Domattina riparte per Genova.»

«Mi dispiace molto non poterla salutare.»

«Nicolò, la telecamera la portasti?»

Il giornalista estrasse dalla sacchetta un aggeggio grande come quattro pacchetti di sigarette sistemati due a due.

«Eccola, tieni. Io me ne vado a dormire.»

«E no. Me la devi ammucciare in un posto che non possa essere notata.»

«E come faccio, se di là c'è Livia?»

«Nicolò, tu ti sei fissato con questa storia che ho voglia di riprendermi mentre scopo. La telecamera la devi mettere in questa cammara dove ci troviamo.»

«Dimmi cosa vuoi che riprenda.»

«Un discorso tra me e un uomo assittato esattamente dove ora sei tu.»

Nicolò Zito taliò davanti a sé, sorrise.

«Quella scaffa piena di libri pare messa apposta.»

Portandosi appresso una seggia, l'accostò alla scaffa e ci acchianò. Traffichiò con alcuni libri, sistemò la telecamera, scese, s'assittò al posto di prima, taliò in alto.

«Da qui non si vede» disse soddisfatto. «Vieni a controllare macari tu.»

Il commissario controllò.

«Mi pare a posto.»

«Resta lì» fece Nicolò.

Riacchianò sulla seggia, armeggiò, ridiscese.

«Che sta facendo?» spiò Montalbano.

«Ti sta riprendendo.»

«Davvero? Non fa la minima rumorata.»

«Te l'avevo detto che è una meraviglia.»

Nicolò rifece il mutuperio d'acchianare e scìnniri dalla seggia. Ma questa volta aveva in mano la telecamera e la mostrò a Montalbano.

«Talè, Salvo, si fa accussì. Premendo questo tasto, il nastro si riavvolge. Tu ora ti porti la telecamera all'altezza dell'occhio e spingi quest'altro tasto. Prova.»

Montalbano eseguì e vide se stesso piccolissimo, assittato, e sentì una voce da microbo, la sua, spiare: «che sta facendo?» e poi quella di Nicolò che rispondeva: «ti sta riprendendo».

«Magnifico» fece il commissario. «Però c'è una cosa. Si può vedere solo accussì?»

«Ma no» rispose Nicolò tirando fora dalla sacchetta una normale cassetta che dintra era fatta in un modo diverso. «Talìa come faccio io. Levo il nastro dalla telecamera, che come vedi è nico quanto quello di una segreteria telefonica, e l'infilo in questa cassetta ch'è fatta apposta e che può essere usata dal tuo videoregistratore.»

«Senti, ma per metterla in ripresa che devo fare?»

«Spingere quest'altro pulsante.»

A vedere la faccia più confusa che persuasa del commissario, Nicolò si fece dubitoso.

«Sarai capace d'usarla?»

«Ma dai!» arrispunnì Montalbano offiso.

«E allora perché fai quella faccia?»

«Perché non posso acchianare sulla seggia davanti a chi devo riprendere, si metterebbe in sospetto.»

«Vedi un po' se ci arrivi ad azionarla alzandoti sulla punta dei piedi.»

Ci arrivava.

«Allora è semplice. Ti fai trovare con un libro sulla tavola, disinvoltamente lo rimetti a posto e intanto spingi il tasto.»

Cara Livia, purtroppo non posso aspettare il tuo risveglio, devo andare a Montelusa dal questore. A Palermo ti accompagnerà Mimì col quale mi sono messo d'accordo. Cerca di stare il più possibile calma e serena. Ti telefonerò stasera. Ti bacio.

                                                                  SALVO

Un commesso viaggiatore d'infima categoria sicuramente si sarebbe espresso meglio, con più affettuosa fantasia. Riscrisse il biglietto e, stranamente, gli venne identico al primo. Non c'era niente da fare, non era vero che dovesse vedere il questore, voleva solo scappottarsela dalla scena d'addio. Era una farfantarìa quindi, una menzogna, e lui non ci era mai riuscito a dirle alle persone che stimava. Con le bugie piccole invece ci sapeva fare. Eccome!

In ufficio trovò Fazio che l'aspettava, agitato.

«Dottore, è mezz'ora che provo a chiamarla a casa, ma lei deve avere staccato il telefono.»

«Che ti piglia?»

«Ha telefonato un tale che, per caso, ha scoperto il cadavere di una vecchia. A Villaseta, in via Garibaldi. Nella stessa casa dove abbiamo fatto l'appostamento per il picciliddro. Per questo la cercavo.»

Montalbano sentì come una scossa elettrica.

«Tortorella e Galluzzo ci sono già andati. Galluzzo ha telefonato ora ora, ha detto di dirle che è la stessa vecchia che lui aveva accompagnato a casa sua.»

Aisha.

Il cazzotto in faccia che Montalbano si diede non fu tanto forte da fargli saltare i denti, ma gli fece sanguinare il labbro.

«Ma che le piglia, dottore?» disse strammato Fazio.

Aisha era una testimone, certo, così come lo era François; ma lui aveva avuto occhi e attenzioni solo per il

picciliddro. Era uno stronzo, ecco quello che era. Fazio
gli porse un fazzoletto.

«S'asciucasse.»

Aisha era un contorto fagotto ai piedi della scala che
portava alla stanza abitata da Karima.

«Apparentemente è caduta e si è rotta l'osso del collo» fece il dottor Pasquano che era stato chiamato da
Tortorella. «Ma le saprò dire di più dopo l'autopsia. Per
quanto, a far volare una vecchia così, basta un soffio.»

«E Galluzzo dov'è?» spiò Montalbano a Tortorella.

«È andato a Montelusa a parlare con una tunisina che
ospitava la morta. Vuole spiarle perché la vecchia è venuta qua, se qualcuno l'ha chiamata.»

Mentre l'ambulanza se ne ripartiva, il commissario
trasì nella casa di Aisha, sollevò una pietra allato al focolare, pigliò il libretto al portatore, ci soffiò sopra per puliziarlo, se lo mise in sacchetta.

«Dottore!»

Era Galluzzo. No, ad Aisha non l'aveva chiamata nisciuno. S'era fissata che voleva tornare a casa sua, s'era
susùta di prima matina, aveva pigliato la corriera e non
aveva fallato l'appuntamento con la morte.

Tornato a Vigàta, prima di andare in ufficio passò dallo studio del notaio Carlentini, era uno che gli stava simpatico.

«Mi dica, dottore.»

Il commissario tirò fora il libretto al portatore, lo pruì
al notaio. Questi l'aprì, lo taliò e poi spiò:

«E allora?»

Montalbano s'avvitò in una complicatissima spiegazione, al notaio voleva solo far conoscere la mezza
messa.

«Mi pare d'aver capito» riassunse il notaio Carlentini
«che questi soldi appartengono ad una signora che lei

presume morta e che quindi erede ne sarebbe il figlio minorenne.»

«Giusto.»

«Lei vorrebbe che questi soldi venissero in qualche modo vincolati e che il bambino ne entrasse in possesso raggiunta la maggiore età.»

«Giusto.»

«Mi scusi, ma perché il libretto non se lo tiene lei e quando arriva il momento lei stesso non lo consegna a lui?»

«E chi le dice che tra quindici anni io sarò ancora vivo?»

«Già» fece il notaio. E proseguì: «Facciamo così, lei si riporta il libretto, io mi studio la cosa e ci vediamo tra una settimana. Forse sarebbe bene farli fruttare, questi soldi».

«Faccia lei» disse Montalbano susendosi.

«Si riprenda il libretto.»

«Lo tenga lei. Io capace che me lo perdo.»

«Aspetti che le rilascio una ricevuta.»

«Ma mi faccia il piacere.»

«Ancora una cosa.»

«Mi dica, notaio.»

«Guardi che è indispensabile la certezza della morte della madre.»

In ufficio, chiamò casa sua. Livia stava partendo. Lo salutò, almeno così gli parse, piuttosto freddamente. Non sapeva che farci.

«Mimì è venuto?»

«Certo. M'aspetta in macchina.»

«Buon viaggio. Ti telefono stasera.»

Doveva procedere, non lasciarsi coinvolgere da Livia.

«Fazio!»

«Comandi.»

«Vai in chiesa, al funerale di Lapecora che dev'essere

già cominciato. Portati Gallo. Al cimitero, mentre stanno facendo le condoglianze alla vedova, t'avvicini e le dici con la faccia più scura che puoi: "signora, ci segua in commissariato". Se si mette a fare scenate, se si fa pigliare il firtìcchio, non ti fare scrupolo, mettila in macchina con la forza. Ah, un'altra cosa: al camposanto c'è di sicuro il figlio di Lapecora. Nel caso volesse difendere la madre, ammanettalo.»

MINISTERO DEI TRASPORTI-DIREZIONE GENERALE MOTORIZZAZIONE CIVILE.

PER LA DELICATISSIMA INDAGINE CONCERNENTE OMICIDIO DI DUE DONNE TUNISINE DI NOME KARIMA ET AISHA MI EST ASSOLUTAMENTE NECESSARIO CONOSCERE GENERALITÀ ET INDIRIZZO PROPRIETARIO AUTOVETTURA IMMATRICOLATA TARGA AM 237 GW STOP PREGASI RISPONDERE CORTESE SOLLECITUDINE STOP FIRMATO SALVO MONTALBANO COMMISSARIATO VIGÀTA PROVINCIA DI MONTELUSA.

Alla Motorizzazione, prima di passare il fax a chi di dovere secondo gli ordini ricevuti, avrebbero riso alle sue spalle considerandolo un ingenuo o un cretino per come aveva compilato la richiesta. Ma chi di dovere invece, capita la sisiàta, la sfida nascosta nel messaggio, sarebbe stato costretto alla contromossa. Esattamente come Montalbano voleva.

SEDICI

La cammara di Montalbano si trovava allocata dalla parte opposta all'entrata del commissariato, eppure il commissario sentì il vocìo che si scatenava all'arrivo della macchina di Fazio con dintra la vedova Lapecora. I giornalisti e i fotografi erano quattro gatti, ma a loro dovevano essersi accodati decine di sfacennati e di curiosi.

«Signora, perché l'hanno arrestata?»

«Guardi da questa parte, signora!»

«Lasciate passare! Lasciate passare!»

Poi ci fu una relativa calma e tuppiarono alla sua porta. Era Fazio.

«Com'è andata?»

«Non ha fatto molta resistenza. Si è agitata quando ha visto i giornalisti.»

«E il figlio?»

«C'era un omo allato a lei, al camposanto, e tutti gli facevano le condoglianze. M'era parso il figlio. Però, quando io ho detto alla vedova che doveva venire con noi, ha voltato le spalle e si è allontanato. Perciò non poteva essere il figlio.»

«E invece lo era, Fazio. Troppo sensibile d'animo per assistere all'arresto della madre. E terrorizzato all'idea di dover pagare le spese legali. Fai trasiri la signora.»

«Comu a una latra! Comu a una latra mi state trattando!» esplose la vedova appena in presenza del commissario.

Montalbano fece la faccia infuscata.

«Avete trattato male la signora?!»

Come da copione, Fazio fece finta d'essere impacciato.

«Dato ch'era un arresto...»

«E chi ha mai parlato d'arresto? Si accomodi, signora, e le chiedo scusa per lo spiacevole equivoco. La tratterrò solo pochi minuti, il tempo necessario a verbalizzare alcune sue risposte. Poi se ne torna a casa ed è tutto finito.»

Fazio andò ad assittarsi alla macchina da scrivere, Montalbano si piazzò alla scrivania. La vedova pareva essersi tanticchia calmata, ma il commissario vedeva i suoi nervi saltellare sotto la pelle come pùlici su un cane randagio.

«Signora, mi corregga se sbaglio. Mi ha detto, si ricorda, che la mattina dell'omicidio di suo marito, lei si susì dal letto, andò in bagno, si vestì, pigliò la borsa dalla cammara da pranzo, niscì. È giusto?»

«Giustissimo.»

«Non notò, in casa, niente d'anormale?»

«E che dovevo notare?»

«Per esempio che la porta dello studio, contrariamente al solito, era chiusa.»

Aveva tirato a indovinare, ma c'inzertò. Da rossa che era, la faccia della signora si fece pallida. Ma la voce era ferma.

«Mi pare che fosse aperta, mio marito non la chiudeva mai.»

«Eh no, signora. Quando io entrai con lei in casa, al suo ritorno da Fiacca, la porta era chiusa. Fui io a raprirla.»

«Chiusa o aperta che importanza ha?»

«Ha ragione, è un dettaglio da niente.»

La vedova non arriniscì a trattenere un lungo sospiro.

«Signora, la mattina nella quale ammazzarono suo marito, lei partì per Fiacca, a trovare sua sorella malata. Giusto?»

«Così feci.»

«Ma si scordò una cosa. Per cui al bivio di Cannatello scese dalla corriera, aspettò quella che veniva in senso inverso e tornò a Vigàta. Che cosa s'era scordata?»

La vedova sorrise, certamente s'era preparata a quella domanda.

«Io quella matina non scinnii a Cannatello.»

«Signora, ho la testimonianza dei due autisti.»

«Hanno ragione. Solo che la cosa non capitò quella matinata, ma due matinate avanti. Gli autisti si sbagliano di giorno.»

Era furba e pronta. Allora bisognava ricorrere al saltafosso.

Raprì un cascione della scrivania, tirò fora il coltello da cucina nel sacchetto di cellophan.

«Questo, signora, è il coltello col quale è stato assassinato suo marito. Un colpo solo, alle spalle.»

La vedova non cangiò espressione, non disse né ai né bai.

«L'ha mai visto?»

«Coltelli così se ne vedono tanti.»

Con lentezza, il commissario infilò di nuovo la mano nel cascione, ne trasse un'altra busta di cellophan con dentro una tazzina.

«La riconosce, questa?»

«L'avete pigliata voi? M'avete fatto buttare all'aria la casa per cercarla!»

«Dunque è sua. La riconosce ufficialmente.»

«Certo. E che se ne fa con quella tazzina?»

«Mi serve per mandarla in galera.»

Tra tutte le reazioni possibili, la vedova ne scelse una che in qualche modo suscitò l'ammirazione del commissario. Difatti la signora voltò la testa verso Fazio e gli spiò, con gentilezza, quasi si trovasse in visita di cortesia:

«Pazzo niscì?»

Fazio, in tutta sincerità, avrebbe voluto risponderle che a suo parere il commissario pazzo lo era dalla nascita, ma non disse niente, taliò la finestra.

«Ora le conto io come andò la cosa» fece Montalbano. «Dunque; quella matina la sveglia sona, lei si susi, va in bagno. Di necessità deve passare davanti alla porta dello studio e la vede chiusa. Momentaneamente non ci fa caso, poi però ci ripensa. E quando nesci dal bagno, l'apre. Ma non credo che ci entri dentro. Rimane un attimo sulla soglia, richiude, va in cucina, afferra un coltello, se lo mette nella borsetta, nesci, piglia la corriera, scende a Cannatello, sale su quella che va a Vigàta, torna a casa sua, apre la porta, vede suo marito pronto per uscire, discutete, suo marito apre la porta dell'ascensore, che è al piano dato che lei l'ha appena usato, lei lo segue, l'accoltella, suo marito fa un mezzo giro, cade a terra, lei mette in moto l'ascensore, arriva al pianoterra, esce dal portone. E nessuno la vede. Questo è stato il suo gran colpo di fortuna.»

«E pirchì l'avrei fatto?» spiò calma la signora. E aggiunse, con una ironia incredibile per il luogo e per il momento:

«Solo pirchì me' marito aveva chiuso la porta dello studio?»

Montalbano, da seduto, le fece un mezzo inchino ammirativo.

«No, signora, per quello che c'era dietro quella porta chiusa.»

«E che c'era?»

«Karima. L'amante di suo marito.»

«Ma se lei stesso ha detto ora che io in quella cammara non ci trasii?»

«Non ebbe bisogno d'entrarci perché venne colpita da una zaffata di profumo, lo stesso che Karima adoperava in abbondanza. Si chiama Volupté. È forte, persistente. Probabilmente lei l'avrà sentito, qualche volta, nei vestiti di suo marito che se n'erano impregnati. C'era ancora nello studio, più leggero certo, quando io ci trasii la sera, dopo che lei era tornata.»

La vedova Lapecora rimase in silenzio, si stava ripassando le parole del commissario.

«Mi leva una curiosità?» spiò poi.

«Tutte quelle che vuole.»

«Pirchì, secondo lei, io non sono trasuta nello studio e non ho per prima cosa ammazzato questa fìmmina?»

«Perché lei ha un cervello preciso come un ralogio svizzero e veloce quanto un computer. Karima, vedendo aprirsi la porta, si sarebbe messa sul chi vive, pronta a reagire. Suo marito, accorso alle grida, l'avrebbe disarmata con l'aiuto di Karima. Facendo invece finta di niente, lei avrebbe potuto poco dopo coglierli sul fatto.»

«E come spiega, ragionando con la sua testa, che ad essere ammazzato fu solo mio marito?»

«Quando lei tornò, Karima non c'era più.»

«Mi scusasse, ma dato che lei non era prisente, questa bella storia chi gliela contò?»

«Le sue impronte digitali, sulla tazzina e sul coltello.»

«Sul coltello no!» scattò la signora.

«Perché sul coltello no?»

La signora si stava mozzicando il labbro.

«La tazzina è mia, il coltello no.»

«Anche il coltello è suo, c'è una sua impronta. Chiarissima.»

«Ma non può essere!»

Fazio non staccava gli occhi dal suo superiore, sapeva che sul coltello non c'era nessuna impronta, questo era il momento più delicato del saltafosso.

«Lei è sicura che non c'è nessuna impronta perché ha accoltellato suo marito indossando ancora i guanti che s'era messa quando si era vestita in pompa magna per partire. Ma vede, signora, l'impronta rilevata non è di quella mattina, ma del giorno avanti quando lei, dopo avere adoperato il coltello per puliziare il pesce, lo ripulì e lo mise nel cassetto di cucina. L'impronta difatti non è sul manico, ma sulla lama, proprio dove finisce il manico stesso. E ora lei va di là con Fazio, prendiamo le impronte digitali e le compariamo.»

«Era un cornuto» fece la signora Lapecora «e si meritava la morte che fece. S'era portato a casa mia la buttana per spassarsela nel mio letto tutta la jornata, mentre io ero fora.»

«Lei mi sta dicendo che ha agito per gelosia?»

«E pirchì sinnò?»

«Ma non aveva già ricevuto tre lettere anonime? Poteva sorprenderli mentre stavano nello scagno di Salita Granet.»

«Non faccio queste cose io. M'acchianò il sangue alla testa quando capii che s'era portato a casa mia la buttana.»

«Io credo, signora, che il sangue le acchianò alla testa qualche giorno prima.»

«E quando?»

«Quando scoprì che suo marito aveva prelevato una forte cifra dal suo deposito in banca.»

Anche questa volta il commissario bluffava. Gli andò bene.

«Duecento milioni» disse con raggia e disperazione la vedova. «Duecento milioni a quella grandissima buttana!»

Ecco da dove veniva una parte dei soldi nel libretto al portatore.

«Se non lo fermavo, quello era capace di mangiarsi lo scagno, la casa e il deposito!»

«Vogliamo verbalizzare, signora? Mi dica però una cosa, prima: cosa le disse suo marito quando se la vide comparire?»

«Mi disse: "levati dai coglioni, devo andare allo scagno". Forse aveva avuto una discussione con la troia, quella se n'era andata e lui le stava correndo appresso.»

«Signor questore? Montalbano sono. Le comunico che proprio adesso sono riuscito a far confessare alla signora Lapecora l'omicidio del marito.»

«Congratulazioni. Perché l'ha fatto?»

«Interesse che vuole camuffare per gelosia. Le devo domandare un favore. Posso tenere una breve conferenza stampa?»

Non ci fu risposta.

«Signor questore? Le ho domandato se posso...»

«Ho sentito benissimo, Montalbano. Ma mi sono venute meno le parole per lo stupore. Lei vuole tenere una conferenza stampa? Non posso crederci!»

«Eppure è così.»

«Va bene, faccia pure. Ma poi mi deve spiegare che c'è sotto.»

«Lei afferma che da tempo la signora Lapecora sapeva della relazione tra suo marito e Karima?» spiò il cognato di Galluzzo nelle sue vesti di corrispondente di Televigàta.

«Sì. Attraverso ben tre lettere anonime che suo marito le aveva spedito.»

Di subito, non capirono.

«Lei sta dicendo che era stato il signor Lapecora ad autodenunziarsi?» spiò sbalordito un giornalista.

«Sì. Perché Karima aveva cominciato a ricattarlo. Sperò in una reazione della moglie che lo liberasse dalla situazione in cui s'era messo. Ma la signora non intervenne. E neanche il figlio.»

«Mi scusi, perché non si è rivolto alla legge?»

«Perché pensava di provocare un grosso scandalo. Mentre, con l'aiuto della moglie, la cosa sperava restasse nell'ambito, come dire, familiare.»

«Ma questa Karima dov'è adesso?»

«Non sappiamo. È scappata con suo figlio, un bambino. Anzi una sua amica, preoccupata per la scomparsa dei due, madre e figlio, ha pregato Retelibera di mandare in onda una loro foto. Ma nessuno, a tutt'oggi, si è fatto avanti.»

Ringraziarono, se n'andarono. Montalbano sorrise soddisfatto. Il primo puzzle era stato risolto, perfettamente, dentro lo schema determinato. Fahrid, Ahmed, la stessa Aisha ne erano rimasti fuori. Con loro, usandoli bene, il disegno del puzzle sarebbe risultato ben diverso.

Era in anticipo per l'appuntamento con Valente. Fermò davanti al ristorante dov'era già stato la volta precedente. Si sbafò un sauté di vongole col pangrattato, una porzione abbondante di spaghetti in bianco con le vongole, un rombo al forno con origano e limone caramellato. Completò con uno sformatino di cioccolato amaro con salsa all'arancia. Alla fine si susì, andò in cucina e strinse commosso la mano al cuoco, senza dire parola. In macchina, verso l'ufficio di Valente, cantò a gola spiegata. «Guarda come dondolo, guarda come dondolo, col twist...»

Valente fece accomodare Montalbano in una cammara allato alla sua.
«È una cosa che abbiamo fatto altre volte» disse. «Noi lasciamo la porta semichiusa e tu, con questo specchietto, regolandolo a modo, vedi quello che càpita nel mio ufficio, se sentire non ti basta.»
«Stai attento, Valente, che è una questione di secondi.»
«Lascia fare a noi.»

Il commendatore Spadaccia trasì nell'ufficio di Valente e si vitti subito che era nirbuso.
«Mi scusi, dottor Valente, ma non capisco. Poteva benissimo venire lei in Prefettura e farmi risparmiare tempo. Ho molto da fare, lo sa?»
«Mi perdoni, commendatore» fece Valente con umiltà ributtante. «Ha perfettamente ragione. Ma rimediamo subito, non la tratterrò più di cinque minuti. Una semplice precisazione.»

«Domandi.»

«Lei, l'altra volta, mi disse che il prefetto era stato in qualche modo sollecitato...»

Il commendatore isò una mano imperiosa, Valente s'azzittì di colpo.

«Se ho detto così, mi sono sbagliato. Sua Eccellenza è all'oscuro. D'altronde si trattava di una minchiata come ne càpitano cento al giorno. Da Roma, dal Ministero, hanno telefonato a me, non disturbano Sua Eccellenza per stronzate simili.»

Era chiaro che il prefetto, dopo aver ricevuto la telefonata del finto giornalista del «Corriere», aveva domandato spiegazioni al suo capo di Gabinetto. E doveva essere stato un colloquio piuttosto animato, la cui eco persisteva nelle parole forti che il commendatore stava adoperando.

«Vada avanti» sollecitò Spadaccia.

Valente allargò le braccia, un'aureola veleggiò sulla sua testa.

«Sono arrivato» fece.

Spadaccia strammò, si taliò torno torno come per accertarsi della realtà che lo circondava.

«Mi sta dicendo che non ha altro da chiedermi?»

«Esattamente.»

La manata che Spadaccia diede sulla scrivania fu talmente violenta che magari Montalbano sussultò nella cammara allato.

«Questa è una pigliata per il culo di cui mi renderà conto e ragione!»

E niscì, 'ncaniato. Montalbano corse alla finestra, coi nervi tesi. Vide il commendatore uscire sparato dal portone, dirigersi verso la sua macchina il cui autista ne stava scendendo per aprirgli lo sportello. In quel preciso momento, da un'auto della polizia appena arrivata, niscì, subito pigliato sottobraccio da un agente, Angelo Prestìa. Spadaccia e il comandante del peschereccio si vennero a trovare quasi faccia a faccia. Non si dissero niente, ognuno proseguì per la sua strada.

Il nitrito di gioia che ogni tanto Montalbano emetteva quando le cose gli andavano per il verso giusto atterrì Valente che si precipitò nella cammara allato.

«Che ti piglia?»

«È fatta!» disse Montalbano.

«S'assittasse qua» sentirono dire a un agente. Prestìa era stato introdotto nell'ufficio.

Valente e Montalbano rimasero dov'erano, s'addrumarono una sigaretta, se la fumarono senza dirsi niente: intanto il comandante del *Santopadre* cuoceva a fuoco lento.

Trasirono con la faccia di chi porta nuvole nivure, carrico amaro. Valente andò ad assittarsi darrè la sua scrivania, Montalbano pigliò una seggia e gli si mise allato.

«Quand'è che finisce sta camurrìa?» attaccò il comandante.

E non capì, con quell'atteggiamento aggressivo, di avere rivelato a Valente e a Montalbano quale pinsero avesse in testa: si era fatto persuaso cioè che il commendator Spadaccia fosse venuto per attestare la verità delle sue parole. Si sentiva tranquillo, poteva perciò fare lo sdignato.

Sulla scrivania c'era una voluminosa cartella sulla quale avevano scritto a caratteri cubitali il nome di Angelo Prestìa, voluminosa perché riempita di vecchie circolari, ma questo il comandante l'ignorava. Valente la raprì, pigliò il biglietto da visita di Spadaccia.

«Questo ce l'hai dato tu, lo confermi?»

Il passaggio dal «lei» dell'altra volta allo sbirresco «tu» squietò Prestìa.

«Certo che lo confermo. Me lo diede il commendatore dicendomi che se avessi avuto rogne dopo il viaggio col tunisino potevo rivolgermi a lui. E io l'ho fatto.»

«Errore» fece Montalbano, frisco come un quarto di pollo.

«Ma se mi disse così!»

«Certo che ti disse così, ma tu, invece di rivolgerti a lui appena hai sentito feto di bruciato, il biglietto da visita ce l'hai dato a noi. E così hai messo nei guai quel galantuomo.»

«Guai? Quali guai?»

«Essere implicato in un omicidio premeditato non ti pare un gran bel guaio?»

Prestìa ammutolì.

«Il mio collega Montalbano» intervenne Valente «ti sta spiegando il perché di come sono andate le cose.»

«E come sono andate?»

«Sono andate che se tu ti rivolgevi a Spadaccia direttamente, senza farci avere il suo biglietto da visita, lui avrebbe provato a mettere tutto a posto, a taci maci, sottobanco. Invece tu, dandoci il biglietto, hai messo in mezzo la legge. Perciò a Spadaccia non è restata che una strada: negare tutto.»

«Come?!»

«Sissignore. Spadaccia non ti ha mai visto né sentito nominare. Ha rilasciato una dichiarazione che abbiamo agli atti.»

«Che figlio di buttana!» fece Prestìa e domandò:

«E come spiega che io ho il suo biglietto da visita?»

Montalbano si fece una gran risata.

«Anche per quello ti ha servito di barba e capelli» disse. «Ci ha portato la fotocopia di una denunzia fatta, una decina di giorni fa, alla Questura di Trapani: gli hanno rubato il portafoglio e dintra, tra le altre cose, c'erano magari quattro o cinque, non ricorda bene, biglietti da visita.»

«Ti ha buttato a mare» disse Valente.

«Ed è acqua profunna assà» aggiunse Montalbano.

«Fino a quando riuscirai a starci a galla?» rincarò Valente.

Il sudore disegnò larghe chiazze sotto le ascelle di Prestìa. L'ufficio fu riempito da uno sgradevole odore di muschio e d'aglio, che Montalbano definì di colore verde marcio. Prestìa si pigliò la testa tra le mani, mormorò:

«M'hanno incastrato.»

Continuò a stare per un pezzo in quella posizione, poi evidentemente si risolse:

«Posso vedere l'avvocato?»

«Avvocato?!» fece stupitissimo Valente.

«Perché vuoi l'avvocato?» domandò a sua volta Montalbano.

«Mi pareva che...»

«Che ti pareva?»

«Che t'arrestassimo?»

Il duo funzionava alla perfezione.

«Non m'arrestate?»

«Ma nient'affatto.»

«Puoi andartene, se vuoi.»

Prestìa ci mise cinque minuti prima d'arrinesciri a scollare il culo dalla seggia e a scapparsene, letteralmente.

«E ora che succede?» spiò Valente che sapeva d'avere scatenato un bordello.

«Succede che Prestìa andrà a rompere le palle a Spadaccia. E la prossima mossa toccherà a loro.»

Valente aveva la faccia prioccupata.

«Che hai?»

«Non so... non sono pirsuaso... Mi scanto che mettano a tacere Prestìa. E la responsabilità sarebbe nostra.»

«Prestìa è troppo in primo piano, ormai. Levarlo di mezzo sarebbe come mettere la firma a tutta l'operazione. No, io sono convinto che lo metteranno a tacere, sì, ma pagandolo profumatamente.»

«Mi spieghi una cosa?»

«Certo.»

«Perché ti stai infognando in questa storia?»

«E tu perché mi vieni appresso?»

«La prima ragione è perché sono uno sbirro come a tia e la seconda è che mi diverto.»

«E io ti rispondo: la prima ragione mia coincide con la tua. La seconda ragione è: lo faccio a scopo di lucro.»

«E che ci vuoi guadagnare?»

«Ce l'ho chiaro in testa, il mio guadagno. Ma vuoi scommettere che magari tu ci guadagnerai qualcosa?»

Deciso a non cedere alla tentazione, passò sparato, a centoventi l'ora, davanti al ristorante nel quale a pranzo s'era abboffato. Dopo mezzo chilometro però la decisione abbacò di colpo, frenò, provocando una furibonda clacsonata della macchina che gli veniva darrè. L'uomo ch'era al volante, nel sorpassarlo, lo taliò arraggiato e gli mostrò le corna. Montalbano fece un'inversione a *u* proibitissima in quel tratto, andò dritto in cucina e spiò al cuoco, senza manco salutarlo:

«Ma lei, le triglie di scoglio, come le cucina?»

DICIASSETTE

La matina appresso, alle otto spaccate, s'apprisintò al questore che dalle sette, come di sua abitudine, si trovava già in ufficio, tra le murmuriate gastìme delle fìmmine delle pulizie che si trovavano impedite a svolgere il loro lavoro.

Montalbano gli contò della confessione della signora Lapecora, gli disse che il pòviro morto ammazzato, quasi a voler scansare la tragica fine, aveva scritto in anonimo alla moglie e in chiaro al figlio, ma quelli l'avevano lasciato a bollire nel suo brodo. Non parlò né di Fahrid né di Moussa, vale a dire del puzzle più grande. Non voleva che il questore, oramai al termine della carriera, si venisse a trovare implicato in una facenna che feteva più di una merda.

E fino a qui gli era andata bene, non aveva dovuto dire farfantarìe al questore, aveva solo fatto delle omissioni, contato la mezza verità.

«Ma perché ha voluto fare una conferenza stampa, lei che di solito le evita come la peste?»

Aveva previsto la domanda, si trovò perciò preparato alla risposta che, almeno in parte, consentiva non una menzogna ma un'altra omissione.

«Vede, questa Karima era un singolare tipo di prostituta. Non stava solo con Lapecora, ma con altre persone. Tutta gente avanti negli anni, pensionati, commercianti, professori. Circoscrivendo l'episodio, ho cercato d'evitare che si spargessero veleni, insinuazioni, su dei poveracci che, in fondo, non facevano niente di male.»

Era convinto che la spiegazione fosse plausibile. E difatti il questore fece un solo commento:

«La sua è una strana morale, Montalbano.»

E poi spiò:

«Ma questa Karima è veramente scomparsa?»

«Pare proprio di sì. Quando ha saputo dell'uccisione del suo amante si è data alla fuga col suo bambino, temendo di restare coinvolta nell'omicidio.»

«Senta» fece il questore, «cos'era poi la storia di quella macchina?»

«Quale?»

«Via, Montalbano, la macchina che poi è risultata appartenere ai Servizi. Quella è gente rognosa, lo sa?»

Montalbano rise. La risata se l'era provata la sera avanti, davanti allo specchio, e aveva insistito fino a quando non gli era venuta bene. Adesso, contrariamente a quanto aveva sperato, gli riuscì falsa, troppo di testa. Ma se voleva tenere fora da tutta la storia quel galantuomo del suo superiore, non c'erano santi, la farfantarìa doveva dirla.

«Perché ride?» spiò sorpreso il questore.

«Per l'imbarazzo, mi creda. La persona che m'aveva dato quel numero di targa mi telefonò il giorno appresso per dirmi che si era sbagliato. Le lettere erano quelle, ma la cifra non era 237, bensì 837. Sono mortificato, mi scusi.»

Il questore lo taliò occhi negli occhi, per un tempo che al commissario parse eterno. Poi parlò, a bassa voce.

«Se lei vuole che io me la beva, me la bevo. Ma stia accorto, Montalbano. Quella è gente che non scherza. Capaci di tutto e poi, se l'hanno fatta grossa, scaricano la colpa sui loro colleghi deviati. Che non esistono. Sono sempre loro, per natura e costituzione, ad essere deviati.»

Montalbano non seppe che dire. Il questore cangiò argomento.

«Stasera lei viene a cena da me. Non sento ragioni. Mangerà quello che trova. Le devo assolutamente dire due cose. Non le dico qua, nel mio ufficio, perché acquisterebbero un sapore burocratico che non mi è gradito.»

La giornata era bella, non passava manco una nuvola, eppure Montalbano ebbe l'impressione che un'ombra si fosse posata sul sole facendo di colpo diventare fridda la cammara.

Sulla scrivania dell'ufficio c'era una lettera a lui indirizzata. Come sempre faceva, cercò di scoprirne la provenienza dal timbro d'annullo, ma non ci arriniscì, era indecifrabile. Raprì la busta, lesse.

Dottore Montalbano, lei personalmenti non mi conosci e io non conosci a lei com'è fatto. Mi chiamo Prestifilippo Arcangelo e sonno il socio di suo patre nell'azenda viniccola che ringrazziando il Signori va bene assai e ci frutta. Suo patre non parla mai di lei però o scoperto che nella sua casa teni tutti i giornali che scrivono di lei e macari si lui lo vede quarche volta comparire in televisione si mette a piangire ma cerca di non farlo vidire.

Caro dottore, a mia non mi regge il cuore perché la notizzia che vengo a darle con questa mia non è bella. Da quanno la signora Giulia, la seconda mogliere di suo patre, si ne è acchianata in Cielo, quattro anni passati, il mio socio e amico non è stato più l'istisso. Doppo, l'anno scorso, principiò a sentirsi male, ci mancava il fiato bastava che acchianasse una scala e ci firriava la testa. Non voleva andari dal medico, non c'era verso. Accussì io, approfitanto che qui in paisi era venuto mio figlio che travaglia a Milano ed è medico bravo, lo portai in casa di suo patre. Mio figlio lo visitò e fece la voci grossa, voleva che suo patre fosse arricoverato. Tanto fece e tanto disse che arriniscì ad accompagnare suo patre allo spitali prima di tornarsene a Milano. Doppo dieci giorni, che io ci andavo ogni sira a trovarlo, il medico mi disse che avevano fatto tutti gli esami e che suo patre era stato attaccato da quel male tirribile ai polmoni. E accussì è cominciato il trasiri e il nesciri di suo patre dallo spitali che gli facevano la cura che gli ha fatto perdiri tutti i capilli ma giovamento nenti di nenti. Lui mi ha spressamente proibbito di farle sapìri la cosa, ha detto che non voleva che lei si pigliasse pinzero. Però aieri a sira mi sono informato col medico e lui mi ha deto che suo patre è oramà allo stremo, gli resta una misata, di giorno più o di giorno

meno. E io maligrado la proibbizione asoluta di suo patre ho
pinzato di farlo sapire a lei com'è che sta la cosa. Suo patre è ar-
ricoveratto alla clinica Porticelli, il nummaro di tilifono è
341234. Tiene il tilifono in cammara. Ma forse è melio si lei lo
viene a trovari di persona facento finta di non sapìri nenti della
sua malatia. Il mio numero di tilifono lei ce l'ha diggià, è quelo
dell'azenda viniccola dove travaglio tutto il santo giorno.
    La saluto e mi dispiacce.

                                            PRESTIFILIPPO ARCANGELO

Un leggero tremore alle mani lo fece faticare a rimettere la lettera dentro la busta e quindi infilarsela in tasca.
Gli era calata addosso una profonda stanchezza che lo
costrinse ad appoggiarsi, con gli occhi chiusi, allo schienale della seggia. Respirare gli diventò difficoltoso, la
cammara gli parse non avere più aria. Si susì a fatica, trasì nella cammara di Augello.
    «Che fu?» spiò Mimì appena lo taliò in faccia.
    «Nenti. Senti, io ho da fare, cioè ho bisogno di star-
mene tanticchia in pace e da solo.»
    «Ti posso essere utile?»
    «Sì. Occupati tu di tutto. Ci vediamo domani. Non
mi fare chiamare a casa.»

Passò dalla putìa di càlia e simenza, s'accattò un cartoccio consistente, principiò la sua caminata sul molo.
Mille pensieri gli passavano per la testa, ma non arrinisciva a fermarne uno. Arrivato al faro non s'arrestò. C'e-
ra, proprio sotto il faro, uno scoglio grosso, scivoloso di
lippo verde. Riuscì ad arrivarci rischiando ad ogni passo
di cadere in mare, ci s'assittò sopra, cartoccio in mano.
Ma non lo raprì, sentiva una specie di ondata acchianargli da qualche parte del corpo verso il petto e da lì salire
ancora verso la gola, formando un groppo che l'assufficava, gli faceva mancare il fiato. Provava il bisogno, la
necessità, di piangere, ma non gli veniva. Poi, nella confusione dei pensieri che gli traversavano il ciriveddro, al-

cune parole divennero di prepotenza più nitide, fino al punto di comporre un verso:

"Padre che muori tutti i giorni un poco..."

Cos'era? Una poesia? E di chi? Quando l'aveva letta? Ripeté il verso a mezza voce:

"Padre che muori tutti i giorni un poco..."

E finalmente dalla gola sino a quel momento chiusa, serrata, il grido gli niscì, ma più che un grido un alto lamento d'animale ferito al quale, immediate, fecero seguito le lacrime inarrestabili e liberatorie.

Quando, l'anno avanti, era stato ferito in uno scontro a fuoco e si trovava ricoverato in ospedale, Livia gli aveva riferito che suo padre telefonava tutti i giorni. Era venuto a trovarlo di persona una volta sola, quand'era in convalescenza. Quindi doveva già essere malato. A Montalbano era parso solo leggermente dimagrito, e basta. Era, invece, più elegante del solito, a vestirsi bene ci aveva tenuto sempre. In quell'occasione spiò al figlio se necessitava di qualche cosa: «Io posso» aveva detto.

Quand'era avvenuto il silenzioso allontanamento tra lui e suo padre? Era stato, questo Montalbano non poteva negarlo, un genitore sollecito e affettuoso. Aveva fatto di tutto perché la perdita della madre gli pesasse il meno possibile. Le fortunatamente poche volte in cui, da adolescente, era caduto malato, suo padre non era andato in ufficio per non lasciarlo solo. Che cos'era allora che non aveva funzionato? Forse c'era stata tra loro due una quasi totale mancanza di comunicazione, non riuscivano mai a trovare le parole giuste per esprimere vicendevolmente i loro sentimenti. Tante volte, da giovanissimo, Montalbano aveva pensato: "mio padre è un uomo chiuso". E probabilmente, ma lo capiva solo ora, assittato in cima a uno scoglio, suo padre aveva pensato la stessa cosa di lui. Ma aveva mostrato una grande delicatezza d'a-

nimo: per rimaritarsi, aveva aspettato che il figlio si laureasse e vincesse il concorso. Però, quando suo padre si
era portato in casa la nuova moglie, Montalbano ne era
rimasto irragionevolmente offiso. Tra i due si era alzato
un muro; di vetro, certo, ma sempre muro. E così i loro
incontri si erano progressivamente ridotti a una o due
volte l'anno. Suo padre arrivava di solito con qualche
cassetta di vini prodotti dalla sua azienda, si tratteneva
mezza giornata e ripartiva. Montalbano trovava il vino
ottimo e orgogliosamente l'offriva agli amici dicendo
che l'aveva prodotto suo padre. Ma a lui, a suo padre,
l'aveva mai detto che il vino era ottimo? Scavò nella memoria: mai. Così come suo padre raccoglieva i giornali
che parlavano di lui o gli venivano le lacrime quando lo
vedeva in televisione. Ma per la riuscita di qualche inchiesta con lui, di persona, non si era mai congratulato.

Stette sullo scoglio per più di due ore e quando si susì
per tornare in paisi aveva pigliato la sua decisione. Non
sarebbe andato a trovare suo padre. Vedendolo avrebbe
certamente capito la gravità del suo male, sarebbe stato
peggio. Del resto non sapeva quanto suo padre avrebbe
gradito la sua presenza. Inoltre a Montalbano i mori-
bondi facevano spavento e orrore: non era certo di poter
sopportare l'orrore e lo spavento di veder morire suo
padre, sarebbe scappato via, al limite del collasso.

Arrivò a Marinella avendo ancora addosso una stanchezza aspra e pesante. Si spogliò, indossò il costume,
entrò in mare. Natò fino a quando gli principiarono i
crampi alle gambe. Tornò a casa e si rese conto che non
era in condizioni d'andare a cena dal questore.
«Pronto? Montalbano sono. Mi dispiace ma...»
«Non può venire?»
«No, sono mortificato.»
«Lavoro?»

Perché non dirgli la verità?

«No, signor questore. Ho ricevuto una lettera che riguarda mio padre. Mi scrivono che sta morendo.»

Di subito il questore non disse niente, il commissario lo sentì distintamente tirare un lungo respiro.

«Senta, Montalbano, se lei vuole andare a trovarlo, magari per un certo tempo, vada pure, non si preoccupi, io troverò il modo di sostituirla temporaneamente.»

«No, non ci vado. La ringrazio.»

Magari stavolta il questore non parlò, certo le parole del commissario dovevano averlo colpito, ma siccome era persona d'educazione vecchia, non tornò sull'argomento.

«Montalbano, sono imbarazzato.»

«La prego, non lo sia con me.»

«Si ricorda che, a cena, le avrei dovuto dire due cose?»

«Certo.»

«Gliele dico per telefono, anche se il modo, le ho detto, m'imbarazza. E forse non è nemmeno il momento più opportuno, ma temo che lei possa apprenderlo da altri, che so, dai giornali... Lei certamente non lo sa, ma io da quasi un anno avevo chiesto il collocamento a riposo.»

«Oddio, non mi dica che...»

«Sì, me l'hanno accordato.»

«Ma perché vuole andarsene?»

«Perché non mi trovo più in sintonia col mondo e perché mi sento stanco. Io quel gioco di scommesse sui risultati del calcio lo chiamo SISAL.»

Il commissario non capì.

«Mi scusi, ma non ho afferrato.»

«Lei come lo chiama?»

«Totocalcio.»

«Vede? Qui sta la differenza. Qualche tempo fa un giornalista accusò Montanelli di vecchiaia e, tra le prove a sostegno, affermò che Montanelli quel gioco lo chiamava ancora SISAL, come trent'anni fa.»

«Ma questo non significa niente! È solo una battuta!»

«Significa, Montalbano, significa. Significa inconsciamente ancorarsi al passato, non volere vedere, addirittura rifiutare, certi cambiamenti. D'altra parte, mi mancava appena un anno per andare in pensione. A La Spezia ho ancora la casa dei miei genitori, la sto facendo rimettere a posto. Se ne avrà voglia, quando andrà a Genova a trovare la signorina Livia, potrà fare un salto da noi.»

«E quand'è che...»

«Che andrò via? Che giorno è oggi?»

«Dodici maggio.»

«Ufficialmente lascerò l'incarico il dieci agosto.»

Il questore si schiarì la voce e il commissario capì che ora veniva la seconda cosa, forse più difficile a dirsi.

«Circa l'altra faccenda...»

Esitava, era chiaro. Montalbano gli andò in soccorso.

«Peggio di quella che m'ha detto or ora non ce ne può essere un'altra.»

«Riguarda la sua promozione.»

«No!»

«Mi ascolti, Montalbano. La sua posizione non è più difendibile; ci metta anche che, avendo ottenuto il collocamento a riposo, sono, come dire, contrattualmente debole. Devo proporla e non ci saranno ostacoli.»

«Sarò trasferito?»

«Al novantanove per cento. Consideri che, se io non la proponessi per la nomina, con tutti i successi che ha conseguito, il fatto potrebbe essere interpretato dal Ministero negativamente e magari finirebbero col trasferirla comunque e senza promozione. Non le fa comodo un aumento?»

Il ciriveddro del commissario girava a pieno vapore, fumava, per trovare una possibile soluzione. Ne intravide una, ci si buttò.

«E se io da questo momento non arrestassi più nessuno?»

«Non capisco.»

«Dico: e se mi metto a fare finta di non risolvere più niente, se non indago come dovrei, se mi lascio scappare...»

«... cretinate, si sta lasciando scappare idiozie. Io non capisco, ma ogni volta che le parlo di promozione, lei, di colpo, regredisce, si mette a ragionare come un bambino.»

Fece passare un'altra orata tambasiando casa casa, rimettendo a posto i libri, spolverando i vetri che coprivano le cinque incisioni che possedeva, cosa che Adelina non faceva mai. Non addrumò la televisione. Taliò il ralogio, si erano fatte quasi le dieci di sira. Si mise in macchina e andò a Montelusa. Nei tre cinema facevano *Le affinità elettive* dei fratelli Taviani, *Io ballo da sola* di Bertolucci e *In viaggio con Pippo*. Non ebbe la minima esitazione, scelse i cartoni animati. La sala era vacante. Tornò indietro, da quello che aveva staccato il biglietto.

«Ma non c'è nessuno!»

«C'è lei. Che vuole, compagnia? È tardi, a quest'ora i picciliddri sono andati a dormiri. È rimasto solo lei vigliante.»

Si divertì tanto che a un certo momento si trovò a ridere nella sala vuota.

Arriva un momento – pinsò – nel quale t'adduni, t'accorgi che la tua vita è cangiata. Ma quando è successo? – ti domandi. E non trovi risposta, fatti impercettibili si sono accumulati fino a determinare la svolta. O macari fatti ben visibili, di cui però non hai calcolato la portata, le conseguenze. Spii e rispii, ma la risposta a quel «quando» non la sai trovare. Come se avesse importanza, poi! Lui, Montalbano, no, a quella domanda avrebbe saputo rispondere con precisione. Fu esattamente il dodici di maggio che la mia vita cangiò, avrebbe detto.

Allato alla porta d'ingresso della villetta, Montalbano aveva fatto mettere un lampioncino che si addrumava automaticamente quando veniva la notte. Fu a quella luce che, dalla provinciale, vide una macchina ferma nello spiazzetto davanti la casa. Imboccò il viottolo che portava alla villetta, fermò a pochi centimetri dall'altra auto. Era, come s'aspettava, una BMW grigio metallizzata. Il numero di targa faceva AM 237 GW. Però non si vedeva anima viva, l'uomo che l'aveva portata s'era certamente ammucciato nei paraggi. Montalbano decise che la meglio era di fare l'indifferente. Scinnì dalla macchina fischiettando, richiuse la portiera e allora vide uno che l'aspettava. Non l'aveva notato prima perché l'omo era in piedi, dall'altra parte dell'auto, ma era talmente corto di statura che non arrivava a superare il tettuccio. Praticamente un nano, o poco più. Correttamente vestito, occhialini d'oro.

«S'è fatto aspettare» fece l'ometto venendo avanti.

Montalbano, con le chiavi in mano, si mosse verso la porta. Il quasi nano s'interpose agitando una sorta di tesserino.

«Ecco i miei documenti» disse.

Il commissario scostò la manuzza che teneva il tesserino, raprì la porta, trasì. L'altro lo seguì.

«Sono il colonnello Lohengrin Pera» fece il sopram-mobile.

Il commissario si fermò di colpo come se gli avessero premuto il ferro tra le scapole. Si voltò adascio, squatrò il colonnello. I genitori dovevano avergli dato quel nome per risarcirlo in qualche modo della statura e del cognome. Montalbano rimase affascinato dalle scarpuzze del colonnello, doveva certamente farsele fare su misura, non rientravano nemmeno nelle scarpe da «sottouomo», come le chiamavano i calzolai. Eppure l'avevano arrollato e quindi, sia pure a stento, doveva avere l'altezza necessaria. Ma gli occhi, dietro le lenti, erano vivi, attenti, pericolosi. Montalbano ebbe la certezza d'avere davanti la mente dell'operazione Moussa. Andò in cucina, sempre seguito dal colonnello, mise a scaldare al forno le triglie al sugo che Adelina gli aveva preparato, si mise a conzare la tavola, senza mai raprire la bocca. Sul tavolo c'era un libro di settecento pagine che aveva accattato su una bancarella e che non aveva mai aperto, l'aveva incuriosito il titolo: *Metafisica dell'essere parziale*. Lo pigliò, si susì sulla punta dei piedi, lo mise nella scaffalatura e spinse il pulsante della telecamera. Come obbedendo a un ciac, il colonnello Lohengrin Pera s'assittò nella seggia giusta.

DICIOTTO

Montalbano ci mise mezz'ora bona a mangiarsi le triglie, sia perché se le voleva gustare come meritavano sia per dare l'impressione al colonnello che di quello che avrebbe potuto dirgli altamente se ne catastrafotteva. Non gli offrì manco un bicchiere di vino, faceva come se fosse solo, tanto che una volta arruttò forte. Da parte sua Lohengrin Pera, assittatosi, non si cataminò più, limitandosi a taliare fisso il commissario con gli occhietti viperigni. Fu solo dopo che Montalbano s'ebbe bevuta una tazzina di cafè che il colonnello attaccò a parlare.

«Certamente ha capito perché sono venuto a trovarla.»

Il commissario si susì, andò in cucina, posò la tazzina sul lavello, tornò.

«Sto giocando a carte scoperte» proseguì solo allora il colonnello, «forse con lei è il modo migliore. Perciò ho voluto usare quella macchina di cui lei, per ben due volte, ha domandato di conoscere i dati d'appartenenza.»

Tirò fora dalla sacchetta due fogli che Montalbano raccanoscì come i fax che aveva mandato alla Motorizzazione.

«Solo che lei la proprietà di quella macchina la conosceva già, sicuramente il suo questore deve averle detto che si trattava di un numero di targa blindato. E allora, se ha mandato lo stesso questi fax, vuol dire che essi intendevano significare altro che una semplice richiesta d'informazioni, sia pure incauta. Mi sono perciò convinto, mi corregga se sbaglio, che lei desiderava, per motivi suoi, che noi si uscisse allo scoperto. Ed eccomi qua, l'abbiamo accontentata.»

«Mi permette un momento?» spiò Montalbano.

Senza aspettare risposta, si susì, niscì, andò in cucina, tornò con un piatto sul quale c'era un enorme pezzo di gelato duro di cassata siciliana. Il colonnello si dispose con santa pacienza ad attendere la fine della mangiata del gelato.

«Continui pure» fece cortese il commissario. «Così non posso mangiarmelo, devo aspettare che si squagli tanticchia.»

«Prima d'andare oltre» ripigliò il colonnello che evidentemente i nervi doveva averli a posto, «mi permetta una precisazione. Nel suo secondo fax lei accenna all'omicidio di una donna di nome Aisha. Con quella morte noi non c'entriamo per niente. Si è trattato certamente di una disgrazia. Se c'era la necessità d'eliminarla, l'avremmo fatto subito.»

«Non ne dubito. E l'avevo capito benissimo.»

«E allora perché nel suo fax ha scritto diversamente?»

«Per metterci il carico da undici.»

«Già. Lei ha letto gli scritti e i discorsi di Mussolini?»

«Non sono tra le mie letture preferite.»

«In uno dei suoi ultimi scritti, Mussolini afferma che il popolo va trattato come l'asino, con il bastone e la carota.»

«Sempre originale, Mussolini! La sa una cosa?»

«Mi dica.»

«La stessa frase la diceva mio nonno, ch'era viddrano, contadino, ma lui, non essendo Mussolini, si riferiva solamente allo scecco, all'asino.»

«Posso continuare nella metafora?»

«Per carità!»

«I suoi fax, l'avere convinto il suo collega Valente di Mazara a interrogare il comandante del peschereccio e il capo di Gabinetto del prefetto, questi e altri fatti sono stati i suoi colpi di bastone per stanarci.»

«E la carota dov'è?»

«Consiste nelle sue dichiarazioni durante la conferenza stampa dopo l'arresto della signora Lapecora per l'omicidio del marito. Lì sì che poteva tirarci dentro di forza, per i capelli, invece non l'ha voluto fare, ha accuratamente circoscritto quel delitto entro i confini della gelosia e dell'avidità. Ma era una carota minacciosa, essa diceva...»

«Colonnello, le consiglio di lasciar perdere la metafora, siamo arrivati alla carota parlante.»

«D'accordo. Lei, con quella conferenza stampa, ha voluto farci sapere d'essere in possesso d'altri elementi che al momento però non voleva tirare fuori. È così?»

Il commissario allungò un cucchiaino verso il gelato, lo riempì, se lo portò alla bocca.

«È ancora duro» comunicò a Lohengrin Pera.

«Lei è scoraggiante» commentò il colonnello, ma proseguì. «Tanto per continuare a mettere le carte in tavola, mi vuol dire tutto quello che sa della faccenda?»

«Quale faccenda?»

«L'uccisione di Ahmed Moussa.»

C'era riuscito a fargli dire apertamente quel nome, debitamente registrato dal nastro della telecamera.

«No.»

«E perché?»

«Perché adoro la sua voce, sentirla parlare.»

«Posso avere un bicchiere d'acqua?»

All'apparenza, Lohengrin Pera era perfettamente calmo e controllato, ma certamente dintra stava arrivando al punto di bollitura. La domanda dell'acqua ne era un chiaro signale.

«Vada a pigliarsela in cucina.»

Mentre il colonnello traffichiàva col bicchiere e il cannolo, Montalbano, che lo vidiva di spalle, notò un rigonfio sotto la giacchetta, all'altezza della natica di destra. Vuoi vìdiri che il nano era armato di un pistolone due volte più granni di lui? Decise di stare accorto e avvicinò a sé un coltello affilatissimo che gli serviva per tagliare il pane.

«Sarò esplicito e breve» preluse Lohengrin Pera assittandosi e asciugandosi le labbra con un fazzolettino, un francobollo, ricamato. «Poco più di due anni orsono, i nostri colleghi di Tunisi ci proposero di collaborare ad una delicata operazione tendente alla neutralizzazione di un pericoloso terrorista, il cui nome lei se l'è fatto ripetere or ora.»

«Mi perdoni» fece Montalbano, «ma io ho uno scarso vocabolario. Per neutralizzare lei intende eliminazione fisica?»

«La chiami come vuole. Ci consultammo naturalmente con i nostri superiori e ci venne ordinato di non collaborare. Senonché, nemmeno un mese dopo, ci venimmo a trovare nella spiacevolissima situazione di dover essere noi a domandare un aiuto ai nostri amici di Tunisi.»

«Che coincidenza!» esclamò Montalbano.

«Già. Loro, senza discutere, ci diedero l'aiuto richiesto e così noi ci trovammo ad avere un debito morale...»

«No!» gridò Montalbano.

Lohengrin Pera sobbalzò.

«Che c'è?»

«Ha detto: morale» fece Montalbano.

«Come vuole, diciamo solamente un debito, senza aggettivi, le va bene così? Mi scusi, prima di proseguire, devo fare una telefonata, me ne stavo dimenticando.»

«Prego» fece il commissario indicandogli il telefono.

«Grazie. Ho il cellulare.»

Lohengrin Pera non era armato, il rigonfio sulla natica lo faceva un telefonino. Compose il numero in modo che Montalbano non lo potesse leggere.

«Pronto? Sono Pera. Tutto bene, stiamo parlando.»

Spense il cellulare, lo lasciò sul tavolo.

«I nostri colleghi di Tunisi avevano scoperto che da anni la sorella prediletta di Ahmed, Karima, abitava in Sicilia e che, per il suo lavoro, godeva di un vasto giro di conoscenze.»

«Vasto no» lo corresse Montalbano, «scelto sì. Era una puttana rispettosa, dava affidamento.»

«Il braccio destro di Ahmed, Fahrid, propose al suo capo d'aprire una base operativa in Sicilia servendosi proprio di Karima. Ahmed si fidava abbastanza di Fahrid, ignorando del tutto che il suo braccio destro era stato comprato dai Servizi tunisini. Agevolato discretamente da noi, Fahrid arrivò e prese contatto con Karima, la quale, dopo un'accurata cernita dei suoi clienti, scelse Lapecora. Forse con la minaccia di rivelare la loro relazione alla moglie, Karima costrinse Lapecora a ripristinare la vecchia ditta d'importazione e d'esportazione, che si rivelò un'ottima copertura. Fahrid poteva comunicare con Ahmed scrivendo lettere commerciali in codice a una fantomatica ditta di Tunisi. A proposito, lei nella conferenza stampa ha detto che a un certo momento Lapecora scrisse anonimamente alla moglie denunziando la tresca. Perché?»

«Perché aveva nasato il losco che c'era in tutta la facenna.»

«Pensa che abbia sospettato la verità?»

«Ma no! Al massimo, avrà pensato a un traffico di droga. Se scopriva che era al centro d'un intrigo internazionale, sarebbe morto sul colpo.»

«Lo credo anch'io. Per qualche tempo, il nostro compito fu quello di arginare le impazienze tunisine, ma noi volevamo essere certi che, una volta l'amo in acqua, il pesce avrebbe abboccato.»

«Mi scusi, ma chi era il giovane biondo che ogni tanto si vedeva in giro con Fahrid?»

Il colonnello lo taliò ammirativo.

«Sa anche questo? Un nostro uomo che di tanto in tanto andava a controllare come procedevano le cose.»

«E dato che c'era, si fotteva Karima.»

«Cose che càpitano. Finalmente Fahrid convinse Ahmed a venire in Italia facendogli balenare la possibilità di trattare un grosso carico d'armi. Sempre con la nostra invisibile protezione, Ahmed Moussa arrivò a Mazara, seguendo le istruzioni di Fahrid. Il comandante del peschereccio, su pressioni del capo di Gabinetto del prefetto, accondiscese ad imbarcare Ahmed, dato che l'incontro tra questi e il fantomatico trafficante d'armi doveva avvenire in alto mare. Ahmed Moussa cadde nella rete senza il minimo sospetto, accese persino una sigaretta, come gli era stato detto di fare, perché l'individuazione riuscisse meglio. Ma il commendator Spadaccia, il capo di Gabinetto, aveva commesso un grosso errore.»

«Non aveva avvertito il comandante che non di un incontro clandestino si trattava, ma di un agguato» fece Montalbano.

«Possiamo anche dire così. Il comandante, come gli era stato detto di fare, buttò in acqua i documenti di Ahmed e divise con l'equipaggio i settanta milioni che quello aveva in tasca. Poi, invece di tornare a Mazara, cambiò rotta, temeva di noi.»

«Cioè?»

«Vede, noi avevamo allontanato le nostre motovedette dal luogo dell'azione e questo il comandante lo sapeva. Se tanto mi dà tanto, avrà pensato, è possibile che sulla rotta del ritorno trovi qualcosa, un siluro, una mina, una motovedetta stessa che, affondandomi, faccia sparire le tracce dell'operazione. Per questo venne a Vigàta, imbrogliò le carte.»

«Aveva visto giusto?»

«In che senso?»

«C'era qualcuno o qualcosa ad aspettare il peschereccio?»

«Via, Montalbano! Avremmo fatto una strage inutile!»

«Voi fate solo le stragi utili, vero? E come pensate d'ottenere il silenzio dell'equipaggio?»

«Col bastone e la carota, per citare nuovamente un

autore che non le è gradito. Ad ogni modo, tutto quello che c'era da dire, l'ho detto.»

«Eh no» disse Montalbano.

«Che significa no?»

«Significa che non è tutto. Lei, abilmente, m'ha portato in alto mare, ma io non mi scordo di quelli che sono rimasti a terra. Per esempio, Fahrid. Questi, da qualche suo informatore, apprende che Ahmed è stato ammazzato, ma il peschereccio, inspiegabilmente per lui, è attraccato a Vigàta. La cosa lo turba. Ad ogni modo, deve procedere alla seconda parte del compito assegnatogli. Cioè neutralizzare, come dice lei, Lapecora. Arrivato al portone della casa di questi, apprende, con stupore e inquietudine, che qualcun altro l'aveva preceduto. Allora s'appagna.»

«Prego?»

«Si spaventa, non capisce più niente. Come il comandante del peschereccio, teme che dietro ci siate voi. Avete cominciato, secondo lui, a togliere dalla circolazione tutti quelli che, in un modo o nell'altro, sono implicati nella storia. Forse, per un attimo, lo sfiora il dubbio che a far fuori Lapecora sia stata Karima. Non so se lo sa, ma Karima, per ordine di Fahrid, aveva costretto Lapecora a nasconderla in casa, Fahrid non voleva che, in quelle ore decisive, Lapecora facesse qualche alzata d'ingegno. Fahrid però ignorava che Karima, svolta la sua missione, se n'era già tornata a casa. Ad ogni modo, a un certo momento di quella mattinata, Fahrid s'incontrò con Karima e i due dovettero avere una violenta discussione, nel corso della quale l'uomo le rivelò l'uccisione del fratello. Karima tentò la fuga. Non le riuscì e venne assassinata. Del resto, doveva esserlo comunque, alla scordatina, passato qualche tempo.»

«Come avevo intuito» disse Lohengrin Pera, «lei ha capito tutto. Ora la prego di riflettere: lei, come me, è un fedele e devoto servitore del nostro Stato. Ebbene...»

«Se lo metta in culo» fece piano Montalbano.

«Non ho capito.»

«Ripeto: il nostro Stato comune, se lo metta in culo. Io e lei abbiamo concezioni diametralmente opposte su che cosa significhi essere servitori dello Stato, praticamente serviamo due stati diversi. Quindi lei è pregato di non accomunare il suo lavoro al mio.»

«Montalbano, adesso si mette a fare il don Chisciotte? Ogni comunità ha bisogno che qualcuno lavi i cessi. Ma questo non significa che chi lava i cessi non appartenga alla comunità.»

Montalbano sentiva la raggia crescergli, una parola in più sarebbe stata di sicuro sbagliata. Allungò una mano, avvicinò il piatto del gelato, cominciò a mangiare. Oramai Lohengrin Pera ci aveva fatto l'abitudine e, quando Montalbano principiò ad assaggiare il gelato, non raprì bocca.

«Karima è stata ammazzata, me lo conferma?» spiò Montalbano dopo qualche cucchiaiata.

«Purtroppo sì. Fahrid ha temuto che...»

«Non m'interessa il perché. M'interessa solo che è stata ammazzata su delega di un fedele servitore dello Stato come lei. Lei questo caso specifico come lo chiama, neutralizzazione o omicidio?»

«Montalbano, non si può col metro della morale comune...»

«Colonnello, l'ho già avvertita: in mia presenza non usi la parola morale.»

«Volevo dire che certe volte la ragione di Stato...»

«Basta così» fece Montalbano che s'era sbafato il gelato con quattro cucchiaiate arraggiate. Poi, di colpo, si batté la fronte con una mano.

«Ma che ore sono?»

Il colonnello taliò il suo ralogio da polso, nico e prizioso, pareva il giocattolo di un picciliddro.

«Abbiamo fatto le due.»

«Come mai Fazio non è ancora arrivato?» spiò Montalbano a se stesso fingendosi preoccupato. E aggiunse:

«Devo fare una telefonata.»

Si susì, andò al telefono che era sulla scrivania, a due metri di distanza, parlò ad alta voce in modo che Lohengrin Pera sentisse tutto.

«Pronto, Fazio? Montalbano sono.»

Fazio faticò a parlare, era impastato di sonno.

«Dottore che fu?»

«Ma come, ti scordasti di quell'arresto?»

«Quale arresto?» fece Fazio pigliato dai turchi.

«L'arresto di Simone Fileccia.»

Simone Fileccia era stato arrestato il giorno avanti proprio da Fazio. E difatti Fazio capì subito.

«Che devo fare?»

«Vieni da me, mi carichi e andiamo ad arrestarlo.»

«Piglio la mia macchina?»

«No, meglio una nostra.»

«Vengo subito.»

«Aspetta.»

Il commissario coprì con una mano il ricevitore, si rivolse al colonnello.

«Per quanto ne abbiamo ancora?»

«Dipende da lei» disse Lohengrin Pera.

«Diciamo che arrivi da me tra una ventina di minuti» fece il commissario a Fazio, «non prima. Devo finire una parlata con un amico.»

Riagganciò, s'assittò. Il colonnello sorrise.

«Se abbiamo così poco tempo, mi dica subito qual è il suo prezzo. E non s'offenda per l'espressione.»

«Costo poco, pochissimo» disse Montalbano.

«Ascolto.»

«Due cose soltanto. Voglio che entro una settimana venga ritrovato il cadavere di Karima, ma in modo che sia inequivocabilmente identificabile.»

Una mazzata in testa avrebbe fatto meno effetto a

Lohengrin Pera. Raprì e chiudì la boccuccia, s'afferrò con le manuzze ai bordi del tavolo come se temesse di cadiri dalla seggia.

«Perché?» arriniscì ad articolare con la voce di un baco da seta.

«Cazzi miei» fu la robusta e lapidaria risposta.

Il colonnello scosse la testuzza da sinistra a destra e viceversa, pareva un pupo a molla.

«Non è possibile.»

«Perché.»

«Non sappiamo dov'è stata... sepolta.»

«E chi lo sa?»

«Fahrid.»

«Fahrid è stato neutralizzato? Lo sa che questa parola mi è piaciuta?»

«No, ma è tornato in Tunisia.»

«Allora non c'è problema. Si metta in contatto con i suoi compagnucci di Tunisi.»

«No» fece fermamente il nano. «Ormai la partita è chiusa. Non abbiamo nessuna convenienza a riaprirla col ritrovamento di un cadavere. No, non è possibile. Chieda quello che vuole, ma questo non possiamo concederglielo. A parte che non ne vedo lo scopo.»

«Pazienza» fece Montalbano susendosi. Automaticamente, Lohengrin Pera si susì macari lui. Ma non era tipo che s'arrendeva facilmente.

«Così, tanto per curiosità, mi vuol far conoscere la sua seconda richiesta?»

«Certo. Il questore di Montelusa ha avanzato la proposta della mia promozione a vicequestore...»

«Non avremo nessuna difficoltà a farla accettare» fece sollevato il colonnello.

«E a farla rifiutare?»

Montalbano sentì, distintamente, il rumore del mondo di Lohengrin Pera che si frantumava e ricadeva a pezzi sopra di lui e vide che il colonnello s'era ingobbito, come chi vuole scansarsi da un'esplosione improvvisa.

«Lei è totalmente pazzo» mormorò sinceramente spaventato il colonnello.

«Se ne accorge ora?»

«Senta, lei faccia quello che vuole, ma io non posso accedere alla sua richiesta di far ritrovare il cadavere. Assolutamente.»

«Vogliamo vedere com'è venuta la registrazione?» spiò Montalbano gentile.

«Quale registrazione?» fece Lohengrin Pera strammato.

Montalbano andò alla scaffalatura dei libri, si sollevò sulla punta dei piedi, pigliò la telecamera, la mostrò al colonnello.

«Cristo!» fece questi, crollando su una seggia. Stava sudando.

«Montalbano, nel suo stesso interesse, la scongiuro...»

Ma serpe era e da serpe si comportò. Mentre pareva stesse supplicando il commissario a non commettere una minchiata, la sua mano lentamente s'era mossa, ora era a tiro del cellulare. Conscio del fatto che da solo non ce l'avrebbe mai fatta, voleva chiamare rinforzi. Montalbano lo lasciò avvicinare a un centimetro dal telefonino, poi scattò. Con una mano fece volare via il cellulare dal tavolo, con l'altra colpì violentemente la faccia del colonnello. Lohengrin Pera volò attraverso tutta la stanza, sbatté di schiena contro la parete opposta, scivolò a terra. Montalbano si avvicinò lentamente e, come aveva visto fare in un film di nazisti, schiacciò col tacco gli occhialetti caduti del colonnello.

DICIANNOVE

E dato che c'era, fece trentuno, pigliando a carcagnate violente il cellulare fino a quando non l'ebbe scrafazzato a metà.

Il resto dell'òpira lo compì col martello che aveva nella cassetta degli attrezzi. Doppo s'avvicinò al colonnello che stava sempre a terra e si lamentiava debolmente. Appena si vide davanti il commissario, Lohengrin Pera si parò la faccia con gli avambracci, come fanno i picciliddri.

«Basta, per carità» implorò.

Che uomo era? Per una botta e tanticchia di sangue che gli nisciva dal labbro spaccato, si era ridotto in quelle condizioni? L'agguantò per il bavero della giacchetta, lo sollevò, lo mise a sedere. Con mano tremante, Lohengrin Pera s'asciucò il sangue col francobollo ricamato, ma, appena vide la macchia rossa sul tessuto, serrò gli occhi e parse mancare.

«È che... il sangue... mi fa orrore» farfugliò.

«Il tuo o quello degli altri?» s'informò Montalbano.

Andò in cucina, prese una bottiglia di whisky piena a metà e un bicchiere, li posò davanti al colonnello.

«Sono astemio.»

Montalbano, ora che si era sfogato, si sentiva più calmo.

Se il colonnello – ragionò – aveva tentato di telefonare per domandare aiuto, le persone che soccorso avrebbero dovuto portargli certamente si trovavano nelle vicinanze, a pochi minuti di strata dalla casa. Questo era il vero pericolo. Sentì il campanello della porta d'ingresso.

«Dottore? Fazio sono.»

Raprì la porta a metà.

«Senti, Fazio, devo finire di parlare con quella persona che ti dissi. Resta in macchina, quando ho bisogno ti chiamo io. Ma attento: può darsi che nei paraggi ci sia gente malintenzionata. Ferma tutti quelli che vedi avvicinarsi alla casa.»

Richiuse la porta, tornò ad assittarsi davanti a Lohengrin Pera, che pareva perso nel suo abbattimento.

«Cerca di capirmi ora perché tra poco tu non riuscirai a capire più niente.»

«Che vuol farmi?» spiò, aggiarniando, il colonnello.

«Niente sangue, stai tranquillo. Io ti ho in pugno, questo spero tu l'abbia capito. Sei stato così coglione da spiattellare tutto a una telecamera. Se faccio mandare in onda il nastro, scoppia un casino internazionale della malavita e puoi andartene a vendere pane e panelle all'angolo di una strada. Se invece fai ritrovare il corpo di Karima e mi fermi la promozione – guarda però che le due cose vanno di pari passo – io ti do la mia parola d'onore che distruggerò il nastro. Ti devi fidare per forza. Sono stato chiaro?»

Lohengrin Pera fece signo di sì con la tistuzza e in quel momento il commissario s'accorse che il coltello era sparito dalla tavola. Il colonnello doveva essersene impadronito mentre lui parlava con Fazio.

«Levami una curiosità» disse Montalbano. «Esistono che tu sappia vermi velenosi?»

Pera lo taliò interrogativo.

«Nel tuo stesso interesse, posa il coltello che hai sotto la giacca.»

Senza dire una parola, il colonnello obbedì e mise il coltello sulla tavola. Montalbano stappò la bottiglia di whisky, riempì il bicchiere fino all'orlo, lo pruì a Lohengrin Pera che si ritrasse con una smorfia di ripugnanza.

«Le ho già detto che sono astemio.»

«Bevi.»

«Non posso, mi creda.»

Stringendogli le guance con due dita della mano mancina, Montalbano l'obbligò ad aprire la boccuzza.

Fazio si sentì chiamare dal commissario dopo un tre quarti d'ora che aspettava in macchina e gli stava calando un sonno d'alloppiato. Trasì in casa e subito notò un nano 'mbriaco, che si era macari vomitato addosso. Dato che non ce la faceva a stare addritta, il nano, appuiandosi ora a una seggia ora a un muro, tentava di cantare «Celeste Aida.» Per terra, Fazio vide un paio d'occhiali e un cellulare fracassati; sopra la tavola c'erano una bottiglia di whisky vacante, un bicchiere pure vacante, tre o quattro fogli di carta e documenti d'identità.

«Ascoltami bene, Fazio» fece il commissario. «Ora ti conto esattamente come sono andate le cose nel caso che ti facessero domande. Aieri a sira, verso la mezzanotte, stavo tornando a casa ma ho trovato, proprio al principio del vialetto che porta qua, la macchina di questo signore, una BMW, che mi sbarrava la strada. Era completamente 'mbriaco. L'ho portato a casa perché non era in condizioni di guidare. In tasca non aveva documenti, niente. Dopo diversi tentativi di fargli passare la sbornia, ho chiamato a tia in aiuto.»

«Chiarissimo» disse Fazio.

«Ora facciamo così. Tu l'afferri, tanto pesa poco, e lo catafotti nella sua BMW, ti metti alla guida e lo vai a depositare in cella di sicurezza. Io ti vengo appresso con la nostra macchina.»

«E poi lei come fa a tornare a casa?»

«Devi riaccompagnarmi, porta pacienza. Domani a matina, appena lo vedi con la testa che ragiona, lo metti in libertà.»

Tornato a casa, levò la pistola dal cassetto del cruscotto della sua auto, dove la teneva sempre, e se l'infilò nella cintola. Poi, con la scopa, raccolse i frammenti del telefonino e degli occhiali e li avvolse in un foglio di giornale. Pigliò la paletta che Mimì aveva regalato a François e scavò due buche profonde quasi sotto la veranda. In una ci mise l'involto e lo ricoprì, nell'altra le carte e i documenti ridotti a pezzetti. Li cosparse di benzina e gli diede fuoco. Quando si ridussero in cenere, ricoprì anche questa buca. Cominciava a schiarire. Andò in cucina, si preparò un caffè forte, lo bevve. Poi si fece la barba e quindi si mise sotto la doccia. Voleva godersi la registrazione completamente rilassato. Infilò la cassetta piccola in quella più grande, come gli aveva insegnato Nicolò, addrumò televisione e videoregistratore. Dopo qualche secondo che non compariva niente, si susì dalla poltrona, controllò gli apparecchi, sicuro d'avere sbagliato qualche collegamento. Per quelle cose era completamente negato, i computer poi l'atterrivano. Niente, manco questa volta. Tirò fora la cassetta grande, la raprì, taliò. La cassetta piccola che c'era dintra gli parse messa male, la spinse a fondo. Rimise il tutto nel videoregistratore. Sullo schermo non si vide un'amata minchia. Cosa c'era, Cristo santo, che non funzionava? Mentre si poneva la domanda, aggelò, gli venne un dubbio. Corse al telefono.

«Pronto?» fece la voce all'altro capo del filo formulando ogni singola lettera con enorme fatica.

«Nicolò? Montalbano sono.»

«E chi altro poteva essere, buttanazza della miseria?»

«Ti devo spiare una cosa.»

«Ma lo sai che minchia di ora è?»

«Scusami, scusami. Ti ricordi la telecamera che m'hai prestato?»

«Ebbè?»

«Per registrare, quale tasto dovevo premere? Quello di sopra o quello di sotto?»

«Quello di sopra, stronzo.»

Aveva sbagliato tasto.

Si spogliò di nuovo, indossò i calzoncini da bagno, trasì coraggiosamente nell'acqua gelata, principiò a natare. Mentre, stancatosi, si era messo a fare il morto, ragionò che in fondo non era tanto grave non aver registrato niente, l'importante era che il colonnello l'avesse creduto e continuasse a crederlo. Tornò a riva, rientrò a casa, si buttò sul letto tutto vagnato com'era, s'addrummiscì.

S'arrisbigliò ch'erano le nove passate ed ebbe la netta percezione che non ce l'avrebbe fatta a tornare in ufficio e a ripigliare il travaglio di tutti i giorni. Decise d'avvertire Mimì.

«Pronti! Pronti! Chi parla che sta parlando?»

«Catarè, Montalbano sono.»

«Vossia proprio di lei è?»

«Proprio di io. Passami il dottor Augello.»

«Pronto, Salvo. Dove sei?»

«A casa. Senti, Mimì, non ce la faccio a venire in ufficio.»

«Stai male?»

«No. Solo che non me la sento né oggi né domani. Ho bisogno di quattro o cinque giorni di riposo. Ce la fai a coprirmi?»

«Certo.»

«Grazie.»

«Aspetta, non attaccare.»

«Che c'è?»

«Sono preoccupato, Salvo. Da due giorni sei strammo. Che ti càpita? Non mi fare stare in pinsero.»

«Mimì, ho solo bisogno di tanticchia di riposo. Tutto qua.»

«Dove vai?»

«Non lo so, al momento. Poi ti telefono.»

Invece, dove andare, lo sapeva benissimo. A Marinella preparò la valigia in cinque minuti, più tempo c'impiegò a scegliere i libri da portarsi appresso. Lasciò un biglietto scritto a stampatello alla cammarera Adelina avvertendola che sarebbe tornato entro una simanata. Arrivò alla trattoria di Mazara che l'accolsero come il figliò pròtico.

«L'altro giorno m'è parso di capire che affittate stanze.»

«Sì, di sopra ne abbiamo cinque. Ma siamo fora stascione, affittata ce n'è una sola.»

Gli fecero vedere la cammara, ampia, luminosa, dritta sul mare.

Si distese sul letto, svacantato di pinseri ma sentendosi gonfiare il petto da una felice malinconia. Stava mollando gli ormeggi per salpare verso «the country sleep» quando sentì tuppiare alla porta.

«Avanti, è aperta.»

Sulla soglia comparve il cuoco. Era un omone di notevole stazza, di una quarantina d'anni, nivuro d'occhi e di pelle.

«Che fa? Non scinni? Ho saputo ch'era arrivato e le ho preparato una cosa che...»

Cosa gli avesse preparato il cuoco non riuscì a sentirlo perché una musica soave e dolcissima, una musica di paradiso, aveva principiato a sonargli nelle orecchie.

Da un'ora seguitava a taliare una varca a remi che s'avvicinava lentamente a riva. A bordo c'era un omo che remava con colpi ben ritmati e vigorosi. La varca era stata avvistata macari dal proprietario della trattoria, difatti Montalbano lo sentì gridare:

«Luicì, sta tornando il cavaliere!»

Il commissario vide Luicino, il figlio sedicenne del trattore, entrare in acqua e spingere la varca fin sulla sabbia, in modo che l'occupante non si bagnasse le scarpe. Il cavaliere, di cui Montalbano ancora ignorava il nome, era vestito di tutto punto, cravatta compresa. In testa un panama bianco con regolamentare striscia nera.

«Cavaliere, pigliò qualcosa?» gli spiò il trattore.

«Sta minchia, pigliai.»

Era un omo vicino alla sittantina, sicco, nirbuso. Dopo, Montalbano lo sentì tripistiare nella cammara allato alla sua.

«Ho preparato di qua» disse il trattore appena vide Montalbano comparire per la cena e lo guidò in una cammaruzza capace di soli due tavoli. Il commissario gli fu grato, la sala grande rimbombava delle voci e delle risate di una comitiva rumorosa.

«Ho apparecchiato per due» proseguì il trattore. «Ha niente in contrario se il cavaliere Pintacuda mangia con lei?»

Qualcosa in contrario l'aveva, temeva sempre di dover parlare mentre stava mangiando.

Poco dopo, il settantino segaligno si presentò con un mezzo inchino.

«Liborio Pintacuda e non sono cavaliere.»

«La devo preavvertire di una cosa anche a costo d'apparire vastaso» continuò il non cavaliere appena assittatosi. «Io, quando parlo, non mangio. Di conseguenza, se mangio, non parlo.»

«Benvenuto al club» disse Montalbano tirando un sospiro di sollievo. La pasta ai granchi di mare aveva la grazia di un ballerino di gran classe, ma la spigola farcita con salsa di zafferano lo lasciò senza fiato, quasi spaventato.

«Lei pensa che potrà ripetersi un miracolo così?» spiò a Pintacuda indicando il piatto ormai vacante. Avevano finito e perciò potevano ripigliare l'uso della parola.

«Si ripeterà, stia tranquillo, come il miracolo del sangue di San Gennaro» fece Pintacuda. «Sono anni che vengo qua e mai, dico mai, ho avuto una delusione dalla cucina di Tanino.»

«In un grande ristorante un cuoco come Tanino lo pagherebbero a peso d'oro» commentò il commissario.

«Eh già. L'anno scorso passò da qua un francese, era il proprietario di un famoso ristorante parigino, quasi s'inginocchiò davanti a Tanino per portarselo a Parigi. Non ci fu verso. Tanino dice che lui è di qua e qua deve morire.»

«Qualcuno gli ha insegnato certamente a cucinare così, non può essere un dono naturale.»

«Guardi, fino a dieci anni fa Tanino era un piccolo delinquente, furterelli, spaccio. Entrava e usciva dal carcere. Poi, una notte, gli spuntò la Madonna.»

«Sta scherzando?»

«Me ne guardo bene. Lui conta che la Madonna gli pigliò le mani tra le sue, lo taliò negli occhi e gli comunicò che dal giorno appresso sarebbe diventato un grande cuoco.»

«Ma via!»

«Lei questo fatto della Madonna non lo sapeva, eppure davanti alla spigola ha usato precisa parola: miracolo. Vedo però che lei non crede nel soprannaturale e perciò cangio discorso. Che fa da queste parti, commissario?»

Montalbano sobbalzò. Lì non aveva detto a nessuno il lavoro che faceva.

«Ho visto in televisione la sua conferenza stampa per l'arresto di quella donna che ha ammazzato il marito» spiegò Pintacuda.

«Mi faccia un favore, non dica a nessuno chi sono.»

«Ma qui lo sanno tutti chi è lei, commissario. Siccome però hanno capito che a lei non fa piacere d'essere riconosciuto, fanno finta di niente.»

«E lei che fa di bello?»

«Facevo il professore di filosofia, se insegnare filosofia può dirsi bello.»

«Non lo è?»

«Per niente. I picciotti si annoiano, non ci hanno più testa a imparare come la pensavano Hegel e Kant. Bisognerebbe sostituire l'insegnamento della filosofia con una materia chiamata, che so, "istruzioni per l'uso". Allora forse avrebbe ancora senso.»

«Per l'uso di che?»

«Della vita, egregio. Sa che scrive Benedetto Croce nelle sue *Memorie*? Dice che dalle sue esperienze imparò a considerare la vita come una cosa seria, come un problema da risolvere. Pare ovvio, vero? Ma non è così. Bisognerebbe spiegare filosoficamente ai giovani il significato, ad esempio, del loro andare a catafottersi, con la loro, contro un'altra automobile il sabato sera. E dire loro come, filosoficamente, questo si potrebbe evitare. Ma avremo tempo di discorrerne, m'hanno detto che lei si tratterrà qualche giorno.»

«Sì. Lei vive solo?»

«Nei quindici giorni che passo qua, solissimo. A Trapani invece abito un casone con mia moglie, quattro figlie femmine tutte maritate e otto nipoti che, quando non sono a scuola, stanno con me tutto il giorno. Almeno una volta ogni tre mesi me ne scappo qua, non lascio né indirizzo né telefono. Mi depuro, passo le acque della solitudine, questo posto per me è come una clinica nella quale mi disintossico da un eccesso di sentimenti. Lei gioca a scacchi?»

Nel dopopranzo del giorno appresso, mentre stava stinnicchiato sul letto a rileggersi per la ventesima volta *Il consiglio d'Egitto* di Sciascia, gli venne a mente che si era scordato d'avvertire Valente di quella specie di patto che aveva fatto col colonnello. La cosa poteva risultare pericolosa per il suo collega di Mazara nel caso avesse continuato nelle indagini. Scinnì al piano di sotto dove c'era il telefono.

«Valente? Montalbano sono.»

«Salvo, dove cavolo sei? Ti ho cercato in ufficio e m'hanno risposto che non hanno tue notizie.»

«Perché mi cercavi? Ci sono novità?»

«Sì. Stamattina mi ha chiamato il questore per comunicarmi che, inaspettatamente, la mia domanda di trasferimento è stata accolta. Mi mandano a Sestri.»

Giulia, la moglie di Valente, era di Sestri e lì vivevano i suoi genitori. Sino a quel giorno, ogni volta che il vicequestore aveva fatto domanda d'essere trasferito in Liguria, gli avevano risposto negativamente.

«Non te l'avevo detto che da questa storia ce ne sarebbe venuto giovamento?» gli ricordò Montalbano.

«Tu pensi che?...»

«Certo. Ti levano di mezzo, senza che tu abbia motivo di protestare. Anzi. Da quando decorre il trasferimento?»

«Effetto immediato.»

«Vedi? Ti verrò a salutare, prima che tu parta.»

Lohengrin Pera e i compagnucci della parrocchietta si erano celermente messi in moto. Bisognava però appurare se era buono o cattivo segno. E volle fare la prova del nove. Se quelli stavano dimostrando tanta prescia di chiudere la partita, sicuramente si erano affrettati a mandare un segnale macari a lui. La burocrazia italiana, di solito lentissima, diventa fulminea quando si tratta di fottere il cittadino: in base a questa risaputa verità, telefonò al suo questore.

«Montalbano! Dio santo, dove si è cacciato?»

«Mi scuso di non averla avvertita, mi sono preso qualche giorno di riposo.»

«Capisco. È andato a trovare...»

«No. M'ha cercato? Ha bisogno di me?»

«Sì, l'ho cercata, ma non ho bisogno di lei. Si riposi. Si ricorda che l'ho dovuta proporre per un avanzamento?»

«E come no.»

«Ebbene, stamattina m'ha telefonato il commendator Ragusa del Ministero. È mio buon amico. M'ha comunicato che contro la sua promozione... voglio dire, pare che siano insorti ostacoli non so di che natura. Ragusa non ha voluto o potuto dirmi di più. Mi ha fatto anche capire che ogni insistenza sarebbe inutile e forse dannosa. Io, mi creda, sono esterrefatto e offeso.»

«Io no.»

«Lo so bene! Anzi lei ne è contento, non è così?»

«Doppiamente contento, signor questore.»

«Doppiamente?»

«Poi glielo spiego a voce.»

Si tranquillizzò. Correvano nella direzione giusta.

L'indomani matina, Liborio Pintacuda, con in mano una tazza di cafè fumante, l'arrisbigliò che ancora faceva scuro.

«L'aspetto nella varca.»

L'aveva invitato all'inutile mezza giornata di pesca e il commissario aveva accettato. Indossò un paio di jeans e una camicia con le maniche: nella varca, con un signore vestito di tutto punto, si sarebbe sentito impacciato in costume da bagno.

Pescare, per il professore, si rivelò lo stesso che mangiare: non raprì bocca se non per imprecare, ogni tanto, contro i pesci che non abboccavano.

Verso le nove del matino, col sole già alto, Montalbano non seppe più tenersi.

«Sto perdendo mio padre» disse.

«Condoglianze» fece il professore senza levare gli occhi dalla lenza.

Al commissario quella parola parse inopportuna, stonata.

«Ancora non è morto, sta morendo» precisò.

«Non fa differenza. Suo padre per lei è morto nel preciso momento in cui ha saputo che stava per morire. Il resto è, come dire, formalità corporale. Niente di più. Abita con lei?»

«No, in un altro paese.»

«Solo?»

«Sì. E io non riesco a trovare il coraggio di andarlo a vedere, così, mentre se ne va. Non ce la faccio. La sola idea mi fa paura. Non avrò mai la forza di mettere piede nell'ospedale dove è ricoverato.»

Il vecchio non disse niente, si limitò a rimettere l'esca che i pesci si erano mangiata con tanti ringraziamenti. Poi si decise a parlare.

«Sa, m'è capitato di seguire una sua inchiesta, quella che venne detta del "cane di terracotta". In quell'occasione, lei abbandonò l'indagine su di un traffico d'armi per buttarsi a corpo morto appresso a un delitto avvenuto cinquant'anni prima e la cui soluzione non avrebbe avuto effetti pratici. Lo sa perché l'ha fatto?»

«Per curiosità?» azzardò Montalbano.

«No, carissimo. Il suo è stato un modo finissimo e intelligente di continuare a fare il suo non piacevole mestiere scappando però dalla realtà di tutti i giorni. Evidentemente questa realtà quotidiana a un certo momento le pesa troppo. E lei se ne scappa. Come faccio io quando mi rifugio qua. Ma appena torno a casa, perdo subito la metà del beneficio. Che suo padre muoia è un fatto reale, ma lei si rifiuta di avallarlo constatandolo di persona. Fa come i bambini che, chiudendo gli occhi, pensano d'avere annullato il mondo.»

Il professore Liborio Pintacuda a questo punto taliò dritto il commissario.

«Quando si deciderà a crescere, Montalbano?»

VENTI

Mentre scendeva le scale per andare a cena, decise che la matina appresso sarebbe ripartito per Vigàta, era stato lontano cinque giorni. Luicino aveva apparecchiato nella solita cammaruzza, Pintacuda era già assittato al suo posto e l'aspettava.

«Domani vado via» annunziò Montalbano.

«Io no, ho bisogno di una simanata ancora di disintossicazione.»

Luicino portò subito il primo e perciò le loro bocche servirono solamente per mangiare. Arrivato il secondo, ebbero una sorpresa.

«Polpette!!» esclamò indignato il professore. «Le polpette si danno ai cani!»

Il commissario non si sbilanciò, il sciàuro che dal piatto acchianava al suo naso era ricco e denso.

«Tanino che è, malato?» s'informò squieto Pintacuda.

«Nossignore, è in cucina» rispose Luicino.

Solo allora il professore con la forchetta spaccò a metà una polpetta e se la portò alla bocca. Montalbano ancora non aveva fatto un gesto. Pintacuda masticò lentamente, socchiuse gli occhi, emise una specie di gemito.

«Se uno se la mangia in punto di morte, è contento macari di andare all'inferno» disse piano.

Il commissario si mise in bocca mezza polpetta e con la lingua e con il palato principiò un'analisi scientifica che Jacomuzzi poteva andare ad ammucciarsi. Dunque: pesce, e non c'era dubbio, cipolla, peperoncino, uovo sbattuto, sale, pepe, pangrattato. Ma all'appello mancavano ancora due sapori da cercare sotto il gusto del burro ch'era servito per friggere. Al secondo boccone, individuò quello che non aveva scoperto prima: cumino e coriandolo.

«Koftas!» esclamò stupefatto.

«Che ha detto?» spiò Pintacuda.

«Stiamo mangiando un piatto indiano fatto alla perfezione.»

«Me ne fotto di dov'è» fece il professore. «So solo che è un sogno. E la prego di non rivolgermi più la parola sino alla fine della cena.»

Pintacuda fece sparecchiare il tavolo e propose l'ormai consueta partita a scacchi che consuetamente Montalbano perdeva.

«Mi scusi, ma prima vorrei salutare Tanino.»

«L'accompagno.»

Il cuoco stava facendo un grandissimo liscebusso all'aiutante che non aveva puliziato bene le padelle.

«Accussì il giorno appresso si portano il sciàuro del giorno avanti e uno non capisce più quello che sta mangiando» spiegò ai visitatori.

«Senta» spiò Montalbano, «è vero che lei non è mai uscito dalla Sicilia?»

Inavvertitamente doveva avere assunto il tono dello sbirro, perché Tanino parse tornare ai tempi di quando faceva il delinquente.

«Mai, glielo giuro, commissario! Ci ho i testimoni!»

Quindi non poteva avere imparato quel piatto da qualche ristorante di cucina straniera.

«Ha mai frequentato indiani?»

«Quelli del cinema? I pellirossa?»

«Lasciamo perdere» disse Montalbano. E salutò il cuoco miracolato abbracciandolo.

Nei cinque giorni ch'era stato assente – gli rapportò Fazio – non era successo niente d'importante. Carmelo

Arnone, quello che aveva la tabaccheria vicino alla stazione, aveva sparato quattro colpi ad Angelo Cannizzaro, quello che aveva la merceria, per una facenna di fìmmine. Mimì Augello, casualmente presente, aveva coraggiosamente affrontato lo sparatore e l'aveva disarmato.

«Quindi» commentò Montalbano «Cannizzaro se l'è sicuramente cavata con un poco di spavento.»

Era cosa cògnita all'urbi e all'orbo che Carmelo Arnone col ferro non ci sapeva fare, non era capace manco di colpire una vacca a dieci centimetri di distanza.

«Eh no.»

«L'ha pigliato?» spiò Montalbano sbalordito.

In realtà, continuò a spiegare Fazio, pure questa volta non ce l'aveva fatta. Però un proiettile, colpito un palo della luce, era tornato narrè e si era fermato tra le scapole di Cannizzaro. Ferita da niente, il proiettile aveva perso la forza. Di subito, però, in paisi si era sparsa la voce che Carmelo Arnone aveva vigliaccamente colpito alle spalle Angelo Cannizzaro. Il fratello di questi, Pasqualino, quello che commercia in fave e porta le lenti spesse due dita, si era armato e, incontrato Carmelo Arnone, gli aveva sparato, sbagliando due volte, di persona e di mira. Infatti aveva scangiato Carmelo Arnone per il fratello Filippo, che ha una putìa di frutta e verdura, tratto in inganno da una certa somiglianza tra i due. In quanto allo sbaglio di mira, il primo colpo s'era perso non si sa dove, il secondo aveva ferito al mignolo della mano sinistra un commerciante di Canicattì venuto a Vigàta per affari suoi. A questo punto la pistola si era inceppata, altrimenti Pasqualino Arnone, sparando all'urbigna, avrebbe fatto la seconda strage degli innocenti. Ah, poi c'erano stati due furti, quattro scippi, tre bruciatine d'automobili. Solita routine.

Bussarono e trasì Tortorella spingendo la porta col piede, dato che reggeva, sugli avambracci, tre chili e passa di carte.

«Vogliamo approfittare mentre che si trova qua?»

«Tortorè, stai parlando come se io fossi rimasto assente da cent'anni!»

Non firmava mai senza avere prima letto accuratamente di cosa si trattava e perciò arrivò all'ora di pranzo che ne aveva smaltito tanticchia di più di una chilata. Sentiva un certo stimolo alla bocca dello stomaco, ma decise di non andare alla trattoria San Calogero, non voleva così presto profanare la memoria del cuoco Tanino, direttamente ispirato dalla Madonna. Bisognava che il tradimento fosse almeno in parte giustificato dall'astinenza.

Finì di mettere firme alle otto di sira, che gli facevano male non solo le dita ma pure il braccio.

Arrivò a casa che pativa pitìtto forte, alla bocca dello stomaco ora ci aveva un buco. Come doveva comportarsi? Aprire il forno e il frigo per vedere quello che gli aveva preparato Adelina? Ragionò che, se passare da un ristorante all'altro poteva dirsi tecnicamente un tradimento, passare da Tanino ad Adelina certamente non lo era, anzi si poteva prospettare come un ritorno in famiglia dopo una parentesi adulterina. Il forno era vacante, nel frigo c'erano una decina d'olive, tre sarde, tanticchia di tonno di Lampedusa in un vasetto di vetro. Il pane, incartato, era sul tavolo di cucina, allato a un biglietto della cammarera.

Doppo che vossia nonni mi ffa sapìri quanno che tonna, iu priparo e priparo e doppo sonno obbligatta a gittari nilla munnizza la grazia di Diu. Non priparo cchiù nenti.

Si rifiutava di continuare nello spreco, certo, ma soprattutto doveva essersi offisa perché non le aveva detto dove andava («E va beni ca iu sugnu una cammarera, ma vossia certi voti mi tratta comu una cammarera!»).

Mangiò svogliatamente due olive col pane che volle accompagnare col vino di suo padre. Raprì il televisore su Retelibera, era l'ora del notiziario.

Nicolò Zito stava finendo di commentare l'arresto, per peculato e concussione, di un assessore di Fela. Poi passò alla cronaca. Alla periferia di Sommatino, tra Caltanissetta ed Enna, era stato rinvenuto il corpo, in avanzato stato di putrefazione, di una donna.

Montalbano, di scatto, s'addrizzò sulla poltrona.

La donna era stata strangolata, infilata in un sacco e poi gettata in un pozzo asciutto, piuttosto profondo. Accanto a lei era stata trovata una valigetta che aveva portato all'identificazione certa della vittima: Karima Moussa, di anni trentaquattro, nativa di Tunisi, ma da qualche anno trasferitasi a Vigàta.

Sul piccolo schermo apparve la foto di Karima con François, quella che il commissario aveva dato a Nicolò.

Ricordavano gli ascoltatori che Retelibera aveva dato notizia della sparizione della donna? Del bambino, suo figlio, invece nessuna traccia. Secondo il commissario Diliberto, che si occupava dell'indagine, a compiere l'omicidio poteva essere stato lo sconosciuto protettore della tunisina. Comunque rimanevano, sempre secondo il commissario, numerosi punti oscuri da chiarire.

Montalbano nitrì, spense il televisore, sorrise. Lohengrin Pera era stato di parola. Si susì, si sgranchì, s'assittò nuovamente e di colpo s'addormentò sulla poltrona. Un sonno animale, forse senza sogni, a sacco di patate.

L'indomani matina, dall'ufficio, telefonò al questore autoinvitandosi per la cena. Poi chiamò il commissariato di Sommatino.

«Diliberto? Montalbano sono. Telefono da Vigàta.»

«Ciao, collega. Dimmi.»

«Ti chiamo per quella donna che avete trovato nel pozzo.»

«Karima Moussa.»

«Sì. L'avete identificata con certezza?»

«Senz'ombra di dubbio. Nella valigetta, tra l'altro,

c'era una tessera Bancomat rilasciata dalla Banca Agricola di Montelusa.»

«Scusami se t'interrompo. Ma, vedi, chiunque può mettere...»

«Lasciami finire. Tre anni fa a questa donna era capitato un incidente e le avevano dato dodici punti al braccio sinistro all'ospedale di Montelusa. Corrisponde. La ricucitura è visibile malgrado l'avanzato stato di putrefazione del cadavere.»

«Senti, Diliberto, io sono rientrato a Vigàta solo stamattina, dopo qualche giorno di vacanza. Sono a corto di notizie, ho saputo del ritrovamento da una televisione locale. Riferivano che tu hai qualche perplessità.»

«Non riguardano l'identificazione. Sono certo che quella donna è stata ammazzata altrove e sepolta in posto diverso da quello in cui poi l'abbiamo ritrovata in seguito a una segnalazione anonima. Io perciò mi domando: perché hanno riesumato e spostato il cadavere? Che necessità avevano?»

«Da dove ti viene questa certezza?»

«Vedi, la valigetta di Karima si era allordata di materia organica durante la prima permanenza allato al cadavere. Allora, per portare la valigetta fino al pozzo dove è stata ritrovata, l'hanno avvolta in un giornale.»

«E con ciò?»

«Il giornale ha la data di tre giorni fa. La donna invece è stata ammazzata almeno una decina di giorni avanti quella data. Il medico legale ci mette la mano sul fuoco. Quindi io dovrò cercare di capire il perché dello spostamento. E non mi viene nessuna idea, non mi viene di farmene capace.»

Montalbano l'idea ce l'aveva, ma non poteva comunicarla al collega. Però, ne avessero mai fatta una giusta, sti stronzi dei Servizi! Come quella volta che, avendo necessità di far credere che in un giorno preciso un certo aereo libico fosse caduto in Sila, avevano preparato un teatro di botti e fiamme. Poi, all'esame autoptico, era risultato che il pilota dell'aereo era morto quindici giorni prima dell'impatto. Il cadavere volante.

Dopo la cena, sobria ma di classe, Montalbano e il suo superiore si ritirarono nello studio. La moglie del questore s'appartò a sua volta, a taliare la televisione.

Il racconto di Montalbano fu lungo, tanto circostanziato da non omettere manco la volontaria frantumazione degli occhialetti di Lohengrin Pera. A un certo momento, la relazione si cangiò in confessione. Ma l'assoluzione da parte del superiore tardò. Era veramente seccato di essere stato escluso dal gioco.

«Montalbano, ce l'ho con lei. Mi ha negato la possibilità di divertirmi un poco prima di andare a riposo.»

Livia mia cara, questa lettera ti stupirà per almeno due ragioni. La prima sta nella lettera stessa, per averla scritta e spedita. Lettere non scritte invece te ne ho mandate tante, quasi una al giorno. Mi sono reso conto che in tutti questi anni ti ho fatto avere, di tanto in tanto, solo avare cartoline di «burocratici e commissariali» saluti, come li definisci tu.

La seconda ragione, per la quale oltre a stupirti penso gioirai, è il suo contenuto.

Da quando sei partita, esattamente cinquantacinque giorni fa (come vedi ne tengo il conto), sono accadute molte cose, alcune delle quali ci riguardano. Dire però «accadute» è sbagliato, sarebbe più giusto scrivere che io ho fatto accadere.

Tu una volta mi rimproverasti una certa mia tendenza a sostituirmi a Dio, mutando, con piccole o grandi omissioni e magari con falsificazioni più o meno colpevoli, il corso delle cose (degli altri). Forse è vero, anzi certamente lo è, però non credi che questo rientri *anche* nel mestiere che faccio?

Ad ogni modo, ti dico subito che ti parlerò di un'altra mia, come dire, trasgressione volta però a cambiare a nostro favore, quindi non più contro o pro gli altri, una sequenza di eventi. Prima, voglio dirti di François.

Questo nome non l'abbiamo più pronunziato, né tu né io,

dopo l'ultima notte che hai trascorso a Marinella, quando mi rimproverasti di non aver capito che quel bambino poteva diventare il figlio che noi non avremmo mai avuto. In più, ti feriva il modo col quale io ti avevo fatto sottrarre il bambino. Ma vedi: ero spaventato, e con ragione. Era diventato un pericoloso testimone, temevo l'avrebbero fatto sparire («neutralizzare», dicono loro eufemisticamente).

L'omissione di quel nome ha pesato sulle nostre telefonate, rendendole evasive e un pochino disamorate. Oggi desidero chiarirti che, se non ti ho mai parlato prima di François, dandoti forse l'impressione di averlo dimenticato, era per non alimentare in te pericolose illusioni, ma se ora te ne scrivo vuol dire che questo mio timore è venuto a mancare.

Ricordi quella mattina a Marinella quando François scappò per andare a cercare sua madre? Bene, mentre lo riportavo a casa, lui mi disse che non voleva andare a finire in un orfanotrofio. Io gli risposi che questo non sarebbe mai accaduto. Gli diedi la mia parola d'onore e ci stringemmo la mano. Avevo preso un impegno, l'avrei mantenuto a tutti i costi.

In questi cinquantacinque giorni Mimì Augello ha telefonato, su mia richiesta, tre volte la settimana, a sua sorella per sapere come stava il bambino. Ho sempre avuto risposte tranquillizzanti.

L'altro ieri, sempre accompagnato da Mimì, sono andato a trovarlo (a proposito, dovresti scrivere una lettera a Mimì per ringraziarlo della sua generosa amicizia). Ho avuto modo di osservare François per qualche minuto mentre giocava col nipote di Augello che ha la stessa sua età: era allegro, spensierato. Appena mi ha visto, riconoscendomi immediatamente, la sua espressione è cambiata, si è come intristito. La memoria dei bambini è intermittente come quella dei vecchi: sicuramente deve essergli tornata alla mente la madre. M'ha abbracciato forte e poi, guardandomi con gli occhi lucidi ma senza lacrime, non credo sia un bambino che pianga facilmente, non m'ha rivolto la domanda che temevo e cioè se avessi notizie di Karima. Ha detto invece, a bassa voce:

«Portami da Livia.»

Non da sua madre, da te. Dev'essersi convinto che sua madre non la rivedrà più. E questo, purtroppo, corrisponde alla verità.

Tu sai che fin dal primo momento, per triste esperienza, ho nutrito la convinzione che Karima fosse stata assassinata. Per fare quello che avevo in mente di fare, ho dovuto compiere un'azione rischiosa che obbligasse i complici dell'assassinio a venire allo scoperto. Il passo successivo è stato quello di costringerli a far ritrovare il corpo della donna rendendone certa l'identificazione. M'è andata bene. E così ho potuto muovermi «ufficialmente» nei riguardi di François, ormai dichiarato privo di madre. Di grande aiuto m'è stato il questore che ha messo in moto tutte le sue conoscenze. Se il corpo di Karima non fosse stato trovato, i miei passi sarebbero stati intralciati da infinite pastoie burocratiche che avrebbero rimandato di anni e anni la soluzione del nostro problema.

Mi rendo conto di starti scrivendo una lettera troppo lunga e perciò cambio registro.

1) François, agli occhi della legge, nostra e tunisina, si trova in una situazione paradossale. È infatti un orfano che non esiste, in quanto la sua nascita non è stata registrata né in Sicilia né in Tunisia.

2) Il giudice di Montelusa che si occupa di queste cose ha in qualche modo regolarizzato la posizione di François, solo per il tempo necessario al disbrigo delle pratiche, assegnandolo in provvisorio affidamento alla sorella di Mimì.

3) Lo stesso giudice m'ha informato che sì, teoricamente, sarebbe possibile in Italia l'adozione da parte di una donna non sposata, ma, ha aggiunto, in realtà sono chiacchiere. E mi ha citato il caso di un'attrice sottoposta da anni a sentenze, pareri, dispositivi, tutti in contrasto tra di loro.

4) La cosa migliore da fare per abbreviare i tempi, secondo il giudice, sarebbe quella che noi due ci sposassimo.

5) Quindi prepara le carte.

T'abbraccio e ti bacio. Salvo

P.S. Un notaio di Vigàta, mio amico, amministrerà un fondo di mezzo miliardo vincolato a François e di cui potrà usufruire raggiunta la maggiore età. Trovo giusto che «nostro» figlio nasca ufficialmente nel momento stesso in cui mette piede in casa nostra, ma trovo più che giusto che sia aiutato, nella vita, da quella che fu la sua vera madre e alla quale il denaro apparteneva.

SUO PADRE È ALLO STREMO SE VUOLE VEDERLO ANCORA VIVO NON PERDA TEMPO. PRESTIFILIPPO ARCANGELO.

Quelle parole se l'aspettava, ma quando le lesse tornò il dolore, sordo, come quando aveva saputo, aggravato dall'angoscia per quello che era dovere suo di fare, chinarsi sul letto, baciare la fronte di suo padre, sentire il suo alito secco di morente, taliarlo negli occhi, dirgli qualche parola di conforto. Ne avrebbe avuto la forza? In un bagno di sudore, pensò che questa era la prova inevitabile, se era davvero necessario che crescesse, come gli aveva detto il professor Pintacuda.

"Insegnerò a François a non avere paura della mia morte" pensò. E da quel pensiero che lo stupì per il fatto stesso d'averlo potuto pensare, trasse una provvisoria serenità.

Proprio alle porte di Valmontana, dopo quattro ore filate di macchina, c'era un cartello che indicava la via da seguire per la clinica Porticelli.

Sistemò l'auto nell'ordinato parcheggio, trasì. Il cuore se lo sentiva battere proprio sotto il pomo d'Adamo.

«Mi chiamo Montalbano. Vorrei vedere mio padre che è ricoverato qua.»

Quello che stava darrè il bancone lo taliò un attimo, poi gli indicò un salottino.

«S'accomodi. Le chiamo il professor Brancato.»

S'assittò su una poltrona, pigliò una delle riviste che c'erano su un tavolinetto. La riposò subito, le sue mani erano così sudate che avevano inumidito la copertina.

Trasì il professore, un cinquantino serio serio in càmmisi bianco. Gli porse la mano.

«Signor Montalbano? Mi spiace, veramente, di doverle dire che suo padre è deceduto serenamente due ore fa.»

«Grazie» disse Montalbano.

Il professore lo taliò, un poco strammato. Ma il commissario non stava ringraziando lui.

NOTA DELL'AUTORE

Un critico, recensendo il mio *Cane di terracotta*, ha scritto che Vigàta, il paese geograficamente inesistente nel quale ambiento tutti i miei romanzi, è «il centro più inventato della Sicilia più tipica».

Cito queste parole a sostegno della necessità di dover dichiarare che nomi, luoghi, situazioni di questo libro sono *inventati* di sana pianta. Anche la targa automobilistica lo è.

Se la fantasia ha potuto coincidere con la realtà, la colpa è da addebitarsi, a mio parere, alla realtà.

Il romanzo è dedicato a Flem: storie così gli piacevano.

LA VOCE DEL VIOLINO

UNO

Che la giornata non sarebbe stata assolutamente cosa il commissario Salvo Montalbano se ne fece subito persuaso non appena raprì le persiane della cammara da letto. Faceva ancora notte, per l'alba mancava perlomeno un'ora, però lo scuro era già meno fitto, bastevole a lasciar vedere il cielo coperto da dense nuvole d'acqua e, oltre la striscia chiara della spiaggia, il mare che pareva un cane pechinese. Dal giorno in cui un minuscolo cane di quella razza, tutto infiocchettato, dopo un furioso scaracchìo spacciato per abbaiare, gli aveva dolorosamente addentato un polpaccio, Montalbano chiamava così il mare quand'era agitato da folate brevi e fredde che provocavano miriadi di piccole onde sormontate da ridicoli pennacchi di schiuma. Il suo umore s'aggravò, visto e considerato che quello che doveva fare in matinata non era piacevole: partire per andare a un funerale.

La sera avanti, trovate nel frigo delle acciughe freschissime accattategli dalla cammarera Adelina, se l'era sbafate in insalata, condite con molto sugo di limone, olio d'oliva e pepe nero macinato al momento. Se l'era scialata, ma a rovinargli tutto era stata una telefonata.

«Pronti, dottori? Dottori, è lei stesso di pirsona al tilifono?»

«Io stesso di pirsona mia sono, Catarè. Parla tranquillo.»

Catarella, al commissariato, l'avevano messo a rispondere alle telefonate nell'errata convinzione che lì potesse fare meno danno che altrove. Montalbano, dopo alcune solenni incazzature, aveva capito che l'unico modo per poter avere con lui un dialogo entro limiti tollerabili di delirio era di adottare il suo stesso linguaggio.

«Domando pirdonanza e compressione, dottori.»

Ahi. Domandava perdono e comprensione. Montalbano appizzò le orecchie, se il cosiddetto italiano di Catarella diventava cerimonioso e pomposo, veniva a significare che la quistione non era leggera.

«Parla senza esitanza, Catarè.»

«Tre giorni passati cercarono propio lei di lei, dottori, lei non c'era, però io me lo scordai a farle referenza.»

«Da dove telefonavano?»

«Dalla Flòrida, dottori.»

Atterrì, letteralmente. In un lampo vide se stesso in felpa fare footing assieme a baldi, atletici agenti americani dell'Antinarcotici impegnati con lui in una complessa indagine sul traffico di droga.

«Levami una curiosità, come vi siete parlati?»

«E come dovevamo parlarci? In taliàno, dottori.»

«Ti hanno detto che volevano?»

«Certo, tutto di ogni cosa mi dissero. Dissero così che morse la mogliere del vicequestore Tamburanno.»

Tirò un sospiro di sollievo, non poté impedirselo. Non dalla Flòrida avevano telefonato, ma dal commissariato di Floridia, vicino a Siracusa. Caterina Tamburrano era molto malata da tempo e la notizia non gli arrivò inaspettata.

«Dottori, sempre lei di persona è?»

«Sempre io sono, Catarè, non sono cangiato.»

«Dissero pure macari che la finzione funerea la facevano giovedì matino alli nove.»

«Giovedì? Cioè domani matino?»

«Sissi, dottori.»

Era troppo amico di Michele Tamburrano per non andare al funerale, mettendo una pezza al non essersi fatto vivo con lui nemmeno con una telefonata. Da Vigàta a Floridia, almeno tre ore e mezzo di macchina.

«Senti, Catarè, la mia auto è dal meccanico. Ho bisogno di una macchina di servizio per domani matino alle cinque precise da me, a Marinella. Avverti il dottor Augello che io sarò assente e rientrerò nelle prime ore del dopopranzo. Hai capito bene?»

Dalla doccia ne uscì con la pelle colore aragosta: per equilibrare la sensazione di freddo provata alla vista del mare aveva abusato d'acqua bollente. Principiò a farsi la barba e sentì arrivare l'auto di servizio. Del resto, chi non l'aveva sentita arrivare nel raggio di una decina di chilometri? La macchina si catapultò ultrasonica, frenò con grande stridore sparando raffiche di ghiaietta che rimbalzarono in tutte le direzioni, poi ci fu un disperato ruggire di motore imballato, un lacerante cambio di marcia, un acuto sgommare, un'altra raffica di ghiaietta. Il conducente aveva fatto manovra, si era rimesso in posizione di ritorno.

Quando niscì da casa pronto per la partenza, c'era Gallo, l'autista ufficiale del commissariato, che gongolava.

«Taliasse ccà, dottore! Guardi le tracce! Che manovra! Ho fatto firriare la macchina su se stessa!»

«Complimenti» fece cupo Montalbano.

«Metto la sirena?» spiò Gallo nel momento che partivano.

«Sì, nel culo» rispose Montalbano tòrvolo. E chiuse gli occhi, non aveva gana di parlare.

Gallo, che pativa del complesso d'Indianapolis, appena vide il suo superiore chiudere gli occhi principiò ad aumentare la velocità per toccare un chilometraggio orario a livello delle capacità di guida che credeva d'avere. E fu così che manco un quarto d'ora ch'erano in marcia avvenne il botto. Allo stridìo della frenata, Montalbano raprì gli occhi ma non vide nenti di nenti, la sua testa venne prima violentemente spinta in avanti poi tirata narrè dalla cintu-

ra di sicurezza. Seguì una devastante rumorata di lamiera
contro lamiera e poi tornò il silenzio, un silenzio da conto
di fate, con canto di uccellini e abbaiare di cani.

«Ti sei fatto male?» spiò il commissario a Gallo vedendo che si massaggiava il petto.

«No. E lei?»

«Niente. Ma come fu?»

«Una gaddrina mi tagliò la strata.»

«Non ho mai visto una gallina traversare quando sta
venendo una macchina. Vediamo il danno.»

Scesero. Non passava anima viva. Le tracce della lunga frenata si erano stampate sull'asfalto: proprio all'inizio di esse si notava un mucchietto scuro. Gallo vi si avvicinò, si rivolse trionfante al commissario.

«Che le avevo detto? Gaddrina era!»

Suicidio, era chiaro. La macchina contro cui erano
andati a sbattere fracassandole tutta la parte posteriore,
doveva essere stata regolarmente parcheggiata al bordo
della strada, ma la botta l'aveva messa tanticchia di traverso. Era una Renault Twingo verde-bottiglia, sistemata
a chiudere un viottolo sterrato che dopo una trentina di
metri portava a una villetta a due piani, porta e finestre
sbarrate. L'auto di servizio aveva invece un faro frantumato e il parafango destro accartocciato.

«E ora che facciamo?» spiò Gallo sconsolato.

«Ce ne andiamo. Secondo te la nostra macchina funziona?»

«Ci provo.»

A marcia indietro, sferragliando, l'auto di servizio si
liberò dall'incastro con l'altra macchina. Nessuno s'affacciò a una delle finestre della villetta manco questa
volta. Stavano a dormire di sonno piombigno, perché sicuramente la Twingo doveva appartenere a qualcuno di
casa, non c'erano altre abitazioni nelle vicinanze. Mentre Gallo, con le due mani, tentava di sollevare il parafango che faceva attrito sul pneumatico, Montalbano

scrisse su un pezzetto di carta il numero di telefono del commissariato e lo infilò sotto un tergicristallo.

Quando non è cosa, non è cosa. Dopo una mezzorata ch'erano ripartiti, Gallo ripigliò a massaggiarsi il petto, di tanto in tanto la faccia gli si stracangiava per una smorfia di dolore.

«Guido io» fece il commissario e Gallo non protestò.

Quando arrivarono all'altezza di Fela, Montalbano invece di proseguire lungo la superstrada, imboccò una deviazione che portava al centro del paese. Gallo non se ne addunò, teneva gli occhi chiusi e la testa appoggiata al vetro del finestrino.

«Dove siamo?» spiò raprendo gli occhi appena sentì la macchina che si fermava.

«Ti porto all'ospedale di Fela. Scendi.»

«Ma non è niente, commissario.»

«Scendi. Voglio che ti diano un'occhiata.»

«Però lei mi lascia qua e prosegue. Mi ripiglia quando torna.»

«Non dire minchiate. Cammina.»

L'occhiata che diedero a Gallo, tra auscultazioni, triplice misurazione della pressione, radiografie e compagnia bella durò più di due ore. Alla fine sentenziarono che Gallo non aveva niente di rotto, il dolore era dovuto al fatto che aveva battuto malamente contro il volante e lo stato di debolezza era da addebitare alla reazione per lo scanto che si era pigliato.

«E ora che facciamo?» rispiò Gallo sempre più sconsolato.

«Che vuoi fare? Proseguiamo. Però guido io.»

A Floridia c'era già stato due o tre volte, ricordava macari dove abitava Tamburrano. Si diresse perciò verso la chiesa della Madonna delle Grazie che era quasi attaccata alla casa del collega. Arrivato sulla piazza, scorse la chiesa parata a lutto, gente che s'affrettava a entrare. La funzione doveva essere cominciata in ritardo, i contrattempi non capitavano solo a lui.

«Io vado al garage del commissariato per far vedere la macchina» fece Gallo, «poi ripasso di qua a prenderla.»

Montalbano trasì nella chiesa gremita, la funzione era appena principiata. Si taliò torno torno, non raccanoscì nisciuno. Tamburrano doveva essere in prima fila, vicino al tabbuto davanti all'altare maggiore. Il commissario decise di restarsene dov'era, allato al portone d'ingresso: avrebbe stretto la mano a Tamburrano quando il feretro nisciva dalla chiesa. Alle prime parole del parrino, dopo già tanto che la Messa procedeva, ebbe un sobbalzo. Aveva sentito bene, ne era certo.

Il parrino aveva principiato a dire:

«Il nostro carissimo Nicola ha lasciato questa valle di lacrime...»

Pigliato il coraggio a due mani, toccò sulla spalla una vecchietta.

«Scusi, signora, di chi è questo funerale?»

«Del povero ragioniere Pecoraro. Pirchì?»

«Credevo fosse della signora Tamburrano.»

«Ah. Quello però l'hanno fatto alla chiesa di Sant'Anna.»

Per arrivare a piedi alla chiesa di Sant'Anna ci mise un quarto d'ora quasi di corsa. Ansante e sudato, trovò il parroco nella navata deserta.

«Mi perdoni, il funerale della signora Tamburrano?»

«È finito quasi due ore fa» fece il parroco squatrandolo severamente.

«Sa se la seppelliscono qua?» spiò Montalbano evitando la taliata del parrino.

«Ma no! Terminata la funzione, l'hanno caricata per portarsela a Vibo Valentia. La tumuleranno là, nella tomba di famiglia. Suo marito, il vedovo, l'ha voluta seguire con la sua macchina.»

E così tutto era stato inutile. Aveva notato, nella piazza della Madonna delle Grazie, un caffè coi tavoli all'aperto. Quando arrivò Gallo con la macchina aggiustata alla meglio, erano quasi le due. Montalbano gli contò quello ch'era capitato.

«E ora che facciamo?» spiò Gallo per la terza volta nella matinata, perso in un abisso di sconsolazione.

«Ti mangi una brioscia con la granita che qua la fanno buona e poi ce ne torniamo. Se il Signore ci assiste e la Madonna ci accompagna, per le sei di sera siamo a Vigàta.»

La preghiera venne accolta, filarono ch'era una billizza.

«La macchina è ancora là» fece Gallo che già Vigàta era in vista.

La Twingo stava come l'avevano lasciata in matinata, leggermente di traverso all'imbocco del vialetto sterrato.

«Avranno già telefonato al commissariato» disse Montalbano.

Stava dicendo una farfantarìa: la vista della macchina e della villetta con le finestre inserrate l'aveva messo a disagio.

«Torna indietro» ordinò d'un tratto a Gallo.

Gallo fece una spericolata curva a *u* che scatenò un coro di clacson, all'altezza della Twingo ne fece un'altra ancora più spericolata e frenò darrè la macchinetta danneggiata.

Montalbano scinnì di corsa. Prima, passando, aveva visto giusto nello specchietto retrovisore: il foglietto con il numero di telefono era ancora sotto il tergicristallo, nessuno l'aveva toccato.

«Non mi quatra» fece il commissario a Gallo che gli si era affiancato. S'incamminò per il viottolo. La villetta doveva essere stata costruita di recente, l'erba davanti alla porta d'ingresso era ancora bruciata dalla calce. C'erano macari delle tegole nuove ammucchiate in un angolo dello spiazzo. Il commissario taliò attentamente le finestre, non filtrava luce.

S'avvicinò alla porta, suonò il campanello. Aspettò tanticchia, suonò di nuovo.

«Tu sai a chi appartiene?» spiò a Gallo.

«Nonsi, dottore.»

Che doveva fare? Stava calando la sera, avvertiva un principio di stanchezza, sentiva sulle spalle il peso di quell'inutile e faticosa giornata.

«Andiamocene» disse. E aggiunse, in un vano tentativo di convincersi: «Sicuramente hanno telefonato».

Gallo lo taliò dubitoso, ma non raprì bocca.

A Gallo, il commissario manco lo fece trasiri in ufficio, lo spedì subito a casa a riposarsi. Il suo vice, Mimì Augello, non c'era, era stato chiamato a rapporto dal nuovo questore di Montelusa, Luca Bonetti-Alderighi, un giovane e scattante bergamasco che era riuscito, in un mese, a crearsi dovunque antipatie da coltello.

«Il questore» l'informò Fazio, il graduato col quale Montalbano aveva più confidenza «si è squietato per non averla trovata a Vigàta. Così c'è dovuto andare il dottor Augello.»

«C'è dovuto?» ribatté il commissario. «Ma quello avrà pigliato l'occasione a volo per mettersi in mostra!»

Contò a Fazio l'incidente della matinata e gli domandò se sapeva chi erano i proprietari della villetta. Fazio l'ignorava, ma assicurò al superiore che la matina appresso sarebbe andato in municipio a informarsi.

«Ah, la sua macchina è nel nostro garage.»

Prima di tornarsene a casa, il commissario interrogò Catarella.

«Senti, cerca di ricordarti bene. Hanno per caso chiamato per un'auto che abbiamo investito?»

Nessuna chiamata.

«Fammi capire meglio» disse Livia con voce alterata al telefono da Boccadasse, Genova.

«Ma che c'è da capire, Livia? Te l'ho detto e te lo ripeto. I documenti per l'adozione di François non sono ancora pronti, sono nate delle difficoltà impreviste e io non ho più alle mie spalle il vecchio questore che era sempre pronto ad appianare ogni cosa. Ci vuole pazienza.»

«Io non stavo parlando dell'adozione» fece Livia gelida.

«Ah no? E di che parlavi allora?»

«Del nostro matrimonio, parlavo. Possiamo sposarci nel mentre si risolvono le difficoltà dell'adozione. Le due cose non sono interdipendenti.»

«Certo che non lo sono» disse Montalbano che cominciava a sentirsi braccato e messo all'angolo.

«Voglio una risposta precisa alla domanda che ora ti faccio» proseguì Livia implacabile. «Metti caso che l'adozione sia impossibile. Che facciamo, secondo te, ci sposiamo lo stesso o no?»

Un tuono fortissimo e improvviso gli fornì la soluzione.

«Che è stato?» domandò Livia.

«Un tuono. C'è un temporale trem...»

Attaccò, staccò la spina.

Non ci poté sonno. Si votava e si rivotava nel letto intorciuniandosi nelle lenzuola. Verso le due del matino capì ch'era inutile tentare di dormire. Si susì, si vestì, pigliò un sacchetto di pelle che gli aveva regalato molto tempo prima un ladro di case diventato poi suo amico, si mise in macchina, partì. Il temporale continuava più forte, c'erano lampi che illuminavano a giorno. All'altezza della Twingo infrattò la sua auto sotto gli alberi, astutò i fari. Dal cruscotto pigliò la pistola, un paio di guanti e una torcia. Aspettò che la pioggia diradasse e d'un balzo traversò la strada, risalì per il viottolo, s'appiattì contro la porta. Suonò a lungo il campanello e non ebbe risposta. Indossò i guanti e dal sacchetto di pelle tirò fora un portachiavi grosso a forma d'anello dal quale pendevano una decina di ferretti di svariate forme. Al terzo tentativo la porta si raprì, era chiusa solo con lo scoppo, non erano stati dati giri di chiave. Trasì, si richiuse la porta alle spalle. Allo scuro, si chinò, si slacciò le scarpe vagnate restando in calzini. Accese la torcia tenendola puntata verso il pavimento. Si trovava dintra a una ampia cammara da mangiare con annesso salotto. I mobili odoravano di vernice, tutto era nuovo, pulito e in ordine. Una porta si apriva su una cucina così specchiante che pareva levata da una *réclame*; un'altra porta dava in un bagno tanto tirato a lucido che pareva non ci fosse mai trasuto nessuno. Acchianò lentamente la scala che portava al piano di sopra. C'erano tre porte chiuse. La prima che raprì gli lasciò vedere una nitida cameretta per un ospite; la seconda lo portò dintra un bagno più grande di quello del pianoterra, ma, al contrario di quello di sotto, qui regnava un notevole disordine. Un accappatoio di spugna, rosa, era stato gettato a terra, come se chi lo portava se lo fosse levato di prescia. La terza era la cammara da letto padronale. E certamente della giovane e bionda padrona era il corpo nudo quasi inginocchiato, con la pancia appoggiata al bordo del letto, le braccia spalancate, il viso sepolto nel lenzuolo ridotto a brandelli dalle unghie della donna che l'aveva artigliato negli spasimi della morte per soffocamento. Montalbano s'avvicinò al cadavere, lo toccò leggermente levandosi un guanto: era gelido e rigido. Doveva essere stata bellissima. Il commissario ridiscese la scala, si infilò nuovamente le scarpe, con il fazzoletto asciugò la macchia umida che esse avevano lasciato sul pavimento, niscì dalla villetta, chiuse la porta, traversò la strada, si mise in macchina, partì. Pensava freneticamente, mentre tornava a Marinella. Come far scoprire il delitto? Non poteva certo andare a dire al giudice quello che aveva combinato. Il giudice che aveva sostituito il dottor Lo Bianco, il quale si era messo in aspettativa per approfondire le interminabili ricerche storiche su due suoi pseudo antenati, era un veneziano che di nome faceva Nicolò e di cognome Tommaseo e ad ogni momento tirava in ballo le sue «inderogabili prerogative». Aveva un faccino da picciliddro consunto che nascondeva sotto barba e baffi da martire di Belfiore. Mentre rapriva la porta di casa sua, a Montalbano finalmente balenò la soluzione del problema. E fu così che poté farsi una dormitina da dio.

DUE

Arrivò in ufficio alle otto e mezzo, riposato e allicchittato.

«Lo sai che il questore è un nobile?» fu la prima cosa che gli disse Mimì Augello vedendolo.

«È un giudizio morale o un fatto araldico?»

«Araldico.»

«L'avevo già capito dalla lineetta tra i due cognomi. E tu che hai fatto, Mimì? L'hai chiamato conte, barone, marchese? L'hai allisciato bene?»

«Dai, Salvo, sei fissato!»

«Io?! Fazio m'ha detto che al telefono col questore scodinzolavi e che poi sei partito a razzo per andarlo a trovare.»

«Senti, il questore m'ha detto testualmente: "Se il commissario Montalbano non è reperibile, venga lei immediatamente". Che dovevo fare? Rispondergli che non potevo perché altrimenti il mio superiore s'incazzava?»

«Che voleva?»

«Non ero solo. C'era mezza provincia. Ci ha comunicato che ha intenzione di svecchiare, rinnovare. Ha detto che chi non è in grado di seguirlo in questa accelerazione può andarsi a fare rottamare. Ha detto proprio così: rottamare. È stato evidente per tutti che aveva in mente te e Sandro Turri di Calascibetta.»

«Spiegami meglio come avete fatto a capirlo.»

«Perché quando ha detto rottamare ha taliato a lungo prima Turri e poi me.»

«Ma non può darsi che intendeva riferirsi proprio a te?»

«Dai, Salvo, lo sanno tutti che non ti stima.»

«Che voleva il signor principe?»

«Dirci che fra giorni arriveranno modernissimi computer, ogni commissariato ne sarà dotato. Ha voluto da ognuno di noi il nome di un agente particolarmente versato in informatica. E io gliel'ho fatto.»

«Ma sei pazzo? Qua nessuno capisce un'amata minchia di queste cose. Che nome gli hai dato?»

«Catarella» fece serio, impassibile, Mimì Augello.

Un'azione da sabotatore nato. Di scatto, Montalbano si alzò e corse ad abbracciare il suo vice.

«So tutto della villetta che l'interessa» fece Fazio assittandosi sulla seggia davanti alla scrivania del commissario. «Ho parlato col segretario comunale che di ogni persona di Vigàta sa vita, morte e miracoli.»

«Dimmi.»

«Dunque. Il terreno sul quale sorge la villetta apparteneva al dottor Rosario Licalzi.»

«Dottore in che cosa?»

«Dottore vero, medico. È morto una quindicina d'anni fa, lasciandolo al figlio maggiore, Emanuele, pure lui medico.»

«Abita a Vigàta?»

«Nonsi. Vive e travaglia a Bologna. Due anni narrè questo Emanuele Licalzi si è maritato con una picciotta di quelle parti. Sono venuti in Sicilia in viaggio di nozze. La fìmmina ha visto il terreno e da quel momento s'è incaponita che voleva farci fabbricare una villetta. E questo è quanto.»

«Sai dove sono in questo momento i Licalzi?»

«Il marito è a Bologna, lei fino a tre giorni fa è stata vista in paisi che traffichiàva per arredare la villetta. Ha una Twingo verde-bottiglia.»

«Quella che Gallo ha investito.»

«Già. Il segretario mi ha detto che non può passare inosservata. Pare sia bellissima.»

«Non capisco perché ancora la signora non abbia telefonato» fece Montalbano che quando ci si metteva sapeva essere uno strepitoso attore.

«Io mi sono fatto un concetto» disse Fazio. «Il segretario m'ha detto che la signora è, come dire, amicionàra,
tiene tante amicizie.»

«Femminili?»

«E maschili» sottolineò Fazio significativamente.
«Può darsi che la signora sia ospite di qualche famiglia,
magari sono venuti a prenderla con la loro macchina.
Solo quando torna potrà accorgersi del danno.»

«È plausibile» concluse Montalbano continuando il
suo teatro.

Appena Fazio se ne fu nisciuto, il commissario telefonò alla signora Clementina Vasile-Cozzo.

«Cara signora, come sta?»

«Commissario! Che bella sorpresa! Tiro avanti, per
grazia di Dio.»

«Potrei passare a farle un salutino?»

«Lei è il benvenuto in qualsiasi momento.»

La signora Clementina Vasile-Cozzo era una donna
anziana, paralitica, una ex maestra elementare baciata
dall'intelligenza e dotata di naturale, composta dignità.
Il commissario aveva fatto la sua conoscenza nel corso
di una complessa indagine di tre mesi narrè e le era rimasto filialmente legato. Montalbano apertamente non
se lo diceva: ma quella era la donna che avrebbe voluto
scegliersi per madre, la sua l'aveva persa che era troppo
nico, ne conservava nella memoria solo una specie di lu-
minescenza dorata.

«A mamà era biunna?» aveva una volta domandato a
suo padre nel tentativo di spiegarsi perché il ricordo della madre consistesse solo in una sfumatura luminosa.

«Frumento sutta u suli» era stata l'asciutta risposta
del padre.

Montalbano aveva pigliato l'abitudine di andare a trovare la signora Clementina almeno una volta la settimana, le contava di qualche inchiesta che aveva per le mani e la donna, grata per la visita che veniva a interrompere la monotonia delle sue giornate, l'invitava a mangiare con lei. Pina, la cammarera della signora, era un personaggio scorbutico e per di più Montalbano le stava antipatico: sapeva però preparare pietanzine di squisita, disarmante semplicità.

La signora Clementina, vestita con molta eleganza, uno scialletto indiano di seta sulle spalle, lo ricevette in salotto.

«Oggi c'è concerto» sussurrò, «ma sta per finire.»

Quattro anni avanti la signora Clementina aveva saputo dalla cammarera Pina, che a sua volta l'aveva appreso da Jolanda, governante del maestro Cataldo Barbera, che l'illustre violinista, il quale abitava l'appartamento sopra il suo, stava passando guai seri con le tasse. Ne aveva allora parlato al figlio che travagliava all'Intendenza di Finanza di Montelusa e il problema, che nasceva sostanzialmente da un equivoco, era stato risolto. Una decina di giorni appresso la cammarera Jolanda le aveva portato un biglietto: «Gentile Signora, per ricambiare solo in parte, ogni venerdì mattina, dalle nove e mezza alle dieci e mezza suonerò per Lei. Suo devotissimo Cataldo Barbera».

E così ogni venerdì matina la signora si parava di tutto punto per rendere a sua volta omaggio al maestro e andava ad assittarsi in una specie di cammarino-salotto dove si sentiva meglio il suono. E il maestro, alle nove e mezza spaccate, dal piano di sopra, attaccava col suo violino.

A Vigàta tutti sapevano dell'esistenza del maestro Cataldo Barbera, ma pochissimi l'avevano visto di persona. Figlio di un ferroviere, il futuro maestro aveva visto la luce a Vigàta sessantacinque anni avanti, ma se n'era andato dal paisi non ancora decino perché il padre era stato trasferito a Catania. La sua carriera i vigatesi l'avevano appresa dai giornali: studiato il violino, in breve Cataldo Barbera era diventato un concertista di fama internazionale. Inspiegabilmente però, al culmine della notorietà, si era ritirato a Vigàta, dove si era accattato un appartamento e dove campava da volontario recluso.

«Che sta suonando?» spiò Montalbano.

La signora Clementina gli porse un foglio di carta a quadretti. Il maestro usava inviare alla signora, il giorno prima del concerto, il programma scritto a matita. I pezzi di quel giorno erano la *Danza spagnola* di Sarasate e lo *Scherzo-Tarantella* op. 16 di Wieniawski. Quando il concerto ebbe termine, la signora Vasile-Cozzo attaccò la spina del telefono, compose un numero, poggiò la cornetta sul ripiano e si mise ad applaudire. Montalbano si associò di cuore: non capiva niente di musica, ma era certo di una cosa e cioè che Cataldo Barbera fosse un grande artista.

«Signora» esordì il commissario, «la mia è una visita interessata, ho bisogno che lei mi faccia un favore.»

Proseguì contandole tutto quello che gli era capitato il giorno prima, l'incidente, lo scambio di funerali, la clandestina visita notturna nella villetta, la scoperta del cadavere. Alla fine del racconto il commissario esitò, non sapeva come formulare la sua richiesta.

La signora Clementina, che si era di volta in volta divertita ed emozionata, l'incoraggiò:

«Avanti, commissario, non si faccia scrupolo. Che vuole da me?»

«Vorrei che lei facesse una telefonata anonima» disse Montalbano tutto d'un fiato.

Era tornato da una decina di minuti in ufficio che Catarella gli passò una telefonata del dottor Lattes, capo di Gabinetto del questore.

«Caro Montalbano, come va? Come va?»

«Bene» fece asciutto Montalbano.

«Godo nel saperla in buona salute» fece il capo di Gabinetto tanto per non smentire il soprannome «Lattes e mieles» che gli era stato da qualcuno affibbiato per la melliflua pericolosità.

«Ai suoi ordini» l'incitò Montalbano.

«Ecco. Nemmeno un quarto d'ora fa una donna ha telefonato al centralino della Questura chiedendo di parlare personalmente col signor questore. Ha tanto insistito. Il questore però era occupato e ha incaricato me di raccogliere la telefonata. La donna era in preda all'isteria, gridava che in un villino di contrada Tre Fontane era stato commesso un delitto. Poi ha riattaccato. Il questore la prega di andare lì ad ogni buon conto e di riferire. La signora ha anche detto che il villino è facilmente riconoscibile perché c'è una Twingo verde-bottiglia ferma davanti.»

«Oh Dio!» fece Montalbano, cominciando a recitare il secondo atto della sua parte, visto che la signora Clementina Vasile-Cozzo la sua l'aveva fatta in modo perfetto.

«Che c'è?» spiò incuriosito il dottor Lattes.

«Una straordinaria coincidenza!» fece Montalbano mostrando meraviglia nella voce. «Poi le riferirò.»

«Pronto? Il commissario Montalbano sono. Parlo col giudice Tommaseo?»

«Sì. Buongiorno. Mi dica.»

«Dottor Tommaseo, il capo di Gabinetto del questore m'ha appena informato d'aver ricevuto una telefonata anonima che denunziava un delitto in un villino in territorio di Vigàta. M'ha ordinato di andare a dare un'occhiata. Io ci sto andando.»

«Non è possibile che si tratti di uno scherzo di cattivo gusto?»

«Tutto è possibile. Io ho voluto metterla a conoscenza nel pieno rispetto delle sue inderogabili prerogative.»

«Certo» disse compiaciuto il giudice Tommaseo.

«Ho la sua autorizzazione a procedere?»

«Naturalmente. E se veramente lì è stato commesso un delitto, mi avverta immediatamente e attenda il mio arrivo.»

Chiamò Fazio, Gallo e Galluzzo e disse loro che dovevano andare con lui in contrada Tre Fontane per vedere se era stato commesso un omicidio.

«È lo stesso villino sul quale mi ha chiesto informazioni?» spiò imparpagliato Fazio.

«Quello stesso dove abbiamo scassato la Twingo?» rincarò Gallo taliando meravigliato il superiore.

«Sì» rispose a tutti e due il commissario atteggiando la faccia ad umiltà.

«Che naso che ha, lei!» esclamò ammirato Fazio.

Si erano appena messi in moto, che Montalbano si era già stuffato, stuffato della farsa che avrebbe dovuto recitare fingendo meraviglia alla vista del cadavere, stuffato per il tempo che gli avrebbero fatto perdere il giudice, il medico legale, la Scientifica, che erano capaci di metterci ore prima di arrivare sul posto. Decise di accelerare i tempi.

«Passami il cellulare» disse a Galluzzo che sedeva davanti a lui. Alla guida c'era naturalmente Gallo.

Formò il numero del giudice Tommaseo.

«Montalbano sono. Signor giudice, non era uno scherzo la telefonata anonima. Purtroppo nella villetta abbiamo ritrovato un cadavere di sesso femminile.»

Le reazioni di quelli ch'erano nella macchina furono diverse. Gallo sbandò, invase la corsia opposta, sfiorò un camion carico di tondini di ferro, bestemmiò, si rimise in carreggiata. Galluzzo sobbalzò, sgranò gli occhi, si torse sullo schienale voltandosi a taliare il suo superiore con la bocca aperta. Fazio visibilmente s'irrigidì, fissò davanti a sé senza espressione.

«Arrivo subito» fece il giudice Tommaseo. «Mi dica esattamente dov'è la villetta.»

Sempre più stuffato, Montalbano passò il cellulare a Gallo.

«Spiegagli bene dov'è. Poi avverti il dottor Pasquano e la Scientifica.»

Fazio raprì bocca solo quando l'auto si fermò darrè la Twingo verde-bottiglia.

«Se l'era messo i guanti?»

«Sì» disse Montalbano.

«Ad ogni modo, per sicurezza, ora che entriamo tocchi tutto a mani libere, lasci più impronte che può.»

«Ci avevo già pensato» disse il commissario.

Del biglietto infilato sotto il tergicristallo, dopo il temporale nella nottata precedente, restava assai poco, i numeri di telefono erano stati cancellati dall'acqua. Montalbano non lo rimosse.

«Voi due taliate quassotto» fece il commissario a Gallo e a Galluzzo.

Lui, seguito da Fazio, salì invece al piano superiore. Con la luce elettrica il corpo della morta gli fece meno impressione della notte avanti, quando l'aveva intravisto all'esiguo lume della torcia: pareva meno vero anche se non finto. D'un bianco livido, rigido, il cadavere assomigliava ai calchi in gesso delle vittime dell'eruzione di Pompei. Affacciabocconi com'era, non era possibile scorgerle il volto, ma il suo resistere alla morte doveva essere stato furioso, ciocche di capelli biondi erano sparse sul lenzuolo lacerato, sulle spalle e proprio sotto la nuca spiccavano bluastri segni d'ecchimosi, l'assassino doveva avere impiegato tutta la sua forza per costringerle la faccia a fondo, sino a sprofondare nel materasso senza che potesse più passare un filo d'aria.

Dal piano di sotto acchianarono Gallo e Galluzzo.

«Giù pare tutto in ordine» fece Gallo.

Va bene, pareva un calco, ma era sempre una giovane donna assassinata, nuda, in una posizione che di colpo gli parse insostenibilmente oscena, una chiusa intimità violata, spalancata da otto occhi di poliziotti. Quasi a volerle restituire un minimo di personalità e di dignità, spiò a Fazio:

«Ti hanno detto come si chiamava?»

«Sì. Se è la signora Licalzi, si chiamava Michela.»

Andò nel bagno, raccolse da terra l'accappatoio rosa, lo portò in cammara da letto, ci coprì il corpo.

Scinnì al pianoterra. Se fosse campata, Michela Licalzi ne avrebbe avuto ancora travaglio da fare per sistemare la villetta.

Nel salone c'erano, appoggiati a un angolo, due tappeti arrotolati, divano e poltrone erano avvolti nel cellophan della fabbrica, un tavolinetto era posato, gambe all'aria, su uno scatolone ancora imballato. L'unica cosa che appariva in ordine era uno scaffaletto a vetri, dentro il quale erano stati disposti in bell'ordine i soliti oggetti da mostra: due ventagli vecchi, qualche statuina di ceramica, un astuccio da violino chiuso, delle conchiglie molto belle, da collezione.

I primi ad arrivare furono quelli della Scientifica. Jacomuzzi, il vecchio capo della squadra, era stato sostituito dal questore Bonetti-Alderighi con il giovane dottor Arquà, trasferito da Firenze. Jacomuzzi, prima ancora d'essere il capo della Scientifica, era un esibizionista incurabile, sempre il primo a mettersi in posa davanti a fotografi, operatori, giornalisti. Montalbano, sfottendolo come spesso faceva, lo chiamava «Pippo Baudo». All'apporto della ricerca scientifica in un'indagine in fondo in fondo ci credeva poco: sosteneva che l'intuito e la ragione prima o poi ci sarebbero arrivati magari senza il supporto dei microscopi e delle analisi. Eresie pure per Bonetti-Alderighi che se ne era rapidamente sbarazzato. Vanni Arquà era una stampa e una figura con Harold Lloyd, i capelli sempre spettinati, si vestiva come gli scienziati distratti delle pellicole degli anni Trenta e aveva il culto della scienza. A Montalbano non faceva sangue e Arquà lo ricambiava d'uguale cordiale antipatia. Quelli della Scientifica arrivarono al gran completo con due macchine che viaggiavano a sirene spiegate, quasi fossero nel Texas. Erano otto, tutti in borghese e per prima cosa scaricarono dai portabagagli casse e cassette che parevano una troupe di cinematografari che si approntava per una ripresa. Quando Arquà trasì nel salone, Montalbano manco lo salutò, col pollice gli fece 'nzinga che quello che a loro interessava si trovava al piano di sopra.

Non erano ancora tutti acchianati che Montalbano sentì la voce di Arquà.

«Commissario, mi scusi, vuole salire un attimo?»

Se la pigliò comoda. Quando trasì nella cammara da letto, si sentì trafiggere dalla taliata del capo della Scientifica.

«Quando l'ha scoperto, il cadavere era così?»

«No» fece Montalbano fresco come un quarto di pollo. «Era nudo.»

«E da dove ha preso quell'accappatoio?»

«Dal bagno.»

«Rimetta tutto com'era prima, perdio! Lei ha alterato il quadro d'insieme! È gravissimo!»

Montalbano senza dire niente si avvicinò al cadavere, pigliò l'accappatoio, se lo mise sul braccio.

«Ammazza er culo, ragazzi!»

A parlare era stato il fotografo della Scientifica, una specie di laido paparazzo con la camicia fuori dai pantaloni.

«Accomodati, se vuoi» gli disse calmo il commissario. «È già in posizione.»

Fazio, che conosceva il pericolo che spesso rappresentava la calma controllata di Montalbano, fece un passo verso di lui. Il commissario taliò Arquà negli occhi:

«L'hai capito perché l'ho fatto, stronzo?»

E uscì dalla cammara. In bagno si diede una rapida sciacquata alla faccia, gettò a terra l'accappatoio all'incirca dove l'aveva trovato, tornò nella cammara da letto.

«Sarò costretto a riferire al questore» fece gelido Arquà. La voce di Montalbano fu più gelida di dieci gradi.

«Vi intenderete benissimo.»

«Dottore, io, Gallo e Galluzzo andiamo fuori a fumarci una sigaretta. A quelli della Scientifica diamo fastiddio.»

Montalbano manco rispose, era assorto in un pinsero. Dal salone risalì al piano di sopra, ispezionò la cameretta e il bagno.

Al piano terra aveva già accuratamente taliato senza trovare quello che l'interessava. Per scrupolo, si affacciò un momento nella cammara da letto invasa e sconvolta dalla Scientifica e controllò quello che gli pareva d'aver visto prima.

Fora della villetta, macari lui si addrumò una sigaretta. Fazio aveva appena finito di parlare al cellulare.

«Mi sono fatto dare il numero di telefono e l'indirizzo di Bologna del marito» spiegò.

«Dottore» attaccò Galluzzo. «Stavamo parlando, noi tre, di una cosa stramma...»

«L'armuar della cammara da letto è ancora impaccato. E ho macari taliato sotto al letto» s'aggiunse Gallo.

«E io ho taliato in tutte le altre cammare. Ma...»

Fazio, che stava per tirare la conclusione, si fermò a un gesto della mano del superiore.

«... ma i vestiti della signora non si trovano» concluse Montalbano.

TRE

Arrivò l'ambulanza, appresso veniva la macchina del dottor Pasquano, il medico legale.

«Vai a vedere se la Scientifica ha finito nella cammara da letto» fece Montalbano a Galluzzo.

«Grazie» disse il dottor Pasquano. Il suo motto era «o io o loro», dove loro erano quelli della Scientifica. Già non sopportava Jacomuzzi e la sua banda di sbracati, figurarsi se poteva reggere il dottor Arquà e i suoi visibilmente efficienti collaboratori.

«Molto travaglio?» s'informò il commissario.

«Poca roba. Cinque cadaveri in una settimana. Quando mai s'è visto? È un periodo di stanca.»

Tornò Galluzzo a dire che la Scientifica si era spostata nel bagno e nel cammarino, la via era libera.

«Accompagna il dottore e poi riscendi» disse Montalbano stavolta a Gallo. Pasquano gli lanciò una taliata di ringraziamento, amava veramente travagliare da solo.

Dopo una mezzorata buona, si vide comparire l'auto tutta ammaccata del giudice il quale si decise a frenare solo dopo avere urtato una delle due macchine di servizio della Scientifica.

Nicolò Tommaseo scinnì rosso in faccia, il suo collo da impiccato pareva quello di un gallinaccio.

«È una strada tremenda! Ho avuto due incidenti!» proclamò all'urbi e all'orbo.

Era risaputo che guidava come un cane drogato.

Montalbano trovò una scusa per non farlo acchianare subito a rompere le scatole a Pasquano.

«Signor giudice, le voglio raccontare una storia curiosa.»

E gli contò una parte di quello che era capitato il giorno avanti, gli mostrò l'effetto della botta sulla Twingo, gli fece vedere quello che restava del biglietto scritto e infilato sotto il tergicristallo, gli disse come aveva cominciato a sospettare qualcosa. La telefonata anonima alla Questura di Montelusa era stata come il cacio sui maccheroni.

«Che curiosa coincidenza!» fece il giudice Tommaseo non sbilanciandosi più di tanto.

Appena il giudice vide il corpo nudo dell'ammazzata, si paralizzò. Macari il commissario si fermò di botto. Il dottor Pasquano era in qualche modo riuscito a far firriare la testa della fìmmina e ora ne era visibile la faccia fino a quel momento rimasta sepolta. Gli occhi erano sgriddrati all'inverosimile, esprimevano dolore e orrore insopportabili, dalla bocca le era uscito un filo di sangue, doveva essersi morsa la lingua negli spasimi del soffocamento.

Il dottor Pasquano prevenne la domanda che odiava.

«È certamente morta nella nottata tra mercoledì e giovedì. Potrò essere più preciso dopo l'autopsia.»

«E com'è morta?» spiò Tommaseo.

«Non lo vede? L'assassino l'ha messa a faccia in giù contro il materasso e ce l'ha tenuta fino alla morte.»

«Doveva essere di una forza eccezionale.»

«Non è detto.»

«Le risulta che abbia avuto rapporti prima o dopo?»

«Non posso dirlo.»

Qualcosa nel tono di voce del giudice spinse il commissario ad alzare gli occhi su di lui. Era tutto sudato.

«Possono anche averla sodomizzata» insistette il giudice con gli occhi che gli sparluccicavano.

Fu un lampo. Evidentemente il dottor Tommaseo in queste cose ci doveva segretamente bagnare il pane. Gli venne in mente d'aver letto da qualche parte una frase di Manzoni che riguardava l'altro più celebre Nicolò Tommaseo:

«Sto Tommaseo ch'el gha on pè in sagrestia e vun in casin.»

Doveva essere vizio di famiglia.

«Farò sapere. Buongiorno» fece il dottor Pasquano rapidamente congedandosi a scanso d'altre domande.

«Per me è il delitto di un maniaco che ha sorpreso la signora mentre stava andando a letto» disse fermamente il dottor Tommaseo senza staccare gli occhi dalla morta.

«Guardi, signor giudice, che non c'è stata effrazione. È abbastanza desueto che una donna nuda vada ad aprire la porta di casa a un maniaco e lo riceva in camera da letto.»

«Che ragionamento! Può essersi accorta che quell'uomo era un maniaco solo mentre... Mi spiego?»

«Io sarei orientato verso il passionale» disse Montalbano che stava principiando a divertirsi.

«E perché no? E perché no?» abboccò Tommaseo grattandosi la barba. «Dobbiamo tenere presente che a fare la telefonata anonima è stata una donna. La moglie tradita. A proposito, sa come raggiungere il marito della vittima?»

«Sì. Il brigadiere Fazio ha il numero di telefono» rispose il commissario sentendosi stringere il cuore. Detestava dare cattive notizie.

«Me lo faccia dire. Provvederò io» disse il giudice.

Tutte ce l'aveva Nicolò Tommaseo. Era macari un corvo.

«Possiamo portarla via?» spiarono quelli dell'ambulanza, trasendo nella cammara.

Passò ancora un'ora quando quelli della Scientifica finirono di trafficchiàre e ripartirono.

«E ora che facciamo?» spiò Gallo che pareva essersi fissato con quella domanda.

«Chiudi la porta e ce ne torniamo a Vigàta. Ho un pititto che non ci vedo» disse il commissario.

La cammarera Adelina gli aveva lasciato in frigo una vera squisitezza: la salsa corallina, fatta di uova d'aragosta e ricci di mare, per condire gli spaghetti. Mise l'acqua sul foco e, nell'attesa, chiamò il suo amico Nicolò Zito, giornalista di Retelibera, una delle due televisioni private che avevano sede a Montelusa. L'altra, Televigàta, del cui notiziario era responsabile il cognato di Galluzzo, aveva tendenze filogovernative, quale che fosse il governo. Sicché, col governo che c'era in quel momento, dato che Retelibera era da sempre orientata a sinistra, le due emittenti locali si sarebbero noiosamente assomigliate se non fosse stato per l'intelligenza, lucida e ironica, del rosso, di pelo e di idee, Nicolò Zito.

«Nicolò? Montalbano sono. È stato commesso un omicidio, ma...»

«... non devo dire che sei stato tu ad avvertirmi.»

«Una telefonata anonima. Una voce femminile ha chiamato stamattina la Questura di Montelusa, dicendo che in un villino in contrada Tre Fontane era stato commesso un omicidio. Era vero, una donna giovane, bella, nuda.»

«Minchia!»

«Si chiamava Michela Licalzi.»

«Ce l'hai una foto?»

«No. L'assassino si è portato via la borsetta e i vestiti.»

«E perché?»

«Non lo so.»

«Allora come fate a sapere che si tratta proprio di Michela Licalzi? L'ha identificata qualcuno?»

«No. Stiamo cercando il marito che vive a Bologna.»

Zito gli spiò altri particolari, lui glieli diede.

L'acqua bolliva, calò la pasta. Squillò il telefono, ebbe un momento d'esitazione, incerto se rispondere o no. Temeva una telefonata lunga, che magari non era facilmente troncabile e che avrebbe messo a rischio il punto giusto di cottura della pasta. Sarebbe stata una catastrofe sprecare la salsa corallina con un piatto di pasta scotta. Decise di non rispondere. Anzi, per evitare che gli squilli gli turbassero la serenità di spirito indispensabile per gustare a fondo la salsetta, staccò la spina.

Dopo un'ora, soddisfatto di sé e disponibile all'assalto del mondo, riattaccò il telefono. Dovette subito sollevare il ricevitore.

«Pronto.»

«Pronti, dottori? È lei di lei pirsonalmente?»

«Pirsonalmente, Catarè. Che c'è?»

«C'è che chiamò il giudici Tolomeo.»

«Tommaseo, Catarè, ma va bene lo stesso. Che voleva?»

«Parlare pirsonalmente con lei pirsonalmente. Ha chiamato alimeno alimeno quattro volte. Dice così se gli tilifona lei di pirsona.»

«Va bene.»

«Ah, dottori, ci devo quomunicari una cosa d'importanzia strema. Mi chiamò dalla Quistura di Montilusa il commissario dottori che di nome si chiama Tontona.»

«Tortona.»

«Come si chiama, si chiama. Quello. Lui dice che io devo affriquintari un concorso d'informaticcia. Lei che ne dice?»

«Sono contento, Catarè. Frequentalo questo corso, così ti specializzi. Tu sei l'uomo giusto per l'informaticcia.»

«Grazii, dottori.»

«Pronto, dottor Tommaseo? Montalbano sono.»

«Commissario, l'ho tanto cercata.»

«Mi scusi, ma ero molto impegnato. Ricorda l'inchiesta sul corpo ritrovato in acqua una settimana fa? Mi pare d'averla debitamente informata.»

«Ci sono sviluppi?»

«No, assolutamente.»

Montalbano avvertì il silenzio imparpagliato dell'altro,

il dialogo appena terminato non aveva senso comune. Come aveva previsto, il giudice non ci si fermò sopra.

«Volevo dirle che ho rintracciato a Bologna il vedovo, il dottor Licalzi, e gli ho comunicato, col dovuto tatto, la ferale notizia.»

«Come ha reagito?»

«Mah, che le devo dire? Stranamente. Non mi ha nemmeno domandato come fosse morta la moglie, che in fondo era giovanissima. Deve essere un tipo freddo, non si è quasi scomposto.»

Il dottor Licalzi gli aveva fottuto lo spasso al corvo Tommaseo, la delusione del giudice di non essersi potuto godere, sia pure telefonicamente, una bella scena di grida e pianti, era palpabile.

«Ad ogni modo mi ha detto che oggi non si sarebbe potuto assolutamente muovere dall'ospedale. Aveva delle operazioni da fare e il suo sostituto era ammalato. Domattina alle sette e cinque prenderà l'aereo per Palermo. Presumo quindi che sarà nel suo ufficio verso mezzogiorno. Era di questo che volevo metterla al corrente.»

«La ringrazio, giudice.»

Gallo, mentre lo stava portando in ufficio con l'auto di servizio, gli comunicò che, per decisione di Fazio, Germanà era andato a pigliare la Twingo danneggiata e l'aveva messa nel garage del commissariato.

«Hanno fatto benissimo.»

La prima persona che trasì nella sua cammara fu Mimì Augello.

«Non vengo a parlarti di lavoro. Dopodomani, cioè domenica a matina presto, vado a trovare mia sorella. Vuoi venire macari tu così vedi François? Torniamo in serata.»

«Spero di farcela.»

«Cerca di venire. Mia sorella m'ha fatto capire che vorrebbe parlarti.»

«Di François?»

«Sì.»

Montalbano si preoccupò, sarebbe stato un guaio grosso se la sorella di Augello e suo marito gli avessero comunicato che non erano più in grado di tenere con loro il picciliddro.

«Farò il possibile, Mimì. Grazie.»

«Pronto, commissario Montalbano? Sono Clementina Vasile-Cozzo.»

«Che piacere, signora.»

«Risponda con un sì o con un no. Sono stata brava?»

«Bravissima, sì.»

«Risponda sempre con un sì o con un no. Viene stasera a cena da me verso le nove?»

«Sì.»

Fazio trasì nell'ufficio del commissario con un'ariata trionfante.

«Sa, dottore? Una domanda mi feci. Visto lo stato del villino che pareva solo occasionalmente abitato, la signora Licalzi quando da Bologna veniva a Vigàta dove andava a dormiri? Ho telefonato a un collega della Questura di Montelusa, quello addetto al movimento degli alberghi, e ho avuto la risposta. La signora Michela Licalzi andava ad abitare, ogni volta, all'hotel Jolly di Montelusa. Risulta registrata in arrivo sette giorni fa.»

Fazio l'aveva pigliato di contropiede. Si era ripromesso di telefonare a Bologna al dottor Licalzi appena in ufficio e invece si era distratto, l'accenno di Mimì Augello a François l'aveva tanticchia strammato.

«Ci andiamo ora?» spiò Fazio.

«Aspetta.»

Un pensiero del tutto immotivato gli passò fulmineo per la testa lasciandosi appresso un sottilissimo odore di zolfo, quello di cui abitualmente si profumava il diavolo.

Si fece dare da Fazio il recapito telefonico di Licalzi, lo
trascrisse su un foglietto che si mise in sacchetta, lo
compose.

«Pronto, Ospedale Maggiore? Il commissario Montalbano di Vigàta sono. Vorrei parlare col professor
Emanuele Licalzi.»

«Attenda in linea, per favore.»

Aspettò con disciplina e pazienza. Quando quest'ultima stava per scappargli del tutto, la centralinista si rifece
viva.

«Il professor Licalzi è in sala operatoria. Dovrebbe ri-
provare tra mezz'ora.»

«Lo chiamerò strada facendo» disse a Fazio. «Porta il
cellulare, mi raccomando.»

Telefonò al giudice Tommaseo, gli comunicò la scoperta di Fazio.

«Ah, non gliel'ho detto» fece Tommaseo a questo
punto. «Io gli ho chiesto di fornirmi il recapito della
moglie qui da noi. Disse che non lo sapeva, che era sempre lei a chiamarlo.»

Il commissario lo pregò di preparargli un mandato di
perquisizione, avrebbe immediatamente mandato Gallo
a ritirarlo.

«Fazio, te l'hanno detto qual è la specialità del dottor
Licalzi?»

«Sissi, dottore. Fa l'aggiustaossa.»

A metà strada tra Vigàta e Montelusa, il commissario
chiamò nuovamente l'Ospedale Maggiore di Bologna.
Dopo un'aspettatina non tanto lunga, Montalbano sentì
una voce decisa ma civile.

«Sono Licalzi. Chi parla?»

«Mi scusi se l'ho disturbata, professore. Sono il commissario Salvo Montalbano di Vigàta. Mi occupo del delitto. La prego intanto d'accogliere le mie più sentite
condoglianze.»

«Grazie.»

Né una parola di più né una di meno. Il commissario capì che la parola toccava ancora a lui.

«Ecco, dottore, lei oggi ha detto al giudice che non era a conoscenza del recapito della sua signora quando veniva qua.»

«È così.»

«Non riusciamo a rintracciarlo, questo recapito.»

«Non ci saranno mica mille alberghi tra Montelusa e Vigàta.»

Pronto alla collaborazione, il professor Licalzi.

«Mi perdoni se insisto. In caso di assoluta necessità non avevate previsto...»

«Non credo potesse verificarsi una necessità simile. Ad ogni modo lì a Vigata abita un mio lontano parente col quale la povera Michela si era messa in contatto.»

«Potrebbe dirmi...»

«Si chiama Aurelio Di Blasi. E ora mi scusi, devo tornare in sala operatoria. Domani verso mezzogiorno sarò al commissariato.»

«Un'ultima domanda. Lei a questo suo parente l'ha informato del fatto?»

«No. Perché? Avrei dovuto?»

QUATTRO

«Una così squisita, elegante e bella signora!» fece Claudio Pizzotta, sissantino distinto direttore dell'albergo Jolly di Montelusa. «Le è successo qualcosa?»

«Per la verità ancora non sappiamo. Abbiamo ricevuto da Bologna una telefonata del marito ch'era in pensiero.»

«Eh già. La signora Licalzi, effettivamente, a quanto mi risulta, è uscita dall'albergo mercoledì sera e da allora non l'abbiamo più vista.»

«E non vi siete preoccupati? È venerdì sera, mi pare.»

«Eh, già.»

«Vi aveva avvertito che non sarebbe rientrata?»

«No. Ma vede, commissario, la signora usa scendere da noi almeno da due anni. Abbiamo avuto così tutto il tempo per conoscere i suoi ritmi di vita. Che non sono, come dire, usuali. La signora Michela è una donna che non passa inosservata, capisce? E poi io da sempre ho avuto una preoccupazione particolare.»

«Ah, sì? Quale?»

«Beh, la signora ha molti gioielli di gran valore. Collane, braccialetti, orecchini, anelli... Io l'ho più volte pregata di depositarli in una nostra cassetta di sicurezza, ma lei ha sempre rifiutato. Li tiene dentro una specie di sacca, non adopera borsette. Mi ha ogni volta detto di stare tranquillo, che i gioielli non li avrebbe lasciati in camera, li avrebbe portati con sé. Ma io temevo magari qualche scippo. Lei però sorrideva e non c'era verso.»

«Lei mi ha accennato a particolari ritmi di vita della signora. Potrebbe spiegarsi meglio?»

«Naturalmente. La signora ama fare le ore piccole. Torna spesso alle prime luci dell'alba.»

«Sola?»

«Sempre.»

«Bevuta? Alticcia?»

«Mai. Almeno così mi ha detto il portiere notturno.»

«Mi vuol dire che ragione ha lei per parlare della signora Licalzi col portiere notturno?»

Claudio Pizzotta avvampò. Si vede che con la signora Michela ci aveva fatto il pinsero di poterci bagnare il pizzo.

«Commissario, lei capisce... Una donna così bella e sola... Che nasca qualche curiosità è più che naturale.»

«Vada avanti. Mi dica di questi ritmi.»

«La signora dorme di filata fin verso mezzogiorno, non vuole in nessun modo essere disturbata. Quando si fa svegliare, ordina la colazione in camera e comincia a fare e a ricevere telefonate.»

«Molte?»

«Guardi, ho un elenco di scatti che non finisce mai.»

«Sa a chi telefonava?»

«Si potrebbe sapere. Ma è cosa lunga. Basta dal telefono in camera fare lo zero e si può telefonare magari in Nuova Zelanda.»

«E per le comunicazioni in arrivo?»

«Mah, che vuole che le dica. La centralinista, ricevuta la chiamata, la smista in camera. C'è una possibilità sola.»

«Cioè?»

«Che qualcuno telefoni, lasciando detto chi è, quando la signora non è in albergo. In quel caso viene dato al portiere un modulo apposito che lui mette nella casella delle chiavi.»

«La signora pranza in albergo?»

«Raramente. Capirà, facendo una sostanziosa colazione così tardi... Ma tuttavia è capitato. E il capocameriere una volta mi disse del contegno della signora a tavola, quando pranza.»

«Non ho capito bene, mi scusi.»

«L'albergo è frequentatissimo, uomini d'affari, politici, imprenditori. E tutti, bene o male, finiscono col provarci. Occhiatine, sorrisi, inviti più o meno espliciti. Il bello della signora, mi ha detto il capocameriere, è che non fa la madonna offesa, ma anzi ricambia le occhiate, i sorrisi... Però, arrivati al dunque, niente. Rimangono tutti a bocca asciutta.»

«A che ora esce di solito nel pomeriggio?»

«Verso le sedici. E rientra a notte più che fonda.»

«Deve avere un largo giro d'amicizie tra Montelusa e Vigàta.»

«Direi.»

«È capitato altre volte che sia stata fuori per più di una notte?»

«Non credo. Il portiere me l'avrebbe riferito.»

Arrivarono Gallo e Galluzzo sventolando il mandato di perquisizione.

«Qual è la stanza della signora Licalzi?»

«La 118.»

«Ho un mandato.»

Il direttore Pizzotta fece la faccia offisa.

«Ma commissario! Non c'era bisogno di questa formalità! Bastava chiederlo e io... Vi accompagno.»

«No, grazie» fece secco Montalbano.

La faccia del direttore Pizzotta da offisa diventò mortalmente offisa.

«Vado a prendere la chiave» fece, sostenuto.

Tornò poco dopo con la chiave e un mazzetto di fogli, tutti avvisi di telefonate ricevute.

«Ecco» disse, dando, va' a sapere perché, la chiave a Fazio e le ricevute a Gallo. Abbassò di scatto, alla tedesca, la testa davanti a Montalbano, si voltò e si allontanò rigido che pareva un pupo di ligno in movimento.

La cammara 118 era impregnata d'intramontabile Chanel n° 5, sopra la cassapanca portabagaglio facevano spicco due valigie e una sacca firmate Vuitton. Montalbano raprì l'armuar: cinque vestiti di gran classe, tre paia di jeans artisticamente consumati; nel reparto d'alloggio delle scarpe cinque paia a tacchi altissimi, firmate Magli, tre sportive basse. Le camicette, anch'esse costosissime, erano ripiegate con cura estrema; la biancheria intima, divisa per colori nell'apposito cassetto, era composta solo di aeree mutandine.

«Qua dentro non c'è niente» disse Fazio che intanto aveva ispezionato le due valigie e la sacca.

Gallo e Galluzzo, che avevano capovolto letto e materasso, scossero negativamente la testa e principiarono a rimettere tutto a posto, suggestionati dall'ordine che regnava nella cammara.

Sullo scrittoietto c'erano lettere, appunti, un'agenda e un mazzo di avvisi di chiamata assai più alto di quello che il direttore aveva dato a Gallo.

«Queste cose ce le portiamo via» disse il commissario a Fazio. «Talìa macari nei cassetti, piglia tutte le carte.»

Fazio tirò fora dalla sacchetta una busta di nailon che si portava sempre appresso, principiò a riempirla.

Montalbano passò nel bagno. Tutto sparluccicante, ordine perfetto. Sulla mensola, rossetto Idole, fondotinta Shiseido, una bottiglia magnum di Chanel n° 5 e via di questo passo. Un accappatoio rosa, certamente più soffice e più costoso di quello della villetta, era compostamente appeso.

Tornò nella cammara da letto, suonò per far venire l'addetta al piano. Poco dopo bussarono e Montalbano disse di trasire. Si aprì la porta e apparse una quarantina sicca sicca la quale, appena vide i quattro uomini, s'irrigidì, sbiancò e con un filo di voce spiò:

«Sbirri siete?»

Al commissario venne da ridere. Quanti secoli di soprusi polizieschi c'erano voluti per affinare in una fìmmina siciliana una così fulminea capacità d'individuazione di uno sbirro?

«Sì, lo siamo» disse sorridendo.

La cammarera arrossì, abbassò gli occhi.

«Domando scusa.»

«Lei conosce la signora Licalzi?»

«Perché, che le capitò?»

«Da qualche giorno non se ne hanno notizie. La stiamo cercando.»

«E per cercarla vi state portando via le sue carte?»

Non era da sottovalutare, quella fìmmina. Montalbano decise di concederle qualche cosa.

«Abbiamo scanto che possa esserle successo un guaio.»

«Io glielo dissi sempre di stare accorta» fece la cammarera, «se ne andava a spasso con mezzo miliardo nella sacca!»

«Andava in giro con tanti soldi?» spiò Montalbano stupito.

«Non parlavo di soldi, ma dei gioielli che ha. E con la vita che fa! Torna tardi, si susi tardi...»

«Questo lo sappiamo. Lei la conosce bene?»

«Certo. Dalla prima volta che è venuta qua col marito.»

«Mi sa dire qualcosa del suo carattere?»

«Guardi, non era per niente camurriusa. Aveva solo una fissazione: l'ordine. Quando le rifacevano la cammara, stava a sorvegliare che ogni cosa fosse rimessa al posto suo. Le cammarere del turno di matina si raccomandavano al Signiruzzo prima di cominciare il travaglio nella 118.»

«Un'ultima domanda: le sue colleghe del turno di mattina le hanno mai detto se la signora avesse ricevuto qualche uomo in camera di notte?»

«Mai. E per queste cose noi abbiamo l'occhio fino.»

Per tutto il viaggio di ritorno a Vigàta una domanda perseguitò Montalbano: se la signora era una maniaca dell'ordine, come mai il bagno della villetta a Tre Fontane era tanto in disordine, perfino con l'accappatoio rosa gettato a terra alla come viene viene?

Durante la cena (merluzzi freschissimi bolliti con due foglie d'alloro e conditi al momento con sale, pepe, olio di Pantelleria e un piatto di soave tinnirùme che serviva ad arricriare stommaco e intestini) il commissario contò alla signora Vasile-Cozzo gli sviluppi della giornata.

«Mi pare di capire» fece la signora Clementina «che la vera domanda è questa: perché l'assassino si è portato appresso i vestiti, le mutandine, le scarpe e la sacca della povirazza?»

«Già» commentò Montalbano e non disse altro. Non voleva interrompere il funzionamento del ciriveddro della signora che già appena aperto bocca aveva centrato il problema.

«Io di queste cose» proseguì la vecchia signora «posso parlarne per quello che ne vedo in televisione.»

«Non legge libri gialli?»

«Raramente. E poi che significa libro giallo? Che significa romanzo poliziesco?»

«Beh, c'è tutta una letteratura che...»

«Certo. Ma non mi piacciono le etichette. Vuole che le racconti una bella storia gialla? Dunque, un tale, dopo molte vicende avventurose, diventa il capo di una città. A poco a poco però i suoi sudditi cominciano ad ammalarsi di un male oscuro, una specie di peste. Allora questo signore si mette a indagare per scoprire la causa del male. Indaga che t'indaga, scopre che la radice del male è proprio lui e si punisce.»

«Edipo» disse quasi a se stesso Montalbano.

«Non è una bella storia poliziesca? Torniamo al nostro discorso. Perché un assassino si porta via i vestiti della vittima? La prima risposta è: per non farla identificare.»

«Non è il nostro caso» disse il commissario.

«Giusto. Mi pare però che, ragionando a questo modo, noi seguiamo la strada sulla quale vuole metterci l'omicida.»

«Non capisco.»

«Mi spiego meglio. Chi si è portato via tutta la roba vuole farci credere che ogni cosa di quella roba è ugualmente importante per lui. Ci spinge a considerare la roba come un tutto unico. Ma non è così.»

«Già» fece ancora Montalbano sempre più ammirato e sempre più timoroso di spezzare con qualche osservazione inopportuna il filo di quel ragionamento.

«Intanto la sacca, pigliata a sé stante, vale mezzo miliardo per i gioielli che ci stanno dintra. E perciò per un ladro comune l'avere arrubbato la sacca significa essersi guadagnato la giornata. Giusto?»

«Giusto.»

«Ma un ladro comune che interesse ha a portarsi via i vestiti? Nessuno. Quindi, se si è portato appresso i vestiti, le mutandine e le scarpe noi veniamo a pensare che non si tratta di un ladro comune. È invece un ladro comune che così facendo vuole farsi credere non comune, diverso. Perché? Può darsi che l'abbia fatto per imbrogliare le carte, lui voleva rubare la sacca che valeva quello che valeva ma, siccome ha commesso un omicidio, ha tentato di mascherare il suo vero scopo.»

«Giusto» fece Montalbano senza esserne richiesto.

«Andiamo avanti. Macari quel ladro dalla villetta si è portato via altre cose di valore che non sappiamo.»

«Posso fare una telefonata?» spiò il commissario pigliato da un pinsero improvviso.

Chiamò il Jolly di Montelusa, domandò di parlare con Claudio Pizzotta, il direttore.

«Ah, commissario, che cosa atroce! Terribile! Abbiamo or ora appreso da Retelibera che la povera signora Licalzi...»

Nicolò Zito aveva dato la notizia e lui si era scordato di sentire come il giornalista aveva commentato la storia.

«Anche Televigàta ha fatto un servizio» aggiunse tra realmente compiaciuto e fintamente addolorato il direttore Pizzotta.

Galluzzo aveva fatto il dovere suo con il cognato.

«Che devo fare, dottore?» spiò angosciato il direttore.

«Non capisco.»

«Con questi giornalisti. Mi stanno assediando. Vogliono un'intervista. Hanno saputo che la povera signora era scesa da noi...»

Da chi potevano averlo saputo se non dal direttore stesso? Il commissario si rappresentò Pizzotta al telefono che convocava i giornalisti spiegando come e qualmente lui avrebbe potuto fare rivelazioni interessanti sull'assassinata, bella, giovane e soprattutto ritrovata nuda...

«Faccia come minchia crede. Senta, la signora Michela indossava abitualmente qualcuno dei gioielli che aveva? Possedeva un orologio?»

«Certo che l'indossava, sia pure con discrezione. Altrimenti perché li portava da Bologna a Vigàta? E in quanto all'orologio, teneva sempre al polso un Piaget stupendo, sottile come un foglio di carta.»

Ringraziò, riattaccò, comunicò alla signora Clementina quello che aveva appena saputo. La signora ci pensò sopra tanticchia.

«Bisogna ora stabilire se si tratta di un ladro diventato assassino per necessità o di un assassino che vuole fare finta d'essere un ladro.»

«Così, per istinto, io a questa storia del ladro non ci credo.»

«Fa male a fidarsi dell'istinto.»

«Ma signora Clementina, Michela Licalzi era nuda,

aveva appena finito di fare la doccia, un ladro avrebbe sentito la rumorata, avrebbe aspettato a entrare in casa.»

«E chi le dice che il ladro non fosse già in casa quando la signora è arrivata? Lei entra e il ladro s'ammuccia. Quando la signora si mette sotto la doccia, il ladro pensa che sia il momento giusto. Esce dal suo nascondiglio, razzia quello che deve razziare ma viene sorpreso dalla signora. Il ladro allora reagisce come sappiamo. E capace che non aveva manco l'intenzione d'ammazzarla.»

«Ma come sarebbe entrato questo ladro?»

«Come è entrato lei, commissario.»

Colpito e affondato. Montalbano non replicò.

«Passiamo ai vestiti» continuò la signora Clementina. «Se sono stati portati via per fare teatro, è un conto. Ma se all'assassino necessitava di farli sparire, questo è un altro paio di maniche. Che avevano di tanto importante?»

«Che potevano rappresentare per lui un pericolo, farlo identificare» fece il commissario.

«Sì, dice bene, commissario. Ma chiaramente non costituivano un pericolo quando la signora li indossò. Dovettero diventarlo dopo. E come?»

«Forse si macchiarono» disse dubitoso Montalbano. «Magari del sangue dell'omicida. Per quanto...»

«Per quanto?...»

«Per quanto non ci fosse sangue in giro nella cammara da letto. Ce n'era tanticchia sul lenzuolo, era uscito dalla bocca della signora Michela. Ma forse si tratta di altre macchie. Di vomito, tanto per fare un esempio.»

«O di sperma, tanto per farne un altro» fece la signora Vasile-Cozzo arrossendo.

Era presto per tornarsene a casa a Marinella e così Montalbano decise d'affacciarsi al commissariato per vedere se c'erano novità.

«Ah dottori! Ah dottori!» fece Catarella appena lo vide. «Lei qua è? Alimeno una decina di pirsone tilifonaro! Tutte di lei pirsonalmente di lei cercavano! Io, non sapendo che lei avveniva, a tutte ci dissi di tilifonari addomani matino! Che feci, mali o beni, dottori?»

«Bene facesti, Catarè, non ti preoccupare. Lo sai che volevano?»

«Erano tutte pirsone che dicevano d'essere pirsone accanoscenti della signora sasinàta.»

Sul tavolo della sua cammara, Fazio gli aveva lasciato la busta di nailon con dentro le carte sequestrate nella stanza 118. Allato c'erano i foglietti di chiamata telefonica che il direttore Pizzotta aveva consegnati a Gallo. Il commissario s'assittò, dalla busta pigliò per prima l'agenda, la sfogliò. Michela Licalzi la teneva ordinata come la sua cammara d'albergo: appuntamenti, telefonate da fare, posti dove andare, erano tutti annotati con chiarezza e precisione.

Il dottor Pasquano aveva detto, e su questo Montalbano era d'accordo, che la fìmmina era stata ammazzata nella nottata tra mercoledì e giovedì. Andò subito a taliare perciò la pagina di mercoledì, l'ultima giornata di vita di Michela Licalzi. Ore 16 telefonare Rotondo mobiliere; ore 16 e 30 chiamare Emanuele; ore 17 app. Todaro piante e giardini; ore 18 Anna; ore 20 cena coi Vassallo.

La signora aveva però pigliato altri impegni per giovedì, venerdì e sabato ignorando che qualcuno le avrebbe impedito d'assolverli. Giovedì avrebbe dovuto incontrarsi, sempre di pomeriggio, con Anna; assieme a lei sarebbe andata da Loconte (tra parentesi: tende) per poi concludere la serata a cena con un tale Maurizio. Il venerdì doveva vedersi con Rigùccio elettricista, incontrarsi ancora con Anna e poi andare a cena dai signori Cangelosi. Sulla pagina di sabato c'era annotato solamente: ore 16 e 30 volo da Punta Raisi per Bologna.

L'agenda era di grande formato, la rubrica telefonica prevedeva tre pagine per ogni lettera dell'alfabeto: ebbene, i numeri di telefono trascritti erano così tanti che

la signora aveva certe volte dovuto scrivere i numeri di
due diverse persone nello stesso rigo.

Montalbano mise da parte l'agenda, pigliò le altre
carte dalla busta. Niente d'interessante, si trattava solo
di fatture e di ricevute fiscali: ogni soldo speso per la costruzione e l'arredamento della villetta era stato puntigliosamente documentato. In un quaderno a quadretti la
signora Michela aveva riportato in colonna tutte le spese, pareva pronta a una visita della Finanza. C'era un libretto d'assegni della Banca Popolare di Bologna di cui
restavano solo le matrici. Montalbano trovò anche una
carta d'imbarco Bologna-Roma-Palermo di sei giorni
avanti e un biglietto di ritorno Palermo-Roma-Bologna
per sabato alle 16 e 30.

Manco l'ùmmira di una lettera personale, di un bigliettino privato. Decise di continuare il travaglio a casa.

CINQUE

Non restavano da taliare che gli avvisi di chiamata telefonica. Il commissario principiò da quelli che Michela raccoglieva nello scrittoietto della sua cammara d'albergo. Erano una quarantina e Montalbano li raggruppò a seconda del nome di chi aveva telefonato. I mazzetti che alla fine risultarono più alti degli altri erano tre. Una fimmina, Anna, telefonava di giorno e in genere lasciava detto a Michela di richiamarla non appena sveglia o quando fosse rientrata. Un omo, Maurizio, due o tre volte si era fatto sentire di mattina, ma abitualmente preferiva la notte tardo e sempre si raccomandava d'essere richiamato. Macari il terzo era un mascolo, di nome faceva Guido e chiamava da Bologna, pure lui notturno; però, a differenza di Maurizio, non lasciava detto niente.

I foglietti che il direttore Pizzotta aveva dato a Gallo erano venti: tutte le telefonate da quando Michela era nisciuta dall'albergo il dopopranzo di mercoledì fino all'annunzio della sua morte. Mercoledì matina, però, nelle ore che la signora Licalzi dedicava al sonno, aveva domandato di lei verso le dieci e mezza il solito Maurizio e dopo poco lo stesso aveva fatto Anna. Verso le nove di sera, sempre di mercoledì, aveva cercato Michela la signora Vassallo che aveva richiamato un'ora appresso. Anna si era rifatta viva poco prima della mezzanotte.

Alle tre del matino di giovedì aveva telefonato Guido da Bologna. Alle dieci e mezzo aveva chiamato Anna (la quale evidentemente ignorava che Michela non era quella notte rientrata in albergo), alle undici un tale Loconte aveva confermato l'appuntamento per il dopopranzo. A mezzogiorno, sempre di giovedì, aveva chiamato il signor Aurelio Di Blasi che aveva insistito quasi a ogni tre ore, sino a venerdì alle sette di sera. Guido da Bologna aveva telefonato alle due del mattino di venerdì. Le telefonate di Anna, dalla mattina di giovedì si erano fatte frenetiche: s'interrompevano venerdì sera, cinque minuti prima che Retelibera desse la notizia del ritrovamento del cadavere.

C'era qualcosa che non quatrava, Montalbano non arrinisciva a localizzarla e la facenna lo metteva a disagio. Si susì, niscì nella verandina che dava direttamente sulla spiaggia, si levò le scarpe, principiò a camminare sulla rena fino ad arrivare a ripa di mare. Si arrotolò l'orlo dei pantaloni e pigliò a passiare con l'acqua che di tanto in tanto gli bagnava i piedi. Il rumore cullante della risacca l'aiutò a disporre in ordine i suoi pinseri. E a un tratto capì cosa lo stava angustiando. Rientrò in casa, pigliò l'agenda, la raprì alla giornata di mercoledì. Michela aveva segnato che doveva andare a cena dai Vassallo alle venti. Ma allora perché la signora Vassallo l'aveva cercata in albergo alle nove e alle dieci di sera? Michela non era andata all'appuntamento? O la signora Vassallo che aveva telefonato non aveva nulla da spartire con i Vassallo che l'avevano invitata a cena?

Taliò il ralogio, era la mezzanotte passata. Decise che il fatto era troppo importante per stare a pinsare al galateo. Sull'elenco telefonico di Vassallo ne risultavano tre. Fece il primo numero e c'inzertò.

«Mi scusi. Il commissario Montalbano sono.»

«Commissario! Sono Ernesto Vassallo. Sarei venuto io stesso domattina da lei. Mia moglie è distrutta, ho dovuto chiamare il medico. Ci sono novità?»

«Nessuna. Le devo domandare una cosa.»

«A disposizione, commissario. Per la povera Michela...»

Montalbano tagliò.

«Ho letto sull'agenda che mercoledì sera la signora Licalzi doveva essere a cena...»

Questa volta fu Ernesto Vassallo a interromperlo.

«Non venne, commissario! L'aspettammo a lungo. Niente. Nemmeno una telefonata, lei, che era così precisa! Ci preoccupammo, temendo che stesse male, chiamammo un paio di volte in albergo, la cercammo anche dalla sua amica Anna Tropeano, ma lei ci disse di non saperne niente, aveva visto Michela verso le sei, erano state assieme una mezz'ora, poi Michela l'aveva lasciata dicendole che andava in albergo a cambiarsi per venire da noi.»

«Senta, le sono veramente grato. Non venga domattina in commissariato, ho una quantità d'appuntamenti, passi nel pomeriggio quando vuole. Buonanotte.»

Dato che aveva fatto trenta, decise di fare trentuno. Trovato sull'elenco il nome di Aurelio Di Blasi, compose il numero. Non era ancora terminato il primo squillo che venne all'altro capo sollevato il ricevitore.

«Pronto? Pronto? Sei tu? Tu sei?»

Una voce d'uomo di mezza età, affannosa, preoccupata.

«Il commissario Montalbano sono.»

«Ah.»

Montalbano sentì che l'uomo stava patendo una profondissima delusione. Di chi aspettava con tanta ansia la telefonata?

«Signor Di Blasi, lei certamente avrà saputo della povera...»

«Lo so, lo so, l'ho sentito alla televisione.»

Alla delusione era subentrato un evidente fastidio.

«Ecco, volevo sapere perché lei, da giovedì a mezzogiorno sino a venerdì sera ha insistentemente cercato nel suo albergo la signora Licalzi.»

«Che c'è di tanto straordinario? Io sono un lontano parente del marito di Michela. Lei, quando veniva qua per la villetta, si appoggiava a me per consiglio e aiuto. Io sono ingegnere edile. Giovedì le ho telefonato per invitarla a cena da noi, ma il portiere mi disse che la signora non era rientrata la notte avanti. Il portiere mi conosce, ha confidenza. E così ho cominciato a preoccuparmi. Trova la cosa tanto eccezionale?»

Ora l'ingegnere Di Blasi si era fatto ironico e aggressivo. Il commissario ebbe l'impressione che a quell'uomo i nervi stessero per saltare.

«No» disse e riattaccò.

Era inutile chiamare Anna Tropeano, sapeva già quello che avrebbe raccontato perché glielo aveva anticipato il signor Vassallo. Avrebbe convocato la Tropeano in commissariato. Una cosa a questo punto era sicura: la scomparsa dalla circolazione di Michela Licalzi era cominciata verso le sette di sera di mercoledì; in albergo non era arrivata mai anche se aveva manifestato questo proposito alla sua amica.

Non aveva sonno e così si curcò con un libro, un romanzo di Denevi, uno scrittore argentino che gli piaceva assà.

Quando cominciò ad avere gli occhi a pampineddra per il sonno, chiuse il libro, astutò la luce. Come faceva spessissimo prima d'addormentarsi, pensò a Livia. E di colpo si ritrovò susùto a mezzo del letto, sveglissimo. Gesù, Livia! Non si era fatto più sentire da lei dalla notte del temporale, quando aveva fatto finta che la linea fosse caduta. Livia certamente non ci aveva creduto, tant'è vero che non aveva più chiamato. Doveva rimediare subito.

«Pronto? Ma chi parla?» fece la voce assonnata di Livia.

«Salvo sono, amore.»

«Ma lasciami dormire!»

Clic. Montalbano rimase un pezzo col microfono in mano.

Erano le otto e mezza del matino quando trasì in commissariato, riportandosi appresso le carte di Michela. Dopo che Livia non aveva voluto parlargli era stato pigliato dal nirbuso e non ce l'aveva più fatta a chiudere occhio. Non ebbe bisogno di convocare Anna Tropeano, Fazio subito gli disse che la fimmina l'aspettava dalle otto.

«Senti, voglio sapere tutto di un ingegnere edile di Vigàta, si chiama Aurelio Di Blasi.»

«Tutto tutto?» spiò Fazio.

«Tutto tutto.»

«Tutto tutto per me significa macari le voci, le filame.»

«Macari pi mia significa la stessa cosa.»

«E quanto tempo ho?»

«A Fazio, vuoi giocare al sindacalista? Due ore ti bastano e ti superchiano.»

Fazio squatrò il superiore con un'ariata sdignata e sinni niscì senza dire manco bongiorno.

In condizioni normali, Anna Tropeano doveva essere una bella trentenne, nerissima di capelli, scura di pelle, grandi occhi sparluccicanti, alta e piena. Ora invece appariva con le spalle curve, gli occhi gonfi e rossi, la pelle che dava sul grigio.

«Posso fumare?» spiò appena assittata.

«Certo.»

Si addrumò una sigaretta, le mani le tremavano. Tentò la brutta copia di un sorriso.

«Avevo smesso una settimana fa. Da ieri sera invece ho fumato almeno tre pacchetti.»

«La ringrazio di essere venuta spontaneamente. Ho proprio bisogno di sapere molte cose da lei.»

«Sono qua.»

Dentro di sé, il commissario tirò un sospiro di sollievo. Anna era una donna forte, non ci sarebbero stati pianti e

svenimenti. Il fatto era che quella fimmina gli aveva fatto
sangue appena era apparsa sulla porta.

«Macari se le mie domande le potranno apparire stra-
ne, risponda lo stesso, la prego.»

«Certo.»

«Sposata?»

«Chi?»

«Lei.»

«No, non lo sono. E nemmeno separata o divorziata.
E manco fidanzata, se è per questo. Vivo sola.»

«Perché?»

Malgrado Montalbano l'avesse preavvisata, Anna ebbe un momento d'incertezza a rispondere a una domanda così personale.

«Credo di non avere avuto il tempo di pensare a me
stessa. Commissario, un anno prima di pigliare la laurea,
mio padre morì. Un infarto, era molto giovane. L'anno
dopo che mi ero laureata, persi la mamma, ho dovuto
badare alla mia sorellina, Maria, che ora ha ventinove
anni ed è sposata a Milano, e a mio fratello Giuseppe
che lavora in banca a Roma ed ha ventisette anni. Io ne
ho trentuno. Ma, a parte questo, penso di non avere incontrato la persona giusta.»

Non era risentita, anzi pareva tanticchia più calma: il
fatto che il commissario non fosse subito entrato in argomento le aveva dato come una pausa di respiro. Montalbano pensò che era meglio navigare ancora al largo.

«Lei qui a Vigàta vive nella casa dei suoi genitori?»

«Sì, papà l'aveva comprata. È una specie di villino, appena inizia Marinella. È diventata troppo grande per me.»

«È quella a destra subito dopo il ponte?»

«Quella.»

«Ci passo davanti almeno due volte al giorno. Macari
io abito a Marinella.»

Anna Tropeano lo stava a taliare tanticchia strammata. Che strano tipo di sbirro!

«Lavora?»

«Sì, insegno allo scientifico di Montelusa.»

«Che insegna?»

«Fisica.»

Montalbano la considerò ammirato. A scuola, in fisica, era stato sempre tra il quattro e il cinque: se avesse avuto ai suoi tempi una professoressa accussì, forse avrebbe potuto mettersi a paro con Einstein.

«Lei sa chi l'ha ammazzata?»

Anna Tropeano sobbalzò, taliò il commissario con occhi imploranti: stavamo così bene, perché vuoi metterti la maschera dello sbirro che è peggio di un cane da caccia?

"Non molli mai la presa?" parse domandare.

Montalbano capì quello che gli occhi della fimmina gli stavano spiando, sorrise, allargò le braccia in un gesto di rassegnazione, come a dire:

«È il mio lavoro.»

"No" rispose ferma, decisa, Anna Tropeano.

«Qualche sospetto?»

«No.»

«La signora Licalzi abitualmente tornava in albergo nelle prime ore del mattino. Io vorrei domandarle...»

«Veniva da me. A casa mia. Quasi ogni sera cenavamo insieme. Se lei era invitata fuori, dopo passava da me.»

«Che facevate?»

«Che fanno due amiche? Parlavamo, guardavamo la televisione, ascoltavamo musica. Oppure non facevamo niente, c'era il piacere di sentirsi una vicina all'altra.»

«Aveva amicizie maschili?»

«Sì, qualcuna. Ma le cose non stavano come potevano apparire. Michela era molto seria. Vedendola così spigliata, libera, gli uomini equivocavano. E restavano immancabilmente delusi.»

«C'era qualcuno particolarmente assillante?»

«Sì.»

«Come si chiama?»

«Non glielo dico. Lo scoprirà facilmente.»

«Insomma, la signora Licalzi era fedelissima al marito.»

«Non ho detto questo.»

«Che viene a significare?»

«Viene a significare quello che le ho appena detto.»

«Vi conoscevate da tanto tempo?»

«No.»

Montalbano la taliò, si susì, si avvicinò alla finestra. Anna quasi rabbiosamente addrumò la quarta sigaretta.

«Non mi piace il tono che ha preso l'ultima parte del nostro dialogo» fece il commissario di spalle.

«Nemmeno a me.»

«Pace?»

«Pace.»

Montalbano si voltò, le sorrise. Anna ricambiò. Ma fu un attimo, alzò un dito come una scolara, voleva fare una domanda.

«Mi può dire, se non è un segreto, come è stata ammazzata?»

«La televisione non l'ha detto?»

«No, né Retelibera né Televigàta. Hanno comunicato il ritrovamento e basta.»

«Non dovrei dirglielo. Ma faccio un'eccezione per lei. L'hanno soffocata.»

«Con un cuscino?»

«No, tenendole il volto premuto contro il materasso.»

Anna cominciò a cimiare, faceva come le cime degli alberi quando sono investite dal vento. Il commissario niscì, tornò poco dopo con una bottiglia d'acqua e un bicchiere. Anna bevve come se fosse appena tornata dal deserto.

«Ma che c'è andata a fare nella villetta, Dio mio?» disse quasi a se stessa.

«Lei c'è mai stata nella villetta?»

«Certo. Quasi ogni giorno, con Michela.»

«La signora ci ha dormito qualche volta?»

«Che io sappia, no.»

«Ma nel bagno c'era un accappatoio, c'erano asciuga-mani, creme.»

«Lo so. Michela l'aveva arredato apposta. Quando andava nella villa per metterla a posto, inevitabilmente finiva con lo sporcarsi di polvere, di cemento. Così, pri-ma di andare via, si metteva sotto la doccia.»

Montalbano si fece persuaso ch'era venuto il momen-to di colpire basso, ma era di malavoglia, non aveva gana di ferirla a fondo.

«Era completamente nuda.»

Anna parse attraversata da una corrente ad alta ten-sione, sgriddrò smisuratamente gli occhi, tentò di dire qualcosa, non ci arrinscì. Montalbano le riempì il bic-chiere.

«È stata... è stata violentata?»

«Non lo so. Ancora il medico legale non mi ha telefo-nato.»

«Ma perché invece di andare in albergo è andata in quella maledetta villetta?» si ridomandò disperatamente Anna.

«Chi l'ha ammazzata s'è portato via i vestiti, le mutan-dine, le scarpe.»

Anna lo taliò incredula, come se il commissario le avesse contato una grossa farfantarìa.

«E che ragione c'era?»

Montalbano non rispose, proseguì.

«Si è portato via macari la sacca con tutto quello che c'era dentro.»

«Questo è più comprensibile. Michela nella sacca ci teneva tutti i suoi gioielli ch'erano tanti e di gran valore. Se chi l'ha soffocata è stato un ladro sorpreso a...»

«Aspetti. Il signor Vassallo m'ha riferito che non ve-dendo arrivare a cena la signora si preoccupò e telefonò a lei.»

«È vero. Io la facevo da loro. Lasciandomi, Michela m'aveva detto che sarebbe passata in albergo a cambiarsi.»

«A proposito, com'era vestita?»

«Era tutta in jeans, macari la giacca, scarpe sportive.»

«E invece in albergo non è mai arrivata. Qualcuno o qualcosa le ha fatto cambiare idea. Aveva un cellulare?»

«Sì, lo teneva nella sacca.»

«E dunque posso pensare che mentre andava in albergo qualcuno le abbia telefonato. E in seguito a questa telefonata la signora sia andata nella villetta.»

«Magari era un tranello.»

«Da parte di chi? Del ladro certamente no. L'ha mai sentito un ladro che convoca il proprietario della casa che sta derubando?»

«Ha visto se manca qualcosa dalla villetta?»

«Il Piaget della signora sicuramente. Per il resto, non so. Ignoro cosa ci fosse di valore nella villetta. Tutto appare in ordine, in disordine è solo il bagno.»

Anna fece la faccia meravigliata.

«In disordine?»

«Sì, pensi che l'accappatoio rosa era gettato a terra. Aveva appena fatto la doccia.»

«Commissario, lei mi sta facendo un certo quadro che non mi persuade proprio per niente.»

«Cioè?»

«Cioè che Michela si sia recata nella villetta per incontrarci un uomo ed era così impaziente d'andare a letto con lui da liberarsi dell'accappatoio in fretta, lasciandolo cadere dove viene viene.»

«È plausibile, no?»

«Per altre donne sì, per Michela no.»

«Lei sa chi è un tale Guido che ogni notte le telefonava da Bologna?»

Aveva sparato alla cieca, ma fece centro. Anna Tropeano distolse lo sguardo, impacciata.

«Lei poco fa mi ha detto che la signora era fedele.»

«Sì.»

«Alla sua unica infedeltà?»

Anna fece signo di sì con la testa.

«Può dirmi come si chiama? Guardi che mi fa un favore, risparmio tempo. Per arrivarci, stia tranquilla che ci arrivo lo stesso. Dunque?»

«Si chiama Guido Serravalle, è un antiquario. Non conosco né il telefono né l'indirizzo.»

«Grazie, mi basta. Verso mezzogiorno verrà qui il marito. Vuole incontrarlo?»

«Io?! E perché? Manco lo conosco.»

Il commissario non ebbe bisogno di domandare ancora, Anna andò avanti da sola.

«Michela si è sposata col dottor Licalzi due anni e mezzo fa. È stata lei a voler venire in Sicilia in viaggio di nozze. In quell'occasione non ci siamo conosciute. È stato dopo, quando è tornata da sola coll'intenzione di far costruire la villetta. Un giorno stavo andando in macchina a Montelusa, una Twingo veniva in senso inverso, eravamo tutt'e due soprappensiero, per poco non abbiamo fatto uno scontro frontale. Siamo scese per le scuse reciproche e ci siamo fatte simpatia. Tutte le altre volte che Michela è tornata è venuta sempre da sola.»

Era stanca, a Montalbano fece pena.

«Mi è stata utilissima. Grazie.»

«Posso andarmene?»

«Certo.»

E le porse la mano. Anna Tropeano la prese, la tenne tra le sue.

Il commissario sentì dentro di sé come una vampata di calore.

«Grazie» fece Anna.

«E di che?»

«Di avermi fatto parlare di Michela. Non ho nessuno con cui... Grazie. Mi sento più serena.»

SEI

Anna Tropeano se n'era appena andata via che la porta della cammara del commissario si spalancò battendo contro la parete e Catarella trasì a palla allazzata.

«La prossima volta che entri così, ti sparo. E tu lo sai che parlo sul serio» fece calmissimo Montalbano.

Catarella però era troppo eccitato per darsene pinsero.

«Dottori, ci voleva dire che mi hanno acchiamato dalla Quistura di Montilusa. S'arricorda che le dissi di quel concorso d'informaticcia? Accomincia lunedì matino e io mi devo apprisintari. Come farete senza di mia al tilifono?»

«Sopravviveremo, Catarè.»

«A dottori dottori! Lei mi disse di non distrupparlo a mentre che parlava con la signora e io obbediente fui! Ma arrivò uno sdilluvio di tilifonate! Tutte le scrissi a sopra di questo pizzino.»

«Dammelo e vattene.»

Su una pagina di quaderno malamente strappata c'era scritto: «Ano tilifonato Vizzalllo Guito Sera falle Losconte suo amicco Zito Rotonò Totano Ficuccio Cangelosi novamente di novo Sera falle di bolonia Cipollina Pinissi Cacomo».

Montalbano cominciò a grattarsi in tutto il corpo. Doveva trattarsi di una misteriosa forma d'allergia, ma ogni volta ch'era costretto a leggere uno scritto di Catarella lo pigliava un prurito irresistibile. Con santa pacienza decrittò: Vassallo, Guido Serravalle l'amante bolognese di Michela, Loconte che vendeva stoffe per tende, il suo amico Nicolò Zito, Rotondo il mobiliere, Todaro quello delle piante e giardini, Riguccio l'elettricista, Cangelosi che aveva invitato a cena Michela, di nuovo Serravalle. Cipollina, Pinissi e Cacomo, ammesso e non concesso che si chiamassero così, non sapeva chi fossero, ma era facile supporre che avessero telefonato perché amici o conoscenti della vittima.

«C'è permesso?» spiò Fazio affacciandosi.

«Entra. M'hai portato le informazioni sull'ingegnere Di Blasi?»

«Certo. Altrimenti qua sarei?»

Fazio evidentemente s'aspettava un elogio per il poco tempo impiegato a raccogliere le notizie.

«Hai visto che ce l'hai fatta in un'ora?» gli disse invece il commissario.

Fazio s'infuscò.

«E questo sarebbe il ringrazio che mi fa?»

«Perché, tu vuoi essere ringraziato quando non fai altro che il tuo dovere?»

«Commissario, mi permette con tutto il rispetto? Stamatina proprio 'ntipatico è.»

«A proposito, perché non ho ancora avuto l'onore e il piacere, si fa per dire, di vedere in ufficio il dottor Augello?»

«È fora per via del Cementificio con Germanà e Galluzzo.»

«Cos'è questa storia?»

«Nenti sapi? Aieri a trentacinque operai del Cementificio ci arrivò la carta della cassa integrazione. Stamatina hanno principiato a fare catùnio, voci, pietre, cose così. Il direttore s'è appagnato e ha chiamato qua.»

«E perché Mimì Augello c'è andato?»

«Ma se il direttore l'ha chiamato d'aiuto!»

«Cristo! L'ho detto e l'ho ripetuto cento volte. Non voglio che nessuno del commissariato s'immischi in queste cose!»

«Ma che doveva fare il pòviro dottore Augello?»

«Smistava la telefonata all'Arma, che quelli in queste

cose ci bagnano il pane! Tanto, al signor direttore del Cementificio un altro posto glielo trovano. Quelli che restano col culo a terra sono gli operai. E noi li pigliamo a manganellate?»

«Dottore, mi perdoni ancora, ma lei proprio comunista comunista è. Comunista arraggiato è.»

«Fazio, tu sei amminchiato su questa storia del comunismo. Non sono comunista, lo vuoi capire sì o no?»

«Va bene, ma certo è che parla e ragiona come uno di loro.»

«Vogliamo lasciar perdere la politica?»

«Sissi. Dunque: Di Blasi Aurelio fu Giacomo e fu Carlentini Maria Antonietta, nato in Vigàta il 3 aprile 1937...»

«Quando parli così mi fai venire il nervoso. Mi pari un impiegato dell'anagrafe.»

«Non le piace, signor dottore? Vuole che lo canti in musica? Che lo dica in poesia?»

«Stamatina macari tu, in fatto di 'ntipatia, mi pare che non scherzi.»

Squillò il telefono.

«Qua finisce che facciamo notte» sospirò Fazio.

«Pronti, dottori? C'è al tilifono quel signore Càcono che già tilifonò. Che faccio?»

«Passamelo.»

«Commissario Montalbano? Sono Gillo Jàcono, ho avuto il piacere di conoscerla in casa della signora Vasile-Cozzo, sono un suo ex allievo.»

Al microfono, in sottofondo, Montalbano sentì una voce femminile annunziare l'ultima chiamata del volo per Roma.

«Mi ricordo benissimo, mi dica.»

«Sono all'aeroporto, ho pochi secondi, mi scusi la brevità.»

La brevità il commissario era sempre pronto a scusarla dovunque e comunque.

«Telefono per quella signora assassinata.»

«La conosceva?»

«No. Vede, mercoledì sera, verso la mezzanotte, sono partito da Montelusa per Vigàta con la mia macchina. Il motore però ha cominciato a fare i capricci, dovevo procedere pianissimo. In contrada Tre Fontane sono stato superato da una Twingo scura che si è fermata poco dopo, davanti a un villino. Ne sono scesi un uomo e una donna, si sono incamminati per il vialetto. Non ho visto altro, ma di quello che ho visto sono certo.»

«Quando torna a Vigàta?»

«Giovedì prossimo.»

«Mi venga a trovare. Grazie.»

Montalbano s'assentò, nel senso che il suo corpo restò assittato, ma la testa era altrove.

«Che faccio, torno tra tanticchia?» spiò rassegnato Fazio.

«No, no. Parla.»

«Dunque, dov'ero rimasto? Ah, sì. Ingegnere edile, non costruisce però in proprio. Domiciliato in Vigàta, via Laporta numero 8, coniugato con Dalli Cardillo Teresa, casalinga, ma casalinga benestante. Proprietario di un grosso pezzo di terreno agricolo a Raffadali, provincia di Montelusa, con annessa casa colonica da lui resa abitabile. Ha due automobili, una Mercedes e una Tempra. Ha due figli, un mascolo e una fìmmina. La fìmmina si chiama Manuela, ha trent'anni, è maritata in Olanda con un commerciante. Hanno due figli, Giuliano di anni tre e Domenico di anni uno. Abitano...»

«Ora ti spacco la faccia» disse Montalbano.

«Perché? Che ho fatto?» spiò fintamente ingenuo Fazio. «Non mi aveva detto che voleva sapere tutto di tutto?»

Squillò il telefono. Fazio si limitò a gemere e a isare gli occhi al soffitto.

«Commissario? Sono Emanuele Licalzi. Telefono da

Roma. L'aereo da Bologna è partito con due ore di ritardo e ho perso il Roma-Palermo. Sarò lì verso le tre del pomeriggio.»

«Non si preoccupi. L'aspetto.»

Taliò Fazio e Fazio taliò lui.

«Ne hai ancora per molto con questa camurrìa?»

«Ho quasi finito. Il figlio mascolo invece si chiama Maurizio.»

Montalbano si raddrizzò sulla seggia, appizzò le orecchie.

«Ha trentun anni, studente universitario.»

«A trentun anni?!»

«Proprio così. Pare sia tanticchia lento di testa. Abita in casa dei genitori. E questo è quanto.»

«No, sono sicuro che questo non è quanto. Continua.»

«Beh, si tratta di voci...»

«E tu non farti scrupolo.»

Era evidente che Fazio se la stava scialando, in questa partita col suo superiore aveva in mano le meglio carte.

«Dunque. L'ingegnere Di Blasi è cugino in secondo grado del dottor Emanuele Licalzi. La signora Michela è diventata di casa coi Di Blasi. E Maurizio ha perso la testa per lei. Era, per il paisi, una farsa: quando la signora Licalzi camminava Vigàta Vigàta appresso c'era lui, con la lingua di fora.»

Dunque era il nome di Maurizio quello che Anna Tropeano non aveva voluto fargli.

«Tutti quelli coi quali ho parlato» proseguì Fazio «m'hanno detto che è un pezzo di pane. Buono e tanticchia fissa.»

«Va bene, ti ringrazio.»

«C'è un'altra cosa» fece Fazio ed era chiaro che stava per sparare l'ultimo botto, il più grosso, come si usa nei fochi d'artificio. «Pare che questo picciotto sia sparito da mercoledì sera. Non so se mi spiego.»

«Pronto, dottor Pasquano? Montalbano sono. Ha novità per me?»

«Qualcuna. La stavo per chiamare io.»

«Mi dica tutto.»

«La vittima non aveva cenato. O almeno, poca roba, un panino. Aveva un corpo splendido, dentro e fuori. Sanissima, un meccanismo perfetto. Non aveva bevuto, né ingerito stupefacenti. La morte è stata causata da asfissia.»

«Tutto qua?» fece Montalbano deluso.

«No. Ha avuto indubbiamente rapporti sessuali.»

«È stata violentata?»

«Non credo. Ha avuto un rapporto vaginale molto forte, come dire, intenso. Ma non c'è traccia di liquido seminale. Poi ha avuto un rapporto anale, anche questo molto forte e senza liquido seminale.»

«Ma come fa a dire che non c'è stata violenza?»

«Semplicissimo. Per preparare la penetrazione anale è stata usata una crema emolliente, forse una di quelle creme idratanti che le donne tengono nel bagno. L'ha mai sentito lei di un violentatore che si preoccupa di non far provare dolore alla sua vittima? No, mi creda: la signora era consenziente. E ora la lascio, le farò avere, al più presto, altri dettagli.»

Il commissario aveva una memoria fotografica eccezionale. Chiuse gli occhi, si pigliò la testa tra le mani, si concentrò. E dopo un poco lo vide nitidamente il vasetto di crema idratante, col coperchio posato allato, l'ultimo a destra sulla mensola del bagno in disordine della villetta.

In via Laporta numero 8 il cartellino del citofono faceva: ING. AURELIO DI BLASI e basta. Suonò, rispose una voce femminile.

«Chi è?»

Meglio non metterla in guardia, in quella casa dovevano essere sulla bragia.

«C'è l'ingegnere?»

«No. Ma torna presto. Chi è?»

«Sono un amico di Maurizio. Mi fa entrare?»

Per un attimo si sentì d'essere un omo di merda, ma era il suo lavoro.

«Ultimo piano» fece la voce femminile.

La porta dell'ascensore gli venne aperta da una donna di una sessantina d'anni, spettinata e stravolta.

«Lei è un amico di Maurizio?» chiese ansiosamente la fimmina.

«Sì e no» rispose Montalbano sentendo che la merda gli arrivava al collo.

«Si accomodi.»

Lo fece trasiri in un salotto grande e arredato con gusto, gli indicò una poltrona, lei invece s'assittò su una seggia, dondolando avanti e narrè il busto, muta e disperata. Le persiane erano inserrate, una luce avara filtrava tra le listelle e così a Montalbano parse di essere andato a una visita di lutto. Pensò che macari il morto c'era, ma invisibile, e di nome faceva Maurizio. Sul tavolinetto c'erano, sparpagliate, una decina di foto che rappresentavano tutte la stessa faccia, ma nella penombra della cammara non si distinguevano i tratti. Il commissario tirò un lungo sospiro, come quando ci si prepara ad andare sott'acqua in apnea, e veramente stava per tuffarsi in quell'abisso di dolore ch'erano i pinseri della signora Di Blasi.

«Ha avuto notizie di suo figlio?»

Era più che evidente che le cose stavano come gli aveva riferito Fazio.

«No. Tutti lo stanno cercando per mare e per terra. Mio marito, i suoi amici... Tutti.»

Cominciò a piangere quietamente, le lacrime le colavano lungo il viso, le cadevano sulla gonna.

«Aveva molto denaro con sé?»

«Di sicuro una mezza milionata. E poi aveva la tessera, come si chiama, il Bancomat.»

«Le vado a pigliare un bicchiere d'acqua» fece Montalbano susendosi.

«Stia comodo, vado io» fece la fìmmina susendosi macari lei e niscendo dalla cammara. Montalbano di scatto agguantò una delle foto, la taliò un attimo, un picciotto dalla faccia cavallina, gli occhi senza espressione, e se la mise in sacchetta. Si vede che l'ingegnere Di Blasi le aveva fatte preparare per distribuirle. Tornò la signora che però, invece di assittarsi, restò addritta sotto l'arco della porta. Era diventata sospettosa.

«Lei è assai più grande di mio figlio. Come ha detto che si chiama?»

«Veramente Maurizio è amico di un mio fratello minore, Giuseppe.»

Aveva scelto uno dei nomi più diffusi in Sicilia. Ma la signora già non ci pinsava più, si assittò, ripigliò il suo avanti e narrè.

«Quindi non avete avuto sue notizie da mercoledì sera?»

«Nenti di nenti. La notte non tornò qua. Non l'aveva mai fatto. È un picciotto semplici, abbonazzato, se uno gli conta che i cani volano, ci crede. A un certo punto della matinata mio marito si mise in pinsero, cominciò con le telefonate. Un suo amico, Pasquale Corso, lo vide passare che andava verso il bar Italia. Potevano essere le nove di sira.»

«Aveva un cellulare, un telefonino?»

«Sì. Ma lei chi è?»

«Bene» fece il commissario susendosi. «Tolgo il disturbo.»

Si avviò di prescia alla porta di casa, la raprì, si voltò.

«Quand'è l'ultima volta che è venuta qua Michela Licalzi?»

La signora avvampò.

«Non faccia il nome di quella buttana!» disse.

E gli sbatté la porta dietro le spalle.

Il bar Italia stava quasi attaccato al commissariato; tutti, Montalbano compreso, erano di casa. Il proprietario stava assittato alla cassa: era un omone dallo sguardo truce che contrastava con la sua innata gentilezza d'animo. Si chiamava Gelsomino Patti.

«Che le faccio servire, commissario?»

«Niente, Gelsomì. Mi necessita un'informazione. Tu lo conosci a Maurizio Di Blasi?»

«Lo trovarono?»

«Non ancora.»

«Il patre, povirazzo, è passato da qua almeno una decina di volte a spiare se ci sono novità. Ma quali novità ci possono essere? Se torna, va alla casa so', non è che viene ad assittarsi al bar.»

«Senti, Pasquale Corso...»

«Commissario, il patre lo disse macari a mia e cioè che Maurizio verso le nove di sira venne qua. Il fatto è che si fermò sulla strata, proprio qua davanti e io lo vedevo benissimo dalla cassa. Stava per trasiri, poi si fermò, tirò fora il telefonino, fece un nummaro e si mise a parlare. Dopo tanticchia non lo vitti più. Qui però la sira di mercordì non trasì, questo è certo. Che interesse avrei a dire una cosa per un'altra?»

«Grazie, Gelsomì. Ti saluto.»

«Dottori! Tilifonò da Montelusa il dottori Latte.»

«Lattes, Catarè, con la esse in fondo.»

«Dottori, una esse in più o in meno non porta opinione. Disse così che lei lo chiama midiatamenti. E poi tilifonò macari Guito Serafalle. Mi lassò il nummaro di Bolonia. Lo scrissi sopra a questo pizzino.»

Si era fatta l'ora di andare a mangiare, ma il tempo per una telefonata c'era.

«Pronto? Chi parla?»

«Il commissario Montalbano sono. Telefono da Vigàta. Lei è il signor Guido Serravalle?»

«Sì. Commissario, stamattina l'ho tanto cercata perché, telefonando al Jolly per parlare con Michela ho saputo...»

Una voce calda, matura, da cantante confidenziale.

«Lei è un parente?»

Si era sempre dimostrata una buona tattica quella di far finta d'ignorare, durante un'inchiesta, i rapporti tra le varie persone coinvolte.

«No. Veramente io...»

«Un amico?»

«Sì, un amico.»

«Quanto?»

«Non ho capito, mi scusi.»

«Quanto amico?»

Guido Serravalle esitò a rispondere, Montalbano gli andò in aiuto.

«Intimo?»

«Beh, sì.»

«Allora mi dica.»

Ancora un'esitazione. Evidentemente i modi del commissario lo spiazzavano.

«Ecco, volevo dirle... mettermi a disposizione. Io ho a Bologna un negozio d'antiquariato che posso chiudere quando voglio. Se lei ha bisogno di me, io prendo un aereo e vengo giù. Volevo... ero molto legato a Michela.»

«Capisco. Se avrò bisogno di lei, la farò chiamare.»

Riagganciò. Detestava le persone che facevano telefonate inutili. Che poteva dirgli Guido Serravalle che non sapesse già?

Si avviò a piedi per andare a mangiare alla trattoria San Calogero dove avevano sempre pesce freschissimo. A un tratto si fermò, santiando. Aveva scordato che la trattoria era chiusa da sei giorni per lavori di ammodernamento della cucina. Tornò narrè, pigliò la sua macchina, si diresse verso Marinella. Appena passato il ponte,

taliò la casa che ora sapeva essere di Anna Tropeano. Fu
più forte di lui, accostò, frenò, scese.

Era una villetta a due piani, molto ben tenuta, con un
giardinetto torno torno. Si avvicinò al cancello, premette il pulsante del citofono.

«Chi è?»

«Il commissario Montalbano sono. La disturbo?»

«No, venga.»

Il cancello si raprì e contemporaneamente si raprì la
porta della villetta. Anna si era cangiata d'abito, aveva
ripigliato il giusto colorito.

«Sa una cosa, dottor Montalbano? Ero certa che in
giornata l'avrei rivista.»

SETTE

«Stava pranzando?»

«No, non ne ho voglia. E poi, così, da sola... Quasi ogni giorno Michela veniva a mangiare qua. Raro che pranzasse in albergo.»

«Le posso fare una proposta?»

«Intanto, entri.»

«Vuol venire a casa mia? È qui a due passi, sul mare.»

«Ma forse sua moglie senza essere stata avvertita...»

«Vivo solo.»

Manco un momento ci pensò sopra Anna Tropeano.

«La raggiungo in macchina.»

Viaggiarono in silenzio, Montalbano ancora sorpreso di averle fatto l'invito e Anna certamente meravigliata con se stessa per averlo accettato.

Il sabato era la giornata che la cammarera Adelina dedicava a una picinosa pulizia dell'appartamento e il commissario, a vederlo così tirato a lucido, si consolò: una volta, sempre di sabato, aveva invitato una coppia d'amici, ma Adelina quel giorno non era venuta. Finì che la mogliere dell'amico, per conzare la tavola, dovette prima sgombrarla da una montagna di calzini sporchi e di mutande da lavare.

Come se conoscesse da tempo la casa, Anna si era diretta alla verandina, si era assittata sulla panca a taliare il mare a pochi passi. Montalbano le mise davanti il tavolinetto pieghevole e un posacenere. Andò in cucina. Nel forno Adelina gli aveva lasciato una grossa porzione di nasello, in frigorifero c'era già pronta la salsina di acciughe e aceto per condirlo.

Tornò nella verandina. Anna fumava e pareva essere sempre più tranquilla a ogni minuto che passava.

«Com'è bello qua.»

«Senta, lo vorrebbe un po' di nasello al forno?»

«Commissario, non si offenda, ma ho lo stomaco chiuso. Facciamo così, mentre lei mangia, io mi bevo un bicchiere di vino.»

Tempo di mezz'ora, il commissario s'era sbafato la tripla porzione di nasello, e Anna si era scolata due bicchieri di vino.

«È proprio buono» fece Anna riempiendo di nuovo il bicchiere.

«Lo fa... lo faceva mio padre. Vuole un caffè?»

«Al caffè non ci rinunzio.»

Il commissario raprì un barattolo di Yaucono, preparò la napoletana, la mise sul gas. Tornò nella verandina.

«Mi levi questa bottiglia di davanti. Altrimenti me la scolo tutta» fece Anna.

Montalbano obbedì. Il caffè era pronto, lo servì. Anna lo bevve gustandolo, a piccoli sorsi.

«È forte e squisito. Dove lo compra?»

«Non lo compro. Un amico mi manda qualche barattolo dal Portorico.»

Anna allontanò la tazza, s'addrumò la ventesima sigaretta.

«Che cos'ha da dirmi?»

«Ci sono novità.»

«Quali?»

«Maurizio Di Blasi.»

«Ha visto? Non le ho fatto stamattina il nome perché ero convinta che l'avrebbe facilmente scoperto, tutti in paese ne ridevano.»

«Aveva perso la testa?»

«Di più. Per lui Michela era diventata un'ossessione. Non so se le hanno fatto sapere che Maurizio non era un ragazzo a posto. Stava al limite tra la normalità e il disagio mentale. Guardi, ci sono due episodi che...»

«Me li racconti.»

«Una volta Michela e io siamo andate a mangiare in un ristorante. Dopo un poco arrivò Maurizio, ci salutò e si sedette al tavolo allato. Mangiò pochissimo, gli occhi sempre fissi su Michela. E a un tratto cominciò a sbavare, a me venne un conato di vomito. Sbavava, mi creda, un filo di saliva gli scendeva dall'angolo della bocca. Dovemmo andarcene.»

«E l'altro episodio?»

«Ero andata nella villetta ad aiutare Michela. Alla fine della giornata, lei andò a farsi una doccia e poi scese nel salone nuda. Faceva molto caldo. Le piaceva girare per casa senza niente addosso. Si sedette su una poltrona, cominciammo a parlare. A un certo momento sentii come un gemito venire da fuori. Mi voltai a taliare. C'era Maurizio, con la faccia quasi impiccicata al vetro. Prima che io potessi dire una parola, arretrò di qualche passo, piegato in due. E fu allora che capii che si stava masturbando.»

Fece una pausa, taliò il mare, sospirò.

«Povero figlio» disse sottovoce.

Montalbano, fu un attimo, si commosse. L'ampio bacino di Venere. Questa straordinaria capacità tutta femminile di capire profondamente, di penetrare nei sentimenti, di riuscire ad essere contemporaneamente madre e amante, figlia e sposa. Posò la sua mano su quella di Anna, lei non la sottrasse.

«Lo sa che è scomparso?»

«Sì, lo so. La sera stessa di Michela. Ma...»

«Ma?»

«Commissario, posso parlarle sinceramente?»

«Perché, che abbiamo fatto sino ad ora? E mi faccia un favore, mi chiami Salvo.»

«Se lei mi chiama Anna.»

«D'accordo.»

«Ma vi sbagliate se pensate che Maurizio abbia potuto assassinare Michela.»

«Mi dia una buona ragione.»

«Non si tratta di ragione. Vede, la gente con voi della Polizia non parla volentieri. Ma se lei, Salvo, fa fare un'indagine Doxa, un sondaggio d'opinioni come si dice, tutta Vigàta le dirà che non crede Maurizio un assassino.»

«Anna, c'è un'altra novità che ancora non le ho detto.»

Anna chiuse gli occhi. Aveva intuito che quello che il commissario stava per dirle era difficile da dire e da sentire.

«Sono pronta.»

«Il dottor Pasquano, il medico legale, è arrivato ad alcune conclusioni che ora le dico.»

Gliele disse, senza taliarla in faccia, gli occhi fissi al mare. Non le risparmiò i dettagli.

Anna ascoltò con la faccia tenuta tra le mani, i gomiti appoggiati al tavolinetto. Quando il commissario ebbe finito, si susì, pallidissima.

«Vado in bagno.»

«L'accompagno.»

«Lo trovo da me.»

Dopo tanticchia, Montalbano la sentì vomitare. Taliò il ralogio, aveva ancora un'ora di tempo prima dell'arrivo di Emanuele Licalzi. E comunque il signor aggiustaossa di Bologna avrebbe potuto benissimo aspettare.

Tornò, aveva un'ariata decisa, si rimise assittata allato a Montalbano.

«Salvo, che significa per questo dottore la parola consenziente?»

«Lo stesso che per te e per me, essere d'accordo.»

«Ma in certi casi si può apparire consenzienti solo perché non si ha possibilità di fare resistenza.»

«Giusto.»

«E allora io ti domando: quello che l'assassino ha fatto a Michela non può essere successo senza la volontà di lei?»

«Ma ci sono alcuni particolari che...»

«Lasciali perdere. Prima di tutto non sappiamo nemmeno se l'assassino ha abusato di una donna viva o di un cadavere. E comunque ha avuto tutto il tempo che voleva per sistemare le cose in maniera che la polizia ci perdesse la testa.»

Erano passati al tu senza manco accorgersene.

«Tu hai un'idea che non dici.»

«Non ho difficoltà» fece Montalbano. «Al momento attuale, tutto è contro Maurizio. L'ultima volta che è stato visto, è stato alle nove di sera davanti al bar Italia. Stava telefonando.»

«A me» disse Anna.

Il commissario fece letteralmente un salto dalla panchetta.

«Che voleva?»

«Voleva sapere di Michela. Io gli dissi che ci eravamo lasciate poco dopo le sette, che sarebbe passata dal Jolly e poi andava a cena dai Vassallo.»

«E lui?»

«Chiuse senza nemmeno salutarmi.»

«E questo può essere un punto a suo sfavore. Certamente avrà telefonato anche ai Vassallo. Non la trova, ma intuisce dove poteva essere Michela e la raggiunge.»

«Nella villetta.»

«No. Alla villetta arrivarono poco dopo la mezzanotte.»

Toccò ad Anna questa volta di sobbalzare.

«Me l'ha detto un testimone» continuò Montalbano.

«Ha riconosciuto Maurizio?»

«Era buio. Ha visto solo un uomo e una donna scendere dalla Twingo e incamminarsi verso la villetta. Una volta dentro, Maurizio e Michela fanno l'amore. A un certo momento Maurizio, che tutti mi dite una specie di psicolabile, ha un raptus.»

«Mai e poi mai Michela...»

«Come reagiva la tua amica alla persecuzione di Maurizio?»

«Ne era infastidita, qualche volta provava per lui una pena profonda che...»

S'interruppe, aveva capito quello che intendeva Montalbano. La sua faccia di colpo perse freschezza, rughe le apparvero ai lati della bocca.

«Però ci sono cose che non combaciano» proseguì Montalbano che soffriva a vederla soffrire. «Per esempio: Maurizio sarebbe stato capace, subito dopo l'omicidio, di organizzare freddamente il depistaggio dei vestiti e del furto della sacca?»

«Ma figurati!»

«Il vero problema non sono le modalità dell'omicidio, ma sapere dove è stata e cosa ha fatto Michela da quando l'hai lasciata tu a quando l'ha vista il testimone. Quasi cinque ore, non è poco. E ora andiamo perché è in arrivo il dottor Emanuele Licalzi.»

Mentre stavano salendo in macchina, Montalbano tirò fora il nivuro come fa la seppia.

«Non sono tanto sicuro dell'unanimità delle risposte alla tua indagine Doxa sull'innocenza di Maurizio. Uno almeno avrebbe seri dubbi.»

«E chi?»

«Suo padre, l'ingegnere Di Blasi. Altrimenti ci avrebbe messo in moto per cercare il figlio.»

«È naturale che le pensi tutte. Ah, mi è venuta in mente una cosa. Quando Maurizio mi telefonò per chiedermi di Michela, io gli dissi di chiamarla direttamente sul cellulare. Mi rispose che ci aveva provato, ma che l'apparecchio risultava spento.»

Sulla porta del Commissariato quasi si scontrò con Galluzzo che nisciva.

«Siete tornati dall'eroica impresa?»

Fazio gli doveva aver contato la sfuriata della matina.

«Sissi» rispose impacciato.

«Il dottor Augello è in ufficio?»

«Nonsi.»

L'impaccio divenne ancora più evidente.

«E dov'è? A pigliare a nerbate altri scioperanti?»

«Allo spitale è.»

«Che fu? Che successe?» spiò preoccupato Montalbano.

«Una pietrata in testa. Gli hanno dato tre punti. Però l'hanno voluto tenere in osservazione. M'hanno detto di tornarci verso le otto di stasira. Se tutto va bene, lo porto a casa sua.»

La sfilza di santioni del commissario venne interrotta da Catarella.

«A dottori dottori! In prìmisi ha tilifonato due volte il dottori Latte con la esse in fondo. Dice così che lei lo deve chiamare pirsonalmente di subito. Poi ci sono altre tilifonate che ho segnate di sopra a questo pizzino.»

«Puliscitici il culo.»

Il dottor Emanuele Licalzi era un sissantino minuto, con gli occhiali d'oro, vestito tutto di grigio. Pareva nisciuto di fresco dalla stireria, dal barbiere, dalla manicure: inappuntabile.

«Com'è venuto fin qua?»

«Dall'aeroporto dice? Ho affittato una macchina, ci ho messo quasi tre ore.»

«È gia passato dall'albergo?»

«No. Ho la valigia in auto. Ci andrò dopo.»

Come faceva a non avere una piega?

«Vogliamo andare nella villetta? Parleremo durante il viaggio così lei guadagnerà tempo.»

«Come vuole, commissario.»

Pigliarono la macchina in affitto del dottore.

«L'ha ammazzata un suo amante?»

Non usava tanti giri di parole, Emanuele Licalzi.

«Non siamo in grado di dirlo. Certo è che ha avuto ripetuti rapporti sessuali.»

Il dottore non si cataminò, continuò a guidare tranquillo e sireno come se la morta non fosse stata sua moglie.

«Cosa le fa pensare che avesse un amante qua?»

«Perché ne aveva uno a Bologna.»

«Ah.»

«Sì, Michela me ne disse il nome, Serravalle mi pare, un antiquario.»

«Piuttosto inconsueto.»

«Mi diceva tutto, commissario. Aveva molta confidenza con me.»

«E lei a sua volta diceva tutto a sua moglie?»

«Certamente.»

«Un matrimonio esemplare» commentò ironico il commissario.

Montalbano a volte si sentiva irrimediabilmente sorpassato dai nuovi modi di vivere, era un tradizionalista, la coppia aperta per lui significava un marito e una moglie che si mettevano reciprocamente le corna e avevano macari la faccia tosta di contarsi quello che facevano sopra o sotto il lenzuolo.

«Non esemplare» corresse imperturbabile il dottor Licalzi, «ma di convenienza.»

«Per Michela? Per lei?»

«Per tutti e due.»

«Può spiegarsi meglio?»

«Certamente.»

E girò a destra.

«Dove va?» fece il commissario. «Da qui non può arrivare alle Tre Fontane.»

«Mi scusi» disse il dottore principiando una complessa manovra per tornare indietro. «Ma da queste parti non ci vengo da due anni e mezzo, da quando mi sono sposato. Della costruzione si è occupata Michela, io l'ho vista solo in fotografia. A proposito di fotografie, in valigia ne ho messe alcune di Michela, forse le potranno essere utili.»

«La sa una cosa? La donna assassinata potrebbe magari non essere sua moglie.»

«Vuole scherzare?»

«No. Nessuno l'ha ufficialmente identificata e nessuno di quelli che l'hanno vista da morta la conosceva da prima. Quando avremo finito qua, parlerò col medico legale per l'identificazione. Fino a quando pensa di trattenersi?»

«Due, tre giorni al massimo. Michela me la porto a Bologna.»

«Dottore, le faccio una domanda e poi non torno più sull'argomento. Mercoledì sera dov'era e che faceva?»

«Mercoledì? Ho operato sino a tarda notte in ospedale.»

«Mi stava dicendo del suo matrimonio.»

«Ah, sì. Ho conosciuto Michela tre anni fa. Aveva accompagnato in ospedale suo fratello, che ora vive a New York, per una frattura piuttosto complessa al piede destro. Mi piacque subito, era molto bella, ma soprattutto rimasi colpito dal suo carattere. Era sempre pronta a vedere il lato migliore delle cose. Aveva perso entrambi i genitori che non aveva ancora quindici anni, era stata allevata da uno zio il quale un giorno, tanto per non sbagliare, l'aveva violentata. A farla breve, cercava disperatamente un posto qualsiasi. Per anni era stata l'amante di un industriale, poi quello l'aveva liquidata con una certa cifra che le era servita per tirare avanti. Michela avrebbe potuto avere tutti gli uomini che voleva, ma sostanzialmente la umiliava essere una mantenuta.»

«Lei le aveva chiesto che diventasse la sua amante e Michela aveva rifiutato?»

Per la prima volta, sulla faccia impassibile di Emanuele Licalzi si disegnò una specie di sorriso.

«È completamente fuori strada, commissario. Ah, senta, Michela m'aveva detto che aveva comprato qua, per i suoi spostamenti, una Twingo verde-bottiglia. Che fine ha fatto?»

«Ha avuto un incidente.»

«Michela non sapeva guidare.»

«La signora non ha avuto nessuna colpa, in questo caso. L'auto è stata investita mentre era regolarmente parcheggiata davanti al vialetto d'accesso alla villa.»

«E lei come fa a saperlo?»

«Siamo stati noi della Polizia. Però ancora ignoravamo...»

«Che storia curiosa.»

«Gliela racconterò un'altra volta. È proprio quest'incidente che ci ha permesso di scoprire il cadavere.»

«Pensa che potrò riaverla?»

«Non credo ci sia niente in contrario.»

«Posso cederla a qualcuno di Vigàta che commercia in auto usate, le pare?»

Montalbano non rispose, non gli fotteva niente della sorte della macchina verde-bottiglia.

«La villetta è quella a sinistra, vero? Mi pare di riconoscerla dalla foto.»

«È quella.»

Il dottor Licalzi fece un'elegante manovra, si fermò davanti al vialetto, scese, si mise a osservare la costruzione con la distaccata curiosità di un turista di passaggio.

«Carina. Che siamo venuti a fare?»

«Non lo so nemmeno io» fece Montalbano di malumore. Il dottor Licalzi aveva il potere di smuovergli i nervi. Decise di dargli una bella botta.

«Lo sa? Qualcuno pensa che ad ammazzare sua moglie dopo averla violentata sia stato Maurizio Di Blasi, il figlio di suo cugino l'ingegnere.»

«Davvero? Io non lo conosco, quando sono venuto due anni e mezzo fa era a Palermo a studiare. Mi hanno detto che è un povero scemo.»

E così Montalbano fu servito.

«Vogliamo entrare?»

«Aspetti, non vorrei dimenticarmi.»

Raprì il portabagagli della macchina, pigliò l'elegantissima valigia che c'era dentro, tirò fora una busta grande.

«Le foto di Michela.»

Montalbano le intascò. Contemporaneamente il dottore niscì dalla sacchetta un mazzetto di chiavi.

«Sono della villa?» spiò Montalbano.

«Sì. Sapevo dove le teneva Michela a casa nostra. Sono quelle di riserva.»

Ora lo piglio a calci, pensò il commissario.

«Non ha finito di dirmi perché il vostro matrimonio conveniva tanto a lei quanto alla signora.»

«Beh, a Michela conveniva perché sposava un uomo ricco anche se di trent'anni più vecchio, a me conveniva per mettere a tacere delle voci che avrebbero potuto danneggiarmi nel momento in cui mi preparavo a un grosso salto nella mia carriera. Cominciarono a dire che ero diventato omosessuale, dato che da una decina d'anni non mi vedevano più in giro con una donna.»

«Ed era vero che non andava più a donne?»

«Che ci andavo a fare, commissario? A cinquant'anni sono diventato impotente. Irreversibilmente.»

OTTO

«Carino» fece il dottor Licalzi dopo aver dato un'occhiata circolare al salone.

Non sapeva dire altro?

«Qui c'è la cucina» disse il commissario e aggiunse: «Abitabile».

Di colpo, s'arraggiò moltissimo con se stesso. Perché gli era scappato quell'abitabile? Che senso aveva? Gli parse d'essere diventato un agente immobiliare che mostrava l'appartamento a un probabile cliente.

«Allato c'è il bagno. Se lo vada a vedere» disse, sgarbato.

Il dottore non avvertì o fece finta di non avvertire l'intonazione, raprì la porta del bagno, ci mise dentro la testa appena appena, la richiuse.

«Carino.»

Montalbano sentì che le mani gli tremavano. Vide distintamente il titolo sui giornali: *Commissario di Polizia improvvisamente impazzito aggredisce marito della vittima.*

«Al piano di sopra c'è una stanzetta per ospiti, un bagno grande e una camera da letto. Vada su.»

Il dottore obbedì, Montalbano rimase in salone, si addrumò una sigaretta, tirò fora dalla sacchetta la busta con le foto di Michela. Splendida. La faccia, che aveva vista solo deformata dal dolore e dall'orrore, aveva un'espressione ridente, aperta.

Finì la sigaretta e si rese conto che il dottore non era ancora ridisceso.

«Dottor Licalzi?»

Nessuna risposta. Salì velocemente al piano di sopra. Il dottore era in piedi a un angolo della cammara da letto, le mani a coprirsi la faccia, le spalle scosse dai singhiozzi.

Il commissario strammò, tutto poteva supporre, meno quella reazione. Gli si avvicinò, gli posò una mano darrè la schiena.

«Si faccia coraggio.»

Il dottore si spallò con un gesto quasi infantile, continuò a piangere con il volto ammucciato dalle mani.

«Povera Michela! Povera Michela!»

Non era una finta, le lacrime, la voce addolorata erano vere.

Montalbano lo pigliò deciso per un braccio.

«Andiamo giù.»

Il dottore si lasciò guidare, si mosse senza taliare il letto, il lenzuolo fatto a brandelli e macchiato di sangue. Medico era e aveva capito cosa doveva aver provato Michela negli ultimi istanti della sua vita. Ma se Licalzi era medico, Montalbano era uno sbirro e di subito, vedendolo in lacrime, aveva capito che quello non ce l'aveva più fatta a tenersi la maschera d'indifferenza che si era creata; l'armatura di distacco che abitualmente indossava, forse per compensare la disgrazia dell'impotenza, era caduta a pezzi.

«Mi perdoni» fece Licalzi assittandosi su una poltrona. «Non supponevo... È terribile morire in quel modo. L'assassino le ha tenuto la faccia contro il materasso, vero?»

«Sì.»

«Io a Michela volevo bene, tanto. La sa una cosa? Era diventata come una figlia, per me.»

Le lacrime tornarono a colargli dagli occhi, se le asciucò malamente con un fazzoletto.

«Perché ha voluto farsi costruire proprio qua questa villetta?»

«Lei da sempre, senza conoscerla, mitizzava la Sicilia.

Quando l'ha visitata, ne è rimasta incantata. Credo volesse crearsi un suo rifugio. Vede quella vetrinetta? Lì dentro ci sono le cose sue, carabattole che si era portata da Bologna. E questo è assai significativo circa le sue intenzioni, non le pare?»

«Vuole controllare se manca niente?»

Il dottore si susì, si accostò alla vetrinetta.

«Posso aprire?»

«Certo.»

Il dottore taliò a lungo, poi isò una mano, pigliò il vecchio astuccio del violino, lo raprì, mostrò al commissario lo strumento che c'era dintra, lo richiuse, lo rimise a posto, chiuse la vetrinetta.

«A occhio e croce mi pare non manchi nulla.»

«La signora suonava il violino?»

«No. Né il violino né qualsiasi altro strumento. Era di suo nonno materno, di Cremona, faceva il liutaio. E ora, commissario, se crede, mi racconti tutto.»

Montalbano gli contò tutto, dall'incidente di giovedì matina fino a quello che gli aveva riferito il dottor Pasquano.

Emanuele Licalzi alla fine restò un pezzo silenzioso, poi disse due sole parole:

«*Fingerprinting* genetico.»

«Non parlo inglese.»

«Mi scusi. Pensavo alla sparizione dei vestiti e delle scarpe.»

«Forse un depistaggio.»

«Può essere. Ma può anche essere che l'assassino fosse obbligato a farli scomparire.»

«Perché li aveva macchiati?» spiò Montalbano pinsando alla tesi della signora Clementina.

«Il medico legale ha detto che non c'era traccia di liquido seminale, vero?»

«Sì.»

«E questo rafforza la mia ipotesi: l'assassino non ha

voluto lasciare una minima traccia di campione biologico attraverso il quale fosse possibile fare il, diciamo così, *fingerprinting* genetico, l'esame del DNA. Le impronte digitali si possono cancellare, ma come si fa con lo sperma, i capelli, i peli? L'assassino ha tentato una bonifica.»

«Già» fece il commissario.

«Mi scusi, ma se non ha altro da dirmi vorrei andare via da qui. Comincio ad avvertire la stanchezza.»

Il dottore chiuse a chiave la porta, Montalbano rimise a posto i sigilli. Partirono.

«Ha un cellulare?»

Il dottore glielo passò. Il commissario telefonò a Pasquano, combinò per l'identificazione alle dieci del matino del giorno appresso.

«Verrà anche lei?»

«Dovrei, ma non posso, ho un impegno fuori Vigàta. Le manderò un mio uomo, ci penserà lui ad accompagnarla.»

Si fece lasciare alle prime case del paese, sentiva il bisogno di fare quattro passi.

«A dottori dottori! Il dottor Latte con la esse in fondo ha tilifonato tre volte sempre più incazzato, rispetto parlando. Lo deve chiamari pirsonalmente di pirsona di subito.»

«Pronto, dottor Lattes? Montalbano sono.»

«Alla grazia! Venga subito a Montelusa, il questore le vuole parlare.»

Riattaccò. Doveva essere cosa seria, perché il mieles era tutto sparito dal lattes.

Stava mettendo in moto quando vide arrivare l'auto di servizio guidata da Galluzzo.

«Hai notizie del dottor Augello?»

«Sì, hanno telefonato dall'ospedale che lo facevano uscire. Sono andato a pigliarlo e l'ho accompagnato a casa.»

Al diavolo il questore e le sue urgenze. Passò prima da Mimì.

«Come stai, intrepido difensore del capitale?»

«Ho un dolore che mi sento spaccare la testa.»

«Così t'impari.»

Mimì Augello stava assittato su una poltrona, la testa fasciata, pallido.

«Una volta uno mi diede una botta con una spranga, mi dovettero dare sette punti e non mi ridussi come ti sei ridotto tu.»

«Si vede che la sprangata te l'hanno data per una causa che ritenevi giusta. E così ti sei sentito sprangato e gratificato.»

«Mimì, quando ti ci metti, sai essere proprio stronzo.»

«Macari tu, Salvo. Ti avrei telefonato stasera per dirti che credo di non essere in condizioni di guidare, domani.»

«Ci andremo un altro giorno da tua sorella.»

«No, Salvo, vacci lo stesso. Ha tanto insistito per vederti.»

«Ma lo sai perché?»

«Non ne ho la minima idea.»

«Senti, facciamo così. Io ci vado, ma tu domattina alle nove e mezzo devi essere a Montelusa, al Jolly. Preleví il dottor Licalzi, che è arrivato, e l'accompagni all'obitorio. D'accordo?»

«Come sta? Come sta, carissimo? La vedo un po' abbattuto. Coraggio. Sursum corda! Dicevamo così ai tempi dell'Azione Cattolica.»

Il pericoloso miele del dottor Lattes traboccava. Montalbano cominciò a preoccuparsi.

«Avverto subito il signor questore.»

Sparì, ricomparve.

«Il signor questore è momentaneamente occupato. Venga, l'accompagno in salottino. Vuole un caffè, una bibita?»

«No, grazie.»

Il dottor Lattes scomparve dopo avergli rivolto un ampio sorriso paterno. Montalbano ebbe la certezza che il questore l'aveva condannato a una morte lenta e dolorosa. La garrota, forse.

Sul tavolino dello squallido salottino c'erano un settimanale, «Famiglia cristiana», e un quotidiano, «L'Osservatore Romano», segno evidente della presenza in Questura del dottor Lattes. Pigliò in mano la rivista, principiò a leggere un articolo della Tamaro.

«Commissario! Commissario!»

Una mano lo scuoteva per una spalla. Raprì gli occhi, vide un agente.

«Il signor questore la sta aspettando.»

Gesù! Si era addormentato profondamente. Taliò il ralogio, erano le otto, quel cornuto gli aveva fatto fare due ore d'anticamera.

«Buonasera, signor questore.»

Il nobile Luca Bonetti-Alderighi non rispose, non fece né scù né passiddrà, continuò a taliare lo schermo di un computer. Il commissario contemplò l'inquietante capigliatura del suo superiore, abbondantissima e con un grosso ciuffo in alto, ritorto come certi stronzi lasciati campagna campagna. Una stampa e una figura con la capigliatura di quel pazzo psichiatra criminale che aveva provocato tutto quel macello in Bosnia.

«Come si chiamava?»

Troppo tardi si rese conto che, ancora intronato dal sonno, aveva parlato ad alta voce.

«Come si chiamava chi?» spiò il questore isando finalmente gli occhi e taliandolo.

«Non ci faccia caso» disse Montalbano.

Il questore continuò a taliarlo con un'espressione mista di disprezzo e di commiserazione, evidentemente scorgeva nel commissario gli inequivocabili sintomi della demenza senile.

«Le parlerò con estrema sincerità, Montalbano. Non ho un'alta stima di lei.»

«Nemmeno io di lei» fece il commissario papale papale.

«Bene. Così la situazione tra noi è chiara. L'ho chiamata per dirle che la sollevo dall'indagine per l'assassinio della signora Licalzi. L'ho affidata al dottor Panzacchi, il capo della Mobile, al quale, tra l'altro, l'inchiesta spetterebbe di diritto.»

Ernesto Panzacchi era un fedelissimo di Bonetti-Alderighi che se l'era portato appresso a Montelusa.

«Posso chiederle perché, anche se della cosa non me ne frega assolutamente niente?»

«Lei ha commesso una dissennatezza che ha messo in seria difficoltà il lavoro del dottor Arquà.»

«L'ha scritto nel rapporto?»

«No, nel rapporto non l'ha scritto, non voleva, generosamente, danneggiarla. Ma dopo si è pentito e m'ha confessato tutto.»

«Ah, questi pentiti!» fece il commissario.

«Lei ha qualcosa contro i pentiti?»

«Lasciamo perdere.»

Se ne andò senza salutare.

«Prenderò provvedimenti!» gli gridò dietro le spalle Bonetti-Alderighi.

La Scientifica era allocata nel sotterraneo del palazzo.

«C'è il dottor Arquà?»

«È nel suo ufficio.»

Trasì senza tuppiare alla porta.

«Buonasera Arquà. Sto andando dal questore che vuole vedermi. Ho pensato di passare da lei per sapere se ha qualche novità.»

Vanni Arquà era evidentemente a disagio. Avendogli però Montalbano detto che ancora doveva passare dal questore, decise di rispondere come se ignorasse che il commissario non era più il titolare dell'indagine.

«L'assassino ha ripulito accuratamente tutto. Abbiamo trovato lo stesso molte impronte, ma evidentemente non hanno nulla a che fare con l'omicidio.»

«Perché?»

«Perché erano tutte sue, commissario. Lei continua ad essere molto, molto sbadato.»

«Ah, senta, Arquà. Lo sa che la delazione è peccato? S'informi col dottor Lattes. Dovrà di nuovo pentirsi.»

«A dottori! Tilifonò di bel nuovo nuovamente il signor Càcono! Dice così che s'arricordò di una cosa che forsi forsi è importante. Il nummaro ci lo scrissi di sopra a questo pizzino.»

Montalbano taliò il quadratino di carta e cominciò a sentire il prurito in tutto il corpo. Catarella aveva scritto i numeri in modo tale che il tre poteva essere un cinque o un nove, il due un quattro, il cinque un sei e via di questo passo.

«Catarè, ma che numero è?»

«Quello, dottori. Il nummaro di Càcono. Quello che c'è scritto c'è scritto.»

Prima di trovare Gillo Jàcono, parlò con un bar, con la famiglia Jacopetti, col dottor Balzani.

Il quarto tentativo lo fece ormai scoraggiato.

«Pronto? Con chi parlo? Il commissario Montalbano sono.»

«Ah, commissario, ha fatto bene a chiamarmi, stavo per uscire.»

«Mi aveva cercato?»

«M'è tornato in mente un particolare, non so se utile o no. L'uomo che ho visto scendere dalla Twingo e andare verso il villino con una donna, aveva una valigia.»

«Ne è sicuro?»

«Sicurissimo.»

«Una ventiquattrore?»

«No, commissario, era piuttosto grossa. Però...»

«Sì?»

«Però ho avuto l'impressione che l'uomo la portasse agevolmente, come se non fosse tanto piena.»

«La ringrazio, signor Jàcono. Si faccia vivo quando rientra.»

Cercò sull'elenco il numero dei Vassallo, lo formò.

«Commissario! Oggi pomeriggio, come eravamo rimasti d'accordo, sono venuto a cercarla in ufficio, ma lei non c'era. Ho aspettato per un pezzo poi son dovuto andare via.»

«La prego di scusarmi. Senta, signor Vassallo, la sera di mercoledì scorso, quando aspettavate che la signora Licalzi venisse a cena, chi ha telefonato?»

«Beh, un mio amico di Venezia e nostra figlia che vive a Catania, questo a lei non interessa. Invece, ed era questo che volevo dirle, stasera, telefonò due volte Maurizio Di Blasi. Poco prima delle ventuno e poco dopo le ventidue. Cercava Michela.»

La sgradevolezza dell'incontro col questore andava indubbiamente cancellata con una mangiata solenne. La trattoria San Calogero era chiusa, ma si ricordò che un amico gli aveva detto che proprio alle porte di Joppolo Giancaxio, un paesino a una ventina di chilometri da Vigàta, verso l'interno, c'era un'osteria che meritava. Si mise in macchina, c'inzertò subito a trovarla, si chiamava La cacciatora. Naturalmente non avevano cacciagione. Il proprietario-cassiere-cameriere, con i baffi a manubrio e vagamente somigliante al Re galantuomo, gli mise per prima cosa davanti una grossa porzione di caponatina di gusto squisito. «Principio sì gioìvo ben conduce» aveva scritto il Boiardo e Montalbano decise di lasciarsi condurre.

«Che comanda?»

«Mi porti quello che vuole.»

Il Re galantuomo sorrise apprezzando la fiducia.

Per primo gli servì un gran piatto di maccheroni con

una salsetta chiamata «foco vivo» (sale, olio d'oliva, aglio, peperoncino rosso secco in quantità), sul quale il commissario fu obbligato a scolarsi mezza bottiglia di vino. Per secondo, una sostanziosa porzione di agnello alla cacciatora che gradevolmente profumava di cipolla e origano. Chiuse con un dolce di ricotta e un bicchierino di anicione come viatico e incoraggiamento alla digestione. Pagò il conto, una miseria, scambiò una stretta di mano e un sorriso col Re galantuomo:

«Mi perdoni, chi è il cuoco?»

«La mia signora.»

«Le faccia i miei complimenti.»

«Presenterò.»

Al ritorno, invece di dirigersi verso Montelusa, pigliò la strata per Fiacca, sicché arrivò a Marinella dalla parte opposta a quella che abitualmente percorreva venendo da Vigàta. Ci impiegò una mezz'ora in più, ma in compenso evitò di passare davanti alla casa di Anna Tropeano. Aveva la certezza che si sarebbe fermato, non c'erano santi, e avrebbe fatto una figura ridicola con la giovane donna. Chiamò Mimì Augello.

«Come ti senti?»

«Da cani.»

«Senti, contrariamente a quello che t'avevo detto, domani a matino stattene a casa. Per quanto la cosa non ci competa più, ci mando Fazio ad accompagnare il dottor Licalzi.»

«Che significa che non ci compete più?»

«Il questore mi ha levato l'indagine. L'ha passata al capo della Mobile.»

«E perché?»

«Perché due non è tre. Devo dire qualcosa a tua sorella?»

«Non le dire che m'hanno rotto la testa, per carità! Altrimenti quella mi vede già sul letto di morte.»

«Stammi bene, Mimì.»

«Pronto, Fazio? Montalbano sono.»

«Che c'è, dottore?»

Gli disse di smistare tutte le telefonate che riguardavano il caso alla Mobile di Montelusa, gli spiegò anche quello che doveva fare con Licalzi.

«Pronto, Livia? Salvo sono. Come stai?»

«Benino.»

«Senti, si può sapere perché usi questo tono? L'altra notte mi hai riattaccato il telefono senza darmi il tempo di parlare.»

«E tu mi chiami a quell'ora di notte?»

«Ma era l'unico momento di pace che avevo!»

«Poverino! Ti faccio notare che tu, mettendo di mezzo temporali, sparatorie, agguati, sei riuscito abilmente a non rispondere alla mia precisa domanda di mercoledì sera.»

«Ti volevo dire che domani vado a trovare François.»

«Con Mimì?»

«No, Mimì non può, è stato colpito.»

«Oddio! È grave?»

Lei e Mimì si facevano sangue.

«E lasciami finire! È stato colpito da una sassata in testa. Una minchiata, tre punti. Quindi vado da solo. La sorella di Mimì mi vuole parlare.»

«Di François?»

«E di chi sennò?»

«Oddio. Deve star male. Ora le telefono!»

«Ma quelli vanno a letto al tramonto, dai! Domani sera, appena rientro, ti telefono.»

«Mi raccomando, fammi sapere. Stanotte non chiuderò occhio.»

NOVE

Ogni persona di buon senso, dotata di una conoscenza macari superficiale della viabilità siciliana, per andare da Vigàta a Calapiano avrebbe in prìmisi pigliato la scorrimento veloce per Catania, poi avrebbe imboccato la strada che tornava all'interno verso i millecentoventi metri di Troìna, per calare dopo ai seicentocinquantuno metri di Gagliano attraverso una specie di viottolo che aveva conosciuto il primo e l'ultimo manto d'asfalto cinquanta anni avanti, ai primi tempi dell'autonomia regionale, e infine raggiungere Calapiano percorrendo una provinciale che chiaramente si rifiutava d'essere considerata tale, essendo la sua autentica aspirazione quella di tornare ad assumere l'aspetto della terremotata trazzera che un tempo era stata. Non era finita. L'azienda agricola della sorella di Mimì Augello e di suo marito distava quattro chilometri dal paese e la si raggiungeva muovendosi sopra una striscia di pietrisco a serpentina che persino le capre nutrivano qualche perplessità a metterci sopra una sola delle quattro zampe di cui disponevano. Questo era, diciamo così, il percorso ottimale, quello che sempre faceva Mimì Augello, nel quale le difficoltà e i disagi venivano ad assommarsi solo nell'ultimo tratto.

Naturalmente non lo scelse Montalbano che decise invece di tagliare trasversalmente l'isola trovandosi così a percorrere, fin dai primi chilometri, straduzze lungo le quali i superstiti contadini interrompevano il travaglio per taliare, stupiti, quell'auto azzardosa che passava da lì. Ne avrebbero parlato a casa, ai figli:

«U sapiti stamatina? Un'automobili passò!»

Quella però era la Sicilia che piaceva al commissario, aspra, di scarso verde, sulla quale pareva (ed era) impossibile campare e dove ancora c'era qualcuno, ma sempre più raro, con gambali, coppola e fucile in spalla, che lo salutava da sopra la mula portandosi due dita alla pampèra.

Il cielo era sereno e chiaro, apertamente dichiarava il suo proposito di restare tale sino a sira, faceva quasi caldo. I finestrini aperti non impedivano che all'interno dell'abitacolo stagnasse un delizioso profumo che filtrava dai pacchetti e pacchettini che letteralmente stipavano il sedile posteriore. Prima di partire, Montalbano era passato dal caffè Albanese, dove facevano i migliori dolci di tutta Vigàta e aveva accattato venti cannola appena fatti, dieci chili tra tetù, taralli, viscotti regina, mostazzoli di Palermo, dolci di riposto, frutti di martorana e, a coronamento, una coloratissima cassata di cinque chili.

Arrivò a mezzogiorno passato, calcolò che ci aveva messo più di quattro ore. La grande casa colonica gli parse vacante, solo il camino che fumava diceva che c'era qualcuno. Suonò il clacson e poco dopo apparse sulla porta Franca, la sorella di Mimì. Era una siciliana bionda che aveva passato la quarantina, forte, alta: taliava l'auto che non conosceva asciugandosi le mani nel grembiule.

«Montalbano sono» fece il commissario aprendo la portiera e scinnendo.

Franca gli corse incontro con un largo sorriso, l'abbracciò.

«E Mimì?»

«All'ultimo momento non è potuto venire. C'è rimasto male.»

Franca lo taliò. Montalbano non sapeva dire grosse farfantarìe alle persone che stimava, s'impappinava, arrossiva, distoglieva lo sguardo.

«Vado a telefonare a Mimì» disse decisa Franca ed entrò in casa. Miracolosamente Montalbano si caricò di pacchetti e pacchettini e dopo un poco la seguì.

Franca stava riattaccando il microfono.

«Ha ancora mal di testa.»

«Ti sei tranquillizzata? Credimi, è stata una fesseria» fece il commissario scaricando pacchetti e pacchettini sul tavolo.

«E che è?» disse Franca. «Vuoi trasformarci in una pasticceria?»

Mise i dolci in frigo.

«Come stai, Salvo?»

«Bene. E voi?»

«Tutti bene, ringraziando u Signuri. François poi non ne parliamo. Si è alzato, è diventato più grande.»

«Dove sono?»

«Campagna campagna. Ma quando suono la campana, s'arricampano tutti per mangiare. Resti con noi stanotte? Ti ho preparato una cammara.»

«Franca, ti ringrazio, ma lo sai che non posso. Ripartirò al massimo alle cinque. Io non sono come tuo fratello che corre su queste strade come un pazzo.»

«Vatti a dare una lavata, va'.»

Tornò rinfrescato dopo un quarto d'ora, Franca stava preparando la tavola per una decina di persone. Il commissario pinsò che forse era il momento giusto.

«Mimì mi ha detto che volevi parlarmi.»

«Dopo, dopo» disse sbrigativa Franca. «Hai pititto?»

«Beh, sì.»

«Vuoi mangiarti tanticchia di pane di frumento? L'ho sfornato manco un'ora fa. Te lo conzo?»

Senza aspettare la risposta, tagliò due fette da una scanata, le condì con olio d'oliva, sale, pepe nero e pecorino, le sovrappose, gliele diede.

Montalbano niscì fora, s'assittò su una panca allato alla porta e al primo boccone si sentì ringiovanire di quarant'anni, tornò picciliddro, era il pane come glielo conzava sua nonna.

Andava mangiato sotto quel sole, senza pinsare a

niente, solo godendo d'essere in armonia col corpo, con la terra, con l'odore d'erba. Poco dopo sentì un vocìo e vide arrivare tre bambini che si rincorrevano, spingendosi, sgambettandosi. Erano Giuseppe di nove anni, suo fratello Domenico, al quale era stato dato il nome dello zio Mimì, coetaneo di François, e François stesso.

Il commissario strammò a taliarlo: era diventato il più alto di tutti, il più vivace e manesco. Come diavolo aveva fatto a trasformarsi accussì dopo appena due mesi che non lo vedeva?

Gli corse incontro, a braccia aperte. François lo riconobbe, si fermò di colpo mentre i suoi compagni si dirigevano verso casa. Montalbano s'accovacciò, le braccia sempre larghe.

«Ciao, François.»

Il bambino scattò, lo scansò facendo una curva.

«Ciao» disse.

Il commissario lo vide sparire dentro casa. Che stava succedendo? Perché non aveva letto nessuna gioia negli occhi del picciliddro? Si consolò, forse si trattava di un risentimento infantile, probabilmente François si era sentito trascurato da lui.

Ai due capotavola vennero destinati il commissario e Aldo Gagliardo, il marito di Franca, un omo di pochissime parole che gagliardo era di nome e di fatto. A destra c'erano Franca e di seguito i tre picciliddri, François era il più lontano, stava assittato allato ad Aldo. A mancina c'erano tre picciotti sulla ventina, Mario, Giacomo ed Ernst. I primi due erano studenti universitari che si guadagnavano il pane travagliando in campagna, il terzo era un tedesco di passaggio, disse a Montalbano che sperava di fermarsi altri tre mesi. Il pranzo, pasta col sugo di sasizza e per secondo sasizza alla brace, fu abbastanza rapido, Aldo e i suoi tre aiutanti avevano prescia di tornare a travagliare. Tutti s'avventarono sui dolci portati dal

commissario. Poi, a un cenno della testa di Aldo, si susìrono e uscirono di casa.

«Ti preparo un altro caffè» disse Franca. Montalbano
era inquieto, aveva visto che Aldo, prima di nesciri, aveva scambiato un fuggevole sguardo d'intesa con la mo-
glière. Franca servì il caffè e s'assittò davanti al commissario.

«È un discorso serio» premise.

E in quel momento trasì François, deciso, le mani
strette a pugno tenute lungo i fianchi. Si fermò davanti a
Montalbano, lo taliò duro e fisso e disse con la voce che
gli tremava:

«Tu non mi porti via dai miei fratelli.»

Voltò le spalle, scappò. Una mazzata, sentì la bocca
arsa. Disse la prima cosa che gli passò per la testa e purtroppo era una cosa cretina:

«Ma come ha imparato a parlare bene!»

«Quello che ti volevo dire, l'ha già detto il picciliddro»
disse Franca. «E bada che tanto io che Aldo non abbiamo
fatto altro che parlargli di Livia e di te, di come si troverà
con voi due, di quanto e di come gli volete e gli vorrete
bene. Non c'è stato niente da fare. È un pinsero che gli è
venuto all'improvviso una mesata fa, di notte. Dormivo,
mi sono sentita toccare un braccio. Era lui.

"Ti senti male?"

"No."

"Allora che hai?"

"Ho paura."

"Paura di che?"

"Che Salvo venga e mi porti via."

Ogni tanto, mentre gioca, mentre mangia, questo pinsero gli torna e allora s'incupisce, diventa persino cattivo.»

Franca continuò a parlare, ma Montalbano non la
sentiva più. Era perso con la memoria darrè un ricordo
di quando aveva la stessa età di François, anzi un anno

di meno. La nonna stava morendo, sua madre si era gravemente ammalata (ma queste cose le capì dopo) e suo padre, per poterci badare meglio, l'aveva portato in casa di una sua sorella, Carmela, che era maritata con il proprietario di un disordinato bazar, un uomo mite e gentile che si chiamava Pippo Sciortino. Non avevano figli. Dopo un certo tempo suo padre era tornato a prenderlo, con la cravatta nera e una larga striscia pure nera al braccio sinistro, lo ricordava benissimo. Ma lui si era rifiutato.

«Con te non ci vengo. Io resto con Carmela e Pippo. Mi chiamo Sciortino.»

Aveva ancora davanti agli occhi la faccia addolorata del padre, i volti imbarazzati di Pippo e Carmela.

«... perché i picciliddri non sono pacchi che si possono depositare ora di qua ora di là» concluse Franca.

Di ritorno pigliò la strada più agevole e verso le nove di sira era già a Vigàta. Volle passare da Mimì Augello.

«Ti trovo meglio.»

«Oggi doppopranzo sono riuscito a dormiri. Non ce l'hai fatta con Franca, eh? Mi ha telefonato preoccupata.»

«È una fìmmina molto, molto intelligente.»

«Di che ti voleva parlare?»

«Di François. C'è un problema.»

«Il picciliddro si è affezionato a loro?»

«Come lo sai? Te l'ha detto tua sorella?»

«Con me non ne ha parlato. Ma ci vuole tanto a capirlo? Me l'immaginavo che andava a finire così.»

Montalbano fece la faccia scurata.

«Lo capisco che la cosa ti addolora» fece Mimì, «ma chi ti dice che non sia una fortuna?»

«Per François?»

«Anche. Però soprattutto pi tia, Salvo. Tu non ci sei tagliato a fare il padre, sia pure di un figlio adottivo.»

Appena passato il ponte vide che le luci della casa di Anna erano addrumate. Accostò, scinnì.

«Chi è?»

«Salvo sono.»

Anna gli aprì la porta, lo fece entrare in sala da pranzo. Stava vedendo un film, ma spense subito il televisore.

«Vuoi un po' di whisky?»

«Sì. Liscio.»

«Sei abbattuto?»

«Un pochino.»

«Non è facile da digerire la cosa.»

«Eh, no.»

Rifletté un attimo su quello che gli aveva appena detto Anna: non è facile da digerire. Ma come poteva sapere di François?

«Ma tu Anna come l'hai saputo, scusa?»

«L'ha detto alle otto la televisione.»

Ma di che stava parlando?

«Quale televisione?»

«Televigàta. Hanno detto che il questore ha affidato l'indagine del delitto Licalzi al capo della Mobile.»

A Montalbano venne da ridere.

«Ma cosa vuoi che me ne freghi! Io mi riferivo ad altro!»

«Allora dimmi cos'è che ti abbatte.»

«Un'altra volta, scusami.»

«Hai poi visto il marito di Michela?»

«Sì, ieri dopopranzo.»

«Ti ha parlato del suo matrimonio bianco?»

«Lo sapevi?»

«Sì, me l'aveva detto lei. Michela gli era molto affezionata, sai. In queste condizioni prendersi un amante non era un vero e proprio tradimento. Il dottore ne era al corrente.»

Squillò il telefono in un'altra cammara, Anna andò a rispondere e tornò agitata.

«Mi ha telefonato un'amica. Pare che mezz'ora fa questo capo della Mobile sia andato in casa dell'ingegnere Di Blasi e se lo sia portato in Questura a Montelusa. Che vogliono da lui?»

«Semplice, sapere dov'è andato a finire Maurizio.»

«Ma allora già lo sospettano!»

«È la cosa più ovvia, Anna. E il dottor Ernesto Panzacchi, il capo della Mobile, è un uomo assolutamente ovvio. Beh, grazie del whisky e buonanotte.»

«Come, te ne vai così?»

«Scusami, sono stanco. Ci vediamo domani.»

Gli era pigliata una botta di malumore pesante e densa.

Raprì la porta di casa con un càvucio e corse a rispondere al telefono.

«Salvo, ma che minchia! Che bell'amico!»

Riconobbe la voce di Nicolò Zito, il giornalista di Retelibera col quale aveva rapporti di sincera amicizia.

«È vera questa storia che non hai più l'indagine? Io non ho passato la notizia, volevo prima la conferma da te. Ma se è vera, perché non me l'hai detto?»

«Scusami, Nicolò, è successo ieri sira a tardi. E stamatina presto sono partito, sono andato a trovare François.»

«Vuoi che faccia qualche cosa con la televisione?»

«No, niente, grazie. Ah, ti dico una cosa che certamente ancora non sai, così ti ripago. Il dottor Panzacchi ha portato in Questura per un interrogatorio l'ingegnere edile Aurelio Di Blasi di Vigàta.»

«L'ha ammazzata lui?»

«No, sospettano del figlio Maurizio che è sparito la notte stessa nella quale hanno ucciso la Licalzi. Lui, il picciotto, era innamoratissimo di lei. Ah, c'è un'altra cosa. Il marito della vittima è a Montelusa, all'hotel Jolly.»

«Salvo, se ti sbattono fora dalla Polizia, ti assumo io. Talìati il notiziario di mezzanotte. E grazie, eh, grazie tante.»

A Montalbano il malumore passò mentre deponeva il microfono.

Il dottor Ernesto Panzacchi era bello e servito: a mezzanotte tutte le sue mosse sarebbero diventate di pubblico dominio.

Non aveva assolutamente gana di mangiare. Si spogliò, si mise sotto la doccia, ci rimase a lungo. Indossò mutande e canottiera pulite. Ora veniva la parte difficile.

«Livia.»

«Ah, Salvo, da quand'è che aspetto la tua telefonata! Come sta François?»

«Sta benissimo, è diventato alto.»

«Hai visto i progressi che ha fatto? Ogni settimana, quando gli telefono, parla sempre meglio in italiano. È diventato bravo a farsi capire, eh?»

«Anche troppo.»

Livia non ci fece caso, le urgeva un'altra domanda.

«Che voleva Franca?»

«Voleva parlarmi di François.»

«È troppo vivace? Disubbidisce?»

«Livia, la questione è un'altra. Forse abbiamo sbagliato a tenerlo così a lungo con Franca e suo marito. Il bambino si è affezionato a loro, mi ha detto che non li vuole più lasciare.»

«Te l'ha detto lui?»

«Sì, spontaneamente.»

«Spontaneamente! Ma quanto sei stronzo!»

«Perché?»

«Ma perché glielo hanno detto loro di parlarti così! Ce lo vogliono portare via! Hanno bisogno di manodopera gratis per la loro azienda, quei due mascalzoni!»

«Livia, tu straparli.»

«No, è come ti dico io! Se lo vogliono tenere loro! E tu sei ben felice di lasciarglielo!»

«Livia, cerca di ragionare.»

«Ragiono, caro, ragiono benissimo! E te lo farò vedere a te e a quei due ladri di bambini!»

Riattaccò. Senza mettersi niente di sopra, il commissario si andò ad assittare nella verandina, si addrumò una sigaretta e finalmente, dopo ore che la teneva, lasciò via libera alla malinconia. François oramai era perso, per quanto Franca avesse lasciato a Livia e a lui la decisione. La verità era quella, nuda e cruda, che gli aveva detto la sorella di Mìmì: i bambini non sono pacchi che si possono depositare òra qua ora là. Non si può non tener conto dei loro sentimenti. L'avvocato Rapisarda, che seguiva per conto suo il procedimento d'adozione, gli aveva detto che 'cì sarebbero voluti almeno altri sei mesi. E François avrebbe avuto tutto il tempo di mettere ferree radici in casa Gagliardo. Livia farneticava se poteva pensare che Franca avesse potuto mettergli in bocca le parole da dire. Lui, Montalbano, aveva scorto lo sguardo di François quando gli era andato incontro per abbracciarlo. Ora se li ricordava bene, quegli occhi: c'erano in essi paura e odio infantile. D'altra parte capiva i sentimenti del picciliddro: aveva già perso la madre e temeva di perdere la sua nuova famiglia. In fondo in fondo, Livia e lui erano stati pochissimo tempo col piccolo, le loro figure ci avevano messo poco a sbiadire. Montalbano sentì che mai e poi mai avrebbe avuto il coraggio d'infliggere un altro trauma a François. Non ne aveva il diritto. E nemmeno Livia. Il picciliddro era perso per sempre. Da parte sua, avrebbe acconsentito che rimanesse con Aldo e Franca che erano felici d'adottarlo. Ora aveva freddo, si susì, rientrò.

«Dottore, dormiva? Fazio sono. Volevo informarla che abbiamo fatto, oggi doppopranzo, un'assemblea. Abbiamo scritto una lettera di protesta al questore. L'hanno firmata tutti, il dottor Augello in testa. Gliela leggo: "Noi sottoscritti, facenti parte del Commissariato di Pubblica Sicurezza di Vigàta, deprechiamo"...»

«Aspetta, l'avete spedita?»

«Sì, dottore.»

«Ma quanto siete stronzi! Potevate farmelo sapere prima di mandarla!»

«Perché, prima o dopo che importanza aveva?»

«Che vi avrei persuaso a non fare una minchiata simile.»

Troncò la comunicazione, veramente arraggiato.

Ci mise tempo a pigliare sonno. Ma dopo un'ora che dormiva s'arrisbigliò, addrumò la luce, si susì a metà nel letto. Era stato come un lampo, che gli aveva fatto aprire gli occhi. Durante il sopralluogo col dottor Licalzi nella villetta c'era stato qualcosa, una parola, un suono, come dire, dissonante. Cos'era? Ebbe uno scatto contro se stesso: "Ma che te ne fotte? L'indagine non ti appartiene più".

Spense la luce, si ricoricò.

"Come François" aggiunse amaramente.

DIECI

La mattina appresso, in commissariato, l'organico era quasi al completo: Augello, Fazio, Germanà, Gallo, Galluzzo, Giallombardo, Tortorella e Grasso. Mancava solamente Catarella, assente giustificato perché a Montelusa, alla prima lezione del corso d'informatica. Erano tutti con la faccia lunga, da due novembre, scansavano Montalbano come se fosse contagioso, non lo taliavano negli occhi. Erano stati doppiamente offisi, in prìmisi dal questore che aveva levato l'inchiesta al loro capo solo per fargli torto, in secùndisi dal loro capo stesso che aveva malamente reagito alla loro lettera di protesta al questore. Non solo non erano stati ringraziati, pacienza, il commissario era fatto così, ma erano stati chiamati da lui stronzi, come aveva riferito Fazio.

Tutti presenti, dunque, però tutti stuffati a morte perché, fatta eccezione dell'omicidio Licalzi, da due mesi non capitava niente di sostanzioso. Per esempio, le famiglie Cuffaro e Sinagra, le due cosche che si contendevano il territorio e che erano solite far ritrovare, con bella regolarità, un morto ammazzato al mese (una volta uno dei Cuffaro e la volta appresso uno dei Sinagra), parevano da qualche tempo avere perso l'entusiasmo. E questo da quando Giosuè Cuffaro, arrestato e fulmineamente pentito dei suoi delitti, aveva mandato in galera Peppuccio Sinagra il quale, arrestato e fulmineamente pentito dei suoi delitti, aveva fatto chiudere in càrzaro Antonio Smecca, cugino dei Cuffaro, il quale, fulmineamente pentito dei suoi delitti, aveva inguaiato Cicco Lo Càrmine, dei Sinagra, il quale...

Gli unici botti che si erano sentiti a Vigàta risalivano a un mese prima, per la festa di San Gerlando, che avevano fatto un gioco di foco.

«I numeri uno sono tutti in carcere!» aveva trionfalmente esclamato durante un'affollatissima conferenza stampa il questore Bonetti-Alderighi.

«E quelli a cinque stelle stanno al posto loro» aveva pinsato il commissario.

Quella matina Grasso, che aveva pigliato il posto di Catarella, faceva le parole incrociate, Gallo e Galluzzo si sfidavano a scopa, Giallombardo e Tortorella facevano una partita a dama, gli altri leggevano o contemplavano il muro. Insomma, l'attività ferveva.

Sul suo tavolo, Montalbano trovò una montagna di carte da firmare e di pratiche da evadere. Una sottile vendetta dei suoi uomini?

La bomba, inaspettata, esplose all'una, quando il commissario, col braccio destro anchilosato, meditava di andare a mangiare.

«Dottore, c'è una signora, Anna Tropeano, che domanda di lei. Mi pare agitata» gli disse Grasso, telefonista del turno di mattina.

«Salvo! Dio mio! Nei titoli di testa del telegiornale hanno detto che Maurizio è stato ammazzato!»

In commissariato non c'erano apparecchi televisivi, Montalbano schizzò dalla sua cammara per correre al vicino bar Italia.

Fazio l'intercettò:

«Dottore, che succede?»

«Hanno ammazzato a Maurizio Di Blasi.»

Gelsomino, il proprietario del bar, e due clienti taliavano a bocca aperta la televisione dove un giornalista di Televigàta stava parlando del fatto.

«... e durante questo lungo interrogatorio notturno dell'ingegnere Aurelio Di Blasi, il capo della Mobile di

Montelusa, il dottor Ernesto Panzacchi, perveniva all'ipotesi che il di lui figlio Maurizio, sul quale gravavano forti sospetti per l'omicidio di Michela Licalzi, potesse essersi nascosto in una casa di campagna sita in territorio di Raffadali di proprietà dei Di Blasi. L'ingegnere però sosteneva che il figlio non si era rifugiato là, in quanto lui stesso il giorno avanti vi era andato a cercarlo. Verso le dieci di questa mattina il dottor Panzacchi, con sei agenti, si recava in Raffadali e iniziava un'accurata perquisizione della casa che è piuttosto grande. A un tratto uno degli agenti notava un uomo correre sulle pendici di una brulla collina che è quasi a ridosso della casa. Postisi all'inseguimento, il dottor Panzacchi e i suoi agenti individuavano una caverna nella quale il Di Blasi si era intanato. Il dottor Panzacchi, disposti opportunamente gli agenti, intimava all'uomo di uscire con le mani in alto. All'improvviso il Di Blasi veniva fuori gridando: "Punitemi! Punitemi!" e brandendo minacciosamente un'arma. Uno degli agenti prontamente faceva fuoco e il giovane Maurizio Di Blasi cadeva colpito a morte da una raffica al petto. L'invocazione quasi dostoevskiana del giovane, punitemi!, è più che una confessione. L'ingegnere Aurelio Di Blasi è stato invitato a nominare un difensore. Su di lui gravano sospetti di complicità nella fuga del figlio conclusasi così tragicamente.»

Montalbano, mentre appariva una foto della faccia cavallina del povero picciotto, uscì dal bar, se ne tornò al commissariato.

«Se il questore non ti levava l'incarico, quel povirazzo sarebbe sicuramente ancora vivo!» fece Mimì rabbioso.

Montalbano non rispose, trasì nella sua cammara, chiuse la porta. C'era una contraddizione, grossa come una casa, nel racconto del giornalista. Se Maurizio Di Blasi voleva essere punito, se questa punizione tanto desiderava, perché aveva in mano un'arma con la quale minacciava gli agenti? Un uomo armato, che punta la pistola su quelli che vogliono arrestarlo, non desidera una punizione, tenta solo di sottrarsi all'arresto, di scappare.

«Fazio sono. Posso entrare, dottore?»

Con stupore, il commissario vide che con Fazio trasivano macari Augello, Germanà, Gallo, Galluzzo, Giallombardo, Tortorella e perfino Grasso.

«Fazio ha parlato con un suo amico della Mobile di Montelusa» disse Mimì Augello. E fece cenno a Fazio di continuare.

«Lo sa che cos'era l'arma con la quale il picciotto ha minacciato il dottor Panzacchi e i suoi òmini?»

«No.»

«Una scarpa. La sua scarpa destra. Prima di cadere, ha fatto in tempo a tirarla contro Panzacchi.»

«Anna? Montalbano sono. Ho sentito.»

«Non può essere stato lui, Salvo! Ne sono convinta! È tutto un tragico errore! Devi fare qualcosa!»

«Senti, non ti ho chiamata per questo. Tu la conosci la signora Di Blasi?»

«Sì. Ci siamo parlate qualche volta.»

«Vai da lei, subito. Io non sto tranquillo. Non vorrei che restasse sola col marito in galera e il figlio appena ammazzato.»

«Vado subito.»

«Dottore, ci posso dire una cosa? Ritelefonò quel mio amico della Mobile di Montelusa.»

«E ti disse che per la facenna della scarpa aveva voluto babbiare, ti voleva fare uno scherzo.»

«Esattamente. Quindi la cosa è vera.»

«Senti, ora me ne vado a casa. Credo che oggi pomeriggio resterò a Marinella. Se avete bisogno mi chiamate lì.»

«Dottore, lei qualcosa la deve fare.»

«Ma non scassatemi la minchia, tutti quanti!»

Passato il ponte, tirò dritto, non aveva gana di sentirsi dire un'altra volta macari da Anna che lui doveva assolutamente intervenire. A che titolo? Ecco a voi il cavaliere senza macchia e senza paura! Ecco a voi Robin Hood, Zorro e il giustiziere della notte tutti in una sola persona: Salvo Montalbano!

Il pititto di prima gli era passato, si riempì una sottotazza di olive verdi e nere, si tagliò una fetta di pane e, mentre spizzichiava, fece il nummaro di Zito.

«Nicolò? Montalbano sono. Sai dirmi se il questore ha convocato una conferenza stampa?»

«È fissata per le cinque di oggi doppopranzo.»

«Tu ci vai?»

«Naturalmente.»

«Mi devi fare un piacere. Domanda a Panzacchi che arma era quella con la quale Maurizio Di Blasi li minacciò. E dopo che te l'ha detto, spiagli se te la può far vedere.»

«Che c'è sotto?»

«Te lo dirò a tempo debito.»

«Salvo, ti posso dire una cosa? Qua tutti siamo convinti che se l'indagine restava a te, Maurizio Di Blasi sarebbe ancora vivo.»

Ci si metteva macari Nicolò, appresso a Mimì.

«Ma andate a cacare!»

«Grazie, ne ho bisogno, da ieri sono in difficoltà. Guarda che la conferenza la trasmettiamo in diretta.»

Si andò ad assittare nella verandina, col libro di Denevi tra le mani. Ma non ce la fece a leggerlo. Un pinsero gli firriava per la testa, quello stesso che aveva avuto la notte avanti: che cosa aveva visto o sentito di strammo, di anomalo, durante il sopralluogo nella villetta col dottore?

La conferenza stampa principiò alle cinque spaccate, Bonetti-Alderighi era un maniaco della puntualità («è la cortesia dei re» ripeteva appena ne aveva l'occasione, evidentemente il quarto di nobiltà gli dava alla testa, si vedeva con la crozza incoronata).

In tre stavano assittati darrè un tavolino col panno verde, il questore in mezzo, alla sua destra Panzacchi e alla sinistra il dottor Lattes. Addritta, dietro a loro, i sei agenti che avevano partecipato all'azione. Mentre le facce degli agenti erano serie e tirate, quelle dei tre capi esprimevano moderata contentezza, moderata perché c'era scappato il morto.

Il questore pigliò per primo la parola, si limitò a fare un elogio di Ernesto Panzacchi («un uomo destinato a un brillante avvenire») e un piccolo riconoscimento lo diede a se stesso per avere preso la decisione di affidare l'inchiesta al capo della Mobile il quale «aveva saputo risolvere il caso in ventiquattr'ore, mentre altra gente, con metodi ormai antiquati, chissà quanto tempo ci avrebbe impiegato».

Montalbano, davanti al televisore, incassò senza reagire, manco mentalmente.

La parola quindi passò a Ernesto Panzacchi, il quale ripeté esattamente quello che già il commissario aveva sentito dal giornalista di Televigàta. Non si dilungò in particolari, pareva avesse prescia di andarsene.

«Qualcuno ha domande da fare?» spiò il dottor Lattes. Uno isò il dito.

«È sicuro che il giovane abbia gridato: punitemi?»

«Sicurissimo. Due volte. L'hanno sentito tutti.»

E si voltò a taliare i sei agenti che calarono la testa in segno d'assenso: parsero pupi tirati dai fili.

«E con che tono!» rincarò Panzacchi. «Disperato.»

«Di che cosa è accusato il padre?» spiò un secondo giornalista.

«Favoreggiamento» disse il questore.

«E forse di qualcosa d'altro» aggiunse con ariata misteriosa Panzacchi.

«Complicità nell'omicidio?» azzardò un terzo.

«Non ho detto questo» disse seccamente Panzacchi.

Finalmente Nicolò Zito fece 'nzinga di voler parlare.

«Con quale arma vi minacciò Maurizio Di Blasi?»

Certamente i giornalisti che non sapevano com'era andato il fatto non notarono niente, ma il commissario vide distintamente i sei agenti irrigidirsi, il mezzo sorriso scomparire dalla faccia del capo della Mobile. Solo il questore e il suo capo di Gabinetto non ebbero particolari reazioni.

«Una bomba a mano» fece Panzacchi.

«E chi gliel'avrebbe data?» incalzò Zito.

«Vede, è un residuato di guerra, ma funzionante. Abbiamo una mezza idea dove possa averla trovata, dobbiamo però fare ancora dei riscontri.»

«Può farcela vedere?»

«Ce l'ha la Scientifica.»

E così terminò la conferenza stampa.

Alle sei e mezzo chiamò Livia. Il telefono squillò a lungo a vuoto. Principiò a preoccuparsi. Che si fosse sentita male? Telefonò a Giovanna, amica e collega di lavoro di Livia e della quale aveva il nummaro. Giovanna gli riferì che Livia era andata regolarmente a lavorare, ma lei, Giovanna, l'aveva vista molto pallida e nervosa. Livia l'aveva avvertita anche di avere staccato il telefono, non voleva essere disturbata.

«Come vanno le cose tra voi?» gli spiò Giovanna.

«Direi non benissimo» le rispose diplomaticamente Montalbano.

Qualisisiasi cosa facesse, leggere il libro o taliare il mare fumando una sigaretta, a un tratto la domanda gli tornava, precisa, insistente: che aveva visto o sentito nella villetta che non quatrava?

«Pronto, Salvo? Sono Anna. Ho lasciato or ora la signora Di Blasi. Hai fatto bene a dirmi di andarci. Parenti e amici si sono guardati dal farsi vedere, capirai, alla larga da una famiglia dove c'è un padre arrestato e un figlio omicida. Cornuti.»

«Come sta la signora?»

«Come vuoi che stia? Ha avuto un collasso, ho dovuto chiamare il medico. Ora si sente meglio, anche perché l'avvocato scelto dal marito le ha telefonato dicendole che l'ingegnere sarebbe stato rilasciato da lì a poco.»

«Non hanno riscontrato complicità?»

«Non te lo so dire. Pare che le accuse gliele faranno lo stesso, ma lasciandolo a piede libero. Passi da me?»

«Non so, vedrò.»

«Salvo, devi muoverti. Maurizio era innocente, ne sono sicura, l'hanno assassinato.»

«Anna, non metterti idee sballate in testa.»

«Pronti, dottori? È lei pirsonalmente di pirsona? Catarella sono. Tilifonò il marito della pìttima dici che così che se lei pirsonalmente lo chiama al Ciolli stasira inverso le dieci.»

«Grazie. Com'è andato il primo giorno di corso?»

«Beni, dottori, beni. Tutto accapii. L'istruttorio si complimentò. Disse così che le pirsone come a mia sono rari.»

L'alzata d'ingegno gli venne poco prima delle otto e la mise in atto senza perderci un minuto di tempo. Montò in macchina, partì alla volta di Montelusa.

«Nicolò è in trasmissione» gli disse una segretaria, «ma sta per finire.»

Dopo manco cinque minuti arrivò Zito, affannato.

«Io ti ho servito, hai visto la conferenza stampa?»

«Sì, Nicolò, e mi pare che abbiamo fatto centro.»

«Mi puoi dire perché quella bomba è tanto importante?»

«Tu la sottovaluti una bomba?»

«Dai, dimmi di cosa si tratta.»

«Ancora non posso. O meglio, forse lo capirai tra poco, ma è affar tuo e io non te l'ho detto.»

«Avanti, che vuoi che faccia o dica al telegiornale? Sei qua per questo, no? Tu ormai sei il mio regista occulto.»

«Se lo fai, ti faccio un regalo.»

Tirò fora dalla sacchetta una delle foto di Michela che gli aveva dato il dottor Licalzi, gliela porse.

«Tu sei l'unico giornalista a sapere com'era la signora da viva. Alla Questura di Montelusa foto non ne hanno: i documenti d'identità, la patente, il passaporto se c'era, stavano nella sacca e l'assassino li ha portati via. Puoi farla vedere ai tuoi ascoltatori, se vuoi.»

Nicolò Zito storse la bocca.

«Allora il favore che mi domanderai deve essere grosso. Spara.»

Montalbano si susì, andò a chiudere a chiave la porta dell'ufficio del giornalista.

«No» fece Nicolò.

«No che?»

«No a qualsiasi cosa tu voglia domandarmi. Se hai chiuso la porta, io non mi ci metto.»

«Se mi dai una mano, poi ti darò tutti gli elementi per far succedere un casino a livello nazionale.»

Zito non rispose, era chiaramente combattuto, un core d'asino e uno di lione.

«Che devo fare?» spiò alla fine a mezza voce.

«Devi dire che ti hanno telefonato due testimoni.»

«Esistono?»

«Uno sì e l'altro no.»

«Dimmi solo che ha detto quello che esiste.»

«Tutti e due. Prendere o lasciare.»

«Ma ti rendi conto che se scoprono che mi sono inventato un testimone possono radiarmi dall'albo?»

«Certo. Nel qual caso ti autorizzo a dire che sono stato io a convincerti. Così mandano a casa macari a mia e andiamo a coltivare fave.»

«Facciamo così. Prima mi dici di quello falso. Se la cosa è fattibile, mi parli macari di quello vero.»

«D'accordo. Oggi dopopranzo, dopo la conferenza stampa, ti ha telefonato uno che si trovava a cacciare vicinissimo al posto dove hanno sparato a Maurizio Di Blasi. Ha detto che le cose non sono andate come ha dichiarato Panzacchi. Poi ha riattaccato, senza lasciarti nome e cognome. Era chiaramente spaventato. Tu citi questo episodio di passata, affermi nobilmente che non vuoi dargli troppo peso dato che si tratta di una telefonata anonima e la tua deontologia professionale non ti consente di dar voce alle insinuazioni anonime.»

«Intanto però la cosa l'ho detta.»

«Scusami, Nicolò, ma non è la vostra tecnica abituale? Gettare la pietra e nascondere la mano.»

«A questo proposito, dopo ti dico una cosa. Avanti, parlami del testimone vero.»

«Si chiama Gillo Jàcono, ma tu darai solo le iniziali, G.J. e basta. Questo signore, mercoledì, passata di poco la mezzanotte, ha visto arrivare alla villa la Twingo, scenderne Michela e uno sconosciuto e avviarsi tranquillamente verso casa. L'uomo aveva una valigia. Valigia, non valigetta. Ora la domanda è questa: perché Maurizio Di Blasi è andato a violentare la signora Licalzi con una valigia? Dentro ci aveva le lenzuola di ricambio nel caso avesse sporcato il letto? E ancora: quelli della Mobile l'hanno ritrovata da qualche parte? Nella villetta, questo è certo, non c'era.»

«È tutto?»

«Tutto.»

Nicolò era diventato friddo, evidentemente non aveva mandato giù il rimprovero di Montalbano sulle abitudini dei giornalisti.

«A proposito della mia deontologia professionale.

Oggi pomeriggio, dopo la conferenza stampa, mi ha telefonato un cacciatore per dirmi che le cose non erano
andate come era stato detto. Ma siccome non ha voluto
fare il suo nome, io la notizia non l'ho passata.»

«Tu mi stai pigliando per il culo.»

«Ora chiamo la segretaria e ti faccio sentire la registrazione della telefonata» fece il giornalista susendosi.

«Scusami, Nicolò. Non c'è bisogno.»

UNDICI

S'arramazzò tutta la notte nel letto, ma non ci poté sonno. Aveva davanti a sé il quatro di Maurizio colpito che arrinisciva a tirare la scarpa contro i suoi persecutori, il gesto a un tempo comico e disperato di un povirazzo braccato. «Punitemi!», aveva gridato, e tutti giù a interpretare quell'invocazione nel modo più ovvio e tranquillizzante, punitemi perché ho stuprato e ammazzato, punitemi per il mio peccato. Ma se avesse, in quell'attimo, voluto significare tutt'altra cosa? Che gli era passato per la testa? Punitemi perché sono diverso, punitemi perché ho amato troppo, punitemi d'essere nato: si poteva continuare all'infinito, e qui il commissario s'arrestò, sia perché non amava gli scivolamenti nella filosofia spicciola e letteraria sia perché aveva capito, a un tratto, che l'unico modo di esorcizzare quell'immagine ossessionante e quel grido era non un generico interrogarsi, ma il confronto coi fatti. Per farlo, non c'era che una strata, una sola. E fu allora che arriniscì a chiudere gli occhi per due ore.

«Tutti» disse a Mimì Augello trasendo in commissariato.

Cinque minuti appresso, erano tutti nella cammara davanti a lui.

«Mettetevi comodi» fece Montalbano. «Questo non è un discorso ufficiale, è una cosa tra amici.»

Mimì e due o tre s'assittarono, gli altri rimasero addritta. Grasso, il sostituto di Catarella, s'appoggiò allo stipite della porta, un orecchio appizzato al centralino.

«Ieri il dottor Augello mi ha detto una cosa che m'ha

ferito, appena saputo che Di Blasi era stato sparato. M'ha detto press'a poco così: se l'inchiesta la tenevi tu, a quest'ora quel giovane sarebbe ancora vivo. Avrei potuto rispondere che l'indagine mi era stata levata dal questore e che quindi io non avevo nessuna responsabilità. Questo, formalmente, è vero. Ma il dottor Augello aveva ragione. Quando il questore m'ha convocato per darmi l'ordine di non indagare più sull'omicidio Licalzi, io ho ceduto all'orgoglio. Non ho protestato, non mi sono ribellato, gli ho lasciato capire che poteva andarsene a pigliarlo nel culo. E così mi sono giocato la vita di un uomo. Perché è certo che nessuno di voi avrebbe sparato a un povero disgraziato che non ci stava con la testa.»

Non l'avevano mai sentito parlare così, lo taliavano ammammaloccuti, trattenendo il respiro.

«Stanotte ci ho pinsato sopra e ho pigliato una decisione. Mi riprendo l'indagine.»

Chi fu a principiare l'applauso? Montalbano seppe tramutare la commozione in ironia.

«Vi ho già detto che siete stronzi, non fatemi ripetere.»

«L'inchiesta» continuò «è oramai chiusa. Quindi, se tutti siete d'accordo, dovremo procedere navigando sott'acqua, col solo periscopio fora. Vi devo avvertire: se a Montelusa lo vengono a sapere, potrebbero esserci guai seri per ognuno di noi.»

«Commissario Montalbano? Sono Emanuele Licalzi.»

Montalbano s'arricordò che Catarella, la sera avanti, gli aveva detto che aveva chiamato il dottore. Se n'era scordato.

«Mi scusi, ma ieri sera ho avuto...»

«Ma per carità, s'immagini. Oltretutto, da ieri sera a oggi le cose sono cambiate.»

«In che senso?»

«Nel senso che nel tardo pomeriggio di ieri avevo ricevuto assicurazione che per mercoledì mattina sarei potuto partire per Bologna con la povera Michela. Stamattina presto m'hanno chiamato dalla Questura per dirmi che era a loro necessario un rimando, la cerimonia funebre potrà essere officiata solo venerdì. Quindi ho deciso di ripartire e tornare giovedì sera.»

«Dottore, lei certamente avrà saputo che l'inchiesta...»

«Sì, certo, ma non mi riferivo all'inchiesta. Si ricorda che avevamo accennato alla macchina, la Twingo? Posso già parlare con qualcuno per rivenderla?»

«Guardi, dottore, facciamo così, la macchina la faccio portare io stesso da un nostro carrozziere di fiducia, il danno l'abbiamo fatto noi e dobbiamo pagarlo noi. Se vuole, posso incaricare il nostro carrozziere per trovare un compratore.»

«Lei è una persona squisita, commissario.»

«Mi levi una curiosità: che se ne farà della villetta?»

«Metterò in vendita anche quella.»

«Nicolò sono. Come volevasi dimostrare.»

«Spiegati meglio.»

«Sono stato convocato dal giudice Tommaseo, per oggi alle quattro doppopranzo.»

«E che vuole da te?»

«Ma tu hai la faccia stagnata! Ma come, mi metti in questi lacci e poi ti viene a mancare l'immaginazione? Mi accuserà di aver taciuto alla polizia preziose testimonianze. E se poi viene a sapere che uno dei due testimoni non so manco chi è, allora saranno cazzi amari, quello capace che mi sbatte in galera.»

«Fammi sapere.»

«Certo! Così una volta la simana mi vieni a trovare e mi porti aranci e sigarette.»

«Senti, Galluzzo, avrei bisogno di vedere tuo cognato, il giornalista di Televigàta.»

«L'avverto subito, commissario.»

Stava per nesciri dalla cammara, ma la curiosità ebbe la meglio.

«Però, se è cosa che macari io posso sapìri...»

«Gallù, non solo lo puoi, ma lo devi sapere. Ho necessità che tuo cognato collabori con noi per la storia Licalzi. Dato che non possiamo muoverci alla luce del sole, dobbiamo servirci dell'aiuto che le televisioni private ci possono dare, facendo apparire che si muovono di loro iniziativa, mi spiegai?»

«Alla perfezione.»

«Pensi che tuo cognato è disposto ad aiutarci?»

Galluzzo si mise a ridere.

«Dottore, ma quello se lei gli domanda di dire alla televisione che hanno scoperto che la luna è fatta di ricotta, lo dice. Lo sa che muore d'invidia?»

«Per chi?»

«Per Nicolò Zito, dottore. Dice così che lei per Zito ci ha un occhio di riguardo.»

«È vero. Aieri a sira Zito mi ha fatto un favore e l'ho messo nei guai.»

«E ora vuole fare lo stesso con mio cognato?»

«Se se la sente.»

«Mi dica quello che desidera, non ci sono problemi.»

«Allora diglielo tu quello che deve fare. Ecco, piglia questa. È una fotografia di Michela Licalzi.»

«Mìzzica, quant'era bella!»

«In redazione tuo cognato deve avere una foto di Maurizio Di Blasi, mi pare d'averla vista quando hanno dato la notizia della sua ammazzatina. Nel notiziario dell'una, e macari in quello della sera, tuo cognato deve far comparire le due foto affiancate, nella stessa inquadratura. Deve dire che, siccome c'è un vuoto di cinque ore tra le sette e mezza di mercoledì sera, quando ha lasciato una sua amica e poco dopo la mezzanotte, quando è stata vista recarsi in compagnia di un uomo nella sua villetta, tuo cognato vorrebbe sapere se qualcuno è in grado di fornire notizie sugli spostamenti di Michela Licalzi in quelle ore. Meglio: se in quelle ore l'hanno vista, e dove, in compagnia di Maurizio. Chiaro?»

«Chiarissimo.»

«Tu, da questo momento in poi, bivacchi a Televigàta.»

«Che significa?»

«Significa che te ne stai lì, come se fossi un redattore. Appena qualcuno si fa vivo per dare notizie, te lo fai passare tu, ci parli tu. E poi mi riferisci.»

«Salvo? Sono Nicolò Zito. Sono costretto a disturbarti di nuovo.»

«Novità? Ti hanno mandato i carabinieri?»

Evidentemente Nicolò non aveva nessuna gana di sgherzare.

«Puoi venire immediatamente in redazione?»

Montalbano assai stupì nel vedere nello studio di Nicolò l'avvocato Orazio Guttadauro, penalista discusso, difensore di tutti i mafiosi della provincia e macari di fora provincia.

«La billizza del commissario Montalbano!» fece l'avvocato appena lo vide trasiri. Nicolò pareva tanticchia impacciato.

Il commissario taliò interrogativo il giornalista: perché l'aveva chiamato in prisenza di Guttadauro? Zito rispose a parole.

«L'avvocato è quel signore che telefonò ieri, quello che era andato a caccia.»

«Ah» fece il commissario. Con Guttadauro meno si parlava e meglio era, non era omo da spartirci il pane insieme.

«Le parole che l'egregio giornalista qui presente» principiò l'avvocato con lo stesso tono di voce che usava quand'era in tribunale «ha adoperato in televisione per definirmi mi hanno fatto sentire un verme!»

«Oddio, che ho detto?» spiò preoccupato Nicolò.

«Lei ha esattamente usato queste espressioni: ignoto cacciatore e anonimo interlocutore.»

«Sì, ma che c'è d'offensivo? C'è il Milite Ignoto...»

«... l'Anonimo veneziano» rincarò Montalbano che stava cominciando a scialarsela.

«Come?! Come?!» continuò l'avvocato quasi non li avesse sentiti. «Orazio Guttadauro essere implicitamente accusato di viltà? Non ho retto, ed eccomi qua.»

«Ma perché è venuto da noi? Il dovere suo era di andare a Montelusa dal dottor Panzacchi e dirgli...»

«Sgherziamo, picciotti? Panzacchi era a venti metri di mia e ha contato una storia completamente diversa! Tra me e lui, credono a lui! Lo sa quanti miei assistiti, persone intemerate, si sono trovati coinvolti e accusati dalla parola menzognera di un poliziotto o di un carrabbineri? Centinaia!»

«Senta, avvocato, ma in cosa differisce la sua versione dei fatti da quella del dottor Panzacchi?» spiò Zito che non reggeva più alla curiosità.

«In un dettaglio, esimio.»

«Quale?»

«Che il picciotto Di Blasi era disarmato.»

«Eh, no! Non ci credo. Lei vuole sostenere che quelli della Mobile hanno sparato a sangue freddo, per il solo piacere d'ammazzare un uomo?»

«Ho semplicemente detto che Di Blasi era disarmato, però gli altri lo pensarono armato, aveva una cosa in mano. È stato un equivoco tremendo.»

«Che aveva in mano?»

La voce di Nicolò Zito si era fatta acuta.

«Una delle sue scarpe, amico mio.»

Mentre il giornalista crollava sulla seggia, l'avvocato proseguì.

«Ho ritenuto mio dovere portare a conoscenza dell'opinione pubblica il fatto. Penso che il mio alto dovere civico...»

E qui Montalbano capì il gioco di Guttadauro. Non era un omicidio di mafia e quindi, testimoniando, non danneggiava nessuno dei suoi assistiti; si faceva la nomea di cittadino esemplare e contemporaneamente sputtanava la Polizia.

«L'avevo visto macari il giorno avanti» fece l'avvocato.

«A chi?» spiarono insieme Zito e Montalbano, si erano persi darrè i loro pinseri.

«Al picciotto Di Blasi, no? Quella è una zona dove si caccia bene. Lo vidi a distanza, non avevo il binocolo. Zoppichiava. Poi trasì nella grotta, s'assittò al sole e principiò a mangiare.»

«Un momento» fece Zito. «Mi pare di capire che lei afferma che il giovane stava nascosto lì e non a casa sua? L'aveva a pochi passi!»

«Che vuole che le dica, carissimo Zito? Macari il giorno avanti ancora, che ero passato davanti alla casa dei Di Blasi, vidi che il portone era serrato con un catenaccio grosso quanto un baule. Sono certo che lui a casa sua non si ammucciò mai, forse per non compromettere la famiglia.»

Montalbano si fece persuaso di due cose: l'avvocato era pronto a smentire il capo della Mobile anche sul luogo della latitanza del picciotto, perciò l'incriminazione di suo padre, l'ingegnere, sarebbe venuta a cadere con grave danno per Panzacchi. Per la seconda cosa che aveva capito, volle prima avere conferma.

«Mi leva una curiosità, avvocato?»

«Agli ordini, commissario.»

«Lei va sempre a caccia, non ci sta mai in tribunale?»

Guttadauro gli sorrise, Montalbano ricambiò. Si erano capiti. Molto probabilmente l'avvocato non era mai andato a caccia in vita sua. Quelli che avevano visto e avevano mandato avanti lui dovevano essere amici di coloro che Guttadauro chiamava i suoi assistiti: lo scopo era quello di far nascere uno scandalo nella Questura di

Montelusa. Bisognava giocare di fino, non gli piaceva averli come alleati.

«Te l'ha detto l'avvocato di chiamarmi?» spiò il commissario a Nicolò.

«Sì.»

Sapevano quindi tutto. Erano a conoscenza che aveva subìto un torto, lo immaginavano deciso a vendicarsi, erano pronti a usarlo.

«Avvocato, lei certamente avrà saputo che io non sono il titolare dell'inchiesta che del resto è da considerarsi chiusa.»

«Sì, ma...»

«Non c'è nessun ma, avvocato. Se lei veramente vuol fare il suo dovere di cittadino, va dal giudice Tommaseo e gli racconta la sua versione dei fatti. Buongiorno.»

Voltò le spalle, niscì. Nicolò gli corse appresso, l'agguantò per un braccio.

«Tu la sapevi! Tu la sapevi la storia della scarpa! Per questo m'hai detto di domandare a Panzacchi quale fosse l'arma!»

«Sì, Nicolò, la sapevo. Ma ti consiglio di non servirtene per il tuo notiziario, non c'è una prova che la cosa sia andata come la racconta Guttadauro, anche se molto probabilmente è la verità. Vacci cauto.»

«Ma se tu stesso mi dici che è la verità!»

«Cerca di capire, Nicolò. Sono pronto a scommettere che l'avvocato non sa manco dove minchia si trova la grotta dov'era ammucciato Maurizio. Lui è un pupo che la mafia gli tira i fili. I suoi amici hanno saputo qualcosa e hanno stabilito che gli tornava comodo sfruttarla. Gettano a mare una rizzagliata e sperano che dintra ci vadano a finire Panzacchi, il questore e il giudice Tommaseo. Un bel terremoto. Però a tirare la rete in barca bisogna che ci sia un omo forte, cioè io, accecato, secondo loro, dalla smania di vendicarmi. Ti sei fatto capace?»

«Sì. Come mi devo regolare con l'avvocato?»

«Ripetigli le stesse cose mie. Vada dal giudice. Vedrai che si rifiuterà. Invece quello che ha detto Guttadauro sarai tu a ripeterlo, parola appresso parola, a Tommaseo. Se non è fissa, e fissa non è, capirà che macari lui è in pericolo.»

«Lui però non c'entra con l'ammazzatina di Di Blasi.»

«Ma ha firmato le accuse contro suo padre l'ingegnere. E quelli sono pronti a testimoniare che Maurizio non si è mai ammucciato dentro la sua casa di Raffadali. Tommaseo, se si vuole salvare il culo, deve disarmare Guttadauro e i suoi amici.»

«E come?»

«Che ne so?»

Dato che si trovava a Montelusa, si diresse verso la Questura, sperando di non incontrare Panzacchi. Scese di corsa nel sotterraneo dov'era allocata la Scientifica, trasì direttamente nell'ufficio del capo.

«Buongiorno, Arquà.»

«Buongiorno» fece l'altro friddo friddo come un iceberg. «Le posso essere utile?»

«Passavo da queste parti e m'è venuta una curiosità.»

«Sono molto occupato.»

«Non metto in dubbio, ma le rubo un minuto. Desideravo qualche informazione su quella bomba che Di Blasi tentò di lanciare contro gli agenti.»

Arquà non mosse un muscolo.

«Non sono tenuto.»

Possibile che avesse tanto controllo?

«Via, collega, sia gentile. Mi bastano tre dati: colore, misura e marca.»

Arquà parse sinceramente sbalordito. Nei suoi occhi spuntò chiaramente la domanda se Montalbano non fosse nisciuto pazzo.

«Che diavolo dice?»

«L'aiuto io. Nera? Marrone? Quarantatré? Quarantaquattro? Mocassino? Superga? Varese?»

«Si calmi» fece Arquà senza che ce ne fosse bisogno, ma seguendo la regola che i pazzi bisogna tenerli buoni. «Venga con me.»

Montalbano lo seguì, trasirono in una cammara dove c'era un grande tavolino bianco a mezzaluna con tre òmini in càmmisi bianco che traffichiàvano.

«Caruana» fece Arquà a uno dei tre òmini «fai vedere al collega Montalbano la bomba.»

E mentre quello rapriva un armadio di ferro, Arquà continuò.

«La vedrà smontata, ma quando ce l'hanno portata qua era pericolosamente funzionante.»

Pigliò il sacchetto di cellophan che Caruana gli pruìva, lo mostrò al commissario.

«Una vecchia OTO in dotazione al nostro esercito nel '40.»

Montalbano non arriniscìva a parlare, talìava la bomba a pezzi con lo stesso sguardo del proprietario di un vaso Ming appena caduto a terra.

«Avete rilevato impronte digitali?»

«Molte erano confuse, ma due del giovane Di Blasi apparivano chiarissime, il pollice e l'indice della mano destra.»

Arquà posò il sacchetto sul tavolo, mise una mano sulla spalla del commissario, lo spinse in corridoio.

«Mi deve scusare, è tutta colpa mia. Non immaginavo che il questore le avrebbe tolto l'indagine.»

Attribuiva quello che riteneva un momentaneo offuscamento delle facoltà mentali di Montalbano allo choc subìto per la destituzione. Bravo picciotto, in fondo, il dottor Arquà.

Il capo della Scientifica era stato indubbiamente sincero, considerò Montalbano mentre in macchina scendeva verso Vigàta, non poteva essere un così formidabile attore. Ma come si fa a tirare una bomba a mano tenendola solo con il pollice e l'indice? La meglio cosa che ti può capitare, lanciandola così, è che ti frantumi le palle. Arquà avrebbe dovuto rilevare anche buona parte del palmo della destra. Se le cose stavano così, dov'è che quelli della Mobile avevano fatto l'operazione di pigliare due dita di Maurizio già morto e premerle a forza sulla bomba? Appena formulata la domanda, invertì il senso di marcia e tornò a Montelusa.

DODICI

«Che vuole?» gli spiò Pasquano appena lo vide trasiri nel suo studio.

«Devo fare appello alla nostra amicizia» premise Montalbano.

«Amicizia? Noi due siamo amici? Ceniamo insieme? Ci confidiamo le cose?»

Il dottor Pasquano era fatto così e il commissario non si sentì minimamente scosso dalle parole che l'altro gli aveva rivolto. Bisognava solo trovare la formula giusta.

«Beh, se non è amicizia, è stima.»

«Questo sì» ammise Pasquano.

Ci aveva 'nzertato. Ora la strata era in discesa.

«Dottore, quali altri accertamenti deve fare su Michela Licalzi? Ci sono novità?»

«Quali novità? Io ho fatto sapere da tempo al giudice e al questore che da parte mia potevo consegnare il cadavere al marito.»

«Ah, sì? Perché, vede, è stato proprio il marito a dirmi che gli hanno telefonato dalla Questura per comunicargli che il funerale potrà essere fatto solo venerdì mattina.»

«Cazzi loro.»

«Mi perdoni, dottore, se approfitto della sua pazienza. Tutto normale sul corpo di Maurizio Di Blasi?»

«In che senso?»

«Beh, com'è morto?»

«Che domanda cretina. Una raffica di mitra, a momenti lo tagliavano in due, ne facevano un busto da mettere su una colonna.»

«Il piede destro?»

Il dottor Pasquano socchiuse gli occhi che aveva piccoli.

«Perché mi va a spiare proprio del piede destro?»

«Perché il sinistro non penso di trovarlo interessante.»

«Eh già. Si era fatto male, una storta o qualcosa di simile, non poteva più rimettersi la scarpa. Ma si era fatto male qualche giorno prima della sua morte. Aveva la faccia tumefatta da una botta.»

Montalbano sobbalzò.

«Era stato picchiato?»

«Non so. O gli avevano dato una potente legnata in faccia o aveva sbattuto. Ma non sono stati gli agenti. La contusione risaliva anch'essa a qualche tempo prima.»

«A quando si era fatto male al piede?»

«All'incirca, credo.»

Montalbano si susì, porse la mano al dottore.

«La ringrazio e tolgo il disturbo. Un'ultima cosa. A lei l'avvertirono subito?»

«Di che?»

«Del fatto che avevano sparato a Di Blasi.»

Il dottor Pasquano strinse talmente gli occhietti che parse essersi addormentato di colpo. Non rispose subito.

«Queste cose lei se le sogna la notte? Gliele dicono le ciàule? Parla con gli spiriti? No, al picciotto gli spararono alle sei del mattino. A me mi avvertirono di andarci verso le dieci. Mi dissero che volevano portare prima a termine la perquisizione della casa.»

«Un'ultima domanda.»

«Lei, a forza di ultime domande, mi farà fare notte.»

«Dopo che le hanno consegnato il cadavere di Di Blasi, qualcuno della Mobile le ha domandato il permesso di poterlo esaminare a solo?»

Il dottor Pasquano si stupì.

«No. Perché avrebbero dovuto farlo?»

Tornò a Retelibera, doveva mettere Nicolò Zito al corrente degli sviluppi. Era certo che l'avvocato Guttadauro se ne fosse già andato.

«Perché sei tornato?»

«Poi te lo dico, Nicolò. Com'è andata con l'avvocato?»

«Ho fatto come mi hai detto tu. L'ho invitato ad andare dal giudice. M'ha risposto che ci avrebbe pensato. Poi però ha aggiunto una cosa curiosa, che non c'entrava niente. O almeno pareva, va' a sapere con questa gente. "Beato lei che vive in mezzo all'immagine! Oggi come oggi è l'immagine che conta, non la parola." Questo mi ha detto. Che significa?»

«Non lo so. Guarda, Nicolò, che la bomba ce l'hanno.»

«Oddio! Allora quello che ha contato Guttadauro è falso!»

«No, è vero. Panzacchi è furbo, si è parato con molta abilità. La Scientifica sta esaminando una bomba che le ha dato Panzacchi, bomba sulla quale ci sono le impronte di Di Blasi.»

«Madonna che casino! Panzacchi si è messo in una botte di ferro! E io che gli conto a Tommaseo?»

«Tutto come si era concordato. Solo che non ti devi mostrare troppo scettico sull'esistenza della bomba. Capito?»

Per arrivare da Montelusa a Vigàta c'era macari una straduzza abbandonata che al commissario piaceva assà. La pigliò e, arrivato all'altezza di un ponticello che sovrastava un torrente che da secoli non era più tale, ma un avvallamento di pietre e ciottoli, fermò l'auto, scinnì, s'infrattò verso una macchia al centro della quale sorgeva un gigantesco olivo saraceno, di quelli storti e contorti che strisciano sulla terra come serpenti prima di alzarsi verso il cielo. S'assittò sopra un ramo, s'addrumò una sigaretta, principiò a ragionare sui fatti della matinata.

«Mimì, trasi, chiudi la porta e assèttati. Mi devi dare delle informazioni.»

«Pronti.»

«Se io sequestro un'arma, che ne so, un revolver, un mitra, che ne faccio?»

«La dai, in genere, a chi ti trovi più vicino.»

«Stamatina ci siamo arrisbigliati col senso dell'umorismo?»

«Vuoi sapere le disposizioni in merito? Le armi sequestrate vanno immediatamente consegnate all'apposito ufficio della Questura di Montelusa dove vengono repertate e poi messe sottochiave in un magazzinetto che si trova dalla parte opposta agli uffici della Scientifica, nel caso specifico di Montelusa. È bastevole?»

«Sì. Mimì, azzardo una ricostruzione. Se dico minchiate, interrompimi. Dunque, Panzacchi e i suoi uomini perquisiscono la casa di campagna dell'ingegnere Di Blasi. Nota che il portone principale è chiuso con un grosso catenaccio.»

«Come lo sai?»

«Mimì, non ti approfittare del permesso che t'ho dato. Un catenaccio non è una minchiata. Lo so e basta. Pensano però che possa essere una finta, che l'ingegnere, dopo aver rifornito di viveri il figlio, lo abbia chiuso dintra per fare apparire la casa non abitata. Andrà a liberarlo passato lo scarmazzo, il casino del momento. A un tratto uno degli òmini s'accorge di Maurizio che sta andando a intanarsi. Circondano la grotta, Maurizio esce con una cosa in mano, un agente più nervoso degli altri pensa sia un'arma, spara e l'ammazza. Quando si addùnano che il povirazzo teneva in mano la scarpa destra che non poteva più infilarsi perché aveva il piede scassato...»

«Come lo sai?»

«Mimì, tu la devi finire o non ti racconto più la favola. Quando si accorgono ch'era una scarpa, capiscono d'essere nella merda fino al collo. La brillante operazione di Ernesto Panzacchi e della sua sporca mezza dozzina rischia di finire a feto, in puzza. Pensa ca ti ripensa, l'unica è di sostenere che veramente Maurizio era armato. D'accordo. Ma di cosa? E qui il capo della Mobile ha un'alzata d'ingegno: una bomba a mano.»

«Perché non una pistola che è più facile?»

«Tu non sei all'altezza di Panzacchi, Mimì, rassègnati. Il capo della Mobile sa che l'ingegnere Di Blasi non ha il portodarmi, né ha fatto una qualche denunzia di possesso d'arma. Ma un ricordo di guerra, a forza di vederselo davanti tutti i giorni, non è più considerato un'arma. Oppure viene messo in soffitta e scordato.»

«Posso parlare? Nel '40 l'ingegnere Di Blasi aveva sì e no cinque anni e la guerra la faceva con la pistola a tappo.»

«E suo patre, Mimì? Suo zio? Suo cugino? Suo nonno? Suo catanonno? Suo...»

«Va bene, va bene.»

«Il problema è dove trovare una bomba a mano che sia un residuato bellico.»

«Nel deposito della Questura» fece calmo Mimì Augello.

«Giustissimo. E i tempi tornano, perché il dottor Pasquano viene chiamato quattro ore dopo che Maurizio è morto.»

«Come lo sai? Va bene, scusa.»

«Tu lo conosci il responsabile del magazzinetto?»

«Sì. E macari tu: Nenè Lofàro. Per un certo periodo prestò servizio qui da noi.»

«Lofàro? Se me l'arricordo bene, non è persona che uno ci può dire dammi la chiave che devo pigliare una bomba.»

«Bisogna vedere come sono andate le cose.»

«Vai a vedere tu, a Montelusa. Io non ci posso andare, sono sotto tiro.»

«D'accordo. Ah, Salvo, potrei avere un giorno di libertà domani?»

«Hai qualche buttana per le mani?»

«Non è una buttana, è un'amica.»

«Ma non puoi stare con lei in serata, dopo che hai finito qua?»

«So che riparte domani doppopranzo.»

«Straniera è? Va bene, auguri. Ma prima devi sbrogliare questa storia della bomba.»

«Tranquillo. Oggi dopo mangiato vado in Questura.»

Aveva voglia di stare tanticchia con Anna ma, passato il ponte, cacciò dritto verso casa.

Nella cassetta delle lettere trovò una grossa busta a sacchetto, il postino l'aveva piegata in due per farcela entrare. Non c'era nessuna indicazione del mittente. A Montalbano era venuto pitito, raprì il frigo: polipetti alla luciana e una semplicissima salsa di pomodoro fresco. Si vede che la cammarera Adelina non aveva avuto tempo o gana. In attesa che l'acqua degli spaghetti bollisse, pigliò la busta. Dintra c'era un catalogo a colori della Eroservice: tutte videocassette porno per ogni singolo, o singolare, gusto. Lo stracciò, lo gettò nel portamunnizza. Mangiò, andò in bagno. Trasì e niscì di corsa, i pantaloni sbottonati, pareva una comica di Ridolini. Come aveva fatto a non pinsarci prima? Ci voleva che gli arrivasse il catalogo di videocassette porno? Trovò il numero sull'elenco di Montelusa.

«Pronto, avvocato Guttadauro? Il commissario Montalbano sono. Che faceva, stava mangiando? Sì? Mi scuso.»

«Mi dica, commissario.»

«Un amico, sa come succede, parlando del più e del meno, mi ha detto che lei ha una bella raccolta di videocassette girate da lei stesso quando va a caccia.»

Una pausa lunghissima. Il ciriveddro dell'avvocato doveva travagliare vorticosamente.

«Vero è.»

«Sarebbe disposto a farmene vedere qualcuna?»

«Sa, sono molto geloso delle cose mie. Ma potremmo metterci d'accordo.»

«Era questo che volevo sentirle dire.»

Si salutarono da amiconi. Era chiaro com'era andata la cosa. Gli amici di Guttadauro, sicuramente più di uno, assistono casualmente all'ammazzatina di Maurizio. Poi, quando vedono un agente partire di corsa in macchina, si rendono conto che Panzacchi ha strumentiàto un sistema per salvare faccia e carriera. Uno degli amici allora corre a munirsi di una telecamera. E torna in tempo per registrare la scena degli agenti che stampano le impronte digitali del morto sulla bomba. Ora anche gli amici di Guttadauro sono in possesso di una bomba, sia pure di tipo diverso, e lo fanno scendere in campo. Una situazione laida e pericolosa, dalla quale bisognava assolutamente venirne fora.

«Ingegnere Di Blasi? Il commissario Montalbano sono. Avrei urgenza di parlarle.»

«Perché?»

«Perché ho molti dubbi sulla colpevolezza di suo figlio.»

«Tanto lui non c'è più.»

«Sì, ha ragione, ingegnere. Ma la sua memoria.»

«Faccia quello che vuole.»

Rassegnato, un morto che respirava e parlava.

«Tra mezz'ora al massimo sarò da lei.»

Strammò nel vedere che la porta gli era stata aperta da Anna.

«Parla a bassa voce. Finalmente la signora sta riposando.»

«Che ci fai qua?»

«Sei stato tu a coinvolgermi. Poi non ho più trovato il coraggio di lasciarla sola.»

«Come, sola? Non hanno chiamato manco un'infermiera?»

«Quella sì, certo. Ma lei vuole me. Ora entra.»

Il salotto era ancora più allo scuro di quando il commissario era stato ricevuto dalla signora. Montalbano sentì l'accùpa al cuore nel taliare Aurelio Di Blasi abbandonato di traverso sulla poltrona. Teneva gli occhi serrati, ma aveva sentito la presenza del commissario perché parlò.

«Che vuole?» spiò con quella terribile voce morta.

Montalbano gli spiegò quello che voleva. Parlò per mezz'ora filata e mano a mano vedeva l'ingegnere raddrizzarsi, rapìrirsi gli occhi, taliarlo, ascoltare con interesse. Capì che stava vincendo.

«Le chiavi della villa le hanno alla Mobile?»

«Sì» disse l'ingegnere con una voce diversa, più forte. «Ma io ne avevo fatto fare un terzo paio, Maurizio le teneva nel cassetto del suo comodino. Le vado a prendere.»

Non ce la fece a susìrisi dalla poltrona, il commissario dovette aiutarlo.

Arrivò sparato in commissariato.

«Fazio, Gallo, Giallombardo, con me.»

«Pigliamo la macchina di servizio?»

«No, andiamo con la mia. Mimì Augello è tornato?»

Non era tornato. Partì a velocità, Fazio non l'aveva mai visto correre tanto. Si preoccupò, non teneva molta fiducia in Montalbano come pilota.

«Vuole che la porti io?» spiò Gallo che evidentemente nutriva la stessa preoccupazione di Fazio.

«Non rompetemi i cabasisi. Abbiamo poco tempo.»

Da Vigàta a Raffadali c'impiegò una ventina di minuti. Niscì dal paisi, imboccò una strata di campagna. L'ingegnere gli aveva spiegato bene come arrivare alla casa. Tutti la riconobbero, l'avevano vista e rivista in televisione.

«Ora entriamo, ho le chiavi» fece Montalbano «e perquisiamo a fondo. Abbiamo ancora qualche ora di luce, dobbiamo profittarne. Quello che cerchiamo va trovato prima che venga lo scuro, perché non possiamo accendere lampadine elettriche, potrebbero vedere la luce da fuori. Chiaro?»

«Chiarissimo» disse Fazio, «ma che siamo venuti a cercare?»

Il commissario glielo disse e aggiunse:

«Spero che la mia idea sia sbagliata, lo spero sinceramente.»

«Però lasceremo impronte, non abbiamo portato guanti» fece preoccupato Giallombardo.

«Fottetevene.»

Purtroppo, invece, non si era sbagliato. Dopo un'ora che cercavano, si sentì chiamare dalla voce trionfante di Gallo che taliava nella cucina. Accorsero. Gallo stava scendendo da una seggia con un cofanetto di pelle in mano.

«Stava su questa credenza.»

Il commissario lo raprì: dintra c'era una bomba a mano uguale a quella che aveva visto alla Scientifica e una pistola che doveva essere come quelle una volta in dotazione agli ufficiali tedeschi.

«Da dove venite? Che c'è in quel cofanetto?» spiò Mimì che era curioso come un gatto.

«E tu che mi dici?»

«Lofàro si è pigliato un mese per malattia. Da quindici giorni è stato sostituito da un tale Culicchia.»

«Io lo conosco bene» fece Giallombardo.

«Che tipo è?»

«È uno che non gli piace stare assittato darrè un tavolino a tenere registri. Darebbe l'anima per tornare ad essere operativo, vuole fare carriera.»

«L'ha già data l'anima» disse Montalbano.

«Posso sapere che c'è dintra?» spiò Mimì sempre più incuriosito.

«Confetti, Mimì. Ora statemi a sentire. A che ora smonta Culicchia? Alle otto, mi pare.»

«È così» confermò Fazio.

«Tu, Fazio, e tu, Giallombardo, quando Culicchia esce dalla Questura lo convincete ad acchianare nella mia macchina. Non fategli capire niente. Appena si è assittato in mezzo a voi, gli mostrate il cofanetto. Lui il cofanetto non l'ha mai visto e perciò vi domanderà che significa quel teatro.»

«Ma si può sapere che c'è dintra?» spiò ancora una volta Augello, ma nisciuno gli rispose.

«Perché non l'ha mai visto?»

La domanda era stata di Gallo. Il commissario lo taliò di traverso.

«Possibile che non ragionate? Maurizio Di Blasi era un ritardato e una persona perbene, non aveva certo amici che gli potessero fornire armi a tamburo battente. L'unico posto dove può avere trovato la bomba a mano è la sua casa di campagna. Ma bisogna che ci sia la prova che se la sia pigliata dalla casa. Allora Panzacchi, ch'è persona sperta, ordina al suo agente di andare a Montelusa a recuperare due bombe e una pistola del tempo della guerra. Una dice ch'era in mano a Maurizio, l'altra assieme alla pistola se la porta appresso, si procura un cofanetto, torna alla scordatina nella casa di Raffadali e nasconde il tutto in un posto dove uno va a cercare per prima cosa.»

«Ecco che c'è nel cofanetto!» esclamò Mimì dandosi una manata sulla fronte.

«Insomma, quel gran cornuto di Panzacchi ha creato una situazione plausibilissima. E se qualcuno gli spia come mai le altre armi non sono state trovate durante la prima perquisizione, egli potrà sostenere d'essere stato interrotto dal fatto che era stato scoperto Maurizio mentre s'intanava.»

«Che figlio di buttana!» fece sdignato Fazio. «Non

solo ammazza un picciotto, anche se non ha sparato lui, lui è il capo e sua è la responsabilità, ma tenta di consumare un povero vecchio per salvarsi le spalle!»

«Torniamo a quello che dovete fare. Cuocetevi a fuoco lento questo Culicchia. Gli dite che il cofanetto è stato trovato nella casa di Raffadali. Poi gli fate vedere la bomba e la pistola. Dopo gli domandate, come per una curiosità, se tutte le armi sequestrate sono registrate. E alla fine lo fate scendere dalla macchina portando con voi armi e cofanetto.»

«Tutto qua?»

«Tutto qua, Fazio. La mossa appresso tocca a lui.»

TREDICI

«Dottore? C'è Galluzzo al tilifono. Vuole parlari pirsonalmente di pirsona con lei. Che faccio, dottore? Ci lo passo?»

Era indubbiamente Catarella che stava facendo il turno pomeridiano, ma perché per due volte l'aveva chiamato dottore e non dottori?

«Va bene, passamelo. Dimmi, Galluzzo.»

«Commissario, a Televigàta ha telefonato uno dopo che erano state trasmesse le foto appaiate della signora Licalzi e di Di Blasi, come aveva voluto lei. Questo signore è sicurissimo d'avere visto la signora con un uomo verso le undici e mezza di sira, però l'uomo non era Maurizio Di Blasi. Dice così che si sono fermati al suo bar che è prima d'arrivare a Montelusa.»

«È certo d'averli notati mercoledì notte?»

«Certissimo. M'ha spiegato che da lunedì a martedì non era stato al bar perché era fora e il giovedì è chiuso per turno. Ha lasciato nome e indirizzo. Che faccio, torno?»

«No, resta lì fino a dopo il notiziario delle otto. Può darsi si faccia vivo qualche altro.»

La porta si spalancò, batté contro il muro, il commissario sobbalzò.

«C'è primisso?» spiò Catarella sorridente.

Non c'era dubbio che Catarella aveva un rapporto problematico con le porte. Montalbano, davanti a quella faccia d'innocente, fermò lo scatto di nirbuso che l'aveva aggredito.

«Vieni avanti, che c'è?»

«Portarono ora ora questo pacchetto e questa littra per lei pirsonalmente di pirsona.»

«Come va il corso d'informaticcia?»

«Bene, dottore. Però si dice informatica, dottore.»

Montalbano lo taliò strammato mentre quello nisciva. Glielo stavano corrompendo, a Catarella.

Dintra la busta c'erano poche righe scritte a macchina e non firmate:

QUESTA È SOLO LA PARTE FINALE. SPERO SIA DI SUO GRADIMENTO. SE IL VIDEO INTERO L'INTERESSA, MI CHIA-MI QUANDO VUOLE.

Montalbano tastiò il pacchetto. Una videocassetta.

La sua auto ce l'avevano Fazio e Giallombardo, chiamò Gallo perché l'accompagnasse con la macchina di servizio.

«Dove andiamo?»

«A Montelusa, alla redazione di Retelibera. E non correre, mi raccomando, non facciamo la seconda di giovedì passato.»

Gallo s'infuscò in faccia.

«Bih, per una volta che m'è capitato, lei si mette a la-stimiare appena acchiana in macchina!»

Fecero la strata in silenzio.

«L'aspetto?» spiò Gallo quando arrivarono.

«Sì, non sarà cosa lunga.»

Nicolò Zito lo fece trasiri nel suo ufficio, era nirbuso.

«Com'è andata con Tommaseo?»

«Come vuoi che andasse? M'ha fatto un solenne lisce-busso, una cazziata da levare il pelo. Voleva i nomi dei testimoni.»

«E tu che hai fatto?»

«Mi sono appellato al Quinto Emendamento.»

«Dai, non fare il cretino, in Italia non ce l'abbiamo.»

«Per fortuna! Perché quelli che in America si sono appellati al Quinto Emendamento se la sono pigliata in culo lo stesso.»

«Dimmi come ha reagito quando ha sentito il nome di Guttadauro, deve avergli fatto effetto.»

«S'è imparpagliato, m'è parso preoccupato. Ad ogni modo, m'ha dato una formale diffida. La prossima volta mi sbatte in galera senza remissione.»

«Questo m'interessava.»

«Che mi sbattesse in galera senza remissione?»

«Ma no, stronzo. Che sapesse che di mezzo ci sono l'avvocato Guttadauro e quelli che rappresenta.»

«Che farà Tommaseo, secondo te?»

«Ne parlerà al questore. Avrà capito che macari lui è impigliato nella rete e cercherà di venirne fora. Senti, Nicolò, avrei bisogno di visionare questa cassetta.»

Gliela pruì, Nicolò la pigliò, l'inserì nel suo videoregistratore. Apparse un totale che mostrava alcuni òmini in campagna, le facce non si leggevano. Due persone, in càmmisi bianco, stavano caricando un corpo su una barella. In sovrimpressione, nella parte inferiore, spuntava una scritta inequivocabile: MONDAY 14.4.97. Chi ripigliava la scena zumò, ora si vedevano Panzacchi e il dottor Pasquano che parlavano. Il sonoro non si sentiva. I due si strinsero la mano e il dottore niscì di campo. L'immagine s'allargò in modo da accogliere i sei agenti della Mobile che stavano torno torno al loro capo. Panzacchi disse a loro qualche parola, tutti niscirono di campo. Fine del programma.

«Minchia!» disse a mezza voce Zito.

«Fammene un riversamento.»

«Non posso farlo qua, devo andare in regìa.»

«Sì, ma accùra: non lo far vedere.»

Pigliò dal cassetto di Nicolò un foglio e una busta non intestati, si mise alla macchina da scrivere.

HO VISIONATO IL CAMPIONE. NON INTERESSA. NE FACCIA QUELLO CHE VUOLE. PERÒ NE CONSIGLIO LA DISTRUZIONE O UN USO PRIVATISSIMO.

Non firmò, non scrisse l'indirizzo che sapeva dall'elenco telefonico.

Tornò Zito, gli diede due cassette.

«Questa è l'originale e questa è la copia. È venuta così così, sai, fare un riversamento da un riversamento...»

«Non sono in concorso alla mostra di Venezia. Dammi una busta grande telata.»

La copia se l'infilò in sacchetta, la lettera e l'originale li mise nella telata. Manco su questa scrisse indirizzo.

Gallo era dintra la macchina che leggeva «La Gazzetta dello Sport».

«La sai dov'è via Xerri? Al numero 18 c'è lo studio dell'avvocato Guttadauro. Gli lasci questa busta e torni a pigliarmi.»

Fazio e Giallombardo s'arricamparono in commissariato che erano le nove sonate.

«Ah, commissario! È stata una farsa e macari una tragedia!» fece Fazio.

«Che ha detto?»

«Prima parlava e doppo no» disse Giallombardo.

«Quando gli abbiamo fatto vìdiri il cofanetto, non capiva. Diciva: cos'è, uno sgherzo? È uno sgherzo? Appena Giallombardo gli fece sapere che il cofanetto era stato trovato a Raffadali, cominciò a strancangiarsi in faccia, addiventava sempre più giarno.»

«Doppo, alla vista delle armi» intervenne Giallombardo che voleva fare la parte sua, «assintomò, ci scantammo che gli veniva un colpo dintra la macchina.»

«Trimava, pareva con la febbre terzana. Poi si susì di scatto, mi scavalcò e scappò, di corsa» disse Fazio.

«Correva come una lebbre ferita, metteva i passi ora qua ora là» concluse Giallombardo.

«E ora?» spiò Fazio.

«Abbiamo fatto il botto, ora aspettiamo l'eco. Grazie di tutto.»

«Dovìri» disse asciutto Fazio. E aggiunse: «Dove lo mettiamo il cofanetto? In casciaforte?».

«Sì» disse Montalbano.

Nella sua cammara Fazio aveva una cassaforte abbastanza grande, non serviva per i documenti, ma per tenerci droga e armi sequestrate, prima di essere portate a Montelusa.

La stanchizza lo pigliò a tradimento, i quarantasei erano darrè l'angolo ad aspettarlo. Avvertì Catarella che andava a casa, gli passasse pure eventuali telefonate. Dopo il ponte fermò, scinnì, si avvicinò alla villetta di Anna. E se con lei c'era qualcuno? Tentò.

Anna gli si fece incontro.

«Entra, entra.»

«C'è qualcuno?»

«Nessuno.»

Lo fece assittare sul divano davanti alla televisione, ne abbassò il volume, niscì dalla cammara, tornò con due bicchieri, uno di whisky per il commissario e uno di vino bianco per lei.

«Hai mangiato?»

«No» fece Anna.

«Non mangi mai?»

«L'ho fatto a mezzogiorno.»

Anna gli si assittò allato.

«Non ti mettere troppo vicino che sento che puzzo» disse Montalbano.

«Hai avuto un pomeriggio faticoso?»

«Abbastanza.»

Anna allungò un braccio sopra lo schienale, Montalbano calò la testa narrè, appoggiò la nuca sulla pelle di lei. Chiuse gli occhi. Fortunatamente aveva posato il bicchiere sul tavolinetto perché di colpo sprofondò nel sonno, come se il whisky fosse stato alloppiato. S'arrisbigliò dopo una mezz'ora con un sobbalzo, girò gli occhi torno torno strammato, capì, gli venne vrigogna.

«Ti domando perdono.»

«Meno male che ti sei svegliato, mi sono venute le formichelle al braccio.»

Il commissario si susì.

«Devo andare.»

«Ti accompagno.»

Sulla porta, con naturalezza, Anna posò leggermente le labbra su quelle di Montalbano.

«Riposa bene, Salvo.»

Fece una doccia lunghissima, si cangiò biancheria e vestito, telefonò a Livia. Il telefono squillò a lungo, poi la comunicazione s'interruppe automaticamente. Che faceva quella santa fìmmina? Stava a macerarsi nel dolore per quello che stava capitando con François? Era troppo tardi per telefonare alla sua amica e avere notizie. S'assittò sulla verandina e dopo tanticchia arrivò alla decisione che se non rintracciava Livia entro le prossime quarantott'ore lasciava fottere tutto e tutti, pigliava un aereo per Genova e stava con lei almeno una giornata.

Lo squillo del telefono lo fece correre dalla verandina, era sicuro che fosse Livia a chiamarlo, finalmente.

«Pronto? Parlo col commissario Montalbano?»

La voce l'aveva già sentita, ma non ricordava a chi apparteneva.

«Sì. Chi parla?»

«Sono Ernesto Panzacchi.»

L'eco era arrivata.

«Dimmi.»

Si davano del tu o del lei? A quel punto però non aveva importanza.

«Vorrei parlarti. Di persona. Vengo da te?»

Non aveva gana di vedere Panzacchi casa casa.

«Vengo io. Dove abiti?»

«All'hotel Pirandello.»

«Arrivo.»

La cammara che Panzacchi aveva in albergo era grande quanto un salone. C'erano, oltre al letto matrimoniale e un armadio, due poltrone, un largo tavolo con sopra un televisore e un videoregistratore, il frigobar.

«Ancora la mia famiglia non si è potuta trasferire.»

"E meno male che si sparagna lo scomodo di trasferirsi e ritrasferirsi" pensò il commissario.

«Scusami, ma devo andare a pisciare.»

«Guarda che in bagno non c'è nessuno.»

«Ma io devo veramente pisciare.»

Di una serpe come Panzacchi non c'era da fidarsi. Tornò dal bagno, Panzacchi l'invitò ad assittarsi su una poltrona.

Il capo della Mobile era un omo tozzo ma elegante, dagli occhi chiari chiari, baffi alla tartara.

«Ti servo qualcosa?»

«Niente.»

«Entriamo subito nel merito?» spiò Panzacchi.

«Come vuoi.»

«Dunque, stasera è venuto a trovarmi un agente, tale Culicchia, non so se lo conosci.»

«Di persona no, di nome sì.»

«Era letteralmente terrorizzato. Due del tuo commissariato pare l'abbiano minacciato.»

«Ti ha detto così?»

«Mi pare d'aver capito così.»

«Hai capito male.»

«Allora dimmi tu.»

«Senti, è tardi e sono stanco. Sono andato nella casa di Raffadali dei Di Blasi, ho cercato e ci ho messo poco a trovare un cofanetto con dentro una bomba a mano e una pistola. Ora li tengo in cassaforte.»

«Ma perdio! Tu non eri autorizzato!» fece Panzacchi susendosi.

«Tu ti sbagli di strada» fece calmo Montalbano.

«Stai occultando delle prove!»

«Ti ho detto che sbagli strada. Se la mettiamo sulle

autorizzazioni, sul gerarchico, io mi alzo, me ne vado e ti lascio nella merda. Perché ci sei, nella merda.»

Panzacchi esitò un attimo, si tirò il paro e lo sparo, s'assittò. Ci aveva provato, il primo round gli era andato male.

«E dovresti macari ringraziarmi» continuò il commissario.

«Di che?»

«Di avere fatto sparire dalla casa il cofanetto. Doveva servire a dimostrare che Maurizio Di Blasi aveva pigliato da lì la bomba, vero? Solo che quelli della Scientifica non ci avrebbero trovato sopra le impronte di Di Blasi manco a pagarle a peso d'oro. E tu come lo spiegavi questo fatto? Che Maurizio aveva i guanti? Sai le risate!»

Panzacchi non disse niente, gli occhi chiari chiari fissi in quelli del commissario.

«Vado avanti io? La colpa iniziale, anzi no, delle tue colpe non me ne fotte niente, l'errore iniziale l'hai fatto quando hai dato la caccia a Maurizio Di Blasi senza avere la certezza che fosse colpevole. Ma volevi fare la "brillante" operazione a tutti i costi. Poi è successo quello che è successo, e tu certamente hai tirato un sospiro di sollievo. Fingendo di salvare un tuo agente che aveva scangiato una scarpa per un'arma, hai almanaccato la storia della bomba e per renderla più credibile sei andato a sistemare il cofanetto in casa Di Blasi.»

«Sono tutte chiacchiere. Se le vai a raccontare al questore, stai sicuro che lui non ci crederà. Tu metti in giro queste dicerìe per sporcarmi, per vendicarti del fatto che le indagini ti sono state tolte e affidate a me.»

«E con Culicchia come la metti?»

«Domattina passa alla Mobile con me. Pago il prezzo che ha chiesto.»

«E se io porto le armi al giudice Tommaseo?»

«Culicchia dirà che sei stato tu a domandargli la chiave del deposito l'altro giorno. È pronto a giurarlo. Cerca di capirlo: deve difendersi. E io gli ho suggerito come fare.»

«Allora avrei perso?»

«Così pare.»

«Funziona quel videoregistratore?»

«Sì.»

«Vuoi mettere questa cassetta?»

L'aveva tirata fora dalla sacchetta, gliela porse. Panzacchi non fece domande, eseguì. Apparsero le immagini, il capo della Mobile le taliò fino alla fine, poi riavvolse il nastro, estrasse la cassetta, la restituì a Montalbano. S'assittò, accese un mezzo toscano.

«Questa è solo la parte finale, il nastro intero ce l'ho io, nella stessa cassaforte delle armi» mentì Montalbano.

«Come hai fatto?»

«Non sono stato io a registrarlo. C'erano, nelle vicinanze, due persone che hanno visto e documentato. Amici dell'avvocato Guttadauro che tu ben conosci.»

«Questo è un brutto imprevisto.»

«Assai più brutto di quanto tu possa pensare. Ti sei venuto a trovare stretto tra me e loro.»

«Permettimi, le loro ragioni le capisco benissimo, non mi sono altrettanto chiare le tue, se non sei mosso da sentimenti di vendetta.»

«Ora cerca di capire tu a me: io non posso permettere, non posso, che il capo della Mobile di Montelusa sia ostaggio della mafia, sia ricattabile.»

«Sai, Montalbano, io veramente ho voluto proteggere il buon nome dei miei uomini. Immagini cosa sarebbe successo se la stampa avesse scoperto che avevamo ammazzato un uomo che si difendeva con una scarpa?»

«E per questo hai messo in mezzo l'ingegnere Di Blasi che non c'entrava niente nella storia?»

«Nella storia no, nel mio piano sì. E in quanto ai possibili ricatti, mi so difendere.»

«Lo credo. Tu resisti, che non è un bel campare, ma quanto resisteranno Culicchia e gli altri sei che verranno ogni giorno messi sotto torchio? Basta che ceda uno e la faccenda viene a galla. Ti faccio un'altra probabilissima ipotesi: stanchi dei tuoi rifiuti, quelli sono capaci di pigliare il nastro e proiettarlo pubblicamente o mandarlo a una televisione privata che fa lo scoop a rischio di galera. E in quest'ultimo caso salta macari il questore.»

«Che devo fare?»

Montalbano per un attimo l'ammirò: Panzacchi era un giocatore spietato e senza scrupoli, ma quando perdeva sapeva perdere.

«Devi prevenirli, scaricare l'arma che hanno in mano.»

Non poté tenersi dal dire una malignità di cui si pentì.

«Questa non è una scarpa. Parlane stanotte stessa col questore. Trovate assieme una soluzione. Però, attento: se entro domani a mezzogiorno non vi siete mossi, mi muovo io a modo mio.»

Si susì, raprì la porta, niscì.

«Mi muovo io a modo mio», bella frase, minacciosa quanto basta. Ma in concreto che veniva a significare? Se, metti caso, il capo della Mobile fosse arrinisciuto a tirare dalla sua il questore e questi a sua volta il giudice Tommaseo, lui era bello e fottuto. Ma era pensabile che a Montelusa fossero tutti di colpo diventati disonesti? Una cosa è la 'ntipatia che può fare una persona, un'altra cosa è il suo carattere, la sua integrità.

Arrivò a Marinella pieno di dubbi e di domande. Aveva agito bene a parlare in quel modo a Panzacchi? Il questore si sarebbe fatto persuaso che non era mosso dalla voglia di rivincita? Compose il numero di Livia. Al solito, nessuno rispose. Andò a letto, ma a chiudere gli occhi ci mise due ore.

QUATTORDICI

Trasì in ufficio così evidentemente pigliato dal nirbuso che i suoi uomini, per il sì o per il no, si tennero alla larga. «Il letto è una gran cosa, se non si dorme s'arriposa», faceva il proverbio, era però un proverbio sbagliato perché il commissario dintra al letto non solo aveva dormito a spizzichi, ma si era susùto come se avesse corso una maratona.

Solo Fazio, che con lui aveva più confidenza di tutti, s'azzardò a fare una domanda:

«Ci sono novità?»

«Te lo saprò dire dopo mezzogiorno.»

S'appresentò Galluzzo.

«Commissario, aieri a sira l'ho cercata per mare e per terra.»

«In cielo ci taliasti?»

Galluzzo capì che non era cosa di preamboli.

«Commissario, dopo la trasmissione del notiziario delle otto, telefonò uno. Dice che mercoledì verso le otto, massimo le otto e un quarto, la signora Licalzi si è fermata al suo distributore e ha fatto il pieno. Ha lasciato nome e indirizzo.»

«Va bene, poi ci facciamo un salto.»

Era teso, non arrinisciva a posare l'occhio sopra una carta, taliava il ralogio in continuazione. E se passato mezzogiorno dalla Questura non si fossero fatti vivi?

Alle undici e mezzo squillò il telefono.

«Dottore» disse Grasso, «c'è il giornalista Zito.»

«Ci parlo.»

Sul momento non capì che stava succedendo.

«Patazùn, patazùn, patazùn, zun zun zuzù» faceva Zito.

«Nicolò?»

«Fratelli d'Italia, l'Italia s'è desta...»

Zito aveva intonato a gran voce l'inno nazionale.

«Dai, Nicolò, che non ho gana di scherzare.»

«E chi scherza? Ti leggo un comunicato che mi è arrivato da pochi minuti. Sistema bene il culo sulla poltrona. Per tua conoscenza è stato mandato a noi, a Televigàta e a cinque corrispondenti di giornali. Leggo. QUESTURA DI MONTELU-SA. IL DOTTOR ERNESTO PANZACCHI, PER MOTIVI STRETTA-MENTE PERSONALI, HA CHIESTO DI ESSERE SOLLEVATO DAL-L'INCARICO DI CAPO DELLA SQUADRA MOBILE E DI ESSERE MESSO A DISPOSIZIONE. LA SUA RICHIESTA È STATA ACCOLTA. IL DOTTOR ANSELMO IRRERA ASSUMERÀ TEMPORANEAMENTE L'INCARICO LASCIATO VACANTE DAL DOTTOR PANZACCHI. POICHÉ NEL CORSO DELLE INDAGINI PER L'OMICIDIO LICALZI SONO EMERSI NUOVI E INATTESI SVILUPPI, IL DOTTOR SALVO MONTALBANO, DEL COMMISSARIATO DI VIGÀTA, CURERÀ IL PROSIEGUO DELL'INCHIESTA. FIRMATO: BONETTI-ALDERI-GHI, QUESTORE DI MONTELUSA. Abbiamo vinto, Salvo!»

Ringraziò l'amico, riattaccò. Non si sentiva contento, la tensione era scomparsa, certo, la risposta che voleva l'aveva avuta, però provava come un malessere, un intenso disagio. Sinceramente maledisse Panzacchi, non tanto per quello che aveva fatto, quanto per averlo costretto ad agire in un modo che adesso gli pesava.

La porta si spalancò, fecero irruzione tutti. «Dottore!» disse Galluzzo, «mi telefonò ora ora mio cognato da Televigàta. È arrivato un comunicato...»

«Lo so, lo conosco già.»

«Ora andiamo a comprare una bottiglia di spumante e...»

Giallombardo non riuscì a finire la frase, aggelò sotto la taliata di Montalbano. Niscirono tutti lentamente, murmuriando a bassa voce. Che carattere fituso aveva questo commissario!

Il giudice Tommaseo non aveva il coraggio di mostrare la sua faccia a Montalbano, faceva finta di taliare carte importanti, calato in avanti sulla scrivania. Il commissario pinsò che in quel momento il giudice desiderava un pelo di barba che gli cummigliasse interamente il volto sino a farlo apparire come un abominevole uomo delle nevi, solo che dello yeti non aveva la stazza.

«Lei deve capire, commissario. Per quello che riguarda il ritiro dell'accusa di possesso di armi da guerra, non c'è problema, ho convocato l'avvocato dell'ingegnere Di Blasi. Ma non posso altrettanto facilmente far cadere quella di complicità. Sino a prova contraria, Maurizio Di Blasi è reo confesso dell'omicidio di Michela Licalzi. Le mie prerogative non mi consentono in alcun modo di...»

«Buongiorno» fece Montalbano susendosi e niscendo.

Il giudice Tommaseo lo rincorse nel corridoio.

«Commissario, aspetti! Vorrei chiarire...»

«Non c'è proprio niente da chiarire, signor giudice. Ha parlato col questore?»

«Sì, a lungo, ci siamo visti stamattina alle otto.»

«Allora certamente è a conoscenza di alcuni dettagli per lei trascurabili. Per esempio che l'inchiesta sull'omicidio Licalzi è stata fatta a cazzo di cane, che il giovane Di Blasi era al novantanove per cento innocente, che è stato ammazzato come un porco per un equivoco, che Panzacchi ha coperto tutto. Non ci sono vie d'uscita: lei non può prosciogliere l'ingegnere dall'accusa di detenzione d'armi e nello stesso tempo non procedere contro Panzacchi che quelle armi gliele ha messe in casa.»

«Sto esaminando la posizione del dottor Panzacchi.»

«Bene, l'esamini. Ma scegliendo la bilancia giusta, tra le tante che ci sono nel suo ufficio.»

Tommaseo stava per reagire, ma ci ripensò e non disse niente.

«Una curiosità» fece Montalbano. «Perché la salma

della signora Licalzi non è stata ancora riconsegnata al marito?»

L'imbarazzo del giudice si accentuò, chiuse a pugno la mano sinistra e dintra c'infilò l'indice della destra.

«Ah, quella è stata... sì, è stata un'idea del dottor Panzacchi. Mi fece notare che l'opinione pubblica... Insomma, prima il ritrovamento del cadavere, poi la morte del Di Blasi, poi il funerale della signora Licalzi, poi quello del giovane Maurizio... Capisce?»

«No.»

«Era meglio scaglionare nel tempo... Non tenere sotto pressione la gente, affollando...»

Parlava ancora, ma il commissario era già arrivato alla fine del corridoio.

Niscì dal Palazzo di Giustizia di Montelusa che già erano le due. Invece di tornare a Vigàta, pigliò la Enna-Palermo, Galluzzo gli aveva spiegato bene dove si trovavano tanto il distributore di benzina quanto il bar-ristorante, i due posti dove era stata vista Michela Licalzi. Il distributore, allocato a un tre chilometri appena fora Montelusa, era chiuso. Il commissario santiò, proseguì per altri due chilometri, vide alla sua sinistra un'insegna che faceva BAR-TRATTORIA DEL CAMIONISTA. C'era molto traffico, il commissario aspettò pazientemente che qualcuno si decidesse a lasciarlo passare poi, visto che non c'erano santi, tagliò la strada a tutti in un tirribìlio di frenate, clacsonate, bestemmie, insulti e si fermò nel parcheggio del bar.

Era molto affollato. S'avvicinò al casciere.

«Vorrei parlare al signor Gerlando Agrò.»

«Io sono. E lei chi è?»

«Il commissario Montalbano sono. Lei telefonò a Televigàta per dire che...»

«E mannaggia la buttana! Proprio ora doveva venire? Non lo vede il travaglio che ho in questo momento?»

Montalbano ebbe un'idea che sul momento stimò geniale.

«Com'è che si mangia qua?»

«Quelli assittati tutti camionisti sono. L'ha mai visto un camionista sbagliare un colpo?»

Alla fine della mangiata (l'idea non era stata geniale, ma solo buona, la cucina si teneva in una ferrea normalità, senza punte di fantasia), doppo il caffè e l'anicione, il casciere, fattosi sostituire da un ragazzino, s'avvicinò al tavolo.

«Ora possiamo. M'assetto?»

«Certo.»

Gerlando Agrò ci ripensò subito.

«Forse è meglio che viene con me.»

Uscirono fora dal locale.

«Ecco. Mercoledì, verso le undici e mezzo di sira, io stavo qua fora a fumarmi una sigaretta. E ho visto arrivare questa Twingo che veniva dalla Enna-Palermo.»

«Ne è sicuro?»

«La mano sul foco. La macchina si fermò proprio davanti a mia e scinnì la signora che guidava.»

«Può mettere l'altra mano sul foco che era quella che ha visto in televisione?»

«Commissario, con una fìmmina come a quella, povirazza, uno non si sbaglia.»

«Vada avanti.»

«L'omo invece restò dintra alla macchina.»

«Come ha fatto a vedere che si trattava di un uomo?»

«C'erano i fari di un camion. Mi fece meraviglia, in genere è l'omo che scende e la fìmmina resta a bordo. Comunque, la signora si fece fare due panini al salame, pigliò macari una bottiglia di minerale. Alla cassa ci stava mio figlio Tanino, quello che c'è ora. La signora pagò e scinnì questi tre graduna che ci sono qua. Ma all'ultimo inciampò e cadde. I panini le volarono di mano. Io scinnii i gradini per aiutarla e mi venni a trovare faccia a faccia con il signore che era nisciuto dalla macchina macari lui. "Niente, niente", fece la signora. Lui tornò dintra la macchina, lei si fece fare altri due panini, pagò e se ne ripartirono verso Montelusa.»

«Lei è stato chiarissimo, signor Agrò. Quindi è in grado di sostenere che l'uomo visto in televisione non era lo stesso di quello che si trovava con la signora in macchina.»

«Assolutamente. Due persone diverse!»

«Dove teneva i soldi la signora, in una sacca?»

«Nonsi, commissario. Niente sacca. Aveva in mano un borsellino.»

Dopo la tensione della matinata e la mangiata che s'era fatta, l'assugliò la stanchizza. Decise d'andare a Marinella a farsi un'ora di sonno. Passato il ponte però non seppe resistere. Fermò, scinnì, suonò il citofono. Non arrispunnì nessuno. Probabilmente Anna era andata a trovare la signora Di Blasi. E forse era meglio così.

Da casa, telefonò al commissariato.

«Alle cinque voglio la macchina di servizio con Galluzzo.»

Compose il numero di Livia, sonò a vacante. Fece il numero della sua amica di Genova.

«Montalbano sono. Senti, comincio seriamente a preoccuparmi, Livia è da giorni che...»

«Non ti preoccupare. Mi ha chiamato proprio poco fa per dirmi che sta bene.»

«Ma si può sapere dov'è?»

«Non lo so. Quello che so è che ha telefonato al Personale e si è fatta dare un altro giorno di ferie.»

Riattaccò e il telefono squillò.

«Commissario Montalbano?»

«Sì, chi parla?»

«Guttadauro. Tanto di cappello, commissario.»

Montalbano riattaccò, si spogliò, si mise sotto la doccia e nudo com'era si gettò sul letto. S'addrummiscì di colpo.

Triiin, triiin, faceva un suono remotissimo dintra al suo ciriveddro. Capì ch'era lo squillo del campanello della porta. Si susì a fatica, andò ad aprire. A vederlo nudo, Galluzzo fece un balzo narrè.

«Che c'è, Gallù? Ti scanti che ti porto dintra e ti faccio fare cose vastase?»

«Commissario, è da mezz'ora che suono. Stavo per sfondare la porta.»

«Così me la pagavi per nuova. Arrivo.»

L'addetto al distributore era un trentino riccio riccio, gli occhi nivuri e sparluccicanti, dal corpo sodo e agile. Vestiva in tuta ma il commissario facilmente se l'immaginò da bagnino, sulla spiaggia di Rimini, a fare minnitta di tedesche.

«Lei dice che la signora veniva da Montelusa e che erano le otto.»

«Sicuro come la morte. Vede, stavo chiudendo per fine turno. Lei calò il finestrino e mi spiò se ce la facevo a farle il pieno. "Per lei resto aperto tutta la notte, se me lo domanda" ci feci. Lei scinnì dalla macchina. Madonnuzza santa, quant'era bella!»

«Si ricorda com'era vestita?»

«Tutta in jeans.»

«Aveva bagagli?»

«Quello che ho visto era una specie di sacca, la teneva nel sedile di darrè.»

«Continui.»

«Finii di farle il pieno, ci dissi quanto veniva, lei mi pagò con una carta di centomila che aveva pigliato da un borsellino. Mentre ci stavo dando il resto, a mia mi piace sgherzare con le fimmine, ci spiai: "C'è altro di speciale che posso fare per lei?". M'aspettavo una rispostazza.

Invece quella mi fece un sorriso e mi disse: "Per le cose speciali ho già uno". E proseguì.»

«Non tornò nuovamente verso Montelusa, è sicuro?»

«Sicurissimo. Mischina, quando ci penso che ha fatto la fine che ha fatto!»

«Va bene, la ringrazio.»

«Ah, una cosa commissario. Aveva prescia, fatto il pieno si mise a correre. Vede? C'è un rettifilo. Io l'ho taliata fino a quando ha girato la curva in fondo. Correva, assà.»

«Dovevo rientrare domani» fece Gillo Jàcono, «ma siccome sono tornato prima, ho ritenuto mio dovere farmi vivo subito.»

Era un trentino distinto, faccia simpatica.

«La ringrazio.»

«Volevo dirle che davanti a un fatto così, uno ci pensa e ci ripensa.»

«Vuole modificare quello che m'ha detto per telefono?»

«Assolutamente no. Però, a forza di rappresentarmi di continuo quello che ho visto, potrei aggiungere un dettaglio. Ma lei a quello che sto per dirle ci deve premettere tanto di "forse" per cautelarsi.»

«Parli liberamente.»

«Ecco, l'uomo teneva la valigia agevolmente, per questo ho avuto l'impressione che non fosse tanto piena, con la mano sinistra. Al braccio destro invece s'appoggiava la signora.»

«Lo teneva sottobraccio?»

«Non precisamente, gli posava la mano sul braccio. M'è parso, ripeto m'è parso, che la signora zoppicasse leggermente.»

«Dottor Pasquano? Montalbano sono. La disturbo?»

«Stavo facendo una incisione a *y* a un cadavere, non credo se la piglierà se interrompo per qualche minuto.»

«Ha riscontrato qualche segno sul corpo della signora Licalzi che potesse indicare una sua caduta da viva?»

«Non ricordo. Vado a vedere il rapporto.»

Tornò prima che il commissario s'addrumasse una sigaretta.

«Sì. È caduta sulle ginocchia. Ma quando era vestita. Sull'escoriazione del ginocchio sinistro c'erano microscopiche fibre dei jeans che indossava.»

Non c'era necessità d'altri riscontri. Alle otto di sera, Michela Licalzi fa il pieno e si dirige verso l'interno. Tre ore e mezzo dopo è sulla via del ritorno con un uomo. Dopo la mezzanotte viene vista, sempre in compagnia di un uomo, certamente lo stesso, mentre si avvia verso la villetta di Vigàta.

«Ciao, Anna. Salvo sono. Oggi nel primo pomeriggio sono passato da casa tua, ma non c'eri.»

«Mi aveva telefonato l'ingegnere Di Blasi, sua moglie stava male.»

«Spero di avere presto buone notizie per loro.»

Anna non disse niente, Montalbano capì d'avere detto una fesseria. L'unica notizia che i Di Blasi potevano giudicare buona era la resurrezione di Maurizio.

«Anna, ti volevo dire una cosa che ho scoperto di Michela.»

«Vieni qui.»

No, non doveva. Capiva che se Anna posava un'altra volta le labbra sulle sue, la cosa andava a finire sicuramente a schifio.

«Non posso, Anna. Ho un impegno.»

E meno male che stava al telefono, perché se ci fosse stato di prisenza lei si sarebbe subito accorta che stava dicendo una farfantarìa.

«Che vuoi dirmi?»

«Ho appurato, con scarso margine d'incertezza, che Michela alle otto di sera di mercoledì pigliò la strada

Enna-Palermo. Può darsi sia andata in un paese della provincia di Montelusa. Rifletti bene prima di rispondere: che tu sappia, aveva altre conoscenze oltre quelle fatte a Montelusa e a Vigàta?»

La risposta non venne subito, Anna, come voleva il commissario, ci stava pinsando.

«Guarda, amici lo escludo. Me l'avrebbe detto. Conoscenze invece sì, qualcuna.»

«Dove?»

«Per esempio ad Aragona e a Comitini che sono sulla strada.»

«Che tipo di conoscenze?»

«Le mattonelle le ha comprate ad Aragona. A Comitini si è fornita di qualcosa che ora non ricordo.»

«Quindi semplici rapporti d'affari?»

«Direi proprio di sì. Ma vedi, Salvo, da quella strada si può andare dovunque. C'è un bivio che porta a Raffadali: il capo della Mobile avrebbe potuto ricamarci sopra.»

«Un'altra cosa: dopo la mezzanotte è stata vista sul vialetto della villa, appena scesa dalla macchina. Si appoggiava a un uomo.»

«Sicuro?»

«Sicuro.»

La pausa stavolta fu lunghissima, tanto che il commissario credette fosse caduta la linea.

«Anna, sei ancora lì?»

«Sì. Salvo, voglio ripeterti, con chiarezza e una volta per tutte, quello che ti ho già detto. Michela non era donna da incontri scappaefuggi, mi aveva confidato di esserne fisicamente incapace, capisci? Voleva bene al marito. Era molto, molto legata a Serravalle. Non può essere stata consenziente, checché ne pensi il medico legale. È stata orribilmente violentata.»

«Come spieghi che non abbia avvertito i Vassallo che non andava più a cena da loro? Aveva il cellulare, no?»

«Non capisco dove vuoi arrivare.»

«Te lo spiego. Quando Michela alle sette e mezzo di sera ti saluta affermando che va in albergo, in quel momento ti sta assolutamente dicendo la verità. Poi interviene qualcosa che le fa cambiare idea. Non può essere che una telefonata al suo cellulare, perché quando imbocca la Enna-Palermo è ancora sola.»

«Tu pensi quindi che stesse recandosi a un appuntamento?»

«Non c'è altra spiegazione. È un fatto imprevisto, ma lei quell'incontro non vuole perderlo. Ecco perché non avverte i Vassallo. Non ha scuse plausibili per giustificare la sua assenza, la cosa migliore da fare è far perdere le sue tracce. Escludiamo se vuoi l'incontro amoroso, magari è un incontro di lavoro che poi si tramuta in qualcosa di tragico. Te lo concedo per un momento. Ma allora ti domando: che c'era di così importante da farle fare una figuraccia con i Vassallo?»

«Non lo so» fece sconsolata Anna.

QUINDICI

"Che ci può essere stato di tanto importante?" si spiò nuovamente il commissario dopo aver salutato l'amica. Se non era amore o sesso, e a parere di Anna l'ipotesi era completamente da escludere, non c'era che il denaro. Michela durante la costruzione della villetta soldi ne doveva aver maneggiati, e parecchi anche. Che la chiave fosse ammucciata lì? Gli parse subito però una supposizione inconsistente, un filo di ragnatela. Ma il suo dovere era di cercare lo stesso.

«Anna? Salvo sono.»

«L'impegno è andato a monte? Puoi venire?»

C'erano contentezza e ansia nella voce della picciotta e il commissario non volle che subentrasse il timbro della delusione.

«Non è detto che non ce la faccia.»

«A qualsiasi ora.»

«D'accordo. Ti volevo spiare una cosa. Tu lo sai se Michela aveva aperto un conto corrente a Vigàta?»

«Sì, le veniva più comodo per i pagamenti. Era alla Banca Popolare. Non so però quanto ci avesse.»

Troppo tardi per fare un salto nella banca. Aveva messo in un cassetto tutte le carte che aveva trovate nella cammara al Jolly, selezionò le decine e decine di fatture e il quadernetto riassuntivo delle spese: l'agenda e le altre carte le rimise dentro. Sarebbe stato un lavoro lungo, noioso e al novanta per cento assolutamente inutile. E poi lui coi numeri non ci sapeva fare.

Esaminò accuratamente tutte le fatture. Per quanto poco ci capisse, così, a occhio e croce, non gli parsero gonfiate, i prezzi segnati combaciavano con quelli di mercato, anzi qualche volta erano leggermente più bassi, si vede che Michela sapeva contrattare e sparagnare. Niente, lavoro inutile, come aveva pinsato. Poi, per caso, notò una discordanza tra l'importo di una fattura e la trascrizione riassuntiva che Michela ne aveva fatto nel quadernetto: qui la fattura risultava maggiorata di cinque milioni. Possibile che Michela, sempre così ordinata e precisa, avesse commesso un errore tanto evidente? Ricominciò da capo, con santa pacienza. Alla fine arrivò alla conclusione che la differenza tra i soldi realmente spesi e quelli segnati sul quadernetto era di centoquindici milioni.

L'errore quindi era da escludere, ma se non c'era errore la cosa non aveva senso, perché stava a significare che Michela faceva il pizzo a se stessa. A meno che...

«Pronto, dottor Licalzi? Il commissario Montalbano sono. Mi perdoni se la chiamo a casa dopo una giornata di lavoro.»

«Eh, sì. È stata una giornataccia.»

«Desidererei sapere qualcosa sui rapporti... cioè, mi spiego meglio: avevate un conto unico a doppia firma?»

«Commissario, ma lei non era stato...»

«Escluso dall'indagine? Sì, ma poi tutto è tornato come prima.»

«No, non avevamo un conto a firma congiunta. Michela il suo e io il mio.»

«La signora non possedeva rendite sue, vero?»

«Non le aveva. Facevamo così: ogni sei mesi io trasferivo una certa cifra dal mio conto a quello di mia moglie. Se c'erano spese straordinarie, me lo diceva e io provvedevo.»

«Ho capito. Le ha mai fatto vedere le fatture che riguardavano la villetta?»

«No, la cosa non m'interessava, del resto. Ad ogni modo riportava le spese via via fatte su un quadernetto. Ogni tanto voleva che ci dessi un'occhiata.»

«Dottore, la ringrazio e...»

«Ha provveduto?»

A che doveva provvedere? Non seppe rispondere.

«Alla Twingo» gli suggerì il dottore.

«Ah, già fatto.»

Al telefono era facile dire farfantarìe. Si salutarono, si diedero appuntamento per venerdì mattina, quando ci sarebbe stata la cerimonia funebre.

Ora tutto aveva più senso. La signora faceva il pizzo sui soldi che domandava al marito per la costruzione della villetta.

Distrutte le fatture (Michela certamente avrebbe provveduto se fosse rimasta in vita), sarebbero rimaste a far fede solo le cifre riportate nel quadernetto. E così centoquindici milioni erano andati in nero e la signora ne aveva disposto come voleva.

Ma perché aveva bisogno di quei soldi? La ricattava-no? E se lo facevano, che aveva da nascondere Michela Licalzi?

La matina del giorno appresso, che già era pronto per pigliare la macchina e andare in ufficio, il telefono sonò. Per un momento ebbe la tentazione di non rispondere, una telefonata a casa a quell'ora significava certamente una chiamata dal commissariato, una camurrìa, una rogna.

Poi vinse l'indubbio potere che il telefono ha sugli òmini.

«Salvo?»

Riconobbe immediatamente la voce di Livia, sentì che le gambe gli diventavano di ricotta.

«Livia! Finalmente! Dove sei?»

«A Montelusa.»

Che ci faceva a Montelusa? Quando era arrivata?

«Ti vengo a prendere. Sei alla stazione?»

«No. Se m'aspetti, al massimo tra mezz'ora sono a Marinella.»

«T'aspetto.»

Che succedeva? Che cavolo stava succedendo? Telefonò al commissariato.

«Non passatemi telefonate a casa.»

In mezz'ora, si scolò quattro tazze di caffè. Rimise sul fuoco la napoletana. Poi sentì il rumore di un'auto che arrivava e si fermava. Doveva essere il taxi di Livia. Raprì la porta. Non era un taxi, ma la macchina di Mimì Augello. Livia scese, l'auto fece una curva, ripartì.

Montalbano cominciò a capire.

Trasandata, mal pettinata, con le occhiaie, gli occhi gonfi per il pianto. Ma soprattutto, come aveva fatto a diventare così minuta e fragile? Un passero spiumato. Montalbano si sentì invadere dalla tenerezza, dalla commozione.

«Vieni» disse prendendola per una mano, la guidò dentro casa, la fece assittare in cammara da pranzo. La vide rabbrividire.

«Hai freddo?»

«Sì.»

Andò in cammara da letto, pigliò una sua giacca, gliela mise sulle spalle.

«Vuoi un caffè?»

«Sì.»

Era appena passato, lo servì bollente. Livia se lo bevve come se fosse un caffè freddo.

Ora stavano assittati sulla panca della verandina. Livia c'era voluta andare. La giornata era di una serenità da parere finta, non c'era vento, le onde erano leggere. Livia taliò a lungo il mare in silenzio, poi appoggiò la testa sulla spalla di Salvo e cominciò a piangere, senza singhiozzare. Le lacrime le colavano dalla faccia, bagnavano il tavolinetto. Montalbano le pigliò una mano, lei gliela abbandonò senza vita. Il commissario aveva un bisogno disperato d'addrumare una sigaretta, ma non lo fece.

«Sono stata a trovare François» disse a un tratto Livia.

«L'ho capito.»

«Non ho voluto avvertire Franca. Ho preso un aereo, un taxi e sono piombata da loro all'improvviso. Appena François m'ha visto, si è gettato tra le mie braccia. Era veramente felice di rivedermi. E io ero felice di tenerlo abbracciato e furiosa contro Franca e suo marito, soprattutto contro di te. Mi sono convinta che tutto era come sospettavo: tu e loro vi eravate messi d'accordo per portarmelo via. Ecco, ho cominciato a insultarli, a inveire. A un tratto, mentre tentavano di calmarmi, mi sono resa conto che François non era più accanto a me. Mi è venuto il sospetto che me l'avessero nascosto, chiuso a chiave dentro una stanza, ho cominciato a gridare. Talmente forte che sono accorsi tutti, i bambini di Franca, Aldo, i tre lavoranti. Si sono interrogati a vicenda, nessuno aveva visto François. Preoccupati, sono usciti dalla fattoria chiamandolo; io, rimasta sola, piangevo. A un tratto ho sentito una voce, "Livia, sono qua". Era lui. Si era nascosto da qualche parte dentro casa, gli altri erano andati a cercarlo fuori. Vedi com'è? Furbo, intelligentissimo.»

Scoppiò di nuovo a piangere, si era troppo a lungo trattenuta.

«Riposati. Stenditi un attimo. Il resto me lo racconti dopo» fece Montalbano che non reggeva allo strazio di Livia, si tratteneva a stento dall'abbracciarla. Intuiva però che sarebbe stata una mossa sbagliata.

«Ma io riparto» fece Livia. «Ho l'aereo da Palermo alle quattordici.»

«Ti accompagno.»

«No, sono già d'accordo con Mimì. Tra un'ora ripassa a prendermi.»

"Appena Mimì s'appriscenta in ufficio" pensò il commissario "gli faccio un culo grande come una casa."

«È lui che m'ha convinta a venirti a trovare, io volevo ripartire già da ieri.»

Ora spuntava che doveva macari ringraziarlo, a Mimì?

«Non volevi vedermi?»

«Cerca di capire, Salvo. Ho bisogno di stare sola, di raccogliere le idee, arrivare a delle conclusioni. Per me è stato tremendo.»

Al commissario gli venne la curiosità di sapere.

«Beh, allora dimmi che è successo dopo.»

«Appena l'ho visto comparire nella stanza, istintivamente gli sono andata incontro. Si è scansato.»

Montalbano rivide la scena che lui stesso aveva patito qualche giorno avanti.

«M'ha guardato dritto negli occhi e ha detto: "io ti voglio bene, ma non lascio più questa casa, i miei fratelli". Sono rimasta immobile, gelata. E ha proseguito: "se mi porti via con te io scapperò sul serio e tu non mi rivedrai più". Dopo di che è corso fuori gridando: "sono qua, sono qua". Mi è venuto una specie di capogiro, poi mi sono ritrovata distesa su un letto, con Franca accanto. Dio mio, come sanno essere crudeli i bambini, certe volte!»

"E quello che volevamo fargli non era una crudeltà?" spiò a se stesso Montalbano.

«Ero debolissima, ho tentato di alzarmi ma sono svenuta di nuovo. Franca non ha voluto che partissi, ha chiamato un medico, mi è stata sempre accanto. Ho dormito da loro. Dormito! Sono stata tutta la notte seduta su una sedia vicino alla finestra. L'indomani mattina è arrivato Mimì. L'aveva chiamato sua sorella. Mimì è stato più che un fratello. Ha fatto in modo che non m'incontrassi più con François, mi ha portato fuori, mi ha fatto girare mezza Sicilia. Mi ha convinto a venire qua, magari solo per un'ora. "Voi due dovete parlare, spiegarvi" diceva. Ieri sera siamo arrivati a Montelusa, m'ha accompagnato all'albergo della Valle. Stamattina è venuto a prendermi per portarmi qua da te. La mia valigia è nella sua macchina.»

«Non credo ci sia molto da spiegare» fece Montalbano.

La spiegazione sarebbe stata possibile solo se Livia, avendo capito d'avere sbagliato, avesse avuto una parola, una sola, di comprensione per i suoi sentimenti. O credeva che lui, Salvo, non avesse provato niente quando si era persuaso che François era perduto per sempre? Livia non concedeva varchi, era chiusa nel suo dolore, non vedeva altro che la sua egoistica disperazione. E lui? Non erano, sino a prova contraria, una coppia costruita sull'amore, certo, sul sesso, anche, ma soprattutto su un rapporto di comprensione reciproca che a volte aveva sfiorato la complicità? Una parola di troppo, in quel momento, avrebbe potuto provocare una frattura insanabile. Montalbano ingoiò il risentimento.

«Che pensi di fare?» spiò.

«Per... il bambino?» Non ce la faceva più a pronunziare il nome di François.

«Sì.»

«Non mi opporrò.»

Si alzò di scatto, corse verso il mare, lamentiandosi a mezza voce come una vestia ferita a morte. Poi non ce la fece più, cadde facciabocconi sulla rena. Montalbano la pigliò in braccio, la portò in casa, la mise sul letto, con un asciugamani umido le pulì, delicatamente, la faccia dalla sabbia.

Quando sentì il clacson dell'auto di Mimì Augello, aiutò Livia ad alzarsi, le mise il vestito in ordine. Lei lasciava fare, assolutamente passiva. La cinse per la vita, l'accompagnò fora. Mimì non scese dalla macchina, sapeva che non era prudente avvicinarsi troppo al suo superiore, poteva essere morso. Tenne sempre gli occhi fissi davanti a sé, per non incrociare coi suoi gli occhi del commissario. Un attimo prima di montare in macchina Livia girò appena la testa e baciò Montalbano su una guancia. Il commissario trasì in casa, andò in bagno e, vestito com'era, si mise sotto la doccia, aprendone il getto al massimo. Poi ingoiò due pasticche di un sonnifero che non pigliava mai, ci scolò sopra un bicchiere di whisky e si gettò sul letto, in attesa della mazzata inevitabile che l'avrebbe steso.

S'arrisbigliò che erano le cinque di doppopranzo, aveva tanticchia di mal di testa e provava nausea.

«C'è Augello?» spiò trasendo in commissariato.

Mimì entrò nella cammara di Montalbano e prudentemente chiuse la porta alle sue spalle. Appariva rassegnato.

«Però se ti devi mettere a fare voci al solito tuo» fece, «forse è meglio che usciamo dall'ufficio.»

Il commissario si susì dalla poltrona, gli si avvicinò faccia a faccia, gli passò un braccio darrè il collo.

«Sei un amico vero, Mimì. Ma ti consiglio di nesciri subito da questa cammara. Se ci ripenso, capace che ti piglio a calci.»

«Dottore? C'è la signora Clementina Vasile-Cozzo. La passo?»

«Chi sei tu?»

Era impossibile fosse Catarella.

«Come chi sono? Io.»

«E tu come minchia ti chiami?»

«Catarella sono, dottori! Pirsonalmente di pirsona sono!»

Meno male! La fulminea ricerca d'identità aveva riportato in vita il vecchio Catarella, non quello che il computer stava inesorabilmente trasformando.

«Commissario! E che successe? Ci siamo sciarriati?»

«Signora, mi creda, ho avuto delle giornate...»

«Perdonato, perdonato. Potrebbe passare da me? Ho una cosa da farle vedere.»

«Ora?»

«Ora.»

La signora Clementina lo fece trasire nella cammara da pranzo, spense il televisore.

«Guardi qua. È il programma del concerto di domani che il maestro Cataldo Barbera mi ha fatto avere poco fa.»

Montalbano pigliò il foglio strappato da un quaderno a quadretti che la signora gli pruìva. Per questo l'aveva voluto vedere d'urgenza?

C'era scritto a matita: «Venerdì, ore nove e trenta. Concerto in memoria di Michela Licalzi».

Montalbano sobbalzò. Il maestro Barbera conosceva la vittima?

«È per questo che l'ho fatta venire» disse la signora Vasile-Cozzo leggendogli la domanda negli occhi.

Il commissario ripigliò a taliare il foglio.

«Programma: G. Tartini, *Variazioni su un tema di Corelli*; J.S. Bach, *Largo*; G.B. Viotti, dal *Concerto* 24 in mi minore.»

Ridiede il foglio alla signora.

«Lei, signora, lo sapeva che i due si conoscevano?»

«Mai saputo. E mi domando come avranno fatto, visto che il maestro non esce mai di casa. Appena ho letto il foglietto, ho capito che la cosa poteva interessarla.»

«Ora acchiano al piano di sopra e gli parlo.»

«Perde solo tempo, non la riceverà. Sono le diciotto e trenta, a quest'ora si è già messo a letto.»

«E che fa, guarda la televisione?»

«Non possiede la televisione e non legge i giornali. S'addormenta e si risveglia verso le due di notte. Io lo spiai alla cammarera se sapeva perché il maestro aveva orari tanto strambi, mi rispose che lei non ci capiva niente. Ma io, a forza di ragionarci, una spiegazione plausibile me la sono data.»

«E cioè?»

«Credo che il maestro, così facendo, cancelli un tempo preciso, annulli, salti le ore nelle quali di solito era impegnato a dare concerto. Dormendo, non ne ha memoria.»

«Capisco. Ma io non posso fare a meno di parlarci.»

«Potrà tentare domani a matino, dopo il concerto.»

Al piano di sopra una porta sbatté.

«Ecco» fece la signora Vasile-Cozzo, «la cammarera sta tornandosene a casa sua.»

Il commissario si mosse verso la porta d'ingresso.

«Guardi, dottore, che più che una cammarera è una specie di governante» gli precisò la signora Clementina.

Montalbano raprì la porta. Una fìmmina sissantina, vestita con proprietà, che stava scendendo gli ultimi gradini della rampa, lo salutò con un cenno del capo.

«Signora, sono il commissario...»

«La conosco.»

«Lei sta andando a casa e io non voglio farle perdere tempo. Il maestro e la signora Licalzi si conoscevano?»

«Sì. Da un due mesi. La signora, di testa sua, volle presentarsi al maestro. Che ne fu contento assai, gli piacciono le donne belle. Si misero a parlare fitto fitto, io gli portai il caffè, se lo pigliarono e dopo si chiusero nello studio, quello dal quale non nesci suono.»

«Insonorizzato?»

«Sissi. Così non disturba i vicini.»

«La signora è tornata altre volte?»

«Non quando c'ero io.»

«E quando c'è, lei?»

«Non lo sta vedendo? La sera io me ne vado.»

«Mi levi una curiosità. Se il maestro non ha televisione e non legge i giornali, come ha fatto a sapere dell'omicidio?»

«Glielo dissi io, per caso, oggi dopopranzo. Strata strata c'era l'annunzio della funzione di domani.»

«E il maestro come reagì?»

«Male assà. Volle le pillole per il cuore, era giarno giarno. Che spavento che mi pigliai! C'è altro?»

SEDICI

Quella matina il commissario s'appresentò in ufficio vestito di un completo grigio, camicia azzurro pallido, cravatta di colore smorzato, scarpe nere.

«Mi pari un figurino» fece Mimì Augello.

Non poteva dirgli che si era combinato così perché aveva un concerto per violino solo alle nove e mezza. Mimì l'avrebbe pigliato per pazzo. E con ragione, perché la facenna era tanticchia da manicomio.

«Sai, devo andare al funerale» murmuriò.

Trasì nella sua cammara, il telefono squillava.

«Salvo? Sono Anna. Poco fa mi ha telefonato Guido Serravalle.»

«Da Bologna?»

«No, da Montelusa. Mi ha detto che il mio numero glielo aveva dato tempo fa Michela. Sapeva dell'amicizia tra lei e me. È venuto per partecipare al funerale, è sceso al della Valle. Mi ha domandato se dopo andiamo a pranzo assieme, ripartirà nel pomeriggio. Che faccio?»

«In che senso?»

«Non so, ma sento che mi troverò a disagio.»

«E perché?»

«Commissario? Sono Emanuele Licalzi. Viene al funerale?»

«Sì. A che ora è?»

«Alle undici. Poi direttamente dalla chiesa il carro funebre parte per Bologna. Ci sono novità?»

«Nessuna di rilievo, per ora. Lei si trattiene a Montelusa?»

«Fino a domattina. Devo parlare con un'agenzia immobiliare per la vendita del villino. Ci dovrò andare nel pomeriggio con un loro rappresentante, vogliono visitarlo. Ah, ieri sera, in aereo, ho viaggiato con Guido Serravalle, è venuto per il funerale.»

«Sarà stato imbarazzante» si lasciò scappare il commissario.

«Lei dice?»

Il dottor Emanuele Licalzi aveva riabbassato la visiera.

«Faccia presto, sta per cominciare» disse la signora Clementina guidandolo nel cammarino allato al salotto. S'assittarono compunti. La signora per l'occasione si era messa in lungo. Pareva una dama di Boldini, solo più invecchiata. Alle nove e mezza spaccate, il maestro Barbera attaccò. E dopo manco cinque minuti il commissario principiò a provare una sensazione stramma che lo turbò. Gli parse che a un tratto il suono del violino diventasse una voce, una voce di fìmmina, che domandava d'essere ascoltata e capita. Lentamente ma sicuramente le note si stracangiavano in sillabe, anzi no, in fonemi, e tuttavia esprimevano una specie di lamento, un canto di pena antica che a tratti toccava punte di un'ardente e misteriosa tragicità. Quella commossa voce di fìmmina diceva che c'era un segreto terribile che poteva essere compreso solo da chi sapeva abbandonarsi completamente al suono, all'onda del suono. Chiuse gli occhi, profondamente scosso e turbato. Ma dentro di sé era macari stupito: come aveva fatto quel violino a cangiare così tanto di timbro dall'ultima volta che l'aveva sentito? Sempre con gli occhi chiusi, si lasciò guidare dalla voce. E vide se stesso trasire nella villetta, traversare il salotto, raprire la vetrinetta, pigliare in mano l'astuccio del violino... Ecco cos'era quello che l'aveva tormentato, l'elemento che non quatrava con l'insieme! La luce fortissima che esplose dintra la sua testa gli fece scappare un lamento.

«Macari lei si è commosso?» spiò la signora Clementina asciugandosi una lacrima. «Non ha mai suonato così.»

Il concerto doveva essere finito proprio in quel momento, perché la signora rimise la spina del telefono in precedenza staccata, compose il numero, applaudì.

Questa volta il commissario, invece di unirsi a lei, pigliò il telefono in mano.

«Maestro? Il commissario Salvo Montalbano sono. Ho assoluto bisogno di parlarle.»

«Anche io.»

Montalbano riattaccò e poi, di slancio, si calò, abbracciò la signora Clementina, la baciò sulla fronte, niscì.

La porta dell'appartamento venne aperta dalla cammarera-governante.

«Lo vuole un caffè?»

«No, grazie.»

Cataldo Barbera gli si fece incontro, la mano tesa. Su come l'avrebbe trovato vestito, Montalbano ci aveva pinsato salendo le due rampe di scale. Ci inzertò in pieno: il maestro, ch'era un omo minuto, dai capelli candidi, dagli occhi nivuri piccoli ma dallo sguardo intensissimo, indossava un frac d'ottimo taglio.

L'unica cosa che stonava era una sciarpa bianca di seta avvolta torno torno la parte inferiore del viso, cummigliava difatti il naso, la bocca e il mento lasciando solamente scoperti gli occhi e la fronte. Era tenuta aderente da uno spillone d'oro.

«Si accomodi, si accomodi» fece cortesissimo Barbera guidandolo verso lo studio insonorizzato.

Dintra c'erano una vetrina con cinque violini; un complicato impianto stereo; una scaffalatura metallica da ufficio con impilati CD, dischi, nastri; una libreria, una scrivania, due poltrone. Sulla scrivania stava appoggiato un altro violino, evidentemente quello che il maestro aveva appena adoperato per il concerto.

«Oggi ho suonato col Guarneri» fece a conferma il maestro indicandolo. «Ha una voce impareggiabile, celestiale.»

Montalbano si congratulò con se stesso: pur non capendoci niente di musica, tuttavia aveva intuito che il suono di quel violino era diverso da quello già sentito nel precedente concerto.

«Per un violinista avere a disposizione un gioiello simile è, mi creda, un autentico miracolo.»

Tirò un sospiro.

«Purtroppo dovrò restituirlo.»

«Non è suo?»

«Magari lo fosse! Solo che non so più a chi ridarlo. Oggi mi ero ripromesso di chiamare al telefono qualcuno del commissariato ed esporre la questione. Ma dato che lei è qui...»

«A sua disposizione.»

«Vede, quel violino apparteneva alla povera signora Licalzi.»

Il commissario sentì che tutti i nervi gli si tendevano come corde di violino, se il maestro lo sfiorava con l'archetto, avrebbe certamente suonato.

«All'incirca due mesi addietro» contò il maestro Barbera «stavo esercitandomi con la finestra aperta. La signora Licalzi, che passava casualmente per la strada, mi sentì. S'intendeva di musica, sa? Lesse il mio nome sul citofono e volle vedermi. Aveva assistito al mio ultimo concerto, a Milano, dopo mi sarei ritirato, ma nessuno lo sapeva.»

«Perché?»

La domanda così diretta pigliò di sorpresa il maestro. Esitò solo un momento, poi sfilò lo spillone e lentamente sciolse la sciarpa. Un mostro. Non aveva più mezzo naso, il labbro superiore, completamente corroso, metteva allo scoperto la gengiva.

«Non le pare una buona ragione?»

Si riavvolse la sciarpa, l'appuntò con lo spillone.

«È un rarissimo caso di lupus non curabile a decorso distruttivo. Come avrei potuto presentarmi al mio pubblico?»

Il commissario gli fu grato perché si era rimesso subito la sciarpa, era inguardabile, uno provava spavento e nausea.

«Bene, questa bella e gentile creatura, parlando del più e del meno, mi disse che aveva ereditato un violino da un bisnonno che faceva il liutaio a Cremona. Aggiunse che da piccola aveva sentito dire, in famiglia, che quello strumento valeva una fortuna, ma lei non ci aveva dato peso. Nelle famiglie sono frequenti queste leggende del quadro prezioso, della statuetta che vale milioni. Chissà perché m'incuriosii. Qualche sera dopo lei mi telefonò, passò a prendermi, mi portò alla villetta che era stata da poco costruita. Appena vidi il violino, mi creda, sentii qualcosa esplodere dentro di me, provai una forte scossa elettrica. Era alquanto malridotto, ma bastava poco a rimetterlo in perfetta forma. Era un Andrea Guarneri, commissario, riconoscibilissimo dalla vernice colore ambra gialla, di straordinaria forza illuminante.»

Il commissario taliò il violino, sinceramente non gli parse che facesse luce. Lui però a queste cose di musica era negato.

«Lo provai» disse il maestro «e per dieci minuti suonai trasportato in paradiso con Paganini, con Ole Bull...»

«Che prezzo ha sul mercato?» spiò il commissario che di solito volava terra terra, in paradiso non ci era mai arrivato.

«Prezzo?! Mercato?!» inorridì il maestro. «Ma uno strumento così non ha prezzo!»

«Va bene, ma a voler quantificare...»

«Che ne so? Due, tre miliardi.»

Aveva sentito bene? Aveva sentito bene.

«Feci presente alla signora che non poteva arrischiarsi

di lasciare uno strumento di tale valore in una villetta praticamente disabitata. Studiammo una soluzione, anche perché io volevo una conferma autorevole alla mia supposizione, e cioè che si trattasse di un Andrea Guarneri. Lei propose che lo tenessi qui da me. Io però non volevo accettare una simile responsabilità, ma lei riuscì a persuadermi, non volle neanche una ricevuta. Mi riaccompagnò a casa e io le diedi un mio violino in sostituzione, da mettere nella vecchia custodia. Se l'avessero rubato, poco male: valeva qualche centinaio di migliaia di lire. Il mattino appresso cercai a Milano un mio amico, che in quanto a violini è il più grande esperto che ci sia. La sua segretaria mi disse che era in giro per il mondo, non sarebbe rientrato prima della fine di questo mese.»

«Mi scusi» fece il commissario, «torno tra poco.»

Niscì di corsa, di corsa se la fece a piedi fino all'ufficio.

«Fazio!»

«Comandi, dottore.»

Scrisse un biglietto, lo firmò, ci mise il timbro del commissariato per autenticarlo.

«Vieni con me.»

Pigliò la sua macchina, la fermò poco distante dalla chiesa.

«Consegna questo biglietto al dottor Licalzi, ti deve dare le chiavi della villetta. Io non ci posso andare, se traso in chiesa e mi vedono parlare col dottore, chi le tiene più le voci in paisi?»

Dopo manco cinque minuti erano già partiti verso le Tre Fontane. Scesero dall'auto, Montalbano raprì la porta. C'era un odore tinto, assufficante, che non era solo dovuto al chiuso ma macari alle polveri e agli spray adoperati dalla Scientifica.

Sempre seguito da Fazio che non faceva domande, raprì la vetrinetta, pigliò l'astuccio col violino, niscì, richiuse la porta.

«Aspetta, voglio vedere una cosa.»

Girò l'angolo della casa e andò nel retro, non l'aveva fatto le altre volte che c'era stato. C'era come un abbozzo di quello che sarebbe dovuto diventare un vasto giardino. A destra, quasi attaccato alla costruzione, sorgeva un grande albero di zorbo che dava piccoli frutti di un rosso intenso, dal gusto acidulo, che quando Montalbano era nico ne mangiava in quantità.

«Dovresti salire fino al ramo più alto.»

«Chi? Io?»

«No, tuo fratello gemello.»

Fazio si mosse di malavoglia. Aveva una certa età, temeva di cadiri e di rumpìrisi l'osso del collo.

«Aspettami.»

«Sissi, tanto da nico mi piaceva Tarzan.»

Riaprì la porta, salì al piano di sopra, addrumò la luce nella cammara da letto, qui l'odore pigliava alla gola, isò gli avvolgibili senza aprire i vetri.

«Mi vedi?» spiò gridando a Fazio.

«Sissi, perfettamente.»

Niscì dalla villetta, chiuse la porta, si avviò alla macchina.

Fazio non c'era. Era rimasto sull'albero, ad aspettare che il commissario gli dicesse quello che doveva fare.

Scaricato Fazio davanti alla chiesa con le chiavi da restituire al dottor Licalzi («digli che forse ne avremo ancora bisogno»), si diresse verso la casa del maestro Cataldo Barbera, fece i gradini due a due. Il maestro gli venne ad aprire, s'era levato il frac, indossava pantaloni e maglione dolcevita, la sciarpa bianca con lo spillone d'oro era invece la stessa.

«Venga di là» fece Cataldo Barbera.

«Non c'è bisogno, maestro. Solo pochi secondi. Questa è la custodia che conteneva il Guarneri?»

Il maestro la tenne in mano, la taliò attentamente, la restituì.

«Mi pare proprio di sì.»

Montalbano raprì la custodia e, senza tirarne fora lo strumento, spiò:

«È questo lo strumento che lei ha dato alla signora?»

Il maestro fece due passi narrè, tese una mano avanti come per allontanare maggiormente una scena orribile.

«Ma questo è un oggetto che io non toccherei nemmeno con un dito! Si figuri! È fatto in serie! È un affronto per un vero violino!»

Ecco la conferma di quello che la voce del violino gli aveva rivelato, anzi aveva portato a galla. Perché l'aveva inconsciamente registrato da sempre: la differenza tra contenuto e contenitore. Era chiara macari a lui, che non ci capiva di violini. O di qualsiasi strumento, se era per questo.

«Tra l'altro» proseguì Cataldo Barbera, «quello che io ho dato alla signora era sì di modestissimo valore, ma somigliava di molto al Guarneri.»

«Grazie. Arrivederci.»

Principiò a scìnniri le scale.

«Che me ne faccio del Guarneri?» gli spiò a voce alta il maestro ancora strammato, non ci aveva capito niente.

«Per ora se lo tenga. E lo suoni più spesso che può.»

Stavano caricando il tabbuto sul carro funebre, molte corone erano allineate davanti al portone della chiesa. Emanuele Licalzi era attorniato da tanta gente che gli faceva le condoglianze. Appariva insolitamente turbato. Montalbano gli si avvicinò, se lo tirò in disparte.

«Non m'aspettavo tutte queste persone» fece il dottore.

«La signora aveva saputo farsi voler bene. Ha riavuto le chiavi? Può darsi debba richiedergliele.»

«A me servono dalle sedici alle diciassette per accompagnare gli agenti immobiliari.»

«Lo terrò presente. Senta, dottore, probabilmente,

quando andrà nella villetta, noterà che manca il violino dalla vetrinetta. L'ho preso io. In serata glielo restituirò.»

Il dottore parse interdetto.

«Ha qualche attinenza? È un oggetto senza alcun valore.»

«Mi serve per le impronte digitali» mentì Montalbano.

«Se è così, si ricordi che io l'ho tenuto in mano quando glielo ho mostrato.»

«Mi ricordo perfettamente. Ah, dottore, una pura e semplice curiosità. A che ora è partito ieri sera da Bologna?»

«C'è un aereo che parte alle 18 e 30, si cambia a Roma, alle 22 si arriva a Palermo.»

«Grazie.»

«Commissario, mi scusi: mi raccomando per la Twingo.»

Bih, che camurrìa con questa macchina!

In mezzo alla gente che già se ne andava, vide finalmente Anna Tropeano che parlava con un quarantino alto, molto distinto. Doveva certamente trattarsi di Guido Serravalle. Si addunò che sulla strata stava passando Giallombardo, lo chiamò.

«Dove stai andando?»

«A casa a mangiare, commissario.»

«Mi dispiace per te, ma non ci vai.»

«Madonna, proprio oggi che mia mogliere mi aveva priparato la pasta 'ncasciata!»

«Te la mangi stasera. Li vedi quei due, quella signora bruna e quel signore che stanno parlando?»

«Sissi.»

«Non lo devi perdere di vista a lui. Io vado tra poco in commissariato, tienimi informato ogni mezz'ora. Cosa fa, dove va.»

«E va bene» fece rassegnato Giallombardo.

Montalbano lo lasciò, si avvicinò ai due. Anna non l'aveva visto arrivare, s'illuminò tutta, evidentemente la presenza di Serravalle le dava fastidio.

«Salvo, come va?»

Fece le presentazioni.

«Il commissario Salvo Montalbano, il dottor Guido Serravalle.»

Montalbano recitò da dio.

«Ma noi ci siamo sentiti per telefono!»

«Sì, mi ero messo a sua disposizione.»

«Ricordo benissimo. È venuto per la povera signora?»

«Non potevo farne a meno.»

«Capisco. Riparte in giornata?»

«Sì, lascerò l'albergo verso le diciassette. Ho un aereo da Punta Raisi alle venti.»

«Bene, bene» fece Montalbano. Pareva contento che tutti fossero felici e contenti, che si potesse tra l'altro contare sulla regolarità della partenza degli aerei.

«Sai» fece Anna assumendo un'ariata mondana e disinvolta, «il dottor Serravalle mi stava invitando a pranzo. Perché non vieni con noi?»

«Ne sarei felicissimo» disse Serravalle incassando il colpo.

Un profondo dispiacere si disegnò immediatamente sulla faccia del commissario.

«Ah, se l'avessi saputo prima! Purtroppo ho già un impegno.»

Tese la mano a Serravalle.

«Molto piacere d'averla conosciuta. Per quanto, data l'occasione, non sarebbe opportuno dire così.»

Temette di star esagerando nel fare il perfetto cretino, la parte gli stava pigliando la mano. E difatti Anna lo taliava con occhi ch'erano addiventati due punti interrogativi.

«Noi due invece ci telefoniamo, eh, Anna?»

Sulla porta del commissariato incrociò Mimì che stava niscendo.

«Dove stai andando?»

«A mangiare.»

«Minchia, ma pinsate tutti alla stessa cosa!»

«Ma se è l'ora di mangiare, a che vuoi che pensiamo?»

«Chi abbiamo a Bologna?»

«Come sindaco?» fece imparpagliato Augello.

«Che me ne fotte a me del sindaco di Bologna? Abbiamo un amico in quella Questura che possa darci una risposta tempo un'ora?»

«Aspetta, c'è Guggino, te lo ricordi?»

«Filiberto?»

«Lui. Da un mese l'hanno trasferito lì. È a capo dell'Ufficio Stranieri.»

«Vatti a mangiare i tuoi spaghetti alle vongole con tanto parmigiano» fece per tutto ringrazio Montalbano taliandolo con disprezzo. E come si poteva taliare di diverso uno che aveva di questi gusti?

Erano le dodici e trentacinque, la speranza era che Filiberto fosse ancora in ufficio.

«Pronto? Il commissario Salvo Montalbano sono. Telefono da Vigàta, vorrei parlare col dottor Filiberto Guggino.»

«Aspetti un attimo.»

Dopo vari clic clic si sentì una voce allegra.

«Salvo! Che bello sentirti! Come stai?»

«Bene, Filibè. Ti disturbo per una cosa urgentissima, ho bisogno di una risposta al massimo tra un'ora, un'ora e mezza. Cerco una motivazione economica a un delitto.»

«Non ho da scialare come tempo.»

«Devi dirmi il più possibile di uno che forse appartiene al giro delle vittime degli usurai, che so, un commerciante, uno che gioca forte...»

«Questo rende tutto molto più difficile. Ti posso dire chi fa l'usuraio, non le persone che ha rovinato.»

«Provaci. Io ti faccio nome e cognome.»

«Dottore? Sono Giallombardo. Stanno mangiando al ristorante di contrada Capo, quello proprio sul mare, lo conosce?»

Purtroppo sì, lo conosceva. C'era capitato una volta per caso e non se l'era più scordato.

«Hanno due macchine? Ognuno la sua?»

«No, l'auto la guida lui, perciò...»

«Non perderlo mai di vista, all'omo. Sicuramente riaccompagnerà a casa la signora, poi rientrerà in albergo, al della Valle. Tienimi sempre informato.»

Sì e no, gli risposero dalla società che affittava automobili a Punta Raisi, dopo che per mezz'ora avevano fatto storie per non dare informazioni, tanto che aveva dovuto far intervenire il capo dell'ufficio di P.S. dell'aeroporto. Sì, ieri sera, giovedì, il signore in questione aveva affittato un'auto che stava ancora usando. No, mercoledì sera della scorsa settimana quello stesso signore non aveva affittato nessuna macchina, non risultava dal computer.

DICIASSETTE

La risposta di Guggino gli arrivò che mancava qualche minuto alle tre. Lunga e circostanziata. Montalbano pigliò appunti coscienziosi. Cinque minuti dopo si fece vivo Giallombardo, gli comunicò che Serravalle era rientrato in albergo.

«Non ti cataminare da lì» gli ordinò il commissario. «Se lo vedi nesciri nuovamente prima che io sia arrivato, fermalo con un pretesto qualsiasi, fagli lo spogliarello, la danza del ventre, ma non farlo andare via.»

Sfogliò rapidamente tra le carte di Michela, si ricordava d'avere visto una carta d'imbarco. C'era, era l'ultimo viaggio Bologna-Palermo che la signora aveva fatto. Se lo mise in sacchetta, chiamò Gallo.

«Accompagnami al della Valle con la macchina di servizio.»

L'albergo stava a metà strata tra Vigàta e Montelusa, era stato costruito proprio a ridosso di uno dei templi più belli del mondo, alla faccia di sovrintendenze artistiche, vincoli paesaggistici e piani regolatori.

«Tu aspettami» fece il commissario a Gallo. Si avvicinò alla sua macchina, dentro c'era Giallombardo che sonnecchiava.

«Con un occhio solo dormivo!» lo rassicurò l'agente.

Il commissario raprì il portabagagli, pigliò l'astuccio col violino da pochi soldi.

«Tu ritornatene al commissariato» ordinò a Giallombardo.

Attraversò l'atrio dell'albergo che pareva una stampa e una figura con un professore d'orchestra.

«C'è il dottor Serravalle?»

«Sì, è in camera sua. Chi devo dire?»

«Tu non devi dire niente, devi stare solo muto. Il commissario Montalbano sono. E se t'azzardi a sollevare il telefono, ti sbatto dentro e poi si vede.»

«Quarto piano, stanza 416» fece il portiere con le labbra che gli tremavano.

«Ha ricevuto telefonate?»

«Quando è rientrato gli ho dato gli avvisi di chiamata, tre o quattro.»

«Fammi parlare con l'addetta al centralino.»

L'addetta al centralino che chissà perché il commissario si era immaginato una picciotta giovane e carina, era invece un anziano e calvo sessantino con gli occhiali.

«Il portiere m'ha detto tutto. Da mezzogiorno ha cominciato a telefonare un tale Eolo da Bologna. Non ha mai lasciato il cognome. Proprio dieci minuti fa ha richiamato e io ho passato la comunicazione in camera.»

In ascensore, Montalbano tirò fora dalla sacchetta i nomi di tutti quelli che la sera del mercoledì passato avevano affittato un'automobile all'aeroporto di Punta Raisi. D'accordo: Guido Serravalle non c'era, ma Eolo Portinari sì. E da Guggino aveva saputo ch'era amico stretto dell'antiquario.

Tuppiò lèggio lèggio e mentre lo faceva s'arricordò che la sua pistola era nel cruscotto della macchina.

«Avanti, la porta è aperta.»

L'antiquario stava stinnicchiato sul letto, le mani darrè la nuca. Si era levato solo le scarpe e la giacchetta, aveva ancora la cravatta annodata. Vide il commissario e saltò in piedi come quei pupi con le molle che schizzano appena s'apre il coperchio della scatola che li comprime.

«Comodo, comodo» fece Montalbano.

«Ma per carità!» disse Serravalle infilandosi precipitosamente le scarpe. Si mise macari la giacchetta. Montalbano si era assittato su una seggia, l'astuccio sulle gambe.

«Sono pronto. A che devo l'onore?»

Evitava accuratamente di taliare l'astuccio.

«Lei l'altra volta, per telefono, mi disse che si metteva a mia disposizione se ne avevo bisogno.»

«Certamente, lo ripeto» disse Serravalle assittandosi pure lui.

«Le avrei evitato il disturbo, ma dato che è venuto qua per il funerale, voglio approfittare.»

«Ne sono lieto. Che devo fare?»

«Starmi a sentire.»

«Non ho capito bene, mi scusi.»

«Ascoltarmi. Le voglio contare una storia. Se lei trova che esagero o dico cose sbagliate, intervenga pure, mi corregga.»

«Non vedo come potrei farlo, commissario. Io non conosco la storia che sta per raccontarmi.»

«Ha ragione. Vuol dire allora che mi dirà le sue impressioni alla fine. Il protagonista della mia storia è un signore che campa abbastanza bene, è un uomo di gusto, possiede un noto negozio di mobili antichi, ha una buona clientela. È un'attività che il nostro protagonista ha ereditato dal padre.»

«Scusi» fece Serravalle, «la sua storia dov'è ambientata?»

«A Bologna» disse Montalbano. E continuò:

«Suppergiù l'anno passato questo signore incontra una giovane donna della buona borghesia. I due diventano amanti. La loro è una relazione che non corre pericoli, il marito della signora, per ragioni che qui sarebbe lungo spiegare, chiude, come si usa dire, non un occhio ma tutti e due. La signora vuol bene sempre al marito, ma è molto legata, sessualmente, all'amante.»

S'interruppe.

«Posso fumare?» spiò.

«Ma certo» fece Serravalle avvicinandogli un portacenere.

Montalbano tirò fora il pacchetto con lentezza, ne
cavò tre sigarette, le rotolò una per una tra il pollice e
l'indice, optò per quella che gli parse più morbida, le altre due le rimise nel pacchetto, principiò a palpeggiarsi
alla ricerca dell'accendino.

«Purtroppo non posso aiutarla, non fumo» fece l'antiquario.

Il commissario finalmente trovò l'accendino nel taschino della giacchetta, lo considerò come se non l'avesse mai visto prima, addrumò la sigaretta, rimise l'accendino in sacchetta.

Prima di principiare a parlare, taliò con gli occhi persi Serravalle. L'antiquario aveva il labbro superiore umido, cominciava a sudare.

«Dov'ero rimasto?»

«Alla donna che era molto legata all'amante.»

«Ah, già. Purtroppo il nostro protagonista ha un brutto
vizio. Gioca grosso, gioca d'azzardo. Tre volte in questi
ultimi tre mesi viene sorpreso in bische clandestine. Un
giorno, pensi, va a finire in ospedale, l'hanno brutalmente
pestato. Lui dice che è stato vittima di un'aggressione per
rapina, ma la polizia suppone, ripeto suppone, che si sia
trattato di un avvertimento per debiti di gioco non pagati.
Ad ogni modo, per il nostro protagonista, che continua a
giocare e a perdere, la situazione si fa sempre più difficile.
Si confida con l'amante e questa cerca d'aiutarlo come
può. Le era venuto in mente di farsi costruire una villetta
qua, perché il posto le piaceva. Ora la villetta si rivela una
felice opportunità: gonfiando le spese, può intanto far
avere al suo amico un centinaio di milioni. Progetta un
giardino, probabilmente la costruzione di una piscina:
nuove fonti di denaro in nero. Ma sono una goccia nel deserto, altro che due o trecento milioni. Un giorno la signora, che per comodità di racconto chiamerò Michela...»

«Un attimo» interruppe Serravalle con una risatina che voleva essere sardonica. «E il suo protagonista come si chiama?»

«Guido, mettiamo» disse Montalbano come se la cosa fosse trascurabile.

Serravalle fece una smorfia, il sudore ora gli appiccicava la camicia sul petto.

«Non le piace? Possiamo chiamarli Paolo e Francesca, se vuole. Tanto la sostanza non cambia.»

Aspettò che Serravalle dicesse qualcosa, ma siccome l'antiquario non rapriva bocca, ripigliò.

«Un giorno Michela, a Vigàta, si incontra con un celebre solista di violino che vive qui ritirato. I due si fanno simpatia e la signora rivela al maestro di possedere un vecchio violino ereditato dal bisnonno. Credo per gioco, Michela lo mostra al maestro e questi, a prima vista, si rende conto di trovarsi davanti a uno strumento di grandissimo valore, musicale e pecuniario. Qualcosa che supera i due miliardi. Quando Michela torna a Bologna, racconta all'amante tutta la storia. Se le cose stanno come dice il maestro, il violino è vendibilissimo, il marito di Michela l'avrà visto una volta o due, tutti ne sconoscono il vero valore. Basterà sostituirlo, mettere dentro la custodia un violinaccio qualsiasi e Guido finalmente è fuori per sempre dai suoi guai.»

Montalbano finì di parlare, tamburreggiò con le dita sull'astuccio, sospirò.

«Ora viene la parte peggiore» disse.

«Beh» fece Serravalle, «può finire di raccontarmela un'altra volta.»

«Potrei, ma dovrei farla tornare da Bologna o venire io di persona, troppo scomodo. Dato che lei è tanto cortese di ascoltarmi con pazienza anche se sta morendo di caldo, le spiego perché considero questa che viene la parte peggiore.»

«Perché dovrà parlare di un omicidio?»

Montalbano taliò l'antiquario a bocca aperta.

«Per questo, crede? No, agli omicidi ci sono abituato. La considero la parte peggiore perché devo abbandonare i fatti concreti e inoltrarmi nella mente di un uomo, in quello che pensa. Un romanziere avrebbe la strada facilitata, ma io sono semplicemente un lettore di quelli che credo buoni libri. Mi perdoni la divagazione. A questo punto il nostro protagonista raccoglie qualche informazione sul maestro di cui gli ha parlato Michela. Scopre così che non solo è un grande interprete a livello internazionale ma che è anche un conoscitore della storia dello strumento che suona. Insomma, al novantanove per cento ci ha indovinato. Non c'è dubbio però che la questione, lasciata in mano a Michela, andrà per le lunghe. Non solo, la donna vorrà magari venderlo nascostamente sì ma legalmente: di quei due miliardi, oltre a spese varie, percentuali e il nostro Stato che piomberà come un ladro di passo a pretendere la sua parte, resterà alla fine meno di un miliardo. C'è invece una scorciatoia. E il nostro protagonista ci pensa giorno e notte, ne parla a un suo amico. L'amico, che mettiamo si chiami Eolo...»

Gli era andata bene, la supposizione era diventata certezza. Come colpito da un revolverata di grosso calibro, Serravalle si era di scatto susùto dalla seggia per ricadervi pesantemente. Si slacciò il nodo della cravatta.

«Sì, chiamiamolo Eolo. Eolo concorda con il protagonista che non c'è che una strada: liquidare la signora, pigliarsi il violino sostituendolo con un altro di scarso valore. Serravalle lo convince a dargli una mano. Oltretutto la loro è un'amicizia clandestina, forse di gioco, Michela non l'ha mai visto in faccia. Il giorno stabilito, pigliano assieme l'ultimo aereo che da Bologna trovi a Roma una coincidenza per Palermo. Eolo Portinari...»

Serravalle sussultò leggermente, come quando si spara un secondo colpo a un moribondo.

«... che sciocco, gli ho messo un cognome! Eolo Por-

tinari viaggia senza bagaglio o quasi, Guido invece ha
una grossa valigia. Sull'aereo, i due fingono di non conoscersi. Poco prima di partire da Roma, Guido telefona a
Michela, le dice che sta arrivando, che ha bisogno di lei,
che vada a prenderlo all'aeroporto di Punta Raisi, forse
le fa capire di star fuggendo dai creditori che vogliono
ammazzarlo. Arrivati a Palermo, Guido parte per Vigàta
con Michela mentre Eolo affitta una macchina e pure lui
si dirige a Vigàta, mantenendosi però a una certa distanza. Io penso che durante il viaggio il protagonista racconti all'amante che, se non scappava da Bologna, ci rimetteva la pelle. Aveva fatto la pensata di nascondersi
per qualche giorno nella villetta di Michela. A chi sarebbe potuto venire in mente di andarlo a cercare fin
laggiù? La donna accetta, felice di avere con sé il suo
amante. Prima d'arrivare a Montelusa, ferma a un bar,
compra due panini e una bottiglia di minerale. Però in-
ciampa su uno scalino, cade, Serravalle viene visto in
faccia dal proprietario del bar. Arrivano alla villetta dopo la mezzanotte. Michela subito si fa una doccia, corre
tra le braccia del suo uomo. Fanno l'amore una prima
volta, poi l'amante domanda a Michela di farlo in un
modo particolare. E alla fine di questo secondo rapporto lui le preme la testa sul materasso fino a soffocarla.
Lo sa perché ha domandato a Michela di avere quel tipo
di rapporto? Certamente l'avevano fatto già prima, ma
in quel momento non voleva che la vittima lo guardasse
mentre l'uccideva. Commesso appena l'omicidio, sente
venire da fuori una specie di lamento, un grido soffocato. Si affaccia e vede, favorito dalla luce che esce dalla finestra, che su di un albero vicinissimo c'è un guardone,
lui lo crede tale, che ha assistito all'omicidio. Nudo
com'è, il protagonista esce di corsa, si arma di qualcosa,
colpisce in faccia lo sconosciuto che però riesce a scappare. Non c'è un minuto da perdere. Si riveste, apre la
vetrinetta, piglia il violino che mette nella valigia, sem-

pre dalla valigia tira fuori il violino di poco prezzo, lo chiude nella custodia. Pochi minuti dopo passa Eolo con la macchina, il protagonista vi sale sopra. Non importa cosa facciano dopo, l'indomani mattina sono a Punta Raisi per pigliare il primo volo per Roma. Fin qui tutto è andato bene al nostro protagonista che si tiene certamente informato degli sviluppi comprando i giornali siciliani. Le cose invece da bene gli vanno benissimo quando apprende che l'omicida è stato scoperto e che prima di essere ammazzato in un conflitto a fuoco, ha trovato il tempo per dirsi colpevole. Il protagonista capisce che non c'è più necessità d'aspettare per mettere clandestinamente in vendita il violino e l'affida a Eolo Portinari perché si occupi dell'affare. Ma nasce una complicazione: il protagonista viene a sapere che le indagini sono state riaperte. Coglie a volo l'occasione del funerale e si precipita a Vigàta per parlare con l'amica di Michela, l'unica che conosca e che sia in grado di dirgli come stanno le cose. Poi torna in albergo. E qui lo raggiunge una telefonata di Eolo: il violino vale poche centinaia di migliaia di lire. Il protagonista capisce di essere fottuto, ha ammazzato una persona inutilmente.»

«Quindi» fece Serravalle che pareva essersi lavato la faccia senza asciugarsi, tanto era madido di sudore «il suo protagonista è andato a incappare in quel minimo margine d'errore, l'un per cento, che aveva concesso al maestro.»

«Quando uno è sfortunato al gioco...» fu il commento del commissario.

«Beve qualcosa?»

«No, grazie.»

Serravalle raprì il frigobar, pigliò tre bottigliette di whisky, le versò senza ghiaccio in un bicchiere, le bevve in due sorsi.

«È una storia interessante, commissario. Lei mi ha suggerito di fare le mie osservazioni alla fine e, se mi permette, le faccio. Cominciamo. Il suo protagonista non sarà stato tanto stupido da viaggiare col suo vero nome in aereo, vero?»

Montalbano tirò appena fora dalla sacchetta, ma bastevole perché l'altro la vedesse, la carta d'imbarco.

«No, commissario, non serve a niente. Ammettendo che esista una carta d'imbarco, non significa nulla, anche se sopra c'è il nome del protagonista, chiunque può adoperarlo, non chiedono la carta d'identità. E in quanto all'incontro al bar... Lei dice che avvenne di sera e per pochi secondi. Via, sarebbe un riconoscimento inconsistente.»

«Il suo ragionamento fila» fece il commissario.

«Vado avanti. Propongo una variante al suo racconto. Il protagonista confida la scoperta che l'amica ha fatto a un tale che si chiama Eolo Portinari, un delinquente di mezza tacca. E Portinari, venuto di sua iniziativa a Vigàta, fa tutto quello che lei attribuisce al suo protagonista. Portinari ha affittato la macchina esibendo tanto di patente, Portinari ha tentato di vendere il violino sul quale il maestro aveva preso un abbaglio, è stato Portinari a violentare la donna per farlo passare per un delitto passionale.»

«Senza eiaculare?»

«Ma certo! Dallo sperma si sarebbe risalito facilmente al DNA.»

Montalbano isò due dita come per chiedere permesso d'andare al bagno.

«Vorrei dire due cose sulle sue osservazioni. Lei ha perfettamente ragione: dimostrare la colpa del protagonista sarà lungo e difficile, ma non impossibile. Quindi, da oggi in poi, il protagonista avrà due cani feroci che gli corrono appresso: i creditori e la polizia. La seconda cosa è che il maestro non si sbagliò nel valutare il violino, vale effettivamente due miliardi.»

«Ma se or ora...»

Serravalle capì che si stava tradendo e si zittì di colpo. Montalbano continuò come se non avesse sentito.

«Il mio protagonista è furbo assai. Pensi che continua a telefonare in albergo cercando della signora anche dopo averla ammazzata. Ma è all'oscuro di un particolare.»

«Quale?»

«Senta, la storia è così incredibile che quasi quasi non gliela racconto.»

«Faccia uno sforzo.»

«Non me la sento. E va bene, proprio per farle un favore. Il mio protagonista ha saputo dall'amante che il maestro si chiama Cataldo Barbera e ha raccolto molte notizie su di lui. Ora lei chiama il centralino e si fa passare il maestro il cui numero è sull'elenco. Gli parli a nome mio, si faccia raccontare da lui stesso la storia.»

Scrravalle si susì, sollevò il ricevitore, disse al centralinista con chi voleva parlare. Rimase all'apparecchio.

«Pronto? È il maestro Barbera?»

Appena quello rispose, riattaccò.

«Preferisco sentirla dalla sua voce.»

«E va bene. La signora Michela porta in macchina il maestro nella villetta, di sera tardi. Appena Cataldo Barbera vede il violino, si sente quasi mancare. Lo suona e non ha più dubbi, si tratta di un Guarneri. Ne parla con Michela, le dice che vorrebbe sottoporlo all'esame di un competente indiscusso. Nello stesso tempo consiglia la signora di non tenere lo strumento nella villetta raramente abitata. La signora l'affida al maestro il quale se lo porta in casa e in cambio le dà un suo violino da mettere nell'astuccio. Quello che il mio protagonista, ignaro, si precipita a rubare. Ah, dimenticavo, il mio protagonista, ammazzata la donna, trafuga macari la sacca con i gioielli e il Piaget. Come si dice? Tutto fa brodo. Fa scomparire vestiti e scarpe, ma questo è per confondere maggiormente le acque e tentare di scansare l'esame del DNA.»

Tutto s'aspettava, meno la reazione di Serravalle. In principio gli parse che l'antiquario, il quale in quel momento gli dava le spalle perché taliava fora dalla finestra, stesse piangendo. Poi quello si voltò e Montalbano s'addunò che stava invece trattenendosi a stento dal ridere. Però bastò che per un attimo i suoi occhi incontrassero quelli del commissario perché la risata esplodesse in tutta la sua violenza. Serravalle rideva e piangeva. Poi, con uno sforzo evidente, si calmò.

«Forse è meglio che venga con lei» disse.

«Glielo consiglio» fece Montalbano. «Quelli che l'aspettano a Bologna hanno altre intenzioni.»

«Metto qualcosa dentro la valigetta e ce ne andiamo.»

Montalbano lo vide chinarsi sulla valigetta ch'era su una cassapanca. Qualcosa in un gesto di Serravalle lo squietò, lo fece balzare in piedi.

«No!» gridò il commissario. E scattò in avanti.

Troppo tardi. Guido Serravalle si era già infilata la canna di un revolver in bocca e aveva premuto il grilletto. Soffocando a stento la nausea, il commissario si puliziò con le mani la faccia dalla quale colava una materia vischiosa e calda.

DICIOTTO

A Guido Serravalle era partita mezza testa, il botto nella piccola cammara d'albergo era stato così forte che Montalbano sentiva una specie di zirlìo nelle orecchie. Possibile che ancora non fosse venuto qualcuno a tuppiare alla porta, a spiare che era successo? L'albergo della Valle era stato costruito alla fine dell'Ottocento, i muri erano spessi e solidi e forse a quell'ora i forasteri erano tutti a spasso a fotografare i templi. Meglio così.

Il commissario andò nel bagno, s'asciugò alla meglio le mani appiccicose di sangue, sollevò il telefono.

«Il commissario Montalbano sono. Nel vostro posteggio c'è un'auto di servizio, fate venire su l'agente. E mandatemi subito il direttore.»

Il primo ad arrivare fu Gallo. Appena vide il suo superiore col sangue sulla faccia e sui vestiti, si scantò.

«Dottore dottore, ferito è?»

«Stai calmo, il sangue non è mio, è di quello lì.»

«E chi è?»

«L'assassino della Licalzi. Per ora però non dire niente a nessuno. Corri a Vigàta e fai mandare da Augello un fonogramma a Bologna: devono tenere sotto stretta sorveglianza un tale, un mezzo delinquente di cui avranno certamente i dati, si chiama Eolo Portinari. È il suo complice» concluse indicando il suicida. «Ah, senti. Torna subito qua, dopo.»

Gallo, sulla porta, si fece di lato per dare il passo al direttore, un omone di due metri d'altezza e di larghezza in proporzione. Visto il corpo con mezza testa e lo sfracello della cammara, fece «eh?» come se non avesse capito una domanda, cadde sulle ginocchia al rallentatore e dopo si stinnicchiò facciabocconi a terra svenuto. La reazione del direttore era stata tanto immediata che Gallo non aveva avuto il tempo di andare via. In due trascinarono il direttore nel bagno, l'appoggiarono al bordo della vasca, Gallo pigliò la doccia a telefono, aprì il getto, glielo indirizzò in testa. L'omone si riprese quasi subito.

«Che fortuna! Che fortuna!» murmuriava asciugandosi.

E siccome Montalbano lo taliava interrogativo, il direttore gli spiegò, confermando quello che il commissario aveva già pinsato:

«La comitiva giapponese è tutta fuori.»

Prima che arrivassero il giudice Tommaseo, il dottor Pasquano, il nuovo capo della Mobile e quelli della Scientifica, Montalbano si dovette cangiare d'abito e di cammisa, cedendo alle insistenze del direttore che volle prestargli cose sue. Negli abiti dell'omone ci stava due volte, con le mani perse dintra le maniche e i pantaloni a fisarmonica sopra le scarpe pareva il nano Bagonghi. E questo lo metteva di malumore assai di più che contare a tutti, ripigliando ogni volta da capo, i particolari della scoperta dell'omicida e del suo suicidio. Tra domande e risposte, tra osservazioni e precisazioni, tra i se i forse i ma i però, fu libero di poter tornare a Vigàta, al commissariato, solo verso le otto e mezzo di sira.

«Ti sei accorciato?» s'informò Mimì quando lo vide.

Per un pelo arriniscì a scansare il cazzotto di Montalbano che gli avrebbe rotto il naso.

Non ebbe bisogno di dire «tutti!» che tutti spontaneamente s'apprisentarono. E il commissario diede loro la soddisfazione che meritavano: spiegò per filo e per segno la nascita dei sospetti su Serravalle fino alla tragica conclusione. L'osservazione più intelligente la fece Mimì Augello.

«Meno male che si è sparato. Sarebbe stato difficile tenerlo in galera senza una prova concreta. Un bravo avvocato l'avrebbe fatto nesciri subito.»

«Ma si è suicidato!» fece Fazio.

«E che significa?» ribatté Mimì. «Macari per quel povero Maurizio Di Blasi è stato così. Chi vi dice che non sia uscito con la scarpa in mano dalla grotta sperando che quelli, com'è successo, gli sparassero credendola un'arma?»

«Scusi, commissario, ma perché faceva voci che voleva essere punito?» spiò Germanà.

«Perché aveva assistito all'omicidio e non era riuscito a impedirlo» concluse Montalbano.

Mentre quelli stavano niscendo dalla sua cammara, s'arricordò di una cosa che, se non la faceva fare subito, capace che il giorno appresso se ne sarebbe completamente scordato.

«Gallo, vieni qua. Senti, devi scendere al nostro garage, piglia tutte le carte che ci sono dintra la Twingo e portamele. Parla col nostro carrozziere, digli di farci un preventivo per rimetterla a posto. Poi, se lui vuole interessarsi a rivenderla di seconda mano, faccia pure.»

«Dottore, che mi sente per un minuto solamenti?»

«Trasi, Catarè.»

Catarella era rosso in faccia, imbarazzato e contento.

«Che hai? Parla.»

«La pagella della prima simana mi dèsiro, dottore. Il concorso d'informatica corre da lunedì a venerdì matina. Ci la volevo fare di vedere.»

Era un foglio di carta piegato in due. Aveva pigliato tutti «ottimo»; sotto la voce «osservazioni» c'era scritto: «è il primo del suo corso».

«Bravo Catarella! Tu sei la bandiera del nostro commissariato!»

Per poco a Catarella non gli spuntarono le lacrime.

«Quanti siete nel vostro corso?»

Catarella cominciò a contare sulle dita:

«Amato, Amoroso, Basile, Bennato, Bonura, Catarella, Cimino, Farinella, Filippone, Lo Dato, Scimeca e Zìcari. Fa dodici, dottore. Se avevo sottomano il computer, il conto mi veniva più facile.»

Il commissario si pigliò la testa tra le mani.

Avrebbe avuto un futuro l'umanità?

Tornò Gallo dalla sua visita alla Twingo.

«Ho parlato col carrozziere. È d'accordo d'occuparsi lui della vendita. Nel cassetto c'era il libretto di circolazione e una carta stradale.»

Posò tutto sul tavolo del commissario, ma non se ne andò. Era più a disagio di Catarella.

«Che hai?»

Gallo non arrispunnì, gli porse un rettangolino di carta.

«L'ho trovato sotto il sedile di davanti, quello del passeggero.»

Era una carta d'imbarco per il volo Roma-Palermo, quello che atterrava all'aeroporto di Punta Raisi alle dieci di sera. Il giorno segnato sul tagliando era il mercoledì della simana passata, il nome del passeggero risultava essere G. Spina. Perché, si spiò Montalbano, chi piglia un nome fàvuso quasi sempre mantiene le iniziali di quello vero? La carta d'imbarco Guido Serravalle se l'era persa nella macchina di Michela. Dopo l'omicidio, gli era mancato il tempo di cercarla o pinsava di averla ancora nella sua sacchetta. Ecco perché, parlandone prima, ne aveva negato l'esistenza e aveva macari alluso alla possibilità che il nome del passeggero non fosse quello vero. Ma con il tagliando in mano ora, anche se laboriosamente, si sarebbe potuto risalire a chi aveva veramente viaggiato sull'aereo. Solo allora si addunò che Gallo stava ancora davanti alla scrivania, la faccia seria seria. Disse, che parse gli mancasse la voce:

«Se avessimo taliato prima dintra alla macchina...»

Già. Se avessero ispezionato la Twingo il giorno appresso il ritrovamento del cadavere, le indagini avrebbero subito pigliato la strata giusta, Maurizio Di Blasi sarebbe stato ancora vivo e il vero assassino in galera. Se...

Tutto era stato, fin dal principio, uno scangio dopo l'altro. Maurizio era stato scangiato per un assassino, la scarpa scangiata per un'arma, un violino scangiato con un altro e quest'altro scangiato per un terzo, Serravalle voleva farsi scangiare per Spina... Passato il ponte fermò l'auto, ma non scese. C'era luce nella casa di Anna, sentiva che lei lo stava aspettando. Si addrumò una sigaretta, ma arrivato a metà la gettò fora dal finestrino, rimise in moto, partì.

Non era proprio il caso d'aggiungere alla lista un altro scangio.

Trasì in casa, si levò i vestiti che lo facevano nano Bagonghi, raprì il frigorifero, pigliò una decina di olive, si tagliò una fetta di caciocavallo.

Andò ad assittarsi sulla verandina. La notte era luminosa, il mare arrisaccava a lento. Non volle perderci più tempo. Si susì, fece il numero.

«Livia? Sono io. Ti amo.»

«Che è successo?» spiò Livia allarmata.

Per tutto il tempo del loro stare assieme, Montalbano le aveva detto d'amarla solo in momenti difficili, addirittura pericolosi.

«Niente. Domani mattina ho da fare, devo scrivere un lungo rapporto al questore. Se non ci sono complicazioni, nel dopopranzo piglio un aereo e arrivo.»

«Ti aspetto» disse Livia.

NOTA DELL'AUTORE

In questa quarta indagine del commissario Montalbano (inventata di sana pianta nei nomi, nei luoghi, nelle situazioni) entrano in ballo dei violini. L'autore, come il suo personaggio, non è abilitato a parlare e a scrivere di musica e di strumenti musicali (per qualche tempo osò, tra la disperazione dei vicini, tentare di studiare il sax tenore): quindi tutte le informazioni le ha tratte dai libri che S.F. Sacconi e F. Farga hanno dedicato al violino.

Il dottor Silio Bozzi mi ha evitato di incorrere in qualche errore «tecnico» nel racconto dell'indagine: gliene sono grato.

LA GITA A TINDARI

UNO

Che fosse vigliante, se ne faceva capace dal fatto che la testa gli funzionava secondo logica e non seguendo l'assurdo labirinto del sogno, che sentiva il regolare sciabordìo del mare, che un venticello di prim'alba trasiva dalla finestra spalancata. Ma continuava ostinatamente a tenere gli occhi inserrati, sapeva che tutto il malumore che lo maceriava dintra sarebbe sbommicato di fora appena aperti gli occhi, facendogli fare o dire minchiate delle quali doppo avrebbe dovuto pentirsi.

Gli arrivò la friscatina di uno che caminava sulla spiaggia. A quell'ora, certamente qualcuno che andava per travaglio a Vigàta. Il motivo friscato gli era cògnito, ma non ne ricordava né il titolo né le parole. Del resto, che importanza aveva? Non era mai riuscito a friscare, manco infilandosi un dito in culo. «Si mise un dito in culo / e trasse un fischio acuto / segnale convenuto / delle guardie di città»... Era una fesseria che un amico milanese della scuola di Polizia qualche volta gli aveva canticchiato e che gli era rimasta impressa. E per questa sua incapacità di friscare, alle elementari era stato la vittima prediletta dei suoi compagnucci di scuola che erano maestri nell'arte di friscare alla pecorara, alla marinara, alla montanara aggiungendovi estrose variazioni. I compagni! Ecco che cosa gli aveva procurato la mala nottata! Il ricordo dei compagni e la notizia letta sul giornale, poco prima d'andare a corcarsi, che il dottor Carlo Militello, non ancora cinquantino, era stato nominato Presidente della seconda più importante banca dell'isola. Il giornale formulava i più sentiti auguri al neo Presidente, del quale stampava la fotografia: occhiali certamente d'oro, vestito griffato, camicia inappuntabile, cravatta finissima. Un uomo arrivato, un uomo d'ordine, difensore dei grandi Valori (tanto quelli della Borsa quanto quelli della Famiglia, della Patria, della Libertà). Se lo ricordava bene, Montalbano, questo suo compagnuccio non delle elementari, ma del '68!

«Impiccheremo i nemici del popolo con le loro cravatte!»

«Le banche servono solo a essere svaligiate!»

Carlo Militello, soprannominato «Carlo Martello», in prìmisi per i suoi atteggiamenti di capo supremo e in secùndisi perché contro gli avversari adoperava parole come martellate e cazzotti peggio delle martellate. Il più intransigente, il più inflessibile, che al suo confronto il tanto invocato nei cortei Ho Chi Minh sarebbe parso un riformista socialdemocratico. Aveva obbligato tutti a non fumare sigarette per non arricchire il Monopolio di Stato, spinelli e canne sì, a volontà. Sosteneva che in un solo momento della sua vita il compagno Stalin aveva agito bene: quando si era messo a rapinare banche per finanziare il partito. «Stato» era una parola che dava a tutti il malostare, li faceva arraggiare come tori davanti allo straccio rosso. Di quei giorni Montalbano ricordava soprattutto una poesia di Pasolini che difendeva la polizia contro gli studenti a Valle Giulia, a Roma. Tutti i suoi compagni avevano sputato su quei versi, lui aveva tentato di difenderli: «Però è una bella poesia». A momenti Carlo Martello, se non lo tenevano, gli scassava la faccia con uno dei suoi micidiali cazzotti. Perché allora quella poesia non gli dispiacque? Vedeva in essa già segnato il suo destino di sbirro? Ad ogni modo, nel corso degli anni, aveva visto i suoi compagni, quelli mitici del '68, principiare a «ragionare». E ragionando ragionando, gli astratti furori si erano ammosciati e quindi stracangiati in concrete acquiescenze. E adesso, fatta eccezione per qualcuno che con straordinaria dignità sopportava da oltre un decennio processi e carcere per un delitto palesemente non commesso né ordinato, fatta eccezione ancora per un altro oscuramente ammazzato, i rimanenti si erano tutti piazzati benissimo, saltabeccando da sinistra a destra, poi ancora a sinistra, poi ancora a destra, e c'era chi dirigeva un giornale, chi una televisione, chi era diventato un grosso manager di Stato, chi deputato o senatore. Visto che non erano arrinisciuti a cangiare la società, avevano cangiato se stessi. Oppure non avevano manco avuto bisogno di cangiare, perché nel '68 avevano solamente fatto teatro, indossando costumi e maschere di rivoluzionari. La nomina di Carlo ex Martello non gli era proprio calata. Soprattutto perché gli aveva provocato un altro pinsero e questo certamente il più fastidioso di tutti.

"Non sei macari tu della stessa risma di questi che stai criticando? Non servi quello Stato che ferocemente combattevi a diciott'anni? O ti fa lastimiare l'invidia, dato che sei pagato quattro soldi e gli altri invece si fanno i miliardi?"

Per un colpo di vento, la persiana sbatacchiò. No, non l'avrebbe chiusa manco con l'ordine del Padreterno. C'era la camurrìa Fazio:

«Dottore, mi perdonasse, ma lei se la va proprio a circari! Non solo abita in una villetta isolata e a piano terra, ma lascia macari aperta la finestra di notte! Accussì, se c'è qualchiduno che ci vuole mali, e c'è, è libero di trasiri nella sua casa quando e come vuole!»

C'era l'altra camurrìa che si chiamava Livia:

«No, Salvo, di notte la finestra aperta, no!»

«Ma tu, a Boccadasse, non dormi con la finestra aperta?»

«Che c'entra? Abito al terzo piano, intanto, e poi a Boccadasse non ci sono i ladri che ci sono qua.»

E così, quando una notte Livia, sconvolta, gli aveva te-

lefonato dicendogli che, mentre era fuori, i ladri a Boccadasse le avevano svaligiato la casa, egli, dopo aver rivolto
un muto ringraziamento ai ladri genovesi, era riuscito a
mostrarsi dispiaciuto, ma non quanto avrebbe dovuto.

Il telefono principiò a squillare.

La sua prima reazione fu di inserrare ancora di più gli
occhi, ma non funzionò, è notorio che la vista non è l'u-
dito. Avrebbe dovuto tapparsi le orecchie, ma preferì infilare la testa sotto il cuscino. Niente: debole, lontano, lo
squillo insisteva. Si susì santiando, andò nell'altra cammara, sollevò il ricevitore.

«Montalbano sono. Dovrei dire pronto, ma non lo dico. Sinceramente, non mi sento pronto.»

All'altro capo ci fu un lungo silenzio. Poi arrivò il
suono del telefono abbassato. E ora che aveva avuto
quella bella alzata d'ingegno, che fare? Rimettersi corcato continuando a pinsare al neo Presidente dell'Inter-
banco che, quando era ancora il compagno Martello,
aveva pubblicamente cacato su una guantiera piena di
biglietti da diecimila? O mettersi il costume e farsi una
bella nuotata nell'acqua ghiazzata? Optò per la seconda
soluzione, forse il bagno l'avrebbe aiutato a sbollire.
Trasì in acqua e lo pigliò una mezza paralisi. Lo voleva
capire sì o no che forse, a quasi cinquant'anni, non era
più cosa? Non era più tempo di queste spirtizze. Tornò
mestamente verso casa e già da una decina di metri di
distanza sentì lo squillo del telefono. L'unica era accettare le cose come stavano. E, tanto per principiare, rispondere a quella chiamata.

Era Fazio.

«Levami una curiosità. Sei stato tu a telefonarmi un
quarto d'ora fa?»

«Nonsi, dottore. Fu Catarella. Ma disse che lei ci aveva risposto che non era pronto. Allora ho lasciato passare tanticchia di tempo e ho richiamato io. Pronto si sente ora, dottore?»

«Fazio, come fai a essere tanto spiritoso di primo matino? Sei in ufficio?»

«Nonsi, dottore. Hanno ammazzato a uno. Zìppete!»

«Che viene a dire, zìppete?»

«Che gli hanno sparato.»

«No. Un colpo di pistola fa bang, uno di lupara fa wang, una raffica di mitra fa ratatatatà, una coltellata fa swiss.»

«Bang fu, dottore. Un colpo solo. In faccia.»

«Dove sei?»

«Sul luogo del delitto. Si dice accussì? Via Cavour 44. Lo sa dov'è?»

«Sì, lo so. L'hanno sparato in casa?»

«Ci stava tornando, a casa. Aveva appena infilata la chiave nel portone. È restato sul marciapiede.»

Si può dire che l'ammazzatina di una pirsona càpita al momento giusto? No, mai: una morte è sempre una morte. Però il fatto concreto e innegabile era che Montalbano, mentre guidava alla volta di via Cavour 44, sentiva che il malo umore gli stava passando. Buttarsi dintra a un'indagine gli sarebbe servito per levarsi dalla testa i pinseri tinti che aveva avuto nell'arrisbigliarsi.

Quando arrivò sul posto dovette farsi largo tra la gente. Come mosche sulla merda, pur essendoci solamente la prima luce, mascoli e fimmine in agitazione attuppavano la strata. C'era macari una picciotta con un picciliddro in braccio il quale taliava la scena con gli occhi sgriddrati. Il metodo pedagogico della giovane madre fece girare i cabasisi al commissario.

«Via tutti!» urlò.

Alcuni si allontanarono immediatamente, altri vennero spintonati da Galluzzo. Si continuava a sentire un lamento, una specie di mugolìo. A farlo, era una cinquantina, tutta vestita a lutto stritto, due òmini la tenevano a forza

perché non si gettasse sul cadavere che giaceva sul marciapiede a panza all'aria, il disegno della faccia reso illeggibi-
le dal colpo che l'aveva pigliato in mezzo agli occhi.

«Portate via quella fimmina.»

«Ma è la madre, dottore.»

«Che vada a piangere a casa sua. Qui è solo d'impaccio. Chi l'ha avvertita? Ha sentito lo sparo ed è scesa?»

«Nonsi, dottore. Lo sparo non ha potuto sentirlo in
quanto la signora abita in via Autonomia Siciliana 12. Si
vede che qualcuno l'ha avvertita.»

«E lei stava lì, pronta, con l'abito nivuro già indossa-
to?»

«È vidova, dottore.»

«Va bene, con garbo, ma portatevela via.»

Quando Montalbano parlava accussì, veniva a dire
che non era cosa. Fazio s'avvicinò ai due òmini, par-
lottò, i due si strascinarono la fimmina.

Il commissario si mise allato al dottor Pasquano che
stava acculato vicino alla testa del morto.

«Allora?» spiò.

«Allora sessanta minuti» rispose il dottore. E continuò, più sgarbato di Montalbano: «Ha bisogno che gliela
spieghi io la facenna? Gli hanno sparato un solo colpo.
Preciso, al centro della fronte. Dietro, il foro d'uscita si è
portato via mezza scatola cranica. Vede quei grumetti?
Sono una parte del cervello. Le basta?».

«Quando è successo, secondo lei?»

«Qualche ora fa. Verso le quattro, le cinque.»

Poco distante Vanni Arquà esaminava, con l'occhio di
un archeologo che scopre un reperto paleolitico, una
normalissima pietra. A Montalbano il nuovo capo della
Scientifica non faceva sangue e l'antipatia era chiaramente ricambiata.

«L'hanno ammazzato con quella?» spiò il commissario indicando la pietra con un'ariata di serafino.

Vanni Arquà lo taliò con evidente disprezzo.

«Ma non dica sciocchezze! Un colpo d'arma da fuoco.»

«Avete recuperato il proiettile?»

«Sì. Era andato a finire nel legno del portone ch'era ancora chiuso.»

«Il bossolo?»

«Guardi, commissario, che io non sono tenuto a rispondere alle sue domande. L'indagine, secondo gli ordini del questore, sarà condotta dal capo della Mobile. Lei dovrà solamente supportare.»

«E che sto facendo? Non la sto suppurtannu con santa pazienza?»

Il dottor Tommaseo, il Sostituto, non si vedeva sulla scena. E quindi non era ancora possibile la rimozione dell'ammazzato.

«Fazio, come mai il dottor Augello non è qua?»

«Sta arrivando. Ha dormito in casa d'amici, a Fela. L'abbiamo rintracciato col telefonino.»

A Fela? Per arrivare a Vigàta ci avrebbe messo ancora un'orata. E figuriamoci poi in che condizioni si sarebbe appresentato! Morto di sonno e di stanchizza! Ma quali amici e amici! Sicuramente aveva passato la nottata con qualcuna il cui marito era andato a rasparsi le corna altrove.

Si avvicinò Galluzzo.

«Ora ora telefonò il Sostituto Tommaseo. Dice così se l'andiamo a pigliare con una macchina. È andato a sbattere contro un palo a tre chilometri fora di Montelusa. Che facciamo?»

«Vacci.»

Raramente Nicolò Tommaseo ce la faceva ad arrivare in un posto con la sua auto. Guidava come un cane drogato. Il commissario non ebbe gana d'aspettarlo. Prima d'allontanarsi, taliò il morto.

Un picciotteddro poco più che ventino, jeans, giubbotto, codino, orecchino. Le scarpe dovevano essergli costate un patrimonio.

«Fazio, io me ne vado in ufficio. Aspetta tu il Sostituto e il capo della Mobile. Ci vediamo.»

Invece decise d'andarsene al porto. Lasciò la macchina sulla banchina, principiò a caminare, un pedi leva e l'altro metti, sul braccio di levante, verso il faro. Il sole si era susùto, rusciano, apparentemente contento d'avercela fatta ancora una volta. A filo d'orizzonte c'erano tre puntini neri: motopescherecci ritardatari che rientravano. Spalancò la bocca e pigliò una sciatata a fondo. Gli piaceva il sciàuro, l'odore del porto di Vigàta.

«Che vai dicendo? Tutti i porti puzzano allo stesso modo» gli aveva un giorno replicato Livia.

Non era vero, ogni loco di mare aveva un sciàuro diverso. Quello di Vigàta era un dosaggio perfetto tra cordame bagnato, reti asciucate al sole, iodio, pesce putrefatto, alghe vive e alghe morte, catrame. E proprio in fondo in fondo un retrodore di nafta. Incomparabile. Prima d'arrivare allo scoglio piatto che c'era sotto il faro, si calò e pigliò una manciata di perciale.

Raggiunse lo scoglio, s'assittò. Taliò l'acqua e gli parse di vedervi comparire confusamente la faccia di Carlo Martello. Con violenza gli lanciò contro la manciata di perciale. L'immagine si spezzò, tremoliò, disparse. Montalbano s'addrumò una sigaretta.

«Dottori dottori, ah, dottori!» l'assugliò Catarella appena che lo vitti comparire sulla porta del commissariato. «Tre volti tilifonò il dottori Latte, quello che tiene la esse in fondo! Ci voli parlare di pirsona pirsonalmente! Dice che cosa urgentissima d'urgenza è!»

Indovinava quello che gli avrebbe detto Lattes, il capo di Gabinetto del questore, soprannominato «Lattes e mieles» per il suo modo di fare untuoso e parrinesco.

Il questore Luca Bonetti-Alderighi dei Marchesi di Villabella era stato esplicito e duro. Montalbano non lo taliava mai negli occhi, ma tanticchia più sopra, rimaneva sempre infatato dalla capigliatura del suo superiore, abbondantissima e con un grosso ciuffo ritorto in alto, come certe cacate d'omo che si trovano abbandonate campagna campagna. Non vedendosi taliato, quella volta il questore aveva equivocato credendo d'avere finalmente intimorito il commissario.

«Montalbano, glielo dico una volta per tutte in occasione dell'arrivo del nuovo capo della Mobile, il dottor Ernesto Gribaudo. Lei avrà funzioni di supporto. Nel suo commissariato, potrà occuparsi solo di piccole cose e lasciare che delle cose grosse si occupi la Mobile nella persona del dottor Gribaudo o del suo vice.»

Ernesto Gribaudo. Leggendario. Una volta, taliando il torace di uno ammazzato con una raffica di kalashnikov, aveva sentenziato che quello era morto per dodici pugnalate inferte in rapida successione.

«Mi perdoni, signor questore, vuole fornirmi qualche esempio pratico?»

Luca Bonetti-Alderighi si era sentito invadere dall'orgoglio e dalla soddisfazione. Montalbano gli stava davanti all'inpiedi dall'altra parte della scrivania, leggermente proteso in avanti, un umile sorriso sulle labbra. Il tono, poi, era stato quasi implorante. L'aveva in pugno!

«Si spieghi meglio, Montalbano. Non ho capito che esempi vuole.»

«Vorrei sapere quali cose devo considerare piccole e quali grosse.»

Macari Montalbano si era congratulato con se stesso: l'imitazione dell'immortale Fantozzi di Paolo Villaggio gli stava arriniscendo ch'era una vera meraviglia.

«Che domanda, Montalbano! Furtarelli, litigi, spaccio minuto, risse, controllo degli extracomunitari, queste sono cose piccole. L'omicidio no, quello è una cosa grossa.»

«Posso prendere qualche appunto?» aveva spiato

Montalbano cavando dalla sacchetta un pezzo di carta e una biro.

Il questore l'aveva taliato imparpagliato. E il commissario si era per un attimo scantato: forse si era spinto troppo in là nella pigliata per il culo e l'altro aveva capito.

E invece, no. Il questore aveva fatto una smorfia di disprezzo.

«Faccia pure.»

E ora Lattes gli avrebbe ribadito gli ordini tassativi del questore. Un omicidio non rientrava nelle sue prerogative, era cosa della Mobile. Fece il numero del capo di Gabinetto.

«Montalbano carissimo! Come sta? Come sta? La famiglia?»

Quale famiglia? Era orfano e manco maritato.

«Tutti benissimo, grazie, dottor Lattes. E i suoi?»

«Tutto bene, ringraziando la Madonna. Senta, Montalbano, a proposito dell'omicidio avvenuto stanotte a Vigàta, il signor questore...»

«Lo so già, dottore. Non me ne devo occupare.»

«Ma no! Ma quando mai! Io sono qui a telefonarle perché invece il signor questore desidera che se ne occupi lei.»

A Montalbano venne un leggero sintòmo. Che significava la facenna?

Manco sapeva le generalità dello sparato. Vuoi vedere che si veniva a scoprire che il picciotto assassinato era figlio di un personaggio importante? Gli stavano scaricando una rogna gigante? Non una patata bollente, ma un tizzone infocato?

«Scusi, dottore. Io mi sono recato sul posto, ma non ho iniziato le indagini. Lei mi capisce, non volevo invadere il campo.»

«E la capisco benissimo, Montalbano! Ringraziando la Madonna, nella nostra Questura abbiamo a che fare con gente di squisita sensibilità!»

«Perché non se ne occupa il dottor Gribaudo?»

«Non sa niente?»

«Assolutamente niente.»

«Beh, il dottor Gribaudo è dovuto andare, la settimana scorsa, a Beirut per un importante convegno su...»

«Lo so. È stato trattenuto a Beirut?»

«No, no, è rientrato, ma, appena tornato, è stato colpito da una violenta dissenteria. Temevamo una qualche forma di colera, sa, da quelle parti non è rara, ma poi, ringraziando la Madonna, non lo era.»

Macari Montalbano ringraziò la Madonna per avere costretto Gribaudo a non potersi allontanare più di mezzo metro da un cesso.

«E il suo vice, Foti?»

«Era a New York per quel convegno indetto da Rudolph Giuliani, sa, il sindaco di "tolleranza zero". Il convegno trattava sui modi migliori per mantenere l'ordine in una metropoli...»

«Non è finito da due giorni?»

«Certamente, certamente. Ma, vede, il dottor Foti, prima di rientrare in Italia, se ne è andato un poco a spasso per New York. Gli hanno sparato a una gamba per rubargli il portafoglio. È ricoverato in ospedale. Ringraziando la Madonna, niente di grave.»

Fazio si fece vivo che erano le dieci passate.

«Come mai avete fatto così tardo?»

«Dottore, per carità, non me ne parlasse! Prima abbiamo dovuto aspettare il sostituto del Sostituto! Dopo...»

«Aspetta. Spiegati meglio.»

Fazio isò gli occhi al cielo, riparlare della cosa gli faceva nascere di bel nuovo nuovamente tutto il nirbuso che aveva patito.

«Dunque. Quando Galluzzo è andato a pigliare il Sostituto Tommaseo che era andato a sbattere contro un àrbolo...»

«Ma non era un palo?»

«Nonsi, dottore, a lui ci parse palo, ma àrbolo era. A farla breve, Tommaseo si era fatto male alla fronte, ci colava sangue. Allora Galluzzo l'ha accompagnato a Montelusa, al pronto soccorso. Da qui Tommaseo, che ci era pigliato malo di testa, telefonò per essere sostituito. Ma era presto e in palazzo non c'era nessuno. Tommaseo ha chiamato un suo collega a casa, il dottor Nicotra. E perciò abbiamo dovuto aspittare che il dottor Nicotra s'arrisbigliasse, si vestisse, si pigliasse il cafè, si mettesse in macchina e arrivasse. Ma intanto il dottor Gribaudo non si vedeva. E manco il suo vice. Quando finalmente è giunta l'ambulanza e si sono portati via il corpo, io ho aspittato una decina di minuti che arrivasse la Mobile. E doppo, visto che non veniva nessuno, me ne sono andato. Se il dottor Gribaudo mi vuole, mi viene a cercare qua.»

«Cos'hai saputo di quest'ammazzatina?»

«E che gliene fotte, dottore, con tutto il rispetto? Se ne devono occupare quelli della Mobile.»

«Gribaudo non verrà, Fazio. Sta chiuso dintra a un retrè a cacarsi l'anima. A Foti gli hanno sparato a New York. M'ha telefonato Lattes. Siamo noi che dobbiamo occuparci della facenna.»

Fazio s'assittò, gli occhi sparluccicanti di contentezza. E subito tirò fora dalla sacchetta un foglio scritto minuto minuto. Principiò a leggere.

«Sanfilippo Emanuele, ovvero Nenè, fu Gerlando e di Patò Natalina...»

«Basta così» disse Montalbano.

Si era irritato per quello che chiamava il «complesso dell'anagrafe» di cui pativa Fazio. Ma ancora di più si irritava per il tono di voce col quale quello si metteva a elencare date di nascita, parentele, matrimoni. Fazio capì a volo. «Mi scusasse, dottore.»

Ma non rimise il foglio in sacchetta.

«Lo tengo come promemoria» si giustificò.

«Questo Sanfilippo quanti anni aveva?»

«Ventun anni e tre mesi.»

«Si drogava? Spacciava?»

«Non risulta.»

«Travagliava?»

«No.»

«Abitava in via Cavour?»

«Sissi. Un appartamento al terzo piano, salone, due camere, bagno e cucina. Ci viveva solo.»

«Accattato o affittato?»

«Affittato. Ottocentomila lire al mese.»

«I soldi glieli dava sua madre?»

«Quella? È una povirazza, dottore. Campa con una pensione di cinquecentomila mensili. Secondo mia, le cose sono andate in questo modo. Nenè Sanfilippo, verso le quattro di stamattina parcheggia la macchina proprio di fronte al portone, traversa la strada e...»

«Che macchina è?»

«Una Punto. Ma ne teneva un'altra in garage. Una Duetto. Mi spiego?»

«Un nullafacente?»

«Sissignore. E bisogna vedere quello che aveva in casa! Tutto ultimo modello, televisore, si era fatto mettere la parabola sul tetto, computer, videoregistratore, telecamera, fax, frigorifero... E pensi che non ho taliato bene. Ci sono videocassette, dischetti e CD-ROM per il computer... Bisognerà controllare.»

«Si hanno notizie di Mimì?»

Fazio, che si era infervorato, si disorientò.

«Chi? Ah, sì. Il dottor Augello? Si fece vivo tanticchia prima che arrivasse il sostituto del Sostituto. Taliò e doppo se ne andò.»

«Lo sai dove?»

«Boh. Ripigliando il discorso di prima, Nenè Sanfilippo infila la chiave nella toppa e in quel momento qualcuno lo chiama.»

«Come lo sai?»

«Perché gli hanno sparato in faccia, dottore. Sentendosi chiamare, Sanfilippo si volta e fa qualche passo verso chi l'ha chiamato. Pensa che sarà una cosa breve, perché lascia la chiave infilata, non se la rimette in
sacchetta.»

«C'è stata colluttazione?»

«Non pare.»

«Hai controllato le chiavi?»

«Erano cinque, dottore. Due di via Cavour, portone e
porta. Due della casa della madre, portone e porta. La
quinta è una di quelle chiavi modernissime che i venditori assicurano non si possono duplicare. Non sappiamo
per quale porta gli serviva.»

«Picciotto interessante, questo Sanfilippo. Ci sono testimoni?»

Fazio si mise a ridere.

«Ha gana di babbiare, dottore?»

DUE

Vennero interrotti da accese vociate che provenivano dall'anticamera. Chiaramente, stava succedendo una sciarriatina.

«Vai a vedere.»

Fazio niscì, le voci si calmarono, doppo tanticchia tornò.

«È un signore che se l'è pigliata con Catarella che non lo lasciava passare. Vuole assolutamente parlare con lei.»

«Che aspetti.»

«Mi pare agitato assà, dottore.»

«Sentiamolo.»

S'appresentò un quarantino occhialuto, vestito in ordine, scrima laterale, ariata di rispettabile impiegato.

«Grazie d'avermi ricevuto. Lei è il commissario Montalbano, vero? Mi chiamo Davide Griffo e sono mortificato per avere alzato la voce, ma non capivo quello che il suo agente mi andava dicendo. È straniero?»

Montalbano preferì sorvolare.

«L'ascolto.»

«Vede, io abito a Messina, lavoro nel municipio. Sono maritato. Qui abitano i miei genitori, sono figlio unico. Sto in pensiero per loro.»

«Perché?»

«Da Messina telefono due volte la settimana, il giovedì e la domenica. Due sere fa, domenica, non mi hanno risposto. E da allora non li ho più sentiti. Ho passato ore d'inferno, poi mia moglie m'ha detto di mettermi in macchina e venire a Vigàta. Ieri sera ho telefonato alla portinaia per sapere se aveva la chiave dell'appartamento dei miei. M'ha risposto di no. Mia moglie m'ha consigliato di rivolgermi a lei. L'ha vista due volte in televisione.»

«Vuole fare denunzia?»

«Vorrei prima l'autorizzazione a far abbattere la porta.»

La voce gli si incrinò.

«Può essere capitata qualche cosa di grave, commissario.»

«Va bene. Fazio, chiamami Gallo.»

Fazio niscì e tornò col collega.

«Gallo, accompagna questo signore. Deve fare abbattere la porta dell'appartamento dei suoi genitori. Da domenica passata non ne ha notizie. Dove ha detto che abitano?»

«Ancora non l'ho detto. In via Cavour 44.»

Montalbano ammammalucchì.

«Madunnuzza santa!» disse Fazio.

Gallo venne pigliato da una botta violenta di tosse, niscì dalla cammara in cerca d'un bicchiere d'acqua.

Davide Griffo, aggiarniato, scantato dall'effetto delle sue parole, si taliò torno torno.

«Che ho detto?» spiò con un filo di voce.

Appena Fazio fermò davanti al civico 44 di via Cavour, Davide Griffo raprì lo sportello e si precipitò dintra al portone.

«Da dove principiamo?» spiò Fazio mentre chiudeva la macchina.

«Dai vecchiareddri scomparsi. Il morto è morto e può aspettare.»

Sul portone si scontrarono con Griffo che stava niscendo nuovamente con la velocità di una palla allazzata.

«La portinaia m'ha detto che stanotte c'è stato un omicidio! Uno che abitava in questa casa!»

Solo allora s'addunò della sagoma del corpo di Nenè Sanfilippo disegnata in bianco sul marciapiede. Cominciò a tremare violentemente.

«Stia calmo» disse il commissario mettendogli una mano sulla spalla.

«No... è che temo...»

«Signor Griffo, lei pensa che i suoi genitori possano essere coinvolti in un caso d'omicidio?»

«Lei scherza? I miei genitori sono...»

«E allora? Lasci perdere se stamattina hanno ammazzato a uno qua davanti. Andiamo piuttosto a vedere.»

La signora Ciccina Recupero, portonara, si aggirava nei due metri per due della guardiola come certi orsi che escono pazzi nella gabbia e si mettono a dondolare ora su una gamba ora sull'altra. Se lo poteva permettere perché era una fimmina tuttossa e quel poco di spazio che aveva a disposizione le bastava e superchiava per cataminarsi.

«Oddio oddio oddio! Madonnuzza santa! Che capitò in questa casa? Che capitò? Che fattura ci fecero? Qua bisogna subito subito chiamare il parrino con l'acqua biniditta!»

Montalbano l'agguantò per un braccio, o meglio per l'osso del braccio, e l'obbligò ad assittarsi.

«Non faccia teatro. La smetta di farsi segni di croce e risponda alle mie domande. Da quand'è che non vede i signori Griffo?»

«Dalla matina di sabato passato, quanno che la signora tornò con la spisa.»

«Siamo a martedì e lei non si è preoccupata?»

La portonara s'arrizzelò.

«E pirchì avissi addovuto? Quelli non davano confidenza a nisciuno! Superbi, erano! E minni fotto se il figlio mi sente! Niscivano, tornavano con la spisa, s'inserravano dintra la casa e pi tri jorna non li vedeva nisciuno! Avevano il mio nummaro di telefono: se abbisognavano, chiamavano!»

«Ed è capitato?»

«Che capitò?»

«Che l'abbiano chiamata.»

«Sì, qualichi volta capitò. Quanno che il signor Fofò, il marito, stette male, mi chiamò per dargli adenzia mentre che lei andava in farmacia. Un'altra volta quanno che si rompì il tubo della allavatrice e l'acqua li allagò. Una terza volta quanno che...»

«Basta così, grazie. Lei ha detto di non avere la chiave?»

«Nun è che l'ho detto, nun ce l'ho! La chiave la signora Griffo me la lasciò l'anno passato, d'estate, quanno che andarono a trovare il figlio a Messina. Gli dovevo bagnare le grasticeddre che tengono sul balcone. Poi la rivollero narrè senza farmi un ringrazio, nenti, né scù né passiddrà, comu se io ero la criata loro, la sirvazza! E lei mi viene a contare che mi dovevo prioccupare? Capace che se acchianavo al quarto piano e ci spiavo se abbisognavano, quelli mi mannavano a fàrimi fòttiri!»

«Vogliamo salire?» spiò il commissario a Davide Griffo che se ne stava appoggiato al muro. Dava l'impressione che le gambe non lo tenessero bene.

Pigliarono l'ascensore, acchianarono al quarto. Davide schizzò subito fora. Fazio avvicinò le labbra all'orecchio del commissario.

«Ci sono quattro appartamenti per piano. Nenè Sanfilippo abitava proprio sotto a quello dei Griffo» fece indicando col mento Davide che, appoggiato con tutto il corpo alla porta dell'interno 17, assurdamente suonava il campanello.

«Si faccia di lato, per favore.»

Davide parse non sentirlo, continuò a premere il campanello. Lo si sentiva suonare ammàtula, lontano. Fazio si fece avanti, pigliò l'omo per le spalle, lo spostò. Il commissario cavò dalla sacchetta un grosso portachiavi dal quale pendevano una decina di ferretti di varie forme. Grimaldelli, regalo di un ladro del quale era amico. Armeggiò con la serratura per manco cinque minuti: non c'era solo lo scoppo, ma macari quattro giri di chiave.

La porta si raprì. Montalbano e Fazio stavano con le

narici aperte al massimo a sentire l'odore che veniva da dintra. Fazio teneva fermo per un braccio Davide che voleva precipitarsi. La morte, doppo due jornate, comincia a fètere. Nenti, l'appartamento sapeva solo di chiuso. Fazio lasciò la presa e Davide scattò, mettendosi subito a chiamare:

«Papà! Mamà!»

C'era un ordine perfetto. Le finestre chiuse, il letto rifatto, la cucina arrizzittata, il lavello senza stoviglie allordate. Dintra al frigo, formaggio, una confezione di prosciutto, olive, una bottiglia di bianco a metà. Nel congelatore, quattro fette di carne, due triglie. Se erano partiti, avevano sicuramente l'intenzione di tornare in breve tempo.

«I suoi genitori avevano parenti?»

La testa tra le mani, Davide si era assittato su una seggia di cucina.

«Papà, no. Mamà, sì. Un fratello a Comiso e una sorella a Trapani che è morta.»

«Non può essere che siano andati a...»

«No, dottore, lo escludo. Non hanno notizie dei miei da un mese. Non si praticavano molto.»

«Lei quindi non ha assolutamente idea di dove possano essere andati?»

«No. Se l'avessi avuta, avrei provato a cercarli.»

«L'ultima volta che ha parlato con loro è stato giovedì sera della settimana passata, vero?»

«Sì.»

«Non le hanno detto niente che potesse...»

«Niente di niente.»

«Di che avete parlato?»

«Delle solite cose, la salute, i nipotini... Ho due figli mascoli, Alfonso come papà e Giovanni, uno ha sei anni, l'altro quattro. Ci sono molto affezionati. Ogni volta che venivamo a trovarli a Vigàta, li riempivano di regali.»

Non faceva niente per fermare le lacrime.

Fazio, che si era girato l'appartamento, tornò allargando le braccia.

«Signor Griffo, è inutile che restiamo qua. Spero di farle sapere qualcosa al più presto.»

«Commissario, mi sono pigliato qualche giorno di permesso dal Comune. Posso restare a Vigàta almeno fino a domani sera.»

«Per me, può restare quanto vuole.»

«No, dicevo un'altra cosa: posso dormire stanotte qua?»

Montalbano ci pinsò sopra un momento. Nella cammara di mangiare ch'era macari salotto c'era una piccola scrivania con delle carte sopra. Voleva taliarle con comodo.

«No, dormire in quest'appartamento non può. Mi dispiace.»

«Ma se per caso qualcuno telefona...»

«Chi? I suoi genitori? E che ragione avrebbero i suoi genitori di telefonare a casa loro sapendo che non c'è nessuno?»

«No, dicevo: se telefona qualcuno che ha notizie...»

«Questo è vero. Faccio immediatamente mettere il telefono sotto controllo. Fazio, pensaci tu. Signor Griffo, vorrei una foto dei suoi genitori.»

«Ce l'ho in sacchetta, commissario. Le ho fatte io quando sono venuti a Messina. Si chiamano Alfonso e Margherita.»

Si mise a singhiozzare mentre pruìva la foto a Montalbano.

«Cinque per quattro fa venti, venti meno due viene a fare diciotto» disse Montalbano sul pianerottolo doppo che Griffo se ne era andato più confuso che pirsuaso.

«Si è messo a dare i numeri?» spiò Fazio.

«Se la matematica non è un'opinione, essendo questo palazzo di cinque piani, vuol dire che ci sono venti appar-

tamenti. Ma in realtà sono diciotto, escludendo quelli dei
Griffo e di Nenè Sanfilippo. In parole pòvire, dobbiamo
interrogare la billizza di diciotto famiglie. E a ogni famiglia fare due domande. Che ne sapete dei Griffo? Che ne
sapete di Nenè Sanfilippo? Se quel grandissimo cornuto
di Mimì fosse con noi a darci una mano...»

Pirsona trista, nominata e vista. In quel momento il
cellulare di Fazio squillò.

«È il dottore Augello. Dice così se ha bisogno di lui.»

Montalbano avvampò di raggia.

«Che venga immediatamente. Entro cinque minuti
dev'essere qua, a costo di spaccarsi le gambe.»

Fazio riferì.

«Intanto che arriva» propose il commissario «andiamoci a pigliare un cafè.»

Quando tornarono in via Cavour, Mimì era già ad
aspettarli. Fazio s'allontanò discretamente.

«Mimì» esordì Montalbano, «a me veramente casca-
no le braccia con te. E mi vengono a mancare le parole.
Si può sapere che ti sta passando per la testa? Lo sai o
non lo sai che...»

«Lo so» l'interruppe Augello.

«Che minchia sai?»

«Quello che devo sapere. Che ho sbagliato. Il fatto è
che mi sento strammo e confuso.»

L'arraggiatura del commissario s'abbacò. Mimì gli
stava davanti con un'ariata che non aveva mai avuto.
Non la solita strafottenza. Anzi. Un che di rassegnato, di
umile.

«Mimì, posso sapìri che ti capitò?»

«Poi te lo dico, Salvo.»

Stava per mettergli una mano consolatoria sulla spalla, quando un sospetto improvviso lo fermò. E se quel
figlio di buttana di Mimì si stava comportando come lui
aveva fatto con Bonetti-Alderighi, fingendo un servile

atteggiamento mentre in realtà si trattava di una sullenne pigliata per il culo? Augello era una faccia stagnata di tragediatore, capace di questo e altro. Nel dubbio, si astenne dal gesto affettuoso. Lo mise al corrente della scomparsa dei Griffo.

«Tu ti fai gli inquilini del primo e del secondo piano, Fazio quelli del quinto e il piano terra, io mi occupo del terzo e del quarto.»

Terzo piano, interno 12. La cinquantina signora Burgio Concetta vedova Lo Mascolo si esibì in un monologo di grandissimo effetto.

«Non mi parlasse, commissario, di questo Nenè Sanfilippo! Non me ne parlasse! L'hanno ammazzato, povirazzo, e pace all'anima so'! Ma mi faciva addannare, mi faciva! Di jorno a la casa non ci stava mai. Ma di notti, sì. E allura, pi mia, accominciava l'infernu! Una notti sì e una no! L'infernu! Vidisse, signor commissario, la mia cammara di letto è muro con muro con la cammara di letto di Sanfilippo. I mura di questa casa di cartavelina sono! Si sente tutto di tutto, ogni cosa si sente! E allura, doppo che avivano messo la musica che a momenti mi spaccavano le grecchie, l'astutavano e principiava un'autra musica! Una sinfonia! Zùnchiti zùnchiti zùnchiti zù! Il letto che sbatteva contro il muro e faciva battarìa! E doppo la buttana di turno ca faciva ah ah ah ah! E daccapo zùnchiti zùnchiti zùnchiti zù! E io accominciavo a fari pinseri tinti. Mi recitavo una posta di rosario. Due poste. Tre poste. Nenti! I pinseri restavano. Iu sugnu ancora giuvane, commissario! Addannare mi faciva! Nonsi, dei signori Griffo non saccio nenti. Non davano confidenza. E allura, se tu non me la dai, pirchì te la devo dari io? È ragionato?»

Terzo piano, interno 14. Famiglia Crucillà. Marito: Crucillà Stefano, pensionato, ex contabile alla pescherìa.

Mogliere: De Carlo Antonietta. Figlio maggiore: Calogero, ingegnere minerario, travaglia in Bolivia. Figlia minore: Samanta senza acca tra la *t* e la *a*, insegnante di matematica, nubile, vive coi genitori. Per tutti parlò Samanta.

«Guardi, signor commissario, a proposito dei signori Griffo, per dirle quanto fossero scostanti. Una volta incontrai la signora che stava entrando nel portone con il carrello della spesa strapieno e due sacchetti di plastica per mano. Siccome per arrivare all'ascensore bisogna fare tre scalini, le domandai se potevo aiutarla. Mi rispose con un no sgarbato. E il marito non era meglio.

«Nenè Sanfilippo? Bel giovane, pieno di vita, simpatico. Che faceva? Faceva quello che fanno i giovani della sua età, quando sono liberi.»

E così dicendo, lanciò una taliata ai genitori accompagnata da un sospiro. No, lei libera non era, purtroppo. Altrimenti sarebbe stata capace di dare punti alla bonarma di Nenè Sanfilippo.

Terzo piano, interno 15. Dottor Ernesto Assunto - Medico Dentista.

«Commissario, questo è solo il mio studio. Io vivo a Montelusa, qua ci vengo solo di giorno. L'unica cosa che posso dirle è che una volta incontrai il signor Griffo con la guancia sinistra deformata da un ascesso. Gli domandai se aveva un dentista, mi rispose di no. Allora gli suggerii di fare un salto qui, nello studio. In cambio ne ricevetti una decisa risposta negativa. In quanto al Sanfilippo, la vuole sapere una cosa? Non l'ho mai incontrato, non so nemmeno com'era fatto.»

Iniziò ad acchianare la rampa di scale che portava al piano di sopra e gli venne di taliare il ralogio. Si era fatta l'una e mezza e alla vista dell'ora, per un riflesso condizionato, gli smorcò un pititto tremendo. L'ascensore gli passò allato, salendo. Decise eroicamente di patire il pititto e proseguire con le domande, a quell'ora sarebbe stato più probabile trovare gli inquilini in casa. Davanti all'interno 16 ci stava un omo grasso e calvo, una borsa nivura e sformata in mano, con l'altra tentava d'infilare la chiave nella toppa. Vide il commissario fermarsi alle sue spalle.

«Sta cercando a mia?»

«Sì, signor...»

«Mistretta. E lei chi è?»

«Il commissario Montalbano sono.»

«E che vuole?»

«Farle qualche domanda su quel giovane ammazzato stanotte...»

«Sì, lo so. La portonara m'ha contato tutto quando sono nisciuto per andare in ufficio. Travaglio al cementificio.»

«... e sui signori Griffo.»

«Perché, che fecero i Griffo?»

«Non si trovano.»

Il signor Mistretta raprì la porta, si fece di lato.

«S'accomodi.»

Montalbano avanzò di un passo e si venne a trovare dintra a un appartamento di un disordine assoluto. Due calzini spaiati e usati sul tanger della prima entrata. Venne fatto accomodare in una cammara che doveva essere stata un salotto. Giornali, piatti sporchi, bicchieri intartarati, biancheria lavata e no, posaceneri dai quali debordavano cenere e cicche.

«C'è un poco di disordine» ammise il signor Mistretta, «ma mia mogliere da due mesi sta a Caltanissetta che sua madre è malata.»

Tirò fora dalla borsa nivura una scatola di tonno, un limone e una scanata di pane. Aprì la scatola e la versò nel primo piatto che gli venne sottomano. Scostando un paro di mutande, pigliò una forchetta e un coltello. Tagliò il limone, lo sprimì sul tonno.

«Vuole favorire? Guardi, commissario, non voglio farle perdere tempo. Avevo avuto l'intenzione di tenerla qua per un pezzo a contarle minchiate solo per avere tanticchia di compagnia. Ma doppo ho pinsato che non era di giusto. I Griffo li avrò incontrati qualche volta. Però manco ci salutavamo. Il giovane ammazzato non l'ho mai visto.»

«Grazie. Buongiorno» fece il commissario susendosi.

Pur in mezzo a tanta lurdìa, vedere uno che mangiava gli aveva raddoppiato il pititto.

Quarto piano. Allato alla porta dell'interno 18 c'era una targhetta sotto il pulsante del campanello: Guido e Gina De Dominicis. Sonò.

«Chi è?» spiò una voce di picciliddro.

Che rispondere a un bambino?

«Un amico di papà sono.»

La porta si raprì e davanti al commissario comparse un picciliddro di un'ottina d'anni, l'ariata sveglia.

«C'è papà? O mamma?»

«No, ma fra tanticchia tornano.»

«Come ti chiami?»

«Pasqualino. E tu?»

«Salvo.»

E in quel momento Montalbano si fece pirsuaso che quello che sentiva venire dall'appartamento era proprio feto d'abbrusciatizzo.

«Cos'è quest'odore?»

«Nenti. Ho dato foco alla casa.»

Il commissario scattò, scansando Pasqualino. Fumo nìvuro nisciva da una porta. Era la cammara di dormiri, un quarto di letto matrimoniale aveva pigliato foco. Si levò la giacchetta, vide una coperta di lana ripiegata sopra a una seggia, l'agguantò, l'aprì, la gettò sulle fiamme dandoci sopra grandi manate. Una maligna linguetta di foco gli mangiò mezzo polsino.

«Se tu m'astuti il foco, io lo faccio da un'altra parte» disse Pasqualino brandendo minacciosamente una scatola di fiammiferi da cucina.

Ma quant'era vivace quel frugoletto! Che fare? Disarmarlo o continuare a spegnere l'incendio? Optò per l'azione da pompiere, continuando a bruciacchiarsi. Ma un acutissimo grido femminile lo paralizzò.

«Guidooooooooooo!»

Una giovane bionda, gli occhi sgriddrati, stava chiaramente per svenire. Montalbano non fece in tempo a raprire la bocca che allato alla fìmmina si materializzò un giovane occhialuto di spalle poderose, una specie di Clark Kent, quello che poi si trasforma in Superman. Senza dire una parola, Superman, con un gesto d'estrema eleganza, scostò la giacchetta. E il commissario si vide puntare contro una pistola che gli parse un cannone.

«Mani in alto.»

Montalbano obbedì.

«È un piromane! È un piromane!» balbettava piangendo la giovane abbracciando forte il suo pargoletto, il suo angioletto.

«Lo sai, mamma? M'ha detto che voleva dare foco a tutta la casa!»

A chiarire tutta la facenna ci misero una mezzorata. Montalbano apprese che l'omo faceva il cassiere in una banca e per questo girava armato. Che la signora Gina aveva fatto tardi in quanto che era andata dal medico per una visita.

«Pasqualino avrà un fratello» confessò la signora abbassando pudicamente gli occhi.

Col sottofondo degli urli e dei pianti del picciliddro che era stato sculacciato e inserrato dintra a uno stanzino buio, Montalbano seppe che i signori Griffo, macari quando stavano a casa, era come se non ci fossero.

«Nemmeno un colpo di tosse, che so, qualcosa che

cadeva per terra, una parola detta con voce tanticchia più alta! Niente!»

In quanto a Nenè Sanfilippo, i coniugi De Dominicis ignoravano persino che l'ammazzato abitava nel loro stesso palazzo.

TRE

L'ultima stazione della via crucis era costituita dall'interno 19 del quarto piano. Avvocato Leone Guarnotta.

Da sotto la porta filtrava un sciàuro di ragù che Montalbano si sentì insallanire.

«Lei il commissario Montaperto è» fece il donnone cinquantino che gli raprì la porta.

«Montalbano.»

«Coi nomi faccio confusione, ma basta che vedo una faccia una sola volta in televisione che non me la scordo più!»

«Cu è?» spiò una voce maschile dall'interno.

«Il commissario è, Leò. Trasisse, trasisse.»

Mentre Montalbano trasiva, apparse un sissantino segaligno, un tovagliolo infilato nel colletto.

«Guarnotta, piacere. S'accomodi. Stavamo per metterci a mangiare. Venga in salotto.»

«Ca quali salotto e salotto!» intervenne il donnone. «Se perdi tempo a chiacchiariàri, la pasta s'ammataffa. Lei mangiò, commissario?»

«Veramente, ancora no» fece Montalbano sentendo il cuore aprirsi alla speranza.

«Allora non c'è problema» concluse la signora Guarnotta, «s'assetta con noi e si mangia un piatto di pasta. Accussì parliamo tutti meglio.»

La pasta era stata scolata al momento giusto («sapìri quann'è u tempu di sculari a pasta è un'arti» aveva un giorno sentenziato la cammarera Adelina), la carne col suco era tenera e saporosa.

Ma, a parte d'essersi riempito la panza, il commissario, per quanto riguardava la sua indagine, fece un altro pirtuso nell'acqua.

Quando, verso le quattro del doppopranzo, si ritrovò nel suo ufficio con Mimì Augello e Fazio, Montalbano non poté che constatare che i pirtusa nell'acqua erano in definitiva tre.

«A parte che la sua matematica è veramente un'opinione» disse Fazio, «perché gli appartamenti in quella casa sono ventitré...»

«Come ventitré?» fece Montalbano strammato dato che coi numeri non ci sapeva proprio fare.

«Dottore, ce ne sono tre a pianterreno, tutti uffici. Non conoscono né i Griffo né Sanfilippo.»

In conclusione, i Griffo in quel palazzo ci avevano campato anni, ma era come se fossero stati fatti d'aria. Di Sanfilippo, poi, manco a parlarne, c'erano inquilini che non l'avevano mai sentito nominare.

«Voi due» disse Montalbano, «prima che la notizia della scomparsa diventi ufficiale, cercate di saperne di più in paisi, voci, dicerie, filame, supposizioni, cose accussì.»

«Perché, dopo che si è saputa la notizia della scomparsa, le risposte delle persone possono cangiare?» spiò Augello.

«Sì, cangiano. Una cosa che ti è parsa normale, dopo un fatto anormale acquista una luce diversa. Dato che ci siete, spiate macari di Sanfilippo.»

Fazio e Augello niscirono dall'ufficio senza troppa convinzione.

Montalbano pigliò le chiavi di Sanfilippo che Fazio gli aveva lasciate sul tavolo, se le mise in sacchetta e andò a chiamare Catarella che da una simanata era impegnato a risolvere un cruciverba per principianti.

«Catarè, vieni con me. Ti affido una missione importante.»

Sopraffatto dall'emozione, Catarella non arriniscì a

raprire bocca manco quando si trovò dintra all'appartamento del picciotto ammazzato.

«Lo vedi, Catarè, quel computer?»

«Sissi. Bello è.»

«Beh, travagliaci. Voglio sapere tutto quello che contiene. E poi ci metti tutti i dischetti e i... come si chiamano?»

«Giddirommi, dottori.»

«Te li vedi tutti. E alla fine mi fai un rapporto.»

«Macari videocassetti ci stanno.»

«I cassetti lasciali stare.»

Salì in macchina, si diresse verso Montelusa. Il suo
amico giornalista Nicolò Zito di Retelibera stava per andare in onda. Montalbano gli pruì la foto.

«Si chiamano Griffo, Alfonso e Margherita. Devi dire
solo che il loro figlio Davide sta in pensiero perché non
ha notizie. Parlane col TG di stasera.»

Zito, ch'era pirsona intelligente e giornalista abile, taliò la foto e gli rivolse la domanda che già s'aspettava.

«Perché ti preoccupi della scomparsa di questi due?»

«Mi fanno pena.»

«Che ti facciano pena, ci credo. Che ti facciano solo
pena, non ci credo. C'è per caso relazione?»

«Con che?»

«Col picciotto che hanno ammazzato a Vigàta, Sanfilippo.»

«Abitavano nello stesso palazzo.»

Nicolò satò letteralmente dalla seggia.

«Ma questa è una notizia che...»

«... che non darai. Può darsi che un collegamento ci
sia, può darsi di no. Tu fai come ti dico e le prime novità
consistenti saranno per te.»

Assittato nella verandina, si era goduta la pappanozza
che da tempo desiderava. Piatto povero, patate e cipolle

messe a bollire a lungo, ridotte a poltiglia col lato convesso della forchetta, abbondantemente condite con oglio, aceto forte, pepe nero macinato al momento, sale. Da mangiare usando preferibilmente una forchetta di latta (ne aveva un paio che conservava gelosamente), scottandosi lingua e palato e di conseguenza santiando ad ogni boccone.

Col notiziario delle ventuno, Nicolò Zito fece il compito suo, mostrò la foto dei Griffo e disse che il figlio stava in pinsero.

Astutò la televisione e decise di principiare a leggere l'ultimo libro di Vázquez Montalbán, che si svolgeva a Buenos Aires e aveva come protagonista Pepe Carvalho. Lesse le prime tre righe e il telefono sonò. Era Mimì.

«Ti disturbo, Salvo?»

«Per niente.»

«Hai da fare?»

«No. Ma perché me lo domandi?»

«Vorrei parlarti. Vengo da te.»

Allora l'atteggiamento di Mimì quando al mattino l'aveva rimproverato era sincero, non si trattava di una sisiàta. Che poteva essergli capitato, biniditto picciotto? In fatto di fimmine, Mimì era di palato facile e apparteneva a quella corrente di pensiero maschile secondo la quale ogni lasciata è persa. Capace che si era incasinato con qualche marito geloso. Come quella volta che era stato sorpreso dal ragioniere Perez mentre baciava le minne nude della di lui legittima. Era finita a schifìo, con regolare denunzia al questore. Se l'era scapolata perché il questore, quello vecchio, era riuscito ad arrangiare la cosa. Se al posto del vecchio ci fosse stato il nuovo, Bonetti-Alderighi, addio carriera del vicecommissario Augello.

Sonarono alla porta. Mimì non poteva essere, aveva appena finito di telefonare. Invece era proprio lui.

«Hai volato da Vigàta fino a Marinella?»

«Non ero a Vigàta.»

«E dov'eri?»

«Qua vicino. Ti ho chiamato col cellulare. È da un'ora che orliavo.»

Ahi. Mimì aveva girellato nelle vicinanze prima di risolversi a fare la telefonata. Segno che la cosa era più seria di quanto avesse potuto supporre.

Gli venne, di colpo, un pinsero terribile: che Mimì si fosse ammalato a forza di frequentare buttanazze?

«Stai bene in salute?»

Mimì lo taliò imparpagliato.

«In salute? Sì.»

Oddio. Se quello che si portava addosso non riguardava il corpo, viene a dire che riguardava il campo opposto. L'anima? Lo spirito? Vogliamo babbiare? Che ci trasiva lui con quelle materie?

Mentre si dirigevano verso la verandina, Mimì disse:

«Me lo fai un favore? Me le porti due dita di whisky senza ghiaccio?»

Voleva darsi coraggio, voleva! Montalbano principiò a sentirsi estremamente nirbuso. Gli posò bottiglia e bicchiere davanti, aspettò che si fosse versato una porzione sostanzievole e allora parlò.

«Mimì, mi hai rotto i cabasisi. Dimmi subito che minchia ti càpita.»

Augello svacantò il bicchiere con un solo sorso e, taliando il mare, disse a voce vascia vascia:

«Ho deciso di sposarmi.»

Montalbano reagì d'impulso, in preda a una raggia irrefrenabile. Con la mano mancina spazzò via dal tavolinetto bicchiere e bottiglia, mentre usava la dritta per smollare una potente timpulata sulla guancia di Mimì che intanto si era voltato verso di lui.

«Stronzo! Che stronzate mi vieni a contare? Una cosa così, fino a che io campo, non te la lascerò fare! Non te la permetterò! Come ti può venire in mente un pinsero simile? Che motivo hai?»

Augello intanto si era susùto, le spalle addossate alla parete, una mano sulla guancia arrussicata, gli occhi sgriddrati e atterriti.

Il commissario riuscì a controllarsi, si fece pirsuaso d'avere ecceduto. Si avvicinò ad Augello con le braccia tese. Mimì arriniscì ad impicciarsi ancora di più alla parete.

«Nel tuo stesso interesse, Salvo, non mi toccare.»

Allora era sicuramente infettiva, la malatia di Mimì.

«Qualunque cosa tu abbia, Mimì, è sempre meglio della morte.»

La bocca di Mimì cascò all'ingiù, letteralmente.

«Morte? E chi ha parlato di morte?»

«Tu. Tu ora ora mi hai detto: "mi voglio sparare". O lo neghi?»

Mimì non rispose, cominciò a scivolare col dorso lungo la parete. Ora si teneva le due mani sulla panza come in preda a un dolore insopportabile. Lacrime gli niscirono dagli occhi, principiarono a sciddricargli allato al naso. Il commissario si sentì pigliare dal panico. Che fare? Chiamare un dottore? Chi poteva svegliare a quell'ora? Intanto Mimì, di scatto, si era susùto, aveva con un balzo saltato la balaustrina, aveva raccattato dalla sabbia la bottiglia rimasta intatta e se la stava scolando a garganella. Montalbano era addiventato di pietra. Poi sussultò, sentendo che Augello si era messo a latrare. No, non latrava. Rideva. E che minchia aveva da ridere? Finalmente Mimì riuscì ad articolare.

«Ho detto sposare, Salvo, non sparare!»

Di colpo, il commissario si sentì a un tempo sollevato e arraggiato. Trasì in casa, andò in bagno, mise la testa sotto l'acqua fridda, ci stette un pezzo. Quando tornò nella verandina, Augello si era rimesso assittato. Montalbano gli levò la bottiglia dalla mano, se la portò alla bocca, la finì.

«Vado a pigliarne un'altra.»

Tornò con una bottiglia nova nova.

«Sai, Salvo, quando hai reagito in quel modo, mi hai

fatto pigliare uno spavento del diavolo. Ho pensato che tu fossi frocio e ti eri innamorato di mia!»

«Parlami della picciotta» tagliò Montalbano.

Si chiamava Rachele Zummo. L'aveva conosciuta a Fela, in casa d'amici. Era venuta a trovare i genitori. Ma lei travagliava a Pavia.

«E che fa a Pavia?»

«Ti vuoi fare due risate, Salvo? È un'ispettrice di Polizia!»

Risero. E continuarono a ridere per altre due ore, finendo la bottiglia.

«Pronto Livia? Salvo sono, dormivi?»

«Certo che dormivo. Che è successo?»

«Niente. Volevo...»

«Come, niente? Ma lo sai che ore sono? Le due!»

«Ah, sì? Scusami. Non pensavo fosse così tardi... così presto. Beh, no, niente, era una sciocchezza, credimi.»

«Anche se è una sciocchezza, me la dici lo stesso.»

«Mimì Augello m'ha detto che vuole sposarsi.»

«Sai che novità! A me l'aveva già confidato tre mesi fa e mi aveva pregato di non dirtene niente.»

Pausa lunghissima.

«Salvo, ci sei ancora?»

«Sì, ci sono. E dunque tu e il signor Augello vi fate le confidenzine e mi tenete all'oscuro di tutto?»

«Dai, Salvo!»

«E no, Livia, permettimi d'essere incazzato!»

«E tu permettilo pure a me!»

«Perché?»

«Perché chiami sciocchezza un matrimonio. Stronzo! Dovresti prendere esempio da Mimì, piuttosto. Buona-notte!»

S'arrisbigliò verso le sei del matino, la bocca impicci-cata, la testa che tanticchia gli doleva. Provò a ripigliare sonno doppo essersi bevuto mezza bottiglia d'acqua ghiazzata. Niente.

Che fare? Il problema glielo risolse il telefono che si mise a squillare.

A quell'ora?! Capace che era quell'imbecille di Mimì che voleva dirgli che gli era passata la gana di maritarsi. Si diede una manata sulla fronte. Ecco com'era nato l'equivoco la sira avanti! Augello aveva detto «ho deciso di sposarmi» e lui aveva capito «ho deciso di spararmi». Certo! Quando mai in Sicilia ci si sposa? In Sicilia ci si marita. Le fimmine, dicendo «mi voglio maritari» intendono «voglio pigliare marito»; i mascoli, dicendo la stessa cosa, intendono «voglio diventare marito». Sollevò il ricevitore.

«Hai cangiato idea?»

«Nonsi, dottore, non ho cangiato idea, difficile che io la cangi. A quale idea si riferisce?»

«Scusami, Fazio, pinsavo fosse un'altra pirsona a telefonarmi. Che c'è?»

«Mi perdonasse se l'arrisbiglio a quest'ora, ma...»

«Ma?»

«Non riusciamo a trovare Catarella. È scomparso da aieri doppopranzo, è andato via dall'ufficio senza dire dove andava e non si è più rivisto. Abbiamo persino spiato negli ospedali di Montelusa...»

Fazio continuava a parlare, ma il commissario non lo sentiva più. Catarella! Se n'era completamente scordato!

«Scusami, Fazio, scusatemi tutti. È andato per conto mio a fare una cosa e non vi ho avvertito. Non state in pinsero.»

Sentì distintamente il sospiro di sollievo di Fazio.

Ci mise una ventina di minuti a farsi la doccia, sbarbarsi e vestirsi. Si sentiva ammaccato. Quando arrivò in via Cavour 44, la portonara stava scopando il tratto di strata davanti al portone. Era accussì sicca, che praticamente non c'era differenza tra lei e il manico della scopa. A chi assimigliava? Ah, sì. A Olivia, la zita di Braccio di Ferro. Pigliò l'ascensore, salì al terzo, raprì col grimaldello la porta dell'appartamento di Nenè Sanfilippo. Dintra, la luce era accesa. Catarella stava assittato davanti al computer, in maniche di camicia. Appena vide trasire il superiore, si susì di scatto, indossò la giacchetta, s'aggiustò il nodo della cravatta. Aveva la barba lunga, gli occhi arrussicati.

«Ai comanni, dottori!»

«Ancora qui sei?»

«Sto per finendo, dottori. Mi bastano ancora un due orate.»

«Trovasti niente?»

«Mi scusasse, dottori, vossia vole che parlo con palore tecchinìche o con palore semplici?»

«Semplici semplici, Catarè.»

«Allora ci dico che in questo computer non c'è una minchia.»

«In che senso?»

«Nel senso ca ora ora ci dissi, dottori. Non è colleguato con Internet. Qua dintra lui ci tiene una cosa che sta scrivenno...»

«Che cosa?»

«A mia pare un libro romanzo, dottori.»

«E poi?»

«E poi la copia di tutte le littre che ha scrivùto e quelle che ha arricevuto. Che sono tante.»

«Affari?»

«Ca quali afari e afari, dottori. Littre di pilo sono.»

«Non ho capito.»

Arrossì, Catarella.

«Sono littre comu a dire d'amori, ma...»

«Va bene, ho capito. E in quei dischetti?»

«Cose vastase, dottori. Mascoli con fimmine, mascoli con mascoli, fimmine con fimmine, fimmine con armali...»

La faccia di Catarella pareva dovesse pigliare foco da un momento all'altro.

«Va bene, Catarè. Stampameli.»

«Tutti? Fìmmine con òmini, òmini con òmini...»

Montalbano fermò la litania.

«Volevo dire il libro romanzo e le littre. Ora però facciamo una cosa. Scendi con mia al bar, ti fai un caffellatte e qualche cornetto e doppo ti riaccompagno qua.»

Appena in ufficio, gli s'appresentò Imbrò, ch'era stato messo al centralino.

«Dottore, da Retelibera mi hanno telefonato un elenco di nomi e di numeri di telefono di persone che si sono messe in contatto dopo aver visto la foto dei Griffo. Li ho tutti scritti qua.»

Una quindicina di nomi. A occhio e croce i numeri telefonici erano di Vigàta. Quindi i Griffo non erano così evanescenti com'era parso in un primo momento. Trasì Fazio.

«Madonna, che scanto che ci siamo pigliati quando non trovavamo più a Catarella! Non sapevamo che fosse stato mandato in missione segreta. Lo sa che 'ngiuria gli ha messo Galluzzo? L'agente 000.»

«Fate meno gli spiritosi. Hai notizie?»

«Sono andato a trovare la madre di Sanfilippo. La pòvira signora non sa niente di niente di quello che faceva il figlio. Mi ha contato che a diciotto anni, avendoci la passione per i computer, aveva avuto un buon impiego a Montelusa. Guadagnava discretamente e con la pensione della signora se la passavano bona. Poi Nenè di colpo ha lasciato il posto, ha cangiato carattere, se ne è andato a stare da solo. Aveva molti soldi, ma a sua madre la faceva andare in giro con le scarpe scarcagnate.»

«Levami una curiosità, Fazio. Addosso gli hanno trovato soldi?»

«E come no? Tre milioni in contanti e un assegno di due milioni.»

«Bene, così la signora Sanfilippo non dovrà indebitarsi per il funerale. Di chi era quell'assegno?»

«Della ditta Manzo di Montelusa.»

«Vedi di sapere perché glielo hanno dato.»

«D'accordo. In quanto ai signori Griffo...»

«Guarda qua» l'interruppe il commissario. «Questo è un elenco di persone che sanno qualcosa dei Griffo.»

Il primo nome della lista era Cusumano Saverio.

«Buongiorno, signor Cusumano. Il commissario Montalbano sono.»

«E che vuole da mia?»

«Non è stato lei a telefonare alla televisione quando ha visto la foto dei signori Griffo?»

«Sissi, io fui. Ma lei che ci trase?»

«Siamo noi che ci occupiamo della facenna.»

«E chi l'ha detto? Io solo col figlio Davide parlo. Bongiorno.»

«Principio sì giolivo ben conduce», come diceva Matteo Maria Boiardo. Il secondo nome era Belluzzo Gaspare.

«Pronto, signor Belluzzo? Il commissario Montalbano sono. Lei ha telefonato a Retelibera in merito ai signori Griffo.»

«Vero è. Domenica passata io e la mia signora li abbiamo visti, erano con noi sul pullman.»

«E dove andavate?»

«Al santuario della Madonna di Tindari.»

Tindari, mite ti so... versi di Quasimodo gli tintinnarono nella testa.

«E che ci andavate a fare?»

«Una gita. Organizzata dalla ditta Malaspina di qua. Io e la mia signora ne facemmo macari un'altra l'anno passato, a San Calogero di Fiacca.»

«Mi dica una cosa, ricorda i nomi di altri partecipanti?»

«Certo, i signori Bufalotta, i Contino, i Dominedò, i Raccuglia... Eravamo una quarantina.»

Il signor Bufalotta e il signor Contino erano nell'elenco di quelli che avevano telefonato.

«Un'ultima domanda, signor Belluzzo. Lei, quando siete tornati a Vigàta, i Griffo, li ha visti?»

«In coscienza, non posso dirle niente. Sa, commissario, era tardi, erano le undici di sira, c'era scuro, eravamo tutti stanchi...»

Era inutile perdere tempo in altre telefonate. Chiamò Fazio.

«Senti, tutte queste persone hanno partecipato a una gita a Tindari domenica passata. C'erano i Griffo. La gita l'ha organizzata la ditta Malaspina.»

«La conosco.»

«Bene, ci vai e ti fai dare l'elenco completo. Dopo chiama tutti quelli che c'erano. Li voglio in commissariato domani matino alle nove.»

«E dove li mettiamo?»

«Non me ne fotte niente. Approntate un ospedale da campo. Perché il più picciotto di loro minimo minimo avrà sessantacinque anni. Un'altra cosa: fatti dire dal signor Malaspina chi era che guidava il pullman quella domenica. Se è a Vigàta e non è in servizio, lo voglio qua entro un'ora.»

Catarella, gli occhi ancora più arrussicati, i capelli dritti che pareva un pazzo da manuale, s'apprisentò con un robusto fascio di carte sotto il braccio.

«Tutto di tutto tuttissimo ci feci stampa, dottori!»

«Bene, lascia qua e vattene a dormire. Ci vediamo nel pomeriggio tardo.»

«Come che mi comanna, dottori.»

Madonna! Ora aveva sul tavolo un malloppo di seicento pagine come minimo!

Trasì Mimì in una forma splendente che fece venire una botta d'invidia a Montalbano. E di subito gli tornò a mente l'azzuffatina telefonica fatta con Livia. S'infuscò.

«Senti, Mimì, a proposito di quella Rebecca...»

«Quale Rebecca?»

«La tua zita, no? Quella che ti vuoi maritare, non sposare come hai detto tu...»

«È lo stesso.»

«No, non è lo stesso, credimi. Dunque, a proposito di Rebecca...»

«Si chiama Rachele.»

«Va bene, come si chiama si chiama. Mi pare di ricordare che mi hai detto che è un'ispettrice di Polizia e che travaglia a Pavia. Giusto?»

«Giusto.»

«Ha fatto domanda di trasferimento?»

«Perché avrebbe dovuto?»

«Mimì, cerca di ragionare. Quando vi siete maritati che fate? Continuate a stare tu a Vigàta e Rebecca a Pavia?»

«Bih, che camurrìa! Rachele si chiama. No, non l'ha fatta la domanda di trasferimento. Sarebbe prematura.»

«Beh, ma prima o poi dovrà farla, no?»

Mimì inspirò come per prepararsi all'apnea.

«Non credo che la farà.»

«Perché?»

«Perché abbiamo deciso che la domanda di trasferimento la faccio io.»

Gli occhi di Montalbano si strancangiarono in quelli di una serpe: fermi, gelidi.

"Ora in mezzo alle labbra gli spunta una lingua biforcuta" pinsò Augello, sentendosi vagnare di sudore.

«Mimì, tu sei un grandissimo garruso. Aieri a sira, quando sei venuto a trovarmi era per contarmi solo la mezza messa. Mi hai parlato del matrimonio, ma non del trasferimento. Che per me è la cosa più importante. E tu lo sai benissimo.»

«Ti giuro che te l'avrei detto, Salvo! Se non ci fosse stata quella tua reazione che mi ha scombussolato...»

«Mimì, talìami negli occhi e dimmi la vera virità: la domanda l'hai già presentata?»

«Sì. L'avevo presentata, ma...»

«E Bonetti-Alderighi che ha detto?»

«Che ci sarebbe voluto un poco di tempo. E ha detto macari che... Niente.»

«Parla.»

«Ha detto che era contento. Che era arrivata l'ora che quella cricca di camorristi – ha detto così – che è il commissariato di Vigàta cominciasse a disperdersi.»

«E tu?»

«Beh...»

«Dai, non ti fare pregare.»

«Mi sono ripigliato la domanda che teneva sulla scrivania. Gli ho detto che volevo ripensarci.»

Montalbano se ne stette un pezzo in silenzio. Mimì pareva allora allora nisciuto da sotto la doccia. Poi il commissario indicò ad Augello il malloppo che gli aveva portato Catarella.

«Questo è tutto quello che c'era nel computer di Nenè Sanfilippo. Un romanzo e molte lettere, diciamo così, d'amore. Chi più indicato di te per leggere questa roba?»

QUATTRO

Fazio gli telefonò per dirgli il nome dell'autista che aveva portato il pullman da Vigàta a Tindari e ritorno: si chiamava Tortorici Filippo, fu Gioacchino e di... Si fermò a tempo, macari attraverso il filo del telefono aveva percepito il nirbuso crescente del commissario. Aggiunse che l'autista era assente per servizio, ma che il signor Malaspina, col quale stava compilando l'elenco dei gitanti, gli aveva assicurato che l'avrebbe spedito al commissariato immediatamente dopo il rientro, verso le tre di doppopranzo. Montalbano taliò il ralogio, aveva due ore libere.

Si diresse automaticamente alla trattoria San Calogero. Il proprietario gli mise davanti un antipasto di mare e il commissario, di colpo, sentì una specie di tenaglia che gli serrava la vucca dello stomaco. Impossibile mangiare, anzi la vista dei calamaretti, dei purpitelli, delle vongole, gli fece nausea. Si susì di scatto.

Calogero, il cameriere-proprietario, si precipitò allarmato.

«Dottore, che fu?»

«Nenti, Calò, mi passò la gana di mangiare.»

«Non ci facisse affronto a quest'antipasto, è roba freschissima!»

«Lo so. E gli domando perdono.»

«Non si sente bono?»

Gli venne una scusa.

«Mah, che ti devo dire, ho qualche brivido di freddo, forse mi sta venendo l'influenza.»

Niscì, sapendo stavolta dov'era diretto. Sotto il faro,

per assittarsi sopra quello scoglio piatto che era diventato una specie di scoglio del pianto. Ci si era assittato macari il giorno avanti, quando che aveva in testa quel suo compagno del '68, come si chiamava, non se lo ricordava più. Lo scoglio del pianto. E sul serio lì aveva pianto, un pianto liberatorio, quando aveva saputo che suo padre stava morendo. Ora ci tornava, a causa dell'annunzio di una fine per la quale non avrebbe sparso lacrime, ma che l'addolorava profondamente. Fine, sì, non stava esagerando. Non importava che Mimì avesse ritirato la domanda di trasferimento, il fatto era che l'aveva presentata.

Bonetti-Alderighi era notoriamente un imbecille e che lo fosse l'aveva brillantemente confermato definendo il suo commissariato «una cricca di camorristi». Era invece una squadra, unita, compatta, un meccanismo bene oliato, dove ogni ruotina aveva la sua funzione e la sua, perché no?, personalità. E la cinghia di trasmissione che faceva funzionare l'ingranaggio era proprio Mimì Augello. Bisognava considerare la facenna per quello che era: una crepa, l'inizio di una spaccatura. Di una fine, appunto. Quanto avrebbe saputo o potuto resistere Mimì? Ancora due mesi? Tre? Poi avrebbe ceduto alle insistenze, alle lacrime di Rebecca, no, Rachele, e vi saluto e sono.

"E io?" si spiò. "Io, che faccio?"

Una delle ragioni per le quali temeva la promozione e l'inevitabile trasferimento era la certezza che non sarebbe stato mai più capace, in un altro posto, di costruire una squadra come quella che, miracolosamente, era riuscito a mettere assieme a Vigàta. Ma, mentre lo pinsava, sapeva che manco questa era la vera virità per quello che stava in quel momento patendo, per la sofferenza, eh, cazzo, sei riuscito finalmente a dirla la parola giusta, che fa, ti vrigognavi?, ripetila la parola, sofferenza, che provava. A Mimì voleva bene, lo considerava più che un amico, un fratello minore e perciò il suo abbandono annunziato l'aveva colpito in mezzo al petto con la forza di una revorberata. La parola tradimento gli era passata per un momento nel ciriveddro. E Mimì aveva avuto il coraggio di confidarsi con Livia, nell'assoluta certezza che quella, a lui, il suo uomo, Cristo!, non gli avrebbe detto niente! E macari le aveva parlato dell'eventuale domanda di trasferimento e quella manco questo gli aveva accennato, in tutto complice del suo amico Mimì! Bella coppia!

Capì che la sofferenza gli si stava cangiando in una raggia insensata e stupida. Si vrigognò: quello che in quel momento stava pinsando non era cosa che gli apparteneva.

Filippo Tortorici s'appresentò alle tre e un quarto, tanticchia affannato. Era un omuzzo di cinquantina passata, striminzito, un ciuffetto di capelli proprio in mezzo alla testa, per il resto pelata. Una stampa e una figura con un uccello che Montalbano aveva visto in un documentario sull'Amazzonia.

«Di che mi vuole parlare? Il mio patrone, il signor Malaspina, m'ha ordinato di venire subito da vossia, ma non mi desi spiegazione.»

«È stato lei a fare il viaggio Vigàta-Tindari domenica passata?»

«Sissi, io. Quando la ditta organizza queste gite, manda sempre a mia. I clienti mi vogliono e domandano al patrone che ci sia io a guidare. Si fidano, io sono calmo e pacinzioso di natura. Bisogna capirli, sono tutti vecchiareddri con tanti bisogni.»

«Ne fate spesso di questi viaggi?»

«Con la stagione bona, almeno una volta ogni quinnici jorna. Ora a Tindari, ora a Erice, ora a Siracusa, ora...»

«I passeggeri sono sempre gli stessi?»

«Una decina, sì. Gli altri cangiano.»

«Che lei sappia, i signori Alfonso e Margherita Griffo c'erano nel viaggio di domenica?»

«Certo che c'erano! Io ho memoria bona! Ma pirchì mi fa questa domanda?»

«Non lo sa? Sono scomparsi.»

«O Madunnuzza santa! Che viene a dire scomparsi?»

«Che dopo quel viaggio non si sono più visti. L'ha detto macari la televisione che il figlio è disperato.»

«Non lo sapevo, ci l'assicuro.»

«Senta, lei conosceva i Griffo prima della gita?»

«Nonsi, mai visti.»

«Allora come fa a dire che i Griffo erano sul pullman?»

«Perché il patrone, prima di partire, mi consegna la lista. E io, prima di partire, faccio l'appello.»

«E lo fa macari al ritorno?»

«Certamente! E i Griffo c'erano.»

«Mi racconti come si svolgono questi viaggi.»

«In genere si parte verso le sette del matino. A seconda delle ore che ci abbisognano per arrivare a distinazione. I viaggiatori sono tutti gente d'età, pensionati, pirsone accussì. Fanno il viaggio non per andare a vìdiri, che saccio, la Madonna nera di Tindari, ma per passare una jornata in compagnia. Mi spiegai? Anziani, vecchi che hanno i figli granni lontani, senza amicizie... Durante il viaggio c'è qualcuno che intrattiene vendendo cose, che saccio, oggetti di casa, coperte... Si arriva sempre a tempo per la santa Missa di mezzojorno. A mangiare vanno in un ristorante con il quale il patrone ha fatto accordo. Il pranzo è compreso nel biglietto. E lo sapi che càpita doppo che hanno mangiato?»

«Non lo so, me lo dica lei.»

«Se ne tornano nel pullman e si fanno una dormiteddra. Quanno s'arrisbigliano, si mettono a girare paisi paisi, accattano regalini, ricordini. Alle sei, cioè alle diciotto, faccio l'appello e si parte. Alle otto è prevista la fermata in un bar a mezza strata per un caffellatte con biscotti, macari questo compreso nel prezzo. Si dovrebbe arrivare a Vigàta alle dieci di sira.»

«Perché ha detto dovrebbe?»

«Va a finire sempre che si arriva cchiù tardo.»

«Come mai?»

«Signor commissario, ci lo dissi: i passeggeri sono tutti vecchiareddri.»

«E allora?»

«Se un passeggero o una passeggera mi domanda di fermare al primo bar o stazione di servizio che viene perché gli scappa un bisogno, io che faccio, non mi fermo? Mi fermo.»

«Ho capito. E lei si ricorda se nel viaggio di ritorno di domenica passata qualcuno le domandò di fermarsi?»

«Commissario, mi fecero arrivare che a momenti le undici erano! Tre volte! E l'ultima volta manco a mezzora di strata da Vigàta! Tanto che io ci spiai se potevano tenersi, stavamo per arrivare. Nenti, non ci fu verso. E sa che càpita? Che se scende uno, scendono tutti, a tutti ci viene bisogno e accussì si perde un sacco di tempo.»

«Lei si ricorda chi fu a spiarle di fare l'ultima fermata?»

«Nonsi, sinceramente non me l'arricordo.»

«Capitò niente di particolare, di curioso, d'insolito?»

«E che doveva capitare? Se capitò, non lo notai.»

«Lei è certo che i Griffo siano rientrati a Vigàta?»

«Commissario, io al ritorno non ho il dovere di fare nuovamente l'appello. Se questi signori non fossero acchianati doppo qualche fermata, i compagni di viaggio l'avrebbero notato. Del resto io, prima di ripartire, suono tre volte il clacson e aspetto minimo minimo tre minuti.»

«Si ricorda dove fece le fermate extra durante il viaggio di ritorno?»

«Sissi. La prima sulla scorrimento veloce di Enna, alla stazione di servizio Cascino; la seconda sulla Palermo-Montelusa alla trattoria San Gerlando e l'ultima al bar-trattoria Paradiso, a mezzora di strata da qua.»

Fazio s'arricampò che mancava picca alle sette.

«Te la sei pigliata comoda.»

Fazio non replicò, quando il commissario rimproverava senza ragione, veniva a significare che aveva solamente gana di sfogo. Rispondere sarebbe stato peggio.

«Dunque, dottore. Le pirsone che pigliarono parte a quella gita erano quaranta. Diciotto tra mariti e mogliere che fanno trentasei, due commari le quali che fanno di spesso questi viaggi e siamo a trentotto e i due fratelli gemelli Laganà che non si perdono una gita, non sono maritati e campano nella stessa casa. I gemelli Laganà erano i più picciotti della compagnia, cinquantotto anni a testa. Tra i gitanti risultano macari i signori Griffo, Alfonso e Margherita.»

«Li hai avvertiti tutti di venire qua domattina alle nove?»

«L'ho fatto. E non per telefono, ma andando casa per casa. L'avverto che due non possono venire domattina, bisognerà andare a trovarli se vogliamo interrogarli. Si chiamano Scimè: la signora è malata, le è venuta l'infruenza e il marito non può cataminarsi perché deve darle adenzia. Commissario, una libertà mi pigliai.»

«Quale?»

«Li ho scaglionati a gruppi. Verranno a dieci a dieci a una distanza di un'ora. Accussì succede meno battarìa.»

«Hai fatto bene, Fazio. Grazie, puoi andare.»

Fazio non si mosse, ora era venuto il momento della vendetta per il rimprovero ingiustificato di poco prima.

«A proposito che me la sono pigliata comoda, le volevo dire che macari a Montelusa andai.»

«Che ci sei andato a fare?»

Ma che gli stava pigliando al commissario che ora si scordava le cose?

«Non s'arricorda? Andai a fare quello che mi disse. A trovare quelli della ditta Manzo che avevano staccato l'assegno di due milioni che abbiamo trovato in sacchetta a Nenè Sanfilippo. Tutto regolare. Il signor Manzo gli dava un milione netto al mese perché il picciotto andava a tenere d'occhio i computer, se c'era qualche cosa da regolare, d'aggiustare... Siccome il mese passato per un disguido non l'avevano pagato, gli avevano fatto un assegno doppio.»

«Quindi Nenè travagliava.»

«Travagliava?! Con i soldi che gli dava la ditta Manzo ci pagava sì e no l'affitto! E il resto da dove lo pigliava?»

Mimì Augello s'affacciò alla porta che già faceva scuro. Aveva gli occhi arrussicati. A Montalbano passò per la testa che Mimì avesse pianto, in preda a una crisi di pentimento. Com'era, del resto, di moda: tutti, dal papa all'ultimo mafioso, si pentivano di qualche cosa. E invece manco per sogno! La prima cosa che Augello infatti disse fu: «Gli occhi ci sto appizzando sulle carte di Nenè Sanfilippo! Sono arrivato a metà delle lettere».

«Sono solo lettere sue?»

«Ma quando mai! È un vero e proprio epistolario. Lettere sue e lettere della fimmina che però non si firma.»

«Ma quante sono?»

«Una cinquantina per parte. Per un certo periodo si sono scambiati una lettera un giorno sì e uno no... Lo facevano e lo commentavano.»

«Non ho capito niente.»

«Ora vengo e mi spiego. Metti conto che il lunedì s'incontravano a letto. Il martedì si scrivevano reciprocamente una lettera, dove commentavano, con dovizia di particolari, tutto quello che avevano combinato il giorno avanti. Visto da lei e visto da lui. Il mercoledì s'incontravano nuovamente e il giorno appresso si scrivevano. Sono littre assolutamente vastase e porche, certe volte mi veniva d'arrussicare.»

«Le lettere sono datate?»

«Tutte.»

«Questo non mi persuade. Con la posta che abbiamo, come facevano le lettere ad arrivare puntualmente il giorno appresso?»

Mimì scosse la testa, facendo 'nzinga di no.

«Non credo che le spedivano per posta.»

«E come se le mandavano?»

«Non se le mandavano. Se le consegnavano a mano, quando s'incontravano. Le leggevano probabilmente a letto. E dopo cominciavano a ficcare. È un ottimo eccitante.»

«Mimì, si vede che sei maestro di queste cose. Oltre alla data, nelle lettere c'è la provenienza?»

«Quelle di Nenè partono sempre da Vigàta. Quelle della fimmina da Montelusa o, più raramente, da Vigàta. E questo avvalora la mia ipotesi. S'incontravano tanto qua quanto a Montelusa. Lei è una maritata. Spesso, lui e lei accennano al marito, ma non ne fanno mai il nome. Il periodo di maggior frequenza dei loro incontri coincide con un viaggio all'estero del marito. Che, ripeto, non viene mai chiamato per nome.»

«Mi sta venendo un'idea, Mimì. Non è possibile che sia tutta una minchiata, un'invenzione del picciotto? Non è possibile che questa fimmina non esiste, che sia un prodotto delle sue fantasie erotiche?»

«Credo che le lettere siano autentiche. Lui le ha messe nel computer e ha distrutto gli originali.»

«Cosa ti fa essere tanto sicuro che le lettere siano autentiche?»

«Quello che scrive lei. Descrivono minutamente, con particolari che a noi òmini non ci passano manco per l'anticamera del cervello, quello che prova una fimmina mentre fa l'amore. Vedi, lo fanno in tutti i modi, normale, orale, anale, in tutte le posizioni, in occasioni diverse e lei, ogni volta, dice qualche cosa di nuovo, di intimamente nuovo. Se fosse un'invenzione del picciotto, non c'è dubbio che sarebbe diventato un grande scrittore.»

«A che punto sei arrivato?»

«Me ne mancano una ventina. Poi attacco il romanzo. Sai, Salvo, ho una mezza idea che posso arrinesciri a capire chi è la fìmmina.»

«Dimmi.»

«È troppo presto. Ci devo pinsari.»

«Macari io mi sto facendo una mezza idea.»

«E cioè?»

«Che si tratta di una fìmmina non più giovanissima che si era fatta l'amante ventino. E lo pagava profumatamente.»

«Sono d'accordo. Solo che se la fìmmina è quella che penso io, non è di una certa età. È piuttosto giovane. E non correvano soldi.»

«Quindi tu pensi a una questione di corna?»

«Perché no?»

«E forse hai ragione.»

No, Mimì non aveva ragione. Lo sentiva a fiuto, a pelle che darrè l'ammazzatina di Nenè Sanfilippo ci doveva essere qualche cosa di grosso. Allora perché acconsentiva all'ipotesi di Mimì? Per tenerselo buono? Qual era il verbo italiano giusto? Ah, ecco: blandirlo. Se lo arruffianava indegnamente. Forse si stava comportando come quel direttore di giornale che, in un film intitolato *Prima pagina*, ricorreva a tutte le umane e divine cose perché il suo giornalista numero uno non si trasferisse, per amore, in un'altra città. Era un film comico, con Matthau e Lemmon e lui ricordava di essersi morto dalle risate. Com'è che ora, ripensandoci, non gli veniva di fare manco un mezzo sorriso?

«Livia? Ciao, come stai? Volevo farti due domande e poi dirti una cosa.»

«Che numero hanno le domande?»

«Cosa?»

«Le domande. Che numero hanno di protocollo?»

«Dai...»

«Ma non ti rendi conto che ti rivolgi a me come se fossi un ufficio?»

«Scusami, non intendevo minimamente...»

«Avanti, fammi la prima.»

«Livia, metti conto che abbiamo fatto l'amore...»

«Non posso. L'ipotesi è troppo remota.»

«Ti prego, è una domanda seria.»

«Va bene, aspetta che raduno i ricordi. Ci sono. Vai avanti.»

«Tu, il giorno appresso, mi manderesti una lettera per descrivermi tutto quello che hai provato?»

Ci fu una pausa, tanto lunga che Montalbano pinsò che Livia se ne fosse andata lasciandolo in tridici.

«Livia? Ci sei?»

«Stavo riflettendo. No, io personalmente non lo farei. Ma forse qualche altra donna, in preda a una forte passione, lo farebbe.»

«La seconda domanda è questa: quando Mimì Augello ti confidò che aveva intenzione di sposarsi...»

«Oddio, Salvo, come sei noioso quando ti ci metti!»

«Lasciami finire. Ti disse anche che avrebbe dovuto fare domanda di trasferimento? Te lo disse?»

Stavolta la pausa fu più lunga della prima. Ma Montalbano sapeva che lei era ancora all'altro capo, il respiro le era diventato pesante. Poi spiò, con un filo di voce:

«L'ha fatto?»

«Sì, Livia, l'ha fatto. Poi, per una battuta imbecille del questore, l'ha ritirata. Ma solo momentaneamente, penso.»

«Salvo, credimi, non mi fece nessun accenno all'eventualità di lasciare Vigàta. E non credo che quando mi parlò della sua intenzione di sposarsi l'avesse in mente. Mi dispiace. Molto. E capisco come debba dispiacere a te. Cos'è che volevi dirmi?»

«Che mi manchi.»

«Davvero?»

«Sì, tanto.»

«Tanto quanto?»

«Tanto tanto.»

Ecco, così. Abbandonarsi all'ovvietà più assoluta. E certamente la più vera.

Si era appena andato a corcare col libro di Vázquez Montalbán. Cominciò a rileggerlo da principio. Alla fine della terza pagina, il telefono squillò. Se la pinsò un momento, il desiderio di non rispondere era forte, ma capace che avrebbero insistito fino a farlo pigliare dal nirbuso.

«Pronto? Parlo col commissario Montalbano?»

Non raccanoscì la voce.

«Sì.»

«Commissario, le domando perdono di doverla disturbare a quest'ora e quando sta godendosi il desiderato riposo in famiglia...»

Ma quale famiglia? Si erano amminchiati tutti, da Lattes allo sconosciuto, con una famiglia che non aveva?

«Ma chi parla?»

«... dovevo però essere certo di trovarla. Sono l'avvocato Guttadauro. Non so se si ricorda di me...»

E come poteva non ricordarsi di Guttadauro, avvocato prediletto dai mafiosi, che in occasione dell'omicidio della bellissima Michela Licalzi aveva tentato d'incastrare l'allora capo della Mobile di Montelusa? Un verme certamente aveva più senso dell'onore di Orazio Guttadauro.

«Mi scusa un istante, avvocato?»

«Per carità di Dio! Sono io che invece devo...»

Lo lasciò parlare e andò in bagno. Svuotò la vescica, si fece una gran lavata di faccia. Quando si parlava con Guttadauro bisognava essere svegli e vigili, cogliere macari la più evanescente sfumatura delle parole che adoperava.

«Eccomi, avvocato.»

«Stamattina, caro commissario, sono andato a trovare il mio vecchio amico e cliente don Balduccio Sinagra che lei certamente conoscerà, se non di persona, almeno di nome.»

Non solo di nome, ma di fama. Il capo di una delle due famiglie di mafia, l'altra era quella dei Cuffaro, che si contendevano il territorio della provincia di Montelusa. Come minimo, un morto al mese, uno da una parte e uno dall'altra.

«Sì, l'ho sentito nominare.»

«Bene. Don Balduccio è molto avanti negli anni, l'altro ieri ha compiuto i novanta. Patisce qualche acciacco, questo è naturale data l'età, ma ha ancora una testa lucidissima, si ricorda di tutto e di tutti, segue i giornali, la televisione. Io lo vado spesso a trovare perché m'incanta con i suoi ricordi e, lo confesso umilmente, con la sua illuminata saggezza. Pensi che...»

Voleva babbiare, l'avvocato Orazio Guttadauro? Gli telefonava a casa all'una di notte per scassargli i cabasisi relazionandolo sullo stato di salute fisica e mentale di un delinquente come Balduccio Sinagra che prima crepava e meglio era per tutti?

«Avvocato, non le pare di...»

«Mi perdoni la lunga digressione, dottore, ma quando mi metto a parlare di don Balduccio verso il quale nutro i sensi della più profonda venerazione...»

«Avvocato, guardi che...»

«Mi scusi, mi scusi, mi scusi. Perdonato? Perdonato. Vengo al dunque. Stamattina don Balduccio, parlando del più e del meno, ha fatto il suo nome.»

«Nel più o nel meno?»

A Montalbano la battuta gli era nisciuta senza poterla fermare.

«Non ho capito» fece l'avvocato.

«Lasci perdere.»

E non aggiunse altro, voleva che fosse Guttadauro a parlare. Appizzò però di più le orecchie.

«Ha domandato di lei. Se stava bene in salute.»

Un piccolo brivido percorse la spina dorsale del commissario. Se don Balduccio s'informava dello stato di salute di una persona, nel novanta per cento dei casi quella stessa pirsona, da lì a pochi giorni, se ne acchianava al camposanto sulla collina di Vigàta. Manco stavolta però raprì bocca per incoraggiare Guttadauro al dialogo. Cuòciti nel tuo brodo, cornuto.

«Il fatto è che desidera tanto vederla» sparò l'avvocato, venendo finalmente al dunque.

«Non c'è problema» fece Montalbano con l'appiombo di uno ingrisi.

«Grazie, commissario, grazie! Lei non può immaginare quanto io sia lieto della sua risposta! Ero certo che avrebbe esaudito il desiderio di un uomo anziano il quale, malgrado tutto quello che si dice sul suo conto...»

«Viene in commissariato?»

«Chi?»

«Come chi? Il signor Sinagra. Non ha appena detto che voleva vedermi?»

Guttadauro fece due ehm ehm d'imbarazzo.

«Dottore, il fatto è che don Balduccio si muove con estrema difficoltà, le gambe non lo reggono. Sarebbe estremamente penoso per lui venire in commissariato, mi capisca...»

«Capisco perfettamente come per lui sia penoso venire in commissariato.»

L'avvocato preferì non rilevare l'ironia. Stette in silenzio.

«Allora dove possiamo incontrarci?» spiò il commissario.

«Mah, don Balduccio suggeriva che... insomma se lei poteva usargli la gentilezza d'andare da lui...»

«Nulla in contrario. Naturalmente, prima, dovrò avvertire i miei superiori.»

Non aveva naturalmente nessuna intenzione di parlarne con quell'imbecille di Bonetti-Alderighi. Ma voleva tanticchia divertirsi con Guttadauro.

«È proprio necessario?» spiò, con voce piatosa, l'avvocato.

«Beh, direi di sì.»

«Ecco, vede, commissario, ma don Balduccio pensava a un colloquio riservato, molto riservato, forse foriero d'importanti sviluppi...»

«Foriero, dice?»

«Eh, sì.»

Montalbano fece una sospirata rumorosa, rassegnata, da mercante costretto a svendere.

«In questo caso...»

«Va bene per lei domani verso le diciotto e trenta?» fece prontamente l'avvocato quasi temendo che il commissario se la pentisse.

«Va bene.»

«Grazie, grazie ancora! Né don Balduccio né io dubitavamo della sua signorile squisitezza, della sua...»

CINQUE

Appena nisciuto fora dalla macchina, erano le otto e mezza del matino, sentì già dalla strata una gran battarìa che proveniva dall'interno del commissariato. Trasì. I primi dieci convocati, cinque mariti con rispettive mogliere, s'erano apprisentati con abbondante anticipo e si comportavano alla stessa manera di picciliddri di un asilo infantile. Ridevano, scherzavano, si davano ammuttuna, s'abbracciavano. A Montalbano venne di subito in mente che forse qualcuno avrebbe dovuto pigliare in considerazione la creazione di asili senili comunali.

Catarella, preposto da Fazio all'ordine pubblico, ebbe l'infelice idea di gridare:

«Il dottori commissario pirsonalmente di pirsona arrivò!»

In un vìdiri e svìdiri, quel giardino d'infanzia, inspiegabilmente, si trasformò in un campo di battaglia. A spintoni, a sgambetti, trattenendosi reciprocamente ora per un braccio ora per la giacchetta, tutti i presenti assugliarono il commissario, tentando d'arrivare per primi. E durante la colluttazione, parlavano e vociavano, assordando Montalbano con un vocìo totalmente incomprensibile.

«Ma che succede?» spiò, facendo la voce militare.

Subentrò una relativa calma.

«M'arraccomando, niente parzialità!» fece uno, un mezzo nano, mettendoglisi sotto il naso. «Si proceda nella chiamata per ordine strittissimamenti flabbetico!»

«Nossignori e nossignori! La chiamata va fatta per anzianità!» proclamò, arraggiato, un secondo.

«Come si chiama lei?» spiò il commissario al mezzo nano che era arrinisciuto a parlare per primo.

«Abate Luigi, mi chiamo» disse taliandosi torno torno come a rintuzzare una qualche smentita.

Montalbano si congratulò con se stesso per aver vinto la scommessa. Si era detto che il mezzo nano, sostenitore della chiamata per ordine alfabetico, certamente di cognome faceva Abate o Abete, fagliando la Sicilia di nomi come Alvar Aalto.

«E lei?»

«Zotta Arturo. E sono il più vecchio di tutti i prisenti!»

E macari sul secondo non si era sbagliato.

Traversata fortunosamente quella decina di pirsone che parevano un centinaro, il commissario si barricò nella sua cammara con Fazio e Galluzzo, lasciando Catarella di guardia per contenere altri tumulti senatoriali.

«Ma com'è che sono già tutti qui?»

«Commissario, se proprio la vuole sapìri tutta, alle otto di stamatina si erano appresentati quattro dei convocati, due mariti con due mogliere. Che vuole, sono vecchi, patiscono di mancanza di sonno, la curiosità se li sta mangiando vivi. Pensi che di là c'è una coppia che doveva venire alle dieci» spiegò Fazio.

«Sentite, mettiamoci d'accordo. Voi siete liberi di fare le domande che ritenete più opportune. Ma ce ne sono alcune indispensabili. Pigliate nota. Prima domanda: conosceva i signori Griffo avanti della gita? Se sì, dove, come e quando. Se qualcuno dice che aveva conosciuto i Griffo prima, non lasciatelo andare via perché ci voglio parlare io. Seconda domanda: dove stavano seduti i Griffo dintra al pullman, tanto nel viaggio d'andata quanto in quello di ritorno? Terza domanda: i Griffo, durante la gita, hanno parlato con qualcuno? Se sì, di cosa? Quarta domanda: sa dirmi che hanno fatto i Griffo durante la giornata passata a Tindari? Hanno incontrato persone? Sono andati in qualche casa privata?

Qualsiasi notizia in proposito è fondamentale. Quinta domanda: sa se i Griffo sono scesi dal pullman in una delle tre fermate extra effettuate durante il viaggio di ritorno su richiesta dei passeggeri? Se sì, in quale delle tre? Li ha visti risalire? Sesta e ultima domanda: li ha notati dopo l'arrivo del pullman a Vigàta?»

Fazio e Galluzzo si taliarono.

«Mi pare di capire che lei pensa che ai Griffo ci sia capitato qualche cosa durante il viaggio di ritorno» disse Fazio.

«È solo un'ipotesi. Sulla quale dobbiamo travagliare. Se qualcuno ci viene a dire che li ha visti tranquillamente scendere a Vigàta e tornarsene a casa loro, noi con questa ipotesi ce l'andiamo a pigliare in quel posto. E dovremo ricominciare tutto da capo. Una cosa vi raccomando, cercate di non sgarrare, se lasciamo spazio a questi vecchiareddri siamo fottuti, capace che ci contano la storia della loro vita. Un'altra raccomandazione, interrogate le coppie in modo che uno si piglia la mogliere e l'altro il marito.»

«E perché?» spiò Galluzzo.

«Perché si condizionerebbero reciprocamente, macari in perfetta buonafede. Voi due ve ne pigliate tre a testa, io mi piglio gli altri. Se fate come vi ho detto e la Madonna ci accompagna, ce la sbroglieremo presto.»

Fin dal primo interrogatorio il commissario si fece persuaso che quasi certamente aveva sbagliato previsione e che ogni dialogo poteva facilissimamente svicolare nell'assurdo.

«Noi ci siamo conosciuti poco fa. Lei mi pare si chiama Arturo Zotta, non è vero?»

«Certo che è vero. Zotta Arturo fu Giovanni. Mio patre aveva un cugino che faceva lo stagnaro. E spisso lo scangiavano con lui. Mio patre invece...»

«Signor Zotta, io...»

«Ci volevo macari dire che ci provo grannissima sodisfazioni.»

«Di che?»

«Per il fatto che lei fece la cosa che ci dissi di fare.»

«E cioè?»

«Di accominciare dall'anzianità. Il più vecchio di tutti, sono. Settantasette anni ho che faccio tra due mesi e cinco jorna. Ci vuole rispetto per i granni. Questo io lo dico e l'arripeto ai nipoti me' che sono vastasazzi. È la mancanza di rispetto che sta fottendo l'universo criato. Lei non era manco nasciuto ai tempi di Musolini. Ai tempi di Musolini sì che c'era rispetto! E se tu mancavi di rispetto, zac, ti tagliava la testa. M'arricordo...»

«Signor Zotta, veramente abbiamo deciso di non seguire un ordine, né alfabetico né...»

Il vecchio si fece una risatina tutta in *i*.

«E come ti potevi sbagliare? La mano sul foco potevi metterci! Qua dintra, che dovrebbe essere la casa matre dell'ordine, nossignore, dell'ordine se ne stracatafottono! Vanno avanti a cazzo di cane! A come viene viene! Alla sanfasò, vanno! Ma io dico: ne amate verso? E poi ci lamintamo che i picciotti si drogano, arrubbano, ammazzano...»

Montalbano si maledisse. Come aveva fatto a lasciarsi intrappolare da quel vecchio logorroico? Doveva fermare la valanga. Subito, o sarebbe stato inesorabilmente travolto.

«Signor Zotta, per favore, non tergiversiamo.»

«Eh?»

«Non divaghiamo!»

«E chi addivaga? Lei pensa che io mi suso alle sei del matino per vinìri ccà e addivagare? Lei pensa che io non abbia cosi di meglio da fari? Va beni che sono pinsionato, ma...»

«Lei conosceva i Griffo?»

«I Griffo? Mai visti prima della gita. E macari doppo

la gita posso dire di non averli conosciuti. Il nome, questo sì. Ci lo sentii fare quanno che il guidatori chiamò l'appello per la partenza e loro arrisponnettero prisente. Non ci siamo salutati e manco parlati. Né scù né passiddrà. Se ne stavano mutàngheri e appartati, per i fatti so'. Ora vede, signor commissario, questi viaggi addiventano belli se tutti sanno stare in compagnia. Si sgherza, si ride, si cantano canzuna. Ma se invece...»

«È sicuro di non avere mai conosciuto i Griffo?»

«E dove?»

«Mah, al mercato, dal tabaccaio.»

«La spisa la fa mia mogliere e io non fumo. Però...»

«Però?»

«Conoscevo un tale che si chiamava Pietro Giffo. Capace che era un parente, ci mancava solamenti la erre. Questo Giffo, che faceva il commesso viaggiatore, era un tipo sgherzevole. Una volta...»

«Per caso, li ha incontrati i Griffo nella giornata passata a Tindari?»

«Io e mia mogliere mai a nessuno vediamo della compagnia dove che andiamo andiamo. Arriviamo a Palermo? E lì ci ho un cognato. Scendiamo a Erice? E lì ci ho un cugino. Mi fanno facce, m'invitano a mangiari. A Tindari, poi non ne parliamo! Ho un nipote, Filippo, che è venuto a pigliarci al pullman, ci ha portati a casa, sua mogliere ci aveva priparato uno sfincione per primo e per doppo una...»

«Quando l'autista ha chiamato l'appello per il ritorno, i Griffo hanno risposto?»

«Sissignore, li sentii che rispondevano.»

«Ha notato se sono scesi a una delle tre fermate extra che il pullman fece durante il viaggio di ritorno?»

«Commissario, io ci stavo dicendo quello che mio nipote Filippo ci priparò di mangiari. Una cosa che manco ci potevamo susìre dalle seggie tanto era il carrico che avevamo nella panza! Al ritorno, alla fermata prevista per il caffellatte coi biscotti io non volevo manco scìnni-ri. Poi mia mogliere m'arricordò che tanto era tutto già pagato. Ci potevamo appizzare i soldi? E accussì mi pigliai solo tanticchia di latte con due biscotti. E di subito mi calò la sonnacchiera. Mi càpita sempri doppo che ho mangiato. A farla brevi, m'addrummiscii. E meno mali che non avevo voluto il cafè! Pirchì deve sapere, signor mio, che il cafè...»

«... non le fa chiudere occhio. Una volta che siete arrivati a Vigàta, ha visto scendere i Griffo?»

«Egregio, con l'ora che era e con lo scuro che faceva io a momenti manco sapevo se mia mogliere era scinnùta!»

«Si ricorda dov'eravate seduti?»

«Mi ricordo benissimo indovi ch'eravamo assittati io e la mia signora. Propio in mezzo al pullman. Davanti c'erano i Bufalotta, darrè i Raccuglia, di lato i Persico. Tutta gente che ci conoscevamo, era il quinto viaggio che facevamo 'nzèmmula. I Bufalotta, povirazzi, hanno bisogno di sbariarsi. Il loro figlio più granni, Pippino, morsi mentre che...»

«Si ricorda dove stavano seduti i Griffo?»

«Mi pare nell'ultima fila.»

«Quella che ha cinque posti l'uno allato all'altro senza braccioli?»

«Mi pare.»

«Bene, è tutto, signor Zotta, può andare.»

«Che viene a dire?»

«Viene a dire che abbiamo finito e lei può tornarsene a casa.»

«Ma come?! E che minchia di modo è? E per una fesseria accussì, scomodate un vecchio di settantasette anni e la sua signora di settantacinque? Alle sei di matina ci siamo susùti! Ma le pare cosa?»

Quando l'ultimo dei vecchiareddri se ne fu andato che già era quasi l'una, il commissariato parse stracangiato in

un posto dove si era svolto un affollato picnic. Va bene
che nell'ufficio non c'era l'erba, ma oggi come oggi dove
la trovi l'erba? E quella che ancora ce la fa a resistere vicino al paisi che è, erba? Quattro fili stenti e mezzo ingial-
luti che se ci metti la mano dintra al novantanove su cento
c'è ammucciata una siringa che ti punge.

Con questi belli pinseri il malumore stava nuovamente pigliando il commissario quando si addunò che Catarella, incaricato delle pulizie, si era di colpo imbalsama-
to, la scopa in una mano e nell'altra qualcosa che non si
capiva bene.

«Talè! Talè! Talè» murmuriava strammato taliando
quello che teneva in mano dopo averlo raccolto da terra.

«Cos'è?»

Di colpo, a Catarella la faccia gli addiventò una vampa di foco.

«Un prisirfatifo, dottori!»

«Usato?!» sbalordì il commissario.

«Nonsi, dottori, ancora che 'ncartato sta.»

Ecco, quella era l'unica differenza con i resti di un autentico picnic. Per il resto, la stessa sconsolante sporcizia, fazzolettini di carta, cicche, lattine di cocacola, di
birre, di aranciate, bottiglie d'acqua minerale, pezzi di
pane e di biscotti, addirittura un cono gelato in un angolo che lentamente si squagliava.

Come Montalbano aveva già messo in conto, e certamente macari questa era una delle cause, se non la principale, del suo umore grèvio, da una prima comparazio-
ne delle risposte avute da lui, da Fazio e da Galluzzo,
arrisultò che sui Griffo ne sapevano esattamente quanto
prima.

Il pullman, escluso quello dell'autista, aveva cinquan-
tatré posti a sedere. I quaranta gitanti si erano tutti ag-
gruppati nella parte anteriore, venti da una parte e venti
dall'altra col corridoio in mezzo. I Griffo invece avevano

viaggiato, sia all'andata che al ritorno, assittati in due dei cinque posti della fila di fondo, con alle spalle il grande lunotto posteriore. Non avevano rivolto la parola a nessuno e nessuno aveva loro rivolto la parola. Fazio gli riferì che uno dei passeggeri gli aveva detto: «La sa una cosa? Doppo tanticchia ci siamo scordati di loro. Era come se non viaggiassero con noi sopra lo stesso pullman».

«Però» fece a un tratto il commissario. «Manca ancora la deposizione di quella coppia che la signora è malata. Scimè, mi pare.»

Fazio fece un sorrisino.

«E lei crede che la signora Scimè si sarebbe fatta escludere dal festino? Le sue amiche sì, e lei no? Si è appresentata, accompagnata dal marito, che manco si teneva sulle gambe. Trentanove, aveva. Io ho parlato con lei, Galluzzo col marito. Niente, la signora poteva sparagnarsi lo strapazzo.»

Si taliarono sconsolati.

«Nottata persa e figlia fìmmina» commentò Galluzzo, citando la proverbiale frase di un marito che, dopo avere assistito per tutta la nottata la moglie partoriente, aveva visto nascere una picciliddra invece dell'agognato figlio mascolo.

«Andiamo a mangiare?» spiò Fazio, susendosi.

«Voi andate pure. Io resto ancora. Chi c'è di guardia?»

«Gallo.»

Rimasto solo, si mise a considerare lo schizzo, fatto da Fazio, che rappresentava la pianta del pullman. Un rettangolino isolato in cima con dentro scritto: autista. Seguivano dodici file di quattro rettangolini ognuna con dentro scritti i nomi degli occupanti.

Taliandolo, il commissario si rese conto della tentazione alla quale Fazio si era negato: quella di disegnare rettangoli enormi con dentro le generalità complete degli occupanti, nome, cognome, paternità, maternità…

Nell'ultima fila di cinque posti Fazio aveva scritto Griffo in modo che le lettere del cognome occupassero tutti e cinque i rettangolini: evidentemente non era riuscito a capire quali dei cinque posti gli scomparsi avevano occupato.

Montalbano principiò a immaginarsi il viaggio. Dopo i primi saluti, qualche minuto d'inevitabile silenzio per sistemarsi meglio, alleggerirsi di sciarpe, coppole, cappelli, controllare se nella borsetta o nella sacchetta c'erano gli occhiali, le chiavi di casa... Poi i primi accenni d'allegria, i primi discorsi ad alta voce, frasi che s'intrecciavano... E l'autista che domandava: volete che apro la radio? Un coro di no... E forse, ogni tanto, qualcuno o qualcuna che si voltava verso il fondo, verso l'ultima fila dove c'erano i Griffo, l'uno allato all'altra, immobili e apparentemente sordi perché gli otto posti vacanti tra loro e gli altri passeggeri facevano come una sorta di barriera ai suoni, alle parole, ai rumori, alle risate.

Fu a questo punto che Montalbano si diede una manata sulla fronte. Se n'era scordato! L'autista gli aveva detto una cosa precisa e a lui gli era completamente passata di testa.

«Gallo!»

Più che un nome, gli niscì dalla gola una vociata strozzata. La porta si spalancò, apparse Gallo scantato.

«Che c'è, commissario?»

«Chiamami d'urgenza la ditta dei pullman che io mi sono dimenticato come fa. Se c'è qualcuno, passamelo subito.»

Ebbe fortuna. Rispose il contabile.

«Ho bisogno di un'informazione. Nel viaggio a Tindari di domenica passata, oltre all'autista e ai passeggeri c'era qualcun altro a bordo?»

«Certo. Vede, dottore, la nostra ditta concede a rappresentanti di casalinghi, detersivi, soprammobili, di...»

L'aveva detto col tono di un re che elargisce una grazia.

«Quanto vi fate pagare?» spiò Montalbano, irrispettoso suddito.

Il tono regale dell'altro si cangiò in una sorta di balbettìo penoso.

«De... de... ve co... considerare che la pe... percentuale...»

«Non m'interessa. Voglio il nome del rappresentante che c'era in quel viaggio e il suo numero di telefono.»

«Pronto? Casa Dileo? Il commissario Montalbano sono. Vorrei parlare con la signora o signorina Beatrice.»

«Sono io, commissario. Signorina. E mi domandavo quando lei si sarebbe deciso a interrogarmi. Se non l'avesse fatto entro oggi, sarei venuta io in commissariato.»

«Ha finito di mangiare?»

«Non ho ancora principiato. Sono appena tornata da Palermo, ho fatto un esame all'università e, dato che sono sola, dovrei mettermi a cucinare. Ma non ne ho tanta voglia.»

«Vuol venire a pranzo con me?»

«Perché no?»

«Ci vediamo tra mezzora alla trattoria San Calogero.»

Gli otto òmini e le quattro fìmmine che in quel momento stavano mangiando nella trattoria, si fermarono, chi prima e chi dopo, con la forchetta a mezz'aria e taliarono la picciotta appena trasuta. Una vera billizza, alta, bionda, snella, capelli lunghi, occhi cilestri. Una di quelle che si vedono sulle copertine delle riviste, solo che questa aveva un'ariata di brava picciotta di casa. Che ci faceva nella trattoria San Calogero? Il commissario ebbe appena il tempo di porsi la domanda che la creatura si diresse verso il suo tavolo.

«Lei è il commissario Montalbano, vero? Sono Beatrice Dileo.»

S'assittò, Montalbano restò ancora un attimo addritta, imparpagliato. Beatrice Dileo non aveva un filo di trucco, era accussì di natura sua. Forse per questo le fìmmine presenti continuavano a taliarla senza gelosia. Come si fa a essere gelosi di un gersomino d'Arabia?

«Che pigliate?» spiò Calogero avvicinandosi. «Oggi ho un risotto al nivuro di sìccia ch'è proprio speciale.»

«Per me va bene. E per lei, Beatrice?»

«Anche per me.»

Montalbano, con soddisfazione, notò che non aveva aggiunto una frase tipicamente femminile. Me ne porti poco, mi raccomando. Due cucchiaiate. Una cucchiaiata. Tredici chicchi di riso contati. Dio, la 'ntipatia!

«Per secondo avrei delle spigole pescate stanotte oppure...»

«Per me va bene, niente oppure. E lei, Beatrice?»

«Le spigole.»

«Per lei, commissario, la solita minerale e il solito Corvo bianco. E per lei, signorina?»

«Lo stesso.»

E che erano, maritati?

«Senta, commissario» fece Beatrice con un sorriso, «le devo confessare una cosa. Io quando mangio non riesco a parlare. Perciò m'interroghi prima che portino il risotto o tra un piatto e l'altro.»

Gesù! Allora era vero che nella vita càpita il miracolo d'incontrare l'anima gemella! Peccato che, così, a occhio e croce, doveva avere un venticinque anni meno di lui.

«Ma che interrogare! Mi dica, piuttosto, di lei.»

E così, prima che Calogero arrivasse col risotto speciale ch'era qualcosa di più che semplicemente speciale, Montalbano apprese che Beatrice aveva, appunto, venticinque anni, che era fuori corso in lettere a Palermo, che faceva la rappresentante della ditta Sirio casalinghi per campare e mantenersi agli studi. Siciliana malgrado le apparenze, certamente una siculo-normanna, nata ad Aidone dove ancora stavano i suoi genitori. Perché lei invece abitava e travagliava a Vigàta? Semplice: due anni avanti, ad Aidone, aveva conosciuto un picciotto di Vigàta, macari lui studente a Palermo, ma in legge. Si erano innamorati, lei aveva fatto una spaventosa azzuffatina coi suoi che si opponevano e aveva seguito il picciotto a Vigàta. Avevano pigliato un appartamentino al sesto piano di un casermone a Piano Lanterna. Ma dal balcone della cammara di letto si vedeva il mare. Dopo manco quattro mesi di felicità, Roberto, questo il nome del suo ragazzo, le aveva fatto trovare un gentile bigliettino col quale le comunicava che si trasferiva a Roma dove l'aspettava la sua fidanzata, una lontana cugina. Lei non aveva avuto la faccia di tornare ad Aidone. Tutto qua.

Poi, col naso, il palato, la gola invasi dal meraviglioso sciàuro del risotto, fecero silenzio, come d'accordo.

Ripigliarono a parlare aspettando le spigole. Ad attaccare il discorso sui Griffo fu proprio Beatrice.

«Questi due signori che sono scomparsi...»

«Mi scusi. Se lei era a Palermo, come ha fatto a sapere che...»

«Ieri sera mi ha telefonato il direttore della Sirio. M'ha detto che lei aveva convocato tutti i gitanti.»

«Va bene, vada avanti.»

«Io devo per forza portarmi appresso un campionario. Se il pullman è al completo, il campionario, che è ingombrante, due scatoloni grossi, l'infilo nel bagagliaio. Se invece il pullman non è completo, lo metto nell'ultima fila, quella a cinque posti. Gli scatoloni li sistemo nei due posti più lontani dallo sportello, per non ostacolare la salita o la discesa dei passeggeri. Bene, i signori Griffo sono andati ad assittarsi proprio all'ultima fila.»

«Quali dei tre posti rimanenti occupavano?»

«Beh, lui era in quello centrale che ha di fronte il corridoio. Sua moglie gli stava allato. Il posto libero restava il più vicino allo sportello. Io, quando arrivai verso le sette e mezza...»

«Con il campionario?»

«No, il campionario era stato già sistemato sul pullman la sera avanti, da un addetto della Sirio. Lo stesso addetto viene a riprenderselo quando torniamo a Vigàta.»

«Continui pure.»

«Quando li vidi assittati proprio dove c'erano gli scatoloni, feci loro presente che potevano scegliersi posti migliori, dato che il pullman era ancora quasi vacante e non c'era prenotazione. Spiegai che, dovendo mostrare la merce, avrei dato fastidio andando avanti e indietro. Lei manco mi taliò, teneva lo sguardo fisso avanti, la credetti sorda. Lui invece che pareva preoccupato, no, preoccupato no, ma teso, mi rispose che io potevo fare quello che volevo, loro preferivano starsene lì. A metà del viaggio, dovendo cominciare il mio lavoro, lo feci alzare. E lo sa che fece? Col sedere urtò quello della moglie che si spostò nel posto libero vicino allo sportello. E lui scivolò di lato. Così io potei prendere la mia padella. Ma appena mi misi con le spalle all'autista, il microfono in una mano e la padella nell'altra, i Griffo tornarono ai posti di prima.»

Sorrise.

«Quando sto così, mi sento molto ridicola. E invece... C'è un gitante quasi abituale, il cavaliere Mistretta, che ha costretto la moglie a comprare tre batterie complete. Ma si rende conto? È innamorato di me, non le dico che sguardi mi lancia la moglie! Bene, ad ogni acquirente regaliamo un orologio parlante, di quelli che i vù cumprà vendono a diecimila lire. A tutti invece offriamo una penna biro con sopra inciso il nome della ditta. I Griffo non l'hanno voluta.»

Arrivarono le spigole e calò nuovamente silenzio.

«Vuole della frutta? Un caffè?» spiò Montalbano quando purtroppo delle spigole non rimasero altro che resche e teste.

«No» disse Beatrice, «mi piace restare col sapore di mare.»

Non solo gemella, ma gemella siamese.

«Insomma, commissario, per tutto il tempo che durò la vendita ogni tanto li taliavo, i Griffo. Impalati salvo che lui, qualche volta, si voltava a guardare indietro attraverso il lunotto. Come se temesse che qualche macchina seguisse il pullman.»

«O all'incontrario» disse il commissario. «Per essere sicuro che qualche macchina continuasse a seguire il pullman.»

«Può essere. Non mangiarono con noi a Tindari. Quando scendemmo, li lasciammo ancora assittati. Siamo risaliti e loro stavano sempre lì. Durante il viaggio di ritorno, non scesero manco alla fermata per il caffellatte. Ma di una cosa sono certa: fu lui, il signor Griffo, a volere la fermata al bar-trattoria Paradiso. Mancava poco all'arrivo e l'autista voleva tirare dritto. Lui protestò. E così scesero quasi tutti. Io rimasi a bordo. Poi l'autista suonò il clacson, i gitanti acchianarono e il pullman ripartì.»

«È sicura che macari i Griffo acchianarono?»

«Questo non lo posso assicurare. Durante la sosta, io mi misi a sentire musica dal walkman, avevo la cuffia. Tenevo gli occhi chiusi. A farla breve, mi pigliò la sonnolenza. Insomma, raprii gli occhi a Vigàta che già buona parte dei passeggeri era discesa.»

«E quindi è possibile che i Griffo si stessero già dirigendo a piedi a casa loro.»

Beatrice raprì la bocca come per dire qualcosa, la richiuse.

«Avanti» disse il commissario, «qualsiasi cosa, macari quella che a lei può parere stupida, a me può essere utile.»

«Ecco, quando l'addetto della ditta è salito per ritirare il campionario, io l'ho aiutato. Tirando verso di me il primo degli scatoloni, appoggiai la mano nel posto dove fino a poco prima avrebbe dovuto esserci assittato il signor Griffo. Era freddo. Secondo me, quei due non sono risaliti a bordo dopo la fermata al bar Paradiso.»

SEI

Calogero portò il conto, Montalbano pagò, Beatrice si susì, il commissario macari, sia pure con una punta di dispiacere, la picciotta era una vera e propria meraviglia di Dio, ma c'era picca da fare, la cosa finiva lì.

«L'accompagno» disse Montalbano.

«Ho la macchina» replicò Beatrice.

E in quel priciso momento Mimì Augello fece la sua comparsa. Vide Montalbano, si diresse verso di lui e tutto 'nzèmmula si paralizzò con gli occhi sbarracati, parse che fosse passato quell'angelo della credenza popolare che dice «ammè» e ognuno resta accussì com'è. Aveva evidentemente messo a fuoco Beatrice. Poi, di colpo, voltò le spalle e accennò a tornarsene narrè.

«Cercavi a mia?» lo fermò il commissario.

«Sì.»

«E allora perché te ne stavi andando?»

«Non volevo disturbare.»

«Ma quale disturbo e disturbo, Mimì! Vieni. Signorina, le presento il mio vice, il dottor Augello. La signorina Beatrice Dileo che ha avuto modo, domenica passata, di viaggiare coi Griffo e mi ha detto cose interessanti.»

Mimì sapeva solo che i Griffo erano scomparsi, non conosceva niente delle indagini, ma non arrinisciva ad aprire bocca, gli occhi fissi sulla picciotta.

Fu allora che il Diavolo, quello con la «D» maiuscola, si materializzò allato a Montalbano. Invisibile a tutti, tranne che al commissario, indossava il costume tradizionale, pelle pilusa, pedi caprigni, coda, corna corte. Il commissario ne sentì l'alito infocato e surfaroso abbruciargli l'orecchia sinistra.

"Falli conoscere meglio" ordinò il Diavolo.

E Montalbano s'inchinò al Suo Volere.

«Ha ancora cinque minuti?» spiò con un sorriso a Beatrice.

«Sì. Sono libera tutto il pomeriggio.»

«E tu, Mimì, hai mangiato?»

«An... an... ancora no.»

«Allora siediti al mio posto e ordina, mentre la signorina ti conta quello che ha contato a me a proposito dei Griffo. Io, purtroppo, ho una faccenda urgente da sbrigare. Ci vediamo più tardi in ufficio, Mimì. E grazie ancora, signorina Dileo.»

Beatrice s'assittò nuovamente, Mimì si calò sulla seggia, rigido che pareva avesse d'incoddro un'armatura medievale. Ancora non si faceva capace come gli fosse capitata quella grazia di Dio, ma la cosa che ci aveva messo il carico di undici era stata l'insolita gentilezza di Montalbano. Il quale sinni niscì dalla trattoria canticchiando. Aveva gettato un seme. Se il terreno era fertile (e sulla fertilità del terreno di Mimì non ci dubitava), quel seme avrebbe atticchiato. E allora addio Rebecca, o come si chiamava, addio domanda di trasferimento.

"Scusi, commissario, ma non le pare di essere stato tanticchia farabutto?" spiò, sdignata, la voce della coscienza di Montalbano al suo proprietario.

"Bih, che camurrìa!" fu la risposta.

Davanti al caffè Caviglione c'era il proprietario, Arturo, che, appoggiato allo stipite della porta, si pigliava il sole. Era vestito come un pizzente, giacchetta e pantaluna consumati e macchiati, a malgrado dei quattro-cinque miliardi che si era fatto prestando soldi a strozzo. Taccagno, veniva da una famiglia di taccagni leggendari. Una volta aveva fatto vìdiri al commissario un cartello, giallo e cacato di mosche, che suo nonno, agli inizi del secolo, teneva esposto nel locale: CHI S'ASETA AL TAVOLINO DEVI PI FORZA CONSUMMARE MACARI UN BICCHIERI D'AQUA. UN BICCHIERI D'AQUA CONSTA CENTESIMI DUE.

«Commissario, se lo piglia un cafè?»

Trasirono dintra.

«Un cafè al commissario!» ordinò Arturo al banconista mentre metteva nella cassa i soldi che Montalbano aveva cavato dalla sacchetta. Il giorno in cui Arturo si fosse deciso a dare gratis la mollichella di una brioscia, sicuramente sarebbe capitato un cataclisma che avrebbe fatto felice Nostradamus.

«Che c'è, Artù?»

«Le volevo parlare della facenna dei Griffo. Io li conosco perché d'estate, ogni domenica sira, s'assettano a un tavolo, sempre solitari, e ordinano due pezzi duri: un gelato di cassata per lui e una nocciola con panna per lei. Io quella matina li ho visti.»

«Quale matina?»

«La matina che partirono per Tindari. I pullman fanno capolinea tanticchia più avanti, sulla piazza. Io rapro alle sei, minuto cchiù, minuto meno. Bene, i Griffo erano già qua fora, davanti alla saracinesca abbassata. E il pullman doveva partire alle sette, si figurasse!»

«Bevvero o mangiarono qualcosa?»

«Una brioscia cavuda a testa che mi portarono dal forno una decina di minuti appresso. Il pullman arrivò alle sei e mezza. L'autista, che si chiama Filippu, trasì e ordinò un cafè. Allora il signor Griffo gli si avvicinò e gli spiò se potevano pigliare posto a bordo. Filippu arrispunnì di sì e loro niscirono senza manco dirmi bongiorno. Che si scantavano, di perdere il pullman?»

«Tutto qua?»

«Beh, sì.»

«Senti, Artù, tu a quel picciotto che hanno sparato, lo conoscevi?»

«A Nenè Sanfilippo? Fino a due anni fa veniva regolarmente a giocare a bigliardo. Doppo si faceva vìdiri raramente. Solo di notte.»

«Come, di notte?»

«Commissà, io chiudo all'una. Lui ogni tanto arrivava e s'accattava qualche bottiglia di whisky, di gin, roba accussì. Veniva con la macchina e quasi sempri dintra alla macchina c'era una picciotta.»

«Sei riuscito a riconoscerne qualcuna?»

«Nonsi. Forse se le portava qua da Palermo, da Montelusa, se la fotte lui da dove.»

Arrivato davanti alla porta del commissariato, non se la sentì di trasire. Sul suo tavolino l'aspittava una pila traballera di carte da firmare e al solo pinsero il braccio destro principiò a fargli male. S'assicurò d'avere in sacchetta bastevoli sigarette, riacchianò in macchina e se ne partì in direzione di Montelusa. C'era, proprio a mezza strata tra i due paisi, un viottolo di campagna, ammucciato darrè a un cartellone pubblicitario, che portava a una casuzza rustica sdirrupata, allato aveva un enorme ulivo saraceno che la sua para di centinara d'anni sicuramente li teneva. Pareva un àrbolo finto, di teatro, nisciuto dalla fantasia di un Gustavo Doré, una possibile illustrazione per l'*Inferno* dantesco. I rami più bassi strisciavano e si contorcevano terra terra, rami che, per quanto tentassero, non ce la facevano a isarsi verso il cielo e che a un certo punto del loro avanzare se la ripinsavano e decidevano di tornare narrè verso il tronco facendo una specie di curva a gomito o, in certi casi, un vero e proprio nodo. Poco doppo però cangiavano idea e tornavano indietro, come scantati alla vista del tronco potente, ma spirtusato, abbrusciato, arrugato dagli anni. E, nel tornare narrè, i rami seguivano una direzione diversa dalla precedente. Erano in tutto simili a scorsoni, pitoni, boa, anaconda di colpo metamorfosizzati in rami d'ulivo. Parevano disperarsi, addannarsi per quella magarìa che li aveva congelati, «canditi», avrebbe detto Montale, in un'eternità di tragica fuga impossibile. I rami mezzani, toccata sì e no una metrata di lunghezza, di subito venivano pigliati dal dubbio se dirigersi verso l'alto o se puntare alla terra per ricongiungersi con le radici.

Montalbano, quando non aveva gana d'aria di mare, sostituiva la passiata lungo il braccio del molo di levante con la visita all'àrbolo d'ulivo. Assittato a cavasè sopra uno dei rami bassi, s'addrumava una sigaretta e principiava a ragionare sulle facenne da risolvere.

Aveva scoperto che, in qualche misterioso modo, l'intricarsi, l'avvilupparsi, il contorcersi, il sovrapporsi, il labirinto insomma della ramatura, rispecchiava quasi mimeticamente quello che succedeva dintra alla sua testa, l'intreccio delle ipotesi, l'accavallarsi dei ragionamenti. E se qualche supposizione poteva a prima botta sembrargli troppo avventata, troppo azzardosa, la vista di un ramo che disegnava un percorso ancora più avventuroso del suo pinsero lo rassicurava, lo faceva andare avanti.

Infrattato in mezzo alle foglie verdi e argento, era capace di starsene ore senza cataminarsi; immobilità interrotta di tanto in tanto dai movimenti indispensabili per addrumarsi una sigaretta, che fumava senza mai levarsela dalla bocca, o per astutare accuratamente il mozzicone sfregandolo sul tacco della scarpa. Stava tanto fermo che le formicole indisturbate gli acchianavano sul corpo, s'infilavano tra i capelli, gli passiavano sulle mani, sulla fronte. Una volta scinnùto dal ramo doveva attentamente scotoliarsi il vestito e allora, con le formicole, cadeva macari qualche ragnetto, qualche coccinella di buona fortuna.

Assistimato sul ramo, si pose una domanda fondamentale per la strata da far pigliare alle indagini: c'era un legame tra la scomparsa dei due vecchiareddri e l'ammazzatina del picciotto?

Isando gli occhi e la testa per far calare meglio la prima tirata di fumo, il commissario s'addunò di un braccio dell'ulivo che faceva un cammino impossibile, spigoli, curve strette, balzi avanti e narrè, in un punto pareva addirittura un vecchio termosifone a tre elementi.

«No, non mi freghi» gli murmuriò Montalbano respingendo l'invito. Ancora non c'era bisogno di acrobazie, per ora bastavano i fatti, solamente i fatti.

Tutti gli inquilini del palazzo di via Cavour 44, portonara compresa, erano stati concordi nel dichiarare di non avere mai visto 'nzèmmula la coppia d'anziani e il picciotto. Manco per un incontro del tutto casuale, come quello che può capitare aspettando l'arrivo dell'ascensore. Avevano orari diversi, ritmi di vita completamente differenti. Del resto, a pinsarci bene, che cavolo di rapporto poteva correre tra due anziani ursigni, non sociévoli, anzi di malo carattere, che non davano confidenza ad anima criata e un ventenne, con troppi soldi da spendere dintra la sacchetta, che si portava a casa una fìmmina diversa una notte sì e una no?

La meglio era di tenere le due cose, almeno provvisoriamente, spartute. Considerare il fatto che i due scomparsi e l'ammazzato abitassero nello stesso palazzo una pura e semplice coincidenza. Per il momento. Del resto, macari senza dirlo apertamente, non aveva già deciso accussì? A Mimì Augello aveva dato da studiare le carte di Nenè Sanfilippo e quindi, implicitamente, l'aveva incaricato delle indagini per l'ammazzatina. A lui toccava occuparsi dei signori Griffo.

Alfonso e Margherita Griffo, capaci di starsene inserrati in casa macari tre o quattro jornate di seguito, come assediati dalla solitudine, senza dare il minimo segnale della loro prisenza dintra all'appartamento, manco uno stranuto o un colpo di tosse, niente, quasi che facessero le prove generali della loro successiva sparizione. Alfonso e Margherita Griffo che, a memoria del figlio, si erano cataminati una sola volta da Vigàta per andare a Messina. Alfonso e Margherita Griffo un bel giorno decidono all'improvviso d'andarsi a fare una gita a Tindari. Sono divoti della Madonna? Ma se non usavano manco andare in chiesa!

E quanto ci tengono a quella gita!

Secondo quello che aveva detto Arturo Caviglione, si erano appresentati un'ora avanti l'orario di partenza ed erano stati i primi ad acchianare sul pullman ancora completamente vacante. E a malgrado che fossero gli unici passeggeri, con una cinquantina di posti a disposizione, erano andati a scegliersi quelli certamente più scomodi, dove già c'erano i due grossi scatoloni del campionario di Beatrice Dileo. Avevano fatto quella scelta per mancanza d'esperienza, perché non sapevano che in quell'ultima fila le curve s'avvertivano di più e davano malostare? Ad ogni modo l'ipotesi che l'avessero deciso per essere più isolati, per non avere l'obbligo di parlare con i compagni di viaggio non reggeva. Se uno vuole restarsene mutànghero, ci arrinesci, macari in mezzo a centinara di pirsone. Allora perché proprio quell'ultima fila?

Una risposta poteva trovarsi in quello che gli aveva contato Beatrice. La picciotta aveva notato che Alfonso Griffo ogni tanto si voltava a taliare narrè attraverso il grande lunotto posteriore. Dalla posizione in cui si trovava, poteva osservare le macchine che venivano appresso. Però poteva a sua volta essere taliato da fora, metti da un'auto che seguiva il pullman. Taliare ed essere taliato: questo non sarebbe stato possibile se fosse stato assittato in qualche altro posto.

Arrivati a Tindari, i Griffo non si erano cataminati. A parere di Beatrice, non erano scinnùti dal pullman, non si erano uniti agli altri, non si erano visti in giro. Che senso aveva allora quella gita? Perché ci tenevano tanto?

Era stata sempre Beatrice a rivelare una cosa fondamentale. E cioè che era stato Alfonso Griffo a far effettuare l'ultima fermata extra ad appena una mezzorata dall'arrivo a Vigàta. Poteva darsi che gli scappasse per davero, ma poteva esserci una spiegazione completamente diversa e assai più squietante.

Forse ai Griffo, fino al giorno avanti, non gli era manco passato per l'anticamera del cirivéddro di partecipare a quella gita. Avevano in mente di passare una domenica come già ne avevano passate a centinaia. Senonché càpita qualcosa per cui sono costretti, contro la loro volontà, a fare quel viaggio. Non un viaggio qualsiasi, ma quello. Avevano ricevuto una specie di ordine tassativo. E chi era stato a dare quell'ordine, che potere aveva sui due vecchiareddri?

"Tanto per dargli una consistenza" si disse Montalbano "mettiamo che glielo abbia ordinato il medico."

Però non aveva nessuna gana di babbiare.

E si tratta di un medico talmente coscienzioso che con la sua macchina si mette a seguire il pullman, tanto durante il viaggio d'andata tanto in quello di ritorno, in modo da controllare che i suoi pazienti se ne stiano sempre al loro posto. Quando è già notte, e manca poco all'arrivo a Vigàta, il medico fa lampeggiare i fari della sua auto in un modo particolare. È un segnale stabilito. Alfonso Griffo prega l'autista di fermare. E al bar Paradiso si perdono le tracce della coppia. Forse il medico coscienzioso ha invitato i vecchiareddri ad acchianare nella sua macchina, capace che aveva urgenza di misurargli la pressione.

A questo punto Montalbano decise ch'era arrivata l'ora di finirla di giocare a io Tarzan tu Jane e di tornare, tanto per dire, alla civiltà. Mentre si scotolava le formicole dal vestito, si pose l'ultima domanda: di quale malatia segreta pativano i Griffo se era dovuto intervenire un medico curante tanto coscienzioso?

Poco prima della scinnùta che portava a Vigàta, c'era una cabina telefonica. Funzionava, miracolosamente. Il signor Malaspina, titolare dell'agenzia dei pullman, ci mise cinque minuti scarsi a rispondere alle domande del commissario.

No, i signori Griffo non avevano mai fatto in precedenza di questi viaggi.

Sì, si erano prenotati all'ultimo minuto, precisamente il sabato mattina alle ore tredici, termine ultimo per le iscrizioni.

Sì, avevano pagato in contanti.

No, a fare la prenotazione non era stato né il signore né la signora. Totò Bellavia, l'impiegato allo sportello, ci poteva mettere la mano sul foco che a fare l'iscrizione e a pagare era stato un quarantino distinto che si era qualificato come nipote dei Griffo.

Come faceva a essere accussì priparato sull'argomento? Semplice, tutto il paisi parlava e sparlava della scomparsa dei Griffo e lui si era pigliato di curiosità e si era informato.

«Dottori, nella cammara di Fazio ci sarebbi il figlio dei vecchiareddri.»

«C'è o ci sarebbe?»

Catarella non si scompose.

«Tutti e dui li cosi, dottori.»

«Fallo passare.»

Davide Griffo apparse stralunato, la varba lunga, gli occhi rossi, il vestito pieghe pieghe.

«Me ne torno a Messina, commissario. Tanto, che ci sto a fare qua? Non arrinescio a pigliare sonno la notte, sempre col pensiero fisso... Il signor Fazio m'ha detto che ancora non siete arrinisciuti a capirci niente.»

«Purtroppo è così. Ma non dubiti che non appena ci sarà qualche novità gliela farò sapere subito. Abbiamo il suo indirizzo?»

«Sì, l'ho lasciato.»

«Una domanda, prima che vada via. Lei ha dei cugini?»

«Sì, uno.»

«Quanti anni ha?»

«Una quarantina.»

Il commissario appizzò le orecchie.

«Dove vive?»

«A Sidney. Travaglia là. È da tre anni che non viene a trovare suo padre.»

«Lei come fa a saperlo?»

«Perché ogni volta che viene facciamo in modo di vederci.»

«Può lasciare l'indirizzo e il numero di telefono di questo suo cugino a Fazio?»

«Certamente. Ma perché lo vuole? Pensa che...»

«Non voglio tralasciare niente.»

«Ma guardi, dottore, che il solo pinsero che mio cugino possa trasirci qualcosa nella scomparsa è veramente da pazzi... mi scusasse.»

Montalbano lo fermò con un gesto.

«Un'altra cosa. Lei sa che, dalle nostre parti, chiamiamo cugino, zio, nipote, qualcuno che con noi non ha nessun legame di sangue, ma accussì, per simpatia, affetto... Ci pensi bene. C'è qualcuno che i suoi genitori usano chiamare nipote?»

«Commissario, si vede che lei non conosce a me' patre e a me' matre! Quelli hanno un carattere che Dio ne scansi e liberi! Nonsi, mi pare impossibile che chiamassero nipote a qualcuno che non lo era.»

«Signor Griffo, lei deve scusarmi se le faccio ripetere cose che macari mi ha già detto, ma, capisce, è tanto nel suo quanto nel mio interesse. È assolutamente certo che i suoi genitori non le hanno detto niente della gita che avevano intenzione di fare?»

«Niente, commissario, assolutamente niente. Non avevamo l'abitudine di scriverci, ci parlavamo per telefono. Ero io che li chiamavo, il giovedì e la domenica, sempre tra le nove e le dieci di sira. Giovedì, l'ultima volta che ho parlato con loro, non mi fecero cenno della partenza per Tindari. Anzi, mamma, salutandomi, mi disse: "ci sentiamo domenica, come al solito". Se avevano in mente quella gita, m'avrebbero avvertito di non preoccuparmi se non li trovavo in casa, m'avrebbero detto di richiamare un po' più tardi, nel caso il pullman avesse ritardato. Non le pare logico?»

«Certo.»

«Invece, non avendomi loro detto niente, io li chiamai domenica alle nove e un quarto e non m'arrispunnì nessuno. E principiò il calvario.»

«Il pullman arrivò a Vigàta verso le undici di sira.»

«E io telefonai e telefonai fino alle sei del matino.»

«Signor Griffo, dobbiamo, purtroppo, fare tutte le ipotesi. Anche quelle che ci ripugna formulare. Suo padre aveva nemici?»

«Commissario, io ho un groppo alla gola che m'impedisce di ridere. Mio padre è un uomo buono, macari se ha un cattivo carattere. Come mamma. Papà era in pinsione da dieci anni. Mai m'ha parlato di persone che gli volevano male.»

«Era ricco?»

«Chi? Mio padre? Campava con la pensione. Era riuscito, con la liquidazione, ad accattarsi la casa dove abitano.»

Abbassò gli occhi, sconsolato.

«Non arrinescio a trovare una ragione per la quale i miei genitori siano voluti scomparire o li abbiano obbligati a scomparire. Sono persino andato a parlare col loro medico. M'ha detto che stavano bene, compatibilmente con l'età. E non erano malati d'arteriosclerosi.»

«Qualche volta, a una certa età» fece Montalbano, «si può facilmente cadere in suggestioni, convincimenti improvvisi...»

«Non ho capito.»

«Bah, che so, qualche conoscente può aver detto loro dei miracoli della Madonna nera di Tindari...»

«E che bisogno avevano di miracoli? E poi, sa, in fatto di cose di Dio erano tèpidi.»

Stava susendosi per andare all'appuntamento con Balduccio Sinagra quando nell'ufficio trasì Fazio.

«Dottore, mi scusasse, per caso ha notizie del dottor Augello?»

«Ci siamo visti all'ora di mangiare. Ha detto che sarebbe passato. Perché?»

«Perché lo cercano dalla Questura di Pavia.»

Sul momento Montalbano non collegò.

«Da Pavia? E chi era?»

«Una fìmmina era, ma non mi disse come si chiamava.»

Rebecca! Certamente in ansia per il suo adorato Mimì.

«Questa fìmmina di Pavia non aveva il numero del cellulare?»

«Sissi, ce l'ha. Ma dice che le risulta staccato, astutato. Ha detto che lo cerca da ore, da appena mangiato. Se ritelefona che le dico?»

«A mia lo domandi?»

Mentalmente, mentre rispondeva a Fazio fingendosi irritato, si sentiva pigliare dalla contentezza. Vuoi vedere che il seme atticchiava?

«Senti, Fazio, non ti preoccupare per il dottor Augello. Vedrai che prima o dopo s'arricampa. Ti volevo dire che me ne sto andando.»

«Va a Marinella?»

«Fazio, io non devo dare conto e ragione a tia per dove vado o dove non vado.»

«Bih, e che le spiai? Che ci pigliò, la grevianza? Una semplici domanda innocenti ci feci. Mi scusasse se mi permisi.»

«Senti, scusami tu, sono tanticchia nirbuso.»

«Lo vedo.»

«Non dire a nuddru quello che ti dico. Sto andando a un appuntamento con Balduccio Sinagra.»

Fazio aggiarniò, lo taliò con gli occhi sbarracati.

«Sta babbiando?»

«No.»

«Dottore, quello una vestia feroce è!»

«Lo so.»

«Dottore, lei può arrabbiarsi quanto vuole, ma io ce lo dico lo stesso: secondo mia a questo appuntamento non ci deve andare.»

«Stammi bene a sentire. Il signor Balduccio Sinagra al momento attuale è un libero cittadino.»

«Evviva la libertà! Quello si è fatto vent'anni di càrzaro e minimo minimo tiene una trentina d'omicidi sulla coscienza!»

«Che non siamo ancora riusciti a provare.»

«Prove o non prove, sempre una merda d'omo resta.»

«D'accordo. Ma te lo sei scordato che il nostro mestiere è proprio quello d'avere a chiffare con la merda?»

«Dottore, se proprio ci voli andare, io vengo con vossia.»

«Tu di qua non ti catamini. E non mi fare dire che è un ordine perché io m'incazzo a morte quando m'obbligate a dire una cosa accussì.»

SETTE

Don Balduccio Sinagra abitava, 'nzèmmula a tutta la sua numerosa famiglia, in una grandissima casa di campagna messa proprio in cima in cima a una collina da tempo immemorabile chiamata Ciuccàfa, a mezza strata tra Vigàta e Montereale.

La collina Ciuccàfa si distingueva per due particolarità. La prima consisteva nell'appresentarsi completamente calva e priva di un pur minimo filo d'erba verde. Mai su quella terra un àrbolo ce l'aveva fatta a crescere e non era arrinisciuto a pigliarci manco uno stocco di saggina, una troffa di chiapparina, una macchia di spinasanta. C'era sì un ciuffo d'àrboli che circondava la casa, ma erano stati fatti trapiantare già adulti da don Balduccio per avere tanticchia di refrigerio. E per scansare che siccassero e morissero, si era fatto venire camionate e camionate di terra speciale. La seconda particolarità era che, cizzion fatta della casa dei Sinagra, non si vedevano altre abitazioni, casupole o ville che fossero, da qualsiasi latata si taliassero i fianchi della collina. Si notava solo la serpeggiante acchianata della larga strata asfaltata, lunga un tre chilometri, che don Balduccio si era fatta fare, come diceva, a spisi so'. Non c'erano altre abitazioni non perché i Sinagra si erano accattati tutta quanta la collina, ma per altra, e più sottile, ragione.

A malgrado che i terreni di Ciuccàfa fossero stati da tempo dichiarati edificabili dal nuovo piano regolatore, i proprietari, l'avvocato Sidoti e il marchese Lauricella, benché fossero tutti e due faglianti di grana, non s'attentavano a lottizzarli e a venderli per non fare grave torto a don Balduccio il quale, convocatili, attraverso metafore, proverbi, aneddoti, aveva loro fatto intendere quanto la vicinanza di stranei gli portasse insopportabile fastiddio. A scanso di perigliosi malintesi, l'avvocato Sidoti, proprietario del terreno sul quale era stata costruita la strata, aveva fermamente rifiutato di farsi indennizzare il non voluto esproprio. Anzi, malignamente, in paisi si murmuriava che i due proprietari si fossero accordati per dividere il danno a metà: l'avvocato ci aveva rimesso il terreno, il marchese aveva fatto grazioso omaggio della strata a don Balduccio, accollandosi il costo del travaglio. Le malelingue dicevano macari che, se col malottempo si produceva qualche scaffa o qualche smottamento nella strata, don Balduccio se ne lamentiava col marchese il quale, in un vìdiri e svìdiri, e sempre di sacchetta propria, provvedeva a farla tornare liscia come una tavola di bigliardo.

Da un tre anni a questa parte le cose non marciavano più come prima né per i Sinagra né per i Cuffaro, le due famiglie che si combattevano per il controllo della provincia.

Masino Sinagra, sissantino figlio primogenito di don Balduccio, era stato finalmente arrestato e mandato in càrzaro con un tale carrico d'accuse che, macari se durante l'istruzione dei processi, a Roma avessero deciso putacaso l'abolizione della pena dell'ergastolo, il legislatore avrebbe dovuto fare eccezione per lui, ripristinandola solo per quel caso. Japichinu, figlio di Masino e nipoteddru adorato dal nonno don Balduccio, picciotto trentino, dalla natura dotato di una faccia così simpatica e onesta che i pensionati gli avrebbero affidato i risparmi, si era dovuto dare latitante, prosecuto da una caterva di mandati di cattura. Frastornato e squieto per questa assolutamente inedita offensiva della giustizia, dopo decenni di languido sonno, don Balduccio, che si era sentito ringiovanire di trent'anni alla notizia dell'assassinio dei due più valorosi magistrati dell'isola, era ripiombato di colpo negli acciacchi dell'età quando aveva saputo che a capo della Procura era venuto uno che era il peggio che ci potesse essere: piemontese e in odore di comunismo. Un giorno aveva visto, nel corso di un telegiornale, questo magistrato inginocchiato in chiesa.

«Ma chi fa, a la Missa va?» aveva spiato sbalordito.

«Sissi, religiusu è» gli aveva spiegato qualcuno.

«Ma comu? Nenti gli hanno insegnato i parrini?»

Il figlio minore di don Balduccio, 'Ngilino, era nisciuto completamente pazzo, mettendosi a parlare una lingua incomprensibile che lui sosteneva essere arabo. E da arabo aveva principiato da quel momento a vestirsi, tanto che in paisi lo chiamavano «lo sceicco». I due figli mascoli dello sceicco stavano più all'estero che a Vigàta: Pino, detto «l'accordatore» per l'abilità diplomatica che sapeva tirare fora nei momenti difficili, era continuamente in viaggio tra il Canada e gli Stati Uniti; Caluzzo invece stava otto mesi dell'anno a Bogotà. Il peso della conduzione degli affari della famiglia era ricaduto perciò sulle spalle del patriarca il quale si faceva dare una mano dal cugino Saro Magistro. Di lui si sussurrava che, dopo avere ammazzato a uno dei Cuffaro, se ne fosse mangiato il fegato allo spiedo. D'altra parte ai Cuffaro non si poteva dire che le cose andassero meglio. Una domenica matina di due anni avanti, l'ultraottantino capofamiglia dei Cuffaro, don Sisìno, si era messo in macchina per andare ad ascutare la santa Missa, come immancabilmente e divotamente usava fare. L'auto era guidata dal figlio minore, Birtino. Appena questi aveva avviato il motore, c'era stato un tirribile botto che aveva rotto i vetri a cinque chilometri di distanza. Il ragioniere Arturo Spampinato, che con la facenna non ci trasiva proprio niente, fattosi pirsuaso che fosse arrivato uno spaventoso tirrimoto, si era gettato dal sesto piano, sfracellandosi. Di don Sisìno erano stati ritrovati il vrazzo mancino e il pedi dritto, di Birtino solo quattro ossa abbrusciatizze.

I Cuffaro non se l'erano pigliata con i Sinagra, come tutto il paisi s'aspittava. Tanto i Cuffaro quanto i Sinagra sapevano che quella micidiale bumma nella macchina l'avevano messa terze pirsone, i componenti di una mafia emergente, picciottazzi arrivisti, senza rispetto, disposti a tutto, che si erano messi in testa di fottere le due famiglie storiche pigliandone il posto. E c'era una spiegazione. Se una volta la strata della droga era abbastanza larga, ora come ora era diventata un'autostrata a sei corsie. Necessitavano perciò forze giovani, determinate, con le mani giuste, capaci d'usare tanto il kalashnikov quanto il computer.

A tutto questo pinsava il commissario mentre si dirigeva verso Ciuccàfa. E gli tornava macari a mente una tragicomica scena vista in televisione: un tale della Commissione Antimafia che, arrivato a Fela doppo il decimo omicidio in una sola simanata, drammaticamente si stracciava le vesti spiando con voce strozzata:

«Dov'è lo Stato?»

E intanto i pochi carrabbinera, i quattro poliziotti, le due guardie di Finanza, i tre sostituti che a Fela rappresentavano lo Stato, ogni giorno rischiando la peddri, lo taliavano ammammalloccuti. L'onorevole antimafia stava patendo evidentemente di un vuoto di memoria: si era scordato che, almeno in parte, lo Stato era lui. E che se le cose andavano come andavano, era lui, con altri, a farle andare come andavano.

Proprio alla base della collina, dove principiava la solitaria strata asfaltata che arrivava alla casa di don Balduccio, c'era una casuzza a un piano. Mentre la macchina di Montalbano s'avvicinava, un omo apparse a una delle due finestre. Taliò l'auto e quindi portò all'orecchio un cellulare. Chi di dovere era stato avvertito.

Ai lati della strata ci stavano i pali della luce e del telefono, a ogni cinquecento metri s'apriva uno slargo, una specie di piazzola di sosta. E, immancabilmente, in ogni piazzola c'era qualcuno, ora in macchina con un dito a scavare le profondità del naso, ora addritta a contare le ciàvole che volavano in cielo, ora che faceva finta d'aggiustare un motorino. Sentinelle. Armi in giro non se ne vedevano, ma il commissario sapeva benissimo che in caso di necessità sarebbero prontamente comparse, ora da darrè un mucchio di sassi ora da darrè un palo.

Il grande cancello di ferro, unica apertura in un alto muro di cinta che chiudeva la casa, era spalancato. E davanti ci stava l'avvocato Guttadauro, un grande sorriso che gli tagliava la faccia, tutto inchini.

«Vada avanti, poi giri subito a destra, lì c'è il parcheggio.»

Nello spiazzo c'erano una decina di auto di tutti i tipi, sia di lusso che utilitarie. Montalbano fermò, scinnì e vide arrivare affannato Guttadauro.

«Non potevo dubitare della sua sensibilità, della sua comprensione, della sua intelligenza! Don Balduccio ne sarà felice! Venga, commissario, le faccio strada.»

L'inizio del viale d'accesso alla casa era segnato da due gigantesche araucarie. Sotto le piante, una per parte, c'erano due garitte curiose, in quanto avevano un'ariata di casette per bambini. E difatti, incollati, si vedevano autoadesivi di Superman, Batman, Hercules. Però le garitte avevano macari una porticina e una finestrella. L'avvocato intercettò la taliata del commissario.

«Sono casette che don Balduccio ha fatto costruire per i suoi nipotini. O meglio, pronipotini. Uno si chiama Balduccio come lui e l'altro Tanino. Hanno dieci e otto anni. Don Balduccio ci nesci pazzo per questi picciliddri.»

«Mi scusi, avvocato» spiò Montalbano facendo una facciuzza d'angelo. «Quel signore con la barba che per un momento si è affacciato alla finestrella della casuzza di mancina è Balduccio o Tanino?»

Guttadauro, elegantemente, sorvolò.

Ora erano arrivati davanti al portone d'ingresso, monumentale, di noce nivura con borchie di rame, vagamente ricordava un tabbuto di gusto americano.

In un angolo del giardino, tutto civettuole aiuole di rose, pàmpini e fiori, allietato da una vasca coi pesci rossi (ma dove la trovava l'acqua quel grandissimo cornuto?), c'era una robusta e ampia gàggia di ferro dintra la quale quattro dobermann, silenziosissimi, valutavano peso e consistenza dell'ospite con aperta gana di mangiarselo con tutti i vestiti. Evidentemente la notte la gàggia veniva aperta.

«No, dottore» fece Guttadauro vedendo che Montalbano si dirigeva verso il tabbuto che fungeva da portone. «Don Balduccio l'aspetta nel parterra.»

Si mossero verso il lato mancino della villa. Il parterra era un vasto spazio, aperto per tre lati, che aveva come soffitto il terrazzo del primo piano. Attraverso i sei archi slanciati che lo delimitavano, a mano dritta si godeva uno splendido paesaggio. Chilometri di spiaggia e di mare interrotti all'orizzonte dalla sagoma frastagliata di Capo Rossello. A mano manca il panorama invece lasciava molto a desiderare: una piana di cemento, senza il minimo respiro di verde, nella quale s'annegava, lontana, Vigàta.

Nel parterra c'erano un divano, quattro confortevoli poltrone, un tavolinetto basso e largo. Una decina di sedie erano addossate all'unica parete, certamente dovevano servire per le riunioni plenarie.

Don Balduccio, praticamente uno scheletro vestito, stava assittato sul divano a due posti con un plaid sulle ginocchia a malgrado che non ci fosse frisco né tirasse vento. Allato a lui, ma assittato su di una poltrona, c'era un parrino con la tonaca, cinquantino, rusciano, che si susì all'apparire del commissario.

«Ecco il nostro caro dottor Montalbano!» fece gioioso e con voce squillante Guttadauro.

«Mi deve scusare se non mi suso» disse don Balduccio con un filo di voce, «ma ho le gambe che non mi tengono più.»

Non accennò a pruìre la mano al commissario.

«Questo è don Sciaverio, Sciaverio Crucillà, che è stato e continua ancora a essere il patre spirituale di Japichinu, il mio niputuzzo santo, calunniato e perseguitato dagli infami. Menu mali che è un picciotto di grande fede, che patisce la prosecuzione che gli fanno offrendola al Signuri.»

«La fede è una gran cosa!» esalò patre Crucillà.

«Se non t'addorme, ti riposa» completò Montalbano.

Don Balduccio, Guttadauro e il parrino lo taliarono tutti e tre imparpagliati.

«Mi scusi» disse don Crucillà «ma mi pare che lei si sbaglia. Il proverbio si riferisce al letto e infatti fa così: "u lettu è na gran cosa / si non si dormi, s'arriposa". O no?»

«Ha ragione, mi sono sbagliato» ammise il commissario.

Si era sbagliato veramente. Che cavolo gli era venuto in testa di fare lo spiritoso storpiando un proverbio e parafrasando un'abusata frase sulla religione oppio dei popoli? Magari la religione fosse stata un oppio per un delinquente assassino come il nipotuzzo di Balduccio Sinagra!

«Io tolgo il disturbo» fece il parrino.

S'inchinò a don Balduccio che arrispose con un gesto delle due mani, s'inchinò al commissario che rispose con una leggera calata di testa, pigliò sottobraccio Guttadauro.

«Lei m'accompagna, vero, avvocato?»

Si erano chiaramente appattati prima che arrivasse per lasciarlo faccia a faccia con don Balduccio. L'avvocato sarebbe apparso di nuovo cchiù tardi, il tempo necessario che il suo cliente, come amava chiamare quello che in realtà era il suo padrone, dicesse a Montalbano quello che aveva da dirgli senza testimoni.

«S'accomodasse» fece il vecchio indicando la poltrona ch'era stata occupata da patre Crucillà.

Montalbano s'assittò.

«Piglia qualcosa?» spiò don Balduccio allungando una mano verso la pulsantiera a tre bottoni fissata sul bracciolo del divano.

«No. Grazie.»

Montalbano non poté tenersi dallo spiare a se stesso a che servivano i due rimanenti bottoni. Se uno faceva venire la cammarera, il secondo probabilmente convocava il killer di servizio. E il terzo? Quello scatenava forse un allarme generale capace di provocare qualcosa di simile a una terza guerra mondiale.

«Mi levasse una curiosità» fece il vecchio assistimandosi il plaid sulle gambe. «Se un momento fa, quando è trasuto nel parterra, io le avessi dato la mano, lei me l'avrebbe stretta?»

"Che bella domanda, grandissimo figlio di buttana!" pinsò Montalbano.

E di subito decise di dargli la risposta che sinceramente sentiva.

«No.»

«Me lo spiega pirchì?»

«Perché noi due ci troviamo ai lati opposti della barricata, signor Sinagra. E ancora, ma forse manca poco, non è stato proclamato l'armistizio.»

Il vecchio si raschiò la gola. Poi se la raschiò un'altra volta. Solo allora il commissario capì che quella era una risata.

«Manca poco?»

«Già i segnali ci sono.»

«Speriamo bene. Passiamo alle cose serie. Lei, dottore, sarà certamente curioso di sapìri perché l'ho voluta vìdiri.»

«No.»

«Lei sapi dire solamenti no?»

«In tutta sincerità, signor Sinagra, quello che a me, come sbirro, può interessare di lei lo conosco già. Ho letto tutte le carte che la riguardano, macari quelle che l'hanno riguardata quando io dovevo ancora nascere. Come uomo, invece, non m'interessa.»

«Mi spiega, allora, pirchì è venuto?»

«Perché non mi ritengo tanto in alto da rispondere di no a chi domanda di parlarmi.»

«Parole giuste» disse il vecchio.

«Signor Sinagra, se lei vuol dirmi qualcosa, bene. Altrimenti...»

Don Balduccio parse esitare. Piegò ancora di più il collo di tartaruga verso Montalbano, lo taliò fisso fisso, sforzando gli occhi annacquati dal glaucoma.

«Quanno era picciotto, avevo una vista ca faciva spaventu. Ora vedo sempre più neglia, dottore. Neglia ca si fa sempri cchiù fitta. E non parlo solamenti de me' occhi malati.»

Sospirò, s'appoggiò alla spalliera del divano come se avesse voluto sprofondarci dintra.

«Un omo dovrebbe campare quanto è di giusto. Novant'anni sono assà, troppi. E addiventano ancora chiussà quanno che uno è obbligato a ripigliare le cose in mano doppo che pinsava d'essersene sbarazzato. E la facenna di Japichinu mi ha consumatu, dottore. Non dormu per la prioccupazione. È macari malatu di petto. Io ci dissi: consegnati ai carrabbinera, almeno ti curano. Ma Japichinu è picciotto, tistardu come tutti i picciotti. Comunque, io ho dovuto ripinsari a pigliari la famiglia in manu. Ed è difficili, difficili assà. Pirchì intantu lu tempu è andato avanti, e gli òmini si sono cangiati. Non capisci cchiù come la pensano, non capisci quello che gli sta passando per la testa. Un tempu, tantu pi fari un esempiu, su una data facenna complicata ci si ragiunava. Macari a longo, macari pi jorna e jorna, macari fino alle mali parole, alla sciarriatina, ma si ragiunava. Ora la genti non voli cchiù ragiunari, non voli perdiri tempu.»

«E allora che fa?»

«Spara, dottore mio, spara. E a sparari semu tutti bravi, macari u cchiù fissa di la comitiva. Se lei, putacaso, ora comu ora scoccia il revorbaro che tiene nella sacchetta...»

«Non ce l'ho, non cammino armato.»

«Daveru?!»

Lo sbalordimento di don Balduccio era sincero.

«Dottore mio, 'mprudenza è! Con tanti sdilinquenti ca ci sono in giro...»

«Lo so. Ma non mi piacciono le armi.»

«Manco a mia piacevano. Ripigliamo il discorso. Se lei mi punta un revorbaro contro e mi dice: "Balduccio, inginocchiati", non ci sono santi. Essendo io disarmato, mi devo inginocchiari. È ragionato? Ma questo non significa che lei è un omo d'onore, significa solo che lei è, mi pirdonasse, uno strunzo con un revorbaro in mano.»

«E invece come agisce un omo d'onore?»

«Non come agisce, dottore, ma come agiva. Lei viene da mia disarmato e mi parla, m'espone la quistione, mi spiega le cosi a favori e le cosi contro, e se iu in prima non sugnu d'accordu, u jornu appressu torna e ragiunamu, ragiunamu fino a quannu iu mi fazzu convintu ca l'unica è di mettermi in ginocchiu comu voli lei, nell'interessi miu e di tutti.»

Fulmineo, nel ricordo del commissario s'illuminò un brano della manzoniana *Colonna Infame*, quando un disgraziato è portato al punto di dover pronunziare la frase «ditemi cosa volete che io dica» o qualcosa di simile. Ma non aveva gana di mettersi a discutere di Manzoni con don Balduccio.

«Mi risulta però che macari a quei tempi beati che lei mi sta contando si usava ammazzare la gente che non voleva mettersi in ginocchio.»

«Certo!» fece con vivacità il vecchio. «Certo! Ma ammazzare un omo pirchì si era refutato d'obbediri, lo sapi lei che significava?»

«No.»

«Significava una battaglia persa, significava che il coraggio di quell'omo non ci aveva lasciato altra strata. Mi spiegai?»

«Si è spiegato benissimo. Però, vede, signor Sinagra, io non sono venuto qua per sentirmi contare la storia della mafia dal suo punto di vista.»

«Ma lei la storia dal punto di vista della liggi la conosce bene!»

«Certo. Ma lei è un perdente o quasi, signor Sinagra. E la storia non la scrivono mai quelli che hanno perso. Al momento attuale forse la possono scrivere meglio quelli che non ragionano e sparano. I vincitori del momento. E ora, se mi permette...»

Accennò a susìrisi, il vecchio lo fermò con un gesto.

«Mi scusasse. A nuatri d'età, tra tante malatie, ci viene macari quella dello scialincuagnolo. Commissario, in due parole: capace che noi abbiamo fatto grossi sbagli. Grossissimi sbagli. E dico noi pirchì parlo per conto della bonarma di Sisìno Cuffaro e dei so'. Sisìno ca mi fu nimicu fino a quannu è campatu.»

«Che fa, comincia a pentirsi?»

«Nonsi, commissario, non mi pento davanti alla liggi. Davanti a u Signiruzzu, quannu sarà lu momentu, sì. Quello che ci volevo diri è questo: abbiamo macari fatto sbagli grossissimi, ma sempri abbiamo saputo ca c'era una linea ca non doviva essere passata. Mai. Pirchì passannu quella linea non c'era cchiù differenza tra un omo e una vestia.»

Serrò gli occhi, esausto.

«Ho capito» disse Montalbano.

«Capì veramente?»

«Veramente.»

«Tutt'e due le cose?»

«Sì.»

«Allura quello che ci volevo diri ci lo dissi» fece il

vecchio raprendo gli occhi. «Si sinni voli andare, lei è
patruni. Bonasira.»

«Buonasera» ricambiò il commissario susendosi. Rifece il cortile e il viale senza incontrare nessuno. All'altezza delle due casette sotto le araucarie, sentì voci di bambini. In una casetta c'era un picciliddro con una pistola
ad acqua in mano, in quella di fronte un altro picciliddro impugnava un mitra spaziale. Si vede che Guttadauro aveva fatto sloggiare il guardaspalle con la barba e l'a-
veva prontamente sostituito con i pronipoti di don
Balduccio, tanto perché il commissario si levasse i mali
pinseri dalla testa.

«Bang! Bang!» faceva quello con la pistola.

«Ratatatatà» rispondeva l'altro col mitra.

Si allenavano per quando sarebbero diventati grandi.
O forse non c'era manco bisogno che crescevano: proprio il giorno avanti, a Fela, era stato arrestato quello
che i giornali avevano definito un «baby-killer» appena
appena undicino. Uno di quelli che si erano messi a parlare (Montalbano non se la sentiva di chiamarli pentiti e
tanto meno collaboratori di giustizia) aveva rivelato che
esisteva una specie di scola pubblica dove s'insegnava ai
picciliddri a sparare e ad ammazzare. I pronipotini di
don Balduccio quella scola non avrebbero avuto motivo
di frequentarla. A casa loro potevano pigliare tutte le lezioni private che volevano. Di Guttadauro manco l'ùmmira. Al cancello c'era uno con la coppola che lo salutò
al passaggio levandosela e tornò subito a chiudere. Scinnendo, il commissario non poté fare a meno di notare il
perfetto fondo stradale, non c'era manco una pietruzza,
un brecciolino sull'asfalto. Forse, ogni matina, una squatra apposita scopava la strata come se fosse stata una
cammara di casa. La manutenzione doveva costare un
patrimonio al marchese Lauricella. Nelle piazzole di sosta la situazione non era cangiata a malgrado che fosse
passata più di un'ora. Uno continuava a taliare le ciàvole

che volavano in cielo, un secondo fumava dintra a una macchina, il terzo tentava sempre di riparare il motorino. Con quest'ultimo, il commissario venne assugliato dalla tentazione della sisiàta, della pigliata per il culo. Arrivato alla sua altezza, fermò.

«Non parte?» spiò.

«No» rispose l'omo taliandolo intordonuto.

«Vuole che ci dia un'occhiata io?»

«No. Grazie.»

«Le posso dare un passaggio.»

«No!» gridò l'omo esasperato.

Il commissario ripartì. Nella casuzza ai piedi della strata c'era quello col cellulare affacciato alla finestra: stava certamente comunicando che Montalbano stava ripassando i confini della reggia di don Balduccio.

Scurava. Arrivato in paisi, il commissario si diresse a via Cavour. Davanti al 44 fermò, raprì il cruscotto, pigliò il mazzo di chiavistelli, scinnì. La portonara non c'era e fino all'ascensore non incontrò nessuno. Raprì la porta dell'appartamento dei Griffo, la richiuse appena trasuto. C'era tanfo di chiuso. Addrumò la luce e principiò a travagliare. Ci mise un'orata a raccogliere tutte le carte che trovò, infilandole dintra a un sacco di munnizza che aveva pigliato in cucina. C'era macari una scatola di latta di biscotti dei fratelli Lazzaroni stipata di scontrini fiscali. Andare a taliare tra le carte dei Griffo era una cosa che avrebbe dovuto fare fin dall'inizio dell'indagine e che aveva invece trascurato. Troppo distratto da altri pinseri era stato. Capace che in qualcuna di quelle carte c'era il segreto della malatìa dei Griffo, quella per la quale era stato costretto a intervenire un medico coscienzioso.

Stava astutando la luce dell'ingresso quando si ricordò di Fazio, della sua preoccupazione per l'incontro con don Balduccio. Il telefono era nella cammara di mangiare.

«Pronti! Pronti! Cu è che mi parla? Qua il commissariato è!»

«Catarè, Montalbano sono. C'è Fazio?»

«Ci lo passo di subito subitamenti.»

«Fazio? Volevo dirti che sono tornato sano e salvo.»

«Lo sapevo, dottore.»

«Chi te l'ha detto?»

«Nessuno, dottore. Appena lei è partito, io le sono venuto appresso. L'ho aspettato nei paraggi della casuzza dove ci sono gli òmini di guardia. Quando l'ho vista tornare, macari io sono rientrato in commissariato.»

«Ci sono novità?»

«Nonsi, dottore, fatta cizzione che quella fimmina continua a telefonare da Pavia cercando al dottor Augello.»

«Prima o poi lo troverà. Senti una cosa, lo vuoi sapere quello che ci siamo detti con la persona che sai?»

«Certo, dottore. Sto morendo dalla curiosità.»

«E io invece non ti dico niente. Puoi crepare. E lo sai perché non ti dico niente? Perché tu non hai ubbidito ai miei ordini. Ti avevo detto di non cataminarti dal commissariato e invece mi sei venuto appresso. Soddisfatto?»

Astutò la luce e sinni niscì dall'abitazione dei Griffo col sacco sulle spalle.

OTTO

Raprì il frigo e fece un nitrito di pura felicità. La cammarera Adelina gli aveva fatto trovare due sauri imperiali
con la cipollata, cena con la quale avrebbe certamente
passato la nottata intera a discuterci, ma ne valeva la pena. Per quartiarsi le spalle, prima di principiare a mangiare volle assicurarsi se in cucina c'era il pacchetto del
bicarbonato, mano santa, mano biniditta. Assittato sulla
verandina, si sbafò coscienziosamente tutto, nel piatto
restarono le resche e le teste dei pesci così puliziate da
parere reperti fossili.

Poi, sbarazzato il tavolino, ci sbacantò sopra il contenuto del sacco di munnizza pieno delle carte pigliate in
casa Griffo. Capace che una frase, un rigo, un accenno
potevano indicare una qualche ragione della sparizione
dei due vecchiareddri. Avevano conservato tutto, lettere
e cartoline d'auguri, fotografie, telegrammi, bollette della luce e del telefono, dichiarazioni di reddito, ricevute e
scontrini, dépliant pubblicitari, biglietti d'autobus, atti
di nascita, di matrimonio, libretti di pensione, tessere sa-
nitarie, altre tessere scadute. C'era macari la copia di un
«certificato d'esistenza in vita», cima abissale d'imbecillità burocratica. Cosa avrebbe strumentiàto Gogol', con
le sue anime morte, davanti a un certificato simile?
Franz Kafka, se gli fosse capitato tra le mani, avrebbe
potuto ricavarne uno dei suoi angosciosi racconti. E ora,
con l'autocertificazione, come si sarebbe dovuto procedere? Qual era la prassi, tanto per usare una parola amata dagli uffici? Uno scriveva su un foglio di carta una
frase tipo «Io sottoscritto Montalbano Salvo dichiaro

d'essere esistente», lo firmava e lo consegnava all'impiegato addetto?

Ad ogni modo, tutte le carte che raccontavano la storia dell'esistenza in vita della coppia Griffo si riducevano a poca cosa, una chilata scarsa di fogli e foglietti. Montalbano c'impiegò fino alle tre a taliarsele tutte.

Nottata persa e figlia fimmina, come si usava dire. Infilò di nuovo le carte nel sacco e se ne andò a corcare.

Contrariamente a quello che aveva temuto, i sauri imperiali s'assoggettarono a lasciarsi digerire senza colpi di coda. Perciò poté arrisbigliarsi alle sette doppo un sonno sireno e bastevole. Stette più a lungo del solito sotto la doccia, a costo di spardare tutta l'acqua che c'era nel cassone. Lì si ripassò parola appresso parola, silenzio appresso silenzio, tutto il dialogo avuto con don Balduccio. Voleva essere sicuro di avere capito i due messaggi che il vecchio gli aveva mandato, prima di cataminarsi. Alla fine si fece convinto della giustezza della sua interpretazione.

«Commissario, le volevo dire che il dottore Augello ha chiamato una mezzorata fa, dice che passa da qua verso le dieci» fece Fazio.

E s'inquartò, aspettandosi, com'era di naturale e come era già capitato, un'esplosione di raggia violenta da parte di Montalbano alla notizia che il suo vice ancora una volta se la sarebbe pigliata commoda. Ma stavolta quello restò calmo, sorrise addirittura.

«Ieri a sira, quando sei rientrato qua, la fimmina di Pavia ha telefonato?»

«Eccome no! Altre tre volte prima di perderci definitivamente la spiranza.»

Mentre parlava, Fazio spostava il peso del corpo ora su un piede ora sull'altro come viene di fare quando scappa e uno è costretto a tenersi. Però a Fazio non scappava, era la curiosità che se lo stava mangiando vivo. Ma non osava raprire bocca e spiare quello che Sinagra aveva detto al suo capo.

«Chiudi la porta.»

Fazio scattò, inserrò la porta a chiave, tornò narrè, s'assittò in pizzo a una seggia. Il busto teso in avanti, gli occhi sparluccicanti, pareva un cane affamato in attesa che il patrone gli gettasse un osso. Rimase perciò tanticchia deluso della prima domanda che gli fece Montalbano.

«Tu lo conosci a un parrino che si chiama Saverio Crucillà?»

«L'ho sentito nominare però come pirsona non lo conosco. So che non è di qua, se non mi sbaglio sta a Montereale.»

«Cerca di sapere tutto quello che lo riguarda, dove abita di casa, quali sono le sue abitudini, gli orari che ha in chiesa, chi frequenta, che si dice su di lui. Informati bene. Dopo che hai fatto tutto questo, e lo devi fare in giornata...»

«... vengo da lei e le riferisco.»

«Sbagliato. Non mi riferisci niente. Cominci a seguirlo, discretamente.»

«Dottore, lassasse fare a mia. Non mi vedrà, manco se si mette gli occhi darrè il cozzo.»

«Sbagliato un'altra volta.»

Fazio strammò.

«Dottore, quando si pedina a una persona, la regola è che quella persona non se ne deve addunare. Altrimenti che pedinamento è?»

«In questo caso le cose sono diverse. Il parrino se ne deve addunare che tu lo stai seguendo. Anzi, fai in modo che sappia che tu sei uno dei miei òmini. Guarda che è molto importante che capisca che sei uno sbirro.»

«Questa non mi era mai capitata.»

«Tutti gli altri, invece, non si devono assolutamente accorgere del pedinamento.»

«Dottore, posso essere sincero? Non ci capii niente di niente.»

«Non c'è problema. Non ci capire, ma fai quello che ti ho detto.»

Fazio pigliò un'ariata offisa.

«Commissario, le cose che faccio senza capirle mi vengono sempre malamente. Si regolasse di conseguenza.»

«Fazio, patre Crucillà s'aspetta d'essere pedinato.»

«Ma pirchì, Madunnuzza santa?»

«Perché ci deve portare in un certo posto. Però è costretto a farlo come se la cosa avvenisse a sua insaputa. Teatro, mi spiegai?»

«Comincio a capire. E chi ci sta in questo posto dove ci vuole portare il parrino?»

«Japichinu Sinagra.»

«Minchia!»

«Questo tuo gentile eufemismo mi fa intendere che hai finalmente capito l'importanza della questione» fece il commissario parlando come un libro. Fazio intanto aveva pigliato a taliarlo sospettoso.

«Lei come ha fatto a scoprire che questo parrino Crucillà conosce il posto dove se ne sta ammucciato Japichinu? A Japichinu lo sta cercando mezzo munno, Antimafia, Mobile, Ros, Catturandi e nessuno arrinesci a trovarlo.»

«Io non ho scoperto niente. Me l'ha detto. Anzi, me l'ha fatto capire.»

«Patre Crucillà?»

«No. Balduccio Sinagra.»

Parse che principiasse una leggera passata di terremoto. Fazio, la faccia tutta una vampa di foco, variò, facendo un passo avanti e due narrè.

«So' nonno?!» spiò col fiato grosso.

«Calmati, assomigli a una recita dell'òpira dei pupi. Suo nonno, sissignore. Vuole che il nipote vada in carcere. Forse però Japichinu non è del tutto convinto. I rapporti tra il nonno e il nipote li tiene il parrino. Che Balduccio ha voluto farmi conoscere a casa sua. Se non aveva interesse a farmelo conoscere, l'avrebbe mandato via prima che arrivavo io.»

«Dottore, non riesco a capacitarmi. Ma che gliene viene? A Japichinu l'ergastolo non glielo leva manco Dio!»

«Dio forse non glielo leva, ma qualche altro sì.»

«E come?»

«Ammazzandolo, Fazio. In carcere ha buone probabilità di salvarsi la pelle. I picciotti della nuova mafia glielo stanno mettendo in culo, tanto ai Sinagra quanto ai Cuffaro. E perciò il carcere di massima sicurezza significa sicurezza non solo per chi sta fora, ma macari per chi sta dintra.»

Fazio ci pinsò tanticchia, ma si era fatto pirsuaso.

«Devo macari dormirci a Montereale?»

«Non credo. Di notte non penso che il parrino esce di casa.»

«Patre Crucillà come farà a farmi capire che mi sta portando verso il posto dove sta ammucciato Japichinu?»

«Non ti preoccupare, il modo lo troverà. Quando ti avrà indicato il posto, mi raccomando, non fare spirtizze, non pigliare iniziative. Ti metti immediatamente in contatto con me.»

«Va bene.»

Fazio si susì, si diresse lentamente verso la porta. A mezza strata si fermò, si voltò a taliare Montalbano.

«Che c'è?»

«Dottore, la pratico da troppo tempo per non capire che lei mi sta contando solo la mezza messa.»

«Cioè?»

«Sicuramente don Balduccio le disse macari qualche altra cosa.»

«Vero è.»

«La posso sapere?»

«Certamente. Mi disse che non sono stati loro. E m'ha assicurato che non sono stati manco i Cuffaro. Perciò i colpevoli sono quelli nuovi.»

«Ma colpevoli di che?»

«Non lo so. Ora come ora, non so a che minchia stava riferendosi. Però una mezza idea me la sto facendo.»

«Me la dice?»

«È troppo presto.»

Fazio ebbe appena il tempo di girare la chiave nella toppa che venne violentemente sbattuto contro il muro dalla porta spalancata da Catarella.

«Il naso mi rompeva a momenti!» fece Fazio tenendosi una mano sulla faccia.

«Dottori! Dottori!» ansimò Catarella. «Mi dispiaci per la ruzione che feci, ma c'è il signor quistori di pirsona pirsonalmente!»

«Dov'è?»

«Al tilifono, dottori.»

«Passamelo.»

Catarella scappò come un lepro, Fazio aspettò che fosse passato per nesciri macari lui.

La voce di Bonetti-Alderighi parse provenire dall'interno di un freezer, tanto era fredda.

«Montalbano? Un'informazione preliminare, se non le dispiace. È sua una Tipo targata AG 334 JB?»

«Sì.»

La voce di Bonetti-Alderighi ora proveniva dritta dritta dalla banchisa polare. In secondo piano, si sentivano orsi ululare (ma gli orsi ululavano?).

«Venga da me immediatamente.»

«Sarò da lei tra un'oretta, il tempo di...»

«Lo capisce l'italiano? Ho detto immediatamente.»

«Entri e lasci la porta aperta» gli intimò il questore appena lo vide trasire. Doveva trattarsi di una facenna veramente seria perché poco prima, nel corridoio, Lattes aveva fatto finta di non vederlo. Mentre s'avvicinava alla scrivania, Bonetti-Alderighi si susì dalla poltrona e andò a raprire la finestra.

"Devo essere diventato un virus" pinsò Montalbano. "Quello si scanta che gli infetto l'aria."

Il questore tornò ad assittarsi senza fargli 'nzinga d'assittarsi macari lui. Come ai tempi del liceo, quando il signor preside lo convocava nel suo ufficio per fargli un sullenne liscebusso.

«Bravo» fece Bonetti-Alderighi squatrantolo. «Bravo. Veramente bravo.»

Montalbano non sciatò. Prima di decidere come comportarsi, era necessario conoscere i motivi della raggia del suo superiore.

«Stamattina» continuò il questore, «appena ho messo piede in questo ufficio, ho trovato una novità che non esito a definire sgradevole. Anzi, sgradevolissima. Si tratta di un rapporto che mi ha mandato su tutte le furie. E questo rapporto riguarda lei.»

"Muto!" ordinò severamente a se stesso il commissario.

«Nel rapporto c'è scritto che una Tipo targata...»

S'interruppe, calandosi in avanti a taliare il foglio che aveva sulla scrivania.

«... AG 334 JB?» suggerì timidamente Montalbano.

«Stia zitto. Parlo io. Una Tipo targata AG 334 JB è transitata iersera davanti a un nostro posto di controllo diretta verso l'abitazione del noto boss mafioso Balduccio Sinagra. Fatte le debite ricerche, è stato appurato che quell'auto le appartiene e hanno ritenuto doveroso informarmi. Ora mi dica: lei è così fesso da non immaginare che quella villa possa essere tenuta sotto costante controllo?»

«Ma no! Ma che mi dice?» disse Montalbano facendo il teatrino della meraviglia. E sicuramente sopra la testa gli spuntò la spera tonda che i santi abitualmente portano. Poi fece assumere alla sua faccia un'espressione preoccupata e murmuriò tra i denti:

«Mannaggia! Non ci voleva!»

«Ha ben motivo di preoccuparsi, Montalbano! Ed io esigo una spiegazione. Che sia soddisfacente. Altrimenti la sua discussa carriera termina qui. È da troppo tempo che sopporto i suoi metodi che spesso e volentieri sconfinano nell'illegalità!»

Il commissario abbassò la testa, nella posizione che deve assumere il contrito. Il questore, a vederlo accussì, si pigliò di coraggio, incaniando.

«Guardi, Montalbano, che con uno come lei non è poi tanto cervellotico ipotizzare una collusione! Ci sono purtroppo precedenti illustri che non starò a ricordarle perché lei li conosce benissimo! E poi io ne ho piene le scatole di lei e di tutto il commissariato di Vigàta! Non si capisce se siete dei poliziotti o dei camorristi!»

Gli piaceva, l'argomento che aveva già usato con Mimì Augello.

«Farò un repulisti totale!»

Montalbano, come da copione, prima si turciniò le mani, poi pigliò dalla sacchetta un fazzoletto, se lo passò sulla faccia. Parlò esitando.

«Ho un cuore d'asino e uno di leone, signor questore.»

«Non ho capito.»

«Mi trovo imbarazzato. Perché il fatto è che Balduccio Sinagra, dopo avermi parlato, si fece dare la parola d'onore che...»

«Che?»

«Che del nostro incontro non avrei fatto parola con nessuno.»

Il questore diede una gran manata sulla scrivania, una botta tale che sicuramente gli scassò il palmo della mano.

«Ma si rende conto di quello che mi sta dicendo? Nessuno doveva saperlo! E secondo lei io, il questore, il suo diretto superiore, sarei nessuno? Lei ha il dovere, ripeto, il dovere...»

Montalbano alzò le braccia in segno di resa. Poi si passò rapidamente il fazzoletto sugli occhi.

«Lo so, lo so, signor questore» fece, «ma se lei potesse capire come io sia dilaniato tra il mio dovere da una parte e la parola data dall'altra...»

Si congratulò con se stesso. Quant'era bella la lingua italiana! Dilaniare era proprio il verbo che ci voleva.

«Lei straparla, Montalbano! Lei non si rende conto di ciò che dice! Lei mette sullo stesso livello il dovere e la parola data a un delinquente!»

Il commissario calò ripetutamente la testa.

«È vero! È vero! Come sono sante le sue parole!»

«E dunque, senza tergiversazioni, mi dica perché si è incontrato col Sinagra! Voglio una spiegazione totale!»

Ora veniva la scena madre della recita che aveva improvvisato. Se il questore abboccava, tutta la facenna finiva lì.

«Credo si voglia pentire» murmuriò a voce vascia.

«Eh?» fece il questore che non ci aveva capito il resto di niente.

«Credo che Balduccio Sinagra abbia una mezza intenzione di pentirsi.»

Come spinto in aria da un'esplosione avvenuta proprio nel posto dove stava assittato, Bonetti-Alderighi schizzò dalla poltrona, affannosamente corse a serrare la finestra e la porta. A quest'ultima ci desi macari un giro di chiavi.

«Sediamoci qua» disse spingendo il commissario verso un divanetto. «Così non ci sarà bisogno d'alzare la voce.»

Montalbano s'assittò, s'addrumò una sigaretta a malgrado sapesse che al questore gli veniva il firtìcchio, veri e propri attacchi d'isteria, non appena vedeva un filo di tabacco. Ma stavolta Bonetti-Alderighi manco se ne addunò. Con un sorriso perso, gli occhi sognanti, contemplava se stesso, circondato da giornalisti rissosi e impazienti, sotto la luce dei riflettori, un grappolo di microfoni protesi verso la sua bocca, mentre spiegava con brillante eloquio come avesse fatto a convincere uno dei più sanguinari boss mafiosi a collaborare con la giustizia.

«Mi dica tutto, Montalbano» supplicò con voce cospiratoria.

«Che le devo dire, signor questore? Ieri Sinagra mi telefonò di persona personalmente per dirmi che voleva vedermi subito.»

«Almeno poteva avvertirmi!» lo rimproverò il questore mentre agitava in aria l'indice della mano dritta a fare cattivello cattivello.

«Non ne ho avuto il tempo, mi creda. Anzi, no, aspetti...»

«Sì?»

«Ora mi ricordo d'averla chiamata, ma mi hanno risposto che lei era impegnato, una riunione, non so, qualcosa di simile...»

«Può darsi, può darsi» ammise l'altro. «Ma veniamo al dunque: che le ha detto Sinagra?»

«Signor questore, dal rapporto avrà certamente saputo che si è trattato di un colloquio brevissimo.»

Bonetti-Alderighi si susì, taliò il foglio sulla scrivania, tornò, s'assittò.

«Quarantacinque minuti non sono pochi.»

«D'accordo, ma lei dentro quei quarantacinque minuti ci deve mettere anche il viaggio d'andata e ritorno.»

«Giusto.»

«Ecco: Sinagra, più che dirmelo apertamente, me l'ha lasciato capire. Anzi, meno ancora: ha affidato tutto alla mia intuizione.»

«Alla siciliana, eh?»

«Eggià.»

«Vuole provare a essere più preciso?»

«Mi ha detto che cominciava a sentirsi stanco.»

«Lo credo. Ha novant'anni!»

«Appunto. M'ha detto che l'arresto di suo figlio e la latitanza del nipote erano stati colpi duri da sopportare.»

Pareva proprio una battuta di pellicola di serie B, gli era venuta bene. Però il questore parse tanticchia deluso.

«Tutto qua?»

«È già tantissimo, signor questore! Ci ragioni: perché questa sua situazione ha voluto raccontarla a me? Loro, lei lo sa, usano procedere coi piedi di piombo. Occorrono calma, pazienza e tenacia.»

«Già, già.»

«Mi ha detto che presto tornerà a chiamarmi.»

Dal momentaneo sconforto, Bonetti-Alderighi risalì all'entusiasmo.

«Ha detto proprio così?»

«Sissignore. Ma occorrerà molta cautela, un passo falso manderebbe in aria tutto, la posta in gioco è altissima.»

Si sentì schifato per le parole che gli stavano niscendo dalla bocca. Una raccolta di luoghi comuni, ma era il linguaggio che in quel momento rendeva. Si spiò fino a quando avrebbe potuto reggere a quella farsa.

«Certo, capisco.»

«Pensi, signor questore, che io non ho voluto informare nessuno dei miei uomini. C'è sempre il rischio di una talpa.»

«Farò anch'io altrettanto!» giurò il questore stendendo una mano avanti.

Parevano a Pontida. Il commissario si susì.

«Se non ha altri ordini...»

«Vada, vada, Montalbano. E grazie.»

Si strinsero la mano vigorosamente, taliandosi occhi negli occhi.

«Però...» fece il questore afflosciandosi.

«Mi dica.»

«C'è quel benedetto rapporto. Non posso non tenerne conto, capisce? Una risposta la devo dare.»

«Signor questore, se qualcuno intuisce che c'è un contatto, sia pur minimo, tra noi e Sinagra e sparge la voce, salta tutto. Ne sono convinto.»

«Già, già.»

«Per questo poco fa, quando mi disse che la mia macchina era stata intercettata, ho avuto un moto di disappunto.»

Ma come gli veniva bene parlare accussì! Che avesse trovato il suo vero modo d'esprimersi?

«Hanno fotografato la macchina?» spiò dopo una pausa conveniente.

«No. Hanno preso solo il numero della targa.»

«Allora una soluzione ci sarebbe. Ma non m'azzardo a proporgliela, offenderebbe la sua adamantina onestà d'uomo e di servitore dello Stato.»

Come in punto di morte, Bonetti-Alderighi esalò un lungo sospiro.

«Comunque me la dica.»

«Basterà dir loro che si sono sbagliati nel trascrivere la targa.»

«Ma come faccio a sapere che si sono sbagliati?»

«Perché lei, proprio in quella mezzora durante la quale loro sostengono che andavo da Sinagra, lei mi stava facendo una lunga telefonata. Nessuno se la sentirà di smentirla. Che ne dice?»

«Mah!» fece il questore poco pirsuaso. «Vedrò.»

Montalbano sinni niscì, certo che Bonetti-Alderighi, sia pure combattuto dagli scrupoli, avrebbe fatto come gli aveva suggerito.

Prima di partirsene da Montelusa, chiamò il commissariato.

«Pronti? Pronti? Cu è ca ci tilifona?»

«Catarè, Montalbano sono. Passami il dottor Augello.»

«Non ci lo posso passari in quanto che lui non c'è.

Però prima c'era. L'aspittò e visto che vossia non viniva, sinni andò.»

«Lo sai perché è andato via?»

«Sissi. A causa della scascione che un incentio ci fu.»

«Un incendio?»

«Sissi. E macari incentio doloroso, come disse il pomperi. E il dottori Augello ci antò con i collequi Gallo e Galluzzo, datosi che Fazio non si trovavasi.»

«Che volevano da noi i pompieri?»

«Dissero che stavano astutanto questo incentio doloroso. Poi il dottori Augello s'appigliò lui il tilifono e ci parlò.»

«Tu lo sai dov'è scoppiato l'incendio?»

«L'incentio pigliò in contrata Pisello.»

Questa contrada non l'aveva mai sentita nominare. Dato che il Comando dei Vigili del Fuoco era a pochi passi, si precipitò nella caserma, si qualificò. Gli dissero che l'incendio, sicuramente doloso, era scoppiato in contrada Fava.

«Perché ci avete telefonato?»

«Perché dentro a una casa agricola diroccata i nostri hanno rinvenuto due cadaveri. Pare si tratti di due anziani, un uomo e una donna.»

«Sono morti nell'incendio?»

«No, commissario. Le fiamme avevano già circondato i resti della casa, ma i nostri sono intervenuti a tempo.»

«Allora come sono morti?»

«Dottore, pare siano stati ammazzati.»

NOVE

Lasciata la statale, dovette pigliare una trazzera stretta e in acchianata, tutta pietroni e fossi, che la macchina si lamentiava per la faticata quasi fosse una criatura. A un certo punto non poté più andare avanti, il proseguo era impedito da mezzi dei Vigili del Fuoco e da altre macchine che avevano parcheggiato macari sul terreno torno torno.

«Lei chi è? Dove vuole andare?» spiò, sgarbato, un graduato appena lo vide scìnniri dall'auto e accennare a proseguire a pedi la caminata.

«Il commissario Montalbano sono. Mi hanno detto che...»

«Va bene, va bene» fece sbrigativo il graduato. «Vada pure, i suoi uomini sono già sul posto.»

Faceva cavudo. Si levò la cravatta e la giacchetta che aveva dovuto mettere per andare dal questore. Però, a malgrado dell'alleggerimento, doppo pochi passi sudava già come un maiale. Ma dov'era l'incendio?

La risposta l'ebbe appena girata una curva. Il paesaggio si strancangiò di colpo. Non si vedeva un àrbolo, un filo d'erba, una troffa, una pianta qualisiasi, solo una distesa informe e uniforme di colore marrone scuro scuro, tutto arso, l'aria era densa come in certe jornate di scirocco feroce, però feteva d'abbrusciatizzo, qua e là ogni tanto si alzava un filo di fumo. La casa rustica distava ancora un centinaro di metri, fatta nivura dal foco. Stava a mezzacosta di una collinetta, in cima alla quale si vedevano ancora fiamme e sagome d'òmini che correvano.

Un tale che scendeva la trazzera gli sbarrò il passo, la mano tesa.

«Ciao, Montalbano.»

Era un suo collega, commissario a Comitini.

«Ciao, Miccichè. Che ci fai da queste parti?»

«Veramente la domanda dovrei rivolgertela io.»

«Perché?»

«Questo è territorio mio. I pompieri, non sapendo se contrada Fava apparteneva a Vigàta o a Comitini, tanto per non sbagliare hanno avvertito tutti e due i commissariati. I morti avrei dovuto pigliarli in carico io.»

«Avresti?»

«Beh, sì. Con Augello abbiamo telefonato al questore. Io avevo proposto di spartirci un morto a testa.»

Rise. S'aspettava un controcanto di risata da parte di Montalbano, ma quello non parse manco d'avere sentito.

«Però il questore ha ordinato di lasciarli tutti e due a te, dato che state già occupandovi del caso. Ti saluto e buon lavoro.»

S'allontanò fischiettando, evidentemente contento di essersi levato la rogna. Montalbano continuò a camminare sotto un cielo che addiventava di passo in passo sempre più grigio. Principiò a tussiculàre, faceva una certa fatica a respirare. Non seppe spiegarsene la ragione, ma cominciò a sentirsi squieto, nirbuso. Si era levato tanticchia di vento lèggio lèggio e la cenere se ne stava sollevata a mezzaria prima di ricadere impalpabile. Più che nirbuso, capì d'essere irrazionalmente scantato. Allungò il passo, però il respiro affrettato trasportava dintra ai suoi polmoni aria pesante, come contaminata. Non ce la fece più ad andare avanti da solo, si fermò, chiamò.

«Augello! Mimì!»

Dalla casa rustica annerita e sdirrupata niscì Augello, gli corse incontro, aveva in mano una pezza bianca e l'agitava. Quando gli arrivò davanti, gliela pruì: era una mascherina antismog.

«Ce le hanno date i pompieri, meglio che niente.»

I capelli di Mimì erano addiventati grigi, macari le sopracciglia, pareva invecchiato di una ventina d'anni. Era tutto effetto della cìnniri.

Mentre, appoggiato al braccio del suo vice, stava per trasiri nella casa rustica, a malgrado della mascherina avvertì un forte odore di carne abbrusciata. Arretrò, mentre Mimì lo taliava interrogativo.

«Sono loro?» spiò.

«No» lo rassicurò Augello. «Darrè la casa c'era un cane attaccato alla catena. Non si riesce a capire a chi apparteneva. Si è bruciato vivo. Una morte orrenda.»

"Perché, quella dei Griffo lo è stata di meno?" si spiò Montalbano appena vide i due corpi.

Il pavimento, una volta di terra battuta, ora era diventato una specie di pantano per tutta l'acqua che vi avevano gettato i pompieri, a momenti i due corpi galleggiavano.

Stavano affacciabocconi, li avevano ammazzati con un solo colpo alla nuca, dopo aver loro ordinato d'inginocchiarsi dintra a una specie di cammarino senza finestra, una volta forse una dispensa, poi, con la ruvina della casa, trasformato in un cacatoio che faceva un feto insopportabile. Un posto abbastanza riparato alla vista di chi per caso si fosse affacciato nell'unico grande cammarone che una volta aveva costituito tutta la casa.

«Fino a qua ci si può arrivare con la macchina?»

«No. Ci si può avvicinare fino a un certo punto, poi bisogna fare una trentina di metri a piedi.»

Se li immaginò, il commissario, i due vecchiareddri camminare nella notte, nello scuro, davanti a qualcuno che li teneva sotto punterìa. Certamente avevano truppicàto sulle pietre, erano caduti e si erano fatti male, ma sempre avevano dovuto rialzarsi e ripigliare la strata, macari con l'aiuto di qualche càvucio dei boia. E, di sicuro, non si erano ribellati, non avevano fatto voci, non avevano supplicato, muti, aggelati dalla consapevolezza della morte imminente. Un'agonia interminabile, una vera e propria via crucis, quella trentina di metri.

Era questa spietata esecuzione la linea da non oltrepassare della quale gli aveva parlato Balduccio Sinagra? La crudele ammazzatina a sangue freddo di due vecchiareddri tremanti e indifesi? Ma no, via, non poteva essere questo il limite, non da questo duplice omicidio Balduccio voleva chiamarsi fuori. Loro avevano fatto ben altro, avevano incaprettato, torturato vecchi e picciotti, avevano persino strangolato e poi disciolto nell'acido un picciliddro di dieci anni, colpevole solo di essere nato in una certa famiglia. Quindi quello che vedeva, per loro, ancora rientrava dentro la linea. L'orrore, al momento invisibile, stava perciò tanticchia più in là. Ebbe come una leggera vertigine, si appoggiò al braccio di Mimì.

«Ti senti bene, Salvo?»

«È che questa mascherina mi dà tanticchia d'accùpa.»

No, il peso sul petto, la mancanza di respiro, il retrogusto di una sconfinata malinconia, l'accùpa insomma, non gliela stava provocando la mascherina. Si calò in avanti per taliare meglio i due cadaveri. E fu allora che poté notare una cosa che finì di sconvolgerlo.

Sotto la fanghiglia si vedevano a rilievo il braccio destro di lei e quello mancino di lui. Le due braccia erano stese dritte, si toccavano. Si calò in avanti ancora di più per taliare meglio, stringendo sempre il braccio di Mimì. E vide le mani dei due morti: le dita della mano dritta di lei erano intrecciate a quelle della mano mancina di lui. Erano morti tenendosi per mano. Nella notte, nel terrore, avendo davanti lo scuro più scuro della morte, si erano cercati, si erano trovati, si erano dati l'un l'altra conforto come tante altre volte avevano sicuramente fatto nel corso della loro vita. La pena, la pietà l'assugliarono improvvise con due cazzotti al petto. Barcollò, Mimì fu lesto a reggerlo.

«Esci fora di qua, tu non me la conti giusta.»

Voltò le spalle, niscì. Si taliò torno torno. Non ricordava chi, ma qualcheduno di Chiesa aveva affermato che l'inferno sicuramente esisteva, ma non si sapeva dove fosse allocato. Perché non provava a passare da quelle parti? Forse l'idea di una possibile collocazione gli sarebbe venuta.

Mimì lo raggiunse, lo taliò attentamente.

«Salvo, come stai?»

«Bene, bene. Gallo e Galluzzo dove sono?»

«Li ho mandati a dare una mano ai pompieri. Tanto, che ci stavano a fare qua? E macari tu, perché non te ne vai? Resto io.»

«Hai avvertito il Sostituto? La Scientifica?»

«Tutti. Prima o poi arriveranno. Vatìnni.»

Montalbano non si cataminò. Stava addritta, taliava 'n terra.

«Ho una colpa» disse.

«Eh?» fece Augello strammato. «Una colpa?»

«Sì. Io questa storia dei due vecchiareddri l'ho pigliata sottogamba fino dal principio.»

«Salvo» reagì Augello, «ma non li hai appena visti? Quei povirazzi sono stati assassinati domenica notte stessa, al ritorno dalla gita. Che potevamo fare? Non sapevamo manco che esistevano!»

«Parlo di dopo, dopo che il figlio è venuto a dirci ch'erano scomparsi.»

«Ma se abbiamo fatto tutto quello che c'era da fare!»

«Vero è. Ma io, da parte mia, l'ho fatto senza convinzione. Mimì, io qua non reggo. Me ne vado a Marinella. Ci vediamo in ufficio verso le cinque.»

«Va bene» disse Mimì.

Rimase a taliare il commissario, preoccupato, fino a quando non lo vide sparire dopo una curva.

A Marinella manco raprì il frigorifero per vìdiri che c'era dintra, non aveva gana di mangiare, si sentiva lo stomaco stretto. Andò in bagno e si taliò nello specchio: la cìnniri, oltre ad avergli ingrigito capelli e baffi, gli aveva messo in mostra le rughe facendole diventare di un bianco pallido, da malato. Si lavò solamente la faccia, si spogliò nudo lasciando cadere a terra vestito e biancheria, indossò il costume, corse a ripa di mare.

Inginocchiato sulla rena, scavò una buca larga con le mani, si fermò solo quando dal fondo vide affiorare rapidamente l'acqua. Pigliò una manata d'alghe ancora verdi e le gettò nella buca. Doppo si stinnicchiò a panza sotto e c'infilò la testa dintra. Respirò profondamente, una, due, tre volte e a ogni pigliata d'aria lo sciàuro della salsedine e delle alghe gli puliziava i polmoni dalla cìnniri che ci era trasuta. Poi si susì ed entrò in mare. Con poche, ferme bracciate si portò al largo. Si riempì la bocca d'acqua di mare, ci sciacquò a lungo palato e gola. Quindi per una mezzorata fece il morto, senza pinsari a nenti.

Galleggiava come un ramo, una foglia.

Tornato in ufficio, telefonò al dottor Pasquano che rispose al solito so'.

«Me l'aspettavo questa gran camurriata di telefonata! Anzi, mi spiavo se non le era capitata qualche cosa, dato che ancora non si era fatto vivo! In pinsero, stavo! Che vuole sapere? Sui due morti ci travaglio domani.»

«Dottore, basta che intanto mi risponda con un sì o con un no. A occhio e croce, sono stati ammazzati nella nottata tra domenica e lunedì?»

«Sì.»

«Un colpo solo alla nuca, tipo esecuzione?»

«Sì.»

«Li hanno torturati prima di sparare?»

«No.»

«Grazie, dottore. Ha visto quanto fiato le ho fatto risparmiare? Così se lo ritrova tutto in punto di morte.»

«Quanto mi piacerebbe farle l'autopsia!» disse Pasquano.

Mimì Augello stavolta fu puntualissimo, s'appresentò alle cinque spaccate. Ma aveva la faccia allammicusa, era evidente che si stava macerando per qualche pinsero.

«Hai trovato tempo per arriposarti, Mimì?»

«Ma quando mai! Abbiamo dovuto aspettare Tommaseo che con la macchina era andato a finire dintra a un fosso.»

«Hai mangiato?»

«Beba mi ha preparato un panino.»

«E chi è Beba?»

«Me l'hai presentata tu. Beatrice.»

La chiamava già Beba! Le cose quindi procedevano bene. Ma allora perché Mimì aveva quella faccia da giorno dei morti? Non ebbe tempo d'insistere sull'argomento perché Augello gli rivolse una domanda che assolutamente non si aspettava.

«Sei sempre in contatto con quella svedese, come si chiama, Ingrid?»

«Non la vedo da tempo. Però mi ha telefonato una simanata fa. Perché?»

«Ci possiamo fidare di lei?»

Montalbano non sopportava che a una domanda si rispondesse con un'altra domanda. Macari lui qualche volta lo faceva, ma aveva sempre uno scopo preciso. Continuò il gioco.

«Tu che ne dici?»

«Non sei tu che la conosci meglio di mia?»

«Perché ti serve?»

«Non mi pigli per pazzo se te lo dico?»

«Pensi che può capitare?»

«Macari se è una cosa grossa?»

Il commissario si stufò del gioco, Mimì non si era manco addunato che stava facendo un dialogo assurdo.

«Senti, Mimì, sulla discrezione di Ingrid ci posso giurare. In quanto a pigliarti per pazzo l'ho già fatto tante di quelle volte che una in più o una in meno non porta differenza.»

«Stanotte non m'ha fatto chiudere occhio.»

Ci andava forte, Beba!

«Chi?»

«Una lettera, una di quelle scritte da Nenè Sanfilippo alla sua amante. Tu non sai, Salvo, come me le sono studiate! A momenti le so a memoria.»

"Che stronzo che sei, Salvo!" si rimproverò Montalbano. "Non fai che pensare male di Mimì e invece quel povirazzo travaglia macari di notte!"

Dopo essersi debitamente rimproverato, il commissario superò agilmente quel breve momento d'autocritica.

«Va bene, va bene. Ma che c'era in quella lettera?»

Mimì aspettò un momento prima di decidersi a rispondere.

«Beh, lui si arrabbia molto, in un primo momento, perché lei si è depilata.»

«Che aveva da arrabbiarsi? Tutte le donne si depilano le ascelle!»

«Non parlava di ascelle.»

«Ah» fece Montalbano.

«Depilazione totale, capisci?»

«Sì.»

«Poi, nelle lettere che seguono, lui ci piglia gusto alla novità.»

«Va bene, ma tutto questo che importanza ha?»

«È importante! Perché io, perdendoci il sonno e macari la vista, credo d'avere capito chi era l'amante di Nenè Sanfilippo. Certe descrizioni che lui fa del corpo di lei, i minimi dettagli, sono meglio di una fotografia. Come sai, a mia le fìmmine piace taliarle.»

«Non solo taliarle.»

«D'accordo. E io mi sono fatto persuaso di poterla riconoscere a questa signora. Perché sono sicuro d'averla incontrata. Basta picca e nenti per avere un'identificazione sicura.»

«Picca e nenti! Mimì, ma che ti viene in testa? Tu vuoi che io vada da questa signora e le dica: "Il commissario Montalbano sono. Signora, per favore, si cali un attimo le mutande". Ma quella minimo mi fa internare!»

«È per questo che ho pensato a Ingrid. Se la fimmina è quella che io credo, l'ho vista a Montelusa qualche volta in compagnia della svedese. Devono essere amiche.»

Montalbano storcì la bocca.

«Non ti pirsuade?» spiò Mimì.

«Mi persuade. Ma tutta la facenna è un bel problema.»

«Perché?»

«Perché non faccio Ingrid capace di tradire un'amica.»

«Tradire? E chi ha parlato di tradimento? Si può trovare un modo qualsiasi, metterla in condizione di lasciarsi scappare qualche parola...»

«Come, per esempio?»

«Mah, che so, tu inviti Ingrid a cena, poi la porti a casa tua, la fai bere, tanticchia di quel nostro vino rosso che ci vanno pazze, e...»

«... e mi metto a parlare di pelo? A quella le piglia un colpo se discorro di certe cose con lei! Da me non se l'aspetta!»

A Mimì, per la sorpresa, gli si allentò la bocca.

«Non se l'aspetta?! Ma dimmi una cosa, tu e Ingrid... Mai?»

«Che vai pensando?» fece irritato Montalbano. «Io non sono come a tia, Mimì!»

Augello lo taliò per un momento, poi congiunse le mani a preghiera, levò gli occhi al cielo.

«Che fai?»

«Domani mando una lettera a Sua Santità» rispose, compunto, Mimì.

«E che gli vuoi dire?»

«Che ti canonizzi mentre ancora sei in vita.»

«Non mi piace questo tuo spirito di patata» fece brusco il commissario.

Mimì tornò di colpo serio. Su certi argomenti col suo capo a volte bisognava andarci coi piedi di chiummo.

«Ad ogni modo, per quanto riguarda Ingrid, dammi tempo per pensarci.»

«D'accordo, ma non pigliartene troppo, Salvo. Tu lo capisci che una cosa è un'ammazzatina per questioni di corna e un'altra è...»

«La capisco benissimo la differenza, Mimì. E non devi essere tu a insegnarmela. Davanti a mia, tu hai ancora la scorcia nel culo.»

Augello incassò senza reagire. Prima aveva sbagliato tasto, parlando di Ingrid. Bisognava fargli passare il malo umore.

«C'è un'altra facenna, Salvo, della quale ti voglio parlare. Ieri, dopo che abbiamo mangiato, Beba m'ha invitato a casa sua.»

A Montalbano l'umore malo passò di colpo. Trattenne il fiato. Tra Mimì e Beatrice era già successo il succedibile in un vìdiri e svìdiri? Se Beatrice era andata subito a letto con Mimì, capace che la cosa si sarebbe risolta presto. E inevitabilmente Mimì sarebbe tornato alla sua Rebecca.

«No, Salvo, non abbiamo fatto quello che stai pensando» disse Augello come se avesse il potere di leggergli dintra la testa. «Beba è una cara ragazza. Molto seria.»

Com'è che diceva Shakespeare? Ah, sì: «Le tue parole son nutrimento per me». Quindi, se Mimì parlava accussì, c'era da sperare.

«A un certo momento lei è andata a cambiarsi. Io, restato solo, ho pigliato in mano una rivista che c'era sul tavolino. L'ho aperta ed è caduta una foto ch'era stata messa in mezzo alle pagine. Rappresentava l'interno di un pullman con i passeggeri assittati ai loro posti. Di quinta e di spalle c'era Beba con un tegame in mano.»

«Quando è tornata le hai spiato in che occasione...»

«No. Mi parse, come dire, indiscreto. Rimisi la foto a posto e basta.»

«Perché me lo stai contando?»

«Mi è venuta un'idea. Se durante questi viaggi si scattano foto-ricordo, è possibile che in giro ce ne sia qualcuna della gita a Tindari, quella alla quale parteciparono i Griffo. Se queste foto si trovano, forse se ne può ricavare qualcosa, macari se non so che.»

Beh, non si poteva negare che Augello aveva avuto una buona alzata d'ingegno. E certamente si aspettava una parola d'elogio. Che non venne. Freddamente e carognescamente il commissario non volle dargli soddisfazione. Anzi.

«Mimì, il romanzo l'hai letto?»

«Quale romanzo?»

«Se non mi sbaglio, assieme alle lettere, ti avevo dato una specie di romanzo che Sanfilippo...»

«No, non l'ho ancora letto.»

«E perché?»

«Come, perché? Ma se mi ci sto addannando l'anima su quelle lettere! Prima del romanzo, voglio sapere se ci ho inzertato su chi era l'amante di Sanfilippo.»

Si susì.

«Dove vai?»

«Ho un impegno.»

«Guarda, Mimì, che questo non è un albergo dove...»

«Avevo promesso a Beba che l'avrei portata a...»

«Va bene, va bene. Per questa volta, vai» concesse, magnanimo, Montalbano.

«Pronto, ditta Malaspina? Il commissario Montalbano sono. C'è l'autista Tortorici?»

«Ora ora tornò. È qui allato a mia. Glielo passo.»

«Buonasera, commissario» fece Tortorici.

«Mi scusi se la disturbo, ma mi necessita un'informazione.»

«Agli ordini.»

«Mi sa dire se durante le gite si scattano fotografie?»

«Beh, sì... però...»

Pareva imparpagliato, la voce gli si era fatta esitante.

«Si scattano sì o no?»

«Mi... mi scusasse, dottore. Posso richiamarla al massimo tra cinque minuti?»

Richiamò che i cinque minuti non erano manco passati.

«Dottore, mi perdonasse ancora, ma non potevo parlare davanti al ragioniere.»

«Perché?»

«Vede, commissario, la paga è bassa.»

«E questo che c'entra?»

«C'entra sì... Io arrotondo, commissario.»

«Si spieghi meglio, Tortorici.»

«I passeggeri, quasi tutti, si portano appresso la macchina fotografica. Quando partiamo, io dico loro che sul pullman è proibito fare fotografie. Ne possono fare quante ne vogliono arrivati a destinazione. Il permesso di scattare foto durante il viaggio ce l'ho solamente io. Tutti abboccano, nessuno protesta.»

«Mi scusi, ma se lei è impegnato a guidare, chi scatta queste fotografie?»

«Lo domando al venditore o a qualcuno dei passeggeri. Poi le faccio sviluppare e le vendo a quelli che vogliono avere il ricordo.»

«Perché non voleva che il ragioniere sentisse?»

«Perché non gli ho domandato il permesso di fare le foto.»

«Basterebbe domandarglielo e tutto si risolverebbe.»

«Già, e così quello con una mano mi dà il permesso e con l'altra mi domanda la percentuale. Guadagno una miseria, dottore.»

«Lei conserva i negativi?»

«Certo.»

«Mi può fare avere quelli dell'ultima gita a Tindari?»

«Ma quelle ce l'ho già tutte sviluppate! Doppo la scomparsa dei Griffo mi è mancato u cori di mettermi a venderle. Ma ora che si sa che sono stati ammazzati, sono sicuro che le smercerò tutte e macari a prezzo doppio!»

«Guardi, facciamo così. Io mi accatto le foto sviluppate e lascio a lei i negativi. E lei li potrà vendere come vuole.»

«Quando le vuole?»

«Prima che può.»

«Ora io devo per forza fare una commissione a Montelusa. Se gliele porto in commissariato stasera verso le nove le va bene?»

Aveva fatto trenta? Tanto valeva fare trentuno. Dopo la morte del suocero, Ingrid e suo marito avevano cangiato di casa. Cercò il numero, lo fece. Era ora di cena e la svedese, quando poteva, preferiva mangiare in famiglia.

«Tu palla ki io senta» fece una voce di fìmmina al telefono.

Ingrid aveva sì cangiato di casa, ma non aveva cangiato d'abitudine per quanto riguardava le cammarere: se le andava a cercare nella Terra del Fuoco, nel Kilimangiaro, nel Circolo polare artico.

«Montalbano sono.»

«Come dikto tu?»

Doveva essere un'aborigena australiana. Sarebbe stato memorabile un colloquio tra lei e Catarella.

«Montalbano. C'è la signora Ingrid?»

«Lei ki sta facendo mangia mangia.»

«Me la chiami?»

Passarono minuti e minuti. Se non era per delle voci lontane, il commissario avrebbe potuto pinsari che la linea era caduta.

«Ma chi è che parla?» spiò poi, circospetta, Ingrid.

«Montalbano sono.»

«Sei tu, Salvo! La cameriera mi aveva detto che c'era un ortolano al telefono. Che piacere sentirti!»

«Ingrid, sono mortificato, ma ho bisogno del tuo aiuto.»

«Tu ti ricordi di me solo quando ti posso essere utile?»

«Dai, Ingrid! È una cosa seria.»

«Va bene, che vuoi?»

«Domani sera possiamo stare assieme a cena?»

«Certo. Lascio perdere tutto. Dove ci vediamo?»

«Al solito bar di Marinella. Alle otto, se per te non è troppo presto.»

Riattaccò sentendosi infelice e imbarazzato. Mimì l'aveva messo in una brutta situazione: quale faccia, quali parole per spiare a Ingrid di una sua eventuale amica depilata? Già si vedeva, rosso e sudaticcio, balbettare incomprensibili domande alla svedese sempre più divertita... E a un tratto si paralizzò. Forse una via d'uscita c'era. Se Nenè Sanfilippo aveva riportato nel computer l'epistolario erotico, non era possibile che?...

Pigliò le chiavi dell'appartamento di via Cavour e niscì di corsa.

DIECI

Con la stessa velocità con la quale stava niscendo dal commissariato, Fazio invece ci stava trasendo. E capitò l'inevitabile scontro frontale degno delle migliori pellicole comiche: siccome erano della stessa altizza e stavano con la testa vascia, rischiarono d'incornarsi come i cervi in amore.

«Dove va? Devo parlarle» fece Fazio.

«E parliamo» disse Montalbano.

Fazio serrò a chiave la porta dell'ufficio, s'assittò con un sorriso soddisfatto.

«È fatta, dottore.»

«Come fatta?» si stupì Montalbano. «A prima botta?»

«Sissignore, a prima botta. Patre Crucillà è un parrino furbo, quello capace che, mentre dice la santa Missa, con uno specchietto retrovisore talìa dintra la chiesa quello che fanno i parrocciani. A farla breve, appena sono arrivato a Montereale, sono andato in chiesa e mi sono assittato in un banco dell'ultima fila. Non c'era manco un'anima criata. Doppo tanticchia dalla sacristia è uscito patre Crucillà coi paramenti, seguito da un chierichetto. Credo che doveva portare l'Olio Santo a qualche moribondo. Passando, mi ha taliato, per lui ero una faccia nova, e macari io l'ho taliato. Sono rimasto inchiovato al banco per un due ore scarse, poi è tornato. Ci siamo nuovamente taliati. È stato una decina di minuti in sacristia ed è nisciuto nuovamente sempre col chierichetto appresso. Arrivato alla mia altezza, mi ha fatto ciao ciao, con le cinque dita della mano belle aperte. Che veniva a significare, secondo lei?»

«Che voleva che tu tornassi in chiesa alle cinque.»

«E così macari io la pinsai. Ma lo vede quant'è furbo? Se io ero un fedele qualsiasi, quel saluto era solamente un saluto, se io invece ero la persona mandata da lei, quello non era più un saluto, ma un appuntamento per le cinque.»

«Che hai fatto?»

«Me ne sono andato a mangiare.»

«A Montereale?»

«No, dottore, non sono accussì fissa come lei mi crede. A Montereale ci sono due trattorie sole e ci conosco un sacco di gente. Non volevo farmi vedere paisi paisi. Siccome avevo tempo, me ne sono andato dalle parti di Bibera.»

«Così lontano?»

«Sissi, ma ne valeva la pena. Mi avevano detto che c'è un posto dove si mangia da Dio.»

«Come si chiama?» spiò subito vivamente interessato Montalbano.

«Da Peppuccio, si chiama. Ma cucinano che è una vera fitinzìa. Forse non era la giornata giusta, capace che al proprietario, che è macari il coco, gli giravano. Se càpita da quelle parti, si ricordi di scansare questo Peppuccio. Insomma, a farla breve, alle cinque meno dieci ero nuovamente dintra la chiesa. Stavolta c'erano tanticchia di persone, due mascoli e sette-otto fìmmine. Tutti anziani. Alle cinque spaccate patre Crucillà niscì dalla sacristia, taliò i parrocciani. Ebbi l'impressione che mi cercasse con gli occhi. Poi trasì nel confessionile e tirò la tendina. Ci andò subito una fìmmina che ci stesi minimo minimo un quarto d'ora. Ma che aveva da confessare?»

«Sicuramente niente» disse Montalbano. «Vanno a confessarsi per parlare con qualcuno. Lo sai com'è la vecchiaglia, no?»

«Allora io mi susii e m'assittai nuovamente in un banco vicino al confessionile. Doppo la vecchia, ci andò un'altra vecchia. Questa ci mise una ventina di minuti. Quando finì, toccò a mia. M'inginocchiai, mi feci la cruci e dissi: "Don Crucillà, io sono la persona mandata dal commissario Montalbano". Non rispose subito, poi mi spiò come mi chiamavo. Io ce lo dissi e lui mi fece: "Oggi quella cosa non si può fare. Domani a matino, prima della prima Missa, ti torni a confessare". "Mi scusasse, ma a che ora è la prima Missa?" ci spiai io. E lui: "Alle sei, tu devi venire alle sei meno un quarto. Devi dire al commissario che si tenga pronto perché la cosa la faremo sicuramente domani alla scurata". Doppo mi disse ancora: "Ora ti alzi, ti fai la cruci, torni a sederti allo stesso posto, reciti cinque Avemmarie e tre Patrinostri, ti rifai la cruci e poi te ne vai".»

«E tu?»

«Che dovevo fare? Ho recitato le cinque Avemmarie e i tre Patrinostri.»

«Come mai non sei venuto prima, dato che te la sei sbrogliata presto?»

«Mi si scassò la macchina e persi tempo. Come restiamo?»

«Facciamo come vuole il parrino. Tu domani a matina alle sei meno un quarto senti quello che ti dice e me lo vieni a riferire. Se lui ha detto che la cosa forse si può fare alla scurata, vuol dire che sarà per le sei e mezzo, le sette. Agiremo in consequenza di quello che ti dirà. Ci andiamo in quattro e con una sola macchina, così non c'è scarmazzo. Io, Mimì, tu e Gallo. Ci sentiamo domani, io ho da fare.»

Fazio niscì, Montalbano compose il numero di casa di Ingrid.

«Tu palla ki io senta» fece la voce aborigena di prima.

«Ki palla è kuello che ha pallato prima. Ortolano sono.»

Funzionò a meraviglia. Ingrid rispose mezzo minuto dopo.

«Salvo, che c'è?»

«Contrordine, sono mortificato. Domani sera non potremo vederci.»

«E quando, allora?»

«Dopodomani.»

«Ti bacio.»

Tutta qui, Ingrid, e per questo Montalbano la stimava e le voleva bene: non pretendeva spiegazioni, del resto neanche lei le avrebbe date. Prendeva solo atto delle situazioni. Mai aveva visto una fìmmina accussì fìmmina com'era fìmmina Ingrid che fosse nello stesso tempo assolutamente non fìmmina.

"Almeno stando alle idee che noi masculiddri ci siamo fatte delle fimminuzze" concluse il suo pensiero Montalbano.

All'altezza della trattoria San Calogero, mentre camminava spedito, si bloccò di colpo come fanno gli scecchi, gli asini, quando decidono per loro misteriose ragioni di fermarsi e di non cataminarsi più, nonostante le zottate e i càvuci nella panza. Taliò il ralogio. Erano appena le otto. Troppo presto per andare a mangiare. Però il travaglio che l'aspettava in via Cavour sarebbe stato lungo, certamente avrebbe pigliato l'intera nottata. Forse poteva principiare, poi interrompere verso le dieci... Ma se gli fosse venuto pititto prima?

«Che fa, commissario, s'addecide o non s'addecide?»

Era Calogero, il proprietario della trattoria che lo taliava dalla porta. Non aspettava altro.

Il locale era completamente vacante, mangiare alle otto di sira è cosa di milanesi, i siciliani cominciano a pigliare in considerazione la mangiata passate le nove.

«Che abbiamo di bello?»

«Taliasse ccà» rispose orgoglioso Calogero indicandogli il bancone frigorifero.

La morte piglia i pesci nell'occhio, glielo appanna.

Questi invece avevano gli occhi vivi e sparluccicanti come se stessero ancora nuotando.

«Fammi quattro spigole.»

«Primo non ne vuole?»

«No. Che hai d'antipasto?»

«Purpiteddri che si squagliano in bocca. Non ha bisogno d'adoperare i denti.»

Era vero. I polipetti gli si sciolsero in bocca, tenerissimi. Con le spigole, dopo averci messo qualche goccia di «condimento del carrettiere», vale a dire oglio aromatizzato con aglio e peperoncino, se la pigliò commoda.

Il commissario aveva due modi di mangiare il pesce. Il primo, che adoperava controvoglia e solo quando aveva picca tempo, era quello di spinarlo, raccogliere nel piatto le sole parti commestibili e quindi principiare a mangiarsele. Il secondo, che gli dava assai più soddisfazione, consisteva nel guadagnarsi ogni singolo boccone, spinandolo sul momento. Ci si impiegava più tempo, è vero, ma proprio quel tanticchia di tempo in più in un certo senso faceva da battistrada: durante la ripulitura del boccone già condito il cervello preventivamente metteva in azione gusto e olfatto e così pareva che il pesce uno se lo mangiava due volte.

Quando si susì dalla tavola si erano fatte le nove e mezza. Decise di farsi due passi al porto. La verità vera era che non gli spirciava di vedere quello che s'aspettava di vedere in via Cavour. Sul postale per Lampedusa stavano acchianando alcuni grossi camion. Passeggeri pochi, turisti nenti, ancora non era stascione. Tambasiò per un'orata, poi s'arrisolse.

Appena trasuto nell'appartamento di Nenè Sanfilippo s'assicurò che le finestre fossero chiuse bene e non lasciassero passare la luce e quindi andò in cucina. Sanfilippo ci teneva, tra le altre cose, l'occorrente per il caffè e Montalbano adoperò la macchinetta più grande che trovò, a quattro tazze. Mentre il caffè bolliva, diede un'occhiata all'appartamento. Il computer, quello sul quale aveva travagliato Catarella, aveva allato uno scaffale pieno di dischetti, CD-ROM, compact, videocassette. Catarella aveva messo in ordine i dischetti del computer e vi aveva infilato in mezzo un foglietto sul quale era scritto a stampatello: DISQUETTI VASTASI. Materiale porno, dunque. Le videocassette le contò, erano trenta. Quindici erano state accattate in un qualche sexshop e avevano etichette colorate e titoli inequivocabili; cinque invece erano state registrate dallo stesso Nenè e intitolate con un nome femminile diverso, Laura, Renée, Paola, Giulia, Samantha. Le altre dieci erano invece cassette originali di film, tutti rigorosamente americani, tutti titoli che lasciavano prevedere sesso e violenza. Pigliò le cassette dai nomi femminili e se le portò nella cammara di letto, dove Nenè Sanfilippo teneva il televisore gigante. Il caffè era passato, se ne bevve una tazza, tornò in cammara di letto, si levò giacchetta e scarpe, inserì nel videoregistratore la prima cassetta che gli capitò, *Samantha*, si stinnicchiò sopra il letto mettendosi due cuscini darrè le spalle e fece partire il nastro mentre s'addrumava una sigaretta.

La scenografia consisteva in un letto a due piazze, quello stesso sul quale era steso Montalbano. La ripresa avveniva a inquadratura fissa: la camera stava ancora piazzata sul settimanile di fronte, pronta per un'altra ripresa erotica che non ci sarebbe più stata. In alto, proprio sopra al settimanile, c'erano due faretti che, opportunamente direzionati, venivano messi in funzione al momento giusto. La vocazione di Samantha, rossa di pelo, alta sì e no un metro e cinquantacinque, era tendenzialmente acrobatica, si agitava tanto e assumeva posizioni così complesse che spesso andava a finire fuori campo. Nenè Sanfilippo, in quella sorta di ripasso gene-

rale del kamasutra, pareva trovarsi perfettamente a suo
agio. L'audio era pessimo, le scarse parole si sentivano
appena, in compenso i lamenti, i grugniti, i sospiri e i gemiti scattavano a pieno volume, come càpita in televisione quando trasmettono la pubblicità. La visione integrale durò tre quarti d'ora. In preda a una noia mortale, il
commissario mise la seconda cassetta, *Renée*. Ebbe appena il tempo di notare che la scenografia era sempre la
stessa e che Renée era una picciotta ventina, altissima e
magrissima con delle minne enorme e tutt'altro che depilata. Non aveva gana di vedersi tutta la cassetta e perciò gli venne in mente di premere sul telecomando il tasto dell'avanti veloce per poi stoppare di tratto in tratto.
Gli venne in mente soltanto, perché appena vide Nenè
che penetrava alla pecorina Renée una botta di sonno irresistibile lo colpì alla nuca come una mazzata, gli fece
chiudere gli occhi, l'obbligò senza remissione a sprofondare in un sonno piombigno. Il suo ultimo pinsero fu
che non c'è miglior sonnifero della pornografia.

S'arrisbigliò di colpo senza capire se erano state le urla di Renée in preda ad un orgasmo tellurico o i calci
violenti alla porta d'ingresso misti allo squillo ininterrot-
to del campanello. Che stava succedendo? Intronato dal
sonno, si susì, fermò il nastro e mentre si dirigeva alla
porta per raprire accussì com'era, spettinato, in maniche
di camicia, i pantaloni che gli calavano (ma quando se li
era slacciati per starsene più comodo?), scalzo, sentì una
voce che sul momento non riconobbe gridare:

«Aprite! Polizia!»

Strammò definitivamente. Ma non era lui la polizia?

Raprì e inorridì. Il primo che vide fu Mimì Augello in
corretta posizione di tiro (gambe flesse, culo leggermente all'indietro, braccia tese, le due mani sul calcio della
pistola), darrè a lui la signora Burgio Concetta vedova
Lo Mascolo e appresso una folla che si stipava tanto sul

pianerottolo quanto sulle rampe di scale che portavano ai piani superiori e inferiori. Con una sola occhiata riconobbe la famiglia Crucillà al completo (il padre Stefano, pensionato, in camicia da notte, la sua signora in accappatoio di spugna, la figlia Samanta, questa senza acca, in maglione lungo provocante); il signor Mistretta in mutande, canottiera e, inspiegabilmente, con la borsa nivura e sformata in mano; Pasqualino De Dominicis, il picciliddro incendiario, tra il papuccio Guido in pigiama e la mammina Gina in un vaporoso quanto antiquato babydoll.

Alla vista del commissario, accaddero due fenomeni: il tempo si fermò e tutti impietrarono. Ne approfittò la signora Burgio Concetta vedova Lo Mascolo per improvvisare in tono drammatico un monologo didattico-esplicativo.

«Maria, Maria, Maria, chi grannissimo scanto ca mi pigliai! Appena appena appinnicata mi ero, quanno tutto 'nzèmmula mi parse di sèntiri la sinfonia di quanno la bonarma era viva! La buttana ca faciva ah ah ah ah e iddru ca faciva comu a un porcu! Preciso, intìfico alle volte passate! Ma comu, un fantasima torna a la so' casa e si porta appressu una buttana? E si mette, rispetto parlanno, a ficcare comu se fusse vivo? Aggelata ero! Morta di scanto ero! E accussì tilifonai alle guardie. Tutto potevo immaginare meno che si trattava del signore e commissario ch'era vinuto a fare proprio ccà i commodi so'. Tutto mi potevo immaginare!»

La conclusione alla quale era pervenuta la signora Burgio Concetta vedova Lo Mascolo, che era la stessa di tutti i presenti, si basava su una logica ferrea. Montalbano, già completamente pigliato dai turchi, non ebbe la forza di reagire. Restò sulla porta, insallanuto. A reagire fu Mimì Augello che, rimessa la pistola in sacchetta, con una mano spinse violentemente il commissario narrè, all'interno dell'appartamento, mentre si metteva a fare una tale vociata da provocare l'immediata fuitina dei casigliani.

«Basta! Andate a dormire! Circolare! Non c'è niente da vedere!»

Poi, chiusa la porta alle sue spalle, nivuro in faccia, avanzò verso il commissario.

«Ma che minchia di pensata t'è venuta di portarti una fimmina ccà dintra! Falla venire fora, che vediamo come farla nesciri dal palazzo senza provocare un altro quarantotto.»

Montalbano non rispose, andò nella cammara di letto seguito da Mimì.

«S'è ammucciata nel bagno?» spiò Augello.

Il commissario fece ripartire il nastro, abbassando però il volume.

«Eccola, la fimmina» disse.

E s'assittò sul bordo del letto. Augello taliò il televisore. Poi, di colpo, crollò su una seggia.

«Come ho fatto a non pensarci prima?»

Montalbano mise il fermo-immagine.

«Mimì, la verità è che tanto io quanto tu abbiamo preso le morti dei vecchiareddri e di Sanfilippo senza impegnarci, trascurando certe cose che c'erano da fare. Abbiamo forse la testa troppo persa darrè altri pinseri. Stiamo occupandoci più dei fatti nostri che delle indagini. Chiusa la facenna. Si riparte. Ti sei mai spiato perché Sanfilippo aveva riversato nel computer l'epistolario con l'amante?»

«No, ma dato che lui ci travagliava, coi computer...»

«Mimì, tu ne hai mai ricevute lettere d'amore?»

«Certo.»

«E che ne hai fatto?»

«Alcune le ho conservate, altre no.»

«Perché?»

«Perché ce ne erano d'importanti che...»

«Fermati qua. Hai detto importanti. Per quello che

contenevano, naturalmente, ma macari per come erano scritte, per la grafia, gli errori, le cancellature, le maiuscole, gli a capo, il colore della carta, l'indirizzo sulla busta... Insomma, taliando quella lettera ti era facile evocare la persona che l'aveva scritta. È vero o no?»

«È vero.»

«Ma se tu la trasferisci dintra a un computer, quella lettera perde ogni valore, forse ogni valore no, ma buona parte sì. Perde persino ogni valore di prova.»

«In che senso, scusa?»

«Che non puoi manco domandare una perizia calligrafica. Ma ad ogni modo, avere una copia delle lettere dalla stampa del computer è sempre meglio che niente.»

«Non ho capito, scusa.»

«Supponiamo che la relazione di Sanfilippo sia una relazione pericolosa, non alla de Laclos naturalmente...»

«E che è questo de Laclos?»

«Lascia perdere. Dicevo pericolosa nel senso che, se scoperta, può finire a schifio, ad ammazzatina. Forse – avrà pensato Nenè Sanfilippo – se ci scoprono, la consegna dell'epistolario originale potrà salvarci la vita. A farla breve, lui mette le lettere nel computer e il pacchetto degli originali lo lascia in bella evidenza, pronto allo scambio.»

«Che però non avviene, in quanto le lettere originali sono sparite e lui è stato ammazzato lo stesso.»

«Già. Mi sono fatto pirsuaso di una cosa e cioè che Sanfilippo, a malgrado sapesse di correre un pericolo intrecciando quella relazione, abbia sottovalutato il pericolo stesso. Ho l'impressione, solo l'impressione, bada bene, che non si tratta solo della possibile vendetta di un marito cornuto. Ma andiamo avanti. Mi sono detto: se Sanfilippo si priva delle possibilità evocative suggerite da una lettera autografa, è possibile che della sua amante non abbia tenuto manco una foto, un'immagine? E così mi sono venute a mente le videocassette conservate qua.»

«E sei venuto a taliartele.»

«Sì, ma mi sono scordato che, appena talìo un film porno, a me mi viene subito sonno. Stavo vedendo quelle registrate qua dentro da lui stesso con diverse fimmine. Ma non lo faccio accussì scemo.»

«Che viene a dire?»

«Viene a dire che avrà pigliato delle precauzioni per evitare che un estraneo scopra immediatamente chi è lei.»

«Salvo, forse è la stanchezza, ma...»

«Mimì, le cassette sono una trentina e vanno taliate tutte.»

«Tutte?!»

«Sì, e ti spiego perché. Le cassette sono di tre tipi. Cinque registrate da Sanfilippo che documentano le sue imprese con cinque fimmine diverse. Quindici sono cassette porno accattate da qualche parte. Dieci sono di film americani, home-video. Bisogna, come ti ho detto, taliarle tutte.»

«Ancora non ho capito perché bisogna perdere questo tempo. Sulle cassette in vendita sul mercato, siano film normali o porno, non si può registrare di nuovo.»

«E qui ti sbagli. Si può. Basta intervenire sulla cassetta in un certo modo, me lo spiegò tempo addietro Nicolò Zito. Vedi, Sanfilippo può aver fatto ricorso a questo sistema: piglia il nastro di un film, che so, *Cleopatra*, lo lascia scorrere per un quarto d'ora, poi lo stoppa e comincia a registrarci sopra quello che vuole lui. Che succede? Succede che uno straneo mette la cassetta nel videoregistratore, si fa persuaso che si tratta del film *Cleopatra*, la ferma, la leva e ne mette un'altra. E invece lì c'è proprio quello che stavano cercando. Sono stato chiaro?»

«Abbastanza» disse Mimì. «Quello che basta a convincermi a taliare tutti i nastri. E macari facendo ricorso all'avanti-veloce sarà sempre una cosa certamente lunga.»

«Armati di pacienza» fu il commento di Montalbano.

S'infilò le scarpe, allacciò le stringhe, indossò la giacchetta.

«Perché ti vesti?» spiò Augello.

«Perché me ne sto andando a casa. Qua ci rimani tu. Del resto, di chi sia la fìmmina ti sei fatto un'idea, sei l'unico che possa riconoscerla. Se la trovi in uno di questi nastri, e sono certo che la trovi, telefonami a qualsiasi ora. Divertiti.»

Niscì dalla cammara senza che Augello avesse aperto bocca.

Mentre scendeva a piedi le scale, sentì ai vari piani porte che cautamente s'aprivano: gli inquilini di via Cavour 44 erano restati vigilanti ad aspettare l'uscita della focosa fìmmina che aveva ficcato col commissario. Avrebbero perso la nottata.

Strata strata non c'era anima criata. Un gatto niscì da un portone, gli rivolse un saluto miagoloso. Montalbano ricambiò con un «ciao, come va?». Il gatto si pigliò di simpatia e l'accompagnò per due isolati. Poi tornò narrè. L'aria della notte gli stava facendo sbariare la sonnolenza. La sua macchina era parcheggiata davanti al commissariato. Un filo di luce passava da sotto il portone chiuso. Suonò il campanello, gli venne a raprire Catarella.

«Chi fu, dottori? Ci abbisogna di qualichi cosa?»

«Dormivi?»

Allato all'ingresso c'erano il centralino e una cammareddra minuscola con una brandina, dove chi era di guardia poteva distendersi.

«Nonsi, dottori, stavo arrisorbendo le parole crucciate.»

«Quelle che ci travagli da due mesi?»

Catarella fece un sorriso orgoglioso.

«Nonsi, dottori, io a quelle l'arrisorbetti. Ne principiai uno novo novo.»

Montalbano trasì nel suo ufficio. Sulla scrivania c'era un pacchetto, l'aprì. Conteneva le foto della gita a Tindari.

Principiò a taliarle. Tutti mostravano facce sorridenti,

com'era d'obbligo in una spedizione del genere. Facce che conosceva già per averle viste in commissariato. Gli unici a non sorridere erano i signori Griffo, dei quali esistevano solo due foto. Nella prima, lui stava con la testa mezzo girata narrè, a taliare attraverso il lunotto posteriore. Lei invece fissava l'obiettivo con un'ariata inebetita. Nella seconda, lei teneva la testa calata in avanti e non si vedeva l'espressione, mentre lui stavolta stava con lo sguardo fisso in avanti, gli occhi senza nessuna luce.

Montalbano tornò a taliare la prima fotografia. Poi si mise a cercare nei cassetti, sempre più velocemente, man mano che non trovava quello che voleva.

«Catarella!»

Catarella si precipitò.

«Ce l'hai una lente d'ingrandimento?»

«Quella che fa vìdiri grosse grosse le cose?»

«Quella.»

«Fazio inforsi che una ne tiene addintra del suo cascione.»

Tornò reggendola trionfalmente in alto.

«La pigliai, dottori.»

La macchina, fotografata attraverso il lunotto posteriore e che stava quasi incollata al pullman, era una Punto. Come una delle due auto di Nenè Sanfilippo. La targa era visibile, però i numeri e le lettere Montalbano non arriniscì a leggerle. Manco con l'aiuto della lente. Forse era inutile farsi illusioni, quante erano le Punto che giravano in Italia?

Se la mise in sacchetta, salutò Catarella, si infilò in macchina. Sentiva ora il bisogno di una bella dormitina.

UNDICI

Dormì picca e nenti, tutta la dormitina consistette in tre ore scarse di arramazzamento sul letto, con le linzola che l'arravugliavano come a una mummia. Ogni tanto addrumava la luce e taliava la foto che aveva messo sul comodino, come se potesse capitare il miracolo che, tutto 'nzèmmula, la sua vista diventava accussì acuta da fargli decifrare il numero di targa della Punto che camminava appresso al pullman. Sentiva a fiuto, come un cane di caccia puntato verso una troffa di saggina, che lì c'era ammucciata una chiave capace di raprirgli la porta giusta. La telefonata che gli arrivò alle sei fu come una liberazione. Doveva essere Mimì. Sollevò il telefono.

«Dottore, la svegliai?»

Non era Mimì, era Fazio.

«No, Fazio, non ti preoccupare. Ti confessasti?»

«Sissi, dottore. Mi dette la solita penitenza, cinque Avemmarie e tre Patrinostri.»

«Avete combinato?»

«Sissi. La cosa è confermata, si farà alla scurata. Dunque, noi ci dobbiamo trovare...»

«Aspetta, Fazio, non ne parlare al telefono. Vatti a riposare. Ci vediamo in ufficio verso le undici.»

Pensò che Mimì stava perdendo il sonno a taliare le cassette di Nenè Sanfilippo. Era meglio se smetteva e se ne andava macari lui a farsi qualche orata di letto. La facenna che dovevano affrontare alla scurata non era da pigliarsi alla comevieneviene: bisognava che tutti fossero nelle condizioni migliori. Già, ma lui non aveva il numero di telefono di Nenè Sanfilippo. Oddio, di telefonare a

Catarella e cercare di farselo dare, perché sicuramente in commissariato quel numero da qualche parte c'era, manco a parlarne. Fazio doveva saperlo. Stava tornando a casa e l'aveva chiamato col cellulare. Già, ma lui non aveva il numero del cellulare di Fazio. E figurarsi se il numero di Sanfilippo compariva nell'elenco di Vigàta! Lo raprì svogliatamente e altrettanto svogliatamente lo taliò. C'era. Ma perché uno quando cerca un numero parte sempre dal presupposto che nell'elenco non ci sia? Mimì rispose al quinto squillo.

«Chi parla?»

Mimì aveva risposto basso e quateloso. Evidentemente gli era venuto il pinsero che a telefonare a quell'ora non poteva essere che un amico di Sanfilippo. Carognescamente, Montalbano gli desi corda. Sapeva cangiare di voce a meraviglia, se ne fece una picciottesca e provocatoria.

«No, dimmelo tu chi sei, stronzo.»

«Prima dimmi chi sei tu.»

Mimì non l'aveva riconosciuto.

«Io cerco Nenè. Passamelo.»

«Non è in casa. Ma puoi dire a me che io...»

«Allora, se in casa Nenè non c'è, vuol dire che c'è Mimì.»

Montalbano sentì una sequela di santioni, poi la voce irritata di Augello che l'aveva riconosciuto.

«Solo a un pazzo come a tia poteva venire in testa di mettersi a cugliuniare alle sei del matino al telefono. Ma come ti spercia? Perché non ti fai vedere da un medico?»

«Hai trovato niente?»

«Niente. Se avessi trovato qualcosa ti avrei chiamato, no?»

Augello era ancora arraggiato per lo scherzo.

«Senti, Mimì, siccome stasera dobbiamo fare una cosa importante, ho pensato che è meglio se lasci perdere e ti vai a riposare.»

«Che dobbiamo fare stasera?»

«Poi te lo dico. Ci vediamo in ufficio verso le tre di doppopranzo. Va bene?»

«E va bene, sì. Perché a mia, a forza di taliare questi nastri, mi sta venendo gana di farmi frate trappista. Facciamo così: me ne vedo altre due e poi torno a casa.»

Il commissario riattaccò e compose il numero del suo ufficio.

«Pronti! Pronti! Il commissariato parla! Cu è chi mi sta tilifonando?»

«Montalbano sono.»

«Di pirsona pirsonalmente?»

«Sì. Catarè, dimmi una cosa. Mi pare di ricordare che tu hai un amico alla Scientifica di Montelusa.»

«Sissi, dottori. Cicco De Cicco. È uno longo longo, napolitano nel senso che è di Salerno, pirsona veramenti scialacori. Si figurasse che una bella matina mi tilifona e mi dice che...»

Se non lo fermava subito, quello capace che gli contava vita, morte e miracoli dell'amico Cicco De Cicco.

«Senti, Catarè, la storia me la conti dopo. A che ora va di solito in ufficio?»

«Cicco s'arricampa in officio inverso che saranno le novi. Diciamo accussì tra un due orate.»

«Questo De Cicco è quello del reparto fotografico, vero?»

«Sissi, dottori.»

«Dovresti farmi un favore. Telefonare a De Cicco e metterti d'accordo con lui. In mattinata gli devi portare una...»

«Non ci la posso portari, dottori.»

«Perché?»

«Se vossia voli, io questa cosa ci la porto l'istesso, ma De Cicco sicurissimamente di sicuro ca stamatina non c'è. Me lo feci assapere De Cicco di pirsona aieri a sira quanno che mi tilifonò.»

«E dov'è?»

«A Montelusa. In Questura. Ma sono tutti arriuniti.»

«Che devono fare?»

«Il signor quistori ha fatto vinìri di Roma un granni e grannissimo crimininilologo ca ci deve fare la lizioni.»

«Una lezione?»

«Sissi, dottori. De Cicco m'ha detto che la lizioni è come devono fari se pi caso devono fari la pipì.»

Montalbano sbalordì.

«Ma che mi dici, Catarè!»

«Ci lo giuro, dottori.»

A questo punto il commissario ebbe un lampo.

«Catarè, non è la pipì, ma semmai la pipìa, PPA. Che viene a dire "probabile profilo dell'aggressore". Hai capito?»

«Nonsi, dottori. Ma che ci dovevo portari a De Cicco?»

«Una foto. Avevo bisogno che mi facesse degli ingrandimenti.»

All'altro capo del filo ci fu silenzio.

«Pronto, Catarè, sei ancora lì?»

«Sissi, dottori, non mi sono cataminato. Sempre qua sto. Sto arriflittendo.»

Passarono tre minuti abbondanti.

«Catarè, vedi di fare una riflessione svelta.»

«Dottori, taliasse che se vossia mi porta la foto, io piglio e la scanno.»

Montalbano strammò.

«Perché mi vuoi scannare?»

«Nonsi, dottori, non voglio scannari a vossia, ma alla fotografia.»

«Catarè, fammi capire. Ti stai riferendo al computer?»

«Sissi, dottori. E se non la scanno io, pirchì ci voli propriamenti proprio lo scànnaro bono, la porto a un amico affidato.»

«Va bene, grazie. Ci vediamo tra poco.»

Riattaccò e subito il telefono squillò.

«Bingo! Bingo!»

Era Mimì Augello, eccitato.

«Ci ho inzertato in pieno, Salvo. Aspettami. Tra un quarto d'ora sono da te. Il tuo videoregistratore funziona?»

«Sì. Ma è inutile farmelo vedere, Mimì. Sai che queste cose porno m'abbùttano e mi siddrìano.»

«Ma questa non è roba porno, Salvo.»

Riattaccò e subito il telefono squillò.

«Finalmente!»

Era Livia. Quel «finalmente!» però non era stato detto con gioia, ma con assoluta freddezza. L'ago del personale barometro di Montalbano pigliò a oscillare verso l'indicazione «temporale».

«Livia! Che bella sorpresa!»

«Sei sicuro che sia così bella?»

«Perché non dovrebbe esserlo?»

«Perché sono giorni che non ho tue notizie. Che non ti degni di farmi una telefonata! Io ti ho chiamato e richiamato, ma non sei mai in casa.»

«Potevi chiamarmi in ufficio.»

«Salvo, lo sai che non mi piace telefonarti lì. Per avere tue notizie, lo sai che ho fatto?»

«No. Dimmi.»

«Ho comprato il "Giornale di Sicilia". L'hai letto?»

«No. Che c'è scritto?»

«Che sei alle prese con ben tre delitti, una coppia di vecchietti e un ventenne. L'articolista lasciava anche capire che non sai dove sbattere la testa. Insomma, diceva che sei in declino.»

Questa poteva essere una via di salvezza. Dirsi un infelice, sorpassato dai tempi, incapace quasi d'intendere e di volere. Così Livia si sarebbe calmata e forse l'avrebbe macari compatito.

«Ah, Livia mia, com'è vero! Forse invecchio, forse il mio cervello non è più quello di una volta...»

«No, Salvo, rassicurati. Il tuo cervello è quello di sempre. E me ne stai dando la prova con questa tua recitazione da pessimo attore. Vorresti essere coccolato? Non ci casco, sai? Ti conosco troppo bene. Telefonami. Nei ritagli di tempo, naturalmente.»

Riattaccò. Possibile che ogni telefonata con Livia si doveva concludere con una sciarriatina? Andare avanti così non si poteva, una soluzione bisognava assolutamente trovarla.

Andò in cucina, riempì la macchinetta del caffè, la mise sul fuoco. Mentre aspettava, raprì la porta-finestra, niscì sulla verandina. Una giornata che veniva il cori. Colori chiari e caldi, il mare pigro. Aspirò profondamente e in quel momento il telefono squillò di nuovo.

«Pronto! Pronto!»

Nessuno rispose, ma il telefono ripigliò a squillare. Com'era possibile, se teneva il microfono sollevato? Poi capì: non era il telefono, ma il campanello della porta d'ingresso.

Era Mimì Augello, ch'era stato più veloce di un pilota di Formula 1. Stava sulla porta e non si decideva ad entrare, un sorriso che gli spaccava la faccia. Teneva in mano una videocassetta e l'agitava sotto il naso del commissario.

«Hai mai visto *Getaway*, un film che...»

«Sì, l'ho visto.»

«E ti è piaciuto?»

«Abbastanza.»

«Questa versione è meglio.»

«Mimì, ti decidi a trasire? Seguimi in cucina, che il cafè è pronto.»

Ne versò una tazza per sé e una per Mimì che l'aveva seguito.

«Andiamo di là» fece Augello.

Si era asciugato la tazza con un sorso solo, sicuramente abbrusciandosi i cannarozza, ma aveva troppa prescia, era impaziente di far vedere a Montalbano quello che aveva scoperto e, soprattutto, gloriarsi del suo intuito. Infilò la cassetta tanto eccitato che voleva farla trasire a rovescio. Santiò, la mise giusta, la fece partire. Doppo una ventina di minuti di *Getaway*, che Mimì fece scorrere velocemente, ce n'erano altri cinque cancellati, si vedevano solo puntini bianchi saltellanti e l'audio friggeva. Mimì lo levò del tutto.

«Mi pare che non parlano» disse.

«Che significa ti pare?»

«Sai, non l'ho visto di seguito, il nastro. L'ho taliato a saltare.»

Poi apparse un'immagine. Un letto a due piazze coperto da un linzolo candido, due cuscini sistemati a far da spalliera, uno era direttamente appoggiato al muro color verde chiaro. Si vedevano macari due comodini molto eleganti, di legno chiaro. Non era la cammara di dormiri di Sanfilippo. Per un altro minuto non capitò niente, ma era chiaro che chi stava maneggiando la telecamera cercava il giusto foco, tutto quel bianco sparava. Ci fu un nero. Quindi tornò la stessa inquadratura, ma più stretta, i comodini non si vedevano più. Questa volta sul letto c'era una picciotta trentina, completamente nuda, superbamente abbronzata, ripresa a figura intera. La depilazione risaltava perché lì la pelle pareva d'avorio, evidentemente era stata difesa dai raggi del sole col tanga. Al primo vederla, il commissario provò una scossa. La conosceva, di sicuro! Dove si erano incontrati? Un secondo doppo si corresse, no, non la conosceva, ma l'aveva in qualche modo già vista. Sulle pagine di un libro, in una riproduzione. Perché la fimmina, le lunghissime gambe e il bacino sul letto, il resto del corpo sollevato sui cuscini, leggermente inclinata a sinistra, le mani incrociate darrè la testa, era una stampa e una figura con la *Maja desnuda* di Goya. Non era però solo la posizione ad aver dato quell'impressione sbagliata a Montalbano:

la sconosciuta aveva la stessa pettinatura della Maja, qui la fimmina sorrideva appena appena.

«Come la *Gioconda*» venne in mente al commissario, dato che oramai si era messo sulla strata dei confronti pittorici.

La telecamera si manteneva ferma, come affatata dalla stessa immagine che riprendeva. La sconosciuta stava sul linzolo e sui cuscini perfettamente a suo agio, rilassata, nel suo elemento. Una vera fimmina da letto.

«È quella alla quale hai pensato leggendo le lettere?»

«Sì» rispose Augello.

Può un solo monosillabo contenere tutto l'orgoglio del mondo? Mimì era riuscito a farcelo trasire tutto.

«Ma come hai fatto? Mi pare che l'hai vista di sfuggita qualche volta. E sempre vestita.»

«Vedi, lui, nelle lettere, la pitta, la dipinge. Anzi, no: non ne fa un ritratto, ma un'incisione.»

Perché quella fimmina, quando si parlava di lei, faceva venire in mente cose d'arte?

«Per esempio» continuò Mimì «parla della sproporzione tra la lunghezza delle gambe e quella del busto che, talìa bene, in rapporto dovrebbe essere tanticchia meno corto di quello che è. E poi descrive la pettinatura, il taglio degli occhi...»

«Ho capito» troncò Montalbano, pigliato da una botta d'invidia.

Non c'era dubbio, Mimì aveva un occhio speciale per le fimmine.

Intanto la telecamera aveva zumato sui piedi, era lentissimamente risalita lungo il corpo di lei con minimi indugi sul pube, sull'ombelico, sui capezzoli, si era fermata sugli occhi.

Possibile che le pupille della fimmina fossero accese da una luce interiore tanto forte da rendere lo sguardo alonato come da una ipnotica fosforescenza? Cos'era, quella fimmina, un pericoloso armalo notturno? Taliò meglio e si rassicurò. Non erano occhi da strega, le pupille riflettevano la luce dei faretti utilizzati da Nenè Sanfilippo per illuminare meglio la scena. La telecamera si spostò sulla bocca. Le labbra, due vampe che occupavano tutto il video, si mossero, si dischiusero, la punta gattesca della lingua fece capolino, contornò prima il labbro superiore poi quello inferiore. Nessuna volgarità, ma i due òmini che taliavano restarono allocuti dalla violenta sensualità di quel gesto.

«Torna indietro e metti l'audio al massimo» fece improvvisamente Montalbano.

«Perché?»

«Ha detto qualcosa, ne sono sicuro.»

Mimì eseguì. Appena tornata l'inquadratura della bocca, una voce d'omo murmuriò qualche cosa che non si capì.

«Sì» rispose distintamente la fimmina. E principiò a passarsi la lingua sulle labbra.

Dunque il sono c'era. Raro, ma c'era. Augello lo lasciò a volume alto.

Poi la telecamera scese sul collo, lo sfiorò come una mano amorosa da sinistra a destra e da destra a sinistra e ancora, ancora, una carezza da spasimo. E infatti si sentì un leggero gemito di lei.

«È il mare» disse Montalbano.

Mimì lo taliò imparpagliato, levando a fatica gli occhi dallo schermo.

«Cosa?»

«La rumorata continua e ritmica che si sente. Non è un fruscìo, un disturbo di fondo. È il rumore del mare quando è tanticchia grosso. La casa dove stanno girando è proprio a ripa di mare come la mia.»

Stavolta la taliata di Mimì si cangiò in ammirativa.

«Che orecchio fino che hai, Salvo! Se questo è il rumore del mare, allora so dove hanno fatto questa ripresa.»

Il commissario si sporse in avanti, pigliò il telecomando, fece riavvolgere il nastro.

«Ma come?» protestò Augello. «Non continuiamo? Se ti ho detto che l'ho visto a saltare!»

«Lo vedrai tutto quando farai il bravo bambino. Intanto, sei capace di farmi il riassunto di quello che sei riuscito a vedere?»

«Prosegue così. I seni, l'ombelico, il pancino, il monte di Venere, le cosce, le gambe, i piedi. Poi lei si volta e lui se la ripassa tutta da dietro. All'ultimo lei torna a pancia in su, si sdraia meglio, si mette un cuscino sotto il sederino e schiude le gambe quel tanto che basta perché la telecamera...»

«Va bene, va bene» interruppe Montalbano. «E non succede nient'altro? L'omo non si vede mai?»

«Mai. E non succede nient'altro. Per questo ti ho detto che non era una cosa pornografica.»

«No?»

«No. Questa ripresa è una poesia d'amore.»

Aveva ragione, Mimì, e Montalbano non replicò.

«Mi vuoi presentare la signora?» spiò.

«Con vero piacere. Si chiama Vanja Titulescu, ha trentun anni, romena.»

«Profuga?»

«Per niente. Suo padre era, in Romania, ministro della Sanità. Lei stessa, Vanja, è laureata in medicina, ma qui non esercita. Il suo futuro marito, che già era una celebrità nel suo campo, venne invitato a Bucarest per un ciclo di conferenze. S'innamorarono, o almeno lui s'innamorò di lei, se la portò in Italia e se la maritò. Macari se lui era più grande di una ventina d'anni. Ma la picciotta pigliò a volo l'occasione.»

«Da quand'è che sono maritati?»

«Da cinque anni.»

«Mi dici chi è il marito? O la storia me la vuoi contare a puntate?»

«Il dottor professor Eugenio Ignazio Ingrò, il mago dei trapianti.»

Un nome celebre, compariva sui giornali, si vedeva in televisione. Montalbano cercò d'evocarlo, gli venne la sfumata immagine di un omo alto, elegante, di non facile parola. Era veramente considerato un chirurgo dalle mani magiche, chiamato a operare in tutta Europa. Aveva macari una sua clinica a Montelusa dove era nato e dove ancora risiedeva.

«Hanno figli?»

«No.»

«Scusa, Mimì, ma tutte queste notizie le hai raccolte stamatina doppo che avevi visto il nastro?»

Mimì sorrise.

«No, mi sono informato quando mi sono fatto pirsuaso che la fimmina delle lettere era lei. Il nastro è stato solo la conferma.»

«Che altro sai?»

«Che qui, dalle parti nostre, e precisamente tra Vigàta e Santolì, hanno una villa al mare con una spiaggetta privata. Certamente quella dove hanno girato, approfittando di un viaggio del marito fora Montelusa.»

«Lui è geloso?»

«Sì. Ma non in modo eccessivo. Macari perché su di lei non ho raccolto voci di corna. Lei e Sanfilippo sono stati bravissimi a non far trapelare niente della loro relazione.»

«Ti faccio una domanda più precisa, Mimì. Il professor Ingrò è persona capace d'ammazzare o fare ammazzare l'amante della moglie se scopre il tradimento?»

«Perché ti rivolgi a me? Questa è una domanda che dovresti fare a Ingrid che le è amica. A proposito, quando la vedrai?»

«Ci eravamo messi d'accordo per stasera, ma ho dovuto rimandare.»

«Ah, sì, mi hai accennato a una storia importante, una cosa che dobbiamo fare alla scurata. Di che si tratta?»

«Ora te lo dico. La cassetta la lasci qua da me.»

«Vuoi farla vedere alla svedese?»

«Certo. Allora, concludendo provvisoriamente la facenna, tu come la pensi sull'ammazzatina di Nenè Sanfilippo?»

«E come la devo pensare, Salvo? Più chiaro di così. Il professor Ingrò scopre in qualche modo la tresca e fa ammazzare il picciotto.»

«E perché no macari lei?»

«Perché sarebbe successo uno scandalo enorme, internazionale. E lui non può avere ombre sulla sua vita privata che comunque possano provocare una diminuzione dei suoi guadagni.»

«Ma non è ricco?»

«Ricchissimo. Almeno, potrebbe esserlo se non avesse una manìa che gli porta via un mare di soldi.»

«Gioca?»

«No, non gioca. Forse a Natale, a sette e mezzo. No, ha la manìa dei quadri. Dicono che nei cavò di molte banche ci siano depositati quadri di sua proprietà, di valore enorme. Davanti a un quadro che gli piace, non regge. Sarebbe capace di farlo rubare. Una malalingua m'ha detto che se il proprietario di un Degas gli proponesse uno scambio con Vanja, la mogliere, accetterebbe senza esitazioni. Che hai, Salvo? Non mi senti?»

Augello si era accorto che il suo capo era lontano con la testa. In effetti il commissario si stava spiando perché appena si nominava o si vedeva Vanja Titulescu spuntava sempre una facenna che riguardava la pittura.

«Allora mi pare di capire» disse Montalbano «che secondo te l'omicidio di Sanfilippo ha come mandante il dottore.»

«E chi altri, sennò?»

Il pinsero del commissario volò alla fotografia che ancora stava sul comodino. Quel pinsero però lo lasciò subito cadere, prima doveva aspettare il responso di Catarella, il novello oracolo.

«Allora, me la dici cos'è questa cosa che dobbiamo fare stasira?» spiò Augello.

«Stasira? Nenti, andiamo a pigliare al nipotuzzo adorato di Balduccio Sinagra, Japichinu.»

«Il latitante?» spiò Mimì schizzando addritta.

«Lui, sissignore.»

«E tu sai dove se ne sta ammucciato?»

«Ancora no, ma ce lo dirà un parrino.»

«Un parrino? Ma che minchia è questa storia? Ora tu me la conti dal principio, senza trascurare nenti.»

Montalbano gliela contò dal principio e senza trascurare nenti.

«Beddra Matre santissima!» commentò alla fine Augello pigliandosi la testa tra i pugni chiusi. Pareva la stampa di un manuale di recitazione ottocentesco, alla voce: «Sgomento».

DODICI

Catarella taliò la foto prima come fanno i miopi, impiccicandosela sugli occhi, doppo come fanno i presbiti, tenendola distante per tutta la lunghezza delle braccia. Infine storcì la bocca.

«Dottori, con lo scànnaro che tengo sicuramente di sicuro lui non ce la fa. La devo portare al mio amico affidato.»

«Quanto ti ci vorrà?»

«Un due orate scarse, dottori.»

«Torna prima che puoi. Chi resta al centralino?»

«Galluzzo. Ah, dottori, ci voleva dire che il signore orfano l'aspetta da stamatina presto ca ci vole parlari.»

«Chi è quest'orfano?»

«Griffo si chiama, quello che ci hanno ammazzato il patre e la matre. Quello che dice che non accapisce come parlo.»

Davide Griffo era tutto vestito di nivuro, a lutto stritto. Spettinato, i vestiti pieghe pieghe, un'ariata di pirsona sfinita. Montalbano gli pruì la mano, l'invitò ad assittarsi.

«L'hanno fatta venire per il riconoscimento ufficiale?»

«Sì, purtroppo. Sono arrivato a Montelusa aieri doppopranzo tardo. M'hanno portato a vederli. Dopo... dopo me ne sono tornato in albergo, mi sono buttato sul letto accussì com'ero, mi sentivo male.»

«Capisco.»

«Ci sono novità, commissario?»

«Ancora nessuna.»

Si taliarono negli occhi, tutti e due sconsolati.

«La sa una cosa?» disse Davide Griffo. «Non è per

desiderio di vendetta che aspetto con ansia che pigliate gli assassini. Vorrei solo arrinesciri a capire perché l'hanno fatto.»

Era sincero, manco lui conosceva quella che Montalbano chiamava la malattia segreta dei suoi genitori.

«Perché l'hanno fatto?» rispiò Davide Griffo. «Per arrubbare il portafoglio di papà o la borsetta di mamma?»

«Ah» fece il commissario.

«Non lo sapeva?»

«Che avessero portato via il portafoglio e la borsetta? No. Ero sicuro che avrebbero ritrovato la borsetta sotto il corpo della signora. E non ho taliato nelle tasche di suo padre. Del resto né la borsetta né il portafoglio avrebbero avuto importanza.»

«Lei la pensa accussì?»

«Certamente. Quelli che hanno ammazzato i suoi ci avrebbero fatto eventualmente ritrovare portafoglio e borsetta debitamente puliziati da ogni cosa che poteva metterci sulle loro tracce.»

Davide Griffo si perse darrè un suo ricordo.

«Mamma non si separava mai dalla borsetta, certe volte la pigliavo in giro. Le spiavo quali tesori ci aveva dentro.»

L'assugliò una botta di commozione improvvisa, dal fondo del petto gli niscì una specie di singhiozzo.

«Mi scusi. Siccome mi hanno restituito le loro cose, i vestiti, gli spiccioli che papà aveva in tasca, le fedi matrimoniali, le chiavi di casa... Ecco, sono venuto a trovarla per domandarle il permesso... insomma se posso andare nell'appartamento, cominciare l'inventario...»

«Che vuol farne dell'appartamento? Era di loro proprietà, vero?»

«Sì, l'avevano accattato con molti sacrifici. Quando sarà, lo venderò. Ormai io non ho più tanti motivi per tornare a Vigàta.»

Un altro singhiozzo represso.

«I suoi avevano altre proprietà?»

«Nenti di nenti, che io sappia. Campavano delle loro pensioni. Papà aveva un libretto postale dove faceva accreditare la sua pensione e quella di mamma... Ma alla fine di ogni mese restava assai poco da mettere da parte.»

«Non mi pare d'averlo visto, il libretto.»

«Non c'era? Ha taliato bene dove papà teneva le sue carte?»

«Non c'era. Le ho controllate io stesso accuratamente. Forse se lo sono portato via assieme al portafoglio e alla borsetta.»

«Ma perché? Che se ne fanno di un libretto postale che non possono utilizzare? È un pezzo di carta inutile!»

Il commissario si susì. Davide Griffo l'imitò.

«Non ho niente in contrario che lei vada nell'appartamento dei suoi. Anzi. Se lei trova tra quelle carte qualcosa che...»

S'interruppe di colpo. Davide Griffo lo taliò interrogativo.

«Mi scusi un momento» fece il commissario e niscì.

Santiando mentalmente, si era reso conto che le carte dei Griffo erano ancora nel commissariato, dove le aveva portate da casa sua. Infatti il sacco di plastica da munnizza era nello sgabuzzino. Gli parse malo consegnare al figlio i ricordi familiari in quella confezione. Rovistò nello sgabuzzino, non trovò niente che potesse servire, né una scatola di cartone né un sacchetto più decente. Si rassegnò.

Davide Griffo lo taliò strammato mentre Montalbano deponeva ai suoi piedi il sacco di munnizza.

«L'ho pigliato a casa sua per metterci dentro le carte. Se vuole, gliele faccio recapitare da un mio...»

«No, grazie. Ho la macchina» disse, sostenuto, l'altro.

Non l'aveva voluto dire all'orfano, come lo chiamava Catarella (a proposito, da quanto era andato via?), ma una ragione per far sparire il libretto postale c'era. Una ragione validissima: non far sapere a quanto ammontava il deposito nel libretto. E la somma contenuta nel libretto poteva essere il sintomo di quella malattia segreta per la quale era poi intervenuto il medico coscienzioso. Ipotesi, certo, ma che era necessario verificare. Telefonò al Sostituto Tommaseo, passò una mezzorata ad abbattere le resistenze formali che quello gli opponeva. Poi Tommaseo promise che avrebbe immediatamente provveduto.

L'edificio della Posta era a pochi passi dal commissariato. Una costruzione orrenda perché, iniziata negli anni Quaranta, quando imperversava l'architettura littoria, era stata terminata nel dopoguerra, quando i gusti erano cangiati. L'ufficio del signor Direttore era al secondo piano, in fondo a un corridoio assolutamente vacante di òmini e cose, faceva spavento per solitudine e abbandono. Tuppiò a una porta sulla quale c'era un rettangolo di plastica che portava la scritta: DIRETTORE. Sotto il rettangolo di plastica c'era però un foglio che rappresentava una sigaretta tagliata da due strisce rosse incrociate. Sotto ci stava scritto: È SEVERAMENTE VIETATO FUMARE.

«Avanti!»

Montalbano trasì e la prima cosa che vide fu un vero e proprio striscione sul muro che ripeteva: È SEVERAMENTE VIETATO FUMARE.

«O ve la vedrete con me» pareva dire il presidente della Repubblica che taliava tòrvolo dal suo ritratto sotto lo striscione.

Sotto ancora ci stava un seggiolone a spalliera alta sul quale c'era assittato il Direttore, Morasco cav. Attilio. Davanti al cavaliere Morasco c'era una scrivania gigantesca, completamente cummigliata di carte. Il signor Direttore era un nano che assomigliava alla bonarma di Re Vittorio Emanuele III, con i capelli tagliati all'umberta che gli facevano la testa come a quella di Umberto I e con un paio di baffi a manubrio come quelli del cosiddetto Re galantuomo. Il commissario ebbe l'assoluta certezza di trovarsi davanti a un discendente dei Savoia, un bastardo, come tanti ne aveva seminati il Re galantuomo.

«Lei è piemontese?» gli venne fatto di spiare taliandolo.

L'altro s'imparpagliò.

«No, perché? Sono di Comitini.»

Poteva essere di Comitini, di Paternò o di Raffadali, Montalbano non si smosse dal concetto che si era fatto.

«Lei è il commissario Montalbano, vero?»

«Sì. Le ha telefonato il Sostituto Tommaseo?»

«Sì» ammise il Direttore di malavoglia. «Però una telefonata è una telefonata. Lei mi capisce?»

«Certo che la capisco. Per me, per esempio, una rosa è una rosa è una rosa è una rosa.»

Il cavaliere Morasco non s'impressionò della dotta citazione della Stein.

«Vedo che siamo d'accordo» disse.

«In che senso, scusi?»

«Nel senso che verba volant e scripta manent.»

«Si può spiegare meglio?»

«Certamente. Il Sostituto Tommaseo m'ha telefonato dicendomi che lei è autorizzato a un'indagine sul libretto postale del defunto signor Griffo Alfonso. D'accordo, lo considero, come dire, un preavviso. Ma fino a quando non riceverò richiesta o autorizzazione scritta io non posso permettere il suo accesso al segreto postale.»

A causa del giramento di cabasisi che quelle parole gli provocarono, per un attimo il commissario rischiò di decollare.

«Ripasserò.»

E fece per susìrisi. Il Direttore lo fermò con un gesto.

«Aspetti. Una soluzione ci sarebbe. Potrei avere un suo documento?»

Il pericolo di decollo si fece forte. Montalbano con

una mano si ancorò alla seggia sulla quale stava assittato e con l'altra gli pruì il tesserino.

Il bastardo Savoia l'esaminò a lungo.

«Dopo la telefonata del Sostituto, ho immaginato che lei si sarebbe precipitato qua. E ho preparato una dichiarazione, che lei sottoscriverà, nella quale è detto che lei mi solleva, mi scarica da ogni responsabilità.»

«Io la scarico volentieri» fece il commissario.

Firmò, senza leggerla, la dichiarazione, rimise in sacchetta il tesserino. Il cavaliere Morasco si susì.

«Mi aspetti qua. Ci vorranno una decina di minuti.»

Prima di nesciri, si voltò e indicò la foto del presidente della Repubblica.

«Ha visto?»

«Sì» fece strammato Montalbano. «È Ciampi.»

«Non mi riferivo al presidente, ma a quello che c'è scritto sopra. Vie-ta-to-fu-ma-re. Mi raccomando, non approfitti della mia assenza.»

Appena quello chiuse la porta, gli smorcò una voglia violenta di fumare. Ma era proibito, e giustamente, perché, come è noto, il fumo passivo provoca milioni di morti, mentre lo smog, la diossina e il piombo della benzina, no. Si susì, nisì, scinnì al piano terra, ebbe modo di vedere tre impiegati che fumavano, si piazzò sul marciapiede, si fumò due sigarette di fila, ritrasì, gli impiegati che fumavano ora erano quattro, acchianò le scale a piedi, rifece il corridoio deserto, raprì senza tuppiare la porta dell'ufficio del Direttore, trasì. Il cavaliere Morasco era assittato al suo posto e lo taliò con disapprovazione, scutuliando la testa. Montalbano raggiunse la sua seggia con la stessa ariata colpevole di quando arrivava in ritardo a scuola.

«Abbiamo il tabulato» annunziò, sullenne, il Direttore.

«Potrei vederlo?»

Prima di darglielo, il cavaliere controllò che sulla scrivania ci fosse ancora la liberatoria firmata dal commissario.

Il quale commissario non ci capì niente, macari perché la cifra che lesse alla fine gli parse spropositata.

«Me lo spiega lei?» fece, sempre col tono di come quando andava a scuola.

Il Direttore si sporse in avanti, praticamente stendendosi sulla scrivania, e gli strappò sdignato il foglio dalle mani.

«È tutto chiarissimo!» disse. «Dal tabulato si evince che la pensione dei coniugi Griffo ammontava a un totale di milioni tre mensili e partitamente un milione ottocentomila quella di lui e un milione duecentomila quella di lei. Il signor Griffo, all'atto dell'esazione, ritirava in contanti la sua pensione per i bisogni del mese e lasciava in deposito la pensione della moglie. Questo era l'andamento generale. Con qualche rara eccezione, naturalmente.»

«Ma anche ammettendo che fossero così tirati e risparmiatori» ragionò il commissario ad alta voce, «i conti non tornano lo stesso. Mi pare d'aver visto che in quel libretto ci sono quasi cento milioni!»

«Ha visto giusto. Per l'esattezza, novantotto milioni e trecentomila lire. Ma non c'è niente di straordinario.»

«No?»

«No, perché da due anni a questa parte il signor Griffo Alfonso versava puntualmente, a ogni primo del mese, sempre la stessa cifra: milioni due. Che fanno in totale quarantotto milioni che vanno ad aggiungersi ai risparmi.»

«E dove li pigliava questi due milioni al mese?»

«Non lo domandi a me» fece, offiso, il Direttore.

«Grazie» disse Montalbano susendosi. E tese la mano.

Il Direttore si susì, girò attorno alla scrivania, taliò il commissario dal basso in alto e gli strinse la mano.

«Mi può dare il tabulato?» spiò Montalbano.

«No» rispose secco il bastardo Savoia.

Il commissario niscì dall'ufficio e appena sul marciapiede s'addrumò una sigaretta. Ci aveva inzertato, avevano fatto scomparire il libretto perché quei quarantotto milioni erano il sintomo della malattia mortale dei Griffo.

Doppo una decina di minuti ch'era tornato in ufficio, arrivò Catarella con la faccia disolata di dopo casamicciola. Aveva la foto in mano e la posò sulla scrivania.

«Macari con lo scànnaro dell'amico affidato non ce la feci. Si vossia voli, la porto a Cicco De Cicco pirchì quella cosa col criminininologico la fanno dumani.»

«Grazie, Catarè, gliela porto io stesso.»

«Salvo, ma perché non impari ad adoperare il computer?» gli aveva un giorno domandato Livia. E aveva aggiunto: «Sapessi quanti problemi potresti risolvere!».

Ecco, intanto il computer non aveva saputo risolvere questo piccolo problema, gli aveva solo fatto perdere tempo. Si ripromise di dirlo a Livia, così, tanto per mantenere viva la polemica.

Si mise in sacchetta la foto, niscì dal commissariato, salì in macchina. Decise però di passare da via Cavour prima di andare a Montelusa.

«Il signor Griffo è su» l'avvertì la portonara.

Davide Griffo venne ad aprirgli in maniche di camicia, aveva in mano lo spazzolone, stava puliziando l'appartamento.

«C'era troppa polvere.»

Lo fece accomodare in sala da pranzo. Sul tavolo c'erano, ammonticchiate, le carte che il commissario gli aveva dato poco prima. Griffo intercettò la sua occhiata.

«Ha ragione lei, commissario. Il libretto non c'è. Voleva dirmi qualcosa?»

«Sì. Che sono andato alla Posta e mi sono fatto dire a quanto ammontava la somma che i suoi genitori avevano nel libretto.»

Griffo fece un gesto come a dire che non era manco il caso di parlarne.

«Poche lire, vero?»

«Per l'esattezza, novantotto milioni e trecentomila lire.»
Davide Griffo aggiarniò.

«Ma è un errore!» balbettò.

«Nessun errore, mi creda.»

Davide Griffo, le ginocchia fatte di ricotta, s'accasciò
sopra una seggia.

«Ma com'è possibile?»

«Da due anni a questa parte suo padre versava ogni
mese due milioni. Lei ha idea chi poteva essere a dargli
questi soldi?»

«Neanche lontanamente! Non mi parlarono mai di
guadagni extra. E io non mi capacito. Due milioni netti
al mese sono uno stipendio rispettabile. E che poteva fare mio padre, vecchio com'era, per guadagnarselo?»

«Non è detto che fosse uno stipendio.»

Davide Griffo diventò ancora più giarno, da confuso
che era parse ora chiaramente scantato.

«Lei pensa che possa esserci rapporto?»

«Tra i due milioni mensili e l'assassinio dei suoi genitori? È una possibilità da pigliare in seria considerazione.
Hanno fatto sparire il libretto proprio per questo, per evitare che noi pensassimo a un rapporto di causa-effetto.»

«Ma se non era uno stipendio, cos'era?»

«Mah» fece il commissario. «Faccio una supposizione. Però prima devo domandarle una cosa e la prego di
essere sincero. Suo padre avrebbe fatto, per soldi, una
disonestà?»

Davide Griffo non rispose subito.

«È difficile giudicare così... Penso di no, che non l'a-
vrebbe fatta. Ma era, come dire, vulnerabile.»

«In che senso?»

«Lui e la mamma erano molto attaccati al denaro. Allora, qual è la supposizione?»

«Per esempio, che suo padre facesse da prestanome a
qualcuno che trattava qualcosa d'illecito.»

«Papà non si sarebbe prestato.»

«Manco se la cosa gli era stata presentata come lecita?»

Griffo stavolta non rispose. Il commissario si susì.

«Se le viene in mente una possibile spiegazione...»

«Certo, certo» disse Griffo come distratto. Accompagnò Montalbano alla porta.

«Mi sto ricordando di una cosa che mamma mi disse l'anno passato. Ero venuto a trovarli e mamma mi fece, in un momento che papà non c'era, a bassa voce: "Quando noi non ci saremo più, avrai una bella sorpresa". Ma la mamma, povirazza, certe volte non ci stava con la testa. Non tornò più sull'argomento. E io me ne scordai completamente.»

Arrivato alla Questura di Montelusa, fece chiamare Cicco De Cicco dal centralinista. Non aveva nessuna gana di incontrarsi con Vanni Arquà, il capo della Scientifica che aveva sostituito Jacomuzzi. Si stavano reciprocamente 'ntipatici. De Cicco arrivò di corsa, si fece dare la foto.

«Temevo di peggio» disse taliandola. «Catarella m'ha detto che ci hanno provato col computer, ma...»

«Tu riuscirai a darmi il numero di quella targa?»

«Credo di sì, dottore. Stasera comunque le faccio un colpo di telefono.»

«Se non mi trovi, lascia detto a Catarella. Ma fai in modo che scriva numeri e lettere in modo giusto, altrimenti capace che viene fora una targa del Minnesota.»

Sulla strata del ritorno, gli venne quasi d'obbligo la sosta tra i rami dell'ulivo saraceno. Aveva bisogno di una pausa di riflessione: vera, non come quella dei politici che chiamano accussì, pausa di riflessione, quella che invece è la caduta nel coma profondo. Si mise a cavaceccio sul solito ramo, appoggiò le spalle al tronco, s'addrumò una sigaretta. Ma subito si sentì assittato scommodo, avvertiva la fastidiosa pressione di nodi e spunzoni all'interno delle cosce. Ebbe una strana sensazione, come se l'ulivo non lo volesse assistemato lì, come se facesse in modo di fargli cangiare posizione.

"Mi vengono certe stronzate!"

Resistette tanticchia, poi non ce la fece più e scinnì dal ramo. Andò alla macchina, pigliò un giornale, tornò sotto l'ulivo, distese le pagine del giornale e vi si coricò sopra, doppo essersi levato la giacchetta.

Taliato da sotto, da questa nuova prospettiva, l'ulivo gli parse più grande e più intricato. Vide la complessità di ramature che non aveva prima potuto vedere standoci dintra. Gli vennero a mente alcune parole. «C'è un olivo saraceno, grande... con cui ho risolto tutto.» Chi le aveva dette? E che aveva risolto l'albero? Poi la memoria gli si mise a foco. Quelle parole le aveva dette Pirandello al figlio, poche ore prima di morire. E si riferivano ai *Giganti della montagna*, l'opera rimasta incompiuta.

Per una mezzorata se ne stette a panza all'aria, senza mai staccare lo sguardo dall'àrbolo. E più lo taliava, più l'ulivo gli si spiegava, gli contava come il gioco del tempo l'avesse intortato, lacerato, come l'acqua e il vento l'avessero anno appresso anno obbligato a pigliare quella forma che non era capriccio o caso, ma conseguenza di necessità.

L'occhio gli si fissò su tre grossi rami che per breve tratto procedevano quasi paralleli, prima che ognuno si lanciasse in una sua personale fantasia di zigzag improvvisi, ritorni narrè, avanzamenti di lato, deviazioni, arabeschi. Uno dei tre, quello centrale, appariva leggermente più basso rispetto agli altri due, ma con i suoi storti rametti s'aggrappava ai due rami soprastanti, quasi li volesse tenere legati a sé per tutto il tratto che avevano in comune.

Spostando la testa e taliando con attenzione fatta ora più viva, Montalbano s'addunò che i tre rami non nascevano indipendenti l'uno dall'altro, sia pure allocati vicinissimi, ma pigliavano origine dallo stesso punto, una specie di grosso bubbone rugoso che sporgeva dal tronco.

Probabilmente fu un leggero colpo di vento che smosse le foglie. Un raggio di sole improvviso colpì gli occhi del commissario, accecandolo. Con gli occhi inserrati, Montalbano sorrise.

Qualsiasi cosa gli avrebbe comunicato in serata De Cicco, ora era certo che alla guida dell'auto che seguiva il pullman c'era Nenè Sanfilippo.

Stavano appostati darrè una macchia di spinasanta, le pistole pronte a sparare. Patre Crucillà aveva indicato quella spersa casa colonica come il rifugio segreto di Japichinu. Però il parrino, prima di lasciarli, ci aveva tenuto a precisare che bisognava andarci coi pedi di chiummu, lui non era certo che Japichinu fosse disposto a consegnarsi senza reagire. Oltretutto era armato di mitra e in tante occasioni aveva dimostrato di saperlo usare.

Il commissario aveva perciò deciso di procedere secondo le regole, Fazio e Gallo erano stati mandati darrè la casa.

«A quest'ora saranno in posizione» disse Mimì.

Montalbano non rispose, voleva dare ai suoi due òmini il tempo necessario a scegliere il posto giusto dove appostarsi.

«Io vado» disse Augello impaziente. «Tu coprimi.»

«Va bene» acconsentì il commissario.

Mimì principiò lentamente a strisciare. C'era la luna, vasannò il suo procedere sarebbe stato invisibile. La porta della casa colonica, stranamente, era spalancata. Stranamente no, a pinsarci bene: di certo Japichinu voleva dare l'impressione che la casa fosse abbandonata, ma in realtà lui se ne stava ammucciato dintra, col mitra in mano.

Davanti alla porta Mimì si susì a mezzo, si fermò sulla soglia, sporse la testa a taliare. Poi, con passo lèggio, trasì. Ricomparse doppo qualche minuto e agitò un braccio in direzione del commissario.

«Qui non c'è nessuno» fece.

«Ma dove ha la testa?» si spiò nirbuso Montalbano. «Non capisce che può essere sottotiro?»

E in quel momento, sentendosi aggelare per lo scanto, vide la canna di un mitra nesciri fora dalla finestrella che stava a perpendicolo sopra la porta. Montalbano balzò in piedi.

«Mimì! Mimì!» gridò.

E s'interruppe, perché gli parse di stare cantando la *Bohème*.

Il mitra sparò e Mimì cadde.

Lo stesso colpo che aveva ammazzato Augello arrisbigliò il commissario.

Era sempre stinnicchiato sopra i fogli del giornale, sotto all'ulivo saraceno, assuppato di sudore. Almeno una milionata di formicole avevano pigliato possesso del suo corpo.

TREDICI

Poche, e a prima vista non sostanziali, risultarono essere le differenze tra il sogno e la realtà. La spersa casuzza colonica che patre Crucillà aveva additato quale rifugio segreto di Japichinu, era la stessa che il commissario si era insognata, solo che questa, invece della finestrella, aveva un balconcino spalancato sopra la porta macari essa aperta.

A differenza del sogno, il parrino non si era allontanato di prescia.

«Di me» aveva detto «può sempre esserci di bisogno.»

E Montalbano aveva fatto i debiti scongiuri mentali. Patre Crucillà, acculato darrè una troffa enorme di saggina con il commissario e Augello, taliò la casuzza e ti-stiò, prioccupato.

«Che c'è?» spiò Montalbano.

«Non mi faccio pirsuaso della porta e del balcone. Le volte che sono venuto a trovarlo era tutto chiuso e bisognava tuppiare. Prudenza, mi raccomando. Non ci posso giurare che Japichinu sia disposto a lasciarsi pigliare. Tiene il mitra a portata di mano e lo sa usare.»

Quando fu certo che Fazio e Gallo avevano raggiunto le posizioni darrè la casa, Montalbano taliò Augello.

«Io ora vado e tu mi copri.»

«Cos'è questa novità?» reagì Mimì. «Abbiamo sempre fatto arriversa.»

Non poteva dirgli che l'aveva visto morire in sogno.

«Stavolta si cangia.»

Mimì non replicò, si chiantò col ventotto, sapeva riconoscere, dal tono di voce del commissario, quando si poteva discutere e quando no.

Non era notte, ancora. C'era la luce grigia che prece-
de lo scuro, permetteva di distinguere le sagome.

«Come mai non ha addrumato la luce?» spiò Augello
indicando col mento la casa al buio.

«Forse ci aspetta» disse Montalbano.

E si susì in piedi, allo scoperto.

«Che fai? Che fai?» fece Mimì a voce vascia tentando
d'afferrarlo per la giacchetta e tirarlo giù. Poi, subita-
neo, gli venne un pinsero che l'atterrì.

«Ce l'hai la pistola?»

«No.»

«Pigliati la mia.»

«No» ripeté il commissario avanzando di due passi. Si
fermò, si mise le mani a coppo attorno alla bocca.

«Japichinu! Montalbano sono. E sono disarmato.»

Non ci fu risposta. Il commissario avanzò per un pezzo, tranquillo, come se passiasse. A un tre metri dalla
porta si fermò nuovamente e disse, con voce solo leggermente più alta del normale:

«Japichinu! Ora entro. Accussì possiamo parlare in
pace.»

Nessuno rispose, nessuno si cataminò. Montalbano
isò le mani in alto e trasì dintra la casa. C'era scuro fitto,
il commissario si scansò tanticchia di lato per non sta-
gliarsi nel vano della porta. E fu allora che lo sentì, l'o-
dore che tante volte aveva sentito, ogni volta provando
un leggero senso di nausea. Prima ancora di addrumare
la luce, sapeva quello che avrebbe visto. Japichinu stava
in mezzo alla cammara, sopra a quella che pareva una
coperta rossa e invece era il suo sangue, la gola tagliata.
Dovevano averlo pigliato a tradimento, mentre voltava
le spalle al suo assassino.

«Salvo! Salvo! Che succede?»

Era la voce di Mimì Augello. S'affacciò alla porta.

«Fazio! Gallo! Mimì, venite!»

Arrivarono di corsa, il parrino darrè a tutti, affannato.

Poi, alla vista di Japichinu, si paralizzarono. Il primo a cataminarsi fu patre Crucillà che s'inginocchiò allato all'ammazzato, incurante del sangue che gli allordava la tonaca, lo benedisse e principiò a murmuriare preghiere. Mimì invece toccò la fronte al morto.

«Devono averlo ammazzato manco un due ore fa.»

«E ora che facciamo?» spiò Fazio.

«Vi mettete tutti e tre in una macchina e ve ne andate. A me lasciate l'altra, resto a parlare tanticchia col parrino. In questa casa, non ci siamo mai stati, a Japichinu morto non l'abbiamo mai visto. D'altra parte qua siamo abusivi, è fora del nostro territorio. E potremmo avere camurrìe.»

«Però...» si provò a dire Augello.

«Però una minchia. Ci vediamo più tardi in ufficio.»

Niscirono come cani vastoniati, obbedivano di malavoglia. Il commissario li sentì parlottare fitto mentre s'allontanavano. Il parrino era perso nelle sue preghiere. Ne aveva da recitare Avemmarie, Patrinostri e Reqquiemeterne con tutto il carico d'omicidi che Japichinu si portava appresso, dovunque stava in quel momento veleggiando. Montalbano acchianò la scala di pietra che portava alla cammara di sopra, addrumò la luce. C'erano due brandine con sopra i soli matarazzi, un comodino in mezzo, un armuar malandato, due seggie di ligno. In un angolo, un artarìno, fatto da un tavolinetto coperto con una tovaglia bianca arriccamata. Nell'artarìno ci stavano tre statuette: la Vergine Maria, il Cuore di Gesù e san Calogero. Ogni statuetta aveva davanti il suo lumino addrumato. Japichinu era picciotto religioso, come sosteneva il nonno Balduccio, tant'è vero che aveva persino un patre spirituale. Solo che tanto il picciotto quanto il parrino scangiavano superstizione per religione. Come la maggior parte dei siciliani, del resto. Il commissario s'arricordò d'aver visto, una volta, un rozzo ex voto dei primi anni del secolo. Rappresentava un viddra-

no, un contadino, che scappava inseguito da due carabinieri col pennacchio. In alto, a destra, la Madonna si
sporgeva dalle nuvole, indicando al fuggitivo la via migliore da seguire. Il cartiglio recava la scritta: PER ESERE
SCAPPATO AI RIGGORI DI LA LIGGI. Su una delle brandine
c'era, messo di traverso, un kalashnikov. Astutò la luce,
scinnì, si pigliò una delle due seggie di paglia, s'assittò.

«Patre Crucillà.»

Il parrino, che stava ancora pregando, si scosse, isò gli
occhi.

«Eh?»

«Si pigli una seggia e s'assetti, dobbiamo parlare.»

Il parrino obbedì. Era congestionato, sudava.

«Come farò a dare questa notizia a don Balduccio?»

«Non ce ne sarà bisogno.»

«Pirchì?»

«A quest'ora glielo hanno già detto.»

«E chi?»

«L'assassino, naturalmente.»

Patre Crucillà stentò a capire. Teneva gli occhi fissi
sul commissario e muoveva le labbra senza però formulare parole. Poi si capacitò, sbarracando gli occhi scattò
dalla seggia, arretrò, sciddricò sul sangue, riuscì a tenersi addritta.

"Ora ci piglia un sintòmo e muore" pinsò allarmato
Montalbano.

«In nome di Dio, che dice!» ansimò il parrino.

«Dico solo come stanno le cose.»

«Ma a Japichinu lo cercavano la Polizia, l'Arma, la DI-
GOS!»

«Che in genere non sgozzano quelli che devono arrestare.»

«E la nuova mafia? Gli stessi Cuffaro?»

«Parrì, lei non si vuole fare pirsuaso che tanto io
quanto lei siamo stati pigliati per il culo da quella testa
fina di Balduccio Sinagra.»

«Ma che prove ha per insinuare...»

«Torni ad assittarsi, per favore. Vuole tanticchia d'acqua?»

Patre Crucillà fece 'nzinga di sì con la testa. Montalbano pigliò un bùmmolo con dell'acqua dintra, tenuta bella frisca, e lo pruì al parrino che v'incollò le labbra.

«Prove non ne ho e credo non ne avremo mai.»

«E allora?»

«Risponda prima a me. Japichinu qua non stava da solo. Aveva un guardaspalle che macari la notte dormiva allato a lui, è vero?»

«Sì.»

«Come si chiama, lo sa?»

«Lollò Spadaro.»

«Era un amico di Japichinu o era pirsona fidata di Balduccio?»

«Di don Balduccio. Era stato lui che aveva voluto accussì. A Japichinu stava macari 'ntipatico, ma mi disse che con Lollò si sentiva sicuro.»

«Tanto sicuro che Lollò ha potuto ammazzarlo senza problemi.»

«Ma come fa a pensare a una cosa simile! Forse hanno scannato Lollò prima di fare altrettanto con Japichinu!»

«Nella cammara di sopra il cadavere di Lollò non c'è. E non c'è manco in questa.»

«Macari è qui fora, vicino alla casa!»

«Certo, potremmo cercarlo, ma è inutile. Lei si scorda che io e i miei òmini abbiamo circondato la casa, abbiamo taliato attentamente nelle vicinanze. Non ci siamo imbattuti in Lollò ammazzato.»

Patre Crucillà si turciniò le mani. Il sudore gli colava a gocce.

«Ma pirchì don Balduccio avrebbe fatto questo triatro?»

«Ci voleva come testimoni. Secondo lei, io, una volta scoperto l'omicidio, cosa avrei dovuto fare?»

«Mah... Quello che si fa di solito. Avvertire la Scientifica, il magistrato...»

«E così lui avrebbe potuto recitare la parte dell'omo disperato, fare voci che erano stati quelli della nuova mafia ad ammazzare il suo adorato nipoteddru, tanto adorato che preferiva vederlo in carcere ed era arrinisciuto a convincerlo a consegnarsi a me, e c'era lei presente, un parrino... Glielo ho detto: ci ha pigliati per il culo. Ma fino a un certo punto. Perché io me ne andrò via tra cinque minuti e sarà come se non ci fossi mai venuto da queste parti. Balduccio dovrà escogitare qualche altra cosa. Ma, se lei lo vede, gli dia un consiglio: che faccia seppellire suo nipote a taci maci, senza fare scarmazzo.»

«Ma lei... lei com'è arrivato a queste conclusioni?»

«Japichinu era un animale braccato. S'arrifardiava da tutto e da tutti. Lei pensa che avrebbe voltato le spalle a uno che non conosceva bene?»

«No.»

«Il kalashnikov di Japichinu è sul suo letto. Lei pensa che si sarebbe messo a tambasiare quassotto disarmato in presenza di qualcuno di cui non sapeva fino a che punto poteva fidarsi?»

«No.»

«Mi dica ancora una cosa: le è stato detto come si sarebbe comportato Lollò in caso d'arresto di Japichinu?»

«Sì. Doveva macari lui farsi pigliare senza reagire.»

«Chi glielo aveva dato quest'ordine?»

«Don Balduccio in persona.»

«Questo è quello che Balduccio ha contato a lei. Invece a Lollò ha detto tutta un'altra cosa.»

Patre Crucillà aveva la gola arsa, s'attaccò nuovamente al bùmmolo.

«Perché don Balduccio ha voluto la morte di suo nipote?»

«Sinceramente, non lo so. Forse ha sgarrato, forse non riconosceva l'autorità del nonno. Sa, le guerre di successione non càpitano solo tra i re o nella grande industria...»

Si susì.

«Me ne vado. L'accompagno alla sua macchina?»

«No, grazie» rispose il parrino. «Vorrei trattenermi ancora un pezzo a pregare. Gli volevo bene.»

«Faccia come vuole.»

Sulla porta, il commissario si voltò.

«Volevo ringraziarla.»

«Di che?» fece il parrino allarmato.

«Tra tutte le supposizioni che ha fatto sui possibili assassini di Japichinu, lei non ha tirato fora il nome del guardaspalle. Avrebbe potuto dirmi che era stato Lollò Spadaro che si era venduto alla nuova mafia. Ma lei sapeva che Lollò mai e poi mai avrebbe tradito a Balduccio Sinagra. Il suo silenzio è stato un'assoluta conferma del concetto che m'ero fatto. Ah, un'ultima cosa: quando esce, si ricordi d'astutare la luce e di chiudere bene la porta. Non vorrei che qualche cane randagio... capisce?»

Niscì. La notte era completamente scura. Prima di raggiungere l'auto, truppicò su pietre e fossi. Gli tornò a mente la via crucis dei Griffo, col boia che li pigliava a pedate, santiando per farli arrivare prima al posto e all'ora della loro morte.

«Amen» gli venne di dire con uno stringimento di cori.

Mentre se ne tornava a Vigàta, si fece convinto che Balduccio si sarebbe adeguato al consiglio che gli aveva mandato col parrino. Il catàfero di Japichinu sarebbe andato a finire nello sbalanco di qualche chiarchiàro... No, il nonno sapeva quanto fosse religioso il nipoteddru. L'avrebbe fatto seppellire anonimamente in terra consacrata. Dintra il tabbuto di un altro.

Varcata la porta del commissariato, sentì un silenzio inconsueto. Possibile che fossero andati via, malgrado avesse detto loro d'aspettare il suo ritorno? C'erano, in-

vece. Mimì, Fazio, Gallo, ognuno assittato al suo posto
con la faccia nivura come doppo una sconfitta. Li
chiamò nel suo ufficio.

«Vi voglio dire una cosa. Fazio vi avrà riferito come sono andate le cose tra me e Balduccio Sinagra. Ebbene, mi
credete? E dovete credermi, perché io farfantarìe grosse
non ve ne ho mai contate. Sin dal primo momento ho capito che la richiesta di Balduccio, d'arrestare Japichinu
perché in càrzaro sarebbe stato più sicuro, non quatrava.»

«Allora perché l'hai pigliata in considerazione?» spiò,
polemico, Augello.

«Per vedere dove andava a parare. E per neutralizzare
il suo piano, se arriniscivo a capirlo. L'ho capito e ho fatto la contromossa giusta.»

«Quale?» spiò questa volta Fazio.

«Di non rendere ufficiale il ritrovamento, da parte
nostra, del cadavere di Japichinu. Era questo che voleva
Balduccio: che fossimo noi a scoprirlo, fornendogli contemporaneamente un alibi. Perché io avrei dovuto dichiarare al magistrato che l'intenzione di Balduccio era
quella di farlo pigliare sano e salvo da noi.»

«Macari noi, doppo che Fazio ci ha spiegato» riprese
Mimì, «siamo arrivati alla stessa conclusione tua, e cioè
che era stato Balduccio a fare ammazzare il nipote. Ma
perché?»

«Ora come ora non si capisce. Ma qualche cosa verrà fora, prima o doppo. Per tutti noi la facenna si conclude qui.»

La porta sbatté contro il muro con una violenza tale
che i vetri della finestra vibrarono. Tutti sussultarono.
Naturalmente, era stato Catarella.

«Ah, dottori dottori! Ora ora mi tilifonò Cicco De
Cicco! L'asviluppo fece! E ci arriniscì! Il nummaro su
questo pizzino ci lo scrissi. Quattro volte Cicco De Cicco mi lo fece arripetere!»

Posò mezzo foglio di quaderno a quadretti sulla scrivania del commissario e disse:

«Domando pirdonanza per la sbattutina della porta.»

Niscì. E richiuse la porta sbattendola così forte che la crepa dell'intonaco vicino alla maniglia s'allargò tanticchia di più.

Montalbano lesse il numero di targa, taliò Fazio.

«Ce l'hai a portata di mano il numero della macchina di Nenè Sanfilippo?»

«Quale? La Punto o la Duetto?»

Augello aveva appizzato le orecchie.

«La Punto.»

«Quello lo so a memoria: BA 927 GG.»

Senza dire parola, il commissario pruì il pizzino a Mimì.

«Corrisponde» fece Mimì. «Ma che significa? Ti vuoi spiegare?»

Montalbano si spiegò, gli contò di come avesse saputo del libretto postale e del denaro che vi era depositato, di come, andando dietro a quello che gli aveva suggerito lo stesso Mimì, aveva taliato le fotografie della gita a Tindari e aveva scoperto come il pullman camminasse con una Punto appiccicata darrè, di come avesse portato alla Scientifica di Montelusa la foto per farla ingrandire. Durante tutta la parlata, Augello mantenne un'espressione sospettosa.

«Tu lo sapevi già» disse.

«Che cosa?»

«Che la macchina che seguiva il pullman era quella di Sanfilippo. Lo sapevi prima che Catarella ti desse il pizzino.»

«Sì» ammise il commissario.

«E chi te l'aveva detto?»

"Un àrbolo, un ulivo saraceno" sarebbe stata la risposta giusta, ma a Montalbano mancò il coraggio.

«Ho avuto un'intuizione» disse invece.

Augello preferì sorvolare.

«Questo significa» fece «che tra gli omicidi dei Griffo e quello di Sanfilippo c'è uno stretto rapporto.»

«Ancora non lo possiamo dire» contrastò il commissario. «Abbiamo solo una cosa certa: che la macchina di Sanfilippo seguiva il pullman dove c'erano i Griffo.»

«Beba ha macari detto che lui si voltava spesso narrè a taliare la strada. Evidentemente voleva accertarsi se l'auto di Sanfilippo continuava a stare appresso.»

«D'accordo. E questo ci fa capire che c'era un rapporto tra Sanfilippo e i Griffo. Ma dobbiamo fermarci qua. Può darsi che sia stato Sanfilippo a far salire i Griffo sulla sua auto prelevandoli al ritorno, nell'ultima tappa prima di arrivare a Vigàta.»

«E ricordati che Beba ha detto che fu proprio Alfonso Griffo a domandare all'autista di fare quella fermata extra. Il che viene a significare che si erano appattati prima.»

«Sono ancora d'accordo. Ma questo non ci porta a concludere né che Sanfilippo abbia ammazzato lui stesso i Griffo né che lui, a sua volta, sia stato sparato in seguito all'omicidio dei Griffo. L'ipotesi corna ancora regge.»

«Quando vedi Ingrid?»

«Domani sera. Ma tu, domani a matino, cerca di raccogliere informazioni sul dottor Eugenio Ignazio Ingrò, quello che fa i trapianti. Non m'interessano le cose che vengono stampate sui giornali, ma le altre, quelle che si dicono a mezza voce.»

«C'è uno, a Montelusa, che è amico mio e che lo conosce bene. Lo vado a trovare con una scusa.»

«Mimì, mi raccomando: adopera la vaselina. A nessuno deve passare manco per l'anticammara del cirivèddro che ci stiamo interessando del dottore e della sua riverita consorte Vanja Titulescu.»

Mimì, offiso, fece la bocca a culo di gallina.

«Mi pigli per uno strunzo?»

Appena aperto il frigorifero, la vide.

La caponatina! Sciavuròsa, colorita, abbondante, riempiva un piatto funnuto, una porzione per almeno quattro pirsone. Erano mesi che la cammarera Adelina non gliela faceva trovare. Il pane, nel sacco di plastica, era fresco, accattato nella matinata. Naturali, spontanee, gli acchianarono in bocca le note della marcia trionfale dell'*Aida*. Canticchiandole, raprì la porta-finestra doppo avere addrumato la luce della verandina. Sì, la notte era frisca, ma avrebbe consentito la mangiata all'aperto. Conzò il tavolinetto, portò fora il piatto, il vino, il pane e s'assittò. Squillò il telefono. Cummigliò il piatto con una salviettina di carta e andò a rispondere.

«Pronto? Dottor Montalbano? Sono l'avvocato Guttadauro.»

Se l'aspettava, quella telefonata, ci si sarebbe giocato i cabasisi.

«Mi dica, avvocato.»

«Prima di tutto, la prego di accettare le mie scuse per essere stato costretto a telefonarle a quest'ora.»

«Costretto? E da chi?»

«Dalle circostanze, commissario.»

Era proprio furbo, l'avvocato.

«E quali sono queste circostanze?»

«Il mio cliente e amico è preoccupato.»

Non voleva fare per telefono il nome di Balduccio Sinagra ora che c'era un morto fresco fresco di mezzo?

«Ah, sì? E perché?»

«Beh... non ha notizie da ieri di suo nipote.»

Da ieri? Balduccio Sinagra cominciava a mettere le mani avanti.

«Quale nipote? L'esule?»

«Esule?» ripeté l'avvocato Guttadauro sinceramente perplesso.

«Non si formalizzi, avvocato. Oggi esule o latitante significa la stessa cosa. O almeno così vogliono farci credere.»

«Sì, quello» fece l'avvocato ancora intronato.

«Ma come faceva ad avere notizie se il nipote era latitante?»

A farabutto, farabutto e mezzo.

«Beh... Sa com'è, amici comuni, gente di passaggio...»

«Capisco. E io che c'entro?»

«Niente» si affrettò a precisare Guttadauro. E ripeté, scandendo le parole:

«Lei non c'entra assolutamente niente.»

Messaggio ricevuto. Balduccio Sinagra gli stava facendo sapere che aveva accolto il consiglio speditogli con patre Crucillà: dell'omicidio di Japichinu non si sarebbe fatta parola, Japichinu poteva macari non essere mai nato, se non era per quelli che aveva ammazzato.

«Avvocato, perché sente il bisogno di comunicarmi la preoccupazione del suo amico e cliente?»

«Ah, era per dirle che, a malgrado di questa lacerante preoccupazione, il mio cliente e amico ha pensato a lei.»

«A me?» s'inquartò Montalbano.

«Sì. Mi ha dato l'incarico di recapitarle una busta. Dice che dentro c'è una cosa che può interessarla.»

«Senta, avvocato. Sto andando a letto, ho avuto una giornata pesante.»

«La capisco benissimo.»

Faceva dell'ironia, quella minchia d'avvocato.

«La busta me la porti domani a matino, in commissariato. Buonanotte.»

Riattaccò. Tornò nella verandina, ma ci ripensò. Rientrò nella cammara, sollevò il telefono, fece un numero.

«Livia, amore, come stai?»

All'altro capo del filo ci fu solo silenzio.

«Livia?»

«Oddio, Salvo, che succede? Perché mi telefoni?»

«E perché non dovrei telefonarti?»

«Perché tu telefoni solo quando hai qualche rogna.»

«Ma dai!»

«No, no, è così. Se non hai rogne, sono sempre io a chiamarti per prima.»

«Va bene, hai ragione, scusami.»

«Che volevi dirmi?»

«Che ho riflettuto a lungo sul nostro rapporto.»

Livia, e Montalbano lo sentì distintamente, trattenne il fiato. Non parlò. Montalbano continuò.

«Mi sono reso conto che spesso e volentieri litighiamo. Come una coppia maritata da anni, che subisce l'usura della convivenza. E il bello è che non conviviamo.»

«Vai avanti» disse Livia, con un filo di voce.

«Allora mi sono detto: perché non ricominciamo tutto da capo?»

«Non capisco. Che significa?»

«Livia, che ne diresti se ci fidanzassimo?»

«Non lo siamo?»

«No. Siamo maritati.»

«D'accordo. E allora come si comincia?»

«Così: Livia, ti amo. E tu?»

«Anch'io. Buonanotte, amore.»

«Buonanotte.»

Riattaccò. Ora poteva sbafarsi la caponatina senza timore di altre telefonate.

QUATTORDICI

S'arrisbiglió alle sette, doppo una nottata di sonno piombigno senza sogni, tanto che ebbe l'impressione, raprendo gli occhi, che si trovava ancora nella stessa posizione di quando si era corcato. La matinata non era certo di assoluta gaudiosità, nuvole sparse davano l'impressione di pecore che aspettavano di farsi gregge, però si vedeva chiaramente che non era intenzionata a provocare grosse botte di malumore. S'infilò un paro di pantalonazzi, scinnì dalla verandina e, scàvuso, si andò a fare una passiata a ripa di mare. L'aria fresca gli puliziò la pelle, i polmoni, i pensieri. Tornò dintra, si fece la varba, si mise sotto la doccia.

Sempre, nel corso di ogni indagine che si era venuto a trovare tra le mani, c'era stato un giorno, anzi, un preciso momento di un certo giorno, nel quale un inspiegabile benessere fisico, una felice leggerezza nell'intrecciarsi dei pinseri, un armonioso concatenamento dei muscoli, gli davano la certezza di poter caminare per strata ad occhi inserrati, senza inciampare o andare a sbattere contro qualcosa o qualcuno. Come càpita, certe volte, nel paese del sogno. Durava picca e nenti, quel momento, ma era bastevole. Oramai lo sapeva per spirenzia, era come la boa della virata, l'indicazione della vicina svolta: da quel punto in poi ogni pezzo del puzzle, che è poi l'indagine, sarebbe andato da sé al posto giusto, senza sforzo, bastava quasi solo volerlo. Era quello che gli stava capitando sotto la doccia, macari se ancora tante cose, per la verità la maggior parte delle cose, restavano oscure.

Erano le otto e un quarto quando con la macchina arrivò davanti all'ufficio, rallentò per parcheggiare, poi ci ripensò e proseguì per via Cavour. La portonara lo taliò di malocchio e manco lo salutò: aveva appena finito di lavare 'n terra l'ingresso e ora le scarpe del commissario avrebbero allordato tutto. Davide Griffo appariva meno giarno, si era tanticchia ripigliato. Non si mostrò meravigliato a vedere Montalbano e gli offrì subito una tazza di cafè fatto allura allura.

«Ha trovato niente?»

«Niente» fece Griffo. «E ho taliato dovunque. Non c'è il libretto, non c'è niente di scritto che spieghi quei due milioni al mese dati a papà.»

«Signor Griffo, ho bisogno che lei mi aiuti a ricordare.»

«A disposizione.»

«Mi pare che lei mi abbia detto che suo padre non aveva parenti prossimi.»

«Vero è. Aveva un fratello, mi sono scordato come si chiamava, che però è morto sotto i bombardamenti americani del '43.»

«Sua madre, invece, ne aveva.»

«Esattamente, un fratello e una sorella. Il fratello, lo zio Mario, vive a Comiso e ha un figlio che travaglia a Sidney. Si ricorda che ne abbiamo parlato? Lei mi spiò se...»

«Mi ricordo» tagliò il commissario.

«La sorella, la zia Giuliana, viveva a Trapani, dove era andata a fare la maestra di scuola. Era restata schetta, non aveva mai voluto maritarsi. Però né mamma né lo zio Mario la frequentavano. Macari se con mamma si erano tanticchia ravvicinate negli ultimi tempi, tanto che mamma e papà andarono a trovarla due giorni prima che morisse. Restarono a Trapani quasi una simanata.»

«Sa perché sua madre e il fratello erano in gelo con questa Giuliana?»

«Il nonno e la nonna, morendo, lasciarono quasi tutto

il poco che possedevano a questa figlia, praticamente diseredando gli altri due.»

«Sua madre le disse mai quale fu la causa di...»

«Mi accennò a qualcosa. Pare che i nonni si siano sentiti abbandonati da mamma e da zio Mario. Ma, vede, mamma si era maritata molto giovane e lo zio era andato a travagliare fora di casa che manco aveva sedici anni. Coi genitori restò solo la zia Giuliana. Appena i nonni morirono, morì prima la nonna, zia Giuliana vendette quello che aveva qua e si fece trasferire a Trapani.»

«Quando è morta?»

«Con precisione non gliel lo saprei dire. Da almeno due anni.»

«Sa dove abitava a Trapani?»

«No. Qui in casa non ho trovato niente che riguardava zia Giuliana. So però che la casa di Trapani era sua, se l'era accattata.»

«Un'ultima cosa: il nome di ragazza di sua madre.»

«Di Stefano. Margherita Di Stefano.»

Questo aveva di buono Davide Griffo: largheggiava nelle risposte e sparagnava sulle domande.

Due milioni al mese. Suppergiù, quanto guadagna un piccolo impiegato arrivato alla fine della carriera. Ma Alfonso Griffo era pensionato da tempo e di pensione campava, di quella sua e di quella della mogliere. O meglio, ci aveva campato perché da due anni riceveva un aiuto considerevole. Due milioni al mese. Da un altro punto di vista, una cifra irrisoria. Per esempio, se si trattava di un ricatto sistematico. E poi, per quanto attaccato alla lira, Alfonso Griffo, sia pure per viltà, sia pure per mancanza di fantasia, un ricatto non l'avrebbe mai concepito. Ammesso che non aveva scrupoli morali. Due milioni al mese. Per aver fatto da prestanome come aveva in un primo tempo ipotizzato? Ma, in genere, il prestanome viene pagato tutto in una volta o partecipa agli utili, non certo a rate mensili. Due milioni al mese. In un certo senso era l'esiguità della cifra a rendere più difficili le cose. Però, la regolarità dei versamenti, una indicazione la dava. Un'idea, il commissario, principiava ad averla. C'era una coincidenza che l'intrigava.

Fermò davanti al municipio, acchianò all'Ufficio Anagrafe. Conosceva l'addetto, il signor Crisafulli.

«Mi necessita un'informazione.»

«Mi dica, commissario.»

«Se uno che è nato a Vigàta muore in un altro paese il suo decesso viene comunicato qua?»

«C'è una disposizione in proposito» rispose, evasivo, il signor Crisafulli.

«E viene rispettata?»

«In genere sì. Ma, vede, ci vuole tempo. Sa come vanno queste cose. Però le devo dire che se il decesso è avvenuto all'estero, manco se ne parla. A meno che un familiare non si occupi lui stesso di...»

«No, la persona che m'interessa è morta a Trapani.»

«Quando?»

«Più di due anni fa.»

«Come si chiamava?»

«Giuliana Di Stefano.»

«Vediamo subito.»

Il signor Crisafulli mise mano al computer che troneggiava in un angolo della cammara, isò gli occhi a taliare Montalbano.

«Risulta deceduta a Trapani il 6 maggio 1997.»

«C'è scritto dove abitava?»

«No. Ma se vuole, tra cinque minuti glielo saprò dire.»

E qui il signor Crisafulli fece una cosa stramma. Andò al suo tavolo, raprì un cascione, tirò fora una fiaschetta di metallo, svitò il cappuccio, bevve un sorso, riavvitò, lasciò la fiaschetta in evidenza. Poi tornò ad armeggiare col computer. Visto che il portacenere sul tavolino era pieno di mozziconi di sicarro il cui odore aveva impregnato la cammara, il commissario si addrumò una sigaretta. L'aveva appena spenta che l'addetto annunziò, con un filo di voce:

«Lo trovai. Abitava in via Libertà 12.»

Si era sentito male? Montalbano voleva spiarglielo, ma non fece a tempo. Il signor Crisafulli tornò di corsa al suo tavolo, agguantò la fiaschetta, bevve un sorso.

«È cognac» spiegò. «Vado in pensione tra due mesi.»

Il commissario lo taliò interrogativo, non capiva la relazione.

«Sono un impiegato di vecchio stampo» fece l'altro «e ogni volta che faccio una pratica con tanta velocità, che prima ci volevano mesi e mesi, mi pigliano le vertigini.»

Per arrivare a Trapani, in via Libertà, ci mise due ore e mezza. Al numero 12 corrispondeva una palazzina a tre piani, circondata da un giardinetto tenuto bene. Davide Griffo gli aveva spiegato che l'appartamento dove era vissuta, la zia Giuliana se l'era accattato. Ma forse, dopo la sua morte, era stato rivenduto a gente che manco la conosceva e il ricavato era andato quasi certamente a finire a qualche opera pia. Allato al cancelletto chiuso c'era un citofono con tre soli nomi. Doveva trattarsi di appartamenti abbastanza grandi. Premette quello più in alto dove ci stava scritto CAVALLARO. Rispose una voce femminile.

«Sì?»

«Signora, mi scusi. Avrei bisogno di un'informazione riguardante la defunta signorina Giuliana Di Stefano.»

«Citofoni all'interno due, quello centrale.»

Il biglietto allato al pulsante di mezzo recava scritto: «Baeri».

«Ih, che prescia che abbiamo! Chi è?» fece un'altra voce di fìmmina, anziana questa volta, quando il commissario ci aveva perso la spiranza, dato che aveva suonato tre volte senza risposta.

«Montalbano mi chiamo.»

«E che vuole?»

«Vorrei domandarle qualcosa sulla signorina Giuliana Di Stefano.»

«Domandi.»

«Così, al citofono?»

«Perché, è cosa lunga?»

«Beh, sarebbe meglio che...»

«Ora io rapro» disse la voce anziana. «E lei fa come le dico. Appena il cancello si è aperto, lei passa e si ferma in mezzo al vialetto. Se non fa accussì, non le rapro il portone.»

«Va bene» fece rassegnato il commissario.

Fermo in mezzo al vialetto, non seppe che fare. Poi vide gli scuri di un balcone che si aprivano e apparse una vecchia col tuppo, tutta vestita di nivuro, con un binocolo in mano. Lo portò agli occhi e osservò attentamente, mentre inspiegabilmente Montalbano arrossiva, ebbe l'impressione di essere nudo. La vecchia ritrasì, richiuse le persiane e doppo tanticchia si sentì lo scatto metallico del portone che veniva aperto. Non c'era naturalmente ascensore. Al secondo piano, la porta sulla quale stava scritto BAERI era chiusa. Quale esame ancora l'aspettava?

«Come ha detto che si chiama?» spiò la voce al di là della porta.

«Montalbano.»

«E che fa di mestiere?»

Se diceva ch'era un commissario, a quella gli veniva il sintòmo.

«Sono un impiegato al ministero.»

«Ce l'ha un documento?»

«Sì.»

«Me lo metta sotto la porta.»

Armato di santa pacienza, il commissario eseguì.

Passarono cinque minuti di silenzio assoluto.

«Ora rapro» disse la vecchia.

Solo allora, con orrore, il commissario notò che la porta aveva quattro serrature. E sicuramente, nella parte interna, c'erano il chiavistello e la catenella. Dopo una decina di minuti di rumorate varie, la porta si raprì e Montalbano poté fare il suo ingresso in casa Baeri. Venne fatto trasire in un grande salotto con mobili scuri e pesanti.

«Io mi chiamo Assunta Baeri» attaccò la vecchia «e risulta dal documento che lei appartiene alla Polizia.»

«Precisamente.»

«E mi compiaccio» fece, ironica, la signora (o signorina?) Baeri.

Montalbano non fiatò.

«I latri e gli assassini fanno quello che gli pare e la polizia, con la scusa di mantenere l'ordine, se ne va nei campi di futbol a vedersi la partita! Opuro fa la scorta al senatore Ardolì che quello non ha bisogno di scorta, basta che uno lo talìa in faccia e muore di spavento!»

«Signora, io...»

«Signorina.»

«Signorina Baeri, sono venuto a disturbarla per parlare della signorina Giuliana Di Stefano. Questo appartamento era suo?»

«Sissignore.»

«Lei l'ha comprato da lei?»

Che frase che gli era venuta fora! Si corresse.

«... dalla defunta?»

«Io non ho accattato niente! La defunta, come la chiama lei, me l'ha lasciato con tanto di testamento! Da trentadue anni vivevo con lei. Io le pagavo macari l'affitto. Poco, ma lo pagavo.»

«Ha lasciato altro?»

«Allora lei non è della Polizia, ma delle tasse! Sissignore, a me ha lasciato un altro appartamento, nico nico però. Lo tengo affittato.»

«E ad altri? Ha lasciato qualcosa agli altri?»

«Quali altri?»

«Mah, che so, qualche parente...»

«A sua sorella, che ci aveva fatto la pace doppo anni che manco si parlavano, ci lasciò una cosuzza.»

«Lo sa cos'era questa cosuzza?»

«Certo che lo so! Il testamento lo fece davanti a mia e ce ne ho macari copia. A so' soro ci lassò una stalla e una salma, poca roba, tanto per ricordo.»

Montalbano ammammalocchì. Si potevano lasciare salme in eredità? Le successive parole della signorina Baeri chiarirono l'equivoco.

«No, meno assai. Lei lo sa a quanti metri quadrati corrisponde una salma di terra?»

«Veramente non saprei» fece il commissario, ripigliandosi.

«Giuliana, quando se ne era andata da Vigàta per venire qua, non riuscì a vendere né la stalla né la terra che pare sia allo sprofondo. E allora, quando fece testamento, decise di lasciare queste cose a so' soro. Di poco valore sono.»

«Lei sa dove si trova esattamente la stalla?»

«No.»

«Ma nel testamento dovrebbe essere specificato. E lei mi ha detto che ne ha una copia.»

«O Madunnuzza santa! Che vuole, ca mi metto a circari?»

«Se fosse possibile...»

La vecchia si susì murmuriandosi, niscì dalla cammara e tornò doppo manco un minuto. Sapeva benissimo dove stava la copia del testamento. La pruì sgarbatamente. Montalbano lo scorse e finalmente trovò quello che l'interessava.

La stalla era denominata «costruzione rustica di un solo vano»; a stare alle misure, un dado di quattro metri per lato. Torno torno aveva mille metri di terra. Poca roba, come aveva detto la signorina Baeri. La costruzione sorgeva in una località chiamata «il moro».

«La ringrazio e la prego di scusarmi per il disturbo» fece compìto il commissario, susendosi.

«Perché si interessa a quella stalla?» spiò la vecchia susendosi macari lei.

Montalbano esitò, doveva trovare una scusa buona. Ma la signorina Baeri proseguì:

«Glielo spio perché è la seconda persona che domanda della stalla.»

Il commissario s'assittò, la signorina Baeri macari.

«Quando è stato?»

«Il giorno appresso il funerale della pòvira Giuliana, che so' soro e so' marito erano ancora qua. Dormivano nella cammara in fondo.»

«Mi spieghi come capitò.»

«Mi era passato completamente di testa, mi tornò ora perché ne abbiamo parlato. Dunque, il giorno appresso al funerale, era quasi l'ora di mangiare, sonò il telefono e io andai a rispondere. Era un omo, mi disse che era interessato alla stalla e al terreno. Io gli spiai se aveva saputo che la pòvira Giuliana era morta e lui mi disse di no. Mi domandò con chi poteva parlare della facenna. Allora gli passai il marito di Margherita, dato che so' mogliere era l'erede.»

«Sentì quello che si dissero?»

«No, niscii fora dalla cammara.»

«Quello che telefonò come disse che si chiamava?»

«Forse lo disse. Ma io non me lo ricordo più.»

«Dopo, in sua presenza, il signor Alfonso parlò con la moglie della telefonata?»

«Quando trasì in cucina e Margherita gli spiò con chi aveva parlato, lui rispose ch'era uno di Vigàta, che abitava nello stesso palazzo. E non spiegò altro.»

Centro! Montalbano satò addritta.

«Devo andare, grazie e mi scusi» fece dirigendosi verso la porta.

«Mi leva una curiosità?» fece la signorina Baeri arrancando appresso a lui. «Ma perché queste cose non le spia ad Alfonso?»

«Quale Alfonso?» disse Montalbano che aveva già aperto la porta.

«Come, quale Alfonso? Il marito di Margherita.»

Gesù! Quella non sapeva niente degli omicidi! Certamente non aveva la televisione e non leggeva i giornali.

«Gliele spierò» assicurò il commissario, già sulle scale.

Alla prima cabina telefonica che vide fermò, scinnì, trasì e notò che c'era una lucetta rossa lampeggiante. Il telefono non funzionava. Ne avvistò una seconda: macari questo era scassato.

Santiò, capendo che la bella currùta che aveva fatto fino a quel momento ora cominciava a essere interrotta da piccoli ostacoli, annunzio di quelli più grossi. Dalla terza cabina poté finalmente chiamare il commissariato.

«Ah dottori dottori! In dove che s'intanò? È tutta la santa matinata che...»

«Catarè, poi me lo conti. Sai dirmi dov'è "il moro"?»

Ci fu prima silenzio, poi una risatina che voleva essere di scherno.

«Dottori, e come si fa? Non lo sapi come che siamo accombinati a Vigàta? Pieni di conogolesi, siamo.»

«Passami subito Fazio.»

Conogolesi? Colpiti da una lesione traumatica al cònogo? E che era il cònogo?

«Mi dica, dottore.»

«Fazio, tu lo sai dove si trova una località che è chiamata "il moro"?»

«Un attimo solo, dottore.»

Fazio aveva messo in moto il suo ciriveddro-computer. Nella testa, tra le altre cose, teneva la mappa dettagliata del territorio di Vigàta.

«Dottore, è dalle parti di Monteserrato.»

«Spiegami come si fa ad arrivarci.»

Fazio glielo spiegò. E poi disse:

«Mi dispiace, ma Catarella insiste per parlarle. Lei da dove telefona?»

«Da Trapani.»

«E che ci fa, a Trapani?»

«Poi te lo dico. Passami Catarella.»

«Pronti, dottori? Ci voleva dire ca stamatina...»

«Catarè, chi sono i conogolesi?»

«Gli africani del Conogo, dottori. Come si dice? Conogotani?»

Riappese, ripartì e fermò davanti a un grosso ferramenta. Un self-service. S'accattò un piede di porco, uno scalpello, una grossa tenaglia, un martello e un seghetto per metalli. Quando andò a pagare, la casciera, una bedda picciotta scura, gli sorrise.

«Buon colpo» fece.

Non aveva gana di rispondere. Niscì, si rimise in macchina. Doppo tanticchia gli venne di taliare il ralogio. Erano quasi le due e gli smorcò un pititto lupigno. Davanti a una trattoria la cui insegna faceva DAL BORBONE, c'erano alcuni grossi camion fermi. Quindi lì si mangiava bene. Dintra di lui si svolse una breve, ma feroce, lotta tra l'angelo e il diavolo. Vinse l'angelo. Proseguì verso Vigàta.

"Manco un panino?" sentì che il diavolo gli spiava con voce lamentiosa.

"No."

Veniva chiamata Monteserrato una linea collinosa, abbastanza alta, che divideva Montelusa da Vigàta. Si partiva quasi dal mare e s'inoltrava per cinque o sei chilometri verso le campagne dell'interno. Sull'ultimo crinale sorgeva una vecchia e grande masserìa. Era un loco isolato. E tale era restato a malgrado che, al tempo della costruzione a scialacori delle opere pubbliche, alla ricerca disperata di un posto che giustificasse una strata, un ponte, un cavalcavia, una galleria, l'avessero collegato con un nastro d'asfalto alla provinciale Vigàta-Montelusa. Di Monteserrato gliene aveva parlato qualche anno avanti il vecchio preside Burgio. Gli aveva contato che nel '44 era andato a fare una gita a Monteserrato con un amico americano, un giornalista col quale aveva subito simpatizzato. Avevano caminato per ore campagne campagne, poi avevano principiato a inerpicarsi, riposandosi ogni tanto. Quando erano arrivati in vista della masserìa, circondata da alte mura, erano stati fermati da due cani come né il preside né l'americano ne avevano mai visti. Corpo di levriero ma con la coda cortissima e arricciata come quella di un porco, orecchie lunghe da razza di caccia, sguardo feroce. I cani li avevano letteralmente immobilizzati, appena si cataminavano quelli ringhiavano. Poi finalmente passò a cavallo uno della masserìa che li accompagnò. Il capofamiglia li portò a visitare i resti di un antico convento. E qui il preside e l'americano, su una parete malandata e umida, videro un affresco straordinario, una Natività. Si poteva ancora leggere la data: 1410. Vi erano raffigurati anche tre cani, in tutto identici a quelli che li avevano puntati all'arrivo. Il preside, molti anni appresso, doppo la costruzione della strada asfaltata, aveva voluto tornarci. I ruderi del convento non esistevano più, al loro posto c'era un immenso garage. Macari la parete con l'affresco era stata buttata giù. Attorno al garage si trovavano ancora pezzetti d'intonaco colorato.

Trovò la cappelletta che gli aveva segnalato Fazio, dieci metri appresso si apriva una trazzera che scendeva lungo la collina.

«È molto ripida, faccia attenzione» aveva detto Fazio.

Altro che ripida! A momenti era a perpendicolo. Montalbano procedette lentamente. Quando arrivò a mezzacosta, fermò, scese e taliò dal bordo della strata. Il panorama che gli si presentò poteva essere, a secondo dei gusti di chi lo stava osservando, orrendo o bellissimo. Non c'erano alberi, non c'erano altre case all'infuori di quella della quale si vedeva il tetto cento metri più abbasso. La terra non era coltivata: abbandonata a se stessa, aveva prodotto una straordinaria varietà di piante sarvagge, tant'è vero che la minuscola casuzza era completamente sepolta dall'erba alta, fatta eccezione appunto del tetto evidentemente da poco rifatto, i canali intatti. E Montalbano vide, con un senso di spaesamento, i fili della luce e del telefono che, partendo da un punto lontano e non visibile, andavano a finire dintra l'ex stalla. Incongrui, in quel paesaggio che pareva essere stato sempre accussì dall'inizio del tempo.

QUINDICI

A un certo punto della trazzera, a mano manca, il ripetuto passaggio avanti e narrè di una macchina aveva aperto una specie di pista tra l'erba alta. Arrivava dritta dritta davanti alla porta dell'ex stalla, porta rifatta di recente con solido ligno e fornita di due serrature. Inoltre, attraverso due occhi a vite, passava una catena, come quelle che assicurano i motorini, che reggeva un grosso catenaccio. Allato alla porta c'era una finestrella tanto nica che non ci sarebbe trasuto manco un picciliddro di cinco anni, protetta da sbarre di ferro. Oltre le sbarre si vedeva il vetro pittato di nivuro, sia per impedire di vedere quello che capitava dintra sia per fare sì che, di notte, la luce non trapelasse all'esterno.

Montalbano aveva due strate da pigliare: o tornarsene a Vigàta e domandare rinforzi o mettersi a fare lo scassinatore, macari se era pirsuaso che sarebbe stata cosa longa e affaticosa. Naturalmente, optò per la seconda. Si levò la giacchetta, pigliò il seghetto per metalli che aveva fortunatamente accattato a Trapani e attaccò a travagliare sulla catena. Doppo un quarto d'ora il braccio principiò a fargli male. Doppo una mezzorata, il dolore s'allargò a mezzo petto. Doppo un'orata, la catena si spezzò, con l'aiuto del piede di porco usato come leva e della tenaglia. Era assuppato di sudore. Si levò la cammisa e la stinnì sull'erba sperando che s'asciucasse tanticchia. S'assittò in macchina e s'arriposò, non ebbe manco gana di fumarsi una sigaretta. Quando si sentì arriposato, attaccò la prima delle due serrature con il mazzo di grimaldelli che oramà si portava sempre appresso.

Armeggiò una mezzorata, poi si fece pirsuaso che non era cosa. Macari con la seconda serratura non ottenne risultato. Gli venne in testa un'idea che, in prima, gli parse geniale. Raprì il cruscotto della macchina, agguantò la pistola, mise il colpo in canna, mirò, sparò verso la più alta delle serrature. La pallottola colpì il bersaglio, rimbalzò sul metallo e sfiorò il fianco, anni prima ferito, di Montalbano. L'unico effetto che aveva ottenuto era stato quello di deformare il pirtuso dove entrava la chiave. Santiando, rimise a posto la pistola. Ma com'è che nelle pellicole americane i poliziotti ci arriniscivano sempre a raprire le porte con questo sistema? Per lo scanto che si era pigliato, gli venne un'altra passata di sudore. Si levò la canottiera e la stese allato alla cammisa. Munito di martello e scalpello, principiò a travagliare sul legno della porta, torno torno alla serratura alla quale aveva sparato. Doppo un'orata, ritenne d'avere bastevolmente scavato, ora con una spallata la porta si sarebbe certamente aperta. Si tirò narrè di tre passi, pigliò la rincorsa, desi la spallata, la porta non si cataminò. Il dolore fu talmente forte in tutta la spalla e il petto che gli spuntarono le lagrime. Perché la mallitta non si era rapruta? Certo: gli era passato di mente che prima di pigliare a spaddrate la porta doveva ridurre la seconda serratura come la prima. I pantaloni, sudatizzi, gli davano fastiddio. Se li tolse, li stese allato alla cammisa e alla canottiera. Doppo un'altra orata, macari la seconda serratura era in posizione precaria. La spalla gli si era gonfiata, gli batteva. Travagliò di martello e piede di porco. Inspiegabilmente la porta resisteva. Di colpo, venne assugliato da una raggia incontenibile: come in certi cartoni di Paperino pigliò a càvuci e a pugna la porta facendo voci da pazzo. Zoppichiando tornò alla macchina. Il piede mancino gli doleva, si levò le scarpe. E in quel momento sentì una rumorata: da sola, e proprio come in un cartone animato, la porta aveva addeciso d'arrendersi, cadendo all'interno della cammara. Montalbano si precipitò. L'ex stalla, imbiancata e intonacata, era assolutamente vacante. Né un mobile né una carta: nenti di nenti, come se non fosse stata mai utilizzata. Nella parte bassa delle pareti, solo una quantità di prese, elettriche e telefoniche. Il commissario rimase a taliare quel vacante e non se ne faceva capace. Poi, venuto lo scuro, arrisolse. Pigliò la porta appoggiandola allo stipite, raccattò canottiera, camicia e pantaloni gettandoli sul sedile posteriore, indossò la sola giacca e, accesi i fari, partì alla volta di Marinella sperando che, nel tragitto, nessuno lo fermasse. Nuttata persa e figlia fìmmina.

Fece una strata che era assai più longa, ma che gli sparagnava l'attraverso di Vigàta. Dovette guidare lentamente perché aveva delle fitte alla spaddra dritta, che sentiva gonfia come un muffoletto di pane appena nisciuto dal forno. Fermò la macchina nello spiazzo davanti alla porta di casa, lamentiandosi raccolse cammisa, canottiera, pantaloni e scarpe, astutò i fari, niscì. La lampada che illuminava la porta era astutata. Fece due passi avanti e si paralizzò. Proprio allato alla porta c'era un'ùmmira, qualcuno l'aspettava.

«Chi è?» spiò alterato.

L'ùmmira non arrispunnì. Il commissario mosse altri due passi e la riconobbe. Era Ingrid, la bocca spalancata, che lo taliava con occhi sbarracati e non riusciva a dire parola.

«Poi ti spiego» si sentì in dovere di murmuriare Montalbano cercando di pigliare le chiavi nella sacchetta dei pantaloni che teneva sul braccio. Ingrid, tanticchia ripigliatasi, gli levò le scarpe dalla mano. Finalmente la porta si raprì. Alla luce, Ingrid l'esaminò curiosa e poi spiò:

«Ti sei esibito coi California Dream Men?»

«E chi sono?»

«Uomini che fanno lo spogliarello.»

Il commissario non replicò e si levò la giacchetta. A vedergli la spalla tumefatta Ingrid non gridò, non domandò spiegazione. Disse semplicemente:

«Ce l'hai in casa un linimento?»

«No.»

«Dammi le chiavi della macchina e mettiti a letto.»

«Dove vuoi andare?»

«Ci sarà una farmacia aperta, no?» fece Ingrid pigliando macari le chiavi di casa.

Montalbano si spogliò, bastò levarsi calze e mutande, s'infilò sotto la doccia. Il dito grosso del piede offiso era addiventato come una pera di media grandezza. Nisciuto dalla doccia, andò a taliare il ralogio che aveva messo sul comodino. Si erano fatte le nove e mezza e non se ne era minimamente addunato. Fece il numero del commissariato e appena sentì Catarella che rispondeva si strancangiò la voce.

«Pronto? Sono monsieur Hulot. Je cherche monsieur Augellò.»

«Lei francisi di Francia è?»

«Oui. Je cherche monsieur Augellò o, comme dite voi, monsieur Augello.»

«Signor francisi, quini non c'è.»

«Merci.»

Fece il numero di casa di Mimì. Lasciò squillare a lungo, ma non ottenne risposta. Perso per perso, cercò sull'elenco il numero di Beatrice. Rispose immediatamente.

«Beatrice, Montalbano sono. Mi perdoni la faccia tosta, ma...»

«Vuole parlare con Mimì?» tagliò semplicemente corto la divina criatura. «Glielo passo subito.»

Non si era per niente imbarazzata. Augello invece sì, se principiò subito con le giustificazioni.

«Sai, Salvo, mi sono trovato a passare sotto il portone di Beba e...»

«Ma per amor del cielo!» concesse, magnanimo, Montalbano. «Scusami prima di tutto se ti ho disturbato.»

«Quale disturbo! Manco per sogno! Dimmi.»

Avrebbero potuto fare di meglio in Cina in quanto a complimentosità?

«Ti volevo domandare se domattina, diciamo alle otto, ci possiamo trovare in ufficio. Ho scoperto una cosa importante.»

«Cosa?»

«Il collegamento tra i Griffo e Sanfilippo.»

Sentì Mimì che aspirava l'aria come quando uno riceve un cazzotto nella pancia. Poi Augello balbettò:

«Do... dove sei? Ti raggiungo subito.»

«Sono da me. Ma c'è Ingrid.»

«Ah. Mi raccomando: spremila lo stesso, macari se forse, doppo quanto mi hai detto, l'ipotesi delle corna non tiene tanto.»

«Senti, non dire a nessuno dove mi trovo. Ora stacco la spina.»

«Capisco, capisco» fece, allusivo, Augello.

Andò a corcarsi zuppiando. Ci mise un quarto d'ora a trovare la posizione giusta. Chiuse gli occhi e li raprì di subito: ma non aveva invitato Ingrid a cena? E ora come faceva a rivestirsi, mettersi addritta e nesciri per andare al ristorante? La parola ristorante gli provocò un immediato effetto di vacantizza alla bocca dello stomaco. Da quand'è che non mangiava? Si susì, andò in cucina. Nel frigorifero troneggiava un piatto funnuto pieno di triglie all'agrodolce. Tornò a corcarsi, rassicurato. Si stava appinnicando quando sentì la porta di casa che si rapriva.

«Arrivo subito» disse Ingrid dalla cammara di mangiare.

Trasì doppo pochi minuti con in mano una boccetta, una fascia elastica e rotoli di garza. Posò tutto sul comodino.

«Ora mi levo il debito» disse.

«Quale?» spiò Montalbano.

«Non ti ricordi? Quando ci siamo visti per la prima volta. Io mi ero slogata una caviglia, tu m'hai portata qua, m'hai fatto un massaggio...»

Ora si ricordava, certo. Mentre la svedese se ne stava seminuda sul letto, era arrivata Anna, un'ispettrice della Polizia che era innamorata di lui. Aveva equivocato ed era successo un casino della malavita. Livia e Ingrid si erano mai incontrate? Forse sì, all'ospedale, quando era stato ferito...

Sotto la lenta, continua straiùta della svedese cominciò a sentirsi gli occhi a pampineddra. Si abbandonò a una piacevolissima sonnolenza.

«Tirati su. Ti devo fasciare.»

«Tieni alzato il braccio.»

«Voltati un po' più verso di me.»

Obbediva, un sorriso soddisfatto sulle labbra.

«Ho finito» fece Ingrid. «Tra una mezzoretta ti sentirai meglio.»

«E il ditone?» spiò con la bocca impastata.

«Che dici?»

Senza parlare, il commissario tirò fora da sotto il linzolo il piede. Ingrid ripigliò a travagliare.

Raprì gli occhi. Dalla cammara di mangiare veniva la voce di un omo che parlava a voce vascia. Taliò il ralogio, erano le undici passate. Si sentiva meglio assà. Che Ingrid avesse chiamato un dottore? Si susì e, in mutande com'era, con la spalla, il petto e il ditone fasciati, andò a vedere. Non era il medico, anzi era sì un medico, ma parlava in televisione di una miracolosa cura dimagrante. La svedese era assittata in poltrona. Balzò in piedi come lo vide trasire.

«Stai meglio?»

«Sì. Grazie.»

«Ho preparato, se hai appetito.»

La tavola era stata conzata. Le triglie, levate dal frigorifero, non speravano altro che di essere mangiate. S'assittarono. Mentre facevano le porzioni, Montalbano spiò:

«Come mai non mi hai aspettato al bar di Marinella?»

«Salvo, dopo un'ora?»

«Già, scusami. Perché non sei venuta in macchina?»

«Non ce l'ho. L'ho portata dal meccanico. Mi sono fatta accompagnare da un amico fino al bar. Poi, visto che non arrivavi, ho deciso di fare una passeggiata e venire qua. A casa, prima o poi, saresti tornato.»

Mentre mangiavano, il commissario la taliò. Ingrid si faceva sempre più bella. Ai lati delle labbra aveva ora una piccola ruga che la rendeva più matura e consapevole. Che fimmina straordinaria! Non le era passato manco per l'anticamera del ciriveddro di spiegarli come si era procurato quel danno alla spaddra. Mangiava col piacere di mangiare, le triglie erano state scrupolosamente divise tre a testa. E beveva di gusto: era già al terzo bicchiere quando Montalbano era ancora fermo al primo.

«Che volevi da me?»

La domanda strammò il commissario.

«Non ho capito.»

«Salvo, m'hai telefonato per dirmi che...»

La videocassetta! Gli era passata di testa.

«Volevo farti vedere una cosa. Ma prima finiamo. Vuoi frutta?»

Poi, assistimata Ingrid sulla poltrona, pigliò in mano la cassetta.

«Ma quel film l'ho già visto!» protestò la fimmina.

«Non si tratta di vedere il film. Ma una registrazione che c'è sul nastro.»

Mise la cassetta, la fece partire, s'assittò nell'altra poltrona. Poi, col telecomando, fece scorrere l'avanti-veloce fino a quando apparve l'inquadratura del letto vacante che l'operatore tentava di mettere bene a foco.

«Mi pare un inizio promettente» disse la svedese sorridendo.

Venne il nero. L'immagine riapparve e sul letto stavolta c'era l'amante di Nenè Sanfilippo nella posizione della *Maja desnuda*. Un attimo dopo Ingrid era in piedi, sorpresa e turbata.

«Ma è Vanja» quasi gridò.

Mai Montalbano aveva visto Ingrid accussì scossa, mai, manco quando avevano fatto in modo che fosse sospettata di un delitto o quasi.

«La conosci?»

«Certo.»

«Siete amiche?»

«Abbastanza.»

Montalbano astutò la televisione.

«Come hai avuto il nastro?»

«Ne parliamo di là? Mi è tornato tanticchia di dolore.»

Si mise a letto. Ingrid s'assittò sul bordo.

«Così sto scomodo» si lamentiò il commissario.

Ingrid si susì, lo tenne sollevato, gli mise il cuscino darrè la schiena in modo che potesse stare isato a mezzo. Montalbano ci stava a pigliare gusto ad avere un'infermera.

«Come hai avuto la cassetta?» spiò ancora Ingrid.

«L'ha trovata il mio vice in casa di Nenè Sanfilippo.»

«E chi è?» fece Ingrid corrugando la fronte.

«Non lo sai? È quel ventenne che hanno sparato qualche giorno fa.»

«Sì, ne ho sentito parlare. Ma perché aveva la cassetta?»

La svedese era assolutamente sincera, pareva autenticamente meravigliata di tutta la facenna.

«Perché era il suo amante.»

«Ma come? Un ragazzo?»

«Sì. Non te ne parlò mai?»

«Mai. Almeno, non me ne fece mai il nome. Vanja è molto riservata.»

«Come vi siete conosciute?»

«Sai, a Montelusa le straniere sposate bene siamo io, due inglesi, un'americana, due tedesche e Vanja che è romena. Abbiamo fatto una specie di club, così, per gioco. Tu lo sai chi è il marito di Vanja?»

«Sì, il dottor Ingrò, il chirurgo dei trapianti.»

«Beh, a quanto ho capito, non è un uomo gradevole. Vanja, malgrado fosse più giovane di almeno vent'anni, per qualche tempo ha vissuto bene con lui. Poi l'amore è passato, anche da parte del marito. Cominciarono a vedersi sempre di meno, lui assai spesso era in giro per il mondo.»

«Aveva amanti?»

«Che io sappia, no. Lei è stata molto fedele, malgrado tutto.»

«Che significa malgrado tutto?»

«Per esempio, non avevano più rapporti. E Vanja è una donna che...»

«Capisco.»

«Poi, all'improvviso, circa tre mesi fa, cambiò. Divenne come più allegra e più triste al tempo stesso. Capii che si era innamorata. Glielo domandai. Mi disse di sì. Era, mi parve di capire, una grande passione fisica, soprattutto.»

«Vorrei incontrarla.»

«Chi?»

«Come, chi? La tua amica.»

«Ma è andata via da una quindicina di giorni!»

«Sai dov'è?»

«Certo. In un paesetto vicino a Bucarest. Ho l'indirizzo e il numero di telefono. Mi ha scritto due righe. Dice che è dovuta tornare in Romania perché suo padre sta male dopo che è caduto in disgrazia e non è più ministro.»

«Sai quando torna?»

«No.»

«Conosci bene il dottor Ingrò?»

«L'avrò visto al massimo tre volte. Una volta è venuto a casa mia. È un tipo molto elegante, ma scostante. Pare che abbia una straordinaria collezione di quadri. Vanja dice che è una specie di malattia, questa dei quadri. Ha speso una quantità incredibile di soldi.»

«Pensaci, prima di rispondere: sarebbe capace d'ammazzare o di fare ammazzare l'amante di Vanja se scoprisse che lei lo tradisce?»

Ingrid rise.

«Ma figurati! Non gliene fregava assolutamente più niente di Vanja!»

«Ma non può darsi che la partenza di Vanja sia stata voluta dal marito per allontanarla dall'amante?»

«Questo sì, potrebbe essere. Se l'ha fatto, è stato solo per evitare eventuali voci, chiacchiere spiacevoli. Ma non è uomo capace di andare oltre.»

Si taliarono in silenzio. Non c'era altro da dire. All'improvviso a Montalbano venne in testa un pinsero.

«Se non hai la macchina, come fai a tornare?»

«Chiamo un taxi?»

«A quest'ora?»

«Allora dormo qua.»

Montalbano sentì un principio di sudore sulla fronte.

«E tuo marito?»

«Non te ne preoccupare.»

«Guarda, facciamo così. Ti pigli la mia macchina e te ne vai.»

«E tu?»

«Domattina mi faccio venire a prendere.»

Ingrid lo taliò in silenzio.

«Mi credi una puttana in calore?» spiò seria seria, una specie di malinconia nello sguardo.

Il commissario s'affruntò, si vrigognò.

«Resta, mi fa piacere» disse sincero.

Come se da sempre avesse abitato in quella casa, Ingrid raprì un cascione del settimanile, pigliò una cammisa pulita.

«Posso mettere questa?»

Nel mezzo della nottata Montalbano, assonnato, capì d'avere un corpo di fìmmina corcato allato al suo. Non poteva essere che Livia. Allungò una mano e la posò su una natica soda e liscia. Poi, di colpo, una scarrica elettrica lo folgorò. Gesù, non era Livia. Tirò narrè la mano di scatto.

«Rimettila lì» fece, impastata, la voce di Ingrid.

«Sono le sei e mezzo. Il caffè è pronto» disse Ingrid toccandolo sulla spalla scassata con delicatezza.

Il commissario raprì gli occhi. Ingrid indossava solamente la sua cammisa.

«Scusami se ti ho svegliato così presto. Ma tu stesso, prima d'addormentarti, mi hai detto che alle otto dovevi trovarti in ufficio.»

Si susì. Sentiva meno dolore, ma la fasciatura stritta gli faceva difficoltosi i movimenti. La svidisa gliela levò.

«Dopo che ti sei lavato te la rifaccio.»

Bevvero il caffè. Montalbano dovette usare la mano mancina, la dritta era ancora intorpidita. Come avrebbe fatto a lavarsi? Ingrid parse leggergli nella testa.

«Ci penso io» disse.

In bagno, aiutò il commissario a levarsi le mutande. Lei si spogliò della cammisa. Montalbano evitò accuratamente di taliarla. Ingrid invece era come se si fosse fatta una decina d'anni di matrimonio con lui.

Sotto la doccia, lei l'insaponò. Montalbano non reagiva, gli pareva, e la cosa gli faceva piacere, di essere tornato picciliddro quando mani amorose facevano sul suo corpo lo stesso travaglio.

«Noto evidenti segni di risveglio» disse Ingrid ridendo.

Montalbano taliò in basso e arrussicò violentemente. I segni erano assai più che evidenti.

«Scusami, sono mortificato.»

«Di che ti mortifichi?» spiò Ingrid. «Di essere uomo?»

«Apri l'acqua fredda, è meglio» fece il commissario.

Doppo ci fu il calvario dell'asciucatina. Si mise le mutande con un sospiro di soddisfazione, come se fosse il segnale di cessato pericolo. Prima di fasciarlo nuovamente, Ingrid si rivestì. Accussì tutto, da parte del commissario, poté svolgersi con maggiore tranquillità. Prima di nesciri da casa, si fecero un'altra tazza di cafè. Ingrid si mise alla guida.

«Ora tu mi lasci al commissariato e poi prosegui per Montelusa con la mia macchina» disse Montalbano.

«No» disse Ingrid, «ti deposito al commissariato e prendo un taxi. Mi diventa più semplice che riportarti indietro l'auto.»

Per metà del tragitto stettero muti. Ma un pinsero maciriava il cirivéddro del commissario che a un certo momento si pigliò di coraggio e spiò: «Cos'è successo tra noi due questa notte?».

Ingrid rise.

«Non te lo ricordi?»

«No.»

«È importante per te ricordarlo?»

«Direi di sì.»

«Bene. Sai cos'è successo? Niente, se i tuoi scrupoli vorrebbero un no.»

«E se non avessi di questi scrupoli?»

«Allora è successo di tutto. Come più ti conviene.»

Ci fu un silenzio.

«Pensi che dopo questa notte i nostri rapporti siano cambiati?» spiò Ingrid.

«Assolutamente no» rispose sincero il commissario.

«E allora? Perché fai domande?»

Il ragionamento filava. E Montalbano non fece altre domande. Mentre fermava davanti al commissariato, lei domandò:

«Lo vuoi il numero di telefono di Vanja?»

«Certo.»

«Te lo telefono in mattinata.»

Mentre Ingrid, aperto lo sportello, aiutava Montalbano a scendere, sulla porta del commissariato apparse Mimì Augello che si fermò di colpo, interessatissimo alla scena. Ingrid s'allontanò svelta dopo aver baciato leggermente sulla bocca il commissario. Mimì continuò a taliarla di darrè fino a quando non la vide più. Faticosamente, il commissario acchianò sul marciapiede.

«Sono tutto un dolore» fece, passando allato ad Augello.

«Lo vedi cosa càpita a essere fuori esercizio?» spiò questi con un sorrisetto.

Il commissario gli avrebbe spaccato i denti con un pugno, ma si scantò di farsi troppo male al braccio.

SEDICI

«Dunque, Mimì, seguimi attentamente senza distrarti però dalla guida. Ho già una spaddra scassata e non vorrei altro danno. E soprattutto non m'interrompere con le domande, perché altrimenti perdo il filo. Me le fai alla fine, tutte assieme. D'accordo?»

«D'accordo.»

«E non spiarmi come sono venuto a scoprire certe cose.»

«D'accordo.»

«E manco dettagli inutili, d'accordo?»

«D'accordo. Prima che cominci, te ne posso fare una?»

«Una sola.»

«Oltre al braccio, hai macari sbattuto la testa?»

«Dove vuoi andare a parare?»

«Mi stai scassando a spiarmi se sono d'accordo. Ti sei fissato? Dichiaro d'essere d'accordo su tutto, macari sulle cose che non so. Ti va bene accussì? Attacca.»

«La signora Margherita Griffo aveva un fratello e una sorella, Giuliana, che viveva a Trapani, maestra di scola.»

«È morta?»

«Lo vedi? Lo vedi?» scattò il commissario. «E dire che avevi promesso! E te ne vieni fora con una domanda a cazzo di cane! Certo che è morta, se dico *aveva* e *viveva*!»

Augello non fiatò.

«Margherita non si parlava con la sorella da quando erano picciotte, per una facenna d'eredità. Un giorno però le due sorelle ripigliano a sentirsi. Quando Margherita sa che Giuliana sta per morire, la va a trovare col marito. Vengono ospitati in casa di Giuliana. Con la moribonda abita, da tempo immemorabile, macari una sua amica, la signorina Baeri. I Griffo apprendono che Giuliana, nel testamento, ha lasciato alla sorella un'ex stalla con tanticchia di terreno intorno in una località di Vigàta detta "il moro"; quella dove stiamo andando. È solo un lascito affettivo, non vale niente. Il giorno appresso ai funerali, quando ancora i Griffo sono a Trapani, un tale telefona dicendosi interessato all'ex stalla. Quel tale non sa che Giuliana è morta. Allora la signorina Baeri gli passa Alfonso Griffo. E fa bene, perché sua mogliere è la nuova proprietaria. I due si parlano per telefono. Sul contenuto della telefonata, Alfonso si dimostra evasivo. Dice alla moglie solamente che ha chiamato un tale che abita nel loro stesso palazzo.»

«Cristo! Nenè Sanfilippo!» fece Mimì sbandando.

«O guidi bene o non ti conto più niente. Il fatto che i proprietari dell'ex stalla siano gli inquilini del piano di sopra appare a Nenè una magnifica combinazione.»

«Alt. Sei sicuro che si tratta di una combinazione?»

«Sì, è una combinazione. Tra parentesi, se devo sopportare le tue domande, bisogna che siano intelligenti. È una combinazione. Sanfilippo non sapeva che Giuliana era morta, e non aveva interesse a fingere. Non sapeva che l'ex stalla era passata di proprietà della signora Griffo perché il testamento ancora non era stato pubblicato.»

«D'accordo.»

«Poche ore più tardi i due s'incontrano.»

«A Vigàta?»

«No, a Trapani. Sanfilippo meno si fa vedere a Vigàta coi Griffo e meglio è. Mi ci gioco i cabasisi che Sanfilippo conta al vecchio la storia di un amore travolgente e anche pericoloso... se scoprono la relazione può succedere una strage... Insomma, l'ex stalla gli occorre per trasformarla in un piedatterra. Però ci sono delle regole da rispettare. La tassa di successione non va dichiarata, se la cosa viene scoperta sarà Sanfilippo a pagare; i Griffo non devono mettere piede nella loro proprietà; da quel momento in poi, incontrandosi a Vigàta, manco si dovranno salutare; non dovranno parlare della facenna al figlio. Attaccati come sono al soldo, i due vecchi accettano le condizioni e intascano i primi due milioni.»

«Ma perché Sanfilippo necessitava di un posto tanto isolato?»

«Non certo per farne uno scannatoio. Tra l'altro non c'è acqua, non c'è manco il cesso. Se ti scappa, la vai a fare all'aperto.»

«E allora?»

«Te ne renderai conto tu stesso. La vedi la cappelletta? Doppo c'è una trazzera a mano manca. Pigliala e vacci adascio, che è tutta fossi fossi.»

La porta era appoggiata allo stipite esattamente come l'aveva messa la sera avanti. Nessuno era trasuto. Mimì la spostò, trasirono e subito la cammara parse più nica di quella che era.

Augello si taliò torno torno in silenzio.

«Hanno completamente puliziato» disse.

«Le vedi tutte quelle prese?» fece Montalbano. «Si fa mettere luce e telefono, ma non si fa fare un cesso. Questo era il suo ufficio, dove poteva venire a fare ogni giorno il suo travaglio d'impiegato.»

«Impiegato?»

«Certo. Travagliava per conto terzi.»

«E chi erano questi terzi?»

«Quelli stessi che gli avevano dato l'incarico di trovare un posto isolato, lontano da tutto e da tutti. Vuoi che faccia delle ipotesi? In prìmisi, trafficanti di droga. In secùndisi, pedofili. E poi segue una bella processione di gente losca che si serve di Internet. Da qua Sanfilippo poteva mettersi in contatto col mondo intero. Navigava, incontrava, comunicava e poi riferiva ai suoi datori di lavoro. La cosa è andata avanti tranquillamente due anni. Doppo è successo qualche cosa di grave; è stato necessario sbaraccare, tagliare i legami, far perdere le tracce. Per incarico dei suoi superiori, Sanfilippo convince i Griffo a farsi una bella gita a Tindari.»

«Ma a che scopo?»

«Gli avrà impapocchiato una qualche minchiata, a quei poveri vecchi. Per esempio che il pericoloso marito aveva scoperto la tresca, che avrebbe ammazzato macari loro due come complici... A lui era venuta una bella pinsata: perché non facevano quella gita per Tindari? Al cornuto furioso mai sarebbe venuto in testa d'andarli a cercare sul pullman... Basterà stare lontani da casa una giornata, intanto ci si sono messi di mezzo degli amici, cercheranno di placare il cornuto... Macari lui farà la stessa gita, ma in macchina. I vecchi, scantatissimi, accettano. Sanfilippo dice che seguirà gli sviluppi della situazione col cellulare. Prima di arrivare a Vigàta, il vecchio deve domandare una fermata extra. Così Sanfilippo li metterà al corrente della situazione. Tutto avviene come stabilito. Solo che alla fermata prima di Vigàta, Sanfilippo dice ai due che ancora non si è risolto niente, è meglio se passano la notte fora di casa. Li fa montare sulla sua macchina e poi li consegna al carnefice. In quel momento non sa che macari lui è destinato a essere ammazzato.»

«Ancora non mi hai spiegato perché c'era necessità d'allontanare i Griffo. Se quelli manco sapevano dov'era la loro proprietà!»

«Qualcuno doveva trasire nella loro casa e far sparire i documenti che riguardavano questa proprietà, appunto. Metti conto, la copia del testamento. Qualche lettera di Giuliana alla sorella dov'era scritto che l'avrebbe ricordata con quel lascito. Cose così. Quello che va a perquisire, trova macari un libretto postale con una somma che apparirebbe eccessiva per due poveri pensionati. Lo fa sparire. Ma è un errore. Mi metterà in sospetto.»

«Salvo, a me sinceramente questa facenna della gita a Tindari non mi quatra, almeno come la ricostruisci tu. Che bisogno c'era? Quelli, con una scusa, trasivano in casa dei Griffo e facevano quello che volevano!»

«Sì, ma dopo avrebbero dovuto ammazzarli, lì, nel loro appartamento. E avrebbero messo in allarme Sanfilippo, al quale gli assassini sicuramente avranno detto che non avevano nessuna intenzione d'ucciderli, ma di terrorizzarli al punto giusto... E inoltre tieni presente che avevano tutto l'interesse a farci credere che tra la scomparsa dei Griffo e l'ammazzatina di Sanfilippo non c'era rapporto. E infatti: quanto ci abbiamo messo a capire che le due storie erano intrecciate?»

«Forse hai ragione.»

«Senza forse, Mimì. Poi, dopo che con l'aiuto di Sanfilippo hanno sbaraccato qua, si portano appresso il picciotto. Macari con la scusa di dover parlare della riorganizzazione dell'ufficio. E intanto vanno a fare nel suo appartamento quello che hanno fatto in casa Griffo. Si portano via le bollette della luce e del telefono di qua, tanto per fare un esempio. Infatti non le abbiamo trovate. A Sanfilippo lo fanno tornare a casa a notte tarda e...»

«Che bisogno avevano di farlo tornare? Lo potevano ammazzare dove l'avevano portato.»

«E così, nello stesso palazzo, avremmo avuto tre sparizioni misteriose?»

«È vero.»

«Sanfilippo torna a casa, è quasi matina, scinni dalla macchina, mette la chiave nel portone e allora chi lo stava ad aspettare lo chiama.»

«E ora come procediamo?» spiò doppo tanticchia Augello.

«Non lo so» arrispunnì Montalbano. «Da qui ce ne possiamo andare. È inutile chiamare la Scientifica per le impronte digitali. Ci avranno passato la liscìa per puliziare macari il soffitto.»

Montarono in macchina, partirono.

«Certo che ne hai di fantasia» commentò Mimì che aveva ripensato alla ricostruzione del commissario. «Quando vai in pensione puoi metterti a scrivere romanzi.»

«Scriverei certamente dei gialli. E non ne vale la pena.»

«Perché dici accussì?»

«I romanzi gialli, da una certa critica e da certi cattedratici, o aspiranti tali, sono considerati un genere minore, tant'è vero che nelle storie serie della letteratura manco compaiono.»

«E a te che te ne fotte? Vuoi trasire nella storia della letteratura con Dante e Manzoni?»

«Me ne affrunterei.»

«Allora scrivili e basta.»

Doppo tanticchia, Augello ripigliò a parlare.

«Viene a dire che la jornata di aieri l'ho persa.»

«Perché?»

«Come perché? Te lo scordasti? Non ho fatto altro che raccogliere informazioni sul professore Ingrò, come avevamo stabilito quando pensavamo che Sanfilippo fosse stato ammazzato per una storia di corna.»

«Ah, già. Beh, parlamene lo stesso.»

«È veramente una celebrità mondiale. Tra Vigàta e Caltanissetta ha una clinica molto riservata, dove ci vanno pochi e scelti vip. Io ci sono andato a vederla di fora. È una villa circondata da un muro altissimo, con uno spazio enorme dintra. Pensa che ci atterra l'elicottero. Ci sono due guardiani armati. Mi sono informato e mi hanno detto che la villa è momentaneamente chiusa. Però il dottor Ingrò opera praticamente dove vuole.»

«Attualmente dov'è?»

«La sai una cosa? Quel mio amico che lo conosce di-

ce che si è ritirato nella sua villa al mare tra Vigàta e Santolì. Dice che sta passando un brutto momento.»

«Forse perché ha saputo del tradimento della moglie.»

«Può essere. Quest'amico mi ha detto che macari più
di due anni fa il dottore ebbe un momento di crisi, ma
poi si ripigliò.»

«E si vede che macari quella volta la sua gentile consorte...»

«No, Salvo, quella volta c'è stata una ragione più forte, mi hanno detto. Non c'è niente di certo, sono voci.
Pare che si fosse esposto con una somma enorme per accattare un quadro. Non l'aveva. Firmò qualche assegno
a vuoto, ci furono minacce di denunzia. Poi lui trovò i
soldi e tutto tornò a posto.»

«Dove li tiene i quadri?»

«In un cavò. A casa appende solo riproduzioni.»

Doppo un altro silenzio, Augello spiò, guardingo:

«E tu con Ingrid che hai combinato?»

Montalbano s'inquartò.

«Mimì, non è discorso che mi piace.»

«Ma io ti stavo spiando se avevi saputo qualche cosa
di Vanja, la mogliere d'Ingrò.»

«Ingrid sapeva che Vanja aveva un amante, ma non ne
conosceva il nome. Tant'è vero che non ha collegato la
sua amica con l'ammazzatina di Nenè Sanfilippo. Ad
ogni modo, Vanja è partita, è tornata in Romania a trovare suo padre che è malato. È partita prima che am-
mazzassero l'amante.»

Stavano arrivando al commissariato.

«Così, tanto per curiosità, il romanzo di Sanfilippo
l'hai letto?»

«Credimi, non ho avuto il tempo. L'ho sfogliato. È
curioso: ci sono pagine scritte bene e altre scritte male.»

«Me lo porti oggi doppopranzo?»

Trasendo, notò che al centralino ci stava Galluzzo.

«Dov'è Catarella che da stamatina non l'ho visto?»

«Dottore, l'hanno chiamato a Montelusa per un corso d'aggiornamento sui computer. Tornerà stasera verso le cinque e mezza.»

«Allora, come procediamo?» rispiò Augello che aveva seguito il suo capo.

«Senti, Mimì. Io ho avuto dal questore l'ordine di occuparmi solo di facenne piccole. L'ammazzatina dei Griffo e di Sanfilippo, secondo tia, è grossa o nica?»

«Grossa. E grossa assà.»

«Quindi non è compito nostro. Tu preparami un rapporto al questore, nel quale racconti solo i fatti, mi raccomando, non quello che penso io. Accussì lui assegna l'incarico al capo della Mobile, se intanto gli è passata la cacarella o quello che è.»

«E gli serviamo cavuda cavuda una storia come questa?» reagì Augello. «Quelli manco ci ringraziano!»

«Ci tieni tanto al ringrazio? Cerca piuttosto il rapporto di scriverlo bene. Domani a matino me lo porti e lo firmo.»

«Che significa che devo scriverlo bene?»

«Che lo devi condire con cose come: "recatici in loco, eppertanto, dal che si evince, purtuttavia". Così si trovano nel loro territorio, col loro linguaggio, e pigliano la facenna in considerazione.»

Per un'ora se la fissiò. Chiamò Fazio.

«Si hanno notizie di Japichinu?»

«Niente, ufficialmente è sempre latitante.»

«Come sta quel disoccupato che si è dato foco?»

«Sta meglio, ma non è ancora fora pericolo.»

Gallo invece gli venne a contare di un gruppo di albanesi che era scappato dal campo di concentramento ossia campo d'accoglienza.

«Li avete rintracciati?»

«Manco uno, dottore. E manco si rintracceranno.»

«Perché?»

«Perché sono fuitine concordate con altri albanesi che hanno messo radici. Un mio collega di Montelusa sostiene che ci sono albanesi che invece scappano per tornarsene in Albania. A conti fatti, hanno scoperto che si trovavano meglio a casa loro. Un milione a testa per venire e due per rimpatriare. Gli scafisti ci guadagnano sempre.»

«Cos'è, una barzelletta?»

«A me non pare» fece Gallo.

Poi il telefono squillò. Era Ingrid.

«Ti ho chiamato per darti il numero di Vanja.»

Montalbano lo scrisse. E invece di salutarlo, Ingrid fece:

«Le ho parlato.»

«Quando?»

«Prima di chiamare te. È stata una telefonata lunga.»

«Vuoi che ci vediamo?»

«Sì, è meglio. Ho pure la macchina, me l'hanno ridata.»

«Va bene, così mi cambi la fasciatura. Troviamoci all'una alla trattoria San Calogero.»

C'era qualcosa che non quatrava nella voce di Ingrid, era come squieta.

Tra le altre doti che u Signiruzzu le aveva dato, la svidisa possedeva macari quella della puntualità. Trasirono e la prima cosa che il commissario vide fu una coppia assittata a un tavolo per quattro: Mimì e Beba. Augello si susì di scatto. Malgrado fosse proprietario di una faccia stagnata, era leggermente arrossito. Fece un gesto per invitare al suo tavolo il commissario e Ingrid. Si ripeté, arriversa, la scena di qualche giorno prima.

«Non vorremmo disturbare...» fece, ipocrita, Montalbano.

«Ma quale disturbo e disturbo!» ribatté Mimì ancora più ipocrita.

Le fìmmine si presentarono reciprocamente, si sorrisero. Si scangiarono un sorriso sincero, aperto, e il commissario ringraziò il Cielo. Mangiare con due fìmmine che non si facevano sangue doveva essere una prova difficile. Ma l'occhio fino dello sbirro Montalbano notò una cosa che lo preoccupò: tra Mimì e Beatrice c'era una specie di tensione. O era la sua presenza che li impacciava? Ordinarono tutti e quattro la stessa cosa: antipasto di mare e un piatto gigante di pesce alla griglia. A metà di una linguata, Montalbano si fece convinto che tra il suo vice e Beba doveva esserci stata una piccola sciarriatina che forse il loro arrivo aveva interrotta. Gesù! Bisognava fare in modo che i due si susissero rappacificati. Si stava strumentiando il ciriveddro per trovare una soluzione, quando vide la mano di Beatrice posarsi leggera su quella di Mimì. Augello taliò la picciotta, la picciotta taliò Mimì. Per qualche secondo annegarono l'uno negli occhi dell'altra. Pace! Avevano fatto pace! Il mangiare, al commissario, gli calò meglio.

«Andiamo a Marinella con due macchine» disse Ingrid alla nisciuta dalla trattoria. «Devo tornare presto a Montelusa, ho un impegno.»

La spaddra del commissario stava molto meglio. Mentre gli cambiava la fasciatura, lei disse:

«Sono un poco confusa.»

«Per la telefonata?»

«Sì. Vedi...»

«Dopo» disse il commissario, «parliamone dopo.»

Si stava godendo la friscura sulla pelle che la pomata spalmatagli da Ingrid gli faceva provare. E gli piaceva – perché non ammetterlo? – che le mani della fìmmina praticamente gli carezzassero le spalle, le braccia, il petto. E a un tratto realizzò che se ne stava con gli occhi inserrati, sul punto di mettersi a fare ronron come un gatto.

«Ho finito» disse Ingrid.

«Mettiamoci sulla verandina. Vuoi un whisky?»

Ingrid acconsentì. Per un pezzo restarono in silenzio a taliare il mare. Poi fu il commissario a principiare.

«Com'è che ti è venuto di telefonarle?»

«Mah, un impulso improvviso, mentre cercavo la cartolina per farti avere il suo numero.»

«Va bene, parla.»

«Appena le ho detto che ero io, m'è parsa spaventata. Mi ha domandato se fosse successo qualcosa. E io mi sono trovata in imbarazzo. Mi sono chiesta se sapeva dell'assassinio del suo amante. D'altra parte lei non me ne aveva fatto il nome. Le ho risposto che non era successo niente, che desideravo solo sue notizie. Allora mi ha detto che sarebbe rimasta a lungo lontana. E si è messa a piangere.»

«Ti ha spiegato il perché deve starsene alla larga?»

«Sì. Ti racconto i fatti in ordine, lei mi ha riferito a pezzi e disordinatamente. Una sera Vanja, certa che il marito sia fuori città e che resterà assente per qualche giorno, porta il suo amante, come tante altre volte aveva fatto, nella sua villa vicino Santolì. Mentre dormivano, sono stati svegliati da qualcuno che era entrato in camera da letto. Era il dottore Ingrò. "Allora è vero" ha mormorato. Vanja dice che il marito e il ragazzo si sono a lungo guardati. Quindi il dottore ha detto: "vieni di là", ed è andato in salotto. Senza parlare, il ragazzo si è rivestito e ha raggiunto il dottore. La cosa che più di tutto ha impressionato la mia amica è stato che... insomma, ha avuto la sensazione che i due si conoscessero già. E bene anche.»

«Aspetta un momento. Sai come si sono incontrati la prima volta Vanja e Nenè Sanfilippo?»

«Sì, me lo disse quando le chiesi se era innamorata, prima che partisse. Si erano conosciuti casualmente in un bar di Montelusa.»

«Sanfilippo sapeva con chi era maritata la tua amica?»

«Sì, glielo aveva detto Vanja.»

«Continua.»

«Poi il marito e Nenè... Vanja, a questo punto del racconto, mi disse così: "si chiama Nenè"... ritornarono in camera da letto e...»

«Ha detto proprio "si chiama"? Ha usato il presente?»

«Sì. E l'ho notato anche io. Non sa ancora che il suo amante è stato assassinato. Dicevo: i due sono tornati e Nenè, a occhi bassi, ha mormorato che il loro rapporto era stato un grave sbaglio, che la colpa era sua e che non dovevano rivedersi mai più. E se ne è andato. Lo stesso fece Ingrò poco dopo, senza parlare. Vanja non sapeva più che fare, era come delusa dal contegno di Nenè. Ha deciso di restare alla villa. Nella tarda mattinata del giorno appresso, il dottore è tornato. Ha detto a Vanja che doveva rientrare immediatamente a Montelusa e fare i bagagli. Il suo biglietto per Bucarest era già pronto. L'avrebbe fatta accompagnare in macchina all'aeroporto di Catania all'alba. In serata, quando è rimasta sola in casa, Vanja ha cercato di chiamare Nenè, ma quello non si è fatto trovare. L'indomani è partita. E ci ha giustificato la partenza, a noi sue amiche, con la scusa del padre ammalato. Mi ha anche detto che quel pomeriggio, quando il marito è andato a trovarla per dirle di partire, lui non era risentito, offeso, amareggiato, ma preoccupato. Ieri il dottore le ha telefonato, consigliandole di stare il più a lungo possibile lontana da qua. E non ha voluto dirle perché. E questo è tutto.»

«Ma tu perché ti senti confusa?»

«Perché, secondo te questo è un comportamento normale di un marito che scopre la moglie a letto con un altro, a casa sua?»

«Se tu stessa mi hai detto che non si amavano più!»

«E ti sembra normale anche il comportamento del ragazzo? Da quand'è che voi siciliani siete diventati più svedesi degli svedesi?»

«Vedi, Ingrid, probabilmente Vanja ha ragione quando dice che Ingrò e Sanfilippo si conoscevano... Il ragazzo era un bravissimo tecnico di computer e computer nella clinica di Montelusa ce ne devono essere tanti. Quando Nenè si mette con Vanja, all'inizio non sa che è la moglie del dottore. Quando lo sa, macari perché lei glielo dice, è troppo tardi, sono già presi l'uno dell'altra. È tutto così chiaro!»

«Mah!» fece esitante Ingrid.

«Guarda: il ragazzo dice di avere fatto uno sbaglio. E ha ragione: perché di sicuro ha perso il lavoro. E il dottore fa andare via la moglie perché teme le chiacchiere, le conseguenze... Metti che i due facciano un colpo di testa, scappino insieme... meglio levare di mezzo le occasioni.»

Dalla taliata che Ingrid gli fece, Montalbano capì che la fìmmina non si era fatta pirsuasa delle sue spiegazioni. Ma siccome era quello che era, non fece altre domande.

Andata via Ingrid, rimase assittato nella verandina. Dal porto niscivano i pescherecci per la pesca notturna. Non voleva pinsare a nenti. Poi sentì un suono armonioso, vicinissimo. Qualcuno fischiettava. Chi? Si taliò torno torno. Non c'era nessuno. Ma era lui! Era lui che stava fischiettando! Appena ne ebbe coscienza, non ci arriniscì più. Dunque c'erano momenti, come di sdoppiamento, nei quali sapeva macari fischiare. Gli venne di ridere.

«Dottor Jekyll e mister Hyde» murmuriò.

«Dottor Jekyll e mister Hyde.»

«Dottor Jekyll e mister Hyde.»

Alla terza volta non sorrideva più. Era anzi diventato serissimo. Aveva la fronte tanticchia sudata.

Si riempì il bicchiere di whisky liscio.

«Dottori! Ah dottori dottori!» fece Catarella correndogli appresso. «È da aieri che ci devo consignari di pirsona pirsonalmente una littra ca mi desi l'abbocato Guttadaddauro ca mi disse ca ci la dovevo dari di pirsona pirsonalmente!»

La cavò dalla sacchetta, gliela pruì. Montalbano l'aprì.

Egregio commissario, la persona che lei sa, il mio cliente e amico, aveva manifestato l'intenzione di scriverle una lettera per esprimerle i sensi della sua accresciuta ammirazione nei suoi riguardi. Poi ha cambiato parere e mi ha pregato di dirle che le telefonerà. Voglia gradire, egregio commissario, i miei più devoti saluti. Suo Guttadauro.

La fece a pezzetti, trasì nell'ufficio di Augello. Mimì se ne stava alla scrivania.

«Sto scrivendo il rapporto» disse.

«Lascia fottere» fece Montalbano.

«Che succede?» spiò Augello allarmato. «Hai una faccia che non mi persuade.»

«Mi hai portato il romanzo?»

«Quello di Sanfilippo? Sì.»

E indicò una busta sulla scrivania. Il commissario la pigliò, se la mise sotto il braccio.

«Ma che hai?» insisté Augello.

Il commissario non arrispunnì.

«Io me ne torno a Marinella. Non mi chiamate. Tornerò in commissariato verso mezzanotte. E vi voglio tutti qua.»

DICIASSETTE

Appena fora dal commissariato, tutta la gran gana che aveva di correre a inserrarsi a Marinella per mettersi a leggere, gli si abbacò di colpo, come certe volte usa fare il vento che un momento prima sradica gli àrboli e un momento dopo è scomparso, non c'è mai stato. Trasì in macchina e si diresse verso il porto. Arrivato nei paraggi, fermò, scinnì portandosi appresso la busta. La virità vera era che gli fagliava il coraggio, si scantava di trovare puntuale conferma nelle parole di Nenè Sanfilippo dell'idea che gli era passata per la testa doppo che Ingrid se ne era andata. Caminò un pedi leva e l'altro metti fino a sotto il faro, s'assittò sullo scoglio chiatto. Forte era l'odore asprigno del lippo, la peluria verde che si trova nella parte vascia degli scogli, quella a contatto col mare. Taliò il ralogio: aveva ancora più di un'orata di luce, volendo avrebbe potuto principiare a leggere lì stesso. Però ancora non se la sentiva, gli mancava il cori. E se alla fine lo scritto di Sanfilippo si fosse rivelata una sullenne minchiata, la fantasia stitica di un dilettante che pretende di scrivere un romanzo solo perché alla scola elementare gli avevano insegnato a fare le aste? Che ora, tra l'altro, manco insegnavano più. E questo, se mai ce ne fosse stato di bisogno, era un altro segnale che i suoi annuzzi ce li aveva tutti. Ma continuare a tenere in mano quelle pagine, senza risolversi in un senso o nell'altro, gli dava la cardascìa, una specie di prurito sulla pelle. Forse la meglio era andare a Marinella e mettersi a leggere nella verandina. Avrebbe respirato lo stesso aria di mare.

A prima occhiata, capì che Nenè Sanfilippo, per ammucciare quello che aveva realmente da dire, aveva fatto ricorso allo stesso sistema adoperato per la ripresa di Vanja nuda. Lì il nastro principiava con una ventina di minuti di *Getaway*, qui invece le prime pagine erano copiate da un romanzo famoso: *Io, robot* di Asimov.

Montalbano ci mise due ore a leggerlo tutto e via via che si avvicinava alla fine e sempre più chiaro gli appariva quello che Nenè Sanfilippo stava contando, sempre più frequentemente la mano gli correva alla bottiglia di whisky.

Il romanzo non aveva una fine, s'interrompeva a mezzo di una frase. Ma quello che aveva letto gli era bastato e superchiato. Dalla vucca dello stomaco una violenta botta di nausea gli artigliò la gola. Corse in bagno tenendosi a malappena, s'inginocchiò davanti alla tazza e cominciò a vomitare. Vomitò il whisky appena bevuto, vomitò il mangiare di quella jornata e il mangiare della jornata avanti e quello della jornata avanti ancora e gli parse, la testa sudata oramà tutta dintra la tazza, un dolore ai fianchi, di vomitare interminabilmente tutto il tempo della sua vita, andando sempre più indietro fino alla pappina che gli davano quand'era piccilidddro e quando si fu liberato macari del latte di sua matre continuò ancora a vomitare tossico amaro, fiele, odio puro.

Arrinscì a mettersi addritta aggrappandosi al lavandino, ma le gambe lo reggevano malamente. Sicuro che gli stava acchianando qualche linea di febbre. Infilò la testa sotto il rubinetto aperto.

«Troppo vecchio per questo mestiere.»

Si stinnicchiò sul letto, inserrò gli occhi.

Ci stette poco. Si susì, gli firriava la testa, ma la raggia cieca che l'aveva assugliato ora si stava cangiando in lucida determinazione. Chiamò l'ufficio.

«Pronti? Pronti? Chisto sarebbi il commissariato di...»

«Catarè, Montalbano sono. Passami il dottor Augello, se c'è.»

C'era.

«Dimmi, Salvo.»

«Ascoltami attentamente, Mimì. Ora stesso tu e Fazio vi pigliate una macchina, non di servizio, mi raccomando, e ve ne andate dalle parti di Santolì. Voglio sapere se la villa del dottore Ingrò è sorvegliata.»

«Da chi?»

«Mimì, non fare domande. Se è sorvegliata, non lo è certo da noi. E dovete fare in modo di capire se il dottore è solo o in compagnia. Pigliatevi il tempo che vi serve per essere sicuri di quello che vedete. Avevo convocato gli òmini per mezzanotte. Contrordine, non ce n'è più bisogno. Quando avete finito a Santolì, lascia libero macari a Fazio e vieni qua a Marinella a contarmi come stanno le cose.»

Riattaccò e il telefono sonò. Era Livia.

«Come mai a quest'ora sei già a casa?» spiò.

Era contenta, ma più che contenta, felicemente meravigliata.

«E tu, se sai che a quest'ora non sono mai a casa, perché mi hai telefonato?»

Aveva risposto con una domanda a una domanda. Ma aveva bisogno di pigliare tempo, altrimenti Livia, che lo conosceva come lo conosceva, si sarebbe addunata che in lui c'era qualcosa che non quatrava.

«Sai, Salvo, è da un'ora o quasi che mi càpita una cosa strana. Non mi era mai successo prima, o meglio, in modo tanto forte. È difficile da spiegare.»

Ora era Livia che si pigliava tempo.

«E tu provaci.»

«Beh, è come se fossi lì.»

«Scusami, ma...»

«Hai ragione. Vedi, quando sono entrata in casa, non

ho visto la mia sala da pranzo, ma la tua, quella di Marinella. No, non è esatto, era la mia camera, certo, ma contemporaneamente era la tua.»

«Come càpita nei sogni.»

«Sì, qualcosa di simile. E da quel momento ho come uno sdoppiamento. Sono a Boccadasse e nello stesso tempo sto con te a Marinella. È... è bellissimo. Ti ho telefonato perché ero certa di trovarti.»

Per non cedere alla commozione, Montalbano cercò di buttarla a babbiata.

«Il fatto è che sei curiosa.»

«E di che?»

«Di com'è fatta la mia casa.»

«Ma se la...» reagì Livia.

E s'interruppe. Si era improvvisamente ricordata del gioco proposto da lui: rifidanzarsi, ricominciare tutto daccapo.

«Mi piacerebbe conoscerla.»

«Perché non vieni?»

Non era riuscito a controllare il tono, gli era nisciuta fora una domanda vera. E Livia lo notò.

«Che succede, Salvo?»

«Niente. Un momento di umore malo. Un brutto caso.»

«Vuoi veramente che venga?»

«Sì.»

«Domani pomeriggio prenderò l'aereo. Ti amo.»

Doveva fare passare il tempo in attesa dell'arrivo di Mimì. Non se la sentiva di mangiare, macari se si era sbacantato di tutto il possibile. La mano, indipendentemente quasi dalla sua volontà, pigliò un libro dallo scaffale. Taliò il titolo: *L'agente segreto* di Conrad. Ricordava che gli era piaciuto, e tanto, ma non gli tornava a mente nient'altro. Spesso gli succedeva che a leggere le prime righe, o la conclusione, di un romanzo la sua memoria rapriva un piccolo scomparto dal quale niscivano fora personaggi, situazioni, frasi. «Uscendo di mattina, il signor Verloc lasciava nominalmente la bottega alle cure del cognato.» Principiava accussì e quelle parole non gli dissero niente. «Ed egli camminava, insospettato e mortale, come una peste nella strada affollata.» Erano le ultime parole e gli dissero troppo. E gli tornò a mente una frase di quel libro: «Nessuna pietà per nessuna cosa, nemmeno per se stessi, e la morte finalmente messa a servizio del genere umano...». Rimise di prescia il libro al suo posto. No, la mano non aveva agito indipendentemente dal suo pinsero, era stata, certo inconsciamente, guidata da lui stesso, da quello che aveva dintra. S'assittò in poltrona, addrumò la televisione. La prima immagine che vide fu quella dei prigionieri di un campo di concentramento, non dei tempi di Hitler, ma di oggi. In qualche parte del mondo che non si capiva, perché le facce di tutti quelli che patiscono l'orrore sono tutte eguali. Astutò. Niscì nella verandina, restò a taliare il mare, cercando di respirare con lo stesso ritmo della risacca.

Era la porta o il telefono? Taliò l'ora: le undici passate, troppo presto per Mimì.

«Pronto? Sinagra sono.»

Il filo di voce di Balduccio Sinagra, che pareva sempre stesse per rompersi come una ragnatela a un'alzata di vento, era inconfondibile.

«Sinagra, se ha qualcosa da dirmi, mi chiami in commissariato.»

«Aspetti. Che fa, si scanta? Questo telefono non è sotto controllo. A meno che non sia sotto controllo il suo.»

«Che vuole?»

«Volevo dirle che sto male, molto male.»

«Perché non ha notizie del suo amatissimo nipoteddru Japichinu?»

Era un colpo sparato direttamente nei cabasisi. E Balduccio Sinagra per tanticchia restò in silenzio, il tempo d'assorbire la botta e ripigliare sciato.

«Sono pirsuaso che il mio nipoteddru, dove si trova si trova, sta meglio di mia. Perché a mia i reni non mi funzionano cchiù. Avrei necessità di un trapianto, vasannò moro.»

Montalbano non parlò. Lasciò che fosse il falco a fare giri concentrici sempre più stretti.

«Ma lo sa» ripigliò il vecchio «quanti siamo i malati bisognevoli di questa operazioni? Cchiù di diecimila, commissario. A rispittari il turno, uno ha tutto il tempo di mòriri.»

Il falco aveva finito di firriare torno torno, ora doveva gettarsi in picchiata sul bersaglio.

«E poi bisogna essere sicuri che quello che ti fa l'operazioni sia fidato, bravo...»

«Come il professore Ingrò?»

Sul bersaglio era arrivato prima lui, il falco se l'era pigliata troppo comoda. Era riuscito a disinnescare la bumma che Sinagra teneva in mano. E non avrebbe potuto dire che aveva, per la seconda volta, manovrato il commissario Montalbano come un pupo dell'òpira. Il vecchio ebbe una reazione sincera.

«Tanto di cappello, commissario, veramente tanto di cappello.»

E continuò:

«Il professore Ingrò è certo la pirsona giusta. Però mi dicono che ha dovuto chiudìri lo spitali che teneva qua a Montelusa. Pare che macari lui, povirazzu, non se la passa tanto beni con la saluti.»

«I medici che dicono? È cosa grave?»

«Ancora non lo sanno, vogliono essere sicuri prima di stabiliri la cura. Mah, commissario beddru, semu tutti nelli mani d'o Signiruzzu!»

E riattaccò.

Poi, finalmente, suonarono alla porta. Stava preparando il cafè.

«Non c'è nessuno che controlla la villa» fece Mimì trasendo. «E fino a una mezzorata passata, il tempo d'arrivare qua, era solo.»

«Può darsi però che intanto ci sia andato qualcuno.»

«Se è così, Fazio me lo telefona col cellulare. Tu però mi dici subito perché di colpo ti sei amminchiato col professore Ingrò.»

«Perché ancora lo tengono nel limbo. Non hanno stabilito se farlo continuare a travagliare o ammazzarlo come i Griffo o Nenè Sanfilippo.»

«Ma allora il professore ci trase?» spiò Augello sbalordito.

«Ci trase, ci trase» fece Montalbano.

«E chi te l'ha detto?»

Un albero, un ulivo saraceno, sarebbe stata la risposta giusta. Ma Mimì l'avrebbe pigliato per pazzo.

«Ingrid ha telefonato a Vanja che è molto scantata perché ci sono cose che non capisce. Per esempio, che Nenè conosceva benissimo il professore, ma non glielo disse mai. Che il marito, quando la scoprì a letto 'nzèmmula con l'amante, non s'arraggiò, non s'addolorò. Si preoccupò, questo sì. E poi me l'ha confermato stasira Balduccio Sinagra.»

«Oddio!» fece Mimì. «Che c'entra Sinagra? E perché avrebbe fatto la spia?»

«Non ha fatto la spia. M'ha detto che aveva necessità di un trapianto ai reni e si disse d'accordo con me quando io feci il nome del professore Ingrò. Mi ha macari riferito che il professore non sta tanto bene in salute. Questo me l'avevi già detto tu, ti ricordi? Solo che tu e Balduccio date un significato diverso alla parola salute.»

Il cafè era pronto. Se lo bevvero.

«Vedi» ripigliò il commissario, «Nenè Sanfilippo ha scritto tutta la storia, bella chiara.»

«E dove?»

«Nel romanzo. Inizia col copiare le pagine di un libro celebre, poi conta la storia, quindi ci mette un altro pezzo del romanzo celebre e via di questo passo. È una storia di robot.»

«È di fantascienza, perciò m'è parso che...»

«Sei caduto nel trainello che Sanfilippo aveva architettato. I suoi robot, che lui chiama Alpha 715 o Omega 37, sono fatti di metallo e di circuiti, ma ragionano come noi, hanno i nostri stessi sentimenti. Il mondo dei robot di Sanfilippo è una stampa e una figura col nostro mondo.»

«E che conta il romanzo?»

«È la storia di un giovane robot, Delta 32, che s'innamora di una robot, Gamma 1024, che è la mogliere di un robot famoso in tutto il mondo, Beta 5, perché è capace di sostituire i pezzi rotti dei robot con altri novi novi. Il robot chirurgo, chiamiamolo accussì, è un omo, pardon, un robot che ha sempre bisogno di soldi, perché ha la manìa di quadri che costano. Un giorno s'infogna in un debito che non può pagare. Allora un robot delinquente, a capo di una banda, gli fa una proposta. E cioè: loro gli daranno tutti i soldi che vuole, purché faccia clandestinamente dei trapianti a clienti che gli procureranno loro, clienti di primo piano nel mondo, ricchi e potenti che non hanno tempo e gana d'aspettare il loro turno. Il robot professore allora domanda come sarà possibile ottenere le parti di ricambio che siano quelle giuste e che arrivino in tempo utile. Gli spiegano allora che questo non è un problema: loro sono in grado di trovare il pezzo di ricambio. E come? Rottamando un robot che risponda ai requisiti e smontandogli il pezzo che serve. Il robot rottamato viene buttato in mare o infilato sottoterra. Possiamo servire qualsiasi cliente, dice il capo che si chiama Omicron 1. In ogni parte del mondo, spiega, c'è gente prigioniera, nelle carceri, in campi appositi. E in ognuno di questi campi c'è un nostro robot. E nelle vicinanze di questi posti c'è un campo d'atterraggio. Noi qua – continua Omicron 1 – siamo solo una minima parte, la nostra organizzazione travaglia in tutto il mondo, si è globalizzata. E Beta 5 accetta. Le richieste di Beta 5 saranno fatte sapere a Omicron 1, il quale a sua volta le trasmetterà a Delta 32 che, servendosi di un sistema Internet avanzatissimo, le porterà a conoscenza dei servizi diciamo così operativi. E qui il romanzo finisce. Nenè Sanfilippo non ha avuto modo di scrivere la conclusione. La conclusione, per lui, l'ha scritta Omicron 1.»

Augello stette a lungo a pinsari, si vede che ancora tutti i significati di quello che gli aveva contato Montalbano non arriniscivano a essergli chiari in testa. Poi capì, aggiarniò e spiò a voce vascia:

«Macari i robot nicareddri, naturalmente.»

«Naturalmente» confermò il commissario.

«E come continua la storia, secondo tia?»

«Tu devi partire dalla premessa che quelli che hanno organizzato la facenna hanno una responsabilità terribile.»

«Certo, la morte di...»

«Non solo la morte, Mimì. Macari la vita.»

«La vita?»

«Certo, la vita di quelli che si sono fatti operare. Hanno pagato un prezzo spaventoso, e non parlo di soldi: la morte di un altro essere umano. Se la cosa si venisse a sapere, sarebbero finiti dovunque si trovano, a capo di un governo, di un impero economico, di un colosso bancario. Perderebbero per sempre la faccia. Quindi, secondo mia, le cose sono andate accussì. Un giorno qualcuno scopre la relazione tra Sanfilippo e la mogliere del professore. Vanja, da questo momento, è un pericolo per tutta l'organizzazione. Rappresenta il possibile tratto d'unione tra il chirurgo e l'organizzazione mafiosa. Le due cose devono restare assolutamente divise. Che fare? Ammazzare Vanja? No, il professore si verrebbe a trovare al centro di un'indagine, per ragioni di cronaca nera messo su tutti i giornali... La meglio è liquidare la centrale di Vigàta. Ma prima dicono al professore del tradimento della moglie: egli dovrà, dalle reazioni di Vanja, capire se la donna è al corrente di qualcosa. Vanja però non sa niente. Viene fatta rimpatriare. L'organizzazione taglia tutte le possibili piste che possono portare a essa, i Griffo, Sanfilippo...»

«Perché non ammazzano macari il professore?»

«Perché può ancora servire. Il suo nome è, come dicono nella pubblicità, una garanzia per i clienti. Aspettano a vedere come si mettono le cose. Se si mettono bene, lo fanno tornare a esercitare, vasannò l'ammazzano.»

«E tu che vuoi fare?»

«Che posso fare? Niente, ora come ora. Vattene a casa, Mimì. E grazie. Fazio è ancora a Santolì?»

«Sì. Aspetta una mia telefonata.»

«Chiamalo. Digli che se ne può andare a dormire. Domani a matina decideremo come continuare la sorveglianza.»

Augello parlò con Fazio. Poi disse:

«Se ne va a casa. Non ci sono state novità. Il professore è solo. Sta taliando la televisione.»

Alle tre di notte, doppo essersi messo una giacchetta pisanti perché fora doveva fare frisco, montò in macchina e partì. Da Augello si era fatto spiegare, facendo parere che si trattava di semplice curiosità, dov'era esattamente locata la villa di Ingrò. Durante il viaggio, ripensò all'atteggiamento di Mimì doppo che gli aveva contato la facenna dei trapianti. Lui aveva avuto la reazione che aveva avuto, che a momenti gli veniva un sintòmo, mentre invece Augello era sì aggiarniato, ma non era parso poi impressionarsi tanto. Autocontrollo? Mancanza di sensibilità? No, certamente la ragione era più semplice: la differenza d'età. Lui era un cinquantino e Mimì un trentino. Augello era già pronto per il 2000 mentre lui non lo sarebbe mai stato. Tutto qua. Augello sapeva che stava naturalmente trasendo in un'epoca di delitti spietati, fatti da anonimi, che avevano un sito, un indirizzo su Internet o quello che sarebbe stato, e mai una faccia, un paro d'occhi, un'espressione. No, troppo vecchio oramà.

Fermò a una ventina di metri dalla villa e restò immobile doppo avere astutato i fari. Taliò attentamente col binocolo. Dalle finestre non passava un filo di luce. Il dottor professor Ingrò doveva essersi andato a corcare. Niscì dalla macchina, s'avvicinò a passo lèggio al cancello della villa. Se ne stette immobile ancora una decina di minuti. Nessuno si fece avanti, nessuno dall'ombra gli spiò cosa volesse. Con una lampadina tascabile minuscola esaminò la serratura del cancello. Non c'era allarme. Possibile? Poi rifletté che il professore Ingrò non aveva bisogno di sistemi di sicurezza. Con le amicizie che si ritrovava, solo a un pòvro pazzo poteva venire in testa di andargli a svaligiare la villa. Ci mise un attimo a raprirlo. C'era un viale ampio, contornato da àrboli. Il giardino doveva essere tenuto in perfetto ordine. Non c'erano cani, a quest'ora l'avrebbero già assugliato. Raprì facilmente col grimaldello macari il portone d'entrata. Un'ampia anticamera che immetteva in un salone tutto vetri e in altre cammare. Quelle da letto erano al piano di sopra. Acchianò una lussuosa scala coperta da una moquette spessa e soffice. Nella prima cammara di letto non c'era nessuno. Nella cammara appresso invece sì, qualcuno respirava pesante. Con la mano mancina tastiò alla cerca dell'interruttore, nella mano dritta aveva la pistola. Non fece a tempo. La lampada su uno dei comodini s'addrumò.

Il dottor professor Ingrò era stinnicchiato sul letto tutto vestito, scarpe comprese. E non mostrava nessuna meraviglia a vedere un omo sconosciuto perdipiù armato nella sua cammara. Certo che se l'aspettava. C'era feto di chiuso, di sudore, di rancido. Il professore Ingrò non era più l'omo che si arricordava il commissario quelle due o tre volte che l'aveva visto in televisione: aveva la varba lunga, gli occhi arrossati, i capelli all'aria.

«Avete deciso d'ammazzarmi?» spiò a voce vascia.

Montalbano non rispose. Stava fermo ancora sulla porta, il braccio con la pistola lungo il fianco, ma l'arma bene a vista.

«State commettendo uno sbaglio» fece Ingrò.

Allungò una mano verso il comodino – Montalbano lo riconobbe, l'aveva visto nella ripresa di Vanja desnuda –, pigliò il bicchiere che c'era sopra, bevve una lunga sorsata d'acqua. Se ne versò tanticchia addosso, la mano gli tremava. Posò il bicchiere, parlò di nuovo.

«Io posso esservi ancora utile.»

Mise i piedi a terra.

«Dove lo trovate un altro bravo come me?»

"Più bravo forse no, ma più onesto sì" pensò il commissario, ma non disse niente. Lasciava che fosse l'altro a cuocersi da se stesso. Ma forse era meglio dargli una spintarella. Il professore si era susùto addritta e Montalbano, lento lento, isò la pistola e gliela puntò all'altezza della testa.

Allora capitò. Come se gli avessero tranciato l'invisibile cavo che lo reggeva, l'omo cadì in ginocchio. Mise le mani a prighera.

«Per carità! Per carità!»

Carità? La stessa che aveva avuto verso quelli che aveva fatto scannare, proprio accussì, scannare?

Chiangiva, il professore. Lagrime e saliva gli facevano lucida la barba sul mento. E quello era il personaggio conradiano che si era immaginato?

«Ti posso pagare, se mi fai scappare» murmuriò.

Si mise una mano in sacchetta, tirò fora un mazzo di chiavi, le pruì a Montalbano che non si cataminò.

«Queste chiavi... ti puoi pigliare tutti i miei quadri... una fortuna... diventi ricco...»

Montalbano non riuscì più a tenersi. Fece due passi avanti, isò il piede e lo sparò in piena faccia al professore. Che cadde narrè, stavolta riuscendo a gridare.

«No! No! Questo no!»

Si teneva la faccia tra le mani, il sangue, dal naso rotto, gli colava tra le dita. Montalbano sollevò ancora il piede.

«Basta così» disse una voce alle sue spalle.

Si voltò di scatto. Sulla porta c'erano Augello e Fazio, tutti e due con le pistole in mano. Si taliarono negli occhi, s'intesero. E il triatro principiò.

«Polizia» disse Mimì.

«Ti abbiamo visto entrare, delinquente!» fece Fazio.

«Lo volevi ammazzare, eh?» recitò Mimì.

«Getta la pistola» intimò Fazio.

«No!» gridò il commissario. Afferrò per i capelli Ingrò, lo tirò addritta, gli puntò la pistola alla tempia.

«Se non ve ne andate, l'ammazzo!»

D'accordo, la scena si era vista e rivista in qualche pellicola americana, ma tutto sommato c'era da compiacersi per come la stavano improvvisando. A questo punto, come da copione, toccava parlare a Ingrò.

«Non ve ne andate!» implorò. «Vi dirò tutto! Confesserò! Salvatemi!»

Fazio scattò e agguantò Montalbano mentre Augello teneva fermo Ingrò. Fecero una finta lotta, Fazio e il commissario, poi il primo ebbe la meglio. Augello pigliò in mano la situazione.

«Ammanettalo!» ordinò.

Ma il commissario aveva ancora disposizioni da dare, dovevano assolutamente appattarsi, seguire una linea comune. Afferrò il polso di Fazio che si lasciò disarmare come se fosse stato colto di sorpresa. Montalbano sparò un colpo che li assordò e scappò. Augello si liberò del professore che piangendo gli si era aggrappato alle spalle e si precipitò all'inseguimento. Montalbano era arrivato alla fine della scala quando truppicò sull'ultimo gradino e cadì affacciabocconi. Gli scappò un colpo. Mimì, sempre gridando «fermo o sparo!» l'aiutò a rialzarsi. Niscirono fora di casa.

«Si è cacato addosso» disse Mimì. «È cotto.»

«Bene» fece Montalbano. «Portatelo in Questura, a Montelusa. Durante la strata fermatevi, taliate torno torno, come se temete un agguato. Quando si troverà davanti al questore deve dire tutto.»

«E tu?»

«Io sono scappato» fece il commissario sparando un colpo in aria per buon peso.

Stava tornandosene a Marinella, quando ci ripensò. Girò la macchina, si diresse verso Montelusa. Pigliò la circonvallazione, fermò davanti al 38 di via De Gasperi. Ci abitava il suo amico giornalista Nicolò Zito. Prima di sonare il citofono, taliò l'ora. Quasi le cinque del matino. Dovette sonare tre volte, e a lungo, prima di sentire la voce di Nicolò tra assonnata e arraggiata.

«Montalbano sono. Ti devo parlare.»

«Aspetta che scendo io, vasannò m'arrisbigli la casa.»

Poco dopo, assittato su un gradino, Montalbano gli contò tutto mentre di tanto in tanto Zito l'interrompeva.

«Aspetta. O Cristo!» faceva.

Aveva necessità di qualche pausa, il racconto gli faceva mancare lo sciato, l'assufficava.

«Che devo fare?» spiò solo quando il commissario finì.

«Stamatina stessa fai un'edizione straordinaria. Ti tieni sul vago. Dici che il professore Ingrò si sarebbe costituito perché implicato, pare, in un losco traffico di organi... Devi amplificare la notizia, deve arrivare ai giornali, alle reti nazionali.»

«Di che ti scanti?»

«Che mettano tutto sotto silenzio. Ingrò ha amici troppo importanti. E un altro favore. Nell'edizione dell'una, tira fora un'altra storia, dici, tenendoti sempre sul vago, che il latitante Jacopo Sinagra, detto Japichinu, sarebbe stato assassinato. Pare che facesse parte dell'organizzazione che aveva ai suoi ordini il professor Ingrò.»

«Ma è vero?»

«Penso di sì. E sono quasi sicuro che sia questo il motivo per il quale suo nonno, Balduccio Sinagra, l'ha fatto ammazzare. Non per scrupoli morali, bada bene. Ma perché suo nipote, forte dell'alleanza con la nuova mafia, l'avrebbe potuto far fuori quando voleva.»

Erano le sette del matino quando poté andare a corcarsi. Aveva deciso di dormiri tutta la matinata. Nel pomeriggio sarebbe andato a Palermo per pigliare Livia che arrivava da Genova. Arriniscì a farsi un due orate di sonno, poi l'arrisbigliò il telefono. Era Mimì. Ma fu il commissario a parlare per primo.

«Perché stanotte m'avete seguito a malgrado che io...»

«... che tu avessi cercato di pigliarci per il culo?» terminò Augello. «Ma Salvo, come ti può passare per la mente che Fazio e io non capiamo quello che pensi? Ho ordinato a Fazio di non andarsene dai paraggi della villa, macari se gli davo un controrrdine. Prima o poi arrivavi. E quando tu sei uscito da casa, ti sono venuto appresso. E abbiamo fatto bene, mi pare.»

Montalbano incassò e cangiò discorso.

«Com'è andata?».

«Un bordello, Salvo. Si sono precipitati tutti, il questore, il procuratore capo... E il professore che parlava e parlava... Non ce la facevano a fermarlo... Ci vediamo più tardi in ufficio, ti conto tutto.»

«Il mio nome non è venuto fora, vero?»

«No, stai tranquillo. Abbiamo spiegato che stavamo passando per caso davanti alla villa, che abbiamo visto il cancello e il portone spalancati e ci siamo insospettiti. Purtroppo il killer è riuscito a scappare. A più tardi.»

«Oggi non vengo in ufficio.»

«Il fatto è» fece impacciato Mimì «che domani non ci sono io.»

«E dove vai?»

«A Tindari. Siccome Beba deve andarci per il solito lavoro...»

E capace che, durante il viaggio, s'accattava macari una batteria di cucina.

Di Tindari, Montalbano ricordava il piccolo, misterioso teatro greco e la spiaggia a forma di una mano con le dita rosa... Se Livia si tratteneva qualche giorno, una gita a Tindari era una cosa che ci poteva pensare.

NOTA DELL'AUTORE

Tutto di questo libro, nomi, cognomi (soprattutto cognomi), situazioni, è inventato di ràdica. Se qualche coincidenza c'è, essa è dovuta al fatto che la mia fantasia è limitata.

Questo libro è dedicato a Orazio Costa, mio maestro e amico.

L'ODORE DELLA NOTTE

UNO

La persiana della finestra spalancata sbattì tanto forte contro il muro che parse una pistolettata e Montalbano, che in quel priciso momento si stava sognando d'essiri impegnato in un conflitto a fuoco, s'arrisbigliò di colpo sudatizzo e, 'nzèmmula, agghiazzato dal friddo. Si susì santiando e corse a chiudere. Tirava una tramontana accussì gelida e determinata che, invece di ravvivare i colori della matinata, come sempre aveva fatto, stavolta se li portava via cancellandoli a metà e lasciandone le sinopie, o meglio, tracce splàpite come quelle di un acquerello dipinto da un dilettante in libera uscita domenicale. Evidentemente l'estate, che già da qualche giorno era trasuta in agonia, aveva addeciso durante la nottata di rendersi definitivamente defunta per lasciare posto alla stagione che veniva appresso e che avrebbe dovuto essere l'autunno. Avrebbe dovuto, perché in realtà, da come s'annunziava, questo autunno pareva già essere inverno e inverno profunno.

Rimettendosi corcato, Montalbano si concesse un'elegia alle scomparse mezze stagioni. Dove erano andate a finire? Travolte anch'esse dal ritmo sempre più veloce dell'esistenza dell'omo, si erano macari loro adeguate: avevano capito di rappresentare una pausa ed erano scomparse, perché oggi come oggi nisciuna pausa può essere concessa in questa sempre più delirante corsa che si nutre di verbi all'infinito: nascere, mangiare, studiare, scopare, produrre, zappingare, accattare, vendere, cacare e morire. Verbi all'infinito però della durata di un nanosecondo, un vìdiri e svìdiri. Ma non c'era stato un tempo nel quale esistevano altri verbi? Pensare, meditare, ascoltare e, perché no?, bighellonare, sonnecchiare, divagare? Quasi con le lagrime agli occhi, Montalbano s'arricordò degli abiti di mezza stagione e dello spolverino di suo padre. E questo gli fece macari venire in testa che, per andare in ufficio, avrebbe dovuto mettersi un vistito d'inverno. Si fece forza, si susì e raprì l'anta dell'armuar dove c'era la roba pesante. Il feto di un quintale o quasi di naftalina l'assugliò alla sprovista. Prima gli mancò lo sciato, poi gli occhi gli lagrimiarono e quindi principiò a stranutare. Di stranuti ne fece dodici a fila, col moccaro che gli colava dal naso, la testa intronata e sintendosi sempre più indolenzire la cassa toracica. Si era scordato che la cammarera Adelina da sempre conduceva una sua personale guerra senza esclusione di colpi contro le tarme, uscendone sempre implacabilmente sconfitta. Il commissario ci arrinunciò. Richiuse l'anta e andò a pigliare un pullover pesante dal settimanile. Macari qui Adelina aveva usato i gas asfissianti, ma Montalbano stavolta sapeva come stavano le cose e si parò tenendo lo sciato. Andò sulla verandina ed espose sul tavolino il pullover per fargli svaporare all'aria aperta tanticchia di feto. Quando, dopo essersi lavato, sbarbato e vestito, tornò nella verandina per mettserselo, il pullover non c'era più. Proprio quello novo novo che gli aveva portato Livia da Londra! E ora come faceva a spiegare a quella che qualche figlio di troia di passaggio non aveva resistito alla tentazione, aveva allungato una mano e vi saluto e sono? Si rappresentò paro paro come si sarebbe svolto il dialogo con la sua zita.

«Figurarsi! Era prevedibilissimo!»

«Ma perché, scusa?»

«Perché te l'ho regalato io!»

«E che c'entra?»

«C'entra sì! Eccome se c'entra! Tu non dai mai nessuna importanza a quello che ti regalo! Per esempio, la camicia che ti portai da...»

«Quella ce l'ho ancora.»

«Sfido che ce l'hai ancora, non l'hai mai messa! E poi: il famoso commissario Montalbano che si lascia derubare da un ladruncolo! Roba da nascondersi sottoterra!»

E in quel momento lo vide, il pullover. Trascinato via dalla tramontana, s'arrotoliava sulla rena e arrotoliandosi arrotoliandosi sempre più s'avvicinava al punto dove la sabbia s'assuppava d'acqua a ogni ondata.

Montalbano saltò la ringhiera, corse, la rena gli riempì quasette e scarpe, arrivò appena a tempo ad agguantare il pullover sottraendolo a un'onda arraggiata che pareva particolarmente affamata di quel capo di vestiario.

Mentre tornava, mezzo accecato dalla rena che il vento gli infilava negli occhi, dovette rassegnarsi al fatto che il pullover si era arridotto un ammasso di lana informe e vagnatizza. Appena trasuto, il telefono squillò.

«Ciao, amore. Come stai? Ti volevo dire che oggi non sarò in casa. Me ne vado in spiaggia con un'amica.»

«Non vai in ufficio?»

«Da noi è festivo, il patrono.»

«Lì il tempo è buono?»

«Una meraviglia.»

«Beh, divertiti. A stasera.»

Macari questa ci voleva a conzargli bona la giornata! Lui che trimava di friddo e Livia che sinni stava biatamente stinnicchiata al sole! Ecco un'altra prova che il mondo non firriava più come prima. Ora al Nord si moriva di cavudo e al Sud arrivavano le gelate, gli orsi, i pinguini.

Si stava preparando a raprire l'armuar in apnea quando il telefono sonò di nuovo. Restò tanticchia esitante, poi l'idea dello sconcerto di stomaco che gli avrebbe provocato il feto della naftalina lo fece pirsuaso a sollevare la cornetta.

«Pronto?»

«Ah dottori dottori!» fece la voce straziata e ansimante di Catarella. «Vossia di pirsona pirsonalmente è?»

«No.»

«Allura chi è col quale sto per parlando?»

«Sono Arturo, fratello gemello del commissario.»

Perché aveva principiato a fare lo stronzo con quel povirazzo? Forse per sfogare tanticchia di umore malo?

«Davero?» disse Catarella ammaravigliato. «Mi scusasse, signori gimello Arturo, ma se il dottori è come qualmenti in casa, ci lo dici che ho di bisogno di parlaricci?»

Montalbano lasciò passare qualche secondo. Forse la facenna che aveva sul momento inventata gli poteva tornare comoda in qualche altra occasione. Scrisse su un foglio «mio fratello gemello si chiama Arturo» e rispose a Catarella.

«Eccomi, che c'è?»

«Ah dottori dottori! Un quarintotto sta capitandosi! Vossia l'acconosce il loco indovi che ci teneva il suo officio il ragionieri Gragano?»

«Vuoi dire Gargano?»

«Sì. Pirchì, come dissi? Gragano dissi.»

«Lascia perdere, lo so dov'è. Embè?»

«Embè che ci trasì uno armato di revorbaro. Se ne accorsi Fazio che putacaso stava passando pi caso. Pare che ha 'ntinzioni di sparari all'impiccata. Dice accussì che voli narrè i soldi che Gragano gli arrubbò, vasannò ammazza la fimmina.»

Gettò a terra il pullover, con un càvucio lo spostò sotto il tavolo, raprì la porta di casa. Il tempo di trasire in macchina fu bastevole perché la tramontana l'assintomasse.

Il ragioniere Emanuele Gargano, quarantenne alto, elegante, bello che pareva l'eroe di una pillicola miricana, sempre cotto dal sole al punto giusto, apparteneva a quella razza di corta vita aziendale che era detta dei manager rampanti, corta vita in quanto a cinquant'anni erano già accussì usurati da doversi rottamare, tanto per usare un verbo che a loro piaceva assà. Il ragioniere Gargano, a suo dire, era nato in Sicilia ma aveva a lungo travagliato a Milano dove, in breve e sempre a suo dire, si era fatto conoscere come una specie di mago della speculazione finanziaria. Poi, stimando di avere acquistato la fama necessaria, aveva addeciso di mettersi in proprio a Bologna dove, siamo ancora a suo dire, aveva fatto la fortuna e la filicità di decine e decine di risparmiatori. Si era appresentato a Vigàta poco più di due anni avanti per promuovere, diceva, «il risveglio economico di questa nostra amata e sventurata terra» e in pochi giorni aveva rapruto agenzie in quattro grossi paisi della provincia di Montelusa. Era uno che certamente non gli mancava la parola come non gli mancava la capacità di persuadere tutti quelli che incontrava, sempre con un gran sorriso rassicurante stampato in faccia. Tempo una simanata impiegata a correre da un paisi all'altro con una strepitosa e sparluccicante auto di lusso, una specie di specchietto per le allodole, aveva conquistato un centinaro di clienti, la cui età media si aggirava sulla sissantina e passa, che gli avevano affidato i loro risparmi. Alla scadenza dei sei mesi, gli anziani pensionati erano stati chiamati e si erano visti consegnare, rischiando di morire d'infarto sul posto, un interesse del venti per cento. Poi il ragioniere convocò a Vigàta tutti i clienti della provincia per un gran pranzo, alla fine del quale lasciò capire che forse, col semestre che veniva, gli interessi sarebbero stati più alti, macari se di poco. La voce si sparse e la gente principiò a fare la fila darrè gli sportelli delle varie agenzie locali supplicando Gargano di pigliarsi i suoi soldi. E il ragioniere, magnanimo, accettava. In questa seconda mandata ai vecchietti si aggiunsero macari picciotti che avevano gana di fare soldi il più di prescia possibile. Alla fine del secondo semestre, gli interessi dei primi clienti se ne acchianarono al ventitré per cento. La facenna andò avanti col vento in poppa, ma alla fine del quarto semestre Emanuele Gargano non riapparse. Gli impiegati delle agenzie e i clienti aspettarono due giorni e dopo s'addecisero a telefonare a Bologna, dove avrebbe dovuto esserci la direzione generale della Re Mida, accussì si chiamava la finanziaria del ragioniere. Al telefono non arrispunnì nisciuno. Fatta una ràpita inchiesta, si venne a scoprire che i locali della Re Mida, in affitto, erano stati ridati al legittimo proprietario il quale, da parte sua, era arraggiato perché l'affitto non gli era stato pagato da parecchi mesi. Passata una simanata d'inutili ricerche senza che del ragioniere a Vigàta e dintorni se ne vedesse manco l'ùmmira, e dopo numerosi e turbolenti assalti alle agenzie da parte di chi ci aveva rimesso i soldi, nacquero, a proposito della misteriosa sparizione del ragioniere, due scuole di pensiero.

La prima sosteneva che Emanuele Gargano, cangiatosi di nome, si fosse trasferito in un'isola dell'Oceania indovi se la scialava con fìmmine bellissime mezzo nude alla faccia di chi gli aveva dato fiducia e risparmi.

La seconda opinava che il ragioniere, incautamente, si fosse approfittato dei soldi di qualche mafioso e ora stava a produrre concime a una para di metri sottoterra o serviva da mangime ai pesci.

In tutta Montelusa e provincia c'era però una fìmmina ch'era di diverso concetto. Una sola, che di nome faceva Cosentino Mariastella.

Cinquantina, tozza e sgraziata, Mariastella aveva presentato domanda d'assunzione per l'agenzia di Vigàta e, dopo un breve quanto intenso colloquio col ragioniere in pirsona, era stata pigliata. Accussì si diceva. Breve il colloquio, ma abbastevole pirchì la fìmmina pirdutamente s'innamorasse del principale. E quello, era sì il secondo impiego per Mariastella, ch'era restata per tanti anni casaligna dopo il diploma di ragiunera per aiutare prima il patre e la matre e po' il solo patre sempri più pritinzioso fino alla morte, però era macari il primo amore. Perché, in cuscienza, Mariastella fino dalla nascita era stata promissa dalla famiglia a un lontano cugino mai visto se non in fotografia e mai accanosciuto di pirsona pirchì morto picciotto di una malatia scògnita. Ma ora la facenna era diversa, dato che Mariastella stavolta il suo amore aveva potuto vidirlo vivo e parlanti in più occasioni e accussì vicino, una matina, da sentire perfino il sciàuro del suo dopobarba. Si era spinta allora a fare una cosa tanto audace che mai e po' mai pinsava che ne sarebbe stata capace: pigliato l'autobus, era andata a Fiacca da una parente che aveva una profumeria e, sciaurando bottigliette una appresso all'altra fino a farsi venire il malo di testa, aveva ritrovato il dopobarba usato dal suo amore. Se ne era accattata una bottiglietta che teneva nel cascione del comodino. Quando certe notti s'arrisbigliava sola nel suo letto, sola nella grande casa deserta e l'assugliava una botta di sconforto, allora la stappava, aspirava il profumo e arrinisciva accussì a ripigliare sonno murmuriando: «Bonanotti, amuri me'».

Mariastella si era fatta capace che il ragioniere Emanuele Gargano non era scappato portandosi appresso tutti i soldi depositati e tantomeno era stato ammazzato dalla mafia per qualche sgarro. Interrogata da Mimì Augello (Montalbano non si era voluto interessare di quell'indagine perché sosteneva che lui di storie di soldi non ci capiva una minchia), la signorina Cosentino aveva affermato che, a parer suo, il ragioniere era stato colpito da momentanea amnesia e che un giorno o l'altro sarebbe ricomparso mettendo a tacere le malelingue. E aveva detto quelle parole con tanto lucido fervore che lo stesso Augello aveva rischiato di farsene convinto macari lui.

Forte della sua fede nell'onestà del ragioniere, ogni matina Mariastella rapriva l'ufficio e si metteva ad aspittare il ritorno del suo amore. Tutti, in paisi, ridevano di lei. Tutti quelli che non avevano avuto chiffari col ragioniere, si capisce, perché gli altri, quelli che ci avevano perso i soldi, ancora non erano capaci di ridere. Il giorno avanti Montalbano aveva saputo da Gallo che la signorina Cosentino era andata in banca a pagare, di sacchetta propria, l'affitto dell'ufficio. E allora che gli era venuto a mente, a quello che stava amminazzandola col revorbaro, di pigliarsela con lei, povirazza, che in tutta la facenna non ci trasiva il resto di nenti? E poi, pirchì il creditore aveva avuto questa bella alzata d'ingegno tardiva, una trentina di giorni appresso la scomparsa, vale a dire quando tutte le vittime del ragionier Gargano si erano messe l'animo in pace? A Montalbano, che apparteneva alla prima scuola di pensiero, quella che sosteneva che il ragioniere se n'era fujuto dopo aver fottuto tutti, Mariastella Cosentino faceva pena. Ogni volta che si trovava a passare davanti all'agenzia e la vedeva, compostamente assittata darrè lo sportello, al di là del vetro divisorio, gli veniva uno stringimento di core che non lo lasciava più per il resto della giornata.

Davanti all'ufficio della Re Mida c'erano una trentina di persone che parlavano animatamente e gesticolavano, eccitatissime, tenute a distanza da tre vigili urbani. Il commissario venne racanosciuto e circondato.

«È veru che c'è unu armatu dintra l'ufficio?»

«Cu è, cu è?»

Si fece largo ad ammuttuna e a vociate e finalmente arrivò alla soglia della porta d'ingresso. Qui si fermò, tanticchia strammato. Dintra c'erano, li riconobbe di spalle, Mimì Augello, Fazio e Galluzzo che pareva che erano impegnati in un curioso balletto: ora inclinavano il busto a dritta, ora l'inclinavano a mancina, ora facevano un passo avanti, ora ne facevano uno narrè. Raprì senza fare rumorata la controporta a vetri e taliò meglio la scena. L'ufficio consisteva in una sola spaziosa cammara divisa a metà da una banconata di ligno sopra la quali c'era una vetrata con lo sportello. Al di là della transenna ci stavano quattro scrivanie vacanti. Mariastella Cosentino era assittata al suo solito posto darrè lo sportello, molto giarna in faccia, ma ferma e composta. Tra le due zone dell'ufficio si comunicava attraverso una porticina di ligno ricavata nella stessa transennatura.

L'assalitore, o quello che era, Montalbano non sapeva come definirlo, stava addritta proprio nel vano della porticina, in modo da poter tenere sotto punterìa contemporaneamente tanto l'impiegata quanto i tre della polizia. Era un vecchio ottantino che il commissario riconobbe immediatamente, lo stimato geometra Salvatore Garzullo. Tanticchia per la tensione nirbusa, tanticchia per l'Alzheimer piuttosto avanzato, il revorbaro che il geometra teneva in mano, chiaramente dell'epoca di Buffalo Bill e dei Sioux, ballava tanto che, quando lo dirigeva verso uno degli òmini del commissariato, si scansavano tutti perché non arriniscivano a capire dove l'eventuale colpo sarebbe andato a parare.

«Arrivoglio il dinaro che quel figlio di buttana m'arrubbò. Vasannò ammazzo l'impiegata!»

Era da un'orata e passa che il geometra gridava la stessa frase, né una parola di cchiù né una di meno, la stissa, e ora era stremato, rauco, e più che parlare pareva che stava facendosi dei gargarismi.

Montalbano mosse risoluto tre passi, oltrepassò la linea dei suoi e stinnì la mano al vecchio con un sorriso che gli tagliava la faccia.

«Carissimo geometra! Che piacere vederla! Come sta?»

«Non c'è male, grazie» fece Garzullo imparpagliato.

Ma s'arripigliò subito appena vide che Montalbano stava per fare un altro passo verso di lui.

«Stia fermo o sparo!»

«Commissario, per amor del cielo, non si esponga!» intervenne con voce ferma la signorina Cosentino. «Se qualcuno si deve sacrificare per il ragioniere Gargano, eccomi qua, sono pronta!»

Invece di mettersi a ridere per la battuta da melo-dramma, Montalbano dintra di sé si sentì arraggiare. Se in quel momento avesse potuto avere davanti il ragionie-re, gli avrebbe scassato la faccia a pagnittuna.

«Non diciamo fesserie! Qua non si sacrifica nessuno!»

E poi, rivolto al geometra, principiò la sua recita im-provvisata.

«Mi scusi, signor Garzullo, ma lei aieri a sira dov'era?»

«E a lei che gliene fotte?» spiò battagliero il vecchio.

«Nel suo stesso interesse, mi risponda.»

Il geometra inserrò le labbra, dopo finalmente si deci-se a raprire la vucca.

«Ero appena tornato a casa mia, qua. Ho passato quattro mesi allo spitali di Palermo indovi ho saputo che il ragioneri se n'era scappato coi soldi miei, tutto quello che avevo dopo una vita di travaglio!»

«Quindi aieri a sira tardo non ha addrumato la televi-sione?»

«Non avevo gana di stare a sèntiri minchiate.»

«Ecco perché non sa niente!» disse Montalbano trionfante.

«E che dovrei sapere?» spiò intordonuto Garzullo.

«Che il ragioniere Gargano è stato arrestato.»

Taliò con la coda dell'occhio a Mariastella. Si aspetta-va un grido, una reazione qualsiasi, ma la fimmina era restata immobile, e pareva più confusa che pirsuasa.

«Daveru?» fece il geometra.

«La mia parola d'onore» disse da grande attore Mon-talbano. «L'hanno arrestato e gli hanno sequestrato do-dici valigie grosse piene rase di dinaro. Stamatina stissa a Montelusa, in Prefettura, inizia la restituzione dei soldi agli aventi diritto. Lei ce l'ha la ricevuta di quello che ha dato a Gargano?»

«Eccome no!» arrispunnì il vecchio battendo la mano libera sulla sacchetta della giacca indove si tiene il por-tafoglio.

«Allora non c'è problema, è tutto risolto» disse Montalbano.

S'avvicinò al vecchio, gli levò il revorbaro dalla mano, lo posò sul bancone.

«Ci posso andare in Prefettura domani?» spiò Garzullo. «Malo mi sto sintendo.»

E sarebbe crollato 'n terra se il commissario non fosse stato pronto a reggerlo.

«Fazio e Galluzzo, di corsa, mettetelo in macchina e portatelo allo spitale.»

Il vecchio venne sollevato dai due. Passando davanti a Montalbano, arriniscì a dire:

«Grazii di tuttu.»

«Per carità, di niente» fece Montalbano sentendosi il più miserabile dei miserabili.

DUE

Intanto Mimì era corso a dare adenzia alla signorina Mariastella che, pur restando sempre assittata, aveva pigliato a cimiare come un àrbolo sotto una ventata.

«Le vado a pigliare qualcosa dal bar?»

«Un bicchiere d'acqua, grazie.»

In quel momento sentirono venire da fora uno scroscio d'applausi e grida di «Bravo! Viva il geometra Garzullo!». Evidentemente tra la folla c'erano molte persone truffate da Gargano.

«Ma perché gli vogliono tanto male?» spiò la fìmmina mentre Mimì nisciva.

Si turciniava continuamente le mano, da giarna che era ora per reazione era addivintata russa come un pumadoro.

«Beh, una qualche ragione forse ce l'hanno» rispose diplomaticamente il commissario. «Lei sa meglio di me che il ragioniere è sparito.»

«D'accordo, ma perché si deve pensare subito al male? Può avere perso la memoria per un incidente stradale, per una caduta, che so... Io mi sono permessa di telefonare...»

S'interruppe, scotì la testa sconsolata.

«Niente» fece, concludendo un suo pinsero.

«Mi dica a chi ha telefonato.»

«Lei la talìa la televisione?»

«Qualche volta. Perché?»

«Mi avevano detto che c'è una trasmissione che si chiama *Chi l'ha visto?* che si occupa di persone scomparse. Mi sono fatta dare il numero e...»

«Ho capito. Che le hanno risposto?»

«Che non potevano farci niente perché io non ero in grado di fornire i dati indispensabili, età, luogo di sparizione, fotografia, cose così.»

Calò silenzio. Le mano di Mariastella erano addiventate un unico nodo inestricabile. Il mallitto istinto di sbirro di Montalbano, che se ne stava accucciato a sonnecchiare, va a sapìri pirchì, si arrisbigliò per un attimo all'improvviso.

«Lei, signorina, deve macari considerare la facenna dei soldi scomparsi col ragioniere. Si tratta di miliardi e miliardi, sa?»

«Lo so.»

«Lei non ha la minima idea dove...»

«Io so che quei denari li investiva. In cosa e dove non lo so.»

«E lui con lei?...»

La faccia di Mariastella addiventò una vampa di foco.

«Che... che vuole dire?»

«Si è fatto in qualche modo vivo con lei dopo la scomparsa?»

«Se l'avesse fatto l'avrei riferito al dottor Augello. È lui che mi ha interrogata. E ripeto macari a lei quello che dissi al suo vice: Emanuele Gargano è un uomo che ha un solo scopo nella vita, far felici gli altri.»

«Non ho difficoltà a crederle» fece Montalbano.

Ed era sincero. Era infatti convinto che il ragioniere Gargano continuava a fare felici buttane d'alto bordo, baristi, gestori di casinò, venditori d'auto di lusso in qualche isola persa della Polinesia.

Mimì Augello tornò con una bottiglia d'acqua minerale, 'na poco di bicchieri di carta e il cellulare impiccicato alla grecchia.

«Sissignore, sissignore, glielo passo subito.»

Tese l'aggeggio al commissario.

«È per te. Il questore.»

Bih, che camurrìa! I rapporti tra Montalbano e il questore Bonetti-Alderighi non si potevano definire improntati a reciproca stima e simpatia.

Se gli telefonava, veniva a dire che c'era qualche sgradevole facenna da discutere. E lui in quel momento non ne aveva gana.

«Agli ordini, signor questore.»

«Venga immediatamente.»

«Tra un'oretta al massimo sarò...»

«Montalbano, lei è siciliano, ma almeno a scuola avrà studiato l'italiano. Lo sa il significato dell'avverbio immediatamente?»

«Aspetti un attimo che me lo ripasso. Ah, sì. Significa "senza interposizione di luogo o di tempo". C'inzertai, signor questore?»

«Non faccia lo spiritoso. Ha esattamente un quarto d'ora per arrivare a Montelusa.»

E chiuse la comunicazione.

«Mimì, devo andare subito dal questore. Piglia il revorbaro del geometra e portalo in commissariato. Signorina Cosentino, mi permetta un consiglio: chiuda ora stesso quest'ufficio e se ne vada a casa.»

«Perché?»

«Vede, tra poco in paisi tutti sapranno della bella alzata d'ingegno del signor Garzullo. E non è da scartare che qualche imbecille voglia ripetere l'impresa e magari stavolta si tratta di qualcuno più picciotto e più pericoloso.»

«No» disse arrisoluta Mariastella. «Io questo posto non l'abbandono. E se poi metti caso il ragioniere torna e non trova nessuno?»

«Figurati che delusione!» disse Montalbano, infuscato. «E un'altra cosa: lei ha intenzione di sporgere denunzia contro il signor Garzullo?»

«Assolutamente no.»

«Meglio accussì.»

La strata per Montelusa era traficata assà e l'umore nivuro di Montalbano aumentò di conseguenza. Inoltre pativa di malostare per tutta la rena che gli faceva chiurìto tra le calze e la pelle, tra il colletto della cammisa e il collo. A un centinaro di metri, a mano mancina, e quindi in senso opposto al suo, ci stava il Ristoro del Camionista dove facevano un cafè di prima. Arrivato quasi all'altizza del locale, mise il lampeggiatore e girò. Scoppiò un subisso, un biribirissi di frenate, clacsonate, vociate, insulti, santioni. Miracolosamente, arrivò indenne nello spiazzo davanti al Ristoro, scinnì, trasì. La prima cosa che vide furono due pirsone che riconobbe subito a malgrado fossero quasi di spalle. Erano Fazio e Galluzzo che stavano scolandosi un bicchierino di cognac a testa, almeno accussì gli parse. A quell'ora di matina, un cognac? Si collocò in mezzo ai due e ordinò un cafè al banconista. Riconoscendone la voce, Fazio e Galluzzo si voltarono di scatto.

«Alla salute» disse Montalbano.

«No... è che...» principiò a giustificarsi Galluzzo.

«Eravamo tanticchia scuncirtati» disse Fazio.

«Avevamo bisogno qualichicosa di forte» rincarò Galluzzo.

«Sconcertati? E perché?»

«Il pòviro geometra Garzullo è morto. Ha avuto un infarto» disse Fazio. «Quando siamo arrivati allo spitale era fora canuscenza. Abbiamo chiamato gli infermieri e se lo sono portati dintra di corsa. Appena posteggiata la macchina, siamo trasuti e ci hanno detto che...»

«Ci ha fatto 'mprissioni» fece Galluzzo.

«Macari a mia mi sta facendo 'mprissioni» commentò Montalbano. «Fate una cosa, vedete se aveva parenti e se non li aveva trovate qualche amico stritto. Informatemi quando torno da Montelusa.»

Fazio e Galluzzo salutarono e se ne andarono. Montalbano bevve con calma il suo cafè, poi gli tornò a mente che il Ristoro era conosciuto macari perché vendeva tumazzo caprino che non si sapeva chi lo produceva, ma che comunque era una squisitezza. Gliene venne immediato spinno e si spostò in quella parte del bancone dove, oltre al tumazzo, erano esposti salami, capocotte, sosizze. Il commissario fu tentato di fare spisa granni, ma riuscì a vincersi, accattando solo una forma piccola di caprino. Quando dallo spiazzo tentò di immettersi sulla strada, capì che non sarebbe stata impresa facile, la fila di camion e automobili era compatta, non presentava varchi. Dopo cinque minuti di attesa, agguantò uno spiraglio e si accodò. Viaggiò avendo sempre in testa l'embrione di un pinsero al quale non ce la faceva a dargli corpo e la cosa l'irritava. E fu così che, senza manco essersene fatto capace, si ritrovò a Vigàta.

E ora? Ripigliare la strata per Montelusa e presentarsi in Questura in ritardo? Perso per perso, tanto valeva andare a casa a Marinella, farsi una doccia, cangiarsi di tutto punto e dopo, frisco e pulito, affrontare il questore con la testa libera. Fu mentre stava sotto l'acqua che gli si chiarì il pinsero. Appresso una mezzorata fermò l'auto davanti al commissariato, scinnì, trasì. E appena trasuto venne assordato da una vociata di Catarella, ma più che una vociata, una via di mezzo tra un latrato e un nitrito.

«Aaaaahhh dottori dottori! Ccà è? È ccà, dottori?»

«Sì, Catarè, qua sono. Che c'è?»

«C'è che il signori e quistori sta facenno come una Maria, dottori! Cinco volti chiamò! Sempri più infirocitissimo è!»

«Digli di darsi una calmata.»

«Dottori, mà e po' mà osirebbi parlari accussì col signori e quistori! Atto gravi di malaccrianza sarebbi! Che gli dico si tilifona di bel nuovo nuovamenti?»

«Che non ci sono.»

«Nzamà, Signuri! Non ci posso arraccontari una minzonia, una farfantarìa al signori e quistori!»

«Allora lo passi al dottor Augello.»

Raprì la porta della cammara di Mimì.

«Che voleva il questore?»

«Non lo so, ancora non ci sono andato.»

«Oh Madunnuzza santa! E chi lo sente, ora a quello?»

«Tu lo senti. Lo chiami e gli conti che mentre mi stavo precipitando da lui, per eccesso di velocità sono uscito di strada. Niente di grave, tre punti in fronte. Digli che se mi sento meglio, nel doppopranzo mi farò un dovere. Intronalo di chiacchiere. Dopo, passi da me.»

Trasì nel suo ufficio e venne subito raggiunto da Fazio.

«Le volevo dire che abbiamo trovato una nipote del geometra Garzullo.»

«Bravi. Come avete fatto?»

«Dottore, non abbiamo fatto niente. È lei che si è presentata. Era preoccupata perché stamatina, andatolo a trovare, ha visto che non era in casa. Ha aspettato, poi si è decisa a venire qua. Le ho dovuto dare la tinta tripla notizia.»

«Perché tripla?»

«Dottore mio, uno: non sapeva che il nonno aveva perso tutti i risparmi col ragioniere Gargano; due: non sapeva che il nonno si era messo a fare scene da film di gangster; tre: non sapeva che il nonno era morto.»

«Come ha reagito, poverina?»

«Male, soprattutto quando ha saputo che il nonno si era fatto fottere i soldi che aveva sparagnato e che dovevano toccare a lei in eredità.»

Fazio niscì e trasì Augello che si passava un fazzoletto sul collo.

«Sudare mi fece, il signor questore! Alla fine mi ha detto di dirti che, se proprio non sei in punto di morte, ti aspetta nel doppopranzo.»

«Mimì, assèttati e contami la facenna del ragioniere Gargano.»

«Ora?»

«Ora. Che vai, di prescia?»

«No, però è una storia ingarbugliata.»

«E tu fammela semprici semprici.»

«Va bene. Ma guarda che io ti posso contare la mezza messa, perché ce ne siamo occupati solo per la parte di nostra competenza, così ha ordinato il questore, il grosso dell'indagine se l'è pigliata a carico il dottor Guarnotta, quello specialista di truffe.»

E, taliandosi negli occhi, non arriniscirono a tenersi dal farsi una grossa risata, perché era cosa cògnita che Amelio Guarnotta, due anni avanti, si era fatto convincere ad accattare numerose azioni di una società che avrebbe dovuto trasformare il Colosseo, dopo la sua privatizzazione, in un residence di lusso.

«Dunque. Emanuele Gargano è nato a Fiacca nel febbraio del 1960 e si è diplomato ragioniere a Milano.»

«Perché proprio a Milano? I suoi si erano trasferiti là?»

«No, i suoi si erano trasferiti in paradiso per un incidente stradale. Allora, dato che era figlio unico, è stato, come dire, adottato da un fratello del padre, scapolo, direttore di banca. Coll'aiuto dello zio, Gargano, pigliato il diploma, s'impiega nella stessa banca. Dopo una decina d'anni, rimasto solo per la morte del suo protettore, passa a un'agenzia d'affari dimostrandosi abilissimo. Tre anni fa lascia perdere l'agenzia e apre, a Bologna, la Re Mida della quale è titolare. E qui c'è la prima cosa stramma. Almeno così mi hanno riferito, dato che questa parte non era di nostra competenza.»

«Quale cosa stramma?»

«Primo, che tutto il personale della Re Mida di Bologna consisteva in una sola impiegata, qualcosa di simile alla nostra signorina Cosentino, e che tutto il giro d'affari della società era stato sì e no di due miliardi in tre anni. Una miseria.»

«Una copertura.»

«Certo. Ma una copertura preventiva, in vista della

grossa truffa che il ragioniere sarebbe venuto a fare dalle parti nostre.»

«Me la spieghi bene questa truffa?»

«È semplice. Metti conto che tu mi affidi un milione per farlo fruttare. Io, dopo sei mesi, ti do duecentomila lire d'interessi, il venti per cento. È un tasso altissimo e la voce si sparge. Arriva un altro amico tuo e mi affida il suo milione. Alla fine del secondo semestre, io do a te altre duecentomila lire e altrettante ne do al tuo amico. A questo punto decido di sparire. E mi sono guadagnato un milione e quattrocentomila lire. Levaci quattrocentomila di spese varie, la conclusione è che mi metto in tasca un milione netto. A fartela breve, secondo Guarnotta, Gargano avrebbe rastrellato una ventina e passa di miliardi.»

«Minchia. Tutta colpa della televisione» fece Montalbano.

«Che c'entra la televisione?»

«C'entra. Non c'è telegiornale che non ti tempesti con la Borsa, il NASDAQ, il Dow Jones, il MIBTEL, la Minchiatel... La gente s'impressiona, non ci capisce niente, sa che si rischia ma che si può guadagnare e si getta tra le braccia del primo imbroglione che passa: fai giocare macari a mia, fammi giocare... Lasciamo perdere. Che idea ti sei fatta?»

«L'idea mia, che è pure di Guarnotta, è che tra i clienti più grossi c'era qualche mafioso il quale, vistosi truffato, l'ha fatto fuori.»

«Quindi Mimì tu non appartieni a quella scuola di pensiero che vuole Gargano felice e contento in un'isola dei mari del Sud?»

«No. E tu invece che pensi?»

«Io penso che tu e Guarnotta siete due stronzi.»

«E perché?»

«Ora vengo e mi spiego. Intanto mi devi convincere che esiste un mafioso tanto fissa da non capire che quella

di Gargano è una volgarissima truffa. Semmai il mafioso avrebbe obbligato Gargano a pigliarselo come socio
di maggioranza. E poi: questo ipotetico mafioso come
avrebbe fatto a intuire che Gargano stava per truffarlo?»

«Non ho capito.»

«Siamo tanticchia tardi, eh, Mimì? Rifletti. Come ha
fatto il mafioso a indovinare che Gargano non si sarebbe
presentato a pagare gli interessi? Quando è stato visto
l'ultima volta?»

«Ora non ricordo di preciso, una mesata fa, a Bologna. Ha detto all'impiegata che il giorno appresso sarebbe partito per la Sicilia.»

«Come?»

«Che sarebbe partito per la Sicilia» ripeté Augello.

Montalbano diede una gran manata sul tavolo.

«Ma Catarella è diventato contagioso? Ti stai rincreti-
nendo macari tu? Io ti stavo domandando con che mezzo sarebbe partito per la Sicilia. In aereo? In treno? A
piedi?»

«L'impiegata non lo sapeva. Ma ogni volta ch'era qua
a Vigàta girava con un'Alfa 166 attrezzatissima, di quelle
col computer sul cruscotto.»

«Si è ritrovata?»

«No.»

«Aveva il computer nella macchina, ma nell'ufficio
non ne ho visto manco uno. Strano.»

«Ne aveva due. Li ha fatti sequestrare Guarnotta.»

«E che ha scoperto?»

«Ci stanno ancora lavorando.»

«Quanti erano gli impiegati della filiale di qua, a parte
la Cosentino?»

«Due picciotti, di questi giovani d'oggi che sanno tutto di Internet e via discorrendo. Uno, Giacomo Pellegrino, è laureato in economia e commercio; l'altra, Michela
Manganaro, si sta laureando macari lei in economia e
commercio. Abitano a Vigàta.»

«Ci voglio parlare. Scrivimi i loro telefoni. Quando torno da Montelusa me li fai trovare.»

Augello s'infuscò, si susì e niscì dalla cammara senza salutare.

Montalbano lo capì, Mimì si scantava che lui gli portasse via l'inchiesta. O peggio: pensava che lui avesse avuto qualche idea geniale che poteva mettere l'indagine sulla strata giusta. Ma le cose non stavano accussì. Poteva dire ad Augello che si muoveva per un'impressione inconsistente, un'ùmmira liggera, una filinia sottile pronta a spezzarsi a un minimo alito di vento?

Alla trattoria San Calogero si sbafò due porzioni di pesce alla griglia, una appresso all'altra, come primo e come secondo. Dopo si fece una lunga passiata digestiva sul molo, fino a sotto il faro. Restò indeciso per un momento se assittarsi sul solito scoglio, ma c'era troppo vento friddo e inoltre pensò ch'era meglio livarsi il pinsero del questore. Arrivato a Montelusa, invece di andare subito in Questura, s'appresentò nella redazione di Retelibera. Gli dissero che Zito, il giornalista suo amico, era fora per un servizio. Ma Annalisa, la segretaria tuttofare, si mise a sua disposizione.

«Avete fatto dei servizi sul ragioniere Gargano?»

«Per la sua sparizione?»

«Anche prima.»

«Ne abbiamo quanti ne vuole.»

«Mi potrebbe riversare quelli che a lei sembrano più significativi? Li potrei avere domani doppopranzo?»

Lasciata la macchina nel parcheggio della Questura, trasì da una porta laterale e aspittò che arrivasse l'ascensore. C'erano tre persone che dovevano acchianare, con uno, un vicecommissario, si conoscevano e si salutarono. Fecero passare per primo Montalbano. Quando furono tutti trasuti, compreso un tale ch'era arrivato all'ultimo minuto di corsa, il vicecommissario puntò l'indice per premere il bottone e arrimase accussì, paralizzato dall'urlo di Montalbano.

«Fermo!»

Tutti si voltarono a taliarlo, tra scantati e imparpagliati.

«Permesso! Permesso!» continuò facendosi largo a gomitate.

Fora dell'ascensore, corse verso la macchina, la mise in moto, partì santiando. Si era completamente scordato che Mimì doveva aver contato al questore che gli avevano dato una para di punti sulla fronte. L'unica era tornare a Vigàta e farsi fare una fasciatura da un farmacista amico.

TRE

Tornò in Questura con una larga fascia di garza che gli firriava la testa, pareva un reduce del Vietnam. Nell'anticamera del questore incontrò il capo di Gabinetto, il dottor Lattes, che tutti chiamavano «Lattes e mieles» per i suoi modi untuosi. Lattes notò, e non avrebbe potuto farne assolutamente a meno, la vistosa fasciatura.

«Che le è successo?»

«Un leggero incidente d'auto. Poca cosa.»

«Ringrazi la Madonna!»

«Già fatto, dottore.»

«E la famiglia come va, carissimo? Tutti bene?»

Era cosa cògnita a porci e cani che Montalbano era orfano, non era maritato e manco aveva figli di straforo. Eppure, immancabilmente, Lattes gli rivolgeva sempre la stessa precisa 'ntìfica domanda. E il commissario, con speculare ostinazione, non lo deludeva mai.

«Tutti bene, ringraziando la Madonna. E i suoi?»

«Anche i miei, ringraziando il Cielo» rispose Lattes compiaciuto per la possibilità di variante che Montalbano gli aveva offerta. E proseguì: «Che fa di bello da queste parti?».

Ma come? Il questore non aveva detto della convocazione al suo capo di Gabinetto? Era dunque una cosa accussì riserbata?

«Mi ha telefonato il dottor Bonetti-Alderighi. Vuole vedermi.»

«Ah sì?» s'ammaravigliò Lattes. «Avverto subito il signor questore che lei è arrivato.»

Tuppiò discretamente alla porta del questore, trasì,

chiuse la porta, dopo tanticchia la porta si raprì, comparse nuovamente Lattes stracangiato, non sorrideva.

«Si accomodi» fece.

Passandogli davanti, Montalbano cercò di taliarlo negli occhi, ma non ci arriniscì, il capo di Gabinetto teneva la testa vascia. Minchia, la facenna doveva essere gravissima. E che aveva fatto di male? Trasì, Lattes inserrò la porta darrè le sue spalle e Montalbano ebbe la 'mprissioni che il coperchio di una bara fosse calato su di lui.

Il questore, che ogni volta che lo riceveva montava una scenografia apposita, stavolta aveva fatto ricorso a effetti di luce che parevano quelli di una pellicola in bianco e nero di Fritz Lang. Le imposte erano rigorosamente chiuse con le listelle abbassate ad eccezione di una che lasciava filtrare un sottile raggio di sole il quale aveva il compito di spaccare in due la cammara. L'unica fonte di luce era una lampada da tavolo bassa, a fungo, che illuminava le carte sulla scrivania del questore, ma che teneva completamente allo scuro la sua faccia. Dall'apparato, Montalbano si fece di subito persuaso che sarebbe stato sottoposto a un interrogatorio a mezza strata da quelli adoperati dalla Santa Inquisizione e da quelli un tempo in voga presso le SS.

«Venga.»

Il commissario avanzò. Davanti alla scrivania c'erano due seggie, ma Montalbano non si assittò, del resto il questore non l'aveva manco invitato a farlo. E non salutò Bonetti-Alderighi il quale, da parte sua, non l'aveva salutato. Il questore continuò a leggere le carte che aveva davanti.

Passarono cinque minuti boni. A questo punto il commissario addecidì di passare al contrattacco; se non pigliava l'iniziativa, Bonetti-Alderighi era capace di lasciarlo addritta e allo scuro, tanto di luce quanto di spiegazioni, per qualche orata. Infilò una mano in sacchetta, cavò fora il pacchetto di sigarette, ne pigliò una,

se la mise tra le labbra, addrumò l'accendino. Il questore satò sulla seggia, la fiammella gli aveva fatto lo stesso
effetto della vampata di una lupara.

«Che fa?» gridò isando atterrito gli occhi dalle carte.

«Mi sto accendendo una sigaretta.»

«Spenga immediatamente quel coso! Qui è assolutamente vietato fumare!»

Senza manco raprire vucca, il commissario astutò
l'accendino. Ma continuò a tenerlo in mano accussì come continuava a tenere tra le labbra la sigaretta. Però
aveva ottenuto il risultato che voleva ottenere, perché il
questore, scantato dalla minaccia dell'accendino pronto
a entrare in azione, affrontò l'argomento.

«Montalbano, sono stato costretto purtroppo a mettere il naso su alcuni incartamenti che riguardano una
sua maleodorante indagine di alcuni anni fa, quando io
non ero ancora questore di Montelusa.»

«Lei ha il naso troppo sensibile per fare il mestiere
che fa.»

Il commento gli era scappato, non ce l'aveva fatta a
tenerselo. E se ne pentì immediatamente. Vide le mano
di Bonetti-Alderighi trasire nel cono di luce della lampada, artigliare il bordo della scrivania, le nocche diventare livide per la faticata di controllarsi. Montalbano temette il peggio, ma il questore si contenne. Ripigliò a
parlare con voce tesa.

«Si tratta dell'inchiesta su una prostituta tunisina, poi
trovata morta, che aveva un figlio di nome François.»

Il nome del picciliddro lo colpì come una stilettata in
mezzo al cuore. Dio mio, François! Da quanto non lo vedeva? S'impegnò però a prestare attenzione alle parole
del questore, non voleva che l'ondata di sentimenti che
l'aveva assugliato lo travolgesse, impedendogli la possibilità della difesa, perché era chiaro che ora Bonetti-Alderighi sarebbe passato alle accuse. Cercò di farsi tornare a
mente tutti i particolari di quella lontana indagine. Vuoi

vedere che Lohengrin Pera, quel cornuto dei Servizi, aveva trovato modo di vendicarsi a tanti anni di distanza? Ma le parole che il questore pronunziò appresso lo spiazzarono.

«Pare che lei, in un primo tempo, avesse avuto l'intenzione di sposarsi e di adottare questo bambino. È vero o no?»

«Sì, è vero» arrispunnì il commissario imparpagliato.

Che minchia c'entrava un suo fatto personale con l'indagine? E come faceva Bonetti-Alderighi a sapere questi particolari?

«Bene. In seguito lei avrebbe cambiato opinione circa l'adozione del bambino. E quindi François è stato successivamente affidato a una sorella del suo vice, il dottor Domenico Augello. È così?»

Ma dove voleva andare a parare quel grannissimo cornuto?

«Sì, è così.»

Montalbano si stava facendo sempre più squieto. Non capiva né perché quella vecchia storia interessava il questore né da che parte gli sarebbe arrivata l'inevitabile botta.

«Tutto in famiglia, eh?»

Il tono sardonico di Bonetti-Alderighi sottintendeva una chiara quanto inspiegabile insinuazione. Ma che gli stava passando per la testa a quell'imbecille?

«Signor questore, senta. Mi pare di capire che lei si è fatto preciso concetto su una faccenda della quale quasi non mi ricordavo più. Ad ogni modo, la prego di riflettere bene sulle parole che sta per dirmi.»

«Lei non si permetta di minacciarmi!» gridò isterico Bonetti-Alderighi dando un gran pugno sulla scrivania che reagì facendo crac. «Avanti, mi dica: che fine ha fatto il libretto?»

«Quale libretto?»

Sinceramente, non gli tornava a mente nessun libretto.

«Non faccia lo gnorri, Montalbano!»

Furono proprio quelle parole, «non faccia lo gnorri», a scatenarlo. Odiava le frasi fatte, i modi di dire, gli facevano venire un nirbuso irrefrenabile.

Stavolta fu lui a dare un gran pugno sulla scrivania che reagì facendo crac crac.

«Ma di quale minchia di libretto straparla?»

«Eh! Eh!» sghignazzò il questore. «Abbiamo il carbone bagnato, Montalbano?»

Sentì che se dopo lo gnorri e il carbone bagnato arrivava un'altra frase di quel tipo avrebbe pigliato Bonetti-Alderighi per il collo e l'avrebbe fatto morire assufficato. Arriniscì miracolosamente a non reagire, a non raprire vucca.

«Prima del libretto» ripigliò il questore, «parliamo del bambino, del figlio della prostituta. Lei, senza avvertire nessuno, si è portato a casa quest'orfano. Ma è un sequestro di minore, Montalbano! C'è un Tribunale, lo sa o no? Ci sono giudici appositi per i minori, lo sa o no? Lei doveva seguire la legge, non eluderla! Non siamo mica nel Far West!»

Fece, esausto, una pausa. Montalbano non sciatò.

«E non solo! Non contento di questa bella prodezza, poi regala il bambino alla sorella del suo vice, quasi fosse un oggetto qualsiasi! Cose da gente senza cuore, cose da codice penale! Ma di questa parte della storia ne riparleremo. C'è di peggio. La prostituta possedeva un libretto al portatore con un deposito di mezzo miliardo. Questo libretto, a un certo momento, è passato dalle sue mani. E poi è sparito! Che fine ha fatto? Ha spartito il denaro con il suo amico e complice Domenico Augello?»

Montalbano, lento lento, posò le mano sulla scrivania, lento lento calò il busto in avanti, lenta lenta la sua testa trasì nel cono di luce della lampada. Bonetti-Alderighi si scantò. La faccia di Montalbano, illuminata a metà, era una stampa e una figura con una maschera africana, di quelle da mettersi prima dei sacrifici umani. E poi, tra la Sicilia e l'Africa non c'era tanta distanza, pinsò fulmineo il questore agghiazzando. Il commissario taliò fisso fisso a Bonetti-Alderighi e poi parlò, lento lento e vascio vascio.

«Te lo dico da omo a omo. Lassa perdiri il picciliddro, lassalo fora da sta storia. Mi spiegai? È stato regolarmente adottato dalla sorella di Augello e da suo marito. Lassalo fora. Per le tue personali vendette, per le tue minchiate basto io. D'accordo?»

Il questore non arrispunnì, lo scanto e la raggia gli facevano difficoltosa la parlata.

«D'accordo?» rispiò Montalbano.

E più quella voce era bassa, calma, lenta, più Bonetti-Alderighi ne intuiva la violenza a malappena trattenuta.

«D'accordo» finì col dire con un filo di voce.

Montalbano si rimise addritta, la sua faccia niscì dalla luce.

«Posso domandarle, signor questore, come ha avuto tutte queste informazioni?»

L'improvviso cangiamento di tono di Montalbano, formale e leggermente ossequioso, strammò tanto il questore da fargli dire quello che si era ripromesso di non dire.

«Mi hanno scritto.»

Immediatamente Montalbano capì.

«Una lettera anonima, vero?»

«Beh, diciamo non firmata.»

«E non si vergogna?» fece il commissario voltandosi e avviandosi verso la porta, sordo all'urlo del questore.

«Montalbano, torni qui!»

Non era un cane che obbediva agli ordini. Si strappò dalla testa l'inutile fasciatura, arraggiato. Nel corridoio andò a sbattere contro il dottor Lattes che balbettò:

«Mi... mi pa... pare che il signor questore la stia chiamando.»

«Pare macari a me.»

In quel momento Lattes si addunò che Montalbano non portava più la benda e che la sua fronte era intatta.

«È guarito?!»

«Non lo sa che il questore è un taumaturgo?»

La cosa bella di tutta la facenna – pinsò mentre con le mano contratte sul volante si dirigeva verso Marinella – era che non ce l'aveva con quello che aveva scritto la lettera anonima, sicuramente una vendetta alla scordatina di Lohengrin Pera, l'unico in grado di ricostruire la storia di François e di sua madre. E non ce l'aveva manco col questore. La raggia la provava contro se stesso. Come aveva fatto a scordarsi completamente del libretto coi cinquecento milioni? L'aveva consegnato a un notaro amico, di questo s'arricordava perfettamente, perché amministrasse quei soldi e li versasse a François appena addiventato maggiorenne. Ricordava, ma questo invece confusamente, che una decina di giorni appresso la visita al notaro, questi gli aveva spedito una ricevuta. Ma non sapeva più dove l'aveva infilata. Il peggio era che di questo libretto lui non ne aveva mai fatto parola né con Mimì Augello né con la sorella. E questo faceva sì che Mimì, del tutto all'oscuro del fatto, poteva essere tirato in ballo dalla fertile fantasia di Bonetti-Alderighi, mentre invece era 'nnuccenti come a Cristo.

Tempo un'orata scarsa, trasformò la sua casa in un appartamento visitato da ladri abili e coscienziosi. Tutti i cascioni della scrivania tirati completamente fora e le carte che c'erano dintra gettate 'n terra, macari 'n terra ci stavano i libri aperti a mezzo, sfogliati e malotrattati. Nella cammara di letto i due comodini erano spalancati, lo stesso l'armuar e il settimanile con la roba levata e messa sul letto, sulle seggie. Cercò, Montalbano, e cercò sempre più facendosi capace che mai e po' mai sarebbe arrinisciuto a far comparire quello che cercava. Proprio quanno aveva abbandonato la spranza, dintra una scatola nel cassetto più basso del settimanile, 'nzèmmula a una foto della madre scomparsa prima che lui avesse potuto ritenere nella memoria l'immagine di lei viva, 'nzèmmula a una foto del padre e ad alcune delle sue rare lettere, trovò la busta speditagli dal notaro, la raprì, tirò fora il documento, lo lesse, lo rilesse, niscì di casa, si mise in macchina, ricordava che in una delle prime case di Vigàta c'era un tabaccaro con la fotocopiatrice, fotocopiò il foglio, si rimise in macchina, tornò a Marinella, si scantò lui stesso per il burdello che aveva combinato in casa, si mise a cercare un foglio e una busta santiando, li trovò, s'assittò alla scrivania e scrisse:

Illustre Signor Questore di Montelusa,
dato che lei è incline a prestare orecchio alle lettere anonime, non firmerò questa mia. Le compiego copia della ricevuta del notaio Giulio Carlentini che chiarisce la posizione del commissario Montalbano dott. Salvo. L'originale, naturalmente, è in possesso dello scrivente e può essere esibito a gentile richiesta.
Firmato: un amico

Si rimise in macchina, andò alla Posta, fece una raccomandata con ricevuta di ritorno, niscì, si calò per raprire lo sportello e si paralizzò in quella posizione, come a chi lo piglia di botto uno di quei dolori alla schina, violenti, che appena minimamente ti catamini ti arriva la pugnalata feroce e l'unica è restarsene fermo accussì come ti trovi sperando che un miracolo qualsiasi faccia, almeno momentaneamente, passare il male. Quello che aveva fatto ingiarmare il commissario era la vista di una fìmmina che stava in quel momento passando diretta evidentemente alla vicina salumeria. Era la signorina Mariastella Cosentino, la vestale del tempio del ragionier Gargano, la quale, avendo chiuso l'agenzia alla scadenza dell'orario pomeridiano, ora stava facendo la spisa prima di tornarsene a casa. La vista di Mariastella Cosentino gli aveva fatto venire un pinsero agghiazzante seguito da una domanda ancora più agghiazzante: il notaro, per disgrazia, non è che aveva investito i soldi di François nell'impresa del ragioniere Gargano? Se sì, a quest'ora il denaro si era già volatilizzato pigliando la strada dei mari del Sud e da ciò ne conseguiva non solo che il picciliddro non avrebbe più avuto una lira dell'eredità materna, ma che lui, Montalbano, dopo avere allura allura spedito la provocatoria lettera al questore, se la sarebbe passata malo assà a giustificare la sparizione del denaro, avrebbe avuto voglia a dire che lui nella faccenda non ci trasiva nenti, il questore non l'avrebbe mai creduto, minimo minimo avrebbe pinsato che si era appattato col notaro per spartirsi i cinquecento milioni del pòviro orfano.

Arriniscì a scuotersi, a raprire lo sportello, a partire sparato, sgommando come in genere fanno la polizia e gli imbecilli, verso lo studio del notaro Carlentini. Acchianò di currùta i due piani di scale facendosi venire il sciatone. La porta dello studio era inserrata, fora c'era appizzato un cartellino con l'orario d'ufficio: era passata un'ora dalla chiusura, capace che dintra c'era ancora qualcuno. Suonò il campanello e per maggiore sicurezza tuppiò macari col pugno. La porta si raprì appena appena e il commissario la spalancò del tutto con una violenza catarelliana. La picciotta ch'era venuta ad aprire si tirò narrè, scantata.

«Che... che vuole? Non... non mi faccia male.»

Certamente si era fatta capace che si trovava davanti a un rapinatore. Era addivintata giarna giarna.

«Mi scusi se l'ho fatta spaventare» disse Montalbano. «Non ho nessun motivo di farle male. Montalbano sono.»

«Oddio, che stupida!» fece la picciotta. «Ora mi ricordo d'averla vista in televisione. Si accomodi.»

«C'è il notaro?» spiò il commissario trasendo.

La faccia della picciotta addiventò seria, di circostanza.

«Non lo sa?»

«Cosa?» fece Montalbano sentendosi ancora più squieto.

«Il povero signor notaio...»

«È morto?!» ululò Montalbano, come se quella gli avesse comunicato la scomparsa dell'essere più amato al mondo.

La picciotta lo taliò tanticchia strammata.

«No, non è morto. Ha avuto un ictus. Si sta riprendendo.»

«Ma parla? Ricorda?»

«Certo.»

«Come faccio a parlargli?»

«Ora?»

«Ora.»

La picciotta taliò il ralogio al polso.

«Forse ce la facciamo. È ricoverato alla clinica Santa Maria di Montelusa.»

Trasì in una cammara piena di cartelle, faldoni, carpette, raccoglitori, compose un numero, si fece passare la stanza 114. Poi disse: «Giulio...».

S'interruppe. Era cosa cògnita che il signor notaro non se ne faceva scappare una. E la picciotta che stava telefonando era una trentina alta, capelli neri lunghi fino al fondoschiena, gambe bellissime.

«Signor notaio» proseguì. «C'è qui in studio il commissario Montalbano che vorrebbe parlarle... Sì? Noi ci sentiamo più tardi.»

Passò il telefono a Montalbano, niscendo discretamente dalla cammara.

«Pronto, notaro? Montalbano sono. Volevo solamente chiederle un'informazione. Si ricorda che qualche anno fa io le consegnai un libretto con cinquecento milioni che... Ah, si ricorda? Glielo chiedo perché mi era venuto il dubbio che lei potesse avere investito il denaro con il ragioniere Gargano e allora... No, non si offenda... no, per carità, non intendevo... ma si figuri se io... Va bene, va bene, mi scusi. Si rimetta presto.»

Riattaccò. Il notaro, al solo sentire il nome di Gargano, si era sentito offiso.

«E lei pensa che io sono così coglione da credere a un imbroglione come Gargano?» aveva detto.

I soldi di François erano al sicuro.

Ma, mettendosi in macchina per andare al commissariato, Montalbano giurò che al ragioniere Gargano gliela avrebbe fatta pagare, col palmo e la gnutticatùra, per il tremendo scanto che gli aveva fatto pigliare.

QUATTRO

Ma al commissariato non ci arrivò, perché strata facendo stabilì che aveva passato una giornata pisanti assà e che si meritava perciò un premio di consolazione. Gli avevano vagamente accennato a una trattoria aperta, da qualche misata, una decina di chilometri dopo Montelusa, sulla provinciale per Giardina e dove si mangiava bono. Gli avevano macari detto il nome, da Giugiù 'u carritteri. Sbagliò a pigliare la via giusta quattro volte e proprio quando aveva addeciso di tornare narrè e ripresentarsi alla trattoria San Calogero, macari perché più passava il tempo e più si sentiva smorcare un pititto lupigno, vide, alla luce dei fari, l'insegna del locale, scritta a mano su un pezzo di tavola attaccata a un palo della luce. Ci arrivò dopo cinque minuti di trazzera autentica, di quelle che non ne esistevano più, tutta fossi e pitruna, e per un attimo gli venne il sospetto di una messinscena di Giugiù che si fingeva carrettiere e invece guidava auto di Formula 1. Sull'onda del sospetto, macari la casuzza solitaria, dove arrivò, non lo persuase: malamente intonacata, senza luci al neon, consisteva in una cammara al piano terra e un'altra al primo e unico piano. Dalle due finestre della cammara al piano terra trapelava una luce splàpita che faceva malinconia. Sicuramente il tocco finale della messinscena. Nello spiazzo c'erano due macchine. Scinnì dall'auto e si fermò indeciso. Non se la sentiva di finire la serata intossicato. Cercò d'arricordarsi chi gli aveva consigliato il locale e finalmente gli tornò a mente: il vicecommissario Lindt, figlio di sguizzeri («parente del cioccolato?») gli aveva spiato quando gli era stato presentato), che fino a sei mesi avanti aveva travagliato a Bolzano.

"Figurati" si disse. "Quello capace che non distingue un pollo da un salmone!"

E in quel momento, lèggio lèggio, gli arrivò col venticello della sera uno sciàuro che gli fece allargare le nasche: sciàuro di cucina genuina e saporita, sciàuro di piatti cotti come 'u Signiruzzu comanda. Non ebbe più esitazioni, raprì la porta e trasì. Nella cammara c'erano otto tavolini e uno solo era occupato da una coppia di mezza età. S'assittò al primo tavolino che gli venne a tiro.

«Mi scusasse, ma quello è prenotato» fece il cammareri-padrone, un tipo sissantino, pelato, ma coi baffi a manubrio, alto e tripputo.

Ubbidiente, il commissario si risusì. Stava per posare le natiche su una seggia del tavolino allato che il baffuto parlò nuovamente.

«Macari quello.»

Montalbano principiò a sentirsi arraggiare. Ma quello gli dava la scòncica? Voleva attaccare turilla? Voleva farla finire a schifio?

«Sono tutti occupati. Se vuole, posso conzare qua» fece il cammareri-padrone vedendo che gli occhi del cliente si erano fatti trùbboli.

E indicò un tavolinetto sparecchiatavola cummigliato di posate, bicchieri, piatti, vicinissimo alla porta della cucina dalla quale si partiva quel sciàuro che ti saziava prima ancora d'avere principiato a mangiare.

«Va benissimo» fece il commissario.

Si trovò assittato come in castigo, aveva il muro praticamente sulla faccia, per taliare la sala avrebbe dovuto mettersi di traverso sulla seggia e storcere il collo. Ma che gliene fotteva di taliare la sala?

«Se se la sente, avrei i pirciati ch'abbruscianu» fece il baffuto.

Sapeva cos'era il pirciato, un tipo particolare di pasta,

ma cosa avrebbero dovuto bruciare? Non volle però dare all'altro la soddisfazione di spiargli com'erano cucinati i pirciati. Si limitò a una sola domanda:

«Che viene a dire, se se la sente?»

«Precisamente quello che viene a dire: se se la sente» fu la risposta.

«Me la sento, non si preoccupi, me la sento.»

L'altro isò le spalle, sparì in cucina, ricomparse doppo tanticchia, si mise a taliare il commissario. Venne chiamato dalla coppia di clienti che spiarono il conto. Il baffuto glielo fece, i due pagarono e niscirono senza salutare.

"Il saluto qua non deve essere di casa" pinsò Montalbano, ricordandosi che macari lui, trasendo, non aveva salutato a nisciuno.

Il baffuto tornò dalla cucina e si rimise nella stessa 'ntìfica posizione di prima.

«Tra cinque minuti è pronto» disse. «Vuole che le rapro la televisione, intanto che aspetta?»

«No.»

Finalmente dalla cucina si sentì una voce femminina. «Giugiù!»

E arrivarono i pirciati. Sciauravano di paradiso terrestre. Il baffuto si mise appuiato allo stipite della porta assistimandosi come per uno spettacolo.

Montalbano decise di farsi trasire il sciàuro fino in fondo ai polmoni.

Mentre aspirava ingordamente, l'altro parlò.

«La vuole una bottiglia di vino a portata di mano prima di principiare a mangiare?»

Il commissario fece 'nzinga di sì con la testa, non aveva gana di parlare. Gli venne messo davanti un boccale, una litrata di vino rosso densissimo. Montalbano se ne inchì un bicchiere e si mise in bocca la prima forchettata. Assufficò, tossì, gli vennero le lagrime agli occhi. Ebbe la netta sensazione che tutte le papille gustative avessero pigliato foco. Si sbacantò in un colpo solo il bicchiere di vino, che da parte sua non sgherzava in quanto a gradazione.

«Ci vada chiano chiano e liggero» lo consigliò il cammareri-proprietario.

«Ma che c'è?» spiò Montalbano ancora mezzo assufficato.

«Oglio, mezza cipuddra, dù spicchi d'agliu, dù angiovi salati, un cucchiarinu di chiapparina, aulive nivure, pummadoro, vasalicò, mezzo pipiruncinu piccanti, sali, caciu picurinu e pipi nivuru» elencò il baffuto con una nota di sadismo nella voce.

«Gesù» disse Montalbano. «E chi c'è in cucina?»

«Me' mogliere» rispose il baffuto andando incontro a tre nuovi clienti.

Intercalando le forchettate con sorsate di vino e gemiti ora di estrema agonia ora di insostenibile piacere ("esiste un piatto estremo come il sesso estremo?" gli venne di spiarsi a un certo punto), Montalbano ebbe macari il coraggio di mangiarsi col pane il condimento rimasto sul fondo del piatto, asciucandosi di tanto in tanto il sudore che gli spuntava in fronte.

«Che vuole per secondo, signore?»

Il commissario capì che con quel «signore» il padrone gli stava rendendo l'onore delle armi.

«Niente.»

«E fa bene. Il danno dei pirciati ch'abbrusciunu è che uno ripiglia i sapori il giorno appresso.»

Montalbano spiò il conto, pagò una miseria, si susì, s'avviò per nesciri senza salutare come di rigore e proprio allato alla porta vide una grande fotografia con sotto una scritta:

RICOMPENSA DI LIRI UN MILIONE A CHI MI DARA NOTIZZIE DI QUESTO UOMO.

«Chi è?» fece rivolto al baffuto.

«Non lo conosce? Questo è quel granni e grannissimo cornuto del ragioniere Gargano, quello che...»

«Perché vuole sue notizie?»

«Per pigliarlo e scannarlo.»

«Che le ha fatto?»

«A me, nenti. Ma a me' mogliere, trenta milioni ci fotté.»

«Dica alla signora che sarà vendicata» disse solennemente il commissario posandosi una mano sul petto.

E capì d'essere completamente 'mbriaco.

C'era una luna che faceva spavento, tanto pareva giorno chiaro. Guidava allegrotto, se ne faceva capace: pigliava le curve sbandando, ora camminava a dieci orari ora a cento. A metà strata tra Montelusa e Vigàta vide a distanza il cartellone pubblicitario darrè al quale stava ammucciato il viottolo che portava alla casuzza diroccata che aveva allato il grande aulivo saraceno. Siccome negli ultimi tre chilometri aveva scansato a malappena l'urto frontale con due macchine che procedevano in senso inverso, addecise di girare e andarsi a fare passare la 'mbriacatura tra i rami dell'àrbolo che era da quasi un anno che non andava a trovare.

Sterzò a destra per imboccare il viottolo e subito ebbe la 'mprissioni d'avere sbagliato, in quanto al posto della stratuzza di campagna ora c'era una larga striscia asfaltata. Forse aveva scangiato un cartellone per un altro. Tornò a marcia indietro e andò a sbattere contro uno dei sostegni del cartellone che s'inclinò pericolosamente. FERRAGUTO MOBILI-MONTELUSA. Non c'era dubbio, il cartellone era quello. Ritornò sull'ex viottolo e dopo un centinaio di metri si venne a trovare davanti alla cancellata di una villetta appena appena finita di costruire. Non c'era più la casuzza rustica, non c'era più l'aulivo saraceno. Non arriniscìva a raccapezzarsi, non riconosceva nenti del paesaggio al quale era abituato.

Possibile che un litro di vino, sia pure forte, l'avesse ridotto a questo punto? Scinnì dalla macchina e, mentre pisciava, continuava con la testa a taliare torno torno. La luce della luna consentiva una buona vista, ma quello che vedeva gli era straneo. Pigliò dal cassetto del cruscotto la pila e principiò a fare il giro della cancellata. La villetta era finita e chiaramente non era abitata, i vetri alle finestre avevano ancora a protezione le strisce di carta adesiva incrociate. Il giardino recintato era abbastanza grande, ci stavano costruendo una specie di gazebo, ammassati vicino si vedevano gli arnesi del travaglio, pale, pichi, secchi per la quacina. Quando arrivò nella parte di darrè la villetta, andò a sbattere contro quella che sulle prime gli parse una troffa di spinasanta. Puntò la pila, taliò meglio e fece un urlo. Aveva visto un morto. O meglio, un moribondo. Il grande aulivo saraceno era davanti a lui, agonizzante, dopo essere stato sradicato e gettato 'n terra. Agonizzava, gli avevano staccato i rami dal tronco con la sega elettrica, il tronco stesso era stato già profondamente ferito dalla scure. Le foglie si erano accartocciate e stavano seccando. Montalbano si rese conto confusamente che si era messo a chiàngiri, tirava su il moccaro che gli nisciva dal naso aspirando a sussulti come fanno i picciliddri. Allungò una mano, la posò sul chiaro di una larga ferita, sentì sotto il palmo ancora tanticchia d'umidità di linfa che se ne stava andando a picca a picca come fa il sangue di un omo che muore dissanguato. Levò la mano dalla ferita e staccò 'na poco di foglie che fecero ancora resistenza, se le mise in sacchetta. Poi dal chianto passò a una specie di raggia lucida, controllata.

Tornò alla macchina, si levò la giacchetta, infilò la pila nella sacchetta dei pantaloni, addrumò gli abbaglianti, affrontò il cancello in ferro battuto, lo scalò come una scimmia certamente in virtù del vino che continuava a fare il suo effetto. Con un balzo degno di Tarzan si trovò dintra al giardino, vialetti ghiaiati correvano da ogni parte, c'erano panchine di pietra lavorata disposte a

ogni decina di metri, giarre con piante, finte lanceddre
romane con finte escrescenze marine, capitelli di colon-
ne chiaramente fabbricate a Fiacca. E l'immancabile,
complesso, modernissimo grill per il barbecue. Si avviò
verso il gazebo in costruzione, scelse tra gli arnesi di travaglio una mazza da spaccapietre, la impugnò saldamente e principiò a spaccare i vetri delle finestre del piano
terreno che erano due per facciata.

Doppo avere frantumato sei finestre, appena girato
l'angolo, vide un gruppo di figure quasi umane immobili. Oddio, che erano? Cavò fora dalla sacchetta la pila,
l'addrumò. Erano otto grandi statue momentaneamente
raggruppate in attesa che il proprietario della villetta le
dislocasse a suo piacimento. Biancaneve e i sette nani.

«Aspettatemi che torno» disse Montalbano.

Scassò coscienziosamente le rimanenti due finestre e
poi, facendo roteare alta sopra la sua testa la mazza come Orlando faceva roteare la sua spada quand'era furioso, s'avventò sul gruppo dando mazzate all'urbigna.

Tempo una decina di minuti e di Biancaneve, Mam-
molo, Eolo, Pisolo, Brontolo, Cucciolo, Ventolo, Mignolo, o come minchia si chiamavano, non rimasero altro che minuscoli frammenti colorati. Ma Montalbano
ancora non si sentiva soddisfatto. Scoprì che sempre vicino al gazebo in costruzione c'erano delle bombole
spray di colore. Ne pigliò una verde e scrisse, a caratteri
cubitali, quattro volte la parola STRONZO, una per lato
della villetta. Quindi riscalò il cancello, si rimise in macchina e partì per Marinella, sentendo che la 'mbriacatura gli era completamente passata.

Arrivato a Marinella, passò mezza nottata a rimettere
in ordine la casa che era addiventata una casamicciola in
seguito alla cercatina della ricevuta del notaro. Non è
che ci sarebbe voluto tutto questo tempo, ma il fatto è
che quando hai sbacantato i cassetti trovi una quantità

di carte vecchie, scordate, alcune delle quali, quasi a
forza, vogliono essere lette e tu, inevitabilmente, finisci
col precipitare sempre più in fondo al gorgo della memoria e ti tornano a mente macari cose che per anni e
anni hai fatto di tutto per scordare. È un gioco tinto,
quello dei ricordi, nel quale finisci sempre col perdere.
Andò a corcarsi verso le tre del matino; ma dopo essersi
susùto almeno tri volte per andare a bersi un bicchiere
d'acqua, addecise di portarsi la caraffa in cammara da
letto, sul comodino. Conclusione, alle sette aveva una
panza che pareva incinto d'acqua. La giornata era nèvu-
la e questo gli aumentò il nirbuso già ai livelli di guardia
per la mala nottata. Squillò il telefono, sollevò il ricevitore deciso.

«Non mi rompere i cabasisi, Catarè.»

«Non sugnu chisto ca vossia dici, ma iu sugnu, dottori.»

«E tu chi sei?»

«Nun m'arriconosci, dottori? Adelina sugnu.»

«Adelina! Che c'è?»

«Dottori, ci vuliva fari avvirtenzia che oggi non pozzo
avvenìri.»

«Va bene, non...»

«E non pozzo avvenìri né dumani né passannadumani.»

«Che ti succede?»

«La mogliere di me' figliu nicu la portaro allo spitali
ch'avi malo di panza e io ci devu abbadari 'e figli ca sunnu quattru e il cchiù granni ch'avi deci anni è unu sdilinquenti peju di so' patre.»

«Va bene, Adelì, non ti dare pinsero.»

Riattaccò, andò in bagno, pigliò una montagnola di
roba da lavare, compreso il pullover che gli aveva arrigalato Livia e che si era allordato di rena, infilò il tutto in
lavatrice. Non trovò una cammisa pulita e si rimise quella usata. Pensò che per almeno tre pranzi e tre cene sarebbe dovuto andare in trattoria, ma giurò a se stesso di

non cadere in tentazione e di restare fedele alla San Calogero. Con la telefonata di Adelina però il malo umore
era tracimato, convinto com'era di non sapere dare
adenzia né a se stesso né alla casa.

In commissariato pareva esserci calma piatta, Catarella manco s'addunò del suo arrivo impegnato com'era in
una conversazione telefonica che doveva essere molto
difficoltosa perché ogni tanto s'asciucava la fronte con
la manica. Sul suo tavolo trovò un biglietto con scritto
due nomi, Giacomo Pellegrino e Michela Manganaro, e
due numeri di telefono. Riconobbe la grafia di Mimì e di
subito s'arricordò: erano i nomi degli impiegati alla Re
Mida, a parte naturalmente la signorina Mariastella Cosentino. Ma Mimì non aveva scritto macari l'indirizzo e
lui preferiva parlarci a vista con le persone oltre che col
telefono.

«Mimì» chiamò.

Non arrispunnì nisciuno. Capace che quello se ne stava a casa sua ancora curcato o si stava bevendo la prima
tazza di cafè.

«Fazio!»

Fazio s'appresentò subito.

«Non c'è il dottor Augello?»

«Oggi non viene, dottore, manco domani e nemman-
co dopodomani.»

Come la cammarera Adelina. Pure Mimì aveva nipoti
da abbadare?

«E perché?»

«Come perché, dottore? Che fece, se lo scordò? Oggi
gli comincia la licenza matrimoniale.»

Gli era completamente passato di mente. E dire che
era stato lui a presentare a Mimì, sia pure per scopi in
un certo senso inconfessabili, la futura sposa, Beatrice,
bella e brava picciotta.

«E quando si marita?»

«Tra cinque giorni. E non se lo scordi, perché lei al dottor Augello ci deve fare da testimonio.»

«Non me lo scordo. Senti, sei impegnato?»

«Mi libero subito. C'è un tale, Giacomo Pellegrino, che è venuto a fare denunzia per atti di vandalismo contro una villetta che ha fatto appena appena fabbricare.»

«Quand'è capitato il fatto?»

«Stanotte.»

«Va bene, vai e torna.»

Dunque il vandalo era lui, Montalbano. A sentire parlare accussì, dintra al commissariato, della prodezza che aveva fatto, s'affruntò tanticchia, si vrigognò. Ma come poteva arriparare? Presentandosi di là, da Fazio e dire: «Senta, signor Pellegrino, mi perdoni, sono stato io che...».

Si fermò. Giacomo Pellegrino, aveva detto Fazio. E Giacomo Pellegrino era macari uno dei due nomi che Mimì gli aveva scritto, col numero di telefono, sul foglio che aveva davanti. Rapidamente mandò a memoria il numero di telefono di Pellegrino, si susì, trasì nella cammara di Fazio.

Questi, che stava scrivendo, isò gli occhi su Montalbano. Si taliarono appena, ma si capirono. Fazio continuò a scrivere. Che aveva detto Mimì di Giacomo Pellegrino? Che era un picciotto laureato in economia e commercio. L'omo che stava assittato davanti la scrivania di Fazio pareva un pecoraro ed era minimo sissantino. Fazio finì di scrivere, Pellegrino firmò con una certa difficoltà. Altro che economia e commercio, quello sì e no era arrivato alla terza elementare. Fazio si ripigliò la denunzia e a questo punto il commissario intervenne.

«Ha lasciato il numero di telefono?»

«No» disse l'omo.

«Beh, è sempre meglio averlo. Com'è?»

L'omo lo disse ad alta voce a Fazio che se l'appuntò. Non corrispondeva. Pareva piuttosto un numero della zona di Montereale.

«Lei è di qua, signor Pellegrino?»

«No, io ho una casa vicino a Montereale.»

«E come mai si è fatto costruire una villetta tra Vigàta e Montelusa?»

Aveva fatto una grossa minchiata, se ne rese conto subito. Fazio non gli aveva detto dov'era allocata la villetta. E infatti si mise a taliare il commissario con gli occhi stritti stritti. Ma forse Pellegrino pensò che i due sbirri ne avessero parlato quando Fazio era stato chiamato fora e non si ammaravigliò della domanda.

«Non è mia. È di un mio nipote, figlio di un mio fratello. Porta lo stesso nome mio.»

«Ah!» fece Montalbano recitando la parte di chi prova sorpresa. «Ho capito, suo nipote è quello ch'era impiegato alla Re Mida, vero?»

«Sissignore, lui.»

«Mi scusi ancora, ma perché la denunzia è venuto a farla lei e non suo nipote che è il proprietario?»

«Il signor Pellegrino ha una procura» intervenne Fazio.

«Forse suo nipote travaglia troppo e non può abbadare a...»

«No» fece l'omo. «Le cose sono andate accussì come ci dico. Una misata fa, la matina del giorno avanti che doveva arrivare quel cornuto del ragioniere Gargano...»

«Macari a lei ha levato soldi?»

«Sissignore, tutti quelli che avevo. La matina prima, me' nipote s'apprisentò a Montereale e mi disse che gli aveva telefonato Gargano ordinandogli di andare in Germania per un affare. Aveva l'aereo da Palermo che partiva alle quattro di doppopranzo. Me' nipote mi disse che sarebbe rimasto fora minimo una misata e mi desi l'incarico d'abbadare alla costruzione. Dovrebbe tornare a giorni.»

«Quindi se io ho bisogno di parlargli non lo trovo a Vigàta?»

«Nonsi.»

«E lei ha un indirizzo, un telefono di suo nipote in Germania?»

«Vuole babbiare?»

CINQUE

Ma com'è che da quando la bonarma del geometra Garzullo era trasuto, revorbaro alla mano, nell'agenzia vigatese della Re Mida, minacciando di fare minnitta, com'è che non poteva cataminarsi senza imbattersi in qualcosa che arriguardava, alla stritta o alla larga, lo scomparso ragioniere Gargano? Mentre il commissario stava a pinsari a questo succedersi di coincidenze che si trovano o in un romanzo giallo di secondo ordine o nella più trita realtà quotidiana, trasì Fazio.

«Agli ordini, dottore. Ma prima mi spiegasse una cosa. Come faceva a sapìri dov'è la villa di Pellegrino? Io non ce lo dissi. Me la leva questa curiosità?»

«No.»

Fazio allargò le vrazza. Il commissario decise di mettersi al sicuro, con Fazio era meglio quatelarsi, quello era uno sbirro vero.

«E so macari che hanno rotto i vetri del piano terra, hanno ridotto in briciole Biancaneve e i sette nani e hanno scritto "stronzo" su tutte e quattro le pareti. È così?»

«È così. Hanno usato una mazza e lo spray verde che hanno trovato sul posto.»

«Benissimo. E ora che ne pensi? Che parlo con le ciàvole? Che ho la palla di vetro? Che faccio magarìe?» spiò Montalbano arraggiando di più di domanda in domanda.

«Nonsi. Ma non si arrabbiasse.»

«E m'arrabbio sì! Ci sono passato stamatina presto da quelle parti. Volevo vedere come stava l'àrbolo d'aulivo.»

«L'ha trovato bono?» spiò con leggera ironia Fazio

che conosceva tanto l'àrbolo quanto lo scoglio, i due posti dove il suo superiore si rifugiava di tanto in tanto.

«Non c'è più. L'hanno abbattuto per fare largo alla villetta.»

Fazio si fece serio serio, come se Montalbano gli avesse detto ch'era morta una criatura che gli stava cara.

«Capisco» murmuriò a mezza voce.

«Cosa hai capito?»

«Nenti. Aveva ordini da darmi?»

«Sì. Dato che abbiamo saputo che Giacomo Pellegrino se la sta spassando in Germania, vorrei che tu mi trovassi l'indirizzo della signorina o signora Michela Manganaro che faceva l'impiegata di Gargano.»

«Tra un minuto glielo porto. Vuole che prima passo da Brucale e le accatto una cammisa nova?»

«Sì, grazie, accattamene tre, dato che ti ci trovi. Ma come hai fatto a indovinare che mi mancavano le cammise? Ora sei tu che parli con le ciàvole o fai magarìe!»

«Non c'è bisogno di parlare con le ciàvole, dottore. Vossia stamatina non si cangiò la cammisa, e invece avrebbe dovuto farlo perché ha un polsino tutto macchiato di vernice oramà secca. Vernice verde» sottolineò con un sorrisino, niscendo.

La signorina Michela Manganaro abitava con i genitori in una casa popolare di dieci piani dalle parti del camposanto. Montalbano preferì non avvertire del suo arrivo né telefonando e manco citofonando. Aveva appena parcheggiato la macchina che vide nesciri un omo anziano dal portone.

«Mi scusi, mi sa dire a quale piano abitano i signori Manganaro?»

«Al quinto piano, buttanazza della miseria!»

«Perché se la piglia se i signori Manganaro...»

«Perché l'ascensori da una simana arriva solo fino al quinto. E io abito al decimo! E me la devo fare a piedi due volta la jurnata! Sempri un gran culu hanno avuto sti Manganaro! Si figurasse che qualiche anno passato hanno macari vinciuto un terno!»

«Hanno vinto molto?»

«Poca roba. Ma vuole mettere la soddisfazioni?»

Montalbano trasì nell'ascensore, premette il pulsante del quinto, l'ascensore partì e si fermò al terzo. Le provò tutte, ma quello era addiventato irremovibile. Si fece due piani di scale, consolandosi col pinsero che, abbonè, se ne era risparmiati tre.

«Cu è?» spiò una voce di fimmina anziana.

«Montalbano sono, un commissario di pubblica sicurezza.»

«Commissario? Sicuri semo?»

«Da parte mia ne sono sicuro, d'essere un commissario.»

«E che voli da nui?»

«Parlare con sua figlia Michela. È in casa?»

«Sì, ma è corcata, avi tanticchia d'infruenza. Aspittasse un mumentu ca chiamo a me' marito.»

Seguì un urlo che per un momento atterrì Montalbano.

«Filì! Veni ccà che c'è unu ca dici d'essiri un commissario!»

Non era riuscito a convincere la signora, lo rivelava quel «dici d'essiri».

Poi, sempre da darrè la porta inserrata, la signora disse:

«Ci parlasse forte a me' marito ch'è surdo!»

«Cu è?» fece stavolta una voce mascolina e irritata.

«Sono un commissario, apra!»

L'aveva ululato accussì forte che, mentre la porta dei Manganaro restava ostinatamente chiusa, si raprirono, in compenso, le altre due porte del pianerottolo e comparsero due spettatori, uno per porta, una picciliddra decina che stava sbafandosi una merendina e un signore cinquantino, in canottiera, con una benda sull'occhio mancino.

«Parlasse più forte che Manganaro è surdo» suggerì amichevolmente l'omo in canottiera.

Ancora più forte? Fece qualche esercizio di ventilazione dei polmoni, come aveva visto fare a un campione di discesa in profondità in apnea, quindi, immagazzinata tutta l'aria possibile, gridò:

«Polizia!»

Sentì che le porte del piano di supra e del piano di sutta si raprivano contemporaneamente e che voci agitate spiavano:

«Che fu? Che capitò? Che successe?»

La porta dei Manganaro si raprì lentissimamente e apparse un pappagallo. O almeno questa fu la prima 'mpressioni che il commissario ebbe. Naso lunghissimo e giallo, pomelli viola, occhi granni e neri, quattro peli rossi arruffati sul cranio, camicia verde squillante.

«Trasisse» murmuriò il pappagallo. «Ma faccia chiano pirchì me' figlia dorme datosi ca non si sente bona.»

Lo fece trasire in un salotto incongruamente svedese. Su un trespolo ci stava il fratello gemello del signor Manganaro che aveva almeno l'onestà di mantenersi uccello e di non spacciarsi per omo. La mogliere di Manganaro, una sorta di passero impallinato per errore o per malvagità che strascicava la gamba mancina, arrivò reggendo con fatica un minuscolo vassoio con sopra una tazzina di cafè.

«È già zuccherato» disse assittandosi comoda sul divanetto.

Era evidente che la curiosità se la stava mangiando viva. Non doveva avere molte occasioni di svago, la signora, e ora stava apprestandosi a scialarsela.

"Se tanto mi dà tanto" pinsò Montalbano, "che uccello figlia verrà fora dall'incrocio tra un pappagallo e un passero?"

«A Michela l'avvertii. Si sta susendo e a momenti viene» pigolò il passero.

"Ma da dove ha tirato fora quella voce quando ha chiamato il marito?" si spiò Montalbano. E s'arricordò d'avere letto in un libro di viaggi che esistono aceddri minuscoli in grado di fare un verso simile all'ululato di una sirena. La signora doveva appartenere a quella specie.

Il cafè era tanto zuccherato che al commissario s'allappò la bocca. Il primo a parlare fu il pappagallo, quello travestito da omo.

«Io lo saccio pirchì lei voli parlari con me' figlia. Per via di quel grannissimo cornuto del ragioniere Gargano. È accussì?»

«Sì» gridò Montalbano. «Anche lei è vittima della truffa di...»

«Tiè!» disse l'omo, poggiando con violenza la mano mancina sull'avambraccio di dritta proteso in avanti.

«Filì!» lo rimproverò la mogliere usando la seconda voce, quella da Giudizio Universale.

I vetri della finestra fecero tin tin.

«Lei giudica a Filippo Manganaro accussì fissa da cadiri nello sfondapiedi priparato da Gargano? Pinsasse che io manco volevo ca me' figlia ci s'impiegasse da quel truffatore!»

«Lei a Gargano lo conosceva da prima?»

«No. Non ce n'era di bisogno, pirchì le banche, i banchieri, quelli della Borsa, tutti quelli inzomma ca si occupano di dinaro non possono essiri che truffatori. Per forza di cosi, signore mio. E se voli ci lo spiego. Lei pi caso ha mai liggiuto un libro ca si chiama *Il capitale* di Marx?»

«Qua e là» fece Montalbano. «Lei è comunista?»

«Attacca, Turì!»

Il commissario, che non aveva capito la risposta, lo taliò imparpagliato. E poi chi era questo Turiddru? Lo seppe un attimo doppo, quando il gemello pappagallo vero, che di nome si chiamava evidentemente Turiddru, si schiarì la voce e attaccò a cantare l'*Internazionale*. La cantava proprio bene e Montalbano si sentì acchianare dintra un'ondata di nostalgia. Stava per complimentarsi coll'istruttore quando sulla porta apparse Michela. A vederla, Montalbano strammò. Tutto s'aspittava, meno quella picciottona piuttosto alta, bruna con gli occhi viola, il naso tanticchia arrussicato per via della 'nfruenza, bella e china di vita, con una gonna corta a metà delle cosce piene nella misura giusta e una cammisetta bianca che a malappena conteneva le minne non incarzarate nel reggiseno. Un pinsero rapido e maligno, come il guizzare d'una vipera tra l'erba, gli traversò il ciriveddro. Sicuramente il bel Gargano con una picciotta come questa ci aveva, o ci aveva tentato, d'inzupparci il pane.

«Eccomi a sua disposizione.»

A sua disposizione? L'aveva detto con una voce vascia e tanticchia rauca, alla Marlene Dietrich, che a Montalbano ci arrimiscoliò tanto il sangue che dovette trattenersi dal fare chicchirichì come il professore nell'*Angelo azzurro*. La picciotta s'assittò tirandosi la gonna al massimo verso le ginocchia, compunta, sguardo basso, una mano su una gamba, l'altra sul bracciolo. Posa da brava picciotta di famiglia seria, lavoratrice e onesta. Il commissario recuperò l'uso della parola.

«Mi dispiace di averla fatta alzare.»

«Non si preoccupi.»

«Sono qua per domandarle notizie sul ragioniere Gargano e sull'agenzia dove lei lavorava.»

«Faccia pure. Ma l'avverto che sono stata interrogata da uno del suo commissariato. Il dottor Augello, mi pare. Però, glielo dico francamente, mi è parso assai più interessato ad altro.»

«Ad altro?»

E mentre spiava, sinni pentì. Aveva capito. E si rappresentò la scena: Mimì che le rivolgeva domande su domande e intanto i suoi occhi le levavano con delicatezza la cammisetta, il reggipetto (se quel giorno l'aveva), la gonna, le mutandine. Figurati se Mimì ce l'avreb-

be fatta a resistere davanti a una billizza di quel tipo! E
pinsò alla futura sposa, a Beatrice, povirazza, quanti
bocconi amari avrebbe dovuto agliuttiri! La picciotta
non rispose alla domanda, capì che il commissario aveva
capito. E sorrise, o meglio, lasciò immaginare un sorriso,
dato che teneva la testa bassa come si conviene davanti a
uno straneo. Il pappagallo e il passero osservavano com-
piaciuti la loro creatura.

A questo punto la picciotta isò gli occhi viola e taliò il
commissario come in attesa delle domande. In realtà gli
parlò, gli disse chiaramente senza usare parole:

"Non perdere tempo qua. Non posso parlare. Aspettami sotto."

"Messaggio ricevuto" fecero gli occhi di Montalbano.

Il commissario decise di non perdere altro tempo. Si
finse meravigliato e imbarazzato.

«Davvero è stata già interrogata? Ed è stato tutto ver-
balizzato?»

«Certo.»

«E come mai io non ho trovato niente?»

«Mah! Lo chieda al dottor Augello che, oltre ad essere un vanesio, in questi giorni ha la testa persa perché si
deve maritare.»

E la luce fu. A metterlo sull'avviso era stato quel «vanesio» che, in presenza dei genitori all'antica, sostituiva
certamente la parola «stronzo», assai più pregnante come una volta scrivevano i critici letterari. Mentre la certezza assoluta era arrivata subito dopo: sicuramente la
picciotta aveva concesso i suoi favori (accussì ci si esprime in presenza di genitori all'antica) e Mimì, dopo essersi secolei giaciuto, l'aveva liquidata rivelandole che
era uno zito prossimo al matrimonio.

Si susì. Tutti si susìrono.

«Sono veramente mortificato» fece.

Tutti si mostrarono comprensivi.

«Cose che càpitano» disse il pappagallo.

Si formò una piccola processione. La picciotta in testa, il commissario appresso, quindi il patre e darrè di lui la matre. Osservando il moto ondoso che lo precedeva, Montalbano rivolse un pensiero giallo d'invidia a Mimì. Rapruta la porta, la picciotta gli pruì la mano.

«Piacere d'averla conosciuta» disse con la bocca. E con gli occhi: "Aspettami".

Aspettò chiussà di una mezzorata, il tempo indispensabile perché Michela s'alliffasse a dovere, facendo scomparire il russichìo del nasino. Montalbano la vide comparire sul portone e taliarsi torno torno, allora diede un leggero colpo di clacson e raprì lo sportello. La picciotta si mosse verso la macchina con un'ariata d'indifferenza, a passi lenti, ma arrivata all'altezza dello sportello, velocissima trasì, chiuse, disse:

«Via da qua.»

Montalbano, che in quell'attimo aveva avuto modo di constatare che Michela si era scordata di mettersi il reggipetto, ingranò la marcia e partì.

«Ho dovuto sostenere una lotta, i miei non mi volevano fare uscire, temono che abbia una ricaduta» disse la picciotta. E poi spiò:

«Dove ci mettiamo a parlare?»

«Vuole che andiamo al commissariato?»

«E se incontro quello stronzo?»

E così i peggiori (e i migliori) sospetti di Montalbano vennero confermati in un colpo solo.

«E poi il commissariato non mi piace» aggiunse Michela.

«In un bar?»

«Scherza? La gente già sparla troppo di me. Per quanto, con lei, non c'è pericolo.»

«Perché?»

«Perché lei potrebbe essermi padre.»

Una pugnalata sarebbe stato meglio. La macchina sbandò leggermente.

«Colpito e affondato» fece a commento la picciotta. «È un sistema che funziona spesso per smontare gli anzianotti intraprendenti. Ma a seconda di come lo si dice.»

E ripeté con voce ancora più bassa e rauca:

«Lei potrebbe essere mio padre.»

Riuscì a mettere nella voce tutto il sapore del proibito, dell'incesto.

Montalbano non poté scansare di vedersela allato nuda, sul letto, sudata e ansante. Quella picciotta era pericolosa, non solamente bella, ma macari carogna.

«Allora dove andiamo?» fece autoritario.

«Lei dove abita?»

'Nzamà, Signuri! Sarebbe stato come portarsi a casa una bomba innescata.

«A casa mia c'è gente.»

«Maritato?»

«No. Insomma, si decide?»

«Forse ho trovato» fece Michela. «Pigli la seconda a destra.»

Il commissario pigliò subito la seconda a destra. Era una di quelle rare strate che sono ancora in grado di dirti subito dove vanno a parare: in aperta campagna. E te lo dicono con le case che diventano sempre più piccole fino a cangiarsi in poco più che dadi con tanticchia di verde torno torno, con i pali della luce e del telefono che si fanno improvvisamente non allineati, con il fondo stradale che comincia a cedere il passo all'erba. Poi macari i dadi bianchi finirono.

«Devo proseguire?»

«Sì. Tra poco vedrà a sinistra una trazzera, ma è ben tenuta, non si preoccupi per la sua macchina.»

Montalbano la pigliò e doppo tanticchia si trovò in mezzo a una specie di bosco fitto di araucarie e di troffe d'erba serbaggia.

«Oggi non c'è nessuno» fece la picciotta «perché non

è festivo. Ma deve vedere il trafico che c'è il sabato e la domenica!»

«Ci viene spesso?»

«Quando càpita.»

Montalbano abbassò il finestrino e pigliò il pacchetto di sigarette.

«Le dispiace...»

«No. Ne dia una anche a me.»

Fumarono in silenzio. Arrivato a mezza sigaretta, il commissario attaccò.

«Dunque, vorrei capire qualcosa di più su come funzionava il sistema inventato da Gargano.»

«Mi faccia domande precise.»

«Dove tenevate il denaro che Gargano razziava?»

«Guardi, certe volte era Gargano ad arrivare con gli assegni e allora o io o Mariastella o Giacomo li depositavamo alla filiale della Cassa di Credito di qua. Lo stesso facevamo se il cliente si presentava in agenzia. Dopo un certo tempo, Gargano si faceva accreditare le somme nella sua banca di Bologna. Ma anche lì, a quanto abbiamo saputo, i soldi non restavano molto. Pare che andavano a finire in Svizzera e nel Liechtenstein, non so.»

«Perché?»

«Che domanda! Perché Gargano doveva farli fruttare con le sue speculazioni. Almeno così pensavamo.»

«E ora invece che pensa?»

«Che stava accumulando i soldini all'estero per fottere tutti quanti al momento giusto.»

«Anche lei è stata...»

«Fottuta? No, non gli ho affidato manco una lira. Anche volendolo, non avrei potuto. Ha conosciuto papà, no? Però ci ha fregato due mesi di stipendio.»

«Senta, mi permette una domanda personale?»

«Ma si figuri!»

«Gargano ha cercato di portarsela a letto?»

La risata di Michela scoppiò improvvisa e incontenibile, il viola dei suoi occhi si fece più chiaro perché sbrilluccicò di lacrime. Montalbano la lasciò sfogare, spiandosi che cosa ci fosse di tanto comico nella domanda. Michela s'arripigliò.

«Ufficialmente, mi faceva la corte. E anche alla povera Mariastella la faceva. Mariastella era gelosissima di me. Sa, cioccolatini, fiori... Ma se io un giorno gli avessi detto che ero pronta ad andare a letto con lui, lo sa che sarebbe successo?»

«No, me lo dica lei.»

«Sarebbe svenuto. Gargano era gay.»

SEI

Il commissario allucchì. Era una cosa che non gli era passata manco per l'anticamera del ciriveddro. Ma, superata la sorpresa iniziale, ci rifletté supra: il fatto che Gargano fosse omosessuale aveva importanza ai fini dell'inchiesta? Forse sì e forse no, però Mimì non gliene aveva parlato.

«Ne è sicura? Fu lui a dirglielo?»

«Ne sono più che sicura, ma lui non me ne fece mai parola. Ci siamo capiti al volo, a prima taliata.»

«Lei segnalò questo... questa circostanza, o meglio, questa sua impressione al dottor Augello?»

«Augello mi faceva domande con la bocca, ma mi chiedeva altro con gli occhi. Sinceramente, non gliel o so dire se gliene parlai, allo stronzo.»

«Mi perdoni, ma perché ce l'ha tanto con Augello?»

«Vede, commissario, io con Augello ci sono stata perché mi piaceva. Ma lui, prima che me ne andassi da casa sua, nudo, con un asciugamani sul pisellino, mi comunicò che era fidanzato e che era prossimo a sposarsi. Ma chi gli aveva domandato niente? Fu così meschino che me la pentii di esserci stata, ecco tutto. Vorrei scordarmelo.»

«La signorina Cosentino era al corrente che Gargano...»

«Guardi, commissario, se Gargano all'improvviso si fosse trasformato in un mostro orrendo, che so, nello scarafaggio di Kafka, lei gli sarebbe rimasta davanti in adorazione, persa nel suo delirio amoroso senza accorgersi di niente. E poi credo che la povera Mariastella non sia in grado di distinguere un gallo da una gallina.»

Non avrebbe mai più finito di sorprenderlo, Michela

Manganaro. Ora se ne veniva fora con la metamorfosi di Kafka?

«Le piace?»

«Chi? Mariastella?»

«No. Kafka.»

«Ho letto tutto, dal *Processo* alle *Lettere a Milena*. Siamo qua per parlare di letteratura?»

Montalbano incassò.

«E Giacomo Pellegrino?»

«Certo, anche Giacomo aveva capito subito, forse tanticchia prima di me. Perché Giacomo lo è macari lui. E, prima che me lo domandi, le dico subito che manco di questo ho parlato ad Augello.»

Macari lui? Aveva capito bene? Ne volle conferma.

«Macari lui?» spiò.

E gli venne fora un'intonazione da caratterista comico siciliano, tra stupore e fastidio, della quale si vrigognò perché era lontanissima dalla sua intenzione.

«Macari lui» fece Michela senza nessuna intonazione.

«Si potrebbe avanzare l'ipotesi» principiò Montalbano quatelosamente quasi camminasse sopra un tirreno cosparso di mine antiuomo. «Ma si tratta di una mera ipotesi, tengo a sottolinearlo, che tra Giacomo e Gargano siano intercorsi rapporti che potremmo definire alquanto...»

La picciotta sgriddrò i bellissimi occhi viola.

«Perché si è messo a parlare così?»

«Mi scusi» disse il commissario. «Mi sono confuso. Volevo dire...»

«Ho capito benissimo quello che voleva dire. E la risposta è: forse che sì, forse che no.»

«Pure questo ha letto?»

«No. D'Annunzio non mi piace. Ma se dovessi avanzare un'ipotesi, come dice lei, sarei più per il sì che per il no.»

«Cosa glielo fa supporre?»

«La storia tra loro due, secondo me, cominciò quasi subito. Certe volte s'appartavano, parlavano a bassa voce...»

«Ma questo non significa niente! Potevano benissimo parlare d'affari!»

«Guardandosi occhi negli occhi come si guardavano? E poi c'erano i giorni sì e i giorni no.»

«Non ho capito.»

«Sa, tipico degli innamorati. Se il loro ultimo incontro è andato bene, allora quando si rivedono è tutto un sorridersi, uno sfiorarsi... ma se le cose sono andate male, c'è stato un litigio, allora cala una specie di gelo, evitano di sfiorarsi, di guardarsi. Gargano, quando veniva a Vigàta, si tratteneva almeno una settimana e c'era perciò tutto il tempo per i giorni sì e per i giorni no... Difficile che non me ne accorgessi.»

«Ha idea dove potevano incontrarsi?»

«No. Gargano era un uomo riservato. E pure Giacomo non scherza in fatto di riservatezza.»

«Senta, dopo la sparizione di Gargano, avete avuto più notizie di Giacomo? Vi ha scritto, telefonato, si è fatto vivo in qualche modo?»

«Questo non deve domandarlo a me, ma a Mariastella, l'unica che è rimasta in ufficio. Io non mi sono fatta più vedere quando ho capito che qualche cliente inferocito poteva pigliarsela con me. Giacomo è stato il più furbo, perché la mattina nella quale Gargano non è arrivato, non si è fatto vedere nemmeno lui. Si vede che aveva intuito.»

«Intuito cosa?»

«Che Gargano si era fottuto i soldi. Commissario, Giacomo era l'unico tra noi che ci capisse qualcosa degli affari di Gargano. Si vede che il giorno avanti è passato dalla banca e lì gli hanno detto che il trasferimento di capitali da Bologna a Vigàta non c'era stato. E allora avrà pensato che c'era qualcosa che non funzionava e non si è fatto vedere. Almeno, io ho pensato così.»

«E ha sbagliato, perché Giacomo, il giorno prima dell'arrivo di Gargano, è partito per la Germania.»

«Davvero?» spiò la picciotta sinceramente strammata. «E a fare che?»

«Per incarico di Gargano. Una permanenza di almeno una mesata. Doveva sbrigare certi affari.»

«Ma a lei chi gliElo ha detto?»

«Lo zio di Giacomo, quello che bada alla costruzione della villa.»

«Quale villa?» fece Michela completamente intronata.

«Non sa che Giacomo si è fatto costruire una villetta tra Vigàta e Montelusa?»

Michela si pigliò la testa tra le mani.

«Ma che mi sta contando? Giacomo campava con i due milioni e duecentomila lire dello stipendio! Lo so con certezza!»

«Ma forse i suoi genitori...»

«I suoi genitori sono di Vizzini e sopravvivono mangiando la cicoria del loro orto. Senta, commissario, di questa storia che mi ha contata non mi torna niente. È vero che Gargano ogni tanto spediva Giacomo a risolvere certe situazioni, ma si trattava di questioni di scarsa importanza e sempre nelle nostre agenzie di provincia. Non credo che l'avrebbe mandato in Germania per affari importanti. Ho detto che Giacomo ci capiva più di noi, ma non era certo all'altezza di manovrare in campo internazionale. Non ha né l'età...»

«Quanti anni ha?» l'interruppe Montalbano.

«Venticinque. Né l'esperienza. No, sono convinta che ha tirato fuori quella scusa con lo zio perché voleva sparire per qualche tempo. Non ce l'avrebbe fatta a sopportare i clienti inferociti.»

«E se ne sta ammucciato per un mese intero?»

«Boh, non so che pensare» fece Michela. «Mi dia una sigaretta.»

Montalbano gliela diede, gliela addrumò. La picciotta se la fumò a brevi tirate, senza raprire bocca, nirbusa.

Manco Montalbano aveva gana di parlare, lasciò che il suo ciriveddro marciasse a rota libera.

Quando ebbe finito di fumare, Michela disse, con la sua voce alla Marlene (o alla Garbo doppiata?):

«Mi è venuto mal di testa.»

Tentò di raprire il finestrino, ma non ci arriniscì.

«Faccio io» disse Montalbano. «Ogni tanto intoppa.»

Si calò verso la picciotta e troppo tardi capì di avere commesso un errore.

Michela di colpo gli mise le vrazza sopra le spalle. Montalbano raprì la bocca, stupito. E fu il secondo errore. La bocca di Michela s'impadronì dell'altra bocca mezzo aperta, principiò una sorta di coscienziosa esplorazione con la lingua. Montalbano per un attimo cedette, poi s'arripigliò e fece una dolorosa manopera di scollamento.

«Buona» comandò.

«Sì, papà» fece Michela con una luce divertita in fondo agli occhi viola. Mise in moto, ingranò, partì.

Ma quel «buona» di Montalbano non era rivolto alla picciotta. Era rivolto a quella parte del suo corpo che, sollecitata, non solo aveva prontamente risposto, ma aveva macari intonato a voce squillante un inno patriottico: «Si scopron le tombe, si levano i morti...».

«Maria santissima, dottori! Maria, chi grannissimo scanto che mi pigliai! Ancora attremo, dottori! Mi taliasse la mano. Lo vitti come attrema?»

«Lo vedo. Ma che fu?»

«Tilifonò il signori e quistori di pirsona pirsonalmenti e mi spiò di vossia. Io ci arrisposi che vossia era momintaniamenti asente e che appena che fosse stato d'arritorno ci l'avrebbi detto a lei che lui ci voliva parlari a lei. Ma lui, cioeni il signori e quistori, mi spiò se c'era un superiori ingrato.»

«In grado, Catarè.»

«Quello che è, è, dottori, basta che ci si accapisce. Allura io ci dissi che il dottori Augello erasi prossimitato a sponsalizio ed erasi in licenzia. E lo sapi che cosa m'arrisposi il signori e quistori? "Me ne fotto!" Propio propio accussì, dottori! Allura io ci dissi, datosi che macari Fazio erasi nisciuto, che non c'era nisciuno ingrato. E allura lui mi spiò come mi chiamavo e io ci dissi Catarella. E allura lui mi fece: "Senti, Santarella" e allura io mi promisi di corrigerlo e ci dissi "Catarella, mi chiamo". E lo sapi che cosa m'arrisposi il signori e quistori? "Me ne fotto come ti chiami." Propio accussì. Fora dalla grazia di Dio, era!»

«Catarè, qua facciamo notte. Che voleva?»

«Mi disse di diricci a vossia che vossia avi vintiquattro ori di tempo per daricci quella risposta che vossia sapi.»

Il giorno appresso, poste permettendo, il signori e quistori avrebbe ricevuto la lettera pseudo-anonima e si sarebbe dato una calmata.

«Ci sono altre novità?»

«Nenti di nenti, dottori.»

«Dove sono gli altri?»

«Fazio è in via Lincoln che c'è stata una sciarriatina, Gallo nel negozio di Sciacchitano che ci fu una piccola arrapina...»

«In che senso piccola?»

«Nel senso che l'arrapinatore era un picciliddro di tridici anni con un revorbaro vero granni quanto il mio vrazzo. Galluzzo invece è indovi stamatina attrovarono una bumma che non sbummò, Imbrò e Gramaglia invece si trovino...»

«Va bene, va bene» fece Montalbano. «Hai ragione tu, Catarè, niente di nuovo sul fronte occidentale.»

E se ne andò nella sua cammara mentre Catarella principiava a toccarsi perplesso la testa.

«Quali è la fronti oncidentali, dottori? La mia?»

Sulla scrivania Fazio gli aveva lasciato un metro e mezzo di carte da firmare con supra un foglietto: urgentissime. Santiò, sapeva di non potersela scansare.

Quando si fu assittato al solito tavolo della trattoria San Calogero, il proprietario, Calogero, gli si avvicinò con aria cospirativa.

«Dottore, nunnatu aiu.»

«Ma non è proibito pescarli?»

«Sissi, ma di tanto in tanto permettono di pigliari una cassetta a barca.»

«Allora perché me lo dici accussì che pare una congiura?»

«Pirchì tutti lo vogliono e io non ci ne ho di bastevole.»

«Come me lo fai? Con la lumìa?»

«Nonsi, dottore. La morti del nunnatu è fritto a purpetta.»

Aspettò un pezzo, ma ne valse la pena. Le polpettine, schiacciate, croccanti, erano costellate di centinaia di puntini neri: gli occhietti dei minuscoli pesciolini appena nati. Montalbano se li mangiò sacralmente, pur sapendo che stava ingoiando qualcosa di simile a una strage, uno sterminio. Per autopunirsi, non volle mangiare nient'altro. Appena fora dalla trattoria, si fece viva, come di tanto in tanto gli capitava, la voce, fastidiosissima, della sua coscienza.

"Per autopunirti, hai detto? Ma quanto sei ipocrita, Montalbà! O non è perché ti sei scantato d'aggravare la digestione? Lo sai quante polpettine ti sei fatte? Diciotto!"

Per il sì o per il no, se ne andò sul porto e caminò fino a sotto il faro, arricriandosi con l'aria di mare.

«Fazio, secondo tia, quanti modi ci sono per arrivare in Sicilia dal continente?»

«Dottore, quelle sono. Coll'automobile, col treno, con la nave, con l'aereo. Oppure a pedi, volendo.»

«Fazio, non mi piaci quando ti metti a fare lo spiritoso.»

«Non lo facevo, lo spiritoso. Me' patre, durante l'ultima guerra, se la fece a pedi da Bolzano fino a Palermo.»

«Ce l'abbiamo da qualche parte il numero di targa dell'automobile di Gargano?»

Fazio lo taliò sorpreso.

«Di questa facenna non si occupava il dottor Augello?»

«E ora me ne occupo io. Hai qualcosa contra?»

«E perché ce la dovrei avere? Ora vado a vedere le carte del dottor Augello. Anzi, gli telefono. Se quello viene a sapere che ho smirciato tra le sue cose, capace che mi spara. Queste carte qua le firmò? Sì? Allora me le porto e ce ne porto altre.»

«Se mi porti ancora carte da firmare, io te le faccio agliuttìri foglio a foglio.»

Sulla porta, le vrazza cariche di carpette, Fazio si fermò, si voltò. «Dottore, se mi permette, tutto tempo perso è con Gargano. La vuole sapìri come la penso?».

«No, ma se non puoi farne a meno, parla.»

«Maria, che greviànza che ha oggi! Che fece, gli andò di traverso il mangiare?»

E sinni niscì, sdignato, senza rivelare come la pinsava su Gargano. Non passarono manco cinque minuti che la porta sbatté contro il muro, un pezzo d'intonaco cadì 'n terra. Apparse Catarella, sulle vrazza un metro e passa di documenti, la faccia non si vedeva.

«Mi scusassi, dottori, dovetti ammuttare col pede, pirchì le vrazza le ho accupate.»

«Fermati lì!»

Catarella s'immobilizzò.

«Che sono?»

«Carte da firmari, dottori. Me le desi Fazio ora ora.»

«Conto fino a tre. Se non scompari, ti sparo.»

Catarella ubbidì arretrando e gemendo di scanto. Una piccola vendetta di Fazio che si era offiso.

Passò una mezzorata buona senza che Fazio si fosse fatto vivo. Dopo la vendetta era passato al sabotaggio?

«Fazio!»

Arrivò con la faccia seria seria.

«Agli ordini, dottore.»

«Ancora non ti è passata? Tanto te la sei pigliata?»

«Per che cosa me la sarei pigliata?»

«Perché non ti ho fatto dire come la pensavi. Va bene, dimmelo.»

«Non ce lo voglio dire più.»

Commissariato di Pubblica Sicurezza di Vigàta o Asilo Infantile Maria Montessori? Se gli dava una conchiglia rossa o un bottone con tre pirtusa Fazio avrebbe in cambio parlato? Meglio andare avanti.

«Allora questa targa?»

«Non trovo il dottor Augello, manco al telefonino risponde.»

«Guarda tra le sue carte.»

«Mi autorizza lei?»

«Ti autorizzo io. Vai.»

«Non c'è bisogno di andare. In sacchetta ce l'ho.»

Tirò fora un pizzino, lo pruì a Montalbano che non se lo pigliò.

«Come l'hai avuto?»

«Taliando tra le carte del dottor Augello.»

A Montalbano venne voglia di pigliarlo a timpulate. Quando ci si metteva, Fazio era capace di far venire il nirbuso a un invertebrato.

«Ora torna a taliare tra le carte di Augello, voglio sapere esattamente in che giorno tutti aspettavano la venuta di Gargano.»

«Gargano doveva essere qua il primo settembre» fece immediatamente Fazio. «C'erano gli interessi da pagare, alle nove del matino già l'aspettavano una ventina di persone.»

Montalbano capì che nella mezzorata nella quale non si era fatto vedere, Fazio si era sprofondato nella lettura dell'incartamento di Augello. Era uno sbirro autentico, ora sapeva tutto del caso.

«Ma perché facevano la fila? Pagava in contanti?»

«Nonsi, dottore. Con assegni, con bonifici, con trasferimenti. Quelli che facevano la fila erano vecchi pensionati, pigliare l'assegno dalle mano di Gargano gli faceva piacere.»

«Oggi è il cinco d'ottobre. Quindi non se ne hanno notizie da trentacinque giorni.»

«Nonsi, dottore. L'impiegata di Bologna ha detto che l'ultima volta che l'ha visto è stato il ventotto agosto. In quell'occasione Gargano le disse che il giorno appresso, e cioè il ventinove, sarebbe partito per venire qua. Dato che il mese è di trentuno, il ragioniere Gargano non si vede da trentotto giorni.»

Il commissario taliò il ralogio, pigliò il telefono, compose un numero. «Pronto?»

Mariastella Cosentino, dall'ufficio deserto, aveva risposto al primo squillo con voce speranzosa. Questo certamente sognava, che un giorno il telefono avrebbe squillato e dall'altro capo le sarebbe arrivata la voce calda, seduttrice, del suo amato capo.

«Montalbano sono.»

«Ah.»

La delusione della picciotta si materializzò, trasì nel filo, lo percorse tutto, s'infilò nell'orecchio del commissario sotto forma di fastidioso chiurìto.

«Vorrei un'informazione, signorina. Quando il ragioniere veniva a Vigàta, come arrivava?»

«In macchina. La sua.»

«Mi spiego meglio. Se la faceva in macchina da Bologna fino a qua?»

«No, assolutamente. Gli ho fatto sempre io i biglietti per il ritorno. Caricava la macchina sul traghetto Palermo-Napoli e per lui pigliavo una cabina singola.»

Ringraziò, riattaccò, taliò Fazio.

«Ora ti spiego quello che devi fare.»

SETTE

Appena che raprì la porta di casa, capì che Adelina doveva aver trovato tanticchia di tempo per venire ad arrizzettare perché tutto era in ordine, i libri spruvulazzati, il pavimento sbrilluccicante. Ma non era stata la cammarera, sul tavolino della cucina c'era un biglietto:

Totori, ci manno a dari adenzia a la me niputi Cuncetta ca è piciotta abbirsata e facinnera e ca ci pripara macari anichi cosa di amangiari io tonno passannadumani.

Concetta aveva sbacantato la lavatrice e aveva messo tutto sullo stenditoio. Con un improvviso stringimento di core, Montalbano s'addunò che il pullover che gli aveva regalato Livia pinnuliava ridotto alla misura giusta per un picciliddro decino. Si era ristretto, non aveva tenuto conto che quello era un capo che andava a diversa temperatura dal resto. Venne pigliato dal panico, doveva farlo scomparire, subito, non doveva restarne traccia. L'unica era abbrusciarlo, ridurlo in cenere. Lo pigliò, ma era ancora troppo umidizzo. Che fare? Ah, ecco: scavare una fossa profunna nella rena e sotterrare il corpo del reato. Avrebbe agito ora ch'era scuro di notte, uguale a un assassino. Stava per raprire la porta-finestra che dava sulla verandina quando il telefono squillò.

«Pronto?»

«Ciao, amore, come stai?»

Era Livia. Assurdamente, sentendosi colto in fallo, fece un gridolino, lasciò cadiri 'n terra il mallitto pullover, con un piede tentò di ammucciarlo sotto il tavolo.

«Che ti succede?» spiò Livia.

«Niente, mi sono scottato con la sigaretta. Hai fatto una buona vacanza?»

«Ottima, mi ci voleva. E tu? Novità?»

«Le solite cose.»

Va' a sapìri pirchì, avevano sempre come un impaccio, una sorta di pudore, ad avviare il discorso.

«Come d'accordo, dopodomani sarò lì.»

Lì? Che significava quel «lì»? Livia veniva a Vigàta? E perché? Ne era felice, questo era sicuro, ma di quale accordo parlava? Non ebbe bisogno di fare domande, Livia oramà sapeva come lui era fatto.

«Naturalmente ti sei dimenticato che quindici giorni fa abbiamo concordato la data. Abbiamo detto: meglio due giorni prima.»

«Livia, non irritarti, ti prego, non perdere la pazienza, ma...»

«Tu la pazienza la faresti perdere a un santo.»

Oddio, no! Le frasi fatte no! Correre la cavallina, mangiare a quattro palmenti, vendere la pelle dell'orso prima d'averlo ucciso, con la variante incomprensibile non dire quattro se non l'hai nel sacco!

«Ti prego, Livia, non parlare così!»

«Scusami, caro, ma io parlo come tutte le persone normali.»

«Perché, secondo te, io sarei un anormale?»

«Lasciamo perdere, Salvo. Eravamo rimasti d'accordo che io sarei venuta due giorni prima del matrimonio di Mimì. Anche di questo ti sei dimenticato? Del matrimonio di Mimì?»

«Sì, te lo confesso. Macari Fazio m'ha dovuto ricordare che Mimì era già in licenza matrimoniale. Che strano.»

«Io non lo trovo strano» fece Livia con una voce nella quale s'avvertiva il formarsi di banchise polari.

«No? E perché?»

«Perché non è che tu dimentichi, tu rimuovi. È un'altra cosa.»

Capì che non avrebbe retto a lungo quella conversazione. Oltre alle frasi fatte, ai luoghi comuni, lo irritavano le botte di psicoanalisi spicciola alle quali spesso e volentieri Livia si lasciava andare. Quella psicoanalisi da pellicola americana, dove putacaso uno ammazza a cinquantadue pirsone e poi si viene a scoprire che la scascione era dovuta al fatto che al serial killer il patre, un giorno, quann'era picciliddro, gli aveva negato la marmellata.

«Che cosa rimuovo, secondo te e i tuoi colleghi Freud e Jung?»

Sentì, all'altro capo, una risateddra sardonica.

«L'idea stessa del matrimonio» spiegò Livia.

Orsi polari s'aggiravano sulla banchisa della sua voce. Che fare? Reagire malamente e farla finire a schifìo? Oppure fingere sottomissione, arrendevolezza, bona disposizione d'animo? Scelse, tatticamente, questa seconda strata.

«Forse hai ragione» disse con voce da ravveduto.

Risultò una mossa inzertata, vincente.

«Lasciamo perdere quest'argomento» fece Livia, magnanima.

«Eh, no! Parliamone invece» ribatté Montalbano che ora capiva di caminare supra un tirreno sicuro.

«Ora? Per telefono? Ne parleremo con calma quando sarò a Marinella.»

«D'accordo. Guarda che dobbiamo scegliere ancora il regalo di nozze.»

«Ma figurati!» fece Livia ridendo.

«Non glielo vuoi fare?» spiò Montalbano strammato.

«Ma il regalo l'ho già comprato e spedito! Figurati se mi riducevo all'ultimo giorno! Ho comprato una cosina che sicuramente piacerà a Mimì. Conosco i suoi gusti.»

Eccola qui, la puntuale fitta di gelosia, assolutamente irrazionale, ma sempre pronta all'appello.

«Lo so che conosci benissimo i gusti di Mimì.»

Non seppe che farci, la sciabolata gli era partita da sola. Un attimo di pausa da parte di Livia e quindi la parata.

«Cretino.»

Altro affondo:

«Naturalmente hai pensato ai gusti di Mimì e non a quelli di Beatrice.»

«Con Beba mi sono sentita e consigliata per telefono.»

Montalbano non seppe più su quale terreno spostare la sfida. Perché negli ultimi tempi le loro telefonate erano diventate più che altro occasioni, pretesti di scontri, di sciarriatine. E il bello era che questa animosità prescindeva dall'immutata intensità del loro rapporto. Allora da cosa dipendeva il fatto che, al telefono, litigavano in media una volta ogni quattro frasi? Forse, si disse il commissario, è un effetto della lontananza che di giorno in giorno si fa sempre meno sopportabile perché invecchiando, eh beh, ogni tanto bisogna taliarla in faccia la verità e usare le parole che ci vogliono, si sente sempre più il bisogno d'avere allato la persona che ci è più cara. Mentre andava accussì ragionando (e il ragionamento gli piaceva perché era rassicurante e banale come le frasi che si trovano nei Baci Perugina), pigliò il pullover da sotto il tavolo, l'infilò dintra a un sacchetto di plastica, raprì l'armuar, il feto della naftalina lo soffocò, arretrò mentre con un càvucio richiudeva l'anta, scagliò il sacchetto sopra il mobile. Provvisoriamente poteva starsene lì, l'avrebbe sotterrato prima dell'arrivo di Livia.

Raprì il frigorifero e non ci trovò nenti di speciali, un barattolo d'aulive, uno d'angiovi e tanticchia di tumazzo. Si rincuorò invece raprendo il forno: Concetta gli aveva priparato un piatto di patati cunsati, semplicissimo, che poteva essere nenti e poteva essere tutto a seconda della mano che dosava il condimento e faceva interagire cipolla con capperi, olive con aceto e zucchero, sale col pepe. A prima forchettata, si fece pirsuaso che Concetta era picciotta virtuosa di cucina, degna allieva della zia Adelina. Finito l'abbondante piatto di patati cunsati, si mise a mangiare pane e tumazzo non perché avesse ancora appetito, ma per pura ingordigia. Si ricordò che era sempre stato goloso e ingordo fin da picciliddro, tanto che suo patre lo chiamava «liccu cannarutu» che significava esattamente goloso e ingordo. Il ricordo lo stava trascinando a un principio di commozione al quale baldamente resistette con l'aiuto di tanticchia di whisky liscio. Si preparò per andarsi a corcare. Prima però voleva scegliersi un libro da leggere. Rimase incerto tra l'ultimo libro di Tabucchi e un romanzo di Simenon, vecchio, ma che non aveva mai letto. Stava allungando la mano verso Tabucchi quando squillò il telefono. Rispondere o non rispondere, questo è il problema. L'imbecillità della frase che gli era venuta da pinsare lo vrigognò al punto tale che decise di rispondere, macari se gliene sarebbe derivata una camurrìa gigantesca.

«Ti disturbo, Salvo? Sono Mimì.»

«Per niente.»

«Stavi andando a dormire?»

«Beh, sì.»

«Sei solo?»

«Chi vuoi che ci sia?»

«Mi puoi dare cinque minuti?»

«Come no, parla.»

«Non per telefono.»

«Va bene, vieni.»

Certamente Mimì non voleva parlargli di facenne di servizio. Allora di che? Quali problemi poteva avere? Forse si era sciarriato con Beatrice? Gli venne un pinsero tinto: se si trattava di un'azzuffatina con la zita, gli avrebbe detto di telefonare a Livia. Tanto lui e Livia non s'intendevano alla perfezione? Suonarono alla porta. Chi poteva essere, a quell'ora?

Mimì era da escludere, perché da Vigàta a Marinella almeno dieci minuti ci volevano.

«Chi è?»

«Io sono, Mimì.»

E come aveva fatto? Poi capì. Mimì, che doveva già trovarsi nelle vicinanze, l'aveva chiamato col cellulare. Raprì, Augello trasì, giarno in faccia, sbattuto, patuto.

«Stai male?» spiò Montalbano impressionato.

«Sì e no.»

«Che minchia viene a dire sì e no?»

«Poi te lo spiego. Mi dai due dita di whisky senza ghiaccio?» fece Augello assittandosi supra una seggia allato al tavolo.

Il commissario, che stava versando il whisky, si bloccò di colpo. Ma questa stessa 'ntìfica scena lui e Mimì non l'avevano già fatta? Non avevano quasi detto le stesse 'ntìfiche parole?

Augello si sbacantò il bicchiere in un solo sorso, si susì, andò a pigliarsi altro whisky, si riassittò.

«Come salute starei bene» disse. «Il problema è un altro.»

"Il problema, in politica, in economia, nel pubblico e nel privato, da qualche tempo a questa parte è sempre un altro" pensò Montalbano. "Uno dice: 'ci sono troppi disoccupati' e il politico di turno risponde: 'vede, il problema è un altro'. Un marito spia alla mogliere: 'è vero che m'hai messo le corna?' e quella risponde: 'il problema è un altro'." Ma siccome oramà si era perfettamente ricordato il copione, disse a Mimì:

«Non ti vuoi più maritare.»

Mimì lo taliò ammammaloccuto.

«Chi te l'ha detto?»

«Nessuno, ma me lo dicono i tuoi occhi, la tua faccia, il tuo aspetto.»

«Non è preciso accussì. La facenna è più complessa.»

Non poteva mancare la complessità della faccenda se

c'era già stata l'alterità del problema. Che veniva ora, che la questione stava a monte o che bisognava portare il discorso avanti?

«Il fatto è» continuò Augello «che a Beba voglio un bene dell'anima, che mi piace farci all'amore, che mi piace come ragiona, come parla, come si veste, come cucina...»

«Ma?» spiò Montalbano interrompendolo apposta.

Mimì si stava mettendo su una strata lunga e faticosa: l'elenco delle qualità di una fimmina della quale un omo è innamorato potrebbe essere infinito, come i nomi del Signore.

«Ma non mi sento di maritarmela.»

Montalbano non sciatò, sicuramente ci sarebbe stato un seguito.

«O meglio, mi sento di maritarmela, ma...»

Il seguito era venuto, ma aveva a sua volta un seguito.

«Certe notti conto le ore che mi separano dal matrimonio.»

Pausa tormentata.

«Certe notti invece vorrei pigliare il primo aereo che passa e scapparmene nel Burkina Faso.»

«Ne passano molti da qua aerei per il Burkina Faso?» fece Montalbano con ariata angelica.

Mimì si susì di scatto, arrussicato in faccia.

«Me ne vado. Non sono venuto qua per essere sfottuto.»

Montalbano lo persuase a restare, a parlare. E Mimì principiò un lungo monologo. Il fatto era, spiegò, che una notte era addotato da un core d'asino e la notte appresso da un core di leone. Si sentiva spaccato a metà, ora aveva scanto di assumersi obblighi che non avrebbe saputo mantenere, ora si vedeva patre felice di almeno quattro figli. Non sapeva arrisolversi, temeva di pigliare il fujuto al momento di dover dire sì, lasciando tutto in tredici. E la pòvira Beba come avrebbe resistito a una botta simile? Come era capitato la volta precedente, si scolarono tutto il whisky che c'era in casa. Il primo a crollare fu Augello, già provato dalle altre nottate, esausto per il monologo durato tre ore: si susì e niscì dalla cammara. Montalbano pinsò ch'era andato in bagno. Si sbagliava, Mimì si era gettato per traverso sul suo letto e runfuliava. Il commissario santiò, lo maledisse, si stese sul divano e a picca a picca s'addrummiscì.

S'arrisbigliò col malo di testa pirchì qualcuno cantava nel bagno. E chi poteva essere? Di colpo gli tornò la memoria. Si susì tutto duluri duluri per lo scomodo col quale aveva dormito, corse verso il bagno: Mimì si stava facendo la doccia allagando 'n terra. Ma non se ne curava, pareva felice. Che fare? Abbatterlo con un colpo alla nuca? Se ne andò sulla verandina, la giornata era potabile. Tornò in cucina, si preparò il cafè, se ne pigliò una tazza. Apparse Mimì rasato, freschissimo, sorridente.

«Ce n'è macari pi mia?»

Montalbano non rispose, non sapeva quello che poteva nescirgli dalla bocca se la rapriva. Augello riempì a metà la tazza di zucchero e al commissario venne un conato di vomito, quello non beveva cafè, se lo mangiava a marmellata.

Bevuto il cafè o quello che era, Mimì lo taliò serio.

«Ti prego di scordarti di quello che ti ho detto stanotte. Sono più che deciso a maritarmi con Beba. Sono minchiate passeggere che ogni tanto mi vengono in testa.»

«Agùri e figli mascoli» murmuriò torvo Montalbano.

E mentre Augello stava per andarsene, aggiunse, stavolta con voce chiara: «E tanti complimenti».

Mimì si voltò adascio, inquartandosi, il tono del commissario era stato volutamente incarcato.

«Complimenti per che cosa?»

«Per come hai travagliato su Gargano. Hai fatto una cosa pirtusa pirtusa.»

«Hai taliato tra le mie carte?» spiò, di subito irritato, Augello.

«Tranquillo, preferisco letture più istruttive.»

«Senti, Salvo» fece Mimì tornando narrè e assittando-si nuovamente. «Come te lo devo spiegare che io ho so-lamente collaborato, e in minima parte, alle indagini? Tutto è in mano a Guarnotta. Della cosa se ne occupa macari Bologna. Quindi non te la pigliare con me, io ho fatto quello che mi hanno detto di fare, punto e basta.»

«Non hanno idea di dove sono andati a finire i soldi?»

«Fino al momento in cui me ne sono occupato io, non riuscivano a capire che strada avessero pigliato. Sai co-me agiscono questi personaggi: fanno girare i soldi da un paese all'altro, da una banca all'altra, costruiscono società a scatole cinesi, off shore, roba accussì, e a un certo momento cominci a dubitare perfino che quei sol-di siano mai esistiti.»

«Quindi l'unico a sapere dove si trova ora il malloppo sarebbe Gargano?»

«Teoricamente dovrebbe essere il solo.»

«Spiegati.»

«Beh, non possiamo escludere che abbia avuto un complice. O che si sia confidato con qualcuno. Però io non ci credo che si sia confidato.»

«Perché?»

«Non era il tipo, non si fidava dei collaboratori, tene-va tutto sotto controllo. L'unico ad avere un minimo di autonomia, poca cosa, qua nell'agenzia di Vigàta, era Giacomo Pellegrino, mi pare si chiama accussì. Me l'hanno detto le altre due impiegate, io non l'ho potuto interrogare perché si trova in Germania e non è ancora tornato.»

«Da chi l'hai saputo ch'era partito?»

«Me l'ha detto la sua padrona di casa.»

«Siete sicuri che Gargano non sia scomparso, o fatto scomparire, dalle parti nostre?»

«Guarda, Salvo, non è venuto fora un biglietto di tre-no, di nave o d'aereo che attesti una sua partenza per qualsiasi destinazione nei giorni precedenti la sua sparizione. Potrebbe essere venuto in macchina, ci siamo detti. Possedeva la tessera autostradale. Non c'è riscontro che l'abbia adoperata. Paradossalmente, Gargano potrebbe non essersi mai cataminato da Bologna. Nessuno ha visto la sua auto, che era visibilissima, dalle parti nostre.»

Taliò il ralogio.

«C'è altro? Non vorrei che Beba si mettesse in pinsero non trovandomi.»

Stavolta Montalbano, diventato di umore bono, si susì e l'accompagnò alla porta. Non perché Augello, con quello che aveva detto, gli aveva fatto apparire le cose più facili. Ma per la ragione diametralmente opposta: la difficoltà dell'indagine gli stava procurando una specie di contentezza, di allegria interiore, simile a quella che prova un vero cacciatore davanti a una preda furba ed esperta.

Sulla soglia, Mimì gli spiò:

«Mi dici perché stai amminchiando con Gargano?»

«No. O meglio: forse ancora non lo so bene manco io. A proposito, sai come sta François?»

«Ieri ho parlato con mia sorella, mi ha detto che stanno tutti bene. Li vedrai al matrimonio. Perché hai detto "a proposito"? Che c'entra François con Gargano?»

Troppo lungo e difficile spiegargli lo scanto che s'era pigliato, quando gli era venuto il malo pinsero che i soldi del picciliddro fossero scomparsi 'nzèmmula col ragioniere truffatore. E che quello scanto era una delle ragioni che l'avevano spinto a pigliare di petto l'intera facenna.

«Ho detto a proposito? Boh, non so perché» rispose con perfetta faccia stagnata.

«Fazio, lascia perdere quello che ti avevo detto ieri. Mimì m'ha spiegato che hanno fatto ricerche serie, non è il caso che tu ci perda altro tempo. Tra l'altro, non c'è manco un cane che l'abbia visto da queste parti a Gargano.»

«Come comanda lei, dottore» fece Fazio.

E non si mosse da davanti alla scrivania del commissario.

«Mi volevi dire qualcosa?»

«Mah. Ho trovato un foglio tra le carte del dottor Augello. C'era la testimonianza di uno che diceva di aver visto l'Alfa 166 di Gargano in una strada di campagna nella notte tra il trentuno agosto e il primo settembre.»

Montalbano satò dalla seggia.

«Ebbè?»

«Il dottor Augello ci ha scritto allato "da non prendere in considerazione". E così hanno fatto.»

«Ma perché, Cristo santo?»

«Perché l'omo si chiama Antonino Tommasino.»

«Che me ne fotte come si chiama! L'importante è...»

«Non deve fottersene, dottore. Questo Antonino Tommasino due anni fa andò a denunziare ai carrabbinera che dalle parti di Puntasecca c'era un mostro marino con tre teste. E l'anno passato s'appresentò da noi alle sett'albe, facendo voci ch'era atterrato un disco volante. Si figurasse, dottore, che contò la cosa a Catarella, Catarella s'impressionò e si mise a fare voci macari lui. Un quarantotto, dottore.»

OTTO

Da un'orata stava a firmare le pratiche che Fazio gli aveva messe sul tavolo vestendosi d'autorità («Dottore,
queste le deve assolutamente sbrogliare, lei non s'arrimi-
na da qua se non ha finito!») quando la porta si raprì e
apparse Augello senza manco aver tuppiato. Pareva agitato assà.

«Il matrimonio è rimandato!»

Oddio, la botta di tira e molla doveva avere pigliato
una forma grave.

«Te la sei ripinsata come i cornuti?»

«No, ma stamattina hanno telefonato a Beba da Aidone, suo padre ha avuto un infarto. Pare che non sia una
cosa grave, ma Beba non si vuole maritare senza suo padre, gli è molto attaccata. È già partita, io la raggiungo
oggi stesso. A occhio e croce, se tutto va bene, il matrimonio è rimandato di un mese. E io come faccio?»

La domanda imparpagliò Montalbano.

«Che vuoi dire?»

«Che non ce la farò a resistere un mese, una notte arrisbigliato a pensare quanto manca al matrimonio e la notte appresso a pensare come scappare. Arriverò davanti
all'altare o in cammisa di forza o coll'esaurimento.»

«Te lo evito io l'esaurimento. Facciamo così. Vai ad
Aidone, vedi come stanno le cose, poi te ne torni e ripigli servizio.»

Allungò una mano verso il telefono.

«Avverto Livia.»

«Non ce n'è bisogno. L'ho già chiamata io» disse Augello niscendo.

Montalbano si sentì arraggiare di gelosia. Ma come? Al tuo futuro suocero gli piglia il sintòmo, la tua zita chiange e si dispera, il matrimonio va a farsi fottere e tu, la prima cosa che fai, è di telefonare a Livia? Diede una gran manata alle pratiche che si sparpagliarono 'n terra, si susì, niscì, arrivò al porto, principiò una lunga caminata per farsi passare il nirbuso.

Non seppe perché, ma tornando al commissariato gli venne di cangiare strata e di passare davanti all'agenzia della Re Mida. Era aperta. Ammuttò la porta a vetri, trasì.

E di subito un senso di desolato squallore gli si attaccò alla gola. Dintra all'agenzia c'era una sola lampadina addrumata che spandeva una luce da veglia funebre. Mariastella Cosentino stava assittata darrè lo sportello, immobile, gli occhi fissi davanti a sé.

«Buongiorno» fece Montalbano. «Passavo da qui e... Ci sono novità?»

Mariastella allargò le vrazza senza raprire bocca.

«Si è fatto vivo Giacomo Pellegrino dalla Germania?»

Mariastella sgriddrò gli occhi.

«Dalla Germania?!»

«Sì, è partito per la Germania per incarico di Gargano, non lo sapeva?»

Mariastella parse confusa, imparpagliata.

«Non lo sapevo. E infatti mi domandavo dove fosse andato a finire. Ho pensato che non si fosse fatto vedere per evitare...»

«No» fece Montalbano. «Suo zio, che porta il suo stesso nome, mi ha detto che Gargano aveva incaricato Giacomo, telefonicamente, di partire per la Germania il pomeriggio del trentuno agosto.»

«Il giorno avanti del giorno previsto per l'arrivo del ragioniere?»

«Esattamente.»

Mariastella restò muta.

«C'è qualcosa che non la convince?»

«Se devo essere sincera, sì.»

«Mi dica.»

«Beh, Giacomo era quello che, tra tutti noi, collaborava col ragioniere in fatto di pagamenti e conteggio d'interessi. Che il ragioniere gli abbia dato un incarico lontano quando ne avrebbe avuto più bisogno, mi sembra strano. E poi Giacomo...»

Si arrestò, chiaramente non avrebbe voluto continuare.

«Abbia fiducia, mi dica tutto quello che pensa. Nell'interesse stesso del ragioniere Gargano.»

Disse l'ultima frase sentendosi peggio di un imbroglione da tre carte, ma la signorina Cosentino abboccò.

«Non credo che Giacomo ci capisse molto di alta finanza. Il ragioniere invece sì, era un mago.»

Ora le sparluccicavano gli occhi al pinsero di quant'era bravo il suo amore.

«Senta» spiò il commissario. «Lo sa l'indirizzo di Giacomo Pellegrino?»

«Certo» fece Mariastella.

E glielo diede.

«Se ci sono novità, mi chiami» disse Montalbano.

Le pruì la mano, Mariastella si limitò a esalare un buongiorno sotto il limite dell'udibilità. Forse non aveva più forze, capace che stava lasciandosi morire di fame come certi cani sulla tomba del padrone. Niscì dall'agenzia di corsa, gli mancava l'aria.

La porta dell'appartamento di Giacomo Pellegrino era spalancata, sacchetti di cemento, scatole di colori per pareti ed altre robe di muratori erano ammucchiati sul pianerottolo. Trasì.

«C'è permesso?»

«Che vuole?» spiò dall'alto di una scala un muratore in tenuta da muratore, cappellino di carta compreso.

«Boh» fece Montalbano tanticchia disorientato. «Qui non ci abita uno che si chiama Pellegrino?»

«Nenti saccio di cu ci abita o non ci abita» rispose il muratore.

Isò un vrazzo e tuppiò con le nocche al soffitto come si fa con le porte.

«Signora Catarina!» chiamò.

Si sentì una voce fimminina arrivare dall'alto, soffocata.

«Chi c'è?»

«Scinnisse, signora, c'è uno ca la voli.»

«Arrivo.»

Montalbano si spostò sul pianerottolo. Sentì al piano di sopra una porta che si rapriva e si chiudeva e poi principiò una curiosa rumorata, pareva quella di un mantice in azione. Montalbano se la spiegò quando vide comparire in cima alla rampa la signora Catarina. Doveva stazzare non meno di centoquaranta chili, a ogni passo che dava respirava in quel modo. Appena vide il commissario si fermò.

«Lei cu è?»

«Un commissario di pubblica sicurezza. Montalbano sono.»

«E chi voli di mia?»

«Parlarle, signora.»

«Cosa longa è?»

Il commissario fece un gesto evasivo con la mano. La signora Catarina lo taliò meditativa.

«Meglio che acchiana lei» stabilì alla fine, principiando la difficoltosa manopera di ruotare su se stessa.

Il commissario s'attardò, per cataminarsi aspettò il rumore della chiave che apriva la porta del piano di supra.

«Vinisse ccà» lo guidò la voce della fimmina.

Si trovò nel salotto bono. Madonne sotto campane di vetro, riproduzioni di Madonne lacrimanti, bottigline a forma di Madonna ripiene d'acqua di Lourdes. La signora stava già assittata su una poltrona evidentemente costruita su misura. Fece 'nzinga a Montalbano d'assittarsi allato a lei sul divano.

«Mi dicisse, signor commissario. Mi l'aspittava! Mi la sintiva che andava a finire accussì, questo sdilinquenti diginirato! In càrzaro! In galera pi tutta la vita finu a lu jornu di la morti so'!»

«Di chi parla, signora?»

«E di chi voli che parlo? Di me' marito! Tre nuttate sta passando fora di casa! Joca, s'imbriaca, si la fa con le buttanazze, stu granni e grannissimu fitusu!»

«Mi scusi, signora, non sono venuto per suo marito.»

«Ah, no? E pi cu vinni, allura?»

«Per Giacomo Pellegrino. Lei gli ha affittato la casa al piano di sotto, no?» Quella specie di mappamondo ch'era la faccia della signora Catarina cominciò a gonfiarsi sempre di più, il commissario temette un'esplosione. La signora invece stava sorridendo compiaciuta.

«Maria, chi bravu picciottu ca è! Aducatu, pulitu! Piccatu ca lu persi!»

«In che senso lo ha perso?»

«Lo persi pirchì mi lassò la casa.»

«Non abita più al piano di sotto?»

«Nonsi.»

«Signora, mi racconti tutto dal principio.»

«Quali principiu? Versu lu vinticincu d'austu, acchiana e mi dici che lassa la casa e, siccomu ca non mi aviva datu lu priavviso, mi metti in manu i sordi di tri misi. Jornu trenta, a matinu, si priparò dù baligi cu la robba so', mi salutò e lassò la casa vacanti. E chistu è il principiu e la fini.»

«Le disse dove sarebbe andato ad abitare?»

«E pirchì me lo duviva diri? Chi èramu? Matre e figliu? Maritu e mogliere? Frati e soro?»

«Manco cugini eravate?» spiò Montalbano proponendo un'interessante variante alle possibili parentele. Ma la signora Catarina non colse l'ironia.

«Ma quannu mai! Mi dissi sulamenti che sarebbi andato in Germania una misata, ma che al ritorno sinni andava ad abitari in una casa so'. Tuttu bonu e binidittu! 'U Signuri lu devi prutiggiri e aiutari a stu picciottu!»

«Ha scritto, telefonato dalla Germania?»

«E pirchì? Chi semu, parenti?»

«Questo mi pare sia stato assodato» disse Montalbano. «È venuto qualcuno a cercarlo?»

«Nonsi, nisciuno. Sulamenti versu lu quattru o lu cincu di settembiru vinni unu a circarlu.»

«Lo sa chi era?»

«Sissi, una guardia. Dissi che 'u signurinu Giacumu doviva apprisintarsi in commissariatu. Ma iu ci dissi ch'era partutu pi la Germania.»

«Aveva una macchina?»

«Jacuminu? Nonsi, sapiva guidari, teneva la patenti. Però non aviva una machina, aviva un muturinu scassatu, ora ci partiva ora no.»

Montalbano si susì, ringraziò, salutò.

«Mi scusassi si nun l'accumpagnu» fece la signora Catarina. «Ma susìrimi mi porta fatica.»

"Ragionate con mia un momento" disse il commissario alle triglie di scoglio che aveva nel piatto. "Secondo quello che mi ha detto la signora Catarina, Giacomo ha lasciato la casa la mattina del trenta agosto. Secondo lo zio omonimo, Giacomo il giorno appresso gli ha detto che nel pomeriggio, alle quattro, avrebbe pigliato un aereo per la Germania. Allora la domanda è questa: dove ha dormito Giacomo nella notte tra il trenta e il trentuno? Non sarebbe stato più logico lasciare l'appartamento la mattina del trentuno dopo averci passato la nottata? E poi: dov'è il motorino? Ma la domanda fondamentale è: questa storia di Giacomo ha importanza per l'inchiesta? Se sì, perché?" Le triglie di scoglio non risposero macari perché non stavano più nel piatto, ma nella panza di Montalbano.

"Facciamo come se avesse importanza" concluse.

«Fazio, vorrei che tu controllassi se nel volo delle sedici per la Germania del giorno trentuno agosto c'era una prenotazione a nome di Giacomo Pellegrino.»

«Dove, in Germania?»

«Non lo so.»

«Dottore, taliasse che in Germania città assai ce ne sono.»

«Vuoi fare lo spiritoso?»

«Nonsi. E da quale aeroporto? Punta Raisi o Fontanarossa?»

«Da Punta Raisi, mi pare. E fora subito dai cabasisi.»

«Agli ordini, dottore. Ci volevo solo dire che telefonò il preside Burgio per ricordarle quella cosa che lei sa.»

Il preside Burgio gli aveva telefonato una decina di giorni avanti per invitarlo a un dibattito tra favorevoli e contrari al ponte sullo Stretto. Il preside era il relatore dei favorevoli. Alla fine, va' a sapìri pirchì, sarebbe stata proiettata *La vita è bella* di Benigni. Montalbano aveva promesso d'essere presente per fare un piacere al suo amico e macari per vedere il film sul quale aveva sentito pareri contrastanti.

Decise di andare a Marinella a cangiarsi d'abito, coi jeans non gli pareva cosa. Pigliò la macchina, andò a casa e qui ebbe l'infelice idea di stinnicchiarsi tanticchia sul letto, proprio cinque minuti contati. Dormì tre ore di seguito. Quando s'arrisbigliò di colpo, capì che se si sbrigava sarebbe arrivato a tempo a tempo per la proiezione.

La sala era affollatissima, la sua trasuta quasi coincise con lo spegnersi delle luci. Rimase addritta. Ogni tanto rideva. Ma le cose cangiarono verso la fine, quando principiò a sentire la commozione acchianargli alla gola... Mai, prima, gli era capitato di chiàngiri vedendo un film. Niscì dalla sala avanti che si riaccendessero le luci, vrigognoso che qualchiduno potesse addunarsi che aveva gli occhi vagnati di lagrime. Perché stavolta gli era capitato? Per l'età? Era un signali di vicchiaia? Succede che invecchiando ci si comincia a intenerire con una certa facilità. Ma non era solo per questo. Per la storia che la pellicola contava e per come la contava? Certamente, ma non era solo per questo. Aspettò fora che la gente niscisse per salutare di passata il preside Burgio. Aveva gana di starsene solo, di andarsene subito a casa.

Sulla verandina tirava vento e faceva friddo. Il mare si era mangiato quasi tutta la spiaggia. Nella piccola anticamera teneva un impermeabile pesante, di quelli con la fodera. L'indossò, tornò nella verandina, s'assittò. Non arrinisciva, per le ventate, ad addrumarsi una sigaretta. Per farlo, bisognava rientrare nella cammara. Piuttosto che susìrisi, scelse di non fumare. Al largo si vedevano luci lontane che ogni tanto scomparivano. Se erano pescatori, se la stavano vedendo male con quel mare. Stette accussì, immobile, le mani infilate nelle sacchette dell'impermeabile, a ripistiare su quello che gli era capitato vedendo il film. E tutto 'nzèmmula, la vera, unica, innegabile ragione del suo pianto gli s'appresentò chiara chiara. E di subito la rifiutò, parendogli incredibile. Ma a picca a picca, a malgrado ci girasse torno torno per attaccarla da tutte le parti, quella ragione solidamente resisteva. Alla fine dovette darsi vinto. E allura pigliò una decisione.

Prima di partire, dovette aspettare che al bar Albanese arrivassero i cannoli di ricotta freschi. Ne accattò una trentina, assieme a chili di biscotti regina, di pasta di mandorle, di mustazzola. Viaggiando, la sua macchina lasciava una scia odorosa. Doveva per forza tenere i finestrini aperti, altrimenti l'intensità di quel sciàuro gli avrebbe fatto venire malo di testa.

Per arrivare a Calapiano scelse di fare la strata più lunga e meno agevole, quella aveva sempre pigliato le poche volte che c'era andato perché gli permetteva di rivedere quella Sicilia che di giorno in giorno scompariva, fatta di terra avara di verde e d'òmini avari di parole. Dopo due ore che viaggiava, appena nisciuto da Gagliano, si trovò darrè a una fila d'auto che procedeva lentissima sull'asfalto malannato. Un cartello scritto a mano e appizzato a un palo della luce intimava:

PROCEDETE A PASO D'UOMO!

Un tale, con una faccia da ergastolano (ma siamo certi che gli ergastolani hanno quella faccia?), vestito burgisi e con un friscaletto in bocca, sparò un fischio da arbitro isando un vrazzo e la macchina che precedeva quella di Montalbano si fermò di colpo. Dopo tanticchia che non capitò nenti, il commissario addecise di sgranchirsi. Scinnì, si avvicinò all'omo.

«Lei è una guardia comunale?»

«Io? Ma quando mai! Io sono Gaspare Indelicato, bidello alle elementari. Si sposti che stanno arrivando le auto che vengono in qua.»

«Mi scusi, ma oggi non è giorno di scuola?»

«Certo. Ma la scuola è chiusa, sono crollati due soffitti.»

«Per questo l'hanno distaccato a fare il vigile?»

«Nessuno mi distaccò. Volontario venni. Se non ci sono io da questa parti e Peppi Brucculeri dall'altra, macari lui volontario, se l'immagina che burdello può capitari?»

«Ma che è successo alla strata?»

«A un chilometro da qua è franata. Cinque mesi fa. Si può passare una macchina alla volta.»

«Cinque mesi fa?!»

«Sissignura. Il comune dice che la devi arriparari la provincia, la provincia dice la regioni, la regioni dice l'azienda stratale e voi intanto vi la pigliati sulennemente 'n culu.»

«E lei no?»

«Iu in bicicletta caminu.»

Passata una mezzorata, Montalbano poté ripigliare il viaggio. Si ricordava che l'azienda agricola distava un quattro chilometri da Calapiano, per raggiungerla bisognava fare una trazzera accussì piena di fossa, pietruna e pruvulazzo che persino le capre la scansavano. Stavolta invece si venne a trovare su una strata stritta sì, ma asfaltata e tenuta bene. I casi erano due: o si era sbagliato o il Comune di Calapiano funzionava bene. Risultò giusto il secondo caso. La grande casa colonica apparse dopo una curva, dal camino nisciva fumolizzo, segno che qualcuno in cucina stava priparando il mangiare. Taliò il ralogio, era quasi l'una. Scinnì, si carricò di cannoli e dolci, trasì in casa, nella grande sala ch'era cammara di pranzo, ma macari cammara di stare, come dimostrava il televisore in un angolo. Posò il suo carico supra il tavolino e andò in cucina. Franca, la sorella di Mimì, gli voltava le spalle, non si addunò che lui era trasuto. Il commissario stette tanticchia a taliarla in silenzio, ammirato dall'armonia dei suoi movimenti e soprattutto imbarsamato dal sciàuro di ragù che allargava il respiro.

«Franca.»

La fìmmina si voltò, la faccia le si illuminò, corse tra le braccia di Montalbano.

«Che sorpresa granni che mi hai fatto, Salvo!»

E subito dopo:

«Hai saputo del matrimonio di Mimì?»

«Sì.»

«Stamattina mi ha telefonato Beba, suo patre migliora.»

E non disse più niente, tornò a badare ai fornelli, non domandò perché Salvo fosse venuto a trovarli.

"Gran fìmmina!" pensò Montalbano. E spiò:

«Dove sono gli altri?»

«I granni a travagliare. Giuseppe, Domenico e François sono a scuola. Tra poco tornano. Li va a piglia-

re con la macchina Ernst, te lo ricordi quello studente
tedesco che passava le vacanze dandoci una mano?
Quando può, torna, si è affezionato.»

«Ti devo parlare» fece Montalbano.

E gli contò la facenna del libretto e dei soldi dal notaro. Non ne aveva mai accennato prima né con Franca né
con suo marito Aldo per la semplice ragione che se ne era
sempre scordato. Durante il racconto, Franca andava e
veniva dalla cucina alla cammara di mangiare con il commissario appresso. Alla fine, tutto il suo commento fu:

«Hai fatto bene. Mi fa piacere per François. Mi aiuti a
portare le posate?»

NOVE

Quando sentì un'auto trasire nel baglio, non resistette, corse fora.

Riconobbe subito François. Dio, quant'era cangiato! Non era più il picciliddro che ricordava, ma un ragazzo spicato, bruno, riccioluto, occhi grandissimi e neri. E nello stesso momento François lo vide.

«Salvo!»

E gli volò incontro, l'abbracciò stretto. Non come quella volta che prima era corso verso di lui e poi, all'improvviso, aveva fatto uno scarto, ora tra loro non c'erano problemi, non c'erano ombre, solo un gran bene che si manifestava attraverso l'intensità e la durata del loro abbraccio. E accussì, con Montalbano che gli posava un braccio sopra le spalle e François che tentava di tenerlo per la vita, trasirono in casa seguiti dagli altri.

Poi arrivarono Aldo e i suoi tre aiutanti e si misero a tavola. François era assittato alla destra di Montalbano, a un certo momento la mano mancina del ragazzo si posò sul ginocchio di Salvo. Questi spostò la forchetta nell'altra mano e s'ingegnò a mangiare la pasta col ragù con la mancina, mentre teneva la dritta su quella del picciotteddro. Quando le due mano dovevano lasciarsi per bere tanticchia di vino o per tagliare la carne, si ritrovavano subito dopo al loro appuntamento segreto sotto il tavolo.

«Se ti vuoi riposare, c'è una camera pronta» fece Franca alla fine del mangiare.

«No, riparto subito» disse Montalbano.

Aldo e i suoi aiutanti si susìrono, salutarono Montalbano e niscirono.

Macari Giuseppe e Domenico fecero lo stesso.

«Vanno a travagliare fino alle cinque» spiegò Franca. «Poi tornano qua e fanno i compiti.»

«E tu?» spiò Montalbano a François.

«Io resto con te fino a quando non sei partito. Ti voglio fare vedere una cosa.»

«Andate» disse Franca. E poi, rivolta a Montalbano: «Intanto ti scrivo quello che mi hai domandato.»

François lo portò darrè la casa, dove c'era un ampio prato verde d'erba medica. Quattro cavalli pascolavano.

«Bimba!» chiamò François.

Una cavalla giovane, criniera bionda, isò la testa, si mosse verso il picciotteddro. Quando arrivò a tiro, François pigliò la rincorsa, con un balzo montò a pelo sulla vestia, fece un giro, ritornò narrè.

«Ti piace?» spiò François felice. «Me l'ha regalata papà.»

Papà? Ah, si riferiva ad Aldo, giustamente lo chiamava papà. Fu semplicemente una punta di spillo che per un attimo gli pungì il cuore, un niente, ma ci fu.

«L'ho fatto vedere macari a Livia quanto sono bravo» disse François.

«Ah, sì?»

«Sì, l'altro giorno, quando è venuta. E si scantava che cadessi. Sai come sono fatte le fimmine.»

«Ha dormito qua?»

«Sì, una notte. L'indomani è partita. Ernst l'ha accompagnata a Punta Raisi. Sono stato contento.»

Montalbano non sciatò, non disse niente. Tornarono verso casa, in silenzio, tenendosi come prima, il commissario con un vrazzo sulle spalle del ragazzo e François che tentava di abbracciarlo alla vita, ma in realtà si afferrava alla giacchetta. Sulla porta François disse a voce vascia:

«Ti devo dire un segreto.»

Montalbano si chinò.

«Quando diventerò grande, voglio fare il poliziotto come a tia.»

Al ritorno pigliò l'altra strata e quindi invece di metterci quattro ore e mezza ce ne mise solamente tre abbondanti. Al commissariato venne subito assugliato da un Catarella che pareva più sconvolto del solito.

«Ah dottori dottori! Il signori e quistori dice che...»

«Non mi rompete, tu e lui.»

Catarella rimase incenerito. Non ebbe manco la forza di reagire.

Appena dintra l'ufficio, Montalbano si dedicò all'affannosa ricerca di un foglio e una busta che non avessero l'intestazione del commissariato. Ebbe fortuna e scrisse una lettera al questore, senza preamboli di illustre o egregio.

«Spero lei abbia già ricevuto copia della lettera del notaio da me inviatale anonimamente. In questa mia le trascrivo tutti i documenti relativi alla regolare adozione di quel bambino che lei è arrivato ad accusarmi d'aver sequestrato. Da parte mia, considero chiusa la questione. Se lei ha desiderio di tornare sull'argomento, la preavviso che la querelerò per diffamazione. Montalbano.»

«Catarella!»

«Ai comandi, dottori!»

«Piglia queste mille lire, accatta un francobollo, l'impiccichi su questa busta e la spedisci.»

«Dottori, ma qua in officio di franchibolli ce ne stanno a tinchitè!»

«Fai come ti dico.»

«Fazio!»

«Agli ordini, dottore.»

«Abbiamo notizie?»

«Sissi, dottore. E devo ringraziare un amico mio della Polizia aeroportuale che ha un amico che è zito con una picciotta che è impiegata alla biglietteria di Punta Raisi.

Se non avevamo questa bona occasione, passavano minimo minimo tre mesi prima di aviri risposta.»

La via italiana allo sveltimento della burocrazia. Fortunatamente c'è sempre uno che conosce qualcuno che conosce qualcun altro.

«Allora?»

Fazio, che voleva godersi il meritato trionfo, ci mise un tempo eterno a infilare una mano in sacchetta, pigliare un foglio di carta, spiegarlo, tenerlo davanti a sé per promemoria.

«Risulta che Giacomo Pellegrino aveva un biglietto, rilasciato dall'agenzia Icaro di Vigàta, per un volo in partenza alle sedici del trentuno agosto, destinazione Berlino. E la sapi una cosa? Quel volo non lo pigliò.»

«È cosa certa?»

«Vangelo, dottore. Però lei non mi pare tanto meravigliato.»

«Perché stavo cominciando a persuadermi che Pellegrino non è partito.»

«Vediamo se quello che le dico ora la fa meravigliare. Pellegrino di persona s'appresentò a dire che rinunziava alla partenza, due ore avanti.»

«Cioè alle due di doppopranzo.»

«Giusto. E cangiò destinazione.»

«Stavolta m'hai meravigliato» ammise Montalbano. «Dov'è andato?»

«Aspittasse, non finisce accussì la facenna. Si fece un biglietto per Madrid. L'aereo partiva il primo settembre alle dieci del matino, ma...»

Fazio fece un sorrisino trionfale. Forse, in sottofondo, s'immaginava la marcia dell'*Aida*. Raprì la bocca per parlare, ma il commissario, carognescamente, lo batté sul tempo.

«... ma non acchianò manco su questo» concluse.

Fazio, visibilmente, s'irritò, sgualcì il foglio, lo infilò sgarbatamente in sacchetta.

«Con lei non è cosa, non c'è piaciri.»

«Avanti, non te la pigliare» lo consolò il commissario. «Quante agenzie di viaggi ci sono a Montelusa?»

«Qua a Vigàta ce ne sono altre tre.»

«Non m'interessano quelle di Vigàta.»

«Vado di là a taliare l'elenco telefonico e le porto i numeri.»

«Non c'è bisogno. Telefona tu e spia se, tra il ventotto di agosto e il primo settembre, c'è stata una qualche prenotazione a nome Giacomo Pellegrino.»

Fazio restò ammammaloccuto. Poi si riscosse.

«Non si può fare. L'orario è passato, me ne occupo domani a matino appena arrivo. Dottore, e se trovo che questo Pellegrino aveva fatto ancora una prenotazione, che saccio, per Mosca o Londra, che viene a dire?»

«Viene a dire che il nostro amico ha voluto confondere le acque. In sacchetta ha un biglietto per Madrid, mentre invece aveva detto a tutti che andava in Germania. Domani sapremo se in sacchetta ce ne ha altri. Ce l'hai da qualche parte il numero di casa di Mariastella Cosentino?»

«Vado a vedere tra le carte del dottor Augello.»

Niscì, tornò con un pizzino, lo dette a Montalbano, niscì. Il commissario fece il numero. Non ebbe risposta, forse la signorina Cosentino era andata a fare la spisa. Si mise il pizzino in sacchetta e decise d'andarsene a Marinella.

Non aveva pititto, la pasta al ragù e la carne di maiale che si era mangiate da Franca l'avevano tanticchia assintomato. Si fece un ovo fritto e appresso ci mangiò quattro angiovi con oglio, acìto e origano. Finito di mangiare, riprovò il numero della Cosentino la quale doveva evidentemente starsene con la mano sempre stinnuta verso l'apparecchio telefonico perché rispose che il primo squillo non aveva avuto tempo a finire. Una voce da moribonda, una voce che aveva la stessa consistenza di una filinia, di una ragnatela.

«Pronto? Chi parla?»

«Montalbano sono. Mi scusi se la disturbo, macari stava taliando la televisione e...»

«Non ho la televisione.»

Il commissario non seppe spiegarsi perché ebbe la 'mpressioni che un campanello lontano, remoto, avesse fatto uno squillo brevissimo nel suo ciriveddro. Tanto rapido e corto che non arriniscì manco ad essere certo se quel sono ci fosse stato o no.

«Desideravo sapere, sempre che lei lo ricordi, se Giacomo Pellegrino non venne in ufficio nemmeno il trentuno agosto.»

La risposta fu immediata, senza la minima esitazione.

«Commissario, non posso scordarmi quelle giornate perché me le sono passate e ripassate nella memoria. Giorno trentuno Pellegrino arrivò all'agenzia sul tardo, diciamo verso le undici. È andato via quasi subito, disse che doveva incontrare un cliente. Nel doppopranzo è tornato, potevano essere le quattro e mezzo. È rimasto fino all'ora della chiusura.»

Il commissario ringraziò, riattaccò.

Tornava, quatrava. Pellegrino, dopo essere andato in matinata a parlare con lo zio, si presenta in agenzia. A mezzojorno se ne va, non per incontrarsi con un cliente, ma per pigliare un taxi o una macchina a noleggio. Va a Punta Raisi. Arriva all'aeroporto alle due, disdice il biglietto per Berlino e se ne fa uno per Madrid. Si rimette in taxi o nell'auto a noleggio e alle quattro e mezzo del doppopranzo si ripresenta in agenzia. I tempi corrispondevano.

Ma tutto questo mutuperio Giacomo perché lo arma? D'accordo, non vuole essere rintracciato facilmente. Ma da chi? E soprattutto, perché? Mentre il ragioniere Gargano aveva venti miliardi di ragioni per scomparire, apparentemente Pellegrino non ne aveva manco una.

«Ciao, amore. Hai avuto una giornata pesante oggi?»

«Livia, mi puoi aspettare un momento?»

«Certo.»

Pigliò una seggia, s'assittò, s'addrumò una sigaretta, si mise comodo. Era certo che quella telefonata sarebbe stata longa assà.

«Sono un pochino stanco, ma non perché ho avuto molto lavoro.»

«E allora perché?»

«In complesso, mi sono fatto quasi otto ore di macchina.»

«Dove sei andato?»

«A Calapiano, amore.»

A Livia si dovette interrompere il sciato di colpo perché il commissario sentì nitidamente una specie di singhiozzo. Generosamente, aspettò che si ripigliasse, le lasciò la parola.

«Sei andato per François?»

«Sì.»

«Sta male?»

«No.»

«Allora perché ci sei andato?»

«Avevo spinno.»

«Salvo, non cominciare a parlare in dialetto! Sai che in certi momenti non lo sopporto! Che hai detto?»

«Che avevo desiderio di vedere François. Spinno si traduce in italiano con desiderio, voglia. Ora che capisci la parola, ti domando: a te non è mai venuto spinno di vedere François?»

«Che carogna che sei, Salvo.»

«Facciamo un patto? Io non uso il dialetto e tu non m'insulti. D'accordo?»

«Chi te l'ha detto ch'ero stata a trovare François?»

«Lui stesso, il bambino, mentre mi faceva vedere quant'è bravo a cavalcare. I grandi sono stati al tuo gioco, non hanno aperto bocca, hanno rispettato il patto. Perché è evidente che sei stata tu a pregarli di non dirmi della tua venuta. A me invece hai raccontato che avevi un giorno di vacanza, che andavi in spiaggia con un'amica e io, da cretino, ho abboccato. Levami una curiosità: a Mimì glielo hai detto che saresti andata a Calapiano?»

S'aspettava una risposta violenta, da azzuffatina memorabile. Invece Livia scoppiò a piangere, singhiozzi lunghi, disperati, straziati.

«Livia, senti...»

La comunicazione venne troncata.

Si susì con calma, andò in bagno, si spogliò, si lavò e prima di nesciri dal cammarino si taliò allo specchio. A longo. Poi raccolse tutta la saliva che aveva in bocca e sputò alla sua immagine nello specchio. Astutò la luce e si corcò. Si risusì immediatamente perché il telefono aveva squillato. Sollevò il ricevitore, ma chi era all'altro capo non parlò, se ne sentiva solamente il respiro. Montalbano conosceva quel respiro.

E cominciò a parlare. Un monologo che durò quasi un'orata, senza pianti, senza lagrime, ma doloroso come i singhiozzi di Livia. E le disse cose che non aveva mai voluto dire a se stesso, come feriva per non essere ferito, come da qualche tempo aveva scoperto che la sua solitudine stava cangiandosi da forza in debolezza, come gli fosse amaro pigliare atto di una cosa semplicissima e naturale: invecchiare. Alla fine, Livia disse semplicemente:

«Ti amo.»

Prima di riattaccare, aggiunse:

«Non avevo ancora rinunziato alla licenza. Rimango qua un giorno in più e poi vengo a Vigàta. Liberati di tutto, ti voglio solo per me.»

procurarono un granni scanto. Montalbano infatti lo aveva taliato con gli occhi sgriddrati e poi si era dato una violenta manata sulla fronte.

«Che stronzo!»

«Che dissi?» fece Fazio, pronto a domandare scusa.

Montalbano si susì, pigliò una cosa dal cascione, se la mise in sacchetta.

«Andiamo.»

DIECI

Montalbano, con la sua macchina, principiò a correre verso Montelusa come se fosse assicutato. Quando pigliò la strata che portava verso la villetta appena finita di costruire di Pellegrino, la faccia di Fazio addiventò di petra, taliava fisso davanti e non rapriva vucca. Arrivati al cancello chiuso, il commissario fermò e scinnirono. I vetri rotti delle finestre non erano stati sostituiti, qualcuno però aveva impicciato al loro posto fogli di cellophan attaccati con puntine di disegno. Le scritte STRONZO in verde non erano state cancellate.

«Capace che c'è qualcuno dintra, magari lo zio» disse Fazio.

«Mettiamoci al sicuro» fece il commissario. «Telefona subito in ufficio, fatti dare da qualcuno il numero di Giacomo Pellegrino, quello che ha fatto la denunzia. Poi lo chiami, gli dici che sei venuto qua per un sopralluogo e gli spii se è stato lui a mettere il cellophan e se ha avuto notizie del nipote. Se non ti risponde, decidiamo che fare.»

Mentre Fazio accominzava le telefonate, Montalbano si mosse verso l'aulivo abbattuto. L'àrbolo aveva perso il grosso delle foglie che ora stavano, ingiallute, sparse sul terreno. Chiaramente ci mancava picca perché da àrbolo vivo si cangiasse in legna inerte. Il commissario fece allora una cosa stramma, o meglio, da picciliddro: si mise all'altezza del centro del tronco abbattuto e vi appuiò l'orecchio come si fa con un moribondo per sentire se c'è ancora il battito del cuore. Restò accussì tanticchia, sperava forse di arrivare a percepire il fruscìo della linfa? A un tratto gli venne da ridere. Ma che faceva?

Quelle erano cose da barone di Münchhausen, al quale bastava appoggiare l'orecchio 'n terra per sentir crescere l'erba. Non si era addunato che, da lontano, Fazio aveva visto tutto il mutuperio e ora gli si stava avvicinando.

«Dottore, ho parlato con lo zio. È stato lui a coprire le finestre perché il nipote gli ha lasciato la chiave del cancello, ma non quella di casa. Non ha avuto sue notizie dalla Germania ma, secondo lui, manca picca al ritorno.» Poi taliò l'àrbolo d'aulivo, scutuliò la testa.

«Talìa che minnitta!» fece Montalbano.

«Stronzo» disse Fazio usando, a bella posta, la stessa parola che il commissario aveva scritto sui muri.

«Hai capito ora pirchì m'è venuta una botta di raggia?»

«Non ha bisogno di darmi altre spiegazioni» disse Fazio. «E ora che facciamo?»

«Ora trasèmo dintra» rispose Montalbano tirando fora quella specie di sacchetto che aveva pigliato dal cascione della sua scrivania, un ricco assortimento di grimaldelli e chiavi false, regalo di un ladro suo amico. «Tu sta' attento se viene qualcuno.»

Armeggiò con la serratura del cancello e la raprì abbastanza facilmente. Più difficile gli venne con la porta della villetta, ma alla fine ci arriniscì. Chiamò Fazio.

Trasirono. Un grande salone completamente vacante s'appresentò ai loro occhi. Vacanti della minima cosa erano macari la cucina e il bagno. Dal salone si partiva una scala in pietra e ligno che portava al piano di sopra. Qui c'erano due grandi cammare di dormiri senza mobili. Nella seconda però, stesa per terra, ci stava una spessa coperta nova nova, appena incignata, ancora con la targhetta della marca attaccata. Il bagno, arredato, era situato tra le due cammare. Nella mensola sotto lo specchio c'era una confezione di sapone da barba spray e cinque rasoi usa e getta. Due erano stati adoperati.

«Giacomo ha fatto la cosa più logica che c'era da fare. Quando ha lasciato la casa in affitto, è venuto qua. Ha dormito sopra la coperta. Ma dove sono le due valigie che si portava appresso?» fece Montalbano.

Cercarono nel soppalco, in un cammarino ricavato dal sottoscala. Nenti. Richiusero la porta e, per scrupolo, fecero il giro della villetta. Nel muro di darrè c'era una porticina di ferro con la parte superiore fatta a maglie, in modo che circolasse l'aria. Montalbano la raprì. Era una specie di ripostiglio per gli attrezzi. In mezzo c'erano due grosse valigie.

Le portarono fora, il vano era troppo nico. Non erano chiuse a chiave. Montalbano se ne pigliò una, Fazio l'altra. Non sapevano cosa cercavano, ma cercarono lo stesso. Calzini, mutande, cammise, fazzoletti, un vistito, un impermeabile. Si taliarono. Infilarono malamente nelle valigie quello che avevano tirato fora, senza scangiare una parola. Fazio non arrinisciva a chiudere la sua.

«Lasciala accussì» ordinò il commissario.

Le rimisero dintra, richiusero la porticina e il cancello, ripartirono.

«Dottore, la facenna non mi quatra» disse Fazio quando erano vicini a Vigàta. «Se questo Giacomo Pellegrino è partito per un lungo viaggio in Germania, come mai non si è portato manco una mutanna di ricambio? Non mi pare ragionato che si sia accattato tutto novo novo.»

«E c'è un'altra cosa che non quatra» fece Montalbano. «Ti pare logico che nelle valigie non abbiamo trovato un foglio, un pezzo di carta, una littra, un quaderno, un'agenda?»

A Vigàta, il commissario imboccò una strata stritta che non portava al commissariato.

«Dove stiamo andando?»

«Io vado a trovare l'ex padrona di Giacomo: tu invece ti pigli la mia macchina e me la porti in ufficio. Quando ho finito, vengo a piedi, non è molto distante.»

«Cu è, camurrìa?» spiò da darrè la porta la voce di balena asmatica della signora Catarina.

«Montalbano sono.»

La porta si raprì. Apparse una testa mostruosa, irta di cannolicchi di plastica per bigodini.

«Non lo pozzo fari accomidari pirchì sono in disabbigliè.»

«Le domando perdono per il disturbo, signora Catarina. Solo una domanda: Giacomo Pellegrino quante valigie aveva?»

«Non ce lo dissi? Due.»

«E nient'altro?»

«Aveva macari una valigetta, nica però. Ci teneva carte.»

«Lei sa che tipo di carte?»

«E io, secondo a lei, sono una pirsona ca si mette a taliare nella robba degli altri? Che sono, una vastasa? Una sparlittera?»

«Signora Catarina, ma come fa a pinsare che io possa pinsare di lei una cosa simile? Dicevo che può capitare che, trovandosi la valigetta aperta, uno ci getta l'occhio accussì, per caso, senza 'ntinzioni...»

«Mi capitò, una volta. Ma pi caso, ah? Dintra c'erano tante littre, fogli di carta chini di nummari, agende, e 'na poco di quei cosi nivuri ca pàrino dischi nichi nichi...»

«Dischetti per computer?»

«Eh, cose accussì.»

«Giacomo aveva un computer?»

«L'aviva. Si lo portava sempri appresso in una vurza apposita.»

«Sa se si collegava con Internet?»

«Commissario, io di chiste cose non ci accapiscio nenti. Ma m'arricordo ca una vota, dovendoci parlari di un tubo d'acqua ca pirdeva, ci telefonai e trovai il telefono accupato.»

«Scusi, signora, perché gli telefonò invece di scendere un piano e...»

«A lei ci pare cosa da nenti scìnniri un piano di scali, ma a mia mi pisa.»

«Non ci avevo pensato, mi scusi.»

«Telefona ca ti ritelefona, sempre accupato era. Allura mi fici di curaggio, scinnii e tuppiai. Ci dissi a Jacuminu che forsi aviva miso malamenti il telefono. M'arrispunnì ca il telefono arresultava accupato pirchì era collegato con chisto intronet.»

«Ho capito. E si è portato via macari valigetta e computer?»

«Certo che se li portò. Che faciva, li lassava a mia?»

Si avviò al commissariato di umore malo. Certo, doveva essere contento di sapere che le carte di Pellegrino esistevano e che probabilmente se l'era portate appresso, ma il timore di dover avere chiffari nuovamente, come già avvenuto per il caso che venne chiamato della gita a Tindari, con computer, dischetti, CD-ROM e camurrìe simili gli faceva lo stomaco una pesta. Meno male che c'era Catarella che avrebbe potuto dargli una mano.

Contò a Fazio quello che gli aveva detto la signora Catarina, tanto nel primo quanto nel secondo incontro.

«Va bene» fece Fazio dopo averci pinsato supra tanticchia. «Mettiamo che Pellegrino se ne è scappato all'estero. La prima domanda è: pirchì? Lui, direttamente, con la truffa di Gargano non ci trasiva nenti. Solo qualche esaltato come la bonarma del geometra Garzullo se la poteva pigliare con lui. La seconda domanda è: dove ha trovato i soldi per farsi costruire la bella villetta?»

«Da questa storia della villetta se ne ricava una conseguenza» disse Montalbano.

«Quale?»

«Che Pellegrino vuole starsene ammucciato per un certo tempo, ma che ha comunque 'ntinzioni di tornare prima o dopo, meglio alla scordatina, e godersi in pace la villetta. Altrimenti perché se la sarebbe fatta costruire? A meno che non sia intervenuto un fatto nuovo, inaspettato, che l'ha obbligato a scapparsene, macari per sempre, fottendosene della villetta.»

«E c'è un'altra cosa» ripigliò Fazio. «È logico che uno, partendo per fora paisi, si porti appresso documenti, carte e computer. Ma non penso che si porti appresso un motorino in Germania, semmai ci è andato.»

«Telefona allo zio, vedi se l'ha lasciato da lui.»

Fazio niscì, tornò dopo picca.

«No, non l'ha lasciato da lui, non ne sa niente. Guardi, dottore, che lo zio sta appizzando le orecchie, mi ha spiato perché ci stiamo interessando tanto a suo nipote. M'è parso preoccupato, lui si è bevuto come acqua frisca la storia dell'andata in Germania per affari.»

«E siamo rimasti con una mano davanti e una narrè» concluse il commissario.

Calò un silenzio di partita persa.

«Però ancora si può fare qualichicosa» arrisolse a un certo momento Montalbano. «Tu domani a matino ti fai il giro delle banche che ci sono a Vigàta e cerca di sapere in quale di esse Pellegrino tiene i suoi soldi. Sicuramente sarà una diversa da quella di cui si serviva Gargano. Se hai qualche amico, vedi di scoprire quanto ci ha, se versa altri soldi oltre lo stipendio, cose accussì. Un ultimo favore: come si chiama quello che vede dischi volanti e draghi con tre teste?»

Prima di rispondere, Fazio fece la faccia alloccuta.

«Antonino Tommasino, si chiama. Ma, dottore, abbadasse: pazzo scatinato è, non si può pigliare supra 'u seriu.»

«Fazio, che fa un omo quando è malato gravissimo e i medici allargano le vrazza? Pur di non mòriri, è capace di ricorrere a uno stregone, a un mago, a un ciarlatano. E noi, caro amico, a quest'ora di notte mi pare che siamo in punto di morte per quello che riguarda questa indagine. Dammi il numero di telefono.»

Fazio niscì, tornò con un foglio in mano.

«Questa è la sua testimonianza volontaria. Dice che non ha telefono.»

«Ha almeno una casa?»

«Sissi, dottore. Ma è difficile arrivarci. Vuole che ci faccio una piantina?»

Mentre stava raprendo la porta, s'addunò che nella cassetta c'era una busta. La pigliò e arriconobbe la scrittura di Livia. Ma non era una littra, dintra c'era un ritaglio di giornale, un'intervista a un vecchio filosofo che viveva a Torino. Pigliato di curiosità, decise di leggerla subito, prima ancora di scoprire quello che la nipote di Adelina gli aveva lasciato in frigo. Parlando della sua famiglia, il filosofo a un certo punto diceva: «Quando si diventa vecchi, contano più gli affetti che i concetti».

Il pititto gli passò di colpo. Se per un filosofo arriva il momento che la speculazione vale meno di un affetto, quanto può valere per uno sbirro sul viale del tramonto un'indagine di polizia? Questa era la domanda implicita che Livia gli rivolgeva mandandogli quel pezzo di giornale. E, a malincuore, dovette ammettere che non c'era che una sola risposta: forse un'indagine vale meno di un concetto. Durmì malamente.

Alle sei del matino era già fora di casa. La giornata s'appresentava bona, cielo sgombro e chiaro, non c'era vento. Aveva posato la cartina disegnata da Fazio sul sedile allato e ogni tanto la consultava. Tommasino Antonino o Antonino Tommasino, se la fotte lui come si chiamava, abitava in campagna, dalle parti di Montereale, e quindi non era tanto distante da Vigàta. Il problema era scegliere la strata giusta perché era facile perdersi in una sorta di deserto senza manco un àrbolo e cicatrizzato da

trazzere, viottoli, tracce di cingolati e interrotto qua e là
da casuzze di viddrani e da qualche rara casa di campagna. Un posto che faceva di tutto per non trasformarsi,
in un biz, in un cafarnao di villette a schiera per fine settimana, ma già si cominciavano a vedere i primi segni
dell'inutilità di quella resistenza, scavi per tubature, pali
di luce e telefoni, tracciati di vere e proprie strate a carreggiata larga. Girò tre o quattro volte dintra al deserto
tornando sempre al punto di prima, la cartina di Fazio
era troppo generica. Vistosi perso, puntò decisamente
verso una specie di casale. Fermò, scinnì, la porta era
aperta.

«C'è qualcuno?»

«Si accomodi» fece una voce fimminina.

Era un grande ambiente ben tenuto, in ordine, una
specie di salotto-cammara di mangiare, mobili vecchi
ma lucidati. Una signora sissantina, vestita di grigio, curata nella pirsona, si stava bevendo una tazza di cafè, sul
tavolo la cafittera fumava.

«Solo un'informazione, signora. Vorrei sapere dove
abita il signor Antonino Tommasino.»

«È qua che abita. Io sono la mogliere.»

Va' a sapìri pirchì, si era immaginato che Tommasino
fosse un mezzo vagabunno o, nell'ipotesi migliore, un
viddrano, un contadino, razza da proteggere perché in
via d'estinzione.

«Il commissario Montalbano sono.»

«L'ho riconosciuta» fece la signora indicando con un
movimento della testa la televisione in un angolo. «Vado
a chiamare mio marito. Intanto si pigli un cafè, io lo faccio forte.»

«Grazie.»

La signora glielo servì, niscì, ricomparse quasi subito.

«Mio marito dice se non l'incomoda di andare da lui.»

Percorsero un corridoio imbiancato, la fìmmina gli
fece 'nzinga di trasire nella seconda porta a mano man-

cina. Era un vero e proprio studio, grandi scaffalature con libri, vecchie carte nautiche alle pareti. L'omo che si susì da una poltrona andandogli incontro era un sittantino alto e dritto, vestito con un elegante blazer, occhiali, bei capelli bianchi. Metteva una certa soggezione. Montalbano s'era fatto pirsuaso che si sarebbe trovato davanti a un mezzo demente con gli occhi spirdati e con un filo di vava all'angolo della bocca. E strammò. Sicuro che non c'era equivoco?

«Lei è Antonino Tommasino?» spiò.

E avrebbe voluto aggiungere, per maggior sicurezza: quel pazzo da catina che vede mostri e dischi volanti?

«Sì. E lei è il commissario Montalbano. Si accomodi.»

Lo fece assittare su una comoda poltrona.

«Mi dica, sono a sua disposizione.»

E questo era il busillisi. Come principiare il discorso senza fare offisa al signor Tommasino che gli pareva un omo di testa normalissima?

«Che sta leggendo di bello?»

La domanda che gli era nisciuta fora era accussì cretina e assurda che se ne vrigognò. Tommasino invece sorrise.

«Sto leggendo il cosiddetto *Libro di Ruggero* scritto da Idrisi, un geografo arabo. Ma lei non è venuto qua per domandarmi che cosa sto leggendo. Lei è venuto qua per sapere che cosa ho visto una notte, poco più di un mese fa. Forse al commissariato hanno cangiato parere.»

«Sì, grazie» fece Montalbano grato che quello pigliasse l'iniziativa.

Non solo era normale, Tommasino, ma era macari pirsona fine, colta e intelligente.

«Devo fare una premessa. Che le hanno detto di me?»

Montalbano esitò, impacciato. Poi decise che la meglio è sempre la verità.

«Mi hanno detto che lei, ogni tanto, vede cose stramme, cose inesistenti.»

«Lei è un signore gentile, commissario. In parole povere, di mia dicono che sono pazzo. Pazzo tranquillo, un cittadino che paga le tasse, rispetta le leggi, non fa atti osceni o violenti, non minaccia, non maltratta la moglie, va a Messa, ha allevato figli e nipoti, ma sempre un pazzo è. Lei ha detto bene: ogni tanto mi càpita di vedere cose inesistenti.»

«Mi scusi» l'interruppe Montalbano. «Lei che fa?»

«Come professione, dice? Ho insegnato geografia al liceo di Montelusa. Da anni sono in pensione. Mi permette di contarle una storia?»

«Certo.»

«Ho un nipote, Michele, che ora ha quattordici anni. Un giorno di una decina d'anni passati mio figlio è venuto a trovarmi con moglie e figlio. Continua a farlo macari ora, ringraziando Dio. Michele e io ci siamo messi a giocare fora di casa. A un tratto Michele ha cominciato a fare voci, diceva che lo spiazzo era pieno di draghi terribili e furiosi: io sono stato al gioco, e mi sono messo a gridare di spavento. Allora il picciliddro si è scantato del mio scanto, ha voluto rassicurarmi. Nonno, mi ha detto, guarda che questi draghi non esistono, perciò non devi spaventarti. Sono io che me l'invento per gioco. Commissario, mi creda, io sono, da qualche anno a questa parte, nelle stesse condizioni di mio nipote Michele. Una certa parte del mio cervello deve essere, per qualche misteriosa ragione e in qualche modo, regredita agli anni dell'infanzia. Solo che, a differenza del picciliddro, io piglio per vero ciò che vedo e continuo a crederlo vero per un certo tempo. Poi mi passa e mi rendo conto che avevo visto l'inesistente. Fin qui sono stato chiaro?»

«Chiarissimo» disse il commissario.

«Le posso ora spiare che cosa le hanno contato che ho visto?»

«Beh, mi pare un mostro marino a tre teste e un disco volante.»

«Solo questo? Non le hanno detto che ho visto macari uno stormo di pesci con le ali, fatti di latta, che si posavano su un albero? O di quella volta che un venusiano nano mi spuntò in cucina domandandomi una sigaretta? Ci vogliamo interrompere qua per non confonderci?»

«Come vuole.»

«Allora metto in fila le cose che le ho detto o che lei sapeva già. Un mostro marino a tre teste, un disco volante, uno stormo di pesci con le ali di latta, un venusiano nano. È d'accordo con me che sono tutte cose che non esistono?»

«Certo.»

«Allora, se io vengo da lei e le dico: guarda che l'altra notte ho visto un'automobile così e così, lei perché non mi crede? Forse che le automobili sono di fantasia, non esistono? Io sto parlando di una cosa di tutti i giorni, una macchina vera, con quattro ruote, la targa, immatricolata, non le sto dicendo che mi sono imbattuto in un monopattino spaziale per arrivare su Marte!»

«Mi porti dove ha visto l'auto di Gargano» fece Montalbano.

Aveva trovato un testimonio prezioso, ne era certo.

UNDICI

Era bastato quel poco tempo passato dintra la casa perché il tempo cangiasse. Si era levato un vento bilioso, friddo, con folate che parevano zampate di vestia inferociuta. Dalla parte di mare arrancavano verso terra nuvole grasse e prene. Montalbano guidava seguendo le istruzioni del professor Tommasino e intanto si faceva spiegare meglio la facenna.

«È sicuro che fosse la notte tra il trentuno agosto e il primo settembre?»

«La mano sul foco.»

«Come fa ad esserne accussì certo?»

«Perché stavo proprio pinsando che il giorno appresso, primo settembre, Gargano mi avrebbe pagato gli interessi quando vidi la sua macchina. E mi meravigliai.»

«Mi perdoni, professore, macari lei è una vittima di Gargano?»

«Sì, sono stato così fissa da credergli. Trenta milioni mi ha tappiato. Ma allora, quando vidi l'auto, mi feci meraviglia sì, ma ne fui macari contento. Pinsai che sarebbe stato di parola. Invece la matina dopo mi dissero che non si era appresentato.»

«Perché si fece meraviglia quando vide la macchina?»

«Per tanti motivi. Cominciamo dal posto nel quale si trovava. Se ne meraviglierà macari lei quando ci arriveremo. Si chiama Punta Pizzillo. Poi l'ora: sicuramente era mezzanotte passata.»

«Guardò l'ora?»

«Non ho ralogio, di giorno mi regolo col sole; quand'è

scuro, con l'odore della notte: ho una specie di segnatempo naturale, inserito dintra al mio corpo.»

«Ha detto l'odore della notte?»

«Sì. A seconda dell'ora, la notte cangia odore.»

Montalbano non insistette. Disse:

«Può darsi che Gargano fosse in compagnia, volesse appartarsi.»

«Dottore Montalbano, quello è un posto troppo isolato per essere sicuro. Si ricorda che due anni fa ci aggredirono una coppietta? E poi mi domandai: Gargano, con tutti i soldi che tiene, la posizione, il dovere di salvare le apparenze, che bisogno ha di mettersi a fottere in macchina come un picciottazzo qualsiasi?»

«Le posso spiare, liberissimo di non rispondere, che ci faceva lei da quelle parti che mi dice accussì solitarie e a quell'ora di notte?»

«Io di notte cammino.»

Montalbano si tenne dal fare altre domande. Dopo manco cinque minuti, passati in silenzio, il professore disse:

«Siamo arrivati. Questa è Punta Pizzillo.»

E scinnì per primo, seguito dal commissario. Erano in un piccolo altipiano, una sorta di prua, completamente deserto, spoglio d'alberi, solo qua e là qualche troffa di saggina o di chiapparina. L'orlo dell'altipiano era a una decina di metri, sotto doveva esserci uno sbalanco che dava sul mare.

Montalbano mosse alcuni passi e venne fermato dalla voce di Tommasino.

«Attento, il terreno è franoso. La macchina di Gargano era ferma dove ora c'è la sua, nella stessa posizione, col cofano verso il mare.»

«Lei da dove veniva?»

«Dalla direzione di Vigàta.»

«È distante.»

«Non quanto pare. Da qui a Vigàta, a farsela a piedi,

ci vuole tre quarti d'ora, un'ora al massimo. Dunque, venendo da quella direzione, dovevo di necessità passare davanti al muso della macchina, a cinque o sei passi di distanza. A meno di non fare un lungo giro all'interno per scansarla. Ma che motivo avevo di scansarla? Così la riconobbi. C'era luce di luna bastevole.»

«Ha avuto modo di vedere la targa?»

«Vuole babbiare? Avrei dovuto avvicinarmi tanto da incollarci il naso sopra per leggerla.»

«Ma se non ha visto la targa, come ha fatto a...»

«Ho riconosciuto il modello. Era un'Alfa 166. La stessa macchina con la quale si presentò l'anno passato a casa mia per fottermi i soldi.»

«Lei che macchina ha?» gli venne di spiare al commissario.

«Io? Io non ho manco la patente.»

Nottata persa e figlia femmina, si disse deluso Montalbano. Il professor Tommasino era un pazzo che vedeva cose inesistenti, ma quando vedeva le cose esistenti se le aggiustava a modo suo. Il vento si era fatto più friddo, il cielo si era cummigliato. Che stava a perdere tempo in quel posto desolato? Però il professore dovette in qualche modo avvertire la delusione del commissario.

«Guardi, commissario, che ho una fissazione.»

Oddio, un'altra? Montalbano si preoccupò. E se a quello gli pigliava un attacco e cominciava a fare voci che stava vedendo a Lucifero in persona come si doveva comportare? Fare finta di niente? Mettersi in macchina e pigliare il fujuto?

«La mia fissazione» proseguì Tommasino «riguarda le automobili. Sono abbonato a riviste italiane e straniere specializzate in questo campo. Potrei concorrere a un quiz televisivo sull'argomento e sarei sicuro di vincere.»

«C'era qualcuno dentro l'auto?» fece il commissario, rassegnato oramà al fatto che il professore era assolutamente imprevedibile.

«Vede, venendo da là come le ho detto, per un certo tempo ho potuto osservare il profilo laterale della macchina, diciamo. Poi, arrivato più vicino, ho avuto la possibilità di capire se, all'interno, ci fossero sagome umane. Non ne ho notate. Può darsi che quelli che erano nell'auto, vedendo un'ombra che si avvicinava, si siano abbassati. Io sono passato oltre senza voltarmi.»

«Ha sentito poi il rumore dell'auto messa in moto?»

«No. Però mi pare, ripeto mi pare, che il bagagliaio fosse aperto.»

«E non c'era nessuno all'altezza del bagagliaio?»

«Nessuno.»

A Montalbano venne un'idea della cui semplicità quasi si affruntò.

«Professore, per favore, si vuole allontanare di una trentina di passi e poi tornare verso la mia macchina rifacendo la strada che fece quella notte?»

«Certo» disse Tommasino. «Mi piace camminare.»

Mentre il professore si avviava voltandogli le spalle, Montalbano raprì il bagagliaio della sua auto e poi si acculò darrè la macchina, isando la testa quel tanto che gli permetteva di scorgere, attraverso i vetri degli sportelli posteriori, Tommasino che, fatti i trenta passi, si voltava e tornava narrè. Allora calò macari la testa, ammucciandosi completamente. Quando calcolò che il professore era arrivato all'altezza del muso dell'auto, sempre acculato si mosse fino ad assistemarsi a livello del bagagliaio. Si spostò ancora, arrivando all'altra fiancata, quando capì che il professore era passato: una precauzione inutile dato che aveva detto di non essersi mai voltato. A questo punto si susì addritta.

«Professore, basta, grazie.»

Tommasino lo taliò strammato.

«Dove si è nascosto? Io ho visto il portabagagli aperto, ma l'auto era vacante e lei non era da nessuna parte.»

«Lei veniva da lì e Gargano, vedendo la sua ombra...»

S'interruppe. Il cielo aveva fatto improvvisamente occhio. Un piccolo pirtuso, uno strappo si era prodotto nel tessuto nivuro e uniforme delle nuvole e da quel varco si era partito un raggio di sole luminoso e quasi interamente circoscritto al posto dove loro due si trovavano. A Montalbano venne da ridere. Parevano due personaggi di un ingenuo ex voto illuminati dalla luce divina. E in quel momento notò una cosa che solo quel particolare taglio della luce, quasi un riflettore di teatro, aveva potuto mettere in evidenza. Sentì un brivido di friddo, il ben conosciuto campanello principiò a sonargli nel ciriveddro.

«La riaccompagno» disse al professore che lo taliava interrogativo, aspettando il seguito della spiegazione.

Lasciato il professore dopo essersi trattenuto a malappena dall'abbracciarlo, tornò al loco di prima correndo a rotta di collo. Non erano arrivate altre auto nel frattempo a rompergli i cabasisi. Fermò, scinnì, s'avvicinò lentamente, un pedi leva e l'altro metti, gli occhi sempre calati 'n terra, fino all'orlo dello sbalanco. Non c'era più il raggio di luce ad aiutarlo, quel raggio ch'era stato come il fascio di luce di una pila elettrica nello scuro, ma oramà sapeva cosa doveva cercare.

Poi, cautamente, si protese a taliare sutta di lui. L'altipiano era fatto di uno strato di terra posato sulla marna. E infatti una parete di marna liscia e bianca cadeva a perpendicolo fino al mare che lì doveva essere profondo minimo minimo una decina di metri. L'acqua era di un grigio scuro, come il cielo. Non voleva perdere altro tempo. Si taliò torno torno una, due, tre volte a stabilire punti fermi di riferimento. Quindi si rimise in macchina e corse al commissariato.

Fazio non c'era, c'era invece, inatteso, Mimì Augello.
«Il padre di Beba sta meglio. Abbiamo stabilito di spostare il matrimonio di un mese. Ci sono novità?»

«Sì, Mimì. E tante.»

Gli contò tutto e alla fine Augello restò con la vucca aperta.

«E ora che vuoi fare?»

«Tu procurami un gommone con un buon motore. In un'orata ce la dovrei fare ad arrivare sul posto, macari se il tempo non è proprio bono.»

«Guarda, Salvo, che capace che ti viene un infarto. Rimanda. Oggi l'acqua dev'essere un gelo. E tu, scusami se te lo dico, non sei un picciotteddro.»

«Procurami un gommone e non mi scassare la minchia.»

«Ce l'hai almeno una muta? Le bombole?»

«La muta dovrei averla a casa da qualche parte. Le bombole non le ho mai usate. Vado in apnea.»

«Salvo, tu andavi, una volta, in apnea. Sono anni che non lo fai più. E in tutti questi anni hai continuato a fumare. Non lo sai a che punto sono i tuoi polmoni. Quindi, quanto tempo potrai stare sott'acqua? Facciamo venti secondi per essere generosi?»

«Non dire minchiate.»

«Fumare la chiami una minchiata?»

«Ma finitela con questa storia del fumo! A chi fuma, certo che fa male. Ma secondo voi lo smog non conta, l'elettrosmog non conta, l'uranio impoverito fa bene alla salute, le ciminiere non fanno danno, Cernobyl ha incrementato l'agricoltura, i pesci all'uranio o quello che è nutrono meglio, la diossina è un ricostituente, la mucca pazza, l'afta epizootica, i cibi transgenici, la globalizzazione vi faranno campare da Dio, l'unica cosa che fa danno e ammazza milioni di persone è il fumo passivo. Lo sai quale sarà lo slogan dei prossimi anni? Fatevi una pista di coca, così non inquinate l'ambiente.»

«Va bene, va bene, calmati» disse Mimì. «Ti procuro il gommone. Ma a un patto.»

«Quale?»

«Io vengo con te.»

«A fare che?»

«Niente, ma non me la sento di lasciarti solo, starei male.»

«D'accordo, allora. Alle due al porto, tanto devo restare a digiuno. Non dire dove andiamo, mi raccomando. Se poi risulta per disgrazia che mi sono sbagliato, al commissariato ci pigliano a frisca e pìrita.»

Montalbano sperimentò quanto fosse difficile mettersi la muta a bordo di un gommone che filava su un mare che tanto calmo non poteva dirsi. Mimì, al timone, pareva teso e preoccupato.

«Soffri di mare?» gli spiò a un certo momento il commissario.

«No. Soffro di me.»

«Perché?»

«Perché certe volte mi càpita di rendermi conto quanto sono stronzo a seguirti in certe tue alzate d'ingegno.»

Non si dissero altro. Ripigliarono a parlarsi quando, dopo un lungo prova e riprova, arrivarono da parte di mare davanti a Punta Pizzillo dove Montalbano, in matinata, era stato dalla parte di terra. La parete di marna s'alzava senza una sporgenza o una cavità. Mimì la taliò nivuro in faccia.

«Rischiamo di andarci a sbattere contro» disse.

«E tu stacci attento» fece per tutto conforto il commissario, cominciando a calarsi strisciando la panza sul bordo del gommone.

«Non ti vedo tanto disinvolto» disse Mimì.

Montalbano lo taliò senza decidersi a trasire in mare. Aveva un core d'asino e uno di leone. La gana di andare a controllare sott'acqua se aveva visto giusto era fortissima, ma altrettanto forte era l'improvviso impulso di lasciar fottere tutto. Certo non contribuiva la giornata, il cielo era tanto nivuro da fare una luce quasi notturna, il

vento era addiventato friddo assà. Si decise, macari pirchì mai e po' mai avrebbe fatto la mala figura di pentir-
sela davanti ad Augello. Mollò la presa.

E di subito si venne a trovare nello scuro più fitto, im-
penetrabile, tanto da non capire come fosse posizionato
il suo corpo dintra all'acqua. Era orizzontale o verticale?
Una volta gli era capitato, arrisbigliandosi di notte nel
suo letto, di non riuscire a orientarsi, di non sapere più
dove fossero i segnali di sempre, la finestra, la porta, il
tetto. Urtò di spalle contro qualcosa di solido. Si scostò.
Toccò con la mano una massa viscida. Se ne sentì avvilup-
pare. Si dibatté, se ne liberò. Allora cercò freneticamente
di fare due cose: contrastare l'assurdo scanto che lo stava
assugliando e pigliare la torcia elettrica che aveva alla cintura. Finalmente arriniscì ad addrumarla. Con orrore,
non vide nessun fascio luminoso, la pila non funzionava.
Poi una forte corrente principiò a tirarselo verso il fondo.

"Ma pirchì mi metto a fare queste spirtizze?" si spiò
sconsolato.

Lo scanto si cangiò in panico. Non arriniscì a contra-
starlo e assumò a razzo, andando a sbattere la testa contro
la faccia di Augello che stava tutto sporto dal gommone.

«A momenti mi scugnavi il naso» fece Mimì toccan-
doselo.

«E tu levati di mezzo» replicò il commissario, aggrappandosi al gommone. Possibile che fosse già notte?
Continuava a non vedere niente. Sentiva solo il suo ansimare da moribondo.

«Perché tieni gli occhi chiusi?» spiò preoccupato Augello.

Solo allora il commissario capì che per tutta l'immersione aveva tenuto gli occhi inserrati, un ostinato rifiuto
d'accettare quello che stava facendo. Raprì gli occhi. A
conferma, addrumò la pila che funzionava benissimo.
Stette accussì per qualche minuto, insultandosi mentalmente e poi, quando sentì che il battito del cuore gli era

tornato normale, se ne calò nuovamente. Ora si sentiva calmo, lo scanto che aveva provato certamente era dovuto al primo impatto. Una reazione naturale.

Era sotto di cinque metri. Diresse la luce ancora più in basso, sussultò e non credette a quello che vide. Spense la torcia, contò lentamente fino a tre, la riaccese.

A tre-quattro metri ancora più sotto c'era, completamente incastrata tra la parete e uno scoglio bianco, la carcassa di un'automobile. L'emozione gli fece nesciri fora l'aria dai polmoni. Riassumò di prescia.

«Trovato niente? Cernie? Sauri?» spiò ironicamente Mimì che si teneva un fazzoletto vagnato sul naso.

«Ho avuto una botta di culo incredibile, Mimì. L'auto è quassotto. È stata fatta precipitare o è precipitata. Avevo visto giusto stamattina, le tracce dei copertoni finivano proprio sull'orlo dello sbalanco. Ora scendo giù a vedere una cosa e poi ce ne torniamo.»

Mimì era stato previdente. Si era portato appresso un sacchetto di plastica con asciugamani e una bottiglia di whisky ancora sigillata. Prima di cominciare a fare domande, Augello aspettò che il commissario si fosse spogliato della muta, asciugato, rivestito. Aspettò ancora che il suo superiore la finisse d'attaccarsi alla bottiglia e ci si attaccò pure lui. Alla fine spiò:

«Allora? Che hai visto ventimila leghe sotto i mari?»

«Mimì, tu fai lo spiritoso perché non vuoi riconoscere che ti sei fatto mettere la sputazza sul naso da me. Tu quest'indagine l'hai pigliata sottogamba, me l'hai detto tu stesso, e io invece ti ho fottuto. Passami la bottiglia.»

Tirò una lunga sorsata, pruì la bottiglia ad Augello che l'imitò. Ma era chiaro che, dopo le parole di Montalbano, non se la godeva più tanto.

«Allora?» rispiò contrito.

«Dentro la macchina c'è un morto. Non so dirti chi è, è tutto ridotto malamente. Nella botta si sono aperti gli sportelli, può darsi che nelle vicinanze ci sia un altro cadavere. Macari il portabagagli era aperto. E lo sai che c'era ancora dintra? Un motorino. Questo è quanto.»

«E ora che facciamo?»

«L'indagine non è nostra. E quindi informiamo chi di dovere.»

I due signori che scinnirono dal gommone erano indubbiamente il commissario Salvo Montalbano e il suo vice, il dottor Domenico «Mimì» Augello, i due noti custodi della Legge. Ma quelli che li incontrarono, strammarono alquanto. I due si tenevano sottobraccio, traballavano tanticchia sulle gambe e canticchiavano a mezza voce «la donna è mobile».

Trasirono in commissariato, si lavarono, s'aggiustarono, si fecero portare due cafè. Poi Montalbano disse:

«Esco, vado a telefonare a Montelusa.»

«Non puoi farlo da qua?»

«Da una cabina è più sicuro.»

«Brondo? C'è Guannodda?» fece il commissario con voce da arrifriddato.

«Il dottor Guarnotta ha detto?»

«Di.»

«Chi parla?»

«Il generale Jaruzelski.»

«Glielo passo subito» disse il centralinista impressionato.

«Pronto? Sono Guarnotta. Non ho capito chi parla.»

«Zenda, doddore, mi sdia a zentire zenza fade domadde.»

Fu una telefonata lunga e tormentata, ma alla fine il dottor Guarnotta della Questura di Montelusa capì d'avere ricevuto da un polacco sconosciuto un'informazione preziosa.

Erano le sette di sira e di Fazio in commissariato non avevano visto manco l'ùmmira. Chiamò al telefono il suo amico giornalista Nicolò Zito di Retelibera.

«Ti sei deciso a venirti a pigliare la cassetta che Annalisa ti ha preparato?»

«Quale cassetta?»

«Quella con i pezzi su Gargano.»

Se ne era completamente scordato, ma fece finta di avere telefonato proprio per quello.

«Se tra una mezzorata passo, ci sei?»

Arrivò a Retelibera e trovò sulla porta Zito che l'aspettava, la cassetta in mano:

«Dai, vado di prescia, devo preparare il notiziario.»

«Grazie, Nicolò. Ti dico una cosa: da questo momento tieni d'occhio quello che fa Guarnotta. E se puoi, riferiscimi.»

La prescia a Nicolò gli passò di colpo, appizzò le orecchie, sapeva bene che mezza parola di Montalbano valeva più di un discorso di tre ore.

«Perché, c'è cosa?»

«Sì.»

«Riguardo a Gargano?»

«Penso proprio di sì.»

Alla trattoria San Calogero gli smorcò un tale pititto che persino il proprietario ch'era abituato a vederlo mangiare s'imparpagliò:

«Dottore, che fece? Si sfondò?»

Arrivò a Marinella in preda a un'autentica contentezza. Non per la facenna della macchina, di quella in quel momento non gliene fotteva tanto, ma piuttosto per l'orgoglio di essere stato ancora in grado di cimentarsi in quelle faticose immersioni.

«Voglio vìdiri quanti picciotti sono capaci di quello che ho fatto io!»

Altro che vecchio! Come gli erano potuti venire in

testa quei mali pinseri di vicchiaia? Ancora non era tempo!

La cassetta, mentre la stava infilando nel videoregistratore, cadì 'n terra. Si chinò per pigliarla e restò accussì, mezzo calato, senza potersi cataminare, una lacerante fitta di dolore alla schiena.

La vecchiaia si stava ignobilmente vendicando.

DODICI

Era il telefono a suonare, non il violino del maestro Cataldo Barbera il quale, appena apparsogli in sogno, gli aveva detto:

«Ascolti questo concertino.»

Raprendo gli occhi, taliò il ralogio: le otto meno cinque del matino.

Rarissimamente gli era capitato d'arrisbigliarsi tanto tardo. Susendosi, notò con soddisfazione che il dolore alla schiena gli era passato.

«Pronto?»

«Salvo, sono Nicolò. C'è un mio servizio in diretta col notiziario delle otto. Taliatelo.»

Addrumò, si sintonizzò su Retelibera. Dopo la sigla, apparse la faccia di Nicolò. In poche parole disse che si trovava a Punta Pizzillo perché alla Questura di Montelusa era arrivata una telefonata di un ammiraglio polacco riguardante una macchina caduta in mare. Il dottor Guarnotta aveva avuto la brillante intuizione che potesse trattarsi dell'Alfa 166 del ragioniere Emanuele Gargano. Non aveva perciò perso tempo a organizzare il recupero dell'auto. Recupero che non era stato ancora possibile portare a termine. Qui ci fu uno stacco. L'operatore, vertiginosamente zumando dall'alto, fece vedere un ristretto pezzo di mare in fondo allo sbalanco.

La macchina, spiegò Zito fuori campo, si trova lì, a una decina di metri di profondità, letteralmente incastrata tra la parete di marna e un grosso scoglio. L'operatore allargò l'immagine e sullo schermo apparsero un grande pontone con una gru, una decina tra motoscafi,

gommoni e pescherecci. Le operazioni sarebbero continuate in giornata, aggiunse Zito, ma intanto i sub erano
riusciti a portare in superficie un cadavere imprigionato
nella carcassa. Stacco. Sul ponte di un peschereccio, un
corpo stinnicchiato e un omo acculato allato al morto.

Era il dottor Pasquano.

Voce di un giornalista: «Scusi, dottore, secondo lei è
morto nella caduta o è stato ammazzato prima?».

Pasquano (isando appena gli occhi): «Ma non mi
scassate la (bip)...».

La sua solita, incantevole grazia.

«Ora passiamo la parola ai responsabili delle indagini» fece Nicolò.

Apparsero tutti stritti come in una foto: famiglia numerosa in un esterno. Il questore Bonetti-Alderighi, il PM
Tommaseo, il capo della Scientifica Arquà, il responsabile dell'indagine commissario Guarnotta. Tutti sorridenti
come se si trovassero a una festa e tutti pericolosamente
vicini al ciglio franoso dello sbalanco. Montalbano scac-
ciò il tinto pinsero che gli era venuto, ma certo vedere
scomparire in diretta mezza Questura di Montelusa sarebbe stato perlomeno uno spettacolo inconsueto.

Il questore ringraziò tutti, dal Padreterno all'usciere,
per l'impegno dimostrato nell'espletamento ecc. ecc. Il
PM Tommaseo disse che era da escludersi un delitto a
sfondo sessuale e quindi di tutta la faccenda non gliene
poteva fregare di meno. Questa seconda parte in verità
non la disse, ma la lasciò chiaramente capire dall'espressione della faccia. Arquà, il capo della Scientifica, rese noto che così, a prima vista, quella macchina risultava trovarsi in acqua da oltre un mese. Quello che parlò più di
tutti fu Guarnotta solo perché Zito, da bravo giornalista,
capì che la diretta stava andando a vacca e che toccava a
lui fare le domande appropriate per salvare il salvabile.

«Dottor Guarnotta, il cadavere trovato nella macchina è stato identificato con certezza?»

«Ancora non c'è una identificazione ufficiale, ma possiamo affermare che trattasi, con buone probabilità, di Pellegrino Giacomo.»

«Era solo in macchina?»

«Non possiamo dire niente in proposito. Dentro l'abitacolo c'era solo quel cadavere, ma non è escluso che possa esserci stata una seconda persona che probabilmente nell'impatto della macchina con l'acqua è stata sbalzata lontano. I nostri sommozzatori stanno attivamente ispezionando la zona.»

«Questo secondo cadavere potrebbe essere quello di Gargano?»

«Potrebbe.»

«Giacomo Pellegrino era ancora vivo quando la macchina è precipitata oppure è stato assassinato prima?»

«Questo ce lo dirà l'autopsia. Ma guardi, non è detto che si tratti di un'azione delittuosa. Può anche essersi trattato di una disgrazia. Qua il terreno, vede, è molto...»

Non arrinscì a finire la frase. Il cameraman, che aveva allargato, colse la scena. Alle spalle del gruppo una larga striscia di terra franò. Tutti, come in un balletto bene allenato, fecero in contemporanea un grido e un balzo in avanti. Montalbano si susì a mezzo dalla poltrona, di scatto, gli capitava accussì macari quando vedeva pellicole d'avventura tipo *Alla ricerca dell'arca perduta*. Quando si furono messi in zona di sicurezza, Zito riattaccò.

«Avete trovato altro nell'auto?»

«Ancora l'interno della macchina non è stato possibile ispezionarlo. Molto vicino all'auto è stato rinvenuto un motorino.»

Montalbano appizzò le orecchie. E qui terminò la diretta.

Che significava quella frase, «molto vicino all'auto»? L'aveva visto coi suoi occhi il motorino dintra il bagagliaio, senza possibilità d'errore. E allora? Non ci potevano essere che due spiegazioni: o qualche sub l'aveva levato dal posto dov'era, macari senza una 'ntinzioni particolari, o Guarnotta diceva una cosa fàvusa sapendo di dirla. Ma in questo secondo caso, a che scopo? Guarnotta aveva una sua idea e cercava di far combaciare ogni particolare nel suo quadro d'insieme?

Squillò il telefono. Era nuovamente Zito.

«Ti è piaciuto il servizio?»

«Sì, Nicolò.»

«Grazie d'avermi fatto fregare la concorrenza.»

«Sei riuscito a capire come la pensa Guarnotta?»

«Non c'è bisogno di capire perché Guarnotta non ammuccia come la pensa, lui parla chiaro. In privato, però. Trova prematuro fare pubbliche dichiarazioni. Secondo lui, Gargano ha pestato il piede alla mafia. Direttamente, vale a dire intascando i grana di qualche mafioso, o indirettamente, vale a dire invadendo un terreno nel quale non doveva né seminare né azzappare.»

«Ma che c'entra quel povirazzo di Pellegrino?»

«Pellegrino ha avuto la disgrazia di trovarsi in compagnia di Gargano. Riferisco sempre l'opinione di Guarnotta, bada bene. E così li hanno ammazzati tutti e due, poi li hanno infilati dintra la macchina e li hanno catafottuti a mare. Appresso, o prima, ma non ha importanza, hanno gettato a mare macari il motorino di Pellegrino. Questione di ore e troveremo il catàfero di Gargano nelle vicinanze dell'auto, a meno che la corrente non l'abbia trascinato lontano.»

«Ti persuade a tia?»

«No.»

«Perché?»

«Mi spieghi che ci facevano Pellegrino e Gargano a quell'ora di notte in quel posto perso? Lì ci vanno solo per fottere. E non mi risulta che Gargano e Pellegrino fossero...»

«E invece dovrebbe risultarti.»

Nicolò fece una specie di risucchio, il sciato gli si era fermato.

«Ma che stai dicendo?!»

«Per maggiori particolari, passare alle ore undici di stamattina al commissariato di Vigàta» fece Montalbano con la voce di un'annunciatrice di grandi magazzini.

Mentre riattaccava, gli venne un pinsero che l'obbligò a vestirsi e nesciri di casa senza essersi lavato e fatto la barba. Arrivò a Vigàta in pochi minuti e davanti all'ufficio della Re Mida finalmente si sentì più calmo: era ancora chiuso. Posteggiò e si mise ad aspettare. Poi, dallo specchietto retrovisore, vide arrivare una vecchia Cinquecento gialla, da collezionista. La macchina trovò posto poco davanti a quella di Montalbano. Ne scinnì la signorina Mariastella Cosentino, compunta, che andò a raprire la porta della Re Mida. Il commissario lassò passari qualichi minuto, poi trasì. Mariastella era già al suo posto, immobile, una statua, la mano dritta posata sul telefono in aspittanza di una telefonata, di quella particolare telefonata che non sarebbe mai arrivata. Non si arrendeva. Non possedeva la televisione e può darsi che non aveva manco amici, capace dunque che non sapeva ancora niente del ritrovamento di Pellegrino e dell'auto di Gargano.

«Buongiorno, signorina, come sta?»

«Non c'è male, grazie.»

Dal timbro della voce il commissario capì che Mariastella era all'oscuro di quello che era capitato. Ora doveva giocarsi quella carta che aveva in mano con abilità, con accortezza, Mariastella Cosentino era capace di chiudersi ancora di più di quanto non lo facesse d'abitudine.

«Le sa le novità?» attaccò.

Ma come?! Prima ti riprometti di trattare la facenna con abilità e accortezza e poi te ne esci con una frase d'inizio accussì diretta, brutale e banale che manco Cata-

rella? Tanto valeva continuare a procedere a carrarmato
e bonanotti ai sonatori. L'unico segno d'attenzione di
Mariastella consistette nel mettere a foco lo sguardo sul
commissario, ma non raprì vucca, non spiò nenti.

«Hanno ritrovato il cadavere di Giacomo Pellegrino.»

Ma Cristo di Dio, la vuoi avere una reazione qualsiasi?

«Era in mare, dentro all'auto del ragioniere Gargano.»

Finalmente Mariastella fece una cosa che da oggetto
inerte la promosse ad appartenente al genere umano. Si
mosse, levò lentamente la mano da sopra il telefono, la
congiunse all'altra come in un gesto di preghiera. Gli
occhi di Mariastella erano ora sbarracati, domandavano,
domandavano. E Montalbano ne ebbe pena, rispose.

«Lui non c'era.»

Gli occhi di Mariastella tornarono normali. Come indipendente dal resto del corpo sempre immobile, la mano si mosse di nuovo, lentamente si posò sul telefono.
L'attesa poteva ricominciare.

Allora Montalbano si sentì pigliare da una raggia sorda. Infilò la testa dintra lo sportello, si trovò faccia a faccia con la fimmina.

«Tu lo sai benissimo che non ti telefonerà mai più»
sibilò.

E gli parse d'essiri addiventato un sirpenti maligno, di
quelli ai quali si schiaccia la testa. Niscì dall'agenzia di
furia.

Appena in commissariato, chiamò a Montelusa il dottor Pasquano.

«Montalbano, che vuole? Che mi rompe? Non ci sono stati morti ammazzati dalle parti sue, mi pare» fece
Pasquano col garbo che l'aveva reso famoso.

«Quindi Pellegrino non è stato ammazzato.»

«Ma chi le ha detto una minchiata simile?»

«Lei, dottore, ora ora. Sino a prova contraria il posto
dove è stata trovata l'auto di Gargano è territorio mio.»

«Sì, ma l'inchiesta non è sua! È di quella testa emerita di Guarnotta! Per sua conoscenza sappia che il picciotto è morto sparato, in faccia. Un colpo solo. Al momento, altro non posso e non voglio dirle. Nei prossimi giorni s'accatti i giornali e saprà il risultato dell'autopsia. Buongiorno.»

Squillò il telefono.

«Che faccio, ci la passo questa tilifonata sì o no?»

«Catarè, se non mi dici chi è al telefono, come faccio a dirti sì o no?»

«Vero è, dottori. Il fatto è che la telefonista voli arristare gnònima, non mi voli diri accome si chiama.»

«Passamela.»

«Pronto, papà?»

La voce roca alla Marlene di Michela Manganaro, la carogna.

«Che vuole?»

«Ho sentito la televisione stamattina.»

«È così mattiniera?»

«No, ma dovevo preparare le mie cose. Oggi pomeriggio vado a Palermo a dare qualche esame. Starò via un po' di tempo. Prima però vorrei vederla, le devo dire una cosa.»

«Venga qua.»

«Lì non vengo, potrei fare cattivi incontri. Andiamo in quel boschetto che le piace tanto. Se le va bene, a mezzogiorno e mezzo sotto casa mia.»

«Ma sei sicuro di quello che mi dici?» spiò Nicolò Zito che si era appresentato puntuale alle undici. «Io non lo avrei mai sospettato. E dire che l'ho intervistato tre o quattro volte.»

«Io ho visto la cassetta» disse Montalbano. «E a guardare come parlava e come si muoveva non pareva proprio un omosessuale.»

«Lo vedi? Chi te l'ha detta questa storia? Non può essere una filama, una voce messa in giro così, tanto per...»

«No, di quella fonte mi fido. È una fìmmina.»

«E macari Pellegrino lo era?»

«Sì.»

«E pensi che tra loro due ci fosse qualcosa?»

«Mi hanno detto che c'era.»

Nicolò Zito ci meditò supra tanticchia.

«Questo però non sposta sostanzialmente la situazione. Può darsi che fossero complici nella truffa.»

«È una possibilità. Io ti volevo dire semplicemente di tenere le orecchie appizzate, la facenna forse è meno semplice di quanto la fa Guarnotta. E un'altra cosa: cerca di sapere dove hanno trovato esattamente il motorino.»

«Guarnotta ha detto che...»

«Lo so quello che ha detto Guarnotta. Ma mi necessita sapere se corrisponde alla verità. Perché se il motorino è stato trovato poco distante dalla macchina, viene a dire che un sub l'ha levato da dove si trovava.»

«E dove si trovava?»

«Nel bagagliaio.»

«Tu come lo sai?»

«L'ho visto.»

Nicolò lo taliò annichiluto.

«Sei tu l'ammiraglio polacco?»

«Io non ho mai detto d'essere né ammiraglio né polacco» disse, sullenne, Montalbano.

Carogna era, ma bellissima, anzi ancora più bella dell'altra volta, forse perché le era passata la 'nfruenza. Salì in macchina in un tripudio di cosce al vento. Montalbano girò alla seconda a destra, poi pigliò la trazzera a mano mancina.

«Si ricorda benissimo la strada. Forse c'è tornato dopo?» spiò Michela, a vista del boschetto, raprendo per la prima volta la bocca.

«Ho buona memoria» disse Montalbano. «Perché voleva vedermi?»

«Quanta prescia!» fece la picciotta.

Si stirò come una gatta, i polsi incrociati sulla testa, il busto tutto narrè. La cammisetta parse arrivare al punto di rottura.

"Col reggiseno si sentirebbe in cammisa di forza" pensò il commissario.

«Sigaretta.»

Mentre gliela addrumava, spiò:

«Che esami va a dare?»

Michela rise tanto di core che la tirata le andò per traverso.

«Se mi resta tempo, ne darò uno.»

«Se le resta tempo? Che altro va a fare?»

Michela si limitò a taliarlo, gli occhi viola sparluccicanti di divertimento. Più eloquente di una parlatina lunga e dettagliata. Il commissario, con raggia, sentì che stava arrussicando. Allora, di scatto, passò un braccio attorno alle spalle di Michela, la strinse con forza a sé mentre brutalmente le infilava una mano in mezzo alle gambe.

«Mi lasci! Mi lasci!» gridò la picciotta con una voce improvvisamente acuta, quasi isterica. Si liberò dalla stretta del commissario e raprì la portiera. Era veramente sconvolta e irritata. Niscì dalla macchina, ma non si allontanò. Montalbano, che non si era cataminato dal suo posto, la taliava. All'improvviso Michela sorrise, raprì la portiera, s'assittò nuovamente allato al commissario.

«Lei è molto furbo. E io ci sono cascata, nella sua recita. Avrei dovuto lasciarla continuare per vedere come se la sarebbe cavata dall'impiccio.»

«Me la sarei cavata allo stesso modo dell'altra volta» disse Montalbano «quando ti è venuta la bella pensata di baciarmi. Ma comunque ero certo che avresti reagito così. Ti diverte tanto provocare?»

«Sì. Come a lei piace fare il casto Giuseppe. Pace?»

Tutte le aveva sta picciotta, manco l'intelligenza le fagliava.

«Pace» fece Montalbano. «Volevi veramente dirmi qualcosa o era una scusa per procurarti lo spasso?»

«Metà e metà» disse Michela. «Stamattina, quando ho sentito che Giacomo era morto, sono rimasta impressionata. Lo sa com'è morto?»

«Gli hanno sparato un colpo in faccia.»

La picciotta sussultò, poi due lagrime grosse quanto perle le vagnarono la cammisetta.

«Scusami, ho bisogno d'aria.»

Niscì. Mentre si allontanava, Montalbano le vide le spalle scosse dai singhiozzi. Quale reazione era più normale, quella di Michela o quella di Mariastella? A conti fatti, tutte e due erano normali. Scinnì macari lui dalla macchina, s'avvicinò alla picciotta pruiendole un fazzoletto.

«Mischino! Mi fa una pena!» disse Michela asciugandosi gli occhi.

«Eravate molto amici?»

«No, ma abbiamo travagliato due anni nella stessa cammara, non ti basta?»

Continuava a dargli del tu e il suo italiano ora s'imbastardiva col dialetto.

«Mi tieni?»

Per un momento Montalbano non capì il senso della domanda, poi le passò il braccio attorno alle spalle. Michela si appoggiò a lui.

«Vuoi che torniamo in auto?»

«No. È il fatto della faccia che mi ha... ci teneva tanto alla sua faccia... si faceva la barba due volte al giorno... usava creme per la pelle... Scusami, lo so che sto dicendo fesserie, ma...»

Tirò su col naso. Matre santa, quant'era più bella accussì!

«Non ho capito bene la storia del motorino» disse, dopo essersi arripigliata con un profondo respiro.

Il commissario si fici tiso, attentissimo.

«Chi si occupa delle indagini dice che è stato trovato sottacqua nelle vicinanze della macchina di Gargano. Perché me lo domandi?»

«Perché lo mettevano nel bagagliaio.»

«Spiegati meglio.»

«Beh, almeno una volta hanno fatto così. Gargano aveva domandato a Giacomo d'accompagnarlo a Montelusa, ma siccome non poteva riportarlo indietro dato che doveva proseguire, hanno infilato il motorino nel bagagliaio ch'era capiente. In questo modo Giacomo poteva tornarsene da solo e quando voleva.»

«Forse nell'urto contro lo scoglio il bagagliaio si è aperto e il motorino è stato sbalzato fuori.»

«Può essere» disse Michela. «Ma ci sono tante cose che non mi spiego.»

«Dimmele.»

«Te le dirò strada facendo. Voglio tornare a casa.»

Mentre si rimettevano in macchina, al commissario tornò a mente che qualcun altro aveva usato le stesse parole di Michela, «un bagagliaio capiente».

TREDICI

«Le cose che non mi tornano sono tante. E la prima è questa» disse Michela mentre il commissario guidava a lento. «Perché la macchina di Gargano è stata trovata qua? I casi sono due: o l'ultima volta che è stato da noi l'ha lasciata a Giacomo oppure Gargano è tornato. Ma a fare che? Se aveva programmato di scomparire dopo aver messo al sicuro i soldi, e questo programma di sicuro ce l'aveva tant'è vero che il solito trasferimento di fondi da Bologna a Vigàta stavolta non c'è stato, allora perché è venuto qua rischiando tutto?»

«Vai avanti.»

«Ancora: ammettendo che Gargano fosse con Giacomo, perché incontrarsi in macchina come due amanti clandestini? Perché non incontrarsi nell'albergo di Gargano o in qualche altro posto tranquillo e sicuro? Sono convinta che le altre volte non si erano incontrati in macchina. Va bene che Gargano era avaro, ma...»

«Come lo sai che Gargano era avaro?»

«Beh, avaro avaro no, ma tirato sì. Lo so perché una sera che andai con lui a cena, anzi ci sono stata due volte...»

«T'invitò lui?»

«Certo, faceva parte del suo sistema di seduzione, gli piaceva piacere. Beh, mi portò in una trattoria di Montelusa, gli si leggeva in faccia lo scanto che scegliessi piatti costosi, si lamentò del conto.»

«Tu dici che faceva parte del suo sistema? Non ti ha invitato perché sei una ragazza molto bella? Credo che a tutti gli uomini piaccia farsi vedere con una picciotta come te a fianco.»

«Grazie dei complimenti. Non voglio parere cattiva, però devo dirti che ha invitato a cena macari a Mariastella. Il giorno appresso Mariastella era completamente intronata, non capiva niente, un sorriso felice che si aggirava tra i tavoli sbattendovi contro. E la sai una cosa?»

«Dimmela.»

«Mariastella ha ricambiato. L'ha invitato a cena a casa sua. E Gargano c'è andato, almeno così ho capito perché Mariastella non parlava, gemeva di contentezza, persa.»

«Ha una bella casa?»

«Non ci sono mai stata. È una villona, appena fuori Vigàta, isolata. Ci stava con i genitori. Ora ci vive da sola.»

«Ma è vero che Mariastella continua a pagare l'affitto e il telefono dell'agenzia?»

«Certo.»

«Ma ha soldi?»

«Qualcosa il padre deve avergliela lasciata. Lo sai? Voleva pagarmi lei, di tasca sua, i due stipendi arretrati. "Poi il ragioniere me li rimborsa", disse. Anzi no. Le scappò di dire, diventando una vampa di foco: "Poi Emanuele me li rimborsa". Stravede per quell'uomo e non si vuole arrendere alla realtà.»

«E qual è la realtà?»

«Che nella migliore delle ipotesi Gargano se la sta scialando in un'isola della Polinesia. Nella peggiore delle ipotesi se lo stanno mangiando i pesci.»

Erano arrivati. Michela baciò la guancia di Montalbano, scinnì. Poi si calò attraverso il finestrino e disse:

«Gli esami che devo dare a Palermo sono tre.»

«Auguri» fece Montalbano. «Fammi sapere com'è andata.»

Se ne tornò direttamente a Marinella. Appena trasuto, si rese conto che Adelina aveva ripigliato servizio, la biancheria e le cammise erano sul letto, stirate. Raprì il frigorifero e lo trovò vacante fatta cizzione di passuluna, angiovi condite con aceto, oglio e origano, e una bella fetta di caciocavallo. La leggera delusione gli passò quando raprì il forno: dintra c'era la mitica pasta 'ncasciata! Una porzione per quattro. Se la scofanò con lentezza e perseveranza. Poi, dato che la giornata lo permetteva, s'assistimò sulla verandina. Aveva bisogno di pinsari. Ma non pinsò. Poco dopo, il rumore della risacca lo fece dolcemente appinnicare.

"Meno male che non sono un coccodrillo, masannò annegherei nelle mie lagrime."

Questa fu l'ultima cosa sensata, o insensata, che gli venne in testa.

Alle quattro del doppopranzo era nella sua cammara al commissariato e di subito s'appresentò Mimì.

«Dove sei stato?»

«A fare il dovere mio. Appena ho saputo la notizia, mi sono precipitato sul posto e mi sono messo a disposizione di Guarnotta. A nome tuo e secondo le direttive del nostro questore. Quello è territorio nostro, no? Ho fatto bene?»

Quando ci si metteva, Augello era capace di dare punti a tutti.

«Hai fatto benissimo.»

«Gli ho detto che ero lì solo ed esclusivamente come supporto. Se voleva, gli andavo ad accattare le sigarette. Ha molto apprezzato.»

«Hanno trovato il corpo di Gargano?»

«No, ma sono scoraggiati. Hanno interpellato un vecchio pescatore della zona. Quello ha detto che se non trovano Gargano trattenuto da qualche scoglio, a quest'ora, per le forti correnti che ci sono lì, il catàfero starà veleggiando verso la Tunisia. Di conseguenza, in serata smetteranno le ricerche.»

Sulla porta comparse Fazio. Il commissario gli fece

'nzinga di trasire e d'assittarsi. Fazio aveva una faccia di circostanza. Era chiaro che si teneva a malappena.

«E allora?» spiò Montalbano a Mimì.

«Allora domani a matino è prevista una conferenza stampa di Guarnotta.»

«Sai che dirà?»

«Certo. Altrimenti perché mi sono scapicollato fino a quel posto infame? Dirà che tanto Gargano quanto Pellegrino sono vittime di una vendetta della mafia, pigliata per il culo dal nostro ragioniere.»

«Ma come faceva questa biniditta mafia, lo dico e lo ripeto, a sapere con un giorno d'anticipo che Gargano non avrebbe tenuto fede agli impegni e quindi ammazzarlo? Se l'avessero ammazzato l'uno o il due settembre, avrei capito. Ma ammazzarlo il giorno avanti non ti pare minimo minimo strammo?»

«Certo che mi pare strammo. Strammissimo. Ma vallo a spiare a Guarnotta e no a mia.»

Il commissario si rivolse con un largo sorriso a Fazio.

«Beati gli occhi che ti vedono!»

«Porto carrico» fece Fazio, sostenuto. «Un carrico da undici.»

Voleva dire che in mano aveva carte grosse da giocare. Montalbano non gli fece domande, lasciò che l'altro si pigliasse il suo tempo e la sua soddisfazione. Poi Fazio tirò un pizzino dalla sacchetta, lo consultò e ripigliò a parlare.

«Arrinesciri a sapìri quello che volevo, m'è costato assà.»

«Hai dovuto pagare?» spiò Augello.

Fazio lo taliò con fastiddio.

«Volevo dire che m'è costato assà in parole e pazienza. Le banche s'arrefutano di dare informazioni sugli affaruzzi dei clienti e meno che mai quando questi affaruzzi fètono. Ad ogni modo, sono riuscito a convincere un funzionario a parlare. Ma mi ha prigato in ginocchio di non fare il suo nome. Siamo d'accordo?»

«D'accordo» disse Montalbano. «Tanto più che questa'indagine non ci appartiene. La nostra è pura e semplice curiosità. Diciamo privata.»

«Dunque» fece Fazio. «Il primo ottobre dell'anno passato nella banca dove gli veniva accreditato a ogni mese lo stipendio, sul conto di Giacomo Pellegrino arriva un bonifico di duecento milioni. Un secondo della stessa cifra arriva il quindici gennaio di quest'anno. L'ultimo, di trecento milioni, è giunto il sette luglio. In tutto settecento milioni. Non ne sono arrivati altri. E non ha conti nelle altre banche di qua e di Montelusa.»

«Chi gli faceva questi bonifici?» spiò Montalbano.

«Emanuele Gargano.»

«Minchia!» fece Augello.

«Dalla banca dove teneva il suo conto personale, non quella con la quale travagliava per la Re Mida» proseguì Fazio. «Quindi questi soldi mandati a Pellegrino non ci trasivano con gli affari dell'agenzia. Chiaramente, si trattava di rapporti personali.»

Fazio finì di parlare e fece la faccia longa. Era deluso perché Montalbano non si era per niente ammaravigliato, la notizia pareva non avergli fatto né cavudo né friddo. Ma Fazio non volle arrendersi, ripigliò gana.

«E la volete sapere un'altra cosa che ho scoperto? Ogni volta che riceveva un bonifico, il giorno appresso Pellegrino versava i soldi alla...»

«... all'impresa che gli stava costruendo il villino» concluse Montalbano. Si cunta e si boncunta che una volta un Re di Franza, stuffatosi di sentirsi dire dalla Regina mogliere che lui non l'amava pirchì non era giloso, pregò un gentiluomo di corte di trasire l'indomani a matino presto nella cammara da letto della Regina, gettarsi ai piedi della fìmmina e dirle tutto il suo amore. Pochi minuti appresso sarebbe trasuto il Re che, vista la situazione, avrebbe fatto una terribile scenata di gelosia alla mogliere. L'indomani a matino il Re s'appostò fora della porta della Regina, aspittò che trasisse il gentiluomo col quale si era appattato, contò fino a cento, sguainò la spada e spalancò la porta. E vitti la mogliere e il gentiluomo nudi sul letto che ficcavano con tanto entusiasmo che manco s'addunarono del suo arrivo. Il pòviru Re sinni niscì dalla cammara, rimise la spada nel fodero e disse: «Mannaggia, m'ha rovinato la scena!».

Fazio fece tutto il contrario del Re di Franza. A vedersi rovinare la scena, satò dalla seggia, arrussicò, santiò e niscì murmuriandosi.

«Che gli ha preso?» spiò Augello alloccuto.

«Il fatto è che certe volte sono tanticchia fituso» disse Montalbano.

«A me lo vieni a contare?!» fece Augello, vittima frequente della fituseria del commissario.

Fazio tornò quasi subito. Si vedeva che era andato a darsi una lavata di faccia.

«Scusatemi.»

«Scusami tu» disse sincero il commissario. E proseguì:

«Quindi il villino gli è stato interamente pagato da Gargano. La domanda è una sola: perché?»

Mimì raprì la vucca, ma a un gesto del commissario la richiuse.

«Prima voglio sapere se mi ricordo bene una cosa» disse Montalbano rivolgendosi a Fazio. «Sei stato tu a dirmi che quando Pellegrino s'affittò una macchina a Montelusa spiegò che la voleva col bagagliaio capiente?»

«Sì» rispose Fazio.

«E noi allora pensammo che ci doveva mettere le valigie?»

«Sì.»

«Sbagliando, perché le valigie le aveva lasciate nel villino.»

«E che doveva metterci nel bagagliaio?» intervenne Augello.

«Il suo motorino. Ha affittato la macchina a Montelusa,

ci ha infilato il motorino, è andato a Punta Raisi per la facenna dei biglietti aerei, è tornato a Montelusa, ha lasciato la macchina noleggiata e ha raggiunto Vigàta in motorino.»

«Non mi pare importante» osservò Mimì.

«Invece lo è, importante. Macari perché ho saputo che una volta aveva messo il motorino nel bagagliaio dell'auto di Gargano.»

«Sì, ma...»

«Per ora lasciamo perdere questa storia del motorino. Torniamo alla domanda: perché Gargano ha pagato la costruzione del villino? Badate: ho saputo, e mi fido di chi me l'ha detto, che era una pirsona tirata, che ci badava a non gettare dinaro.»

Augello parlò per primo.

«Perché no per amore? Da quello che mi hai contato tu, il loro non era solo un rapporto di letto.»

«E tu come la vedi?» spiò Montalbano a Fazio.

«La spiegazione del dottor Augello potrebbe essere giusta. Ma non so pirchì, non mi pirsuade. Io penserei piuttosto a un ricatto.»

«Per cosa?»

«Mah, Pellegrino poteva minacciare a Gargano di rivelare a tutti che avevano una relazione... che Gargano era omosessuale...»

Augello sbottò a ridere, Fazio lo taliò sorpreso.

«Ma quanti anni hai, Fazio? Oggi come oggi il fatto che uno è o non è omosessuale, grazie a Dio, non fotte niente a nessuno!»

«Gargano ci teneva a non apparirlo» intervenne Montalbano. «Ma se la cosa rischiava di venire a galla, non credo che ne avrebbe fatto una tragedia. No, una minaccia di questo genere non avrebbe costretto un tipo come Gargano a cedere a un ricatto.»

Fazio allargò le vrazza e rinunziò a difendere la sua ipotesi. E taliò fisso il commissario. Macari Augello si mise a taliarlo.

«Che avete?» spiò Montalbano.

«Abbiamo che tocca a te parlare» disse Mimì.

«Va bene» fece il commissario. «Ma devo fare una premessa: il mio è un romanzo. Nel senso che non ho manco l'ùmmira di una prova di quello che dirò. E, come in tutti i romanzi, via via che lo si scrive, i fatti possono pigliare una strata diversa e arrivare a conclusioni non pensate.»

«D'accordo» disse Augello.

«Partiamo da un punto certo: Gargano organizza una truffa che, di necessità, non può risolversi nel giro di una simanata, ma abbisogna di tempi lunghi. Non solo: deve mettere in piedi una vera e propria organizzazione con uffici, impiegati e via dicendo. Tra gli impiegati che assume a Vigàta c'è un picciotto, Giacomo Pellegrino. Dopo qualche tempo, tra i due principia una storia. Una specie di innamoramento, non una marchettata qualsiasi. Chi me l'ha detto, ha aggiunto che, a malgrado cercassero d'ammucciarlo, il loro rapporto veniva fora da come si comportavano. Certi giorni si sorridevano, si cercavano e certi altri giorni si tenevano il muso, evitavano di parlarsi. Proprio come fanno gli innamorati. È così, Mimì, tu che di queste facenne ne capisci?»

«Perché, tu no?» ribatté Augello.

«Il bello è» proseguì Montalbano «che avete ragione tutti e due. Una storia nata nell'ambiguità e proseguita nell'ambiguità. Pellegrino è una testa parziale che...»

«Fermo qua» disse Mimì. «Che significa?»

«Per testa parziale intendo la testa di quelli che si occupano dei soldi. Non dell'agricoltura o del commercio o dell'industria o dell'edilizia o di quello che volete voi, ma dei soldi in sé. Del denaro in quanto tale, capiscono o intuiscono tutto, ora per ora, minuto per minuto. Lo conoscono come se stessi, sanno come il denaro ha pisciato, come ha cacato, come ha mangiato, come ha dormito, come si è svegliato al matino, le sue giornate bone

e le sue giornate tinte, quando vuole figliare, cioè produrre altro denaro, quando gli vengono le manìe suici-
de, quando vuole restare sterile, perfino macari quando
vuole farsi una chiavata senza conseguenze. In parole
ancora più povere, quando il denaro s'impennerà o
quando andrà in caduta libera, come dicono quelli del
telegiornale che si occupano di queste cose. Queste teste
parziali si chiamano, in genere, maghi della finanza,
grandi banchieri, grandi operatori, grandi speculatori.
La loro testa funziona però solo in quel verso, per il resto sono sprovveduti, goffi, limitati, primitivi, perfino
assolutamente stronzi, ma ingenui mai.»

«Mi pare eccessivo questo ritratto» disse Augello.

«Ah, sì? E secondo te non era una testa parziale quello che finì impiccato sotto il ponte dei Frati neri a Londra? E quell'altro che si finse rapito dalla mafia, si fece
sparare a una gamba e andò a bersi un cafè avvelenato in
càrzaro? Ma fammi il piacere!»

Mimì non osò contraddire.

«Torno a Giacomo Pellegrino» disse Montalbano. «È
una testa parziale che s'incontra con una testa ancora
più parziale della sua, vale a dire il ragioniere Emanuele
Gargano. Questi ne intuisce a volo l'affinità elettiva.
L'assume e comincia ad affidargli qualche incarico che si
guarda bene di dare alle altre due impiegate. Poi il rapporto tra Gargano e Pellegrino si trasforma, scoprono
che la loro affinità elettiva non è limitata solo al denaro,
ma si può allargare macari alla sfera affettiva. Ho detto
che queste persone non sono mai ingenue, ma ci sono
diversi livelli di ingenuità. Diciamo che Giacomo è leggermente più furbo del ragioniere, ma questa leggera
differenza basta e superchia al picciotto.»

«In che senso?» spiò Augello.

«Nel senso che Giacomo deve avere scoperto quasi
subito che nella Re Mida c'era qualcosa che non quatrava, ma se l'è tenuta per sé, ripromettendosi però di se-

guire con attenzione le mosse, le operazioni del suo datore di lavoro. Principia ad accumulare dati, a stabilire connessioni. E macari, per il rapporto d'intimità che si era stabilito, capace che fa qualche domanda che può parere svagata e che invece mira a uno scopo preciso che è quello di penetrare sempre più dintra alle intenzioni di Gargano.»

«E Gargano è accussì innamorato del picciotto che non si mette mai in sospetto?» intervenne Fazio con ariata scettica.

«Hai fatto centro» disse il commissario. «Questo è il punto più delicato del romanzo che stiamo scrivendo. Vediamo di capire come agisce il personaggio Gargano. Ricordati che al principio ho detto che il loro rapporto è segnato dall'ambiguità. Io sono persuaso che a un certo punto Gargano intuisce che Giacomo si sta pericolosamente avvicinando a capire il marchingegno della sua truffa. Ma che può fare? Licenziarlo sarebbe peggio. E quindi fa, come si dice, 'u fissa pi nun jri a la guerra.»

«Spera che Pellegrino si fermi al villino che si è fatto regalare e non domandi altro?» fece Mimì.

«In parte lo spera, perché non è certo se Giacomo lo stia ricattando o no: il picciotto probabilmente lo avrà convinto contandogli come sarebbe stato bello avere un loro nido d'amore, un posto dove magari sarebbero potuti andare a vivere una volta che il ragioniere si fosse ritirato dagli affari... Lo avrà tranquillizzato in questo senso. Tutti e due sanno, e non se lo dicono, come andrà a finire l'intera facenna. Gargano scapperà all'estero con i soldi e Giacomo, non risultando in nessun modo implicato nella truffa, si potrà godere il villino in pace.»

«Ancora non arrinescio a capire perché disse allo zio che sarebbe partito per la Germania» fece, quasi a se stesso, Fazio.

«Perché lo zio l'avrebbe detto a noi quando ci saremmo messi a cercare Gargano. E noi avremmo aspettato il suo ritorno senza indagare oltre. Poi si sarebbe appresentato con aria da innuccintuzzo a contarci che era andato sì in Germania, ma che era stato un inganno di Gargano per levarselo dai cabasisi dato che lui era l'unico in grado di capire, a tempo, che il ragioniere si preparava a tirare le reti. Ci avrebbe detto che nelle banche dove l'aveva spedito Gargano non aveva trovato una lira, Gargano non vi aveva mai fatto un deposito.»

«Ma perché fare allora il mutuperio dei biglietti aerei?» insistette Fazio.

«Per cautelarsi in ogni caso. Cautelarsi da tutti: da Gargano e da noi. Credetemi, Giacomo l'aveva pinsata bona. Ma gli è capitato un imprevisto.»

«Quale?» spiò Mimì.

«Una revorberata in piena faccia non ti basta come imprevisto?» disse il commissario.

QUATTORDICI

«Vogliamo continuare domani con la seconda puntata? Sapete, mi vado addunando strata facendo che più che un romanzo è uno sceneggiato televisivo. Se l'avessi scritto e stampato, questo romanzo, qualche critico avrebbe sicuramente detto accussì, magari aggiungendo "uno sceneggiato sì e non dei migliori". Allora?»

La proposta di Montalbano suscitò la protesta dei due unici ascoltatori. Non poteva lamentarsi dei risultati dell'auditel. Fu costretto ad andare avanti, dopo aver domandato, e ottenuto, una piccola pausa cafè.

«Negli ultimi tempi però i rapporti tra Gargano e Pellegrino appaiono deteriorati» ripigliò, «ma questo non lo possiamo sapìri con certezza.»

«Si potrebbe» asserì Augello.

«Come?»

«Spiandolo alla stessa persona che ti ha dato le altre informazioni.»

«Non so dove sia, è partita per Palermo.»

«Allora spialo alla signorina Cosentino.»

«Posso farlo. Ma quella non si addunava di nenti, manco se Gargano e Pellegrino s'abbrazzavano e si vasavano sotto i suoi occhi.»

«Va bene. Supponiamo che i loro rapporti si deteriorano. Perché?»

«Io non ho detto che si deteriorano, ho detto che appaiono deteriorati.»

«Che differenza porta?» domandò Fazio.

«La porta, eccome. Se si sciarriano in presenza di ter-

zi, se si dimostrano friddi e distanti, lo fanno perché si
sono appattati, stanno recitando.»

«Macari in un romanzo sceneggiato questo mi sembrerebbe macchinoso» disse ironico Mimì.

«Se vuoi, le leviamo dalla sceneggiatura, le scene le ta-
gliamo. Ma sarebbe uno sbaglio. Vedi, io penso che il
picciotto, vedendo arrivare il momento della conclusione della truffa, sia passato al ricatto esplicito. Vuole realizzare il massimo prima che Gargano sparisca. Gli domanda altri soldi. Il ragioniere però non glieli smolla e
questo lo sappiamo di sicuro perché tu, Fazio, hai detto
che non risultano altri versamenti. E che fa allora Gargano sapendo che la fame di un ricattatore non finisce
mai? Finge di cedere al ricatto e addirittura rilancia facendo una proposta al picciotto del quale si dichiara
sempre e malgrado tutto innamorato. Se ne scapperan-
no insieme all'estero coi soldi e vivranno felici e contenti. Giacomo, che non si fida sino in fondo, accetta a una
condizione: che il ragioniere gli riveli in quali banche
estere sono andati a finire i depositi della Re Mida.

«Gargano gliele elenca con tutti i codici d'accesso e
nello stesso tempo gli dice che è meglio se si fingono
agli occhi di tutti sciarriati o in cattivi rapporti accussì
la polizia, quando si metterà a cercarlo dopo scoperta
la truffa, non avrà motivo di pensare che se ne siano
fujuti insieme. Sempre per questo motivo, dice ancora
Gargano, dovranno raggiungere l'estero separatamente.
Forse scelgono macari la città straniera dove si ritrove-
ranno.»

«Ho capito il trucco di Gargano!» intervenne a questo punto Augello. «Ha dato a Giacomo le autentiche
chiavi d'accesso ai conti. Il picciotto controlla e ha modo di vedere che il ragioniere non gli sta tirando un trainello. Gargano pensa infatti di trasferire i depositi solo
qualche ora prima di scomparire, tanto per fare queste
cose oggi come oggi abbastano meno di una decina di

minuti. E pensa macari di non farsi trovare all'appuntamento all'estero. È così?»

«Ci inzertasti, Mimì. Ma abbiamo stabilito che il nostro Giacomino non è un fissa per queste facenne. Certamente ha capito il piano di Gargano e lo tiene sotto controllo col cellulare, chiamandolo in continuazione. E poi, quando arriva il momento, vale a dire il trentuno agosto, all'alba, telefona a Gargano e, minacciando di contare tutto alla polizia, lo costringe a venire a Vigàta a rotta di collo. Vuol dire che espatrieranno insieme, dice Giacomo, è disposto a correre il rischio. Gargano a questo punto sa di non avere scelta. Si mette in macchina e parte, non servendosi della carta di credito autostradale per non lasciare tracce. Arriva al punto stabilito che è già notte. Poco dopo spunta Giacomo col motorino che ha tenuto nella villetta. Delle valigie grandi se ne fotte, l'importante è la valigetta dove ha raccolto le prove della truffa. E i due s'incontrano.»

«Posso contare il finale?» s'intromise Fazio. E continuò:

«I due hanno una discussione e Gargano, vistosi perso perché capisce che il picciotto oramà lo tiene in pugno, scoccia il revorbaro e gli spara.»

«In faccia» precisò Augello.

«È importante?»

«Sì. Quando si spara in faccia a uno è quasi sempre per odio, perché si vuole cancellarla.»

«Non credo che ci sia stata una discussione» fece Montalbano. «Gargano ha avuto tutto il tempo che ci voleva da Bologna fino a qua in auto per ragionare sulla posizione pericolosa nella quale si era venuto a trovare. E arrivare alla conclusione che il picciotto doveva essere ammazzato. Certo, capisco che una violenta azzuffatina, macari sul ciglio dello sbalanco, ora rischia di cadere uno ora l'altro, con Giacomo che tenta di disarmare a Gargano e sotto il mare in tempesta, potrebbe arrinesciri bene in televisione, trovando macari il giusto commento musicale. Purtroppo penso che appena Gargano ha visto arrivare Giacomo gli ha sparato. Non aveva tempo da perdere.»

«Perciò secondo te l'ha ammazzato fora dalla macchina?»

«Certo. Poi lo piglia e l'assistema al posto allato del guidatore, il catàfero scivola di lato, si mette per longo sui due sedili. Ecco perché quando passa il professor Tommasino non vede il morto e pensa che la macchina sia vacante. Gargano rapre il bagagliaio, tira fora la sua valigia (che macari si sarà portato appresso ad ogni buon conto, come oggetto di scenografia, per dimostrare, se ce ne fosse stato bisogno, che era pronto a partire), al suo posto ci mette il motorino dopo averne rapruto il bauletto e pigliato la valigetta coi documenti, la sua valigia invece la colloca sui sedili di darrè. A questo punto arriva il professor Tommasino, Gargano gioca con lui ad ammuccia-ammuccia, aspetta che quello si allontani, poi inserra gli sportelli e si mette ad ammuttare la sua macchina fino a quando non precipita di sotto. Immagina, e immagina giusto, che ci sarà qualche stronzo che incomincerà a cercare il suo catàfero, fattosi pirsuaso che si tratta della vendetta della mafia. Con la valigetta in mano, dopo manco un quarto d'ora è su una strada dove passano macchine. Domanda un passaggio a qualcuno che macari paga profumatamente perché non parli.»

«Finisco io» fece Mimì. «Ultima inquadratura. Musica. Vediamo su una strata longa e dritta...»

«Ce ne sono in Sicilia?» spiò Montalbano.

«Non ha importanza, la scena la giriamo in continente e facciamo finta, col montaggio, che si trovi da noi. La macchina si allontana sempre di più, addiventa un puntolino. Fermo immagine. Appare una scritta: "E così il male trionfa e la giustizia va a pigliarsela nel culo". Titoli di coda.»

«Non mi piace questo finale» disse Fazio serio serio.

«Manco a mia» commentò Montalbano «Ma ti devi rassegnare, Fazio. Le cose stanno proprio accussì. La giustizia, di questi tempi, può andare a pigliarsela in culo. Bah, lassamo perdiri.»

Fazio apparse ancora più incupito.

«Ma nenti nenti possiamo fare contro Gargano?»

«Vai a contare il nostro sceneggiato a Guarnotta e vedi che ti dice.»

Fazio si susì, fece per nesciri e andò a sbattere contro Catarella che stava trasendo affannatissimo e giarno in faccia.

«Matre santa, dottori! Il signori e quistori ora ora chiamò! Maria chi scanto che mi piglio ogni volta ca tilifona!»

«Voleva a mia?»

«Nonsi, dottori.»

«A chi voleva allora?»

«A mia, dottori, a mia! Matre santa, le gambe di ricotta mi sento! Mi acconsente d'assittarmi?»

«Assèttati. Perché voleva a tia?»

«Donchi. Sguilla il tilifono. Io assullevo e arrisponno ca sugnu pronto. E allura sento la voci del signori e quistori. "Sei tu, Santarella?" mi fa lui. "Di pirsona pirsonalmenti" ci faccio io. "Riferisci questo al commissario" mi fa lui. "Non ci sta" ci faccio io sapenno che vossia non ci avi gana di parlari con esso di lui. "Non importa. Digli che accuso ricevuta" mi fa lui. E sinni va. Dottori, pirchì il signori e quistori accusa la ricevuta? Chi ci fici, la ricevuta? L'offisi?»

«Lascia perdere, non ti preoccupare. Se la piglia con la ricevuta, non con tia. Calmati.»

Il signori e quistori, come lo chiamava Catarella, voleva offrirgli un decoroso armistizio? Ma avrebbe dovuto essere esso di lui, il signori e quistori, a domandarlo e non a proporlo.

Tornato a casa a Marinella, trovò sul tavolino della cucina il pullover che gli aveva regalato Livia e allato un biglietto di Adelina la quale scriveva che, essendo passata nel doppopranzo per dare una puliziata alla casa, aveva scoperto il pullover sull'armuar. Aggiungeva che, avendo trovato al mercato dei merluzzi boni, glieli aveva preparati bolliti. Bastava condirli con oglio, limone e sale. Che fare col pullover? Dio, quant'è difficile far scomparire un corpo di reato! Lui, quel pullover, l'aveva rimosso, sarebbe potuto restare in eterno dove l'aveva gettato. E invece eccolo qua. L'unica era scavare nella rena. Ma si sentiva stanco. Allora pigliò il pullover e lo scagliò nuovamente al posto di prima, difficilmente Adelina nei giorni seguenti avrebbe smirciato di nuovo sopra all'armuar. Squillò il telefono. Era Nicolò che l'avvertiva di raprire la televisione. C'era una edizione straordinaria alle nove e mezzo. Taliò il ralogio, mancavano una quinnicina di minuti. Andò in bagno, si svestì, si diede una rapida lavata, s'assistimò in poltrona. I merluzzi se li sarebbe mangiati dopo il telegiornale.

Finita la sigla, apparsero immagini che parevano quelle di una pellicola americana. Una grossa automobile malandata assumava lentamente dalle acque, mentre la voce di Zito spiegava che il difficile recupero dell'auto era avvenuto poco prima del tramonto. Ora si vedeva l'auto depositata supra il pontone e òmini che la liberavano dai cavi d'acciaio coi quali era stata imbragata. Poi apparse la faccia di Guarnotta.

«Dottore Guarnotta, ci vuole cortesemente dire cosa avete trovato all'interno della macchina di Gargano?»

«Sul sedile posteriore, una valigia contenente effetti personali dello stesso Gargano.»

«E nient'altro?»

«Nient'altro.»

E questo confermava che il ragioniere si era portato

appresso la preziosa valigetta ch'era appartenuta a Giacomo.

«Le ricerche del cadavere di Gargano proseguiranno?»

«Posso annunziare ufficialmente che le ricerche sono concluse. Siamo più che convinti che il cadavere di Gargano sia stato trascinato al largo dalla corrente.»

E accussì s'addimostrava che Gargano l'aviva pinsata bona sulla sua messinscena, uno stronzo disposto a crederci ci sarebbe stato. Eccolo lì, l'emerito dottor Guarnotta.

«Corre voce, e noi la riferiamo per dovere di cronaca, che tra Pellegrino e Gargano ci fosse un rapporto particolare. Vi risulta?»

«Anche a noi è giunta questa voce. Stiamo facendo ricerche in questo senso. Se risultasse vera, sarebbe importante.»

«Perché, dottore?»

«Perché spiegherebbe come mai Gargano e Pellegrino siano convenuti in ore notturne in questo posto solitario e poco frequentato. Erano qui, come dire, per appartarsi. E qui sono stati uccisi da chi li aveva seguiti.»

Non c'era niente da fare, Guarnotta era amminchiato con il pupo. Mafia doveva essere e mafia era.

«Abbiamo avuto modo un'oretta fa di parlare per telefono col dottor Pasquano che ha terminato l'autopsia sulla salma di Giacomo Pellegrino. Ci ha detto che il giovane è stato ucciso con un colpo solo, sparato a distanza ravvicinata, che lo ha colpito proprio in mezzo agli occhi. Il proiettile non è fuoriuscito, è stato possibile recuperarlo. Il dottor Pasquano dice che si tratta di un'arma di piccolo calibro.»

Zito si fermò, non aggiunse altro. Guarnotta fece la faccia imparpagliata.

«Ebbene?»

«Ecco, non le pare un'arma anomala per la mafia?»

Guarnotta fece un risolino di compatimento.

«La mafia adopera qualsiasi arma. Non ha preferenze. Dal bazuka alla punta di uno stuzzicadenti. Lo tenga presente.»

Si vide la faccia allocuta di Zito. Evidentemente non arrinisciva a spiegarsi come uno stuzzicadenti potesse addivintare un'arma letale.

Montalbano astutò il televisore.

"Tra queste armi, caro Guarnotta" pinsò "ci sono macari quelli come a tia, giudici, poliziotti e carrabbinera che vedono la mafia quando non c'è e non la vedono quando c'è."

Ma non voleva farsi pigliare dalla raggia. Si susì. I mirluzzeddri lo stavano aspittando.

Decise d'andarsi a corcare presto, accussì avrebbe avuto modo di leggere tanticchia. Si era appena stinnicchiato che squillò il telefono.

«Amore? Qui è tutto sistemato. Domani dopopranzo prendo un aereo. Sarò a Vigàta verso le otto di sera.»

«Se mi dici l'ora giusta, vengo a prenderti a Punta Raisi. Non ho molto da fare, verrei con piacere.»

«Il fatto è che ho ancora qualche impiccio con l'ufficio. Non so a che ora riuscirò a partire. Non ti preoccupare, piglio il pullman. Quando torni, mi troverai a casa.»

«Va bene.»

«Cerca di tornare presto, non fare al solito tuo. Ho proprio tanta voglia di stare con te.»

«Perché, io no?»

L'occhio, istintivamente, gli corse a sopra l'armuar dove ci stava il pullover. In matinata, prima di andare al commissariato, avrebbe dovuto sotterrarlo. E se Livia gli avesse spiato dov'era andato a finire il suo regalo? Avrebbe fatto finta di mostrarsi sorpreso e accussì Livia avrebbe finito col sospettare di Adelina che detestava, ricambiata. Poi, senza quasi rendersene conto, pigliò una seggia, l'accostò all'armuar, ci acchianò supra, tastiò con la mano fino a quando non trovò il pullover, l'affirrò, scinnì dalla seggia, la rimise a posto, agguantò il pullover con le due mani, arrinisciò a fatica a fargli uno strappo, lo pigliò a muzzicuna, ci fece uno, due, tri pirtusa, si armò di coltello, lo trafisse con cinque o sei colpi, lo jttò 'n terra, lo pistiò con i piedi. Un vero assassino in preda a un raptus omicida. Infine lo lassò sul tavolo di cucina per ricordarsi di sotterrarlo la matina appresso. E tutto 'nzèmmula si sentì profondamente ridicolo. Perché si era lasciato assugliare da quella stupida furia incontrollata? Forse perché l'aveva rimosso completamente e invece, con prepotenza, il pullover gli era stato fatto ricomparire davanti? Ora che era passato lo sfogo, non solo si trovò ridicolo, ma gli venne una specie di malinconico rimorso. Povera Livia, che glielo aveva accattato e regalato con tanto amore! E fu allora che in testa gli venne un paragone assurdo, impossibile. Come si sarebbe comportata la signorina Mariastella Cosentino alle prese con un pullover regalatole da Gargano, l'uomo che amava? Anzi no, che adorava. A tal punto da non vedere, o non voler vedere, che il ragioniere non era altro che un truffatore mascalzone che se ne era scappato coi soldi e che per non doverli dividere aveva a sangue friddo ammazzato un omo. Non ci avrebbe creduto, oppure avrebbe rimosso. Perché non aveva reagito quando lui si era inventato, per calmare il pòviro geometra Garzullo, che la televisione aveva detto che Gargano era stato arrestato? Lei non aveva la televisione in casa, era in qualche modo logico che credesse a quanto diceva Montalbano. E invece nenti, immobile, manco un sussulto, un sospiro. Suppergiù aveva fatto lo stesso quando era andato a portarle la notizia del ritrovamento del cadavere di Pellegrino. Sarebbe dovuta cadere nella disperazione supponendo che la stessa sorte era toccata all'adorato ragioniere. E invece, macari stavolta, era stato quasi lo stesso. Si era trovato a parlare con qualcosa di assai simile a una statua con gli occhi sgriddrati. La signorina Mariastella Cosentino si comportava come se...

Sonò il telefono. Ma era mai possibile che in quella casa non si arriniscisse a pigliare sonno in pace? E poi era tardi, quasi l'una. Santianno, sollevò la cornetta.

«Pronto? Chi parla?» spiò con una voce che avrebbe fatto scantare un brigante di passo.

«Ti ho svegliato? Sono Nicolò.»

«No, ero ancora vigliante. Ci sono novità?»

«Nessuna, ma ti voglio contare una cosa che ti metterà di buonumore.»

«Ce ne vuole.»

«La sai qual è la teoria che il PM Tommaseo ha tirato fora in un'intervista che gli ho fatto? Che non è stata la mafia ad ammazzare i due come afferma Guarnotta.»

«Allora chi è stato?»

«Secondo Tommaseo, un terzo uomo geloso che li ha colti sul fatto. Che te ne pare?»

«A Tommaseo, appena c'è di mezzo tanticchia di sesso, la fantasia gli parte per la tangente. Quando la mandi in onda?»

«Mai. Il procuratore capo, saputa la cosa, mi ha telefonato. Era impacciato, povirazzo. E io gli ho dato la mia parola che non avrei reso pubblica l'intervista.»

Lesse tre pagine scarse di Simenon, ma, per quanto si sforzasse, non arrinisì a procedere oltre, aveva troppo sonno. Astutò la luce e sinni calumò di subito in un sogno chiuttosto sgradevole. Era sott'acqua nuovamente, vicino all'auto di Gargano, e vidiva il corpo di Giacomo dintra all'abitacolo che si cataminava come un astronauta senza piso, accennava a una specie di danza. Poi una voce arrivava dall'altra parte dello scoglio.

«Cucù! Cucù!»

Si voltava di scatto e vedeva il ragioniere Gargano. Morto macari lui e da gran tempo, la faccia cummigliata da lippo verde, alghe che gli si attorcigliavano alle braccia, alle gambe. La corrente lo faceva ruotare lentamente su se stesso come se fosse infilato in uno spiedo e messo sul girarrosto. Ogni volta che la faccia, o quello che era, di Gargano si veniva a trovare rivolta verso Montalbano, rapriva la vucca e faciva:

«Cucù! Cucù!»

S'arrisbigliò emergendo con fatica dal sogno, tutto sudato. Addrumò la luce. Ed ebbe l'impressione che un'altra luce, violenta e rapida come un lampo, gli fosse per un attimo esplosa nel ciriveddro.

Completò la frase interrotta dalla telefonata di Zito: la signorina Mariastella Cosentino si comportava come se sapesse perfettamente dove era andato ad ammucciarsi il ragioniere Gargano.

QUINDICI

Dopo quel pinsero, arriniscì a dormiri picca e nenti. Pigliava sonno e manco passava una mezzorata che s'arrisbigliava e di subito la mente gli correva a Mariastella Cosentino. Di due dei tre impiegati della Re Mida era arrinisciuto a farsi preciso concetto, macari se a Giacomo non l'aveva mai visto se non da morto. Alle sette si susì, mise la cassetta che gli avevano preparato a Retelibera e se la taliò attentamente. Mariastella vi compariva due volte in occasione dell'inaugurazione dell'agenzia a Vigàta e tutte e due le volte allato a Gargano. E lei che se lo taliava, adorante. Un amore a prima vista, dunque, che col passare del tempo sarebbe diventato totale, assoluto. Doveva parlare con la picciotta e aveva una buona scusa. Dato che le sue supposizioni venivano via via confermate dai fatti, le avrebbe domandato se i rapporti tra Gargano e Pellegrino negli ultimi tempi apparivano tesi. Se avesse detto di sì, macari questa supposizione, vale a dire che i due si erano appattati per fingersi sciarriati, si sarebbe rivelata inzertata. Ma prima di andarla a trovare, decise che aveva bisogno di saperne di più su di lei.

Arrivò in commissariato verso le otto e subito chiamò Fazio.

«Voglio notizie su Mariastella Cosentino.»

«O Gesù biniditto!» fece Fazio.

«Perché ti meravigli?»

«Certo che mi devo ammaravigliare, dottore! Quella pare viva, ma invece morta è! Che vuole sapere?»

«Se su di lei in paisi corrono o sono corse voci. Che

ha fatto o dove ha travagliato prima d'impiegarsi da Gargano. E che gente erano suo patre e sua matre. Dove vive e che abitudini ha. Sappiamo, per esempio, che non ha la televisione, ma il telefono sì.»

«Quanto tempo ho?»

«Massimo alle undici mi vieni a riferire.»

«Va bene, dottore, però lei mi deve fare un favore.»

«Se posso, volentieri.»

«Può, dottore, può.»

Niscì, tornò con sulle vrazza una quintalata di carte da firmare.

Alle undici spaccate Fazio tuppiò alla porta, trasì. Il commissario l'accolse con soddisfazione: era arrivato a firmare tre quarti delle pratiche e aveva il braccio anchilosato.

«Pigliati le carte e portatele via.»

«Macari quelle non firmate?»

«Macari quelle.»

Fazio le pigliò, le portò nella sua cammara, tornò.

«Ho saputo picca» fece assittandosi.

Tirò fora dalla sacchetta un foglio scritto fitto.

«Fazio, una premessa. Ti scongiuro di dare il meno sfogo possibile al tuo complesso dell'anagrafe. Dimmi solo le cose essenziali, non mi fotte niente sapere la data esatta e dove si sono maritati il patre e la matre di Mariastella Cosentino. D'accordo?»

«D'accordo» disse Fazio facendo il muso storciuto.

Lesse il foglio due volte, poi lo ripiegò e se lo rimise in sacchetta.

«La signorina Cosentino è sua coetanea, dottore. È nata qua nel febbraio del 1950. Figlia unica. Suo padre era Angelo Cosentino, commerciante in legnami, persona onesta, stimata e rispettata. Apparteneva a una delle più antiche famiglie di Vigàta. Quando nel '43 arrivarono gli americani, lo fecero sindaco. E sindaco è restato fino al 1955. Poi non ha voluto fare più politica. La madre, Carmela Vasile-Cozzo...»

«Come hai detto?» fece Montalbano che fino a quel momento l'aveva seguito distrattamente.

«Vasile-Cozzo» ripeté Fazio.

Vuoi vedere che c'era parentela con la signora Clementina? Se c'era, tutto sarebbe stato più facile.

«Aspetta un momento» disse a Fazio. «Devo fare una telefonata.»

La signora Clementina si mostrò felice di sentire la voce di Montalbano.

«Da quand'è che non viene a trovarmi, malaconnutta che non è altro?»

«Mi deve perdonare, signora, ma il lavoro... Senta, signora, lei per caso era parente di Carmela Vasile-Cozzo, la madre della signorina Mariastella?»

«Certo. Prime cugine, figlie di due fratelli. Perché mi fa questa domanda?»

«Signora Clementina, le porto disturbo se passo a trovarla?»

«Lei sa benissimo quanto piacere mi fa vederla. Purtroppo non posso invitarla a pranzo, ci sono mio figlio, sua moglie e il nipotino. Ma se vuole passare verso le quattro del pomeriggio...»

«Grazie. A più tardi.»

Riattaccò, taliò Fazio pinsiroso.

«Sai che ti dico? Che non ho più bisogno di tia. Contami solo se su Mariastella corrono voci.»

«Che voci vuole che corrano? Salvo il fatto che era innamorata cotta di Gargano. Ma dicono macari che tra di loro di concreto non c'è stato nenti.»

«Va bene, puoi andare.»

Fazio niscì murmuriandosi.

«Una matinata sana mi fici perdiri stu santu cristianu!»

Alla trattoria San Calogero mangiò accussì svogliatamente che macari il proprietario se ne addunò.

«Che abbiamo, pinseri?»

«Qualcuno.»

Niscì e se ne andò a farsi una passiata sul molo sino a sotto il faro.

S'assittò al solito scoglio, s'addrumò una sigaretta. Non voleva pinsare a nenti, voleva solo starsene lì, a sentire lo sciacquìo del mare tra gli scogli. Ma i pinseri vengono macari se fai di tutto per tenerli lontani. Quello che gli venne, riguardava l'àrbolo d'aulivo ch'era stato abbattuto. Ecco, gli restava solo lo scoglio ora, come rifugio. Si trovava all'aria aperta, certo, ma di colpo ebbe una curiosa sensazione di mancanza d'aria, come se lo spazio della sua esistenza si fosse improvvisamente ristretto. E di molto.

La signora Clementina principiò a parlare dopo che, assittati in salotto, si erano pigliati il cafè.

«Mia cugina Carmela si maritò giovanissima con Angelo Cosentino che era colto, gentile, disponibile. Ebbero solo una figlia, Mariastella. È stata mia allieva, aveva un carattere particolare.»

«In che senso?»

«Nel senso che era molto chiusa, riservata, quasi scontrosa. A parte questo, era anche molto formalista. Si diplomò ragioniera a Montelusa. Il fatto di avere perduto la madre quando aveva solo quindici anni credo che abbia inciso assai negativamente su di lei. Da quel momento si dedicò al padre. Non usciva più nemmeno di casa.»

«Economicamente stavano bene?»

«Non erano ricchi, ma non credo fossero nemmeno poveri. Dopo cinque anni dalla morte di Carmela, morì macari Angelo. Quindi Mariastella aveva vent'anni, non era più una picciliddra. Ma si comportò come tale.»

«Che fece?»

«Bene, quando seppi che Angelo era morto, andai a trovare Mariastella. Con me c'era altra gente, uomini, fìmmine. Mariastella ci si fece incontro, vestita come al solito, non aveva pigliato il nero manco quando la madre era morta. Io, che ero la parente più stritta, l'abbracciai, la confortai. Lei si staccò da me e mi taliò: "chi è morto?" mi spiò. Aggelai, amico mio. Non voleva persuadersi che suo padre era morto. La questione andò avanti...»

«... per tre giorni» disse Montalbano.

«Come lo sa?» spiò la signora Clementina Vasile-Cozzo imparpagliata.

Il commissario la taliò più imparpagliato di lei.

«Mi crede se le dico che non lo so?»

«Durò tre giorni, appunto. Ci mettemmo tutti a cercare di persuaderla: il parrino, il dottore, io, quelli dell'impresa funebre. Niente da fare. La salma del povero Angelo stava lì, sul suo letto, e Mariastella non si persuadeva di lasciarlo ai becchini. Allora...»

«... proprio quando avevate deciso di ricorrere alla forza, cedette» disse Montalbano.

«Beh» fece la signora Vasile-Cozzo, «se lei la storia la sa già, perché vuole che io gliela riconti?»

«Mi creda, non la so» fece il commissario a disagio. «Ma è come se questa storia mi fosse già stata contata. Solo che non riesco a ricordare né come né dove né perché. Vuole che facciamo un esperimento? Se io le domando ora: "pensaste allora che Mariastella era pazza?", conosco già la sua risposta: "non pensammo che era pazza, pensammo che era spiegabile che si comportasse così".»

«Già» fece la signora Clementina sorpresa «pensammo proprio questo. Con tutte le sue forze, Mariastella rifiutava la realtà, rifiutava d'essere un'orfana, priva di qualcuno al quale potersi appoggiare.»

Ma Dio santo, come faceva a conoscere persino i pensieri dei protagonisti di quella storia? Verso il 1970 suo padre e lui mancavano da anni da Vigàta, non ci avevano parenti o amici, in quel tempo tra l'altro studiava a Catania. Quindi quella facenna non era stata manco vissuta da qualcuno che vi aveva direttamente partecipato. E allora come si spiegava?

«E poi che successe?» spiò.

«Per qualche anno Mariastella campò con quel poco che le aveva lasciato il padre. Poi un parente riuscì a trovarle un posto a Montelusa. Vi lavorò fino a quarantacinque anni. Ma non frequentava più nessuno. A un certo momento si licenziò. Spiegò, ora non ricordo a chi, che si era licenziata perché si scantava della strada che doveva fare ogni giorno per andare e tornare da Montelusa. Il traffico era troppo aumentato, s'innervosiva.»

«Ma non sono manco dieci chilometri.»

«Che vuole che le dica. E a chi le fece osservare che pure per andare da casa sua in paese doveva farsela in macchina, rispose che su quella strada si sentiva più sicura perché la conosceva.»

«E come mai decise di tornare a impiegarsi? Aveva bisogno?»

«No. In tutto il tempo che aveva lavorato a Montelusa, era riuscita macari a mettere qualcosa da parte. E in più credo avesse una piccola pensione. Piccola, ma a lei bastava e superchiava. No, s'impiegò perché fu Gargano ad andarla a cercare.»

Montalbano satò addritta dalla poltrona, parse un arco scoccato. La signora Vasile-Cozzo sussultò per la reazione del commissario, portò una mano al cuore.

«Si conoscevano da prima?!»

«Commissario, si calmi, a momenti mi faceva venire un infarto.»

«Mi scusi» fece Montalbano tornando ad assittarsi. «Io sapevo che era stata lei a presentarsi a Gargano.»

«No, la cosa andò così. La prima volta che Emanuele

Gargano venne a Vigàta, domandò di Angelo Cosentino, spiegando che suo zio, quello che viveva a Milano e che gli aveva fatto da padre, gli aveva raccontato che Angelo, quand'era sindaco, l'aveva tanto aiutato sino a salvarlo dal fallimento. Infatti io stessa mi ricordo che fino agli anni Cinquanta c'era un rappresentante di commercio che si chiamava Filippo Gargano. Dissero a Gargano che Angelo era morto e che della famiglia restava solamente una figlia, Mariastella. Gargano insistette per conoscerla, le offrì un impiego e lei accettò.»

«Perché?»

«Vede, commissario, venne Mariastella stessa a dirmi di quest'impiego. È stata l'ultima volta che l'ho vista, poi non è più venuta a trovarmi. Del resto, dalla morte del padre ci siamo incontrate sì e no una decina di volte. La risposta è semplice, commissario: si era ingenuamente e perdutamente innamorata di Gargano. Era evidente da come me ne parlò. E non mi risulta che Mariastella abbia mai avuto un fidanzato. Poverina, lei la conosce...»

«Perché?» ripeté Montalbano.

La signora Clementina lo taliò strammata.

«Non mi ha sentito? Mariastella si era...»

«No, mi domandavo perché un mascalzone come Gargano l'abbia assunta. Per riconoscenza? Ma via, Gargano è un lupo. Scannerebbe gli appartenenti al suo stesso branco. Aveva tre impiegati a Vigàta. Uno, quello che è stato ammazzato, era un furbo, competentissimo nel suo mestiere, che però si faceva passare per incompetente o quasi. Ma Gargano aveva subito capito com'era fatto. L'altra è una bellissima ragazza. E macari in questo caso si può capire la ragione. Ma Mariastella?»

«Per tornaconto» disse la signora. «Per puro tornaconto. Anzitutto perché agli occhi del paese sarebbe apparso come un uomo che non si scordava di chi lo aveva, direttamente o indirettamente, beneficato. E che quel beneficio ripagava in qualche modo con l'assunzione di Mariastella. Non era una bella facciata per un truffatore? E poi perché avere sottomano una fìmmina innamorata fa sempre comodo a un uomo, truffatore o no.»

Gli pareva di ricordare che l'agenzia chiudeva alle cinque e mezzo. Chiacchiariando con la signora Clementina, non si era addunato del tempo. Ringraziò, salutò, promise che sarebbe tornato presto, salì in macchina, partì. Vuoi vedere che trovava l'agenzia inserrata? Quando arrivò all'altezza della Re Mida vide che Mariastella aveva già chiuso il portone e che stava arrimiscando nella borsetta, evidentemente in cerca delle chiavi. Trovò quasi subito un posto. Parcheggiò e scinnì dalla macchina. E tutto principiò ad essere come quando in una pellicola adoprano il rallentatore. Mariastella stava traversando la strada, la testa calata, senza taliare né a dritta né a manca. E tutt'inzèmmula si fermò, proprio quando stava sopraggiungendo una macchina. Montalbano sentì la frenata, vide l'auto lentissimamente pigliare in pieno la fìmmina, farla cadere, sempre con estrema lentezza. Il commissario si mise a correre e tutto tornò al suo ritmo naturale.

L'investitore scinnì, si calò su Mariastella ch'era stinnicchiata 'n terra, ma si cataminava, cercando di rialzarsi. Di corsa stavano venendo altre persone. L'investitore, un omo piuttosto distinto, sissantino, era scantato a morte, giarno giarno.

«Si è fermata di colpo! Io pensavo che...»

«Si è fatta molto male?» spiò Montalbano a Mariastella, aiutandola a rialzarsi. E rivolto agli altri:

«Andate via! Non è successo niente di grave!»

I sopravvenuti, che avevano riconosciuto il commissario, si allontanarono. L'investitore invece non si mosse.

«Che vuole?» gli spiò Montalbano mentre si calava a pigliare la borsetta da terra.

«Come che voglio? Voglio accompagnare la signora all'ospedale!»

«Non vado all'ospedale, non mi sono fatta niente» disse decisa Mariastella taliando il commissario per averne l'appoggio.

«E no!» fece il signore. «Quello che è capitato non è capitato per colpa mia! Io voglio un referto medico!»

«E perché?» spiò Montalbano.

«Perché poi, alla scordatina, la signora qua presente capace che se ne esce dicendo che ha subìto fratture multiple e io mi vengo a trovare nei guai coll'assicurazione!»

«Se non si leva dai cabasisi entro un minuto» disse Montalbano «io le spacco la faccia con un cazzotto e lei poi mi porta il referto medico.»

L'omo non sciatò, trasì in auto, partì sgommando, cosa che macari non aveva mai fatto in vita so', ma che stavolta lo scanto gli faceva fare.

«Grazie» fece Mariastella pruiendogli la mano. «Buonasera.»

«Che vuole fare?»

«Piglio la macchina e me ne torno a casa.»

«Non se ne parla nemmeno! Lei non è in condizioni di guidare. Non si accorge che sta tremando?»

«Sì, ma è normale. Tra poco passa.»

«Senta, io le ho dato una mano a non farla andare all'ospedale. Ma ora deve fare quello che dico io. A casa l'accompagno con la mia macchina.»

«Sì, ma domani mattina come vengo in ufficio?»

«Le prometto che entro stasera uno dei miei uomini le riporterà la sua auto davanti alla porta di casa. Mi dia ora le chiavi, così non ce ne scordiamo. È la Cinquecento gialla, no?»

Mariastella Cosentino tirò fora le chiavi dalla borsetta, le pruì al commissario. Si diressero verso l'auto di Montalbano, Mariastella strascicava tanticchia la gamba mancina e teneva la spalla della stessa latata tutta isata, una posizione che forse le faceva provare meno dolore.

«Vuole mettersi sottobraccio?»

«No, grazie.»

Cortese e ferma. Se avesse pigliato il braccio del commissario, cosa avrebbe potuto pinsare la gente a vederla in tanta confidenza con un omo?

Montalbano le tenne aperto lo sportello e lei trasì con cautela, lenta.

Evidentemente aveva pigliato una brutta botta.

Domanda: quale sarebbe stato il dovere del commissario Montalbano?

Risposta: accompagnare l'infortunata all'ospedale.

Domanda: perché allora non lo faceva?

Risposta: perché in realtà il dottor Salvo Montalbano, un verme sotto le mentite spoglie di commissario di Polizia, voleva approfittare di questo momento di turbamento della signorina Mariastella Cosentino per abbatterne le difese e sapere tutto di lei e dei suoi rapporti con Emanuele Gargano, truffatore e assassino.

«Dove le fa male?» le spiò Montalbano mettendo in moto.

«A un fianco e alla spalla. Ma è stata la caduta.»

Voleva dire che la macchina del sissantino le aveva solo un forte ammuttuni, sbattendola 'n terra. La violenza della caduta sulle bàsole della strata le aveva fatto danno. Ma non grave, l'indomani a matino si sarebbe arrisbigliata col fianco e la spalla di un bel colore blu-verdastro.

«Mi guidi lei.»

E Mariastella lo guidò fino a fora Vigàta, facendogli pigliare una strata dove a dritta e a mancina si vedevano non case, ma rare vecchie ville solitarie, alcune delle quali in stato d'abbandono. Il commissario non era mai stato da quelle parti, ne era certo, perché lo meravigliava il fatto di venirsi a trovare in un posto rimasto come bloccato a prima della speculazione edilizia, della cementificazione selvaggia. Mariastella dovette capire la meraviglia del commissario.

«Queste ville che vede sono state costruite tutte nella

seconda metà dell'Ottocento. Erano le case di campagna dei vigatesi ricchi. Abbiamo rifiutato offerte miliardarie. La mia è quella lì.»

Montalbano non isò gli occhi dalla strata, ma sapeva che *era una grossa casa quadrata che era stata una volta bianca, decorata da spire e balconi a volute nella pesante levità dello stile anni 1870...*

Finalmente isò gli occhi, la taliò, la vide, era come aveva pensato, anzi meglio, la casa coincideva perfettamente, una stampa e una figura, a come gli era stato suggerito di pinsarla. Ma suggerito da chi? Possibile che quella casa l'avesse già vista? No, era certo.

«Quando è stata costruita?» spiò, timoroso della risposta.

«Nel 1870» disse Mariastella.

SEDICI

«Al piano di sopra sono anni e anni che non salgo più» disse Mariastella mentre rapriva il pesante portone. «Io mi sono sistemata al piano terra.»

Il commissario notò le pesanti inferriate alle finestre. Quelle del piano superiore erano invece chiuse dalle persiane di un colore oramai indefinibile, con molte listelle mancanti. L'intonaco era scrostato.

Mariastella si voltò.

«Se vuole entrare un momento...»

Le parole erano un invito, ma gli occhi della fìmmina dicevano tutto il contrario, dicevano:

«Per carità, vattene, lasciami sola e in pace.»

«Grazie» disse Montalbano.

E trasì. Attraversarono una vasta anticamera disadorna, *poco illuminata, da cui una scalinata saliva verso tenebre ancora più fitte. Odorava di polvere e di abbandono: un odore chiuso e muffito.* Mariastella gli raprì la porta del salotto. *Era addobbato di mobilia pesante e rivestita di cuoio.* Quella specie di incubo che aveva già patuto ascoltando il racconto della signora Clementina ora addiventava sempre più opprimente. Dintra al suo cireveddro una voce sconosciuta disse: "ora cerca il ritratto". Obbedì. Si taliò torno torno e lo vide sopra un tanger, *in un portaritratti patinato coi suoi fregi dorati, un ritratto a pastello* di un uomo anziano, coi baffi.

«Quello è suo padre?» spiò, certo e nello stesso tempo scantato della risposta.

«Sì» disse Mariastella.

E fu allora che Montalbano capì che non poteva più

tirarsi narrè, che doveva addentrarsi ancora di più in quell'inspiegabile zona scura che stava tra la realtà e quello che la sua testa stessa gli andava suggerendo, una realtà che si creava mentre la pensava. Sentì che di colpo gli era venuta la febbre, gli acchianava di minuto in minuto. Che gli stava capitando? Non credeva alle magarìe, ma in quel momento ci voleva molta fiducia nella propria ragione per non crederci, per mantenersi coi piedi per terra. Si addunò che stava sudando.

Gli era successo, anche se raramente, di vedere per la prima volta un posto e provare la sensazione di esserci già stato o di rivivere situazioni in precedenza vissute. Ma ora si trattava di qualcosa di assolutamente diverso. Le parole che gli tornavano a mente non gli erano state dette, non gli erano state contate, pronunziate da una voce. No, ora era persuaso di averle lette. E quelle parole scritte lo avevano tanto colpito e forse turbato da stamparglisi nella memoria. Dimenticate, ora tornavano vive, violente. E tutto 'nzèmmula capì. Capì, sprofondando in una specie di scanto quale mai in vita sua aveva provato e mai pinsato che si potesse provare. Aveva capito che stava vivendo dentro un racconto. Era stato trasportato dintra a un racconto di Faulkner, letto tanti anni avanti. Com'era possibile? Ma non era quello il momento di darsi spiegazioni. L'unica era continuare a leggerlo e a viverlo, quel racconto, arrivare alla terribile conclusione che già conosceva. Non c'era altro da fare. Si susì addritta.

«Vorrei che lei mi facesse vedere la sua casa.»

Lei lo taliò sorpresa e macari tanticchia irritata per quella violenza alla quale il commissario le domandava di sottoporsi. Ma non ebbe il coraggio di dire di no.

«Va bene» disse, susendosi a fatica.

Il vero dolore della caduta cominciava certamente a farsi sentire. Tenendo una spalla assai più alta dell'altra e reggendosi il braccio con una mano, fece strada a

Montalbano verso un lungo corridoio. Raprì la prima porta di mancina.

«Questa è la cucina.»

Molto grande, spaziosa, ma scarsamente usata. Su una parete erano appesi pentole e pentolini di rame resi quasi bianchi dal pruvolazzo che vi si era depositato. Raprì la porta di fronte.

«Questa è la sala da pranzo.»

Mobili scuri di noce, massicci. Negli ultimi trenta anni, doveva essere stata adoperata una o al massimo due volte. La porta venne richiusa.

Procedettero di qualche passo.

«Questo a sinistra è il bagno» disse Mariastella.

Ma non lo raprì. Proseguì ancora di tre passi, si fermò davanti a una porta chiusa.

«Qui c'è la mia camera. Ma è in disordine.»

Si voltò verso la porta di fronte.

«Questa è la camera degli ospiti.»

Raprì la porta, stinnì il vrazzo, addrumò la luce, si fece di lato per lasciar passare il commissario. *Un drappo funereo, lieve e pungente come in una tomba, sembrava coprire ogni cosa in questa stanza...*

E Montalbano in un attimo vide quello che già si aspettava di vedere, *da una sedia pendeva l'abito accuratamente piegato: disotto le due mute scarpe e le calze buttate vicino.*

E sul letto, marrone di sangue rappreso, accuratamente avvolto nel nylon e ancora più accuratamente sigillato da nastro adesivo, *stava allungato lui*, Emanuele Gargano.

«E non c'è più altro da vedere» disse Mariastella Cosentino, astutando la luce della cammara degli ospiti e richiudendo la porta. Tornò, con la caminata oramà sghemba, a rifare il corridoio verso il salotto, mentre Montalbano se ne stava lì, davanti alla porta chiusa, incapace di cataminarsi, di fare un passo. Mariastella non aveva visto il morto. Per lei non esisteva, non c'era su

quel letto insanguinato, l'aveva completamente rimosso.
Come, tanti anni avanti, aveva fatto col padre. Il commissario sentiva dintra al cirivéddro fischiare una specie
di bufera, testa ventosa tra ventosi spazi, non arrinisciva
a bloccare una frase, due parole che messe l'una appresso all'altra avevano un senso compiuto. Poi gli arrivò un
lamintìo, una specie di mugolìo d'armalo ferito. Arriniscì a dare un passo, a nesciri dalla paralisi con uno strappo quasi doloroso, corse in salotto. Mariastella era assittata su una poltrona, era addivintata giarna, si teneva la
spalla con una mano, le labbra le tremavano.

«Dio, che dolore che m'è venuto!»

«Le chiamo un medico» disse il commissario, aggrappandosi a quel momento di normalità.

«Mi chiami il dottor La Spina» disse Mariastella.

Il commissario lo conosceva, era un sittantino che si
era ritirato, curava solamente gli amici. Corse in anticamera, c'era l'elenco posato allato al telefono. Sentiva
Mariastella che continuava a lamentarsi.

«Dottor La Spina? Montalbano sono. Conosce la signorina Mariastella Cosentino?»

«Certo, è una mia paziente. Che le è capitato?»

«È stata investita. Le fa molto male una spalla.»

«Arrivo subito.»

E fu qui che gli venne la soluzione convulsamente
cercata. Abbassò la voce, sperando che il medico non
fosse sordo.

«Dottore, senta. Glielo chiedo sotto la mia personale
responsabilità. Ho bisogno, e non mi faccia ora domande, che la signorina Mariastella dorma profondamente
per qualche ora.»

Riattaccò, respirò profondamente tre o quattro volte.

«Arriva subito» fece ritrasendo in salotto e cercando di
darsi un'ariata la più normale possibile. «Fa tanto male?»

«Sì.»

Quando ebbe poi a contare la storia, il commissario

non arriniscì a ricordare che altro si erano detti. Forse erano restati in silenzio. Appena sentì una macchina arrivare, Montalbano si susì, andò a raprire il portone.

«Mi raccomando, dottore, la medichi, faccia quello che deve fare, ma soprattutto la faccia dormire profondamente. Nell'interesse stesso della signorina.»

Il dottore lo taliò a lungo negli occhi, s'arrisolse a non fare domande.

Montalbano restò fora, s'addrumò una sigaretta, si mise a passiare davanti alla casa. Faceva scuro. E gli tornò a mente il professor Tommasino. Di che odorava la notte? Inspirò profondamente. Odorava di frutta marcia, di cose che si disfacevano.

Il dottore niscì dalla casa dopo una mezzorata.

«Non ha niente di rotto, due brutte contusioni alla spalla, che le ho fasciata, e all'anca. L'ho persuasa a mettersi a letto, ho fatto come voleva lei, dorme già, andrà avanti per qualche ora.»

«Grazie, dottor La Spina. E per il suo disturbo, vorrei...»

«Lasci perdere, Mariastella la curo da quand'era picciliddra. Però non mi sento di lasciarla sola, vorrei chiamare un'infermiera.»

«Ci resto io con lei, non si preoccupi.»

Si salutarono. Il commissario aspittò che la macchina fosse scomparsa, trasì in casa, inserrò il portone. Ora veniva la parte più difficile, tornare di propria volontà nell'incubo del racconto, ridiventarne personaggio. Passò davanti alla cammara di Mariastella, la vide che dormiva nel suo letto sotto la coperta *di un color rosa stinto, i lumi parati di rosa, la toletta, la delicata serie di cristalli e gli oggetti...* Ma non era un sonno sereno, i suoi lunghi capelli color grigio-ferro parevano muoversi in continuazione sul cuscino. Si decise, raprì l'altra porta, addrumò il lampadario, trasì. L'involto sul letto sparlucci-

cava per i riflessi della luce sul nylon. Si avvicinò, si calò
a taliare. La canottiera di Emanuele Gargano era bru-
ciacchiata all'altezza del cuore, il foro d'entrata si vedeva netto. Non si era suicidato, la pistola era ordinatamente appoggiata sull'altro comodino. Mariastella
l'aveva ammazzato nel sonno. Invece, sul comodino più
vicino al morto c'erano posati un portafoglio e un Rolex. Per terra, allato al letto, stava una valigetta aperta,
dintra si vedevano dischetti da computer, carte. La valigetta di Pellegrino.

   Ora doveva concludere veramente il racconto. *Sopra
l'altro guanciale era impresso l'incavo di una testa*? C'era,
sopra l'altro guanciale, *un lungo capello color grigio-ferro*? Si sforzò di taliare. Sull'altro cuscino non c'era nessun incavo, nessun capello color grigio-ferro.

   Respirò, sollevato. Almeno questo gli era stato risparmiato. Astutò la luce, niscì, richiuse la porta, tornò nella
cammara di Mariastella, pigliò una seggia, s'assittò allato
a lei. Una volta qualcuno gli aveva detto che il sonno provocato apposta è privo di sogni. Allora pirchì quel pòviro
corpo ogni tanto era traversato, scosso da sussulti violenti come per una forte scarica elettrica? E sempre quello
stesso qualcuno gli aveva spiegato come qualmente dormendo non si poteva piangere veramente. E allora pirchì
grosse lagrime scivolavano da sotto le palpebre della fìmmina? Che ne sapevano, macari gli scienziati, di cosa poteva capitare nel misterioso, indecifrabile, irraccontabile
paese del sonno. Le pigliò una mano tra le sue. Scottava.
Aveva sopravvalutato Gargano, era solo un truffatore,
non aveva retto all'omicidio di Giacomo. Dopo aver fatto
cadere in mare la macchina, agguantata la valigetta, era
corso a tuppiare alla porta di Mariastella, certo che la
fìmmina non avrebbe mai parlato, non l'avrebbe mai tradito. E Mariastella l'aveva accolto, confortato, ospitato.
Poi, quando gli aveva fatto pigliare sonno, gli aveva sparato. Per gelosia? Una folle reazione alla rivelazione del

rapporto del suo Emanuele con Giacomo? No, Mariastella non l'avrebbe mai fatto. E allora capì: l'aveva ammazzato per amore, per sparagnare, all'unico essere veramente amato nella sua vita, il disprezzo, il disonore, la
galera. Non poteva esserci altra spiegazione. La parte più
oscura (o quella più chiara) gli suggerì una soluzione facile. Pigliare l'involto, metterlo nel bagagliaio della sua
macchina, andare nello stesso posto dove era stato ammazzato Giacomo, scagliarlo in mare. Nessuno avrebbe
pensato a un coinvolgimento di Mariastella Cosentino. E
lui se la sarebbe scialata a vedere la faccia di Guarnotta
quando avrebbe visto il catàfero di Gargano accuratamente avvolto nel nylon: perché la mafia l'ha incartato? si
sarebbe domandato, sgomento.

Ma era uno sbirro.

Si susì, si erano fatte le otto, andò al telefono, forse
Guarnotta era ancora in ufficio.

«Pronto, Guarnotta? Montalbano sono.»

E gli spiegò cosa doveva fare. Poi tornò nella cammara di Mariastella, le asciugò il sudore dalla fronte con la
punta del linzolo, si assittò, le pigliò nuovamente la mano tra le sue.

Poi, dopo non seppe quanto, sentì arrivare le macchine. Raprì il portone, andò incontro a Guarnotta.

«Hai chiamato un'infermiera e un'ambulanza?»

«Stanno arrivando.»

«Stai attento che c'è una valigetta. Forse riesci a ricuperare i soldi rubati.»

Mentre tornava verso Marinella, dovette fermarsi due
volte. Non ce la faceva a guidare, era sfinito e non solo
nel corpo. La seconda volta fermò e scinnì dalla macchina. Oramà si era veramente fatta notte. Respirò a fondo.
E allora sentì che la notte aveva cangiato odore: era un
odore leggero, fresco, era odore d'erba giovane, di citronella, di mentuccia. Ripartì esausto, ma confortato. Trasì
nella sua casa e di subito s'apparalizzò. Livia stava in

mezzo alla cammara, la faccia 'nfuscata, gli occhi scintillanti di raggia. Teneva isato a due mani il pullover che si era scordato di sotterrare. Montalbano raprì la vucca ma non gli niscì sono. Vide allora le braccia di Livia abbassarsi lentamente, la faccia che le cangiava d'espressione.

«Dio mio, Salvo, che hai? Che cosa ti è successo?»

Gettò 'n terra il pullover, corse ad abbracciarlo.

«Che ti è successo, amore? Che hai?»

E lo stringeva, disperata, scantata.

Montalbano ancora non era capace né di parlare né di ricambiare l'abbraccio. Ebbe un solo pinsero, nitido, forte:

"Meno male che è qua."

NOTA

L'idea di far svolgere a Montalbano un'indagine (alquanto anomala, quasi un divertissement) su un «mago» della finanza mi fu suggerita dalla lettura di un articolo di Francesco («Ciccio» per gli amici) La Licata intitolato *Multinazionale mafia* dove si accennava alla vicenda di Giovanni Sucato («il mago», appunto) che «riuscì, con una sorta di catena di Sant'Antonio miliardaria, a metter su un impero. Poi saltò in aria con l'auto». La mia storia è assai più modesta e, specialmente nella parte finale, assai diversa. Soprattutto diverse sono state le mie intenzioni nel contarla. E la mafia qui non c'entra per niente, malgrado la convinzione del dottor Guarnotta, uno dei personaggi. Tuttavia, devo pur sempre dichiarare che nomi e situazioni sono inventati e non hanno riferimento con la realtà. Qualsiasi coincidenza è dunque ecc. ecc. Il racconto di William Faulkner, nel quale Montalbano si trova a vivere, si intitola *Omaggio a Emilia*, è tradotto da Francesco Lo Bue ed è compreso nella raccolta *Questi tredici* (Torino 1948).

RACCONTI SCELTI DA
«UN MESE CON MONTALBANO»
«GLI ARANCINI DI MONTALBANO»
«LA PAURA DI MONTALBANO»

MEGLIO LO SCURO

UNO

Alle sett'albe, tra sonno e veglia, aveva distintamente sentito la rumorata dell'acqua che trasiva nei dù cassoni allocati supra il tetto della villetta di Marinella. E datosi che il municipio di Vigàta s'addignava d'elargire l'acqua ai citatini ogni tri giorni, la rumorata veniva a significare che Montalbano si sarebbe potuto fare una doccia a regola d'arte. Difatti, doppo avere priparato il cafè ed essersene vivuto con reverenzia la prima tazzina, si catapultò nel bagno e raprì al massimo i rubinetti. S'insaponò, si sciacquò, cantò tutt'intera, stonando, la marcia trionfale dell'*Aida* e mentre stava per pigliare l'asciucamano gli arrivò lo squillare del telefono. Niscì dal bagno nudo, vagnando il pavimento – che poi la cammarera Adelina glielo avrebbe fatto pagare macari senza lassargli niente da mangiare né in forno né in frigo – e sollevò il ricevitore. Sentì il segnale di libero. E allura com'era sta cosa che il telefono continuava a sonare? Ci mise a capacitarsi che non era il telefono, ma il campanello della porta d'ingresso. Taliò il ralogio sulla mensola della cammara di mangiare, non erano manco le otto del matino: a quell'ora chi poteva venire a tuppiare alla porta della so' casa se non uno dei suoi òmini del commissariato? Per scomidarlo, doveva certamente trattarsi di qualichi cosa di serio. Andò a raprire accussì come s'attrovava. E il parrino ch'era darrè la porta, a vederselo apprisentare davanti nudo, fece un salto narrè, imparpagliato.

«Mi... mi scusi» disse.

«Mi... mi scusi» fece il commissario, altrettanto intordonuto, malamente cercando di cummigliarsi le vrigogne con la mano mancina che non era bastevole.

Il parrino non lo sapeva, ma, a malgrado della situazione imbarazzante, aveva segnato un punto a suo favore nella considerazione di Montalbano. Perché al commissario facivano 'ntipatia i parrini che si vestivano in borghese, ora in jeans e maglione ora in spezzato sportivo, gli pareva che volessero ammucciarsi, mimetizzarsi. Questo che stava sulla porta era invece in tonaca, un quarantino sicco e distinto, l'ariata di pirsona che capisce.

«Lei entri che intanto mi vesto» fece Montalbano e scomparse in bagno.

Lo trovò, tornando, addritta nella verandina che taliava il mare. La matinata s'appresentava a colori puliti e forti.

«Possiamo parlare qua?» spiò il parrino.

«Certo» arrispose il commissario segnandogli un altro punto a favore.

«Sono don Luigi Barbera.»

Si strinsero la mano. Montalbano gli domandò se voleva un cafè, ma quello lo rifiutò. La gana di pigliarsene un'altra tazza passò al commissario vedendo che il parrino era combattuto, aveva da un lato prescia di dirgli quello che era venuto a dirgli e dall'altro era come se gli pesasse trasire in argomento.

«Mi dica» l'incitò.

«Sono passato a cercarla in commissariato. Lei non era ancora arrivato e uno dei suoi è stato tanto gentile da spiegarmi dove abitava. E così mi sono permesso.»

Montalbano non sciatò.

«È una faccenda delicata.»

Il commissario notò che ora al parrino ci stava sudando la fronte, gli si era allucidata.

«Una... una persona, che è in punto di morte, una settimana fa ha voluto confessarsi. Mi ha rivelato un segreto. Una sua gravissima colpa, per la quale ha pagato un innocente. Io l'ho convinta a parlarne, a liberarsi di questo suo peso non solo davanti a Dio, ma anche davanti agli uomini. Non voleva. Resisteva con tutte le forze, si ribellava. Finalmente ieri sera l'ho convinta, con l'aiuto di Dio. Siccome a lei la conosco di fama, ho pensato fosse la persona più giusta per...»

«Per cosa?» spiò Montalbano, sgarbato.

Ma quel parrino voleva proprio babbiare di prima matina? In prìmisi, a lui non piacevano i romanzi d'appendice, non ci si sarebbe mai fatto tirare dintra. E quello come un romanzo d'appendice si dichiarava fin dal semplice accenno a un segreto, a una gravissima colpa, a un innocente in càrzaro... Appresso, ne era più che certo, sarebbe venuto il resto del repertorio: l'orfanella maltrattata, il bel picciotto cattivo, il tutore latro... In secùndisi, a lui le pirsone in punto di morte facevano un tale scanto, gli smovevano dintra qualichi cosa di accussì oscuro e profondo che poi stava male per qualche giornata. No, non doveva assolutamente trasire in quella storia.

«Guardi, padre» fece susendosi per far capire all'altro che doveva andarsene, «la ringrazio della fiducia che ha in me, ma io ho troppo da fare per... Ripassi dal commissariato, domandi del dottor Augello e, a nome mio, gli dica di occuparsi lui di questa faccenda.»

Il parrino lo taliò con occhi che parivano quelli di un vitello un attimo prima di essere portato allo scannatoio. E disse, a voce tanto vascia che quasi non si capì:

«Non mi lasciare portare questa croce da solo, figlio.»

Che fu a colpire tanto il commissario? La scelta di quelle parole? Il tono con cui furono dette?

«Va bene» disse. «Vengo con lei. Ma siamo sicuri di non fare un viaggio a vacante?»

«Le posso garantire che quella persona le dirà...»

«Non mi riferivo a questo. Dicevo: siamo sicuri che il moribondo sia ancora in vita?»

«La moribonda, dottore. Sì, ho telefonato prima di venire da lei. Forse facciamo in tempo.»

Avevano deciso che il commissario avrebbe seguito con la sua l'auto del parrino, perciò non poté spiare altro a patre Barbera. E questa mancanza d'informazioni gli faceva criscìri il nirbuso, manco sapeva come faceva di nome la fimmina che stava andando a trovare e lo strammo della situazione era che stava per conoscere una persona che qualche ora appresso non avrebbe mai più potuto rivedere. Patre Barbera si diresse alla periferia di Vigàta, appena sulla strata per Montelusa girò a mancina, pigliò la direzione di Raffadali, doppo un tri chilometri girò ancora a mancina, oltrepassò un grande cancello di ferro, imboccò un viale alberato assai curato e si fermò davanti a una grossa villa.

«Dove siamo?» spiò il commissario appena scinnùto.

«Questa è una casa per anziani, si chiama La Casa del Sacro Cuore, la tengono le monache.»

«Dev'essere piuttosto cara» osservò Montalbano taliando un giardiniere all'opera e un'infirmera che portava a spasso un vecchio su una seggia a rotelle.

«Già» fece asciutto il parrino.

«Senta, prima di entrare, mi dica qualcosa. Anzitutto, come si chiama la... la signora?»

«Maria Carmela Spagnolo.»

«Di che sta morendo?»

«Di vecchiaia, si spegne lentamente come una candela. Ha novant'anni passati.»

«Marito? Figli?»

«Guardi, dottor Montalbano, so veramente poco di lei. È rimasta vedova abbastanza giovane, non ha figli, un solo nipote che vive a Milano e che paga la retta. So che viveva a Fela, poi, qualche tempo dopo la morte del marito, è andata all'estero. Cinque anni fa è tornata in Sicilia e si è fatta accogliere qua.»

«Perché proprio qua?»

«Questo posso spiegarglielo. È venuta in questa casa perché già c'era una sua amica d'infanzia che però è deceduta l'anno scorso.»

«Il nipote è stato avvertito?»

«Penso di sì.»

«Mi lasci fumare una sigaretta.»

Il parrino alzò le vrazza. Montalbano le stava cercando tutte per ritardare il momento nel quale si sarebbe venuto a trovare faccia a faccia con quella pòvira fimmina. Da parti so', patre Barbera non si capacitava come mai il commissario non mostrava poi tanto interesse alla cosa.

«E lei non sa nient'altro?»

Il parrino lo taliò serio serio.

«Certo che so altro. Ma quello che so mi è stato detto in confessione, capisce?»

Ecco che il romanzo d'appendice continuava. Ora trasiva in scena il prete che non poteva tradire il segreto rivelatogli nello scuro del confessionale. Bah, l'unica era di concludere presto, stare a sentire il delirio di una vecchia che non ci stava più con la testa e chiamarsi fora dalla partita.

«Andiamo.»

Pareva un albergo a dieci stelle, se mai ce n'erano. Dovunque aleggiavano fruscianti monache. Un ascensore grande quanto una cammara li portò al terzo e ultimo piano. Sul corridoio sparluccicante si aprivano una decina di porte. Da una veniva un lamento dispirato e continuo, da un'altra la musica di una radio o di una televisione, da una terza un'esile vecchia voce fimminina che cantava «C'è una chiesetta, amor / nascosta in mezzo ai fior...» Il parrino si fermò davanti all'ultima porta del corridoio, mezza aperta. Infilò la testa dintra, taliò, si rivolse al commissario.

«Venga.»

Per fare un passo avanti, Montalbano dovette immaginarsi che darrè di lui c'era un tale che gli dava un'ammuttuni e l'obbligava a cataminarsi. Nella cammara c'erano un letto, un tavolinetto con due seggie, un mobile con supra un televisore, due comode poltrone. Una porta dava nel bagno. Tutto pulitissimo, tutto in un ordine perfetto. Allato al letto, assittata supra una seggia, c'era una monaca che recitava il rosario muovendo appena le labbra. Della moribonda si vedeva solamente la testa d'aciddruzzo, i capelli pettinati. Patre Barbera spiò a bassa voce:

«Come sta?»

«Più in là che qua» arrispose la suora come in una puerile poesia, susendosi e niscendo dalla cammara.

Patre Barbera si calò sulla minuscola testa.

«Signora Spagnolo! Maria Carmela! Sono don Luigi.»

Le palpebre della vecchia non si raprirono, trimoliarono.

«Signora Spagnolo, c'è qui quella persona che le ho detto. Può parlare con lui. Io ora esco. Torno quando avrà finito.»

Manco stavolta la vecchia raprì l'occhi, fece appena appena 'nzinga di sì con la testa. Il parrino, passando allato al commissario, gli sussurrò:

«Faccia attenzione.»

A che? In prima il commissario non capì. Poi si rese perfettamente conto di quello che il parrino aveva voluto raccomandargli: attento che questa vita è tenuta da un niente, una filinia, un invisibile e fragilissimo filo di ragnatela, basta un tono di voce alto, un colpo di tosse a spezzarlo irreparabilmente. Si mosse in punta di piedi, s'assittò quatelosamente sulla seggia, disse a voce vascia, più a se stesso che alla moribonda:

«Io sono qui, signora.»

E dal letto arrivò una voce sottilissima, ma chiara, senza affanno, senza dolore:

«Lei è... lei è... 'a pirsuna giusta?»

"Sinceramente, non saprei" gli venne fatto di rispondere, ma arriniscì a tenere la bocca chiusa. Come si fa a dire, con certezza, a una persona qualisisiasi e in qualisisiasi situazione: sì, io sono la persona giusta per te? Ma forse la morente voleva semplicemente spiare se lui era un omo di liggi, uno che avrebbe fatto l'uso giusto di quello che sarebbe venuto a sapere. La vecchia dovette interpretare il dubbioso silenzio del commissario come una risposta affermativa e finalmente si decise, con un certo sforzo mosse la testina quel tanto che bastava, le palpebre sempre inserrate. Montalbano inclinò il busto verso il cuscino.

«Nun... nun era...»

Non era...

«vi... vilenu.»

veleno...

«Cristi... na 'u vosi...»

Cristina lo volle...

«e... iu... iu ci lu desi... ma...»

e io glielo diedi... ma...

«nun era... nun era...»

non era... non era...

«vilenu.»

veleno.

Nel silenzio assoluto di quella cammara nella quale non arrivavano manco rumori o voci di fora, Montalbano sentì una specie di sibilo a un tempo lontano e vicino. Capì che la signora Spagnolo aveva fatto un respiro funnuto, forse finalmente liberata da quel peso che da anni e anni si portava appresso. Aspittò che ripigliasse a parlare, a dire ancora qualichi cosa, perché quello che aveva detto era troppo poco e il commissario non sapeva da quale parte pigliare per cominciare a capirci.

«Signora» disse vascio vascio.

Nenti. Di sicuro si era appinnicata, esausta. Allora si

susì adascio, raprì la porta. Patre Barbera non c'era, la monaca invece stava addritta a qualche passo e cataminava sempre le labbra. Vitti il commissario e s'avvicinò.

«La signora si è addormentata» disse, scansandosi leggermente. La monaca trasì nella cammara, andò al letto, tirò fora il vrazzo mancino della vecchia da sotto le coperte, sentì il polso. Doppo tirò fora l'altro vrazzo e arravugliò il rosario che teneva alla cintura tra le mano della signora.

Fu solo allora che il commissario realizzò che quei gesti venivano a significare che la signora Maria Carmela Spagnolo era morta. Che con quella specie di sibilo non si era liberata dal peso del segreto, ma da quello della vita. E lui non aveva provato scanto. Non se ne era addunato. Forse perché non c'era stata né la sullenne sacralità della morte né la sua quotidiana, orrenda, televisiva dissacrazione. C'era stata la morte, semplicemente, naturalmente.

Patre Barbera lo raggiunse che lui intanto si era fumate dù sigarette una appresso all'altra.

«Ha visto? Siamo arrivati appena in tempo.»

Già. In tempo per abboccare a un'esca, sentire l'amo infilato nel cannarozzo e avere la certezza che la necessaria liberazione da quell'amo sarebbe stata longa e difficoltosa. Pigliato a tradimento era stato. Taliò il parrino quasi con rancore. L'altro parse non farci caso.

«Ha potuto dirle qualcosa?»

«Sì, che quello che aveva dato a una certa Cristina non era il veleno che quella voleva.»

«Corrisponde» disse il parrino.

«A cosa?»

«Vorrei aiutarla, mi creda. Ma non posso.»

«Io però l'ho aiutata.»

«Lei non è un prete tenuto al segreto.»

«Va bene, va bene» fece Montalbano acchianando nella sua auto. «Buongiorno.»

«Aspetti» disse patre Barbera.

Cavò da uno spacco sul fianco della tonaca un foglio di carta piegato in quattro, lo pruì al commissario.

«Dalla segreteria amministrativa mi sono fatto dare tutto quello che avevano sulla signora. Ho scritto anche il mio indirizzo e il mio numero di telefono.»

«Sa se hanno avvertito il nipote?»

«Sì, gli hanno detto del decesso. L'hanno chiamato a Milano. Arriverà a Vigàta domani mattina. Se vuole... posso farle sapere in quale albergo scende.»

Cercava di farsi pirdonari, il parrino.

Ma il danno era fatto.

DUE

«Dottori, dimando pirdonanza, ma vossia non si sente bono? Tiene malossessere?»

«No. Perché?»

«Mah, chi saccio... Mi pare che vossia c'è e non c'è.»

Aveva perfettamente ragione, Catarella. In ufficio c'era perché parlava, dava ordini, ragionava, ma con la testa stava dintra alla cammaretta linda e pinta del terzo piano di una casa per vecchi, allato al letto di una novantina morente la quale gli aveva detto che...

«Senti, Fazio, entra e chiudi la porta. Ti devo contare una cosa che mi è successa stamatina.»

Alla fine Fazio lo taliò dubitoso.

«E secondo il parrino, lei che dovrebbe fare?»

«Mah, cominciare a indagare, vedere...»

«Ma se non sa manco dove quando e come è capitato questo fatto del veleno! Capace che è una storia vecchia di sissanta o sittanta anni narrè! E poi: fu una cosa pubblica o una cosa che restò dintra la casa di persone perbene e nisciuno ne seppe mai nenti? Dottore, senta a mia: si scordasse la facenna. Le volevo dire che in merito alla rapina di ieri...»

«Fammi capire, Salvo. Tu mi hai contato questa storia per avere da me un consiglio? Se te ne devi occupare o no?»

«Esattamente, Mimì.»

«Ma perché vuoi pigliarmi per il culo?»

«Non capisco.»

«Tu non vuoi da me nessun consiglio! Tu hai già deciso!»

«Ah, sì?»

«Sì! Ma figurati se non ti ci butti dentro cavallo e carretto in una storia accussì, senza capo né coda! E vecchia, soprattutto! Capace che avrai a che fare con gente di cent'anni o poco meno!»

«Embè?»

«Tu ci sguazzi in questi viaggi a ritroso nel tempo. Tu te la sciali a parlare con vecchiareddri che macari s'arricordano il prezzo del burro nel 1912 e si sono scordati invece come si chiamano! Quel parrino è stato furbo, ti ha tagliato e cucito addosso un vestito perfetto.»

«Sai, Livia, stamattina ero sotto la doccia quando hanno suonato alla porta. Sono andato ad aprire nudo com'ero e...»

«Scusami, credo di non avere capito bene. Sei andato ad aprire completamente nudo?»

«Pensavo fosse Catarella.»

«E che significa? Catarella non è un essere umano?»

«Certo che lo è!»

«E allora perché vuoi infliggere a un essere umano la visione del tuo corpo nudo?»

«Hai detto infliggere?»

«L'ho detto e lo ripeto. O credi di essere tale e quale all'Apollo del Belvedere?»

«Spiegati meglio. Quando io sono nudo davanti a te tu pensi che io ti stia infliggendo la visione del mio corpo?»

«Certe volte sì e certe volte no.»

Quello era il principio della rituale azzuffatina telefonica. Poteva proseguire facendo finta di nenti o farla finire a schifìo. Scelse la prima strata. Disse qualcosa di spiritoso arriniscendoci malamente perché si era sentito offiso e finì di contare la storia a Livia.

«Hai intenzione d'occupartene?»

«Mah, non so. Ci ho pensato tutto il giorno. E in conclusione sono orientato verso il no.»

Livia fece un'irritante risatina.

«Perché ridi?»

«Così.»

«Ennò! Tu ora vieni e mi spieghi pirchì minchia ti scappò sta risateddra di scòncica!»

«Non parlarmi così e non usare il dialetto!»

«Va bene, scusa.»

«Cos'è la scòncica?»

«Sfottimento, presa in giro.»

«Non avevo nessuna intenzione di prenderti in giro. Era una risatina, come dire, di pura e semplice constatazione.»

«E che constatavi?»

«Che sei invecchiato, Salvo. Una volta in un caso così ti saresti buttato a capofitto. Tutto qua.»

«Ah, sì? Sono vecchio e flaccido?»

«Non ho detto flaccido.»

«Allora perché sostieni che la vista del mio corpo è come una specie di tortura?»

E stavolta la sciarra scoppiò.

Stinnicchiato sul letto, lesse il foglio che il parrino gli aveva dato in matinata.

Maria Carmela Spagnolo, fu Giovanni e fu Jacono Matilde, nata a Fela il 6 settembre 1910. Ha un fratello, Giacomo, di quattro anni più giovane. Il padre è avvocato e benestante. Lei viene educata in collegio, dalle suore. Nel 1930 sposa il dottor Alfredo Siracusa, ricco farmacista di Fela, proprietario di case e terreni. La coppia non ha figli. Rimasta vedova nel 1949, a metà dell'anno appresso vende tutto e si trasferisce a Parigi andando a vivere col fratello Giacomo, diplomatico di carriera. Lo segue in tutti i suoi spostamenti. Poi il fratello, che è sposato e ha un figlio, Michele, muore. Maria Carmela Spagnolo continua a vivere in giro per il mondo col nipote Michele, diventato ingegnere dell'ENI, celibe. Quando Michele Spagnolo va in pensione stabilendosi a Milano, Maria Carmela chiede di essere accolta nella Casa del Sacro Cuore. Ha fatto donazione di tutti i suoi soldi (che sono tanti) al nipote. Questi, in cambio, provvederà ai bisogni della zia finché lei resta in vita.

E con ciò, vi saluto e sono. A conti fatti, Montalbano da quella lettura non ci aveva ricavato niente. O forse qualichi cosa c'era e si poteva tradurre in una domanda: perché una fimmina, pochi mesi appresso essere restata vidova, vende tutto e se ne va all'estero, lassandosi alle spalle usi, abitudini, costumi, parentele e conoscenze?

Quella notte, certo a causa dei tri quarti di chilo di purpi affucati che Adelina gli aveva fatto trovare e che lui si era religiosamente sbafati pur sapendo che erano di perigliosa digestione, ebbe diversi incubi. In uno se ne andava strate strate completamente nudo, rugoso, la pelle cadente, appoggiandosi a dù bastoni e torno torno una gran quantità di fimmine, che stranamente somigliavano tutte a Livia, gli dava la scòncica e gli assugliava contro cani arraggiati. Tentava di rifugiarsi in qualche casa, ma tutte le porte erano sbarrate. Finalmente ne vedeva una aperta, trasiva e si veniva a trovare in un antro fumoso pieno di fornelli supra ai quali c'erano alambicchi e distillatori. Una cavernosa voce fimminina diciva:

«Avvicinati. Che vuoi da Lucrezia Borgia?»

Lui s'avvicinava e scopriva che Lucrezia Borgia altri non era che la pòvira signora Maria Carmela Spagnolo vedova Siracusa, di fresco defunta.

S'arramazzò nel letto fino a quasi le cinque, poi pigliò sonno e dormì quattro ore filate. Quando vide che erano le nove, santiando si lavò e si sbarbò di currùta, si vestì, raprì la porta e si trovò nell'occhio il dito di patre

Barbera che si apprestava a sonare il campanello. Bih, che grannissima camurrìa! Quello si era imparata la strata della so' casa e ora non se la scordava più!

«C'è qualcun altro in punto di morte?» spiò, con calcolata grevianza.

Patre Barbera non raccolse.

«Mi fa entrare? Solo per pochi minuti.»

Montalbano lo lasciò trasire, ma non gli disse d'assittarsi. Restarono addritta.

«Stanotte non ho chiuso occhio» disse il parrino.

«Macari lei ha mangiato purpi affucati?»

«No, io ho cenato con minestrina e un poco di formaggio.»

E non aggiunse altro. Possibile che si fosse scapicollato fino a Marinella per comunicargli il menu della sera avanti?

«Senta, stavolta ho veramente poco tempo.»

«Sono venuto a pregarla di lasciar perdere tutto. Che diritto avevo io di far venire a sua conoscenza, come uomo di legge, un fatto accaduto tantissimi anni fa che...»

«Precisiamo: nei primi sei mesi del millenovecentocinquanta?»

Patre Barbera sussultò, strammato. Montalbano seppe d'averci 'nzertato in pieno.

«Glielo ha detto la buonanima?»

«No.»

«Allora come fa a sapere questa data?»

«Perché sono uno sbirro. Vada avanti.»

«Ecco, non penso che ho – che abbiamo – il diritto di rimettere in piazza un fatto che, nel trascorrere del tempo, ha trovato la conclusione e la dimenticanza. Riaprirebbe vecchie ferite, magari susciterebbe nuovi rancori...»

«Fermo qua» fece Montalbano. «Lei parla di ferite e rancori e ha il gioco facile perché ne sa più di me. Io invece non sono in condizione di valutare niente, nebbia fitta.»

«Allora mi assumo le mie responsabilità e le dico di dimenticare questa storia.»

«Potrei, ma a una condizione.»

«Quale?»

«Ora gliela dico. Ma prima devo ragionare tanticchia. Dunque. In uno dei primissimi mesi del millenovecentocinquanta una tale Cristina domanda alla signora Maria Carmela, moglie o fresca vedova di un farmacista, del veleno. La signora Maria Carmela, per ragioni sue che ci sarà difficile venire a sapere oppure sospettando che Cristina voglia con quel veleno assassinare qualcuno, le dà una polvere innocua spacciandola per veleno. Le fa un bello scherzo da preti, mi perdoni, padre. Cristina propina il veleno alla persona che vuole ammazzare e quella resta viva, al massimo patisce un poco di malo di panza.»

Il parrino ascutava il commissario col corpo calato in avanti: pareva un arco teso al massimo.

«Se le cose stanno accussì, la signora Maria Carmela non aveva poi tutto sto gran motivo di rimorso. Veleno non era, e dunque? Ma se la signora Maria Carmela se ne fa un cruccio profondo, tale che l'accompagna fino in punto di morte, allora questo viene a dire che le cose non sono andate come la signora Maria Carmela aveva sperato. È ragionato?»

«È ragionato» fece il prete con l'occhi fissati in quelli del commissario.

«E siamo arrivati al punto. Vuol dire che, a malgrado che a Cristina non fosse stato dato un veleno, l'omicidio c'è scappato lo stesso.»

Non era sudore, ma acqua quella che stava colando dalla fronte di patre Barbera.

«E aggiungo: la persona, mascolo o fìmmina non so, è stata assassinata non a colpi d'arma da fuoco o di coltello, ma col veleno.»

«Come fa a sostenerlo?»

«Me l'ha detto la povera signora morta, l'angoscia che

si è portata appresso per tutta la vita. Perché, una volta avvenuto l'omicidio, deve esserle nato il dubbio d'essersi sbagliata, di avere dato inavvertitamente a Cristina del veleno vero al posto di quello finto che aveva preparato.»

Il parrino non parlava, non si cataminava.

«Le dirò come intendo regolarmi. Se chi ha commesso l'omicidio ha pagato, a me la faccenda finisce d'interessare. Ma se c'è ancora qualcosa di non chiaro, non risolto, io vado avanti.»

«A più di cinquant'anni di distanza?»

«Padre Barbera, lo vuole sapere? Io certe volte mi domando quali prove aveva il Padreterno per accusare Caino dell'omicidio d'Abele. Se ne avessi la possibilità, mi creda, riaprirei l'indagine.»

Patre Barbera allucchì, la parte inferiore del mento gli cadì sul petto. Allargò le vrazza, rassegnato.

«Quand'è così...»

Si avvicinò alla porta, ma prima di nesciri aggiunse:

«Michele Spagnolo è arrivato. È sceso all'hotel Pirandello.»

Alla riunione col questore Bonetti-Alderighi s'appresentò in ritardo. Quello si limitò a taliarlo sdignevole, aspittò in silenzio, per sottolinearne la mala educazione, che il commissario s'assittasse domandando scusa a dritta e a mancina ai suoi colleghi, e poi ripigliò a parlare sul tema: «Che può fare la Polizia per recuperare la fiducia dei cittadini?». Uno propose di fare un concorso a premi, un secondo disse che la meglio era organizzare una festa danzante con ricchi premi e cotillon, un terzo sostenne che si poteva invitare la stampa a collaborare.

«In che senso?» spiò Bonetti-Alderighi.

«Nel senso che possono ignorare quando noi sbagliamo o non riusciamo a...»

«Ho capito, ho capito» tagliò frettolosamente il questore. «C'è qualche altra proposta?»

L'indice e il medio della mano dritta di Montalbano si sollevarono per i fatti loro, senza che il ciriveddro glielo avesse ordinato. Il commissario taliò le sue dita isate con un certo stupore. Il questore sospirò.

«Dica, Montalbano.»

«E se la Polizia facesse sempre e comunque il suo dovere senza provocare o prevaricare?»

La riunione si sciolse in un friddo polare.

Per tornare a Vigàta, doveva di necessità passare davanti all'hotel Pirandello. Non sperava di trovare a Michele Spagnolo, ma tanto valeva provare.

«Sì, commissario, è in camera. Glielo passo al telefono?»

«Pronto? Il commissario Montalbano sono.»

«Commissario? E di che?»

«Della Polizia di Stato.»

«E che vuole da me?»

L'ingegnere Spagnolo pareva veramente strammato.

«Parlarle.»

«A proposito di che?»

«Di sua zia.»

La voce dell'ingegnere gli niscì dal gargarozzo in tutto simile a quella di una gaddrina strangolata.

«Mia zia?!»

«Guardi, ingegnere, io sono qua, nel suo albergo. Se lei mi usa la cortesia di scendere, potremo parlare meglio.»

«Arrivo.»

L'ingegnere era un sissantino passato, piuttosto nicareddro di statura, la faccia di terracotta perché la pelle si era abbrusciata al sole dei deserti alla cerca di petrolio. Era una massa di nervi che si moveva a scatti. S'assittò, si susì, si assittò dopo che Montalbano si fu assittato, accavallò le gambe, le disaccavallò, si aggiustò il nodo della cravatta, si spazzolò la giacchetta con le mano.

«Non capisco perché la Polizia...»

«Non si agiti, ingegnere.»

«Non sono per niente agitato.»

E figuriamoci allora quello che doveva fare quando si sentiva nirbuso!

«Ecco, sua zia, in punto di morte, ha voluto confidarmi una storia della quale non ho capito molto, una storia di veleno che non era veleno...»

«Veleno? Mia zia?!»

Susùta, assittata, accavallamento, disaccavallamento, cravatta, spazzolamento giacchetta. In più, stavolta, si levò gli occhiali, soffiò sulle lenti, se li rimise.

"Se continua accussì, tra deci minuti nescio pazzo" pensò il commissario. "Meglio tagliare."

«Che sa dirmi di sua zia?»

«Che era una santa donna. Che mi ha fatto da madre.»

«Perché cinque anni fa è venuta a Vigàta?»

Susùta, assittata, accavallamento, disaccavallamento, cravatta, spazzolamento, leva lenti, soffio, metti lenti. In più: sciusciatina di naso.

«Perché, una volta in pensione, mi sono sposato. E la zia non andava d'accordo con mia moglie.»

«Sa niente di quello che capitò a sua zia nei primi sei mesi del millenovecentocinquanta?»

«Nulla. Ma, in nome di Dio, cos'è questa storia?»

Susùta, assittata, accavallamento, disaccavallamento... Ma il commissario era già fora dall'albergo.

TRE

Mentre faciva la strata per Vigàta gli tornò a mente una cosa che aveva letto a firma di uno studioso di Shakespeare a proposito di Amleto. Si sosteneva in quello scritto che il fantasima del padre, il re bonarma assassinato dal fratello con la connivenza di Gertrude, sua vidova diventata amante dell'assassino-cognato, ordinando al figlio Amleto di vendicarlo ammazzando lo zio e risparmiando comunque la matre, lo mette davanti a un compito da melodramma e non da tragedia. Come è universalmente cògnito all'urbi e all'orbo, mentre un parricidio o un matricidio sono facenne tragiche, uno ziocidio è massimo massimo argomento di melodramma scarso o di commedia borghese che facilmente passa a farsa. E dunque il giovane prence di Danimarca, mentre esegue il compito assegnatogli, tanto mutuperia, tanto strumentìa, che arrinesci ad autopromuoversi a personaggio di tragedia. E che tragedia! Fatte le debite proporzioni tra se stesso e Amleto, e considerato che la signora Maria Carmela Spagnolo gli aveva parlato non ancora da fantasima, macari se ci mancava picca ad addiventarlo, considerato che la pòvira fìmmina non gli aveva esplicitamente assegnato nessun compito, considerato che semmai il compito voleva darglielo patre Barbera, personaggio che si poteva facilmente tagliare datosi che nella tragedia di Shakespeare non compare nessun parrino, per quale motivo doveva trasformare, con la sua indagine, un romanzo d'appendice in un romanzo poliziesco? Perché a questo poteva aspirare, a un buon giallo, e mai e po' mai a uno di quei romanzi «den-

si e profondi» che tutti accattano e nessuno legge a malgrado che i recensori giurano che un libro accussì non
era mai capitato sotto ai loro occhi.

Perciò, trasendo in commissariato, pigliò la ferma decisione che della storia del vileno che non era vileno non
se ne sarebbe mai occupato, manco se lo tiravano per la
capizza, come si usa fare con gli asini riottosi.

«Ciao, Salvo. La sai una cosa?»

«No, Mimì, fino a quando non me la dici non la so. Se
tu invece me la dici, quando mi spierai se so una cosa,
avrai la soddisfazione di sentirti rispondere: sì, la so.»

«Maria, che sivo, che grivianza che hai oggi! Volevo
semplicemente dirti, a proposito di quella morta, come
si chiamava, ah, Maria Carmela Spagnolo, di cui ti stai
occupando...»

«No.»

Mimì Augello s'imparpagliò.

«Che viene a dire no?»

«Viene a dire esattamente l'opposto di sì.»

«Spiegati meglio. Non vuoi sapere la cosa che ti volevo dire o non ti occupi più della facenna?»

«La seconda che hai detto.»

«E pirchì?»

«Pirchì non sono Amleto.»

Augello strammò.

«Quello di essere o non essere? Che ci trase?»

«Ci trase. Come vanno le indagini sulla rapina?»

«Bene. Sono sicuro che li piglio.»

«Contami.»

Mimì gli contò dettagliatamente come era arrivato al-
l'identificazione di due dei tre rapinatori. Se si aspettava
una parola d'approvazione da parte del commissario restò deluso. Montalbano manco lo taliava, restava con la
testa calata sul petto, perso darrè un suo pinsero. Dopo
cinque minuti di silenzio, Augello si susì.

«Beh, io vado.»

«Aspetta.»

Le parole niscirono faticose dalla vucca del commissario.

«Che mi stavi dicendo a... a proposito della morta?»

«Che ho saputo una cosa. Ma non te la dico.»

«Perché?»

«Mi hai detto tu che non ti interessi del caso. E poi pirchì non ti sei dignato di dirmi manco una parola d'approvazione per come ho portato avanti l'indagine sulla rapina.»

E quello era un commissariato? Quello era un asilo infantile che marciava a ripicche e dispettucci. Io non ti do la conchiglina perché tu non mi hai dato un pezzetto della tua merendina.

«Vuoi sentirti dire che sei stato bravo?»

«Sì.»

«Mimì, sei stato bravuccio.»

«Salvo, tu sei un grannissimo garruso! Ma siccome io sono un omo generoso, ti dico quello che ho saputo. Stamatina, dal barbiere, c'era l'avvocato Colajanni che leggeva gli annunzi funebri del giornale, come fanno i vecchi.»

Montalbano arraggiò di colpo.

«Che significa come fanno i vecchi? Io che sono, vecchio? Io, per prima cosa, nel giornale, leggo proprio gli annunzi funebri! E poi la cronaca.»

«Va bene, va bene. A un tratto l'avvocato ha detto ad alta voce: "Talè! Maria Carmela Spagnolo! Non pensavo ch'era ancora viva!". Tutto qua.»

«Embè?»

«Salvo, questo viene a dire che c'è qualcuno che si ricorda ancora di lei. E che perciò questa storia del vileno fu una cosa che dovette fare rumorata. Quindi hai una strata davanti a tia: vai dall'avvocato Colajanni e gli spii notizie.»

«Tu l'hai letto l'annunzio?»

«Sì, era semplicissimo, diceva che l'affranto nipote Michele comunicava l'avvenuto decesso dell'adorata eccetera. Che fai? Ci vai?»

«Ma tu lo conosci all'avvocato Colajanni? A quello la vecchiaia l'ha fatto addivintare un pazzo furioso! Se sbagli mezza parola ti rompe una seggia in testa. Per parlare con lui bisogna mettersi in assetto antisommossa. E poi ho pigliato la mia decisione: di questa facenna non voglio occuparmi.»

«Pronto, dottor Montalbano? Sono Clementina Vasile-Cozzo. Che abbiamo fatto, ci siamo sciarriati che non ci vediamo più? Come sta?»

Montalbano si sentì arrussicare. Da tempo non si faceva vivo con l'anziana maestra paralitica alla quale voleva bene.

«Sto bene, signora. Che piacere mi fa sentire la sua voce!»

«La mia chiamata è interessata, commissario. Mi ha telefonato una mia cugina di Fela che domani viene a Vigàta. Siccome da tempo mi perseguita per fare la sua conoscenza, mi vuole fare la carità di venire domani a pranzo da me, se può? Così me la levo di torno.»

Accettò, ma va' a sapìri pirchì, si sentì leggermente squietato. L'istinto del cacciatore gli si era arrisbigliato, l'avvertiva di un vicino pericolo, di uno sfondapiedi cummigliato di foglie dentro il quale, se non stava accorto, poteva catafottersi. Minchiate, si disse. Che pericolo poteva esserci in un invito a pranzo della signora Clementina?

"Per curiosità, per pura curiosità" ricordò a se stesso il commissario mentre fermava la macchina nello slargo che c'era nella parte darrè della Casa del Sacro Cuore, alle otto e mezza del matino appresso. Ci aveva 'nzertato. Davanti al cancello posteriore stazionava un carro funebre sparluccicante d'angeli dorati. Poco distante, un tassì il cui conducente passiava avanti e narrè. C'erano macari tre motorini. Cliniche, ospizi, spitali hanno sempre una porta darrè che serve a funerali in genere matutini, rapidi e circospetti: dicono che si fa accussì per non impressionare con la vista di tabbuti e di parenti in lacrime i malati, i ricoverati, che invece sperano tutti di poter nesciri sulle propie gambe dall'entrata principale. Tirava un vento maligno che arruffava una nuvolaglia giallusa. Poi spuntarono quattro che portavano un tabbuto, appresso a loro c'era il nipote della pòvira signora Maria Carmela. E basta. Montalbano ingranò la marcia e partì, immalinconuto e arraggiato con se stesso, per la bella alzata d'ingegno che aveva avuto. Ma si poteva sapìri che minchia c'era andato a fare in quel funerale d'uno squallore tanto desolante da parere offensivo? Curiosità! E di che? Per scoprire quali nuovi fantasiosi tic avrebbe tirato fora l'ingegnere Spagnolo?

Appena la cammarera della signora Clementina Vasile-Cozzo gli raprì la porta, dalla taliata che la fimmina gli lanciò capì che quella continuava a nutrire nei suoi riguardi una profonda quanto inspiegabile 'ntipatia. In parte Montalbano gliela pirdonava pirchì in cucina ci sapiva stare.

«Passa lu tempu, eh?» fece la cammarera levandogli sgarbatamente dalle mano la guantiera di cannoli.

Che voleva dire? Che in meno di un anno si era cangiato in un vecchio? E, per di più, al suo sguardo interrogativo e prioccupato, l'infame sorrise.

In salotto, straripante da una poltrona allocata allato alla seggia a rotelle della signora Clementina, c'era una cinquantina grassissima che fin dalle prime parole si rivelò essere vucciriusa, vale a dire una che invece di parlare usava un tono di voce parente stritto di un do di petto.

«Le presento mia cugina Ciccina Adorno» disse la signora Clementina con un'intonazione che spiava comprensione da parte del commissario.

«Maria! Che piaciri che sto provando a conoscerla!»

Fu, più che altro, una via di mezzo tra l'ululato di una sirena da nebbia e quello di un lupo con la panza vacante da una mesata. Nel giro del quarto d'ora che ci volle prima d'assittarsi a tavola, Montalbano, con le orecchie che principiavano a fargli male dintra, apprese che la signora Ciccina Adorno vedova Adorno («mi maritai con mio cugino») non era una cinquantina, ma sittantina e gli venne macari diffusamente spiegato come e qualmente la signora era dovuta da Fela arricamparsi a Vigàta per una lite con un tale al quale aveva affittato una casuzza di sua proprietà e che non voleva più pagare perché nel tetto c'era una guttera che, quanno chioviva, gli faciva trasire l'acqua nel salotto bono. A chi spettava, secondo il commissario, ch'era omo di liggi, il pagamento della riparazione della guttera? Fortunatamente in quel momento arrivò la cammarera a dire ch'era pronto.

Intronato dalle vociate, il commissario non poté godersi la pasta 'ncasciata che doveva essere di livello appena appena sotto quello massimo, oltre il quale c'è Dio. In compenso, la signora Ciccina era passata all'argomento che più l'interessava e cioè sapere i minimi dettagli dei particolari, che già ampiamente conosceva, di tutte le inchieste risolte da Montalbano. Si ricordava di minuzie che erano completamente passate di testa al commissario.

Al pesce, Clementina Vasile-Cozzo fece un estremo tentativo di tirare fora il commissario da quel ciclone di domande.

«Ciccina, tu pensi che all'imperatrice del Giappone nascerà un figlio mascolo o una figlia fimmina?»

E mentre Montalbano strammava per quell'inatteso tirare in ballo il Sol Levante, o quello che era, la signora

Clementina gli spiegò che la cugina sapeva tutto delle case regnanti nell'universo criato. La signora Ciccina non abboccò.

«E tu vuoi che mi metto a parlare di queste cose quanno qui davanti c'è il nostro commissario?»

E senza manco pigliare sciato, proseguì:

«Che ne pensa del delitto Notarbartolo?»

«Quale Notarbartolo?»

«Che fa, babbìa? Non si ricorda di Notarbartolo, quello del Banco di Sicilia?»

Era un fatto capitato ai primi del Novecento (o alla fine dell'Ottocento?), ma la signora Ciccina ne principiò a parlare come se fosse successo il giorno avanti.

«Perché io, sa, commissario, so tutto di tutti i delitti capitati in Sicilia dall'Unità d'Italia a oggi.»

Finito l'excursus sul caso Notarbartolo, attaccò a parlare del caso Mangiaracina (1912-14) che era facenna tortuosa e complicata tanto che al cafè ancora non era stato scoperto l'assassino. A questo punto Montalbano, temendo di avere i timpani seriamente lesionati, taliò il ralogio, si susì, finse prescia improvvisa, salutò e ringraziò la signora Clementina. Venne accompagnato alla porta da Ciccina Adorno.

«Scusi, signora» spiò il commissario senza manco rendersi conto di quello che stava spiando. «Lei si ricorda di una certa Maria Carmela Spagnolo?»

«No» arrispose decisa la signora Adorno, quella che sapeva ogni cosa dei fatti di sangue nell'isola.

Assittato sullo scoglio sutta al faro, si dedicò a una specie di autoanalisi. Non c'era dubbio che la risposta negativa di Ciccina Adorno l'aveva deluso. Questo veniva a significare che lui quell'inchiesta la voleva fare? Sì o no? Che si decidesse, una volta per tutte! Bastava un minimo d'iniziativa. Appresentarsi per esempio all'avvocato Colajanni e farsi dire, macari affrontando il rischio di una colluttazione, quello che sapeva di Maria Carmela Spagnolo. Perché non c'era dubbio che lui la conosceva se aveva reagito in quel modo leggendo dal barbiere l'annunzio mortuario. Oppure poteva andare alla biblioteca pubblica, farsi dare la raccolta del 1950 del maggiore quotidiano dell'isola e con santa pacienza vedere che era capitato a Fela nel primo semestre di quell'anno. Oppure dare l'incarico a Catarella di cercare notizie col suo computer. Perché allora non lo faceva? Abbastava tanticchia di bona volontà, veniva a sapere quello che c'era da sapere e bonanotte ai sonatori. Forse perché non gli andava di aggiungere all'accanimento terapeutico – tanto discusso da medici, parrini, moralisti, conduttori televisivi – e all'accanimento giudiziario – tanto discusso da giudici e òmini politici – macari l'accanimento investigativo che invece non sarebbe stato discusso da nessuno? Oppure perché, e questa gli parse finalmente la risposta giusta, preferiva avere un atteggiamento passivo? Vale a dire, essere come una ripa di mare sulla quale di tanto in tanto si arenano resti di naufragi: alcuni il mare se li ripiglia, altri restano lì a cuocersi al sole. La meglio era allora aspettare che le onde gettassero a riva altri relitti.

Stava andando a corcarsi che era da picca passata l'una di notte quando squillò il telefono. Certamente era Livia.

«Pronto, amore» fece.

All'altro capo ci fu silenzio, poi scoppiò una sorta di truniata da fine del mondo che l'assordò. Tenendo scostato il ricevitore dall'orecchio, capì che si trattava di una risata. E che quella risata non poteva che appartenere a Ciccina Adorno, non solo vucciriusa ma macari insonne.

«Mi dispiace, dottore, non sono l'amore so'. Dottore, ma lei inganno mi fece!»

«Io? A che proposito, signora?»

«A proposito di Maria Carmela Spagnolo. Non mi disse il suo nome di maritata, Siracusa, che era un farmacista e a me, per arrivarci, non ci ha potuto sonno.»

«La conosceva?»

«Certo che la conoscevo! Di persona macari. Ma sono anni e anni che non si sa più niente di lei.»

«È morta qua a Vigàta l'altro giorno.»

«Davero?»

«Senta, signora, possiamo vederci domani mattina?»

«Parto alle otto per Fela.»

«Potrebbe...»

«Se non ha troppo sonno, venga qua ora.»

«Ma la signora Clementina...»

«Mia cugina è d'accordo. L'aspettiamo.»

Prima di nesciri, si infilò a fondo nelle orecchie due batuffoli di cotone.

Dopo la prima orata che la signora Ciccina parlava, gli inquilini del piano di supra si misero a tuppiare sul soffitto. A essi si aggiunsero quelli del piano di sutta che principiarono a tuppiare dalla parte del pavimento. Appresso ancora altri tuppiarono alle pareti. A questo punto la signora Clementina raprì uno sgabuzzino e ci assistimò dintra il commissario e la cugina.

Montalbano lasciò la casa dopo tre ore, sei tazze di cafè e venti sigarette. A malgrado della protezione del cotone, le orecchie gli dolevano. L'onda aveva stavolta portato a riva non relitti sparsi, ma un galeone sano sano.

QUATTRO

Alle nove di sira del primo gennaio del 1950, l'avvocato Emanuele, per gli amici Nenè, Ferlito, si assittò puntualmente al tavolo di zecchinetta del circolo Patria che tutta Fela sapeva in realtà essere abitualmente una bisca. E se lo era nei giorni diciamo accussì feriali, figurarsi cosa poteva addivintari nei giorni festivi e specialmente nei giorni che vanno da Natale alla Befana, quanno nei paisi è tradizione giocarsi macari le mutanne. L'avvocato Nenè Ferlito, ricco e sostanzialmente nullafacente, dato che si impegnava nel suo travaglio rare volte e quasi sempre per fare un piacere agli amici, era un cinquantino al quale non gliene mancava una. Oltre a essere capace di starsene assittato al tavolo da gioco per quarantotto ore di fila, senza susìrisi manco per andare al cesso, aveva fìmmine a Fela e nei paisi vicini e si sapeva che a Palermo (dove andava spisso, almeno accussì diceva alla mogliere Cristina, per fare cause) ne manteneva due, una ballerina e una sarta. In una sirata, si scolava mezza e passa bottiglia di cognacchi francisi. Numero quotidiano di sigarette senza filtro fumate, da centodieci a centoventi. Verso le undici di quella sira di Capodanno, gli pigliò all'improvviso un sintòmo. Cosa che gli era già capitata l'anno avanti. Vale a dire che l'avvocato attisò, rispetto parlanno, come un baccalà, venne scosso da spasimi violenti, vommitò e non gli arriniscì più di respirare se non con molta fatica.

«Ci risiamo!» gridò a questo punto il dottor Jacopo Friscia che si trovava macari lui al circolo.

Friscia, che l'aveva pigliato in cura fin dal primo

sintòmo, gli aveva proibito soprattutto di fumare, ma all'avvocato Ferlito da un'orecchia ci era trasuto e dall'altra ci era nisciuto. La ricaduta nella crisi da tabagismo era inevitabile.

Stavolta però la cosa s'appresenta assai più seria dell'altra volta, Nenè Ferlito sta morendo d'asfissia e per raprirgli le mascelle il medico e quelli del circolo sono costretti a fare uso di un calzascarpe. Finalmente l'avvocato s'arripiglia tanticchia e viene trasportato a braccia alla so' casa, mentre il dottor Friscia corre alla cerca di medicinali. La mogliere, la signora Cristina (la coppia dorme in cammare separate) fa mettere il marito a letto e poi s'attacca al telefono per avvertire la figlia Agata, una diciottina che sta passando le feste a Catania in casa di parenti. I soccorritori se ne vanno all'arrivo del dottor Friscia, il quale trova il malato stazionario. Il medico, dopo avere chiaramente detto alla signora che il malato è in pericolo di vita, scrive su un foglio quali medicine dare e i tempi della loro somministrazione. Vedendo che la signora Cristina è comprensibilmente strammata e assente, le ripete che dalla rigorosa osservanza delle prescrizioni dipende la vita del marito. Ci sarà da restare viglianti tutta la notte. Cristina dice che ce la farà. Il medico, dubitoso, le spia se vuole un'infirmera che penserà lei a tutto. Cristina rifiuta. Il medico se ne va.

All'indomani matina, che di poco sono sonate le otto, il dottor Friscia tuppìa alla porta di casa Ferlito. Gli viene a raprire la cammarera Maria, da poco arrivata, la quale gli dice che la signora Cristina sta chiusa nella cammara del marito e non vuole che nisciuno ci trasi. Il medico invece arrinesci a farsi raprire. Nella cammara c'è un feto insopportabile di vomito, di piscio, di merda. Cristina è assittata supra una seggia allato al letto, rigida, gli occhi sbarracati. Sul letto c'è l'avvocato morto. Il medico rianima la signora in stato di choc e s'adduna che i medicinali da lui portati non sono stati manco aperti.

«Ma perché non glieli ha dati?»

«Non ce n'è stato tempo. È morto mezzora appresso che lei era andato via.»

Il dottore tocca il corpo del paziente. È ancora cavudo. Ma forse la cosa si spiega col fatto che nella cammara c'è in funzione una stufa a ligna che l'avvocato stisso si era priparata la sira avanti prima di nesciri pirchì, tornando a casa dalla nuttata al circolo, non voleva patire friddo. La stufa, dirà appresso la signora Cristina, lei stessa l'aveva alimentata un quarto d'ora prima che le portassero a casa il marito moribondo.

I funerali devono essere ritardati di qualche giorno per consentire al fratello del morto, Stefano, che si trova in Svizzera, di parteciparvi. Il giorno appresso la morte dell'avvocato, la figlia Agata va a parlare col dottor Friscia per farsi contare dettagliatamente quello che le ha detto sua matre a proposito dei medicinali che non ha fatto a tempo a dare al marito. La conclusione è che Agata se ne va da casa domandando ospitalità ad amici. Ma come, una figlia abbandona la matre proprio quando dovrebbe starle vicina, nel momento del dolore? Allora in paisi cominciano a circolare apertamente voci che già circolavano per accenni, allusioni, significative mezze parole.

Cristina Ferlito, quando si marita, è una bellissima vintina, figlia del notaro Calogero Cuffaro, vale a dire il più autorevole rappresentante, a Fela e comuni vicini, del partito al potere. Il vescovo lo riceve un giorno sì e l'altro macari. Non si catamina incarico pubblico, concessione, licenza, appalto, foglia che Cuffaro non voglia. In breve tempo Cristina impara di che pasta è fatto il marito di deci anni più granni di lei. Hanno una figlia. Cristina si comporta come una mogliere divota, nisciuno può dire nenti contro di lei. Fino al febbraio del 1948, quanno il marito le porta a casa un lontano nipote vinticinquino, Attilio, un bellissimo picciotto, al quale ha trovato travaglio a Fela.

Attilio, che prima ha sempre campato coi genitori a Fiacca, si trasferisce in una cammara della villa nella quale abitano l'avvocato e la mogliere. Molte volte, dicono le malelingue, il nipote Attilio si presta a consolare la zia Cristina che con lui si lamenta dei continui tradimenti del marito. E consola oggi, consola domani, la signora Cristina trova più comodo farsi consolare a letto. Ma la fimmina s'innamora del picciotto, non gli dà abento, è gelosissima, comincia a fargli scene macari davanti a stranei. Littre anonime arrivano all'avvocato e non gli fanno né cavudo né friddo, anzi è contento che la mogliere non rompa più i cabasisi a lui, ma al nipote. Nell'ottobre dell'anno appresso, Attilio, tanticchia pirchì non ne può più dell'amante e tanticchia pirchì non se la sente di continuare a far torto allo zio al quale deve macari il travaglio, si trasferisce in una pinsione. Cristina pare nesciri pazza, non mangia più, non dorme più, manda littre lunghissime all'ex amante servendosi della cammarera Maria. In alcune dichiara il proposito, che Attilio non piglia supra 'u seriu, di ammazzare il marito per poter tornare libera e vivere con lui.

Il giorno del funerale tutto il paisi ha modo di vìdiri che Cristina è scansata dalla figlia, dal cognato Stefano arrivato dalla Svizzera e dalla suocera la quale in chiesa, davanti al tabbuto, accusa senza mezze parole la nuora di averle ammazzato il figlio. A questo punto il notaro Calogero Cuffaro, il patre di Cristina, corre a consolare la pòvira donna, lasciando capire a tutti che è nisciuta fora di testa per il dolore. Ma la sira stissa, al circolo Patria, Stefano lo svizzero, dopo avere detto ai presenti che farà istanza a chi di dovere per ottenere l'autopsia del fratello, si apparta con l'avvocato Russomanno, che è della stessa fede politica del notaro Cuffaro, ma è il capo della corrente avversaria. Il colloquio in una saletta del circolo, fitto e serrato, dura tre ore. Quanto basta perché, tornando a casa, Stefano venga aggredito da due

sconosciuti che gli danno una fracchiata di lignate inti-
mandogli:

«Sguizzero, tornatene in Sguizzera!»

A malgrado di un occhio ammaccato e di una gamba
zoppichiante, Stefano Ferlito, accompagnato dall'avvocato Russomanno, si presenta in casa del defunto, convocato
dal notaro Cuffaro che vuole «doverosi chiarimenti». Della vidova Cristina manco l'ùmmira, in compenso col notaro c'è l'onorevole avvocato Sestilio Nicolosi, principe del
Foro. Alle deci di sira, una piccola folla, che si è raccolta
sutta la villa per ascoltare le grandi vociate che fanno,
sciarriandosi, gli avvocati Russomanno e Nicolosi, sente
calare improvviso silenzio: che è successo? È successo che
di colpo la porta del salotto si è aperta ed è comparsa Cristina. La quale, pàllita ma ferma e dicisa, dice:

«Basta. Non ne posso più. Ad ammazzare Nenè sono
stata io. Col vileno.»

Il notaro tenta un'estrema difesa parlando di vaneggia-
mento e delirio, ma non c'è niente da fare. Venti minuti
appresso, la piccola folla vede raprirsi il portone. Per primi nescino la signora Cristina, il notaro e l'avvocato Nicolosi, dopo vengono Stefano e l'avvocato Russomanno.
La folla si accoda fino alla caserma dei carrabbinera dove
Cristina va a costituirsi. Il tenente Frangipane la interroga. E Cristina conta che, rimasta sola dopo che il dottor
Friscia è andato via, invece di dare al marito le medicine,
gli ha dato a viviri un bicchiere d'acqua dove aveva sciol-
to del veleno per topi a base di stricnina.

«Dove l'ha comprato?»

«Non l'ho accattato. L'ho domandato alla mia amica
Maria Carmela Siracusa, la vidova del farmacista. Lei
l'ha pigliato dalla farmacia e me l'ha dato. Le avevo detto che mi serviva per i sorci che c'erano in casa.»

«Perché ha ucciso suo marito?»

«Perché non ne potevo più dei suoi tradimenti.»

Il giorno appresso, convocata dal tenente Frangipane,

Maria Carmela Spagnolo in Siracusa conferma, chiangendo, che è stata lei a dare il vileno all'amica, a metà novembre, ma che mai e poi mai le era passato per la testa che Cristina poteva servirsene per ammazzare il marito. Si erano viste a Natale, avevano chiacchiariato a longo, Cristina pareva come al solito... La signora Maria Carmela, coetanea di Cristina e sua amica, ha in paisi fama di fimmina tutta di un pezzo. Macari il farmacista bonarma era un fimminaro come l'avvocato, ma lei non si è pigliata un amante come ha fatto Cristina. Il tenente non ha motivo perciò di ritenere che Maria Carmela Siracusa fosse stata al corrente delle 'ntinzioni omicide di Cristina. Raccoglie la deposizione e la rimanda a casa. Ma qualichiduno comincia a far nasciri qualche filama contro Maria Carmela: in paisi c'è chi dice che la vidova del farmacista era perfettamente a canuscenza del proposito di Cristina. Insomma, Maria Carmela è, per molti, una complice. Allora la fimmina, sdignata, vende le sue proprietà e se ne va all'estero, dal fratello diplomatico. Tornerà per pochi giorni a testimoniare nel primo processo che si svolge nel 1953. Confermerà la sua prima dichiarazione e ripartirà subito per la Francia. A Fela non la vedranno mai più.

Prima del processo però càpitano tante cose stramme. Qualche giorno appresso l'arresto di Cristina, la Procura ordina quell'autopsia che era stata la causa della confessione della fimmina. Le parti del corpo prelevate e messe in otto contenitori vengono inviate al consigliere istruttore di Palermo, il quale le passa al professor Vincenzo Agnello, tossicologo dell'Università e al professor Filiberto Trupìa, docente di anatomia patologica. Ai due vengono macari mandati i linzola del letto allordati dal vommito del moribondo e la biancheria che indossava. A questo punto Cristina fa due dichiarazioni al giudice istruttore. Nella prima afferma di avere ammazzato il marito per evitargli altre sofferenze. Una specie di eutanasia. Nella seconda sostiene di non avere la cirtizza di essersi macchiata di omicidio e questo pirchì la quantità di vileno che gli ha dato era troppo picca. Quasi niente, un pizzico invisibile tra il pollice e l'indice.

Lasciato passare qualche mese, e dopo fitti colloqui con l'avvocato Nicolosi, Cristina fa una terza dichiarazione con la quale ritratta tutto. Lei al marito non ha mai dato il vileno, se l'ha detto ai carrabbinera e al giudice è stato perché era atterrita, scantata dalle minacce di morte del cognato Stefano lo sguizzero. Aveva pinsato che in càrzaro sarebbe stata al sicuro, arriparata. E ci teneva a dire che era vero quello che aveva dichiarato al dottor Friscia: di non essere cioè arrinisciuta a dare i medicinali al marito perché questi era morto prima che lei potesse intervenire. Concludeva affermando che i risultati delle analisi dei due illustri professori palermitani le avrebbero dato ragione. E infatti, poco dopo, scoppia una vera e propria bumma che fa un botto gigantesco. Nella loro perizia, Agnello e Trupìa sostengono di aver fatto innumerevoli prove e riprove, ma di non aver trovato traccia alcuna di stricnina o di altro veleno nei resti e nei tessuti esaminati: l'avvocato Ferlito è morto per tabagismo acuto che ha provocato un attacco letale di angina pectoris. Cristina è 'nnuccenti. Però Stefano Ferlito non riconosce la sconfitta e contrattacca. Ma non lo sapete, dice a dritta e a mancina, che i due emeriti professori devono in parte la loro carriera al notaro Cuffaro col quale sono legati a filo doppio? Che vi aspettavate di diverso? L'avvocato Nicolosi ha fatto fare quell'ultima dichiarazione a Cristina quando era sicuro dei risultati favorevoli delle perizie. E sono in tanti a essere dalla parte di Stefano. Allora la Procura di Palermo fa una bella pinsata: piglia tutto quello che è servito ai due professori palermitani per la perizia e lo spedisce a Firenze, dove ci sono esperti tossicologi di fama mondiale. Quando i carrabbinera vanno a pigliare gli otto vasetti contenenti i resti del pòvïro avvocato, ci trovano dintra poca roba, una parte è andata a male, una parte è andata persa per le analisi. Comunque il plico sigillato ufficialmente parte per Firenze il primo di luglio. Senonché ai primi di settembre arriva a Palermo una littra del giudice fiorentino che domanda come mai il pacco non è ancora arrivato. E dove è andato a finire? Cerca ca ti cerca, il pacco viene ritrovato nel Palazzo di Giustizia di Firenze, scordato in un solaio. Alla fine del mese di ottobre, ben sei professoroni fiorentini consegnano la loro perizia: hanno rinvenuto una tale quantità di stricnina da far dubitare della correttezza professionale o della sanità mentale di Agnello e Trupìa, i due colleghi palermitani che non la trovarono (o non vollero trovarla). Non c'è dubbio: l'avvocato Ferlito è deceduto in seguito ad avvelenamento, la mogliere Cristina è colpevole.

«Che vi dicevamo?» urlano trionfanti Stefano Ferlito e l'avvocato Russomanno.

«Non ci sto» proclama fieramente l'avvocato Nicolosi. «Il pacco arrivato con tanto ritardo a Firenze è stato manipolato!»

«È una laida manovra dei miei avversari politici» chiarisce il notaro Cuffaro, «i quali attraverso mia figlia vogliono colpire me!»

A ogni buon conto, l'avvocato Nicolosi domanda una perizia sulle condizioni mentali della sua assistita, la quale invece arrisulta perfettamente capace d'intendere e volere.

A farla breve, il primo processo, quello del millenovecentocinquantatré, si conclude con la condanna a vent'anni di càrzaro per Cristina. La quale, a un certo momento, dichiara di ricordare di avere dato qualcosa al marito in quella famosa notte, ma che quasi certamente si è trattato di tanticchia di bicarbonato.

Il fatto rilevante del secondo processo, che si svolge quasi due anni dopo, è la circostanziata controperizia del professor Aurelio Consolo, il quale sostiene che i colleghi fiorentini sono stati tanto sprovveduti e incapaci da usare un reagente sbagliato. Questo il motivo per cui hanno trovato tracce di stricnina. A questo punto Nicolosi dice che c'è la necessità di una superperizia tossicologica. La richiesta viene respinta, ma i giudici riformano la prima sentenza: ora gli anni di càrzaro che Cristina deve fare sono sedici.

Nel 1957 la Suprema Corte rigetta il ricorso, la condanna è confermata.

Dal càrzaro Cristina spedisce continuamente domande di grazia. E tre anni appresso un ministro di Grazia e Giustizia, dimenticato il secondo titolo del suo dicastero, in obbedienza alle pressioni ricevute da alcuni autorevoli membri del suo partito, lo stesso dell'indomito notaro Cuffaro, si attiva per far concedere alla donna la sospirata grazia. E Cristina può tornarsene a casa, la partita si è definitivamente chiusa per tutti.

CINQUE

Erano le cinque passate del matino, aveva a longo tenuto la testa sutta l'acqua per farsi alleggerire l'intronamento dovuto a tutto il tempo ch'era stato chiuso dintra a un cammarino con l'ululante signora Ciccina, e ora stava per corcarsi, più confuso che pirsuaso da tutti quei nomi d'avvocati, periti, parenti del morto e parenti dell'assassina che la signora Adorno ricordava con maniacale e micidiale precisione, quando squillò il telefono. Non poteva essere che Livia, forse preoccupata per non averlo trovato in casa prima.

«Pronto, amore...»

«Arrè? Dottore, mi dispiace, Ciccina Adorno sono.»

Montalbano sentì tornare di colpo l'intronamento di testa e tenne la cornetta a distanza di sicurezza.

«Che c'è, signora?»

«Mi scordai di contarle una cosa che arriguarda la prima perizia, quella fatta a Palermo dai professori Agnello e Trupìa.»

Montalbano appizzò le orecchie, quello era un punto delicato.

«Mi dica, signora.»

«Quanno i professori di Firenze dissero che i colleghi palermitani che non avevano trovato la stricnina o erano incompetenti o erano pazzi, l'avvocato Nicolosi fece deporre il professor Aurelio Giummarra. Questo professore contò che il professor Agnello, del quale lui era assistente, era morto prima di mettere la firma sotto la perizia negativa. E allora il tribunale gli aveva detto di firmarla lui. E il professor Giummarra l'aveva firmata,

ma solo dopo aver rifatto tutti gli esami perché era un
omo scrupoloso. E la sapi una cosa? Affermò di avere
usato lo stesso reagente dei suoi colleghi fiorentini. La
stricnina non c'era.»

«Grazie, signora. Si ricorda come si chiamava il presidente del secondo processo?»

«Certo. Manfredi Catalfamo, si chiamava. Il presidente del primo di nome invece faceva Giuseppe Indelicato,
mentre in Cassazione...»

«Grazie, basta così, signora. Buon viaggio.»

Naturalmente non gliene fotteva niente di Catalfamo
e di Indelicato, l'aveva spiato solo per maravigliarsi ancora del funzionamento della memoria di Ciccina Adorno, una sorta di supercomputer vivente.

Stinnicchiato sul letto, con nelle orecchie la rumorata
del mare tanticchia mosso, ragionò su tutto quello che
aveva saputo. Se era vero quanto gli aveva confidato in
punto di morte Maria Carmela Spagnolo, i periti palermitani non avevano trovato la stricnina semplicemente
perché non c'era. Cristina aveva creduto d'avvelenare il
marito, ma gli aveva in realtà somministrato una innocua polverina. Allora come mai i periti fiorentini l'avevano rinvenuta? Qui forse aveva ragione il notaro Cuffaro,
la misteriosa e lunga sparizione del pacco era servita ai
suoi avversari politici per averlo a disposizione e infilarci
dintra una tonnellata di stricnina. E non c'era da fare
scandalo: di prove che scompaiono e ricompaiono a
tempo debito sono costellati i processi in Italia, è una
vecchia e cara abitudine, quasi un rito.

Cristina era stata condannata in sostanza non per avere realmente avvelenato il marito, ma per averne avuto
la 'ntinzione. Poteva mai pinsare che l'amica fidata Maria Carmela l'aveva ingannata? E perché Maria Carmela
l'aveva fatto? Probabilmente perché era a conoscenza
della passione dell'amica per il giovane nipote Attilio e

sapeva macari che Cristina aveva negli ultimi tempi manifestata la 'ntinzione d'ammazzare il marito. Certo che una cosa è raprire la bocca per fare aria e un'altra è parlare seriamente. Ma a ogni modo, per evitare che Cristina un giorno o l'altro faceva una sullenne minchiata, le dà tanticchia di pruvolazzo dicendo che è vileno per sorci. E fino a qua ci siamo, Maria Carmela agisce per il bene di Cristina. Ma com'è che davanti al tenente dei carrabbinera prima e in tribunale dopo non rivela la verità? Bastava che quella volta, convocata in caserma, avesse detto queste parole per scagionare l'amica:

«Guardate che Cristina non può avere ammazzato il marito con la polvere che io le ho dato, perché non era veleno.»

Sarebbe bastato. Ma non le dice, quelle parole. Anzi, si mette a fare triatro, piange e si dispera affermando di essere stata sempre allo scuro del proposito omicida di Cristina. E, per buon peso, al processo pianta altri chiodi sulla bara dell'amica. Quelle parole le dice solo cinquant'anni appresso, a sgravio di coscienza, davanti alla morte.

Perché? Non dicendo quelle parole, Maria Carmela sa di far condannare un'innocente, macari se relativamente innocente. È un atteggiamento che dimostra un odio profondo, non ci sono altre parole: si tratta quasi certamente di una fredda, lucida vendetta.

Oramà era giorno fatto. Montalbano si susì, andò a mettere sul foco la cafittera, niscì sulla verandina. Il vento si era abbacato, il mare, ritirandosi, aveva lasciato la rena vagnata e allordata di bottiglie di plastica, alghe, scatole vacanti, pisci morti. Relitti. Sentì uno strizzone di friddo, tornò dintra. Si bevve tre tazze di cafè di fila, una appresso all'altra, s'infilò il giaccone pisante, s'assittò sulla verandina. L'aria di prima matina gli rinfriscava la testa. Per la prima volta nella vita so', si rimproverò il fatto che non sopportava di pigliare appunti: c'era una cosa che gli aveva detto la signora Ciccina che gli firriava testa testa e che non arrinisciva a fermare. Sapeva ch'era una cosa importante, ma non ce la faceva a metterla a foco. La memoria l'aveva sempre avuta di ferro, ora pirchì accomenzava a fagliare? Vuoi vedere che la vecchiaia per lui avrebbe macari significato un taccuino e una matita da tenere in sacchetta, come i poliziotti 'nglisi? L'orrore di quel pinsero agì sulla sua memoria meglio di una medicina e di colpo s'arricordò di tutto. Nella sua deposizione nella caserma dei carrabbinera, la signora Maria Carmela aveva dichiarato che Cristina le aveva domandato il veleno a metà novembre. E quindi fino a quella data Maria Carmela vuole talmente bene all'amica da evitarle una bella alzata d'ingegno consegnandole una polvere innocua. Ma manco due mesi appresso il suo sentimento verso Cristina è completamente cangiato, ora le vuole male, la odia. E non smentisce la confessione dell'ex amica. Questo veniva a significare che tra le due fimmine, in quel breve periodo di tempo era successo qualichi cosa. Ma non una sciarriatina qualunque, come càpita macari nei più stritti rapporti d'amicizia, no, una cosa, un fatto tanto grave da provocare una ferita irreparabile e profonda. Alt. Un momento. La signora Ciccina Adorno aveva riferito macari che le due amiche si erano incontrate a Natale, almeno così Maria Carmela aveva detto al tenente. E non c'era da dubitare che l'incontro fosse veramente avvenuto. E non si era trattato di un incontro formale, un cortese ma friddo scambio d'auguri, no, le due fimmine avevano chiacchiariato quietamente, tranquillamente come facevano d'abitudine... Questo poteva significare solo due cose: o che Maria Carmela comincia a odiare Cristina dopo o durante l'incontro natalizio o che il rancore, l'odio di Maria Carmela è principiato qualche giorno appresso averle dato il finto veleno. In questa seconda ipotesi, durante quell'incontro, Maria Carmela finge di essere l'amica di sempre, ammuccia abilmente quello che prova per Cristina, aspetta con santa pacienza che questa, prima o poi, prema il grilletto. Sì, perché quel finto vileno è in tutto e per tutto uguale a un revorbaro caricato a salve. Comunque vadano le cose, il botto rovinerà la vita di Cristina. E sicuramente, delle due ipotesi, la seconda era quella che più si avvicinava alla verità, se Maria Carmela era stata capace di tenersi dintra quel segreto per tutti gli anni che le restavano da campare.

A tradimento, gli si parò davanti all'occhi l'immagine della morente, la sua tistuzza di passero spinnacchiato affunnata nel cuscino, il linzolo candido, il comodino... L'immagine si bloccò, poi ci fu una specie di zumata della memoria. Che c'era sul comodino? Una bottiglia d'acqua minerale, un bicchiere, un cucchiaro e, mezzo ammucciato dalla bottiglia verde, un Crocefisso d'una ventina di centimetri su una base quatrata, di ligno. E basta. E tutto 'nzèmmula il Crocefisso venne messo a foco, perfettamente: Gesù, inchiovato alla croce, non era di pelle bianca. Era un negro. Certamente un oggetto d'arte sacra accattato in chissà quale paisi sperso dell'Africa, quando Maria Carmela seguiva nei suoi viaggi il nipote ingegnere.

E si trovò di colpo addritta per il pinsero che gli era venuto. Possibile che da tutti i suoi viaggi la signora si fosse portata appresso solo quella statuetta? Dove stavano le altre cose sue, quegli oggetti, quelle foto, quelle lettere che si conservano perché la memoria a essi si àncori e facciano testimonianza della nostra esistenza?

Appena arrivato in ufficio, telefonò all'hotel Pirandello. Gli arrisposero che l'ingegnere Spagnolo era allura allura partito per l'aeroporto, doveva pigliare il primo volo per Milano.

«Aveva molto bagaglio?»

«L'ingegnere?! No, una valigetta.»

«Vi ha per caso dato l'incarico di spedirgli qualche grosso pacco, uno scatolone, cose così?»

«No, commissario.»

E dunque la roba di Maria Carmela, se c'era, si trovava ancora a Vigàta.

«Fazio!»

«Agli ordini, dottore.»

«Hai chiffare stamatina?»

«Accussì accussì.»

«Allora lascia perdere tutto. Ti do un incarico nel quale te la scialerai. Devi partire subito per Fela. Sono le otto e mezza, per le dieci sei lì. Devi andare all'anagrafe.»

L'occhi di Fazio sparluccicarono di cuntintizza: aveva quello che Montalbano definiva il «complesso dell'anagrafe»: di una persona non si limitava a sapere giorno mese anno di nascita, luogo, provincia, paternità, maternità, ma macari paternità e maternità del patre e del patre del patre e via di questo passo. Se una, in genere violenta, reazione del suo superiore non l'interrompeva, era capace, seguendo la storia di quella persona, di risalire agli albori dell'umanità.

«Che devo fare?»

Il commissario glielo spiegò, dopo avergli contato tutto, macari di Cristina e del processo. Fazio sturcì la vucca.

«Allora non si tratta di andare solamente all'anagrafe.»

«No. Ma tu di queste cose sei maestro.»

Dopo manco cinco minuti niscì macari lui, si mise in macchina, si diresse verso la Casa del Sacro Cuore. Gli era venuta quell'inarrestabile smania di sapere che era la molla di tutte le sue indagini. Ora non aveva più dubbi, resistenze interne: romanzo d'appendice o romanzo giallo, tragedia o melodramma, di quella storia doveva sapere tutti i perché e i percome.

Si presentò all'amministratore della Casa, il ragioniere Inclima, un cinquantino grasso e cordiale. Il quale, alla domanda del commissario, s'assittò davanti a un computer.

«Sa, commissario, di queste cose si occupa il mio vice, il ragioniere Cappadona, che oggi purtroppo non è venuto per via che ha l'influenza.»

Armeggiò tanticchia, premette qualche tasto, ma era chiaro che per lui il computer non era cosa. Alla fine parlò.

«Sì, qui risulta che tutti gli effetti personali della povera signora Spagnolo sono contenuti nel nostro deposito, in un baule di sua proprietà. Ma non so se è stato già spedito al nipote, a Milano.»

«E come si fa per saperlo?»

«Venga con me.»

Raprì un cascione, tirò fora un mazzo di chiavi. Niscirono dall'ingresso principale. Nella latata mancina del parco c'era una costruzione vascia, un magazzino con una porta granni sulla quale ci stava scritto, evidentemente a scanso d'equivoci, «Deposito». Pacchi, scatole, valigie, cassette, casse, contenitori d'ogni genere stavano ordinatamente in fila lungo le pareti.

«Teniamo tutto con cura e a portata di mano. Sa, commissario, le nostre ospiti sono, come dire, tutte abbienti. E ogni tanto hanno voglia di rivedere un loro vestito, un oggetto caro... Ah, eccolo ancora qui, il baule della signora Spagnolo.»

"Perché" si spiò Montalbano, "le non abbienti non hanno voglia di rivedere qualche oggetto che fu a loro caro? Solo che quell'oggetto non è più a portata di mano, è stato venduto o si trova al Monte di pietà."

Il baullo non era un baullo. Era una specie di piccolo armuar che stava infatti addritta come un armuar ed era alto quanto il commissario. Di baulli di quelle proporzioni Montalbano ne aveva visti solamente nelle pellicole ambientate tra la fine dell'Ottocento e i primi del Novecento. Questo era letteralmente cummigliato, non c'era un centimetro libero, di quei pizzini di carta colorata, tondi, quadrati, rettangolari, che una volta gli alberghi, per pubblicità, usavano impiccicare sui bagagli. Parte di questi pizzini erano coperti da un foglio bianco, ancora umido di colla, sul quale c'era scritto l'indirizzo milanese del nipote ingegnere.

«Sicuramente domani passerà lo spedizioniere» disse il ragioniere. «C'è altro che le interessa sapere?»

«Sì. Chi ha le chiavi del baule?»

«Andiamo a vedere se le abbiamo noi o sono state già consegnate all'ingegnere.»

Risultò che erano state già consegnate.

Mangiò senza pititto, svogliato.

«Oggi non mi ha dato sodisfazioni» lo rimproverò Calogero, padrone della trattoria. «Se un cliente come vossia mangia accussì, a uno come a mia passa la gana di cucinare.»

Il commissario si scusò, lo rassicurò che era stato per i troppi pinseri che aveva in testa e che non era arrinisciuto a cancillare quel tanto bastevole a gustare la maraviglia dell'aragosta che gli era stata messa davanti. In realtà pinsero ne aveva uno solo, ma faceva per deci tanto era assillante. Poi, fagliandone altre, dovette arrendersi all'unica decisione possibile nel breve tempo che gli restava prima che il baullo pigliasse la strata per Milano: Orazio Genco. Erano le quattro di doppopranzo, a quell'ora Orazio, ultrasittantino latro di case, mai un atto di violenza, persona perbene all'infora del vizio che aveva e che era quello di andare ad arrubbare negli appartamenti, era sicuramente a la so' casa a dormiri, a recuperare il sonno perso nella nottata. Si facevano reciproca simpatia, era stato Orazio a regalare al commissario una preziosa raccolta di grimaldelli e chiavi false. Gli venne a raprire Gnetta, la mogliere di Orazio, che a vederlo appagnò.

«Commissario, che fu? C'è cosa?»

«Niente, Gnetta, sono venuto solo a trovare to' marito.»

«Trasisse» fece la fìmmina rassicurata. «Orazio è malato, è corcato.»

«E che ha?»

«Duluri aromatici. Il medico dice che non dovrebbe starsene fora la notti quanno c'è ùmito. Ma allura come fa a travagliare stu galantomo?»

Orazio era mezzo addrummisciuto, ma a vedere comparire il commissario si susì a mezzo del letto.

«Dottore Montalbano, che bella sorpresa!»

«Come stai, Orà?»

«Accussì accussì, dottore.»

«Lo voli tanticchia di cafè?» fece Gnetta.

«Volentieri.»

Approfittando del fatto che Gnetta era nisciuta dalla cammara, Orazio s'affrettò a chiarire:

«Taliasse, commissario, che io non travaglio da una mesata epperciò se c'è stato...»

«Non sono venuto per questo. Volevo che tu facessi un lavoretto per me, ma vedo che non ti puoi cataminare.»

«Nonsi, dottore, mi dispiace. È un travaglio che se lo deve fare da solo. Non lo sapi come si fa? Non glielo insegnai?»

«Sì, ma questo è un baullo che si deve raprire e richiudere senza che nessuno se ne accorga. Mi spiegai?»

«Benissimo si spiegò. Ora si pigliasse il cafè in santa pace che doppo ne parliamo.»

SEI

Fazio s'arricampò alle sette di sira, pareva contento. S'assittò comodamente sulla seggia davanti alla scrivania del commissario, cavò fora dalla sacchetta un foglio di carta piegato in quattro, principiò a leggere:

«Siracusa Alfredo fu Giovanni e fu Scarcella Emilia, nato a Fela il...»

«Ci vogliamo sciarriare?» l'interruppe Montalbano.

Fazio fece un sorrisino.

«Stavo babbianno, dottore.»

Ripiegò il foglietto, lo rimise in sacchetta.

«Ho avuto culo, rispetto parlando, dottore.»

«E cioè?»

«Ho potuto parlare col farmacista De Gregorio Arturo.»

«E chi è?»

«L'attuale proprietario della farmacia ch'era di Siracusa Alfredo. Vidisse, dottore, questo De Gregorio, appena laureato nel millenovecentoquarantasette, andò a fare pratica nella farmacia Siracusa. Alla farmacia, in realtà, ci abbadava lui pirchì il dottor Siracusa era uno che stava tutto il giorno o a giocare a carte o ad andare appresso alle fimmine. Il trenta settembre del millenovecentoquarantanove, mentre tornava in macchina da Palermo, il dottor Siracusa ha un incidente e muore sul colpo.»

«Che tipo d'incidente?»

«Mah, pare sia stata una botta di sonno. Capace che aveva passato la nottata vigliante con qualche fimmina o a giocare. Era solo. A farla breve, manco una simanata appresso, il dottor De Gregorio dice alla vidova che, se è d'accordo, lui vorrebbe rilevare la farmacia. La signora traccheggia tanticchia, poi, verso la fine di novembre, si mettono d'accordo sul prezzo.»

«Ma che me ne fotte di sta storia, Fazio?»

«Pacienza, dottore, arrivo al dunque. Succede che il dottor De Gregorio comincia a fare l'inventario. Oltre al retro, che veniva usato come deposito, c'era una cammara nica dove ci stava una scrivania che serviva al dottor Siracusa per le carte, i conti, la corrispondenza, le ordinazioni. Ma un cascione è chiuso a chiave e la chiave non si trova. Allora il dottore la domanda alla signora. Questa rastrella tutte le chiavi che appartenevano al marito, va in farmacia e, prova ca ti riprova, trova quella giusta, rapre il cascione. Il dottore vede che dintra è pieno di carte e di fotografie, ma siccome ha sentito sonare la campanella della porta d'ingresso, va a servire il cliente. Poi ne arriva un altro. Finalmente il dottore può tornare nell'ufficetto. La signora è longa 'n terra, sbinuta. Il dottore la fa rinvenire, la vidova dice che ha avuto un mancamento; le carte, le foto sono in parte sulla scrivania, in parte sul pavimento. Il dottor De Gregorio si cala per raccoglierle e la vidova scatta come una vipera:

"Le lasci stare! Non tocchi niente!"

Mai l'aveva vista accussì, disse il dottor De Gregorio. La signora era conosciuta per la cortesia, l'affabilità, ma stavolta pareva pigliata dal dimonio.

"Vada via! Vada via!"

Il dottore se ne tornò a servire altri clienti. Dopo una mezzorata la vidova ricomparse, in mano aveva due grosse buste.

"Come si sente, signora? Vuole che l'accompagni?"

"Mi lasci in pace!"

Da quel giorno, ha detto il dottore, la signora non fu più la stissa, non volle più mettere piede in farmacia. Con lui continuò a mostrarsi sgarbata, grèvia. Poi capitò il fatto dell'omicidio dell'avvocato Ferlito e in paisi si cominciò a dire che lei era la complice di Cristina, la mogliere assassina. Allora la vidova Siracusa vendette le sue proprietà e se ne andò all'estero. Di tutte le cose che mi ha detto De Gregorio, questa dello sbinimento mi è parsa quella più interessante.»

«Perché?»

«Dottore, ma è lampante! E lei lo sa meglio di mia! Dintra a quel cascione la signora Maria Carmela Spagnolo, frisca vidova Siracusa, trovò una cosa che mai si era sognata di trovare.»

Verso la mezzanotti, non seppe più che strumentiàre per far passare il tempo. Leggere non poteva, era troppo nirbuso per concentrarsi, finita una pagina doveva ricomenzare daccapo perché si era scordato di quello che c'era scritto. L'unica era la televisione, ma aveva già sentito un dibattito politico, condotto da due giornalisti che parevano Stanlio e Ollio, uno sicco sicco e l'altro grosso come un liofante, sulle dimissioni di un sottosegretario con la testa di rettile che di professione facìva l'avvocato e aveva proposto l'arresto dei giudici che gli facevano perdere le cause. Allato a lui lo difendeva un ministro che aveva la faccia a crozza di morto e che non si capiva una minchia di come parlava. Coraggiosamente l'addrumò di nuovo. Il dibattito continuava. Trovò un canale che trasmetteva un documentario sulla vita dei coccodrilli e lì si fermò.

Dovette appisolarsi perché di colpo si fecero le due. Andò a lavarsi la faccia, niscì, si mise in macchina. Venti minuti appresso passò davanti al cancello chiuso della Casa del Sacro Cuore, girò subito a dritta e andò a fermarsi nello spiazzo darrè la villa come aveva fatto quando era andato a taliare il funerale. Scinnì dalla macchina e si addunò che molte finestre erano illuminate da luci basse. Capì di cosa si trattava: era l'insonnia della vecchiaia, quella che notte dopo notte ti condanna a stare vigliante, a letto o in poltrona, a ripassarti la tua vita minuto per minuto, a ripatirla sgranandola come i grani di un rosario. E accussì finisce che t'arriduci a desiderare la morti perché è un vuoto assoluto, un niente, liberati dalla dannazione, dalla persecuzione della memoria.

Scavalcò senza difficoltà la cancellata, la luce della luna bastevole per vedere dove metteva i piedi. Ma appena nel parco, s'apparalizzò. C'era un cane che lo puntava, uno di quei cani terribili, assassini, che non abbaiano, non fanno niente, ma appena ti catamini t'arritrovi azzannato alla gola. Sentì la cammisa di colpo vagnata di sudore che gli si impicciicava sulla pelle. Lui stava immobile e il cane macari.

"Domani a matino, quanno fa luce, ci trovano accussì, io che talìo il cane e il cane che talìa a mia" pinsò.

Con una differenza: che il cane era nel suo territorio, mentre lui in quel territorio era trasuto abusivamente.

"Tiene ragione 'o cane" pinsò ancora, ripetendo una famosa battuta di Eduardo De Filippo.

Doveva assolutamente arrisolversi a fare qualichi cosa. Ma ci pinsò la fortuna a dargli una mano. Una pigna, o un frutto secco, cadde da un albero e andò a sbattere sulla schina della vestia la quale, sorprendentemente, fece:

"Tin!"

Era un cane finto, messo lì a scantare gli stronzi come lui. A raprire la porta del deposito ci mise nenti. Richiuse la porta, addrumò la grossa pila che si era portata appresso e, seguendo le istruzioni del latro Orazio, agevolmente raprì il baullo-armuar. Da una decina di grucce pendevano vestiti fimminini, il ripiano sotto a essi era stipato di oggetti, una minuscola torre Eiffel, un leone di cartapesta, una maschera di ligno e altri ricordi. La parte interna del coperchio del baullo era una cassettiera. C'erano mutanne, reggiseni, fazzoletti, sciarpe, calze di lana. Due cassetti grossi erano invece allocati sotto il ripiano con gli oggetti. Nel primo ci stavano scarpe. Nel

secondo, una scatola di cartone e una grossa busta.
Montalbano raprì la busta. Fotografie. Darrè a ognuna
di esse Maria Carmela aveva diligentemente scritto data,
luogo, nomi dei ritrattati. C'erano il patre e la matre di
Maria Carmela, il fratello, il nipote, la mogliere del fratello, un'amica francisa, una cammarera negra, paisaggi
vari... Mancavano le fotografie del suo matrimonio. E
non c'era una foto del marito a pagarla a piso d'oro.
Quasi che la signora avesse voluto scordarsene la faccia.
E non ce ne stavano manco di Cristina, una volta amica
del cuore. Rimise le foto nella busta, raprì la scatola.
Lettere. Tutte ordinatamente divise e messe in buste diverse a seconda del mittente. «Lettere di mamma e
papà», «Lettere di mio fratello», «Lettere di mio nipote», «Lettere di Jeanne»... L'ultima era una busta sulla
quale non c'era scritto nenti. Dintra c'erano tre littre.
Gli bastò cominciare a leggere la prima per farsi capace
che aveva trovato quello che sperava di trovare. Si infilò
le tre littre in sacchetta, rimise tutto a posto, richiuse il
baule e la porta del deposito, fece una carizza sulla testa
del cane finto, riscavalcò la cancellata, si mise in macchina, se ne tornò a Marinella.

Tre lunghe lettere, la prima datata 4 febbraio 1947 e
l'ultima 30 luglio dello stesso anno. Tre lettere di ardente testimonianza di una impetuosa passione amorosa,
addrumatasi come foco di paglia e durata appunto
quanto un foco di paglia. Lettere a firma di Cristina Ferlito al farmacista Alfredo Siracusa, che accominciano
sempre allo stesso modo «Mio adorato Alfredo sangue
mio» e finiscono con la frase «Tua in tutto e dappertutto
Cristina». Lettere che la fìmmina inviò all'amante, il marito della sua migliore amica, e che questi imprudente-
mente conservò nel cassetto della scrivania nella farmacia. Quello che Maria Carmela raprì su richiesta del
dottor De Gregorio. Quel giorno, a leggerle, Maria Car-

mela certamente si sarà sentita offisa e mortalmente ferita, assai più che dal doppio tradimento del marito e dell'amica, dalle parole che questa usa verso di lei, parole sprezzanti, parole di dileggio. Alfredo, come fai a vivere allato a una fimmina accussì bigotta? Alfredo, ma quando la mattina ti svegli e te la trovi accanto, come fai a non dare di stomaco? Alfredo, lo sai che cosa mi ha confidato l'altro giorno Maria Carmela? Che per lei, fin dalla prima notte di nozze, fare all'amore con te è stata una sofferenza. E com'è che per me invece rappresenta un piacere tanto grande da essere quasi uguale alla morte?

E qui Montalbano non poté fare a meno di immaginarsi un altro piacere, assai più maligno e raffinato: quello del farmacista che si godeva la moglie del più stretto compagno di gioco e d'imprese fimminine, a sua totale insaputa. E chissà quanto sarebbe durata quella storia se nella vita di Cristina non fosse entrato il bel nipote Attilio.

Trovate le lettere, Maria Carmela decide di vendicarsi. Ha già dato il finto veleno a Cristina prima della scoperta del tradimento e certo si rammarica di averne a tempo capite le intenzioni omicide. Se avesse saputo, le avrebbe dato del veleno vero perché si consumasse con le sue stesse mani. Ora non può fare altro che aspettare un passo falso dell'ex amica. E quando questa lo compie, Maria Carmela è pronta ad agguantare a volo l'occasione, collaborando a spedire in càrzaro Cristina pur sapendo che non può avere ammazzato il marito con la polvere che lei le ha dato. Se avesse rivelato al tenente dei carrabbinera la verità, le cose per l'ex amica si sarebbero messe meglio. Ma è proprio quello che non vuole. E solo in punto di morte, quando il suo palato è diventato insensibile a tutti i sapori, macari a quello della vendetta, si decide a rivelare la sua colpa. Ma perché ha conservato quelle lettere, non le ha gettate via assieme alle foto del marito, del matrimonio? Perché Maria Carmela è una fimmina intelligente. Sa che un giorno inevitabilmente la spinta rabbiosa che l'ha mossa perderà forza, il ricordo sempre più sbiadito dell'offesa potrebbe portarla a dire a qualcuno come sono andate realmente le cose, Cristina potrebbe uscire dal càrzaro... No, basterà ripigliare in mano, per un momento, una di quelle lettere e le ragioni della vendetta torneranno a farsi vive, feroci come il primo giorno.

La matina niscì presto, praticamente non aveva chiuso occhio. Quando trasì in chiesa, patre Barbera aveva appena finito di dire Messa. Lo seguì in sacristia. Il parrino si spogliò dei paramenti aiutato dal sacristano.

«Lasciaci soli e non fare entrare nessuno.»

«Sissi» fece quello niscenno.

Abbastò un'occhiata, al parrino, per capire che Montalbano ora sapeva quello che Maria Carmela Spagnolo gli aveva contato in confessione. Ma volle esserne sicuro.

«Ha scoperto tutto?»

«Sì, tutto.»

«Come ha fatto?»

«Sono uno sbirro. È stata una specie di scommessa, più che altro con me stesso. Ma ora è finita.»

«Ne è sicuro?» spiò il parrino.

«Certo. A chi vuole che importi una storia vecchia di cinquant'anni? Maria Carmela Spagnolo è morta, Cristina Ferlito macari...»

«Chi glielo ha detto?»

«Nessuno, suppongo che...»

«Sbaglia.»

Montalbano lo taliò imparpagliato.

«Campa ancora?»

«Sì.»

«E dove?»

«A Catania, in casa della figlia Agata che l'ha perdonata quando uscì dal carcere. Agata si è sposata con un impiegato di banca, una brava persona che si chiama Giulio La Rosa. Hanno una villetta in via Gomez 32.»

«Perché me lo sta dicendo?» spiò il commissario.

E mentre faceva la domanda, sapeva la risposta che l'altro gli avrebbe dato.

«Perché sia lei a fare quello che io, come prete, non posso. Lei è in grado di ridare la serenità a una donna proprio quando non si aspetta più niente dalla vita. Di illuminare, con la luce della verità, l'ultimo tratto oscuro dell'esistenza di quella donna. Vada e faccia il suo dovere, senza perdere altro tempo. Troppo ne è stato perduto.»

E quasi l'ammuttò verso la porta, mettendogli le mano sulle spalle. Ammammaloccuto, il commissario mosse qualche passo, poi si bloccò, una luce come di flash gli addrumò il ciriveddro. Si voltò.

«Quella mattina che venne da me, lei aveva un piano preciso! Lei ha architettato tutto, si è servito di me e io ci sono caduto come uno stronzo! E ha fatto macari tutto quel teatro di tentare di dissuadermi, sicuro che io non avrei mollato l'osso. Lei l'ha saputo fin dal primo momento che saremmo arrivati a questo punto, a queste parole. È vero sì o no?»

«Sì» disse patre Barbera.

Guidò arraggiato e nirbuso, pronto a sciarriarsi con ogni automobilista che si trovava sulla sua stissa strata. Si era fatto incastrare come un picciliddro 'nnuccenti. Ma come aveva fatto? Come non si era addunato per tempo del trainello che patre Barbera gli aveva preparato? Vatti a fidare di un parrino! Il proverbio parlava chiaro: «monaci e parrini/ sènticci la Missa/ e stòccacci li rini». Monaci e parrini ascoltali quando dicono Messa, ma subito dopo spezza loro le reni. Ah, la persa saggezza popolare!

Nel trafico di Catania, non gli mancò occasione di fare le corna e di dire parolazze a dritta e a mancina. Poi finalmente, dopo un gira ca ti rigira infinito, arrivò davanti alla villetta di via Gomez. Nel minuscolo giardino, una fìmmina piuttosto giovane sorvegliava dù picciliddri che giocavano.

«La signora Agata La Rosa?»

«Non c'è, è nisciuta e io abbado ai picciliddri.»

«Sono figli della signora Agata?»

«Ma che dice? I niputeddri sono!»

«Senta, io sono un commissario di Polizia.»

La fìmmina appagnò.

«E che fu, ah? Che successe, ah?»

«Niente, devo solo dare una comunicazione alla signora Cristina. È qua?»

«Certo che è qua.»

«Dovrei parlarle. Mi accompagna?»

«E come fazzo cu i picciliddri? Ci vada vossia, appena trasi la secunna porta a manca, non si può sbagliari.»

Una casa arredata con gusto, ordinata a malgrado della presenza dei nipoti. La seconda porta a manca era mezza aperta.

«Permesso?»

Non ci fu risposta. Trasì. La vecchia era abbannunata supra una poltrona e dormiva, quadiata dal sole che irrompeva dai vetri della finestra. Stava con la testa appuiata narrè e dalla bocca aperta, dalla quale colava, sbrilluccicando, un filo di saliva, nisciva un respiro affannoso e raschioso che a tratti brevemente s'interrompeva per ripigliare con accresciuta fatica. Una mosca passiava indisturbata da palpebra a palpebra e queste erano addivientate accussì sottili che il commissario si scantò che si sfondassero al peso dell'insetto. Poi la mosca s'infilò dintra a una narice trasparente. La pelle della faccia era gialla e tanto tirata e aderente da parere come uno strato di colore passato supra al teschio. La pelle delle mano inerti e fatte storte dall'artrosi era invece di cartapecora, con larghe chiazze marroni. Le gambe, cummigliate dal plaid, erano scosse da un tremito continuo. Nella cammara c'era un insopportabile tanfo di rancido e d'urina. Dintra a quel corpo che il tempo aveva così oscenamente sconciato esisteva ancora un qualcosa con cui era ancora possibile comunicare? Montalbano ne dubitò. E peggio: se questo qualcosa ancora c'era, avrebbe retto alla conoscenza della verità?

La verità è luce, aveva detto il parrino, o una cosa simile. Già, ma una luce accussì forte non avrebbe potuto bruciare, ardere proprio quello che doveva solamente illuminare? Meglio lasciare lo scuro del sonno e della memoria.

Arretrò, niscì, si ritrovò in giardino.

«Ha parlato con la signora?»

«No. Dormiva. Non ho voluto svegliarla.»

L'ARTE DELLA DIVINAZIONE

Da sempre a Vigàta la festa di Cannalivari non ha mai avuto senso. Per i grandi, naturalmente, che non organizzano veglioni e non fanno cene speciali. Per i picciliddri, invece, è tutt'altra musica, se ne vanno in su e in giù per il corso cassariandosi nei loro costumi oramai a passo con la televisione. Oggi non si trova più un costume di Pierrot o di Topolino a pagarli a peso d'oro, Zorro sopravvive, ma furoreggiano Batman e arditi astronauti in sparluccicanti tute spaziali.

Quell'anno, invece, la festa di Cannalivari ebbe senso almeno per un adulto: il professor Gaspare Tamburello, preside del locale liceo Federico Fellini, recentissimamente costituito, come si poteva capire dal nome che gli era stato dato.

«Aieri notte hanno tentato d'ammazzarmi!» proclamò il preside trasendo, e assittandosi, nell'ufficio di Montalbano.

Il commissario lo taliò ammammaloccuto. Non per il drammatico annunzio, ma per il curioso fenomeno che si manifestava sulla faccia di quello che passava, senza soluzione di continuità, dal giarno della morte al rosso del peperone.

"A questo gli piglia un sintòmo" pinsò Montalbano. E disse: «Signor preside, stia calmo, mi racconti tutto. Vuole un bicchiere d'acqua?».

«Niente voglio!» ruggì Gaspare Tamburello. S'asciucò la faccia con un fazzoletto e Montalbano si stupì che i colori della pelle non avessero stinto sulla stoffa.

«Quel grandissimo cornuto l'ha detto e l'ha fatto!»

«Senta, preside, lei si deve calmare e raccontarmi tutto con ordine. Mi dica esattamente come sono andate le cose.»

Il preside Tamburello fece un evidente sforzo per controllarsi, poi attaccò.

«Lei lo sa, commissario, che abbiamo un ministro comunista alla Pubblica Istruzione? Quello che vuole che alla scuola si studi Gramsci. Ma io mi domando: perché Gramsci sì e Tommaseo no? Me lo sa spiegare lei perché?»

«No» disse secco il commissario che si era già rotto le palle. «Vogliamo arrivare al fatto?»

«Dunque, per adeguare l'istituto, che ho l'onore e l'onere di dirigere, alle nuove norme ministeriali, sono rimasto a lavorare nel mio ufficio sino a mezzanotte passata.»

Era cosa cògnita in paisi il motivo per cui il preside trovava quante più scuse poteva per non rientrare a casa: lì, come una tigre intanata, l'aspettava la mogliere Santina, meglio nota a scuola come Santippe. Bastava la minima occasione per scatenare Santippe. E allora i vicini di casa principiavano a sentire le vociate, le offese, gl'insulti che la terribile fìmmina faceva al marito. Tornando a mezzanotte passata, Gaspare Tamburello sperava di trovarla addormentata e di scansare la consueta scenata.

«Vada avanti, per favore.»

«Avevo appena aperto il portone di casa che ho sentito un botto fortissimo e visto una vampata. Ho magari udito, distintamente, qualcuno che sghignazzava.»

«E lei che ha fatto?»

«Che dovevo fare? Mi sono messo a correre su per le scale, mi sono scordato di pigliare l'ascensore, avevo il sangue grosso.»

«L'ha detto alla sua signora?» spiò il commissario che quando ci si metteva sapeva essere veramente carogna.

«No. E perché? Dormiva, pòvira fìmmina!»

«E lei avrebbe perciò visto la fiammata.»

«Certo che l'ho vista.»

Montalbano fece la faccia dubitativa e il preside la notò.

«Che fa, non mi crede?»

«Le credo. Ma è strano.»

«Perché?»

«Perché se uno putacaso le spara alle spalle, lei sente il botto, certo, ma non può vedere la fiammata. Mi spiego?»

«E io invece l'ho vista, va bene?»

Il giarno della morte e il rosso del peperone si fusero in un verde oliva.

«Lei, preside, m'ha fatto capire che conosce chi le avrebbe sparato.»

«Non usi il condizionale, io so benissimo chi l'ha fatto. E sono qui per sporgere formale denunzia.»

«Aspetti, non corra. Secondo lei, chi è stato?»

«Il professor Antonio Cosentino.»

Netto, deciso.

«Lei lo conosce?»

«Che domanda! Insegna francese all'istituto!»

«Perché l'avrebbe fatto?»

«Ancora con questo condizionale! Perché mi odia. Non sopporta i miei continui richiami, le mie note di demerito. Ma io, che posso farci? Per me l'ordine e la disciplina sono imperativi categorici! Invece il professor Cosentino bellamente se ne frega. Arriva tardi ai consigli dei professori, contesta quasi sempre quello che dico, irride, assume un'aria di superiorità, sobilla i suoi colleghi contro di me.»

«E lei pensa che sia capace di un omicidio?»

«Ah! Ah! Mi vuole far ridere? Quello è capace non solo d'ammazzare, ma di ben altro!»

"E che ci poteva essere di peggio dell'ammazzare?" pinsò il commissario. Forse squartare il cadavere dell'ammazzato e mangiarselo metà a brodo e metà al forno con patatine.

«E lo sa che ha fatto?» proseguì il preside. «L'ho visto io con questi miei occhi che offriva fumo a un'allieva!»

«Erba?»

Gaspare Tamburello stunò, s'imparpagliò.

«No, che erba! Perché dovrebbero fumare l'erba? Le stava dando una sigaretta.»

Viveva fuori del tempo e dello spazio, il signor preside.

«Mi pare d'aver capito che lei ha affermato poco fa che il professore l'aveva minacciata.»

«Non precisamente. Minaccia minaccia non ce n'è stata. Me lo disse così, facendo finta di scherzare.»

«Con ordine, la prego.»

«Dunque. Una ventina di giorni fa la professoressa Lopane ha invitato tutti i colleghi al battesimo di una sua nipotina. Io non ho potuto esimermi, capisce? Non amo che capi e subordinati fraternizzino, ci vuole sempre il mantenimento di una certa distanza.»

Montalbano rimpianse che lo sparatore, se veramente era esistito, non avesse avuto la mira più precisa.

«Poi, come sempre succede in questi casi, tutti quelli dell'istituto ci trovammo riuniti in una stanza. E qui i docenti più giovani vollero organizzare qualche gioco. A un tratto il professore Cosentino disse che lui possedeva l'arte della divinazione. Affermò che non aveva bisogno d'osservare il volo degli uccelli o le viscere di qualche animale. Gli bastava guardare intensamente una persona per vedere nitidamente il suo destino. Una scioccherella, la professoressa Angelica Fecarotta, una supplente, domandò del suo futuro. Il professor Cosentino le predisse un grande cangiamento amoroso. Bella forza! Lo sapevamo tutti che la supplente, fidanzata a un dentista, lo tradiva con l'odontotecnico e che il dentista, prima o poi, se ne sarebbe accorto! Con grande sollazzo...»

Alla parola sollazzo Montalbano non resse più.

«Eh, no, preside, qua facciamo notte! Mi riferisca solo quello che il professore le disse. O meglio, le predisse.»

«Siccome tutti l'assillavano perché divinasse il mio futuro, lui mi guardò fisso, tanto a lungo che si fece un silenzio di tomba. Guardi, commissario, si era creata un'atmosfera che sinceramente...»

«Lasci fottere l'atmosfera, perdio!»

Uomo d'ordine, il preside ubbidiva agli ordini.

«Mi disse che il tredici febbraio sarei scampato da un colpo, ma che entro tre mesi non sarei stato mai più con loro.»

«Ambiguo, non le pare?»

«Ma che ambiguo! Ieri era il tredici, no? M'hanno sparato, sì o no? E quindi non si riferiva a un colpo apoplettico, ma a un vero e proprio colpo di pistola.»

La coincidenza squietò il commissario.

«Guardi, preside, restiamo intesi in questo modo. Io faccio qualche indagine, poi, se è il caso, la pregherò di sporgere denunzia.»

«Se lei m'ordina così, farò così. Ma io vorrei saperlo subito in galera, quel mascalzone. Arrivederla.»

E finalmente sinni niscì.

«Fazio!» chiamò Montalbano.

Ma invece di Fazio vide nuovamente comparire sulla porta il preside. La faccia, questa volta, tirava al giallo.

«Mi scordavo la prova più importante!»

Darrè al professore Tamburello apparse Fazio.

«Comandi.»

Il preside però continuò imperterrito.

«Stamattina, venendo qua a fare la denunzia, ho visto che sul portone del palazzo dove abito, in alto a sinistra, c'è un buco che prima non c'era. Lì dev'essersi conficcato il proiettile. Indaghino.»

E niscì.

«Tu lo sai dove abita il preside Tamburello?» spiò il commissario a Fazio.

«Sissi.»

«Vai a dare una taliata a questo pirtuso nel portone e

poi mi fai sapere. Aspetta, prima telefona al liceo, ti fai passare il professore Cosentino e gli dici che oggi dopopranzo, verso le cinque, lo voglio vedere.»

Montalbano tornò in ufficio alle quattro meno un quarto, tanticchia appesantito da un chilo e passa di misto di pesce alla griglia, tanto fresco che aveva ripigliato a nuotare dintra al suo stomaco.

«Per esserci, il pirtuso c'è» riferì Fazio «ma è fresco fresco, il legno è vivo, non è allordato da un proiettile, pare fatto con un temperino. E non c'è traccia di pallottola. Mi sono fatta opinione.»

«Dilla.»

«Non penso che al preside gli abbiano sparato. Siamo in tempo di Cannalivari, magari a qualche picciottazzo gli è venuta gana di garrusiare e gli ha tirato una castagnola o un petardo.»

«Plausibile. Ma come lo spieghi il pirtuso?»

«L'avrà fatto il preside stesso, per far credere alle minchiate che è venuto a contarle.»

La porta si spalancò, sbatté contro il muro, Montalbano e Fazio sussultarono. Era Catarella.

«Ci sarebbe che c'è il prifissore Cosentintino che dici che ci vorrebbe parlare pirsonalmente di pirsona.»

«Fallo passare.»

Fazio niscì, trasì Cosentino.

Per una frazione di secondo, il commissario rimase spiazzato. S'aspettava uno con la T-shirt, jeans e grosse Nike sportive ai piedi, invece il professore indossava un completo grigio, con cravatta. Aveva persino un'ariata malinconica, teneva la testa leggermente piegata verso la spalla mancina. Gli occhi, però, erano furbi, guizzanti. Montalbano paro paro, senza mezzi termini, gli riferì l'accusa del preside e l'avvertì che non era una cosa da babbiarci sopra.

«Perché no?»

«Perché lei ha divinato che giorno tredici il preside sarebbe stato oggetto di una specie d'attentato e questo è puntualmente avvenuto.»

«Ma, commissario, se è vero che gli hanno sparato, come può pensare che io sarei stato tanto fesso d'annunziare che l'avrei fatto e davanti a venti testimoni? Tanto valeva allora sparare e andarmene direttamente in carcere! Si tratta di una disgraziata coincidenza.»

«Guardi che con me il suo ragionamento non piglia.»

«E perché?»

«Perché lei può essere stato non tanto fesso ma tanto furbo da dirlo, farlo e poi venirmi a sostenere di non averlo potuto fare perché l'aveva detto.»

«È vero» ammise il professore.

«Allora, come la mettiamo?»

«Ma lei crede davvero che io abbia arti divinatorie, che sia in grado di fare predizioni? Semmai, nei riguardi del preside, potrei fare, come dire, retrodizioni. E queste sì, sicure, certe come la morte.»

«Si spieghi.»

«Se il nostro caro preside fosse vissuto nell'era fascista, non se lo vede che bel federale sarebbe stato? Di quelli in orbace, coi gambali e l'uccello sul berretto, che saltavano dentro cerchi di fuoco. Garantito.»

«Vogliamo parlare seriamente?»

«Commissario, lei forse non conosce un delizioso romanzo settecentesco che s'intitola *Il diavolo innamorato* di...»

«Cazotte» fece il commissario. «L'ho letto.»

Il professore si ripigliò subito da un leggero stupore. «Dunque una sera Jacques Cazotte, trovandosi con alcuni amici celebri, ne divinò esattamente la morte. Ebbene...»

«Senta, professore, macari questa storia conosco, l'ho letta in Gerard de Nerval.»

Il professore spalancò la bocca.

«Cristo santo! Ma come fa a sapere queste cose?»

«Leggendo» fece brusco il commissario. E ancora più serio aggiunse:

«Questa faccenda non ha né capo né coda. Non so manco se hanno sparato al preside o se era una castagnola.»

«Castagnola, castagnola» fece con aria sprezzante il professore.

«Ma io la diffido formalmente. Se entro tre mesi càpita qualche cosa al preside Tamburello, io riterrò responsabile lei personalmente.»

«Macari se gli viene l'influenza?» spiò per niente scantato Antonio Cosentino.

E invece capitò quello che era scritto dovesse capitare.

Il preside Tamburello s'arrizzelò molto che il commissario non avesse accettato la denunzia e che non avesse ammanettato quello che secondo lui era il responsabile. E principiò a fare una serie di passi falsi. Al primo consiglio dei professori, assumendo un'ariata a un tempo severa e martire, comunicò all'allibito uditorio di essere stato vittima di un agguato dal quale era miracolosamente scampato per intercessione (nell'ordine) della Madonna e del Dovere Morale di cui era strenuo assertore. Durante il discorsino, non fece altro che taliare allusivamente il professore Antonio Cosentino che apertamente sghignazzava. Il secondo passo falso fu quello di confidare la cosa al giornalista Pippo Ragonese, notista di Televigàta, che ce l'aveva col commissario. Ragonese contò la facenna a modo suo, affermò che Montalbano, non procedendo contro chi era stato indicato come esecutore materiale dell'attentato, faceva oggettiva opera di favoreggiamento della delinquenza. Il risultato fu semplice: mentre Montalbano ci faceva sopra una bella risata, tutta Vigàta venne a sapere che al preside Tamburello qualcuno aveva sparato.

Tra gli altri, accendendo la televisione alle dodici e trenta per il notiziario, l'apprese la consorte del preside, fino a quel momento allo scuro di tutto. Il preside, macari lui ignaro che la mogliere ora sapeva, s'appresentò alle tredici e trenta per mangiare. I vicini erano tutti alle finestre e ai balconi per scialarsela. Santippe ingiuriò il marito, accusandolo di avere mantenuto un segreto con lei, lo definì uno stronzo che si faceva sparare addosso come uno stronzo qualsiasi, rimproverò l'ignoto sparatore di avere, letteralmente, «una mira di minchia». Dopo un'ora di questo tambureggiamento, i vicini videro il preside sdunare dal portone, come fa un coniglio quando viene assugliato nella tana dal furetto. Tornò a scuola, si fece portare un panino in ufficio.

Verso le sei di dopopranzo, come sempre facevano, al caffè Castiglione si riunirono le menti più speculative del paisi.

«Per essere un cornuto, è un cornuto» esordì il farmacista Luparello.

«Chi? Tamburello o Cosentino?» spiò il ragioniere Prestia.

«Tamburello. Non dirige l'istituto, ma lo governa, è una specie di monarca assoluto. Chi non si piega al suo volere, lo fotte. Ricordiamoci che l'anno passato ha bocciato tutta la seconda C perché non si sono susùti immediatamente quando è trasuto in classe.»

«Vero è» intervenne Tano Pisciotta, commerciante all'ingrosso di pesce. E aggiunse, calando la voce fino a un soffio: «E non scordiamoci che tra i picciotti della seconda C bocciati c'erano il figlio di Giosuè Marchica e la figlia di Nenè Gangitano».

Calò meditativo e prioccupato silenzio.

Marchica e Gangitano erano pirsone intese, alle quali non si poteva fare sgarbo. E bocciarne i figli non era forse un vero e proprio sgarbo?

«Altro che antipatia tra il preside e il professore Cosentino! Qua la cosa è seria assà!» concluse Luparello.

Proprio in quel momento trasì il preside. Non capendo l'aria che stava principiando a tirare, pigliò una seggia e s'assittò al tavolo. Ordinò un caffè.

«Mi dispiace, ma devo tornare a casa» fece immediatamente il ragioniere Prestìa. «Me' mogliere ha tanticchia di febbre.»

«Io macari me ne devo andare, aspetto una telefonata in ufficio» disse a ruota Tano Pisciotta.

«Macari me' mogliere è febbricitante» affermò il farmacista Luparello che aveva scarsa fantasia.

In un vìdiri e svìdiri, il preside si trovò solo al tavolino. Per il sì e per il no, era meglio non farsi vedere con lui. Marchica e Gangitano c'era rischio si facessero falsa opinione sulla loro amicizia per il professor Tamburello.

Una matina, alla signora Tamburello, che stava facendo la spisa al mercato, s'affiancò la mogliere del farmacista Luparello.

«Quant'è coraggiosa lei, signora mia! Io, al posto suo, me ne sarei scappata o avrei catafottuto me' marito fora di casa, senza perderci tempo!»

«E pirchì?»

«Come, pirchì? E se quelli che gli hanno sparato e l'hanno sbagliato decidono d'andare sul sicuro e mettono una bomba darrè la porta del suo appartamento?»

La sera stissa il preside si trasferì in albergo. Ma l'ipotesi della signora Luparello pigliò tanto piede che le famiglie Pappacena e Lococo, che abitavano sullo stesso pianerottolo, cangiarono di casa.

Allo stremo della resistenza fisica e mentale, il preside Tamburello chiese ed ottenne il trasferimento. Entro tre mesi non «era più con loro», come aveva divinato il professor Cosentino.

«Mi leva una curiosità?» spiò il commissario Montalbano. «Il botto cos'era?»

«Castagnola» arrispose tranquillo Cosentino.

«E il pirtuso sul portone?»

«Mi crede se le dico che non l'ho fatto io? Dev'essere stato un caso o l'ha fatto lui stesso per dare credito alla sua denunzia contro di me. Era un uomo destinato a consumarsi con le sue stesse mani. Non so se sa che c'è una commedia, greca o romana non ricordo, s'intitola *Il punitore di se stesso*, nella quale...»

«Io so solo una cosa» tagliò Montalbano, «che non vorrei mai averla come nemico.»

Ed era sincero.

LA SIGLA

Calòrio non si chiamava Calòrio, ma in tutta Vigàta lo conoscevano con questo nome. Era arrivato in paisi non si sa da dove una ventina d'anni avanti, un paro di pantaloni ch'erano più pirtusa che stoffa, legati alla vita con una corda, giacchetta tutta pezze pezze all'arlecchino, piedi scàvusi ma pulitissimi. Campava dimandando la limosina, ma con discrezione, senza dare fastiddio, senza spavintare fìmmine e picciliddri. Teneva bene il vino, quando poteva accattarsene una bottiglia, tanto che nessuno l'aveva veduto a malappena brillo: e dire che c'erano state occasioni di feste che di vino se n'era scolato a litri.

C'era abbastato poco perché Vigàta l'adottasse, padre Cannata lo riforniva di scarpe e vestiti usati, al mercato non c'era uno che gli negasse tanticchia di pesce e di verdura, un medico lo visitava a gratis e gli passava di foravìa i medicinali quando ne aveva di bisogno. Di salute in genere stava bene, a malgrado che, così, a occhio e croce, di anni doveva averne passati una sittantina. Di notte andava a dormiri nel porticato del municipio; d'inverno si difendeva dal freddo con due vecchie coperte che gli avevano arrigalato. Da cinque anni però aveva cangiato di casa. Sulla solitaria spiaggia ovest, dalla parte opposta a quella dove la gente andava a fare i bagni, avevano tirato a sicco il relitto di un motopeschereccio. Spogliato in poco tempo di tutto, ne era rimasta la carcassa solamente. Calòrio ne aveva pigliato possesso e si era allocato nell'ex vano motore. Di giorno, se il tempo era bello, s'assistimava in coperta. A leggere. E proprio per questo i paisani l'avevano chiamato Calòrio:

il santo protettore di Vigàta, amatissimo da tutti, credenti e no, era un frate di pelle nivura, con un libro in mano. I libri Calòrio se li faceva imprestare dalla biblioteca comunale; la signorina Melluso, la direttrice, sosteneva che nessuno meglio di Calòrio sapeva come andava tenuto un libro ed era più puntuale di lui nella restituzione. Legge di tutto, informava la signorina Melluso: Pirandello e Manzoni, Dostoevskij e Maupassant...

Il commissario Salvo Montalbano, che usava fare lunghe passeggiate ora sul molo ora sulla spiaggia ovest, che aveva il pregio d'essere sempre deserta, un giorno si era fermato a parlargli.

«Che leggiamo di bello?»

L'uomo, evidentemente infastidito, non aveva isato gli occhi dal libro.

«L'*Urfaust*» era stata la strabiliante risposta. E visto che l'importuno non solo non se n'era scappato, ma non si era manco stupito, si era deciso finalmente a taliarlo.

«Nella traduzione di Liliana Scalero» aveva cortesemente aggiunto «un poco vecchiotta, ma in biblioteca non ne hanno altre. Dobbiamo contentarci.»

«Io ce l'ho nella versione di Manacorda» fece il commissario. «Se vuole, gliela presto.»

«Grazie. Vuole accomodarsi?» spiò l'uomo facendogli posto nel sacco sopra il quale stava assittato.

«No, devo tornare a lavorare.»

«Dove?»

«Sono il commissario di pubblica sicurezza di qua, mi chiamo Salvo Montalbano.»

E gli tese la mano. L'altro si susì, porgendogli la sua.

«Mi chiamo Livio Zanuttin.»

«Da come parla, pare siciliano.»

«Vivo in Sicilia da oltre quarant'anni, ma sono nato a Venezia.»

«Mi perdoni una domanda. Ma perché un uomo come lei, colto, civile, si è ridotto a vivere così?»

«Lei fa il poliziotto e perciò è curioso per nascita e per mestiere. Non dica "ridotto", si tratta di una libera scelta. Mi sono dimesso. Dimesso da tutto: decoro, onore, dignità, virtù, cose tutte che le bestie, per grazia di Dio, ignorano nella loro beata innocenza. Liberato da...»

«Lei mi sta imbrogliando» l'interruppe Montalbano. «Lei mi sta rispondendo con le parole che Pirandello mette in bocca al mago Cotrone. E, a parte tutto, le bestie non leggono.»

Si sorrisero.

Principiò così una strana amicizia. Ogni tanto Montalbano l'andava a trovare, gli portava dei regali: qualche libro, una radio, e, visto che Calòrio non solo leggeva ma macari scriveva, una riserva di penne biro e di quaderni. Se veniva sorpreso a scrivere, Calòrio riponeva subito il quaderno in un borsone strapieno. Una volta che d'improvviso si era messo a piovere, Calòrio l'aveva ospitato nel vano motore, coprendo il boccaporto con un pezzo di tela cerata. Lì sotto tutto era in ordine, pulito. Da un pezzo di spago tirato da parete a parete pendevano alcune grucce sulle quali c'erano i poveri indumenti del mendicante che aveva macari costruito una mensola sulla quale ci stavano libri, candele e un lume a petrolio. Due sacchi facevano da letto. L'unica nota di disordine erano una ventina di bottiglie di vino vacanti accatastate in un angolo.

Ed ora eccolo lì, Calòrio, affacciabocconi sulla rena, proprio allato al relitto, un profondo squarcio nella nuca, assassinato. L'aveva scoperto una guardia notturna del vicino cementificio che tornava di prima matina a casa. La guardia col suo cellulare aveva chiamato il commissariato e non si era più cataminata dal posto sino all'arrivo della polizia.

Dall'ex vano motore, la cammara da letto di Calòrio, l'assassino aveva portato via tutto, i vestiti, il borsone, i libri. Solamente le bottiglie vacanti erano rimaste al loro posto. Ma esistevano a Vigàta – si domandò il commissario – pirsone tanto disperate da andare ad arrubbare le miserabili cose di un altro disperato?

Calòrio, ferito a morte, era in qualche modo riuscito a scendere dalla carcassa del motopeschereccio e, una volta caduto sulla sabbia, aveva tentato di scrivere sulla rena, con l'indice della mano destra, tre incerte lettere. Fortunatamente la notte avanti aveva pioviginato e la sabbia era diventata compatta: però le tre lettere non si leggevano bene lo stesso.

Montalbano si rivolse a Jacomuzzi, il capo della Scientifica, omo abile sì ma fottuto dall'esibizionismo.

«Ce la fai a dirmi esattamente quello che il povirazzo ha tentato di scrivere prima di mòriri?»

«Certo.»

Il dottor Pasquano, il medico legale, omo di difficile carattere ma macari lui ferrato nel mestiere, cercò per telefono Montalbano verso le cinque del dopopranzo. Non poteva che confermare quanto aveva già dichiarato in matinata in base alla prima ricognizione del cadavere.

Nella sua ricostruzione, tra la vittima e l'assassino doveva esserci stata, verso la mezzanotte del giorno avanti, una violenta colluttazione. Calòrio, colpito da un pugno in piena faccia, era caduto all'indietro battendo la testa sul verricello arrugginito che una volta serviva per alare la rete da pesca: era infatti sporco di sangue. L'aggressore, creduto morto il mendicante, aveva arraffato tutto quello che c'era sottocoperta ed era scappato via. Dopo poco però Calòrio si era momentaneamente ripreso, aveva cercato di scendere dal motopeschereccio ma, stordito e sanguinante, era caduto sulla sabbia. Aveva avuto il tempo ancora di campare quattro o cinque minuti, durante i quali si era ingegnato a scrivere quelle tre lettere. Secondo

Pasquano non c'erano dubbi, l'omicidio era stato prete-
rintenzionale.

«Sono assolutamente sicuro di non sbagliarmi» affermò categoricamente Jacomuzzi. «Il poveraccio morendo ha tentato di scrivere una sigla. Si tratta di una *p*,
di una *o* e di una *e*. Una sigla, certo come la morte.»
    Fece una pausa.
    «Non potrebbe trattarsi di Partito Operaio Europeo?»
    «E che minchia viene a significare?»
    «Mah, non lo so, oggi tutti parlano d'Europa... Maga-
ri un partito sovversivo europeo...»
    «Jacomù, ti sei cacato il cervello?»
    Ma che belle alzate d'ingegno che aveva Jacomuzzi!
Montalbano riattaccò senza ringraziarlo. Una sigla. Che
aveva voluto dire o indicare Calòrio? Forse qualcosa che
riguardava il porto? Punto Ormeggio Est? Pontone Or-
meggiato Esternamente? No, tirare a indovinare così era
cosa che non aveva senso, quelle tre lettere potevano significare tutto e niente. In punto di morte però, per
Calòrio, scrivere quella sigla sulla rena era stata la cosa
più importante.

    Verso le due di notte, mentre dormiva, qualcuno gli
dette una specie di pugno in testa. Gli era capitato qualche altra volta d'arrisbigliarsi in questo modo e si era
fatto persuaso che, mentre era in sonno, una parte del
suo cervello restava vigliante a pinsare a un qualche problema. E a un certo momento lo chiamava alla realtà. Si
susì, corse al telefono, compose il numero di casa di Jacomuzzi.
    «C'erano i punti?»
    «Ma chi parla?» spiò Jacomuzzi pigliato dai turchi.
    «Montalbano sono. C'erano i punti?»
    «Ci saranno» fece Jacomuzzi.
    «Che significa ci saranno?»

«Significa che ora vengo lì da te, ti scasso le corna e ti dovranno dare una decina di punti in testa.»

«Jacomù, tu pensi che io ti telefono a quest'ora di notte per sentire le tue stronzate? C'erano i punti, sì o no?»

«Ma quali punti, santa Madonna?»

«Tra la *p* e la *o* e tra la *o* e la *e*.»

«Ah! Parli di quello che c'era scritto sulla rena? No, non c'erano i punti.»

«E allora perché minchia m'hai detto ch'era una sigla?»

«E che poteva essere? E poi ti pare che uno che sta morendo si mette a perdere tempo coi punti di una sigla?»

Sbatté giù il ricevitore santiando, corse allo scaffale, sperando che il libro che cercava fosse al suo posto. Il libro c'era: Edgar Allan Poe, *Racconti*. Non si trattava di una sigla, era il nome di un autore quello che Calòrio aveva scritto sulla rena, destinando a lui, Montalbano, il messaggio, l'unico che potesse capire. Il primo racconto del libro s'intitolava *Manoscritto trovato in una bottiglia* e al commissario bastò.

Alla luce della torcia elettrica i sorci scappavano scantati da tutte le parti. Tirava un forte vento friddo e l'aria, passando attraverso il fasciame sconnesso, produceva in certi momenti un lamento che pareva di voce umana. Dintra la quindicesima bottiglia Montalbano vide quello che cercava, un rotolo incartato di verde scuro, perfettamente mimetizzato col colore del vetro. Calòrio era un omo intelligente. Il commissario capovolse la bottiglia ma il rotolo non niscì, si era allentato. Pur di andarsene prima che poteva da quel posto, Montalbano risalì dal vano motore sul ponte e si lasciò cadere sulla rena come aveva fatto, ma non per sua volontà, il pòviro Calòrio.

Arrivato alla sua casa di Marinella, posò la bottiglia sul tavolo e rimase un pezzo a taliarla, gustandosi la curiosità come un vizio solitario. Quando non ce la fece

più, pigliò un martello dalla cassetta degli attrezzi, diede
un solo colpo, secco, preciso. La bottiglia si ruppe in
due parti, quasi senza schegge. Il rotolo era avvolto in
un pezzo di carta verde crespata, del tipo che adoperano
i fiorai per coprire i vasi.

Se queste righe andranno a finire nelle mani giuste, bene; in
caso contrario, pazienza. Sarà l'ultima delle mie tante sconfitte.
Mi chiamo Livio Zanuttin, almeno questo è il nome che mi è
stato assegnato dato che sono un trovatello. Mi hanno registrato allo Stato Civile come nato a Venezia il 5 gennaio 1923. Fino
all'età di dieci anni sono stato in un orfanotrofio di Mestre. Poi
mi trasferirono in un collegio di Padova, dove ho studiato. Nel
1939, avevo sedici anni, capitò un fatto che sconvolse la mia vita. In collegio c'era un mio coetaneo, Carlo Z., che era in tutto
e per tutto una ragazza e di buon grado si prestava a soddisfare
le nostre prime voglie giovanili. Questi incontri avvenivano
nottetempo, in un sotterraneo al quale si accedeva da una botola ch'era nella dispensa. A uno solo dei ragazzi della nostra
camerata Carlo rifiutava tenacemente i suoi favori: Attilio C.
gli stava antipatico. Più Carlo si negava e più Attilio diventava
rabbioso per il rifiuto a lui inspiegabile. Un pomeriggio m'ac-
cordai con Carlo per incontrarci nel sotterraneo a mezzanotte
e mezzo (si andava a letto alle dieci di sera, le luci si spegneva-
no un quarto d'ora dopo). Quando arrivai, vidi, al lume di una
candela che Carlo provvedeva sempre ad accendere, uno spettacolo tremendo: il ragazzo giaceva a terra, i pantaloni e le mutande abbassate, in una pozza di sangue. Era stato accoltellato
a morte dopo essere stato posseduto a forza. Sconvolto dall'orrore, mi voltai per scapparmene via e mi trovai davanti Attilio,
il coltello levato su di me. Perdeva sangue dalla mano sinistra,
si era ferito mentre uccideva Carlo.

«Se parli» mi disse «farai la stessa fine.»

E io tacqui, per viltà. E il bello è che del povero Carlo non
se ne seppe più niente. Sicuramente qualcuno del collegio, scoperto l'omicidio, avrà occultato il cadavere: magari si sarà trattato di qualche guardiano che aveva avuto rapporti illeciti con
Carlo e avrà agito così per timore dello scandalo. Chissà perché qualche giorno dopo che vidi Attilio buttare nella spazza-

tura la garza insanguinata, la raccolsi. Un pezzettino l'ho incollato in fondo all'ultima pagina, non so a cosa potrà servire. Nel 1941 mi chiamarono alle armi, ho combattuto, sono stato fatto prigioniero dagli Alleati in Sicilia nel 1943. Sono tornato dalla prigionia tre anni dopo, ma ormai la mia vita era segnata e raccontarla qui non serve. Un inanellarsi di errori uno appresso all'altro: forse, dico forse, il rimorso per quella lontana viltà, il disprezzo verso me stesso per avere taciuto. Una settimana fa, del tutto casualmente, ho visto e immediatamente riconosciuto Attilio, qui a Vigàta. Era domenica, si stava recando in chiesa. L'ho seguito, ho chiesto, ho saputo tutto di lui: Attilio C. è venuto a trovare il figlio, che è direttore del Cementificio. Lui, Attilio, è in pensione ma è amministratore delegato della Saminex, la più grande industria di conserve d'Italia. L'altro ieri l'ho rincontrato, mi sono fermato davanti a lui.

«Ciao, Attilio» gli ho detto «ti ricordi di me?»

Mi ha guardato a lungo, poi mi ha riconosciuto e ha fatto un balzo indietro. Negli occhi gli è apparso lo stesso sguardo di quella notte nel sotterraneo.

«Che vuoi?»

«Essere la tua coscienza.»

Ma non ci avrà creduto, si sarà convinto che ho intenzione di ricattarlo. Uno di questi giorni, o di queste notti, certamente si farà vivo.

Si erano fatte le cinque del matino, era inutile toccare letto. Si fece una doccia lunghissima, si rasò, si vestì, s'assittò sulla panca della verandina a taliare il mare che arrisaccava a lento, come un calmo respiro. Si era fatta una napoletana da quattro: ogni tanto si susiva, andava in cucina, riempiva la tazza, tornava ad assittarsi. Era contento per il suo amico Calòrio.

L'indirizzo l'aveva pigliato dall'elenco telefonico. Alle otto spaccate citofonò al dottor Eugenio Comaschi. Gli arrispunnì una voce maschile.

«Chi è?»

«Agenzia recapiti.»

«Mio figlio non c'è.»

«Non importa, basta che qualcuno metta una firma.»

«Terzo piano.»

Quando l'ascensore si fermò, un vecchio distinto, in pigiama, l'aspettava sul pianerottolo. Appena Attilio Comaschi vide il commissario si fece sospettoso, capì subito che quell'uomo non era cosa di recapiti, tanto più che non aveva niente in mano.

«Che vuole?» spiò il vecchio.

«Darle questo» fece Montalbano cavando dalla sacchetta il quadratino di garza macchiato di marrone scuro.

«Cos'è questa porcheria?»

«È un pezzetto della benda con la quale lei, cinquantotto anni fa, si fasciò la ferita che si era fatta ammazzando Carlo.»

Dicono che ci sono certe pallottole che quando colpiscono un uomo lo fanno spostare all'indietro per tre, quattro metri. Il vecchio parse pigliato al petto da uno di quei proiettili, andò a sbattere letteralmente contro il muro. Poi, lentamente, si riprese, calò la testa sul petto.

«A Livio... non volevo ammazzarlo» disse Attilio Comaschi.

AMORE

Figlia di gente che ci ammancavano diciannove soldi per fare un ventino, la matre lavava le scale del municipio, il patre, che travagliava stascionale in campagna, era rimasto accecato dallo scoppio di una bomba a mano lasciata dalla guerra, Michela Prestìa, via via che cresceva, si faceva sempre di più una vera billizza, i vestitini pirtusa pirtusa che portava, poco più che stracci ma pulitissimi, non arriniscivano a nascondere la grazia di Dio che c'era sotto. Bruna, gli occhi sempre sparluccicanti di una specie di felicità di vivere a malgrado del bisogno, aveva imparato da sola a leggere e a scrivere. Sognava di fare la commessa in uno di quei grandi magazzini che l'affascinavano. A quindici anni, già fìmmina fatta, se ne scappò di casa per andarsene appresso a uno che firriava paisi paisi con un camioncino vendendo cose di cucina, bicchieri, piatti, posate. L'anno dopo tornò a casa e il patre e la matre fecero come se niente fosse, anzi: ora ci avevano una bocca in più da sfamare. Nei cinque anni che seguirono molti furono gli òmini di Vigàta, schetti o maritati, che la pigliarono e la lassarono o vennero lassati, ma sempre senza tragedie o azzuffatine, la vitalità di Michela riusciva a giustificare, a rendere naturale ogni cangiamento. A ventidue anni si trasferì in una casa dell'anziano dottore Pisciotta che ne fece la sua mantenuta, cummigliandola di regali e di soldi. La bella vita di Michela durò solo tre anni: morto il dottore tra le sue braccia, la vedova ci mise di mezzo gli avvocati che le levarono tutto quello che le era stato arrigalato dal medico e la lasciarono pòvira e pazza. Non passarono manco sei mesi che Michela fece accanoscenza del ragioniere Saverio Moscato. In principio pareva una storia come le altre, ma fecero presto in paisi a rendersi capaci che le cose stavano assai diversamente dalle precedenti.

Saverio Moscato, impiegato al Cementificio, era un trentino di bell'aspetto, figlio di un ingegnere e di una professoressa di latino. Attaccatissimo alla famiglia, non esitò a lasciarla appena i genitori, venuti a conoscenza, gli fecero osservazione per la sua relazione con una picciotta che era lo scandalo del paisi. Senza dire né ai né bai, Saverio affittò una casa vicino al porto e ci andò a vivere con Michela. Stavano bene, il ragioniere non campava solo di stipendio, un suo zio gli aveva lasciato terre e negozi. Ma soprattutto quello che strammava la gente era l'atteggiamento di Michela che aveva sempre dimostrato, con gli altri, libertà e indipendenza. Era diventata che non aveva occhi che per il suo Saverio, pendeva dalle sue labbra, faceva sempre quello che lui voleva, non si arribellava. E Saverio non era da meno, attento a ogni suo desiderio, macari di quelli detti non a voce, ma con una sola taliata. Quando niscivano di casa per una passiata o per andare al cinema, caminavano strata strata abbrazzati così stretti come se stessero salutandosi per non vedersi mai più. E si baciavano appena potevano e macari quando non potevano.

«Non ci sono cazzi» aveva detto il geometra Smecca che di Michela era stato brevemente un amante. «Sono innamorati. E la cosa, se proprio lo volete sapere, mi fa piaciri. Spero che duri, Michela se lo merita, è una brava picciotta.»

Saverio Moscato che aveva sempre fatto le umane e divine cose per non allontanarsi da Vigàta e lasciare sola Michela, dovette, per affari del Cementificio, partire per Milano e starci una decina di giorni. Prima di lasciare il paisi, apparse all'unico amico che aveva, Pietro Sanfilippo, addirittura disperato.

«In prìmisi» lo confortò l'amico «una decina di jorna non sono l'eternità.»

«Per me e per Michela, sì.»

«Ma perché non la porti con te?»

«Non ci vuole venire. Non è mai uscita dalla Sicilia. Dice che una grande città come Milano la farebbe scantare, a meno di non venirmi appresso sempre. E come faccio? Io devo partecipare a riunioni, vedere persone.»

Nel periodo che Saverio passò a Milano, Michela non niscì di casa, non si vitti per le strate. Ma il fatto curioso fu che macari quando il ragioniere tornò, la picciotta non apparse più al suo fianco. Forse il periodo di lontananza del suo amore l'aveva fatta ammalare o pigliare di malinconia.

Un mese dopo il ritorno di Saverio Moscato da Milano, al commissario Montalbano s'apprentò la matre di Michela. Non era mossa da preoccupazioni materne.

«Me' figlia Michela mancò la mesata che mi passava.»

«Le dava dei soldi?»

«Certo. Ogni misi. La due o tricentomila lire, a seconda. Figlia giudiziosa sempre fu.»

«E lei che vuole da me?»

«Ci andai a casa e ci trovai il ragioniere. Mi disse che Michela non stava più lì, che quando era arritornato da Milano non ce l'aveva trovata. Mi fece vìdiri macari le cammare. Nenti, di Michela manco un vistito, non c'era, rispetto parlando, una mutanna.»

«Che le disse il ragioniere? Come se la spiegò questa sparizione?»

«Non se la spiegava manco lui. Disse che forsi Michela, datosi ch'era fatta com'era fatta, se n'era scappata con un altro omo. Ma io non ci crido.»

«Perché?»

«Pirchì del ragioniere era 'nnamurata.»

«E io che dovrei fare?»

«Mah, chi saccio... Parlare col ragioniere, forsi che a vossia ci dice veramenti come andarono le cosi.»

Per non dare ufficialità alle domande che voleva fargli, Montalbano aspettò che succedesse un incontro casuale col ragioniere. Un dopopranzo lo vide assittato, solo, a un tavolino del caffè Castiglione che stava bevendo una menta.

«Buongiorno. Il commissario Montalbano sono.»

«La conosco.»

«Vorrei fare due chiacchiere con lei.»

«S'accomodi. Prende qualcosa?»

«Un gelato di cassata me lo farei.»

Il ragioniere ordinò la cassata.

«Mi dica, commissario.»

«Provo un certo impaccio, mi creda, signor Moscato. L'altro giorno è venuta a trovarmi la madre di Michela Prestìa, dice che sua figlia è scomparsa.»

«Infatti è così.»

«Mi vorrebbe spiegare meglio?»

«A che titolo?»

«Lei vive, o viveva, con questa Michela Prestìa, o no?»

«Ma io non stavo parlando di me! Domandavo a che titolo, lei, s'interessava della facenna.»

«Beh, siccome è venuta la madre...»

«Ma Michela è maggiorenne, mi pare. È libera di fare quello che le passa per la testa. Se n'è andata, ecco tutto.»

«Mi perdoni, vorrei saperne di più.»

«Io sono partito per Milano e lei non è voluta venire con me. Sosteneva che una metropoli come Milano l'impauriva, la metteva a disagio. Ora penso che si trattava di una scusa per restare sola e preparare la fuga. Ad ogni modo, per i primi sette giorni che stavo fora, ci siamo telefonati, la matina e la notte. La matina dell'ottavo giorno mi rispose di cattivo umore, disse che... che non ce la faceva più a stare senza di me. La notte stessa, quando le telefonai, non rispose. Però non mi preoccupai, pensai che avesse pigliato qualche sonnifero. La matina appresso capitò lo stesso e io mi misi in pinsero. Telefonai al mio amico Sanfilippo, che andasse a vedere. Mi richiamò dopo poco, mi disse che la casa era chiusa, che aveva tuppiato a lungo, senza risposta. Mi feci persuaso che avesse avuto qualcosa, un malessere. Allora chiamai mio patre, al quale partendo avevo lasciato copia delle chiavi. Lui raprì la porta. Nenti, non solo non c'era traccia di Michela, ma mancava macari quello che era suo, tutto. Perfino il rossetto.»

«E lei che fece?»

«Ci tiene proprio a saperlo? Mi misi a piangere.»

Ma perché allora, mentre parlava della fuga della donna amata e del suo pianto disperato, il fondo del suo occhio non solo non s'intristiva ma sbrilluccicava come di una contentezza appagata? Cercava, certo, di fare una faccia d'occasione, ma non ci arrinisciva completamente: dalla cenere che tentava di mettere sullo sguardo veniva fora, a tradimento, una fiammella gioiosa.

«Commissario mio» fece Pietro Sanfilippo, «cosa vuole che le dica? Mi sento pigliato dai turchi. Tanto per darle un'idea: quando Saverio tornò da Milano, io mi feci dare tre giorna di licenza. Può spiare in ufficio, se non mi crede. Pensai che si sarebbe disperato per la scappatina di Michela, volevo stargli allato ogni momento, avevo scanto che facesse qualche fesseria. Era troppo innamorato. Ero andato alla stazione, scinnì dal treno frisco come un quarto di pollo. M'aspettavo lagrime, lamenti, invece...»

«Invece?»

«Mentre da Montelusa venivamo a Vigàta in macchina, si mise a cantare sottovoce. Gli è sempre piaciuta l'opera lirica, lui stesso ha un bel timbro, canterellava «Tu che a Dio spiegasti l'ali». Io ero aggelato, pensavo fosse lo choc. La sera andammo a cena assieme, mangiò tranquillo e sireno. Io l'indomani me ne tornai in ufficio.»

«Parlaste di Michela?»

«Ma quando mai! Era come se quella fìmmina non fosse mai esistita nella sua vita.»

«Ebbe notizia di qualche litigio tra di loro, che so, qualche discussione...»

«Ma quando mai! Sempre d'amore e d'accordo!»

«Erano gelosi l'uno dell'altra?»

Qui Pietro Sanfilippo non ebbe pronta risposta, dovette tanticchia pinsarci sopra.

«Lei, no. Lui lo era, ma a modo tutto suo.»

«In che senso?»

«Nel senso che non era geloso del presente, ma del passato di Michela.»

«Brutta cosa.»

«Eh, sì. La peggiore gelosia, quella per la quale non c'è rimedio. Una sira ch'era di particolare malumore, sinni niscì con una frase che mi ricordo perfetta: "tutti hanno già avuto tutto da Michela, non c'è più niente che lei possa darmi di nuovo, di vergine". Io volevo rispondergli che se le cose stavano accussì, era proprio andato a pigliarsi una fìmmina sbagliata, con troppo passato. Ma stimai ch'era meglio il silenzio.»

«Lei, signor Sanfilippo, era amico di Saverio macari prima che incontrasse Michela, vero?»

«Certo, siamo coetanei, ci conosciamo dalle elementari.»

«Ci rifletta bene. Se consideriamo il periodo di Michela come una parentesi, nota una qualche differenza nel suo amico tra il prima e il dopo?»

Pietro Sanfilippo ci rifletté.

«Saverio non è mai stato un tipo aperto, portato a manifestare quello che sente. È mutànghero, spesso malinconico. Le uniche volte che l'ho visto felice è stato quando stava con Michela. Ora è diventato più chiuso, scansa macari a mia, il sabato e la domenica li passa in campagna.»

«Ha una casa in campagna?»

«Sì, dalle parti di Belmonte, in territorio di Trapani, gliela lasciò lo zio. Prima non ci voleva mettere piede. Ora mi leva una curiosità?»

«Se posso...»

«Perché s'interessa tanto alla scomparsa di Michela?»

«Me l'ha domandato sua madre.»

«Quella?! Ma quella se ne fotte. Le interessano solo i piccioli che Michela le passava!»

«E non le pare un buon motivo?»

«Commissario, guardi che io non sono uno scemo. Lei fa più domande su Saverio che su Michela.»

«Vuole che sia sincero? Ho un sospetto.»

«Quale?»

«Ho la curiosa impressione che il suo amico Saverio se l'aspettasse. E forse forse conosceva macari l'uomo col quale Michela se ne è scappata.»

Pietro Sanfilippo abboccò all'amo. Montalbano si congratulò con se stesso, aveva improvvisato una convincente risposta. Poteva dirgli che a renderlo squieto e perplesso era una fiammella brillante in fondo a un occhio?

Non voleva ammiscarci nessuno dei suoi òmini, si scantava d'apparire ridicolo ai loro occhi. Perciò si sobbarcò alla faticata d'interrogare gli inquilini del palazzo dove il ragioniere abitava. Tutto era debole, anzi quasi inesistente, in quell'inchiesta che manco era inchiesta, ma il punto di partenza per le sue domande era leggero come una filinia, una ragnatela. Se era vero quello che gli aveva contato Saverio Moscato, alla telefonata della matina Michela aveva arrisposto, a quella notturna invece no. Quindi, se era andata via, l'aveva fatto di giorno. E qualcuno poteva essersi addunato di qualche cosa. Il palazzo era di sei piani con quattro appartamenti per piano. Scrupolosamente, il commissario principiò dall'ultimo. Nessuno aveva visto, nessuno aveva sentito. Il ragioniere abitava al secondo piano, all'interno otto. Oramai sfiduciato, il commissario suonò il campanello dell'interno cinque. Sulla targhetta c'era scritto MARIA COSTANZO VED. DILIBERTO. E fu proprio lei che venne ad aprirgli, una vecchietta in ordine, dagli occhi vivi e penetranti.

«Che vole lei?»

«Il commissario Montalbano sono.»

«Che sona?»

Era sorda a livelli impossibili.

«C'è qualcuno in casa?» si sgolò il commissario.

«Perché grida accussì?» fece la vecchietta indignata. «Non sono tanto sorda!»

Attirato dalle vociate, dall'interno dell'appartamento comparse un quarantino.

«Dica a me, sono suo figlio.»

«Posso entrare?»

Il quarantino lo fece accomodare in un salottino, la vecchietta s'assittò su una poltrona davanti a Montalbano.

«Io non abito qua, sono solo venuto a trovare a mamà» fece l'omo mettendo le mani avanti.

«Come certamente saprete, la signorina Michela Prestìa che conviveva all'interno otto con il ragionier Saverio Moscato è andata via senza dare spiegazioni, mentre il ragioniere si trovava a Milano e precisamente dal sette al sedici di maggio.»

La vecchietta diede segni d'insofferenza.

«Che sta dicendo, Pasqualì?» spiò al figlio.

«Aspetta» le disse Pasquale Diliberto con voce normale. Evidentemente sua matre era abituata a leggergli le parole sulle labbra.

«Ora io vorrei sapere se la signora sua madre ha, durante quel periodo, inteso, visto qualcosa che...»

«Ne ho già parlato con a mamà. Della scomparsa di Michela non sa niente.»

«E invece sì» disse la vecchietta. «Io l'ho visto. E te l'ho macari detto. Ma tu dici di no.»

«Chi ha visto, signora?»

«Commissario, l'avverto» s'intromise il quarantino, «mia matre non solamente è sorda, ma non ci sta tanto con la testa.»

«Io non ci sto con la testa?» fece la signora Maria Costanzo ved. Diliberto susendosi di scatto. «Figlio porcu e vastaso che m'offende davanti agli stranei!»

E se ne andò, sbattendo la porta del salottino.

«Mi dica lei» disse duro Montalbano.

«Il tredici di maggio a mamà fa il compleanno. La sira sono venuto a trovarla con me' mogliere, abbiamo mangiato insieme, tagliato una torta, bevuto qualche bicchiere di spumante. Alle undici ce ne siamo tornati a casa. Ora mia matre sostiene che, forse per avere tanticchia esagerato con la torta, è una fimmina licca, non poteva pigliare sonno. Verso le tre di notte si andò a ricordare che non aveva messo fora la spazzatura. Raprì la porta, la lampadina del pianerottolo era fulminata. Dice che davanti all'interno otto, che sta proprio di faccia, vitti un omo con una grossa valigia. Gli parse che assomigliasse al ragioniere. Ma io ci faccio: santa fimmina, ti rendi conto di quello che dici? Se il ragioniere tornò da Milano tre giorni appresso!»

«Signor commissario» fece Angelo Liotta, direttore del Cementificio «ho fatto tutte le verifiche che mi ha chiesto di fare. Il ragioniere ha regolarmente presentato biglietti di viaggio e piè-di-lista. Dunque: è partito domenica dall'aeroporto di Palermo alle ore 18 e 30 con un volo diretto per Milano. La sera ha pernottato all'hotel Excelsior dove è rimasto fino alla mattina del diciassette, quando è rientrato col volo delle 7 e 30 da Linate.

Mi risulta che ha partecipato a tutte le riunioni, ha fatto tutti gli incontri per i quali è andato a Milano. Se ha altre domande, sono a sua completa disposizione.»

«È stato esaurientissimo, la ringrazio.»

«Spero che un mio dipendente quale il ragioniere Moscato, che stimo per la sua operosità, non sia coinvolto in qualcosa di brutto.»

«Lo spero anch'io» fece Montalbano congedandolo.

Appena il direttore fu uscito, il commissario pigliò la busta con tutte le pezze d'appoggio del viaggio che l'altro gli aveva lasciato sulla scrivania e, senza manco raprirla, la mise in un cassetto.

Con quel gesto stava congedando macari se stesso da un'inchiesta che mai era stata un'inchiesta.

Sei mesi appresso ricevette una telefonata, sulle prime manco capì chi c'era all'altro capo.

«Come ha detto, scusi?»

«Angelo Liotta. Si ricorda? Sono il direttore del Cementificio. Lei mi convocò per sapere...»

«Ah, sì, ricordo benissimo. Mi dica.»

«Sa, siccome siamo in chiusura di contabilità, vorrei indietro le ricevute che le lasciai.»

Ma di che stava parlando? Poi ricordò la busta che non aveva aperta.

«Gliele faccio avere in giornata.»

Pigliò subito la busta, temeva di scordarsela, la mise sulla scrivania, la taliò, non seppe mai lui stesso perché la raprì. Esaminò una per una le ricevute, le rimise nella busta. S'appoggiò allo schienale della poltrona, chiuse gli occhi per qualche minuto, riflettendo. Poi ritirò fora le ricevute, le mise in ordine sulla scrivania, una appresso all'altra. La prima a sinistra, che portava la data del quattro maggio, era una ricevuta per un pieno di benzina; l'ultimo pezzo di carta a destra era un biglietto ferroviario, in data diciassette maggio, per la tratta Palermo-

Montelusa. Non quatrava, non quatrava. Stando accussì le cose, il ragioniere Moscato era partito in macchina da Vigàta per andare all'aeroporto; poi, alla fine della trasferta, era tornato a Vigàta in treno. Del resto, che fosse venuto in treno, c'era la testimonianza dell'amico Pietro Sanfilippo. La domanda allora era questa, semplice semplice: chi aveva riportato indietro a Vigàta la macchina del ragioniere mentre lui stava a Milano?

«Signor Sanfilippo? Montalbano sono. Mi necessita un'informazione. Quando il ragioniere Moscato andò all'aeroporto per pigliare l'aereo per Milano, era con lei in macchina?»

«Commissario, ancora a quella storia pensa? Lo sa che ogni tanto arriva qualcuno in paisi e dice che ha visto Michela a Milano, a Parigi, persino a Londra? Ad ogni modo, non solo non l'accompagnai, ma penso che lei si stia sbagliando. Se è tornato in treno, perché sarebbe dovuto andare in macchina? E manco Michela può averlo accompagnato, non sapeva guidare.»

«Come sta il suo amico?»

«Saverio? È da un sacco di tempo che non lo vedo. Si è licenziato dal Cementificio, ha lasciato la casa di qua.»

«Sa dov'è andato?»

«Certo. Vive in campagna, in quella sua casa in provincia di Trapani, a Belmonte. Io volevo andarlo a trovare però lui mi ha fatto capire che...»

Ma il commissario non lo stava a sentire più. Belmonte, aveva appena detto Sanfilippo. E la ricevuta della benzina, in alto a sinistra, portava stampata la scritta: STAZIONE DI SERVIZIO PAGANO-BELMONTE (TR).

Si fermò proprio a quella stazione di servizio per spiare quale fosse la strata per raggiungere la casa del ragioniere Moscato. Gliela indicarono. Era una casetta modesta ma ben tenuta, a un piano, completamente isolata. L'omo che gli venne incontro pareva assomigliare solamente a quel Saverio Moscato che aveva conosciuto tempo prima. Vestito malamente, alla come viene viene, la barba lunga, riconobbe a malappena il commissario. E nei suoi occhi, che Montalbano taliò intensamente, la fiammella si era completamente spenta, c'era solo cenere nivura. Lo fece trasiri nella sala da pranzo, molto modesta.

«Ero qui di passaggio» esordì Montalbano.

Ma non continuò, l'altro si era quasi scordato di lui, stava a taliarsi le mani. Dalla finestra, il commissario vide il retro della casa: un giardino di rose, fiori, piante, che stranamente contrastava col resto del terreno, abbandonato. Sì susì, andò nel giardino. Proprio al centro c'era una grossa pietra bianca, recintata. E tutt'attorno piante di rose a non finire. Montalbano si sporse oltre il piccolo recinto, toccò con una mano la pietra. Macari il ragioniere era uscito, Montalbano se lo sentì alle spalle.

«È qui che l'ha sepolta, vero?»

Lo domandò quietamente, senza isare il tono della voce. E altrettanto quietamente gli arrivò la risposta che sperava e che temeva.

«Sì.»

«Venerdì dopopranzo Michela volle che venissimo qua, a Belmonte.»

«C'era mai stata prima?»

«Una volta, le era piaciuta. Io, a qualsiasi cosa domandasse, non ero capace di dire no. Stabilimmo di passare qui tutta la giornata di sabato, poi domenica matina l'avrei riaccompagnata a Vigàta e nel pomeriggio avrei pigliato il treno per Palermo. Quella di sabato è stata una giornata meravigliosa, come non ne avevamo ancora avute. La sira, dopo cenato, andammo presto a letto, facemmo l'amore una prima volta. Ci mettemmo a parlare, fumammo una sigaretta.»

«Di cosa parlaste?»

«Questo è il punto, commissario. Fu Michela a tirare in ballo un certo discorso.»

«Quale?»

«È difficile a dirsi. Io la rimproveravo... No, rimproverare non è la parola giusta, mi rammaricavo, ecco, che lei, per la vita che aveva fatto prima, non fosse più in condizione di darmi qualche cosa che non aveva mai dato ad altri.»

«Ma anche lei, per Michela, era nelle stesse condizioni!»

Saverio Moscato lo taliò un attimo imparpagliato. Cenere nelle sue pupille.

«Io?! Io prima di Michela non avevo mai avuta una fimmina.»

Stranamente, non sapendosene spiegare il perché, il commissario s'imbarazzò.

«A un certo punto lei andò in bagno, ci stette cinque minuti e tornò. Sorrideva, si stese nuovamente allato a me. M'abbracciò forte forte, mi disse che m'avrebbe dato una cosa che gli altri non avevano mai avuta e che gli altri non avrebbero potuto avere mai più. Io le spiai quale era la cosa, ma lei volle rifare l'amore. Solo dopo mi disse che cosa mi stava dando: la sua morte. Si era avvelenata.»

«E lei che fece?»

«Niente, commissario. Le tenni le mani tra le mie. E lei non staccò mai gli occhi dai miei. Fu una cosa rapida. Non credo abbia sofferto molto.»

«Non s'illuda. E soprattutto non diminuisca quello che Michela ha fatto per lei. Col veleno si soffre, eccome!»

«La notte stessa scavai una fossa e la misi dove sta ora. Partii per Milano. Mi sentivo disperato e felice, mi capisce? Un giorno, i lavori finirono presto, non erano manco le cinque del dopopranzo. Con un aereo arrivai a Palermo e con la mia macchina, che avevo lasciata al parcheggio dell'aeroporto di Punta Raisi, andai a Vigàta.

Me la pigliai comoda, volevo arrivare in paisi a notte alta, non potevo correre il pericolo che qualcuno mi vedesse. Stipai una valigia con i suoi vestiti, le sue cose, e me le portai qua. Le tengo di sopra, nella cammara da letto. Al momento di ripartire per Punta Raisi la mia auto non ne volle sapere. La nascosi tra quegli alberi e con un tassì di Trapani mi feci accompagnare all'aeroporto, appena in tempo per il primo volo per Milano. Finiti i lavori, tornai col treno. I primi giorni ero come intronato dalla felicità per quello che Michela aveva avuto il coraggio di darmi. Mi sono apposta trasferito qua, per godermela solo con lei. Ma poi...»

«Poi?» incalzò il commissario.

«Poi, una notte, mi svegliai di colpo e non sentii più Michela allato a me. E dire che quando avevo chiuso gli occhi m'era parso di sentirla respirare nel sonno. La chiamai, la cercai casa casa. Non c'era. E allora capii che il suo grande regalo era costato molto, troppo.»

Si mise a piangere, senza singhiozzi, mute lacrime gli colavano sulla faccia.

Montalbano taliava una lucertola che, salita sulla cima della bianca pietra tombale, immobile se la scialava al sole.

UNA GIGANTESSA
DAL SORRISO GENTILE

A cinquant'anni sonati, il dottor Saverio Landolina, serio e stimato ginecologo di Vigàta, perse la testa per la ventenne Mariuccia Coglitore. Il reciproco innamoramento avvenne a prima visita. Fino ad allora i genitori di Mariuccia avevano avuto come medico della figlia il novantenne professor Gambardella, la cui tarda età era garanzia certa che le esplorazioni intime avvenissero nel più assoluto rispetto della deontologia. Il professor Gambardella però era caduto sul campo, pigliato da infarto: la morte l'aveva colto, come dire, con le mani nel sacco di un'atterrita paziente.

Il dottor Landolina venne scelto durante un consiglio di famiglia esteso fino alle parentele di secondo grado. I Coglitore, con i cugini Gradasso, Panzeca e Tuttolomondo, rappresentavano all'interno di Vigàta una specie di comunità cattolico-integralista che obbediva a leggi proprie come ascolto mattutino della Messa, preghiera serale con recita del rosario, abolizione di radio, quotidiani e televisione. Scartati, in quella riunione, il dottor Angelo La Licata, di Montelusa («quello mette le corna alla moglie: e se contaminasse Mariuccia con le sue mani impure?»), il suo collega Michele Severino sempre di Montelusa («vogliamo babbiare? Quello non è manco quarantino»), il dottor Calogero Giarrizzo, di Fela («pare sia stato visto mentre accattava una rivista pornografica»), non rimase che Saverio Landolina il cui solo neo era quello d'abitare a Vigàta come Mariuccia: la picciotta, incontrandolo casualmente strata strata, avrebbe potuto turbarsi. Per il resto, niente da dire sul dottor Landolina, già segretario locale della DC: era fedelmente maritato da venticinque anni con Antonietta Palmisano, una specie di gigantessa dal sorriso gentile, ma il Signore non aveva voluto concedere alla coppia la grazia di un figlio. Sul medico, mai una voce maligna, una filama.

Fino al momento in cui Mariuccia, susùtasi dalla seggia davanti alla scrivania, andò darrè il paravento per spogliarsi, nel cuore del ginecologo non capitò niente di strammo. L'occhialuta picciotta che rispondeva a monosillabi, avvampando, alle sue domande, era del tutto insignificante. Ma quando Mariuccia, in pudica sottana nera e senza occhiali (automaticamente se li levava ogni volta che si spogliava), niscì dal paravento e, con la pelle rosso foco per la vrigogna, si posizionò sul lettino, nel cuore del cinquantino Landolina si scatenò una delirante sinfonia che nessun compositore dotato di senno si sarebbe mai azzardato a comporre, a momenti di centinara e centinara di tamburi al galoppo subentrava il volo alto di un violino solitario, all'irruzione di un migliaio di ottoni si contrapponevano due liquidi pianoforti. Tremava tutto, anzi vibrava il dottor Landolina quando posò una mano su Mariuccia e subito, mentre un organo maestoso iniziava il suo assolo, sentì che il corpo della ragazza vibrava all'unisono con il suo, rispondeva al ritmo della stessa musica.

La signora Concetta Sicurella in Coglitore, che aveva accompagnato la figlia e aveva aspettato in salottino la fine della visita, attribuì a verginale imbarazzo l'acceso rossore delle guance, il febbrile sparluccichìo degli occhi di Mariuccia, trasuta nello studio picciotta e nisciuta, dopo un'ora, fìmmina fatta.

Landolina e Mariuccia praticarono il gioco del dottore per un anno filato: al termine di ogni visita Mariuccia nisciva sempre più rusciana e imbellita, mentre invece Angela Lo Porto, da vent'anni infirmera segretamente innamorata del medico, giorno appresso giorno si faceva smagrita, nirbusa e mutànghera.

«Novità?» spiò Salvo Montalbano entrando in ufficio alle nove del matino dell'ultimo giorno di maggio, un lunedì, e faceva già un cavudo di mezz'agosto. Il commissario lo stava patendo particolarmente dato che aveva passato il sabato e la domenica nella casa di campagna del suo amico Nicolò Zito, e si era goduto una bella friscanzana.

«Hanno trovato la macchina del dottor Landolina» gli rispose Fazio.

«L'avevano rubata?»

«Nonsi, dottore. Aieri matina è venuta da noi la signora Landolina a dirci, piangendo, che suo marito, la notte, non era tornato a casa. Abbiamo fatto ricerche, niente. Sparito. Stamatina all'alba un pescatore ha visto un'auto sdirrupata sugli scogli di Capo Russello. Ci è andato il dottor Augello, ha telefonato poco fa. È quella di Landolina.»

«Una disgrazia?»

«Direi proprio di no» fece Mimì Augello trasendo nell'ufficio. «La strada è lontana assà dal ciglio di Capo Russello, bisogna arrivarci di proposito, non può avere perso il controllo dell'auto. Ci è andato apposta per catafottersi giù.»

«Tu pensi che si tratti di un suicidio?»

«Non c'è altra spiegazione.»

«In che stato è il cadavere?»

«Quale cadavere?»

«Mimì, non mi stai dicendo che Landolina si è ammazzato?»

«Sì, ma vedi, nell'urto contro gli scogli le portiere si sono aperte, il corpo non c'è, dev'essere caduto in mare. Uno del posto m'ha detto che sicuramente le correnti lo porteranno verso la spiaggia di Santo Stefano. Lo ritroveremo lì tra qualche giorno.»

«Bene. Occupati tu della facenna.»

In serata, Mimì Augello fece il suo rapporto a Montalbano. Non aveva trovato una spiegazione per il suicidio del medico. Stava in bona salute, non aveva debiti (anzi era ricco, aveva proprietà nella natìa Comiso e macari la mogliere aveva di suo), non aveva vizi segreti, non era pirsona ricattabile. La vedova...

«Non chiamarla vedova fino a quando non è stato trovato il corpo» l'interruppe Montalbano.

... la signora stava niscendo pazza, non arrinisciva a capacitarsi, si era arroccata nell'idea della disgrazia dovuta a un malessere momentaneo.

«Ho macari taliato nell'agenda. Niente, non ha lasciato scritto nenti di nenti. Domani parlo con l'infermiera, alla notizia si è sentita male ed è andata a casa sua. Ma non penso che possa rivelarmi qualcosa.»

Invece l'infermiera Angela Lo Porto aveva molto da rivelare e lo fece l'indomani matina, andando lei stessa in commissariato.

«È tutto triatro» esordì.

«Cosa?»

«Tutto. La macchina caduta, il cadavere che non si trova. Il dottore non si è suicidato, è stato ammazzato.»

Montalbano la taliò. Occhiaie, viso giallognolo, sguardo pazzo. Eppure sentì che non si trattava di una mitomane.

«E chi l'avrebbe ammazzato?»

«Ignazio Coglitore» rispose senza esitare Angela Lo Porto. Montalbano appizzò le orecchie. Non perché Ignazio Coglitore e i suoi due figli fossero pirsone di dubbia moralità o compromessi con la mafia o dediti a traffici illeciti, ma semplicemente perché era noto a tutti in paisi il fanatismo religioso di quella famiglia. Il commissario istintivamente diffidava dei fanatici, li riteneva capaci della qualunque.

«E che motivo aveva?»

«Il dottore gli ha messo prena la figlia Mariuccia.»

Il commissario non ci credette, pensò d'essersi sbagliato sul conto dell'infermiera, doveva essere una che s'inventava le cose.

«A lei chi l'ha detto?»

«Questi occhi» fece Angela Lo Porto indicandoli.

Minchia. Quella stava dicendo la verità, altro che fantasie.

«Mi racconti tutto dal principio.»

«Un anno fa pigliai io l'appuntamento per questa Mariuccia, mi telefonò la matre. La matina appresso arrivai tardi al gabinetto del dottore, abito a Montelusa, l'autobus si era guastato. Non ho macchina, non ho la patente. Quando trasii, la picciotta era assittata davanti alla scrivania del dottore. Lo sa com'è fatto il gabinetto?»

«No.»

«C'è una grande anticamera e ci sono macari due salottini appartati. Poi viene lo studio vero e proprio nel quale ci sono pure un bagno e una cammaretta che è il posto mio. Quando il dottore visita, io sono sempre presente. Quel giorno io andai nella cammaretta per cangiarmi d'abito e mettermi il camice. Ma quella matina andava tutto di traverso. Il càmmisi pulito si scusì e io dovetti ricucirlo di prescia. Quando finalmente tornai nel gabinetto...»

Si fermò, doveva avere la gola arsa.

«Le faccio portare un bicchiere d'acqua?»

Non intese la domanda, persa nel ricordo di quello che aveva visto.

«Quando trasii nel gabinetto» proseguì «lo stavano già facendo. Il dottore si era messo nudo, i vestiti gettati per terra alla sanfasò.»

«Ebbe l'impressione che la stava violentando?»

La donna fece un rumore strano con la bocca, come se stesse battendo due pezzi di legno uno contro l'altro. Montalbano capì che l'infermiera rideva.

«Ma che dice?! Quella se lo teneva stretto!»

«Si conoscevano da prima?»

«Nello studio non era mai venuta, quella era la prima volta.»

«E poi?»

«E poi, che? Non mi videro, non mi vedevano. In quel momento per loro ero aria. Mi ritirai nella cammaretta, mi misi a piangere. Poi lui tuppiò alla porta. Si erano rivestiti. Io accompagnai Mariuccia dalla madre e tornai indietro. Prima di far trasire la nuova paziente dovetti puliziare bene il lettino, capisce?»

«No.»

«La troia era vergine.»

«E a lei il dottore non disse niente? Non spiegò, non giustificò?»

«Non mi disse manco una parola, come se non fosse capitato niente.»

«E quello fu l'unico incontro?»

Di nuovo i due pezzi di legno battuti.

«Ogni quindici giorni si vedevano. Lei, la buttana, era sana come un pisci, il dottore s'era inventato una malatia per cui lei doveva venire allo studio almeno due volte al mese.»

«E lei che faceva quando...»

«Che vuole che facessi. Andavo nella cammaretta a piangere.»

«Mi perdoni la domanda. Lei era innamorata del dottore?»

«Non si vede?» spiò l'infirmera isando la faccia disfatta verso il commissario.

«E tra voi due non c'è mai stato niente?»

«Macari ci fosse stato! A quest'ora sarebbe vivo!»

E cominciò a lamentarsi, un fazzoletto premuto contro la bocca. Si ripigliò quasi subito, era una donna forte.

«Verso il quindici d'aprile» attaccò nuovamente Angela «lei arrivò che pareva avesse vinto un terno. Io stavo andando nella cammaretta che la sentii dire: "Ma che ginecologo sei? Non l'hai ancora capito che sono incinta?". Aggelai, commissario. Mi voltai tanticchia. Il dottore era una statua di sale, credo che solo allora si fece pirsuaso della terribile minchiata che aveva fatto. Io m'infilai nella cammaretta ma non chiusi la porta. Lo sa qual era l'intinzione di quell'incosciente cretina? Di dire tutto a suo padre, perché così il dottore era costretto a lasciare la moglie e a maritarsi con lei. Il dottore fu bravo, le rispose di aspittare tanticchia a parlare con suo padre, lui intanto l'avrebbe detto alla mogliere per preparare il divorzio. Dopo, fecero all'amore.»

«E quella fu l'ultima volta che si videro?»

«Ma quando mai! È tornata fino a cinque giorni fa. Prima fottevano e dopo parlavano. Il dottore ogni volta le diceva che stava facendo progressi con la signora, la quale si era rivelata comprensiva. Ma sono pirsuasa che non era vero nenti, le diceva accussì per tenerla bona, cercava una soluzione, era addiventato distratto e prioccupato.»

«Lei lo sospettava che la soluzione potesse essere il suicidio?»

«Vuole babbiare? Il dottore non aveva nessuna intenzione d'ammazzarsi, lo conoscevo bene. Si vede che quella troia cretina lo disse a suo patre. E Ignazio Coglitore non ci ha perso tempo.»

Appena l'infermera fu uscita, Montalbano chiamò Fazio.

«Va' a pigliare Ignazio Coglitore e portalo qua entro dieci minuti. Non voglio sentire ragioni.»

Fazio tornò dopo mezz'ora e senza Ignazio Coglitore.

«Madonna santa, dottore, che bordello!»

«Non vuole venire?»

«Non può. È stato arrestato dall'Arma, a Montelusa.»

«Quando?»

«Stamatina alle otto.»

«E perché?»

«Ora vengo e mi spiego. Dunque. Pare che alla figlia di Ignazio Coglitore, alla notizia che il dottor Landolina si era ammazzato, le è venuto uno strubbo ed è svenuta. Tutti in famiglia hanno pinsato che era perché la picciotta stava in cura dal dottore. Senonché dallo svenimento non si ripigliava. E allora Ignazio Coglitore, aiutato dagli altri due figli mascoli, l'ha carricata in macchina e l'ha portata allo spitale di Montelusa dove l'hanno trattenuta. Aieri a sira Ignazio Coglitore e sua mogliere sono andati allo spitale per ripigliarsela. E qui un medico giovane e cretino ha detto loro che la picciotta era meglio che restava ancora qualche giorno, rischiava di perdere il picciliddro. Ignazio Coglitore e sua mogliere sono caduti ai piedi del medico, fulminati, parevano morti. Quando si è ripreso, Ignazio Coglitore è diventato una furia, ha pigliato a cazzotti medici e infermieri. Sono arrinisciuti finalmente a mandarlo fora. Stamatina alle sette e mezzo si è ripresentato allo spitale: appresso, a parte i due figli, aveva i mascoli delle famiglie Gradasso, Panzeca e Tuttolomondo. Dodici pirsone in tutto.»

«Che volevano?»

«La picciotta.»

«E perché?»

«Ignazio Coglitore spiegò al primario che la volevano perché dovevano subito sacrificarla a Dio in espiazione del peccato. Il primario si rifiutò e si scatenò la fine del mondo. Botte, grida, vetri rotti, ricoverati in fuga. Quando arrivarono i carrabbinera macari loro vennero aggrediti. E sono andati a finire in càrzaro.»

«Fammi capire, Fazio. Il medico quando glielo disse ai Coglitore che la loro figlia era incinta?»

«Aieri a sira verso le sette e mezza.»

E dunque l'ipotesi, anzi la certezza dell'infermera Angela Lo Porto andava a farsi fottere. Che il responsabile dell'imprenamento di Mariuccia fosse stato il dottor Landolina i Coglitore l'avevano certamente capito. Senonché, anche volendolo, non avrebbero potuto vendicarsi: la notizia della tresca e delle sue conseguenze l'avevano appresa dopo che il dottore era scomparso. E perciò non potevano essere stati loro ad ammazzarlo. Se si scartava il suicidio, non c'era che un'altra pirsona che avrebbe avuto serie ragioni di vendetta.

«Pronto? Parlo con la signora Landolina?»

«Sì.»

Più che una sillaba, un soffio dolente.

«Il commissario Montalbano sono.»

«Il corpo trovàstivo?»

Perché nella voce della signora Landolina si era insinuata una nota d'apprensione? Ma era proprio apprensione o non giusto sgomento?

«No, signora. Però vorrei parlare con lei, solo cinque minuti, per avere dei chiarimenti.»

«Quando?»

«Ora stesso, se vuole.»

«Mi scusasse, commissario, ma stamatina proprio non me la sento, mi pare che da un momento all'altro mi si spacca la testa per il dolore. Ho un'emicrania tale che non posso manco tenere aperti gli occhi.»

«Mi dispiace, signora. Possiamo fare oggi dopopranzo alle cinque?»

«L'aspetto.»

Alle tre ricevette una convocazione dal questore: doveva assolutamente trovarsi a Montelusa alle cinque e mezza per una riunione importante. Non volle rinunziare all'appuntamento con la signora Landolina e perciò decise d'anticiparlo, senza preavviso, di un'ora.

«Dove va?» gli spiò sgarbato il portiere che non lo conosceva o stava facendo finta.

«Dalla signora Landolina.»

«Non c'è. È partita.»

«Come partita?» fece Montalbano strammato.

«Con la sua macchina» rispose il portiere equivocando. «Ha caricato i bagagli, erano tanti, l'abbiamo aiutata io e patre Vassallo.»

«C'era macari il parrino?»

«Certo, patre Vassallo da due giorni non si è mosso da casa Landolina per confortare la signora. È un sant'uomo e poi con la signora sono amici.»

«A che ora è partita?»

«Stamatina verso mezzogiorno.»

Dunque poco dopo che si erano parlati. Tanti bagagli non si fanno così presto, la partenza era stata sicuramente preparata prima che Montalbano telefonasse. Rimandando la visita al pomeriggio l'aveva, semplicemente e bellamente, pigliato per il culo.

«Le disse per caso dov'era diretta?»

«Sì. A Comiso. M'ha detto che sarebbe stata di ritorno al massimo tra una settimana.»

E ora che fare? Telefonare a un qualche suo collega di Comiso per dirgli di tenere d'occhio la signora Landolina? Con quale motivazione? Lontanissimo, aereo, impalpabile sospetto d'omicidio? Oppure simulazione d'appuntamento?

Gli venne un'ispirazione. Tornò di corsa in ufficio e telefonò ad Antonino Gemmellaro, suo vecchio compagno di scuola, ora direttore della filiale della Banca Agricola Siciliana di Comiso.

«Pronto, Gemmellaro? Montalbano sono.»

Perché i vecchi compagni di scuola si chiamavano tra di loro col cognome? Memoria del registro di classe?

«Oh, che bella sorpresa! Sei a Comiso?»

«No, ti sto parlando da Vigàta. Ho bisogno di un'informazione.»

«A disposizione.»

«Lo sai che il dottor Landolina è scomparso da sabato sera? Tu lo conoscevi, no?»

«Certo che lo conoscevo, era un nostro cliente.»

«O si è suicidato o è stato ammazzato.»

Gemmellaro non commentò subito, evidentemente stava ragionando sopra le parole di Montalbano.

«Suicidato, dici? Non credo proprio.»

«Perché?»

«Perché uno che ha intenzione d'ammazzarsi non sta a pensare di vendere tutto quello che possiede. Tempo un mese il dottore ha venduto, e in alcuni casi svenduto, case, terreni, negozi, insomma tutto quello che aveva qua. Voleva realizzare di prescia.»

«Quanto?»

«Un tre miliardi, a occhio e croce.»

Montalbano fece un fischio.

«Tra lui e sua moglie, bada bene.»

«Macari la signora ha venduto?»

«Sì.»

«Il dottore aveva una procura della moglie?»

«Ma no! È venuta a Comiso la signora di persona.»

«E questi soldi ora dove stanno?»

«Boh. Da noi ha ritirato sino all'ultimo centesimo.»

Ringraziò, riattaccò, chiamò l'unica agenzia immobiliare di Vigàta, rivolse a chi gli rispose una domanda precisa.

«Certo, commissario, il povero dottor Landolina ci ha dato mandato di vendita della casa e dello studio.»

«E come fate ora che è scomparso?»

«Guardi, con regolare atto notarile proprio quindici giorni fa il povero dottore aveva disposto che il ricavato della vendita andasse a padre Vassallo.»

L'incontro col questore durò poco, così il commissario ebbe tempo d'andare a trovare il tenente Colorni, col quale aveva boni rapporti, al comando dell'Arma.

«Che provvedimenti avete pigliato per Mariuccia Coglitore?»

«L'abbiamo piantonata in ospedale. Capirai, con quei pazzi dei suoi parenti...»

«E dopo?»

«La manderemo da un istituto per ragazze madri. Molto lontano da qua e l'indirizzo non lo diremo a nessuno. L'istituto ci è stato suggerito dal confessore della ragazza.»

«Chi è il confessore?»

Sapeva già la risposta, ma voleva sentirsela dire.

«Padre Vassallo, di Vigàta.»

«Senta, padre, sono venuto a dirle che domattina dovrò dare delle risposte alla stampa e alla televisione circa la scomparsa del dottor Landolina.»

«E pensa che io possa esserle utile?»

«Certamente. Ma prima una domanda: un prete che mente commette peccato?»

«Se la menzogna è a fin di bene, non credo.»

Sorrise, allargò le braccia: e così Montalbano era servito. Patre Vassallo era un cinquantino un poco abbondante di carne, dalla faccia intelligente e ironica.

«Allora mi permetta che le racconti una storia.»

«Se ci tiene, commissario.»

«Un medico serio, sposato, s'innamora di una giovane, la mette incinta. A questo punto è nel panico: le reazioni della famiglia della ragazza possono arrivare ad eccessi impensabili. Disperato, non ha altra strada che confessare tutto alla moglie. E questa, che dev'essere una donna straordinaria...»

«Lo è, mi creda» l'interruppe il prete.

«... organizza un piano perfetto. In un mese, senza che la cosa trapeli, vendono tutto quello che possiedono e realizzano una grossa cifra. Il dottore finge il suicidio, ma in realtà, con la complicità macari di un amico prete, se ne vola verso una destinazione a noi ignota. Due giorni appresso sua moglie lo segue. Che ne dice?»

«È un racconto plausibile» disse tranquillo il parrino.

«Vado avanti. Il medico e la moglie sono persone perbene, non se la sentono di lasciare nei guai la povera picciotta incinta. E così decidono di vendere l'appartamento e lo studio medico che hanno a Vigàta, ma il ricavato lo destinano all'amico prete perché provveda ai primi bisogni della ragazza madre.»

Ci fu una pausa.

«Che dirà nella conferenza stampa?»

«Che il dottor Landolina si è suicidato. E che la vedova ha raggiunto i suoi familiari nel paese natale.»

«Grazie» disse, che quasi non si sentì, patre Vassallo. Poi aggiunse:

«Non avrei mai pensato che un angelo potesse assumere le fattezze della signora. Lei l'ha conosciuta?»

«No.»

«Un donnone enorme. Francamente brutta. Una specie di gigantessa da racconto di orchi e streghe. Ma aveva un sorriso...»

«... straordinariamente gentile» concluse il commissario.

IL COMPAGNO DI VIAGGIO

Il commissario Salvo Montalbano arrivò alla stazione di Palermo ch'era d'umore nivuro. Il suo malostare nasceva dal fatto che, venuto troppo tardivamente a conoscenza di un doppio sciopero d'aerei e di navi, per andare a Roma non aveva trovato che un letto in uno scompartimento a due posti di seconda classe. Il che veniva a significare, in paroli povere, una nottata intera da passare con uno sconosciuto dintra a uno spazio così assufficante che una cella d'isolamento certo era più comoda. Inoltre a Montalbano, in treno, non gli era mai arrinisciuto di toccare sonno, macari ingozzandosi di sonniferi sino ai limiti della lavanda gastrica. Per passare le ore, metteva in atto un suo rituale ch'era possibile praticamente a patto d'essere completamente solo. Consisteva essenzialmente nel coricarsi, spegnere la luce, riaccenderla dopo manco mezz'ora, fumare mezza sigaretta, leggere una pagina del libro che si era portato appresso, spegnere la sigaretta, spegnere la luce e cinque minuti dopo ripetere tutta l'operazione fino all'arrivo. Quindi, se non era solo, era assolutamente indispensabile che il compagno di viaggio fosse dotato di nervi saldi o sonno piombigno: in mancanza di tali requisiti, la cosa poteva finire a schifio. La stazione era così affollata di viaggiatori che pareva il primo d'agosto. E questo incupì ancora di più il commissario, non c'era spiranza che l'altro letto restasse libero.

Davanti alla sua vettura c'era un tale insaccato in una lorda tuta blu con una piastrina di riconoscimento sul petto. A Montalbano parse un portabagagli, razza in via d'estinzione perché ora ci sono i carrelli che un viaggiatore perde un'ora prima di trovarne uno che funziona.

«Mi dia il biglietto» intimò minaccioso l'uomo in tuta.

«E perché?» spiò il commissario a sfida.

«Perché c'è lo sciopero degli addetti e m'hanno dato l'incarico di sostituirli. Sono autorizzato a conzarle il letto, ma l'avverto che domani a matino non posso né prepararle il caffè né portarle il giornale.»

Montalbano s'infuscò di più: passi per il giornale, ma senza caffè era un omo perso. Peggio di così non si poteva principiare.

Trasì nello scompartimento, il suo compagno di viaggio non era ancora arrivato, non c'era bagaglio in vista. Ebbe appena il tempo di sistemare la valigia e raprire il libro giallo che aveva scelto soprattutto per lo spessore, che il treno si mise in movimento. Vuoi vedere che l'altro aveva cangiato idea e non era più partito? Il pinsero l'allegrò. Dopo un pezzo che caminavano, l'omo in tuta s'appresentò con due bottiglie d'acqua minerale e due bicchieri di carta.

«Sa dove sale l'altro signore?»

«M'hanno detto che è prenotato da Messina.»

Si consolò, almeno poteva starsene in santa pace per tre ore e passa, perché tanto c'impiegava il treno ad andare da Palermo a Messina. Chiuse la porta e continuò a leggere. La storia contata nel romanzo giallo lo pigliò talmente che, quando gli venne di taliare il ralogio, scoprì che mancava poco all'arrivo a Messina. Chiamò l'omo in tuta, si fece conzare il letto – gli era toccato quello di sopra – e, appena l'inserviente ebbe finito, si spogliò e si coricò, continuando a leggere. Quando il treno entrò in stazione, chiuse il libro e astutò la luce. All'entrata del compagno di viaggio avrebbe fatto finta di dormire, così non ci sarebbe stato bisogno di scangiare parole di convenienza.

Inspiegabilmente però anche quando il treno, dopo

interminabili manovre d'avanti e narrè, montò sul traghetto, la cuccetta inferiore rimase vacante. Montalbano
principiava a sciogliersi alla contentezza quando, attraccato con uno scossone il traghetto, la porta dello scompartimento si raprì e il viaggiatore fece il suo temuto ingresso. Il commissario, per un attimo e alla scarsa luce
che veniva dal corridoio, ebbe modo di travedere un
omo di bassa statura, capelli tagliati a spazzola, infagottato in un cappottone largo e pesante, una valigetta por-
tadocumenti in mano. Il passeggero faceva odore di
freddo, evidentemente era sì salito a Messina, ma aveva
preferito starsene sul ponte della nave durante la traversata dello Stretto.

Il nuovo venuto s'assittò sul lettino e non si cataminò
più, non fece manco il più piccolo movimento, non accese nemmeno la luce piccola, quella che permette di
vedere senza dare disturbo agli altri. Per oltre un'ora se
ne stette accussì, immobile. Se non fosse stato che respirava pesantemente come dopo una lunga corsa dalla
quale era difficile ripigliarsi, Montalbano avrebbe potuto farsi pirsuaso che il letto di sotto era ancora vacante.
Con l'intenzione di mettere lo sconosciuto a suo agio, il
commissario finse di dormire e principiò a russare leggermente, con gli occhi chiusi, però come fa il gatto che
pare che dorme e invece se ne sta a contare le stelle del
cielo una ad una.

E tutto a un tratto, senza rendersene conto, sprofondò
nel sonno vero, come mai prima gli era successo.

Si svegliò per un brivido di freddo, il treno era fermo
a una stazione: Paola, l'informò una soccorrevole voce
maschile da un altoparlante. Il finestrino era completamente abbassato, le luci gialle della stazione illuminavano discretamente lo scompartimento.

Il compagno di viaggio, ancora infagottato nel cappotto, stava ora assittato ai piedi del letto, la valigetta
aperta posata sul coperchio del lavabo. Stava leggendo

una lettera, accompagnando la lettura col movimento delle labbra. Finito che ebbe, la stracciò a lungo e posò i pezzetti allato alla valigetta. Taliando meglio, il commissario vide che il mucchio bianco formato dalle lettere stracciate era abbastanza alto. Quindi la storia durava da un pezzo, lui si era fatta una dormita di due ore o poco meno.

Il treno si mosse, acquistò velocità, ma solo fuori dalla stazione l'omo stancamente si alzò, raccolse con le mani a coppa metà del mucchietto e la fece volare via fuori dal finestrino. Ripeté il gesto con la rimanente metà, quindi, dopo un momento d'indecisione, afferrò la valigetta ancora in parte piena di lettere da rileggere e da stracciare e la scagliò fuori dal finestrino. Da come tirava su col naso, Montalbano capì che l'uomo stava piangendo e difatti poco dopo si passò la manica del cappotto sul viso ad asciugare le lacrime. Poi il compagno di viaggio sbottonò il pesante indumento, tirò fora dalla tasca posteriore dei pantaloni un oggetto scuro e lo scagliò all'esterno con forza.

Il commissario ebbe la certezza che l'omo si fosse liberato di un'arma da foco.

Riabbottonatosi il cappotto, richiusi finestrino e tendina, lo sconosciuto si gettò a corpo morto sul letto. Ricominciò a singhiozzare senza ritegno. Montalbano, imbarazzato, aumentò il volume del suo finto russare. Un bel concerto.

A poco a poco i singhiozzi si affievolirono; la stanchezza, o quello che era, ebbe la meglio, l'omo del letto di sotto cadde in un sonno agitato.

Quando capì che mancava poco per arrivare a Napoli, il commissario scese la scaletta, a tentoni trovò la gruccia con i suoi abiti, pigliò cautamente a vestirsi: il compagno di viaggio, sempre incappottato, gli voltava le spalle. Però Montalbano, sentendone il respiro, ebbe l'impressione che l'altro fosse sveglio e che non volesse darlo a vedere, un po' come aveva fatto lui stesso nella primissima parte del viaggio.

Nel chinarsi per allacciare le scarpe, Montalbano notò sul pavimento un rettangolo bianco di carta, lo raccolse, raprì la porta, niscì rapidamente nel corridoio, richiuse la porta alle sue spalle. Era una cartolina postale quella che aveva in mano e rappresentava un cuore rosso circondato da un volo di bianche colombe contro un cielo azzurro. Era indirizzata al ragionier Mario Urso, via della Libertà numero 22, Patti (prov. Messina). Cinque sole parole di testo: «ti penzo sempre con amore» e la firma, «Anna».

Il treno non si era ancora fermato sotto la pensilina che già il commissario correva lungo la banchina alla disperata ricerca di qualcuno che vendesse caffè. Non ne trovò, dovette arrivare col fiatone nell'atrio centrale, scottarsi la bocca con due tazzine una via l'altra, precipitarsi all'edicola ad accattare il giornale.

Fu necessario mettersi a correre perché il treno stava rimettendosi in marcia. In piedi nel corridoio stette tanticchia a rifiatare, poi cominciò a leggere principiando dai fatti di cronaca, come faceva sempre. E quasi subito l'occhio gli cadde su una notizia che veniva da Patti (provincia di Messina). Poche righe, tante quante il fatto meritava.

Uno stimato ragioniere cinquantenne, Mario Urso, sorpresa la giovane moglie, Anna Foti, in atteggiamento inequivocabile con R.M., di anni trenta, pregiudicato, l'aveva ammazzata con tre colpi di pistola. R.M., l'amante, che in precedenza aveva più volte pubblicamente dileggiato il marito tradito, era stato risparmiato, ma si trovava ricoverato all'ospedale per lo choc subìto. Le ricerche dell'assassino continuavano, impegnando Polizia e Carabinieri.

Il commissario non trasì più nel suo scompartimento, rimase in corridoio a fumare una sigaretta appresso all'altra. Poi, che già il treno caminava lentissimo sotto la pensilina della stazione di Roma, si decise a raprire la porta.

L'uomo, sempre incappottato, si era messo assittato sul letto, le braccia strette attorno al petto, il corpo scosso da lunghi brividi. Non vedeva, non sentiva.

Il commissario si fece coraggio, entrò dentro l'angoscia densa, la desolazione palpabile, la disperazione visibile che stipavano lo scompartimento e fetevano di un colore giallo marcio. Pigliò la sua valigia e quindi posò delicatamente la cartolina sulle ginocchia del suo compagno di viaggio.

«Buona fortuna, ragioniere» sussurrò.

E si accodò agli altri viaggiatori che si preparavano a scendere.

L'AVVERTIMENTO

«Non riesco proprio a capire, commissario.»

Carlo Memmi pareva un trentino che portava assai male l'età sua, ma quando si andava a taliare la data di nascita ci si addunava ch'era un cinquantino che portava assai bene gli anni suoi. Antenore Memmi, suo padre, aveva posseduto a Parma un rinomato salone di barbiere, dove andavano a servirsi tutti i gerarchi fascisti della città. E allora com'è che si spiega che alla fine del '45 fosse comparso a Vigàta, ospitato dalla madre di sua mogliere Lia ch'era proprio vigatese? I paisani ci avevano messo picca e nenti a darsene spiegazione. Che fa chi pratica lo zoppo? Zuppìa. E così era stato per Antenore Memmi: a forza di bazzicare coi fascisti, al tempo di Salò pare avesse pigliato il vizio di fare pelo e contropelo ai partigiani che i suoi amici facevano prigionieri. Dopo la Liberazione, sfuggito all'arresto, aveva capito che continuare a stare a Parma non era cosa, qualcuno prima o poi sarebbe comparso a pagarlo per il disturbo che si era preso. A Vigàta, coi soldi della suocera, aveva aperto un salone e siccome per essere bravo nel mestiere suo bravo era, i clienti gli venivano macari dai paesi vicini. Nel 1950 gli era nato un figlio, Carlo, che rimase unico e che incominciò a impratichirsi prima da garzone poi da praticante. Quando Carlo raggiunse i vent'anni, sua madre, la signora Lia, morì. Sei mesi appresso ad Antenore Memmi gli pigliò la smania di tornare a Parma che non vedeva da venticinque anni. Il figlio lo sconsigliò, Antenore s'intestardì e partì, assicurando a Carlo che si sarebbe trattato di una visita brevissima. E così fu. Tre giorni dopo il suo arrivo, Antenore

Memmi venne travolto e ucciso da un'auto pirata mai identificata. L'opinione dei più, a Vigàta, fu che qualche parente di uno di quelli ai quali aveva fatto pelo e contropelo non fosse rimasto soddisfatto del servizio e, sia pure a distanza di tanto tempo, avesse provveduto a farglielo sapere. Rimasto orfano, Carlo aveva venduto il salone paterno, ne aveva accattato uno grande che aveva diviso in due reparti, per uomo e per signora. Il fatto è che Carlo, andato a Parma per i funerali, aveva conosciuto una cugina, Anna, parrucchiera per signora. Era stato un amore a prima vista che aveva tra l'altro dotato Vigàta di un elegantissimo salone che si fregiava dell'insegna CARLO & ANNA.

Dopo qualche tempo che gli affari andavano più che bene, Carlo aveva avuto una bella alzata d'ingegno e aveva fatto arrivare a Vigàta direttamente da Parigi Monsieur Dédé, un quarantino parrucchiere per signora, un esemplare standard della specie, che, tra l'altro, era doverosamente garruso (secondo i vecchi vigatesi), frocio (secondo i vigatesi più volgari), gay (secondo le signore che per lui stravedevano). La conseguenza dell'arrivo di Monsieur Dédé era stata che Carlo aveva dovuto trasferirsi in un locale tre volte più grande e assumere una segretaria solo per segnare gli appuntamenti. Inspiegabilmente però, agli inizi degli anni Novanta, Carlo Memmi e sua moglie Anna si erano ritirati, lasciando il salone nelle mani di Monsieur Dédé che se l'era accattato per centinaia e centinaia di milioni. Carlo aveva potuto così dedicarsi a tempo pieno alle sue due passioni, che erano la caccia e la pesca. Possedeva un villino a Marinella dove abitava con la moglie estate e inverno, comodo per la pesca che praticava portandosi al largo con un gommone munito di motore. Per la caccia la cosa era tanticchia più complicata. Carlo Memmi andava a caccia all'estero, prima in Jugoslavia e poi in Cecoslovacchia, una volta all'anno, e stava fora di casa per un mese. Possedeva un fuoristrada attrezzatissimo che teneva chiuso in un garage di Vigàta, mentre per gli spostamenti quotidiani adoperava in genere una Punto. Aveva inoltre tre fucili di gran marca e un cane da caccia di razza inglese che gli era costato una fortuna. Il cane lo teneva nel giardino della villetta assieme a Bobo, ch'era invece un bastardo al quale la signora Anna era molto affezionata.

Il commissario Montalbano non era mai stato cliente del salone di Carlo: detestava andare dal barbiere per il taglio dei capelli, figurarsi se poteva farsi servire in un posto dove decine di specchi ti ritraevano con l'espressione inevitabilmente ebete che uno assume in quell'occasione. Però a Carlo Memmi lo conosceva e sapeva ch'era una pirsona perbene, tranquilla, che non aveva mai dato fastidio a nessuno. E allora perché?

«E allora perché?» disse Carlo Memmi come se gli avesse letto nel pensiero.

La notte avanti, verso l'una, mentre Carlo se ne stava al largo di Vigàta a pescare, c'era stata una grossa esplosione nel garage dove teneva il fuoristrada seguita da un principio d'incendio. L'esplosione aveva lesionato il pavimento dell'abitazione della famiglia Currera che abitava sopra il garage e alla quale i pompieri avevano consigliato di sloggiare. Mimì Augello, chiamato sul posto, riferì al commissario che l'incendio era sicuramente doloso. La signora Amalia Currera, ch'era di sonno lèggio, aveva dichiarato che una mezz'ora dopo la mezzanotte aveva sentito che la saracinesca veniva aperta. Si era nuovamente appinnicata per essere risvegliata dal botto:

«Ah, che spavento! Mi parse una bomba!»

Nel garage, concluse Augello, ora ci stava travagliando il tecnico dell'assicurazione.

Alle dieci del matino Carlo Memmi aveva spiato di parlare con Montalbano. E ora stava lì, con la faccia abbottata di sonno e di preoccupazione, a domandarsi perché.

«Se l'incendio della sua Toyota risulta doloso» fece Montalbano «è segno che le hanno mandato un avvertimento.»

«Ma avvertimento di che?»

«Signor Memmi, parliamoci chiaro. Un avvertimento, al mio paese e macari al suo, visto e considerato che lei è nato qua, ha sempre un doppio significato.»

«E cioè?»

«Amico mio, tu vuoi fare una certa cosa? Bada che non ti conviene farla. Oppure: amico mio, tu non vuoi fare una certa cosa? Ti conviene invece farla. Ma quello che deve fare o non fare se lo sa solo lei, è inutile che venga a spiarlo a me. Io posso esserle utile solo a una condizione: che lei mi dica sinceramente come stanno le cose e perché sono arrivati ad abbrusciarle la Toyota.»

Sotto la taliata del commissario, per almeno due minuti Carlo Memmi se ne stette in silenzio. E in quei due minuti parse stracangiarsi, dimostrare la cinquantina d'anni che aveva e macari qualcosa di più. Alla fine, tirò un sospiro come di rassegnazione.

«Mi creda, commissario, è da quando è successo il fatto che ci penso. Non riesco a trovare niente che sia da fare o da non fare. Stamattina anzi mi è venuto un pensiero...»

Si fermò di colpo.

«Avanti» disse Montalbano.

«Sono passato dal salone. Ho domandato a Dédé se aveva...»

Si fermò nuovamente, gli veniva difficile continuare. Il commissario gli andò in aiuto.

«Se aveva regolarmente pagato il pizzo?»

«Sì» confermò Carlo arrossendo.

«E l'aveva fatto?»

«Sì» ripeté l'omo diventando una vampa di foco.

Poi si susì, tese la mano.

«Mi scusi per il disturbo. So che lei farà del suo meglio,

ma io non sono in condizione d'aiutarla. Possono farmi saltare in aria e io morirò domandandomi perché.»

Una matina di una quinnicina di giorni appresso, il commissario si susì ma venne pigliato da una tale botta di lagnusìa, di voglia di non fare niente, che l'idea di doversi vestire e di andare in ufficio gli provocò una leggera nausea. Avvertì Fazio, al commissariato, e si sistemò sulla verandina di casa in costume da bagno. Era il tre di maggio, ma pareva il tre di settembre. Tempo addietro era stato un fedele lettore di «Linus» e questo gli aveva dato un certo gusto per i fumetti d'epoca, da Mandrake all'Agente segreto X-9, da Gordon Flash a Jim della giungla. Un mese avanti, ch'era andato a trovare Livia a Boccadasse, Genova, aveva scoperto su una bancarella un semestre del «Corriere dei piccoli» del 1936, ben rilegato. Se l'era accattato ma non aveva mai avuto tempo di leggerlo. Ora era arrivato il momento. Non era vero.

«Commissario! Commissario!»

Era Carlo Memmi che lo chiamava, correndo spiaggia spiaggia. Gli andò incontro.

«Che succede?»

«Hanno ammazzato a Pippo!» spiegò Memmi. E scoppiò a piangere sconsolato.

«Chi era Pippo, mi scusi?»

«Il mio cane da caccia!» fece l'omo tra i singhiozzi.

«L'hanno sgozzato?»

«No, con una polpetta avvelenata.»

Il pianto di Carlo Memmi era incontenibile. Impacciato, Montalbano gli diede due colpetti sulla spalla.

«Come ha capito che l'hanno avvelenato?»

«Me l'ha detto il veterinario.»

Arrivò in ufficio infuscatissimo e per prima cosa fece una cazziata sullenne a Fazio che gli aveva rovinato la matinata rivelando a Carlo Memmi ch'era in casa. Poi chiamò Mimì Augello.

«Mimì, hai saputo più niente di quella macchina abbrusciata?»

«Quale macchina?»

«Quella per fare diventare dritte le fave!»

«Dai, Salvo, non ti alterare subito! Di quale macchina parli?»

Montalbano ebbe un sospetto.

«Scusami, Mimì, quante macchine sono state abbrusciate negli ultimi quinnici giorni?»

«Sette.»

«Ah. Volevo notizie della Toyota di Carlo Memmi.»

«Hanno aperto il garage con una chiave falsa, non c'era traccia d'effrazione, hanno svitato il tappo della benzina, ci hanno infilato dintra una calza da donna e via.»

«Come hai detto?»

«Che ho detto?»

«Una calza da donna? Come fai a saperlo?»

«Me l'ha riferito il perito dell'assicurazione. Ne è rimasto un pezzetto minuscolo che non si è abbrusciato.»

«Dammi nome e numero di questo perito.»

Chiamò il perito e parlarono per una decina di minuti. Alla fine, senza perdere tempo, convocò Fazio.

«Entro due ore al massimo voglio sapere quello che si dice in paese sui motivi che hanno spinto Carlo Memmi e sua mogliere a disfarsi del salone.»

«Ma sono passati almeno quattro anni, mi pare!»

«E a me che me ne fotte? Vuol dire che invece di due facciamo tre ore. Ti sta bene accussì?»

Invece Fazio fu di ritorno dopo manco un'ora.

«Una spiegazione me l'hanno data.»

«Chi?»

«L'altro barbiere, quello dal quale si fa servire lei.»

«C'è permesso?» spiò Carlo Memmi dalla verandina.

«Arrivo subito» fece Montalbano. «Lo gradisce un caffè?»

«Volentieri.»

S'assittarono sulla panchina. Il vento aveva girato qualche pagina del «Corriere dei piccoli» che era rimasto sul tavolino dalla matina. Il commissario sorrise.

«Signor Memmi, ha mai letto questo settimanale?»

Memmi gli diede un'occhiata distratta.

«No, ma ne ho sentito parlare.»

«Vede questa pagina che il vento ci ha messo sotto gli occhi? C'è disegnata una storia di Arcibaldo e Petronilla.»

«Ah, sì? E chi sono?»

«Poi glielo spiego. Sa, poco fa, mentre tornavo verso casa dall'ufficio, mi sono fermato davanti al suo villino e sono sceso.»

«E perché non ha suonato? Saremmo stati noi a offrirle il caffè.»

«Stavo per farlo, ma nel giardinetto c'era un cane che mi ha ringhiato.»

«Chi? Bobo? Il cane di Anna? Io non lo posso soffrire. Perché non l'hanno data a lui la polpetta avvelenata invece che al mio Pippo?»

Prevedendo una nuova crisi di pianto, Montalbano sparò subito il suo commento.

«Questo è il punto» disse.

Carlo Memmi lo taliò imparpagliato.

«Mi corregga se sbaglio» continuò il commissario. «Stanotte, mentre lei era a pescare, qualcuno ha gettato nel suo giardino, dove c'erano i due cani in libertà, un boccone avvelenato. Giusto?»

«Giusto.»

«E come me lo spiega che a mangiarselo è stato solo il suo cane e non quello della signora?»

«Ci ho pensato, sa?» fece Memmi illuminandosi. «E una spiegazione c'è. Pippo era più pronto, aveva riflessi fulminei. Ma si figuri! Prima ancora che Bobo avesse fatto un passo, Pippo s'era già ingoiata la polpetta o quello che era.»

Sospirò. E aggiunse:

«Purtroppo!»

«Le devo fare un'altra domanda. Perché invece di dare foco alla macchina che lei adopera tutti i giorni e che lascia parcheggiata davanti al villino alla portata di tutti, si sono pigliati il disturbo di aprire il garage e abbrusciarle la Toyota? Hanno corso un rischio maggiore, non le pare?»

«E mi pare sì, ora che mi ci sta facendo pensare!» esplose Memmi. «E lei come lo spiega?»

Montalbano non rispose alla domanda, continuò come se pensasse ad alta voce.

«Dopo l'abbrusciatina della Toyota io ci avrei scommesso che il secondo avvertimento sarebbe stato la distruzione del gommone che lei lascia sulla spiaggia, a pochi metri dal villino. Una cosa facilissima, sarebbero bastati pochi secondi. E io avrei vinto la scommessa. Invece l'ho persa perché quelli stavolta hanno rischiato di più, ammazzando il suo cane. Pensi: sono dovuti restare davanti al cancello per essere certi che la carne avvelenata l'avesse mangiata Pippo e non Bobo. A rischio di essere sorpresi dalla sua signora svegliata dall'insistente abbaiare di Bobo che sarà stupido quanto vuole lei ma è capace di mettersi in agitazione se si catamina una foglia.»

«Dove vuole arrivare, commissario?»

«A una conclusione. Ma ci arriveremo assieme, non dubiti. Posso farle qualche altra domanda?»

«Padronissimo.»

«Stamattina ho parlato col perito dell'assicurazione che mi ha spiegato come è stata abbrusciata la sua macchina. Mi ha detto di averla informata proprio ieri matina.»

«Sì, è vero. Mi ha telefonato.»

«Macari lei sarà rimasto sorpreso, non è vero, signor

Memmi? Ma come? Quando mai si è sentito che una macchina viene messa a foco con una calza di fìmmina imbevuta d'acetone, quello dello smalto per le unghie?»

«Effettivamente...»

Ora Carlo Memmi era chiaramente impacciato, non taliava il commissario, ma una mosca ch'era caduta dintra la sua tazzina vacante.

«Ancora cinque minuti e abbiamo finito. Lo gradisce un altro caffè?»

«Vorrei solo tanticchia d'acqua fresca.»

Quando Montalbano tornò con una bottiglia e due bicchieri, trovò che Carlo Memmi aveva tirato fora dalla tazzina la mosca che inutilmente si agitava sul tavolo perché non poteva volarsene via avendo le ali impicciate dallo zucchero. Come Montalbano gli ebbe riempito il bicchiere, Memmi c'infilò la punta del dito e lasciò cadere una goccia d'acqua sulla mosca. Poi isò la testa e taliò il commissario.

«Speriamo che l'acqua sciolga lo zucchero. Io non posso veder penare manco una formicola.»

Come tanti cacciatori, aveva un enorme rispetto per ogni creatura della terra.

«Chissà quanto avrà sofferto a dover ammazzare il suo Pippo» disse a mezza voce Montalbano con gli occhi fissi sul mare che sparluccicava tanto da far male alla vista.

La reazione di Carlo Memmi non fu quella che il commissario s'aspettava. L'omo non smentì, non gridò, non si mise a piangere. Lasciò solo cadere un'altra goccia sulla mosca.

«Lei lo sa perché ho dovuto cedere il salone?»

«Sì, l'ho saputo questa matina. Per la gelosia di sua moglie che andava peggiorando di giorno in giorno. Mi hanno detto che ogni tanto le faceva scenate pubbliche, la rimproverava d'avere relazioni con le commesse, con le clienti.»

«Lo sa, commissario? Non l'ho mai tradita, mai. Ho ceduto il salone nella speranza di darle meno motivo di patimento. Per un pezzo le cose sono andate abbastanza bene, poi le è venuta una nuova fissazione e cioè che, quando andavo all'estero per la caccia, la tradivo. Sono ricominciate le scenate. Venti giorni fa, nella sacchetta di un mio vestito da caccia ha trovato una cartolina dalla Cecoslovacchia. Non mi ha detto niente.»

«Mi scusi, la cartolina era di una donna?»

«Ma quando mai! La cartolina diceva solamente "a presto" ed era firmata "Tatra". Il mio amico Jan Tatra, mio compagno di battute. Mia mogliere si fissò ch'era il nome di una fìmmina. E così una notte niscì di casa con la chiave del garage che io tengo nel cassetto della scrivania, andò ad aprirlo e diede foco alla macchina con quello che aveva sottomano, acetone e una calza di seta.»

«E lei non sospettò di sua moglie?»

«Mai! Non mi passava neanche per l'anticamera del cervello! Ero scantato, terrorizzato da quello che credevo un avvertimento mafioso. Poi, l'altra matina, mi ha telefonato il perito. E io ho cominciato a ragionarci sopra. C'era stato un precedente. Aveva tentato di dare foco ai capelli di una mia commessa, che pensava fosse una delle tante mie amanti, gettandole in testa dell'acetone e poi, con l'accendino... Insomma, quello fu l'episodio che mi fece decidere a mollare tutto. Tacitare la commessa mi costò un sacco di soldi. E così aieri, a tavola, le spiai perché avesse dato foco alla mia macchina. Non rispose, urlò e mi si avventò contro. Poi andò nella cammara da letto e tornò con la cartolina. Io cercai di spiegarle come stavano veramente le cose, ma non ci fu verso. La tenevo ferma per i polsi e lei mi dava calci nelle gambe. A un tratto roteò gli occhi, scivolò a terra, pigliata dalle convulsioni. Ho chiamato il medico e l'hanno portata all'ospedale a Montelusa. Allora io, la notte stessa, ho chiuso in casa Bobo e ho dato il veleno a Pippo.»

«Perché?»

«Ma come? Lei ha capito tutto e non ha capito il perché? Perché quando tra tre o quattro giorni Anna tornerà a casa capirà che con la caccia io ho definitivamente chiuso. Le voglio molto bene, a mia moglie.»

Poi fece la domanda la cui risposta lo spaventava.

«Cosa pensa di fare, commissario?»

«Cosa pensa di fare lei, signor Memmi.»

«Io? Oggi stesso vado a parlare con Donato Currera, voglio risarcirgli i danni e lo spavento che s'è preso con tutta la famiglia. Non gli dirò di Anna, però.»

«Mi sta bene» disse Montalbano.

Carlo Memmi tirò un sospiro di sollievo, si susì.

«Grazie. Ah, non mi ha detto la storia di... come si chiamano questi due?»

«Arcibaldo e Petronilla. Gliela conterò un'altra volta. Per ora le basti sapere che Petronilla è una moglie gelosa.» Si sorrisero, si strinsero la mano. Disturbata dal movimento, la mosca volò via.

BEING HERE...

Appena l'omo trasì nel suo ufficio, Montalbano pinsò di stare patendo un'allucinazione: il visitatore era una stampa e una figura con Harry Truman, il certamente defunto ex presidente degli Stati Uniti così come il commissario l'aveva sempre visto nelle fotografie e nei documenti dell'epoca. Lo stesso vestito gessato a doppio petto, lo stesso cappello chiaro, la stessa cravatta vistosa, la stessa montatura degli occhiali. Solo che, a taliarlo bene, le differenze erano due. La prima era che l'omo navigava verso l'ottantina, se non l'aveva già doppiata, portata in modo eccellente. La seconda era che mentre l'ex presidente rideva sempre macari quando ordinava di gettare la bomba atomica su Hiroshima, questo non solo non sorrideva, ma aveva attorno a lui un'ariata di composta malinconia.

«Mi perdoni se la disturbo, signore. Mi chiamo Charles Zuck.» Parlava un italiano da libro, senza accenti dialettali. O meglio, un accento ce l'aveva e abbastanza evidente.

«Lei è americano?» spiò il commissario facendogli cenno di assittarsi sulla seggia davanti alla scrivania.

«Sono cittadino americano, sì.»

Sottilissima distinzione che Montalbano giustamente interpretò così: non sono nato americano, lo sono diventato.

«Mi dica in che cosa posso esserle utile.»

L'omo gli faceva simpatia. Non solo aveva quell'ariata malinconica, ma pareva macari spaesato, straneo.

«Sono arrivato a Vigàta tre giorni fa. Volevo fare una

brevissima visita. Difatti dopodomani ho un aereo da Palermo per tornare a Chicago.»

Embè? Forse con un altro Montalbano avrebbe già perso la pazienza.

«E qual è il suo problema?»

«Che il sindaco di Vigàta non mi riceve.»

E che ci accucchiava lui?

«Guardi, lei è straniero e, sebbene parli un italiano perfetto, certamente ignora che un commissariato di Polizia non si occupa di...»

«La ringrazio per il complimento» fece Charles Zuck «ma l'italiano l'ho insegnato per decenni negli Stati Uniti. So benissimo che lei non ha il potere di obbligare il sindaco a ricevermi. Però può cercare di convincerlo.»

Perché stava a sentirlo con santa pacienza, perché quell'omo gli faceva venire il curioso?

«Posso, sì» disse il commissario. E aggiunse, volendo scusare il primo cittadino agli occhi di uno straneo: «Mancano tre giorni alle elezioni. E il nostro sindaco si è ricandidato. Comunque è suo dovere riceverla».

«Tanto più che io sono, anzi ero, vigatese.»

«Ah, quindi lei è nato qua» si stupì, ma poi non tanto, Montalbano. Stimando a occhio e croce, l'omo doveva essere nato verso gli anni Venti, quando il porto andava della bella e gli stranieri a Vigàta s'accattavano a due un soldo.

«Sì.»

Charles Zuck fece una pausa, l'ariata malinconica parse condensarsi, farsi più spessa, le pupille gli si misero a saltare da una parete all'altra della cammara.

«E qui sono morto» disse.

La prima reazione del commissario non fu di stupore, ma di raggia: raggia verso se stesso per non avere capito subito che l'omo era un pòviro pazzo, uno che con la testa non ci stava. Decise d'andare a chiamare qualcuno dei suoi per farlo gettare fora dal commissariato. Si susì.

«Mi scusi un attimo.»

«Non sono pazzo» disse l'americano.

Tutto come da copione, i pazzi che sostenevano d'essere sani di mente, gli ergastolani che giuravano d'essere innocenti come a Cristo.

«Non c'è bisogno di chiamare nessuno» fece Zuck susendosi a sua volta. «E mi perdoni per averle fatto perdere tutto questo tempo. Buongiorno.»

Gli passò davanti dirigendosi alla porta. Montalbano ne provò pena, gli ottant'anni al vecchio ora gli si contavano tutti. Non poteva lasciar andare uno di quell'età, se non pazzo sicuramente stòlito e straniero: capace che faceva qualche malo incontro.

«Si risegga.»

Charles Zuck obbedì.

«Ha un documento di riconoscimento?»

Senza parlare, quello gli pruì il passaporto.

Non c'era dubbio: si chiamava come aveva detto ed era nato a Vigàta il 6 settembre 1920. Il commissario glielo restituì. Si taliarono.

«Perché dice d'essere morto?»

«Non sono io a dirlo. Così c'è scritto.»

«Dove?»

«Sul monumento ai caduti.»

Il monumento ai caduti, che sorgeva in una piazza sulla via principale di Vigàta, rappresentava un soldato col pugnale levato a difendere una fìmmina con un bambino in braccio. Il commissario si era fermato qualche volta a taliarlo perché a suo parere si trattava di una buona scultura. Sorgeva su un basamento rettangolare e sul lato più in vista c'era murata una lapide con i nomi dei morti della guerra 1914-18 ai quali il monumento, in origine, era stato dedicato. Poi, nel '38, sul lato di dritta era comparsa una seconda lapide con l'elenco di quelli che ci avevano lasciato la pelle nella guerra d'Abissinia e in quella di Spagna. Nel '46 era stata aggiunta, sul lato di mancina, una terza lapide con la lista dei morti in guerra nel 1940-45. Il quarto e ultimo lato era momentaneamente vacante.

Montalbano si sforzò la memoria.

«Non ricordo d'aver letto il suo nome» concluse.

«E infatti Charles Zuck non c'è. C'è invece Carlo Zuccotti, che sono sempre io.»

Il vecchio sapeva contare le cose con ordine, brevità e chiarezza. A fare il sommario dei settantasette anni della sua esistenza ci mise poco meno di una decina di minuti. Suo padre, contò, che si chiamava Evaristo, era milanese di famiglia e si era maritato, ancora molto picciotto, con una di Lecco, Annarita Vismara. Poco dopo il matrimonio, Evaristo, ch'era ferroviere, venne mandato a Vigàta che allora aveva ben tre stazioni ferroviarie, delle quali una, riservata al traffico commerciale, stava proprio all'ingresso della cinta portuale. E fu così che Carlo nacque a Vigàta, primo e ultimo figlio della coppia. A Vigàta Carlo passò dodici anni della sua vita, studiando prima alle scuole elementari del paisi quindi al ginnasio di Montelusa che raggiungeva con la corriera. Poi il padre, promosso, venne trasferito a Orte. Finito il liceo in quella città, s'iscrisse all'università di Firenze dove intanto il padre era stato spostato. Un anno prima che si laureasse, la madre, la signora Annarita, morì.

«Che corso ha frequentato?» spiò a questo punto Montalbano. Quello che l'omo gli stava contando non gli bastava, voleva capirlo di più.

«Lettere moderne. Ho studiato con Giuseppe De Robertis, la tesi era su *Le Grazie* di Foscolo.»

"Tanto di cappello" pinsò il commissario ch'era un patito di letteratura.

Intanto era scoppiata la guerra. Richiamato alle armi, Carlo fu mandato a combattere in Africa settentrionale. Dopo sei mesi ch'era al fronte, una lettera del compartimento ferroviario di Firenze l'informò che suo padre era morto in seguito a un mitragliamento. Ora era veramente solo al mondo, dei parenti dei genitori non sapeva manco il nome. Fatto prigioniero dagli americani, venne mandato in un campo di concentramento del Texas. Sapeva l'inglese bene e questo l'aiutò molto, tanto da farlo diventare una specie d'interprete. Fu così che conobbe Evelyn, la figlia del responsabile amministrativo del campo. Rimesso in libertà dopo la fine della guerra, si era sposato con Evelyn. Nel '47 da Firenze gli spedirono, su sua richiesta, l'attestato di laurea. Non serviva per gli Stati Uniti, ma lui ripigliò a studiare fino ad essere abilitato all'insegnamento. Ottenne la cittadinanza americana, cangiò il nome da Zuccotti in Zuck, come già gli americani lo chiamavano sbrigativamente.

«Perché è voluto tornare qui?»

«Questa è la risposta più difficile» fece il vecchio.

Parse per un attimo che si fosse perso nel labirinto dei suoi ricordi. Il commissario restò muto, in attesa.

«La vita dei vecchi come me, commissario, a un certo momento consiste in un elenco: quello dei morti. Che a poco a poco diventano tanti che ti pare di essere rimasto solo in un deserto. Allora cerchi disperatamente di orientarti, ma non sempre ti riesce.»

«La signora Evelyn non è più con lei?»

«Avevamo avuto un figlio, James. Uno solo. Si vede che la mia è una famiglia di figli unici. È caduto nel Vietnam. Da allora mia moglie non si è più ripresa. Ed è andata a ritrovare nostro figlio otto anni fa.»

Ancora una volta Montalbano non raprì bocca.

A questo punto il vecchio professore sorrise. Un sorriso tale che a Montalbano sembrò che il cielo si fosse scurato e che una mano a pugno gli avesse agguantato il cuore.

«Che brutta storia, commissario. Brutta letterariamente intendo, a metà strada tra il drammone alla Giacometti, quello della morte civile, e certe situazioni pirandelliane. Perché son voluto venire qua, dice? Sono venuto d'impulso. Qua, a conti fatti, ho passato il meglio della mia esistenza, il meglio, sì, e solo perché non avevo ancora la cognizione del dolore. Non è poco, sa? Nella mia solitudine di Chicago, Vigàta ha cominciato a brillare come una stella. Ma già appena messo piede in paese, l'illusione è svanita. Era un miraggio. Dei vecchi compagni di scuola non ne ho trovato uno, nemmeno la casa dove ho abitato esiste più, ora c'è un palazzone di dieci piani. E le tre stazioni si sono ridotte a una sola con poco o niente traffico. Poi ho scoperto che figuravo nella lapide dei caduti. Sono andato all'anagrafe. C'è stato evidentemente un errore da parte del Comando militare. Mi hanno dato per morto.»

«Mi scusi la domanda, ma lei, a leggere il suo nome, che ha provato?»

Il vecchio ci pensò sopra tanticchia.

«Rimpianto» disse poi a bassa voce.

«Di che?»

«Che le cose non siano andate come c'è scritto sulla lapide. Invece ho dovuto vivere.»

«Senta professore, certamente entro domani le procurerò un incontro col sindaco. Dove abita?»

«All'hotel dei Tre Pini. È fuori Vigàta, ogni volta devo prendere il taxi per andare e tornare. Anzi, giacché ci siamo, me ne chiama uno?»

Nel dopopranzo non arriniscì a parlare col sindaco impegnato prima in un comizio e appresso in un giro porta a porta. Solo all'indomani matina venne ricevuto. Gli contò la storia di Carlo Zuccotti, morto vivente. Alla fine, il sindaco si fece una risata tale che gli spuntarono le lacrime.

«Lo vede, commissario? Il nostro quasi compaesano Pirandello non aveva bisogno di tanta fantasia per inventarsi le cose! Gli bastava trascrivere quello che succede realmente dalle nostre parti!»

Montalbano, non potendolo pigliare a timbuluna in faccia, decise di non dargli il suo voto.

«E lei, commissario, ha idea di quello che vuole da me?»

«Mah, probabilmente far cangiare la lapide.»

«Oh Cristo!» s'infuscò il sindaco «sarebbe una bella spesa.»

«Professore? Il commissario Montalbano sono. Il sindaco la riceverà in Comune oggi dopopranzo alle diciassette. Le va bene? Così domani potrà prendere il suo aereo per Chicago.»

Silenzio assoluto all'altro capo.

«Professore, mi ha sentito?»

«Sì. Ma stanotte...»

«Stanotte?»

«Sono sempre rimasto sveglio a pensare a quella lapide. Io la ringrazio per la sua cortesia, ma ho preso una decisione. Credo sia la più giusta.»

«E cioè?»

«Being here...»

E riattaccò senza salutare.

Being here: dato che ci sono.

Si susì di scatto dalla seggia, in corridoio si trovò davanti Catarella, lo spintonò con violenza, corse in macchina, i due chilometri che separavano Vigàta dall'hotel gli parsero un centinaro, irruppe nella hall.

«Il professor Zuccotti?»

«Non c'è nessun Zuccotti.»

«Charles Zuck, stronzo.»

«115, primo piano» balbettò il portiere strammato.

L'ascensore era occupato, si fece i gradini a due a due. Arrivò col fiatone, tuppiò.

«Professore? Apra! Il commissario Montalbano sono.»

«Un attimo» rispose la voce tranquilla del vecchio.

Poi, all'interno, violento, fortissimo, risuonò uno sparo.

E Salvo Montalbano seppe che il sindaco di Vigàta non avrebbe dovuto affrontare la spesa di rifare la lapide.

IL PATTO

Tutta vestita di nivuro, tacchi alti, cappellino fuori moda, borsetta di pelle lucida appesa al braccio destro, la signora (perché si capiva benissimo ch'era una signora e d'antica classe) procedeva a passi piccoli ma decisi sul ciglio della strata, occhi a terra, incurante delle rare auto che la sfioravano.

Macari di giorno quella donna avrebbe attirato l'attenzione del commissario Montalbano per la distinzione e l'eleganza d'altri tempi: figurarsi alle due e mezzo di notte, su una strata fuori paisi. Montalbano stava tornando alla sua casa di Marinella dopo una lunga giornata di travaglio al commissariato, era stanco, ma viaggiava a lento, dai finestrini aperti dell'auto gli arrivavano gli odori di una notte di mezzo maggio, ventate di gelsomino dai giardinetti delle ville alla sua destra, folate di salmastro dal mare a sinistra. Dopo avere per un pezzo proceduto darrè la signora, il commissario le si affiancò e, piegandosi sul sedile del passeggero, le spiò:

«Occorre niente, signora?»

La donna manco isò la testa, non fece il minimo gesto, proseguì.

Il commissario accese gli abbaglianti, fermò l'auto, scese e le si parò davanti impedendole di proseguire. Solo allora la signora, per niente scantata, si decise a taliarlo. Alla luce dei fari Montalbano vide che era molto anziana, ma gli occhi erano di un azzurro intenso, quasi fosforescente, stonavano col resto della faccia per la conservata giovinezza. Indossava degli orecchini preziosi, attorno al collo una splendida collana di perle.

«Sono il commissario Montalbano» disse per rassicurarla, macari se la fimmina non dava il minimo segno di nervosismo.

«Piacere. Io sono la signorina Angela Clemenza. Desidera?» Aveva calcato sul «signorina». Il commissario sbottò.

«Io non desidero niente. Le pare logico andarsene in giro, parata così, a quest'ora di notte e da sola? Lei è stata fortunata che non l'abbiano ancora derubata e gettata in un fosso. Salga in macchina, l'accompagno.»

«Non ho paura. E non sono stanca.»

Era vero, aveva il respiro regolare, sul suo viso non c'era traccia di sudore; solo le scarpe imbiancate dalla polvere dicevano che la signorina aveva camminato a piedi per un lungo tratto.

Montalbano con due dita le pigliò delicatamente un braccio, la sospinse verso la macchina.

Angela Clemenza per un momento ancora lo taliò, l'azzurro dei suoi occhi si era come impastato di viola, era evidentemente arrabbiata, ma non disse niente, salì.

Appena assittata in auto, poggiò la borsetta sulle ginocchia, si massaggiò leggermente l'avambraccio destro. Il commissario notò che la borsetta era gonfia, doveva pesare.

«Dove l'accompagno?»

«Contrada Gelso. Le dico io come arrivarci.»

Il commissario tirò un sospiro di sollievo, contrada Gelso non era lontana, stava dalla parte di campagna, a pochi chilometri da Marinella. Avrebbe voluto spiare alla signorina come mai si fosse venuta a trovare sola, di notte, diretta a casa a piedi, ma il ritegno e la compostezza di lei l'intimidivano.

Da parte sua la signorina Clemenza non raprì bocca se non per brevi indicazioni sulla strata da pigliare. Superato un grosso cancello in ferro battuto e percorso un viale perfettamente tenuto in ordine, Montalbano si fermò nello spiazzo davanti a una villetta ottocentesca, a tre piani, intonacata di fresco, linda, con la porta e le persiane che parevano allura allura pittate di verde. Scesero.

«Lei è una persona squisita. Grazie» fece la signorina. E tese il braccio. Montalbano, sorpreso di se stesso, si inchinò e le baciò la mano. La signorina Clemenza gli voltò le spalle, armeggiò nella borsetta, tirò fora una chiave, raprì la porta, trasì, richiuse.

Non erano manco le sette del matino che l'arrisbigliò una telefonata di Mimì Augello, il suo vice.

«Scusami, Salvo, se ti chiamo a quest'ora, ma c'è stato un omicidio. Sono già sul posto. Ti ho mandato una macchina.»

Ebbe appena il tempo di farsi la barba che l'auto arrivò.

«Chi hanno ammazzato, lo sai?»

«Un professore in pensione, si chiamava Corrado Militello» fece l'agente alla guida. «Abita dopo la vecchia stazione.»

La casa del fu professor Militello sorgeva sì dopo la vecchia stazione, ma in aperta campagna. Prima che Montalbano oltrepassasse la soglia, Mimì Augello, che quella matina gli era pigliata di voler parere il primo della classe, l'informò.

«Il professore aveva passato l'ottantina. Viveva solo, non si era mai maritato. Da una decina d'anni non nisciva più da casa. Ogni matina veniva una cammarera, la stessa da trent'anni, quella che l'ha trovato morto e ci ha telefonato. La casa è fatta così: al piano di sopra ci sono due grandi cammare da letto, due bagni e un cammarino. Al piano terra un salotto, una piccola sala da pranzo, un bagno e uno studio. È lì che l'hanno ammazzato. Pasquano è all'opera.»

Nell'anticamera, la cammarera, assittata in pizzo a

una seggia, piangeva in silenzio, muovendo il busto avanti e narrè. Il corpo del professor Corrado Militello giaceva riverso sulla scrivania dello studio. Il dottor Pasquano, il medico legale, lo stava esaminando.

«L'assassino» disse Mimì Augello «ha voluto sadicamente spaventare il professore prima d'ammazzarlo. Talìa qua: ha sparato al lampadario, alla libreria, a quel quadro, mi pare che sia una riproduzione del *Bacio* di Velázquez...»

«Hayez» corresse stancamente Montalbano.

«... alla finestra e l'ultimo colpo l'ha riservato a lui. Un revolver, non ci sono bossoli.»

«Non perdiamoci nel conteggio dei colpi» intervenne il dottor Pasquano. «Sono stati cinque, d'accordo, ma ha macari sparato al busto di Wagner, che è di bronzo, la pallottola ha rimbalzato e ha pigliato in piena fronte il professore, ammazzandolo.»

Augello non replicò.

Nel camino, una montagna di carta incenerita. Montalbano s'incuriosì, spiò con gli occhi al suo vice.

«La cammarera m'ha detto che da due giorni stava a bruciare lettere e fotografie» rispose Augello. «Le teneva in questo baule qua che ora è vacante.»

Evidentemente Mimì Augello si trovava in una di quelle giornate nelle quali, se si metteva a parlare, non si fermava manco a cannonate.

«La vittima ha aperto all'assassino, non c'è traccia d'effrazione. Sicuramente lo conosceva, si fidava. Uno di casa. Sai che ti dico, Salvo? Da qualche parte sbucherà un nipotuzzo che da troppo tempo stava ad aspettare l'eredità e ha perso la pazienza, si è scassato la minchia. Il vecchio era ricco, case, terreni edificabili.»

Montalbano non lo stava a sèntiri, era perso darrè ricordi di pellicole poliziesche inglesi. Fu così che fece una cosa che aveva già visto fare in uno di questi film: si calò verso il camino, infilò una mano dintra la cenere, tastiò. Ebbe fortuna, sotto le dita gli venne un quadratino spesso, di cartoncino. Era un frammento di fotografia, grande quanto un francobollo. Lo taliò e provò una scossa elettrica. Mezzo volto di donna, ma come non riconoscere quegli occhi?

«Trovato niente?» spiò Augello.

«No» disse Montalbano. «Senti, Mimì, occupati tu di tutto, io ho da fare. Salutami il giudice, quando arriva.»

«Si accomodi, si accomodi» disse la signorina Angela Clemenza chiaramente contenta di rivederlo. «Venga da questa parte, la casa è diventata troppo grande per me da quando è morto mio fratello il generale. Mi sono riservata queste tre camere al pianoterra, mi risparmio le scale.»

Le nove e mezzo del matino, ma la signorina era inappuntabile, a petto di lei il commissario si sentì sporco e trasandato.

«Posso offrirle un caffè?»

«Non si disturbi. Devo farle solo qualche domanda. Lei conosce il professor Corrado Militello?»

«Dal 1935, commissario. Allora avevo diciassette anni, lui uno più di me.»

Montalbano la taliò fisso: niente, nessuna emozione, gli occhi un lago d'alta montagna senza increspature.

«È con grande dispiacere, mi creda, che sono costretto a comunicarle una cattiva notizia.»

«Ma la conosco già, commissario! Gli ho sparato io!»

A Montalbano gli mancò la terra sotto i piedi, la stessa precisa impressione che aveva provato nel terremoto del Belice. Franò su una seggia che fortunatamente era alle sue spalle. Pure la signorina Clemenza s'assittò, compostissima.

«Perché?» arriniscì ad articolare il commissario.

«È una storia vecchia come il cucco, si annoierà.»

«Le garantisco di no.»

«Vede, dalla seconda metà dell'Ottocento in poi, per ragioni che non so e che non ho mai voluto sapere, la mia famiglia e quella di Corrado pigliarono a odiarsi. Ci furono morti, duelli, ferimenti. Capuleti e Montecchi, ricorda? E noi due, invece di odiarci, c'innamorammo. Romeo e Giulietta, appunto. I nostri familiari, i miei e i suoi stavolta alleati, ci separarono, a me mi misero con le monache, lui andò a finire in collegio. Mia madre, sul letto di morte, mi fece giurare che non avrei mai sposato Corrado. O lui o nessuno, dissi invece a me stessa. Corrado fece lo stesso. Per anni e anni e anni ci siamo scritti, ci telefonavamo, facevamo in modo d'incontrarci. Quando restammo solo noi due, i superstiti delle nostre famiglie, io avevo ormai sessantadue anni e lui sessantatré. Convenimmo che a quell'età sarebbe stato ridicolo maritarci.»

«Sì, va bene, ma perché?...»

«Sei mesi fa mi fece una lunghissima telefonata. Mi disse che non ce la faceva più a stare solo. Voleva maritarsi con una vedova, sua lontana parente. Ma come, gli domandai, a sessant'anni lo trovavi ridicolo e a ottanta no?»

«Capisco. È per questo che lei...»

«Vuole babbiare? Per me poteva maritarsi cento volte! Il fatto è che mi telefonò il giorno appresso. Mi disse che non aveva chiuso occhio. Confessò d'avermi mentito, non si sposava per paura della solitudine, ma perché di quella fìmmina si era veramente innamorato. Allora, lei capisce, le cose cangiavano.»

«Ma perché?!»

«Perché avevamo pigliato un impegno, fatto un patto.»

Si susì, raprì la stessa borsetta della sera avanti che era posata su un tavolinetto, ne trasse un bigliettino ingiallito, lo pruì al commissario.

Noi, Angela Clemenza e Corrado Militello, davanti a Dio giuriamo quanto segue: chi di noi due s'innamorerà di una ter-

za persona, pagherà con la vita il tradimento. Letto, firmato e
sottoscritto:

Angela Clemenza, Corrado Militello
Vigàta, lì 10 gennaio 1936.

«Ha letto? Tutto regolare, no?»

«Ma se ne sarà scordato!» fece Montalbano. Quasi
gridò.

«Io no» disse la signorina, gli occhi che svariavano
verso un pericoloso viola. «E guardi che aieri matina gli
telefonai per assicurarmi meglio. "Che fai?" gli spiai.
"Sto bruciando le tue lettere" mi rispose. Allora mi andai a rileggere il patto.»

Montalbano sentiva un cerchione di ferro che aveva
principiato a serrargli la fronte, sudava.

«Ha gettato via l'arma?»

«No.»

Raprì la borsetta, ne tirò fora una Smith & Wesson
centenaria, enorme. La diede a Montalbano.

«M'è venuto difficile colpirlo, sa? Non avevo mai
sparato prima. Povero Corrado, s'è pigliato un tale spavento!»

E ora che doveva fare? Isarsi in piedi e dichiararla in
arresto?

Rimase a taliare il revolver, indeciso.

«Le piace?» spiò sorridente la signorina Angela Clemenza. «Glielo regalo. Tanto a me non serve più.»

IL VECCHIO LADRO

Orazio Genco aveva sessantacinque anni fatti ed era latro di case. Romildo Bufardeci aveva sessantacinque anni fatti ed era un'ex guardia giurata. Orazio era più picciotto di Romildo di una simana esatta. Orazio Genco era accanosciuto in tutta Vigàta e zone vicine per due motivi: il primo, lo si è detto, come svaligiatore d'appartamenti momentaneamente vacanti; il secondo perché era un omo gentile, bono e che non avrebbe fatto male manco a una formicola. Romildo Bufardeci, quando ancora stava in servizio, veniva chiamato «il sergente di ferro» per la durezza e l'intransigenza che tirava fora contro chi, a suo parere, aveva violato la «liggi». L'attività di Orazio Genco iniziava ai primi d'ottobre e terminava alla fine dell'aprile dell'anno appresso: era il periodo che i villeggianti e i proprietari delle case lungo il litorale tenevano chiusi i loro appartamenti estivi. Corrispondeva, su per giù, al periodo nel quale la sorveglianza di Romildo Bufardeci veniva maggiormente richiesta. L'area di travaglio di Orazio Genco andava da Marinella alla Scala dei Turchi: la stessa intìfica di Romildo Bufardeci. La prima volta che Orazio Genco venne arrestato per furto con scasso aveva diciannove anni (ma la carriera l'aveva cominciata a quindici). A consegnarlo alla Benemerita era stato Romildo Bufardeci, macari lui al suo primo arresto in qualità di custode della «liggi». Erano tutti e due talmente emozionati che il maresciallo dei carrabbinera, per rincuorarli, offrì loro acqua e zammù.

Negli anni che vennero appresso, Romildo arrestò Orazio altre tre volte. Doppo, quando Bufardeci venne messo in pensione per via che un grandissimo cornuto di latro d'automobili gli aveva sparato una revolverata pigliandolo al fianco (e Orazio era andato a trovarlo allo spitale), Genco se la passò meglio, nel senso che la guardia che aveva sostituito Romildo non aveva lo stesso rispetto sacrale per la «liggi», tirava a campare, gli fagliava il fiato di cane mastino. I lunghi anni passati a stare vigliante, quando gli altri bellamente dormivano, avevano lasciato una specie di deformazione professionale in Romildo Bufardeci che poteva pigliare sonno solo quando spuntava la prima luce del matino. Le nottate le passava a fare solitari che non gli arriniscivano mai manco autoimbrogliandosi, oppure a taliare i programmi televisivi.

Certe notti invece, quando era sireno, inforcava la bicicletta e si metteva a passiare in quello che una volta era il territorio affidato alla sua sorveglianza: da Marinella alla Scala dei Turchi.

Siccome che si era a la mità del mese di ottobre e quella particolare nottata s'appresentava tanto cavuda e stillata da parere state, Romildo non ce la fece più a taliare alla televisione una pellicola americana che gli faceva quadiare il sangue dato che la polizia, la «liggi», aveva sempre torto e i sdilinquenti sempre ragione. Astutò il televisore, s'assicurò che la mogliere dormisse, niscì di casa, inforcò la bicicletta e s'avviò da Vigàta verso Marinella.

Il tratto di litoranea che arrivava sino alla Scala dei Turchi pareva morto e non solo perché non era più stascione e non passavano le macchine dei villeggianti: erano soprattutto le varche e i motoscafi tirati a secco e coperti dai teloni impermeabili a dare quest'impressione di tombe di camposanto.

Doppo tre ore di avanti e narrè, il cielo cominciò a spaccare, apparse a levante come una ferita chiara che s'allargava e che mezz'ora appresso cominciò a tingere ogni cosa di viola.

Fu in quella particolare luce che Romildo Bufardeci vide un'ùmmira che nisciva dal cancello del giardinetto di una villa ch'era stata finita di fabbricare tre anni avanti. L'ombra si moveva con calma, tanto da richiudere il cancelletto, non con la chiave però, in tutto e per tutto uguale a uno che stesse niscendo dalla sua casa per andarsene a travagliare. Pareva non essersi accorto di Romildo Bufardeci il quale, messo un piede a terra per tenersi in equilibrio, lo stava attentamente a taliare. O, se si era addunato della prisenza dell'ex guardia giurata, non se n'era dato pinsero.

L'ombra pigliò la strata per Vigàta, un pedi leva e l'altro metti, come se avesse a disposizione tutto il tempo che voleva. Ma Bufardeci aveva troppa spirenzia per lasciarsi fottere dall'apparente tranquillità dell'altro e difatti a un certo punto, di scatto, ripartì in bicicletta.

Aveva arraccanosciuta l'ombra senza possibilità di dubbio.

«Orazio Genco!» chiamò.

L'interpellato si fermò un istante, non si voltò, poi spiccò un salto e si mise a correre. Stava evidentemente scappando. Bufardeci s'imparpagliò, la fuga non rientrava nel modus operandi di Orazio, troppo intelligente per farsi pirsuaso di quando una partita era persa. Vuoi vedere che non era Orazio ma il padrone della villa che si era scantato di quella voce imperiosa e inaspettata? No, era sicuramente Orazio. E Romildo ripigliò con più gana l'inseguimento.

A malgrado dei suoi sessantacinque anni Genco aveva la falcata di un picciotto, saltava ostacoli e fossi che invece Romildo, a causa della bicicletta, era costretto ad aggirare. Sempre tenendo la stessa andatura spinta, Orazio passò il Ponte di Ferro e arrivò a Cannelle dove principiavano le prime case di Vigàta. Qui non ce la fece più e crollò sul rialzo di una fontanella asciutta. Aveva il fiato grosso, dovette mettersi una mano sopra il cuore per invitarlo a calmarsi.

«Chi te l'ha fatto fare di metterti a correre accussì?» gli spiò Romildo appena l'ebbe raggiunto.

Orazio Genco non arrispunnì.

«Riposati tanticchia» fece Bufardeci «e poi andiamo.»

«Unni?» spiò Orazio.

«Come unni? Al commissariato, no?»

«A fare che?»

«Ti consegno a loro, sei in arresto.»

«E chi m'arrestò?»

«Io t'arrestai.»

«Non puoi più, sei in pinsione.»

«Che c'entra la pinsione? Qualisisiasi citatino, davanti alla fragranza di un riato, ha il priciso dovere.»

«Ma che minchia vai contando, Romì? Quale reato?»

«Furto con scasso. Vuoi negare che sei nisciuto dal cancelletto di una villa non abitata?»

«E chi lo nega?»

«Perciò vedi che...»

«Romì, tu m'hai visto nesciri non dalla porta della villa, ma dal cancelletto del giardino.»

«Fa differenzia?»

«La fa, e la fa grande come una casa.»

«Sentiamo.»

«Io non sono trasuto mai dintra la villa. Sono entrato solo nel giardinetto perché mi scappava un bisogno e c'era il cancello mezzo aperto.»

«Andiamo al commissariato lo stesso. Ci penseranno loro a farti dire la virità.»

«Talè, Romì, se io non mi capacito che ci devo venire, tu non mi ci porti manco con le catene. Ma stavolta ti dico: andiamoci. Accussì fai una mala figura davanti agli sbirri.»

Al commissariato c'era di servizio l'agente Catarella al quale il commissario Montalbano, a scanso di complicazioni, affidava compiti di piantone o di telefonista. Catarella redasse scrupolosamente il verbale.

Inverso alli ore cinque di questa matinata il signor Buffoardeci Romilto, ecchisi guarda giurante, dato che veniva a passare in sul di davante di una villa disabbittata residente in contrata vicino vicino alla Scala detta dei Turchi, vedeva da essa fottivamente assortire un latro prigiudicato che davasi alla fuca alla veduta del guarda giurante segnale inquinquivocabile di carbone bagnatto osiaché coscenza lorda...

E via di questo passo.

«Dottore, c'è una grossa camurrìa» fece Fazio appena vide, verso le otto del matino, comparire in ufficio Salvo Montalbano. E gli contò la storia tra Orazio Genco e Romildo Bufardeci.

«Catarella l'ha perquisito. Niente refurtiva. In sacchetta aveva solo la carta d'identità, diecimila lire, le chiavi di casa sua e quest'altra chiave, nova nova, che mi pare un duplicato fatto bene.»

La porse al superiore. Era una di quelle chiavi ampiamente pubblicizzate come impossibili a essere riprodotte. Ma per Orazio Genco, con tutta la spirenzia che si ritrovava, la cosa doveva essere stata solamente tanticchia più impegnativa del solito. Tanto, aveva avuto tutto il tempo che voleva per pigliare e ripigliare il calco della serratura.

«Orazio ha protestato per la perquisizione?»

«Chi? Genco? Dottore, quello ha un atteggiamento curioso. Non me la conta giusta. Mi pare che si stia divertendo, che se la stia spassando.»

«E che fa?»

«Ogni tanto dona una taliata a Bufardeci e ridacchia.»

«Bufardeci è ancora qua?»

«Certo. Sta attaccato a Orazio come una sanguetta. Non lo molla. Dice che vuole vìdiri con i suoi occhi a Genco ammanittato e spedito in càrzaro.»

«Sei riuscito a sapere chi è il proprietario della villa?»

«Sì. È l'avvocato Francesco Caruana di San Biagio Platani. Ho trovato il numero di telefono.»

«Telefonagli. Digli che abbiamo motivo di ritenere che nella sua villa al mare sia stato commesso un furto. Fagli sapere che a mezzogiorno l'aspettiamo là. Noi due invece ci andiamo una mezz'ora prima a dare un'occhiata.»

Mentre andavano in macchina verso la Scala dei Turchi, che era una collina di marna bianca a strapiombo sul mare, Fazio disse al commissario che al telefono aveva risposto la signora Caruana. All'appuntamento sarebbe venuta lei, dato che il marito era a Milano per affari.

«La vuole sapìri una cosa, dottore? Dev'essere una fimmina fredda di carattere.»

«Come fai a saperlo?»

«Perché quando ci dissi del possibile furto, non disse né ai né bai.»

Come Montalbano e Fazio avevano previsto, la chiave trovata in sacchetta a Orazio Genco rapriva perfettamente la porta della villa. I due ne avevano visti d'appartamenti messi sottosopra dai latri, ma qui tutto era in ordine, niente cassetti aperti, niente cose frettolosamente gettate a terra. Al piano di sopra c'erano due cammare da letto e due bagni. L'armuar della cammara padronale era stracolmo di vestiti estivi d'omo e di fimmina. Montalbano aspirò profondamente.

«Macari io lo sento» fece Fazio.

«Cosa senti?»

«Quello che sta sentendo lei, fumo di sicarro.»

Nella cammara da letto c'era tanto di fumo di sigaro che certamente non risaliva all'estate passata. Però nei due posacenere allocati sui comodini non c'era traccia né di cicche né di ceneri di sigaro o di sigarette. Erano stati accuratamente lavati. In uno dei due bagni il commissario notò un grande asciugamani di spugna che pendeva, spiegato, da un braccio metallico allato alla vasca. Lo prese, se lo poggiò su una guancia, avvertì sulla pelle una residua umidità, lo rimise a posto.

Qualcuno, magari il giorno avanti, era stato in quella villa.

«Andiamo ad aspettare fora la signora e richiudi la porta a chiave. Mi raccomando, Fazio: non dirle che siamo già entrati.»

Fazio s'offese.

«E che sono, un picciliddro?»

Si misero ad aspettare davanti al cancello. La macchina con la signora Caruana arrivò con pochi minuti di ritardo. Al volante c'era un bell'omo quarantino, alto, snello, elegante, gli occhi cilestri, pareva un attore miricano. Si precipitò a raprire la portiera del posto allato a lui, da perfetto cavaliere. Ne scese Betty Boop, una fimmina ch'era una stampa e una figura con il famoso personaggio dei vecchi cartoons. Persino i capelli aveva tagliati e pettinati allo stesso modo.

«Sono l'ingegnere Alberto Caruana. Mia cognata ha tanto insistito perché l'accompagnassi.»

«Sono rimasta così impressionata!» fece Betty Boop civettuola, battendo le ciglia.

«Da quand'è che non viene in villa?» spiò Montalbano.

«L'abbiamo chiusa il trenta d'agosto.»

«E da allora non ci è più tornata?»

«A che fare?»

Si mossero, passarono il cancelletto, traversarono il giardino, si fermarono davanti alla porta.

«Vai avanti tu, Alberto» disse la signora Caruana al cognato. «Io mi scanto.»

E gli porse una chiave.

Con un sorriso alla Indiana Jones, l'ingegnere raprì la porta e si rivolse al commissario.

«Non è stata scassinata!»

«Pare di no» disse laconico Montalbano.

Trasirono. La signora accese la luce, si taliò d'attorno.

«Ma qui non è stato toccato niente!»

«Guardi bene.»

La signora raprì nervosamente vetrinette, mobiletti, cassettini, scatolettine.

«Niente.»

«Andiamo su» disse Montalbano.

Alla fine della ricognizione nelle cammare di sopra, Betty Boop raprì la boccuccia fatta a cuore.

«Ma siete sicuri che i ladri siano venuti qui?»

«Ce l'hanno telefonato. Si vede che si sono sbagliati. Meglio così, no?»

Fu un attimo: Betty Boop e il finto attore miricano si scangiarono una taliata rapidissima di sollievo.

Montalbano si profuse in scuse per aver fatto perdere loro del tempo, la signora Caruana e il cognato ingegner Alberto le accettarono con degnazione.

Come per levare ogni residuo dubbio nel commissario e in Fazio, una volta in macchina, prima d'ingranare la marcia, l'ingegnere s'addrumò un grosso sigaro.

«Liquida Bufardeci. Fallo malamente, digli che mi ha fatto perdere la matinata e che non mi scassasse più la minchia.»

«Metto in libertà macari a Orazio Genco?»

«No. Mandamelo in ufficio. Gli voglio parlare.»

Orazio trasì nella cammara del commissario che gli occhi gli sparluccicavano dalla contentezza per aver fatto fare a Bufardeci la mala figura che gli aveva promesso.

«Che mi vuole dire, commissario?»

«Che sei un grandissimo figlio di buttana.»

Tirò fora dalla sacchetta la chiave duplicata, la fece vedere al vecchio ladro.

«Questa apre perfettamente la porta della villa. Bufardeci aveva ragione. Tu in quella casa ci sei entrato, solo che non era disabitata, come pensavi. Ora ti devo dire una cosa, stammi bene attento. Mi sta venendo la tentazione di trovare una scusa qualunque per sbatterti ora stesso in càrzaro.»

Orazio Genco non parse impressionarsi.

«Cosa posso fare per fargliela passare, la tentazione?»

«Contami come andò la cosa.»

Si sorrisero, da sempre si erano pigliati in simpatia.

«M'accompagna alla villa, commissario?»

«Ero sicuro, sicurissimo, che dintra alla villa non ci fosse nisciuno. Quando arrivai, né davanti al cancello né nelle vicinanze c'erano macchine parcheggiate. M'appostai, stetti ad aspettare almeno un'ora prima di cataminarmi. Tutto morto, manco le foglie si muovevano. La porta si raprì subito. Con la torcia vitti che nella vetrinetta c'erano statuine di qualche valore ma difficili da piazzare. Comunque andai nella cucina, pigliai una tovaglia grande da tavola per metterci la roba. Appena raprii la vetrinetta, sentii una voce di fimmina che gridava: "No! No! Dio mio! Muoio!". Per un attimo aggelai. Poi, senza pinsarci, corsi al piano di sopra per dare una mano d'aiuto a quella povirazza. Ah, commissario mio, quello che mi si appresentò nella cammara da letto! Una fimmina e un omo, nudi, che ficcavano! Restai insallanuto, ma l'omo si addunò di mia.»

«E come? Se stava a...»

«Vede, commissario» fece Orazio Genco arrossendo dato ch'era un omo pudico, «lui stava sotto e lei sopra, a cavallo. Appena mi vitti, l'omo, in un vìdiri e svìdiri, scavallò la fimmina, si susì e m'afferrò per la gola. "T'ammazzo! T'ammazzo!" Forse era arraggiato perché l'avevo addisturbato nel meglio. La fimmina si ripigliò subito dalla sorpresa e ordinò all'amante di lasciarmi. Che fosse l'amante e non il marito lo capii dalle parole che disse: "Alberto, per carità, pensa allo scandalo!". E quello mi lasciò.»

«E vi siete messi d'accordo.»

«I due si sono rivestiti, l'omo ha acceso un sicarro e abbiamo parlato. Quando abbiamo finito, li ho avvertiti che, mentre stavo appostato, avevo visto passare l'ex guardia Bufardeci: quello, camurrioso com'è, vedendoli uscire dalla villa li avrebbe sicuramente fermati e lo scandalo ci sarebbe stato lo stesso.»

«Un attimo, fammi capire, Orazio. Tu avevi visto a Bufardeci e hai lo stesso tentato il furto?»

«Commissario, ma io non lo sapevo che Bufardeci c'era veramente! Me l'ero inventato per alzare il prezzo! Fecero una piccola aggiunta e io m'incarricai di tirarmelo appresso in modo di dare a loro la possibilità d'arrivare alla macchina che avevano parcheggiata distante. E invece ho dovuto mettermi a correre sul serio pirchì Bufardeci c'era davero.»

Erano arrivati alla villa. Montalbano fermò, Orazio scinnì.

«M'aspetta un momento?»

Trasì nel cancelletto, ricomparve quasi subito, in mano aveva un mazzo di banconote. Montò in macchina.

«Li avevo ammucciati in mezzo all'edera. Ma stavo in pinsero a tenerli così. Due milioni, mi hanno dato.»

«Ti do uno strappo fino a Vigàta?» spiò Montalbano.

«Se non la disturba» fece Orazio Genco appoggiandosi alla spalliera, in pace con se stesso e il mondo.

GUARDIE E LADRI

Taninè, la mogliere del giornalista televisivo Nicolò Zito, uno dei pochi amici del commissario Montalbano, era una fimmina che cucinava a vento, vale a dire che i piatti che approntava davanti ai fornelli non obbedivano a precise regole di cucina, ma erano il risultato più improvvisato del suo mutevole carattere.

«Oggi t'avrei volentieri invitato a casa a mangiare da noi» aveva qualche volta detto Nicolò a Montalbano «ma purtroppo mi pare che non è cosa.»

Stava a significare che un filo di paglia era andato di traverso a Taninè, per cui pasta scotta (o cruda), carne dissapita (o salata sino all'amaro), sugo al quale erano preferibili tre anni di cui uno in isolamento. Ma invece quando le spirciava, quando tutto era andato per il suo verso, che lume di paradiso!

Era una bella fimmina trentina, di carni sode e piene che ispiravano agli òmini pensieri volgarmente terrestri: ebbene, un giorno che Taninè l'aveva invitato a tenerle compagnia in cucina, dove mai ammetteva stranei, Montalbano aveva visto, strammato, la donna che preparava il condimento per la pasta 'ncasciata perdere peso, cangiarsi in una specie di ballerina che assorta si librava con gesti aerei da un fornello all'altro. Per la prima e ultima volta, taliandola, aveva pinsato agli angeli.

"Speriamo che Taninè non mi guasti questa giornata" si augurò il commissario mentre guidava verso Cannatello. Perché in quanto a salti d'umore manco lui scherzava. La prima cosa che la matina faceva, appena susùto, era di andare alla finestra a taliare il cielo e il mare che aveva a due passi da casa: se i colori erano vividi e chiari, tale e quale il suo comportamento di quel giorno; in caso contrario le cose si sarebbero messe male per lui e per tutti quelli che gli fossero venuti a tiro.

Ogni seconda domenica d'aprile Nicolò, Taninè e il loro figlio mascolo Francesco, che aveva sette anni, raprivano ufficialmente la casa di campagna a Cannatello ereditata dal patre di Nicolò. Ed era diventata tradizione che il primo ospite fosse Salvo Montalbano.

Per andarci, il commissario affrontava trazzere, mulattiere, polverosi viottoli che gli imbiancavano la macchina invece di pigliare la comoda scorrimento veloce che l'avrebbe lasciato a due chilometri da Cannatello. Approfittava dell'occasione per ricrearsi una Sicilia sparita, dura e aspra, una riarsa distesa giallo paglia interrotta di tanto in tanto dai dadi bianchi delle casuzze dei contadini. Cannatello era terra mallitta, qualsiasi cosa le si seminasse o le si piantasse non attecchiva, davano breve respiro di verde solo macchie di saggina, di cocomerelli servatici e di capperi. Era terreno di caccia, questo sì, e ogni tanto da darrè un cespuglio di saggina schizzava velocissima qualche lepre. Arrivò che era quasi l'ora di mangiare, il profumo dei dodici cannoli giganti che aveva accattato inondava l'abitacolo e gli faceva smorcare l'appetito.

Ad aspettarlo sulla porta erano al completo: Nicolò sorridente, Francesco impaziente e Taninè con gli occhi sparluccicanti di contentezza. Montalbano si rasserenò, forse la giornata sarebbe stata cosa degna d'essere vissuta, così come era principiata.

Francesco manco gli diede tempo di scendere dalla macchina, gli si mise a saltellare torno torno:

«Giochiamo a guardie e ladri?»

Suo patre lo rimproverò.

«Non l'assillare! Giocherai doppo mangiato!»

Quel giorno Taninè aveva deciso d'esibirsi in un piatto strepitoso che, chissà perché, si chiamava «malalìa d'amuri». Chissà perché: infatti non c'era possibilità che quella zuppa di maiale (polmone, fegato, milza e carne magra), da mangiarsi con fette di pan tostato, avesse attinenza col mal d'amore, semmai col mal di panza.

Se la scialarono in assoluto silenzio; persino Francesco, ch'era tanticchia squieto di natura, questa volta non si cataminò, perso nel paradiso dei sapori che sua matre aveva strumentiàto.

«Giochiamo a guardie e ladri?»

La domanda arrivò, inevitabile e pressante, appena che i tre grandi ebbero terminato di bere il caffè.

Montalbano taliò l'amico Nicolò e con gli occhi gli spiò soccorso, ora come ora non ce l'avrebbe fatta a mettersi a correre appresso al picciliddro.

«Zio Salvo va a farsi una dormitina. Doppo giocate.»

«Guarda» fece Montalbano vedendo che il piccolo si era ammussato, «facciamo così: tra un'ora precisa mi vieni a svegliare tu stesso e ci resta tutto il tempo per giocare.»

Nicolò Zito ricevette una telefonata che lo costringeva a ritornare a Montelusa per un servizio televisivo urgente, Montalbano, prima di ritirarsi nella cammara degli ospiti, assicurò all'amico che avrebbe riportato lui in paese Taninè e il figlio.

Fece appena in tempo a spogliarsi, gli occhi a pampineddra, e a distendersi che crollò in un sonno piombigno.

Gli parse che aveva allura allura chiuso gli occhi quando venne arrisbigliato da Francesco che gli scuoteva un braccio dicendogli:

«Zio Salvo, un'ora precisa passò. Il cafè ti portai.»

Nicolò era partito, Taninè aveva rimesso la casa in ordine e ora stava a leggere una rivista assittata su una seggia a dondolo. Francesco era sparito, corso già a nascondersi campagna campagna.

Montalbano raprì la macchina, pigliò un vecchio impermeabile che teneva per ogni evenienza nel vano posteriore, l'indossò, strinse la cintura, alzò il bavero nel tentativo d'assomigliare a un investigatore dei film americani, e si avviò alla ricerca del picciliddro. Francesco, abilissimo nel nascondersi, se la godeva a fingere d'essere un ladro ricercato da un «vero» commissario.

La casa di Nicolò sorgeva in mezzo a due ettari di terreno incolto che a Montalbano faceva malinconia anche perché, al limite della proprietà, c'era una casuzza sdirrupata, con mezzo tetto sfondato, che sottolineava lo stato d'abbandono della terra. Si vede che le lontane origini contadine del commissario si ribellavano a quella trascuratezza.

Montalbano cercò Francesco per mezz'ora, poi cominciò a sentirsi stanco, la zuppa di maiale e due cannoli giganti lasciavano ancora il segno, era sicuro che il piccolo stava disteso a pancia in giù darrè una troffa di saggina e lo spiava, emozionato e attento. La diabolica capacità di nascondersi del ragazzino gli avrebbe fatto fare notte.

Decise di dichiararsi vinto, gridandolo a voce alta. Francesco sarebbe sbucato da qualche parte e avrebbe preteso l'immediato pagamento del pegno, consistente nel racconto, debitamente infiocchettato, di una delle sue indagini. Il commissario aveva notato che quelle che s'inventava di sana pianta con morti, feriti e sparatorie erano quelle che più piacevano al picciliddro.

Mentre stava per dichiararsi sconfitto, gli venne un pinsero improvviso: vuoi vedere che il piccolo era andato ad ammucciarsi dentro la casuzza sdirrupata malgrado i severissimi ordini che aveva avuto da Taninè e da Nicolò di non entrarci mai da solo?

Si mise a correre, arrivò col fiatone davanti alla casuzza, la porticina sgangherata era solo accostata. Il commissario la spalancò con un calcio, fece un balzo indietro e, infilata la mano destra in tasca con l'indice minacciosamente puntato, disse con voce bassa e rauca, terribilmente minacciosa (quella voce faceva nitrire di gioia Francesco):

«Il commissario Montalbano sono. Conto sino a tre. Se non vieni fuori, sparo. Uno...»

Un'ombra si mosse all'interno della casuzza e, sotto gli occhi sbarracati del commissario, spuntò un omo, le mani in alto.

«Non sparare, sbirro.»

«Sei armato?» spiò Montalbano dominando la sorpresa.

«Sì» rispose l'omo e fece d'abbassare una mano per pigliare l'arma che teneva nella sacchetta destra della giacca. Il commissario s'addunò ch'era pericolosamente sformata.

«Non ti muovere o ti brucio» intimò Montalbano tendendo minacciosamente l'indice. L'omo rialzò il braccio.

Aveva occhi di cane arraggiato, un'ariata di disperazione pronta a tutto, la barba lunga, il vestito stazzonato e lordo. Un omo pericoloso, certo, ma chi cavolo era?

«Vai avanti, verso quella casa.»

L'omo si mosse con Montalbano darrè. Arrivato allo spiazzo dove c'era posteggiata la sua macchina, il commissario vide sbucare da dietro l'auto Francesco che taliò la scena eccitatissimo.

«Mamà! Mamà!» si mise a chiamare.

Taninè, affacciatasi alla porta spaventata dalla voce strancangiata del figlio, con una sola taliata s'intese col commissario. Rientrò e subito riapparve puntando un fucile da caccia sullo sconosciuto. Era una doppietta appartenuta al patre di Nicolò che il giornalista teneva appesa, scarica, vicino all'ingresso; mai Nicolò aveva coscientemente ammazzato un essere vivente, la mogliere diceva che non si curava l'influenza per non uccidere i bacilli.

Tutto sudato, il commissario raprì l'auto e dal cruscotto tirò fora pistola e manette. Respirò profondamente e taliò la scena. L'omo stava immobile sotto la ferma punteria di Taninè che, bruna, bella, capelli al vento, pareva precisa precisa un'eroina da film western.

TOCCO D'ARTISTA

Lo squillo del telefono non era lo squillo del telefono, ma la rumorata del trapano di un dentista impazzito che aveva deciso di fargli un pirtuso nel cervello. Raprì a fatica gli occhi, taliò la sveglia sul comodino, erano le cinque e mezzo della matinata. Sicuramente qualcuno dei suoi òmini del commissariato lo cercava per dirgli di una cosa seria, non poteva essere diversamente data l'ora. Si susì dal letto santiando, andò nella cammara da pranzo, sollevò il ricevitore.

«Salvo, lo conosci a Potocki?»

Riconobbe la voce del suo amico Nicolò Zito, il giornalista di Retelibera, una delle due televisioni private di Montelusa che si pigliavano a Vigàta. Nicolò non era tipo di mettersi a fare scherzi da cretino e quindi non s'arrabbiò.

«Chi dovrei conoscere?»

«Potocki, Jan Potocki.»

«È un polacco?»

«Dal nome pare di sì. Dovrebbe essere l'autore di un libro, ma per quante persone ho spiato non m'hanno saputo dire niente. Se manco tu lo sai, posso andare a pigliarmela in quel posto.»

Fiat lux. Forse avrebbe potuto dare una risposta alla richiesta inconsueta del suo amico.

«Sai se per caso il libro s'intitola *Manoscritto trovato a Saragozza*?»

«Quello è! Cazzo, Salvo, sei un dio! E il libro l'hai letto?»

«Sì, tanti anni fa.»

«Potresti dirmi di che tratta?»

«Ma perché t'interessa tanto?»

«Alberto Larussa, tu lo conoscevi bene, si è suicidato. Hanno scoperto il corpo verso le quattro di stamatina e m'hanno tirato dal letto.»

Il commissario Montalbano ci restò male. Amico amico di Alberto Larussa non era stato, ma ogni tanto andava a trovarlo, dietro invito, nella sua casa di Ragòna e non mancava l'occasione di pigliare in prestito qualche libro dalla vastissima biblioteca che l'altro aveva.

«S'è sparato?»

«Chi? Alberto Larussa? Ma figurati se s'ammazzava in un modo accussì banale!»

«E come ha fatto?»

«Ha trasformato la seggia a rotelle in una seggia elettrica. Si è, in un certo senso, giustiziato.»

«E il libro che c'entra?»

«Stava allato alla seggia elettrica, su uno sgabello. Forse è l'ultima cosa che ha letto.»

«Sì, ne avevamo parlato. Gli piaceva assai.»

«Allora, chi era questo Potocki?»

«Era nato nella seconda metà dell'Ottocento da una famiglia di guerrieri. Lui era uno studioso, un viaggiatore, pensa che andò dal Marocco alla Mongolia. Lo zar lo fece suo consigliere. Pubblicò libri di etnografia. Un gruppo di isole, non mi ricordo più dove si trovano, portava il suo nome. Il romanzo di cui mi hai spiato lo scrisse in francese. E questo è quanto.»

«Ma perché ci teneva a questo libro?»

«Guarda, Nicolò, te l'ho detto: gli piaceva, lo leggeva e lo rileggeva. Penso che considerasse Potocki come una sua anima gemella.»

«Ma se non aveva messo mai piede fuori di casa!»

«Anima gemella in fatto di strammarìa, d'originalità. Del resto macari Potocki si è suicidato.»

«E come?»

«Si è sparato.»

«Non mi pare una cosa originale. Larussa ha saputo fare di meglio.»

Data la notorietà di Alberto Larussa, il notiziario delle otto del matino lo fece Nicolò Zito, che invece si riservava quelli più seguiti della sera. La prima parte della notizia Nicolò la dedicò alle circostanze del ritrovamento del cadavere e della modalità del suicidio. Un cacciatore, Martino Zìcari, passando verso le tre e mezzo di notte vicino alla villetta del Larussa aveva visto uscire del fumo da una finestrella dello scantinato. Siccome quello, si sapeva, era il laboratorio di Alberto Larussa, Zìcari non si era in un primo momento allarmato. Un alito di vento però gli aveva portato alle narici l'odore di quel fumo, e questo sì che l'aveva allarmato. Aveva chiamato i carabinieri e questi, dopo avere inutilmente bussato, avevano sfondato la porta. Nello scantinato avevano ritrovato il corpo semicarbonizzato di Alberto Larussa che aveva trasformato la sedia a rotelle, artigianalmente, in una perfetta sedia elettrica. In seguito era avvenuto un corto circuito e le fiamme avevano in parte devastato il locale. Intatto, invece, allato al morto, uno sgabello sul quale c'era il romanzo di Jan Potocki. E qui Nicolò Zito utilizzò le cose che gli aveva detto Montalbano. Quindi si scusò con gli ascoltatori per non aver dato se non immagini esterne della casa dove abitava Larussa: il maresciallo dei carabinieri aveva vietato di girare all'interno. La seconda parte venne impiegata a illustrare la figura del suicida. Cinquantenne, molto ricco, da trent'anni paralitico per una caduta da cavallo, Larussa non era mai uscito dalle mura della sua città natale, Ragòna. Non si era mai sposato, aveva un fratello minore che viveva a Palermo. Lettore appassionato, possedeva una biblioteca di oltre diecimila volumi. Dopo la caduta da cavallo, del tutto casualmente, aveva scoperto la sua vera vocazione: quella di orafo. Ma un orafo del tutto particolare. Utilizzava solo materiali poveri, fil di ferro, di rame, pietruzze di vetro di vario colore. Ma il disegno di questi gioielli poveri era sempre di straordinaria eleganza d'invenzione, tale da farne dei veri e propri oggetti d'arte. Larussa non li vendeva, li regalava ad amici o a persone che gli stavano simpatiche. Per lavorare meglio, aveva trasformato lo scantinato in un laboratorio attrezzatissimo. Dove si era ammazzato, senza lasciare una qualsiasi spiegazione.

Montalbano astutò il televisore, telefonò a Livia, sperando di trovarla ancora a casa, a Boccadasse, Genova. C'era. Le diede la notizia. Livia aveva conosciuto Larussa, si erano fatti sangue. Ogni Natale, l'omo le mandava una sua creazione in regalo. Livia non era una fimmina che piangesse facilmente, ma il commissario sentì la sua voce incrinarsi.

«E perché l'ha fatto? Non mi ha mai dato l'impressione d'essere una persona capace di un gesto simile.»

Verso le tre del dopopranzo il commissario telefonò a Nicolò.

«Ci sono novità?»

«Beh, parecchie. Sai, nel laboratorio Larussa aveva una parte dell'impianto elettrico a 380 trifase. Si è spogliato nudo, si è applicato ai polsi e alle caviglie dei braccialetti, una larga fascia metallica attorno al petto, delle specie di cuffie alle tempie. Perché la corrente facesse maggiore effetto, ha infilato i piedi in una catinella piena d'acqua. Voleva andare sul sicuro. Naturalmente tutti questi aggeggi se l'era fabbricati lui, con santa pacienza.»

«Lo sai come ha fatto ad azionare l'interruttore di corrente? Mi pare d'avere capito ch'era legato.»

«Il capo dei pompieri m'ha detto che c'era un timer. Geniale, no? Ah, si era scolata una bottiglia di whisky.»

«Era astemio, lo sapevi?»

«No.»

«Ti voglio dire una cosa che m'è venuta in mente mentre mi dicevi degli aggeggi che si era fabbricato da sé per farci passare la corrente. C'è una spiegazione al fatto che avesse messo allato a lui il romanzo di Potocki.»

«Allora me lo dici che c'è in questo benedetto libro?»

«No, perché non è il romanzo che interessa nel nostro caso, ma l'autore.»

«Cioè?»

«Mi sono ricordato come ha fatto Potocki ad ammazzarsi.»

«Ma me l'hai già detto! Si è sparato!»

«Sì, ma allora c'erano le pistole ad avancarica, con una sola palla.»

«Embè?»

«Tre anni prima di levarsi di mezzo, Potocki svitò la palla che c'era sopra al coperchio d'una sua teiera d'argento. Ogni giorno passava qualche ora a limarla. Ci impiegò tre anni per farle pigliare la circonferenza giusta. Poi la fece benedire, l'infilò nella canna della sua pistola e s'ammazzò.»

«Oh Cristo! Io avevo dato Larussa vincente stamatina in quanto a originalità, ma ora mi pare che stia alla pari con Potocki! Quindi quel libro, in sostanza, sarebbe una sorta di messaggio: mi sono suicidato in un modo stravagante, come fece il mio maestro Potocki.»

«Diciamo che il senso potrebbe essere questo.»

«Perché dici "potrebbe" invece di dire che è?»

«Mah, sinceramente non lo so.»

Il giorno appresso a cercarlo fu invece Nicolò. Sul suicidio di Larussa, che ancora continuava a fare curiosità per il fantasioso modo dell'esecuzione, aveva qualche cosa d'interessante da fargli vedere. Montalbano si recò apposta negli uffici di Retelibera. Nicolò aveva intervistato Giuseppe Zaccaria, che era il curatore degli interessi di Larussa, e il tenente dei carabinieri Olcese, che aveva condotto le indagini. Zaccaria era un omo d'affari palermitano, sgarbato e accigliato.

«Non sono tenuto a rispondere alle sue domande.»

«Certo che non è tenuto, io le stavo solo domandando la cortesia di...»

«Ma vada a farsi fottere lei e la televisione!»

Zaccaria voltò le spalle, fece per allontanarsi.

«È vero che Larussa aveva un patrimonio stimato a cinquanta miliardi?...»

Era chiaramente un bluff di Zito, ma Zaccaria ci cascò. Si voltò di scatto, arraggiato.

«Ma chi le ha detto una stronzata simile?»

«Da mie informazioni...»

«Senta, il povero Larussa era ricco, ma non a quel livello. Aveva azioni, titoli diversi, ma, ripeto, non raggiungevano il livello che ha sparato lei.»

«A chi andrà l'eredità?»

«Non lo sa che aveva un fratello più piccolo?»

Il tenente Olcese era un palo di un metro e novantanove. Cortese, ma un pezzo di ghiaccio.

«Le poche novità che sono emerse vanno tutte, dico tutte, nella direzione del suicidio. Molto arzigogolato, certamente, ma suicidio. Anche il fratello...»

Il tenente Olcese s'interruppe di botto.

«Questo è tutto, buongiorno.»

«Stava dicendo che il fratello...»

«Buongiorno.»

Montalbano taliò il suo amico Nicolò.

«Perché mi hai fatto venire qua? Non mi paiono due interviste rivelatrici.»

«Ho deciso di tenerti sempre al corrente. Non mi persuadi, Salvo. Questo suicidio non ti quatra, non è così?»

«Non è che non mi quatri, mi disagia piuttosto.»

«Me ne vuoi parlare?»

«Parliamone, tanto del caso non me ne occupo io. Però tu mi devi giurare che non te ne servi per i tuoi notiziari.»

«Promesso.»

«Livia, per telefono, m'ha detto che secondo lei Larussa non era tipo d'ammazzarsi. E io credo alla sensibilità di Livia.»

«Oddio, Salvo! Guarda che tutto il marchingegno della seggia elettrica porta la firma di un originale come Larussa! C'è, come dire, il suo marchio!»

«E questo è il punto che mi mette a disagio. Ti risulta che quando si sparse la voce delle cose artistiche che faceva abbia mai voluto concedere un'intervista alle riviste di moda che lo pressavano?»

«Non la volle dare manco a mia, una volta che gliela domandai. Era un orso.»

«Era un orso, d'accordo. E quando il sindaco di Ragòna voleva fare una mostra dei suoi lavori per beneficenza, lui che fece? Rifiutò la proposta, ma mandò al sindaco un assegno di venti milioni.»

«Vero è.»

«E poi c'è il romanzo di Potocki messo in bella evidenza. Un altro tocco d'esibizionismo. No, sono tutte cose che non rientrano nel suo solito modo di fare.»

Si taliarono in silenzio.

«Dovresti cercare d'intervistare questo fratello minore» suggerì a un certo momento il commissario.

Nel telegiornale delle otto, Nicolò Zito trasmise le due interviste che aveva fatto vedere in anteprima a Montalbano. Finito il notiziario di Retelibera, il commissario passò a quello di Televigàta, l'altra televisione privata, che cominciava alle otto e mezzo. Naturalmente, l'apertura venne dedicata al suicidio Larussa. Il giornalista Simone Prestìa, cognato dell'agente Galluzzo, intervistò il tenente Olcese.

«Le poche novità che sono emerse» dichiarò il tenente usando le stesse identiche parole che aveva adoperato con Nicolò Zito «vanno tutte, dico tutte, nella direzione del suicidio. Molto arzigogolato, certamente, ma suicidio.»

"Mìzzica, che fantasia che ha questo tenente!" pinsò il commissario, ma quello continuò:

«Anche il fratello...»

Il tenente Olcese s'interruppe di botto.

«Questo è tutto, buongiorno.»

«Stava dicendo che anche il fratello...»

«Buongiorno» fece il tenente Olcese. E s'allontanò rigido. Montalbano arristò a bocca aperta. Poi, siccome l'immagine aveva sempre fatto vìdiri il tenente e di Prestìa si era sentita solamente la voce fuori campo, gli venne il dubbio che Zito avesse passato il servizio a Prestìa, certe volte tra di loro giornalisti si facevano di questi favori.

«Hai dato tu l'intervista di Olcese a Prestìa?»

«Ma quando mai!»

Riattaccò, pensoso. Che veniva a significare quel teatro? Forse il tenente Olcese, coi suoi due metri d'altezza, era meno stronzo di quanto volesse parere.

E quale poteva essere lo scopo della sceneggiata?

Non ce n'era che uno: assugliare, aizzare i giornalisti contro il fratello del suicida. E che voleva ottenere? Comunque, una cosa era certa: che il suicidio al tenente feteva di bruciato, era proprio il caso di dirlo.

Per tre giorni, a Palermo, Nicolò, Prestìa e altri giornalisti assicutarono il fratello di Larussa, che di nome faceva Giacomo, senza mai riuscire a incocciarlo. Si misero di postìa davanti alla casa, davanti al liceo dove insegnava latino: nenti, pareva diventato invisibile. Poi il preside della scola, assediato, si decise a comunicare che il professore Larussa s'era pigliato deci jorna di ferie.

Non si fece vedere manco al funerale del suicida (che si svolse in chiesa, i ricchi che s'ammazzano vengono considerati fora di testa e perciò assolti dal gesto insano). Fu un funerale come tanti altri e questo fece scattare nella memoria del commissario un certo confuso ricordo. Telefonò a Livia.

«Mi pare di ricordarmi che un giorno che eravamo andati a trovare Alberto Larussa lui ti parlò del funerale che avrebbe voluto.»

«Come no! Scherzava, ma non tanto. Mi portò nel suo studio e mi fece vedere i disegni.»

«Di che?»

«Del suo funerale. Tu non hai idea che cos'era il carro funebre, con angeli piangenti di due metri d'altezza, amorini, cose così. Tutto mogano e oro. Disse che al momento giusto se lo sarebbe fatto costruire apposta. Aveva disegnato persino la divisa dei portatori di corone. La cassa, poi, non ti dico: forse i faraoni ce l'avevano uguale.»

«Che strano.»

«Cosa?»

«Che uno come lui, così ritirato, quasi un orso, sognasse un funerale faraonico, come hai detto tu, da esibizionista.»

«Già, mi meravigliai anch'io. Ma lui disse che la morte era un cambiamento tale che tanto valeva, dopo morti, dimostrarsi l'opposto di quello che si era stati in vita.»

Una settimana appresso Nicolò Zito mandò in onda un vero e proprio scoop. Era riuscito a registrare gli oggetti che Alberto Larussa aveva realizzato nel suo laboratorio per il suicidio: quattro braccialetti, da mettere due alle caviglie e due ai polsi; una fascia di rame larga almeno cinque dita con la quale si era cinto il torace; una specie di cuffia dove al posto degli auricolari c'erano piatti rettangoli di metallo da poggiare sulle tempie. Montalbano li vide nel corso del telegiornale di mezzanotte. Telefonò subito a Nicolò, voleva un riversamento. Zito gliela promise per l'indomani matina.

«Ma perché t'interessano?»

«Nicolò, le hai taliate bene? Quelle sono cose che potremmo fare tu e io che invece non le sappiamo fare. Sono oggetti così rozzi che manco i vù cumprà s'azzarderebbero a vendere sulla spiaggia. Un artista come Alberto Larussa mai e poi mai li avrebbe adoperati, si sarebbe affruntato di farsi trovare morto con oggetti tanto malfatti addosso.»

«E che viene a dire, secondo te?»

«Viene a dire, secondo me, che Alberto Larussa non si è suicidato. È stato assassinato, e chi l'ha ammazzato ha fatto in modo che le modalità del suicidio fossero compatibili con la strammarìa, l'originalità di Larussa.»

«Forse bisognerebbe avvertire il tenente Olcese.»

«La vuoi sapere una cosa?»

«Certo.»

«Il tenente Olcese la sa più lunga di tia e di mia messi assieme.»

La sapeva tanto lunga, il tenente Olcese, che a venti giorni precisi dalla morte di Alberto Larussa arrestò il fratello Giacomo. La sera stessa, su Retelibera apparse il sostituto procuratore Giampaolo Boscarino, il quale era uno che ci teneva a parere a posto quando spuntava sullo schermo.

«Dottor Boscarino, di cosa è accusato il professor Larussa?» spiò Nicolò Zito che si era precipitato a Palermo.

Boscarino, prima di rispondere, s'allisciò i baffetti bionnizzi, si toccò il nodo della cravatta, si passò una mano sul risvolto della giacchetta.

«Dell'efferato omicidio del fratello Alberto che egli ha tentato di far passare per suicidio con una macabra messinscena.»

«Come siete arrivati a questa conclusione?»

«Mi dispiace, c'è il segreto istruttorio.»

«Ma non può dirci proprio nulla?»

Si passò una mano sul risvolto della giacchetta, si toccò il nodo della cravatta, s'allisciò i baffetti bionnizzi.

«Giacomo Larussa è caduto in palesi contraddizioni. Le indagini brillantemente condotte dal tenente Olcese hanno inoltre portato alla luce elementi che aggravano la posizione del professore.»

S'allisciò i baffetti bionnizzi, si toccò il nodo della cravatta e l'immagine cangiò, apparse la faccia di Nicolò Zito.

«Siamo riusciti a intervistare il signor Filippo Alaimo, di Ragòna, pensionato, di anni settantacinque. La sua testimonianza è stata ritenuta fondamentale dall'accusa.»

Apparse, a figura intera, un contadino segaligno, con un cane grosso accucciato ai piedi.

«Alaimo Filippo sono. Lei deve sapìri, signore e giornalisto, che io insonnia patisco, con mia non ci pote sonno. Alaimo Filippo sono...»

«Questo l'ha già detto» si sentì fuori campo Zito.

«E allura che minchia dicevo? Ah, sì. Donche, allura quando non mi spercia più di stare dintra la casa, a qualisisiasi ora di la notte, arrisbiglio il cane e lo porto a spasso. Allura il cane, che si chiama Pirì, quando che viene arrisbigliato nel mezzo del sonno suo, nesci di casa tanticchia incazzato.»

«Che fa il cane?» spiò sempre fuori campo Nicolò.

«Vorrei vìdiri a lei, signore e giornalisto, se l'arrisbigliano a metà nottata e l'obbligano a farsi una passiata di due ore! Non s'incazza lei? E macari il cane. E accussì Pirì, appena vede una cosa che si catamina, omo, armalo o automobile, s'avventa.»

«E così capitò la notte tra il 13 e il 14, vero?» Nicolò decise d'intervenire, si scantava che i telespettatori a un certo momento non ci avrebbero capito più niente. «Lei si trovava nei pressi dell'abitazione del signor Larussa quando vide che dal cancello usciva a velocità un'auto...»

«Sissignore. Propio propio come dice lei. La machina niscì, Pirì s'avventò e quel cornuto che guidava m'investì il cane. Taliasse ccà, signore e giornalisto.»

Filippo Alaimo si calò, pigliò il cane per il collare, lo sollevò, la bestia aveva le zampe posteriori fasciate.

«Che ora era, signor Alaimo?»

«Mettiamo che fossero le due e mezzo, le tri di matina.»

«E lei che fece?»

«Io ci feci voci appresso alla machina ch'era un grandissimo cornuto. E pigliai la targa.»

Riapparve la faccia di Nicolò Zito.

«Secondo voci abbastanza autorevoli, la targa annotata dal signor Alaimo corrisponderebbe a quella del professor Giacomo. Ora la domanda è questa: che ci faceva a quell'ora di notte Giacomo Larussa in casa del fratello, quando tra l'altro è risaputo che tra i due non correva buon sangue? Giriamo la domanda all'avvocato Gaspare Palillo, che ha assunto la difesa del sospettato.»

Grasso, roseo, l'avvocato Palillo era preciso 'ntìfico a uno dei tre porcellini.

«Prima di rispondere alla sua domanda, vorrei a mia volta farne una. Posso?»

«Prego.»

«Chi è stato a consigliare al cosiddetto teste Alaimo Filippo di non portare gli occhiali che invece abitualmente porta? Questo settantacinquenne pensionato ha una miopia di otto decimi per occhio con un visus ridottissimo. E alle due e mezzo di notte, alla debole luce di un fanale, sarebbe stato in grado di leggere la targa di un'auto in corsa? Ma via! Ora vengo alla sua domanda. Va precisato che nell'ultimo mese i rapporti tra i due fratelli erano migliorati, al punto che per ben tre volte, in quel mese, il mio assistito è andato a Ragòna a casa del fratello. Preciso che l'iniziativa di questo riavvicinamento la pigliò proprio il suicida, che dichiarò più volte al mio assistito di non saper più sopportare la solitudine, di sentirsi molto depresso e di aver bisogno del conforto fraterno. È vero, il giorno 13 il mio assistito è andato a Ragòna, si è intrattenuto qualche ora col fratello, che gli è sembrato più depresso delle altre volte, e se n'è ripartito per Palermo prima di cena, verso le venti. Apprese la notizia del suicidio il mattino dopo da una radio locale.»

Nei giorni che seguirono capitarono le cose che di solito càpitano in questi casi.

Michele Ruoppolo, palermitano, che alle quattro del mattino del 14 rincasava, dichiarò d'aver visto a quell'ora arrivare la macchina del professor Giacomo Larussa. Da Ragòna a Palermo, ci s'impiega al massimo al massimo due ore. Se il professore aveva lasciato la casa del fratello alle venti, come mai ci aveva messo otto ore per coprire il percorso?

L'avvocato Palillo controbatté che il professore era tornato a casa sua alle ventidue, ma non era riuscito a dormire preoccupato per lo stato del fratello. Verso le tre del mattino era sceso, si era messo in macchina e aveva fatto un giro sul lungomare.

Arcangelo Bonocore giurò e spergiurò che il 13, verso le sei di sera, passando nei pressi della casa di Alberto Larussa, aveva sentito provenire dall'interno le voci e i rumori di un alterco violento.

L'avvocato Palillo disse che il suo assistito ricordava molto bene l'episodio. Non c'era stato nessun alterco. A un certo momento Alberto Larussa aveva acceso la televisione per seguire un programma che l'interessava, intitolato *Marshall*. In quella puntata c'era una violenta rissa tra due personaggi. L'avvocato Palillo era in grado d'esibire una videocassetta con la registrazione dell'episodio trasmesso. Il signor Bonocore era caduto in un equivoco.

Le cose andarono avanti così per una settimana fino a quando il tenente Olcese tirò fora l'asso dalla manica, come aveva anticipato il giudice Boscarino. Immediatamente dopo la scoperta del cadavere, contò il tenente, aveva dato ordine di cercare un foglio, uno scritto qualsiasi che servisse a spiegare le motivazioni di un gesto tanto atroce. Non lo trovarono perché Alberto Larussa non aveva nulla da spiegare in quanto non gli passava neanche per l'anticamera del cervello l'idea del suicidio. In compenso, nel primo cassetto a sinistra dello scrittoio – non chiuso a chiave, sottolineò Olcese – trovarono una busta in bella evidenza, sulla quale c'era scritto «da aprirsi dopo la mia morte». Poiché il signor Larussa era morto, specificò con logica lapalissiana il tenente, l'aprirono. Poche righe: «Lascio tutto quello che possiedo, in titoli, azioni, terreni, case e altre proprietà al mio amato fratello minore Giacomo». Seguiva la firma. Non c'era data. Fu proprio la mancanza della data a far nascere un sospetto al tenente, il quale fece sottoporre il testamento a un duplice esame, chimico e grafologico. L'esame chimico rivelò che la lettera era stata scritta al massimo un mese prima, dato il particolare tipo d'inchiostro usato e che era lo stesso di quello abitualmente adoperato da Alberto Larussa. L'esame grafologico, affidato al perito del Tribunale di Palermo, portò a un risultato inequivocabile: la scrittura di Alberto Larussa era stata abilmente contraffatta.

La facenna del testamento fàvuso l'avvocato Palillo non la digerì.

«Io so qual è il quadro che si sono fatti in testa quelli che conducono le indagini. Il mio assistito va a trovare il fratello, gli fa in qualche modo perdere i sensi, scrive il testamento, piglia dalla macchina gli oggetti per l'esecuzione che si è fatto fare da qualcuno a Palermo, trasporta il fratello privo di sensi nel laboratorio (che conosce benissimo, questo l'ha ammesso, in quanto Alberto l'ha spesso ricevuto lì) e organizza la macabra messinscena. Ma io mi chiedo: che bisogno aveva di scrivere quel finto testamento, quando ne esiste uno, regolarmente registrato, che già diceva le stesse cose? Mi spiego meglio: il testamento di Angelo Larussa, padre di Alberto e di Giacomo, suonava così: lascio i miei averi, mobili e immobili, al mio primogenito Alberto. Alla sua morte, tutti i beni passeranno a mio figlio minore Giacomo. Allora io mi domando: cui prodest? A chi poteva fare comodo quell'inutile secondo testamento?»

Montalbano sentì le parole di Olcese e dell'avvocato Palillo col notiziario di mezzanotte quando era già in mutande e stava per andarsi a curcare. Lo squietarono, gli fecero passare la gana di pigliare letto. La notte era straordinariamente quieta e allora, in mutande com'era, se ne andò a passiare a ripa di mare. Il secondo testamento non quatrava. Pur essendo colpevolista, il commissario avvertiva qualcosa di eccessivo nella confezione di quello scritto. D'altra parte, tutto era stato eccessivo in quella facenna. Però il finto testamento era come una pennellata in più in un quadro, un sovracolore. Cui prodest? – aveva spiato l'avvocato Palillo. E la risposta gli venne alle labbra naturale e inarrestabile, gli parse di vedere un lampo accecante, come se un fotografo avesse fatto esplodere un flash, si sentì di colpo le gambe di ricotta, dovette sedersi sulla rena vagnata.

«Nicolò? Montalbano sono. Che stavi facendo?»

«Col tuo permesso, data l'ora, mi stavo andando a curcari. Hai sentito Olcese? Hai sempre avuto ragione tu: Giacomo Larussa non solo è un assassino per interesse, ma è macari un mostro!»

«Senti, sei in grado di pigliare qualche appunto?»

«Aspetta che trovo carta e penna. Ecco qua. Dimmi.»

«Ti premetto, Nicolò, che sono cose delicate che io non posso far fare ai miei òmini perché se lo vengono a sapìri i carrabbinera finisce a schifìo. Di conseguenza, manco io devo arrisultare. Chiaro?»

«Chiaro. Si tratta di iniziative mie.»

«Bene. Per prima cosa voglio sapere il motivo per cui Alberto Larussa per anni e anni non ha voluto più vedere suo fratello.»

«Ci proverò.»

«Secondo. Devi domani stesso andare a Palermo e avvicinare il perito grafologo interpellato da Olcese. Gli devi fare solo questa domanda, annotatela bene: è possibile che uno scriva un biglietto riuscendo a farlo sembrare contraffatto? E basta, per oggi.»

Nicolò Zito era pirsona molto intelligente, ci mise dieci secondi a capire il senso della domanda che avrebbe dovuto fare al perito.

«Minchia!» esclamò.

Il mostro era stato sbattuto, come si dice, in prima pagina. La maggior parte dei giornali, dato che il caso era diventato nazionale, si soffermava sulla personalità del professore Giacomo Larussa, impeccabile insegnante secondo il preside, i colleghi, gli allievi, e spietato assassino che si era insinuato come una serpe nella momentanea debolezza del fratello per carpirne la fiducia e quindi assassinarlo, mosso dal più turpe interesse, in un modo atroce. La sentenza, i mezzi di comunicazione l'avevano già pronunziata, a questo punto macari il processo sarebbe stato un rito inutile.

Il commissario si sentiva rodere il ficato a leggere quegli articoli di condanna senz'appello, ma non aveva ancora niente in mano per dichiarare l'incredibile verità che aveva intuito la notte appena passata.

A tarda sera, finalmente Nicolò Zito gli telefonò.

«Sono tornato ora ora. Ma porto carico.»

«Dimmi.»

«Vado nell'ordine. L'avvocato Palillo conosce la ragione dell'odio, perché di questo si trattava, tra i due fratelli. Gliel'ha contato il suo assistito, come gli piace di chiamarlo. Dunque: Alberto Larussa non è mai caduto da cavallo trentun anni fa, a stare a quello che allora si disse in paese. Fu una voce messa in giro dal padre, Angelo, per nascondere la verità. Durante un violento litigio, i due fratelli vennero alle mani e Alberto precipitò dalle scale lesionandosi la spina dorsale. Disse che era stato Giacomo a spingerlo. Questi asserì che invece Alberto aveva messo un piede in fallo. Angelo, il padre, tentò di cummigliare la cosa con la caduta da cavallo, ma punì Giacomo nel suo testamento, in un certo senso sottomettendolo ad Alberto. La cosa mi puzza di verità.»

«Macari a mia. E il perito?»

«Il perito, che ho accostato con difficoltà, alla mia domanda è rimasto imparpagliato, confuso, strammato. Si è messo a balbettare. A fartela breve, ha detto che ci può essere una risposta positiva al quesito. Ha aggiunto una cosa molto interessante: che per quanto uno si sforzi di contraffare la propria grafia, un esame attentissimo finirebbe per rivelare l'inganno. E allora io gli ho spiato se lui questo esame attentissimo l'avesse fatto. M'ha risposto, candidamente, di no. E sai perché? Perché il quesito postogli dal sostituto procuratore era se la grafia di Alberto Larussa fosse stata falsificata e non se Alberto Larussa avesse falsificato la sua stessa grafia. Capita la sottile differenza?»

Montalbano non rispose, stava pinsando a un altro incarico da dare all'amico.

«Senti, dovresti assolutamente scoprire in che giorno capitò l'incidente della caduta dalle scale ad Alberto.»

«Perché, è importante?»

«Sì, almeno credo.»

«Beh, ma lo so già. Fu il 13 d'aprile...»

S'interruppe di botto, Montalbano sentì che a Nicolò era venuto il fiatone.

«Oh Cristo!» lo udì mormoriare.

«Allora, hai fatto i conti?» spiò Montalbano. «L'incidente avviene il 13 aprile di 31 anni fa. Alberto Larussa muore, suicida o ammazzato, il 13 aprile di 31 anni dopo. E il numero 31 non è che il numero 13 rovesciato.»

«Il libro di Potocki Larussa l'aveva lasciato allato alla seggia elettrica per una sfida, una sfida a capire» disse Montalbano.

Stava con Nicolò alla trattoria San Calogero a sbafare triglie freschissime col sughetto.

«A capire che?» spiò Nicolò.

«Vedi, quando Potocki principiò a limare la palla della teiera, fece un calcolo temporale: io camperò fino a quando la palla sarà in grado d'entrare nella canna della pistola. Alberto Larussa doveva fare la sua vendetta esattamente trentun anni dopo e nella ricorrenza esatta, il 13 d'aprile. Un calcolo temporale, come quello di Potocki, un tempo assegnato. Ti vedo perplesso. Che c'è?»

«C'è» fece Nicolò «che mi viene un'osservazione: perché Alberto Larussa non si pigliò la sua vendetta tredici anni dopo la caduta?»

«Me lo sono spiato macari io. Forse qualcosa l'ha resa impossibile, forse il padre era ancora vivo e avrebbe capito, se vuoi possiamo indagare. Ma il fatto è che ha dovuto aspettare tutti questi anni.»

«E ora come ci comportiamo?»

«In che senso?»

«Come, in che senso? Tutte queste belle storie ce le contiamo tra di noi e lasciamo Giacomo Larussa in càrzaro?»

«Tu che vuoi fare?»

«Mah, che so... Andare dal tenente Olcese e dirgli tutto. Mi pare una brava pirsona.»

«Ti riderebbe in faccia.»

«Perché?»

«Perché le nostre sono solo parole, cose d'aria, di

vento. Ci vogliono prove da portare in tribunale e noi non le abbiamo, renditene conto.»

«E allora?»

«Fammici pinsare stanotte.»

Nel suo abituale costume di spettatore televisivo, vale a dire canottiera, mutande e piedi nudi, infilò nel video-registratore la cassetta che giorni avanti gli aveva fatto avere Nicolò, s'addrumò una sigaretta, s'assistimò comodamente in poltrona e fece partire il nastro. Quando arrivò alla fine, lo riavvolse e lo fece riandare. Ripeté l'operazione altre tre volte smirciando gli oggetti che erano serviti a cangiare la sedia a rotelle in seggia elettrica. Gli occhi gli cominciarono a fare pupi pupi per la stanchezza. Spense, si susì, andò nella cammara da letto, raprì il cascione più alto del settimanile, pigliò una scatola, tornò a riassettarsi nella poltrona. Dintra alla scatoletta c'era una splendida spilla per cravatta che gli aveva regalato il pòvirò Alberto Larussa. La taliò a lungo poi, sempre tenendola in mano, fece ripartire la cassetta. A un tratto spense il videoregistratore, riportò la scatoletta nel settimanile, taliò il ralogio. Erano le tre del matino. Gli bastarono venti secondi per superare gli scrupoli. Sollevò il telefono, compose un numero.

«Amore? Salvo sono.»

«Oddio, Salvo, che è successo?» spiò Livia preoccupata e con la voce impastata dal sonno.

«Mi devi fare un favore. Scusami, ma è troppo importante per me. Che cos'hai tu di Alberto Larussa?»

«Un anello, due spille, un braccialetto, due paia d'orecchini. Sono splendidi. Li ho tirati fuori l'altro giorno, quando ho saputo ch'era morto. Dio mio, che cosa tremenda! Essere ammazzato in quel modo atroce dal fratello!»

«Forse le cose non stanno come dicono, Livia.»

«Che dici?!»

«Poi te lo spiego. Ecco, m'interessa che tu mi descriva gli oggetti che hai, non tanto la forma, quanto il materiale usato, mi sono spiegato?»

«No.»

«Oddio, Livia, è così chiaro! Per esempio, di che spessore sono i fili di ferro o di rame o di quello che è?»

Il telefono di Montalbano squillò che non erano manco le sette del matino.

«Allora, Salvo, che hai pensato di fare?»

«Guarda, Nicolò, possiamo muoverci in una sola direzione, ma è come camminare sul filo.»

«Siamo nella merda perciò.»

«Sì, però ce l'abbiamo fino al petto. Prima che ci sommerga completamente, abbiamo almeno una mossa da fare. L'unico che può dirci qualcosa di nuovo, in base a quello che sospettiamo, è Giacomo Larussa. Devi telefonare al suo avvocato, si faccia raccontare minutamente che cosa è successo durante le tre visite che è andato a fare ad Alberto. Ma tutto. Persino se è volata una mosca. In quali cammare sono entrati, cosa hanno mangiato, di che hanno parlato. Macari le minuzie, macari quello che gli pare inutile. Mi raccomando. Si faccia venire l'ernia al cervello per lo sforzo.»

«Gentile dottor Zito» principiava la lettera dell'avvocato Palillo a Nicolò «le rimetto la trascrizione fedelissima del resoconto delle tre visite del mio assistito a suo fratello avvenute nei giorni 2, 8 e 13 aprile corrente anno.»

L'avvocato era un omo ordinato e preciso, malgrado l'aspetto che ne faceva uno dei tre porcellini disneyani.

Nella prima visita, quella del 2, Alberto non aveva fatto altro che scusarsi e rammaricarsi per essersi ostinato a tenere lontano il fratello. Non aveva più importanza ora ripistiare la disgrazia, non aveva senso stabilire con calma se era stato lui a mettere un piede in fallo o Giacomo

a spingerlo. Mettiamoci una pietra sopra, aveva detto.
Anche perché, disse, affettivamente era solo come un
cane e la situazione principiava a stancarlo. In più, cosa
mai avvenuta prima, aveva giornate di depressione, se
ne restava sulla poltrona a rotelle senza fare niente. Certe volte chiudeva gli scuri e se ne rimaneva a pensare. A
che? gli aveva spiato Giacomo. E Alberto: al fallimento
della mia esistenza. Poi gli aveva fatto visitare il laboratorio, gli aveva fatto vedere gli oggetti in lavorazione, regalandogli una magnifica catena d'orologio. La visita era
durata tre ore, dalle quindici alle diciotto.

Nel secondo incontro, quello del giorno 8, tutto si era
svolto quasi in fotocopia con la visita precedente. Il regalo, stavolta, era stato un fermacravatte. Però la depressione d'Alberto si era evidentemente aggravata,
Giacomo a un certo momento ebbe l'impressione che
trattenesse a stento le lacrime. Durata dell'incontro: due
ore e mezzo, dalle sedici alle diciotto e trenta. Si lasciarono con un accordo: Giacomo sarebbe ritornato il 13
per l'ora di pranzo e si sarebbe trattenuto almeno fino
alle venti.

Il resoconto dell'ultima visita, quella del giorno 13,
presentava qualche diversità. Giacomo era arrivato tanticchia in anticipo e aveva trovato il fratello di pessimo
umore, nirbusissimo. Se l'era pigliata con la cammarera
in cucina, aveva gettato addirittura per terra una padella
per sfogarsi. Si murmuriava tra sé e sé, quasi non rivolse
la parola a Giacomo. Poco prima di mezzogiorno, tuppiarono alla porta di casa, Alberto insultò la cammarera
che non andava ad aprire. Ci andò Giacomo: era il fatto-
rino di un pony express con un pacco di grosse dimensioni. Giacomo firmò per conto del fratello e ebbe il
tempo di leggere l'intestazione a stampa del mittente su
un cartellino incollato. Alberto quasi gli strappò il pacco
dalle mani, se lo strinse al petto come se fosse una criatura cara. Giacomo gli spiò cosa ci fosse di tanto impor-

tante, ma Alberto non rispose, disse solo che non sperava più arrivasse in tempo. In tempo per che cosa? Per
una cosa che devo fare in giornata – era stata la risposta.
Poi era andato giù in laboratorio a riporre il pacco, ma
non aveva invitato il fratello a seguirlo. Giacomo ci teneva a sottolineare che quella volta lui non era entrato in
laboratorio. Dal momento dell'arrivo del pacco, l'atteggiamento di Alberto era completamente cangiato. Tornato d'umore normale, si era ampiamente scusato con il
fratello e con la stessa cammarera la quale, dopo aver
servito il mangiare a tavola, aveva sparecchiato, rimesso
in ordine la cucina e se ne era andata verso le quindici.
Durante il pranzo non avevano bevuto manco un goccio
di vino, Giacomo ci teneva a sottolineare macari questo,
erano tutti e due astemi. Alberto aveva invitato il fratello
a distendersi per un'oretta, gli aveva fatto conzare il letto nella cammara degli ospiti. Lui avrebbe fatto lo stesso. Giacomo si era alzato verso le sedici e trenta, era andato in cucina e vi aveva trovato Alberto che gli aveva
preparato il caffè. Giacomo lo trovò molto affettuoso,
ma come lontano col pinsero, quasi malinconico. Non
accennò per niente alla disgrazia avvenuta trentun anni
avanti, come Giacomo temeva. Avevano passato insieme
un buon pomeriggio, a parlare del passato, dei genitori,
dei parenti. Mentre Alberto aveva allontanato tutti da
sé, Giacomo aveva mantenuto rapporti soprattutto con
la vecchissima sorella della madre, zia Ernestina. Alberto si era molto interessato di questa zia che aveva letteralmente dimenticata, aveva spiato come se la passava e
come stava di salute, spingendosi a proporre di farle
avere un consistente aiuto economico tramite lo stesso
Giacomo. Erano andati avanti così fino a quasi le venti,
quando Giacomo si era rimesso in macchina per tornare
a Palermo. Si erano lasciati stabilendo di rivedersi il
giorno 25 dello stesso mese. Circa l'intestazione del mittente del pacco, Giacomo si era sforzato di ricordarla

con esattezza, ma non ci era riuscito. Poteva essere Roberti (o forse Goberti o forse Foberti o forse Romerti o forse Roserti) SpA - Seveso. Che il pacco venisse da Seveso, Giacomo ne era più che certo: aveva avuto, nei primi anni d'insegnamento, una breve relazione con una collega che era appunto di Seveso.

Si scantava che la notizia della sua indagine parallela potesse trapelare e quindi si recò di pirsona all'ufficio postale che, come posto telefonico pubblico, era in possesso di tutti gli elenchi. Roberti Fausto era un dentista, Roberti Giovanni un dermatologo, Ruberti era invece una SpA. Ci provò. Arrispunnì una cantilenante voce femminile.

«Ruberti. Dica.»

«Telefono da Vigàta, il commissario Montalbano sono. Mi occorre un'informazione. La Ruberti SpA che cos'è?»

L'altra ebbe un momento d'esitazione.

«Intende dire cosa produce?»

«Sì, grazie.»

«Conduttori elettrici.»

Montalbano appizzò le orecchie, forse aveva visto giusto.

«Potrebbe passarmi il direttore del reparto vendite?»

«La Ruberti è una piccola ditta, commissario. Le passo l'ingegnere Tani che si occupa anche delle vendite.»

«Pronto, commissario? Sono Tani. Mi dica.»

«Vorrei sapere se c'è stata una qualche ordinazione di vostro materiale da parte del signor...»

«Un momento» l'interruppe l'ingegnere, «sta parlando di un privato?»

«Sì.»

«Commissario noi non vendiamo a privati. La nostra produzione non va ai negozi d'elettricità perché non è destinabile all'uso domestico. Come ha detto che si chiama questo signore?»

«Larussa. Alberto Larussa, di Ragòna.»

«Oh!» fece l'ingegnere Tani.

Montalbano non fece domande, aspettò che l'altro si ripigliasse dalla sorpresa.

«Ho saputo dai giornali e dalla televisione» disse l'ingegnere. «Che fine pazzesca e terribile! Sì, il signor Larussa ci telefonò per comprare dello Xeron 50 di cui aveva letto su una rivista.»

«Mi scusi, ma io non ne capisco. Cos'è lo Xeron 50?»

«È un iperconduttore, un nostro brevetto. In parole povere è una specie di moltiplicatore d'energia. Molto costoso. Insistette tanto, era un artista, gli feci spedire i cinquanta metri che aveva richiesto, lei capisce, una quantità irrisoria. Ma non arrivò a destinazione.»

Montalbano sussultò.

«Non è arrivato a destinazione?»

«Quella prima volta, no. Ci telefonò più volte richiedendolo. Guardi, giunse a spedirmi un meraviglioso paio d'orecchini per mia moglie. Gli feci inviare altri cinquanta metri per pony express. E sono certamente arrivati a destinazione, purtroppo.»

«Come fa a esserne tanto sicuro?»

«Perché ho visto in televisione le macabre immagini di tutto quello che aveva manipolato per la costruzione della sedia elettrica. Mi riferisco alle cavigliere, ai bracciali, al pettorale. M'è bastata un'occhiata. Ha adoperato il nostro Xeron 50.»

Andò in ufficio, si fece sostituire dal suo vice Mimì Augello, tornò nella sua casa di Marinella, si spogliò, si mise in divisa di telespettatore, infilò la cassetta vista e rivista, s'assittò sulla poltrona munito di biro e di qualche foglio di carta a quadretti, fece partire il videoregistratore. Ci mise due ore a portare a termine il compito, vuoi per l'oggettiva difficoltà del conteggio vuoi perché lui coi numeri non ci aveva mai saputo fare. Riuscì a stabilire quanti cerchietti di Xeron fossero occorsi a Larussa per fare le cavigliere, i braccialetti, il pettorale, le cuffie. Santiando, sudando, cancellando, ricalcolando, riscrivendo, si fece pirsuaso che Alberto Larussa aveva adoperato una trentina di metri di Xeron 50. Allora si susì dalla poltrona e convocò Nicolò Zito.

«Vedi, Nicolò, quel filo speciale gli serviva assolutamente per due motivi. Il primo era che si trattava di un materiale troppo grosso di circonferenza, lui adoperava per i suoi oggetti d'arte fili che parevano di ragnatela, e quindi chiunque che lo conosceva avrebbe detto che la seggia elettrica non era stata costruita da Alberto, troppo rozzo il disegno e troppo spesso il materiale. Ci sono cascato macari io. Il secondo motivo era che Alberto voleva essere certamente, sicuramente, ammazzato dalla seggia elettrica, non semplicemente ustionato. E quindi doveva mettersi con le spalle al sicuro: lo Xeron 50 era quello che gli necessitava. Ecco perché suo fratello Giacomo lo trovò tanto nirbuso quando ci andò la matina del 13: il pacco non gli era ancora arrivato. E senza lo Xeron lui non se la sentiva d'assittarsi sulla seggia elettrica. Quando Giacomo andò via, verso le otto di sira, si mise a travagliare come un pazzo per preparare la messinscena. E sono convinto che arriniscì ad ammazzarsi prima che passasse la mezzanotte.»

«Allora che faccio? Vado da Olcese e gli conto ogni cosa?»

«A questo punto, sì. Digli tutto. E digli macari che in base ai tuoi, sentimi bene: tuoi, calcoli, Alberto Larussa deve avere adoperato una trentina di metri di Xeron 50. Quindi nel laboratorio, macari affumicati dal principio d'incendio, devono trovarsi ancora una ventina di metri di quel filo. E mi raccomando: il mio nome non va fatto, io non c'entro, non esisto.»

«Salvo? Nicolò sono. Ce l'abbiamo fatta. Appena ti ho lasciato, ho telefonato a Ragòna. Olcese m'ha detto che non aveva dichiarazioni da fare ai giornalisti. Io gli risposi che lo volevo vedere in qualità di privato cittadino. Ha acconsentito. Dopo un'ora ero a Ragòna. Ti dico subito che parlare con un iceberg è più confortevole. Gli ho contato tutto, gli ho detto di andare a vedere in laboratorio se c'erano ancora quei venti metri di Xeron. Ha risposto che avrebbe controllato. Non ti ho riferito questo primo colloquio per non farti incazzare.»

«Hai fatto il mio nome?»

«Vuoi babbiare? Non sono nato ieri. Bene, oggi dopopranzo, verso le quattro, mi convoca a Ragòna. La prima cosa che mi dice, ma senza mostrare il minimo turbamento dato che quello che mi stava comunicando significava che aveva sbagliato completamente indagine, la prima cosa che mi dice è che nel laboratorio di Alberto Larussa c'erano i venti metri di Xeron. Né una parola in più né una parola in meno. Mi ringrazia con lo stesso calore che se gli avessi detto che ora era, mi porge la mano. E mentre ci stiamo salutando, mi fa: "Ma lei non ha mai provato a entrare in Polizia?". Io rimango un attimo strammato e gli spio: "No, perché?". E lo sai che m'ha risposto? "Perché penso che il suo amico, il commissario Montalbano, ne sarebbe felicissimo." Che gran figlio di buttana!»

Giacomo Larussa venne prosciolto, il tenente Olcese si pigliò un elogio, Nicolò Zito fece uno scoop memorabile, Salvo Montalbano festeggiò con una mangiata tale che per due giorni stette male.

L'UOMO CHE ANDAVA APPRESSO
AI FUNERALI

A Cocò Alletto un cavo d'ormeggio improvvisamente spezzatosi durante una mareggiata aveva tranciato di netto la gamma mancina e perciò non aveva più potuto fare il mistere suo di capo stivatore, la gamma artificiale non gli acconsentiva di traffichiàre sopra passerelle e farlacche di navi.

Omo singolo, che da noi viene a dire tanto magro di corpo quanto senza pinseri di mogliere e figli, la pinsioni che il governo gli passava gli permetteva una dignitosa povirizza e so' frate Jacopo, che se la campava tanticchia meglio di lui, gli arrigalava un paro di scarpe o un vestito novo quando se ne apprisentava la necessità. La disgrazia a Cocò era capitata che manco era quarantino. Una volta che ce l'aveva fatta a rimettersi addritta, aveva pigliato l'usanza di starsene tutto il santo giorno assittato sopra a una bitta a taliare il traffico portuale. E così aveva avuto modo di vedere, anno via anno, sempre meno navi trasire e attraccare per carricare o scarricare, finché non restò che il postale per Lampedusa a credere che il coma del porto non fosse irreversibile. Le grandi navi portacontainers, le gigantesche petroliere, oramà passavano al largo, sfilavano a filo d'orizzonte.

Allora Cocò salutò per sempre il porto e si spostò su un paracarro vicino al municipio, sulla via principale di Vigàta. Un giorno gli passò davanti un funerale sullenne, con la banda in testa e una cinquantina di corone; non lo seppe mai manco lui perché di colpo venisse pigliato dall'impulso irresistibile d'accodarsi col suo passo ballerino: seguì il carro funebre fin sulla collina dove ci stava il cimitero.

Da quella volta in poi gli divenne un'abitudine, non fagliava un funerale, acqua cadesse o tirasse vento. Mascoli e fimmine, vecchi e picciliddri, non faceva differenza.

Capitò così che quando Totuccio Sferra venne chiamato dal Signore («si vede che il Signore ha voglia di tressette e briscola» fu il commento unanime, dato che Totuccio non aveva mai fatto altro in vita sua che giocare a tressette e briscola), in tanti furono ad accorgersi che Cocò non si era apprisentato al seguito e se ne domandarono macari l'un l'altro spiegazione. Simone Sferra, fratello del morto, che era omo di rispetto, pigliò la cosa come un'offisa, uno sgarbo pirsonale. Lasciato a mezzo il funerale, andò a tuppiare alla porta di casa di Cocò per domandargli conto e ragione, ma nessuno gli arrispose. Stava per andarsene, quando gli parse di sèntiri a qualcheduno che si lamentiava: di pronte decisioni com'era, sfondò la porta e trovò a Cocò in un mare di sangue, era caduto e si era spaccato malamente la testa. E così si fece la voce che Cocò era stato salvato per ringrazio da tutti i morti che aveva accompagnato.

Quando i funerali scarsiàvano e Cocò sul paracarro principiava ad essere nirbuso, qualche anima piatosa gli si avvicinava e gli portava notizie di conforto:

«Pare che a Ciccio Butera il parrino gli portò l'olio santo. Questione di ore.»

«Pare che il figlio di don Cosimo Laurentano, quello che è andato a sbattere con la Ferrari, non ce la farà.»

La matina Cocò si susiva presto che ancora faceva scuro, appena il caffè Castiglione rapriva entrava ed andava ad assittarsi a un tavolino, aspettando che arrivassero le briosce appena sfornate. Se ne mangiava due, bagnandole in un capace bicchiere di granita di limone, e dopo nisciva nuovamente per andare a seguire il lavoro degli attacchini. Tra bandi comunali e manifesti pubblicitari, non passava giorno che non spuntasse un avviso di morte listato di nero. In certe giornate fortunate gli avvisi erano

due o tre e Cocò doveva pigliare nota degli orari e soprattutto delle chiese, che a Vigàta erano tante, dove si sarebbero tenute le funzioni. Quando ci fu l'epidemia d'infruenza maligna che si portò vecchi e picciliddri, a Cocò
quasi ci venne l'esaurimento per il travaglio di correre da
un capo all'altro del paisi dalla matina alla sira, ma ce la
fece e non ne perse uno.

Al commissario Montalbano, che lo conosceva da
quando aveva pigliato servizio a Vigàta, di subito parse
di non avere inteso bene.

«Eh?» fece.

«A Cocò Alletto spararono» ripeté Mimì Augello, il
suo vice.

«L'hanno ammazzato?»

«Sì, un solo colpo, l'hanno pigliato in faccia. Stava assittato sopra il paracarro, era matina presto, aspettava
che si raprisse il caffè.»

«Ci sono testimoni?»

«La minchia» rispose lapidariamente Mimì Augello.

«Riferiscimi» concluse il commissario.

E questo stava a significare che l'indagine veniva posata, con delicatezza, sulle spalle di Augello.

Quattro giorni dopo, per il funerale di Cocò Alletto,
scasò un paisi intero, non ci fu anima criata che volle
mancare, fìmmine prene che c'era piriculo che si sgra-
vassero in mezzo al corteo, vecchi tenuti addritta a malappena da figli e nipoti, il consiglio comunale al completo. Darrè al tabbuto ci andò macari un moribondo:
Gegè Nicotra, ridotto allo stremo da un male incurabile
e non aveva ancora passato la cinquantina. La sua prisenza al funerale impressionò, la gente non sapeva se
provava più pena per il morto o per l'ancòra vivo ma già
irrimediabilmente signato.

Si capì subito, in commissariato, che l'indagine non sarebbe arrivata a niente. L'unico fatto certo era che Cocò era stato sparato in faccia (quasi a volerne cancellare i tratti) da qualchiduno che gli si era messo di fronte a uno o due metri di distanza, in piedi o assittato dintra un'automobile. Ma chi e perché? Di sicuro Cocò non aveva mai fatto male a nisciuno e perciò non teneva nimicizie, anzi. E allora? Forse che andando appresso a un funerale aveva visto qualcosa che non avrebbe dovuto vedere? Ma Cocò, col suo passo sconciato, sempre la testa calata a terra teneva, quasi si scantasse di mettere un piede in fallo. E se macari avesse veduto qualche cosa, a chi ne avrebbe parlato? Grasso che colava se nel corso di una giornata spiccicava tre parole. Più che mutànghero, una tomba era.

"E mai parola fu più appropriata" pinsò Montalbano.

Il primo funerale al quale Cocò non poté pigliare parte, in quanto era morto da tre giorni, fu quello del pòviro Gegè Nicotra il quale, tornato a casa dopo avere accompagnato Cocò al camposanto, approfittando che la mogliere era andata a fare la spisa, aveva scritto due righe e si era tirato un colpo al cuore.

«Domando perdono, sono disperato, non sopporto più la malattia» diceva semplicemente il biglietto.

Montalbano usava, quando voleva pinsari meglio a un problema o più semplicemente pigliare tanticchia d'aria bona, accattarsi un cartoccio di càlia e simenza, vale a dire ceci abbrustoliti e semi di zucca, e andarsene a fare una lunga passiata fino a sotto il faro che stava in cima al molo di levante. Passiata ruminante sia di bocca che di cervello.

Fu durante una di queste passiate che dovette intervenire a separare due pescatori che stavano tra di loro sciarriandosi. Dagli insulti, dalle gastìme e dalle parolazze i due parevano seriamente intenzionati a passare ai fatti. Il commissario, sia pure non avendone gana, fece il dovere suo: si qualificò, s'interpose, ne agguantò uno per il braccio ordinando all'altro d'allontanarsi. Quest'ultimo però, fatti pochi passi, si fermò, si voltò e gridò al suo avversario:

«Tu, a mia, non mi vieni appresso!»

L'uomo che Montalbano teneva per il braccio parse scosso da una corrente elettrica, si mozzicò le labbra e non raprì bocca. Quando l'altro fu abbastanza lontano, il commissario lasciò la presa del braccio del suo prigioniero e l'ammonì: che non si provasse a fare alzate d'ingegno, la sciarra finiva lì.

Arrivato sotto il faro, s'assittò sopra a uno scoglio e attaccò a mangiare la càlia e simenza.

«Tu, a mia, non mi vieni appresso!»

Quella frase, da poco sentita, gli sonò nel cervello.

"Tu, a mia, non mi vieni appresso!"

Per uno che non era siciliano, quelle parole sarebbero state certamente poco comprensibili, ma per Montalbano erano chiare come l'acqua. Venivano a significare: tu non verrai al mio funerale, sarò io a venire al tuo perché ti ammazzerò prima.

Il commissario s'immobilizzò, poi si susì di scatto e pigliò a correre verso il paisi, mentre dintra la sua testa si disegnava una scena così precisa e chiara che gli pareva di starsela a taliare al cinematografo.

Un uomo, che sa di essere condannato a morte dalla malatia e che gli resta, a volere proprio essere larghi, qualche simanata di vita, s'arramazza nel suo letto senza riuscire a pigliare sonno. Allato a lui invece la mogliere dorme, volutamente si è fatta abbattere da sonniferi e tranquillanti, ricavandosi una piccola oasi di dimenticanza nel quotidiano deserto d'angoscia che è costretta a traversare. L'omo accende la luce e talìa fissamente la sveglia sul comodino: ogni secondo che passa sempre più sente avvicinarsi il passo della morte. Alla primissima luce dell'alba, che è sempre un'ora critica per chi ha male intenzioni, l'omo capisce che gli si è bruciata ogni capacità di pigliare di petto le poche giornate che gli restano. Non solo la morte, ma il sapere di dover morire e che la clessidra conserva ancora pochissima rena nella sua parte superiore. Si leva dal letto a piede lèggio per non turbare il sonno della mogliere, si veste, si mette in sacchetta il revolver, esce per andarsi ad ammazzare lontano da casa così da scampare alla mogliere, arrisbigliata per il colpo, lo strazio di farsi vedere rantolante tra le linzola assuppate di sangue.

Arrivato al corso, l'omo vede Cocò Alletto sul paracarro, come un gufo. Sta lì, immobile. Aspetta.

"Aspetta di venire al mio funerale" pensa l'omo.

Allora si mette di fronte a Cocò che lo talìa interrogativo, tira fora il revolver senza pinsarci sopra e gli spara. In faccia, per cancellare lo sguardo della morte che lo sta guardando occhi negli occhi. E subito dopo capisce che la morte non può morire per un colpo di revolver. Si rende conto dell'inutilità, dell'assurdità del suo gesto: non solo, ma quell'omicidio gratuito l'ha come svacantato dall'interno, ora ha solo la forza appena bastevole per tornarsene a casa, allato alla mogliere ignara.

Appena in ufficio, telefonò a Jacomuzzi, il capo della Scientifica della Questura di Montelusa. Gli risposero che il dottore era in riunione, che avrebbero comunicato il messaggio e che avrebbe richiamato lui appena libero.

Alla Scientifica avevano sia il proiettile che aveva ammazzato Cocò Alletto sia il proiettile estratto dal cuore di Gegè Nicotra. E il suo revolver. Se i due proiettili fossero arrisultati sparati dalla stessa arma, la sua ipotesi avrebbe ricevuto conferma inequivocabile, come se Gegè avesse firmato il delitto.

Sorrise, soddisfatto.

E poi?

La domanda improvvisa gli traversò il cervello. E l'esultanza che provava principiò a svaporare. E poi?

Avrebbe dichiarato colpevole d'omicidio un morto che giaceva a pochi passi dalla tomba della sua vittima? Che cazzo di senso aveva?

Che significava fare annegare la vedova in un mare di nuovo e diverso dolore solo a suo personale beneficio?

Squillò il telefono.

«Che volevi?» spiò Jacomuzzi.

«Niente» rispose il commissario Montalbano.

UNA FACCENDA DELICATA

Il professor Pasquale Loreto, direttore didattico dell'asilo comunale Luigi Pirandello (tutto, a Montelusa e dintorni, si richiamava al concittadino illustre, dagli alberghi ai bagni di mare passando per le pasticcerie), era un cinquantino pelato, curato nella pirsona, di parola breve. Dote, quest'ultima, che Montalbano apprezzava sempre, senonché l'evidente imbarazzo nel quale si cuoceva il direttore cangiava di tanto in tanto la naturale brevità dell'eloquio in uno sconnesso balbettìo che aveva già esaurito la sopportazione del commissario. Il quale, a un certo punto, decise che se non pigliava il problema in mano avrebbero fatto notte. Ed erano le dieci del matino.

«Se ho ben capito, in lei, direttore, sarebbe nato il sospetto che uno dei suoi maestri userebbe delle attenzioni, diciamo così, particolari, verso una bambina di cinque anni che frequenta l'asilo. È così?»

«Sì e no» fece Pasquale Loreto tutto sudato, torcendosi le dita.

«Si spieghi meglio, allora.»

«Beh, per puntualizzare: il sospetto non l'ho avuto io, ma la madre della bambina che è venuta a parlarmi.»

«Va bene, la madre della bambina ha voluto denunziare a lei la faccenda nella sua qualità di direttore didattico.»

«Sì e no» fece il direttore didattico torcendosi talmente le dita che per un attimo non arriniscì più a districarle.

«Si spieghi meglio, allora» disse Montalbano ripetendo la battuta di prima. Gli pareva di essere alle prove di una commedia. Solo che quella storia commedia non era.

«Beh, la madre della bambina non è venuta a fare una vera e propria denunzia circostanziata, altrimenti mi sarei dovuto comportare diversamente, non le pare?»

«Sì e no» disse Montalbano da carogna, rubando la battuta all'altro.

Pasquale Loreto strammò, poi si lasciò andare a una improvvisazione sul testo.

«In che senso, scusi?»

«Nel senso che lei, prima di denunziare a sua volta il maestro all'ufficio competente, avrebbe dovuto raccogliere qualche altro elemento a carico. Svolgere, come dire, una sua indagine personale nell'ambito dell'Istituto.»

«Questo non l'avrei mai fatto.»

«E perché no?»

«Ma si figuri! Nel giro di un'ora nell'Istituto tutti avrebbero saputo che io facevo domande sul maestro Nicotra! Già parlano e sparlano a vacante, s'immagini se do a loro un minimo di pretesto. Io mi posso muovere solo a colpo sicuro.»

«E io non posso muovermi senza una denunzia!»

«Ma vede coco...commissario, la ma...madre si si fa fa uno scru...scrupolo a...»

«Facciamo così» tagliò Montalbano sentendo che l'altro ricadeva nel balbettìo, «lei conosce la signora Clementina Vasile-Cozzo?»

«E come no?» fece il direttore Loreto illuminandosi. «È stata mia insegnante! Ma che c'entra?»

«Può essere una soluzione. Se io e la madre della bambina c'incontriamo a casa della signora Vasile-Cozzo per un colloquio informale, la cosa non desterà curiosità o chiacchiere. Diverso sarebbe se io venissi a scuola o se la signora si presentasse qua.»

«Ottimo. Deve portare la bambina?»

«Per ora non credo sia necessario.»

«Si chiama Laura Tripòdi.»

«La madre o la figlia?»

«La madre. La bambina, Anna.»

«Tra un'ora al massimo le telefonerò all'Istituto. Devo prima chiamare la signora Clementina e sapere quando è disposta.»

«Ma, commissario, che domande! Lei può venire a casa mia con chi vuole e quando vuole!»

«Le andrebbe bene allora domani matina alle dieci? Così la signora Tripòdi accompagna la bambina a scuola e poi passa da casa sua. Spero di non disturbarla a lungo.»

«Mi disturbi fino all'ora di pranzo compresa. Le faccio preparare qualcosa che le piacerà.»

«Lei è un angelo, signora.»

Riattaccò e convocò Fazio.

«Tu ci conosci qualcuno all'asilo Pirandello?»

«No, dottore. Ma mi posso informare, mia nipote Zina ci manda suo figlio Tanino. Che vuole sapere?»

La signora Clementina servì il caffè disinvoltamente muovendosi con la seggia a rotelle e quindi sparì, con discrezione, dal salotto. Chiuse persino la porta. Laura Tripòdi non era per niente come il commissario se l'era immaginata. Doveva avere passato da poco la trentina ed era, fisicamente, una fìmmina di tutto rispetto. Niente di vistoso, anzi il sobrio tailleur che indossava tendeva a castigarne le forme: la controllata sensualità della donna però era una cosa quasi palpabile che affiorava dallo sguardo, dal movimento delle mani, dal modo d'accavallare le gambe.

«La faccenda che m'ha riferito il direttore Loreto è molto delicata» esordì Montalbano «e a me occorre, per potermi muovere, d'avere un quadro chiaro della situazione.»

«Sono qua per questo» disse Laura Tripòdi.

«È stata Anna, mi pare si chiama così, a dirle delle particolari attenzioni del maestro?»

«Sì.»

«Che le disse esattamente?»

«Che il maestro le voleva più bene delle altre, che era sempre pronto a levarle e a metterle il cappottino, che le regalava caramelle di nascosto da tutti.»

«Non mi pare che...»

«Neanche a me, sul principio. Certo, mi seccava che la bambina si sentisse una privilegiata, mi ero infatti ripromessa di parlarne un giorno o l'altro col maestro Nicotra. Poi capitò una cosa...»

Si fermò, arrossendo.

«Signora, io capisco che le pesi tornare su un argomento così sgradevole, ma si faccia forza.»

«Io ero andata a prenderla, come del resto faccio sempre, se non posso ci va mia suocera, e la vidi venire fuori, come dire, accalorata. Le domandai se avesse corso. Mi rispose di no, mi disse che era contenta perché il maestro l'aveva baciata.»

«Dove?»

«Sulla bocca.»

Montalbano ebbe la certezza che se avesse accostato un fiammifero alla pelle della faccia della fìmmina si sarebbe acceso.

«Dov'erano quando il maestro l'ha baciata?»

«Nel corridoio. Lui la stava aiutando a indossare l'impermeabile perché pioveva.»

«Erano soli?»

«Non credo, era l'ora che tutti escono dalle classi.»

Il commissario si domandò quante volte avesse baciato dei bambini senza che le madri avessero pensato a intenzioni tinte. Poi però era venuta la storia, nazionale e internazionale, dei pedofili.

«È capitato altro?»

«Sì. L'ha accarezzata a lungo.»

«Come l'ha accarezzata?»

«Non ho avuto il coraggio di domandarlo ad Anna.»

«Dov'è successo?»

«Nel bagno.»

Ahi. Il bagno non è il corridoio.

«E cosa ha detto il maestro per convincerla a seguirlo nel bagno?»

«No, commissario, la cosa non è andata così. Anna si era tagliata un dito, si era messa a piangere e allora il maestro...»

«Ho capito» fece Montalbano.

In realtà ci aveva capito poco.

«Signora, se le attenzioni del maestro si sono limitate a...»

«Lo so da me, commissario. Possono essere solamente gesti d'affetto senza secondi fini. Ma se non lo fossero? E un giorno si decidesse a fare qualcosa d'irreparabile? E il mio cuore di madre...»

Stava scivolando nel melodrammatico, si era portata una mano sul cuore, col fiato grosso. Seguendo l'indicazione della mano, Montalbano non pensò al cuore di Laura Tripòdi, ma alla carne che morbidamente lo copriva.

«... mi dice che le intenzioni di quell'uomo non sono sincere. Che devo fare? Denunziarlo non voglio, potrei rovinarlo per un equivoco. Ecco perché ne ho parlato col direttore: lo si potrebbe allontanare, discretamente, dalla scuola.»

Discretamente? Peggio di una condanna: in un tribunale avrebbe potuto difendersi, ma così, allontanato alla taci maci e lasciato in balìa delle male voci, poteva solo spararsi un colpo. Forse la bambina correva qualche pericolo, ma chi sicuramente si trovava in quel momento in una situazione laida assà era proprio il maestro Nicotra.

«Ne ha parlato con suo marito?»

Laura Tripòdi rise di gola, parse il tubare d'una colomba. Quella fìmmina non arriniscìva a fare una cosa, macari

la più semplice, senza che nella mente di Montalbano non
passassero immagini di letti sfatti e di corpi nudi.

«Mio marito? Ma io sono quasi vedova, commissario.»

«Che significa quasi?»

«Mio marito è un tecnico dell'ENI. Travaglia nell'Arabia Saudita. Prima abitavamo a Fela, poi ci siamo trasferiti a Vigàta perché qua vive sua madre e mi può dare
una mano d'aiuto per la bambina. Mio marito torna a
Vigàta due volte all'anno per quindici giorni. Però guadagna bene e io mi devo contentare.»

Quel «contentare» spalancò di colpo un abisso di sottintesi, sull'orlo del quale il pensiero del commissario si
fermò scantato.

«Lei quindi vive sola con la bambina.»

«Non esattamente. Ho poche amicizie, però due o tre
volte la settimana io e la bambina andiamo a dormire in
casa di mia suocera che è anziana e vedova. Ci teniamo
reciprocamente compagnia. Anzi, mia suocera vorrebbe
che ci trasferissimo definitivamente da lei. E forse finirò
col fare così.»

«Nicotra Leonardo, nato a Minichillo, provincia di
Ragusa, il 7/5/1965, fu Giacomo e fu Colangelo Anita,
militesente.»

Questa era nova nova! Militesente! Montalbano s'arraggiava alla pignolerìa anagrafica di Fazio, non capiva
perché quello ogni volta s'ostinava a dargli particolari
inutili. Isò gli occhi di scatto dalle carte e taliò fisso Fazio. I loro sguardi s'incrociarono e il commissario capì
che Fazio l'aveva fatto apposta, per provocarlo. Decise
di non dargli spazio.

«Vai avanti.»

Tanticchia deluso, Fazio riattaccò.

«Da due anni vive a Vigàta, in via Edison al civico 25.
È maestro supplente presso l'asilo Pirandello. Non gli si
conoscono né vizi né donne. Non si occupa di politica.»

Ripiegò il foglietto con gli appunti, se lo mise in sacchetta, rimase a taliare il suo superiore.

«Beh? Hai finito? Che hai?»

«Lei me lo doveva dire...» fece, offiso, Fazio.

«Che ti dovevo dire?»

«Che corrono voci sul maestro Nicotra.»

Il commissario si sentì aggelare. Vuoi vedere che c'era stato qualche altro caso? Che non si trattava della fantasia di una fìmmina il cui marito stava assente troppo a lungo?

«Cosa hai saputo?»

«Mia nipote Zina m'ha riferito che da una simana c'è questa filama, questa voce che dice che il maestro Nicotra si stringe troppo le picciliddre. Prima il maestro era portato in chianta di mano, tutti a dire quant'è buono e quant'è bravo. Ora invece qualche matre pensa di levare la figlia dalla classe.»

«Ma c'è stato qualcosa di concreto?»

«Di concreto, niente. Solo voci. Ah, me lo stavo scordando: mia nipote dice che la zita gli ha portato sfortuna.»

«Non ho capito niente.»

«Il maestro s'è fatto zito con una picciotta di Vigàta e qualche giorno appresso sono principiate le voci.»

«Direttore Loreto? Il commissario Montalbano sono. Pare che la situazione stia precipitando.»

«E... e... già... hohoho... sa... saputo.»

«Senta. Domattina alle dieci e mezzo vengo da lei all'Istituto. Faccia in modo che io possa incontrarmi con Anna, la bambina. C'è un'entrata secondaria? Non vorrei essere visto. E non dica niente alla madre, non voglio averla tra i piedi, la sua presenza potrebbe condizionare la piccola.»

Mentre continuava a travagliare in ufficio, ogni tanto un pinsero fastidioso gli passava per la testa ed era che lui, senza una denunzia di qualche madre o dello stesso direttore, non era autorizzato a fare un passo. Per natura sua, delle autorizzazioni era portato a stracatafottersene altamente, ma qui c'era di mezzo una picciliddra e alla sola idea di doverci parlare con delicatezza, con cautela, per non turbarne l'innocenza, si sentiva sudare freddo. No, doveva assolutamente ottenere una denunzia dalla signora Tripòdi. Aveva il numero che la signora stessa gli aveva dato in matinata. Rispose la segreteria telefonica.

«Sono momentaneamente assente. Lasciate un messaggio o chiamate al numero 535267.»

Doveva essere il numero telefonico della suocera. Stava per comporlo, ma si fermò. Forse era meglio pigliarla di sorpresa a Laura Tripòdi. Ci sarebbe andato di persona, senza preavvisarla.

«Fazio!»

«Comandi!»

«Dimmi l'indirizzo del 535267.»

Tornò dopo manco un minuto.

«Corrisponde a Barbagallo Teresa, via Edison 25.»

«Senti, ci vediamo domani matino. Ora passo da questa signora e poi vado a casa mia, a Marinella. Buonanotte.»

Niscì dal commissariato, fece qualche passo, s'arrestò di botto, s'appoggiò al muro: il lampo che gli era esploso in testa l'aveva accecato.

«Si sente male, commissario?» spiò uno che passava e che lo conosceva.

Non rispose, tornò di corsa al commissariato.

«Fazio!»

«Che fu, dottore?»

«Dov'è il foglietto?»

«Quale foglietto?»

«Quello che mi hai letto con le notizie sul maestro.»

Fazio s'infilò una mano in sacchetta, tirò fora il foglietto, lo pruì al commissario.

«Leggilo tu. Dov'è che abita il maestro?»

«In via Edison 25. C'è! Che curioso! Proprio dove stava andando lei ora ora!»

«Non ci vado più, ho cangiato idea. Me ne torno dritto a casa. In via Edison ci vai tu.»

«A che fare?»

«Vedi com'è la casa, a che piano abita la signora Barbagallo e a quale il maestro Nicotra. Poi mi dai un colpo di telefono. Ah, senti: informati macari se la signora Barbagallo è la sòcira di una giovane signora che si chiama Tripòdi e che ha una bambina. Ma non fare rumorata, cerca di essere discreto.»

«Stia tranquillo, non me la porto appresso la banda comunale!» fece Fazio che quel giorno aveva l'offisa facile.

La telefonata di Fazio arrivò, tempestiva, proprio sul finale del film giallo al quale Montalbano si era appassionato malgrado l'avesse già visto almeno cinque volte: *Delitto perfetto* di Hitchcock. Sissignore, Teresa Barbagallo era la sòcira di Laura Tripòdi, aveva un appartamento al secondo piano della palazzina, al terzo e ultimo ci stava il maestro Nicotra. La palazzina era fatta così, che a ogni piano c'era un solo appartamento. La signora Tripòdi, con la figlia, spesso va a dormiri dalla sòcira. Al primo piano abita un tale che si chiama... Non interessa il primo piano? va bene, buonanotte.

E per il commissario fu una notte non buona, ma eccellente: si fece sei ore di sonno piombigno. Ora che sapeva quello che doveva fare, il disagio di dover interrogare la picciliddra non lo sentiva più.

Piccole macchie d'inchiostro sulle dita certificavano ch'era vera, altrimenti il vestitino rosa e vaporoso, il fiocco sui boccoli biondi, i grandi occhi azzurri, la boccuccia perfetta, il nasino leggermente all'insù, l'avrebbero fatta apparire finta, una bambola a grandezza naturale.

Mentre il commissario stava a turciuniarsi il cervello su come principiare il discorso, Anna attaccò per prima.

«Chi sei tu?»

Montalbano per un attimo si scantò, ebbe paura di avere un attacco di dismorfofobia che sarebbe, come gli aveva spiegato un amico psicologo, il timore di non riconoscersi allo specchio. Certo, la bambina non era uno specchio, ma lo metteva davanti a una definizione d'identità sulla quale nutriva seri dubbi.

«Sono un amico di papà» sentì la sua voce dire: qualcosa, dentro di lui, aveva tagliato corto.

«Papà torna tra un mese» disse la picciliddra. «E ogni volta mi porta tanti regali.»

«Intanto con me ti ha mandato questo.»

E le porse un pacchetto che Anna scartò subito. Era una scatola di plastica a vivaci colori, a forma di cuore, che, aprendosi, mostrava al suo interno un minuscolo appartamento arredato.

«Grazie.»

«Vuoi un cioccolatino?» spiò il commissario raprendo il sacchetto che aveva accattato.

«Sì, ma non lo dire alla mamma. Lei non vuole, dice che mi fa venire la bua al pancino.»

«Il tuo maestro te li dà i cioccolatini quando fai la brava con lui?»

Ecco a voi il verme Montalbano che inizia a scavare la mela dell'eden innocente.

«No, lui mi dava le caramelle.»

«Ti dava? Perché, ora non te le dà più?»

«No, sono io che non le voglio. È diventato cattivo.»

«Ma che dici? La tua mamma m'ha raccontato che ti vuole tanto bene, che ti fa le coccole, che ti bacia...»

Eccolo il verme dentro la mela che comincia a imputridire.

«Sì, ma io non voglio più.»

«Perché?»

«Perché è diventato cattivo.»

Il telefono sonò improvviso nella cammara e parse una raffica di mitra. Santiando senza voce, Montalbano scattò, alzò il ricevitore, bofonchiò: «Siamo tutti morti», riattaccò, sollevò nuovamente il ricevitore, lo lasciò staccato.

La bambina rise.

«Sei buffo tu.»

«Lo vuoi un altro cioccolatino?»

«Sì.»

Ingozzati, e pacienza se ti viene tanticchia di bua al pancino.

«Senti, hai litigato col maestro?»

«Io? No.»

«Ti ha sgridata?»

«No.»

«Ti ha fatto fare cose che non volevi?»

«Sì.»

Montalbano provò un acutissimo senso di delusione. Aveva sbagliato tutto, le cose stavano come le aveva raccontate la madre della picciliddra.

«E che cose?»

«Voleva aiutarmi col cappottino ma io gli ho dato un calcio nelle gambe.»

«Beh, allora mi pare che sei proprio tu la cattiva.»

«No. Lui.»

Il commissario inspirò come per andare in apnea, si tuffò.

«Scommetti che io so perché tu dici che il maestro è diventato cattivo?»

«No, non lo sai, è un segreto che conosco solo io.»

«E io sono un mago. Perché ha fatto arrabbiare la mamma.»

La bambina spalancò contemporaneamente occhioni e boccuccia.

«Sei un vero mago, tu! Sì, è per questo, ha fatto piangere la mamma. Non le vuole più bene. Lui ha detto così, che mamma non deve più andarlo a trovare su quando tutti dormono. E mamma piangeva. Io ero sveglia e ho sentito tutto. Nonna invece non ha sentito, quella non sente mai niente, piglia le pillole per dormire e poi è un poco sorda.»

«Glielo hai detto a mamma che avevi sentito?»

«No. Era un segreto mio. Però quando papà torna io a lui glielo dico che il maestro ha fatto piangere la mamma così lo piglia a botte. Che me lo daresti un altro cioccolatino?»

«Certo. Senti, Anna, tu sei proprio una brava bambina. Quando papà torna, non gli dire niente. Ci sta pensando la mamma, ora, a far piangere il maestro Nicotra.»

CAPODANNO

Il Natale Montalbano lo passò a Boccadasse con Livia, il ventisette matina andarono tutti e due all'aeroporto Colombo, il commissario per tornarsene a Vigàta e Livia invece per trascorrere il capodanno a Vienna con alcuni colleghi d'ufficio. Malgrado le insistenze della sua fimmina perché macari lui partecipasse alla gita, Montalbano aveva resistito: a parte il fatto che con gli amici di Livia si sarebbe sentito spaesato, la verità era che non reggeva i rituali delle feste. Una notte di Capodanno passata nel salone di un albergo, con decine e decine di sconosciuti, a fingere allegria durante il cenone e il ballo, gli avrebbe sicuramente fatto venire la febbre. La quale però gli venne lo stesso: se la sentì acchianare nel percorso dall'aeroporto di Punta Raisi a Vigàta. Arrivato a casa, a Marinella, si mise il termometro: appena trentasette e mezzo, non era cosa da darci peso. Andò al commissariato per sapere le novità, era stato lontano una simana. Il trentuno a matino, quando s'apprisintò in ufficio, Fazio lo taliò a lungo.

«Dottore, che ha?»

«Perché, che ho?»

«Ha la faccia rossa e gli occhi sparluccicanti. Lei la frevi ha.»

Resistette una mezzorata. Poi non ce la fece più, non capiva quello che gli dicevano, se si susiva in piedi la testa gli firriava. A casa trovò Adelina, la cammarera.

«Non mi preparare nenti. Non ho pititto.»

«Maria santissima! E pirchì?» spiò la fimmina allarmata.

«Ho tanticchia di frevi.»

«Ci faccio una ministrina lèggia?»

Si mise il termometro: quaranta. Non ci fu verso: Adelina gli ordinò di andare subito a coricarsi e Montalbano dovette obbedire. La cammarera era abituata a farsi rispettare dai suoi due figli che erano autentici delinquenti; il minore, che si trovava in càrzaro, l'aveva addirittura arrestato il commissario. Gli rimboccò le coperte, attaccò il telefono alla spina allato al letto, fece la diagnosi:

«Chista infruenza che corri, è. Ce l'avi mezzo paisi.»

Niscì, tornò con un'aspirina e un bicchiere d'acqua, sollevò la testa di Montalbano, gli fece ingoiare la pillola, chiuse le persiane.

«Che fai? Non ho sonno.»

«Inveci vossia dorme. Io sono di là, in cucina. Se ha bisogno, chiama.»

Alle cinque del dopopranzo si presentò Mimì Augello con un dottore il quale non poté che confermare la diagnosi di Adelina e prescrisse un antibiotico. Mimì andò in farmacia ad accattarlo e quando tornò non si decideva a lasciare il suo amico e superiore.

«Passare una notte di fine anno accussì, malato e solo!»

«Mimì, questa è la vera felicità» disse francescanamente il commissario.

Quando finalmente venne lasciato in pace, si susì, indossò un paio di pantalonazzi e un maglione, s'assistimò in poltrona e si mise a taliare la televisione. Davanti alla quale s'addormentò. S'arrisbigliò alle nove di sira per una telefonata di Fazio che spiava notizie. Riscaldò la minestrina leggera di Adelina e la mangiò di malavoglia, il sapore non gli tornava. Tambasiò per un'orata, strascicando le pantofole, ora sfogliando un libro, ora spostandolo di posto. Alle undici passò, tra un notiziario e l'altro, Nicolò Zito, dispiaciutissimo: il commissario avrebbe dovuto festeggiare a casa sua l'arrivo dell'anno nuovo. A mezzanotte spaccata, mentre le campane suonavano ed esplodevano i botti, Montalbano pigliò la seconda pillola d'antibiotico («una ogni sei ore, mi raccomando» aveva detto il medico) e la buttò nel cesso, come aveva fatto con la prima. All'una di notte squillò il telefono.

«Tanti auguri, amore mio» fece Livia da Vienna. «Sono riuscita ad avere la linea solo ora.»

«Io sono rientrato appena adesso» mentì Montalbano.

«E dove sei stato?»

«Da Nicolò. Divertiti, amore. Ti bacio.»

Pigliò sonno nella matinata, per ore era stato a rigirarsi nel letto, sudatizzo e smanioso. Alle sette il telefono sonò.

«Pronti, dottori? È lei pirsonalmente?»

«Sì, Catarè, io sono. Che minchia vuoi a quest'ora?»

«In prìmisi ci faccio i miei agùri. Tanta filicità e benestare, dottori. In sicùndisi, ci voleva dire che c'è un morto di passaggio.»

«E tu lascialo passare.»

Fu tentato di riattaccare, poi il senso del dovere ebbe la meglio.

«Che viene a dire di passaggio?»

«Viene a dire che l'hanno trovato all'albergo Reginella, quello che c'è dopo Marinella, vicino a di casa a dove sta lei di casa.»

«Va bene, ma perché hai detto che è un morto di passaggio?»

«Dottori, e me lo viene a spiare? Uno che sta in albergo sicuramenti viaggiatori di passaggio è.»

«Catarè, tu lo sai che ho la febbre?»

«Sissi, dottori, le addimando pirdonanza. La frozza della bitùdine fu che mi fece tilifonare a lei. Ora chiamo il dottori Augello.»

Dalle dieci principiarono le telefonate di auguri, una appresso all'altra. A metà matinata arrivò Adelina, inattesa.

«Va beni la festa che è, ma non potiva lassarlo solo, sono venuta a darle adenzia.»

Rifece il letto, pulizió il bagno.

«Ora ci priparo a vossia una ministrina meno lèggia di quella di aieri.»

Verso l'una tuppió alla porta Mimì Augello.

«Come stai? Le pillole le pigliasti?»

«Certo. E mi stanno facendo bene. Stamatina ho trentanove.»

Naturalmente macari le pillole delle sei e delle dodici avevano avuto la stessa sorte delle prime due.

«Senti, Mimì, cos'era poi la storia del viaggiatore?»

«Quale viaggiatore?»

«Quello che stava all'albergo qua vicino. Me l'ha telefonato stamatina Catarella.»

«Ah, quello!»

Montalbano talió negli occhi il suo vice: come attore, Augello era negato.

«Mimì, io ti conosco di dintra e di fora. Tu ti vuoi approfittare.»

«E di che?»

«Del fatto che sono malato. Tu mi vuoi tenere lontano dall'inchiesta. Avanti, voglio contato tutto, per filo e per segno. Com'è morto?»

«Gli hanno sparato. Ma non era un viaggiatore. Era il marito della signora Liotta, la proprietaria dell'albergo.»

Rosina Liotta era una piacente trentina, dagli occhi latri, che il commissario conosceva di vista, ma di questo marito non sapeva niente, anzi si era fatto convinto che fosse picciotta schetta o vedova. Mimì Augello gli spiegò come stavano le cose. A sedici anni la catanese Rosina faceva la cammarera all'albergo Italia, dove abitualmente scendeva il commendator Ignazio Catalisano quando, per i suoi affari, da Vigàta doveva andare a Catania. Catalisano era un lupo solitario, non si era mai voluto maritare e aveva un solo fratello col quale non si frequentava. L'appetitosa Rosina, che per l'occasione si faceva apparire bianca e pura come un agnello pasquale, intenerì il cuore e il resto del lupo che a quel tempo aveva abbondantemente passata la sissantina. La conclusione fu che, dopo tre anni di sempre più frequenti viaggi a Catania, il commendatore morì per infarto nel letto della sua camera all'albergo Italia, letto dal quale era saltata fora, terrorizzata, Rosina. Dopo un certo tempo dalla morte di Catalisano, Rosina ricevette una convocazione da un notaio di Vigàta. Era una picciotta sveglia, mise in relazione la morte del suo amante con la chiamata del notaio, si fece liquidare dall'albergo e, senza dire niente ai genitori e ai fratelli che del resto altamente se ne fottevano di lei, venne a Vigàta. Qui apprese che il commendatore, per evitare liti e l'eventuale impugnazione del testamento, lasciava tutto al fratello, salvo la villa di Marinella e cento milioni liquidi che le toccavano come ringrazio. Tornò a Catania, dove era residente, e andò ad abitare in una modesta pensione. I soldi dell'eredità, dietro consiglio del notaio, vennero accreditati su una banca catanese. La prima volta che Rosina vi si recò per farsi dare un libretto d'assegni, conobbe il cassiere Saverio Provenzano che era di dieci anni più grande di lei. Non fu un colpo di fulmine, il cassiere le diede all'inizio qualche buon consiglio su come investire i soldi e Rosina gliene fu grata, a modo suo. Quando la picciotta ebbe venticinque anni, volle che il cassiere se la maritasse. Tre anni appresso Provenzano lasciò la banca. Coi soldi della liquidazione e quelli di Rosina i due decisero di trasformare la villa a tre piani vicino a Marinella in un piccolo ma elegante albergo: il Reginella, appunto. Gli affari andarono subito bene.

Dopo manco un anno che l'albergo era stato inaugurato, Provenzano ricevette un'offerta di lavoro piuttosto allettante da un suo ex cliente. Si trattava di andare a vivere a Mosca come rappresentante di una ditta di import-export. Rosina non voleva che il marito accettasse, e ci furono discussioni macari aspre. La vinse il marito. In tre anni che travagliava a Mosca, Provenzano era tornato a Vigàta una decina di volte e non aveva mancato una notte di fine anno. A Vigàta stavolta era arrivato in ritardo, proprio il trentuno a matina, perché c'era stato uno sciopero dei controllori di volo.

A questo punto del racconto Mimì Augello s'interruppe.

«Ti vedo pallido e stanco. Il resto te lo dico dopo.»

E fece per alzarsi. Montalbano l'agguantò per un braccio, l'obbligò a sedersi di nuovo.

«Tu di qua non ti catamini.»

«L'albergo era stato affittato tutto dal dottor Panseca che da sempre passa la notte dell'ultimo dell'anno coi suoi amici al Reginella. Però la signora Rosina aveva lasciato una stanza libera per il marito, l'aveva messo, provvisoriamente, alla ventidue che...»

«Fermati qua» fece il commissario. «La signora Rosina dove dorme di solito?»

«Ha una camera in albergo.»

«E il marito non dormiva con lei?»

«A quanto pare, no.»

«Che significa a quanto pare?» s'irritò Montalbano.

«Senti, Salvo, io con la signora Rosina non ho potuto scangiare manco mezza parola. Quando sono arrivato era in piena crisi isterica. Poi è venuto il medico e le ha dato un potente sedativo. Più tardi ci torno e la interrogo.»

«E tutte queste cose come le hai sapute?»

«Dal personale. E soprattutto dal portiere, che lei conosceva fin dai tempi ch'era cammarera a Catania e che si è portato appresso.»

«Vai avanti. Perché hai detto che la sistemazione del marito alla ventidue era provvisoria?»

«Manco questo ti so spiegare. Il fatto è che a mezzanotte e mezzo l'ingegnere Cocchiara e sua mogliere, ospiti del dottor Panseca, lasciarono libera la cammara ventotto, che era servita loro come appoggio per cangiarsi d'abito, e se ne andarono perché avevano un impegno con altri amici. Subito la signora Rosina mandò una cammarera a puliziare la cammara, che veniva a trovarsi dalla parte opposta della ventidue, e a trasferire i bagagli. Verso le due Provenzano, che disse di sentirsi stanco per il viaggio, salutò Panseca e gli altri amici e salì in camera sua. La mogliere restò giù, andò a coricarsi dopo le quattro, a cose finite. Stamatina alle sei e mezzo un ospite di Panseca, che occupava la cammara venti, si fece portare un caffè perché doveva partire. La cammarera, passando, notò che la porta della ventidue era aperta a metà. S'insospettì e...»

«Fermo, Mimì. Stai sbagliando! Stai confondendo la ventidue con la ventotto!»

«Manco per sogno! Provenzano è stato trovato morto sparato nella cammara ventidue, dove non avrebbe dovuto esserci. Pensa che i suoi bagagli erano tutti alla ventotto! Forse si è sbagliato, era stanco, si sarà scordato dello scangio di cammara...»

«Come gli hanno sparato?»

«Con una carabina. L'hanno pigliato in mezzo alla fronte. Vedi, davanti all'albergo stanno costruendo, abusivamente com'è logico, un palazzone. Gli hanno sparato da lì. E nessuno ha sentito il botto, gli ospiti di Panseca facevano troppo casino.»

«Secondo Pasquano a che ora risale la morte?»

«Tu lo sai com'è fatto il nostro medico legale. Quello, se non è sicuro al cento per cento, non parla. Ad ogni modo, considerato che la finestra era spalancata e che fa freddo, dice che può essere stato ammazzato verso le due di notte. Secondo me gli hanno sparato appena ha acceso la luce, non ha manco avuto il tempo di chiudere la porta.»

«Com'era vestito?»

«Il morto?»

«No, il dottor Pasquano.»

«Salvo, quanto sei 'ntipatico quando ti ci metti! Era in camicia e pantaloni, la giacca...»

S'interruppe, taliò umilmente Montalbano.

«Non può essersi sbagliato di cammara, se la giacca l'abbiamo trovata nella ventotto!»

«E i bagagli, nella ventotto, com'erano?»

«Aveva messo tutto in ordine nell'armadio.»

«Le luci del bagno erano accese?»

«Sì.»

Montalbano ci fece testa per qualche secondo.

«Mimì» disse poi «la prima cosa che fai, appena torni al Reginella, è che ti chiami la cammarera, fai riportare tutto quello che apparteneva a Provenzano nella ventidue e poi faglielo rimettere daccapo alla ventotto.»

«E perché?»

«Così, per farle passare tempo» replicò il commissario sgarbato «e poi mi riferisci telefonicamente. Le cammare ventidue e ventotto sono sigillate, vero?»

Non solo Mimì le aveva fatte sigillare, ma ci aveva lasciato di guardia Gallo e Galluzzo.

Appena Augello niscì dalla sua casa, Montalbano si pigliò due aspirine, si scolò una tazza di vino quasi bollente dentro la quale aveva versato macari un bicchiere di whisky, tirò fora dall'armuar due pesanti coperte di lana, le mise sul letto, si coricò incuponandosi fin sopra la testa. Aveva deciso di farsi passare la febbre in qualche ora, non reggeva all'idea che Mimì Augello portasse avanti l'inchiesta in prima pirsona, gli pareva di star patendo un'ingiustizia.

Quando lo squillo del telefono l'arrisbigliò, si trovò completamente assuppato di sudore, gli parse di stare sotto linzoli vagnati d'acqua calda. Tirò fora cautamente un braccio, rispose.

«Salvo? Ho fatto fare alla cammarera come avevi detto tu. Dunque, nella ventidue Provenzano aveva aperto solo una valigia. Si è cangiato di vestito. Ma prima era andato in bagno, si era lavato, si era fatto la barba. Quando la cammarera ha portato le valigie alla ventotto, ha pigliato macari le cose che Provenzano aveva lasciate sul ripiano del lavabo e che gli erano servite per puliziarsi. E qui c'è qualcosa che alla cammarera non quatra.»

«E cioè?»

«La cammarera dice che sul ripiano c'era macari un pacchettino avvolto nella carta e legato con lo scotch. Lei è certa d'averlo portato nella ventotto e di averlo messo nuovamente sul ripiano del lavabo.»

«E che c'è che non torna?»

«Beh, vedi, questo pacchettino non si trova. Nella ventotto non c'è. Né sul ripiano del lavabo, dove la cammarera giura e spergiura d'averlo messo, né in nessun'altra parte. Ho fatto perquisire la ventotto tre volte.»

«Hai parlato con la signora Rosina?»

«Sì, e mi sono fatto spiegare il perché del trasferimento di cammara. Provenzano aveva un udito così sensibile che era una vera e propria malatia. Dormivano separati perché bastava che la signora respirasse tanticchia più forte e di subito Provenzano si trovava arrisbigliato senza poter ripigliare sonno. Nella ventidue, che ha la finestra sulla facciata principale, certamente Provenzano sarebbe stato continuamente disturbato dalle voci di quelli che per tutta la nottata sarebbero entrati e nisciuti dall'albergo, dalla rumorata delle auto che arrivavano e partivano. La ventotto invece era assai più tranquilla, dato che dava sulla facciata posteriore.»

«Tu ti trattieni ancora lì?»

«Sì.»

«Fammi un piacere, Mimì, aspetto la tua risposta al

telefono. Domanda in albergo se Provenzano, nel pomeriggio di ieri, è venuto a Vigàta.»

Mentre aspettava la risposta, si mise il termometro. Trentasei e sette. Ce l'aveva fatta. Scostò le coperte, poggiò i piedi a terra e tutto gli girò vorticosamente attorno.

«Pronto, Salvo? Sì, verso le cinque del dopopranzo si è fatto dare la macchina da sua moglie, non ha detto però dove andava. La signora dice che è tornato dopo manco due ore. Come ti senti, Salvo?»

«Malissimo, Mimì. Fammi sapere, mi raccomando.»

«Non dubitare. Curati.»

Si susì adagio. Primo provvedimento: scolarsi mezzo bicchiere di whisky liscio. Secondo provvedimento: gettare nella munnizza la scatola dell'antibiotico. La pigliò in mano e si paralizzò, sentendo dintra la sua testa il ciriveddro che faceva girare gli ingranaggi ad altissima velocità.

«Fazio? Montalbano sono.»

«Commissario, come sta? C'è di bisogno?»

«Entro cinque minuti voglio sapere quali erano le farmacie aperte ieri. Se oggi sono chiuse per turno, voglio i numeri di telefono dei farmacisti.»

Andò in bagno, feteva di sudore, si lavò accuratamente sentendosi subito meglio.

«Sono Fazio, dottore. Le farmacie che ieri facevano servizio sono due, la Dimora e la Sucato. La Dimora macari oggi è aperta, la Sucato è chiusa però ho il numero di casa del farmacista.»

Telefonò per primo alla Dimora e c'inzertò subito.

«Certo che conoscevo il pòvero Provenzano, commissario! Ha accattato aieri da noi una confezione di tappi per le orecchie e una scatola di un sonnifero potentissimo che si può vendere solo con ricetta medica.»

«E chi gliela aveva fatta la ricetta?»

Il farmacista Dimora esitò a rispondere e quando si decise la pigliò alla larga.

«Vede, commissario, io e il pòvero Provenzano eravamo diventati molto amici nel tempo che lui abitava a Vigàta. Non passava giorno che...»

«Ho capito» tagliò Montalbano, «non aveva ricetta.»

«Avrò guai?»

«Sinceramente non lo so.»

Il portone del Reginella era aperto a metà, sull'anta mancina spiccava un grande nastro nero con la scritta CHIUSO PER LUTTO. Il commissario, trasendo, non incontrò anima criata, si diresse verso un salottino dal quale proveniva un parlottìo. Appena lo vide, Mimì Augello, che stava parlando con un quarantino alto e distinto, ammammalucchì.

«Gesù! Che fai qua? Sei impazzito? Malato come sei!»

Montalbano non rispose a parole, ma rivolse al suo vice una taliata che veniva a significare quello che veniva a significare.

«Questo signore è Gaspare Arnone, il portiere dell'albergo.»

Montalbano lo considerò. Si era immaginato, va' a sapere pirchì, un omo anziano e tanticchia trasandato.

«Mi è stato detto che lei da tempo conosce la signora Rosina Provenzano.»

«Da un'eternità» fece Arnone sorridendo e mettendo in mostra una dentatura che pareva quella di un attore americano. «Lei aveva sedici anni e io ventisei. Lavoravamo nello stesso albergo a Catania. Poi la signora ha fatto fortuna e ha avuto la bontà di chiamarmi.»

«Voglio parlarti» disse Montalbano a Mimì.

Il portiere s'inchinò e uscì.

«Sei giarno come un morto» fece Augello. «Ti pare cosa? Guarda che ti può pigliare un malanno serio.»

«Parliamo di cose veramente serie, Mimì. Ho avuto conferma di un pinsero che m'è venuto. Lo sai che c'era in quel pacchettino che non si trova? Cera per le orecchie e un sonnifero.»

«Come l'hai saputo?»

«Cazzi miei. E questo significa una sola cosa: Provenzano arriva alla ventotto, disfa le valigie, poi va in bagno e vede che il pacchettino non c'è. Non può farne a meno, non mettersi i tappi e non pigliare il sonnifero, con tutto il bordello che c'è in albergo, significa perdere la nottata. Si fa persuaso che la cammarera si sia scordata il pacchettino alla ventidue. Ci va, accende la luce e non ha il tempo di fare biz che gli sparano.»

«La finestra era spalancata» aggiunse Mimì. «L'aveva lasciata così la cammarera per cangiare l'aria.»

«Ti faccio una domanda» proseguì Montalbano. «Dove hai trovato la chiave della ventidue?»

«Era a terra, vicino al morto.»

«La signora Rosina ha un'idea sul perché hanno ammazzato suo marito?»

«Sì. Lei dice che macari l'ultima volta che è tornato a Vigàta il marito le aveva detto d'essere preoccupato.»

«Di che?»

«A Mosca l'avevano minacciato. Pare, sempre secondo la signora, che avesse dato fastidio alla mafia russa.»

«Ma che minchiata! Se la mafia russa lo voleva ammazzare, che bisogno aveva di venirlo a fare qui? No, Mimì, è stato qualcuno che sapeva che Provenzano doveva cangiare cammara a preparargli il tranello. La cammarera ha portato sicuramente il pacchettino alla ventotto, ma da lì qualcuno lo ha fatto sparire per obbligare Provenzano a entrare nella ventidue. Poi questo qualcuno non ha più avuto modo e tempo di rimettere il pacchettino al suo posto. Ed è proprio la mancanza del pacchettino a dirci che è servito come esca. Tu che te n'intendi di fimmine, com'è la signora Rosina?»

«Potabile» fece Mimì Augello «a malgrado del lutto, mette in mostra un petto lottizzabile. Pensi che lei c'entra?»

«Boh!» rispose il commissario. «Il marito in fondo le

dava poco fastidio, si vedeva a Vigàta due o tre volte all'anno e per pochi giorni: un marito tanto comodo non si ammazza.»

«Tu stai sudando. Vattene a casa, non esagerare, Salvo. Ti potevo raccontare tutto io, venendo a trovarti. È stata inutile la faticata che hai fatto.»

«Questo lo dici tu. Provenzano aveva con sé delle carte?»

«Sì, una borsa.»

«Le hai taliate?»

«Non ho avuto tempo.»

«Valle a pigliare. E fammi un favore, di' al portiere se posso avere un whisky liscio.»

Montalbano, a causa della debolezza, aveva l'impressione di averne già bevuti troppi, di bicchieri di whisky. Però non si sentiva la testa confusa, anzi.

L'elegante portiere s'appresentò con un bicchiere vacante e una bottiglia nuova che aprì.

«Si serva come desidera. Vuole altro?»

«Sì, un'informazione. Ieri notte lei era di servizio?»

«Certamente. L'albergo era pieno e poi c'erano gli ospiti del dottor Panseca venuti per la cena.»

«Mi dica esattamente come è stato fatto lo spostamento di camera degli effetti di Provenzano dalla ventidue alla ventotto.»

«Non c'è problema, commissario. Tra la mezzanotte e mezzo e l'una l'ingegner Cocchiara e sua moglie lasciarono la ventotto. Mi consegnarono la chiave, che misi al suo posto. Avvertii la cammarera di rifare la stanza e di trasportare i bagagli del padrone dalla ventidue alla ventotto.»

«Le diede le chiavi?»

Il portiere sorrise con trecento denti che parse un lampadario di Murano acceso di colpo.

«Le cammarere hanno il passe-partout. Una mezzorata dopo, Pina, la cammarera, mi disse che tutto era pronto. Io andai in salone e avvertii il padrone che, quando voleva, poteva ritirarsi. Era stanco del viaggio. Gli portai macari la chiave della ventotto.»

«E fu sempre lei a consegnargli la chiave della ventidue?»

Gaspare Arnone per un momento s'imparpagliò.

«Non capisco.»

«Amico mio, che c'è da non capire? Provenzano è stato trovato morto nella ventidue, con le chiavi allato. Lei un minuto fa mi ha detto che quando l'ingegnere Cocchiara è partito, ha rimesso le chiavi al loro posto. Quindi la mia domanda è più che logica.»

«A me non le ha domandate» fece il portiere dopo una pausa.

«Ma non ha detto che lei per tutta la notte è sempre stato di servizio?»

«Sì, ma questo non significa che me ne sono stato sempre impalato darrè il bancone. I clienti hanno molte esigenze, sa? Per cui può capitare che uno sia costretto ad assentarsi macari per cinque minuti.»

«Capisco. Ma allora la chiave della ventidue chi gliela ha data?»

«Nessuno. Se l'è pigliata da solo. Sapeva dov'erano: a vista di tutti. E poi era il padrone.»

Trasì Mimì Augello con una borsa gonfia di carte. Il portiere si ritirò. Montalbano riempì nuovamente il bicchiere di whisky. Spartirono le carte in due mucchietti, se ne pigliarono uno a testa, principiarono a leggere. Tutte lettere commerciali, fatture, rendiconti. A Montalbano stava calando il sonno quando Mimì Augello disse:

«Talìa ccà.»

E gli pruì una lettera. Era della Italian Export-Import indirizzata, a Mosca, a Saverio Provenzano e firmata dal dottor Arturo Guidotti, direttore generale della ditta. In essa si diceva come e qualmente, viste le reiterate insistenze e le solide ragioni apportate, la ditta si rassegnava ad accettare le dimissioni del collaboratore Saverio Provenzano, dimissioni che avrebbero avuto decorso dal quindici febbraio dell'anno entrante.

Montalbano si sentì felice e si scolò il terzo bicchiere.

«Andiamo a parlare alla signora Rosina.»

Traballò susendosi, Mimì lo sostenne.

Il portiere, al telefono, stava spiegando a qualcuno che l'albergo non poteva accettare clienti.

Montalbano aspettò che posasse il telefono e gli sorrise.

Gaspare Arnone ricambiò. Il commissario non parlò. Manco Gaspare Arnone raprì bocca. Si taliavano e si sorridevano. La situazione parse imbarazzante a Mimì Augello.

«Andiamo?» spiò a Montalbano.

Il commissario non gli rispose.

«Lei è stato chiamato dalla signora Rosina al Reginella dopo che Provenzano è partito per la Russia, vero?»

«Sì. Aveva bisogno di una persona fidata.»

«Grazie» disse Montalbano.

La mezza sbornia lo faceva compìto e cerimonioso.

«Mi levi un'altra curiosità. Nelle stanze non ci sono campanelli per chiamare le cammarere, vero?»

«No. I clienti devono telefonare qua in portineria se hanno bisogno di qualche cosa.»

«Grazie» fece ancora Montalbano esibendosi macari in un mezzo inchino.

L'appartamentino della proprietaria del Reginella era al secondo piano. Alla fine della prima rampa di scale, le gambe del commissario diventarono di ricotta. S'assittò su di un gradino e Augello gli si mise allato.

«Posso sapere che ti passa per la testa?»

«Te lo dico. Che la signora Rosina e il portiere si sono appattati e hanno ammazzato a Provenzano.»

«Ma che prove hai?»

«Non ne ho. Le trovi tu. Io ti dico solo come sono andati i fatti. Quattordici anni fa, all'albergo di Catania dove travagliano assieme, Rosina e il portiere Gaspare

ogni tanto si trovano 'nzèmmula a letto. Lei ha un amante vecchio e, capirai, qualche volta le piglia desiderio di
ristoro. Bene. Quando il marito di Rosina va in Russia,
la fìmmina s'arricorda del suo amico di Catania e lo
chiama al suo servizio. La storia, tra loro due, ripiglia.
Ma cangia d'intensità e diventa amore, passione, quello
che vuoi. La situazione è di tutto riposo, il marito è sempre lontano. Ma succede un fatto nuovo. Provenzano
scrive o telefona alla mogliere che si è stancato di stare a
Mosca. Ha dato le dimissioni. Verrà a Vigàta per il Capodanno, rientrerà a Mosca per fare le consegne e poi
tornerà definitivamente a fine febbraio. I due amanti
perdono la testa e decidono d'ammazzarlo. Il piano è legato a un filo di ragno, ma se funziona è perfetto. Prima
di andare ad avvertire Provenzano che la ventotto è
pronta, il portiere sale nella stanza e si porta via il pacchettino col sonnifero. Che Provenzano fosse andato in
farmacia il portiere l'avrà saputo dalla sua amante, che
ci mente quando dice di sconoscere la ragione per la
quale il marito volle la sua auto. A questo punto Provenzano, pronto per andarsi a coricare, scopre che manca il
pacchettino. Telefona in portineria ma non gli risponde
nessuno perché il portiere è già appostato nella casa in
costruzione e aspetta che gli venga a tiro. Provenzano,
dato che non può chiamare manco una cammarera, decide di fare tutto lui. Scende in portineria, piglia la chiave della ventidue, risale, apre la porta della stanza per ricuperare il pacchettino, accende la luce e il portiere lo
centra. Ma ha commesso un errore: a tutti i costi avrebbe dovuto rimettere il pacchettino nella ventotto. Andiamo?»

I quindici gradini che portavano al secondo piano il
commissario se li fece variando da sinistra a destra e viceversa, Mimì lo teneva ritto con una mano sotto l'ascella. Si fermarono davanti a una porta, Augello tuppiò discretamente.

«Chi è?»

«Sono Augello, signora.»

«Avanti, è aperta.»

Mimì lasciò il passo al suo superiore. Questi raprì la porta e rimase sulla soglia, la destra appoggiata al pomolo.

«Bonasira a tutti!» disse allegramente.

La vedova di fresco strammò. Tutti? Nella cammara c'era solo lei e quell'omo, inoltre, pareva 'mbriaco.

«Che vuole?»

«Una domandina facile facile. Lei sapeva che suo marito aveva dato le dimissioni dalla ditta per stabilirsi definitivamente a Vigàta?»

La signora Rosina, assittata sul letto, un fazzoletto tra le mani, non arrispunnì subito. Evidentemente si stava tirando il paro e lo sparo. Ma la scollatura mostrò che sul candore del suo petto lottizzabile qualche essere maligno stava passando una mano di colore rosso.

«No.»

«Risposta sbagliata!» esultò Montalbano.

Mike Bongiorno non avrebbe saputo fare di meglio.

«Arrestala» disse semplicemente il commissario ad Augello.

«No! No!» fece la signora Rosina susendosi di scatto dal letto. «Io non c'entro! Lo giuro! È stato Gaspare che...»

S'interruppe e tirò fora uno strillo, inatteso e acutissimo, da far vibrare i vetri. A Montalbano quel grido trasì dalle orecchie, firriò due volte torno torno al cervello, scinnì nella gola, scivolò sulla pancia, arrivò ai piedi.

«Arresta macari al portiere» riuscì ad articolare prima di cadere affacciabocconi a terra, svenuto.

A casa lo riaccompagnò Fazio che lo spogliò, lo fece coricare, gli mise il termometro. Quaranta e passa.

«Stanotte resto qua» fece Fazio, «m'accomodo sul divano.» Il commissario sprofondò in un sonno piombigno. Verso le otto del matino raprì gli occhi, sentendosi meglio. Fazio era lì, col caffè.

«Stanotte telefonò il dottor Augello, voleva sapere di lei. M'ha detto di riferirle che le cose sono andate come le aveva pinsate lei. I due hanno confessato, lui ha persino mostrato dove aveva ammucciato il fucile di precisione.»

«Perché non mi hai svegliato?»

«Babbìa? Ma se dormiva come un angelo!»

LO SCIPPATORE

Le poche volte che il questore, non avendo sottomano altri, l'aveva mandato a rappresentare la Questura di Montelusa in congressi e convegni, il commissario Montalbano aveva pigliato la cosa come una punizione o un'offisa personale. A sentire le ornate parole dei partecipanti, i saluti di benvenuto, quelli che auspicavano e quelli che deprecavano, quelli che facevano voti e quelli che invocavano l'apocalisse senza rimedio, veniva assugliato da una botta di grevianza, per cui alle domande degli altri rispondeva con biascicati, scostanti monosillabi. I suoi contributi alla discussione generale si risolvevano in una quindicina di righe cacate con sforzo, scritte male e lette peggio. Il suo intervento sulle regole comunitarie in fatto di Polizia di frontiera era previsto in programma per le 10 e 30 del terzo giorno dei lavori, ma già alla fine della prima giornata il commissario era stremato, stava a spiarsi come avrebbe fatto a resistere per ancora due giorni. A Palermo aveva pigliato alloggio all'albergo Centrale, accuratamente scelto in base al fatto che la totalità dei suoi colleghi italiani e stranieri era scesa in altri alberghi. Unica luce in tanto scuro fitto, l'invito a cena di Giovanni Catalisano, suo compagno di scuola dalle elementari al liceo, ora grossista di stoffe, padre di due figli avuti dalla mogliere Assuntina Didio che dal genitore Antonio, leggendario monzù, o cuoco, in principesche case palermitane, aveva ereditato un decimo scarso delle doti culinarie. Però quel decimo abbastava e superchiava: dei pranzetti allestiti dalla signora Assuntina il commissario si era fatto persuaso che ne avrebbe avuto memoria in punto di morte, sì da rendergli più doloroso il trapasso. Alla fine della seconda giornata di lavori, dopo che avevano parlato i rappresentanti dell'Inghilterra, della Germania e dell'Olanda rispettivamente in inglese, tedesco e olandese, Montalbano si sentiva la testa come un pallone. Perciò fu lesto a tuffarsi nella macchina dell'amico Catalisano ch'era passato a pigliarlo. La cena arriniscì superiore all'aspettativa e la conversazione che ad essa fece seguito fu assai rilassante: se la signora Assuntina era di scarsa parola, in compenso suo marito Giovanni era di pronta e intelligente battuta. Taliando il ralogio per caso, il commissario vide che era quasi l'una di notte. Si susì di scatto, salutò la coppia affettuosamente, s'infilò il giaccone di pelle e niscì, rifiutando l'accompagno che l'amico gli aveva offerto.

«L'albergo è vicino, dieci minuti di strata mi faranno bene, non t'incomodare.»

Appena fuori dal portone ebbe due sgradite sorprese: pioveva e faceva un freddo da tagliare la faccia. Allora decise di arrivare in albergo pigliando certe viuzze d'accorcio che gli pareva di ricordare. Aveva in mano una valigetta che gli avevano dato al convegno: con la mano mancina se la tenne sulla testa per ripararla tanticchia dalla pioggia che cadeva sostanziosa. Dopo avere camminato per vicoli solitari e male illuminati, con i pantaloni assuppati d'acqua, si perse d'animo: certamente stava sbagliando strada. Santiò, se avesse accettato l'offerta di Catalisano, a quest'ora sarebbe già stato nel caldo della sua cammara. Mentre se ne stava fermo in mezzo al vicolo, incerto a scegliere qual era la meglio, ripararsi in un portone in attesa che scampasse o proseguire coraggiosamente, sentì il rumore di una motocicletta che si avvicinava alle sue spalle. Si scansò per darle strada, ma venne di colpo intronato dalla potente rumorata della moto che aveva improvvisamente accelerato. Fu un attimo di stordimento e qualcuno ne approfittò per cercare di scippargli la valigetta che ancora teneva sulla testa per ripararsi dall'acqua. Per la strattonata, il commissario firriò su se stesso, venendo a trovarsi parallelo al motociclista il quale, ancora in piedi sui pedali, cercava di portargli via la valigetta che le dita della mano mancina di Montalbano saldamente artigliavano. Il tira e molla tra i due durò, assurdo, per qualche secondo: assurdo perché la valigetta, colma di carte senza importanza, cresceva di valore agli occhi dello scippatore proprio perché così strenuamente difesa. I riflessi del commissario erano sempre stati pronti e manco questa volta si smentirono, permettendogli di passare al contrattacco. Il violento calcio che mollò alla moto alterò il già precario equilibrio al quale era costretto lo scippatore che, a questo punto, preferì abbandonare, dare gas e ripartire. Ma non andò lontano, quasi alla fine del vicolo descrisse una curva a *u* e si fermò, col motore che ora rombava piano, proprio sotto un fanale. Interamente rivestito dalla tuta, la testa nascosta dintra al casco integrale, il motociclista era una figura minacciosa che sfidava il commissario alla prossima mossa.

"E ora che minchia faccio?" si spiò Montalbano mentre si raggiustava il giaccone di pelle. La valigetta non se la rimise in testa, tanto oramai si era completamente assammarato, l'acqua gli trasiva dal colletto, gli scendeva lungo la schiena e gli nisciva dai pantaloni, in parte andando a finire dintra le scarpe. Di voltare le spalle e mettersi a correre, manco a pensarlo: a parte la mala figura, il motociclista avrebbe potuto raggiungerlo come e quando voleva e farne minnitta. Non restava che andare avanti. Montalbano con lentezza, facendo dondolare la valigetta nella mano mancina, si mise a camminare come se andasse a passeggio in una giornata di sole. Il motociclista lo taliava avvicinare senza cataminarsi, pareva una statua. Il commissario andò dritto verso la moto, arrivato davanti alla ruota anteriore si fermò.

«Ti faccio vedere una cosa» disse al motociclista.

Raprì la valigetta, la capovolse, le carte caddero a terra, si bagnarono, s'impastarono col fango. Senza manco richiuderla, Montalbano gettò per terra macari la valigetta vacante.

«Se scippavi la pensione a una vecchiareddra, sicuro che ti andava meglio.»

«Io non scippo le fimmine, né vecchie né picciotte» reagì con tono offiso lo scippatore.

Montalbano non arriniscì a capire che voce quello avesse, gli arrivava troppo soffocata dal casco.

Il commissario decise, chissà perché, di portare avanti la provocazione.

Infilò una mano nella sacchetta interna della giacchetta, tirò fora il portafoglio, lo raprì, scelse una carta da centomila, la porse allo scippatore.

«Ti bastano per una dose?»

«Non accetto limosina» fece il motociclista, allontanando con violenza la mano di Montalbano.

«Quand'è così, buonanotte. Ah, senti, dammi un'informazione: che strada devo fare per arrivare al Centrale?»

«Sempre dritto, la seconda a sinistra» rispose con estrema naturalezza lo scippatore.

L'intervento di Montalbano, principiato puntualmente alle 10 e 30, era previsto dovesse finire alle 10 e 45 per dare posto ad altri quindici minuti di dibattito. Invece tra attacchi di tosse, raschiatine di gola, soffiatine di naso e stranuti dell'oratore, l'intervento terminò alle 11. I traduttori in simultanea passarono i momenti peggiori della loro vita perché il commissario, alla balbuzie che sempre lo pigliava quando doveva parlare in pubblico, stavolta aggiunse la nànfara, vale a dire quel particolare modo di parlare che viene quando uno ha il naso chiuso e stracangia la pronunzia delle consonanti. Nessuno ci capì niente. Dopo un attimo di smarrimento, il presidente di turno ebbe un'alzata d'ingegno e rinviò il dibattito. Così il commissario poté lasciare il convegno e andarsene in Questura. Si era arricordato che un anno avanti l'allora questore di Palermo aveva istituito una squadra speciale antiscippo che era stata molto pubblicizzata dalle TV e dai giornali dell'isola. Nelle foto e nelle riprese che illustravano i servizi si vedevano giovani agenti in borghese su pattini a rotelle o su lucenti vesponi novi novi pronti a inseguire gli scippatori, arrestarli e ricuperare la refurtiva. A capo della squadra era stato preposto il vicecommissario Tarantino. Poi dell'iniziativa nessuno aveva più parlato.

«Tarantì, ti occupi ancora dell'antiscippi?»

«Sei venuto a sfottere? La squadra si è sciolta due mesi dopo la sua costituzione. Capirai: dieci òmini a mezza giornata contro una media di cento scippi al giorno!»

«Volevo sapere...»

«Senti, è inutile che ne parli con me. Io siglavo i rapporti e basta, manco li leggevo.»

Sollevò il telefono, bofonchiò qualcosa, riattaccò. Quasi immediatamente tuppiarono alla porta e apparve un trentino dall'ariata simpatica.

«Questo è l'ispettore Palmisano. Il commissario Montalbano ti vuole spiare una cosa.»

«Ai comandi.»

«Solo una curiosità. Ha mai saputo di scippi fatti usando moto d'epoca?»

«Che intende per moto d'epoca?»

«Mah, che so, una Laverda, una Harley-Davidson, una Norton...»

Tarantino si mise a ridere.

«Ma che ti viene in mente? Sarebbe come andare a rubare le caramelle a un picciliddro con una Bentley!»

Palmisano, invece, restò serio.

«No, mai saputo. Desidera altro?»

Montalbano restò ancora cinque minuti a parlare col suo collega poi lo salutò e andò a cercare Palmisano.

«Se lo viene a bere un caffè con me?»

«Ho poco tempo.»

«Cinque minuti basteranno.»

Niscirono dalla Questura, trasirono nel primo bar che incontrarono.

«Voglio dirle quello che mi è capitato aieri a sira.»

E gli contò l'incontro con lo scippatore.

«Vuole farlo arrestare? Non le ha arrubato niente, mi pare» fece Palmisano.

«No. Vorrei solo conoscerlo.»

«Macari io» disse sottovoce l'ispettore.

«Era una Norton 750» aggiunse il commissario, «ne sono più che sicuro.»

«Già» assentì Palmisano, «e lui era vestito di tutto punto, col casco integrale.»

«Sì. La targa non l'ho potuta leggere perché era coperta da un pezzo di plastica nera. E allora, lei che mi dice?»

«Fu al secondo mese che facevo servizio nella squadra. Mancava poco alla chiusura mattutina delle banche. Io ero davanti alla Commerciale, niscì un omo con una borsa e uno, a bordo di una Norton 750 nera, gliela scippò. Mi precipitai all'inseguimento, avevo una bella Guzzi. Niente da fare.»

«Era più veloce?»

«No, dottore, più bravo. Per fortuna c'era poco traffico. Arrivammo, lui sempre avanti e io sempre dietro, fino allo svincolo per Enna. Qui lui imboccò una strada di campagna. E io appresso. Si vede che voleva fare motocross. A una curva però la mia moto non fece presa sul pietrisco e io volai. Mi salvò il casco, ma perdevo sangue dalla gamba destra, mi faceva male. Rialzandomi, la prima cosa che vidi fu lui. Si era fermato, ebbi l'impressione che se non mi fossi messo in piedi quello sarebbe stato capace di venirmi a dare una mano d'aiuto. Ad ogni modo, mentre io m'avvicinavo alla Guzzi senza staccare gli occhi da lui, fece una cosa che non m'aspettavo. Sollevò davanti a sé la borsa scippata e me la fece vedere. La raprì, ci taliò dintra, la richiuse, la gettò in mezzo alla strada. Poi girò la Norton e se ne andò. Io zuppiando raccolsi la borsa. C'erano cento milioni in biglietti da centomila. Tornai in Questura e nel rapporto scrissi che avevo recuperato la refurtiva dopo una colluttazione e che purtroppo lo scippatore era riuscito a scappare. Non dissi manco la marca della moto.»

«Capisco» fece Montalbano.

«Perché quello non cercava i soldi» disse Palmisano, dopo un silenzio, come a conclusione di un suo ragionamento.

«E che cercava secondo lei?»

«Boh! Forse un'altra cosa, ma non i soldi.»

Questo Palmisano era davvero una persona intelligente.

«Le sono venuti all'orecchio altri casi come il suo?»

«Sì. Tre mesi dopo il fatto mio. Capitò a un collega che è stato trasferito. Macari lui ricuperò la refurtiva, ma era stato lo scippatore a ridargliela. E manco lui, nel rapporto, fornì elementi validi per l'identificazione.»

«E così abbiamo uno scippatore che abitualmente se ne va in giro...»

Palmisano scosse la testa.

«No, commissario, non se ne va in giro "abitualmente", come dice lei. Lo fa solo quando non può fare a meno della sfida. Ha altro da domandarmi?»

Il raffreddore gli stava portando via i sapori, era inutile mangiare. Il convegno ripigliava alle tre e mezza, poteva starsene almeno due ore al caldo sotto le coperte. Si fece mandare in camera un'aspirina e l'elenco telefonico di Palermo. Gli era venuto a mente che per ogni hobby, dall'allevamento del baco da seta alla fabbricazione casalinga di bombe atomiche, c'è sempre un'associazione, un club corrispondente, dove gli iscritti si scambiano informazioni e pezzi rari e ogni tanto vanno a farsi una bella scampagnata. Trovò un Motocar che non capì cosa significasse, seguito da un Motoclub del quale compose il numero. Rispose una gentile voce maschile. Il commissario confusamente spiegò d'essere stato trasferito da poco a Palermo e domandò informazioni per un'eventuale iscrizione al club. L'altro gli rispose che non c'erano problemi, poi, abbassando di colpo la voce, spiò, col tono di chi domanda a quale setta segreta l'altro appartenga:

«Lei è un harleysta?»

«No, non lo sono» fece in un soffio il commissario.

«Che moto ha?»

«Una Norton.»

«Beh, allora è meglio che lei si rivolga al Nor-club, che è una nostra diramazione. Si prenda il numero di telefono, troverà qualcuno dopo le venti.»

Per scrupolo, ci provò subito. Nessuno rispose. Poteva farsi un'oretta di sonno prima di andare alla chiusura del convegno. S'arrisbigliò sentendosi benissimo, il raffreddore era quasi del tutto sparito. Taliò il ralogio e gli venne un colpo: le sette. Dato che oramai era inutile appresentarsi al convegno, se la pigliò comoda. Alle otto e cinque telefonò dalla hall dell'albergo, gli rispose una fresca voce di picciotta. Venti minuti appresso si trovò alla sede del club, al pianoterra di una palazzina elegante. Non c'era nessuno, solo la giovane che aveva risposto al telefono e che fungeva, dalle otto alle dieci di sira, da segretaria volontaria. Lo stesso facevano, a turno, i soci più giovani del club. Era così simpatica che al commissario non venne a cuore di contarle la storiella del nortonista trasferito. Si qualificò, senza provocare reazioni particolarmente preoccupate nella picciotta.

«Perché è venuto qua?»

«Ecco, vede, abbiamo l'ordine di censire tutte le associazioni, i club, sportivi o no, mi spiego?»

«No» fece la picciotta, «ma mi dica quello che vuole sapere e io glielo dico, la nostra non è un'associazione segreta.»

«Siete tutti così giovani?»

«No. Il cavaliere Rambaudo, tanto per fare un esempio, ha da tempo passato la sessantina.»

«Ce l'ha una foto di gruppo?»

La picciotta sorrise.

«Le interessano i nomi o le facce?»

E indicò la parete alle spalle di Montalbano.

«È di due mesi fa» aggiunse «e ci siamo tutti.»

Un foto nitida, scattata in aperta campagna. Più di trenta persone, tutte rigorosamente in divisa, tuta nera e stivali. Il commissario taliò le facce attentissimamente, quando arrivò alla terza della seconda fila ebbe un sussulto. Non seppe spiegarsi come e qualmente gli fosse venuta la certezza che quel trentino atletico che gli sorrideva era lo scippatore.

«Siete tanti» disse.

«Tenga presente che il nostro è un club provinciale.»

«Già. Ha un registro?»

L'aveva. E tenuto in ordine perfetto. Foto, nome, cognome, professione, indirizzo e telefono dell'iscritto. Targa della moto posseduta, caratteristiche principali e particolari. Aggiornamento semestrale della quota d'iscrizione. Varie. Sfogliò il registro facendo finta di pigliare appunti sul retro di una busta che aveva in sacchetta. Poi sorrise alla ragazza che stava parlando al telefono e niscì. In testa aveva tre nomi e tre indirizzi. Ma quello dell'avvocato Nicolò Nuccio, via Libertà 32, Bagheria, telefono 091232756, era stampato in grassetto.

Tanto valeva levarsi subito il pinsero. Fece il numero dalla prima cabina telefonica che incontrò e gli rispose un bambino.

«Plonto? Plonto? Chi sei tu? Che vuoi?»

Non doveva manco avere quattro anni.

«C'è papà?»

«Ola te lo chiamo.»

Stavano taliando la televisione, si sentiva la voce di... Di chi era quella voce? Non ebbe tempo di rispondersi.

«Chi parla?»

Malgrado l'avesse sentita soffocata e distorta dal casco integrale, il commissario la riconobbe. Senza ombra di dubbio.

«Il commissario Montalbano sono.»

«Ah. Ho sentito parlare di lei.»

«Macari io di lei.»

L'altro non replicò, non domandò. Montalbano ne sentiva il respiro profondo attraverso il ricevitore. In secondo piano la televisione continuava. Ecco: era la voce di Mike Bongiorno.

«Ho motivo di ritenere che noi due, ieri notte, ci siamo incontrati.»

«Ah, sì?»

«Sì, avvocato. E avrei piacere d'incontrarla nuovamente.»

«Allo stesso posto di ieri notte?»

Non pareva per niente preoccupato dal fatto d'essere stato scoperto. Anzi, si permetteva di fare lo spiritoso.

«No, troppo scomodo. L'aspetto al mio albergo, al Centrale, ma questo lo sa già, domani mattina alle nove.»

«Verrò.»

Mangiò bene in una trattoria vicino al porto, tornò in albergo verso le undici, stette a leggere per un due orate un romanzo non giallo di Simenon, fatta l'una astutò la luce e s'addormentò. Alle sette del matino si fece portare un espresso doppio e il «Giornale di Sicilia». La notizia che lo fece balzare in piedi in un bagno di sudore era scritta in neretto, in prima pagina: si vede che era arrivata appena in tempo per essere stampata. Diceva che alle 22 e 30 della sera avanti, nei pressi della stazione, uno scippatore aveva tentato di rubare il campionario di un rappresentante di preziosi che aveva reagito sparando e uccidendolo. Con estrema sorpresa lo scippatore era stato identificato come l'avvocato Nuccio Nicolò, trentaduenne, benestante, di Bagheria. Il Nuccio – continuava il giornale – non aveva nessun bisogno di rubare per campare, la stessa moto sulla quale aveva tentato lo scippo, una Norton nera, valeva una decina di milioni. Si trattava di uno sdoppiamento della personalità? Di uno scherzo finito tragicamente? Di un'assurda bravata?

Montalbano gettò il giornale sul letto e cominciò a vestirsi. Nicolò Nuccio aveva trovato quello che cercava e lui forse ce l'avrebbe fatta a pigliare il treno delle otto e mezzo per Montelusa. Da lì avrebbe telefonato al commissariato di Vigàta. Qualcuno sarebbe venuto a prenderlo.

LA PROVA GENERALE

La nottata era proprio tinta, botte di vento arraggiate si alternavano a rapide passate d'acqua tanto malintenzionate che parevano volessero infilzare i tetti. Montalbano era tornato a casa da poco, stanco perché il travaglio della jornata era stato duro e soprattutto faticante per la testa. Raprì la porta-finestra che dava sulla verandina: il mare si era mangiato la spiaggia e quasi toccava la casa. No, non era proprio cosa, l'unica era farsi una doccia e andarsi a corcare con un libro. Sì, ma quale? A eleggere il libro col quale avrebbe passato la notte condividendo il letto e gli ultimi pinseri era macari capace di perderci un'orata. Per prima cosa, c'era la scelta del genere, il più adatto all'umore della serata. Un saggio storico sui fatti del secolo? Andiamoci piano: con tutti i revisionismi di moda, capitava che t'imbattevi in uno che ti veniva a contare che Hitler era stato in realtà uno pagato dagli ebrei per farli diventare delle vittime compatite in tutto il mondo. Allora ti pigliava il nirbuso e non chiudevi occhio. Un giallo? Sì, ma di che tipo? Forse era indicato per l'occasione uno di quelli inglesi, preferibilmente scritti da una fimmina, tutto fatto di intrecciati stati d'animo che però dopo tre pagine ti fanno stuffare. Allungò la mano per pigliarne uno che non aveva ancora letto e in quel momento il telefono sonò. Cristo! Si era scordato di telefonare a Livia, certamente era lei che chiamava, preoccupata. Sollevò il ricevitore.

«Pronto? È la casa del commissario Montalbano?»

«Sì, chi parla?»

«Genco Orazio sono.»

E che voleva Orazio Genco, quasi settantenne ladro di case? A Montalbano quel ladro che in vita sua non aveva mai fatto un gesto violento stava simpatico e l'altro questa simpatia la sentiva.

«Che c'è, Orà?»

«Ci devo parlari, dottore.»

«È cosa seria?»

«Dottore, non ce lo saccio spiegare. È una cosa stramma, che non mi persuade. Ma vossia è meglio se la sa.»

«Vuoi venire a casa mia?»

«Sissi.»

«E come vieni?»

«Con la bicicletta.»

«Con la bicicletta? A parte che ti pigli una purmonìa, tu arrivi qua che è già matino.»

«E allora come facciamo?»

«Da dove mi stai chiamando?»

«Dalla gabina che c'è vicino al monumento ai caduti.»

«Aspettami lì, almeno ti ripari. Piglio la macchina e tra un quarto d'ora arrivo. Aspettami.»

Arrivò con tanticchia di ritardo sul previsto perché prima di nesciri aveva avuto una bella pensata: riempire un thermos di caffè bollente. Assittato allato al commissario dintra la macchina, Orazio Genco se ne scolò un intero bicchiere di plastica.

«Di freddo mi ero pigliato.»

Fece schioccare la lingua, beato.

«E ora ci vorrebbe una bella sigaretta.»

Montalbano gli pruì il pacchetto, gliela accese.

«Serve altro? Orà, m'hai fatto correre fino a qua perché avevi gana di un cafè e di una sigaretta?»

«Commissà, stanotte ero andato ad arrubbare.»

«E io t'arresto.»

«Commissà, dico meglio: stanotte avevo intinzioni di andare ad arrubbare.»

«Hai cangiato idea?»

«Sissi.»

«E perché?»

«Ora ce lo conto. Fino a qualche anno passato io travagliavo nelle villette a ripa di mare, quando i proprietari se ne andavano perché veniva il malottempo. Ora le cose sono cangiate.»

«In che senso?»

«Nel senso che le villette non sono più disabitate. Ora la gente ci sta macari d'inverno, tanto con l'automobile vanno dove vogliono. E accussì pi mia è diventato lo stesso arrubbare in paisi o nelle villette.»

«Stanotte dove sei andato?»

«In paisi, qua. Vossia conosce l'officina meccanica che arripara macchine di Giugiù Loreto?»

«Quella sulla strata per Villaseta? Sì.»

«Propio sopra all'officina ci stanno due appartamenti.»

«Ma quelle sono case di povirazzi! Che ci arrobbi? Un televisore scassato in bianco e nero?»

«Commissà, mi perdonasse. Ma lo sa chi ci abita in uno dei due appartamenti? Tanino Bracceri, ci abita. Che vossia certamente conosce.»

Altro se lo conosceva, a Tanino Bracceri! Un cinquantino fatto solo di cento chili di merda e di lardo rancido che a suo confronto un maiale ingrassato per essere scannato pareva un figurino, un indossatore di moda. Un usuraio osceno che si diceva si facesse pagare qualche volta in natura, picciliddri o picciliddre, il sesso non aveva importanza, disgraziati figli delle sue vittime. Montalbano non era mai arrinisciuto a metterci sopra la mano, cosa che avrebbe fatto con soddisfazione, ma non c'erano mai state precise denunzie. L'idea ch'era venuta a Orazio Genco di andare ad arrubbare in casa di Tanino Bracceri ebbe l'incondizionata approvazione del tutore dell'ordine e della Legge commissario Montalbano dottor Salvo.

«E perché non l'hai fatto? Se lo facevi, capace che non t'arrestavo.»

«Io sapevo che Tanino va a dormiri ogni sera alle dieci spaccate. Nell'altro appartamento, sullo stesso pianerottolo, ci abita una coppia di vecchi che non si vedono mai strata strata. Fanno vita ritirata. Due pensionati, marito e mogliere. Di Giovanni, si chiamano. Io perciò andavo sicuro, macari perché sapevo che Tanino s'intolla di sonniferi per pigliare sonno. Arrivai davanti all'officina meccanica, aspettai tanticchia, con questo tempo non passava anima criata, raprii il portone allato all'officina e in un attimo trasii. La scala era allo scuro. Addrumai la pila e acchianai a lèggio a lèggio. Sul pianerottolo tirai fora gli attrezzi. E m'addunai che la porta dei Di Giovanni era solo accostata. Pinsai che i due vecchi si fossero scordati di chiuderla. La facenna mi preoccupava, con la porta aperta capace che quelli potevano sentire qualche rumorata. Allora m'accostai alla porta, avevo pinsato di chiuderla adascio. Sulla porta c'era appizzato un foglio di carta, mi parse un pizzino come quelli che c'è scritto "torno subito" o cose accussì.»

«E invece su quello che c'era scritto?»

«Ora non mi ricordo. Mi viene in testa una sola parola: generale.»

«Lui, quello che abita lì, Di Giovanni, è un generale?»

«Non lo saccio, è possibile.»

«Vai avanti.»

«Feci per chiuderla adascio adascio, ma la tentazione di una porta mezza aperta era troppo forte. L'anticammara era allo scuro, come puro la cammara di mangiare e di stare. Invece nella cammara di dormiri c'era luce. M'avvicinai alla porta e mi pigliò un colpo. Sopra il letto matrimoniale, vestita di tutto punto, c'era una fimmina morta, un'anziana.»

«Come hai fatto a capire ch'era morta?»

«Commissà, quella teneva le mani sul petto e le avevano arravugliato un rosario tra le dita e doppo le avevano messo un fazzoletto annodato sulla testa per tenerle ferma la bocca. Aveva gli occhi chiusi. Ma il meglio deve ancora venire. Ai piedi del letto c'era una seggia e assittato sopra un omo che mi voltava le spalle. Chiangiva, povirazzo. Doveva essere il marito.»

«Orà, sei stato scalognato, che ci vuoi fare? Quello stava a vegliare la mogliere morta.»

«Certo. Però, a un certo punto, pigliò una cosa che evidentemente teneva sopra le gambe e se la puntò alla testa. Un revorbaro era, commissario.»

«Oddio. E tu che hai fatto?»

«Fortunatamente, mentre io non sapevo come pensarmela, l'omo parse pentirsi, lasciò ricadere il braccio coll'arma, forse all'ultimo momento gli era mancato il coraggio. Allora caminai all'indietro senza farmi sèntiri, tornai nell'anticammara e niscii dalla casa, sbattendo forte la porta che parse una cannonata. Accussì per qualche tempo gli passava il pinsero d'ammazzarsi. E ho telefonato a vossia.»

Montalbano non parlò subito, si mise a riflettere. Probabilmente a quell'ora il vedovo si era già sparato. Oppure stava ancora lì, combattuto tra il restare in vita e il chiamarsene fora. Pigliò una decisione. Mise in moto.

«Dove andiamo?» spiò Orazio Genco.

«Al garage di Giugiù Loreto. Dove hai lasciato la bicicletta?»

«Non si preoccupasse, è incatenata a un palo.»

Davanti al garage, Montalbano fermò.

«L'hai chiuso tu il portone?»

«Sissi, quanno sono venuto a telefonarle.»

«Ti pare che filtra luce dalle finestre?»

«Non mi pare.»

«Stammi a sentire, Orà: tu scendi, rapri il portone, trasi e vai a vedere che succede in quella casa. Non ti fare sèntiri, qualisiasi cosa che vedi.»

«E vossia?»

«Ti faccio da palo.»

A forza di ridere, a Orazio gli pigliò un attacco di tosse. Quanno si fu calmato, scinnì dall'auto, traversò la strata, raprì in un secondo il portone d'ingresso, lo richiuse alle sue spalle. Non pioveva più, ma in compenso il vento si era inforzato. Il commissario s'addrumò una sigaretta. Doppo manco dieci minuti riapparse Orazio Genco, richiuse il portone, traversò la strata di corsa, aprì lo sportello, trasì. Tremava, ma non per il freddo.

«Andiamo via.»

Montalbano ubbidì.

«Che hai?»

«Assà mi scantai.»

«E parla!»

«Trovai la porta chiusa, la raprii e...»

«Il foglio di carta c'era ancora?»

«Sissi. Trasii. Tutto era come prima, la luce nella cammara di letto c'era sempre. M'avvicinai... Commissà, la morta non era morta!»

«Ma che dici?!»

«Quello che sto dicendo. Il morto era lui, il generale. Stinnicchiato sul letto com'era prima so' mogliere, il rosario, il fazzoletto.»

«Hai visto sangue?»

«Nonsi, la faccia del morto mi parse pulita.»

«E la mogliere, l'ex morta, che faceva?»

«Stava assittata sulla seggia ai pedi del letto e si puntava una pistola in testa, chiangendo.»

«Orà, tu non stai babbiando, vero?»

«Commissà, che ragione avrei?»

«Dai che ti riaccompagno a casa. Lascia perdere la bicicletta, fa freddo.»

Sono liberi due anziani signori, marito e mogliere, di fare la notte a casa loro quello che gli passa per la testa?

Travestirsi da indiani, camminare a quattro zampe, appendersi al soffitto a testa in giù? Certamente lo sono. E allora? Se Orazio Genco non si fosse pigliato di scrupolo, lui di tutta questa storia non ne avrebbe saputo niente e avrebbe dormito sireno e tranquillo quelle tre ore di sonno che gli restavano invece di votarsi e rivotarsi nel letto come ora stava facendo, santiando e addiventando sempre più nirbuso. Non c'era verso: lui si comportava davanti a una facenna che non quatrava come Orazio Genco davanti a una porta semiaperta, doveva entrarci dintra, scoprire i perché e i percome. Che veniva a significare quella specie di cerimonia?

«Fazio! Subito da me di corsa!» fece Montalbano trasendo in ufficio. La matinata era peggio della nottata, accupusa e fredda.

«Dottore, Fazio non c'è» disse Gallo appresentandosi.

«E dov'è?»

«Stanotte ci fu una sparatoria, hanno ammazzato a uno dei Sinagra. Era previsto, lo sa com'è: una volta uno di una famiglia, la volta appresso uno dell'altra famiglia.»

«Augello è con Fazio?»

«Sissi. Qui ci siamo io, Galluzzo e Catarella.»

«Senti, Gallo, tu lo sai dov'è il garage di Giugiù Loreto?»

«Sissignore.»

«Sopra al garage ci sono due appartamenti. In uno ci abita Tanino Bracceri, nell'altro una coppia di anziani. Voglio sapere tutto di loro. Vai subito.»

«Dunque, dottore. Lui si chiama Di Giovanni Andrea, anni ottantaquattro, pensionato, nativo di Vigàta. Lei invece Zaccaria Emanuela, nata a Roma, ottantadue anni, pensionata. Non hanno figli. Fanno vita ritirata, ma non devono passarsela male male, in quanto tutto lo stabile è di proprietà del Di Giovanni, glielo lasciò in eredità suo padre. Ha venduto l'appartamento a Tanino

Bracceri, ma si è tenuto quello dove abita e l'officina che affitta a Giugiù Loreto. Prima abitavano a Roma, da una quindicina d'anni si sono trasferiti qua.»

«Lui era un generale?»

«Chi?»

«Come, chi? Questo Di Giovanni, era un generale?»

«Ma quanno mai! Erano attori, tanto il marito quanto la mogliere. Giugiù m'ha detto che il salotto è tutto pieno di fotografie di teatro e di cinema. Hanno contato a Giugiù che hanno travagliato con i più grossi attori, ma sempre come, aspettasse che talìo che me lo sono scritto, ecco, caratteristi.»

Evidentemente si mantenevano in esercizio. Oppure si ripassavano vecchie scene recitate chissà quando. Forse ripetevano la scena che aveva avuto maggior successo in tutta la loro carriera, quella dove avevano avuto più applausi... Eh, no. Non poteva essere: lo scambio delle parti non aveva senso. Una spiegazione però doveva esserci e Montalbano voleva averla. Quando incornava su una cosa, non c'erano santi. Doveva trovare una scusa per parlare con i signori Di Giovanni.

La porta sbatté violentemente contro il muro, il commissario sobbalzò e a stento trattenne una travolgente voglia d'omicidio.

«Catarè, ti ho detto mille volte...»

«Domando pirdonanza, dottori, ma la mano mi scappò.»

«Che c'è?»

«Dottori, c'è Genico Orazio, il latro, ca dice ca ci voli parlari pirsonalmenti di pirsona. Capace che si voli costituzionare.»

«Costituire, Catarè. Fallo passare.»

«Lo sapi che stanotte non ci ho dormito?» fece Orazio Genco trasendo.

«Manco io, se è per questo. Che vuoi?»

«Commissà, una mezzorata fa stavo pigliando un cafè con un amico che l'Arma ha arrestato e che si è fatto tre anni di càrzaro. E mi diceva: "Senza prove m'hanno messo dintra! Senza prove!". Allura questa parola, "prove", m'ha fatto venire in mente quello che c'era sul foglio impiccicato nella porta dei due vecchi. C'era scritto, ora me l'arricordo preciso: "Prova generale". Per questo pinsai che forse lui era un generale.»

Ringraziò Orazio Genco che se ne andò. Doppo tanticchia comparve Fazio.

«Dottore, stamattina m'ha cercato?»

«Sì. Eri andato con Mimì per quell'omicidio. Ma io vorrei sapere solo una cosa: come mai né tu né il dottor Augello non vi siete degnati d'avvertirmi che c'era un morto?»

«Dottore, ma che dice? Lo sa quante volte abbiamo chiamato a casa sua, a Marinella? Ma lei non ha mai risposto. Che aveva, il telefono staccato?»

No, non aveva il telefono staccato. Era fora di casa, a fare il palo a un ladro.

«Parlami di quest'ammazzatina, Fazio.»

Il morto ammazzato lo tenne occupato fino alle cinque del doppopranzo. Poi la facenna dei Di Giovanni gli tornò a mente di colpo. E lo preoccupò. Quelli, sulla porta, avevano scritto che stavano facendo una prova generale. Il che veniva a significare che il giorno dopo ci sarebbe stato lo spettacolo. Che cos'era, per i Di Giovanni, lo spettacolo? Forse l'attuazione di quello che avevano provato la notte avanti, vale a dire una morte e un suicidio veri? Si squietò, afferrò l'elenco telefonico.

«Pronto, casa Di Giovanni? Il commissario Montalbano sono.»

«Sì, sono Andrea Di Giovanni, mi dica.»

«Avrei bisogno di parlarle.»

«Ma lei che commissario è?»

«Di Polizia.»

«Ah. E che vuole la polizia da me?»

«Assolutamente niente d'importante. Si tratta di una curiosità mia, tutta personale.»

«E che è questa curiosità?»

E qui gli venne l'idea.

«Ho saputo, del tutto casualmente, che voi due siete stati attori.»

«È vero.»

«Ecco, io sono un appassionato di teatro e di cinema. Vorrei sapere...»

«Sia il benvenuto, commissario. In questo paese non c'è uno, dico uno, che ne capisca di teatro.»

«Tra un'ora al massimo sono da voi, va bene?»

«Quando vuole.»

Lei pareva un aceddruzzo implume caduto dal nido, lui una specie di cane San Bernardo spelato e mezzo cieco. La casa specchiava, un ordine perfetto. Lo fecero assittare su una poltroncina, loro invece si misero vicini vicini sul divano, la posizione consueta di quando taliavano la televisione che stava di fronte. Montalbano appizzò gli occhi su una delle cento fotografie che coprivano le pareti e disse: «Ma quello non è Ruggero Ruggeri nel *Piacere dell'onestà* di Pirandello?». E da quel momento fu come una valanga di nomi e titoli: Sem Benelli e *La cena delle beffe*, ancora Pirandello e i *Sei personaggi in cerca d'autore*, Ugo Betti e *Corruzione a Palazzo di Giustizia*, mescolati a Ruggeri, Ricci, Maltagliati, Cervi, Melnati, Viarisio, Besozzi... La cavalcata durò un'ora e passa, con Montalbano alla fine intronato e i due vecchi attori felici e ringiovaniti. Ci fu una pausa durante la quale il commissario volentieri accettò un bicchiere di whisky, evidentemente accattato di prescia dal signor Di Giovanni per l'occasione. Nella ripresa si parlò invece di cinema che i due vecchi non consideravano molto. Meno ancora la televisione:

«Ma lo vede, commissario, quello che trasmettono? Canzonette e giochi. Quando fanno la prosa, a ogni morte di papa, ci viene da piangere.»

E ora, esaurito l'argomento spettacolo, per forza Montalbano doveva fare la domanda per la quale si era apprentato in quella casa.

«Ieri notte» disse sorridendo «ero qua.»

«Qua, dove?»

«Sul vostro pianerottolo. Ero stato chiamato dal signor Bracceri per una sua questione che poi si è rivelata senza importanza. La vostra porta era stata dimenticata aperta e mi sono permesso di chiuderla.»

«Ah, è stato lei.»

«Sì, e mi scuso d'aver fatto forse troppo rumore. C'era una cosa però che m'ha messo di curiosità. Sulla vostra porta, con una puntina da disegno, mi pare, c'era attaccato un foglio di carta con sopra scritto: prova generale.»

Sorrise, si diede un'ariata distratta.

«Cosa provavate di bello?»

I due addiventarono seri di colpo, si avvicinarono ancora di più l'uno all'altra; con un gesto naturalissimo, ripetuto migliaia di volte, si pigliarono per mano, si taliarono. Poi Andrea Di Giovanni disse:

«La nostra morte, provavamo.»

E mentre Montalbano se ne stava impietrito, aggiunse:

«Ma quello non è un copione, purtroppo.»

E stavolta fu lei a parlare.

«Quando ci siamo maritati, io avevo diciannove anni e lui ventidue. Siamo stati sempre assieme, non abbiamo mai accettato scritture in due compagnie diverse e per questo, qualche volta, abbiamo fatto la fame. Poi, quando siamo diventati troppo vecchi per lavorare, ci siamo ritirati qua.»

Continuò lui.

«Da qualche tempo pativamo di malesseri. È l'età, ci dicevamo. Poi ci siamo fatti visitare. Abbiamo il cuore a pezzi. La separazione sarà improvvisa e inevitabile. Allora ci siamo messi a fare le prove. Chi se ne andrà per primo, non resterà solo nell'aldilà.»

«La grazia sarebbe di morire assieme, nello stesso momento» disse lei. «Ma è difficile che ci venga concessa.»

Si sbagliava. Otto mesi dopo Montalbano lesse due righe sul giornale. Lei era serenamente morta nel sonno e lui, accortosene al risveglio, si era precipitato al telefono per chiamare aiuto. Ma a mezza strata tra il letto e il telefono, il cuore aveva ceduto.

IL GATTO E IL CARDELLINO

La signora Erminia Tòdaro, di anni ottantacinque, mogliere di un ex ferroviere pensionato, niscì come tutte le matine da casa per andare prima ad assistere alla santa Missa e didoppo a fare la spisa al mercato. Non è che la signora Erminia fosse praticante per fatto di fede, lo era piuttosto per fatto di mancanza di sonno, come càpita a quasi tutte le pirsone anziane: la Missa matutina le serviva per far passare tanticchia di tempo di quelle giornate che di anno in anno si facevano, chissà pirchì, sempre più lunghe e vacanti. Nelle istisse ore della matinata, il marito, l'ex ferroviere che di nome faceva Agustinu, si metteva alla finestra dalla quale si vedeva la strata e non si cataminava più fino a quanno la mogliere non gli diceva che era pronto a tavola. Dunque la signora Erminia niscì dal portone, s'assistimò il cappotto pirchì faceva tanticchia di frisco e pigliò a camminare. Nel braccio destro teneva appinnuta una vecchia borsa nivura con dintra la carta d'intinnirintà, la foto della figlia Catarina maritata Genuardi che campava a Forlì, la foto dei tre figli della coppia Genuardi, tre foto dei figli dei figli della coppia Genuardi, un santino con sopra raffigurata santa Lucia, lire ventiseimila di carta e settecentocinquanta di metallo. L'ex ferroviere Agustinu dichiarò d'aver visto che appresso alla mogliere andava, lentissimo, un motorino guidato da uno col casco. A un certo momento il guidatore del motorino, come stuffato d'andare col passo della signora Erminia che non poteva certamente dirsi svelto, accelerò e sorpassò la fìmmina. Poi fece una cosa stramma: effettuata una curva a *u*, tornò narrè, puntando dritto verso la signora. Per la strata non passava anima criata. A tre passi dalla signora Erminia, il guidatore fermò, poggiò un piede in terra, cavò dalla sacchetta un revorbaro e lo puntò verso la fimmina. La quale, essendo incapace di distinguere un cane a venti centimetri di distanza a malgrado degli occhiali spessi, continuò tranquillamente a procedere, ignara, verso l'omo che l'amminazzava. Quanno la signora Erminia si venne a trovare quasi naso a naso coll'omo, s'addunò dell'arma e assai si maravigliò che qualichiduno avesse una qualche ragione per spararle.

«Che fai, figlio mio, mi vuoi ammazzare?» spiò, più sorpresa che scantata.

«Sì» disse l'omo «se non mi dai la borsetta.»

La signora Erminia si sfilò la borsetta dal braccio e la consegnò all'omo. A questo punto Agustinu era arrinisciuto a raprire la finestra. Si sporse fora a rischio di catafottersi di sotto e si mise a fare voci: «Aiuto! Aiuto!».

L'omo allora sparò. Un solo colpo verso la signora, non verso il marito che stava facendo tutto quel mutuperio. La signora cadì in terra, l'omo girò il motorino, accelerò, scomparse. Alle vociate dell'ex ferroviere si raprirono diverse finestre, òmini e fimmine corsero in strata per portare soccorso alla signora stinnicchiata in mezzo alla strata. Subito s'addunarono, con sollievo, che la signora Erminia era solamente sbinuta per lo scanto.

La signorina Esterina Mandracchia, di anni settantacinque, ex maestra elementare in pensione, mai maritatasi, viveva sola in un appartamento lasciatole in eredità dai genitori. La particolarità delle tre cammare, bagno e cucina della signorina Mandracchia era costituita dal fatto che le pareti erano completamente tappezzate da santini a centinaia. Inoltre c'erano delle statuette: una Madonna sotto una campana di vetro, un Bambin Gesù, un sant'Antonio da Padova, un Crocefisso, un san Gerlando, un san Calogero e altri non facilmente identificabili. La signorina Mandracchia andava in chiesa alla prima Missa, poi ci tornava per il vespero. Quella matina, due giorni appresso alla sparatina della signora Erminia, la signorina niscì di casa. Come contò poi al commissario Montalbano, aveva appena pigliato la strata della chiesa che venne sorpassata da un motorino sopra al quale c'era un omo col casco. Doppo pochi metri, il motorino fece una curva a *u*, tornò narrè, si fermò a pochi passi dalla signorina e l'omo scocciò un revorbaro. L'ex maestra, a malgrado dell'età, ci vedeva benissimo. Isò in alto le braccia, come aveva visto fare in televisione.

«M'arrendo» disse trimando.

«Dammi la borsetta» disse l'omo.

La signorina Esterina se la sfilò dal braccio e gliela pruì. L'omo la pigliò e la sparò, mancandola. Esterina Mandracchia non gridò, non svenne: semplicemente andò al commissariato e fece denunzia. Nella borsetta, dichiarò, a parte un centinaro e passa di santini, aveva esattamente diciottomila e trecento lire.

«Mangio meno di un passero» spiegò a Montalbano. «Un panino mi basta per due giorni. Che bisogno ho di andare in giro coi soldi nella borsetta?»

Pippo Ragonese, notista politico di Televigàta, era dotato di due cose: una faccia a culo di gallina e una contorta fantasia che lo portava a immaginare complotti. Nemico dichiarato di Montalbano, Ragonese non fagliò l'occasione per attaccarlo ancora una volta. Sostenne infatti che dietro all'improprio scippo fatto alle due vecchiette c'era un preciso disegno politico a opera di non meglio identificati estremisti di sinistra. Essi, con queste azioni terroristiche, tendevano a dissuadere i credenti dall'andare in chiesa per l'avvento di un nuovo ateismo. La spiegazione del fatto che la polizia di Vigàta non avesse ancora arrestato lo pseudoscippatore la si doveva cercare nell'inconscia remora esercitata dalle idee politiche del commissario, certo non orientate né al centro né a destra. «Inconscia remora» sottolineò per ben due volte il notista, a scanso d'equivoco e di querela.

Montalbano invece non s'arraggiò, anzi ci fece sopra una bella risata. Non rise però il giorno appresso quando venne convocato dal questore Bonetti-Alderighi. Il quale, davanti a un Montalbano ammammaloccuto, non sposò la tesi del notista, ma, in un certo senso, se la fidanzò, invitando il commissario a seguire «anche» quella pista.

«Ma signor questore, ci rifletta: quanti pseudoscippatori occorrono per dissuadere tutte le vecchiette di Montelusa e provincia dall'andare alla prima Messa?»

«Lei stesso, Montalbano, ha adoperato proprio ora l'espressione "pseudoscippatori". Converrà, spero, che non si tratta di un modus operandi tipico di uno scippatore. Quello estrae ogni volta la pistola e spara! Senza un motivo! Gli basterebbe allungare un braccio e portarsi via comodamente le borsette. Che ragione c'è di tentare d'ammazzare quelle povere donne?»

«Signor questore» disse Montalbano al quale era smorcato lo sbromo, vale a dire la voglia di pigliare per il culo l'interlocutore, «tirare fuori un'arma, una pistola, non significa per niente la morte del minacciato, molto spesso la minaccia non ha valenza tragica, ma cognitiva. Almeno così sostiene Roland Barthes.»

«E chi è?» spiò il questore con la bocca spalancata.

«Un eminente criminologo francese» mentì il commissario.

«Montalbano, io me ne fotto di questo criminologo! Quello non solo estrae l'arma, ma spara!»

«Però non le colpisce, le vittime. Può darsi che si tratti di una valenza cognitiva accentuata.»

«Si dia da fare» tagliò Bonetti-Alderighi.

«Per me» disse Mimì Augello «è il classico balordo drogato.»

«Mimì, ma ti rendi conto? Quello in tutto è riuscito a scippare quarantacinquemila e cinquanta lire! Se si vende i proiettili del revolver capace che ci guadagna di più! A proposito, li avete trovati?»

«Abbiamo cercato a vacante. Chissà dove sono andati a finire, i colpi.»

«Ma perché questo stronzo spara alle vecchiette dopo che quelle gli hanno consegnato la borsetta? E perché le sbaglia?»

«Che viene a dire?»

«Mimì, viene a dire che le sbaglia. E basta. Talè, la prima volta possiamo pensare che abbia avuto una reazione istintiva quando il marito della signora Tòdaro si è messo a fare voci dalla finestra. Però non si capisce lo stesso perché invece di sparare all'omo che gridava, ha sparato alla signora che era a quaranta centimetri da lui. Mimì, non si sbaglia un colpo da quaranta centimetri. La seconda volta, con la signorina Mandracchia, le ha sparato mentre con l'altra mano agguantava la borsetta. Tra i due doveva esserci sì e no un metro di distanza. E sbaglia macari questa seconda volta. Però, la sai una cosa, Mimì? Penso che i due colpi non li abbia sbagliati.»

«Ah, sì? E come mai le due fìmmine non sono state manco ferite?»

«Perché i colpi erano a salve, Mimì. Fai una cosa, fai analizzare il vestito che indossava quella matina la signora Erminia.»

C'inzertò. Il giorno dopo dalla Scientifica di Montelusa fecero sapere che persino a un esame superficiale il vestito della signora Tòdaro, all'altezza del petto, risultava avere un'ampia macchia di residui di polvere da sparo.

«Allora è un pazzo» fece Mimì Augello.

Il commissario non rispose.

«Non sei d'accordo?»

«No. E se è un pazzo... c'è molta logica in quella follia.»

Augello, che non aveva letto *Amleto* o se l'aveva letto se l'era scordato, non rilevò la citazione.

«E che logica è?»

«Mimì, tocca a noi scoprirla, non ti pare?»

Alla scordatina, quando in paisi quasi non si parlava più delle due aggressioni, lo scippatore (ma come lo si poteva chiamare diversamente?) tornò a farsi vivo. Alle sette di una domenica matina, col solito rituale, si fece consegnare la borsetta della signora Gesualda Bommarito. Poi le sparò. E la pigliò alla spalla destra, di striscio. A taliare bene, una ferita da niente. Ma che mandava all'aria la teoria del commissario sul revolver caricato a salve. Forse i residui di polvere da sparo trovati sul vestito della signora Tòdaro erano dovuti a un'improvvisa torsione del polso dello sparatore che all'ultimo secondo doveva essersi pentito di quello che stava facendo. Stavolta il proiettile venne ricuperato e quelli della Scientifica fecero sapere a Montalbano che doveva trattarsi molto probabilmente di un'arma antidiluviana. Nella borsetta della signora Gesualda, che aveva avuto più scanto che danno, c'erano undicimila lire. Ma è possibile che uno scippatore (o quello che era) se ne vada in giro a scippare vecchiette che vanno alla Messa di primo matino? Uno scippatore serio, professionista, prima di tutto non è armato e poi aspetta la pensionata che esce dalla posta con la pensione o la signora elegante che va dal parrucchiere. No, c'era qualcosa che non quatrava in tutta la facenna. E dopo il ferimento della signora Gesualda, Montalbano principiò a preoccuparsi. Se quell'imbecille continuava a sparare con proiettili veri, prima o poi avrebbe finito coll'ammazzare qualche povirazza.

E infatti. Una matina la signora Antonia Joppolo, cinquantina, mogliere dell'avvocato Giuseppe, venne arrisbigliata mentre che dormiva, erano le sette, dallo squillo del telefono. Sollevò il ricevitore e riconobbe subito la voce del marito.

«Ninetta mia» fece l'avvocato.

«Che c'è?» spiò di subito allarmata la signora.

«Mi capitò un piccolo incidente di macchina alle porte di Palermo. Sono ricoverato in una clinica. Ti ho voluto avvertire io personalmente prima che venissi a saperlo da altri. Non ti allarmare, non è niente.»

La signora, invece, si allarmò.

«Piglio la macchina e vengo» disse.

Questo dialogo venne contato a Montalbano dall'avvocato Giuseppe Joppolo quando il commissario andò a trovarlo alla clinica Sanatrix.

È logico quindi supporre che la signora, vestitasi di corsa, sia uscita da casa e si sia precipitata verso il garage che distava un centinaio di metri. Fatti pochi passi, era stata sorpassata da un motorino. Annibale Panebianco, che stava in quel momento niscendo dal portone del palazzo dove abitava, ebbe il tempo di vedere la signora porgere la borsetta all'omo in motorino, sentire un colpo, assistere, impietrito, alla caduta per terra della poveretta e alla fuga del motorino. Quando poté muoversi e correre verso la signora Joppolo, che conosceva benissimo, non c'era più niente da fare, era stata pigliata in pieno petto.

Nel suo letto allo spitale, l'avvocato Giuseppe faceva come una maria per la disperazione.

«Tutta colpa mia! E pensare che le avevo detto di non venire, di restarsene a casa, che non era niente di grave! Povera Ninetta, quanto mi voleva bene!»

«Era da molto che lei si trovava a Palermo, avvocato?»

«Ma quando mai! Io l'ho lasciata a Vigàta che ancora dormiva e sono partito per Palermo con la mia auto.

Due ore e mezzo dopo ho avuto l'incidente, le ho telefonato, lei ha insistito per venire a Palermo ed è capitato quello che è capitato.»

Non poté proseguire, gli mancava l'aria tanto singhiozzava. Il commissario dovette aspettare cinque minuti prima che l'altro tornasse in condizione di rispondere alla sua ultima domanda.

«Mi perdoni, avvocato. Sua moglie portava grosse somme nella borsa, abitualmente?»

«Grosse somme? Che intende per grosse somme? In casa abbiamo una cassaforte dove ci sono sempre una decina di milioni in denaro liquido. Ma lei prendeva lo stretto necessario. D'altra parte oggi tra Bancomat, carta di credito e libretto d'assegni, che bisogno c'è di portarsi appresso molti soldi? Oddio, questa volta, venendo a Palermo e pensando di dover far fronte a spese impreviste, qualche milione l'avrà preso. Beh, avrà preso anche qualche gioiello. Era come un'abitudine, per la povera Ninetta, mettersene qualcuno nella borsa quando doveva lasciare Vigàta, sia pure per poco tempo.»

«Avvocato, com'è avvenuto l'incidente?»

«Mah, devo avere avuto un colpo di sonno. Sono andato a finire dritto sparato contro un palo. Non avevo la cintura di sicurezza, ho due costole rotte, ma niente di più.»

Il mento ripigliò a tremargli.

«E per una cretinata così, Ninetta ci ha lasciato la vita!»

«È vero» commentò il notista politico di Televigàta insistendo nella sua idea «che la vittima non stava recandosi in chiesa a pregare dato che la sua meta era il garage.» Ma chi poteva escludere che, prima di partire per Palermo a confortare il marito, la signora non avrebbe sostato, sia pure per pochi minuti, in chiesa, per elevare una preghiera a favore dell'avvocato che intanto giaceva nel suo letto di dolore? E dunque tutto tornava, questo delitto era da ascriversi alla setta di coloro che volevano, col terrore, rendere deserte le chiese. Cose che manco ai tempi di Stalin. Si era davanti, certamente, a una spaventosa escalation di atea violenza.

Macari un furibondo Bonetti-Alderighi adoperò la parola «escalation».

«È un'escalation, Montalbano! Prima spara a salve, poi ferisce di striscio e quindi uccide! Altro che la valenza cognitiva che sostiene il suo criminologo francese, come si chiama, ah sì, Marthes! Lo sa chi era la vittima?»

«Onestamente ancora non ho avuto il tempo di...»

«Glielo faccio risparmiare io il tempo. La signora Joppolo, a parte che era una delle donne più ricche della provincia, era cugina del sottosegretario Biondolillo che mi ha già telefonato. E aveva amicizie importanti, che dico importanti, importantissime negli ambienti politici e finanziari dell'isola. Si rende conto? Guardi, Montalbano, facciamo così e non se l'abbia a male: a condurre l'indagine, d'intesa naturalmente col Sostituto, sarà il capo della Mobile. Lei lo affiancherà. Le va bene?»

Al commissario, stavolta, andava benissimo. All'idea di dover rispondere alle inevitabili domande del sottosegretario Biondolillo e di tutti gli ambienti politici e finanziari dell'isola, aveva principiato a sudare: non certo per timore, ma per intollerabile fastidio verso il mondo della signora Joppolo.

Le indagini della Mobile, che Montalbano si guardò bene dall'affiancare (macari perché nessuno gliel'ho domandò di essere affiancato) si risolsero con l'arresto di due picciottazzi drogati e in possesso di motorini. Arresto che il GIP si rifiutò di convalidare. I due vennero rimessi in libertà e l'indagine finì lì, anche se il questore Bonetti-Alderighi si affannava a spiegare al sottosegretario Biondolillo e agli ambienti politici e finanziari che assai presto l'omicida sarebbe stato individuato e arrestato.

Naturalmente il commissario Montalbano svolse una sua indagine parallela, tutta in immersione, sotto il pelo dell'acqua. E arrivò alla conclusione che entro tempi brevi ci sarebbe stata un'altra aggressione. Si guardò bene dal farne parola col questore, ne accennò invece a Mimì Augello.

«Ma come?!» scattò Augello. «Mi vieni a contare che quello ammazzerà un'altra fìmmina e te ne stai assittato beato e tranquillo? Se sei convinto di quello che mi stai dicendo, bisogna fare qualcosa!»

«Calma, Mimì. Io ho detto che quello aggredirà e sparerà a un'altra fìmmina, ma non ho detto che l'ammazzerà. C'è differenza.»

«Come fai a esserne così sicuro?»

«Perché le sparerà a salve, come ha fatto le prime due volte. Perché è inutile venirmi a dire che l'assassino non ha sparato a salve, che all'ultimo secondo si è pentito e ha deviato l'arma... Tutte minchiate. È stata un'escalation, come dice il questore. Studiata con intelligenza. Sparerà a salve, la mano sul foco.»

«Salvo, lasciami capire. Siccome sarà un caso se piglieremo lo sparatore, questo secondo te viene a dire che ci saranno ancora, nell'ordine, due fìmmine sparate a salve, una ferita di striscio e l'ultima ammazzata?»

«No, Mimì. Se ho ragione io ci sarà solo un'altra vicchiareddra che sarà sparata a salve e si piglierà uno spavento terribile. Speriamo che il cuore le regga. Ma la facenna finirà lì, non ci saranno più aggressioni.»

Due mesi dopo i solenni funerali della signora Joppolo, una matina verso le sette che Montalbano ancora dormiva perché era andato a corcarsi alle quattro, il telefono squillò a Marinella. Santiando, il commissario ululò:

«Chi è?»

«Avevi ragione tu» fece la voce di Augello.

«Di che stai parlando?»

«Ha sparato a un'altra vecchiareddra.»

«L'ha ammazzata?»

«No. Probabilmente era un colpo a salve.»

«Arrivo subito.»

Sotto la doccia, il commissario intonò con tutto il fiato dei polmoni «O toreador ritorna vincitor».

Vecchiareddra, gli aveva detto Mimì per telefono. La signora Rosa Lo Curto stava assittata davanti a Montalbano tutta impettita. Grassa, rosciana ed espansiva, dimostrava dieci anni di meno dei sessanta che aveva dichiarato.

«Lei stava andando in chiesa, signora?»

«Io?! Io non metto piede in chiesa da quando avevo otto anni.»

«È sposata?»

«Sono vedova da cinque anni. Mi sono maritata in Svizzera, rito civile. Non sopporto i parrini.»

«Perché è uscita di casa così presto?»

«Mi aveva telefonato un'amica. Bajo Michela, si chiama. Aveva passato una nottata laida. È malata. E io allora ho detto che andavo a trovarla. Ho pigliato macari una bottiglia di vino bono, di quello che a lei piace. Non ho trovato una busta di plastica e così la bottiglia la tenevo in mano, tanto la casa di Michela è a cinque minuti di cammino.»

«Che è successo, esattamente?»

«La solita cosa. Sono stata sorpassata da un motorino. Poi ha fatto una curva a *u* ed è tornato indietro. Si è fermato a due passi, ha scocciato un revorbaro e me l'ha puntato. "Dammi la borsetta", ha detto.»

«E lei che ha fatto?»

«"Non c'è problema" gli ho detto. E ho allungato la

mano con la borsa. Lui, mentre la pigliava, mi ha sparato. Ma io non ho sentito niente, ho capito che non mi aveva colpito. Allora, con tutta la mia forza, gli ho rotto la bottiglia sulla mano che teneva la borsetta e che aveva appoggiata al manubrio per dare gas e ripartire. I suoi òmini hanno raccolto i pezzi della bottiglia. Sono insanguinati. Devo avergli scassato la mano, a quel grandissimo cornuto. La borsetta se l'è portata via. Ma tanto dintra ci avevo sì e no una decina di mila lire.»

Montalbano si susì, le porse la mano.

«Signora, la mia ammirazione più sincera.»

Il notista politico di Televigàta, dato che la signora Lo Curto, intervistata, aveva dichiarato che manco le passava per l'anticamera del cervello di andare in chiesa la matina dell'aggressione, sorvolò sull'argomento preferito della congiura tendente alla desertificazione delle chiese.

Chi non sorvolò fu Bonetti-Alderighi.

«E no! E no! Ricominciamo daccapo? Guardi che l'opinione pubblica si rivolterà di fronte alla nostra inerzia! Anzi, perché nostra? La sua, Montalbano!»

Il commissario non poté tenersi dal fare un sorrisino che fece arraggiare di più il questore.

«Ma cos'ha da sorridere, per Dio?!»

«Se mi dà due giorni di tempo, le porto qua i due.»

«Quali due?»

«Il mandante e l'esecutore materiale delle aggressioni e dell'omicidio.»

«Sta scherzando?»

«Per niente. Quest'ultima aggressione l'avevo prevista. Era, come dire, la prova del nove.»

Bonetti-Alderighi strammò, si sentì la gola arsa. Chiamò l'usciere.

«Portami un bicchiere d'acqua. Ne vuole anche lei?»

«Io no» disse Montalbano.

«Commissario! Che bella sorpresa! Come mai è venuto a Palermo?»

«Sono qui per un'indagine. Mi trattengo qualche ora e poi me ne torno a Vigàta. Ho saputo che tanto a Vigàta quanto a Montelusa ha venduto tutte le proprietà della povera sua signora.»

«Commissario, mi creda, non ce la facevo a vivere tra quei dolorosi ricordi. Ho comprato questa villa a Palermo e qui continuerò a campare. Quello che non mi suscitava dolorosi ricordi l'ho fatto portare qui, il resto l'ho, come dire, alienato.»

«Ha alienato macari il gatto?» gli spiò Montalbano.

L'avvocato Giuseppe Joppolo parse per un attimo pigliato dai turchi.

«Quale gatto?»

«Dudù. Il gatto al quale la povera signora sua moglie era tanto affezionata. Aveva macari un cardellino. Li ha portati qui con sé?»

«Beh, no. Io avrei voluto, ma nel trambusto del trasloco, purtroppo... il gatto è scappato, il cardellino è volato via. Purtroppo.»

«La signora ci teneva molto, tanto al gatto quanto al cardellino.»

«Lo so, lo so. Aveva, poveretta, queste forme infantili di...»

«Mi perdoni, avvocato» l'interruppe Montalbano, «ma ho saputo che tra lei e sua moglie c'erano dieci anni di differenza. Voglio dire, lei era di dieci anni più giovane della signora.»

L'avvocato Giuseppe Joppolo scattò dalla seggia e fece la faccia sdignata.

«Questo che c'entra?»

«Non c'entra, infatti. Quando c'è l'amore...»

L'avvocato lo taliò con gli occhi socchiusi a pampineddra e non disse niente. Montalbano continuò.

«Quando si è maritato, lei era praticamente uno spiantato, vero?»

«Fuori da questa casa.»

«Me ne vado tra un attimo. Ora invece, con l'eredità, è diventato ricchissimo. A occhio e croce una decina di miliardi ha ereditato. La morte delle persone che amiamo non sempre è una disgrazia.»

«Che vuole insinuare?» spiò l'avvocato giarno come un morto.

«Nient'altro che questo: lei ha fatto ammazzare sua moglie. E so anche da chi. Lei ha ideato un piano geniale, tanto di cappello. Le prime tre aggressioni erano un falso scopo, lo scopo vero era la quarta; quella, mortale, di sua moglie. Non si trattava di rubare le borsette, ma di coprire coi finti furti il vero scopo, l'omicidio della sua signora.»

«Mi scusi: ma dopo l'omicidio della povera Ninetta mi pare che a Vigàta ne abbiano tentato un altro.»

«Avvocato, le ho già fatto tanto di cappello. Quello era il tocco d'artista, per depistare definitivamente gli eventuali sospetti su di lei. Ma non ha pensato all'affetto che la sua signora aveva per il gatto Dudù e per il cardellino. È stato un errore.»

«Mi vuole spiegare cos'è questa storia imbecille?»

«Tanto imbecille non è, avvocato. Vede, io ho fatto le mie indagini. Accurate. Lei, quando sono venuto a trovarla in clinica dopo l'incidente e l'assassinio di sua moglie, mi ha detto che, al telefono, aveva insistito perché la signora restasse a Vigàta. È vero?»

«Certo che è vero!»

«Vede, lei, immediatamente dopo l'incidente, venne ricoverato in clinica in una camera a due letti. L'altro paziente era separato da lei da un paravento. Lei, stordito per il finto incidente che l'aveva comunque ammaccato, telefona alla signora. Poi la trasportano in una camera singola. Ma l'altro paziente ha sentito la telefonata. È

pronto a testimoniare. Lei supplicò sua moglie di venirla
a trovare in clinica, le disse che stava malissimo. Invece
lei a me riferì, e l'ha ripetuto or ora, di avere insistito
perché sua moglie non si muovesse da Vigàta.»

«Cosa vuole che mi ricordi, dopo un incidente che...»

«Mi lasci finire. C'è di più. La sua signora, preoccu-
patissima per quello che lei le ha detto al telefono, decide di partire immediatamente per Palermo. Ma ha il
problema del gatto e del cardellino, non sa quanto tempo starà via da casa. Allora sveglia la vicina della quale è
amica, le racconta che lei le ha detto che è praticamente
in fin di vita. Deve perciò partire di corsa. Affida all'a-
mica e vicina il gatto e il cardellino e scende in strada
dove l'aspetta l'assassino, pronto a portare a termine
l'ingegnoso piano da lei ideato.»

Il bell'avvocato Giuseppe Joppolo perse l'appiombo.

«Non hai manco uno straccio di prova, brutto stronzo.»

«Forse non sa che il suo complice ha avuto una mano
scassata da una bottigliata ricevuta dalla sua ultima vittima. Ed è andato a farsi medicare all'ospedale di Montelusa, nientemeno. L'abbiamo arrestato. I miei lo stanno
torchiando. Questione di ore. Confesserà.»

«O Cristo!» fece l'avvocato Joppolo crollando sulla
seggia più vicina. Non c'era niente di vero nella facenna
del complice arrestato, era tutta una farfantarìa, un autentico saltafosso, secondo il gergo della polizia. Ma
quel fosso l'avvocato non l'aveva saputo saltare, ci era
caduto dintra con tutti i vestiti.

SOSTIENE PESSOA

Montalbano si era susùto alle sei di matino e la cosa in sé non gli avrebbe fatto né cavudo né friddo se non fosse stata una giornata smèusa. Cadeva una pioggia rada che fingeva di non esserci, proprio quella che i contadini chiamavano «assuppaviddranu». Una volta, quando ancora si travagliava la terra, con una pioggia così il viddrano non smetteva, continuava a lavorare di zappa, tanto è una pioggia leggera che manco pare: in conclusione, quando tornava a casa la sera i suoi abiti erano come inzuppati dintra all'acqua. E questo non fece che peggiorare il malumore del commissario il quale alle nove e mezzo di quella matina doveva trovarsi a Palermo, due ore di strata in macchina, per partecipare a una riunione che aveva come tema l'impossibile, vale a dire l'individuazione di modi e sistemi per distinguere, tra le migliaia di clandestini che sbarcavano nell'isola, quali fossero poveri disgraziati in cerca di lavoro o scappati da orrori di guerre più o meno civili e quali fossero invece delinquenti puri, infiltrati fra le torme di disperati. Un qualche genio del Ministero sosteneva d'aver trovato un modo quasi infallibile e il signor ministro aveva deciso che tutti i responsabili dell'ordine nell'isola ne venissero debitamente messi al corrente. Montalbano aveva pinsato che a quel genio ministeriale avrebbero dovuto conferire il Nobel: minimo minimo, era arrinisciuto a inventarsi un sistema capace di distinguere il Bene dal Male.

Si rimise in macchina per tornare a Vigàta che già erano le cinque del doppopranzo. Era nirbuso, la rivelazione del genio ministeriale era stata accolta con malcelati sorrisini, praticamente era inattuabile. Giornata persa. Come previsto.

Non era prevista invece l'assenza totale dei suoi òmini dal commissariato. Non c'era manco Catarella. Dove erano andati a finire? Sentì i passi di qualcuno nel corridoio. Era Catarella che rientrava, affannato.

«M'ascusasse, dottori. In farmacia andai, la gaspirina accattai. Mi sta vinendo la 'mprudenza.»

«Ma si può sapere dove sono gli altri?»

«Il dottori Augello tiene la 'mprudenza, Galluzzo tiene la 'mprudenza, Fazio e Gallo...»

«... tengono la 'mprudenza.»

«Nonsi, dottori. Lori bene stanno.»

«Dove sono?»

«Andarono indovi che hanno ammazzato a uno.»

Ecco qua: non puoi allontanarti per mezza giornata, che ne approfittano e si fanno il morto.

«E lo sai dove?»

«Sissi, dottori. In contrada Ulivuzza.»

Come ci si arrivava? Se lo spiava a Catarella, capace che quello lo faceva andare al Circolo polare artico. Poi gli tornò a mente che Fazio aveva il cellulare.

«E che viene a fare, dottore? Il Sostituto ha dato l'ordine di rimozione, il dottor Pasquano l'ha visto, la Scientifica sta per finire.»

«E io vengo lo stesso. Aspettatemi, tu e Gallo. Spiegami bene la strada.»

Poteva benissimo seguire il consiglio di Fazio e non cataminarsi dall'ufficio. Ma sentiva la necessità di rifarsi, in qualche modo, di quella giornata a vacante, sprecata in quattro e passa ore di macchina e un diluvio di parole prive di senso.

Contrada Ulivuzza era proprio al confine con Montelusa, ancora cento metri e il commissariato di Vigàta non avrebbe avuto nulla a che fare con la facenna. La casa dove avevano trovato il morto era completamente isolata. Fatta di pietre a secco, consisteva di tre cammare allineate a piano terra. C'era una porta d'entrata con allato un'apertura: quest'ultima dava sulla stalla dove ci abitava un asino solitario e malinconico. Quando arrivò, ci stava solo un'auto, quella di Gallo, davanti allo spiazzo: si vede che il mutuperio di medici, infermieri, Scientifica e Sostituto con seguito era finito. Meglio accussì. Scese dalla macchina e infilò le scarpe in mezzo metro di fango. La pioggia ad «assuppaviddranu» non cadeva più, ma gli effetti persistevano. La soglia della casa, infatti, era sepolta sotto tre dita di fango e fango era dovunque nella cammara dintra la quale trasì. Fazio e Gallo si stavano facendo un bicchiere di vino in piedi davanti al focolare a legna. C'era macari un forno, chiuso da un pezzo di latta tagliato a semicerchio. Il morto se l'erano portato via. Sul tavolo al centro della cammara c'era un piatto con i resti di due patate bollite, trasformate dal sangue, che aveva colmato il piatto ed era debordato sul legno del tavolo, in barbabietole violacee.

Sul tavolo, non conzato con la tovaglia, c'era macari una forma di tomazzo intatta, mezza scanata di pane, un bicchiere pieno a metà di vino rosso. Non c'era il fiasco, era quello dal quale stavano servendosi Fazio e Gallo. In terra, allato alla seggia di paglia, una forchetta.

Fazio aveva seguito il suo sguardo.

«È stato mentre mangiava. L'hanno giustiziato con un solo colpo alla nuca.»

Montalbano arraggiava quando, alla televisione, scangiavano il verbo ammazzare con giustiziare. E pure con i suoi se la pigliava. Ma questa volta lasciò correre, se Fazio se l'era fatto scappare, significava ch'era restato impressionato da quell'unico colpo alla nuca sparato con freddezza.

«Che c'è di là?» spiò il commissario accennando con la testa all'altra cammara.

«Nenti. Un letto a due piazze, senza linzoli, solo coi matarazzi, due comodini, un armuar, due seggie come a queste che sono qua.»

«Io lo conoscevo» fece Gallo asciucandosi la bocca con la mano.

«Il morto?»

«Nonsi. Il padre. Si chiamava Firetto Antonio. Il figlio invece di nome faceva Giacomo, ma io non l'ho mai conosciuto.»

«Dov'è finito il padre?»

«Questo è il busillisi» disse Fazio. «Non si trova. L'abbiamo cercato torno torno la casa e nei paraggi ma non l'abbiamo trovato. Secondo mia, se lo sono portati quelli che gli hanno ammazzato il figlio.»

«Che sapete del morto?»

«Dottore, Firetto Giacomo è il morto!»

«Ebbè?»

«Dottore, da cinque anni si era buttato latitante. Era un manovale della mafia, faceva travagli di bassa macelleria, almeno così si diceva. Solo lei non ne ha mai inteso parlare.»

«Apparteneva ai Cuffaro o ai Sinagra?»

I Cuffaro e i Sinagra erano le due famiglie che da anni si facevano guerra per il controllo della provincia di Montelusa.

«Dottore, Firetto Giacomo quarantacinque anni aveva. Quando stava qua, apparteneva ai Sinagra. Era picciotto allora, ma prometteva bene. Tanto che i Riolo di Palermo se lo fecero imprestare. Prestito che è durato fino a quando non l'hanno ammazzato.»

«E il padre, quando lui veniva da queste parti, gli forniva l'ospitalità.»

Fazio e Gallo si scangiarono una rapidissima taliata.

«Commissario, il padre era un gran galantomo» disse deciso Gallo.

«Si può sapere perché dici: era?»

«Perché, secondo noi, a quest'ora l'hanno già ammazzato.»

«Fatemi capire: secondo voi come sono andati i fatti?»

«Se lei mi permette» fece Gallo «vorrei aggiungere ancora una cosa. Antonio Firetto teneva quasi sittant'anni, ma aveva l'animo di un picciliddro. Faceva poesie.»

«Come?»

«Sissignore, poesie. Non sapeva né leggere né scrivere, ma faceva poesie. Belle, io gliene ho sentito dire qualcuna.»

«E che trattava in queste poesie?»

«Mah, la Madonna, la luna, l'erba. Cose accussì. E non volle mai crìdiri a tutto quello che dicevano di suo figlio. Sosteneva che Giacomo non era capace, che aveva il cuore bono. Mai ci volle credere. Una volta, in paisi, fece un'azzuffatina a sangue con uno che gli disse che suo figlio era un mafioso.»

«Ho capito. Quindi tu mi stai venendo a dire che era più che naturale che desse ospitalità al figlio credendolo 'nnuccenti come a Cristo.»

«Esattamente» disse, quasi a sfida, Gallo.

«Torniamo al nostro discorso. Com'è andata, secondo voi, la facenna?»

Gallo taliò a Fazio come a dirgli che ora la parola spettava a lui.

«Nelle prime ore di doppopranzo Giacomo arriva qua. Deve essere stanco morto, perché si getta sul letto con le scarpe infangate. Suo padre lo lascia riposare, poi gli prepara da mangiare. Giacomo si mette a tavola, oramai è scuro. Suo padre, che non ha pitìto o mangia di solito più tardi, esce per andare a dare adenzia allo scecco nella stalla. Ma fora ci sono almeno due òmini che aspettano il momento giusto. L'immobilizzano, tràsino a piede lèggio nella casa e sparano a Giacomo. Poi si portano appresso il vecchio e la macchina con la quale Giacomo è arrivato.»

«E perché secondo voi non l'hanno ammazzato qua stesso come hanno fatto col figlio?»

«Mah, forse Giacomo aveva confidato qualche cosa al padre. E loro volevano sapere che si erano detti.»

«Potevano farlo nella stalla l'interrogatorio.»

«Capace che pensavano che la facenna sarebbe stata lunga. Poteva capitare qualcuno. Come difatti è stato.»

«Spiegati meglio.»

«A scoprire l'omicidio è stato un amico di Antonio che abita a trecento metri da qui. Certe sere, doppo mangiato, si bevevano un bicchiere e chiacchiariavano. Si chiama Romildo Alessi. Questo Alessi, che ha un motorino, è corso in una casa vicina dove sapeva che c'era un telefono. Quando siamo arrivati, il corpo era ancora cavudo.»

«La vostra ricostruzione non quatra» disse brutalmente Montalbano.

I due si taliarono imparpagliati.

«E perché?»

«Se non ci arrivate da soli non ve lo dico. Com'era vestito il morto?»

«Pantaloni, cammisa e giacchetta. Tutta roba lèggia, col cavudo che fa a malgrado dell'acqua.»

«Quindi era armato.»

«Perché doveva essere armato?»

«Perché uno che d'estate porta la giacchetta viene a dire che è armato sotto la giacchetta. Allora, era armato o no?»

«Non gli abbiamo trovato armi.»

Montalbano fece una smorfia.

«Voi perciò pensate che un latitante pericoloso se ne va a spasso senza manco un miserabile revorbaro in sacchetta?»

«Può darsi che l'arma se la sono portata quelli che l'hanno ammazzato.»

«Può darsi. Avete taliato in giro?»

«Sissi. E macari quelli della Scientifica. Non abbiamo trovato manco il bossolo. O l'hanno ricuperato o l'arma era un revorbaro.»

Un cassetto del tavolo era aperto a metà. Dintra c'erano fili di raffia, un pacco di candele, una scatola di fiammiferi da cucina, un martello, chiodi e viti.

«L'avete aperto voi?»

«Nonsi, dottore. Era così quando siamo arrivati. E così l'abbiamo lasciato.»

Sul ripiano davanti al forno c'era un rotolo di nastro adesivo per pacchi, marrone chiaro, alto tre dita. Doveva essere stato pigliato dal cassetto rimasto semiaperto e mai rimesso a posto.

Allora andò davanti al forno, levò la chiusura di latta ch'era semplicemente appoggiata lungo il bordo dell'imboccatura.

«Mi date una pila?»

«Là dintra abbiamo taliato» disse Fazio mentre gliela porgeva «ma non c'è niente.»

Invece qualcosa c'era: uno straccio una volta bianco ora diventato completamente nivuro di scorie. Inoltre due dita di fuliggine impalpabile si erano ammassate proprio dietro l'imboccatura, come se fosse stata fatta cadere dalla parte iniziale della volta del forno.

Il commissario rimise a posto la chiusura.

«Questa me la tengo io» fece mettendosi in sacchetta la pila.

Poi principiò a fare una cosa che apparse stramma a Fazio e a Gallo. Chiuse gli occhi e camminò, a passo normale, dalla parete dove c'erano la cucina e il forno al tavolo e viceversa, poi dal tavolo alla porta d'ingresso e viceversa. Insomma, sempre con gli occhi chiusi, caminava avanti e narrè che pareva nisciuto pazzo.

Fazio e Gallo non osarono spiargli niente. Poi il commissario si fermò.

«Io stanotte resto qua» disse. «Voi astutate la luce,

chiudete la porta e le finestre, mettete i sigilli. Si deve dare l'impressione che qua dintra non sia rimasto nessuno.»

«E che motivo hanno quelli di tornare?» spiò Fazio.

«Non lo so, ma fate come vi dico. Tu, Fazio, porta a Vigàta la mia macchina. Ah, una cosa: prima di andarvene via, dopo che avete messo i sigilli alla porta, andate nella stalla a governare lo scecco. Quella pòvira vestia deve avere fame e sete.»

«Come comanda» disse Fazio. «Vuole che nella matinata vengo con la sua macchina a pigliarla?»

«No, grazie. Tornerò a Vigàta a piedi.»

«Ma è lunga la strata!»

Montalbano lo taliò negli occhi e Fazio non osò insistere.

«Commissario, mi leva una curiosità prima che me ne vado? Perché il nostro ragionamento su come è stato ammazzato Giacomo Firetto non funziona?»

«Perché Firetto stava mangiando assittato a taliare la porta. Se qualcuno fosse entrato, l'avrebbe visto e avrebbe reagito. Invece qua nella cammara tutto è in ordine, non c'è segno di colluttazione.»

«E con questo? Capace che il primo è entrato puntando un'arma contro Giacomo e tenendolo sempre sotto punterìa gli ha ordinato di restare com'era, mentre il secondo ha fatto il giro del tavolo e gli ha sparato alla nuca.»

«E tu pensi che uno come Giacomo Firetto, a quanto mi avete contato voi, è un tipo da lasciarsi ammazzare mentre se ne sta immobile e scantato? Alla disperata, morto per morto, qualcosa la tenta. Beh, buonanotte.»

Li sentì chiudere la porta, li sentì mentre armeggiavano a mettere i sigilli (un foglio di carta con sopra scarabocchiato qualcosa e un timbro, impicciato a un'anta con due pezzetti di scotch), li sentì tripistiare e santiare nella stalla allato mentre accudivano allo scecco (si vede che l'asino non voleva avere a che fare con due stranei), li sentì mettere in moto le auto e allontanarsi. Rimase ancora immobile nello scuro completo vicino al tavolo. Passati pochi secondi, gli arrivò il rumore della pioggia che aveva ripigliato a cadere.

Si levò la giacchetta, la cravatta che aveva ancora e che si era dovuto mettere per il convegno palermitano, la cammisa, rimase a torso nudo. Con la pila in mano, camminò deciso verso il forno, pigliò la copertura di latta e la poggiò a terra cercando di non fare rumorata, infilò il braccio dintra al forno e spinse il pulsante della pila. Dintra al forno ci trasì macari lui con tutto il busto, isandosi sulla punta dei piedi. Facendo una torsione, si ritrovò appoggiato di schiena sul ripiano, metà del corpo dintra al forno; culo, gambe e piedi invece fora. Tanticchia di fuliggine gli cadì sugli occhi, ma non gli impedì di vedere il revorbaro tenuto impicciato sulla volta del forno, proprio darrè all'imboccatura, con due strisce di nastro adesivo per pacchi che sparluccicarono sotto la luce. Astutò la pila, niscì dal forno, rimise a posto la chiusura, si puliziò alla meglio col fazzoletto, indossò nuovamente camicia e giacca, la cravatta se la mise in sacchetta.

Poi s'assittò sopra a una seggia che c'era quasi davanti ai due fornelli. Allora, ma non solo per passare tempo, il commissario principiò a pensare a una lettura fatta qualche giorno prima. Sostiene Pessoa, attraverso le parole che mette in bocca a un suo personaggio, l'investigatore Quaresma, che se uno, passando per una strada, vede un omo caduto sul marciapiede, istintivamente è portato a domandarsi: per quale motivo quest'uomo è caduto qui? Ma, sostiene Pessoa, questo è già un errore di ragionamento e quindi una possibilità di errore di fatto. Quello che passava non ha visto l'uomo cadere lì, l'ha visto già caduto. Non è un *fatto* che l'omo sia caduto in quel punto. Quello che è un *fatto* è che egli si trova lì per terra. Può darsi che sia caduto in un altro posto e l'abbiano trasportato sul marciapiede. Può essere tante altre cose, sostiene Pessoa.

E quindi come spiegare a Fazio e a Gallo che l'unico *fatto* della facenna, a parte il morto, era che Antonio Firetto non era sul luogo del delitto nel momento in cui erano arrivati loro? Che se lo fossero portato via gli assassini del figlio non era assolutamente un *fatto*, ma un errore di ragionamento.

Poi gli tornò a mente un altro esempio che confortava il primo. Sostiene Pessoa, sempre attraverso Quaresma, che se un signore, mentre fuori piove e lui se ne sta in salotto, vede entrare nella camera un visitatore bagnato, inevitabilmente è portato a pensare che il visitatore sia con gli abiti zuppi d'acqua perché è stato sotto la pioggia. Ma questo pensiero non può essere considerato un *fatto*, dato che il signore non ha visto con i suoi occhi il visitatore in strada sotto la pioggia. Può darsi invece che gli abbiano rovesciato un catino pieno d'acqua dentro casa.

E allora come spiegare a Fazio e a Gallo che un mafioso «giustiziato» con un preciso colpo alla nuca non è necessariamente vittima della mafia stessa per uno sgarro, per un inizio di pentimento?

Sostiene ancora Pessoa che...

Non seppe mai cos'altro in quel momento stesse sostenendo Pessoa. La stanchezza della giornata gli calò addosso di colpo, come un cappuccio che aggiunse scuro allo scuro che già c'era nella cammara. Calò la testa sul petto e s'appinnicò. Prima di sprofondare, arriniscì a darsi un ordine: dormi come i gatti. Col sonno leggero dei gatti che sembrano dormire profondamente, ma che basta un niente a farli saltare in piedi e in posizione di difesa. Non seppe per quanto tempo dormì, aiutato dal sottofondo costante della pioggia. L'arrisbigliò di colpo, proprio come un gatto, un rumore lèggio alla porta d'ingresso. Poteva essere un armalo qualsiasi. Poi sentì la chiave girare nella toppa, la porta cautamente aprirsi. S'irrigidì sulla seggia. La porta si richiuse. Non l'aveva vista né aprirsi né chiudersi nuovamente, nessuna alterazione nel muro di scuro fitto, tanto fora quanto dintra la casa. L'omo era entrato, ma restava troppo vicino alla porta, immobile: il commissario non osava cataminarsi macari lui, temeva che persino il suo respiro potesse tradirlo. Perché non veniva avanti? Forse l'omo fiutava una presenza estranea dintra la sua casa, come un armalo tornato nella tana. Poi finalmente l'omo fece due passi verso la tavola e nuovamente s'arrestò. Il commissario si sentì rassicurato, ora con un balzo avrebbe potuto, se c'era la necessità, saltare dalla seggia e agguantarlo. Ma non ce ne fu di bisogno.

«Cu sì?» spiò una voce di vecchio, bassa, senza tremore.

Chi sei. L'aveva veramente fiutato, un'ombra estranea nell'ammasso di ombre che costituiva la cammara, all'interno del quale l'omo oramà sapeva distinguere per antica consuetudine quello che stava al proprio posto e quello che non ci stava. Era in svantaggio, Montalbano: per quanto si fosse impressa in testa la disposizione di ogni cosa, capiva che l'altro avrebbe potuto serrare gli occhi e muoversi liberamente mentre lui, assurdamente, proprio in quello scuro fitto sentiva la necessità di tenere gli occhi sgriddrati.

E capì macari che sarebbe stato un errore irrecuperabile dire in quel momento la parola sbagliata.

«Sono un commissario. Montalbano sono.»

L'omo non si cataminò, non parlò.

«Voi siete Antonio Firetto?»

Il «voi» gli era venuto spontaneo e con quel particolare tono che indicava considerazione, se non rispetto.

«Sì.»

«Da quanto tempo non vedevate Giacomo?»

«Da cincu anni. Vossia mi cridi?»

«Vi credo.»

Dunque durante tutto il periodo della latitanza suo figlio non si era fatto vedere. Forse non osava.

«E aieri come mai si presentò?»

«Non lo saccio u pirchì. Era stancu, stancu assà. Non vinni con la machina, vinni a pedi. Trasì, m'abbrazzò, si ittò supra u lettu cu tutti i scarpi. Doppu s'arrisbigliò e mi dissi c'aviva pitittu. Allura m'addunai ch'era armatu, aviva u revorbaru supra u cumudinu. Io ci spiai pirchì girasse armatu e lui m'arrispose ch'era pirchì si potivano fari incontri tinti, cattivi. E si misi a rìdiri. E a mia mi s'aggilò u sangu.»

«Perché vi si gelò il sangue?»

«Per comu ridìva, commissariu. Non ci parlammo cchiù, lui restò corcato, io venni qua a priparargli il mangiari. Per lui solo, io non potiva, mi sintiva una manu di ferru ca mi stringiva la vucca dello stomacu.»

S'interruppe, fece un sospiro. Montalbano rispettò quel silenzio.

«Quella risata mi sonava sempri dintra la testa» ripigliò il vecchio. «Era una risata parlante, ca diciva tutta la virità supra a me' figliu, la virità ca iu non aveva mai vulutu crìdiri. Quannu le patate furono pronte, lo chiamai. Lui si susì, trasì ccà dintra, posò u revorbaru supra a tavula, principiò a mangiari. E allura iu ci spiai: "Quanti cristiani hai ammazzatu?". E iddru, friscu come se si parlasse di formicole: "Otto". E doppu disse una cosa ca non mi doveva diri. Disse: "E macari un picciliddro di nove anni". E continuò a mangiari. Madunnuzza santa, continuò a mangiari! Allura iu pigliai u revorbaru e ci sparai darrè al cozzo. Un corpo solo, come fanno coi condannati a morti.»

«Giustiziato» aveva detto Fazio. E aveva detto giusto. La pausa questa volta fu molto lunga. Poi parlò il commissario.

«Perché siete tornato?»

«Pirchì mi vogliu ammazzari.»

«Col revolver che avete nascosto dentro il forno?»

«Sissi. Era chiddru di me' figliu. Manca un corpu.»

«Avete avuto tutto il tempo che volevate per ammazzarvi. Perché non l'avete fatto subito?»

«Mi trimava troppu la manu.»

«Potevate impiccarvi a un albero.»

«Nun sugnu Giuda, signor commissario.»

Già, non era Giuda. E non poteva gettarsi in fondo a un pozzo come un disperato. Era un poeta che non aveva voluto vedere fino all'ultimo la verità.

«E ora che fa, m'arresta?»

Ancora quella voce bassa e ferma, senza tremore.

«Dovrei.»

Il vecchio si mosse velocemente, pigliando di sorpresa il commissario. Nello scuro, Montalbano sentì la latta messa a chiusura del forno cadere per terra. Ora sicuramente il vecchio teneva il revolver in mano e lo puntava contro di lui. Ma il commissario non aveva nessuna paura, sapeva che c'era solo una parte da recitare. Si susì lentamente, ma appena in piedi ebbe come un capogiro, una stanchezza fatta di lastre di cemento lo stava seppellendo.

«Vossia è sotto punterìa» disse il vecchio. «E iu le dugnu l'ordini di nesciri immediatamente da chista casa. Vogliu murìri ccà, sparatu dal revorbaru di me' figliu. Assittato allo stisso postu indove che iu ci sparai. Se vossia è un omo, capisce.»

Stancamente Montalbano si diresse alla porta, l'aprì, niscì. Aveva smesso di piovere. Ed era certo che non avrebbe trovato un passaggio per Vigàta.

IL GIOCO DELLE TRE CARTE

Pioveva tanto che il commissario Montalbano s'assammarò dalla testa ai piedi per fare i tre passi che lo separavano dalla sua macchina posteggiata davanti il portone di casa. Ma ci aveva questa di odiare i paracqua, non ci poteva fare niente. Il motore doveva essersi pigliato d'umido, non partì subito. Montalbano santiò, fin da quando aveva aperto gli occhi si era fatto persuaso che quella sarebbe stata giornata contraria. Poi la macchina si mise in moto, ma il tergicristallo del posto allato era rotto e quindi grosse gocce si frantumavano liberamente sul vetro limitando di più la visibilità della strada. Per buon peso, a pochi metri dal commissariato dovette accodarsi a un carro funebre che a prima vista gli parse vacante. Taliando meglio, s'accorse che si trattava invece di un funerale vero e proprio: darrè al carro c'era uno che tentava di ripararsi con un ombrello. L'omo era completamente assuppato, e il commissario gli augurò di scapottarsela dalla polmonite che quasi inevitabilmente l'aspettava alle ventiquattr'ore. Trasì nel suo ufficio che la raggia per il malotempo gli era passata, ora si sentiva pigliato dalla malinconia: un trasporto funebre con una sola persona appresso, e per di più in un giorno di diluvio, non era cosa da raprire il cuore. Fazio, che conosceva il suo superiore come se stesso, si preoccupò. Solo in un'altra e seria occasione l'aveva visto così abbattuto e mutànghero.

«Che le capitò?»

«Che mi doveva capitare?»

Si misero a parlare di un'indagine in corso che in quel

momento impegnava Mimì Augello, il vicecommissario. Montalbano però pareva non starci con la testa e spicciava monosillabi. A un tratto, senza nessun rapporto con la questione della quale stavano ragionando, disse:

«Venendo qua ho incrociato un funerale.»

Fazio lo taliò imparpagliato.

«Darrè al carro c'era una persona sola» proseguì Montalbano.

«Ah» fece Fazio che di Vigàta e dei vigatesi sapeva vita e morte. «Doveva essere il pòviro Girolamo Cascio.»

«Chi si chiama Cascio, il morto o il vivo?»

«Il morto, dottore. Quello appresso sicuramente era Ciccio Mònaco, l'ex segretario comunale. Macari il pòviro Cascio era stato impiegato al Comune.»

Montalbano si rappresentò la scena malamente intravvista attraverso il parabrezza, mise a fuoco l'immagine: sì, effettivamente l'omo darrè al carro era il signor Mònaco che lui conosceva superficialmente.

«L'unica persona amica che il pòviro Cascio aveva a Vigàta» proseguì Fazio «era l'ex segretario comunale. A parte Mònaco, Cascio campava solo come un cane.»

«Di che è morto?»

«È stato investito da un'auto pirata. Era sira tardi, c'era scuro, nessuno ha visto niente. L'ha trovato morto a terra uno che stava andando a travagliare di prima matina. Il dottor Pasquano gli ha fatto l'autopsia e ha mandato il referto al dottor Augello. Ce l'ha sul tavolo, lo vado a pigliare?»

«No. Che diceva?»

«Diceva che al momento dell'investimento Cascio aveva tanto alcol a bordo da imbriacare un esercito. Era tutto lordo di vomito. Sicuramente camminava come se avesse mare di prua e si sarà lui stesso parato di colpo davanti a una macchina che non l'ha potuto scansare a tempo.»

Nel doppopranzo scampò, le nuvole scomparsero, tornò il sireno e, con il sireno, macari la malinconia di Montalbano se ne andò. A sera, che gli era smorcato un pititto lupigno, decise di andare a mangiare alla trattoria San Calogero. Trasì sparato nel locale e la prima persona che vide fu proprio Ciccio Mònaco, assittato da solo a un tavolo. Aveva un'ariata d'anima persa, il cammareri gli aveva appena portato un passato di verdura, un genere di piatto per il quale il cuoco della trattoria era decisamente negato. L'ex segretario comunale lo vide e lo salutò, soffocando uno stranuto col tovagliolo. Montalbano rispose. Poi, mosso da un impulso di cui non seppe spiegarsi la ragione, aggiunse:

«Mi dispiace per il suo amico Cascio.»

«Grazie» fece Ciccio Mònaco. E poi aggiunse timidamente, accompagnando la proposta con qualche cosa che a essere generosi si poteva chiamare un sorriso:

«Si vuole assittare con mia?»

Il commissario esitò, non gli piaceva parlare mentre mangiava, ma fu vinto dalla compassione. Com'era logico, vennero all'incidente e l'ex segretario comunale a un tratto si passò una mano sugli occhi quasi a evitare che le lacrime gli niscissero fora.

«Sa a che penso, commissario? A quanto tempo ci avrà messo il mio amico a morire. Se quel disgraziato che l'ha investito si fosse fermato...»

«Non è detto che abbia tirato dritto. Capace che si è fermato, è sceso, ha visto che Cascio era morto e se ne è andato. Il suo amico beveva abitualmente?»

L'altro fece la faccia strammata.

«Girolamo? No, non beveva più da tre anni. Non poteva. A seguito di un'operazione gli era rimasta questa cosa qua, bastava un dito di whisky a farlo andare di stomaco, rispetto parlando.»

«Perché ha nominato il whisky?»

«Perché quello beveva prima, il vino non gli piaceva.»

«Lei sa che aveva fatto Cascio la sera nella quale è stato travolto?»

«Certo che lo so. Venne a casa mia dopo mangiato, chiacchierammo tanticchia, dopo ci mettemmo a taliare alla televisione il Maurizio Costanzo show che finisce tardo. E se ne niscì che poteva essere l'una di notte. Dalla mia alla casa dove abitava c'è sì e no un quarto d'ora di camìno a piedi.»

«Era normale?»

«Oddio, commissario, che domande che mi fa! Certo che era normale. I suoi settant'anni se li portava benissimo.»

Di solito, dopo essersi fatta una gran mangiata di pesce freschissimo, Montalbano se ne godeva a lungo il sapore in bocca, tanto che non voleva metterci sopra manco un caffè. Stavolta se lo bevve, non aveva gana di lasciar perdere un pinsero che gli era venuto dopo la parlata con Ciccio Mònaco. Invece di andarsene a Marinella, a casa sua, fermò davanti al commissariato. Di piantone c'era Catarella.

«Nisciuno, propio nisciuno nisciuno c'è, dottori!»

«Non ti agitare, Catarè. Io a nisciuno voglio vìdiri.»

Trasì nella cammara di Mimì Augello, sulla scrivania c'era la cartella che cercava. Seppe qualcosa di più, ma non tanto. Che l'incidente era successo alle due e due (l'orologio da taschino del morto si era fermato a quell'ora), che l'uomo era quasi certamente morto sul colpo data la violenza dell'impatto (l'auto investitrice doveva andare a forte velocità), che la Scientifica si era pigliati i vestiti del morto per esaminarli.

Dall'ufficio stesso chiamò l'abitazione del suo vice. Non ci sperava.

«Ciao Salvo, hai avuto fortuna, stavo per nesciri.»

«Andavi a troie?»

«Dai, che vuoi?»

«Chi ha fatto i primi rilievi per la morte di Girolamo Cascio, quello investito tre giorni fa?»

«Io. Perché?»

«Voglio sapere solo una cosa: hai visto bottiglie nelle vicinanze del corpo?»

«Che bottiglie?»

«Mimì, non sai cos'è una bottiglia? È un recipiente di vetro o di plastica per metterci dentro i liquidi. Ha un collo lungo, quello che in genere tu adoperi per infilartelo dintra al...»

«Quando ti metti a fare lo stronzo, ci arrinesci bene, Salvo. Stavo pinsandoci. No, niente bottiglie.»

«Sicuro?»

«Sicuro.»

«Bacino.»

Era troppo tardi per telefonare a Jacomuzzi della Scientifica. Se ne andò a Marinella.

La matina dopo, quello che disse Jacomuzzi confermò l'idea che Montalbano si era fatta. Secondo Jacomuzzi, l'urto era stato estremamente violento; Cascio, quasi certamente sbalzato sul cofano della vettura investitrice, aveva incrinato il parabrezza con il cranio. Se Montalbano ci teneva a saperlo, la macchina che aveva pigliato in pieno Cascio doveva essere di colore blu scuro.

Convocò Mimì Augello.

«Dovresti far fare un giro dai carrozzieri di Vigàta per sapere se hanno portato da loro una macchina blu scuro da rimettere a posto.»

«Non sapevo che l'auto fosse blu scuro. Ma il giro dai carrozzieri l'ho fatto personalmente. Niente. Guarda, Salvo, che non è detto sia stato qualcuno di Vigàta, magari una macchina di passaggio.»

«Mimì, mi spieghi perché ti sei pigliato a cuore questa facenna?»

«Perché quelli che tirano dritti con l'auto dopo avere investito una persona mi fanno schifo. E tu?»

«Io? Perché non credo sia stato un incidente, ma un delitto.»

E accuratamente preparato. L'assassino segue in auto Cascio quando esce di casa per andare dall'amico Mònaco. Non lo mette sotto subito perché c'è ancora troppa gente in giro. Aspetta pazientemente che Cascio, di ritorno, esca dal portone, oramai è l'una passata, in giro manco un'ùmmira. Si affianca a Cascio, l'obbliga a salire in auto, certamente sotto la minaccia di un'arma. Lo costringe a bere e a bere tanto. Cascio comincia a sentirsi male. L'assassino lo lascia andare. Barcollando e vomitando gli occhi, il povirazzo tenta di raggiungere casa. Non ce la fa, l'auto gli arriva alle spalle come una cannonata e lo schianta. Un incidente plausibilissimo, tanto più che la vittima era 'mbriaca. E questo spiegava come mai Cascio, salutato l'amico all'una di notte, ancora alle due non aveva finito un percorso di un quarto d'ora. Era stato intercettato e sequestrato.

«La ricostruzione mi convince» disse Mimì Augello. «Ma perché non sparargli subito, mentre nisciva dalla casa di Mònaco, senza organizzare tutto questo teatro? Un'arma doveva averla, se ha costretto Cascio a salire in macchina.»

«Perché se si fosse trattato di un omicidio dichiarato, qualcuno forse, dico forse, a conoscenza della vita di Cascio, avrebbe potuto dare un nome all'assassino. E questo fa escludere un'altra ipotesi.»

«Quale?»

«Che un due o tre picciottazzi, magari impasticciati, l'abbiano messo sotto per spasso. Del resto è uno sport che da noi non usa.»

«Va bene, ho capito. Tenterò di sapere quello che è capitato a Cascio negli ultimi tempi.»

«Attento, Mimì: devi cercare qualcosa che risale a più di tre anni fa.»

«E perché?»

«Perché da tre anni il povirazzo, dopo un'operazione, non era più capace di bere. Stava male immediatamente.»

«Ma allora perché l'ha riempito come una botte?»

«Perché dei postumi dell'operazione non ne ha saputo niente. Lui, l'assassino, è rimasto fermo a tre anni fa, quando Cascio ancora si scolava il whisky. Ti capacita?»

«Mi capacita sì.»

«E sai perché l'assassino non ne sapeva niente? Perché per almeno tre anni è stato lontano da Vigàta. Non ha avuto il tempo d'aggiornarsi. Ha tentato di avvalorare l'incidente col whisky. E noi ci stavamo cascando. Ma dopo quello che ci ha detto Mònaco, è stato proprio il whisky a rivelarci che non si trattava di una disgrazia.»

Montalbano non aveva nessuna gana di far diventare un'abitudine il fatto di andarsi a sedere, in trattoria, allo stesso tavolo di Ciccio Mònaco. Perciò gli telefonò e lo fece venire al commissariato. Aveva deciso di giocare a carte scoperte e quindi gli contò tutto quello che supponeva. Il primo risultato fu che Ciccio Mònaco, macari lui ultrasittantino, si sentì male ed ebbe bisogno di un bicchierino di cognac. Lui non aveva i problemi del suo amico defunto. Il secondo risultato invece fu importante.

«Io questa cosa della sbornia non la sapevo» esordì l'ex segretario comunale. «Se avessi immaginato che non si era trattato di un incidente, ma di un omicidio, già ieri sera stessa le avrei detto quello che le sto dicendo ora. Da quand'è che lei è in servizio a Vigàta?»

«Da cinque anni.»

«Il fatto capitò un anno prima che lei arrivasse. Girolamo travagliava al Comune, era geometra, aveva un posto nell'ufficio dell'ingegnere capo, Riolo. Cominciò ad accorgersi di alcune irregolarità negli appalti, fece una copia dei documenti dai quali risultavano le magagne e li andò a consegnare al dottor Tumminello, della Procura di Montelusa. Non si era consigliato con nessuno, manco con mia ch'ero il suo unico amico. Io me la pigliai, mi parse una mancanza di fiducia e per qualche tempo i nostri rapporti furono friddi. Mi ricordo che una volta...»

«Che fece il procuratore Tumminello?» tagliò il commissario poco educatamente.

«Fece arrestare l'ingegnere capo, un costruttore di nome Alagna e un collega di Girolamo, Pino Intorre, che era diventato una specie di segretario dell'ingegnere Riolo. Questo è quanto. Queste le uniche tre persone, in tutto l'universo, che potevano avere ragioni di rancore verso Girolamo.»

«Sono tutti e tre vigatesi?»

«No, commissario. L'ingegnere è di Montelusa, Alagna è di Fela. Solo Intorre è di Vigàta.»

«Sono stati condannati?»

«Certamente. Ma non so dirle a quanto.»

Da informazioni che Mimì Augello era riuscito a raccogliere, risultò che l'ingegnere capo Riolo e il costruttore Alagna erano ancora nel carcere di San Vito a Montelusa, mentre invece Pino Intorre era stato liberato esattamente quattro giorni avanti la morte di Cascio. «Cercate di fargli fare un passo falso» ordinò Montalbano ad Augello e a Fazio. Si disinteressò dell'indagine: la riteneva risolta e macari troppo facilmente. L'interesse gli si riaccese qualche ora dopo.

«Madonnuzza santa, che minchiata stavamo per fare!» disse Fazio trasendo nell'ufficio del commissario.

«Che viene a dire?»

«Viene a dire che Pino Intorre non possiede una macchina, sua moglie l'ha venduta quando il marito stava in carcere. E c'è un'altra cosa: patisce di una cataratta, è quasi cieco. Se lo vede lei mentre guida una macchina all'una di notte? Quello capace che andava a sbattere contro un lampione e s'ammazzava lui prima ancora d'ammazzare Cascio!»

«Ha figli?»

«Dottore, ho capito quello che sta pinsando. Nonsi, non ha figli mascoli, non si è fatto aiutare. Ha due figlie femmine maritate, una a Roma e l'altra a Viterbo.»

Sentirono un improvviso vociare.

«Vai a vedere che succede.»

Fazio niscì e tornò subito.

«Niente, dottore. Sul molo c'era uno che faceva il gioco delle tre carte, ha visto Gallo e se ne è scappato. Gallo lo ha inseguito, l'ha pigliato, ma quello gli ha mollato un cazzotto sul naso. L'ha fermato.»

Ma il commissario non lo stava ad ascoltare, si era susùto in piedi, lo sguardo fisso, la bocca aperta.

«Che le pigliò, dottore?»

Il gioco delle tre carte.

«Dottore, si sente male?»

Il commissario si ripigliò, s'assittò, taliò il ralogio.

«Fazio, ho un'ora di tempo prima di andare a mangiare. Voglio che tu, entro una mezzorata, mi fai sapere una cosa.»

Alla trattoria San Calogero il commissario arrivò tanticchia in ritardo rispetto alla sua abitudine. Pareva di umore nivuro. Però accettò l'invito di Ciccio Mònaco di pigliare posto al suo tavolo. L'ex segretario comunale aveva appena iniziato un merluzzo bollito. Se lo stava mangiando dopo averlo condito solo con una goccia d'oglio.

«Non ci sono buone novità» esordì Montalbano.

«In che senso?»

«L'ingegnere e Alagna sono ancora in carcere. Intorre è stato dimesso pochi giorni fa.»

«E questa le pare una cattiva notizia? Ma come, commissario! Intorre esce dal carcere, è pieno di rancore verso il pòviro amico mio e appena lo vede l'ammazza!»

«Intorre non ha un'auto.»

«Ma questo non significa niente! Se la sarà fatta prestare da qualcuno della sua risma!»

«Lo sapeva che Intorre è diventato quasi cieco?»

La forchetta cadde dalle mani di Ciccio Mònaco. Era impallidito.

«No... non lo sapevo.»

«Però» disse Montalbano «macari questo può non significare niente. Capace che si è fatto aiutare da un complice.»

«Ecco! Era a questo che stavo pensando!»

Il cammareri portò al commissario l'antipasto di pesce. Montalbano principiò a mangiare come se l'argomento fosse chiuso.

«E che pensa di fare ora?»

Alla domanda, il commissario rispose con un'altra domanda. «Era a conoscenza che il suo amico Girolamo Cascio si era accattato negli ultimi sei anni due appartamenti e tre negozi a Montelusa?»

Stavolta Ciccio Mònaco aggiarniò che parse morto.

«Non... non...»

«Non lo sapeva, certo» terminò per lui il commissario. E continuò a mangiare. Finito l'antipasto, taliò l'ex segretario comunale che pareva diventato di pietra sulla sua seggia. «Ora io mi domando come fa un impiegatuzzo, con un misero stipendio, ad accattarsi due appartamenti e tre negozi. Pensa che ti ripensa sono arrivato a una conclusione: ricatto.»

Portarono a Montalbano una spigola che pareva nuotasse ancora nel mare.

«Mi fa un favore, signor Mònaco? Può aspettare che mi finisco questa spigola senza parlare?»

L'altro obbedì. Nel tempo che il commissario impiegò

per trasformare il pesce in lisca, Mònaco bevve quattro bicchieri d'acqua. Alla fine il commissario, soddisfatto, s'appoggiò allo schienale della seggia, tirò un sospiro di piacere. «Torniamo al nostro discorso. Chi era la persona che Girolamo Cascio ricattava? Ho fatto un'ipotesi plausibile: qualcuno che lui aveva lasciato fuori dalla denunzia per gli appalti truccati. Il ricattato non può fare altro che pagare. Aspetta però l'occasione buona. La liberazione di Intorre è il momento che il ricattato aspettava. Farà ricadere la colpa sull'ex carcerato con una pinsata geniale: fingerà un errore d'Intorre, il quale avrebbe dovuto ignorare che Cascio fosse impossibilitato a bere. Il ricattato ci ha pigliato per la manuzza e ci ha portato dove voleva lui. Un finto errore, veramente geniale! Ma siccome la vita è quella che è, decide di segnare una delle tre carte con le quali l'assassino voleva fare il suo gioco imbrogliando tutti. Che ti fa la vita? Uno scherzo. Siccome l'assassino voleva far credere vero un errore finto, lo mette in condizioni di commettere un errore vero, esattamente speculare all'altro. L'assassino ignora, questa volta sul serio, che Intorre è diventato quasi cieco.»

Ciccio Mònaco accennò ad alzarsi.

«Vorrei andare in bagno...»

Ma non ce la fece, ricadde sulla seggia.

«Lei ha un'auto, signor Mònaco?»

«Sì... ma... non l'uso da...»

«È di colore blu scuro?»

«Sì.»

«Dove la tiene?»

L'altro stava per parlare, ma dalla bocca non gli niscì suono.

«Nel suo garage?»

Un impercettibile sì con gli occhi.

«Vogliamo andarci?»

Ciccio Mònaco inaspettatamente parlò.

«Ha ragione, c'ero macari io dintra la storia degli appalti. Ma lui mi tenne fuori, per potermi succhiare il sangue. Gli altri, al processo, non fecero il mio nome. Guardi che non avevo in mente d'ammazzarlo, quella sera. Fu quando mi disse che Pino Intorre era uscito dal carcere e che, se non gli davo di più, me l'avrebbe aizzato contro, fu solo allora che decisi d'ammazzarlo facendo cadere la colpa su Intorre.» Voleva alzarsi per seguire Montalbano ma non ce la faceva a scollarsi dalla seggia, le gambe non lo tenevano. Il commissario l'aiutò, gli offrì il braccio. Niscirono dalla trattoria come due vecchi amici.

REFERENDUM POPOLARE

Quella matina, mentre andava in macchina in ufficio, Montalbano notò un nutrito gruppo di persone che, coll'aria divertita, commentava una specie d'avviso impicciato sul muro di una casa. Tanticchia più in là, quattro o cinque persone si morivano dalle risate davanti a un altro foglio impicciato che gli parse uguale al primo. La facenna l'ammaravigliò, in genere c'è picca da divertirsi davanti a un avviso pubblico e quello pareva il tipico, ricorrente annunzio della sospensione dell'erogazione dell'acqua. Quando vide la stessa scena ripetersi poco dopo, non resistette alla curiosità, fermò, scinnì e andò a leggere. Era un quadrato di carta autoadesiva di una quarantina di centimetri per lato. I caratteri erano di quelli che si compongono a mano adoperando lettere di gomma da bagnare su un tampone d'inchiostro.

REFERENDUM POPOLARE
LA SIGNORA BRIGUCCIO È UNA P...?
(*Ogni cittadino potrà rispondere al referendum scrivendo la sua libera opinione su questo stesso foglio.*)

Non conosceva la signora Briguccio, non l'aveva mai sentita nominare. Perciò la prima cosa che fece fu di parlarne con Mimì Augello, il più fimminaro di tutto il commissariato.

«Mimì, tu conosci la signora Briguccio?»

«Eleonora? Sì, perché?»

Evidentemente non aveva visto i manifesti.

«Non sai niente del referendum popolare?»

«Quale referendum?» spiò Augello pigliato dai turchi.

«Sono stati impicciati manifesti in paisi che indicano un referendum per decidere se la signora Briguccio, Eleonora, come la chiami tu, sia una "p" o no. E quella *p* evidentemente sta per puttana.»

«Stai babbiando?»

«Perché dovrei? Se non mi credi, vatti a pigliare un caffè al bar Contino, nelle vicinanze ci sono almeno tre manifesti.»

«Vado a vedere» disse Augello.

«Aspetta, Mimì. Dato che la conosci, tu come risponderesti al referendum?»

«Quando torno ne parliamo.»

Augello era uscito da manco cinque minuti che la porta dell'ufficio del commissario s'aprì violentemente, sbatté contro la parete, Montalbano sobbalzò e Catarella trasì.

«Mi scusasse, dottori, la mano mi scappò.»

Il solito rituale. Lucidamente, il commissario seppe che un giorno o l'altro su qualche giornale sarebbe apparso un titolo così: *Il Commissario Salvo Montalbano spara a un suo agente.*

«Ah dottori, dottori! Il signori e sìnnaco Tortorigi tilifonò. Aiuto chiama! Dice accussì che nel municipio c'è un quarantotto!»

Montalbano si precipitò seguito da Fazio.

Quando arrivò, un cinquantino fora dalla grazia di Dio, invano trattenuto da alcuni volenterosi, stava pigliando a calci e a pugni una porta contrassegnata da una targhetta: UFFICIO DEL SINDACO.

«Tu lo conosci a quello?» spiò Montalbano a Fazio.

«Sissi. È il signor Briguccio.»

Montalbano si fece avanti.

«Prima di tutto si calmi, signor Briguccio.»

«Lei chi è?»

«Il commissario Montalbano sono.»

«Chi la chiamò? Il sindaco? Quel grandissimo cornuto del sindaco?»

«Sasà» fece uno dei volenterosi, «il signor commissario ha ragione. Prima di tutto calmati.»

«Vorrei vedere a tia se scrivessero sulla pubblica piazza che to' mogliere è una buttana!»

«Sasà» continuò il volenteroso, «ma chi ti dice che quella *p* per forza deve significare puttana?»

«Ah, sì? E che significa secondo te?»

«Mah. Pasticciona, per esempio.»

«Oppure paziente, tanto per farne un altro» intervenne un secondo dei volenterosi.

Le due interpretazioni fecero arraggiare di più, e con ragione, il signor Briguccio che, sfuggito a quelli che lo tenevano, sparò due poderosi calci alla porta.

«Levalo di qua» ordinò Montalbano a Fazio.

Fazio, con l'aiuto dei volenterosi, trascinò il signor Briguccio in un'altra cammara. Il commissario, tornata la calma, tuppiò discretamente.

«Montalbano sono.»

«Un attimo.»

La chiave girò, la porta si raprì. Assieme al sindaco Tortorici c'era un ometto, un sissantino grasso e calvo che s'inchinò.

«Il vicesindaco Guarnotta» lo presentò Tortorici.

«Che vuole da lei il signor Briguccio?»

Il sindaco, macari lui sissantino, sicco sicco, un curioso paro di baffi alla tartara, allargò sconsolato le braccia.

«Eh, commissario, è una faccenda lunga che si trascina da trent'anni. Briguccio, io, e il qui presente dottor Guarnotta abbiamo militato assieme in quel vecchio, glorioso partito che ha garantito la libertà nel nostro Paese. Poi è capitato quello che è capitato, ma tutti e tre ci siamo nuovamente ritrovati nel nuovo partito rinnovato. Senonché, per questo maledetto gioco delle correnti, io e il dottor Guarnotta abbiamo avuto sempre certe convinzioni non condivise da Briguccio. Vede, commissario, quando De Gasperi...»

Montalbano non aveva nessuna gana d'infognarsi in una discussione politica. «Mi scusi, sindaco, ripeto la domanda: perché Briguccio ce l'ha con lei?»

«Mah... cosa vuole che le dica. Lui tenta di cangiare il fatto d'essere stato chiamato pubblicamente cornuto – perché questo significa in fondo la domanda del referendum – in una questione squisitamente politica. In altre parole, egli sostiene che dietro quel manifesto c'è la nostra complicità, mia e del dottor Guarnotta.»

Il quale dottor Guarnotta s'inchinò leggermente taliando il commissario.

«Ma che vuole da lei, a parte lo sfogo?»

«Che faccia rimuovere i manifesti.»

«E noi l'abbiamo rassicurato in tal senso» intervenne il dottor Guarnotta. «Facendogli presente che noi l'avremmo fatto lo stesso senza la sua, come dire, tempestosa richiesta: per quei manifesti infatti non è stata pagata la tassa d'affissione.»

«E allora?»

«Abbiamo però esposto a Briguccio qual è il problema. E lui è andato su tutte le furie.»

«E qual è il problema?»

«Abbiamo in servizio al momento solo otto guardie municipali. Impegnatissime nel disbrigo delle loro normali occupazioni. Abbiamo garantito che al massimo entro una settimana i manifesti sarebbero stati rimossi. Allora lui, senza motivazione alcuna, ha cominciato a insultarci.»

Politici finissimi, di vecchia e alta scuola, il sindaco Tortorici e il vicesindaco Guarnotta.

«In conclusione, sindaco, lei vuole sporgere denunzia per aggressione?»

Guarnotta e Tortorici si taliarono, parlandosi senza parole.

«Manco per sogno!» proclamò, generosamente, Tortorici.

«Ho fatto il conto» disse Augello. «In tutto sono stati affissi venticinque manifesti. Pochi, artigianali, ma sono bastati a far nascere un casino. In paisi non si parla d'altro. E si è saputo macari dello scontro che Briguccio ha avuto con Tortorici e Guarnotta.»

«Sono state già date le prime risposte al referendum?»

«E come no! Una maggioranza bulgara. Tutti sì. La povera Eleonora, secondo la convinzione popolare, è indiscutibilmente una buttana.»

«E lo è?»

Mimì esitò un momento prima di rispondere.

«Prima di tutto tra Eleonora e Saverio Briguccio c'è una notevole differenza d'età. Eleonora è una trentina, elegante, bella, intelligente. Lui invece è un cinquantino rosso di pelo, abile commerciante. Tutto li divide, gusti, educazione, modi di vita. Inoltre in paisi si sussurra che le polveri da sparo di Briguccio siano bagnate. Infatti non hanno avuto figli.»

«Mimì, mi pare che tu stia elencando le ragioni per le quali la signora è costretta dalle circostanze a mettere le corna al marito.»

«Beh, in un certo senso è come dici tu.»

«Dunque la signora non è una buttana, ma una donna che, avendo il marito mezzo impotente, si consola.»

«Direi che le cose stanno così.»

«E quante volte, fino al momento attuale, si è consolata?»

«Non le ho contate.»

«Mimì, non fare l'omo e il gentilomo con me.»

«Beh, parecchie volte.»

«Macari con te?»

«Questo non te lo dico manco sotto tortura.»

«Mimì, lo sai come si chiama oggi questo tuo atteggiamento? Silenzio-assenso, si chiama.»

«Me ne fotto di come si chiama.»

«Senti una cosa: il marito lo sa?»

«Che Eleonora lo cornifica? Lo sa, lo sa.»

«E non reagisce?»

«Povirazzo, a mia mi fa pena. Sopporta, o almeno ha sopportato, dato che sa benissimo di non essere in grado di, diciamo così, soddisfare le, diciamo così, aspirazioni e i desideri di Eleonora, la quale, diciamo così...»

«Mimì, non diciamo così, diciamola com'è. Lui è un cornuto pacinzioso.»

«Sì, ma è questo che mi preoccupa. Fino a quando tutta la facenna si svolgeva in silenzio, lui poteva fare finta di niente. Che fossero tutte voci, malignità. Ma ora l'hanno costretto a nesciri allo scoperto. E non si sa mai qual è la reazione di un cornuto pacinzioso, come dici tu, quando è costretto a perdere la pazienza.»

«Tu pensi che sia stata una manovra politica dei suoi avversari?»

«Può essere. Ma può macari essere la vendetta di un amante liquidato dalla signora Briguccio. Vedi, Eleonora non vuole storie sentimentali che durino a lungo. È, a modo suo, fedele al sentimento che nutre per il marito. Ora è possibile che qualcuno non abbia capito le intenzioni, come dire, limitate di Eleonora e si sia abbandonato a sogni di grande amore, di una relazione duratura...»

«Ti sei spiegato benissimo, Mimì: la signora Eleonora appartiene al genere di una botta e via.»

«Salvo, quando ti ci metti, sei di una volgarità sconcertante. Ma devo ammettere che le cose stanno così.»

«Va bene» disse Montalbano. «Ora parliamo di cose serie. Questa facenna di Briguccio mi pare solamente una farsa paesana.»

Una farsa, certo. Ma durò una simanata. Rimossi i

manifesti, quando pareva che tutti se ne fossero scordati, la farsa cangiò di genere e divenne tragicommedia.

«Parlo di pirsona pirsonalmente col commissario Montalbano?»

Quella matina non era cosa. Tirava un vento di tramontana che aveva fatto venire il nirbuso a Montalbano il quale perdipiù, la sera avanti, aveva avuto un'azzuffatina telefonica con Livia.

«Catarè, non mi scassare la minchia. Che c'è?»

«C'è che il signore Bricuccio sparò.»

Oddio santo, il cornuto pacinzioso si era risvegliato come temeva Augello?

«A chi sparò, Catarè?»

«A uno che me lo sono scritto, dottori. Ah, ecco, si chiama Manifò Carlo.»

«L'ha ammazzato?»

«Nonsi, dottori. Affortunatamente la mano gli trimò e lo pigliò nell'osso pizziddro.»

L'osso pizziddro? Sul momento non s'arricordò dell'anatomia dialettale.

«E dov'è l'osso pizziddro?»

«L'osso pizziddro, dottori, è propio indovi che si trova l'osso pizziddro.»

Se l'era meritato. Perché rivolgeva domande simili a Catarella?

«È grave?»

«Nonsi, dottori. Il dottori Augello l'ha fatto portare allo spitali di Montelusa.»

«Ma tu come l'hai saputo?»

«In quanto che il signor Bricuccio, doppo la sparatina, è venuto qua a crostituirsi. Accussì abbiamo saputo la cosa.»

In commissariato, ad aspettare Montalbano, c'era già il vicesindaco Guarnotta. Trasì nella cammara del commissario inchinandosi continuamente che pareva un giapponisi.

«Ho sentito l'imprescindibile dovere di venire a testimoniare appena appresa la notizia dello sciagurato gesto dell'amico Briguccio.»

«Lei sa come sono andati i fatti?»

«No, per niente. Solo le voci che corrono in paese.»

«E allora su cosa vuole testimoniare?»

«Sulla mia assoluta estraneità al fatto.»

E siccome Montalbano lo taliava interrogativo, si sentì in dovere di precisare:

«Lei, commissario, è stato presente all'increscioso episodio accaduto in municipio e tutto da imputare all'amico Briguccio. Non vorrei che lei potesse dar credito alle sconsiderate insinuazioni dell'amico Briguccio, chiaramente in stato di forte tensione.»

Montalbano lo taliò senza dire niente.

«Questo si chiama tentato omicidio. O no?» spiò soavemente Guarnotta.

Lo voleva sistemare proprio bene, all'*amico* Briguccio.

«Grazie, prendo atto della sua dichiarazione» fece Montalbano. Pigliato però da una botta di malignità, proseguì:

«Lei naturalmente parla a titolo personale.»

«Non capisco» disse Guarnotta inquartandosi a difesa.

«È semplice: siccome le accuse del signor Briguccio coinvolgevano soprattutto il sindaco, vorrei sapere se lei parla anche a suo nome.»

L'esitazione di Guarnotta durò un niente. Dato che c'era, perché non fare danno macari all'*amico* sindaco?

«Commissario, io posso parlare solo per me. Chi è capace di conoscere a fondo la persona più cara? L'animo umano è insondabile.»

Si susì, fece due o tre inchini consecutivi e stava per andarsene quando Montalbano lo fermò.

«Mi scusi, signor Guarnotta, sa dov'è stato ferito Manifò?»

«Al malleolo.»

Il commissario fece un gran sorriso che strammò Guarnotta. Ma non rideva per il ferimento, era contento perché finalmente aveva saputo che l'osso pizziddro corrispondeva al malleolo.

«Mimì, che te ne pare di questa farsa che a momenti finiva a tragedia?»

«Che ti devo dire, Salvo? Ho due ipotesi, che macari sono le stesse delle tue. La prima è che un imbecille, per vendetta verso Eleonora, stampa e impiccica quei manifesti senza sapìri che la cosa può avere gravi conseguenze. La seconda è che si tratta di un'operazione studiata a tavolino per far saltare i nervi a Briguccio.»

«Mimì, che potere ha in paisi Briguccio?»

«Beh, ce l'ha. Lui, per principio, si oppone a tutte le iniziative del sindaco. E riesce sempre ad avere un certo seguito. Mi spiegai?»

«Ti sei spiegato benissimo: il sindaco e soci devono, per ogni cosa, trattare con Briguccio. E che mi dici della signora Eleonora?»

«In che senso?»

«Nel senso della tua ipotesi, la prima. L'amante abbandonato. Con chi se la faceva negli ultimi tempi la signora Eleonora?»

«Perché la chiami signora?»

«Non lo è?!»

«Salvo, tu dici "signora" in un certo modo... È come se dicessi "buttana".»

«Non mi permetterei mai! Allora: come vanno gli amori di Eleonora?»

«Non sono informato degli sviluppi recenti. Ma di una cosa sono sicuro, ci metto la mano sul foco: Briguccio ha sparato alla persona sbagliata.»

Montalbano, che fino a quel momento stava a babbiare, appizzò di colpo le orecchie.

«Spiegati meglio.»

«Io a Carlo Manifò lo conosco bene. È maritato, senza figli. Ed è innamorato di so' mogliere, a parte che è persona seria. Io queste cose le indovino sempre: non credo che Manifò abbia avuto una storia con Eleonora.»

«Si conoscevano?»

«Non avrebbero potuto fare a meno di conoscersi: le famiglie Manifò e Briguccio abitano nella stessa palazzina, sullo stesso pianerottolo.»

«Che fa di professione Manifò?»

«Insegna italiano al liceo. È uno studioso, è noto macari all'estero. Di più non ti so dire.»

«Briguccio è stato interrogato dal Sostituto. Che gli ha contato?»

«Lui dice che Manifò ci ha provato con Eleonora. Che Eleonora non ne ha voluto sapere e lui, allora, si è vendicato sputtanandola.»

«È stata sua moglie a raccontargli la storia?»

«No, Briguccio sostiene di non averlo saputo da Eleonora. Di averlo capito da solo. Dice macari che ha le prove di quanto afferma.»

«No, commissario, sono spiacentissimo, ma lei non può parlare col paziente» fece, irremovibile, il professor Di Stefano allo spitale di Montelusa.

«Ma perché?»

«Perché ancora non siamo riusciti a operarlo. Il signor Manifò, oltre alla ferita, ha subìto uno shock fortissimo. Ha febbre molto alta e delira.»

«Potrei almeno vederlo?»

«Potrebbe. Ma a che scopo? Per sentire quello che dice nel delirio?»

«Beh, certe volte nel delirio si dicono cose che...»

«Commissario, il professore ripete sempre la stessa cosa, monotonamente.»

«Potrei sapere che dice?»

«Come no. Dà i numeri, letteralmente.»

«I numeri?»

«Sì: 39.18.19. Se li giochi al lotto, se crede.»

«A prima vista sembrerebbe un numero di telefono» disse Augello.

«Sì, Mimì, ma siccome non ci dice il prefisso, siamo fottuti. Io ho fatto controllare tutti i numeri della nostra provincia. Niente. Ho bisogno di parlare con la signora Manifò.»

«Ma perché te la pigli tanto? Le cose sono chiare, mi pare.»

«Eh, no! Mimì, tu non puoi tirare la pietra e poi ammucciare la mano!»

«Che c'entro io?»

«C'entri! Sei stato tu a dirmi che sei convinto che Manifò non era l'amante di Eleonora! E se tu hai ragione, perché Briguccio gli ha sparato?»

«Ho ragione. Però la signora Manifò non è a Vigàta. È americana, è andata a trovare i suoi genitori a Denver. È stata informata solo poche ore fa. Tornerà a Vigàta dopodomani. Ma perché vuoi parlare con la signora Manifò?»

«Voglio taliare l'agenda del marito. Capace che ci troviamo scritto quel numero telefonico che c'interessa e sappiamo a chi corrisponde.»

«Giusto. Però, dato che la signora non c'è...»

«... facciamo come se ci fosse» concluse Montalbano.

«Madunnuzza santa, che scanto che ci pigliammo tutti quanno che sentimmo il botto della revorbarata!» disse la portinaia dello stabile mentre rapriva la porta dell'appartamento del professor Manifò. «Le chiavi le lassano sempri a mia pirchì ci vengo a fari la pulizia.»

«C'è la signora Briguccio?» spiò Augello indicando l'appartamento vicino.

«Nonsi. La signora è andata ad abitare da so' patre, a Montelusa.»

«Grazie, lei può andare» disse Montalbano.

L'appartamento era grande, la cammara più vasta era quella dello studio, praticamente un'enorme biblioteca con al centro un tavolo ingombro di carte. Mentre Mimì rovistava nella scrivania alla ricerca dell'agenda, Montalbano si fermò a taliare i libri. In un reparto c'erano, messi in bell'ordine, storie della letteratura italiana, enciclopedie, saggi critici. Su un ripiano c'erano riviste di letteratura che contenevano saggi di Manifò: studi soprattutto su Dante in rapporto alla cultura araba. Una parete invece era coperta interamente da scaffali che contenevano studi biblici: il professore Manifò di questo argomento particolarmente s'interessava. Tant'è vero che un intero reparto era occupato dalle sue pubblicazioni in materia. C'era macari un volumetto che per un momento interessò Montalbano. S'intitolava: *Esegesi del Genesi.* Stava per pigliarlo in mano e taliarlo, quando la voce di Mimì lo distrasse:

«Non c'è una minchia.»

«Che significa?»

«Significa che ho qua davanti tre agende, vecchie e nuove, e questo numero di telefono, 391819, non è scritto da nessuna parte.»

Richiusero la porta, consegnarono le chiavi alla portinaia.

La Rivelazione (proprio così, quella con la Erre maiuscola) Montalbano l'ebbe verso l'una di notte a casa sua, a Marinella, mentre, in mutande e in preda all'insonnia, faceva uno svogliato zapping alla televisione. Era, inspiegabilmente, affascinato da certi programmi che una pirsona dotata di buon senso avrebbe accuratamente evitato: vendite di mobili, di complicate apparecchiature per ginnastica, di quadri da quattro soldi. L'occhio quella sera gli cad-

de su una coppia, James e Jane, pastori di un'indefinibile
chiesa di stampo americano. In uno zoppicante italiano, la
coppia spiegava come la salvezza dell'omo consistesse nel-
l'avere sempre la Bibbia sottomano per consultarla in ogni
occasione. A Montalbano divertiva Jane, cotonata e in vestiti aderenti come una Marilyn di quart'ordine, e anche
James, pizzetto, occhi magnetici, Rolex al polso. Stava per
cangiare canale, quando James disse:

«Amici, prendete in mano la Bibbia. Deuteronomio:
20.19.20.»

Fu come se una scossa elettrica l'avesse pigliato in
pieno. Minchia, quanto era stronzo! Cercò casa casa una
Bibbia, non la trovò. Taliò il ralogio, era l'una di notte,
certamente Augello era ancora vigliante.

«Mimì, scusami. Ce l'hai una Bibbia?»

«Salvo, perché non ti decidi a farti curare?»

Riattaccò. Poi fece una pensata, compose un numero.

«Qui hotel Belvedere.»

«Il commissario Montalbano sono.»

«In che posso esserle utile, commissario?»

«Senta, mi pare che nel vostro albergo usiate mettere
la Bibbia nelle camere da letto.»

«Sì, lo facevamo.»

«Perché, ora non più?»

«No.»

«Ma Bibbie in albergo ne avete?»

«Quante ne vuole.»

«Tra una mezzorata sono da voi.»

Assittato nella poltrona, la Bibbia in mano, Montalbano ci ragionò tanticchia sopra. Non era il caso di leg-
gersela tutta, ci avrebbe messo una simanata. Decise di
cominciare dal principio, dal Genesi. D'altra parte Manifò non aveva scritto un libro sull'argomento? Andò a
taliare il capitolo 39: parlava dei figli di Giacobbe e in
modo particolare di Giuseppe. Ai punti 18 e 19 si conta-

va della disavventura del pòviro picciotto con la moglie di Putifar.

Giuseppe, ch'era «formoso», diceva la Bibbia, venne pigliato come servo nella casa di Putifar, capitano del Faraone. Seppe conquistarsi la fiducia del suo padrone che gli affidò tutti i suoi averi. Ma la moglie di Putifar gli mise gli occhi sopra e non mancava occasione per invitarlo a fare cose vastase con lei. Per quanto l'invitasse, dice sempre la Bibbia, mai Giuseppe acconsentì a «giacerle accanto e usare con lei». Un giorno però la signora perdette veramente la testa e gli saltò addosso: il pòviro Giuseppe riuscì a scappare, ma la sua veste rimase in mano alla fìmmina. La quale, per vendicarsi, proclamò che Giuseppe aveva tentato di violentarla, tant'è vero che aveva lasciato la veste nella sua cammara. E così Giuseppe andò a finire in càrzaro.

Altro che numeri! Nel suo delirio, il professor Manifò si sentiva nella stessa situazione del biblico Giuseppe e tentava di spiegare com'erano andate le cose: lui era la vittima, non la signora Briguccio. Però, pigliando per vero il suggerimento del professore, c'era parecchio che non tornava. Allora: il professore sostiene che, trovandosi da solo in casa di Eleonora, viene da questa aggredito perché secolei si giaccia, tanto per parlare come la Bibbia. Ma il professore scappa, lasciando nelle mani di Eleonora qualcosa di tanto intimo, di tanto personale da convincere il signor Briguccio che il tentativo di stupro (almeno così gli racconta la moglie per vendicarsi del rifiuto) c'è inequivocabilmente stato. Macari ammettendo questa ipotesi, però, non c'era logica nel fatto successivo: chi aveva stampato e affisso i manifesti? Il professor Manifò per vendicarsi a sua volta? Ma via! Non seppe darsi una risposta e si andò a corcare.

La matina appresso, appena susùto dal letto, un pinsero fresco fresco come acqua sorgiva gli zampillò nel ciriveddro. Si precipitò al telefono.

«Mimì? Montalbano sono. Dovresti andare, macari facendoti accompagnare da qualcuno dei nostri, nell'appartamento di Manifò. Prima però devi spiare alla portinaia se la signora Briguccio le ha recentemente domandato la chiave dei Manifò mentre il professore era fora di casa.»

«Va bene, ma che devo fare?»

«Una specie di perquisizione. Devi spostare le file più basse dei libri nello studio e taliare se per caso dietro di essi c'è qualcosa.»

«Un mio amico ci teneva il whisky che so' mogliere non voleva che bevesse. E se trovo qualcosa?»

«Me lo porti in commissariato. Ah, senti, sei riuscito a sapìri chi è l'ultimo amante o l'ultimo innamorato di Eleonora?»

«Sì, qualcosa.»

«A più tardi.»

«Abbiamo trovato queste» fece Mimì scuro scuro tirando fora dalla sacchetta un paro di mutandine rosa di fimmina, finissime, elegantissime, ma strappate. Montalbano le taliò: c'erano arriccamate le iniziali E.B., Eleonora Briguccio.

«Perché Manifò le teneva ammucciate?» spiò Augello.

«No, Mimì, ti sbagli. Non è stato Manifò, è stata Eleonora Briguccio a nasconderle darrè ai libri per tirarle fora al momento opportuno. A proposito, hai domandato alla portinaia?»

«Sì. Due giorni avanti che Briguccio sparasse al professore, Eleonora ha voluto la chiave, disse che si era scordata una cosa in casa del vicino. Vedi, Salvo, si frequentavano regolarmente, la portinaia non ci vide niente di male e le consegnò la chiave che le venne restituita dieci minuti dopo.»

«L'ultima domanda, sai con chi Eleonora...»

«Guarda, Salvo, è una cosa molto strana. Dicono che

Eleonora stia facendo perdere la testa a un ragazzino che non ha manco diciott'anni, il figlio dell'avvocato Petruzzello che...»

«Non mi interessa. Te la vedrai tu col ragazzino. Ora stammi a sentire e rifletti bene prima di rispondere. Anzi, risponderai alla fine di quello che ti conto. Dunque, contrariamente a quello che di solito le càpita, Eleonora Briguccio s'innamora sul serio del suo vicino di casa e amico di famiglia, il professor Manifò. E glielo fa capire in tutti i modi. Ma il professore fa finta di niente. Le cose per un pezzo vanno avanti così, lei sempre più incaniata, lui sempre più fermo nel rifiuto. Poi la mogliere di Manifò parte per Denver. Sicuramente, di giorno o di notte, quando il marito non c'è, Eleonora Briguccio tuppìa alla porta di casa del vicino, lo costringe ad aprirle, rinnova le sue proposte. A un certo punto il rifiuto dev'essere stato così grave che per Eleonora è diventato un'offesa insopportabile. Decide di vendicarsi. Un piano geniale. Convince il ragazzino che è innamorato di lei a stampare i manifesti del referendum e ad affiggerli. Quello ubbidisce. Il signor Briguccio, cornuto paziente fino a quando non c'è stato scandalo pubblico, è costretto a reagire, tanto più che tutto il paisi lo prende in giro. Quando ha fatto giungere il marito al giusto punto d'ebollizione, Eleonora passa alla seconda parte. Nasconde un paro di mutandine, dopo averle strappate, nella libreria del professore e quindi confessa al marito che Manifò l'ha attirata a casa sua e ha tentato di violentarla. Lei è riuscita a evitare la violenza quando già era praticamente nuda. E allora Manifò si è vendicato facendo stampare i manifesti. A Briguccio non resta che andare a sparare a Manifò, ma siccome è un uomo prudente, gli spara all'osso pizziddro.»

«Non mi persuade la facenna delle mutandine.»

«Eleonora avrebbe trovato il modo di farle saltare fuori al processo. Lì, dov'erano, potevano restarci anni. Chi fa le pulizie ai libri se non a Pasqua?»

«Perché hai voluto sapere del ragazzino?»

«Perché è come m'ero immaginato. Eleonora l'ha convinto a fare quello che voleva lei. Un adulto forse si sarebbe tirato indietro. Quindi tu, da oggi stesso, ti cominci a lavorare questo ragazzino fino a quando non confessa. Racconta macari tutto al padre, fatti aiutare da lui. Io di questa storia non voglio più occuparmene.»

«Non dovevi farmi una domanda?»

«Te la faccio subito: dopo quello che ti ho contato, tu credi che Eleonora Briguccio sia una fimmina capace di tanto? Di combinare una così raffinata vendetta che ha mandato un omo allo spitale (ma avrebbe potuto mandarlo al camposanto) e il marito in càrzaro? Una vendetta, bada bene, per la quale è necessario che lei, per prima, paghi il prezzo d'essere sputtanata agli occhi di tutto il paisi. È possibile che questa fimmina abbia una testa così?»

«Sì, è possibile» disse a malincuore Mimì Augello.

MONTALBANO SI RIFIUTA

Quella nottata di fine aprile era proprio proprio come una volta era parsa a Giacomo Leopardi che se la stava a godere: dolce e chiara e senza vento. Il commissario Montalbano guidava la sua macchina a lento a lento, beandosi della friscanzana mentre se ne tornava nella sua casa di Marinella. S'arravugliava nella sua stanchizza come dintra a un vestito sporco, sudato, ma che sai che tra poco potrai sostituirlo, dopo la doccia, con uno pulito e profumato. Era stato in ufficio dalla matina che manco erano le otto e ora il suo ralogio segnava la mezzanotte spaccata.

Tutta la giornata l'aveva passata nel tentativo di far confessare un vicchiazzu fituso che si era approfittato di una picciliddra di nove anni e appresso aveva cercato d'ammazzarla con una pietrata in testa. La picciliddra era in coma nello spitale di Montelusa e non era in grado perciò d'arriconoscere lo stupratore. Doppo qualche ora d'interrogatorio, il commissario aveva principiato a nutrire scarso dubbio che il colpevole fosse l'omo che avevano fermato. Ma quello si era blindato in una negativa che non permetteva spiragli. Ci aveva provato con trainelli, sfondapiedi, saltafossi, domande a tradimento: e quello niente, sempre lo stesso intìfico disco:

«Non sono stato io, non avete prove.»

Certamente le prove ci sarebbero state dopo l'esame del DNA dello sperma. Ma ci voleva troppo tempo e troppa paglia per fare maturare lo zorbo, come dicevano i contadini.

Verso le cinque di doppopranzo, avendo esaurito tutto

il repertorio sbirresco, Montalbano principiò a sentirsi una specie di cadavere parlante.

Si fece sostituire da Fazio, andò in bagno, si spogliò nudo, si lavò dalla testa ai piedi, si rivestì. Trasì nella cammara per ripigliare l'interrogatorio e sentì il vecchio che diceva:

«Non fono ftato io, non afete profe.»

Era di colpo addiventato tedesco? Taliò il fermato: dalla bocca gli colava un filo di sangue, aveva un occhio gonfio e chiuso.

«Che è successo?»

«Niente, dottore» arrispose Fazio con una faccia d'angelo che gli mancava solo l'aureola. «Ha avuto come un mancamento. Ha sbattuto la testa contro lo spigolo del tavolino. Forse si è rotto un dente, cosa di poco.»

Il vecchio non replicò e il commissario ripigliò a pistiare con le stesse domande. Alle dieci di sira, che non era arrinisciuto a farsi manco un panino, comparse in commissariato Mimì Augello frisco come una rosa. Montalbano si fece immediatamente sostituire da lui e si precipitò dritto verso la trattoria San Calogero. Aveva un pititto tanto attrassato che a ogni passo gli pareva di dover sgonocchiare a terra come un cavallo stremato. Ordinò un antipasto di mare e già ne stava pregustando il sapore, quando Gallo fece irruzione.

«Dottore, venga, il vecchio vuole parlare. È sbracato di colpo, dice che è stato lui a spaccare la testa alla picciliddra dopo averla violentata.»

«E com'è possibile?!»

«Mah, dottore, è stato il dottor Augello a persuaderlo.»

Montalbano s'infuscò e non certo per l'antipasto di mare che non avrebbe avuto tempo di mangiare. Ma come?! Lui era tutto il giorno che gettava sangue appresso a quel vecchio porco e invece Mimì ci era arrinisciuto in un vìdiri e svìdiri?

In commissariato, prima di vedere il vicchiazzo, chiamò sparte il suo vice.

«Come hai fatto?»

«Credimi, Salvo, è stato un caso. Tu sai che io mi rado col rasoio a mano libera. Non ce la faccio proprio con i rasoi di sicurezza. Forse è un fatto di pelle, che ti devo dire?»

«Mimì, della tua pelle non mi devi dire niente perché me ne fotto. Voglio sapere come hai fatto a farlo confessare.»

«Proprio oggi m'ero accattato un rasoio novo. L'avevo in sacchetta. Bene, avevo principiato a interrogare il vecchio quando quello mi ha detto che gli scappava da pisciare. L'ho accompagnato al cesso.»

«Perché?»

«Mah, non è che si reggeva tanto sulle gambe. Per fartela breve, appena ha tirato fora l'arnese, macari io ho aperto il rasoio e gli ho fatto un taglietto.»

Montalbano lo taliò strammato.

«Dov'è che gli hai fatto un taglietto?»

«Dove vuoi che glielo facessi? Ma è cosa da niente. Certo, è uscito tanticchia di sangue, ma niente di...»

«Mimì, sei nisciuto pazzo?»

Augello lo considerò con un sorrisino di superiorità.

«Salvo, tu non hai capito una cosa. O il vecchio parlava o, in caso contrario, i nostri òmini da qui non l'avrebbero fatto nesciri vivo. Così ho arrisolto il problema. Quello ha pensato che io ero capace di tagliarglielo di netto ed è sbracato.»

Montalbano si ripromise di parlare la matina appresso con Mimì e tutti gli òmini del commissariato, non gli calava come si erano comportati col vecchio. Abbandonò lo stupratore-assassino ad Augello, che tanto ora non aveva più bisogno d'adoperare il rasoio, e tornò in trattoria. Il suo antipasto l'aspettava e si portò via la metà dei pinseri che aveva. Le triglie al sughetto fecero scomparire l'altra metà.

Fora della trattoria, la strata era allo scuro. O qualcuno aveva rotto le lampadine o si erano fulminate. Dopo qualche passo l'occhio s'abituò. Allato a un portone c'era un tale che orinava, non contro il muro, ma sopra una grossa scatola di cartone. Quando fu a tiro dell'omo, si addunò che quello stava facendo il bisogno suo sopra a un disgraziato ch'era dintra allo scatolone e che non arrinisciva a reagire e a parlare perché era completamente 'mbriaco.

«Beh?» fece Montalbano fermandosi.

«Che minchia vuoi?» disse l'altro chiudendo la lampo.

«Ti pare cosa pisciare sopra a un cristiano?»

«Cristiano? Quello un pezzo di merda è. E se non te ne vai, piscio sopra macari a tia.»

«Scusami e buonanotte» disse il commissario.

Gli voltò le spalle, mosse mezzo passo, si rigirò e gli sparò un potente càvucio sui cabasisi. L'altro crollò sopra al disgraziato dintra lo scatolone, senza fiato. Degna conclusione di una giornata dura.

Ora era quasi arrivato. Accostò sulla sinistra, svoltò, imboccò il vialetto che portava a casa, giunse allo spiazzo, fermò, scinnì, raprì la porta, la chiuse alle sue spalle, cercò l'interruttore, ma la mano gli si bloccò a mezz'aria.

Cosa l'aveva paralizzato? Una specie di flash, l'immagine fulminea di una scena intravvista poco prima, troppo velocemente perché il cervello facesse a tempo a trasmettere i dati raccolti. Non addrumò la luce, lo scuro l'aiutava a concentrarsi, a ricostruire quello che l'aveva colpito subliminalmente.

Ecco, era stato quando aveva sterzato per imboccare il vialetto, gli abbaglianti avevano per un attimo illuminato una scena. Davanti a lui, fermo nello stesso senso di marcia, un fuoristrada Nissan. Sul lato opposto della strada, tre sagome in movimento. Pareva stessero facendo un ballo, ora formando quasi un corpo unico, ora allontanandosi l'una dall'altra.

Chiuse gli occhi, li serrò forte. Gli dava fastidio persino il chiarore della luce rimasta accesa sulla verandina e che macchiava lo scuro fitto dentro il quale voleva immergersi.

Due òmini e una fìmmina, ora ne era certo. Ballavano e ogni tanto s'abbracciavano. No, era quello che aveva creduto di vedere, ma c'era qualcosa negli atteggiamenti dei tre che poteva far supporre una situazione diversa.

Metti meglio a fuoco, Salvo, occhi di sbirro sono sempre occhi di sbirro.

E a un tratto non ebbe più dubbio. Con una specie di zumata mentale dettagliò su una mano artigliata tra i capelli della fìmmina, con violenza, con ferocia. La scena pigliò il senso giusto. Un rapimento, altro che minchiate! Due òmini che cercavano di caricare a forza la picciotta sulla Nissan.

Non stette a pinsarci sopra manco un momento, raprì la porta, niscì, si mise in macchina, partì. Quanto tempo era passato? Calcolò una decina e passa di minuti. Due ore stette a caminare con l'auto, intestato, le labbra strette, gli occhi fissi, avanti e narrè, percorrendo strate, stratuzze, viottoli, trazzere.

Quando oramai ci aveva perso la spiranza, vide la Nissan ferma davanti a una casa sulla collina, una casa che aveva sempre visto disabitata, le rare volte che gli era capitato di passarci davanti. Dalle finestre della facciata non trapelava luce. Fermò, temendo che avessero sentito la rumorata del motore. Aspettò, immobile, qualche minuto. Poi scinnì dall'auto lasciando la portiera aperta e cautamente, piegato in due, fece il giro della casa. Nella parte di darrè, attraverso le persiane chiuse, filtrava la luce da due cammare illuminate, una al piano terra e l'altra al primo piano.

Tornò sul davanti della casa, spinse lentamente la porta d'entrata lasciata accostata e che badò a non far cigolare. Stava sudando. Si ritrovò in una anticamera allo scuro, proseguì, c'era un salone e allato al salone una cucina. Lì ci stavano due picciotti in jeans, barbe lunghe, orecchini. Erano a torso nudo. Stavano cuocendo qualche cosa su due fornelli da campeggio e controllavano il grado di cottura. Uno abbadava a un tegamino, l'altro aveva scoperchiato una pignata e vi rimestava con un grosso cucchiaio di legno. C'era odore di fritto e di salsa.

Ma la ragazza dov'era? Possibile che fosse riuscita a sfuggire ai suoi assalitori o che questi l'avessero lasciata libera? O si era sbagliato? La ricostruzione della scena che aveva mentalmente fatta poteva avere un diverso significato?

Qualcosa però, dal profondo del suo istinto, lo spingeva a non fidarsi di ciò che vedeva: due picciotti che preparavano la cena. Era proprio quella normalità apparente a squietarlo.

Con la prudenza di un gatto, Montalbano principiò ad acchianare la scala in muratura che portava al piano di sopra. A metà dei gradini, coperti da mattonelle sconnesse, rischiò di scivolare. Un liquido denso e scuro era sparso lungo la scala. Si calò, lo toccò con la punta dell'indice, l'odorò: aveva troppa spirenzia per non capire ch'era sangue. Sicuramente era troppo tardi per trovare ancora in vita la picciotta.

Fece gli ultimi due scalini quasi con fatica, appesantito già da ciò che s'immaginava avrebbe visto e che infatti vide.

Nell'unica cammara illuminata del piano di sopra, la picciotta, o almeno quello che ne restava, era stinnicchiata in terra, completamente nuda. Sempre quateloso, ma in parte rassicurato dal fatto che continuava a sentire le voci dei due nel piano di sotto, si avvicinò al corpo. Avevano travagliato di fino col coltello doppo averla violentata macari con un manico di scopa che stava insanguinato vicino a lei. Le avevano cavato gli occhi, tagliato intero il polpaccio della gamba mancina, amputata la mano destra. Avevano macari cominciato ad aprirle la pancia, poi avevano lasciato perdere.

Per taliare meglio, si era accoccolato e ora gli veniva difficile isarsi in piedi. Non perché avesse le gambe di ricotta, ma proprio per la ragione opposta: sentiva che, se avesse principiato ad alzarsi, il fascio di nervi ch'era diventato l'avrebbe fatto schizzare sino al soffitto, come un misirizzi. Stette così il tempo necessario a calmarsi, a respingere la furia cieca che l'aveva invaso. Non doveva commettere sbagli, in due contro uno l'avrebbero avuta facilmente vinta.

Ridiscese le scale a piede lèggio e risentì chiaramente le voci dei due.

«Gli occhi sono fritti al punto giusto. Ne vuoi uno?»

«Sì, se tu assaggi un pezzo di polpaccio.»

Il commissario niscì dalla casa, non fece a tempo a raggiungere la macchina, dovette fermarsi per vomitare, cercando di non farsi sentire, facendosi venire strizzoni di dolore alla pancia per trattenere i conati. Arrivato all'automobile, raprì il bagagliaio, tirò fora una tanica di benzina che sempre si portava appresso, tornò verso la casa, la svuotò appena dopo la porta d'ingresso. Era certo che i due non avrebbero sentito l'odore della benzina, sopraffatto dagli odori ben più forti di un paio d'occhi fritti e di un polpaccio bollito o al sugo, va' a sapere. Il suo piano era semplice: dare fuoco alla benzina e costringere gli assassini a saltare dalla finestra della cucina sul retro. Lì ci sarebbe stato lui ad aspettarli.

Tornò alla macchina, raprì il cruscotto, pigliò la pistola, mise il colpo in canna. E qui si fermò.

Ripose la pistola nel cassetto, mise una mano in sacchetta, tirò fora il portafoglio: sì, una scheda telefonica c'era. Venendo, aveva notato a un centinaro di metri di distanza una cabina. Lasciata l'auto dove si trovava, la raggiunse a piedi, dopo essersi addrumato una sigaretta.

Miracolosamente, il telefono funzionava. Inserì la scheda, compose un numero.

Il sittantino che, nella nottata romana, stava battendo a macchina, si susì di scatto, andò al telefono preoccupato. Chi poteva essere a quell'ora?

«Pronto! Chi è?»

«Montalbano sono. Che fai?»

«Non lo sai che faccio? Sto scrivendo il racconto di cui tu sei protagonista. Sono arrivato al punto in cui tu sei dintra la macchina e hai messo il colpo in canna. Da dove telefoni?»

«Da una cabina.»

«E come ci sei arrivato?»

«Non t'interessa.»

«Perché mi hai telefonato?»

«Perché non mi piace questo racconto. Non voglio entrarci, non è cosa mia. La storia poi degli occhi fritti e del polpaccio in umido è assolutamente ridicola, una vera e propria stronzata, scusa se te lo dico.»

«Salvo, sono d'accordo con te.»

«E allora perché la scrivi?»

«Figlio mio, cerca di capirmi. Certuni scrivono che io sono un buonista, uno che conta storie mielate e rassicuranti; certaltri dicono invece che il successo che ho grazie a te non mi ha fatto bene, che sono diventato ripetitivo, con l'occhio solo ai diritti d'autore... Sostengono che sono uno scrittore facile, macari se poi s'addannano a capire come scrivo. Sto cercando d'aggiornarmi, Salvo. Tanticchia di sangue sulla carta non fa male a nessuno. Che fai, vuoi metterti a sottilizzare? E poi, lo domando a tia che sei veramente un buongustaio: l'hai mai provato un piatto d'occhi umani fritti, macari con un soffritto di cipolla?»

«Non fare lo spiritoso. Stammi a sentire, ti dico una cosa che non ti ripeterò più. Per me, Salvo Montalbano, una storia così non è cosa. Padronissimo tu di scriverne altre, ma allora t'inventi un altro protagonista. Sono stato chiaro?»

«Chiarissimo. Ma intanto questa storia come la finisco?»

«Così» disse il commissario.

E riattaccò.

SEQUESTRO DI PERSONA

Era un contadino vero, ma pareva un pupo di presepio, la coppola incarcata in testa macari dintra al commissariato, il vestito di fustagno sformato, certe scarpe chiodate come non se ne vedevano in giro dalla fine della Seconda guerra mondiale. Sittantino asciutto, leggermente attortato per via del travaglio con lo zappuni, uno degli ultimi esemplari di una razza in via d'estinzione. Aveva occhi cilestri che piacquero a Montalbano.

«Voleva parlarmi?»

«Sissi.»

«Si accomodi» fece il commissario indicandogli una seggia davanti alla scrivania.

«Nonsi. Tanto è cosa ca dura picca.»

Meno male, aveva promesso che l'incontro sarebbe durato poco: doveva essere omo di scarse parole, com'era di giusto per un viddrano autentico.

«Consolato Damiano mi chiamo.»

Qual era il cognome? Consolato o Damiano? Ebbe un dubbio passeggero, poi pensò che, stando alle regole di comportamento davanti a un rappresentante dell'autorità, il viddrano aveva declinato, come d'uso, prima il cognome e poi il nome.

«Piacere. Ascolto, signor Consolato.»

«Vossia mi vuole parlari col tu o col lei?» spiò il contadino.

«Col lei. Non è mia abitudine...»

«Allura vidisse ca il mio cognomu è Damiano.»

Montalbano ci restò tanticchia male per non averci inzertato.

«Mi dica.»

«Aieri matina scinnii dalla campagna e vinni in paisi datosi che c'era mercato.»

Il mercato l'armavano ogni domenica matina nella parte alta di Vigàta, vicino al camposanto che confinava con la campagna, una volta tutta olivi, mandorle, vigneti e ora quasi totalmente incolta, aggredita da macchie sempre più vaste di cemento, che il piano regolatore consentisse o no.

Montalbano aspettò con pacienza il seguito.

«Lu sceccu m'avia ruttu lu bùmmulu.»

L'asino gli aveva rotto il bùmmolo, un recipiente di creta che tiene l'acqua freschissima e che i viddrani d'una volta si portavano appresso quando andavano a travagliare: questo confermò l'impressione di Montalbano che Consolato Damiano fosse proprio un viddrano all'antica. Malgrado però che la storia dell'asino e del bùmmolo non gli pareva cosa che potesse interessare il commissariato, non disse né ai né bai, aveva stabilito di seguire il lentissimo flusso del discorso di Consolato.

«Accussì, al mercato, me ne accattai uno novo.»

E fin qui, ancora niente di straordinario.

«Aieri a sira ci misi dintra l'acqua pi pruvarlo. Se era cotto a puntino, pirchì se il bùmmulu è crudo, l'acqua non la tiene frisca.»

Montalbano s'addrumò una sigaretta.

«Prima di andare a corcarmi, lo svotai. E coll'acqua cadì fora un pezzo di carta ca stava dintra al bùmmulu.»

Montalbano si tramutò di colpo in una statua.

«Iu tanticchia sacciu leggiri. La terza limentare feci.»

«Era un biglietto?» azzardò finalmente il commissario.

«Sì e no.»

Montalbano decise ch'era meglio stare a sentire in silenzio.

«Era una striscia di carta strazzata da un giornali. Si

era tutta vagnata d'acqua. La misi allato al foco e s'asciucò.»

In quel momento s'affacciò Mimì Augello.

«Salvo, ti ricordo che ci aspetta il questore.»

«Mandami Fazio.»

Il contadino educatamente aspettava. Trasì Fazio.

«Questo signore si chiama Damiano Consolato. Senti tu cosa ha da dirti. Io purtroppo devo scappare. Arrivederla.»

Quando tornò in commissariato, della facenna del contadino e del suo bùmmolo se ne era completamente scordato. Andò a mangiare alla trattoria San Calogero, si sbafò mezzo chilo di polipetti che si squagliavano in bocca, bolliti e conditi con sale, pepe nivuro, oglio, limone e prezzemolo. Rientrato in ufficio, vide Fazio e Consolato Damiano gli tornò a mente.

«Che voleva quel contadino? Quello del bùmmulo.»

Fazio fece un sorrisino.

«Sinceramente, m'è parsa una minchiata, per questo non gliene parlai. M'ha lasciato il pezzetto di carta. È la parte di sopra di un giornale dell'anno passato, si legge la data: 3 agosto 1997.»

«Che giornale è?»

«Questo non lo so, il nome del giornale non compare.»

«Tutto qua?»

«Nonsi. C'è macari qualche parola scritta a mano. Dice così: "Aiuto! M'ammazza!". Però...»

Montalbano s'infuscò.

«E ti pare una minchiata? Fammelo vedere.»

Fazio niscì, tornò, pruì a Montalbano una strisciolina di carta. A stampatello, con caratteri quasi infantili, c'era in realtà scritto: «Autto! Mamaza!».

«Dev'essere uno sgherzo che qualcheduno ha voluto fare al viddrano» commentò Fazio intestato.

Certamente a un grafologo la scrittura parla: a Montalbano, che grafologo non era, quella scrittura sgrammaticata e incerta parlò lo stesso, gli disse che rappresentava la verità, ch'era un'autentica domanda di soccorso. Altro che uno scherzo, come sosteneva Fazio! Però si trattava solamente di una sua sensazione e niente di più. Fu per questo che si fece persuaso d'occuparsi della facenna senza metterci di mezzo i suoi òmini: se la sua impressione fosse risultata sbagliata, si sarebbe sparagnato i sorrisini sfottenti di Augello e soci.

Si ricordò che la zona dove si svolgeva il mercato era stata contrassegnata e suddivisa in tante caselle delimitate, a terra, da strisce di calce. Per di più ogni casella aveva un numero: questo per evitare contestazioni e azzuffatine tra i bancarellari. Andò in Comune ed ebbe fortuna. L'addetto, che si chiamava De Magistris, gli spiegò che i riquadri riservati ai venditori di manufatti di creta erano solamente due. Nel primo, al quale era stato dato l'otto come numero d'ordine, esponeva la sua merce Tarantino Giuseppe. Si trovava nella parte bassa del mercato. Invece nella parte alta, la più vicina al camposanto, si trovava il riquadro trentasei, assegnato a un altro venditore di bùmmuli e quartare, Fiorello Antonio.

«Ma guardi, commissario, che non è detto che le cose stiano così com'è scritto su questa carta» disse De Magistris.

«Perché?»

«Perché spesso i bancarellari si mettono d'accordo tra di loro e si scangiano i posti.»

«Tra i due venditori di bùmmuli?»

«Non solo. Sulla carta c'è scritto, che so, che al numero venti ci sta un tale che vende frutta e verdura, uno ci va e ci trova invece una bancarella di scarpe. A noi non c'interessa, basta che vadano d'amore e d'accordo.»

Tornò in ufficio, si fece dare da Fazio le necessarie spiegazioni per arrivare da Consolato Damiano, si mise in macchina, partì. Contrada Ficuzza, dove abitava il viddrano, era un posto perso tra Vigàta e Montereale. Per arrivarci dovette lasciare l'auto dopo una mezzorata di strata e farsi una scarpinata di un'altra mezzorata. Era già scuro quando arrivò a una piccola masserìa, si fece largo tra le gaddrine e, a tiro della porta ch'era aperta:

«Ehi! Di casa!» gridò.

«Cu è?» spiò una voce dall'interno.

«Il commissario Montalbano sono.»

Apparse Consolato Damiano con la coppola in testa e non s'ammostrò per niente maravigliato.

«Trasisse.»

La famiglia Damiano si stava mettendo a tavola. C'erano una fìmmina anziana che Consolato presentò come Pina, so' mogliere, il figlio quarantino Filippo e so' mogliere Gerlanda, una trentina che abbadava a due picciliddri, un mascolo e una fìmmina. La cammara era spaziosa, la parte adibita a cucina aveva macari un forno a legna.

«Vossia favorisce?» spiò la signora Pina accennando ad aggiungere un'altra seggia al tavolo. «Stasira feci tanticchia di pasta cu i bròcculi.»

Montalbano favorì. Dopo la pasta, la signora Pina tirò fora dal forno, dove lo teneva in cavudo, mezzo capretto con le patate.

«Ci deve scusari, signor commissario. È robba d'aieri, ca me' figliu Filippu faciva quarantun anni.»

Era squisito, tenero e gentile com'è nella natura del capretto, tanto da vivo quanto da morto. Alla fine, visto che nessuno gli spiava il motivo della sua visita, fu Montalbano a parlare.

«Signor Damiano, lei per caso si ricorda in quale bancarella accattò il bùmmolo?»

«Certu ca l'arricordu. Quella più vicina al campusantu.»

Il riquadro assegnato a Tarantino. Ma se si era scangiato il posto con Fiorello?

«Lei sa come si chiama il bancarellaro?»

«Sissi. Si chiama Pepè. Il cognomi però non lu sacciu.»

Giuseppe. Non poteva essere altro che Giuseppe Tarantino. Una cosa facile facile che si sarebbe potuta risolvere con una brevissima telefonata. Ma se Consolato Damiano avesse avuto il telefono, Montalbano si sarebbe perso la pasta coi broccoli e il capretto al forno.

In ufficio trovò Mimì Augello che evidentemente l'aspettava.

«Che c'è, Mimì? Guarda che tra cinque minuti me ne vado a casa. Tardo è e sono stanco.»

«Fazio mi ha riferito la facenna del bùmmolo. Ho capito che te ne vuoi occupare a taci maci, senza parlarne con nessuno.»

«C'inzertasti. Tu che ne pensi?»

«Mah. La cosa può essere tanto una storia seria quanto una solenne minchiata. Potrebbe trattarsi, per esempio, di un sequestro di persona.»

«Macari io sono della stessa opinione. Però ci sono elementi che la mettono fuori discussione. Sono da cinque e passa anni che da noi non càpita più un sequestro di persona a scopo di riscatto.»

«Di più, di più.»

«E l'anno passato non c'è stata notizia di un sequestro.»

«Questo non significa, Salvo. Capace che i sequestratori e i parenti del sequestrato sono riusciti a tenere ammucciata la notizia del sequestro e dell'andamento delle trattative.»

«Non ci credo. Oggi i giornalisti riescono a contarti i peli del culo.»

«Allora perché dici che può essere un sequestro?»

«Non un sequestro a scopo di lucro. Te lo sei scordato che c'è stato un verme che ha sequestrato un picciliddro per intimorire il padre che aveva l'intenzione di collaborare con la giustizia? Poi l'ha strangolato e l'ha messo nell'acido.»

«Mi ricordo, mi ricordo.»

«Potrebbe essere una facenna così.»

«Potrebbe, Salvo. Ma potrebbe essere che abbia ragione Fazio.»

«E per questo io non vi voglio tra i coglioni. Se sbaglio, se è una fesseria, vuol dire che sarò il solo a farmi quattro risate.»

L'indomani a matino, alle sett'albe, s'appresentò nuovamente in municipio.

«Ho saputo che il venditore di bùmmuli che m'interessa si chiama Giuseppe Tarantino. Lei può darmene l'indirizzo?»

«Certo. Un momento che consulto le schede» fece De Magistris.

Dopo manco cinque minuti tornò con un pizzino in mano.

«Abita a Calascibetta, in via De Gasperi 32. Vuole il numero di telefono?»

«Catarella, mi devi fare un favore speciale e importante.»

«Dottori, quando vossia mi addimanda a mia pirsonalmente di farci un favore a vossia pirsonalmente di pirsona, fa un favori a mia quando che me l'addimanda.»

Barocche cortesie di Catarella.

«Ecco, devi chiamare a questo numero. Risponderà Giuseppe o Pepè Tarantino. Tu, senza dirgli che sei della polizia, gli devi spiare se oggi doppopranzo rimane a casa.»

Lo vide imparpagliato, col pizzino sul quale era scritto il numero tenuto tra l'indice e il pollice, il braccio leggermente scostato dal corpo, quasi che fosse un armalo repellente.

«C'è qualcosa che non hai capito?»

«Chiaro chiaro non è.»

«Dimmi.»

«Come mi devo comportari se al tilifono invece di Giuseppe m'arrisponde Pepè?»

«È sempre la stessa persona, Catarè.»

«E se invece non arrispondono né Giuseppe né Pepè ma un'altra pirsona?»

«Le dici di passarti Giuseppe o Pepè.»

«E se Giuseppe Pepè non c'è?»

«Dici grazie e riattacchi.»

Fece per nesciri, ma il commissario venne pigliato da un dubbio.

«Catarè, dimmi quello che dirai al telefono.»

«Subito, dottori. "Pronti?" mi spia lui. "Senti" ci faccio io "se tu ti chiami Giuseppe o Pepè è la stissa cosa." "Chi parla?" mi spia lui. "A te non deve fottere niente di chi è che sta parlando di pirsona. Io non sono della polizia. Capito? Dunque: per ordine del signori e commissario Montalbano tu oggi doppopranzo non ti devi cataminare di casa." Dissi bene?»

A Montalbano acchianò in gola una vociata di raggia da spaccare i vetri, mentre s'assammarava di sudore per lo sforzo di tenersi.

«Non dissi bene, dottori?»

La voce di Catarella trimuliava, aveva gli occhi di agnello che talìa la lama che lo scannerà. Ne ebbe pena.

«No, Catarè, hai detto benissimo. Però ho pensato che è meglio se *gli* telefono io. Ridammi il pizzino col numero.»

Una voce di fimmina rispose al secondo squillo. Doveva essere giovane.

«La signora Tarantino?»

«Sì. Chi parla?»

«Sono De Magistris, l'impiegato del Comune di Vigàta che si occupa dei...»

«Mio marito non c'è.»

«Ma è a Calascibetta?»

«Sì.»

«Torna a casa per mangiare?»

«Sì. Ma se intanto vuole dire a me...»

«Grazie. Ritelefonerò nel pomeriggio.»

Tra una cosa e l'altra si erano fatte le undici passate quando poté mettersi in macchina alla volta di Calascibetta. Via Alcide De Gasperi era tanticchia fora di mano, il numero 32 corrispondeva a una specie d'ampio cortile completamente occupato da centinaia di bùmmuli, cocò, bummulìddri, quartare, giarre. C'era macari un camioncino mezzo scassato. La casa di Tarantino, di tufo non intonacato, era costituita da tre cammare in fila al piano terra, in fondo al cortile. La porta d'ingresso era chiusa, Montalbano tuppiò col pugno, non c'era campanello. Un picciotto che aveva passato la trentina venne ad aprire.

«Buongiorno. Lei è Giuseppe Tarantino?»

«Sì. E lei chi è?»

«Sono De Magistris. Ho telefonato stamattina.»

«Mia mogliere me lo disse. Che vuole?»

Strata facendo, non si era inventato una scusa. Tarantino approfittò di quel momento d'incertezza.

«La tassa l'ho pagata e la licenza non è ancora scaduta.»

«Questo lo sappiamo, ci risulta.»

«Allora?»

Non era né decisamente ostile né decisamente sospettoso. Una via di mezzo. Forse non gli garbava l'arrivo di un forasteri mentre stava assittato a tavola. L'odore del ragù era forte.

«Fai trasire il signore» fece una voce femminile dall'interno, la stessa che aveva risposto al telefono.

L'omo parse non averla sentita.

«Allora?» ripeté.

«Ecco: lei la fabbrica dove ce l'ha?»

«Quale fabbrica?»

«Quella dove si lavora la creta, no? La fornace, i...»

«L'hanno informata male. Io i bùmmuli e le quartare non li fabbrico. Li vado ad accattare all'ingrosso. Mi fanno un prezzo bono. Li vendo mercati mercati e ci guadagno qualichi cosa.»

In quel momento si sentì il pianto acuto di un neonato.

«Il picciliddro s'arrisbigliò» comunicò Tarantino a Montalbano come per fargli prescia.

«La lascio subito. Mi dia l'indirizzo della fabbrica.»

«Ditta Marcuzzo e figli. Il paisi si chiama Catello, contrada Vaccarella. A una quarantina di chilometri da qua. Buongiorno.»

Gli chiuse la porta in faccia. Mai avrebbe saputo come faceva il ragù la mogliere di Tarantino.

Firriò per due ore nei dintorni di Catello senza che nessuno sapesse indicargli la strata per contrada Vaccarella. E nessuno aveva mai sentito parlare della ditta Marcuzzo che fabbricava bùmmuli e quartare. Com'era possibile che non sapessero? O non volevano aiutarlo avendo fiutato lo sbirro? Pigliò una decisione che gli pesava e s'appresentò alla caserma dei carabinieri. Contò tutta la facenna a un maresciallo che di cognome faceva Pennisi. Alla fine della parlata di Montalbano, Pennisi gli spiò:

«Che è venuto a cercare dai Marcuzzo?»

«Con precisione non glielo saprei dire, maresciallo. Lei certamente ne sa più di me.»

«Dei Marcuzzo non posso dire che bene. La fabbrica la fece, ai primi di questo secolo, il padre dell'attuale proprietario che si chiama Aurelio. Questo Aurelio ha due figli mascoli maritati e minimo una decina di nipoti. Stanno tutti insieme, in un casone allato alla fabbrica. Se lo vede lei tenere a uno sequestrato in un posto dove ci stanno una decina di picciliddri? Gente rispettata da tutti per onestà e serietà.»

«Va bene, come non detto, maresciallo. Le faccio una domanda diversa. Qualcuno in difficoltà, per essere stato sequestrato o perché è sotto minaccia, può avere infilato quel pezzetto di carta dentro a un bùmmulo senza che i Marcuzzo ne sapessero niente?»

«Le faccio io una domanda, commissario: perché un sequestrato o un minacciato di morte si sarebbe venuto a trovare nei paraggi della fabbrica dei Marcuzzo? Un qualsiasi delinquente si sarebbe guardato bene di avvicinarsi sapendo come la pensano i Marcuzzo.»

«Hanno operai? Dipendenti?»

«Nessuno. Fanno tutto in famiglia. Macari le fìmmine travagliano.»

Chiaramente, ebbe un pinsero improvviso.

«Che data porta quel giornale?» spiò.

«È del 3 agosto dell'anno passato.»

«A quella data la fabbrica era sicuramente chiusa.»

«Come fa a saperlo?»

«Io mi trovo qua da cinque anni. E da cinque anni la fabbrica chiude il primo d'agosto e riapre il 25. Lo so perché Aurelio mi telefona e mi avverte della partenza. Vanno tutti in Calabria, in casa della mogliere del figlio maggiore.»

«Mi perdoni, ma perché l'avvertono della partenza?»

«Perché se qualcuno dei miei militi si trova a passare nelle vicinanze, ci va a dare un'occhiata. Per sicurezza.»

«Quando sono via il materiale già prodotto dove lo tengono?»

«In un magazzino capace darrè alla casa. Con una porta ferrata. Non c'è mai stato un furto.»

Il commissario rimase tanticchia in silenzio. Poi parlò.

«Mi fa un piacere, maresciallo? Telefona a qualcuno dei Marcuzzo e si fa dire in che giorno, l'anno passato, hanno fatto una consegna a un bancarellaro prima della chiusura estiva? Si chiama Tarantino Giuseppe, dice di essere un loro cliente.»

Pennisi dovette aspettare una decina di minuti all'apparecchio dopo aver fatto la richiesta. Evidentemente c'era stato bisogno di scartabellare vecchi registri. Poi finalmente il maresciallo ringraziò e riattaccò.

«L'ultima consegna a Tarantino venne fatta proprio il dopopranzo del 31 luglio. Finita la chiusura, gli hanno fatto altre consegne, una il...»

«Grazie, maresciallo. Mi basta così.»

Quindi il biglietto era stato infilato nel bùmmulo quando questo si trovava in possesso di Tarantino. E tenuto in un deposito per niente guardato, accessibile a chiunque. Si scoraggiò.

Sulla strata del ritorno, in macchina, pensandoci e ripensandoci, si fece persuaso che non sarebbe mai venuto a capo di niente. La constatazione lo mise di umore malo. Si sfogò con Gallo che non aveva fatto una cosa che gli aveva ordinato di fare. Squillò il telefono. Catarella lo chiamava dal centralino.

«Dottori? C'è il signore Dimastrissi che vole parlare con lei di pirsona pirsonalmente.»

«Dov'è?»

«Non lo saccio, dottori. Ora ci lo spio dov'è.»

«No, Catarè. Voglio solo sapere se è in commissariato o al telefono.»

«Al tilifono, dottori.»

«Passamelo. Pronto?»

«Commissario Montalbano? Sono De Magistris, sa, l'impiegato che...»

«Mi dica.»

«Ecco, mi perdoni la domanda, sono mortificato, ma... Lei, per caso, è andato a trovare Tarantino, il bancarellaro, presentandosi col mio nome?»

«Beh, sì. Ma vede...»

«Per carità, commissario, non voglio sapere altro. Grazie.»

«Eh no, scusi. Come l'ha saputo?»

«Mi ha telefonato, in Comune, una giovane donna dicendo d'essere la moglie di questo Tarantino. Voleva conoscere la vera ragione per la quale io sarei andato da loro all'ora di pranzo. Io sono caduto dalle nuvole, lei deve aver capito d'aver fatto un errore e ha riattaccato. Volevo informarla.»

Perché si era preoccupata della visita? O era stato il marito a spingerla a fare quella telefonata per saperne di più? Ad ogni modo, la telefonata rimetteva tutto in discussione. La partita si riapriva. Il pizzino col numero di telefono di Tarantino era sulla scrivania. Non volle perdere tempo. Rispose lei.

«La signora Tarantino? De Magistris sono.»

«No, lei non è De Magistris. La sua voce è diversa.»

«Va bene, signora. Il commissario Montalbano sono. Mi passi suo marito.»

«Non c'è. Subito doppopranzo è partito per il mercato di Capofelice. Torna tra due giorni.»

«Signora, ho necessità di parlarle. Mi metto in macchina e arrivo.»

«No! Per carità! Non si faccia vedere in paese di giorno!»

«A che ora vuole che venga a trovarla?»

«Stanotte. Passata la mezzanotte. Quanno che non c'è più nisciuno strata strata. E, per favore, lasci la macchina lontano da casa mia. E quando viene da me, non si faccia vedere dai paisani. Per carità.»

«Stia tranquilla, signora. Sarò invisibile.»

Prima che la cornetta venisse riattaccata, la sentì singhiozzare.

La porta era accostata, la casa era allo scuro. Trasì rapido come un amante, richiuse la porta alle sue spalle.

«Posso accendere?»

«Sì.»

Cercò a tentoni l'interruttore. La luce mostrò un salotto povero: un divanetto, un tavolinetto basso, due poltrone, due seggie, un tanger. Lei stava assittata sul divanetto, la faccia cummigliata dalle mani, i gomiti sulle ginocchia. Tremava.

«Non abbia paura» disse il commissario immobile allato alla porta. «Se vuole, me ne ritorno da dove sono venuto.»

«No.»

Montalbano fece due passi, s'assittò su una poltrona. Poi la picciotta si raddrizzò e lo taliò negli occhi.

«Sara mi chiamo.»

Forse vent'anni ancora non li aveva. Era minuta, gracile, gli occhi spaventati: una picciliddra che s'aspetta un castigo.

«Che vuole da me' marito?»

Pari o dispari? Testa o croce? Quale strata scegliere? Pigliarla alla larga o trasire in argomento subito? Naturalmente non fece né una cosa né l'altra e non fu certo per astuzia, ma così, perché gli vennero quelle parole alle labbra.

«Sara, perché ha tanta paura? Di che si scanta? Perché ha voluto che pigliassi tutte queste precauzioni per venirla a trovare? In paisi non mi conosce nessuno, non sanno chi sono e che faccio.»

«Ma è un omo. Pepè, me' marito, è giloso. Può nesciri pazzo dalla gilosia. E se viene a sapere che qua dintra è trasuto un omo, capace che m'amaza.»

Disse proprio così: m'amaza. E Montalbano pensò: "E allora hai scritto macari autto!". Sospirò, allungò le gambe, appoggiò la schiena allo schienale, si mise como-

do sulla poltrona. Era fatta. Niente sequestro di persona, niente òmini minacciati di morte. Meglio così.

«Perché ha scritto quel biglietto e l'ha infilato nel
bùmmulo?»

«M'aveva amazato di botte e doppo m'aveva attaccata
al letto con la corda del pozzo. Due jorna e due notti mi
tenne accussì.»

«Che aveva fatto?»

«Nenti. Passò uno che vendeva cose, tuppiò, io ci raprii e ci stavo dicendo che non volevo accattare nenti,
quanno Pepè tornò e mi vitti mentre parlavo con quel-
l'omo. Parse nisciuto pazzo.»

«E dopo? Quando la slegò?»

«Mi dette ancora botte. Non potevo caminare. Siccome che lui doveva partire per un mercato, mi disse di
carricare i bùmmuli sul camioncino. Allora pigliai una
pagina di giornali, la strazzai, feci cinque bigliettini e li
infilai in cinque bùmmuli diversi. Prima di partire, m'attaccò nuovamente con la corda. Però stavolta io arrini-
scii a liberarmi. Ci misi due jorna, mi mancava la forza.
Poi mi susii addritta, andai in cucina, pigliai un cuted-
dru affilato e mi tagliai le vini.»

«Perché non è scappata?»

«Pirchì gli vogliu beni.»

Così, semplicemente.

«Lui tornò, mi trovò che stavo morendo dissanguata
e mi portò allo spitale. Io dissi che l'avevo fatto pirchì
una simanata prima, ed era veru, era morta me' matri.
Doppo tre jorna mi rimandarono qua. Pepè era cangiato. Quella notte stissa restai prena di me' figliu.»

Era arrossita, teneva gli occhi bassi.

«E da allora non l'ha più malmenata?»

«Nonsi. Ogni tanto la gilosia gli torna e spacca tutto
quello che gli viene a tiro, ma a mia non mi tocca più. Io
però cominciai a patire un altro scanto. Non ci dormivo
la notti.»

«Quale?»

«Che qualichiduno trovasse i bigliettini, ora che tutto era passato. Se Pepè lo veniva a sapere, che io avevo spiato autto per liberarmi di lui, capace che...»

«... sarebbe tornato a picchiarla?»

«Nonsi, commissario. Che mi avrebbe lasciata.»

Montalbano incassò.

«Quattro riniscii a ricuperarli, stavano ancora dintra i bùmmuli. Il quinto, no. E quanno venne lei e capii, doppo la telefonata col signore del municipio, che lei si era messo un nome finto, pinsai che la polizia aveva trovato il biglietto, che poteva chiamare Pepè immaginando va' a sapìri che cosa...»

«Io vado, Sara» disse Montalbano susendosi.

Dall'altra cammara arrivò il pianto del picciliddro che si era svegliato.

«Posso vederlo?» spiò Montalbano.

COME FECE ALICE

La peggio cosa che poteva capitare (e inesorabilmente capitava a scadenze più o meno fisse) a Salvo Montalbano, nella sua qualità di dirigente del commissariato di Vigàta, era quella di dover firmare le carte. Le odiate carte consistevano in rapporti, informative, relazioni, comunicazioni, atti burocratici prima semplicemente richiesti e poi sempre più minacciosamente sollecitati dagli «uffici competenti». A Montalbano gli pigliava una curiosa paralisi della mano dritta che gl'impediva non solo di scrivere quelle carte (ci pensava Mimì Augello), ma addirittura di mittìrici la firma.

«Almeno una sigla!» supplicava Fazio.

Nenti, la mano s'arrefutava di funzionare.

Le carte allora s'accumulavano sul tavolo di Fazio, crescevano d'altezza giorno appresso giorno e poi succedeva che i montarozzi dei fogli diventavano accussì alti che, alla minima corrente d'aria, s'inclinavano e scivolavano a terra. Le carpette, raprendosi, facevano per tanticchia un bellissimo effetto di nevicata. A questo punto Fazio, con santa pacienza, raccoglieva i fogli a uno a uno, li metteva in ordine, ne formava una pila che si carricava sulle braccia, spalancava col piede la porta della cammara del suo superiore e deponeva il fardello sulla scrivania senza dire una parola.

Montalbano allora faceva voci che non voleva essere disturbato da nessuno e principiava, santiando, la faticata.

Quella mattina Mimì Augello, andando verso l'ufficio di Montalbano, non incontrò chi l'avvertisse («dottore, non è cosa, vidisse che il commissario sta firmando») e quindi trasì nella cammara sperando che Salvo potesse dare conforto a una sua delusione. Appena trasuto, ebbe l'impressione che l'ufficio fosse vacante e fece per nesciri. Ma lo bloccò la voce arraggiata del commissario ch'era completamente ammucciato dalle carte.

«Chi è?»

«Mimì sono. Ma non vorrei disturbarti, torno più tardi.»

«Mimì, tu sempre un disturbo sei. Ora o più tardi non fa differenza. Piglia una seggia e assèttati.»

Mimì s'assittò.

«Beh?» fece doppo una decina di minuti il commissario.

«Senti» disse Augello, «a me non mi viene di parlarti senza vederti. Lasciamo perdere.»

E fece per susìrisi. Montalbano dovette sentire il rumore della seggia smossa e di subito la sua voce si fece ancora più arraggiata.

«Ti dissi d'assittàriti.»

Non se lo voleva fare scappare a Mimì: gli sarebbe servito da sfogo nel mentre che firmava e la mano gli addivintava sempre più dolorosa.

«Allora, dimmi che succede.»

Oramà era troppo tardi per tirarsi narrè. Mimì si schiarì la voce.

«Non ce l'abbiamo fatta a pigliare a Tarantino.»

«Manco stavolta?»

«Manco stavolta.»

Fu come se la finestra si fosse di colpo spalancata e un poderoso colpo di vento avesse fatto volare via le carte. Ma la finestra era chiusa e chi gettava in aria i fogli era il commissario, ora finalmente visibile agli occhi scantati di Mimì.

«E che minchia! E che minchia d'una minchia!»

Montalbano pareva pazzo di raggia, si susì, principiò a passiare avanti e narrè per la cammara, si mise una sigaretta in bocca, Mimì gli pruì la scatola dei cerini, Montalbano s'addrumò la sigaretta, gettò a terra il cerino ancora acceso e alcune carte pigliarono immediatamente foco, come se non avessero aspettato altro nella vita. Erano fogli di carta vergatina, leggerissimi. Mimì e Montalbano si scatenarono in una specie di danza da pellirosse nel tentativo di spegnere il foco coi piedi poi, vista persa la partita, Mimì agguantò una bottiglia di minerale che c'era sul tavolino del suo superiore e la svuotò sulle vampe. Domato il principio d'incendio, i due si resero conto che non era il caso di restare nell'ufficio oramà impraticabile.

«Andiamoci a pigliare un cafè» propose il commissario al quale la raggia era momentaneamente passata. «Ma prima avverti Fazio del danno.»

La pigliata del cafè durò una mezzorata. Quando rientrarono nella cammara, tutto era in ordine, restava solamente tanticchia di feto d'abbrusciatizzo. Le carte erano scomparse.

«Fazio!»

«Ai comandi, dottore.»

«Dove sono andate a finire le carte?»

«Le sto mettendo in ordine nel mio ufficio. E poi sono assuppate d'acqua. Le sto facendo asciucare. Per oggi non se ne parla più di firma, si consolasse.»

Visibilmente rasserenato, il commissario rivolse un sorriso a Mimì.

«Allora, amico mio, ti sei fatto fottere un'altra volta?»

A scurarsi in faccia questa volta fu Augello.

«Quell'omo è un diavolo.»

Giovanni Tarantino, da una para d'anni ricercato per truffa, assegni a vuoto e falsificazione di cambiali, era un quarantino dall'ariata distinta e con un modo di fare aperto e cordiale che gli procurava simpatia e fiducia. Tanto che la vedova Percolla, da lui truffata per oltre duecento milioni, non espresse nella sua deposizione contro Tarantino altro che uno sconsolato:

«Però era tanto distinto!»

La cattura di Tarantino, datosi latitante, era diventata col passare del tempo una specie di punto d'onore per Mimì Augello. Ben otto volte nel giro di due anni aveva fatto irruzione in casa di Tarantino, sicuro di sorprenderlo, e ogni volta del truffatore manco l'ùmmira.

«Ma perché ti sei fissato che Tarantino vada a trovare la mogliere?»

Mimì arrispunnì con un'altra domanda.

«Ma tu l'hai mai vista alla signora Tarantino? Giulia, si chiama.»

«Non la conosco a Giulia Tarantino. Com'è?»

«Bella» fece deciso Mimì che di fìmmine se ne intendeva. «E non è solamente bella. Appartiene a quella categoria che dalle nostre parti, una volta, era chiamata di "fìmmine di letto". Ha un modo di taliarti, un modo di darti la mano, un modo d'accavallare le gambe, che il sangue ti si arrimiscolìa. Ti fa capire che, sotto o sopra un linzolo, potrebbe pigliare foco come la carta di poco fa.»

«Per questo tu ci vai spesso di notte a fare la perquisizione?»

«Ti sbagli, Salvo. E sai che ti dico la verità. Mi sono fatto pirsuaso che quella fìmmina ci gode che io non arrinescio a pigliare suo marito.»

«Beh, è logico, no?»

«In parte sì. Ma da come mi talìa quando sto per andarmene, ho capito che lei ci gode macari perché io come omo, come Mimì Augello e non come sbirro, sono stato sconfitto.»

«Stai cangianno tutta la facenna in un fatto personale?»

«Purtroppo sì.»

«Ahi!»

«Che viene a dire ahi?»

«Viene a dire che è il modo migliore per fare fesserie, nel nostro mestiere. Quanti anni ha questa Giulia?»

«Deve avere passato da picca la trentina.»

«Ma non mi hai ancora detto perché sei così sicuro che lui vada a trovare di tanto in tanto la mogliere.»

«Pensavo d'avertelo fatto capire. Quella non è fìmmina che può stare a longo senza un omo. E guarda, Salvo, che non è per niente civetta. I suoi vicini dicono che esce rarissimamente, non riceve né parenti né amiche. Si fa mandare a casa tutto quello che le serve. Ah, devo precisare: ogni domenica matina va alla Messa delle dieci.»

«Domani è domenica, no? Facciamo accussì. Ci vediamo al caffè Castiglione verso le dieci meno un quarto e tu, quando lei passa, me la indichi. M'hai fatto venire curiosità.»

Era più che bella. Montalbano la taliava attentamente mentre lei caminava verso la chiesa, vestita bene, con sobrietà, niente d'appariscente, procedeva a testa alta rispondendo con un cenno della testa a qualche raro saluto. Non faceva gesti affettati, tutto in lei era spontaneo, naturale. Dovette riconoscere Mimì Augello impalato a fianco di Montalbano. Deviò il percorso, dal centro della strada verso il marciapiede dove stavano i due òmini e, arrivata vicinissima, rispose all'impacciato saluto di Mimì col solito cenno della testa. Ma questa volta un leggerissimo sorriso le si disegnò sulle labbra. Era, senz'ombra di dubbio, un sorrisino di scherno, di sfottimento. Passò oltre.

«Hai visto?» spiò Mimì aggiarniato per la raggia.

«Ho visto» disse il commissario. «Ho visto quanto basta per dirti di chiamarti fora. Da questo momento in poi non ti occupi più del caso.»

«E perché?»

«Perché quella oramà ti tiene, Mimì. Ti fa acchianare il sangue alla testa e tu non arrinesci più a vedere le cose come sono. Ora torniamo in ufficio e tu mi fai il resoconto delle tue visite in casa Tarantino. E mi dai macari l'indirizzo.»

Al numero 35 di via Giovanni Verga, una strata dalla parte della campagna, corrispondeva una casetta a un piano, rimessa a posto di fresco. Alle spalle della costruzione c'era vicolo Capuana, tanto stritto che le macchine non ci potevano trasire. La targhetta sul citofono diceva: G. TARANTINO. Montalbano sonò. Passarono tre minuti e nisciuno rispose. Il commissario sonò di bel nuovo nuovamente e questa volta arrispunnì una voce di fimmina.

«Chi è?»

«Il commissario Montalbano sono.»

Una breve pausa, poi:

«Commissario, è domenica, sono le dieci di sira e a quest'ora non s'importuna la gente. Ha un mandato?»

«Di che?»

«Di perquisizione.»

«Ma io non ho nisciuna gana di perquisire! Voglio solo parlare tanticchia con lei.»

«Lei è il signore che stamatina era col dottor Augello?»

Osservatrice, la signora Giulia Tarantino.

«Sì, signora.»

«Commissario, mi scusi, ma stavo sotto la doccia. Può aspettare cinque minuti? Faccio presto.»

«Con comodo, signora.»

Doppo meno di cinque minuti, la serratura della porta scattò. Il commissario trasì e si trovò dintra a una grossa anticamera, due porte a mancina, una a dritta e in mezzo una larga scala che portava al piano di sopra. «Si accomodi.»

La signora Giulia si era rivestita di tutto punto.

Il commissario trasì squatrandola: era seria, composta e per niente preoccupata.

«È cosa longa?» spiò.

«Dipende da lei» fece duro Montalbano.

«Meglio assittarci in salotto» disse la signora.

Gli voltò le spalle e principiò ad acchianare la scala seguita dal commissario. Sbucarono dintra a un cammarone molto ampio con mobili moderni, ma di un certo gusto. La fìmmina indicò il divano al commissario, lei s'assittò su una poltrona allato alla quale c'era un tavolinetto con sopra un imponente telefono anni Venti evidentemente rifatto a Hong Kong o posti simili. Giulia Tarantino sollevò la cornetta dalla forcella dorata, la poggiò sul piano del tavolinetto.

«Così non ci disturba nessuno.»

«Grazie della cortesia» disse Montalbano.

Stette per almeno un minuto senza parlare sotto gli occhi interrogativi, ma sempre belli, della fìmmina, poi s'arrisolse:

«C'è un gran silenzio qua.»

Giulia parse per un attimo tanticchia strammata dall'osservazione.

«Effettivamente è una strata che non ci passano macchine.»

Il silenzio di Montalbano durò un altro minuto pieno.

«Questa casa è vostra?»

«Sì, mio marito l'accattò tre anni passati.»

«Avete altre proprietà?»

«No.»

«Da quand'è che non vede suo marito?»

«Da più di due anni, da quando si è gettato latitante.»

«Non è preoccupata per la sua salute?»

«Perché dovrei esserlo?»

«Mah, a stare tanto a lungo senza notizie...»

«Commissario, io ho detto che non lo vedo da due anni, non che non ho sue notizie. Mi telefona, di tanto in tanto. E lei dovrebbe saperlo, perché il mio telefono è sotto controllo. L'ho capito, sa?»

La pausa stavolta durò due minuti.

«Che strano!» fece tutto 'nzèmmula il commissario.

«Cos'è strano?» spiò la fìmmina immediatamente inquartata sulla difensiva.

«La disposizione della vostra casa.»

«E che ha di strano?»

«Per esempio che il salotto è sistemato qua, in alto.»

«Dove dovrebbe stare, secondo lei?»

«Al piano terra. Dove invece c'è sicuramente la vostra cammara di letto. È così?»

«Sissignore, è così. Ma mi spiegasse una cosa: è proibito?»

«Non ho detto che è proibito, ho solamente fatto un commento.»

Altro silenzio.

«Beh» disse Montalbano susendosi, «io levo il disturbo.»

Macari la signora Giulia si susì, evidentemente imparpagliata dal comportamento dello sbirro. Prima d'avviarsi verso la scala, Montalbano la vide rimettere a posto la cornetta. Arrivati in fondo, mentre la fimmina s'avviava a raprirgli la porta d'ingresso, il commissario disse piano:

«Ho bisogno d'andare in bagno.»

La signora Giulia si voltò e lo taliò, stavolta sorridendo.

«Commissario, le scappa davvero o vuole giocare ad acqua acqua fuoco fuoco? Comunque, venga.»

Raprì la porta di destra, facendolo trasire in una cammara di letto spaziosa, macari qui con mobili di un certo gusto. Sopra a uno dei due comodini, c'erano un libro e un telefono normale: doveva essere il lato dove dormiva lei. Indicò al commissario una porta che s'apriva nella parete di mancina allato a una grande specchiera.

«Il bagno è quello, mi scusi se è in disordine.»

Montalbano trasì, chiuse la porta alle sue spalle. Il bagno era ancora cavudo di vapore, veramente la signora aveva fatto la doccia. Nel ripiano di vetro sopra al lavabo, assieme a boccette di profumo e scatole di creme, lo colpì il fatto che ci fossero macari un rasoio e una crema da barba spray. Fece pipì, premette il pulsante dello sciacquone, si lavò le mani, raprì la porta.

«Signora, può venire un momento?»

La signora Giulia trasì nel bagno, Montalbano le indicò senza parlare il rasoio e la crema da barba.

«Embè?» spiò Giulia.

«Le sembrano cose da donne?»

Giulia Tarantino fece una breve risata di gola, parse una palumma.

«Commissario, si vede che lei non ha mai campato 'nzèmmula a una fìmmina. Servono per la depilazione.»

Aveva fatto tardo e perciò se ne tornò direttamente a Marinella. Arrivato a casa, s'assittò nella verandina che dava direttamente sulla spiaggia, leggì prima il giornale e doppo qualche pagina di un libro che gli piaceva assà, i *Racconti di Pietroburgo* di Gogol'. Prima d'andarsi a corcare, telefonò a Livia. Quando stavano già salutandosi, gli venne in testa una domanda:

«Tu, per depilarti, adoperi il rasoio e il sapone da barba?»

«Che domanda, Salvo! Me l'hai visto fare cento volte!»

«No, io volevo solamente sapere...»

«E io non te lo dico!»

«Perché?»

«Perché non è possibile che tu viva per anni in intimità con una donna e non sai se e come si depila!»

Riattaccò arraggiata. Telefonò a Mimì Augello.

«Mimì, come si depila una fìmmina?»

«Ti sono venute fantasie erotiche?»

«Dai, non scassare.»

«Mah, usano creme, cerotti, pecette...»

«Rasoio e sapone da barba?»

«Rasoio sì, sapone da barba forse. Però io non l'ho mai visto adoperare. Di solito non frequento fìmmine barbute.»

A pensarci bene, manco Livia l'usava. E poi: era tanto importante?

L'indomani a matina, appena in ufficio chiamò Fazio.

«Hai presente la casa di Giovanni Tarantino?»

«Certo, ci sono andato col dottor Augello.»

«È al numero 35 di via Giovanni Verga e non ha una porta posteriore. Giusto? Il darrè della casa dà sul vicolo Capuana che è stritto stritto. Tu lo sai come si chiama la strata appresso, quella parallela a via Verga e a vicolo Capuana?»

«Sissi. È un altro vicolo stritto. Si chiama De Roberto.»

E come ti potevi sbagliare?

«Senti. Tu, appena sei libero, ti fai tutto vicolo De Roberto. E mi porti un elenco dettagliato di tutte le porte.»

«Non ho capito» disse Fazio.

«Mi dici chi ci sta al numero uno, al numero due e via di seguito. Ma cerca di non dare tanto nell'occhio, non fare avanti e narrè per il vicolo. In queste cose sei bravissimo.»

«Perché, nelle altre no?»

Nisciuto Fazio, chiamò Augello.

«Lo sai, Mimì? Aieri a sira sono andato a trovare la tua amica Giulia Tarantino.»

«È riuscita a pigliare per il culo macari a tia?»

«No» disse deciso Montalbano. «A mia, no.»

«Ti sei dato una spiegazione di come fa il marito a trasire in casa? Non c'è altra trasuta che la porta d'ingresso. Per notti e notti quelli della Squadra Catturandi ci hanno perso il sonno. Non l'hanno mai visto. Eppure io mi ci gioco i cabasisi che lui di tanto in tanto la va a trovare.»

«Macari io la penso come a tia. Ora però mi devi dire tutto quello che sai del marito. Non le truffe, gli assegni a vacante, non me ne fotte niente. Voglio sapere le manìe, i tic, le abitudini, come si comportava quando stava in paisi.»

«La prima cosa è che è gelosissimo. Io sono pirsuaso che quando vado a perquisire la casa lui deve soffrire come un pazzo, immaginandosi che la moglie approfitti dell'occasione per mettergli le corna. Doppo c'è che, essendo un omo violento a malgrado dell'apparenza ed essendo tifoso dell'Inter, la domenica sira, o quando la sua squatra giocava, finiva sempre con l'attaccare turilla. La terza cosa che ha è...»

Andò avanti per un pezzo Mimì a descrivere vita, morte e miracoli di Giovanni Tarantino che oramà acca-nosceva meglio di se stesso.

Poi Montalbano volle sapere per filo e per segno come era stata perquisita la casa di Tarantino.

«Come al solito» disse Mimì. «Io e quelli della Catturandi, dato che dovevamo trovare un omo, abbiamo taliato in ogni posto dove un omo si può ammucciare: tettomorto, sottoscala, cose accussì. Abbiamo macari cercato nel pavimento una qualche botola. Battendo alle pareti non si sente suono di vacante.»

«Avete provato a taliare nello specchio?»

«Ma la specchiera è attaccata al muro con le viti!»

«Non ho detto se avete taliato darrè allo specchio, ma nello specchio. Si fa così: si rapre la porta d'ingresso e la si talìa riflessa nello specchio.»

«Ma tu sei nisciuto pazzo?»

«Oppure si fa come Alice: s'immagina che il vetro sia una specie di garza.»

«Seriamente, Salvo, ti senti bene? Chi è questa Alice?»

«Tu hai mai letto Carroll?»

«E chi è?»

«Lascia perdere, Mimì. Senti: tu domani a matino, con una scusa che t'inventi, vai a trovare la signora Tarantino. Devi farti ricevere nel salotto e mi devi dire se fa o non fa un certo gesto.»

«Quale?»

Montalbano glielo disse.

Ricevuto il rapporto di Fazio il mercoledì, il commissario gli diede tempo fino al giorno appresso per avere altri particolari sugli stabili di vicolo De Roberto. Il giovedì sira, prima di andare a trovare la signora Tarantino, Montalbano trasì nella farmacia Bevilacqua ch'era di turno. C'era in giro una botta d'influenza e la farmacia era piena di gente, fìmmine e mascoli.

Una delle due commesse notò il commissario e gli spiò a voce alta:

«Che desidera, dottore?»

«Dopo, dopo» disse Montalbano.

Il farmacista Bevilacqua a sentire la voce del commissario, isò gli occhi, lo taliò, lo vide impacciato. Liquidato il cliente, si avvicinò a uno scaffale, pigliò una scatoletta, niscì da darrè al bancone, e con ariata cospirativa gliela mise in mano.

«Cosa mi ha dato?» spiò Montalbano strammato.

«Preservativi» fece l'altro a voce vascia. «Li voleva, no?»

«No» disse Montalbano restituendogli la scatoletta. «Vorrei la pillola.»

Il farmacista si taliò torno torno, la sua voce si fece un soffio.

«Viagra?»

«No» fece Montalbano che principiava a diventare nirbuso. «Quella che adoperano le fìmmine. La più usata.»

Per strada raprì il pacchetto che gli aveva dato il farmacista, gettò le pillole anticoncezionali in un cassonetto, tenne solo il foglietto dove c'erano scritte le istruzioni per l'uso.

A eccezione del fatto che la signora non era nisciuta allora allora dalla doccia, tutto si svolse preciso come la domenica passata. Il commissario pigliò posto sul divano, la signora sulla seggia, la cornetta venne levata dalla forcella.

«Che c'è stavolta?» spiò, con un filo di rassegnazione, la fìmmina.

«Prima di tutto le volevo comunicare che ho levato il caso di suo marito al mio vice, il dottor Augello, che è venuto l'altra mattina a trovarla per l'ultima volta e che lei conosce molto bene.»

Aveva sottolineato il «molto» e la signora si stupì.

«Non capisco...»

«Vede, quando i rapporti tra l'investigatore e l'investigata si fanno, come nel caso vostro, un po' troppo stretti, è meglio... Insomma, da oggi in poi sarò io a occuparmi in prima persona di suo marito.»

«Per me...»

«... l'uno vale l'altro? Eh no, cara amica, si sbaglia di grosso. Io sono meglio, molto meglio.»

Era arrinisciuto a dare all'ultima parte della frase un sottinteso oscenamente allusivo. Non seppe se congratularsi o sputarsi in faccia.

Giulia Tarantino era addiventata tanticchia pallida.

«Commissario, io...»

«Lascia parlare a mia, Giulia. Domenica passata, quando siamo andati prima nella cammara di letto qua sotto e dopo in bagno...»

La signora aggiarniò ancora di più, isò una mano come per fermare la parlata del commissario, ma Montalbano continuò.

«... ho trovato per terra questo foglietto. Securigen c'è scritto, pillole contraccettive. Ora, se tu non vedi da due anni tuo marito, a che ti servono? Posso fare delle supposizioni. Il mio vice...»

«Per carità!» gridò Giulia Tarantino.

E fece il gesto nel quale il commissario sperava: pigliò la cornetta e la rimise sulla forcella.

«Lo sa?» fece Montalbano tornando al «lei». «L'ho capito fin dalla prima volta che questo telefono è finto. È vero invece quello che lei ha sul comodino. Questo serve solo per far sentire a suo marito tutto quello che viene detto in questa stanza. Ho un udito molto fino: quando lei solleva la cornetta, si dovrebbe sentire il segnale di libero. Invece il suo telefono è muto.»

La fìmmina non disse niente, pareva dovesse svenire da un momento all'altro, ma resisteva disperatamente, tutta tesa, come se temesse un fatto improvviso.

«Ho anche scoperto» ripigliò il commissario «che suo marito è proprietario di un piccolo garage in vicolo De Roberto, a meno di dieci metri in linea d'aria da qui. Ha scavato un cunicolo che quasi certamente sbuca dietro la specchiera. Dove quelli che perquisiscono non guardano mai: pensano che dietro uno specchio non c'è mai niente.»

Capendo che aveva perso, Giulia Tarantino riacquistò la sua ariata di distacco. Taliò fissa negli occhi il commissario:

«Mi levi una curiosità: lei non soffre mai di vergogna per quello che fa e per come lo fa?»

«Sì, ogni tanto» ammise Montalbano.

E in quel momento, al piano di sotto, ci fu una forte rumorata di vetro rotto e una voce arraggiata che faceva:

«Dove sei, lurida troia?»

Poi Giovanni Tarantino cominciò ad acchianare la scala di corsa.

«Ecco il cretino che arriva» disse sua mogliere, rassegnata.

LA REVISIONE

La prima volta che Montalbano vide l'omo che passiava sulla spiaggia fu di matina presto, ma la giornata non era propriamente cosa di passiate a ripa di mare, anzi la meglio era di rimettersi corcato, incuponarsi con la coperta fin sopra alla testa, chiudere gli occhi e vi saluto e sono. Tirava infatti una tramontana gelida e stizzosa, la rena s'infilava negli occhi e nella bocca, i cavalloni partivano alti sulla linea dell'orizzonte, s'ammucciavano appiattendosi darrè a quelli che li precedevano, ricomparivano a picco a filo di terra, s'avventavano, affamati, sulla spiaggia per mangiarsela. Passo a passo il mare era riuscito quasi a toccare la verandina di legno della casa del commissario. L'omo era tutto vestito di nivuro, con una mano si teneva il cappello incarcato in testa per non farselo portare via dal vento, mentre il cappotto pesante gli s'impicciccava sul corpo, gli s'intrecciava alle gambe. Non stava andando da nessuna parte, lo si capiva dal passo che, a malgrado di tutto quel tirribìlio, si manteneva costante, regolare. Superata di una cinquantina di metri la casa del commissario, l'omo si girò e tornò narrè, dirigendosi verso Vigàta.

Lo rivide altre volte, di matina presto, macari senza cappotto perché la stagione era cangiata, sempre vestito di nivuro, sempre solo. Una volta che il tempo si era alzato tanto da permettere al commissario una bella nuotata nell'acqua fridda non ancora quadiata dal sole, invertendo le bracciate per tornare a riva aveva visto l'omo fermo sulla battigia che lo taliava. Proseguendo a nuotare in quella direzione, inevitabilmente Montalbano era destinato a nesciri dall'acqua parandoglisi davanti. E la cosa l'imbarazzò. Fece allora in modo che insensibilmente le sue bracciate lo portassero ad assumare dall'acqua una decina di metri dall'omo che lo taliava fermo. Quando l'omo capì che l'incontro faccia a faccia non sarebbe avvenuto, voltò le spalle e ripiglò la consueta passiata. Per qualche mese la facenna andò avanti accussì. Una matina l'omo non passò e Montalbano se ne preoccupò. Poi gli venne un'idea. Scinnì dalla verandina sulla spiaggia e vide, distintamente, le orme dell'omo impresse sulla rena bagnata. Si vede che si era fatta la passiata un po' prima del solito, mentre il commissario se ne stava ancora corcato o sotto la doccia.

Una notte ci fu vento, ma verso l'alba il vento abbacò come stanco di avere fatto la nottata. S'appresentava una giornata sirena, tiepida, solare macari se non ancora estiva. Il vento notturno aveva puliziato la spiaggia, aveva parificato le piccole buche, la rena era para para, lucente. Le orme dell'omo spiccavano come disegnate, ma il loro percorso strammò il commissario. Doppo avere camminato a ripa, l'omo si era diretto deciso verso la sua casa, si era fermato proprio sotto la verandina, poi aveva ripigliato il passo verso la ripa. Che aveva in mente di fare? A lungo il commissario restò a taliare quella specie di *v* disegnata dalle orme, quasi che dalla sua accurata osservazione fosse possibile risalire alla testa dell'omo, ai pinseri che ci aveva dintra e che l'avevano spinto a compiere l'imprevista deviazione.

Quando arrivò in ufficio, chiamò Fazio.

«Tu lo conosci a un uomo vestito di nero che ogni mattina va a farsi una passeggiata davanti a casa mia sulla spiaggia?»

«Perché, ci dette fastidio?»

«Fazio, non mi ha dato nessun fastidio. E se mi dava fastidio pensi che non me la sapevo sbrogliare da solo? Ti ho domandato solamente se lo conosci.»

«Nonsi, commissario. Manco sapevo che c'era uno vestito di nivuro che si viene a fare passiate sulla spiaggia. Vuole che m'informi?»

«Lascia perdere.»

Però la facenna continuò a spuntargli di tanto in tanto in testa. La notte, quando tornò a casa, era arrivato alla conclusione che quella *v* nascondeva in realtà un punto interrogativo, una domanda che l'omo vestito di nivuro si era risolto a fargli, ma all'ultimo minuto gliene era mancato il coraggio. Fu per questo che puntò la sveglia alle cinque del matino: voleva evitare il rischio di non vedere l'omo se quello, per un caso qualsiasi, anticipava la passiata. La sveglia sonò, si susì di corsa, si priparò il cafè e s'assittò sulla verandina. Aspettò fino alle nove, ebbe il tempo di leggersi un giallo di Lucarelli e di bersi sei tazze di cafè. Dell'omo manco l'ùmmira.

«Fazio!»

«Comandi, dottore.»

«Ti ricordi che ieri ti parlai di un uomo tutto vestito di nero che ogni mattina...»

«Certo che mi ricordo.»

«Stamattina non passò.»

Fazio lo taliò imparpagliato.

«È cosa grave?»

«Grave, no. Ma voglio sapere chi è.»

«Ci provo» fece Fazio, sospirando.

Certe volte il commissario era propio strammo. Perché si era amminchiato sopra a uno che si faceva le sue passiate sulla plaja in pace? Che fastidio gli dava al signor commissario?

Nel doppopranzo Fazio tuppiò, domandò permesso, trasì nella cammara di Montalbano, s'assittò, cavò fora dalla sacchetta una para di foglietti scritti fitti a mano, si schiarì la voce con una leggera tussiculiàta.

«È una conferenza?» spiò Montalbano.

«Nonsi, dottore. Ci porto le notizie che lei voleva su quella persona che la mattina si mette a passiare davanti a casa sua.»

«Prima che cominci a leggere ti voglio avvertire. Se tu ti lasci vincere dal tuo complesso d'impiegato all'anagrafe e mi dai di questa persona particolari dei quali non mi fotte una minchia, io mi suso da questa seggia e mi vado a pigliare un cafè.»

«Facciamo accussì» disse Fazio ripiegando i foglietti e rimettendoseli in sacchetta. «Vengo macari io a pigliarmi il cafè.»

Niscirono tutti e due in silenzio, irritati. Andarono al bar e ognuno pagò il proprio cafè. Tornarono in ufficio sempre senza parlare e ripigliarono la posizione di prima, solo che questa volta Fazio non tirò fora i foglietti. Montalbano capì che toccava a lui attaccare, capace che Fazio se ne restava muto e offiso fino a sera.

«Come si chiama questa persona?»

«Attard Leonardo.»

Quindi, come i Cassar, gli Hamel, i Camilleri, i Buhagiar, di lontane origini maltesi.

«Che fa?»

«Faceva il giudice. Ora è in pensione. Era un giudice importante, un presidente di Corte d'Assise.»

«E che ci fa qua?»

«Mah. Lui, di nascita, è vigatese. È rimasto in paisi sino a quando aveva otto anni. Poi suo padre, ch'era comandante della Capitaneria di porto, è stato trasferito. Lui al Nord è cresciuto, ha studiato, insomma ha fatto la sua carriera. Quando è venuto qua, otto mesi fa, non lo conosceva nessuno.»

«Aveva casa a Vigàta? Che so, una vecchia proprietà dei suoi?»

«Nonsi. Se l'è accattata. È una casa spaziosa, di cinque cammare grandi, ma lui ci vive da solo. A lui ci dà adenzia una cammarera.»

«Non si è maritato?»

«Sì. E ha un figlio. Ma è rimasto vedovo tre anni fa.»

«Si è fatto amicizie in paisi?»

«Ma quando mai! Non lo conosce nessuno! Esce solo di prima mattina, si fa la passiata e poi non si vede più. Tutto quello che gli serve, dai giornali al mangiare, glielo accatta la cammarera che di nome fa Prudenza e di cognome... Lei permette che talìo nei foglietti?»

«No.»

«Va bene. Ho parlato con questa cammarera. Le dico subito che il signor giudice è partito.»

«Sai dov'è andato?»

«Certo. A Bolzano. Lì ci ha il figlio. Maritato e padre di due mascoli. Il giudice l'estate la passa col figlio.»

«E quando torna?»

«Ai primi di settembre.»

«Sai altro?»

«Sissi. Dopo tre giorni che lui stava in questa casa a Vigàta...»

«Dov'è?»

«La casa? Proprio tra la fine di Vigàta e l'inizio di Marinella. Praticamente a mezzo chilometro da dove abita lei.»

«Va bene, vai avanti.»

«Dicevo che dopo tre giorni, è arrivato un Tir.»

«Coi mobili.»

«Ca quali mobili! Lo sa in che cosa consistono i suoi mobili? Letto, comodino, armuar nella cammara di letto. Frigorifero in cucina dove mangia. Non ha la televisione. Tutto qua.»

«E allora il Tir a cosa è servito?»

«A portargli le carte.»

«Quali carte?»

«Da quello che mi ha detto la cammarera sono le copie delle carte di tutti i processi che il signor giudice ha fatto.»

«Madonna santa! Ma lo sai che per ogni processo scrivono almeno diecimila pagine?»

«Appunto. La cammarera mi ha detto che non c'è posto, in quella casa, che non sia stipato di fascicoli, cartelle e faldoni fino al soffitto. Dice che il suo incarico principale, a parte la cucina, è quello di spolverare le carte che si riempiono continuamente di pruvolazzo.»

«Che se ne fa di quelle carte?»

«Se le studia. Mi sono scordato di dirle che tra i mobili c'erano macari un grande tavolo e una poltrona.»

«Se le studia?»

«Sissi, dottore. Giorno e notte.»

«E perché se le studia?»

«A me lo viene a spiare? Lo domandi a lui, quando torna a settembre!»

Il giudice Leonardo Attard ricomparve una matina dei primi di settembre, una matina di una giornata che si annunziava languida, anzi più che languida, estenuata.

Il commissario lo vide passiare, sempre vistuto di niuro come un carcarazzo, un corvo. E del corvo aveva in certo qual modo l'eleganza, la dignità. Per un momento ebbe gana di corrergli incontro e di dargli una specie di bentornato. Poi si tenne, ma fu contento di rivederlo camminare sulla rena bagnata, sicuro, armonico.

Poi, una matina di fine settembre che il commissario stava sulla verandina a leggere il giornale, arrivò un refolo improvviso che ebbe due effetti: lo scompigliamento delle pagine del quotidiano e il simultaneo volo del cappello del giudice verso la verandina. Mentre il signor Leonardo Attard correva per ripigliarselo, Montalbano scinnì, l'agguantò e lo porse al giudice. A farli conoscere ci si era messa di mezzo la natura. Perché era inevitabile, naturale, che un giorno o l'altro quell'incontro sarebbe dovuto avvenire.

«Grazie. Attard» fece il giudice presentandosi.

«Montalbano sono» disse il commissario.

Non si sorrisero, non si strinsero la mano. Restarono un momento a taliarsi in silenzio. Poi, reciprocamente, si fecero un piccolo inchino buffo, come i giapponesi. Il commissario tornò alla verandina, il giudice ripigliò a passiare.

Una volta avevano spiato a Montalbano quale fosse, secondo lui, la qualità di uno sbirro, la dote essenziale. Il dono dell'intuizione? La costanza della ricerca? La capacità di concatenare fatti apparentemente tra di loro estranei? Il sapere che se due più due fa sempre quattro nell'ordine normale delle cose, invece nell'anormalità del delitto due più due può anche fare cinque? «L'occhio clinico» aveva risposto Montalbano.

E tutti ci avevano fatto sopra una bella risata. Ma il commissario non aveva avuto l'intenzione di fare lo spiritoso. Solo che non aveva spiegato la sua risposta, aveva preferito sorvolare dato che tra i presenti c'erano macari due medici. E il commissario, con «occhio clinico» aveva voluto intendere proprio la capacità dei medici di una volta di rendersi conto, a colpo d'occhio appunto, se un paziente era malato o no. Senza bisogno, come oggi fanno tanti medici, di sottoporre uno a cento esami diversi prima di stabilire che quello è sano come un pesce.

Bene, nel breve scangio di sguardo che aveva avuto col giudice, Montalbano si era di subito fatto pirsuaso che quell'omo aveva una malatia. Non una malatia del corpo, naturalmente, si trattava di qualcosa che lo maceriava dintra, che gli faceva la pupilla troppo ferma e fissa, come persa darrè a un pinsero ritornante. A rifletterci sopra, si trattava solamente di un'impressione, certo. Ma l'altra impressione, e questa assai più precisa, fu che il giudice fosse stato in qualche modo contento d'averlo conosciuto. Certamente già sapeva, fin da quando mesi prima si era fermato davanti alla casa, senza arrisolversi se tuppiare o ripigliare la passiata, il mestiere che lui faceva.

Dopo una simanata dalla presentazione, una matina che il commissario stava nella verandina a pigliarsi il cafè, Leonardo Attard, arrivato a tiro dalla casa, sollevò gli occhi che teneva fissi sulla rena, taliò Montalbano, si levò il cappello per salutare.

Montalbano si susì di scatto e, con le mani a coppa attorno alla bocca, gli gridò:

«Se lo prende un cafè?»

Il giudice, sempre col suo passo calmo e misurato, deviò dalla rotta consueta e si diresse verso la verandina. Montalbano trasì in casa, niscì nuovamente con una tazzina pulita. Si strinsero la mano, il commissario versò il cafè. S'assittarono sulla panchetta l'uno allato all'altro. Montalbano non raprì bocca.

«Qui è molto bello» disse a un tratto il giudice.

Furono le sole parole chiare che pronunziò. Finito di bere, si susì, si levò il cappello, murmuriò qualche parola che il commissario interpretò come buongiorno e grazie, scinnì sulla plaja, ripigliò la sua passiata.

Montalbano capì d'avere segnato un punto a proprio favore.

L'invito a bere un cafè, sempre col solito rituale silenzioso, capitò ancora due volte. Alla terza, il giudice taliò il commissario e lentamente parlò.

«Vorrei farle una domanda, commissario.»

Stava giocando a carte scoperte, mai Attard si era informato direttamente su come Montalbano si guadagnasse il pane.

«A disposizione, giudice.»

Macari lui aveva giocato la sua carta scoperta.

«Non vorrei essere frainteso, però.»

«Difficile che mi capiti.»

«Lei, nella sua carriera, è stato sempre certo, matematicamente certo, che le persone che ha arrestato come colpevoli lo fossero veramente?»

Il commissario tutto s'aspettava, meno che quella domanda. Raprì la bocca e immediatamente la richiuse. Non era una domanda alla quale si poteva rispondere senza pinsarci sopra. E soprattutto sotto le pupille ferme e fisse del giudice. Che tale, di colpo, era diventato. Attard capì il disagio di Montalbano.

«Non voglio una risposta ora, su due piedi. Ci rifletta. Buongiorno e grazie.»

Si susì, si levò il cappello, scinnì nella plaja, ripigliò la passiata. "Grazie alla minchia" pinsò Montalbano impalato addritta. Il giudice gli aveva tirato una bella botta.

Nel doppopranzo di quello stesso giorno, il giudice chiamò al telefono il commissario.

«Mi perdoni se la disturbo in ufficio. Ma la mia domanda di stamattina è stata perlomeno inopportuna. Gliene domando scusa. Stasera, se non ha altro da fare, quando ha smesso il lavoro, può passare da me? Tanto è sulla strada. Le spiego dove abito.»

La prima cosa che colpì il commissario appena messo piede dintra la casa del giudice fu l'odore. Non sgradevole, ma penetrante: un odore simile a quello della paglia esposta lungamente al sole. Poi capì che era odore di carta, della carta vecchia, ingiallita. Centinaia e centinaia di grossi fascicoli erano impilati da terra sino al soffitto in robuste scansie di legno che si trovavano nelle cammare, nel corridoio, nell'anticammara. Non era una casa, ma un archivio all'interno del quale era stato ricavato lo spazio minimo e indispensabile perché un omo potesse viverci.

Montalbano venne ricevuto in una cammara al centro della quale c'erano un grande tavolo ingombro di carte, una poltrona, una seggia.

«Devo risponderle di sì» attaccò Montalbano.

«A cosa?»

«Alla sua domanda di stamattina: delle persone che ho arrestato o fatto arrestare sono, nei miei limiti, matematicamente certo della loro colpevolezza. Anche se, qualche volta, la giustizia non li ha ritenuti tali e li ha mandati assolti.»

«Le è capitato?»

«Qualche volta sì.»

«Se n'è fatto un cruccio?»

«Per niente.»

«Perché?»

«Perché ho troppa esperienza. Adesso so benissimo che esiste una verità processuale che marcia su un binario parallelo a quello della verità reale. Ma non sempre i due binari portano alla stessa stazione. Certe volte sì, altre volte no.»

Mezza faccia del giudice sorrise. La metà di sotto. La metà di sopra, no. Anzi gli occhi si fecero ancora più fermi e freddi.

«Questo discorso è fuorviante» disse Attard. «Il mio problema è un altro.»

Con un ampio gesto, allargando via via le braccia fino a parere crocifisso, mostrò le carte che stavano torno torno.

«Il mio problema è la revisione.»

«La revisione di che?»

«Dei processi che ho fatto in tutta la mia vita.»

Montalbano avvertì tanticchia di sudore sulla pelle.

«Ho fatto fare fotocopia di tutti gli atti processuali e li ho fatti trasportare qui a Vigàta perché qui ho trovato le condizioni ideali per il mio lavoro. Ho speso un patrimonio, mi creda.»

«Ma chi gliel'ha chiesta questa revisione?»

«La mia coscienza.»

E qui Montalbano reagì.

«Eh, no. Se lei è certo di avere sempre agito secondo coscienza...»

Il giudice isò una mano a interromperlo.

«Questo è il vero problema. Il nocciolo della questione.»

«Lei pensa di avere qualche volta giudicato in base a convenienze, pressioni esterne, cose così?»

«Mai.»

«E allora?»

«Guardi, ci sono delle righe di Montaigne che espongono macroscopicamente la questione. "Da quello stesso foglio sul quale ha formulato la sentenza per la condanna di un adultero" scrive Montaigne "quello stesso giudice ne strappa un pezzetto per scrivere un bigliettino amoroso alla moglie di un collega." È un esempio macroscopico, ripeto, ma contiene tanta parte di verità. Mi spiego meglio. In quali condizioni ero io, come uomo intendo, nel momento nel quale ho pronunziato una pesante sentenza?»

«Non ho capito, signor giudice.»

«Commissario, non è difficile da capire. Sono riuscito sempre a tenere distinta la mia vita privata dall'applicazione della legge? Sono riuscito sempre a far sì che i miei personali malumori, le mie idiosincrasie, le questioni casalinghe, i dolori, le scarse felicità non macchiassero la pagina bianca sulla quale stavo per formulare una sentenza? Ci sono riuscito o no?»

Il sudore impicciò la cammisa di Montalbano alla pelle.

«Mi perdoni, giudice. Lei non sta facendo la revisione ai processi che ha celebrato, ma alla sua stessa vita.»

Capì subito d'avere sbagliato, quelle parole non avrebbe dovuto dirle. Ma si era per un momento sentito come un medico che ha scoperto la grave malattia del paziente: glielo deve dire o no? Montalbano aveva istintivamente scelto la prima linea di condotta.

Il giudice si susì di scatto.

«La ringrazio d'essere venuto. Buonanotte.»

La matina appresso il giudice non passò. E non si fece vedere manco nei giorni, nelle settimane che seguirono.

Ma il commissario del giudice non se ne scordò. Trascorso più di un mese da quell'incontro serale, convocò Fazio.

«Ti ricordi di quel giudice in pensione, Attard?»

«Certo.»

«Voglio sue notizie. Tu hai conosciuto la sua cammarera, come si chiamava, te lo ricordi?»

«Prudenza, si chiamava. Come faccio a scordarmi un nome accussì?»

Nel doppopranzo Fazio si presentò a rapporto.

«Il giudice sta bene, solo che non esce più di casa. Siccome il piano sopra al suo si è fatto libero, Prudenza mi ha detto che se lo è accattato. Ora lui è diventato proprietario di tutto il villino.»

«Ci ha portato le sue carte?»

«Ma quando mai! Prudenza mi ha detto che lo vuole lasciare vacante, non intende manco affittarlo. Dice che in quel villino lui ci vuole restare solo, che non vuole fastidi. Anzi, Prudenza mi ha detto un'altra cosa che le è parsa stramma. Il giudice non ha esattamente detto che non voleva fastidi, ma rimorsi. Che viene a dire?»

Montalbano ci mise la notte intera a capire che il giudice non si era sbagliato dicendo «rimorsi» invece che «fastidi». E quando si rese conto della facenna, sudò freddo. Appena messo piede in ufficio, aggredì Fazio.

«Voglio subito il numero di telefono del figlio del giudice Attard, quello che sta a Bolzano!»

Mezzora appresso era in grado di parlare col dottor Giulio Attard, pediatra.

«Il commissario Montalbano sono. Senta, dottore, mi spiace comunicarle che le condizioni mentali di suo padre...»

«Si sono aggravate? Lo temevo.»

«Dovrebbe venire immediatamente a Vigàta. Mi venga a trovare. Studieremo il modo per...»

«Senta, commissario, io la ringrazio per la sua cortesia, ma immediatamente proprio non posso.»

«Suo padre sta predisponendosi al suicidio, lo sa?»

«Non drammatizzerei.»

Montalbano riattaccò.

La sera stessa, passando davanti al villino del giudice, fermò, scinnì, suonò il citofono.

«Chi è?»

«Montalbano sono, signor giudice. Vorrei salutarla.»

«Mi farebbe piacere farla entrare. Ma c'è troppo disordine. Ripassi domani, se può.»

Il commissario stava allontanandosi quando si sentì richiamare.

«Montalbano! Dottore! È ancora lì?»

Tornò indietro di corsa.

«Sì, mi dica.»

«Credo d'aver trovato.»

Non ci furono altre parole. Il commissario suonò, suonò a lungo, ma non gli venne più data risposta.

L'arrisbigliò il suono insistente delle sirene delle autobotti che correvano verso Vigàta. Taliò il ralogio: le quattro del matino. Ebbe un presentimento. Così com'era, in mutande, scinnì dalla parte della verandina, si diresse a ripa di mare in modo da avere una visuale più ampia. L'acqua era tanto ghiacciata da fargli dolere i piedi. Ma il commissario quel fastidio manco l'avvertiva: stava a taliare, a distanza, il villino dell'ex giudice Leonardo Attard che avvampava come una torcia. Figurarsi, con tutte le carte che c'erano dintra! I pompieri avrebbero perso molto tempo prima di trovare il corpo carbonizzato del giudice. Di questo ne fu certo.

Un pacco molto grosso, chiuso da un lungo pezzo di spago ripassato torno torno più volte e una busta grande vennero due giorni appresso posati sul tavolo dell'ufficio di Montalbano da Fazio.

«Li ha portati stamatina Prudenza. Il giudice, il giorno avanti che la casa pigliasse foco, glieli aveva dati perché li consegnasse a lei.»

Il commissario raprì la busta grande. Dintra c'erano un foglio scritto e un'altra busta chiusa, più piccola.

Ci ho messo tempo, ma finalmente ho trovato quello che da sempre avevo supposto e temuto. Le mando tutti gli incartamenti di un processo di quindici anni fa, in seguito al quale la corte da me presieduta condannò a trent'anni un uomo che fino all'ultimo si proclamò innocente. Io alla sua innocenza non ho creduto. Ora, dopo un'attenta revisione, mi sono reso conto che a quell'innocenza *non ho voluto credere*. Perché? Se lei, leggendo le carte, arriverà alla mia stessa conclusione, e cioè che da parte mia ci fu una più o meno cosciente malafede, apra, ma solo allora, la busta che accludo. Dentro ci troverà la storia di un momento assai travagliato della mia vita privata. Forse, quel momento spiega la mia condotta di quindici anni fa. Spiega, ma non giustifica. Aggiungo che il condannato è morto in carcere dopo dodici anni di detenzione. Grazie.

C'era la luna. Con una pala che si era fatto prestare da Fazio, scavò una buca nella rena a dieci passi dalla verandina. Dintra ci mise il pacco e le due lettere. Dal portabagagli della sua macchina pigliò una piccola tanica di benzina, tornò alla plaja, ne versò un quarto sulle carte, ci desi foco. Quando la fiamma s'astutò, con un pezzo di legno rimestò tra le carte, versò un altro quarto di benzina, ci ridesi foco. Ripeté l'operazione altre due volte, fino a quando fu certo che tutto fosse ridotto a cenere. Poi principiò a ricoprire la buca. Quando finì, già l'alba faceva occhio.

«SALVO AMATO...» «LIVIA MIA...»

Boccadasse, 2 luglio

Salvo amore mio,

al telefono non sono riuscita a parlare perché ero troppo sconvolta. Qui a Boccadasse, una volta che sei venuto a trovarmi, hai intravvisto la mia amica Francesca. Di lei, a Vigàta, ti ho parlato spesso. Avrei tanto desiderato che tu l'avessi conosciuta veramente e ogni volta che venivi da Vigàta l'invitavo a casa mia, ma lei si ritraeva, inventava pretesti, riusciva (salvo in quell'unica occasione) a evitare d'incontrarti. Ho persino pensato che fosse gelosa di te. Mi sbagliavo stupidamente. Ho capito dopo qualche tempo che se Francesca non voleva venire a Boccadasse mentre c'eri tu era per delicatezza, per discrezione, aveva timore di disturbarci.

Come forse ti ho già detto, Francesca l'avevo incontrata anni fa in ufficio, lavorava al reparto legale, ed eravamo diventate rapidamente amiche, malgrado lei fosse più giovane di me. Poi l'amicizia si era mutata in affetto. Era una creatura estremamente leale e generosa, nelle ore libere si dedicava al volontariato. Non mi ha mai parlato di qualche uomo che l'avesse particolarmente interessata. Non beveva, non fumava, non aveva vizi. Insomma, una ragazza normalissima, tranquilla, contenta del suo lavoro e della vita in famiglia. Figlia unica, abitava con i genitori. Come faceva da sempre, avrebbe trascorso le vacanze con loro. Sarebbero dovuti imbarcarsi sul traghetto alle venti.

Ieri mattina Francesca s'è alzata regolarmente alle sette e trenta, ha fatto colazione, ha preparato la valigia per la partenza. È uscita da casa verso le dieci e mezzo, ha detto alla madre che andava a comprare un costume da bagno e altre piccole cose. Sarebbe tornata per l'ora di pranzo. Ha portato con sé un borsone, una specie di sacca. I genitori, per mettersi a tavola, hanno aspettato a lungo. Poi hanno cominciato a impensierirsi. Hanno fatto diverse telefonate: hanno anche chiamato me, ma Francesca e io ci eravamo salutate il pomeriggio del 30. Anche io mi sono preoccupata, non solo Francesca era puntuale e precisa, ma non avrebbe mai fatto qualcosa che potesse mettere in pensiero i genitori. Trascorsa qualche ora ho chiamato io casa Leonardi. Piangendo, la mamma di Francesca m'ha detto che non avevano ancora notizie. Allora mi sono messa in macchina e sono andata a trovarla. Appena entrata nel portone sono stata interpellata dalla portinaia ch'era stravolta. Con lei c'era un quarantenne distinto che si è qualificato come un commissario della Omicidi. Credimi, mi sono sentita mancare. In un istante, ho capito, prima che lui parlasse, che qualcosa d'irreparabile era successo a Francesca. Mi ha detto, stringendomi un braccio in una sorta di gesto affettuoso, che Francesca era morta. Aveva cominciato a dire che si era trattato di una disgrazia, quando io l'ho interrotto: «Se fosse stata una disgrazia lei non sarebbe qui. È stato uno scambio di persona, una fatalità?». Mi pareva, e mi pare, impossibile che qualcuno, intenzionalmente, avesse voluto ammazzarla. Lui mi ha guardata con attenzione e ha allargato le braccia. «Ha sofferto?» Credevo che avrebbe evitato il mio sguardo, invece mi ha fissato deciso: «Purtroppo temo di sì». Non ho avuto il coraggio di fare altre domande. Lui però ha continuato a scrutarmi e poi, quasi timidamente, ha chiesto: «Mi aiuta?». In ascensore mi ha fatto ancora una domanda: «Lei che fa?». Intendeva nella vita, naturalmente. E io ho risposto incongruamente, invece di dire che ero impiegata, dalla bocca mi sono uscite queste parole: «Sono la fidanzata di un suo collega siciliano». Lui allora ha detto di chiamarsi

Giorgio Ligorio. Ti risparmio lo strazio della mamma e del papà di Francesca. E il mio. Ho aspettato in casa Leonardi che arrivassero gli zii di Francesca e altri amici che mi hanno dato il cambio. Sono tornata per distendermi che già era il tramonto. Alle otto di sera il telefono ha cominciato a suonare, erano amici, compagni di lavoro, conoscenti, tutti increduli. Una vera sofferenza, dover continuamente parlare di Francesca. Stavo per staccare la spina, quando il telefono ha ancora squillato. Era il commissario che avevo conosciuto nel pomeriggio (aveva voluto il mio numero). Desiderava parlarmi di Francesca, si era reso conto, mentre era con me dai poveri signori Leonardi, della profonda amicizia che ci legava. Malgrado fossi in uno stato che ti lascio immaginare ho acconsentito a riceverlo. La polizia ha ricostruito i movimenti della mia disgraziata amica. Prima si è recata in una farmacia vicino casa per comprare un collirio e qualche altro medicinale, poi, coll'autobus (aveva la macchina, ma preferiva non guidare) ha raggiunto il centro. Qui è entrata in un negozio e ha comprato un costume da bagno. Ne voleva un altro di un colore diverso ma ne erano sprovvisti. Allora, a piedi, ha raggiunto un secondo negozio dove ha comprato il costume che desiderava. Tutto questo l'hanno potuto ricostruire attraverso gli scontrini che hanno trovato nella sacca assieme ai medicinali e ai costumi. Nella sacca c'era tutto: documenti, portafoglio (con circa quattrocentomila lire), rossetto. Insomma, l'assassino non si è impossessato di niente, è escluso per la polizia che possa essere un ladro o un drogato in cerca di soldi per la dose. Non c'è stato nemmeno un tentativo di violenza carnale, i suoi indumenti intimi, sia pure imbrattati di sangue, erano in ordine. Ad ogni modo, l'autopsia chiarirà i particolari. Ha voluto conoscere le abitudini, gli interessi, le amicizie di Francesca. A un certo momento mi sono resa conto che ancora non sapevo alcune cose dell'omicidio né che lui me ne aveva parlato. «Dove è avvenuto?» Mi ha detto che il corpo è stato ritrovato nel bagno di una scuola privata serale, la Mann, che Francesca aveva frequentato fino a una decina di giorni fa per impararvi il tedesco. La scuola però aveva terminato i corsi il 25 del mese scorso e risultava chiusa per le ferie estive. Ligorio mi ha spiegato che Francesca è entrata nella scuola (occupa i tre piani di una villetta con un piccolo parco) perché ha trovato sia il cancello sia il portone aperti in quanto c'erano degli operai che stavano effettuando lavori di ristrutturazione. Nessuno del personale amministrativo era presente, tutti già in ferie. Francesca deve essere arrivata alla Mann poco dopo mezzogiorno: in quel momento i quattro operai erano nel retro della villetta, dove c'è un gazebo, a consumare il pasto di mezzogiorno. Non hanno perciò potuto vedere Francesca entrare e salire fino al bagno del terzo piano dove ci sono gli uffici e non le aule. A questo punto il commissario m'ha chiesto se Francesca poteva aver dato appuntamento a qualcuno all'interno della scuola, magari a qualche compagno o compagna di corso. Io gli ho risposto che non mi pareva probabile, anche perché avevo saputo dalla mia amica che l'istituto era chiuso. M'è venuta però un'idea e ho domandato quanto distasse la Mann dall'ultimo negozio nel quale Francesca era andata. M'ha risposto che non distava più di un centinaio di metri. Allora, vergognandomene un poco, ho rivelato a Ligorio una singolare fobia di Francesca: le era impossibile usare il bagno di un posto se non avesse prima frequentato quel posto per qualche giorno. Insomma, era impossibilitata a servirsi dei bagni dei bar, dei ristoranti, dei treni. Tutto questo, mi aveva rivelato una volta, le procurava un acuto disagio, ma era fatta così, non ci poteva far niente. Ho avanzato l'ipotesi che Francesca, passando davanti al cancello dell'istituto, l'abbia visto aperto. È entrata, è salita al terzo piano dove c'era il bagno meno frequentato (e data la chiusura estiva assolutamente solitario) e lì ha incontrato il suo assassino. Ligorio si è mostrato colpito da questa ipotesi. Dopo un poco se ne è andato. E io ho cominciato a scriverti questa lettera che qui interrompo. I giornali dovrebbero già essere in edicola. Sento molto freddo, malgrado che la giornata, di primissimo mattino, si presenti serena e, credo, calda. A fra poco.

Caro Salvo, sono le nove del mattino, riprendo a scriverti ora che mi sento un pochino meglio. Sono stata molto male. Appena ho comprato i giornali, non ho resistito a leggerli lì stesso, davanti all'edicola. Non sono riuscita a terminare il primo articolo. L'edicolante m'ha vista barcollare, è corso fuori, mi ha dato la sua sedia. I particolari sono orribili. Francesca è stata selvaggiamente colpita da non meno di una quarantina di coltellate, si è difesa come dimostrano certe particolari ferite delle mani, deve avere gridato, ma tutto è stato inutile. Non me la sento di scriverti altro. Ti mando, attraverso un'agenzia, lettera e ritagli. Domani riceverai tutto. Telefonami.

Con tanto amore,

                                                    LIVIA

                                            Vigàta, 5 luglio

Livia mia,

    ieri sera, al telefono, da quello che mi hai detto ho capito che le prime indiscrezioni sull'autopsia hanno in certo qual modo reso meno lugubri i colori dell'insieme, pur lasciando intatto l'orrore. Non è stata violentata e quasi certamente l'assassino non ne aveva manco l'intenzione. Il fatto poi che la vescica fosse completamente vuota (scusami la necessità del dettaglio) avvalora la tua ipotesi: Francesca, trovato insperatamente aperto il cancello dell'istituto, è salita al terzo piano del villino dove sapeva esserci un bagno per lei più accettabile. E qui ha fatto un imprevisto incontro mortale. Ho seguito attentamente in televisione e sulla stampa tutte le notizie sul caso. Non me lo domandi espressamente, ma ho capito il tuo desiderio: vorresti che m'occupassi del delitto. Forse sopravvaluti le mie capacità. Sapere da chi e perché Francesca sia stata assassinata significherebbe, per te, riportare qualcosa che t'appare insensata e assurda, e perciò tanto più insopportabile, entro i limiti rassicuranti del «capire». Ed è solo per aiutarti in questa direzione che faccio alcune considerazioni generali. Perdona la freddezza, perdona le parole che userò: un'indagine non può tenere in nessun conto offese alla sensibilità o alle buone maniere. Ieri sera mi hai detto che il mio collega Ligorio, che ha voluto rivederti, ti ha domandato se tu m'avessi scritto o parlato dell'assassinio di Francesca e, alla tua risposta affermativa, voleva sapere cosa ne pensassi. Tu dici che nel tono delle sue parole hai colto come una richiesta di collaborazione. O che almeno la mia collaborazione non gli sarebbe stata sgradita. Sei certa di non prestare a Ligorio un desiderio che è solamente tuo? Mi sono informato: il mio collega è giovane, intelligente, capace, giustamente stimato. Ad ogni modo, eccomi a tua disposizione per quel poco che posso fare.

Verso mezzogiorno e dieci, o pressappoco, quando i quattro operai che lavorano nel villino si sono trasferiti nel gazebo per la pausa-pranzo che inizia alle dodici, Francesca varca il portone non vista, sale le scale (mi pare d'aver capito che non c'è ascensore) senza incontrare nessuno, entra nel bagno femminile che è vuoto, si chiude nel camerino. Il locale è composto di due vani: un antibagno spazioso con il lavabo e un apparecchio a emissione d'aria calda per asciugarsi le mani (ho visto le immagini in tv) e un camerino con la tazza, munito di una porticina che può chiudersi dall'interno. Francesca rimane nel camerino il minimo indispensabile (un paio di minuti al massimo) e quindi fa due cose *contemporaneamente*: aziona lo sciacquone e apre la porta. Se avesse azionato lo sciacquone prima d'aprire la porta, quei pochi secondi le avrebbero probabilmente salvato la vita. Perché, e di questo sono quasi certo, come Francesca ignora che qualcuno è nel frattempo entrato nell'antibagno, così l'assassino (che ancora non sa di doverlo diventare) ignora che lì dentro c'è una persona. Se avesse sentito il rumore dell'acqua che scendeva, forse sarebbe scappato via o non sarebbe nemmeno entrato nell'antibagno. Invece rimane per un istante paralizzato nel veder comparire dal nulla una persona. E anche per la tua povera amica la sorpresa non deve essere stata da meno.

Alcuni giornalisti hanno avanzato l'ipotesi di un maniaco che, avendo per caso incontrato Francesca in strada, l'abbia seguita e, di fronte alla disperata resistenza della ragazza, l'abbia uccisa. A parte il fatto che non è risultato alcun tentativo di violenza (mutandine e reggiseno non hanno segni di strappo, solo tagli dovuti al coltello), questa ipotesi non regge di fronte all'assoluta casualità della scelta di Francesca: che l'istituto non fosse in quei giorni in piena attività lei lo sapeva, ma non poteva saperlo il maniaco. Il quale, appena dentro il villino, avrebbe immediatamente aggredito la vittima senza darle il tempo d'arrivare fino al terzo piano, aspettare pazientemente che avesse soddisfatto il bisogno e quindi assalirla. Ma via! C'erano aule e locali vuoti a ogni piano! Un maniaco sa d'avere poco tempo a disposizione, può sempre arrivare qualcuno e costringerlo ad abbandonare la preda. No, l'ipotesi del maniaco non quadra. L'assassino, a parer mio, è qualcuno che la tua amica conosceva, sorpreso a fare qualcosa che non doveva. E quello che lei gli ha visto fare (o che stava per fare) avrebbe costituito per lui, se saputo in giro, un danno irreparabile. Vedi, Francesca è stata colpita da oltre quaranta coltellate, ha ferite alle mani provocate dal tentativo di parare la lama, molti colpi risultano inferti dopo la morte. Francesca deve avere disperatamente gridato, ma l'assassino ha continuato a infierire implacabile, quasi con odio. È la tipologia del delitto passionale, però nel nostro caso l'assassino si accanisce sulla ragazza, ne fa scempio, per un altro impulso passionale: l'odio, cioè, verso chi lo sta costringendo a diventare un assassino.

Ancora: l'arma usata, dicono, dovrebbe essere un coltello lungo una trentina di centimetri e largo poco meno di due. Date le dimensioni, mi viene più da pensare a uno stiletto affilato ai due lati che a un vero e proprio coltello. Inoltre, poiché il delitto non è stato commesso in una casa adibita ad abitazione, nella cui cucina si sarebbe potuto trovare un oggetto del genere, ne consegue che l'omicida aveva l'arma con sé. Ma se Francesca non è stata uccisa da un maniaco (che potrebbe portarsi appresso un'arma simile per ridurre al silenzio la vittima dopo averne abusato), allora cosa ci può essere di tanto simile a uno stiletto all'interno di un istituto scolastico? Io lo so cosa può essere, ma vorrei che Ligorio arrivasse da solo alla medesima conclusione.

Altra considerazione: di sicuro l'assassino si sarà macchiato abbondantemente di sangue i vestiti che indossava. Le immagini che ho visto mostrano sangue dappertutto, sulle pareti e per terra. In quelle condizioni, e a quell'ora, l'omicida non sarebbe potuto scendere in strada senza essere notato. Si sarà certamente trovato nella necessità di cambiarsi il vestito. E l'ha fatto, portando via con sé gl'indumenti macchiati. Ma ammessa e concessa questa possibilità, dove si è cambiato? Non certo nell'antibagno. In un ufficio vuoto? Come mai allora non risultano nel corridoio orme di suole sicuramente imbrattate di sangue? O forse risultano e la polizia non ha voluto comunicare questo dato importante?

Livia cara, i miei ragionamenti al momento si fermano qui. Se lo credi opportuno, riferisci tutto a Ligorio.

Vorrei tanto, in questo momento, che fossimo vicini. Tu però non te la senti ancora di lasciare i genitori di Francesca e io sono incatenato a Vigàta da un'inchiesta che mi sta facendo penare e della quale, al momento, non intravvedo la soluzione.

Che ci vogliamo fare? Portiamo pazienza, come molte altre volte.

Con tanto amore,

                                                          SALVO

Seguo il tuo esempio e spedisco questa lettera tramite agenzia.

                                          Boccadasse, 8 luglio

Salvo amato,

ho rivisto ieri sera Giorgio Ligorio. Gli ho riferito, papale papale come dici tu, quello che mi hai scritto. M'è parso che se l'aspettasse. Qualche tua osservazione se l'è fatta ripetere, interessatissimo. Conferma quello che tu hai supposto, l'arma è affilata ai due lati, è un vero e proprio stiletto. Anche lui è del parere che l'assassino sia stato costretto a cambiarsi d'abito. Ma come ha fatto? Dove l'ha fatto? Se l'assassinio è stato del tutto casuale, come mai l'omicida se ne andava in giro con camicia, giacca e pantaloni di ricambio? E dove ha preso l'arma del delitto? Se la portava appresso, certamente. Se le cose stessero veramente così, dice Ligorio, allora ci troveremmo di fronte a un omicidio premeditato. Molti fatti però sono contro questa tesi. Ho avuto l'impressione che Ligorio sia in alto mare. In quanto alla tua domanda su eventuali orme di suole macchiate di sangue, Ligorio mi ha rivelato che l'assassino, commesso il delitto, ha accuratamente lavato il pavimento del corridoio, usando uno straccio e un catino che erano in bella vista accanto alla porta del bagno. Se ne era servito, nella prima mattinata, il custode; c'è molta polvere in giro per i lavori in corso. È stata però, malgrado la ripulitura, rinvenuta, proprio dove il pavimento fa angolo col muro, l'orma molto confusa di un piede nudo. Che però va *verso* il bagno. Uno degli operai ha ammesso di avere lavorato un giorno senza la scarpa destra, gli si era gonfiato il piede perché gli era caduto sopra un pezzo di ferro. Dell'episodio hanno dato conferma i compagni. Ma tutti e quattro gli operai affermano di non avere mai avuto occasione d'andare nel bagno femminile. Loro usano quello maschile che è proprio nel lato del corridoio dove stanno lavorando.

Per renderti la situazione più chiara: il corridoio del terzo piano, quello sul quale si affacciano gli uffici, la biblioteca e i due bagni, ha esattamente la forma di una *l* maiuscola. Al bagno femminile si accede dall'ultima porta del lato più lungo, a quello maschile dall'ultima porta del lato più corto. Qui stanno facendo il loro lavoro gli operai (abbattono due tramezzi per ottenere un grande salone). Tieni presente che la scala d'accesso al piano è situata a metà del lato più lungo. Quindi, anche se gli operai fossero stati al lavoro, potrebbero egualmente non aver visto arrivare Francesca, ma in questo caso però avrebbero certo udito le sue grida, anche perché non usano attrezzi particolarmente rumorosi.

Ligorio mi ha spiegato pure, con tutti i dettagli, come il delitto è stato scoperto. Assolutamente per un caso. Se questo caso non si fosse verificato, la povera Francesca sarebbe rimasta in quell'orrendo posto chissà per quanto tempo, forse fino alla riapertura degli uffici alla fine d'agosto (i corsi invece cominciano a ottobre). L'assassino, prima di lasciare il luogo del delitto, si è lavato convulsamente le mani, spargendo molta acqua sul pavimento, in prossimità del lavabo infatti il sangue e l'acqua si sono mischiati. Si è però dimenticato di chiudere il rubinetto. Il guardiano, rimasto in servizio con il compito d'aprire l'istituto alle sette del mattino e di richiuderlo alle diciotto dopo l'uscita degli operai, è arrivato in anticipo, alle quindici e trenta. Voleva consegnare le chiavi al capo-operai avvertendolo che della chiusura serale e della riapertura del giorno seguente lui non avrebbe potuto occuparsene perché la moglie era stata ricoverata in ospedale. Arrivato in cima alle scale del terzo piano, il guardiano ha udito distintamente lo scorrere dell'acqua del lavabo nel bagno femminile. Siccome al mattino aveva riempito il catino per le pulizie, ha pensato d'essere stato lui stesso a dimenticarlo aperto. È entrato, ha visto il corpo di Francesca, si è messo a urlare, incapace di fare un passo. Allora sono corsi gli operai. Uno di loro ha dato una spallata alla porta della Direzione, ch'era chiusa a chiave, e ha telefonato alla polizia.

Ti ho riferito tutto quello che mi ha detto il tuo collega che mi sembra una persona a modo e molto, molto intelligente. Ha la mia stessa età.

Tu continua a riflettere su questo delitto che mi ha lasciata affranta.

La mamma di Francesca sta molto male, ha bisogno di continue cure: la sera viene un'infermiera a darmi il cambio. Il padre mi sembra inebetito: continua a fare le sue cose come se nulla fosse accaduto, ma si muove in un modo molto strano, lentissimamente.

Mi dispiace che la nostra vacanza, da tempo programmata, sia finita così. Del resto anche tu sei impossibilitato a muoverti. Pazienza.

Ti telefonerò stanotte.

Ti bacio con tanto amore

LIVIA

Proprio non ce la fai a venire? Nemmeno per un giorno? Mi manchi.

Vigàta, 10 luglio

Livia mia,

credo di avere adesso un quadro chiaro di ciò che è accaduto.

Il fatto è che troppo a lungo mi sono lasciato fuorviare da un falso problema: come ha fatto l'assassino ad andarsene in giro con i vestiti vistosamente macchiati di sangue senza essere notato da nessuno? Tutti, con questo caldo che ci cuoce, indossiamo vestiti chiari e leggeri; inoltre è impensabile che l'assassino avesse un impermeabile col quale coprire in parte l'abito imbrattato.

A mettermi sulla strada giusta è stata l'orma del piede nudo semicancellata, quella che andava *verso* il bagno. Se Ligorio ha interrogato in proposito gli operai, vuol dire che si trattava inequivocabilmente di un piede maschile.

Inoltre c'è il fattore tempo. L'assassino ammazza Francesca impiegandoci qualche minuto, si lava (non solo le mani, come ti dirò appresso), poi lava accuratamente il corridoio. Inoltre non si preoccupa più di tanto delle disperate grida della vittima. Perché ha sentito la necessità di lavare solo il corridoio e non l'antibagno? Non tanto, a mio parere, per cancellare le tracce del suo passaggio, quanto piuttosto per impedire agli investigatori di seguire il percorso delle tracce stesse. Se è vera questa mia ipotesi, le tracce non possono che portare dal bagno a uno degli uffici che sul corridoio si aprono.

Quindi l'omicida è uno degli impiegati dell'istituto che conosce benissimo la durata della pausa-pranzo degli operai. Sa di avere un'ora per agire indisturbato.

Ma perché ha ucciso?

Azzardo. C'è un impiegato che approfitta della pausa-pranzo per ricevere, di nascosto da tutti, qualcuno col quale ha una relazione. Dico qualcuno e non qualcuna a ragion veduta: l'orma nel corridoio è quella di un uomo. Quel maledetto giorno l'impiegato dell'istituto riceve il suo amico. Sicuramente l'ha già fatto in precedenza e la cosa, fino a quel momento, ha funzionato. Fa molto caldo, si chiudono dentro l'ufficio, si spogliano. A un certo momento tra i due certamente avviene qualcosa (un litigio? un gioco erotico?) in seguito al quale l'amico apre la porta dell'ufficio e corre nudo per il corridoio verso il bagno femminile. L'impiegato, anche lui completamente nudo, lo insegue brandendo un taglia-carte (lo stiletto). Quando i due sono nell'antibagno, compare, a sorpresa, Francesca. La tua amica certamen-te conosce l'impiegato e rimane paralizzata dalla sorpre-sa. È un attimo: terrorizzato di essere stato scoperto (si vede che teneva rigorosamente nascosta la sua omoses-sualità, rispettoso di una borghese idea di «decoro»), l'impiegato perde letteralmente la ragione e colpisce Francesca d'istinto. L'amico intanto scappa via, ritorna nell'ufficio, fugge. L'impiegato continua a infierire sulla vittima, Francesca grida ma l'uomo sa che nessuno può sentirla. Quando ha dato fondo al suo odio, si lava accu-ratamente tutto il corpo (ecco perché tanta acqua cadu-ta fuori dal lavandino), ripercorre il corridoio, torna nel-l'ufficio, indossa i vestiti.

Qui è dove avevamo sbagliato: nel supporre che l'as-sassino avesse adoperato un abito di ricambio.

Una volta vestito, cancella le orme nel corridoio, esce tranquillamente dall'istituto e chi s'è visto s'è visto.

Possibile che Giorgio Ligorio non sia arrivato alle mie stesse conclusioni? O desidera solo avere una mia con-ferma?

Scusami, amore mio, se sono stato troppo sbrigativo e burocratico con questa mia. Ma quella maledetta inchie-sta mi ruba tutto il tempo.

Vorrei tanto essere con te nella tua casa di Boccadasse e tenerti stretta. Come stanno i genitori di Francesca?

È l'una di notte, ti scrivo seduto nella verandina, c'è la luna e il mare è una tavola. Quasi quasi mi faccio un bagno.

Ti bacio con tanto amore

SALVO

Boccadasse, 13 luglio

Salvo amato,

come certamente avrai saputo dalle televisioni e dalla stampa hai fatto centro. Giorgio nel frattempo era arrivato alle tue stesse conclusioni. L'assassino è Giovanni De Paulis, direttore amministrativo dell'istituto. Insospettabile, pignolo, severissimo. Ora mi ricordo che Francesca m'aveva detto che era soprannominato «l'austero Giovanni». Il suo partner di quel tragico giorno è un ragazzotto noto negli ambienti. Si è dato alla fuga, ma Giorgio mi ha detto che è questione di ore e lo prenderanno.

Sono molto triste, Salvo mio, molto triste perché la mia amica è morta per mano di un imbecille, dentro una storia squallida. Tra l'altro, Francesca era conosciuta per la sua estrema riservatezza, mai avrebbe fatto parola delle inclinazioni sessuali del direttore amministrativo. La mamma di Francesca sta un pochino meglio.

Ora però sono io a risentire della tensione di queste terribili giornate.

Fortunatamente Giorgio mi è stato molto vicino e ha tentato in tutti i modi di rendere meno pesanti le mie ore.

Non puoi proprio venire?

Ti bacio con tanto amore

LIVIA

Giorgio? Ma come, lo chiama Giorgio?! Fino a due giorni fa era il commissario Ligorio e ora gli dà del tu? E che minchia! E che viene a significare che la consola?

TI HO INUTILMENTE CERCATA PER TELEFONO COMUNICOTI AVERE BRILLANTEMENTE RISOLTO CASO CHE M'IMPEGNAVA SARÒ DOMANI AEROPORTO GENOVA ORE 14 BACI

SALVO

GLI ARANCINI DI MONTALBANO

Il primo a cominciare la litania, o la novena o quello che era, fu, il 27 dicembre, il questore.

«Montalbano, lei naturalmente la notte di Capodanno la passerà con la sua Livia, vero?»

No, non l'avrebbe passata con la sua Livia, la notte di capodanno. C'era stata tra loro due una terribile azzuffatina, di quelle perigliose perché principiano con la frase «Cerchiamo di ragionare con calma» e finiscono inevitabilmente a schifio. E così il commissario se ne sarebbe rimasto a Vigàta mentre Livia se ne sarebbe andata a Viareggio con amici dell'ufficio. Il questore notò che qualcosa non marciava e fu pronto a evitare a Montalbano un'imbarazzata risposta.

«Perché altrimenti saremmo felici d'averla a casa nostra. Mia moglie è da tempo che non la vede, non fa altro che chiedere di lei.»

Il commissario stava per slanciarsi in un «sì» di riconoscenza, quando il questore seguitò:

«Verrà anche il dottor Lattes, la sua signora è dovuta correre a Merano perché ha la mamma che non sta bene.»

E manco a Montalbano stava bene la prisenza del dottor Lattes, soprannominato «Lattes e mieles» per la sua untuosità. Sicuramente durante la cena e doppo non si sarebbe parlato d'altro che dei «problemi dell'ordine pubblico in Italia», così si potevano intitolare i lunghi monologhi del dottor Lattes, capo di Gabinetto.

«Veramente avevo già preso...»

Il questore l'interruppe, sapeva benissimo come la pensasse Montalbano sul dottor Lattes.

«Senta, però, se non può, potremmo vederci a pranzo il giorno di Capodanno.»

«Ci sarò» promise il commissario.

Poi fu la volta della signora Clementina Vasile-Cozzo.

«Se non ha di meglio da fare, perché non viene da me? Ci saranno macari mio figlio, sua moglie e il bambino.»

E lui che veniva a rappresentare in quella bella riunione di famiglia? Rispose, a malincuore, di no.

Poi fu il turno del preside Burgio. Andava, con la moglie, a Comitini, in casa di una nipote.

«È gente simpatica, sa? Perché non si aggrega?»

Potevano essere simpatici oltre i limiti della simpatia stessa, ma lui non aveva voglia d'aggregarsi. Forse il preside aveva sbagliato verbo, se avesse detto «tenerci compagnia», qualche possibilità ci sarebbe stata.

Puntualmente, la litania o la novena o quello che era si ripresentò in commissariato.

«Domani, per la notte di capodanno, vuoi venire con mia?» spiò Mimì Augello che aveva intuito l'azzuffatina con Livia.

«Ma tu dove vai?» spiò a sua volta Montalbano, inquartandosi a difesa.

Mimì, non essendo maritato, sicuramente l'avrebbe portato o in una rumorosa casa di amici o in un anonimo e pretenzioso ristorante rimbombante di voci, risate e musica a tutto volume.

A lui piaceva mangiare in silenzio, un fracasso di quel tipo poteva rovinargli il gusto di qualsiasi piatto, macari se cucinato dal miglior cuoco dell'universo criato.

«Ho prenotato al Central Park» rispose Mimì.

E come si poteva sbagliare? Il Central Park! Un ristorantone immenso dalle parti di Fela, ridicolo per il nome e per l'arredamento, dove erano stati capaci d'avvelenarlo con una semplicissima cotoletta e tanticchia di verdura bollita.

Taliò il suo vice senza parlare.

«Va beni, va beni, come non detto» concluse Augello niscendo dalla cammara. Subito però rimise la testa dintra: «La virità vera è che a tia piace mangiare solo».

Mimì aveva ragione. Una volta, ricordò, aveva letto un racconto, di un italiano certamente, ma il nome dell'autore non lo ricordava, dove si contava di un paisi nel quale era considerato atto contro il comune senso del pudore il mangiare in pubblico. Fare invece quella cosa in prisenza di tutti, no, era un atto normalissimo, consentito. In fondo in fondo si era venuto a trovare d'accordo. Gustare un piatto fatto come Dio comanda è uno dei piaceri solitari più raffinati che l'omo possa godere, da non spartirsi con nessuno, manco con la pirsona alla quale vuoi più bene.

Tornando a casa a Marinella, trovò sul tavolino della cucina un biglietto della cammarera Adelina.

Mi ascusasi se mi primeto che dumani a sira esento che è capo di lanno e esento che i me' dui fighli sunno ambituti in libbbirtà priparo ghli arancini chi ci piacinno. Se vosia mi voli fari l'onori di pasare a mangiare la intirizo lo sapi.

Adelina aveva due figli delinquenti che trasivano e niscivano dal càrzaro: una felice combinazione, rara come la comparsa della cometa di Halley, che si trovassero tutti e due contemporaneamente in libertà. E dunque da festeggiare sullennemente con gli arancini.

Gesù, gli arancini di Adelina! Li aveva assaggiati solo una volta: un ricordo che sicuramente gli era trasuto nel DNA, nel patrimonio genetico.

Adelina ci metteva due jornate sane sane a priararli. Ne sapeva, a memoria, la ricetta. Il giorno avanti si fa un aggrassato di vitellone e di maiale in parti uguali che deve còciri a foco lentissimo per ore e ore con cipolla, pummadoro, sedano, prezzemolo e basilico. Il giorno appresso si pripara un risotto, quello che chiamano alla milanisa (senza zaffirano, pi carità!), lo si versa sopra a una tavola, ci si impastano le ova e lo si fa rifriddare. Intanto si còcino i pisellini, si fa una besciamella, si riducono a pezzettini na poco di fette di salame e si fa tutta una composta con la carne aggrassata, triturata a mano con la mezzaluna (nenti frullatore, pi carità di Dio!). Il suco della carne s'ammisca col risotto. A questo punto si piglia tanticchia di risotto, s'assistema nel palmo d'una mano fatta a conca, ci si mette dentro quanto un cucchiaio di composta e si copre con dell'altro riso a formare una bella palla. Ogni palla la si fa rotolare nella farina, poi si passa nel bianco d'ovo e nel pane grattato. Doppo, tutti gli arancini s'infilano in una padeddra d'oglio bollente e si fanno friggere fino a quando pigliano un colore d'oro vecchio. Si lasciano scolare sulla carta. E alla fine, ringraziannu u Signiruzzu, si mangiano!

Montalbano non ebbe dubbio con chi cenare la notte di capodanno. Solo una domanda l'angustiò prima di pigliare sonno: i due delinquenti figli d'Adelina ce l'avrebbero fatta a restare in libertà fino al giorno appresso?

La matina del 31, appena trasì in ufficio, Fazio ricominciò la litania o la novena o quello che era:

«Dottore, se questa sira non ha meglio di fare...»

Montalbano l'interruppe e, considerato che Fazio era un amico, gli disse come avrebbe passato la serata di capodanno. Contrariamente a quello che s'aspettava, Fazio si scurò in faccia.

«Che c'è?» spiò il commissario, allarmato.

«La sua cammarera Adelina di cognome fa Cirrinciò?»

«Sì.»

«E i suoi figli si chiamano Giuseppe e Pasquale?»

«Certo.»

«Aspittasse un momento» fece Fazio e niscì dalla cammara.

Montalbano principiò a sentirsi nirbuso.

Fazio tornò doppo poco.

«Pasquale Cirrinciò è nei guai.»

Il commissario si sentì aggelare, addio arancini.

«Che viene a dire che è nei guai?»

«Viene a dire che c'è un mandato di cattura. La Squadra Mobile di Montelusa. Per furto in un supermercato.»

«Furto o rapina?»

«Furto.»

«Fazio, cerca di saperne qualche cosa di più. Non ufficialmente, però. Hai amici nella Mobile di Montelusa?»

«Quanti ne vuole.»

A Montalbano passò la gana di travagliare.

«Dottore, hanno abbrusciato la macchina dell'ingegnere Jacono» fece, trasendo, Gallo.

«Vallo a contare al dottor Augello.»

«Commissario, stanotte sono entrati in casa del ragioniere Pirrera e si sono portati via ogni cosa» gli venne a comunicare Galluzzo.

«Vallo a contare al dottor Augello.»

Ecco: accussì Mimì poteva salutare la nottata di capodanno al Central Park. E avrebbe dovuto essergliene grato, perché lo sparagnava da un sicuro avvelenamento.

«Dottore, le cose stanno come le ho detto. Nella notte tra il 27 e il 28 hanno svaligiato un supermercato a Montelusa, hanno caricato un camion di roba. Alla Mobile sono certi che Pasquale Cirrinciò era della partita. Hanno le prove.»

«Quali?»

«Non me l'hanno detto.»

Ci fu una pausa, poi Fazio pigliò il coraggio a quattro mani.

«Dottore, ci voglio parlare latino: lei stasira non deve andare a mangiare da Adelina. Io non dico niente, questo è sicuro. Ma se putacaso quelli della Catturandi fanno la bella pinsata di andare a cercare Pasquale in casa di sua madre e lo trovano che si sta mangiando gli arancini con lei? Dottore, non mi pare cosa.»

Squillò il telefono.

«Commissario Montalbano, vossia è?»

«Sì.»

«Pasquale sono.»

«Pasquale chi?»

«Pasquale Cirrinciò.»

«Mi stai chiamando dal cellulare?» spiò Montalbano.

«Nonsi, non sono accussì fissa.»

«È Pasquale» disse il commissario a Fazio, tappando con una mano il microfono.

«Non voglio sapìri nenti!» fece Fazio susendosi e niscendo dalla cammara.

«Dimmi, Pasquà.»

«Dottore, ci devo parlare.»

«Macari io ti devo parlare. Dove sei?»

«Sulla scorrimento veloce per Montelusa. Telefono dalla gabina che c'è fora al bar di Pepè Tarantello.»

«Cerca di non farti vedere in giro. Arrivo al massimo fra tre quarti d'ora.»

«Monta in macchina» ordinò il commissario appena vide Pasquale nei paraggi della cabina.

«Andiamo lontano?»

«Sì.»

«Allora piglio la mia macchina e la seguo.»

«Tu la macchina la lasci qua. Che vogliamo fare, la processione?»

Pasquale obbedì. Era un bel picciotto che aveva da poco passata la trentina, scuro, gli occhi vivi vivi.

«Dutturi, io ci voglio spiegari...»

«Dopo» fece Montalbano mettendo in moto.

«Dove mi porta?»

«A casa mia, a Marinella. Cerca di stare assittato stinnicchiato, tieni la mano dritta sulla faccia, come se avessi malo di denti. Così, da fora, non ti riconoscono. Lo sai che sei ricercato?»

«Sissi, per questo telefonai. Lo seppi questa matina da un amico, tornando da Palermo.»

Sistemato nella verandina, davanti a uno scioppo di birra offertogli dal commissario, Pasquale decise ch'era venuto il momento di spiegarsi.

«Io con questa storia del supermercato Omnibus non ci traso nenti. Ce lo giuro supra a me' matre.»

Un giuramento falso sulla testa di sua madre Adelina che adorava non lo avrebbe mai fatto: Montalbano immediatamente si persuase dell'innocenza di Pasquale.

«Non bastano i giuramenti, servono prove. E alla Mobile dicono che hanno in mano cose certe.»

«Commissario, non arrinescio manco a indovinare quello che hanno in mano, dato che io non ci sono andato, ad arrubare al supermercato.»

«Aspetta un momento» fece il commissario.

Trasì nella cammara, fece una telefonata. Quando tornò nella verandina aveva la faccia scuruta.

«Che c'è?» spiò teso Pasquale.

«C'è che quelli della Mobile hanno in mano una prova che t'incastra.»

«E quale?»

«Il tuo portafoglio. L'hanno trovato vicino alla cassa. C'era macari la tua carta d'identità.»

Pasquale aggiarniò, poi si susì all'impiedi dandosi una gran manata sulla fronte.

«Ecco dove l'ho perso!»

Si risedette subito, aveva le ginocchia di ricotta.

«E ora come mi tiro fora?» si lamentiò.

«Contami la facenna.»

«La sira del 27 io ci andai a quel supermercato. Stava per chiudere. Accattai due bottiglie di vino, una di whisky e doppo salatini, biscotti, cose accussì. Li ho portati in casa di un amico.»

«Chi è quest'amico?»

«Peppe Nasca.»

Montalbano storcì la bocca.

«E vuoi vìdiri che c'erano macari Cocò Bellìa e Tito Farruggia?» spiò.

«Sissi» ammise Pasquale.

La banda al completo, tutti pregiudicati, tutti compagni di furti.

«E perché vi siete riuniti?»

«Volevamo giocare a tressette e briscola.»

La mano di Montalbano volò, s'abbatté sulla faccia di Pasquale.

«Comincia a contare. Questo è il primo.»

«Scusasse» fece Pasquale.

«Allora: perché stavate insieme?»

Inaspettatamente, Pasquale si mise a ridere.

«La trovi tanto comica? Io no.»

«Nonsi, commissario, questa è veramente comica. Lo sapi pirchì ci siamo visti in casa di Peppe Nasca? Abbiamo combinato un furto per il 28 notte.»

«Dove?»

«In un supermercato» fece Pasquale, principiando a ridere con le lagrime.

E Montalbano capì il perché di quella gran risata.

«Quello stesso? L'Omnibus?»

Pasquale fece cenno di sì con la testa, le risate l'assufficavano. Il commissario gli riempì nuovamente lo scioppo di birra.

«E qualcun altro vi ha preceduti?»

Ancora un sì con la testa.

«Guarda, Pasquà, che la situazione per te resta seria. Chi ti crede? Se gli racconti con chi stavi quella sera, ti mettono dintra senza remissione. Figurati! Quattro delinquenti come siete che vi fate l'alibi reciproco! Questa sì che è da fottersi dalle risate!»

Trasì nuovamente in casa, fece un'altra telefonata. Tornò nella verandina scuotendo la testa.

«Lo sai a chi cercano, oltre a tia, per il furto al supermercato? A Peppe Nasca, a Cocò Bellìa e a Tito Farruggia. La vostra banda al completo.»

«Madunnuzza santa!» disse Pasquale.

«E lo sai qual è il bello? Il bello è che i tuoi compagni vanno in càrzaro perché tu, come uno strunzo, sei andato a perdere il portafoglio proprio in quel supermercato. Come metterci la firma, lo stesso preciso che fare una spiata.»

«Quelli, quando vengono arrestati e sanno il pirchì, alla prima occasione mi rompono il culo.»

«Non hanno torto» disse Montalbano. «E comincia a preparartelo, il culo. Fazio m'ha macari detto che Peppe Nasca è già al commissariato, l'ha fermato Galluzzo.»

Pasquale si pigliò la testa tra le mani. Taliandolo, a Montalbano venne un'idea che forse avrebbe salvato la mangiata d'arancini. Pasquale lo sentì traffichiàre casa casa, raprendo e chiudendo cassetti.

«Vieni qua.»

Nella cammara di mangiare il commissario l'aspettava con un paro di manette in mano. Pasquale lo taliò ammammaloccuto.

«Non mi ricordavo più dove le avevo messe.»

«Che vuole fare?»

«T'arresto, Pasquà.»

«E pirchì?»

«Come, pirchì? Tu sei un ladro e io un commissario. Tu sei un ricercato e io quello che t'ha trovato. Non fare storie.»

«Commissario, vossia lo sapi benissimo che con mia non c'è bisogno di manette.»

«Stavolta sì.»

Rassegnato, Pasquale s'avvicinò e Montalbano gli serrò una manetta attorno al polso mancino. Poi, tirandolo, se lo trascinò nel bagno e l'altra manetta la serrò attorno al tubo dello sciacquone.

«Torno presto» disse il commissario. «Se ti scappa, puoi farla comodamente.»

Pasquale non fu capace manco di raprire bocca.

«Avete avvertito quelli della Mobile che abbiamo fermato Peppe Nasca?» spiò trasendo in ufficio Montalbano.

«Lei mi disse di non farlo e io non lo feci» rispose Fazio.

«Fatelo venire nella mia cammara.»

Peppe Nasca era un quarantino dal naso enorme. Montalbano lo fece assittari, gli offrì una sigaretta.

«Sei fottuto, Peppe. Tu, Cocò Bellìa, Tito Farruggia e Pasquale Cirrinciò.»

«Non siamo stati noi.»

«Lo so.»

Le parole del commissario lasciarono a Peppe intordonuto.

«Ma siete fottuti lo stesso. E lo sai perché non hanno potuto fare altro, alla Mobile, che spiccare un mandato di cattura per la vostra banda? Perché Pasquale Cirrinciò ha perso il portafoglio al supermercato.»

«Buttanazza della miseria!» esplose Peppe Nasca.

E si esibì in una sequela di santioni, biastemie, gastìme. Il commissario lo lasciò sfogare.

«E c'è di peggio» fece a un certo punto Montalbano.

«Che ci può essere di peggio?»

«Che appena trasite in càrzaro i vostri compagni di galera vi piglieranno a fischi e a pìrita. Avete perso la faccia. Siete dei ridicoli, dei quaquaraquà. Andate in prigione pur essendo innocenti di quel furto. Siete i classici cornuti e mazziati.»

Peppe Nasca era un omo intelligente. E che lo fosse, lo dimostrò con una domanda.

«Mi spiega perché vossia è convinto che non siamo stati noi quattro?»

Il commissario non rispose, raprì il cascione di mancina della scrivania, pigliò un'audiocassetta, la mostrò a Peppe.

«Vedi questa? C'è una registrazione ambientale.»

«Mi riguarda?»

«Sì. È stata fatta a casa tua, nella notte tra il 27 e il 28, ci sono le vostre quattro voci. Vi avevo fatto mettere sotto controllo. Progettate il furto al supermercato. Ma per la notte appresso. Siete stati però preceduti da gente più sperta di voi.»

Rimise la cassetta nel cascione.

«Ecco come faccio a essere tanto sicuro che voi non c'entrate.»

«Ma allora basta che vossia fa sentire a quelli della Mobile la registrazione e si vede subito che noi non c'entriamo.»

Figurati la faccia di quelli della Mobile se avessero sentito la cassetta! C'era un'esecuzione speciale della Sinfonia n. 1 di Beethoven che Livia gli aveva registrato a Genova.

«Peppe, cerca di ragionare. La cassetta può essere a vostra discolpa, ma può rappresentare macari un'altra prova a vostro carico.»

«Si spiegasse.»

«Sul nastro non c'è la data della registrazione. Quella la posso dire solo io. E se mi saltasse il firtìcchio di sostenere che quella intercettazione risale al 26, la notte prima del furto, voi paghereste con la galera e quelli più sperti si godrebbero i soldi in libertà.»

«E perché vossia vuole fare una cosa simile?»

«Non ho detto che voglio, è un'eventualità. A farla breve: se io faccio sentire questa cassetta a qualche vostro amico, non alla Mobile, vi sputtano per sempre. Non ci sarà ricettatore che vorrà la vostra roba. Non troverete più nessuno che vi dia una mano, nessun complice. Avete chiuso con la carriera di ladri. Mi segui?»

«Sissi.»

«Quindi tu non puoi fare altro che quello che ti domando.»

«Che vuole?»

«Voglio offrirti la possibilità di una via d'uscita.»

«Me la dicisse.»

Montalbano gliela disse.

Ci vollero due ore a convincere Peppe Nasca che non c'era altra soluzione. Poi Montalbano riaffidò Peppe a Fazio.

«Ancora non avvertire quelli della Mobile.»

Niscì dall'ufficio. Erano le due e per strata c'era poca gente. Trasì in una cabina telefonica, fece un numero di Montelusa, si strinse il naso con due dita.

«Pronto? Squadra Mobile? State commettendo uno sbaglio. A fare il furto al supermercato sono stati quelli di Caltanissetta, quelli che hanno a capo Filippo Tringàli. No, non domandi chi parla sennò riattacco. Le dico macari dove è ammucciata la refurtiva che è ancora nel camion. È dintra il capannone della ditta Benincasa, sulla provinciale Montelusa-Trapani, all'altezza di contrada Melluso. Andateci subito, perché pare che stanotte hanno intenzione di portarsi via la roba con un altro camion.»

Riattaccò. A scanso di cattivi incontri con la polizia di Montelusa, pinsò che era meglio tenere Pasquale a casa sua, macari senza manette, fino a quando faceva scuro. Poi, insieme, sarebbero andati da Adelina. E lui si sarebbe goduto gli arancini non solo per la loro celestiale bontà, ma pure perché si sarebbe sentito perfettamente in pace con la sua coscienza di sbirro.

GIORNO DI FEBBRE

Appena arrisbigliatosi, decise di telefonare in commissariato per avvertire che quel giorno proprio non era cosa,
non ce l'avrebbe fatta ad andare in ufficio, durante la nottata una botta d'influenza l'aveva assugliato di colpo come uno di quei cani che manco abbaiano e li vedi solo
quando già ti hanno azzannato alla gola. Fece per susìrisi,
ma si fermò a mezzo, le ossa gli dolevano, le giunture
scricchiolavano, dovette ripigliare il movimento con
quatèla, finalmente arrivò all'altezza del telefono, allungò
il braccio e in quel preciso momento la soneria squillò.

«Pronti, dottori? Parlo con lei di pirsona pirsonalmente? Mi arriconobbe? Catarella sono.»

«Ti arriconobbi, Catarè. Che vuoi?»

«Nenti voglio, dottori.»

«E allora perché mi chiami?»

«Ora vengo e mi spiego, dottori. Io di pirsona pirsonalmenti non voglio nenti da lei, ma c'è il dottori Augello che ci vorrebbe dire una cosa. Che faccio, ci lo passo
o no?»

«Va bene, passamelo.»

«Ristasse al parecchio che ci faccio parlari.»

Passò mezzo minuto di silenzio assoluto. Montalbano
venne scosso da un arrizzone di freddo. Malo signo. Si
mise a fare voci dintra la cornetta.

«Pronto! Pronto! Siete morti tutti?»

«Mi scusasse, dottori, ma il dottori Augello non arrisponde al parecchio. Se porta pacienzia, ci vado io di pirsona pirsonalmente a chiamarlo nella sua cammara di
lui.»

A quel punto, intervenne la voce affannata di Augello.
«Scusami se ti disturbo, Salvo, ma...»

«No, Mimì, non ti scuso» fece Montalbano. «Stavo
per telefonarvi che oggi non me la sento di nesciri da casa. Mi piglio un'aspirina e me ne vado nuovamente a
corcarmi. Quindi te la sbrogli tu, quale che sia la facenna della quale volevi parlarmi. Ti saluto.»

Riattaccò, restò tanticchia a pinsare se staccare il telefono, poi decise per il no. Andò in cucina, s'agliuttì
un'aspirina, ebbe un altro arrizzone di freddo, ci pinsò
sopra, si agliuttì una seconda pillola, si rimise a letto, pigliò in mano il libro che teneva sul comodino e che aveva principiato la sera avanti a leggere con gusto, *Un giorno dopo l'altro* di Carlo Lucarelli, lo raprì e fin dalle
prime righe si fece pirsuaso che la lettura non gli era
possibile, si sentiva un cerchione di ferro torno torno alla testa e gli occhi gli facevano pupi pupi.

"Vuoi vedere che mi sta acchianando la febbre?" si
spiò. Poggiò il palmo della mano sulla fronte, ma non
arrinisci a capire se era cavuda o no, del resto non l'aveva mai capito, quello era un gesto solo simbolico che
però, inspiegabilmente, faceva sempre. L'unica era di
mettersi il termometro. Si susì a mezzo, raprì il cascione
del comodino, rovistò. Naturalmente il termometro non
c'era. Dove l'aveva messo? E quando era stata l'ultima
volta che si era misurato la febbre? A occhio e croce,
doveva essere capitato a dicembre dell'anno passato,
che per lui era il mese più periglioso e non quell'altro
che diceva il poeta... Quale mese per Eliot era il più crudele? Sì, ora se l'arricordava, «aprile è il più crudele dei
mesi»... O era marzo? Ma comunque, a parte le divagazioni poetiche, dove minchia era andato ad ammucciarsi
il termometro? Si susì, andò nell'altra cammara, taliò in
ogni cascione, nelle librerie, in ogni pirtuso. Da darrè
una pila di libri in equilibrio precario sopra un tavolinetto traballero spuntò fora una sua fotografia con Li-

via. La taliò, non arriniscendo a ricordare dove se l'erano fatta. Da com'erano vistuti, doveva essere estate. In secondo piano si vedeva la sagoma di un omo in divisa, ma non pareva cosa di militare, doveva trattarsi di un portiere d'albergo. O di un capostazione? Lasciò perdere la foto e ripigliò a cercare. Del termometro manco l'ùmmira. Ebbe un altro arrizzone di freddo, stavolta più forte dei primi, seguito da un leggero giramento di testa. Si mise a santiare. Doveva assolutamente trovare il termometro. Il risultato di quel cerca cerca fu che dopo tanticchia la casa parse essere stata devastata da una vandalica banda di svaligiatori. Poi, di colpo, si calmò: che gliene fotteva del termometro? Conoscere i gradi della febbre non avrebbe certo significato un miglioramento della situazione. L'unica cosa sicura era che stava male, punto e basta. Tornò a corcarsi. Sentì una chiave girare nella toppa e subito dopo un grido acutissimo della cammarera Adelina.

«Madonna biniditta! I latri passarono!»

Si susì, si precipitò a tranquillizzare la fimmina la quale, durante la sua confusa spiegazione non gli levò mai l'occhi di dosso.

«Tuttori, vossia malato è.»

Montalbano arrispunnì con una domanda ch'era macari una conferma.

«Tu lo sai dov'è il termometro?»

«Nun l'attrova?»

«Se l'avessi trovato, non te l'avrei spiato.»

Adelina si squietò, addivintò battagliera.

«Se non l'attrovò vossia arriducendo sta cammara ca pari che è successo casamicciola, comu voli ca ci l'attrovo iu?» E se ne andò in cucina, offisa e sdignata. Montalbano si vitti perso. Di colpo, al solo parlarne, gli era tornata la fissa di dover avere sottomano un termometro. Assolutamente. Non restava che vestirsi, mettersi in macchina, andare in farmacia e accattarselo. Agì con prudenza per non farsi sentire da Adelina la quale certamente si sarebbe messa a fare catùnio, l'avrebbe legato al letto per impedirgli di nesciri. La prima farmacia che incontrò era chiusa per turno. Proseguì verso il centro di Vigàta, parcheggiò davanti alla Farmacia Centrale e fece per scendere. Ricadde sul sedile per un violento giramento di testa, provò macari una certa nausea. Finalmente ce la fece, trasì nella farmacia e vitti che c'era da aspettare, con la 'nfruenza che correva mezzo paisi doveva essere malato.

Quando venne il suo turno, stava per raprire bocca che rimbombarono, in strata ma vicinissimi, due colpi di pistola. A malgrado l'intontimento che la febbre gli dava, il commissario in un vìdiri e svìdiri si trovò fora dalla farmacia e l'occhi gli fecero da macchina da presa, gli stamparono nitidi fotogrammi nella mente. A mano mancina, un motorino con due picciotti stava partendo a gran velocità, il picciotto assittato darrè al compagno che guidava teneva in mano una borsetta evidentemente scippata a una fìmmina anziana la quale era caduta 'n terra e faceva voci dispirate. Sul marciapiede di fronte, il signor Saverio Di Manzo, titolare dell'omonima agenzia di viaggio, si stava facendo disarmare da un vigile urbano. Il signor Di Manzo, noto imbecille, si era addunato dello scippo e aveva reagito sparando due colpi contro i picciotti in motorino. Non li aveva pigliati, ma in compenso aveva colpito una picciliddra di una decina d'anni che s'arrotoliava per terra chiangendo e tenendo tra le mani la gamba dritta. Montalbano si mosse verso di lei, ma venne preceduto da un tale che lo scansò e s'agginucchiò allato alla nicareddra. Il commissario lo riconobbe, era un barbone che era comparso in paisi l'anno avanti, che campava di limosina e che tutti chiamavano Lampiuni, forse perché era altissimo e magrissimo. In un attimo, Lampiuni si slacciò lo spago che gli teneva i pantaloni e principiò a legarlo strettissimo attorno alla coscia della picciliddra, isando appena l'occhi verso il commissario per ordinargli:

«La tenga ferma.»

Montalbano obbedì, affascinato dalla calma e dalla precisione dei movimenti del barbone.

«Ha un fazzoletto pulito? Me lo dia e chiami un'ambulanza.»

Non ci fu bisogno di chiamarla, un automobilista di passaggio carricò la picciliddra per portarla allo spitale di Montelusa. Arrivarono quattro carrabbinera e Montalbano se la squagliò, rimettendosi in macchina e tornandosene di prescia a Marinella.

Appena raprì la porta di casa, venne investito da Adelina.

«Che è tuttu stu sangu?»

Montalbano si taliò le mani e il vestito: era sporco di sangue della picciliddra, non se ne era addunato prima.

«C'è stata una... un incidente e io...»

«Se ne isse subito a corcarsi, il vistitu lu portu a lavari. Ma che ci passa pi la testa? Pirchì sinni niscì malatu com'è? Nun lu sapi ca la 'nfruenza attrascurata po' addivintari purmunìa? E ca la purmunìa attrascurata porta a la morti?»

La litania influenza trascurata-polmonite trascurata uguale morte certa Montalbano l'aveva già sentita recitare da Adelina almeno altre due volte. Andò in bagno, si spogliò, si lavò, s'infilò tra i linzola del letto appena rifatto. Doppo manco cinco minuti trasì la cammarera con un grande cicarone fumante.

«Ci priparai tanticchia di brodu di pollo liggero liggero.»

«Non ho pititto.»

«E io ci lu lasso supra 'u commodinu. Minni vaiu: avi bisognu cosa?»

«No, niente, grazie.»

A malgrado del naso 'ntappato, gli arrivò lo stesso lo sciàuro del brodo. Doveva essere ottimo. Si susì a mezzo, pigliò la tazza, vippi un sorso. Era come aviva pinsato, a un tempo pastoso e leggero, pieno di echi di lontane erbe, se lo scolò tutto, si stinnicchiò nuovamente con un sospiro soddisfatto e, di colpo, s'addrummiscì.

Gli era parso di essersi allura allura appinnicato, che squillò il telefono. Mentre si stava susendo per andare a rispondere, gli capitò di taliare la sveglia sul comodino. Le sette? Erano le sette di sira? Ma quante ore aveva dormito? Strammato, sollevò la cornetta, sentì il segnale di libero. Evidentemente avevano riattaccato. Stava tornando a corcarsi, quando gli squilli ricominciarono: non era il telefono, ma il campanello della porta. Andò a raprire e si vide davanti Fazio con la faccia prioccupata.

«Come sta, dottore?»

«Tanticchia malatizzo» rispose Montalbano facendolo trasire e rimettendosi a letto.

Fazio s'assittò nella seggia allato.

«Ha gli occhi sparluccicanti» disse. «Se la misurò la febbre?»

E in quel momento al commissario venne in mente che, quella matina, distratto dalla sparatoria, si era scordato di tornare in farmacia ad accattare il termometro.

«Sì» mentì. «In mattinata avevo trentotto.»

«E ora?»

«Me la misurerò più tardi. Ci sono novità?»

«C'è stata una sparatoria. Uno stronzo, Di Manzo, quello che ha un'agenzia di viaggio, ha tirato un paio di colpi contro due scippatori. Li ha sbagliati e ha pigliato invece a una gamba una pòvira picciliddra di passaggio.»

«L'avete arrestato?»

«È stato fermato dai carrabbinera, sono intervenuti loro.»

«Avete notizie della picciliddra?»

«È fora pericolo. Ha perso molto sangue, ma fortunatamente c'era nei paraggi Lampiuni, lei l'avrà visto qualche volta, quel barbone che...»

«Lo conosco» fece Montalbano. «Vai avanti.»

«Beh, ha avuto la presenza di spirito d'arrestare l'emorragia. Praticamente l'ha salvata lui. La voce in paisi si è sparsa, per domani il sindaco ha organizzato una grande festa – che vuole, siamo in campagna elettorale e ogni cacata di mosca fa brodo – durante la quale gli consegnerà le chiavi di un appartamentino del Comune.»

«Sapete come si chiama?»

«Mah, non ha documenti d'identità. E il suo nome lui non l'ha mai voluto dire.»

«Ah, Fazio, stamatina il dottor Augello mi ha chiamato, lo sai che voleva?»

«Sì, il questore ha sollecitato una risposta a una facenna che non so e il dottore Augello voleva consigliarsi con lei. Credo però che abbia risolto.»

Meno male, poteva starsene tranquillo a casa a smaltire la 'nfruenza senza rotture di cabasisi. Fazio si trattenne ancora una mezzorata a chiacchiaràri, poi se ne andò.

Si erano fatte le otto passate. Si susì e appena fu addritta la testa gli girò. La camurrìa continuava. Fece il numero di Livia a Boccadasse e non arrispunnì nessuno. Troppo presto, in genere le parlate telefoniche tra lui e la zita avvenivano passata la mezzanotte. Raprì il frigorifero: pollo bollito e una quantità di contornini per renderlo più mangiabile. Esitò tanticchia, poi scelse un piatto di peperoni all'agrodolce e un piatto di cipolline all'acìto. Si piazzò sulla poltrona davanti al televisore e, mentre mangiucchiava, principiò a taliare una pellicola che si chiamava *I cacciatori dell'Eden*. Fin dalle primissime inquadrature si fece pirsuaso che si trattava di una storia assurda, ma la totale idiozia di quelle immagini e di quelle battute l'affascinò talmente da fargli seguire con religiosa attenzione il film fino al fatidico *The End*.

E ora? Si sintonizzò su un dibattito che principiava sul più importante canale nazionale e che aveva come titolo *Ha un valore la fedeltà, oggi?* Il conduttore, che aveva sempre sulle labbra un sorrisino che voleva essere leggermente ironico ma che risultava invece pesantemente servile, presentò gli ospiti: una duchessa maritata con un industriale, ma nota per una sterminata marea di amanti, sia mascoli che fimmine, che avrebbe parlato dell'importanza della fedeltà nel matrimonio; un omo politico, il quale dalla sinistra più estrema aveva progressivamente piroettato verso la destra più estrema, che avrebbe testimoniato sul valore della coerenza nella pratica politica; un ex prete, poi figlio dei fiori, poi buddista, poi integralista islamico, che avrebbe sostenuto la necessità della fedeltà alla propria religione. Il divertimento era assicurato e Montalbano seguì, di tanto in tanto oscenamente sghignazzando, il programma fino alla conclusione. Astutato il televisore, capì che la febbre gli stava nuovamente acchianando. Andò a corcarsi, ma non fece manco il tentativo di pigliare in mano il romanzo di Lucarelli, il cerchione doloroso torno torno alla testa si stava di nuovo formando. Chiuse la lampa sul comodino e, dopo essersi a lungo arramazzato nel letto, il sonno piatoso lo pigliò per mano e se lo portò appresso.

Raprì gli occhi ch'erano le tre e mezza del matino e di subito sentì che la febbre se lo stava cocendo vivo. Non solamente però la febbre, ma un pinsero che gli era venuto un momento prima d'addormentarsi e che l'aveva accompagnato nel sonno facendoglielo più difficoltoso. No, non era un pinsero, piuttosto una sequenza d'immagini e una domanda. Gli erano tornati a mente i gesti di Lampiuni mentre si pigliava cura della picciliddra ferita, così giusti, dosati, partecipi e distaccati a un tempo, insomma così *professionali...* Lui stesso non avrebbe saputo farli. E la domanda poteva riassumersi accussì: chi era veramente Lampiuni? Fu allora che, nel mezzo delirio datogli dalla malattia, la testa gli fece dire che se non se la misurava col termometro la febbre non gli sarebbe mai passata. Andò in cucina, si scolò tre bicchieri d'acqua, si vestì alla meglio, niscì, si mise in macchina, partì. Non si rendeva conto che guidava a zigzag, fortunatamente passavano pochissime macchine. La prima farmacia continuava a stare chiusa, la Farmacia Centrale non faceva servizio notturno, però un cartellino appeso allato alla saracinesca diceva di rivolgersi alla Farmacia Lopresti vicino alla stazione. Santiando, si rimise in macchina. La farmacia era proprio nello stesso caseggiato della stazione. La saracinesca a maglie di ferro era calata, ma la luce, dintra, era addrumata. All'assonnato farmacista disse che voleva un termometro. Quello tornò dopo qualche minuto.

«Terminati» fece, chiudendo con forza lo sportellino.

A Montalbano acchianò un groppo di pianto alla gola. Si vide perso: se non se la misurava, la febbre sarebbe certamente diventata cronica. E fu in quel preciso momento che scorse Lampiuni il quale, un sacco sulle spalle, stava trasendo nella biglietteria. In un lampo, il commissario capì che il barbone era intenzionato a partire, a scappare: voleva evitare la cerimonia promossa dal sindaco che, inevitabilmente, avrebbe provocato quella identificazione alla quale, chissà da quanto tempo, si sottraeva.

«Dottore!» gridò e non seppe spiegarsi perché avesse chiamato accussì il vagabondo, ma la cosa gli era venuta da dintra, dal profondo del suo essere omo nasciuto coll'istinto della caccia.

Lampiuni si bloccò, si voltò lentissimo mentre Montalbano gli si avvicinava. Appena gli fu a paro il commissario capì che quel vecchio che gli stava davanti era atterrito.

«Non abbia paura» disse.

«Io so chi è lei» fece Lampiuni. «Lei è un commissario. E mi ha riconosciuto. Abbia pietà di me, ho pagato per il mio errore e continuo a pagare. Ero un medico stimato e ora sono solamente un rottame. Ma non sopporterei lo stesso la vergogna, non la reggerei se quella vecchia storia tornasse a galla. Abbia pietà di me, mi lasci andare.»

Grosse lacrime gli cadevano sulla giacchetta consunta.

«Non si preoccupi, dottore» fece Montalbano. «Non ho nessun motivo per trattenerla. Ma prima devo domandarle un favore.»

«A me?» fece, strammato, il barbone.

«Sì, a lei. Può dirmi quanto ho di febbre?»

LA PAURA DI MONTALBANO

Lo capì subito, appena si furono assittati al tavolo del ristorante, che l'ingegnere Matteo Castellini non era cosa. So' mogliere Stefania, l'amica del cuore di Livia, era invece pirsona se non gustosa quanto meno potabile, una brunetta quarantina che sapeva parlare a tempo debito e diceva cose intelligenti. Ma a Montalbano l'ingegnere aveva fatto acuta 'ntipatia a prima occhiata. Si era appresentato per la cena tutto vistuto di bianco tipo "prova finestra", fatta cizzione per la cravatta che invece tirava all'avorio. Pruiendogli la mano, Montalbano si era tenuto a stento dallo spiargli:

"Mister Livingstone, I suppose?"

L'ingegnere attaccò appena finito di mangiare il primo, un risotto di mare che a Montalbano era parso bono.

«E veniamo al dunque» disse.

Quindi c'era un dunque? Livia non gli aveva detto nenti di nenti. La taliò interrogativo e quella gli arrispunnì con un'occhiata accussì supplichevole che il commissario si ripromise che, qualisisiasi cosa significava quel «dunque», avrebbe portato pacienza non facendo finire a schifìo l'incontro al quale la zita l'aveva costretto praticamente in catene.

«Lo sa? È da tanto che supplico Stefania di farci conoscere. Noi due abbiamo un interesse comune e io l'invidio molto.»

«Perché?»

«Perché lei ha la possibilità di avere un osservatorio privilegiato.»

«Ah, sì? Quale?»

«Il commissariato di Vigàta.»

Montalbano allucchì. Osservatorio privilegiato, il commissariato? Quattro cammare fituse a piano terra dintra alle quali s'aggiravano personaggi come Catarella che straparlava o come Mimì Augello sempre perso darrè a qualche fìmmina? Taliò Livia, ma era impegnata a parlare fitto con la so' amica Stefania. Il commissario ebbe la certezza che faceva finta.

«Eh, sì» proseguì l'ingegnere. «Io progetto e costruisco ponti. Modestamente, in tutto il mondo. Ma, vede, è impossibile scoprire l'uomo in un pilone di cemento armato.»

Parlava seriamente o babbiava? Montalbano gli dette spago.

«Beh, dalle parti nostre ogni tanto si scopriva.»

Stavolta fu l'ingegnere a imparpagliarsi.

«Davvero?!»

«Certo. Era uno dei modi con i quali la mafia faceva sparire...»

Castellini l'interruppe.

«No, forse non mi spiego bene. Vede, commissario, io non avrei voluto fare l'ingegnere. Mi sarebbe piaciuto fare analisi.»

«Chimiche?»

«No. Psicoanalitiche.»

Finalmente qualichi cosa s'accomenzava a capire.

«Guardi che devo deluderla. In questo senso, il commissariato di Vigàta non è il posto più indicato per...»

Te lo vedi a Catarella assittato darrè un lettino supra il quale ci stava stinnicchiato uno che aveva arrubbato un mazzo di spinaci?

«Lo so, lo so. Ma lì si è in grado però di scandagliare!» fece l'ingegnere con l'occhi alluciati.

Aveva isato tanto la voce che macari Livia e Stefania furono obbligate a interrompere la loro parlata e a taliarlo.

«Scandagliare cosa?»

«Ma l'animo umano, commissario! La sua tortuosità! La sua profondità! La sua complessità!»

Allora le cose stavano accussì: l'ingegnere apparteneva a quella categoria di pirsone che nelle cose che principiano con «psi» – psicologia, psicoanalisi, psichiatria – ci sguazzano beati. Montalbano decise di metterci il carrico da undici.

«Lei intende dire calarsi in quegli abissi?»

«Sì.»

«Percorrerne gli intricati labirinti?»

«Sì, sì.»

«Affrontarne i dedali oscuri? Gli inestricabili grovigli? Le sotterranee caverne? Gli imperscrutabili...»

«Sì, sì, sì» ansimò Castellini, a un passo dall'orgasmo.

Il càvucio che sotto il tavolo gli mollò Livia fece zittire Montalbano. Macari perché il suo repertorio di luoghi comuni e frasi fatte non era tanto vasto. Della pausa s'approfittò Livia.

«Sai, Matteo...» disse all'ingegnere.

La dolcezza della sua voce fece inquartare il commissario: quando Livia pigliava quel tono, era certo che avrebbe tirato fora il nivuro come fanno le sìccie, le seppie che in quel momento il cammareri stava servendo.

«... certo che Salvo ne avrebbe la possibilità. Ma non se ne serve. Lui si ferma alle prove.»

«Che intendi dire?» fece Montalbano, urtato.

«Né una parola in più né una in meno di quelle che ho detto. Ti fermi a un certo livello, quello che basta alle tue indagini. Di andare oltre forse hai paura.»

Lo voleva ferire, era chiaro. Stava vendicando l'ingegnere che lui aveva bassamente sconcicato. Stefania stissa parse strammata per l'uscita dell'amica.

«Non è mio compito. Non sono né un prete né uno psicologo né un analista. Vogliate scusarmi.»

E si tuffò nello sciàuro e nel sapore delle sìccie, cucinate a dovere. Dopo tanticchia di silenzio, l'ingegnere attaccò a parlare di *Delitto e castigo* che disse di avere riletto «nel cupo silenzio delle notti yemenite». Secondo lui, in quanto a psicologia, Dostoev'skij fagliava assai. Al momento dei saluti, Stefania cavò un mazzo di chiavi dalla borsetta e le pruì a Livia.

«Partite domani?»

Partire?! E per dove? Era da una simanata appena che si trovava in vacanza a Boccadasse e non aveva per niente gana di cataminarsi.

«Cos'è sta storia della partenza?» spiò appena Livia mise in moto.

«Stefania e Matteo sono stati così gentili da prestarci per qualche giorno la loro casa in montagna.»

Madonna! La montagna! Lui era omo di mare, era fatto così, non ci aveva colpa. Appena supra i cinquecento metri principiava a diventare grèvio, pronto ad attaccare turilla a ogni minima occasione e certe volte l'assugliavano botte di malinconia che lo facevano addivintare mutànghero e solitario peggio di quanto lo era per natura. Certo che la billizza della montagna era quella che era, ma macari la billizza del mare era quella che era. E Livia, per soprappiù, l'aveva pigliato a tradimento. Peggio di Gano di Magonza nell'òpira dei pupi.

«Perché non me l'hai detto appena sono arrivato qua che avevi predisposto tutto per strascinarmi in montagna?»

«Strascinarti! Come la fai tragica! È semplice. Perché avremmo passato le giornate a litigare.»

«Ma me lo spieghi che necessità c'è di andare via da Boccadasse a una settimana dalla fine delle vacanze?»

«Perché tu a Boccadasse ci vieni in vacanza, mentre io ci abito, ci vivo. Chiaro? Queste sono le tue vacanze, non le mie. Ho deciso che le nostre vacanze le faremo dove dico io.»

«Posso almeno sapere dov'è questa casa?»

«Sopra Courmayeur.»

Supra? Tra gli eterni ghiacciai e le inviolate vette, come avrebbe certo detto l'ingegnere Castellini? Il commissario agghiacciò.

L'azzuffatina durò a longo, ma Montalbano sapeva d'avere perso in partenza. Poi, prima d'addrummiscìrisi, fecero pace. E dopo ancora, con gli occhi aperti a taliare la splàpita luce che trasiva dalla finestra aperta, sentendo il respiro di Livia che dormiva allato a lui e che si confondeva con quello del mare, Montalbano si sentì in pace e pronto ad affrontare gli orsi polari che sicuramente attecchivano sulle banchise supra Courmayeur.

Per tutta la strata, che durò ore, Livia non volle mai cedergli il volante, non ci fu verso.

«Ma, scusa, ora fai guidare a me. Perché vuoi stancarti?»

«Hai detto che io ti volevo strascinare in montagna? Allora fatti strascinare e stattene zitto.»

Siccome tra una cosa e l'altra erano partiti tardo da Boccadasse e c'era macari trafico, Montalbano, una volta che vitti calare il sole, tiratosi il paro e lo sparo, pinsò che l'unica era d'appisolarsi. L'arrisbigliò la voce di Livia.

«Forza, Salvo, siamo arrivati.»

Scinnùto dalla macchina, s'addunò che, a parte la zona illuminata dai fari, torno torno era scuro fitto e che, a orecchio e a fiuto, nelle vicinanze non c'era traccia di vita umana. La macchina era ferma in una radura dalla quale si partiva un viottolo che se ne acchianava quasi in verticale verso un qualche posto perso.

«Dai, non stare lì imbambolato. Piglia il tuo zaino, aprilo e mettiti il maglione.»

Lo zaino glielo aveva prestato Livia, naturalmente, mentre il maglione era suo, l'aveva lasciato a Boccadasse l'inverno passato. Quando i fari si astutarono di colpo, Montalbano ebbe la sgradevole sensazione di essere agliuttuto dalla notte. Si squietò. Livia addrumò una pila, fece luce verso il sentiero.

«Vienimi dietro e attento a non scivolare.»

«Ma quant'è distante sta casa?»

«Un centinaio di metri.»

Fatti i primi cinquanta, il commissario si fece pirsuaso che una cosa sono cento metri a ripa di mare e un'altra cosa sono cento metri in montagna. E meno male che faticava ad acchianare, altrimenti il friddo l'avrebbe assintomato a malgrado del maglione. Una volta sciddricò, un'altra volta truppicò.

«Cerca di arrivare vivo» fece Livia che invece pareva una capra.

Finalmente il viottolo finì in una radura. Della forma esterna della casa Montalbano capì picca e nenti, ma gli parse una specie di baita come tante, a un piano. Dintra invece le cose cangiavano. La doppia porta dava in un grande salone con mobili di ligno marrò tipo campagna massicci e rassicuranti, televisione, telefono e un capace camino nella parete di fondo. Sempre a piano terra c'erano un bagno e una cucina nica con un enorme frigorifero accussì stipato di roba che si poteva raprire un negozio di alimentari. Al piano di supra, due cammare di letto le cui porte-finestre davano su una terrazza comune e un altro bagno. Al commissario la casa fece pronta simpatia.

«Ti piace?» gli spiò Livia.

«Uhm» si limitò a risponderle, dato che con lei voleva tenere il punto. E proseguì: «Fa freddo».

«Accendo il riscaldamento. Tra dieci minuti vedrai che ti passa. Intanto ti prendo un giaccone pesante di Matteo.»

Un giaccone dell'ingegnere Castellini? Meglio morto assiderato.

«Ma no, lascia perdere, ora mi passa.»

E infatti gli passò. E un'orata appresso si fece passare macari il pititto lupigno che l'aria frisca e la caminata gli avevano fatto smorcare svacantando praticamente la metà di quello che c'era dintra al frigorifero. Poi s'assittarono su un commodo divano e Livia addrumò il televisore. Di comune accordo, scelsero di vedere una pillicola miricana indovi si parlava di un ricco signore del Sud che aveva una figlia vintina che se l'intendeva con un viddrano dell'azienda e al patre la facenna non piaceva. S'addrummiscì di colpo con la testa appuiata sulla spalla di Livia e quanno, un'ora e mezza appresso, lei si susì per astutare il televisore, lui abbuccò di fianco sul divano arrisbigliandosi strammato.

«Io vado a dormire, grazie per la bella serata» fece ironica Livia, accomenzando ad acchianare la scala che portava al piano di sopra.

Si fece sette ore filate di letto, ritrovandosi nella stissa posizione che aveva pigliato corcandosi. Allato a lui Livia si capiva che aveva tutte le 'ntinzioni di viaggiare ancora a longo nei territori sempre nuovi e dispersi del paese del sonno. Si susì, scinnì al piano di sutta, si priparò il cafè, si fece la doccia, si rivistì, raprì la porta di casa e niscì fora. Si trovò impreparato dintra a una giornata dalla billizza quasi impietosa, dai colori violenti, la neve abbagliava e il monte Bianco gli stava accussì tanto supra la testa che gli fece tanticchia di scanto. Ma subito dopo il friddo l'assalì a pugnalate, lame gelide gli ferivano la faccia, il collo, le mani. Si fece forza e girò darrè la casa, fermandosi sutta alla terrazza delle cammare di letto. A pochi passi da lui principiava un viottolo che acchianava sul fianco della montagna e dopo picca si perdeva in mezzo agli àrboli. Era una specie di invito e Montalbano, va' a sapìri pirchì, decise d'accettarlo. Tornò in casa, a pedi lèggio trasì nella cammara di Matteo e Stefania, aprì l'armuar, agguantò un giaccone e un maglione più pesante, li indossò, da una scarpiera cavò un paro di scarponi, se li mise, scinnì, in cucina lasciò un biglietto a Livia: «Vado a fare una camminata», si infilò in testa una specie di quasetta di lana grossa col pirolino e niscì chiudendosi la porta alle spalle. Prima della passiata, s'assicurò di avere nella sacchetta del giaccone le sigarette e l'accendino. Nell'altra sacchetta c'erano un paro di guanti, se li mise. Dopo una mezzorata che caminava, sintendosi a ogni passo allargare i polmoni, si trovò davanti a una biforcazione del sentiero e decise di pigliare quello di destra. Capiva d'acchianare, ma non provava stanchizza, anzi via via avvertiva come una perdita di peso, una specie di leggerezza di corpo e di mente. Non c'erano più àrboli, solo rocce. A un certo punto s'assittò supra un pitrone prima di superare una curva del sentiero, voleva godersi la vista. Mise una mano in sacchetta, cavò il pacchetto di sigarette, ne addrumò una, tirò due boccate e l'astutò. Non aveva gana di fumare. Taliò il ralogio e strammò. Era da un'ora e mezza che caminava e non se ne era addunato. Era meglio tornare, capace che Livia si poteva mettere in pinsero per il ritardo. Ma prima di principiare la discesa, decise di fare ancora due passi e superare la curva che gli ammucciava una parte del paesaggio. E di colpo le cose cangiarono. Qui la montagna s'apprisintava per quella che era, aspra, dura, severa tanto da farti nasciri dintra un senso di timoroso rispetto. Il sentiero addivintava più disagevole, stritto com'era tra la parete di roccia e uno strapiombo che se ne calava in una verticalità vertiginosa. Di vertigini Montalbano non pativa, però, a quella vista, l'istinto lo portò ad addossarsi alla parete. Con le spalle appuiate alla roccia taliò le cime delle montagne, le casuzze a valle che parevano dadi, un fiume serpentino che ora compariva ora scompariva. Per essere bello era bello, non c'era questione, ma gli venne di sentirsi straneo, una sorta d'alieno impacciato e frastornato da un mondo non suo. Voltò le spalle per rifare la curva e tornarsene a casa, ma si fermò di botto. Gli era parso d'avere sentito una voce umana. Non aveva capito quello che la voce aveva detto, ma gliene era arrivata la vibrazione disperata. Appizzò le orecchie, teso.

«... aitàa... uto!»

Tornò a voltarsi. E risentì la voce:

«... uto!... uto!»

Mosse tre passi avanti, era certo che la voce veniva dalla parte dello strapiombo. Si avvicinò cautamente al ciglio del viottolo, sporse la testa a taliare. A una ventina di metri più in là, tanticchia sutta alla stratuzza, c'era una sporgenza della roccia che formava, sospeso sullo sbalanco, un minuscolo terrapieno. Su questo, stinnicchiata a panza sutta, una pirsona, non si capiva se omo o fìmmina pirchì il giaccone le cummigliava la testa, teneva per i polsi una fìmmina, impedendole di cadere nel precipizio. Fortunatamente la fìmmina era arrinisciuta a infilare il piede mancino in una spaccatura della roccia, perché altrimenti chi la teneva non ce l'avrebbe fatta a reggerla a longo. La scena, immediatamente, a Montalbano s'appresentò accussì tragica da parere irreale, tanto che gli venne di cercare dove potevano essere piazzati i proiettori e la macchina da presa. Senza che manco se ne rendesse conto, le sue gambe in un vìdiri e svìdiri lo portarono all'altezza dei due sbinturati, vitti cinco o sei scaluna scavati nella roccia, li fece volando, fu allato alla pirsona stinnicchiata. Era un omo, che l'aveva sentito arrivare.

«Aiuto.»

Non aveva più voce manco per parlare e oltretutto la vucca sommersa dal maglione stava impicciata 'n terra.

«Mi sente?» spiò il commissario allungandosi allato a lui mentre si levava i guanti. Taliò la fìmmina. Teneva l'occhi inserrati, la faccia le era addivintata bianca bianca come la nivi, il rossetto sbavato la faceva parere uguale a quella di un clown.

«Coraggio!» le fece il commissario.

La fìmmina non raprì l'occhi, era una statua. Montalbano s'assistimò bene sul terreno e disse all'omo:

«Mi stia a sentire. Ora io piglio, con le mie due mani, il polso sinistro della signora. Lei fa lo stesso col polso destro. In due dovremmo farcela a tirarla su. Mi ha sentito? Ha capito?»

«Sì.»

Montalbano agguantò il polso mancino, l'omo lasciò la presa e pigliò con le due mano la fìmmina.

«Tutto a posto?»

«Sì.»

«Ora conto fino a tre. Al tre cominciamo a sollevarla contemporaneamente. Pronto? Uno, due, tre!»

La facenna non era facile, ma venne resa più difficile da un fatto che il commissario non aveva considerato e cioè che la fìmmina, appena si sentì tirare, istintivamente s'appesantì per lo scanto di venirsi a trovare a pinnuliare nel vuoto e non levò il piede dal pirtuso nel quale l'aveva infilato. Montalbano e l'omo dovettero fare manopere e contro manopere col sciato sempre più grosso e frequente. Il commissario, tra l'altro, era pirsuaso che l'omo, arrivato all'estremo della faticata, mollasse di colpo. Ce l'avrebbe fatto da solo a reggere la fìmmina che per fortuna era di pirsona minuta? Comu 'u Signiruzzu volle, appresso a un quarto d'ora s'arritrovarono tutti e tre a panza all'aria sul terrapieno. La fìmmina si lamentiava debolmente, doveva essersi rotta qualche costola, teneva l'occhi sempre inserrati. Era picciotta, torno la trentina. L'omo, quarantino, respirava a vucca aperta e faceva una rumorata che pareva che runfuliava nel sonno. I vistita che indossavano si vidiva subito che erano di gran marca. Montalbano s'arrutuliò fino ad arrivare allato alla picciotta. Ancora la faccia era bianca, il sangue stentava ad arrivarci.

«Signora, coraggio, è tutto passato. Apra gli occhi, mi guardi.»

Lentamente, la fìmmina fece 'nzinga di no con la testa. L'omo lo taliava fisso, si vedeva che non era in condizione di cataminarsi.

«Ha un cellulare?»

L'omo indicò la sacchetta interna del giaccone. Montalbano glielo sbottonò, pigliò l'apparecchio. Già, ma a chi telefonare? L'omo dovette capire, si fece ridare il cellulare, si appoggiò su un gomito, compose un numero, principiò a parlare.

«Salvo!»

Era la voce di Livia e Montalbano si sentì arricriare. Evidentemente si era trattato di un incubo. Ora Livia lo stava arrisbigliando, non era vero nenti, tutto era capitato in sogno.

«Salvo!»

Taliò in alto. Livia era sul viottolo e lo taliava ingiarmata. Poi d'un balzo scinnì sul terrapieno. Aveva l'occhi scantati, il respiro affannoso. Il commissario rapidamente le contò quello che era capitato.

«Torna a casa. Con loro resto io.»

Non ci fu verso di farle cangiare idea.

«Poi facciamo i conti» aggiunse mentre Montalbano si avviava.

Arrivato a casa, il commissario si spogliò nudo e si fece una doccia per levarsi il sudatizzo dalla pelle. Quindi, senza manco rimettersi le mutanne, s'assittò sul divano, raprì una bottiglia di whisky ancora sigillata e con determinazione decidì di bersene almeno almeno la metà. Livia, tornata quattro ore appresso, lo trovò accussì. La bottiglia era svacantata a tre quarti.

«Alzati!»

«Signorsì» fece Montalbano susendosi e mettendosi sull'attenti. La timpulata che Livia gli dette lo rintronò, lo fece ricadere sul divano.

«Pirchì?» spiò con la voce impastata.

«Perché stamattina m'hai fatto morire dallo spavento quando ho visto che non tornavi. Sei uno stronzo!»

«Sono un eroe! Ho salvato...»

«Ci sono anche eroi stronzi, e tu appartieni a questa categoria. Ora vattene su a dormire, ti sveglierò io.»

«Signorsì.»

«Si chiamano Silvio e Giulia Dalbono, sono sposati da cinque anni, hanno una casa nell'altro versante. Lui ha una fabbrica a Torino, ma qui ci vengono appena possono.»

Montalbano assaporava una specie di lardo che si scioglieva, discreto e forte a un tempo, appena veniva a trovarsi tra palato e lingua.

«Mentre in ospedale visitavano la donna – ha due costole rotte – ho parlato con lui. Stavano facendo una passeggiata normalissima, lei ha voluto andare sulla cengia e lì, inspiegabilmente, è precipitata. Forse un malessere, un giramento di testa o semplicemente un piede in fallo. Cadendo, è riuscita ad aggrapparsi all'orlo, quel tanto che è bastato al marito per afferrarla ai polsi. Poi fortunatamente sei arrivato tu. Lui mi ha chiesto di te, chi sei, cosa fai. È rimasto impressionato dalla tua calma. Credo che domani verrà a ringraziarti. Ma mi senti o no?»

«Certo» fece Montalbano infilandosi in bocca un'altra fetta di quella specie di lardo.

Livia, sdignata, s'azzittì. Solo alla fine della cena, il commissario si degnò di fare una domanda.

«Ha aperto gli occhi?»

«Chi?»

«Giulia. Si chiama così, no? Ha aperto gli occhi?»

Livia lo taliò sorpresa.

«Come fai a saperlo? No, non apre gli occhi. Si rifiuta. I dottori dicono che è per lo choc.»

«Già.»

S'assittarono sul divano.

«Vuoi vedere qualcosa alla televisione?»

«No.»

«Che vuoi fare?»

«Ora te lo faccio vedere.»

Quando capì la 'ntinzione di Salvo, Livia protestò senza convinzione:

«Andiamo almeno su...»

«No, qui mi hai schiaffeggiato e qui sconti l'offesa.»

«Signorsì» fece Livia.

L'indomani a matina s'arrisbigliò alle sette e alle otto raprì la porta per nesciri.

«Salvo!»

Era Livia che lo chiamava, ancora a letto, dal piano di supra. Ma come? Se dieci minuti avanti pareva che dormiva a peso perso!

«Che c'è?»

«Che stai facendo?»

«Vado a fare due passi.»

«No! Aspettami, vengo anch'io. Tra un quarto d'ora sarò pronta.»

«Va bene, ti aspetto qua attorno.»

«Non ti allontanare troppo.»

Arraggiò. Come un picciliddro scemo lo trattava! Niscì. La giornata pareva un duplicato di quella d'aieri, tersa e abbagliante. Sullo spiazzo c'era un omo che evidentemente l'aspittava. Lo riconobbe subito, era Silvio Dalbono. Aveva la varba longa, l'occhi cerchiati.

«Come sta la signora?»

«Molto meglio, grazie. Ho trascorso la notte in ospedale, vengo da lì. Ho aspettato che...»

«Che finalmente aprisse gli occhi?»

L'omo lo taliò strammato, raprì la vucca, la richiuse, agliuttì. Tentò un sorriso.

«Sapevo che era un bravo poliziotto, ma fino a questo punto! Come ha capito?»

«Non ho capito niente» fece brusco Montalbano. «Ho solo notato che c'erano due cose che non quadra-

vano. La prima era che sua moglie teneva gli occhi ostinatamente chiusi. Prima, quando la reggevamo sospesa
nel vuoto, ho pensato che si trattava di una forma di rifiuto della terribile situazione nella quale si trovava. Ma
il fatto è che continuò a tenere gli occhi chiusi anche
quando fu in salvo, anche in ospedale. Allora mi sono
fatto persuaso che rifiutava la sua presenza. La seconda
cosa è che quando vi siete trovati l'uno allato all'altra sul
terrapieno, dopo il salvataggio, non vi siete non dico abbracciati, ma nemmeno toccati.»

«Mi crede? Non sono stato io a...»

«Le credo.»

«Quella cengia era una meta usuale delle nostre passeggiate. Ieri mattina Giulia è corsa avanti, è scesa e poi,
mentre ero ancora sul viottolo, ho sentito un grido. Lei
non c'era più. Sono sceso e allora ho visto...»

S'interruppe, cavò dalla sacchetta del giaccone un
fazzoletto, s'asciucò l'abbondante sudore che gli sparluccicava sulla faccia. Ripigliò senza più taliare il commissario negli occhi.

«Ho visto le sue mani, aggrappate a uno spuntone di
roccia che c'era sul ciglio. Mi chiamò la prima volta, la
seconda volta, la terza... Io stavo in silenzio, fermo, paralizzato. Quella era la soluzione.»

«Voleva cogliere l'occasione di liberarsi di lei?»

«Sì.»

«Ha un'altra donna?»

«Da due anni.»

«Sua moglie sospettava?»

«No, assolutamente. Ma lì, in quel momento, capì. Lo
capì perché io non rispondevo al suo grido d'aiuto. E di
colpo tacque. Ci fu... ci fu un silenzio spaventoso, insopportabile. E fu allora che mi precipitai a prenderla per i
polsi. Ci... guardammo. Interminabilmente. E lei, a un
certo momento, chiuse gli occhi. Io allora...»

Di colpo, va' a sapìri pirchì, Montalbano si ritrovò sul

ciglio dello strapiombo, rivide la faccia della fimmina disperatamente rivolta in alto come fanno quelli che stanno annegando... Per la prima volta nella vita sua provò
un senso di vertigine.

«Basta così» disse brusco.

L'omo lo taliò, imparpagliato per il tono del commissario.

«Io volevo solo spiegarle... ringraziarla...»

«Non c'è niente da spiegare, niente da ringraziare.
Torni da sua moglie. Buongiorno.»

«Buongiorno» fece l'omo.

Voltò le spalle e principiò a scìnniri per il viottolo.

Era vero, Livia aveva ragione. Lui aveva paura, si
scantava di calarsi negli «abissi dell'animo umano», come diceva quell'imbecille di Matteo Castellini. Aveva
scanto perché sapeva benissimo che, raggiunto il fondo
di uno qualsiasi di questi strapiombi, ci avrebbe immancabilmente trovato uno specchio. Che rifletteva la sua
faccia.

NOTIZIE SUI TESTI

a cura di Mauro Novelli

«Una volta Italo Calvino scrisse a Leonardo Sciascia che era praticamente impossibile ambientare una storia gialla dalle nostre parti essendo la Sicilia, disse pressappoco così, prevedibile come una partita di scacchi. Il che dimostrava inequivocabilmente come Italo Calvino non sapesse giocare a scacchi e soprattutto non conoscesse né la Sicilia né i siciliani» (*La mafia e le alte sfere*, «la Repubblica», ed. siciliana, 12 luglio 1999). Non stupisce che Camilleri ironizzi, qui e altrove, sulla discussa lettera spedita nel novembre del 1965 da Calvino a Sciascia, in merito al dattiloscritto di *A ciascuno il suo* (si legge in I. Calvino, *I libri degli altri*, Einaudi). In effetti, pressoché tutta l'opera narrativa dello scrittore empedoclino sembra protesa a dimostrare quanto il paragone calviniano colga non già un limite, bensì una risorsa formidabile, come peraltro testimonia oggi la crescente schiera di polizieschi isolani, a cui aprirono la strada alcuni libri di Franco Enna, buon amico nel dopoguerra – per chiudere il cerchio – dello stesso Camilleri. Il *whodunit* del suo primo romanzo, *Il corso delle cose* (scritto tra il 1967 e il 1968), si esempla chiaramente su modelli sciasciani; e la figura del maresciallo Corbo ricorda per certi versi il capitano Bellodi del *Giorno della civetta*. Insieme all'ambientazione siciliana, la presenza di un investigatore, per lo più nelle vesti di delegato di P.S., in Camilleri è d'obbligo anche in tutti i romanzi storici a venire, compresi quelli in cui la vernice giallistica si fa meno squillante, con la sola eccezione di *Un filo di fumo*. In particolare, nel *Birraio di Preston* si può secondo l'autore riconoscere nel delegato Puglisi una sorta di "nonno" del commissario Montalbano. Il nesso trova conforto nelle vicende di composizione, dal momento che Camilleri interruppe la stesura del *Birraio* per volgersi alla *Forma dell'acqua*, prima inchiesta condotta da Salvo Montalbano, capo della polizia di Vigàta, apparsa nel febbraio del 1994 presso Sellerio, n. 303 della collana «La memoria»: con significativo trasloco, dunque, dai «Quaderni della Biblioteca siciliana di storia e letteratura», che avevano visto sfilare *La strage dimenticata*, *La stagione della caccia* e *La bolla di componenda*. «La memoria» accoglierà tutti gli altri romanzi sul commissario.

Montalbano nasce insieme alla Seconda Repubblica. La vicenda della *Forma dell'acqua* prende avvio il 9 settembre 1993, dalla scoperta del cadavere di un notabile democristiano corrotto e in rapida ascesa, malgrado il «terremoto scatenato da alcuni giudici milanesi». Dietro il delitto, tuttavia, all'inverso di quanto accade nel *Giorno della civetta*, si cela un intrigo passionale, e non il tocco della mafia, come parrebbe a prima vista. A venire a capo della matassa è un poliziotto nato a Catania, solitario e scontroso, iracondo e sarcastico, lunatico e "tragediatore". E al tempo stesso leale, sincero, sciamannato, amante tanto delle buone letture quanto della buona tavola. Una persona normale, insomma, non fosse per la prodigiosa abilità nel decrittare i comportamenti nell'acquario in cui è immerso: il particolare che non quadra, lo *sfaglio* in una *taliata*, alla maniera di un Maigret siciliano di fine millennio (modello, già nell'*entre-deux-guerres*, dei gialli ambientati a Parigi da un altro agrigentino, Ezio D'Errico), non senza strascichi dell'omologo televisivo impersonato da Gino Cervi, in una serie a cui Camilleri collaborò; e magari anche dei *Racconti del maresciallo*, scritti da Mario Soldati e interpretati da Turi Ferro. Queste coordinate caratteriali di fondo sono presenti sin dalla prima avventura, benché il suo creatore abbia sovente giudicato il primo Montalbano una mera "funzione". Certo il personaggio trovò una miglior definizione e ulteriori sfumature nei romanzi successivi che lo vedranno protagonista, impegnato in indagini su vizi e misfatti sia istituzionali sia privatissimi, ora volgendosi all'attualità più scottante ora a vecchi misteri caduti in prescrizione: come nel *Cane di terracotta*, uscito nell'aprile 1996 da Sellerio, che a dicembre diede fuori anche *Il ladro di merendine*, e nell'ottobre del 1997 *La voce del violino*, ritardato di qualche mese per rivederne dei passaggi in base alle indicazioni di un esperto della Polizia Scientifica bolognese, Silio Bozzi.

È a questo punto che la fama di Montalbano, in crescita sin dall'anno precedente, si impenna in un'ondata improvvisa, che investe anche i libri già editi, tanto da tradursi alla fine del 1997 in un totale di 170.000 esemplari venduti. Un anno dopo, Camilleri raggiunge il traguardo del primo milione di copie, intercettando le più svariate tipologie di pubblico, con un successo trasversale e persistente, non concentrato su un solo best seller ma spalmato contemporaneamente su più titoli, secondo modalità rare in Italia. Il trionfo del commissario è intanto completato e rilanciato dalla trasposizione in *fiction* televisiva, e di qui in radiodrammi a puntate, prima del *Ladro di merendine* e della *Voce del violino* (1998), poi della *Forma dell'acqua* e del *Cane di terracotta* (1999), per la regia di Alberto Sironi, sceneggiati dallo stesso Camilleri insieme a Francesco Bruni, con Luca Zingaretti nel ruolo di Montalbano. Il capo della polizia di Vigàta si profila ormai come uno dei personaggi seriali di maggior presa balzati fuori dalla letteratura nostrana, raccogliendo attorno a sé una vastissima comunità di appassionati, pronti a riconoscersi nel riconoscere le strizzate d'occhio del narratore, i richiami tra un libro e l'altro, i tic e le singolarità del commissario non meno che della compagnia di giro che gli ruota attorno. Diversi comprimari (Catarella per primo) trovano momenti di gloria nelle due raccolte di racconti brevi che Camilleri sforna, a poco più di un anno di distanza l'una dall'altra, per Mondadori: i trenta di *Un mese con Montalbano*, collana «Omnibus», nel maggio 1998; e i venti di *Gli arancini di Montalbano*, collana «Scrittori italiani e stranieri», nell'ottobre 1999. Questo, nello specifico, l'elenco dei racconti (l'asterisco contrassegna i pezzi accolti in questa sede):

Un mese con Montalbano
La lettera anonima, *L'arte della divinazione, *La sigla, Par condicio, *Amore, *Una gigantessa dal sorriso gentile, Un diario del '43, L'odore del diavolo, *Il compagno di viaggio, Trappola per gatti, Miracoli di Trieste, Icaro, *L'avvertimento, *Being here..., *Il patto, Quello che contò Aulo Gellio, *Il vecchio ladro, La veggente, *Guardie e ladri, *Tocco d'artista, *L'uomo che andava appresso ai funerali, *Una faccenda delicata, Lo Yack, I due filosofi e il tempo, Cinquanta paia di scarpe chiodate, Il topo assassinato, Un angolo di paradiso, *Capodanno, *Lo scippatore, Movente a doppio taglio.

Gli arancini di Montalbano
*La prova generale, La pòvira Maria Castellino, *Il gatto e il cardellino, *Sostiene Pessoa, Un caso di omonimia, Catarella risolve un caso, *Il gioco delle tre carte, Pezzetti di spago assolutamente inutilizzabili, *Referendum popolare, *Montalbano si rifiuta, Amore e Fratellanza, *Sequestro di persona, Stiamo parlando di miliardi, *Come fece Alice, *La revisione, Una brava fìmmina di casa, *«Salvo amato...» «Livia mia...», La traduzione manzoniana, Una mosca acchiappata a volo, *Gli arancini di Montalbano.

In *Un mese con Montalbano* tutti i racconti, scritti a partire dal dicembre 1996, sono inediti, con l'eccezione di alcune storie d'occasione: *Miracoli di Trieste*, in V. Fiandra e P. Spirito (a cura di), *Raccontare Trieste 1997*, Carta e Grafica, Trieste 1997; *Il compagno di viaggio*, scritto per il Festival del *noir* di Courmayeur e pubblicato in «Sintesi», maggio 1997. Già edito è inoltre *Il patto*, «La grotta della vipera», XXIII, nn. 79-80, autunno-inverno 1997, così come, tra *Gli arancini di Montalbano*, *Il gioco delle tre carte*, «Delitti di carta», II, n. 2, aprile 1998; *Montalbano si rifiuta*, «Il Messaggero», 15 agosto 1998 (col titolo *Il commissario Montalbano contro la banda dei cannibali*); *Un caso di omonimia*, «La Stampa – Specchio», 19 dicembre 1998 (col titolo *L'arresto di Montalbano*); *Gli arancini di Montalbano*, «La Stampa», 31 dicembre 1998. In seguito Mondadori ha ristampato le due raccolte nei «Miti» e negli «Oscar Best Sellers» (anche accoppiate in cofanetto, sotto il titolo *Natale con Montalbano*); inoltre la Mondadori Scuola ha approntato due edizioni scolastiche ridotte: *Quindici giorni con Montalbano*, 1999 (da *Un mese con Montalbano*, a cura di Antonietta Italia ed Enrico Serravalle) e *Tre settimane con Montalbano*, 2002 (da ambedue le raccolte, a cura di Antonietta Italia). Sette racconti (*La sigla*, *L'uomo che andava appresso ai funerali*, *La prova generale*, *Gli arancini di Montalbano*, *Il compagno di viaggio*, *Guardie e ladri*, *Being here...*) sono stati trascelti a comporre il volumetto *Montalbano a viva voce*, Mondadori, Milano 2002, accompagnati da due CD-audio in cui vengono letti dall'autore e preceduti da *Alcune cose che so di Montalbano*, ampio monologo di Camilleri ricavato da una conversazione con Renata Colorni e Antonio Franchini. Infine, vale la pena di ricordare che la figura di Salvo Montalbano è richiamata di passaggio anche nei racconti sul commissario di bordo Cecè Collura: è lui – collega, «maestro e amico» – a dissuadere inutilmente Cecè dall'imbarcarsi su una nave da crociera (*Che fine ha fatto la piccola Irene?*, «La Stampa», 31 agosto 1998).

Dopo un 1999 nel quale – caso unico nella storia della nostra editoria – sette dei dieci libri di narrativa italiana più venduti appartenevano a Camilleri, nel febbraio del 2000 esce per i tipi di Sellerio il quinto romanzo della serie Montalbano: *La gita a Tindari*. In un mese se ne bruciano 200.000 copie, che diventano mezzo milione alla fine dell'anno, senza contare le contraffazioni: nel gennaio del 2001 un'indagine della Guardia di Finanza scopre e smantella a Napoli un esteso giro di falsi. Negli stessi giorni, Camilleri oltrepassa i cinque milioni di volumi smerciati nel complesso in Italia. In primavera la Rai trasmette due nuovi sceneggiati televisivi su Montalbano, *La gita a Tindari* e *Tocco d'artista* (tratto da un racconto di *Un mese con Montalbano*), con esiti d'ascolto lusinghieri. Il commissario di Vigàta conosce inoltre una trasposizione a fumetti (del racconto *L'avvertimento*; Hazard, Milano 2000) e in alcuni cartoni animati interattivi su CD-rom (*Il cane di terracotta*, Sellerio-Im*Media, Palermo 2000; *Il ladro di merendine*, ivi 2001), dove a prestargli le fattezze è Pietro Germi nei panni di Ingravallo, che indossò in *Un maledetto imbroglio*, versione cinematografica del *Pasticciaccio* gaddiano: una scelta senz'altro più azzeccata di quella delle traduzioni giapponesi, in cui Montalbano campeggia in copertina intabarrato in un trench stile Bogart, con tanto di barbetta, occhiali, cappello e cravatta. A luglio *La gita a Tindari*, dopo il Premio Internazionale «Nuove Lettere» 2000, vince anche l'edizione del 2001 del «Bancarella», coronando un crescendo iniziato col Premio «Chianti» (1997) per *Il cane di terracotta* e proseguito col «Flaiano» attribuito nel 1998 a *La voce del violino*.

Il sesto e al momento ultimo romanzo sul commissario, *L'odore della notte*, pubblicato da Sellerio nel giugno del 2001, nasce come espansione di un racconto lungo. Una misura inusuale per Camilleri, nella quale si proverà presto in tre delle sei storie riunite nella *Paura di Montalbano* (uscite nel maggio del 2002 per la collana di «Scrittori italiani e stranieri» di Mondadori), e cioè *Ferito a morte*, *Il quarto segreto* e *Meglio lo scuro*, presente in questo volume al pari di due racconti brevi: il testo eponimo e *Giorno di febbre*, in precedenza edito (col titolo *Termometro*) in «Le due città», II, n. 1, gennaio 2001. Il pezzo restante, *Un cappello pieno di pioggia*, era già comparso il 15 agosto 1999 nell'edizione romana di «la Repubblica»: *et pour cause*, data l'ambientazione al quartiere Prati, curiosamente luogo di residenza dell'autore e al tempo stesso scenario di quello che è considerato il primo giallo italiano, *Il sette bello* di Alessandro Varaldo, nel 1931 ventunesimo titolo dei «Gialli» Mondadori.

A chiusura di bilancio, nell'estate 2002, il computo dei libri venduti da Camilleri si attesta sui sei milioni e mezzo in Italia, e oltre il milione nella sola Germania. Le centoventi e più traduzioni di sue opere, in effetti, ne fanno uno degli scrittori italiani contemporanei più letti nel mondo. In particolare, le avventure di Montalbano sinora hanno fatto la loro apparizione in Francia, Germania, Grecia, Polonia, Portogallo, Brasile, Olanda, Svezia, Danimarca, Spagna (castigliano e catalano), Stati Uniti, Inghilterra, Ungheria, Repubblica Ceca, Lituania, Giappone, Turchia e Argentina. Eppure, nel mentre il suo successo non accenna a diminuire, a detta dell'artefice Montalbano è ora un personaggio in grave difficoltà. Da un lato, il tempo lascia profondi segni sul commissario, che – nato nel 1950 – di vicenda in vicenda invecchia a vista d'occhio, laddove Vigàta entra nel vortice della modernità, smarrendo progressivamente le specificità locali che per Montalbano funzionano da bussole, come Camilleri ha argomentato in *La crisi di un personaggio*, discorso per l'inaugurazione dell'anno accademico 2000-2001 all'ateneo di Cassino. Dall'altro, dopo l'ascesa al governo del centrodestra e i disordini del G8 genovese del luglio 2001, si sono approfonditi l'inquietudine e il disagio che le solide convinzioni progressiste dell'autore trasfondono alla sua creatura. Tutto ciò è ben visibile – oltre che negli ultimi racconti – nel dialogo di una cena immaginaria tra Camilleri e il commissario alla trattoria San Calogero (*Perché si è dimesso il commissario Montalbano*, «la Primavera di MicroMega», n. -1, 10 maggio 2001), e soprattutto in *L'impossibilità del racconto* («MicroMega», n. 3, luglio-settembre 2002), in cui Montalbano spiega di persona il suo rifiuto a muoversi in storie radicate nella temperie attuale, prima che un racconto ne prospetti la sconfitta dinanzi alla nuova generazione mafiosa, in una Sicilia prossima ventura nella quale impossibile non è il giallo, come voleva Calvino, ma l'indagine stessa.

BIBLIOGRAFIA
a cura di Mauro Novelli

Il presente inventario ambisce alla completezza per quanto attiene alla produzione narrativa, in versi e saggistica di Andrea Camilleri. Ragguaglia inoltre per sommi capi sull'attività giornalistica, che consta di oltre un migliaio di pezzi. Alle medesime cifre giunge il computo delle regie radiofoniche, alle quali vanno assommate, in mezzo secolo di carriera nel campo dello spettacolo, numerose regie liriche, televisive e oltre un centinaio di regie teatrali. Per esse, come per i molti adattamenti, si rimanda all'ottimo sito curato dal «Camilleri fans club», <http://www.vigata.org>. Nella medesima sede è disponibile un regesto delle traduzioni, puntualmente ampliato.

La bibliografia della critica raduna monografie, saggi e un'ampia selezione di interviste e articoli apparsi sulla stampa nazionale.

OPERE DI ANDREA CAMILLERI

NARRATIVA

La sezione riunisce gli scritti a dominante narrativa, siano essi romanzi, racconti, favole, saggi o ricordi romanzati.

In volume

Il corso delle cose, Lalli, Poggibonsi 1978; poi Sellerio, Palermo 1998 (risvolto di copertina di Ruggero Jacobbi, 1979).

Un filo di fumo, Garzanti, Milano 1980; poi Sellerio, Palermo 1997.

La strage dimenticata, Sellerio, Palermo 1984.

La stagione della caccia, Sellerio, Palermo 1992.

La bolla di componenda, Sellerio, Palermo 1993.

La forma dell'acqua, Sellerio, Palermo 1994.

Il birraio di Preston, Sellerio, Palermo 1995.

Il gioco della mosca, Sellerio, Palermo 1995.

Il cane di terracotta, Sellerio, Palermo 1996.

Il ladro di merendine, Sellerio, Palermo 1996.

La voce del violino, Sellerio, Palermo 1997.

La concessione del telefono, Sellerio, Palermo 1998.

Un mese con Montalbano, Mondadori, Milano 1998.

La mossa del cavallo, Rizzoli, Milano 1999.

Gli arancini di Montalbano, Mondadori, Milano 1999.

La gita a Tindari, Sellerio, Palermo 2000.

Favole del tramonto, con 15 immagini di Angelo Canevari, Edizioni dell'Altana, Roma 2000.

La scomparsa di Patò, Mondadori, Milano 2000.

Biografia del figlio cambiato, Rizzoli, Milano 2000.

Racconti quotidiani, a cura di Giovanni Capecchi, Libreria dell'Orso, Pistoia 2001.

Gocce di Sicilia, Edizioni dell'Altana, Roma 2001.

L'odore della notte, Sellerio, Palermo 2001.

Le parole raccontate. Piccolo dizionario dei termini teatrali, a cura di Roberto Scarpa, Rizzoli, Milano 2001.

Il re di Girgenti, Sellerio, Palermo 2001 (risvolto di copertina di
    Salvatore S. Nigro).
La paura di Montalbano, Mondadori, Milano 2002.
Montalbano a viva voce, Mondadori, Milano 2002.
L'ombrello di Noè, a cura di Roberto Scarpa, Rizzoli, Milano 2002.
Le inchieste del commissario Cecè Collura, Libreria dell'Orso, Pi-
    stoia 2002.

Di seguito si segnalano le eventuali prime pubblicazioni di lavori poi raccolti in volume. Tra essi vanno annoverati alcuni racconti
su Montalbano, per i quali – come per ulteriori indicazioni riguardo al commissario – si rinvia alle Notizie sui testi.

Tre delle *Cinque favole sul Cavaliere* pubblicate in «MicroMega» n.
    4, ottobre-novembre 2000, pp. 7-10, entrano in *Favole del tra-
    monto*: *Il Cavaliere e la mela*; *Il Cavaliere e la volpe*; *Il pelo, non
    il vizio*.
Un episodio della *Biografia del figlio cambiato* (pp. 55-60) era già
    comparso in un'antologia fuori commercio: *Com'è fatto un mor-
    to*, in Aa.Vv., *Continua. Otto racconti a fuoco*, Marcos y Marcos,
    Milano 1998, pp. 31-43.
Gocce di Sicilia riunisce sette scritti già editi. Sei provengono
    dall'«Almanacco dell'Altana»: *Vicenda d'un lunario* (1996, pp.
    141-2); *Zù Cola, «pirsona pulita»* (1996, pp. 111-5); *«Chi è che
    trasì nello studio?»* (1997, pp. 15-8); *Piace il vino a San Calò*
    (1998, pp. 119-22), riscrittura di un brano di *Il corso delle cose*
    (pp. 115-21); *Il primo voto* (1999, pp. 47-51), espansione dell'e-
    pisodio narrato nel 1949 in *Un fatto memorabile* (cfr. *infra*); *Ipo-
    tesi sulla scomparsa di Antonio Patò* (2000, pp. 51-9), già ridotto
    in un articolo (*E Giuda scappò con la moglie di Pintacuda*, «La
    Stampa», 2 dicembre 1999) e preludio al romanzo *La scomparsa
    di Patò*. Il settimo e ultimo pezzo, *Il cappello e la coppola*, è com-
    preso nelle *Favole del tramonto* (pp. 57-8).
Le inchieste del commissario Cecè Collura, in c.s., conterrà gli otto
    racconti sul commissario Cecè Collura, di servizio su una nave
    da crociera, pubblicati su «La Stampa» nell'estate 1998: *Il mi-
    stero del finto cantante*, 13 luglio; *Il fantasma nella cabina*, 27 lu-
    glio; *Trappola d'amore in prima classe*, 3 agosto; *Bella, giovane,
    nuda, praticamente assassinata*, 10 agosto; *Un mazzo di donne
    per il petroliere Bill*, 17 agosto; *I gioielli in fondo al mare*, 24 ago-
    sto; *Che fine ha fatto la piccola Irene?*, 31 agosto; *La scomparsa
    della vedova inconsolabile*, 7 settembre.

Disjecta e volumi miscellanei

Variazioni su di un incontro. Davide e Golia, «L'Italia Socialista», 14 dicembre 1948.

La barca, «L'Ora del popolo», 11 maggio 1949.

Un fatto memorabile, ivi, 29 maggio 1949.

Tutto tornava ad essere come prima, ivi, 6 settembre 1949.

Variazioni su di un ritorno, ivi, 8 settembre 1949.

Stesicoro, in Aa.Vv., *Le interviste impossibili*, Bompiani, Milano 1975, pp. 22-31.

Federico II di Svevia, in Aa.Vv., *Nuove interviste impossibili*, Bompiani, Milano 1976, pp. 60-9.

Ballata per Fofò La Matina [1985], in S. Quadruppani (a cura di), *14 colpi al cuore. Racconti inediti dei migliori giallisti italiani*, Mondadori, Milano 2002 (già apparsi in Francia: *Portes d'Italie*, Fleuve Noir, Paris 2001). È un primo condensato di *La stagione della caccia*.

Ricordi chiusi a chiave, «AD», n. 175, dicembre 1995, pp. 20-2 (poi, col titolo *«Ne serbo le chiavi»*, in «Almanacco dell'Altana 2002», pp. 39-41).

In attesa d'a musca, in G. Ruffino (a cura di), *La carta dei giochi. L'Atlante linguistico della Sicilia e la tradizione ludica infantile* (Atti del Convegno di Palermo, 18-19 dicembre 1997), Centro studi filologici e linguistici siciliani – Università di Palermo, Palermo 1999, pp. 39-42.

Lettera ad Agrigento, in L. Rosso (a cura di), *La sedia (e altri inediti d'autore)*, Centro studi «Giulio Pastore», Agrigento 1999, pp. 21-3.

Le vacanze alla "casina", in Aa.Vv., *I piaceri della vita in campagna nell'arte dal XVI al XVIII secolo*, De Agostini-Rizzoli, Milano 2000, pp. 6-10.

Ai quattro frammenti romanzati di memorie d'anteguerra sopra elencati si possono allegare le *Storie di Vigàta e dintorni* apparse su «La Stampa» nell'estate del 2000: *Uno strano scambio di persona*, 23 agosto; *Quel quaquaraquà di Capitan Caci*, 3 settembre; *Fimmini e miracoli di Mìnico Portera*, 17 settembre. Inoltre *La guerra al Medioevo*, sul *magazine* «Specchio», 15 dicembre 2001.

Ricordi, apologhi e satire hanno trovato spazio su «MicroMega»: *Arlecchino o della sinistra*, n. 2, aprile-maggio 1999, pp. 74-82; *Il filosofo e il tiranno*, n. 4, ottobre-novembre 1999, pp. 307-17; *Storie di mafia e DC ad uso degli smemorati*, n. 5, dicembre 1999-gennaio 2000, pp. 17-26; *L'ora di religione*, n. 4, ottobre-novembre 2000, pp. 66-9. Alle due favole escluse dalle *Favole del tramonto* – *Il Cavaliere e la Morte* e *Il bene pubblico* –, pubblicate in un manipolo di cinque nello stesso numero, si debbono aggiungere altre *Cinque favole politicamente scorrette* (n. 2, aprile-maggio 2001): *Faust 2001*; *L'Incorreggibile*; *I Vangeli dei due apostoli*; *Gli scheletri*; *Favola vera*. Sempre nel 2001, ne «la Primavera di MicroMega» si è succeduta una serie di *Lettere dal futuro*: *Caro amico ti scrivo dall'ottobre 2001* (n. -5, 12 aprile); *Gli amici del Cavaliere riscrivono la storia* (n. -4, 19 aprile); *Il filosofo Lucio Polsini e la nuova lotta alla mafia* (n. -3, 26 aprile); *Un Te Deum per il nuovo Concordato* (n. -2, 3 maggio); *Perché si è dimesso il commissario Montalbano* (n. -1, 10 maggio); *Mea culpa* (n. 0, 17 maggio). Da menzionare, in ultimo, *L'impossibilità del racconto*, n. 3, luglio-settembre 2002, pp. 7-21.

Una *plaquette* fuori commercio, con presentazione di F. Bassanini, racchiude un'altra favola: *La rivolta dei topi d'ufficio*, Edizioni Este, Roma 1999 (inoltre su «La Stampa», 28 febbraio 1999). Inediti (ma reperibili in Internet, <http://www.vigata.org>) sono invece una favola raccontata a San Miniato nel 1997, alla XIII edizione dei Corsi della Scuola Europea per l'Arte dell'Attore, e l'*Intervento in forma di favola* presentato il 15 marzo 2000 a Roma, in occasione di un convegno indetto dalla Presidenza del Consiglio dei Ministri sul tema *La pubblica amministrazione che cambia: una riforma dei cittadini*.

I parapioggia innamorati, «la Repubblica» (ed. di Roma), 1° luglio 2001.

POESIA

Solo per noi, «Mercurio», II, maggio 1945, p. 77.

Mi sarebbero bastate poche cose; Uomo; E tutto è stato molto più semplice, in G. Ungaretti – D. Lajolo (a cura di), *Premio Saint Vincent 1948. I poeti scelti*, Mondadori («Lo Specchio»), Milano 1948, pp. 52-8.

Mito, «Mercurio», IV, marzo-maggio 1947, p. 86.

Preghiera di Natale per una bimba povera [1947], «Pattuglia», 31 luglio 1949, p. 5.

Davide e *Uomo*, «Inventario», II, autunno 1949, pp. 97-9.

Un uomo che spacca le pietre, «Pesci rossi», XVIII, n. 11, novembre 1949, p. 5.

Morte di Garcia Lorca, «Olimpiadi della Cultura» (suppl. a «Genova»), 1950, p. 40.

Tempo I-XIII [1948], «Momenti», V, n. 6, 1952, pp. 14-7.

In morte di Garcia Lorca. Poesia prima; Poesia seconda; Poesia terza; Poesia quarta; Poesia quinta, in C. Bettelli (a cura di), *Il secondo*

900. Panorama di poeti italiani dell'ultima generazione, Amicucci, Padova 1957, pp. 77-80.

Figura d'uomo (contiene *Tempo, Mosè, Uomo, Un uomo che spacca le pietre, Da «Viaggio nella casa senza speranza», Tema: il fiume, Poesia seconda, Poesia terza, Dove il mio sangue geme*), in U. Fasolo (a cura di), *Nuovi poeti*, vol. II, Vallecchi, Firenze 1958, pp. 127-48. [Da *Tempo* sono estratti il primo, terzo e undicesimo movimento comparsi in «Momenti». *Uomo* risulta assai ampliata rispetto alle versioni precedenti. *Tema: il fiume* designa quella che nell'antologia di Bettelli è *Poesia seconda*, mentre a loro volta *Poesia seconda* e *Poesia terza* corrispondono a *Poesia quarta* e *Poesia quinta*.]

[L'amuri fattu sulu di vasati], in G. Spaini (a cura di), *Parole in tasca*, Ente Fiera dei Castelli di Belgioioso e Sartirana, Pavia 1997, p. 140. Sono gli unici versi in "vigatese" editi; compaiono nel catalogo della VI mostra dei libri tascabili (Castello di Belgioioso, 25-27 aprile 1997), dove la poesia – di schietta vena erotica – è stata esposta in una serie di *Lettere d'amore* di autori celebri.

GIORNALISMO

A partire dalla seconda metà degli anni Novanta Camilleri ha intrapreso numerose collaborazioni a importanti quotidiani e periodici italiani, con alcune incursioni europee (tra l'altro su «El Mundo», «Merian», «Les Livres»), nelle vesti non solo di narratore ma anche di opinionista in materia di costume, politica, letteratura e attualità. Una scelta di ventuno pezzi apparsi tra il 1997 e il 1999 su «Il Messaggero», «La Stampa» e l'edizione siciliana di «la Repubblica» – ovvero le sedi più frequentate – è stata riunita da Giovanni Capecchi in *Racconti quotidiani*, cit. Lo stesso Capecchi nella sua monografia (pp. 101-6) ha approntato una prima sistemazione della recente attività giornalistica (1997-2000). Agli anni Cinquanta e Sessanta datano invece molteplici interventi per lo più di soggetto teatrale apparsi su «Scenario», «Il popolo di Roma», «Sipario», «Il Dramma», «Bianco e Nero», «Lo spettatore critico»; inoltre le circa cinquanta voci redatte per l'*Enciclopedia dello Spettacolo* (Le Maschere, Roma 1954-1962, voll. I-IX). Infine, varcano il migliaio gli articoli scritti a partire dal 1959 per il «Radiocorriere TV».

SAGGISTICA

Saggi di argomento registico e teatrale

In volume

I teatri stabili in Italia 1898-1918, Cappelli, Bologna 1959.

Il teatro di Eduardo, suppl. al n. 52 (dicembre 1961) del «Radiocorriere TV».

Le parole raccontate, cit., oltre a un lessico teatrale aneddotico, include un colloquio con Roberto Scarpa e *Papino, papino ho paura*, trascrizione di un discorso tenuto agli allievi del Teatro Verdi di Pisa.

L'ombrello di Noè, cit., accoglie conversazioni, saggi, conferenze e divagazioni di soggetto scenico, con particolare attenzione a Genet, Adamov, Beckett, Pirandello, d'Amico ed Eduardo De Filippo.

In rivista e volumi miscellanei

The trend towards permanent companies vers les compagnies permanentes, «Le Théatre dans le monde», n. 2, 1962, pp. 155-66.

Romanzo sceneggiato, in Aa.Vv., *Dieci anni di televisione in Italia. 1954-1963*, ERI, Roma 1964, pp. 97-125.

Le rôle du réalisateur dans la création radiophonique, in Aa.Vv., *Rencontres de Tenerife 1976*, Radio Nacional de España, Madrid 1977, pp. 144-55.

Regia: teoria e prassi, in E. Scrivano (a cura di), *Teatro: teoria e prassi* (Atti del Convegno di Agrigento, 6-10 dicembre 1985), La Nuova Italia Scientifica, Roma 1986, pp. 187-200.

Le scuole di teatro in Italia, in *Teatro in Italia 1994*, SIAE, Roma 1995, pp. 205-7.

Sul teatro di Pirandello

Pirandello e la regia teatrale, in Atti del Congresso internazionale di studi pirandelliani (Venezia, 2-5 ottobre 1961), Le Monnier, Firenze 1967, pp. 311-5.

Appunti per una lettura dei «Giganti», in E. Lauretta (a cura di), *I miti di Pirandello* (Atti del Convegno di Agrigento, 7-8 dicembre 1974), Palumbo, Palermo 1975, pp. 89-95.

La strategia dell'irrisione, in E. Lauretta (a cura di), *La trilogia di Pirandello*. Atti del Convegno Internazionale su *Il Teatro nel teatro di Pirandello* (Agrigento, 6-10 dicembre 1976), Centro Nazionale di studi pirandelliani, Agrigento 1977, pp. 141-8.

Le quattro storie cosiddette girgentane, in S. Milioto (a cura di), *Gli atti unici di Pirandello: tra narrativa e teatro*, Centro Nazionale di studi pirandelliani, Agrigento 1978, pp. 81-7.

Pirandello. Besaettelse og Afmagt, in *Italiensk teater i dag. Seminar ved Kobenhavns Universitet* (marzo 1980), Università di Copenaghen, Copenaghen 1980, pp. 140-54.

«Glaucu» o della ritorsione, in Aa.Vv., *Pirandello dialettale*, Palumbo, Palermo 1983, pp. 242-62.

Pirandello: la lingua, il dialetto, «Annali della Scuola Normale Superiore di Pisa. Classe di Lettere e Filosofia», vol. IV, tomo 2, Pisa 1999, pp. 439-50.

Saggi di argomento artistico e letterario

Come possedere correttamente un Carmassi, in *Arturo Carmassi*, Quaderni della nuova Cairola, Milano s.d. [1973].

Albo d'onore dei siciliani illustri, Azienda autonoma di soggiorno e turismo, Messina 1975-1977. Raccolta di schede, in tre volumi usciti a cadenza annuale, sulle più rilevanti personalità artistiche e culturali dell'isola.

La verosimiglianza del centauro, in A. Canevari, *Arte scenica*, Il Punto, Roma 1979, pp. 15-23.

L'occhio di Nino Cordio, in P. Coccia Desogus (a cura di), *Nino Cordio: incisioni 1959-1997*, Diagonale, Milano 1997, pp. 25-7.

Quando Garibaldi sbarcò, in F. Orlando (a cura di), *Giuseppe Tomasi di Lampedusa. Cento anni dalla nascita, quaranta dal Gattopardo* (Atti del Convegno di Palermo, 12-14 dicembre 1996), Città di Palermo, Assessorato alla Cultura, Palermo 1999, pp. 149-56.

La poesia del bronzo, in P. Toubert *et al.* (a cura di), *Francesco Messina: 100 anni. Sculture e disegni 1924-1993*, Il Cigno Galileo Galilei, Roma 2000, pp. 25-6.

Realtà, invenzione e memoria dei luoghi letterari, «Sicilia», n. 2, febbraio-maggio 2001, pp. 12-21.

Testimonianze sulla propria opera

L'ansia del commissario, in A.M. Molza (a cura di), *Racconti sull'ansia*, Passoni, Milano 1999, pp. 29-32.

Il giallo, un genere dov'è impossibile barare, «Letture», LIV, n. 558, giugno-luglio 1999, pp. 8-9.

L'uso strumentale del dialetto per una scrittura oltre Gadda, in *Il concetto di popolare tra scrittura, musica e immagine* (Atti del Convegno di Sesto Fiorentino, 30-31 maggio 1997), «Il De Martino», n. 9, 1999, pp. 93-5.

La crisi di un personaggio, in Aa.Vv., *Inaugurazione anno accademico 2000-2001* (Lezione inaugurale, 23 novembre 2000), Università degli studi di Cassino, Cassino 2001, pp. 23-32.

Identità e linguaggio, in A. Dolfi (a cura di), *Identità alterità doppio nella letteratura moderna*, Bulzoni, Roma 2001, pp. 33-48.

Prefazioni, postfazioni e affini

Prefazione a Luigi Candoni, *Balletti in prosa*, SIAE, Roma 1958.

Note per la regia di Giovanni Calendoli, *Zona grigia: tre atti*, V. Bianco, Roma-Napoli 1959.

Introduzione e appendice a René Lalou, *Cinquant'anni di teatro francese*, Cappelli, Bologna 1960.

Prefazione ad Angelo Canevari, *I mercati*, Edizioni d'arte «Il Gianicolo», Perugia 1981.

Prefazione ad Alfonso Gueli, *Tutte le parole che vuoi*, Todariana, Milano 1987.

Prefazione a Domenico A. Galletto, *Aria di prima matina*, Centro studi «Giulio Pastore», Agrigento 1990.

Prefazione a Maria Luisa Bigai, *Avvisi ai naviganti*, Cultura 2000, Ragusa 1992.

Prefazione a J. Fourhands [Francesco Augello *et al.*], *Thérèse era velata...*, L'autore libri Firenze, Firenze 1994.

Prefazione a Marcello Fois, *Sempre caro*, Il Maestrale, Nuoro 1998.

Prefazione a Yves Reuter, *Il romanzo poliziesco*, Armando, Roma 1998.

Prefazione a Francesco Petrotta (a cura di), *Mafia e banditismo nella Sicilia del dopoguerra*, introduzione di Nicola Tranfaglia, La Zisa, Pioppo (Pa) 2000.

Nota a Ugo Pirro, *Le soldatesse*, Sellerio, Palermo 2000.

Nota ad Andrea Porcheddu, *Piccola tragedia, in minore*, Libreria Croce, Roma 2000.

Introduzione a Serge Quadruppani, *L'assassina di Belleville*, Mondadori, Milano 2000.

Prefazione a Giovanni Berlinguer *et alii*, *Per tornare a vincere*, Baldini & Castoldi, Milano 2001.

Testo d'accompagnamento ad Angelo Canevari, *L'immagine e il suo doppio*, Edizioni «Il Ponte», Firenze 2001.

Postfazione a Giuseppe Ferrandino, *Respekt. Oder Pino Pentecoste gegen die Maulhelden*, Suhrkamp Verlag, Frankfurt 2001.

Nota a Felipe Benítez Reyes, *In via del tutto eccezionale*, La Nuova Frontiera, Roma 2002.

Prefazione a Enrico Falconcini, *Cinque mesi di prefettura in Sicilia*, Sellerio, Palermo 2002.

Due debiti con Pizzuto, prefazione ad Antonio Pizzuto, *Ravenna*, a cura di Antonio Pane, postfazione di Giancarlo Alfano, Polistampa, Firenze 2002.

BIBLIOGRAFIA DELLA CRITICA

Monografie

Giovanni Capecchi, *Andrea Camilleri*, Cadmo, Fiesole 2000, pp. 125.

Simona Demontis, *I colori della letteratura. Un'indagine sul caso Camilleri*, Rizzoli, Milano 2001, pp. 292.

Armando Vitale, *Il mondo del commissario Montalbano*, Terzo Millennio Editore, Caltanissetta 2001, pp. 124.

Saggi e interventi in volume

Dante Maffia, *Andrea Camilleri, Giovanni Torres La Torre, Eugenio Vitarelli*, in Aa.Vv., *Gli eredi di Verga* (Atti del Convegno di Randazzo, 11-13 dicembre 1983), presentazione di Giorgio Bàrberi Squarotti, Comune di Randazzo, Randazzo 1983, pp. 403-21: 403-8.

Angelo Scandurra, *Andrea Camilleri narratore*, in Sarah Zappulla Muscarà (a cura di), *Narratori siciliani del secondo dopoguerra*, G. Maimone, Catania 1990, pp. 121-2.

Stefano Salis, *In attesa della mosca: la scrittura di Andrea Camilleri*, «La grotta della vipera», XXIII, nn. 79-80, autunno-inverno 1997, pp. 37-51.

Clotilde Bertoni, *Ritorno all'intreccio*, «Inchiesta Letteratura», XXVIII, n. 119, gennaio-marzo 1998, pp. 31-7.

Bruno Porcelli, *«Un filo di fumo», romanzo siciliano di Andrea Camilleri*, «Italianistica», XXVII, n. 1, gennaio-aprile 1998, pp. 99-103.

Giuseppe Traina, *Le pagine gialle di Camilleri*, «Linea d'ombra», XVI, n. 136, settembre 1998, pp. 20-2.

Nino Borsellino, *Bufalino, Camilleri e l'antianagrafe dei siciliani*, in *Storia generale della letteratura italiana*, diretta da W. Pedullà e N. Borsellino, vol. XI, *Le forme del realismo*, F. Motta, Milano 1999, pp. 848-9.

Enzo Caffarelli, *Nomi di luogo in Andrea Camilleri. Un'inchiesta ir-*

risolta del commissario Montalbano, «Il Nome nel testo», I, n. 1, 1999, pp. 175-90.

Marina Polacco, *Andrea Camilleri, la re-invenzione del romanzo giallo*, «Il Ponte», LV, n. 3, marzo 1999, pp. 138-50.

Marcello Benfante, *Consolo e Camilleri, dioscuri di una Sicilia posticcia*, «Lo Straniero», II, n. 6, primavera 1999, pp. 104-12.

Bruno Porcelli, *Due capitoli per Andrea Camilleri*, «Italianistica», XXVIII, n. 2, maggio-agosto 1999, pp. 209-20 (su *Il corso delle cose* e *Il birraio di Preston*).

Giuliana Pieri, *Andrea Camilleri: storia e identità*, «Delitti di carta», III, n. 4, giugno 1999, pp. 69-72.

Renzo Frattarolo, *Per una lettura di Andrea Camilleri*, «Esperienze letterarie», XXIV, n. 3, luglio-settembre 1999, pp. 95-8.

Antonio Di Grado, *L'insostenibile leggerezza del Birraio*, «Nuova Prosa», n. 27, dicembre 1999, pp. 137-44.

Gianni Canova, *Romanzo poliziesco: enigmi in serie, thriller, "corti"*, in V. Spinazzola (a cura di), *Tirature 2000*, Il Saggiatore-Fondazione Mondadori, Milano 2000, pp. 90-4: 91-2.

Nicola Merola, *Riso e invidia. Camilleri nel bene e nel male*, in Id., *Un Novecento in piccolo. Saggi di letteratura contemporanea*, Rubbettino, Soveria Mannelli (CZ) 2000, pp. 197-201.

Bruno Porcelli, *Due romanzi gialli di Andrea Camilleri*, in M. Santagata – A. Stussi (a cura di), *Studi per Umberto Carpi*, ETS, Pisa 2000, pp. 607-14 (su *La stagione della caccia* e *La forma dell'acqua*).

Inge Lanslots, *Andrea Camilleri: una tipologia del giallo?*, «Incontri. Rivista di studi italo-nederlandesi» (Amsterdam), XV, nn. 3-4, 2000, pp. 150-9.

Silvio Marconi, *Cavernosità sufiche ne «Il cane di terracotta» di Andrea Camilleri*, «il manifesto», 9 maggio 2000.

Erminia Artese, *Andrea Camilleri. Il linguaggio ritrovato*, «Gli argomenti umani», I, n. 6, giugno 2000, pp. 99-109.

Nunzio La Fauci, *Prolegomeni ad una fenomenologia del tragediatore*, in Id., *Lucia, Marcovaldo e altri soggetti pericolosi*, Meltemi, Roma 2001, pp. 150-63.

Vittorio Spinazzola, *Caso Camilleri e caso Montalbano*, in Id. (a cura di), *Tirature 2001*, Il Saggiatore-Fondazione Mondadori, Milano 2001, pp. 118-25.

Giuseppe Gallo, *Tutti i record di un vecchio siciliano*, ivi, pp. 256-63.

Antonio Di Grado, *L'insostenibile leggerezza di Andrea Camilleri*, «Spunti e ricerche» (Melbourne), vol. 16, 2001, pp. 33-7.

Jana Vizmuller-Zocco, *Gli intrecci delle lingue ne «L'odore della notte» di Andrea Camilleri*, ivi, pp. 38-44.

Nunzio La Fauci, *L'italiano perenne e Andrea Camilleri*, «Prometeo», XIX, n. 75, settembre 2001, pp. 26-33.

Giuseppe Amoroso, *Le sviste dell'ombra. Narrativa italiana 1999-2000*, Rubbettino, Soveria Mannelli (CZ) 2002, pp. 405-7 (su *Biografia del figlio cambiato*).

Luca Crovi, *Camilleri e gli arancini di Montalbano*, in Id., *Tutti i colori del giallo*, Marsilio, Venezia 2002, pp. 183-94.

Roberto Erspamer, *I colori della nostalgia*, «la Rivista dei Libri», XII, n. 2, febbraio 2002, pp. 18-23.

Carlo A. Madrignani, *Camilleri voluttuoso*, «Belfagor», LVII, n. 2, 31 marzo 2002, pp. 217-21.

Nei giorni 8 e 9 marzo 2002 a Palermo, presso Palazzo Steri e l'Aula Magna della Facoltà di Lettere e Filosofia, ha avuto luogo un convegno dal titolo *Letteratura e storia. Il caso Camilleri*, i cui Atti sono in corso di pubblicazione presso Sellerio. Si dà conto della successione delle relazioni:

Salvatore Lupo, *La storia e le storie*; Salvatore S. Nigro, *Le parità di Zosimo*; Antonio Calabrò, *L'identità siciliana e la lezione di Camilleri*; Marcello Sorgi, *Camilleri e gli intellettuali siciliani*; Nino Borsellino, *Teatri della storia: la scena siciliana*; Piero Dorfles, *Montalbano e altri poliziotti anti-istituzionali*; Beppe Benvenuto, *Montalbano "teorico del giallo"*. Gioacchino Lanza Tomasi, *Invenzione e realtà nel «Re di Girgenti»*; Jana Vizmuller-Zocco, *Le varietà linguistiche nel «Re di Girgenti»*; Giuseppe Marci, *«Il re di Girgenti», lo «scrittore italiano» e la cognizione della diversità*; Ermanno Paccagnini, *Il Manzoni di Camilleri*; Sergio Valzania, *Tucidide, Ranke, Manzoni e Camilleri*; Angelo Guglielmi, *Il mio amico Andrea Camilleri*; Carmelo Occhipinti, *Andrea Camilleri: suggerimenti per una psicologia*. Nunzio La Fauci, *La lingua del nonno tragediatore*; Moshe Kahn, *Il dialetto nelle traduzioni di Andrea Camilleri*; Dominique Vittoz, *Quale francese per l'italiano di Camilleri?*; Serge Quadruppani, *La fortuna di Camilleri in Francia*; Blanca Muñiz, *Camilleri in Spagna: lo stile della traduzione*; Stephen Sartarelli, *L'alterità linguistica di Camilleri*; Paolo Mauri, *Camilleri scrittore postmoderno?*.

Si è inoltre tenuta una tavola rotonda sull'autore, coordinata da Gianni Puglisi, con interventi di Francesco Cirillo, Mario Genco, Michela Sacco Messineo, Angelo Morino, Francesco Renda, Gianni Riotta, Natale Tedesco. Lo stesso Andrea Camilleri ha chiuso l'appuntamento con alcune *Considerazioni a margine*.

Articoli

R. Jacobbi, *"Giallo" e satira in Sicilia*, «La Stampa – Tuttolibri», 28 aprile 1979.

A. Zaccaria, *Un giallo siciliano con un protagonista "neutro": "l'Ombra"*, «Proposta», dicembre 1979.

M. Fiorino, *Il lungo corso delle cose*, «L'amico del popolo», 10 febbraio 1980.

G. Saltini, *Operetta con guitti*, «Il Messaggero», 7 maggio 1980.

M. Barenghi, *La vendetta viaggia in vaporetto*, «l'Unità», 22 maggio 1980.

A. Guglielmi, *La gioia di narrare*, «Paese Sera», 23 maggio 1980.

L. Trenta Musso, *Quando la narrativa è sensibilità del reale*, «Controcampo», giugno 1980.

L. Sbragi, *Fil di fumo che viene da Odessa*, «Il Giornale», 8 giugno 1980.

F. Perfetti, *Ballata sulla riva del mare*, «Il Giornale d'Italia», 12 giugno 1980.

A. Giuliani, *Don Totò Barbabianca e i suoi intrighi. Un romanzo farsa di Andrea Camilleri*, «la Repubblica», 14 giugno 1980.

G. De Rienzo, *Aspettando quel filo di fumo*, «Corriere della Sera», 29 giugno 1980.

P. Giovannelli, *Un filo di fumo*, «Gazzetta del Sud», 6 luglio 1980.

C. Marabini, *La nave affonda, i potenti no. Nel romanzo di Camilleri la "razza padrona" di un secolo fa*, «La Stampa – Tuttolibri», 19 luglio 1980.

M. Landi, *Un filo di fumo dalla stanza del dottore*, «Playmen», novembre 1980.

A. Zaccaria, *«Un bel dì vedremo» dalle solfare «un fil di fumo»*, «Il Dovere» (Bellinzona), 24 gennaio 1981.

G. Verruso, *Con «Una strage dimenticata» Camilleri chiarisce la storia di sangue della torre di Carlo V*, «Giornale di Sicilia», 13 ottobre 1984.

L. Carità, *I morti "dimenticati" della strage empedoclina*, «Il Domani», 24 gennaio 1985.

R. Civello, *La Sicilia incantata di Camilleri*, «Il Secolo d'Italia», 26 aprile 1992.

T. Marrone, *Come un colpo di teatro*, «Il Mattino», 28 aprile 1992.

F. De Filippo, *Cacciatori predati*, «Arte e Carte», maggio-giugno 1992.

G. Giannini, *Un giallo che non è "giallo"*, «La Gazzetta di Pesaro», 13 maggio 1992.

G. Cutore, *Gallismo siciliano in una satira di Camilleri*, «Settegiorni», 20 giugno 1992.

E. Conte, *Anonimi destini siciliani*, «Il Popolo», 25 giugno 1992.

S. Agati, *Una catena di delitti in una Sicilia grottesca*, «La Sicilia», 27 giugno 1992.

F. Roat, *Giallo, forse sogno, di cacce siciliane*, «L'Adige», 24 luglio 1992.

F. De Filippo, *La mafia e lo stato*, «Roma», 6 novembre 1993.

F. Loi, *Memorie in abito nero*, «Il Sole-24 Ore» (domenicale), 7 novembre 1993.

A. Cavadi, *Qualcuno ha mai visto una "bolla di componenda"?*, «Città d'utopia», n. 11, gennaio-febbraio 1994.

S. Astolfi, *Una legge della fisica applicata al delitto nel giallo siciliano di Camilleri*, «La domenica del Messaggero Veneto», n. 7, 1994.

L. Petronio, *Carmelina il fuoco addosso*, «La Cronaca», 13 aprile 1994.

P. Spirito, *Omicidio letterario in terra siciliana*, «Il Piccolo», 23 maggio 1994.

D. Aphel, *Se il destino va a teatro*, «50 & più», II, n. 5, maggio 1995.

P. Spirito, *Una rivolta a teatro con Eco e Snoopy*, «Il Piccolo», 24 maggio 1995.

S. La Spina, *Le arie del prefetto*, «Anna», 1° luglio 1995.

T. Vasile, *Un birraio nella mitica Sicilia*, «Il Giornale», 11 luglio 1995.

G. Tesio, *Una Sicilia a tutta birra*, «La Stampa – Tuttolibri», 12 agosto 1995.

C. Cristini, *Delitto in palcoscenico*, «La domenica del Messaggero Veneto», n. 34, 1995.

I. Fontana, *Assurda ragione*, «Il Giornale di Napoli», 28 dicembre 1995.

F. Roat, scheda su *Il birraio di Preston*, «l'Indice dei libri del mese», XIII, n. 1, gennaio 1996.

P. Spirito, *Un'indagine in pantofole*, «Il Piccolo», 18 maggio 1996.

G. Tesio, *Enigmi e sorrisi da Torino a Vigàta*, «La Stampa – Tuttolibri», 15 agosto 1996.

C. Dino, *Maigret di casa nostra a caccia di merendine*, «Il Mediterraneo», 14 dicembre 1996.

G. Riotta, *Il birraio di Preston*, «Io Donna», 25 gennaio 1997.

V. Ferretti, *Il ladro di merendine*, «Italia Oggi», 22 febbraio 1997.

S. Salis, *Due omicidi per Montalbano*, «L'Unione Sarda», 23 aprile 1997.

V. Biolchini, *Scrivere, un filo di fumo*, «La Nuova Sardegna», 26 aprile 1997.

A. Desideri, *Tre indagini per Montalbano*, «Liberazione», 7 maggio 1997.

F. Guerrera, *Morire dal ridere*, «La Sicilia», 19 maggio 1997.

C. Augias, *Trilogia in giallo, ultimo capitolo*, «Il Venerdì di Repubblica», 13 giugno 1997.

E. Paccagnini, *La narrativa di Camilleri si intreccia con tre fili*, «Il Sole-24 Ore» (domenicale), 3 agosto 1997.

A. Di Grado, *L'insostenibile leggerezza del «Birraio»*, «La grotta della vipera», XXIII, nn. 79/80, autunno-inverno 1997.

M. Di Caro, *Ma il suo siciliano è una scelta colta*, «la Repubblica», 22 novembre 1997 (intervista a Franco Lo Piparo).

M. Mento, *Andrea Camilleri e la nascita di una coscienza civile siciliana*, «Gazzetta del Sud», 30 novembre 1997.

E. Vinci, *È un esercizio di logica*, «la Repubblica», 3 gennaio 1998.

R. Civello, *Il "puzzle" di Andrea Camilleri*, «Il Secolo d'Italia», 8 gennaio 1998.

S. Pent, *Camilleri intarsia il mal di Sicilia*, «La Stampa – Tuttolibri», 8 gennaio 1998.

C. Augias, *Intrighi e segreti a Vigàta*, «Il Venerdì di Repubblica», 9 gennaio 1998.

S. Fallica, *Tra Sciascia e Le Carré. La storia della Sicilia nei gialli filosofici di Andrea Camilleri*, «l'Unità», 16 gennaio 1998.

O. Caldiron, *Giallo italiano. A qualcuno piace il commissario*, «Il Mattino», 18 gennaio 1998.

S. Di Salvo, *Indagini, misteri in blu e cadaveri "spirtusati"*, ivi.

F. Irrera, *Camilleri, ovvero l'arte di scrivere con le corna*, «Poster Libri», 13 febbraio 1998.

C. Baroni, *Turbinoso, spumeggiante Camilleri*, «Giornale di Brescia», 28 febbraio 1998.

G. Savatteri, *Il nostro Maigret*, «diario della settimana», III, n. 9, 4 marzo 1998.

G. Ficara, *Ma che lingua parla Montalbano?*, «Panorama», XXXVI, n. 10, 13 marzo 1998.

G. Caldonazzo, *La riscossa del Maigret siciliano*, «Visto», 3 aprile 1998.

E. Patruno, *La lingua dell'ispettore*, «Famiglia cristiana», LXVIII, n. 14, 15 aprile 1998.

R. La Capria, *Camilleri: la Sicilia così è, se vi pare*, «Corriere della Sera», 5 maggio 1998.

E. Poggi, *Un commissario di inconfondibile insularità*, «Il Piccolo», 8 maggio 1998.

P. Spirito, *Camilleri, microstorie alla siciliana*, ivi.

F. Erbani, *Fenomeno Camilleri*, «la Repubblica», 11 maggio 1998.

A. Giuliani, *Vi racconto come l'ho scoperto e perché mi piace*, ivi.

R. Cossu, *Un thriller tra le scartoffie*, «L'Unione Sarda», 12 maggio 1998.

M. Guidi, *Camilleri? Un Gadda sbarcato in Sicilia*, «Il Messaggero», 14 maggio 1998.

F. Guerrera, *Il caso di Camilleri miracolo siciliano*, «La Sicilia», 19 maggio 1998.

M. Loria, *Travolgente Camilleri*, «Il Secolo XIX», 6 giugno 1998.

E. Svevo, *Una commedia all'umor nero*, «La Provincia di Como», 8 giugno 1998.

C. Baroni, *Romanzo antiburocrazia di Camilleri*, «Giornale di Brescia», 13 giugno 1998.

G. Gerosa, *L'innamorato deluso del telefono*, «Corriere del Ticino», 15 giugno 1998.

G. Grimaldi, *Le avventure in giallo di un "europoliziotto"*, «La Nuova Sardegna», 17 giugno 1998.

A. D'Orrico, *Quei pasticciacci belli del commissario Montalbano*, «Corriere della Sera – Sette», 18 giugno 1998.

G. Bonura, *L'improbabile Sicilia di Montalbano*, «Avvenire», 20 giugno 1998.

C. Calabrese, *Buona tavola*, «La Stampa – Specchio», 20 giugno 1998.

S. Vitrano, *Camilleri rivela... il mistero della donna*, «Il Mattino», 23 giugno 1998.

F. Durante, *Pronto chi ride*, «la Repubblica delle donne», 25 giugno 1998.

S. Giovanardi, *Ce ne fossero artigiani come lui...*, «L'Espresso», XLIV, n. 25, 25 giugno 1998.

M. Mancuso, *La guerra dei due giallisti*, «Panorama», XXXVI, n. 25, 25 giugno 1998.

E. Paccagnini, *Il punto sul fenomeno Camilleri*, «Il Sole-24 Ore» (domenicale), 28 giugno 1998.

U. Apice, *Andrea Camilleri e i suoi gialli*, «Tempo Presente», luglio 1998.

C. Marabini, *Diario di lettura, 18 luglio. Andrea Camilleri*, «Nuova Antologia», n. 2207, luglio-settembre 1998.

A. Guglielmi, *Lingua, plot e ironia*, «L'Espresso», XLIV, n. 26, 2 luglio 1998.

N. Zamperini, *Camilleri, scrittore di successi narra una Sicilia non mafiosa*, «Il Nostro Tempo», 5 luglio 1998.

R. Cotroneo, *Caro Camilleri, stia attento al suo pubblico*, «L'Espresso», XLIV, n. 27, 9 luglio 1998.

C. Marabini, *Il fenomeno Camilleri*, «Il Giorno», 12 luglio 1998.

P. Mauri, *Montalbano, un commissario con la lingua molto sporca*, «la Repubblica», 14 luglio 1998.

G. Pacchiano, *Brividi caldi*, «Corriere della Sera – Sette», 16 luglio 1998.

Anonimo, *Da grande giallista a maestrino del pensierino*, «Il Foglio», 18 luglio 1998.

D. Brolli, *Pappa del cuore alla siciliana*, «il manifesto – Alias», 18 luglio 1998.

M. Collura, *Camilleri, l'eredità di Sciascia e il fantasma di Berlusconi*, «Corriere della Sera», 19 luglio 1998.

G. Gandola, *Commissario Montalbano arresti Camilleri*, «Il Giornale», 26 luglio 1998.

S. Bartezzaghi, *Quest'estate il popolare è tanticchia d'avanguardia*, «La Stampa – Tuttolibri», 13 agosto 1998.

E. Biagi, *Sicilia, l'isola degli italiani esagerati*, «Corriere della Sera», 15 agosto 1998.

A. Casella, *Un siciliano che vi fa ridere ogni tre righe*, «Oggi», 18 agosto 1998.

N. Merola, *I dialetti di Camilleri*, «l'Unità», 27 agosto 1998.

C. Bo, *Il "caso Camilleri": così uno scrittore diventa fenomeno*, «Gente», XLII, n. 36, 7 settembre 1998.

M. Ferrari, *Un mare di letteratura: il corso delle cose, Andrea Camilleri riscrive il suo primo romanzo*, «l'Unità», 16 settembre 1998.

M.P. Fusco, *Camilleri il burattinaio*, «la Repubblica», 17 settembre 1998.

V. Riva, *Chi dorme prende un sacco di soldi*, «Il Borghese», 8 ottobre 1998.

M. Onofri, *L'esplosione di Camilleri*, «Panorama», XXXVI, n. 43, 29 ottobre 1998.

M. Neirotti, *Un gatto in faccia a San Calogero*, «La Stampa», 30 ottobre 1998.

M. Collura, *Via col blues palermitano*, «Corriere della Sera», 1° novembre 1998.

A. Cal. [A. Calabrò], *Quelle fucilate contro un'ombra*, «Il Sole-24 Ore» (domenicale), 8 novembre 1998.

S. Giovanardi, *Camilleri? Se vi piace il genere...*, «la Repubblica», 3 dicembre 1998.

A. D'Orrico, *Camilleri. La letteratura comincia a 70 anni*, «Corriere della Sera – Sette», 24 dicembre 1998.

C. Moro, *Vent'anni di Camilleri*, «l'Indice dei libri del mese», XVI, n. 4, aprile 1999.

G. Petronio, *Andrea Camilleri, il successo fa male*, «l'Unità», 12 aprile 1999.

G. Raboni, *Caro Camilleri, prenda esempio da Simenon*, «Corriere della Sera», 13 aprile 1999.

M. Grassi, *Quel farfallone di Montalbano*, «Panorama», XXXVII, n. 16, 22 aprile 1999.

G. Bonina, *Un birraio sperimentale*, «La Sicilia – Stilos», 27 aprile 1999.

A. Grasso, *E pensare che Camilleri lavorava alla Rai ma non s'accorsero di lui*, «Corriere della Sera», 8 maggio 1999.

F. Erbani, *A Vigàta sbarca la mafia*, «la Repubblica», 13 maggio 1999.

C. Medail, *Camilleri. Assoluzione in nome del dialetto*, «Corriere della Sera», 13 maggio 1999.

R. Guarini, *Narratore all'uva passa*, «Panorama», XXXVII, n. 20, 20 maggio 1999.

G. Conte, *Scacco matto di Camilleri con il cavallo*, «Il Giornale», 15 giugno 1999.

C. Augias, *La sua forza negli intrighi e nella lingua*, «la Repubblica», 8 luglio 1999.

G. Piacentino, *Alla fine... è successo*, «Bella», 7 settembre 1999.

G. Ieranò, *Montalbano contro i cannibali*, «Panorama», XXXVII, n. 37, 16 settembre 1999.

D. Abbiati, *In un arancino tutta la filosofia di Salvo*, «Il Giornale», 17 settembre 1999.

C. Medail, *I venti casi di Montalbano*, «Corriere della Sera», 17 settembre 1999.

R. Minore, *Sorpresa: in questura citano Barthes*, «Il Messaggero», 17 settembre 1999.

O. Vetri, *Camilleri al siciliano aggiunge il genovese*, «Letture», LIV, n. 560, ottobre 1999.

A. D'Orrico, *Camilleri, lei scrive troppo, continui a farlo per favore*, «Corriere della Sera – Sette», 7 ottobre 1999.

M. Ragusa, *Con tutto il rispetto per Adelina*, «Il Salvagente», 21 ottobre 1999.

G. Pacchiano, *Un Montalbano da esportazione*, «Corriere della Sera», 5 marzo 2000.

A. Sofri, *La lingua mista di Camilleri*, «Panorama», XXXVIII, n. 12, 23 marzo 2000.

G. Nicotri, *Todos Camilleros*, «la Rivista dei Libri», X, n. 5, maggio 2000.

O. Vetri, *Ma i gialli sono un genere minore?*, «Letture», LV, n. 567, maggio 2000.

G. Tinebra, *A noi due, commissario Montalbano*, «Panorama», XXXVIII, n. 18, 4 maggio 2000.

C. Fruttero – F. Lucentini, *Camilleri l'arcitaliano*, «La Stampa – Tuttolibri», 17 giugno 2000.

A. Calabrò, *La fatica di essere "buoni" siciliani*, «Il Sole-24 Ore» (domenicale), 18 giugno 2000.

N. Ajello, *Camilleri, il gusto del surreale*, «la Repubblica», 20 giugno 2000.

F. Merlo, *La sicilianità (o sicilitudine) non sia solo paccottiglia sentimentale*, «Corriere della Sera – Sette», 22 giugno 2000.

G. Bonina, *Ma perché la testa non gli ha fatto dire di scrivere un diario?*, «La Sicilia – Stilos», 15 agosto 2000.

F. Cordelli, *Shakespeare più Camilleri. E tutto il mondo è Sicilia*, «Corriere della Sera», 6 settembre 2000.

I. Montanelli, *Camilleri? Spero proprio di poterlo conoscere*, «Corriere della Sera», 15 ottobre 2000.

B. Gravagnuolo, *Il siciliano che "vede" il corso delle cose*, «Io Donna», 28 ottobre 2000.

M. Valensise, *Camilleri e la difficile eredità di Sciascia*, ivi.

M. Di Caro, *Tre morti per Montalbano*, «la Repubblica», 5 novembre 2000.

G. Mecucci, *Quegli intensi legami con Sciascia*, «Il Nuovo», 13 novembre 2000.

S. Giovanardi, *Bravo Camilleri, ma la Sicilia non è questa*, «la Repubblica», 14 novembre 2000.

C. Medail, *Così Patò scomparve nella botola*, «Corriere della Sera», 14 novembre 2000.

R. Minore, *Fra racconto e dossier*, «Il Messaggero», 14 novembre 2000.

G. Pacchiano, *Le stravaganze di Patò*, «Il Sole-24 Ore» (domenicale), 26 novembre 2000.

S. Sereni, *Un Camilleri tutto da scoprire*, «Donna Moderna», 29 novembre 2000.

M. Genco, *Il fenomeno Andrea Camilleri. Un viaggio nel dialetto*, «Giornale di Sicilia», 6 dicembre 2000.

C. Oliva, *Italiani, scrittori a "fior di pelle"*, «Il Nuovo», 6 dicembre 2000.

C. Medail, *La favola del drammaturgo scambiato*, «Corriere della Sera», 7 dicembre 2000.

G. Gallo, *Senza steccati*, «Il Secolo XIX – Soprattutto», 8 dicembre 2000.

F. Merlo, *Camilleri, che noia. La falsa Sicilia di uno scrittore mito*, «Corriere della Sera», 11 dicembre 2000.

V. Sgarbi, *Stereotipi siciliani politicamente corretti*, «Il Giornale», 13 dicembre 2000.

R. Barbolini – P.M. Fasanotto, *Montalbano, il caso porno è tuo*, «Panorama», XXXVIII, n. 50, 14 dicembre 2000.

M. Serri, *Ferroni stronca l'autore più letto dagli italiani. Camilleri? Solo marionette*, «L'Espresso», XLVII, n. 3, 18 gennaio 2001.

M. Assalto, *Montalbano assolda Ulisse*, «La Stampa», 20 gennaio 2001.

R. Arena, *Camilleri contraffatto. Copie false di un suo romanzo*, «Giornale di Sicilia», 26 gennaio 2001.

C. Fiori, *E ora di Camilleri si stampano le copie pirata*, «Corriere della Sera», 9 febbraio 2001.

S. Ferlita, *Camilleri editorialista*, «la Repubblica» (ed. siciliana), 13 maggio 2001.

S. Fumarola, *Un truffatore geniale sfida Montalbano*, «la Repubblica», 13 maggio 2001.

G. Pacchiano, *Nell'era del Minchiatel*, «Il Sole-24 Ore» (domenicale), 15 luglio 2001.

A. Bisicchia, *Una vita per sbaglio*, «La Sicilia», 20 luglio 2001.

S. Fallica, *La giovinezza perduta del commissario Montalbano*, «l'Unità», 21 luglio 2001.

N. Orengo, *Camilleri, sarà new economy ma gratta gratta è una truffa*, «La Stampa – Tuttolibri», 28 luglio 2001.

B. Pischedda, *Montalbano commissario antiglobal?*, «La Regione Ticino», 22 agosto 2001.

M. Belpoliti, *Camilleri è sempre Camilleri*, «L'Espresso», XLVII, n. 34, 23 agosto 2001.

E. Fagiani, *Vigàta e Montelusa. La Sicilia di Camilleri*, «Qui Touring», n. 8, settembre 2001.

G. Bonura, *Maxi-saggio critico su Camilleri: ma è così importante?*, «Il Giorno», 29 settembre 2001.

O. Vetri, *Montalbano defilato indaga in privato*, «Letture», LVI, n. 580, ottobre 2001.

E. Paccagnini, *Fiaba del popolano che divenne re*, «Corriere della Sera», 6 ottobre 2001.

C. Baroni, *Il re arruffapopolo di Girgenti*, «Giornale di Brescia», 13 ottobre 2001.

A. Clavuot, *Il Camilleri che convince*, «L'Unione Sarda», 20 ottobre 2001.

E. Tomaselli, *Un grande affresco della Sicilia barocca*, «Il Giorno», 27 ottobre 2001.

C. Marabini, *Camilleri balla con la storia*, «Il Giorno», 30 ottobre 2001.

G. Pacchiano, *E Zosimo volle farsi re*, «Il Sole-24 Ore» (domenicale), 4 novembre 2001.

P. Scaglione, *La peste di Camilleri*, «Famiglia Cristiana», LXXI, n. 44, 4 novembre 2001.

L. Mondo, *Gargantua in Sicilia*, «La Stampa», 9 novembre 2001.

P. Buttafuoco, *Il cunto del maestro*, «Il Giornale», 14 novembre 2001.

V. Coletti, *Arrigalannu un sognu*, «l'Indice dei libri del mese», XVIII, n. 12, dicembre 2001.

F. Mannoni, *Il contadino che divenne re*, «Il Messaggero Veneto», 11 dicembre 2001.

M. Belpoliti, *Il contadino che volle farsi re*, «L'Espresso», XLVII, n. 50, 13 dicembre 2001.

N. Fano, *I panni sporchi del teatro lavati in pubblico*, «l'Unità», 29 dicembre 2001.

G. Marci, *Camilleri questa volta fa sul serio*, «La Nuova Sardegna», 13 gennaio 2002.

G. Pacchiano, *Fermo Posta – Il "camillerese" è soltanto virtuosismo?*, «Il Sole-24 Ore» (domenicale), 27 gennaio 2002.

B. Gambarotta, *I figli della domenica*, «La Stampa – Tuttolibri», 9 febbraio 2002.

T. Gullo, *Tutte le facce di Camilleri sotto la lente dei critici*, «la Repubblica» (ed. siciliana), 9 marzo 2002.

G. Bonina, *L'ultimo tragediatore parla la lingua nonna*, «La Sicilia – Stilos», 19 marzo 2002.

D. Vittoz, *Camilleri in Francia. Contro il centralismo viva la parlata di Lione*, ivi.

M. Brancale, *La passione secondo Montalbano*, «Avvenire», 29 marzo 2002.

C. Medail, *Ma i "cortometraggi" vanno stretti a Salvo Montalbano*, «Corriere della Sera», 19 maggio 2002.

P. Spirito, *I racconti di Camilleri, ricette collaudate*, «Il Piccolo», 21 maggio 2002.

W. Guttadauria, *Il giallo della stricnina*, «La Sicilia», 27 maggio 2002.

S. La Spina, *Caro Camilleri Montalbano sono e scrivo*, «la Repubblica» (ed. siciliana), 2 giugno 2002.

F. Piemontese, *Montalbano, eroe della normalità*, «Il Mattino», 7 giugno 2002.

F. M. [F. Mannoni], *Camilleri parla di sé e della Sicilia*, «Il Messaggero Veneto», 11 giugno 2002.

A. D'Orrico, *Perché gli snob di destra e di sinistra detestano Camilleri e Montalbano?*, «Corriere della Sera – Sette», 27 giugno 2002.

N. Ajello, *L'autore di Montalbano inesauribile autobiografo*, «la Repubblica», 28 giugno 2002.

D. Nunnari, *Montalbano e l'angoscia esistenziale*, «Gazzetta del Sud», 28 giugno 2002.

Conversazioni e interviste

M. Sorgi, *La testa ci fa dire. Dialogo con Andrea Camilleri*, Sellerio, Palermo 2000, pp. 161.

S. Lodato, *La linea della palma. Saverio Lodato fa raccontare Andrea Camilleri*, Rizzoli, Milano 2002, pp. 417.

T. Marrone, *Il mestiere di regista teatrale. A colloquio con Andrea Camilleri*, in Id. (a cura di), *Il mestiere di regista teatrale*, Marcon, Città di Castello 1992, pp. 113-23.

E. Alessi, *Intervista a Camilleri*, in S. Milioto (a cura di), *Incontri con l'autore*, Ass. alla Cultura, Agrigento 1996, pp. 55-65.

S. Malatesta, *Montalbano Maigret di Sicilia*, «la Repubblica», 10 giugno 1997.

E. Biagi, *Cara Italia*, Rai/Eri-Rizzoli, Roma 1998, pp. 211-13.

L. Lombardi, *Il mio commissario? Uno snob*, «Il Tempo», 14 febbraio 1998.

M. Loria, *Commissario Camilleri*, «Il Secolo XIX», 22 marzo 1998.

F. Bona, *La concessione del successo*, «La Rivisteria», XV, n. 77, giugno 1998.

A. Codacci Pisanelli, *Il segreto di Camilleri*, «L'Espresso», XLIV, n. 25, 25 giugno 1998.

G. Bianconi, *Lo scrittore, Andreotti e la mafia. Andrea Camilleri e il suo poliziotto di carta*, «Nuovi Argomenti», serie 5, n. 3, luglio-settembre 1998.

A. Gismondi, *Al telefono con Camilleri*, «Il Giornale», 15 luglio 1998.

S. Malatesta, *La Sicilia di Camilleri*, «la Repubblica», 20 luglio 1998.

G.A. Stella, *Camilleri: siciliani, non siamo martiri smettiamola di piangerci addosso*, «Corriere della Sera», 24 agosto 1998.

M. Radaelli, *Commissario Camilleri*, «Corriere del Ticino», 15 ottobre 1998.

C. Lucarelli, *Lo scrittore d'emozione*, «l'Indice dei libri del mese», XV, n. 10, novembre 1998.

C. Fava, *Fava intervista Camilleri*, «Corriere della Sera – Sette», 12 novembre 1998.

G. Marzullo, *Bellidinotte*, Rai/Eri, Roma 1999, pp. 61-70.

P. Di Vincenzo, *Camilleri e il suo Montalbano*, «Il Centro», 19 gennaio 1999.

A. Debenedetti, *Aiuto, Montalbano vuole uccidermi*, «Corriere della Sera – Sette», 22 aprile 1999.

M. D'Alema, *Un giallo mediterraneo? Domande a M.V. Montalbán e A. Camilleri*, «Delitti di carta», III, n. 4, giugno 1999 (trascrizione di un dibattito tenuto alla Festa dell'Unità di Bologna, 9 settembre 1998).

G. Vivacqua, *Conversazione con Andrea Camilleri*, «Fuorivista», I, n. 0, giugno 1999.

M. Baudino, *Camilleri: con Manuel litigi in cucina*, «La Stampa», 25 giugno 1999.

U. Ronfani, *Il dottor Camilleri e Mr. Montalbano*, «Il Resto del Carlino», 1° settembre 1999.

S. Malatesta, *Camilleri tra i cannibali*, «la Repubblica», 17 settembre 1999.

M. Sposito, *Montalbano invecchia con me*, «Giornale di Sicilia», 22 settembre 1999.

A. Azzaro, *Andrea Camilleri pessimista temperato*, «Liberazione», 5 ottobre 1999.

S. Demontis, *Elogio dell'insularità. Intervista ad Andrea Camilleri*, «La grotta della vipera», XXV, n. 88, inverno 1999.

G. Capecchi, *Dialogo con Andrea Camilleri*, in Id., *Andrea Camilleri* cit., pp. 115-25.

K. Ippaso, *Costa mi ha insegnato a scrivere*, «Etinforma», V, n. 1, 2000.

F. Gambaro, *Grande festa a Tindari*, «diario della settimana», V, n. 10, 8 marzo 2000 (*Sur les traces du commissaire Montalbano*, «Magazine littéraire», 384, février 2000).

R. Uboldi, *Non condivido molte idee di Montalbano*, «Corriere del Ticino», 2 maggio 2000.

M. Baudino, *Camilleri in gita tra i fan di Montalbano*, «La Stampa», 12 maggio 2000.

G. Pieri, *Cos'è il giallo? Intervista con Andrea Camilleri*, «Delitti di carta», IV, n. 6, giugno 2000.

S. Ferlita, *Torno nell'800 e cerco uno scomparso*, «La Sicilia – Stilos», 15 agosto 2000.

E. Dellacasa, *Anche l'italiano fa ridere*, «Il Secolo XIX», 14 novembre 2000.

A. Elkann, *Camilleri: mia moglie è il mio primo censore*, «La Stampa», 10 dicembre 2000.

R. Scarpa, *A colloquio con Andrea Camilleri*, in A. Camilleri, *Parole raccontate*, cit., pp. 129-44.

G. Gallo, *In viaggio con Camilleri*, «Riflessi», VI, 3, marzo 2001.

R. Sala, *«Primavera, un grido d'argento»*, «Il Messaggero», 21 marzo 2001.

E. Deaglio, *Se vince lui, ma forse no. Una conversazione con lo scrittore più amato dagli italiani*, «diario della settimana», VI, n. 13, 30 marzo 2001.

S. Fallica, *Un re nella Sicilia del '700*, «l'Unità», 14 aprile 2001.

A. Debenedetti, *Buoni e cattivi alla corte di Montalbano*, «Corriere della Sera», 24 luglio 2001.

M. Loria, *Noi siciliani razza bastarda*, «Il Secolo XIX», 31 luglio 2001.

M. Assalto, *Il sale greco di Camilleri*, «La Stampa», 17 settembre 2001.

Curzio Maltese, *Sei personaggi d'autore*, colloquio andato in onda su Tele+ il 31 ottobre 2001; trascrizione *online* presso <http://www.vigata.org>.

S. Fallica, *Il vento freddo del potere*, «l'Unità», 5 novembre 2001.

Alcune cose che so di Montalbano, in A. Camilleri, *Montalbano a viva voce*, cit., pp. 9-34 (trascrizione in forma di monologo di una conversazione con Renata Colorni e Antonio Franchini).

La realtà oltre la fantasia, «MicroMega», n. 1, febbraio-marzo 2002 (conversazione con Carla Del Ponte).

C. Castellani, *Intervista ad Andrea Camilleri*, «Verde Oggi», marzo 2002.

A. Bucchieri, *Cara polizia ti scrivo*, «Polizia moderna», LIV, n. 4, aprile 2002.

M.G. Minetti, *Andrea Camilleri. Quando facevo Maigret*, «La Stampa – Specchio», 25 maggio 2002.

S. Ferlita, *Io e Montalbano facciamo teatro*, «La Sicilia – Stilos», 28 maggio 2002.

S. Naitza, *La ricetta del successo è far vivere la lingua*, «L'Unione Sarda», 30 maggio 2002.

D. Paba, *La paura di Camilleri nell'Italia che cambia*, «La Nuova Sardegna», 1° giugno 2002.

N. Zamperini, *«Ognuno può avere un mostro in sé»*, «Libertà», 4 giugno 2002.

F. Brevini, *Io, Montalbano e la letteratura*, «Panorama», XL, n. 24, 13 giugno 2002.

Bibliografie, internet, glossari

Punti di partenza per il presente catalogo sono state le sezioni bibliografiche in coda alle monografie di Giovanni Capecchi e Simona Demontis. Tra le innumerevoli pagine internet dedicate ad Andrea Camilleri, offrono materiali utili in particolare il *website* ufficiale, <http://www.andreacamilleri.net>, e il sito del «Camilleri fans club», <http://www.vigata.org>, dove è tra l'altro possibile consultare un archivio di articoli a soggetto camilleriano, oltre a contributi critici di diseguale interesse, tra i quali si distingue il saggio di Jana Vizmuller-Zocco, *Il dialetto nei romanzi di Andrea*

Camilleri (1999). Un *Dizionarietto vigatese-italiano*, di oltre seicento voci, correda i cartoni animati interattivi in CD-rom editi da Sellerio-Im*Media, *Il cane di terracotta* (2000) e *Il ladro di merendine* (2001).

INDICE

Questo volume è stato impresso
nel mese di aprile dell'anno 2008
presso Mondadori Printing S.p.A.
Officine Grafiche di Verona

Stampato in Italia – Printed in Italy

I Meridiani

ISBN 978-88-04-50427-6